书里书外
话红楼

SHU LI SHU WAI HUA HONGLOU

金太阳教育研究院 编

主　编：林　云
副主编：司　磊　赵福海　黄烨婷
编　委：（按姓氏笔画排列）
万嘉敏　王丽娟　刘莞婷
李文珺　李寒蕊　吴桃情
汪煌锋　周　茜　周佳琦
钟　珊　黄珍倩　黄彩虹
温志刚　蔡艳芳

山东电子音像出版社

图书在版编目(CIP)数据

书里书外话红楼 / 金太阳教育研究院编. — 济南：
山东电子音像出版社，2023.2(2023.9 重印)
ISBN 978-7-83012-316-1

Ⅰ.①书… Ⅱ.①金… Ⅲ.①《红楼梦》研究 Ⅳ.
①I207.411

中国国家版本馆 CIP 数据核字(2023)第 021216 号

SHU LI SHU WAI HUA HONGLOU

书里书外话红楼　　　　　　　　　　　　金太阳教育研究院 / 编

主 管 单 位	山东出版传媒股份有限公司
出 版 发 行	山东电子音像出版社
服 务 电 话	(0791)83829608(编辑部)
销 售 电 话	4008842220(全国免费热线)
社　　　　址	济南市英雄山路 189 号
印　　　　刷	新余市一中彩印有限公司
开　　　　本	880 mm×1230 mm　1/16
印　　　　张	28
字　　　　数	728 千字
版　　　　次	2023 年 2 月第 1 版
印　　　　次	2023 年 9 月第 2 次印刷
书　　　　号	ISBN 978-7-83012-316-1
定　　　　价	89.50 元

版权所有・未经许可不得采用任何方式擅自复制或使用本产品任何部分・违者必究

目　录

第一部分　阅读引导

成书背景　　　　　　　　　　　　／1　　　　版本介绍　　　　　　　　／4
故事梗概　　　　　　　　　　　　／8　　　　前五回解读　　　　　　　／38

第二部分　人物分析

一情种（贾宝玉）　　　　　　　　　　／77　　　评估检测一　　　　　　　／100
两情敌（林黛玉与薛宝钗）　　　　　　／105　　评估检测二　　　　　　　／139
两丫鬟（袭人与晴雯）　　　　　　　　／143　　评估检测三　　　　　　　／174
两舵手（贾母与刘姥姥）　　　　　　　／179　　评估检测四　　　　　　　／220
三妯娌（王熙凤与尤氏、李纨）　　　　／226　　评估检测五　　　　　　　／258
四姐妹（贾元春、贾迎春、贾探春、贾惜春）／263　　评估检测六　　　　　　　／305
四兄弟（贾政与贾赦、贾珍与贾琏）　　／310　　评估检测七　　　　　　　／330

第三部分　拓展阅读

生日丧事　　　　　　　　　　　　／336　　建筑风格　　　　　　　　／360
礼仪风俗　　　　　　　　　　　　／367　　食品植物　　　　　　　　／403
诗词曲赋　　　　　　　　　　　　／417　　音乐绘画　　　　　　　　／425

　／432

第一部分　阅读引导

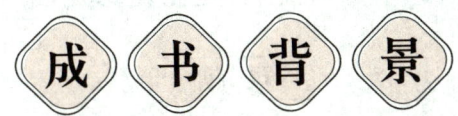

作者简介

生平

曹雪芹（约1715—约1763），名霑，字梦阮，号雪芹，又号芹溪、芹圃，中国古典名著《红楼梦》的作者，祖籍存在争议（辽宁辽阳、河北丰润或辽宁铁岭），出生于江宁（今南京），曹雪芹出身清代内务府正白旗包衣世家，他是江宁织造曹寅之孙，曹顒之子。

乾隆二十七年（1762），因幼子夭亡，曹雪芹极度忧伤和悲痛，以致卧床不起，乾隆二十八年除夕（1763年2月12日），因贫病无医而逝。关于曹雪芹逝世的时间，另有乾隆二十九年除夕（1764年2月1日）、甲申（1764）初春之说。

经历

曹雪芹早年在江宁织造府度过了一段锦衣纨绔、富贵风流的生活。雍正六年（1728），曹家因亏空获罪被抄家，曹雪芹随家人迁回北京老宅。后又移居北京西郊，以卖字画和朋友救济为生。曹家从此一蹶不振，日渐衰微。经历了生活中的重大转折，曹雪芹深感世态炎凉，对封建社会有了更清醒、更深刻的认识。他蔑视权贵，远离官场，过着贫困如洗的艰难日子。曹雪芹素性放达，爱好广泛，对金石、诗书、绘画、园林、中医、织补、工艺、饮食等均有所研究。他以坚忍不拔的毅力，历经多年艰辛，终于创作出极具思想性、艺术性的伟大作品——《红楼梦》。曹雪芹移居北京西郊后，生活更加穷苦，从友人所赠诗句"满径蓬蒿老不华，举家食粥酒常赊"中可见一斑。

家世

曹雪芹出身豪门，康熙五十四年（1715）正月，时任江宁织造的曹顒在北京述职期间病逝。康熙恩旨，将曹顒堂弟曹頫过继给曹寅，接任江宁织造。是年三月初七（1715年4月10日），曹頫上奏："奴才之嫂马氏，因现怀妊孕已及七月。"此遗腹子即曹雪芹，于四月二十六日（1715年5月28日）生于江宁织造府。曹雪芹的曾祖父曹玺任江宁织造；曾祖母孙氏做过康熙的保姆；祖父曹寅做过康熙帝的伴读和御前侍卫，后任江宁织造，兼任两淮巡盐监察御史，极受康熙宠信。康熙六下江南，曹寅接驾四次。在康熙、雍正两朝，曹家祖孙三代四个人主政江宁织造达五十八年，曹家家世显赫，可谓当时南京第一豪门。

既经历了繁花着锦一般的富贵生活,又尝过了家境衰颓后贫病交加的滋味,曹雪芹赶上了家族的由盛及衰。雍正五年(1727)十二月,时任江宁织造的曹𫖯因骚扰驿站、织造亏空、转移财产等罪被革职下狱,次年(1728)正月元宵节前被抄家(家里上上下下共114口)。曹雪芹随家迁回北京。曹家从此一蹶不振。刚回北京时,曹家尚有崇文门外蒜市口老宅房屋十七间半、家仆三对聊以度日,可是为了偿还骚扰驿站案所欠的银两以及填补家用,不得已将地亩暂卖了数千金。再后来,亏缺一日重于一日,难免典房卖地,更有贼寇入室盗窃,以致连日用的钱都没有,被迫拿房地文书出去抵押。最终沦落到门户凋零,人口流散,更比瓦砾犹残。

贡献

曹雪芹最伟大的贡献在于文学创作。他创作的《红楼梦》规模宏大,结构严谨,情节复杂,描写生动,塑造了众多具有典型性格的艺术形象,堪称中国古代长篇小说的高峰,在世界文学史上占有重要地位。曹雪芹为中华民族、为世界人民留下了宝贵的文化遗产和精神财富,对后世作家的创作影响深远,学术界、社会上围绕《红楼梦》的作者、版本、文本、本事等方面的研究与谈论甚至形成了一种专门的学问——红学。时至今日,绘画、影视、动漫、网游等各个领域都有大量优秀的衍生作品不断问世。

历史概述

写作时间

一般认为,《红楼梦》的创作年代在乾隆元年(1736)到乾隆三十年(1765)左右。

乾隆元年(1736),曹雪芹二十二岁,皇帝谕旨宽免曹家亏空,此时,曹雪芹任内务府笔帖式(清代专有官名。类似于秘书、档案管理员之类的文职机要工作)差事,后来进入西单石虎胡同的右翼宗学(旧称"虎门",左、右翼宗学是专门教授皇族子弟的官办学堂,宋代始有"宗学"之名,清代宗学由宗人府管辖,只收宗室学生)担任一个不起眼的小职位。至于曹雪芹在宗学里具体的工作,有助教、教师、舍夫、夫役、当差等说法。曹雪芹的北京朋友圈中不乏王孙公子,如敦诚、敦敏、福彭等人。乾隆九年(1744),曹雪芹三十岁,敦诚(1734—1791)十一岁,敦敏(1729—1796)十六岁,入宗学。兄弟俩十分敬仰曹雪芹的才华风度,欣赏他那放达不羁的性格和开阔的胸襟。在漫长的冬夜,他们围坐在一起,听曹雪芹诙谐风趣、意气风发的"雄睨大谈",经常为曹雪芹的"奇谈娓娓""高谈雄辩"所吸引、折服。曹雪芹大约于本时期写作《红楼梦》的初稿《风月宝鉴》。

创作《红楼梦》,曹雪芹前后花了十年时间,历经五次增删修改,在他三十岁之前,全书除有少数章回未分定,因而个别回目也须重拟确定,以及有几处尚缺诗待补外,正文部分已基本草成(末回叫"警幻情榜"),书稿匆匆交付其亲友脂砚斋等人加批誊清。一般认为,《红楼梦》的前八十回在曹雪芹去世前十年左右的时间就已经传抄问世。书的后半部分,专家们经过研究考证,认为基本上已经完成,但由于某些原因未能传抄流行,以至于最终散佚迷失,这是一个巨大的损失。据相关考证,最后有十年左右的时间,曹雪芹是在北京西郊某山村度过的。不知是交通不便还是另有原因,他似乎与脂砚斋等人极少接触,也没有再去做书稿的扫尾工作,甚至都没有迹象表明他审读、校正过已誊抄出来的那部分书稿。

社会背景

（1）政治上，清朝在康熙、雍正和乾隆在位期间，出现了134年的鼎盛局面。在此期间，社会政局稳定，疆域辽阔，历史上称之为"康乾盛世"。三位皇帝独断朝廷大政方针，对地方具体事务也都不厌其烦地详加过问，君主专制得到加强。这一时期，部分官员可以向皇帝单独呈送密封报告，皇帝亲手批阅后返回，不经过其他中转、收发环节，形成了清朝独有的奏折制度。皇帝能够更直接、广泛地获取信息，提高了决策效率，强化了对官僚机构的控制。到了雍正时期，皇帝在寝宫旁设立军机处，军机处官员在皇帝直接监督下工作，内阁只负责处理一般文书。康乾盛世时期，清朝版图在前代王朝的基础上得到了进一步开拓和巩固。清朝从郑氏后裔手中收复了台湾，在新疆设置伊犁将军，总领军政事务，在西藏落实了中央政府的管辖权。总体来说，这个时期的政局较为稳定，但封建社会中长期存在的一些负面因素也相对突出，如官僚政治的极端腐败（如《红楼梦》中描绘的官爵买卖、司法舞弊等），采取高压政策，大兴文字狱，禁锢人民思想，以及国家财政支付能力不足等。

（2）经济上，随着新航路的开辟，从明朝后期开始，一些新的农作物品种输入中国。其中高产量粮食作物玉米、甘薯（红薯）的推广种植，大幅度提高了粮食总产量。江南等地区农业的多种经营日益兴盛，经济作物品种繁多，种植广泛，很多农民还兼营产品初级加工或相关副业，以获取更多的收入，选修教材中冯梦龙的《施润泽滩阙遇友》中所描述的，就是当时农村初级手工业——丝绸业发展的盛况。手工业各行业都有了不同的进步。从明朝后期开始，南方一些地区的丝织、榨油、制瓷等行业出现了新的经营方式，开设工场，并雇佣劳动力进行大规模的生产，到了清朝，此种情况继续发展。另外，商品经济进入了新的繁荣期。西班牙等国在美洲等地开采的白银通过海外贸易大量流入，促进了长途和大额贸易的发展，也有利于商业资本的集聚。东西方货物互通有无，中国的瓷器、茶叶、丝绸等流入西方，西方商品也源源不断地流向中国，成为富贵人家的家用之物。如《红楼梦》中描写的西洋自鸣钟、怀表、西洋葡萄酒、鼻烟、膏药、宝玉穿的俄罗斯雀金裘等。在工商业发达地区和商业要冲，兴起了一大批以经济功能为主的工商业市镇，商业活跃，人口密集，成为地区贸易网络的核心。不过，就总体来看，在全国绝大部分地区，男耕女织、自给自足的传统小农经济还占据压倒性优势，日益僵化的专制统治也压制和阻碍着社会的进步和转型。

（3）思想上，程朱理学获得官方尊崇后，逐渐失去活力。明朝中期，王守仁在南宋陆九渊思想的基础上，提出一套以"致良知"为核心的理论，形成"陆王心学"。陆王心学强调主观能动性，激励人们奋发立志；以自己的内心为准则，又隐含一定的平等和叛逆色彩。在此基础上，明朝后期以李贽为代表的一些思想家提倡个性自由，蔑视权威和教条，甚至否定传统道德标准，在社会上引起了很大震动。明末清初社会的剧烈动荡，促进了思想界的活跃。思想家黄宗羲严厉抨击君主专制制度，他还反对重农抑商观念，提出"工商皆本"。顾炎武、王夫之也对高度集权的政治制度进行了批判。总体来说，这一时期的思想在封建集权压制下呈现出一定的自由趋向。

（4）文化上，在城市商品经济繁荣、社会娱乐活动丰富、文化知识进一步普及的背景下，明清的小说和戏曲取得了重要成就。明朝时，《三国演义》《水浒传》《西游记》就已经广泛流传，清朝中期曹雪芹的《红楼梦》更是达到了我国古典现实主义文学的高峰。从明朝后期起，一些欧洲天主教传教士前来中国传教，他们借助传播科学知识来达到传教的目的，与一些开明的中国士大夫合作，在一定范围内传播了西方科技知识。总之，这一时期的文化科技有了进一步的发展。

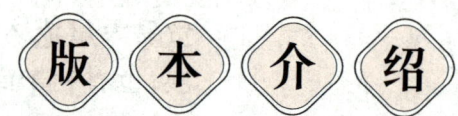

版本介绍

《红楼梦》的版本基本上分成两个系统：一是脂评本系统，即带有脂砚斋评语的八十回脂评本系统；一是不知何人续写了后四十回，经程伟元、高鹗整理补缀的一百二十回印本系统，即不带评语的程高本系统（以下简称"续本"）。程高本主要是程甲本和程乙本，它们前八十回的依据也是脂评本系统，但已经过整理者的较多改动，程乙本改动尤多。

脂评本系统

所谓脂评本，是带有大量朱红色脂批的《石头记》传抄本，有些重要的传抄版本上题有《脂砚斋重评石头记》的字样，人们一般便称这些早期的《石头记》传抄本为脂评本或脂批本。目前已知的脂评本基本上都是"五四"以后为世人所发现的，共有十二种，其中比较重要的有：

甲戌本

是《脂砚斋甲戌抄阅再评本》的简称。此本第一回有"至脂砚斋甲戌抄阅再评，仍用《石头记》"一句话，故称之为"甲戌本"。

这是现存抄本中最珍贵的一种，最接近曹雪芹原稿的本来面貌，每页版心下都有脂砚斋的署名。此本第一回，较别本多出四百二十九字，而且揆诸文理，别本当属漏抄。此本中的脂批亦为研究红学的重要资料，如"壬午除夕。书未成，芹为泪尽而逝"，又如"秦可卿淫丧天香楼……因命芹溪删去"，透露了此书原构思中的重要情节。

甲戌本原为清末藏书家刘铨福所藏，上有刘铨福跋语，极有见地。此本后为胡适购得，现藏于上海博物馆。1962年6月，由中华书局出版发行。

己卯本

《脂砚斋重评石头记》又称脂怡本。第二册总目书名下注云"脂砚斋凡四阅评过"，第三册总目书名下复注云"己卯冬月定本"，故名"己卯本"。此本与庚辰本有共同的祖本，两本有大量共同的特点。如第十七、十八回尚未分开，共用一个回目，第十九回无回目，第六十四及六十七回原缺，均与庚辰本相同。此本讹夺字较少，文字有多于庚辰本的地方，语意较庚辰本确切。尤其以前五回文字差异较大。此本无复杂的眉批侧批，面貌干净。批语绝大多数在正文内双行书写，计七百一十七条，除多一条单字批外，与庚辰本全同。第十一回之前无夹批，却有十二处侧批为别本所无，见于第六回和第十回。

庚辰本

《脂砚斋重评石头记》各册卷首标明"脂砚斋凡四阅评过"。第五至八册封面注"庚辰秋月定本""庚辰秋定本"的字样，所以被称为"庚辰本"。此本底本年代相当早，面貌最为完整，保存曹雪芹原文及脂砚斋批语最多（总计两千余条)。

但此本抄手不止一人,这些人文化水平低,态度不认真,导致全书讹文脱字触目皆是,最后一册质量尤差。因此许多专家对它评价不高。

戚序本

原由乾隆进士德清戚蓼生所藏并序,约在光绪年间桐城张开模得到它的一个过录本,后归俞明震,俞以之赠上海有正书局老板狄葆贤,据以照相石印,题为《国初抄本原本红楼梦》。因其卷首有戚蓼生的一篇序,故称"戚序本"。现存的戚序本包括戚沪本(又称戚张本)、有正大字本、有正小字本、戚宁本。

戚沪本错讹字极少,是脂评本系统中颇为精良的流传本,2014年3月,国家图书馆出版社首次影印出版。有正本突破了持续120年被程高本垄断的局面,首次将一个接近于曹雪芹原文的《红楼梦》呈现给读者,在版本史上具有一定意义。戚宁本又称南图本、泽存本,2010年才由国家图书馆出版社和人民文学出版社影印出版。

蒙府本

《清王府旧藏本》的简称,因内中有"柒爷王爷"字样,故又称王府本,现藏于北京图书馆。王府本中的脂砚斋批语也被做了整理,还夹入了一些后人的批语。

列藏本

又称"俄藏本",因被藏于原苏联东方学研究所列宁格勒分所得名,为一个叫库尔梁德采夫的俄国人于1830年至1832年随沙俄宗教使团来我国所得,现藏于俄罗斯圣彼得堡东方学研究所。1986年4月,由中华书局影印出版。

甲辰本

又称梦觉本、梦序本,因卷首有"甲辰岁梦觉主人序",故名"甲辰本"。此本中脂砚斋批语被大量删弃,仅存双行墨笔夹批,是脂评本向程高本过渡的桥梁,正文经大量删改,并出现大量异文。1989年10月由书目文献出版社影印出版。

舒序本

因卷首有舒元炜序得名,又因舒序作于乾隆五十四年(1789)己酉,亦称"己酉本",此本是目前唯一有材料可据的乾隆原抄本,无批语,与各本相比,多处回目及正文有异文。在舒本序文的最后两行的落款是:"乾隆五十四年,岁次屠维作噩,且月上浣,虎林董园氏舒元炜序并书于金台客舍。"更重要的是,在序文末行下端,钤有舒元炜印章两方,据专家考证,确为两百年前的旧物,断非出于后人的伪造,这就是说,舒本是真实的原抄本而不是后来的过录本。1987年由中华书局影印出版。

杨本

又称梦稿本、杨藏本、全抄本,原为杨继振所藏。此本原有严重残缺,经过配补和涂改,现被中国社科院文学研究所收藏。1963年1月由中华书局上海编辑所影印出版。

郑藏本

是"郑振铎藏本"的简称。此本仅存第二十三、第二十四回,共三十一页,装订成一册,现藏于国家图书馆分馆。

程高本

程高本是程伟元、高鹗将曹雪芹的残本改编，并补足后四十回的"完本"《红楼梦》，共计一百二十回。程高系统的本子，后四十回不是曹雪芹的文字，前八十回也被篡改了很多，分为"程甲本"和"程乙本"。它们的区别在于以下两个方面。一是完成时间不同。"程甲本"完成于乾隆五十六年（1791），"程乙本"完成于乾隆五十七年（1792），也就是在"程甲本"完成后。二是内容不同。官方说法是"程乙本"是"程甲本"的修订版，也就是将前面出版的内容整理修订后的"定稿"版本。通常认为，"程甲本"更贴近原著，但前后文有矛盾之处，"程乙本"改动稍大，但阅读更加顺畅，逻辑也能自洽。早前出版图书以"程乙本"为主，现在市面上"程甲本"居多。

程甲本

程甲本是《红楼梦》版本史、传播史上第一个正式出版的排印本。关于程甲本的成书过程，程高序言中讲得很清楚。程伟元说他先得百廿卷之目及前八十回，后历数年，陆续得后四十回之漶漫旧稿，经与友人高鹗"细加厘剔，截长补短"，合前八十回，"抄成全部，复为镌板"。可见他们所采取的底本由前八十回与后四十回两部分构成，其整理工作自辛亥春持续到冬至后，用时近一年。程甲本以一百二十回全本出版，弥补了抄本时期只有八十回的有头无尾的缺憾。此后的各种刻本，绝大多数是以程甲本为底本，如藤花榭本、本衙藏板本、东观阁本、双清仙馆本、妙复轩本、卧云山馆本、金玉缘本，等等，形成了所谓"程本系统"。程甲本现存十部以上，国家图书馆（藏两部）、中国社会科学院文学所、北京大学、人民日报社、台湾大学及一些私人均藏有此书。另外，国外（如俄罗斯、日本）亦有若干套收藏。新中国成立后出版的影印本主要有以下几种：北京图书馆出版社（原书目文献出版社）1992年版（2005年又出版了3印本），北京图书馆出版社2001年版，吉林文史出版社2000年线装版。

程甲本为木活字排印，受当时木活字印刷技术条件的限制，估计仅印了一百部左右。程甲本印行七十多天后又活字排印程乙本。程乙本很长时间不被人注意，程甲本却一再被人翻刻，一百三十多年中流行的都是程甲本。直到1927年胡适将程乙本标点，由上海亚东图书馆出版，程乙本才取代程甲本的地位，成为最流行的版本。程乙本与程甲本的版式插图等完全一样，但内容上有两万多字的差异，且多出一篇由程伟元和高鹗联合署名的"引言"。此书现存数量多于程甲本，国家图书馆、中国书店、山东图书馆、杭州图书馆、绍兴图书馆、上海图书馆及一些私人均有收藏。

新中国成立后出版的《红楼梦》通行本

新中国成立后出版的《红楼梦》通行本在回目上有一百二十回,作者为曹雪芹、高鹗。一般认为前八十回为曹雪芹所著,后四十回为高鹗续作。

《红楼梦》后四十回是高鹗续作,是民国时期的胡适、俞平伯经考证提出的。在这之前,大家都不知道《红楼梦》这本书的后四十回是续作,都已接受《红楼梦》一百二十回均属曹雪芹所著。

胡适、俞平伯考证出《红楼梦》后四十回是高鹗的续作后,人们发现后四十回中有很多地方与前八十回衔接不上。通过对《红楼梦》第五回金陵十二钗判词的理解,有人发现高鹗写的很多地方与曹雪芹的原著有很多出入,金陵十二钗的结局不应该是高鹗所写的那样,这就激发后人对曹雪芹这本未完之书的各种猜测。

有人不认可高鹗续写的《红楼梦》,也有人觉得高鹗续写的《红楼梦》至今无人超越,还是有可读性的。有人对《红楼梦》后四十回与前八十回的语言结构、内容情节等进行过分析,发现并无太大差别,后四十回已然成为《红楼梦》不可分割的一部分。

客观讲,高鹗续写的《红楼梦》后四十回与曹雪芹先生写的前八十回相比,是要稍逊一等的,文字、内容都不在一个层次,高鹗的文字与内容显得俗套,没有曹雪芹的文字那种独有的灵气与玄妙。但至今为止,对《红楼梦》的续写,还没有谁能超越高鹗。总体来讲,高鹗续写的《红楼梦》后四十回与曹雪芹写的前八十回基本上相吻合。

推荐阅读版本

1. 如果想看脂评本,那么各种脂评汇集在一起的版本比较经济实用。推荐清华大学出版社的《红楼梦脂评汇校本》,该本由吴铭恩汇校,是所有脂评的汇总结合,被读者誉为"脂本普及版的良心"(我们这本《书里书外话红楼》的情节内容选择主要也是依据此本)。这在早前是民间红学爱好者自行整理的作品,在多年前还是免费资源,资深红迷几乎人手一本。2013年后由万卷出版公司出版了第一版,现在清华大学出版社出版了第二版。分为精装版和普装版两种。

2. 如果想看全本,毫无疑问,最为经典的是人民文学出版社的通行本。这一版本发行量最大,校对最为严谨,是集结了最为权威的红学家,包括李希凡、冯其庸、刘梦溪、顾平旦、胡文彬、蔡义江等人所形成的版本。该版本以庚辰本为底本,程甲本补足,适合入门阅读。

人民文学出版社的纪念版《红楼梦》,最早于1953年出版,被称为新中国首部《红楼梦》的整理本,全书以"程乙本"为底本,由红学大家联合校注。

3. 如果想深入了解,推荐各出版社的影印版,也就是完全呈现了当时的人手抄下来的样子的版本,目前可以选择的有甲戌本、庚辰本、蒙府本。

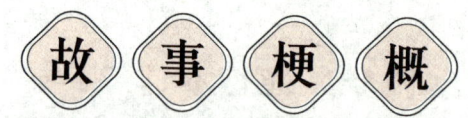

故事梗概

第一回：甄士隐梦幻识通灵　贾雨村风尘怀闺秀

开头讲了通灵宝玉的来历。女娲补天时多了块有灵性的石头，弃在青埂峰下。石头遇到茫茫大士和渺渺真人，求他们带自己去体验一下人世间的繁华。于是他们就把石头变成一块通灵宝玉，飘然而去。后来空空道人经过青埂峰，见到刻满字的石头，争论一番后抄录成《石头记》，以下内容皆出自《石头记》。

姑苏甄士隐午觉中梦遇僧道，讲宝黛来历，原来西方灵河岸上三生石畔有一棵绛珠仙草，因为赤瑕宫神瑛侍者每天用甘露之水浇灌而修炼成女体。她追随神瑛侍者下凡投胎，想要用一生的眼泪报答神瑛侍者的灌溉之恩。僧道准备将通灵宝玉夹带其中经历经历，自己也去人世度脱几个（如让甄士隐舍了女儿英莲，让黛玉出家或不要见外姓人，等等）。

甄士隐梦醒，会见寄居庙中的贾雨村。其间，甄士隐的丫鬟娇杏回头看了一眼贾雨村，贾雨村觉得娇杏是"巨眼英豪，风尘中之知己"。甄士隐中秋宴请雨村，惜其才华，出资五十两白银让他上京赴考。

元宵夜英莲被拐，葫芦庙失火烧尽甄士隐家财。他只好带着妻子投奔岳父，但遭到岳父的白眼与盘剥。困境中甄士隐听僧道唱《好了歌》，后顿悟作解注而去。

第二回：贾夫人仙逝扬州城　冷子兴演说荣国府

贾雨村考中进士，升任本府知府。他找不到甄士隐，于是纳娇杏为妾，半年后贾雨村嫡妻病故，娇杏扶正。但不到一年，贾雨村被革职。他游览天下胜迹，到维扬后因盘费不继，进林如海家做黛玉老师。

刚刚一年，黛玉母亲病逝，黛玉十分哀痛，好几天没上学。贾雨村便四处闲逛，在一家村肆碰到老朋友古董商冷子兴。冷子兴是荣国府管家周瑞家的女婿，向他介绍了贾府一干人物特别是宝玉的怪癖，还说其学生黛玉的母亲就是贾政的亲妹妹。雨村不同意冷子兴的看法，为宝玉辩解。

第三回：金陵城起复贾雨村　荣国府收养林黛玉

张如圭前来报喜，告诉贾雨村都中奏准起复旧员，冷子兴献计，让雨村托林如海通过贾政为自己谋求复职。于是贾雨村护送黛玉入都，得到贾政帮助，补了金陵应天府之缺。

黛玉进了荣国府，贾母和众人迎接黛玉，亲戚们一个个出场，王熙凤张扬的出场更是与众不同。黛玉分别到邢夫人、王夫人处拜见，王夫人私下嘱咐黛玉不要接近宝玉。

贾母传晚饭，众人一起用餐后宝玉放学回家，宝黛初会，一见如故。宝玉送黛玉表字颦颦，又因黛玉没有通灵宝玉而摔自己的玉，贾母骗他黛玉之玉随母殉葬方罢。

在宝玉的央求下,贾母让二人同住碧纱橱内,又把自己身边的丫鬟紫鹃给了黛玉。是夜黛玉因宝玉摔玉而哭,袭人劝解。

次日,王子腾家人来访,说金陵城中薛蟠杀了人,此案件在应天府审理。

第四回:薄命女偏逢薄命郎　葫芦僧乱判葫芦案

贾雨村刚上任,就受理了一个因争买婢女而打死人的案子:冯渊遇到被拐卖的英莲,打算把她买下来做妾,没想到拐贩又偷卖给薛蟠,于是薛蟠冯渊相争,冯渊被薛家下人打死。门子(昔日的葫芦庙小沙弥)说被告薛家属于本省"护官符"中的一家,并建议雨村胡乱了断此案,贾雨村听从门子建议,随后为绝后患,反将门子发配充军。

买婢案中打死人的薛蟠一家因送宝钗备选公主、郡主入学陪侍一事而入京居住,贾政、贾母要他们住荣国府东北梨香院。薛蟠在贾宅一众纨绔子弟引诱下,变得更坏了。

第五回:开生面梦演红楼梦　立新场情传幻境情

贾母是最喜欢黛玉的,宝玉、黛玉二人也言和意顺。宝钗品格端正,容貌丰美,行为豁达,不比黛玉孤高自许,故深得贾府上下所有人的喜爱。这让黛玉心中郁闷。黛玉常因与宝玉言语不合而垂泪。

宁国府梅花盛开,尤氏请贾母、王夫人、邢夫人等人过府赏梅。这时宝玉困了,秦可卿就领宝玉去她房里睡午觉。宝玉合眼便梦到秦氏引自己到了一处仙境,听到歌声,随即见到了警幻仙姑。仙姑带着宝玉来到了太虚幻境,里面有痴情司、结怨司、朝啼司、夜哭司、春感司、秋悲司等各司。宝玉在薄命司中看到十几个用封条封住的柜子,他找到并打开了自己家乡的封柜,阅读起了"金陵十二钗"判词,先打开"金陵十二钗又副册"看了晴雯和袭人的,然后打开"金陵十二钗副册"看了香菱的判词,最后打开"金陵十二钗正册"依次看了黛玉、宝钗、元春、探春、湘云、妙玉、迎春、惜春、王熙凤、巧姐、李纨和秦可卿的判词。

宝玉品茶喝酒,听了众舞女演唱十四支《红楼梦》曲,就告醉求卧。仙姑带他入一香闺,里面有个仙姬,长得兼具宝钗之鲜艳与黛玉之袅娜,乳名"兼美",表字"可卿",二人结姻,数日温存。有一天,警幻携两人出游,见一黑色大河阻路。警幻告诉宝玉这是迷津,要赶快回头。话音未落,迷津里水响如雷,一夜叉般的怪物窜出来直扑宝玉。宝玉吓醒了。

第六回:贾宝玉初试云雨情　刘姥姥一进荣国府

宝玉醒后,强拉袭人偷试梦中之事,此后两人的关系更为亲密。

刘姥姥出场。因为刘姥姥的女儿刘氏嫁给了王成之子狗儿,王成祖上也做过小小京官,与王夫人家祖上连过宗。狗儿这一辈家庭落败,为了办冬事,刘姥姥便去荣国府找王夫人施舍。

刘姥姥于是携了外孙板儿,到了荣国府,先去找王夫人的陪房周瑞家的。看门人对她爱搭不理,好不容易才有人告诉她该到哪里找人。

因为之前周瑞争买田产得到过狗儿的帮忙,也为了显摆自己的体面,周瑞家的答应带刘姥姥去见管事的凤姐。她先带刘姥姥找到凤姐的丫鬟平儿,于是平儿安排刘姥姥进屋内等候。屋内香味陈设,让刘姥姥头悬目眩。

凤姐初会刘姥姥时,架子十足,先假装自己不嫌弃穷亲戚,接着说大家族的难处,其间又处理若干府中杂务。在刘姥姥快绝望时,才送了二十两银子(螃蟹宴时刘姥姥说二十多两银子够庄稼人过一年)和一串钱。刘姥姥领略了凤姐的威严和气派,又去周瑞家坐了一会儿,告辞而去。

第七回:送宫花周瑞叹英莲　谈肆业秦钟结宝玉

刘姥姥走后,周瑞家的到王夫人处回话,遇到宝钗在谈她热毒病所配之药"冷香丸"的海上方子。薛姨妈托周瑞家的给各姑娘送宫花,香菱拿了宫花来。周瑞家的出门,金钏告诉她,香菱即薛蟠人命官司所买丫头。周瑞家的又与香菱交谈了一会儿,不由得为她的身世叹惜伤感。送到惜春的房间时,惜春正在跟尼姑智能玩,笑着说自己要是剃发出家,花往哪里戴。送到王熙凤的房间时,凤姐正在跟贾琏嬉戏,宫花由平儿代收。途中遇到自己女儿替女婿(冷子兴,与人打官司)讨情分。送给黛玉时,黛玉正在宝玉房中解九连环玩,黛玉对最后才送自己颇为不满,道:"我就知道,别人不挑剩下的也不给我。"

第二天,宝玉随凤姐去宁府那边玩,秦可卿说弟弟秦钟正好在这里,于是贾蓉带秦钟过来了。王熙凤夸秦钟人才超过宝玉并送他见面礼,宝玉也与秦钟一见如故,两人私下交谈,最后宝玉邀秦钟来贾家私塾读书。

晚上告辞时,总管赖二安排焦大送秦钟回家。焦大醉骂赖二,骂贾蓉,并说出"爬灰""养小叔子"之类的话。

第八回:薛宝钗小恙梨香院　贾宝玉大醉绛芸轩

宝玉凤姐说服贾母,同意秦钟来贾家私塾上学。

宝钗的老毛病犯了,宝玉到梨香院来看望。宝钗说起通灵宝玉,宝玉拿出来,正面写着"莫失莫忘　仙寿恒昌"。丫鬟莺儿说这两句话和宝钗锁上的两句话正好是一对,宝玉也看了宝钗的锁,正、反面分别写着"不离不弃""芳龄永继",便说"倒真与我的是一对"。这时宝玉闻到宝钗身上的幽香,得知是宝钗吃的冷香丸之香,宝玉要吃,宝钗不给。这时黛玉也来看宝钗,见宝玉在这里,就吃醋说"早知他来,我就不来了"。

宝黛同在薛姨妈处吃晚饭,宝钗叫宝玉不要吃冷酒,宝玉答应了,黛玉借雪雁送小手炉之事,含沙射影地奚落宝玉听宝钗之劝。其间李嬷嬷一再劝阻宝玉饮酒,宝玉很不自在。

宝玉喝醉回去后,因为他留给晴雯吃的豆腐皮包子被李嬷嬷拿走给她孙子吃了,沏的枫露茶又被李嬷嬷喝了,生气地砸了茶杯,骂了茜雪(因为此事茜雪被撵了出去)。

秦业带秦钟拜见贾代儒,秦钟正式入贾家私塾读书。

第九回:恋风流情友入家塾　起嫌疑顽童闹学堂

宝玉约定和秦钟一起上学。是日,袭人为宝玉收拾妥当,劝宝玉念书。宝玉去见贾政,说到读书之事,贾政讽刺宝玉,又训斥跟随的仆人李贵,让李贵告诉学堂里的先生,不要让宝玉念《诗经》、古文,先要背熟《四书》。宝玉辞别黛玉后入学。

宝玉、秦钟不论叔侄而称兄弟,两人形影不离,加之容貌俊美,性情体贴,引发了不少风言风语。因为这里有许多风流少年,所以薛蟠动了龙阳之兴,假借上学,到家学中结交契弟,其中有两个外号叫香怜、玉爱。宝玉和秦钟也跟香怜和玉爱眉来眼去。一天,贾代儒外出,孙子贾瑞在代课,正巧金荣吃醋地和秦钟吵起来,贾瑞偏袒金荣,贾蔷想给秦钟出头,就教唆了宝玉的小厮茗烟去挑事。于是众人打作一团,李贵进来调停,金荣被迫向秦钟道歉,宝玉不依,最后金荣只得磕头赔罪才算了事。

第十回:金寡妇贪利权受辱　张太医论病细穷源

金荣回家后发牢骚,母亲胡氏因为家穷守寡,送子读书不易,劝儿子忍气吞声算了,但金荣姑姑璜大奶奶知道后却怒气冲冲,到宁府去找秦可卿评理。正遇尤氏在说秦可卿病重之事,尤氏一边夸秦可卿,一边责怪秦钟不该将学房里打架之事告诉秦可卿,加重了她的病情。璜大奶奶不敢再提自己前来理论之事。

贾珍说冯紫英推荐张友士给秦可卿看病。次日,张友士来府,诊脉后断定不是喜脉,并说秦可卿因为拖得太久,只有三分治得,又说病因是思虑太过。张友士给秦可卿开了药,并且暗示秦可卿病情应该熬得过这一年冬天。

第十一回:庆寿辰宁府排家宴　见熙凤贾瑞起淫心

贾敬寿辰,贾珍着贾蓉将上等可吃的东西送入其所在的道观行礼。宁府摆了家宴,请了一班小戏儿。荣府众人来宁府赴宴,贾母因身体不适不能来。尤氏与王夫人等人聊起秦可卿的病,说她已经是"十分支持不住"了,凤姐听后十分伤感。贾蓉回贾敬的话,让刻一万张《阴骘文》散人。

凤姐和宝玉饭后一起去看望秦可卿,聊了几句之后,宝玉触景生情,非常伤心,凤姐叫他先回去,自己留下来又和秦可卿说了很多衷肠细语。

凤姐回去路上,遇到贾瑞,贾瑞有意挑逗凤姐,凤姐表面迎合,内心却十分恼怒。她打发了贾瑞,上楼赴宴,吃酒听戏,至晚方散。

冬至那几天,贾母等人天天派人去看秦氏。凤姐自己也去看,见她脸上身上的肉全瘦干了,于是凤姐一面开导秦氏,一面私下让尤氏给秦氏准备后事。

凤姐回家,平儿告诉她贾瑞多次来荣府请安,凤姐告诉平儿经过,并准备找个机会处置贾瑞。

第十二回:王熙凤毒设相思局　贾天祥正照风月鉴

贾瑞又来找凤姐,凤姐假装让座倒茶,并约他晚上在西边穿堂幽会。晚上,贾瑞趁黑摸进穿堂,却被锁住了两边的门,吹了一夜过门风,差点冻死,早上回家还被爷爷贾代儒发现,贾代儒让他跪在院内读文章,还打了他三四十大板,不许他吃饭。

贾瑞不知是凤姐捉弄他,过两天又来找凤姐,凤姐一面约他晚上在房后小过道的空屋见面,一面派贾蓉贾蔷二人前去捉拿,结果贾瑞被他俩勒索各五十两,之后又被淋了一桶尿粪。回家后,贾瑞大病一年多,病情愈重,贾代儒来荣府求人参为他治病,凤姐瞒着王夫人,只用渣末泡须应付了事。走投无路之时,跛足道人路过,赠贾瑞"风月宝鉴"以治病,告诉他只能照反面。贾瑞照反面看到骷髅,便反过来照正面,看到凤姐在镜中招手,于是便入镜相会。这样反复几次,终于精尽人亡。

年底,林如海因病重来信,要接黛玉回去。贾母让贾琏送黛玉回扬州去了。

第十三回:秦可卿死封龙禁尉　王熙凤协理宁国府

秦可卿托梦给凤姐,说盛筵必散,要居安思危,并提出祭祀与家塾供给的建议。凤姐梦中惊醒,听说秦可卿已经去世了,吓出一身冷汗。宝玉听说此事,心痛难耐,不禁喷出一口血来。

众人来到宁国府悼念,尤氏犯旧疾睡在床上,贾珍哭得泪人一般,对众人说要尽他所有来办理丧事。丧事办得非常奢华,不仅大办水陆道场,还用了薛蟠送来的原为义忠亲王老千岁准备的棺木,又花了一千二百两银子,找太监戴权为贾蓉捐了个龙禁尉的官职,以抬高秦可卿的身份,与贾家交好的各家也送来祭礼。丧事过程中,丫鬟瑞珠触柱而死,丫鬟宝珠甘为义女。

全部弄好后,贾珍心满意足,但尤氏犯旧疾不能料理事务,宁府没人主事。宝玉向贾珍推荐凤姐,贾珍来请凤姐过去管理宁府。凤姐心里十分欢喜,征得王夫人同意后便应承下来。凤姐心中盘算,总结了宁府管理不善的五大顽症。

第十四回:林如海捐馆扬州城　贾宝玉路谒北静王

宁府总管来升得知凤姐管家,嘱咐众仆要小心从事。次日卯正二刻(早上六点半),凤姐入院训话并分派任务,规定作息时间,安排得井井有条。正五七正五日(即秦可卿死后第三十三天)这天早上,有一人点名未到,王熙凤命人传到,安排好其他一干杂事后,不听辩解,叫人把他拉下去打二十大板,并革一个月的银米,此事令其他仆人战战兢兢,不敢偷安。

宝玉、秦钟到凤姐处聊天,让她安排收拾书房,恰好遇到贾琏的心腹小厮昭儿从苏州回来,说林如海九月初三病故了,贾琏和黛玉要耽搁到年底才能回来。凤姐告诉宝玉"你林妹妹可在咱们家住长了",宝玉担心黛玉,蹙眉长叹。

秦可卿出殡将近,贾珍忙上忙下,凤姐事事张罗,筹划得十分整肃,合族上下,无不称赞。出殡这天,场面浩大,与宁、荣二家合称"八公"的有五家前来送殡,其他王孙公子更是不胜枚举。东平王等四家设了路祭。北静王亲自来到路祭棚前,贾珍等前往见礼,北静王问起宝玉,贾政忙叫宝玉除去孝服,前来相见。

第十五回:王熙凤弄权铁槛寺　秦鲸卿得趣馒头庵

宝玉与北静王水溶相见甚欢。北静王看过宝玉之玉,对贾政嘱托了一番,邀宝玉带去王府谈会,又将圣上所赐的鹡鸰香念珠一串赠予宝玉。于是贾赦命手下掩乐停音,将殡过完。

凤姐邀宝玉坐车送殡来到一处暂息之家庄,宝玉见到了许多农具,又看到纺车以及村姑二丫头。二丫头率性可爱,宝玉恨不得随她而去。

凤姐等人跟上送葬队伍,进入铁槛寺中,众僧设坛安灵,众人下榻歇息。凤姐等女眷到馒头庵(水月庵)安歇。庵内老尼说起张财主先把女儿许配给守备之子,后又贪财再度将女儿许配给长安府府太爷的小舅子李衙内这件事,求凤姐帮忙找人劝守备。凤姐开价三千两银子,答应帮忙。她第二天找来旺儿，假托贾琏之名，修书给长安节度使，办妥了此事。

秦钟与小尼姑智能幽会，被宝玉撞见。

第十六回：贾元春才选凤藻宫　　秦鲸卿夭逝黄泉路

秦钟回来后生病，宝玉扫了读书兴头。

凤姐出面摆平张家之事，没想到张家女儿得知父母退了与守备之子的亲事就自缢了，守备之子也投河殉情，大家人财两空，凤姐却坐享三千两。

贾政生日，贾府上下正在庆贺时听到宫中有旨，原来是元春被封为贤德妃，贾府上下一片欢腾。

智能偷跑进城来会秦钟，秦业发现后大怒，打了秦钟后自己气病而亡。秦钟伤心之余，病情加重。

贾琏与黛玉回来了。黛玉带了许多书籍回来，她分送众人礼物，却拒绝了宝玉给她的北静王所赠鹡鸰香串。

贾琏与凤姐闲谈后出去，平儿告诉凤姐旺儿嫂子刚刚来送凤姐在外面私放的利钱了。

贾琏回来与凤姐吃饭，乳母赵嬷嬷前来为儿子求事做，凤姐、赵嬷嬷谈当年王府、贾府接驾之风光。三人谈起盖省亲别院以迎接元春省亲一事，贾蓉来回省亲别院地址，贾蔷来回下姑苏采买女孩子等事，凤姐向贾蔷推荐赵嬷嬷之子。

贾琏等人带领一干管事及工匠建园。宝玉无所事事，有一天，茗烟告诉他说秦钟不中用了。宝玉前去看望秦钟，秦钟说了几句话后溘然长逝。

第十七回：大观园试才题对额　　荣国府归省庆元宵

省亲别院建成，贾政带一干清客前往观看，拟题匾额对联，正遇到在园中玩耍的宝玉。贾政带上宝玉及众清客，依次经过大门、沁芳亭、潇湘馆、稻香村、蘅芜苑、正殿、怡红院等地，一路观景题额。宝玉才思敏捷，题额写联，大展文采，众人也在一旁积极奉承。但经过园内农庄（稻香村）时，贾政以为"清幽"，宝玉却认为"穿凿"，被贾政呵斥了一顿。到一个有众多植物的山石处，宝玉介绍植物，又被贾政喝退。到正殿时，宝玉隐约记起当年在秦可卿房中之梦。众人一路经过沁芳桥，又经过另两处院子，这才走了出来。

第十八回：大观园试才题对额　　荣国府归省庆元宵（续）

宝玉来到院外，一群小厮争赏，把宝玉身上所配之物都拿走了，黛玉误以为自己为宝玉做的荷包也被送给下人了，就赌气回房，剪了宝玉托她做的香袋。宝玉阻止不及，忙把藏在衣服里面的荷包拿出来，黛玉惭愧不言，宝玉将荷包掷回便走，黛玉见他这样，越发气起来，又汪汪地滚下泪来，拿起荷包来剪，宝玉忙护住笑解，最后两人和好。

从姑苏采买的十二个女孩子和十个小尼姑、十个小道姑都到了，带发修行的妙玉也到了牟尼院。各种准备工作一应俱全。

正月十五这日，元春回家省亲。众人从早上等到晚上，元春才在众多太监的簇拥下回到家来。元春在轿内看园内景象,叹息奢华过费,遂游园,并于正殿排班受礼(贾赦、贾政等人)。元春出院,至贾母房中,与贾府女眷相见,又叫宝玉入见,然后再入园参加筵宴。她让宝玉和姐妹们为园中建筑作诗,宝玉忘了典故,宝钗提醒他。黛玉又替宝玉作了《杏帘在望》这首诗,被元春评为最佳。

元春点了四出戏,听后专赏了龄官。撤宴后又赏赐众人诸多宫中之物。直到丑时三刻(凌晨一点四十五分)才泪别回宫。

第十九回:情切切良宵花解语　意绵绵静日玉生香

宁府设台唱戏请宝玉等人。宝玉听着厌烦,出来散心,正撞到茗烟与卍儿偷情。而后茗烟提议去城外逛逛,宝玉想到袭人在家,两人便溜出后门,到了袭人家。袭人把宝玉的通灵玉给她几个姊妹看了,让她哥哥花自芳送二人回去。

李嬷嬷到宝玉房中看宝玉,众丫鬟各自玩耍,都不理她。李嬷嬷不顾劝阻,把桌上宝玉留给袭人的酥酪吃掉了,又骂袭人"什么阿物儿"。宝玉回来后,让人接了袭人回来,又命人取酥酪来。袭人得知真相,对宝玉说自己其实爱吃栗子,于是宝玉就给袭人剥栗子。两人谈起闲话,袭人假说家人要赎回自己,宝玉赌气上床,泪流满面。袭人趁机让宝玉答应她要改掉胡乱说话、毁僧谤道、吃人嘴上胭脂等毛病。

次日宝玉到黛玉房中看黛玉。两人枕在黛玉床上说闲话,宝玉发现黛玉身体上有幽香,黛玉便讽刺宝钗配药之事。宝玉编了个耗子偷香芋的故事取笑黛玉,黛玉笑拧宝玉,这时宝钗进来,三个人在房中相互取笑。

第二十回:王熙凤正言弹妒意　林黛玉俏语谑娇音

李嬷嬷在宝玉房中骂袭人"小娼妇""妆狐媚子",袭人气哭了。宝玉替袭人分辩,李嬷嬷又哭骂他。凤姐闻声赶来,知道是李嬷嬷打牌输了钱,找袭人撒气,便拉走了李嬷嬷。

袭人睡着了,天气尚早,除麝月守在房内外,众丫鬟均不在房中,宝玉给麝月篦头,晴雯进来取钱时看见了,便说起风凉话来。

第二天,贾环和宝钗、香菱、莺儿玩赶围棋,输了耍赖。宝钗护着贾环,骂了莺儿,莺儿说贾环赖下人的钱,又拿宝玉玩游戏时的大度对比。贾环气哭,被赶来的宝玉劝回家。贾环回去后,赵姨娘骂他"下流没脸的东西",被经过的凤姐听见,凤姐隔窗抢白,赵姨娘不敢出声。

黛玉听说宝玉在宝钗那边玩,就和宝玉闹别扭了,宝玉赶来劝解,告诉黛玉"亲不间疏,先不僭后",二人和好。

这时候史湘云走来,林黛玉笑湘云把"二哥哥"说成"'爱'哥哥",湘云说黛玉不敢挑宝钗的短处,保佑黛玉以后也找个说话咬舌的林姐夫。

第二十一回:贤袭人娇嗔箴宝玉　俏平儿软语救贾琏

黛玉追打湘云,宝玉劝架,宝钗也来劝架,四人闹成一团。

湘云和黛玉睡一个房间,第二天早起,宝玉来看黛玉、湘云,他替湘云盖上被子。随后他在黛玉处洗漱梳头，又要拿女孩们的胭脂吃，正好袭人过来看见，心中不悦。

宝玉回自己房中，袭人躺炕上不理他，宝玉也装睡骗袭人说话。饭后回来，宝玉赌气不理袭人、麝月，又故意把袭人改名的蕙香胡乱改为四儿，袭人、麝月偷笑。

宝玉无聊读《南华经》，借酒兴续了一短篇后睡去，第二天与袭人和好后去了上房，这时黛玉进了宝玉房中，看见续作，就作了个五言绝句嘲讽宝玉。

凤姐女儿出天花，凤姐连日陪护，贾琏趁机和多姑娘偷情。大姐儿病好后，平儿发现床上有一绺青丝。此刻凤姐进来，幸亏平儿帮忙掩饰，瞒过了凤姐。

第二十二回：听曲文宝玉悟禅机　制灯谜贾政悲谶语

贾母让凤姐给宝钗过生日，因为宝钗十五岁了，是将笄之年，凤姐打算办得要比黛玉高出一等，所以先告诉贾琏。

贾母喜欢宝钗的稳重和平，自己出资二十两交给凤姐为宝钗办生日。晚间贾母问宝钗爱吃什么、爱听什么戏，宝钗都挑贾母喜欢的说。

生日这天，贾母内院搭起戏台，宝玉前去叫黛玉听戏。宝钗先点贾母爱看的《西游记》，凤姐接着点热闹的《刘二当衣》，众人依次点后，宝钗又点了《鲁智深醉闹五台山》。宝玉起初不以为然，但听宝钗念《寄生草》后，赞不绝口。

散席时，贾母赏了小旦（龄官）与小丑，凤姐说龄官像一个人，宝钗笑而不说，宝玉不敢说，湘云说像黛玉，宝玉忙使眼色。湘云生气，晚间便命人收拾东西，宝玉赔礼不成，又来找黛玉，黛玉奚落了他一番，他只好郁郁而归。袭人劝宝玉"随和"，宝玉说自己是"赤条条来去无牵挂"，然后大哭，笔占一偈，也填了一支《寄生草》，自以为悟了禅机，上床睡去。

黛玉不放心宝玉，过来看他，袭人将宝玉的稿子交给黛玉，黛玉又传给湘云与宝钗。次日三人到宝玉房中谈禅，宝玉不能回答黛玉的问题，就灭了参禅之想。

元春送出灯谜让大家猜，宝钗等人一猜就着，却故作难猜的样子，只有迎春和贾环没有猜中，没有礼物。太监传谕，说大家制作送进宫的灯谜中，贾环的说不通，大家看其谜面，大发一笑。是日，贾母亦设春灯雅谜，大家一起赏灯取乐。贾政见元春之谜是爆竹，迎春之谜是算盘，探春之谜是风筝，惜春之谜是海灯，宝钗之谜是线香，都是不祥之物，心中伤悲。

第二十三回：西厢记妙词通戏语　牡丹亭艳曲警芳心

听说贾府要打发小沙弥、小道士，贾芹母亲听到后想为贾芹谋个差事，就找到凤姐，凤姐一口应承，便让王夫人说服贾政，把这些和尚道士送到铁槛寺。这个差事贾琏本来想给贾芸，凤姐告诉他说大观园里还要种树，到时候那个事情给贾芸，贾琏同意了，向贾政推荐了贾芹。

元春怕大观园无人居住而荒废，下谕叫家中姐妹去住。宝钗住了蘅芜院，黛玉住了潇湘馆，迎春住了缀锦楼，探春住了秋爽斋，惜春住了蓼风轩，李纨住了稻香村，宝玉住了怡红院。宝玉进院后十分快乐，作了不少诗，传出园外，大受称颂。

有一天，宝玉突然不开心起来，于是茗烟找了一些古今小说、传奇脚本给他看。这天宝玉在沁芳闸桥边偷看《会真记》，正遇见黛玉去葬花。于是黛玉也看了这书。

黛玉回去路过梨香院,听见了《牡丹亭》的戏文,想起《会真记》之词,心中悲痛,眼中落泪。

第二十四回:醉金刚轻财尚义侠　痴女儿遗帕惹相思

黛玉正伤心时,正遇到香菱,告诉她凤姐送了茶叶来。

袭人告诉宝玉去请贾赦安,宝玉缠着要吃鸳鸯嘴上的胭脂。宝玉出门遇到了贾芸,他开玩笑说贾芸像他儿子,贾芸便顺水推舟,要认宝玉做父亲。

请安过后,宝玉来到邢夫人处,邢夫人百般关照,后面来的贾环心中很不自在。邢夫人留宝玉吃晚饭。

贾琏告诉贾芸本来给他的差事给贾芹了,让他等着种树之差。贾芸便去找舅舅卜世仁讨一些冰片麝香来送凤姐。卜世仁夫妻各种装穷,拒绝施舍。贾芸离开,正遇上专门放债的邻居醉金刚倪二,倪二不要借条不要利息,借银子给贾芸。贾芸买了冰麝去送凤姐,却撒谎说是朋友送给自己的。

贾芸如约来找宝玉,宝玉不在家,他遇见了一个十六七岁的丫鬟,说话简便俏丽。

第二天贾芸又在大院门口碰到凤姐,凤姐说贾芸肯定有事。贾芸便顺口说求凤姐帮忙,凤姐答应给他种树之差事。

这天宝玉房中因没有可使唤的丫鬟,准备自己倒茶,却被一个丫鬟小红(红玉)将碗接了过去。两人闲聊了一会,被提水回来的秋纹、碧痕看见,于是二人走到边上房中,将小红一顿数落,小红辩解说自己是去找手帕的。

第二十五回:魇魔法叔嫂逢五鬼　通灵玉蒙蔽遇双真

袭人叫小红去黛玉处借喷壶,小红看见贾芸却不敢过去,所以无精打采。

王子腾的夫人寿诞相请,宝玉他们都去了。王夫人看到贾环放学,就让他帮忙抄《金刚咒》。贾环在王夫人房里拿腔作势,发号施令,但那些丫鬟都不理会他,唯有彩霞给他倒茶,并劝他安分些,贾环反污彩霞和宝玉好。

凤姐和宝玉参加寿诞回来,也来王夫人处。王夫人让宝玉躺下,又让彩霞替她拍宝玉。宝玉与彩霞说笑,贾环生气,假装失手将蜡灯推到宝玉脸上,宝玉脸上被烫起一圈水泡。王夫人先是骂了贾环,经凤姐一说又把赵姨娘叫来臭骂了一顿。

宝玉寄名干娘马道婆来荣府,看到宝玉被烫,就和贾母说要供奉大光明普照菩萨保佑宝玉。贾母让她做一日五斤香油的供奉。马道婆又到赵姨娘房间,赵姨娘透露了对凤姐和宝玉的不满,马道婆说可以暗中算计两人。马道婆收了赵姨娘五百两银子的欠契,给赵姨娘十几个纸铰的鬼和两个纸人,让赵姨娘偷偷放到凤姐、宝玉床上,她在家作法。

宝玉、凤姐果然中邪。宝玉乱说胡话,拿刀弄杖;凤姐持刀,见鸡杀鸡,见狗杀狗。后来两人不省人事,睡在床上。贾府上下乱作一团,赵姨娘、贾环心中欢喜。

赵姨娘劝贾母给宝玉办后事,被贾母臭骂一顿。正在这时,听见木鱼声响,口诵"善能医治",贾母请入,原来是一僧一道。二人叫贾政取来通灵宝玉,持诵一番,然后让人将玉悬于门上。当晚宝玉和凤姐醒来,病慢慢好了。

第二十六回：蜂腰桥设言传蜜意　潇湘馆春困发幽情

宝玉生病的时候，贾芸前来坐更看守，和红玉等人混熟了。宝玉病好后，贾芸仍种树去，红玉怀有心事。贾母赏了很多仆人和丫鬟，小丫鬟佳蕙替红玉打抱不平，红玉反过来劝佳蕙。

红玉去宝钗院中取新笔描花样，在沁芳亭畔遇见李嬷嬷，李嬷嬷说宝玉让她去叫了贾芸。红玉便站在那里等候，一会儿，小丫头坠儿带了贾芸进来，两人四目相对，红玉脸红了。

贾芸来到宝玉处请安，袭人倒茶给他，贾芸与宝玉说了些闲话。出门后，贾芸问坠儿红玉的名字，说自己捡到了一块手帕，听坠儿说是红玉的，心中十分高兴，于是故意将自己的手帕拿出来，让坠儿转交红玉。

袭人叫宝玉出去走走，宝玉来到潇湘馆闲逛，在窗外听到黛玉吟"每日家情思睡昏昏"，于是边问边走进去，黛玉红了脸装睡着，宝玉逗起她，也用《西厢记》中"若共你多情小姐同鸳帐"同她开玩笑，黛玉哭了，宝玉赶快劝她。

薛蟠谎称贾政要见宝玉，让袭人来叫宝玉。原来是他次日要过生日，所以前来相约。两人来到薛蟠房中，众人已在等候。薛蟠误以"唐寅"为"庚黄"，众人一笑。冯紫英因为有事，另约日期邀请众人后离去。

晚上，黛玉因记挂着宝玉被贾政叫去，来怡红院探望，正巧晴雯闹脾气，没听出外面黛玉的声音而不开门。黛玉听见里面宝玉和宝钗的说笑声，悲泣不止。

第二十七回：滴翠亭杨妃戏彩蝶　埋香冢飞燕泣残红

黛玉后来见院门打开，宝玉、袭人等送宝钗出来，自觉无味，回房后直到三更才睡下。

次日芒种祭饯花神。女孩都在园中玩耍，唯独少了黛玉。宝钗前去潇湘馆找黛玉，却见宝玉进去了，便转身去找别的姊妹，忽见一双玉色蝴蝶，极招人爱。她蹑手蹑脚想要扑蝶，却无意中在滴翠亭听到坠儿和红玉谈论手帕的事。为防红玉、坠儿起疑，宝钗故意放重脚步，假装说在追寻黛玉，又说黛玉刚刚在这边弄水，于是红玉、坠儿疑心黛玉偷听了她们的谈话。

凤姐差红玉办了个差事，回话时一段话中夹了四五门子话，红玉描述得一清二楚，凤姐很满意，想把她带在身边做帮手，红玉答应了。

宝玉不知昨夜黛玉来找自己之事，去找黛玉，黛玉不理而去。宝玉追上去，与宝钗、探春和黛玉闲谈，探春找宝玉帮忙买好玩的东西，还主动提出要给宝玉做鞋，又说赵姨娘昏聩得不像话。

宝玉不见黛玉，又见一地落花，便将花包好去当日葬花处。正好听见黛玉在哭唱《葬花吟》，宝玉不觉痴倒。

第二十八回：蒋玉菡情赠茜香罗　薛宝钗羞笼红麝串

宝玉听见黛玉哭唱，自己也感伤不已，黛玉发现是宝玉后便抽身离开。宝玉回怡红院途中正遇到黛玉，宝玉对黛玉说当年两人的感情，黛玉疑窦顿释，于是说起昨晚不开门一事。随后一起到王夫人处，大家谈论说笑，宝玉开玩笑说要替黛玉配一服三百六十两银子的药，宝钗不替他圆谎，凤姐替他圆谎。吃过饭后，宝玉被凤姐叫住写字，顺便说了要红玉过来之事，宝玉答应了。宝玉来到贾母处,黛玉正在做裁剪。

随后宝玉被请到冯紫英家,薛蟠、唱小旦的蒋玉菡、妓女云儿等也在。众人行令,唱曲,喝酒,薛蟠与云儿胡乱开玩笑,又乱唱什么"两个苍蝇嗡嗡嗡"。宝玉离席解手,蒋玉菡跟了出来,二人交换系小衣的汗巾子,恰好被薛蟠看见。宝玉忘记了自己的汗巾子是袭人之物,回家后被袭人责怪了,所以宝玉便在夜里偷偷将蒋玉菡送的汗巾子系在了袭人裤子上。

次日袭人、宝玉同看端午节元春赐礼,得知宝玉和宝钗的完全一样且比别的姑娘多,宝玉疑惑,只叫送自己的给黛玉,黛玉不要。宝玉知道黛玉吃醋了,立刻发誓表明心迹。

宝玉在王夫人处见到宝钗,要看她的红麝串子,等看到了宝钗雪白的酥臂时动了羡慕之心,不觉看呆了,宝钗含羞而走,这事恰好被黛玉看见,黛玉嘲讽宝玉是"呆雁"。

第二十九回:享福人福深还祷福　痴情女情重愈斟情

凤姐来说初一日在清虚观打醮一事,贾母说去,又派人请了薛姨妈等人。

初一这天,贾府上下内眷带着各房丫鬟,浩浩荡荡前去清虚观。进院后,一个十二三岁的小道士来不及回避,被凤姐扬手打了一个筋斗,小道士吓得浑身乱战,说不出话来。贾母不许众人为难小道士,又让贾珍给他钱买果子吃。贾珍出来,见贾蓉躲在钟楼乘凉,便叫众人啐他。

张道士进来见贾母,向贾母夸宝玉像国公爷(贾代善),又想向宝玉说亲,贾母找理由避开了。凤姐让张道士拿给大姐儿换的寄名符,张道士用盘子托来,顺便请了宝玉的通灵玉去给众道士看。众道士看后,送了三五十件敬贺之物。里面有个赤金点翠的麒麟,宝钗说湘云也有一个,宝玉便把金麒麟揣了起来。这时冯紫英等世家相与都来送礼,贾母后悔起来,下午便回去了。

第二天贾母、宝玉、黛玉都不再去。宝玉来看黛玉,黛玉让宝玉去看戏,因昨日张道士提亲之事,宝玉与黛玉又言语不合起来,两人都没能说出自己的心意。宝玉一时气紧,又摔起玉来,袭人等人来劝,黛玉大哭,又剪自己给宝玉做的穗子。后来贾母把宝玉带出去才罢。

过了一日,薛蟠生日,摆酒唱戏,只有宝玉和黛玉没去,贾母不见宝黛,叹说"不是冤家不聚头",这话传入宝黛二人耳内,不觉潸然泣下。

第三十回:宝钗借扇机带双敲　龄官划蔷痴及局外

宝黛二人争吵后,心中都很后悔。紫鹃劝说当日是黛玉浮躁了,这时宝玉前来,笑着向黛玉问安。黛玉见宝玉进来,不由得又哭了,宝玉不停叫"好妹妹",又说"你死了,我做和尚"。黛玉用指戳宝玉额头,又甩给宝玉绡帕用来擦泪,二人终于又和好。这时凤姐进来,拉二人去见贾母,叙说和好之事。宝玉以杨妃比宝钗,宝钗大怒,只好骂了小丫头靛儿一通。黛玉问宝钗听了什么戏,宝钗用"负荆请罪"的典故回讽,最后凤姐出来解围。

无聊之时,宝玉来到母亲王夫人的住处,王夫人正在闭目养神,丫鬟金钏捶腿,宝玉偷喂她香雪润津丹,又和她开玩笑说要讨她去自己房中,金钏叫他去东小院子拿贾环、彩云。王夫人打了金钏一个嘴巴子,宝玉赶忙逃走。最后王夫人以"教坏了爷们"为借口将金钏撵了出去。

宝玉回到大观园,见蔷薇架下一个女孩儿流着泪在地上画"蔷"字,顿生恻隐之心。这时天下大雨,宝玉提醒她避雨,却不觉自己淋了一身。

宝玉淋雨跑回怡红院,正好丫鬟们在院中戏耍,好一阵儿才开门,宝玉因心中有气,对着开门的丫鬟踢了一脚,谁知竟是袭人,袭人又羞又气又痛,只好假装没事。夜间宝玉听见袭人呻吟,举灯发现袭人吐血了。

第三十一回:撕扇子作千金一笑　因麒麟伏白首双星

宝玉因误踢了袭人,心中深感内疚,亲自服侍,第二天一大早又忙着请医问药,设法调治。

这一日端阳午宴,但大家各有心事,所以都觉得淡淡的,坐了一坐便散了。

宝玉回房,心中不乐,偏偏晴雯失手跌折了扇子,宝玉说晴雯"顾前不顾后",晴雯怼宝玉最近气大,打了袭人,嫌弃众人,宝玉气得浑身乱战。袭人过来劝解,晴雯便讽刺袭人"连个姑娘还没挣上去呢",就称起"我们"了。宝玉大怒,要撵晴雯出去,晴雯说自己死也不出去。袭人及众丫头跪下劝阻。正好黛玉过来,一句玩笑话逗笑了宝玉、袭人。

宝玉去薛蟠那里喝酒,至晚方尽席而散。他在院中哄晴雯开心,晴雯说自己喜欢听撕扇子的声音,宝玉便让她撕自己的扇子,又把麝月的扇子夺来让她撕。

次日,湘云来了,给袭人、鸳鸯、金钏儿、平儿等人带了绛纹石戒指作礼物。湘云和丫鬟翠缕闲谈,由池中荷花聊到天地阴阳二气,最后归结到麒麟也有阴阳,人亦有阴阳。二人走到蔷薇架下时,捡到了一只金麒麟。恰好宝玉过来,叫湘云去找袭人。大家进了怡红院,宝玉找自己前天拿的金麒麟给湘云看,正说丢了,湘云说她捡到了。

第三十二回:诉肺腑心迷活宝玉　含耻辱情烈死金钏

袭人与湘云闲话,湘云盛赞宝钗,宝玉怕黛玉听见。袭人求湘云做鞋,湘云知道是宝玉的鞋,便答应了。湘云又说起黛玉铰扇套一事,袭人赶快遮掩过去。

这时贾政派人叫宝玉去见贾雨村,心直口快的湘云劝宝玉留心"仕途经济",宝玉便要赶湘云出去,说黛玉从不说这样的"混账话",黛玉正好进来,无意中听见,深为感动,便哭着回去了。

宝玉出来时见到黛玉,说了很多肺腑之言,说黛玉因不放心才弄了一身病,只要放心,病就会好;后来袭人过来,宝玉误把袭人当作黛玉,继续诉衷肠,听得袭人魄消魂散。

宝玉离开后,袭人遇见宝钗,二人说起湘云因没有爹娘,在家里辛苦做针线之事,又说宝玉不喜家里做活计的人替自己做东西,只有自己做,宝钗说自己替袭人做一些。

这时,一婆子来说金钏投井死了,袭人流泪,宝钗前去安慰王夫人,说金钏是自己落井而死的,并拿出自己的新衣服为金钏妆裹。

第三十三回:手足耽耽小动唇舌　不肖种种大承笞挞

宝玉会过贾雨村,回来听到金钏投井而死的消息,五内俱伤。他正茫然不知何往时,又迎面撞上了贾政,贾政正因宝玉会见贾雨村时谈吐葳葳蕤蕤而生气,又见他魂不守舍,火气便长三分。

这时与贾府素无往来的忠顺府长史官前来拜访,说是找宝玉问琪官(蒋玉菡)的下落,又说出琪官与宝玉交换汗巾子之事,宝玉无法抵赖,只好透露了琪官在外所买房舍的位置,贾政气得目瞪口呆。

贾政送走了王府之人，又碰到贾环进谗言，说金钏之死是因为宝玉强奸未遂。贾政信以为真，忍无可忍，于是命人拿来宝玉，狠命打了几十大板，幸亏王夫人赶来将宝玉救下。王夫人哭诉死去的儿子贾珠，贾政也老泪纵横。贾母听到宝玉被打，匆匆赶来，大骂贾政，并说要与宝玉回南京去。贾政急忙叩头认罪。

宝玉被抬回房去，袭人问茗烟真相，茗烟说琪官的事多半是因为薛蟠吃醋去挑唆的，金钏的事是贾环说的。

第三十四回：情中情因情感妹妹　错里错以错劝哥哥

宝玉被抬回怡红院后，袭人精心服侍，紧接着宝钗送来了药丸，且软语劝慰宝玉。宝钗问起原委，袭人转述了茗烟的话，宝玉忙止住袭人。之后黛玉前来探望，两个眼睛哭肿得桃儿一般。黛玉万般言语无从说出，只一句"你从此可都改了罢"。这时凤姐前来探视，黛玉忙从后门溜了出去。

掌灯时分，王夫人找人询问情况，袭人前去说了宝玉饮食和身体状况。王夫人叫拿了两瓶香露给宝玉喝，又问她是不是贾环告发的缘故。袭人说没有听见这话，然后建议让宝玉搬出园去，以免外人闲话。王夫人大为赞赏，连叫她"我的儿"，并称自己"自然不辜负"袭人。

宝玉担心黛玉，所以支开袭人，叫晴雯送两条旧手帕给黛玉。黛玉会意，深为感动，在旧手帕上题诗三首。

宝钗听袭人失言说出琪官之事因薛蟠而起的传言，信以为真，便同薛姨妈一起责怪薛蟠。薛蟠不肯无端受过，拿了门闩说要打死宝玉，又说宝钗看上了宝玉才冤枉他，气得宝钗哭了一夜。

第二天黛玉看到宝钗心情不好，就在后面笑着打趣她，宝钗直接走了。

第三十五回：白玉钏亲尝莲叶羹　黄金莺巧结梅花络

黛玉在外面远望去怡红院的探视人群，见贾母、王夫人等进院去了，想起有父母的好处，不禁泪流满面，紫鹃劝她回去歇息。回院后鹦哥学着念黛玉平时的诗句，两人听了不禁笑起来。

宝钗来看母亲，说到薛蟠，两人一起哭起来，薛蟠忙过来向宝钗和母亲道歉，并保证不再出去胡闹。随后母女俩一齐进园来看宝玉，正遇上贾母、凤姐等人，宝玉还躺在床上，说要吃荷叶莲蓬汤，凤姐便命人找来汤模子做了十来碗给大家吃，贾母说她拿官中钱做人情，凤姐就自告奋勇说自己请客，银子在她账上领。

贾母、宝玉闲聊了会儿会说话和不会说话之事，宝玉原想引贾母赞黛玉，不想贾母反赞起宝钗来。贾母等人走到院外上房，设座传饭。荷叶汤也送来了，王夫人命玉钏送给宝玉。玉钏见到宝玉，满脸怒色，宝玉千方百计哄她说话。喝汤时，宝玉又故意说汤不好，哄得玉钏尝了一口。这时贾政门生通判傅试家的两个嬷嬷来请安，宝玉只顾和婆子说话，伸猛了手将汤碗碰翻了，宝玉烫了自己的手，却反先问玉钏烫着没有。两个嬷嬷出门便谈论宝玉的糊涂。

袭人携了莺儿来问宝玉打什么络子，宝玉说打汗巾子的，莺儿便说了络子的颜色搭配、不同花样等。宝玉边看莺儿打络子边和她说话，莺儿盛赞宝钗的好处。这时宝钗进来了，她也谈了一些颜色搭配的见解。

几人正闲谈时，王夫人特地打发人送了两碗菜来给袭人，宝钗知道王夫人的意思，在她的提示下，袭人想起王夫人的话来。

第三十六回：绣鸳鸯梦兆绛芸轩　识分定情悟梨香院

贾母见宝玉一天比一天好，怕贾政再找宝玉，就直接叫小厮传话贾政，不要再让宝玉见外客，宝玉从此更清闲自在，连宝钗劝他都生气。

金钏死后，有几家仆人给凤姐送礼，谋求补缺。凤姐故意拖延，等众人礼送足了，才去回王夫人，王夫人说将金钏一两银子的月钱加在玉钏身上。因有人抱怨短了月钱，所以王夫人问了房中众丫头的月钱情况，又让凤姐比照赵姨娘和周姨娘的待遇，从王夫人自己的月钱里拿二两银子一吊钱来给袭人，说再过两三年让袭人做宝玉之妾。

宝钗来看宝玉，见他正在睡午觉，袭人坐在旁边给宝玉绣鸳鸯戏莲花样的肚兜，宝钗赞叹袭人活计很好，袭人请她帮自己绣，自己出去走走。这时，黛玉、湘云前来，在窗外见此情景，黛玉冷笑而去。宝钗听宝玉说梦话要"木石姻缘"，不觉怔了。这时凤姐叫人来找袭人，告诉她王夫人的决定。宝玉听后很高兴，说袭人现在不能回家去了，二人闲谈，宝玉又说了一些对文官武将的看法。

一日，宝玉想听《牡丹亭》，他来梨香院找龄官，龄官只推说嗓子哑了。宝玉认出她就是那日在地上画"蔷"之人。宝玉出来时遇见贾蔷买了一只雀儿逗龄官开心，这让龄官有同病相怜的感觉，她于是和贾蔷赌气，贾蔷忙赔不是，这时宝玉才明白那日龄官画"蔷"之意，也明白缘分有定，回来和袭人说自己不能得到所有女孩子的眼泪。

湘云又要回去了，和众人泪别。

第三十七回：秋爽斋偶结海棠社　蘅芜苑夜拟菊花题

贾政点了学差，外出为官，宝玉更加纵性放荡，虚度光阴。一天，探春送来请帖，邀众人建立诗社，适值贾芸送来两盆罕见的白海棠花。众人纷纷取别号，李纨、探春、黛玉、宝钗、宝玉分称稻香老农、蕉下客、潇湘妃子、蘅芜君、富贵闲人。李纨自荐为掌坛，让大家以白海棠为题作限韵七律诗，结果宝玉垫底，李纨评含蓄浑厚的宝钗为第一，让宝玉有些不满。

宝玉房中众丫头闲聊，晴雯讽刺袭人得了王夫人的东西，众人打趣袭人是"西洋花点子哈巴儿"。宝玉回房，想起诗社应该有湘云参加才更有趣，第二天一大早便央求贾母派人接她来。湘云一来就写了两首海棠诗，大家赞叹。

湘云兴奋之余，当夜便与宝钗商议要自己做东，再开一社。宝钗替湘云着想，说让家中当铺伙计送几筐肥螃蟹，再往铺上取上几坛好酒，好请老太太等人吃螃蟹、赏桂花。两人商议做菊花诗，于是连夜拟出十二个菊花诗题。

第三十八回：林潇湘魁夺菊花诗　薛蘅芜讽和螃蟹咏

次日湘云邀贾母等人赏桂花。贾母等人中午来到藕香榭，贾母回忆起自己少年时代的趣事，凤姐趁机说笑奉承。螃蟹煮好了,主子丫头一起喝酒吃蟹,相互取笑,非常热闹。

众人散后,湘云便取了诗题,让大家随意创作。各人按照自己心愿,取下诗题。一顿饭的工夫,大家便将所作之诗给李纨评判。黛玉的《咏菊》《问菊》《菊梦》三首被评为诸诗之首,宝玉拍手叫"极是,极公道"。然后宝玉带头作咏螃蟹诗,黛玉和宝钗也作了螃蟹诗,这次众人皆赞宝钗之作。

第三十九回:村姥姥是信口开河　　情哥哥偏寻根究底

这时凤姐派平儿取几只大的回家再吃,湘云忙令人拿了十个极大的。李纨等人硬拉平儿坐下吃酒。李纨、宝钗等盛赞平儿,又赞鸳鸯之好,老太太离不得。大家散后,袭人跟平儿一起离开,袭人问平儿这个月的月钱怎么还没放,平儿告诉她,凤姐早支了在外放债,赚梯己利钱,一年上千的银子。

刘姥姥和板儿又来了,这次是因为田里庄稼丰收,就来送头一茬摘下来的野菜倭瓜。众人闲聊螃蟹之事,刘姥姥一算,一顿饭要二十多两银子,够庄家人过一年了。贾母正想找老人说说话,于是便把刘姥姥叫了进去,刘姥姥讲些农村里的事给大家听,贾母很爱听。现成的故事说完,刘姥姥又编女孩显灵,在雪地抽柴草的故事。宝玉追问,刘姥姥就信口胡诌,敷衍过去。第二天,宝玉派茗烟去找刘姥姥所说的庙,茗烟当然没找到。

第四十回:史太君两宴大观园　　金鸳鸯三宣牙牌令

贾母、王夫人等要给湘云还席,大家又齐聚大观园。刘姥姥也留下来热闹了一天。凤姐给刘姥姥插了一头菊花,刘姥姥夸大观园竟比画儿还强十倍,贾母便叫惜春画大观园之图送刘姥姥。

贾母等人领刘姥姥去潇湘馆,刘姥姥在布满苍苔的小路上滑了一跤,众人大笑。进馆后,刘姥姥见黛玉房里满是笔砚书籍,以为这里是公子书房。贾母看到黛玉的纱窗颜色旧了且不搭配,命令凤姐拿好纱"软烟罗"换上。

众人在秋爽斋吃早饭,凤姐、鸳鸯合伙捉弄刘姥姥。刘姥姥一句"老刘,老刘,食量大似牛,吃一个老母猪不抬头",引得众人大笑,刘姥姥用老年四楞象牙镶金的筷子,怎么也夹不起鸽子蛋。饭后,鸳鸯向刘姥姥赔不是,刘姥姥说众人吃太少了。

众人乘船,走水路来到蘅芜苑,贾母觉得宝钗屋里太素净了,让鸳鸯拿些古董来装饰。

众人来到缀锦阁吃饭听曲。按席位坐定后,贾母提议行酒令助兴,刘姥姥说"大火烧了毛毛虫""花儿落了结个大倭瓜",众人大笑。

第四十一回:栊翠庵茶品梅花雪　　怡红院劫遇母蝗虫

刘姥姥说怕失手打了瓷杯,凤姐、鸳鸯便拿出大套木杯来灌刘姥姥酒,幸亏被贾母止住,但刘姥姥还是被哄着喝了一大杯;刘姥姥又吃了贾府工序繁杂的茄鲞,大饱口福。离席后大家用点心,各式小面果子玲珑剔透,刘姥姥大开眼界。

之后贾母等人带领刘姥姥来栊翠庵,妙玉用成窑五彩小盖钟,给贾母端上一盏用旧年雨水煮的老君眉,贾母喝了一口又给刘姥姥尝尝,刘姥姥一口吃尽,说淡了些,众人都笑了。

妙玉私下招待宝钗、黛玉,宝玉跟过去。妙玉拿出两只名贵的杯子给俩姑娘用,又将自己平日用的绿玉斗给宝玉。黛玉问煮茶的是不是也是旧年的雨水,妙玉说黛玉是个大俗人,尝不出这是五年前收的梅花上的雪水,还说隔年的雨水不好。妙玉准备扔掉刘姥姥用过的那个成窑杯,宝玉说不如顺手送给刘姥姥,她也好卖了度日。又说叫几个小厮抬水放在山门外头,以供妙玉洗地。

鸳鸯带刘姥姥四处逛,到"省亲别墅"时,刘姥姥说这四个字是"玉皇宝殿",众人大笑。刘姥姥因喝多了酒,加上吃了油腻食物,上完厕所后迷了路,晕晕乎乎地到了怡红院,又误打误撞地打开机括,进了宝玉的卧房,倒头便睡,酒屁臭气散了一屋子,幸亏袭人发现,及时收拾妥当。

第四十二回:蘅芜君兰言解疑癖 潇湘子雅谑补馀香

刘姥姥准备回家了,贾母感冒没来送他,凤姐说大姐儿也病了,刘姥姥说大姐儿可能遇见什么神了,凤姐叫彩明念《玉匣记》,上书是遇了花神。凤姐佩服刘姥姥之见识,让她给大姐儿取名字,听说是生于七月初七日,刘姥姥便取名"巧哥儿"。平儿给刘姥姥看贾府所赠之物,有一百多两银子,还有御田粳米和许多衣服绸缎、干果点心等。后来鸳鸯、宝玉也送了不少东西给刘姥姥。

王太医进来给贾母看病,说她偶感风寒,不用吃药,略清淡些就好;再给巧姐看时,说只要饿两顿就好了。

吃过早饭,黛玉被宝钗叫到屋中审问,原来是昨日行酒令时黛玉用了《牡丹亭》和《西厢记》的词曲,宝钗教导黛玉不要被杂书移了性情,黛玉心下暗伏。然后二人被请到李纨处,得知惜春因为作画而向诗社告假,众人埋怨起刘姥姥来。黛玉戏称刘姥姥为"母蝗虫",宝钗做注解说黛玉用了"春秋"的法子。黛玉又给画取名《携蝗大嚼图》,众人大笑,湘云笑倒在地;宝钗给惜春说要如何画,并列出用料单子,黛玉又开玩笑说宝钗列的是嫁妆单子。

第四十三回:闲取乐偶攒金庆寿 不了情暂撮土为香

贾母让王夫人准备为凤姐过生日,说想了凑份子的新法子,贾母带头出二十两,薛姨妈也出二十两、邢夫人、王夫人出十六两,尤氏、赖大母亲等几个年高有体面的妈妈出十二两,凤姐说自己帮李纨出十二两,其余人出一二两不等,共凑了一百五十多两让尤氏操办。第二天尤氏清点时,见没有凤姐昨日说的替李纨出的份子,于是便把平儿、鸳鸯、彩云、周姨娘、赵姨娘等人的份子都退还给了她们。

这天一大早,宝玉穿着素服,带着茗烟,偷偷跑到城郊水仙庵,借香炉在后院井台上祭奠"一位朋友"(金钏),茗烟也跟着祈祷。二人在禅堂胡乱吃了些素菜回家。宝玉换回华服,赶快到花厅来与凤姐行礼,众人都骂他不知好歹,宝玉只推说是北静王爱妾死了。

第四十四回:变生不测凤姐泼醋 喜出望外平儿理妆

看戏时,黛玉猜着宝玉外出是祭奠金钏,所以借口批评王十朋以讥讽宝玉。

贾母想叫凤姐痛乐一日,大家纷纷给凤姐敬酒,到鸳鸯等丫鬟敬时,凤姐说不能喝了,鸳鸯假装生气要走,凤姐只得喝了。凤姐觉得自己过量了,想回家歇会儿。没想到才至穿廊下,她房里一个小丫头见她来了就跑,凤姐和平儿唤她回来逼问原因,原来贾琏正在家里与鲍二媳妇偷情。凤姐回到家中,在窗外听到贾琏和鲍二家的说她的坏话,骂她是"夜叉星",于是醋意大发,先打平儿,然后踢开门进去,抓住鲍二家的撕打起来。贾琏不敢打凤姐,只好打平儿,平儿急了,要找刀子寻死。贾琏拔剑说要一起杀了,这时尤氏等人进来,凤姐便跑到贾母处告状。贾母骂退贾琏,并留凤姐在她那儿过夜。

平儿被李纨拉入了大观园,宝玉请平儿到怡红院,先替贾琏夫妻向她赔不是,然后拿出袭人的衣服来让平儿换下,又拿出胭脂饰品来给平儿妆饰。宝玉想到平儿服侍贾琏和凤姐这夫妻俩,其命之薄比黛玉更甚,不觉潸然泪下。

贾琏次日一早来贾母处谢罪,贾母叫贾琏给凤姐赔不是,又叫贾琏和凤姐夫妻俩给平儿赔不是,又训斥了几句,三人和好回家。这时有人说鲍二家的吊死了,她家亲戚要告官,凤姐很开心,说只管让他告去,不许给他钱。贾琏找林之孝商议,支了二百两银子,加上王子腾帮忙,才了结此事。

第四十五回:金兰契互剖金兰语　风雨夕闷制风雨词

众姐妹来找凤姐,邀凤姐加入诗社作监社御史。凤姐说这是找她要钱,大家都笑了。凤姐说李纨每年拿一二百两银子就可以了,被李纨狠狠说道了一通,只好答应出资五十两。这时赖嬷嬷因孙子赖尚荣捐官后被选为知县,来请贾母等人去她家喝酒看戏,并对宝玉训了一通话。因周瑞家的来回话,赖嬷嬷顺便替周瑞家的犯错的儿子向凤姐求情,凤姐答应不撵他走,但仍打了四十棍。

黛玉每年至春分、秋分后会犯嗽疾,今秋多游玩了几次,病又加重了些。宝钗来看黛玉,说黛玉的药方太热,应该吃些燕窝才好,黛玉深为感动,向宝钗叙说了自己本就寄居此地,有诸多不便之处,宝钗便说从自己家里送几两来。

秋夜下雨,黛玉心有所感,拟《春江花月夜》而作《秋窗风雨夕》之诗。这时宝玉披蓑戴笠来看望她,黛玉笑宝玉是"渔翁",又说自己是"渔婆"。宝玉见了黛玉之诗,拍手叫好,黛玉夺过来烧了,宝玉说已经记得了。

宝玉走后,宝钗遣婆子送来了一大包上等燕窝,黛玉说耽误了婆子晚上赌钱,拿钱给婆子打酒吃。

第四十六回:尴尬人难免尴尬事　鸳鸯女誓绝鸳鸯偶

邢夫人传话叫凤姐过去,说贾赦看上了鸳鸯,要讨来做妾,让凤姐出主意。凤姐婉言拒绝了,邢夫人生起气来,凤姐只好虚与委蛇。

邢夫人想先说服鸳鸯,她到鸳鸯屋内,先赞鸳鸯扎花的针线好,又仔细打量,然后说明缘故。鸳鸯红了脸,一言不发。邢夫人要鸳鸯跟了她回老太太去,鸳鸯不肯,邢夫人只当她是要先征得家人同意。

鸳鸯躲到园子里,恰好遇到平儿和袭人,她告诉二人自己的态度,二人跟她开嫁给贾琏和宝玉的玩笑,鸳鸯急了,说宁可剪了头发作姑子,也不会嫁给贾赦。这时鸳鸯嫂子前来报"喜",鸳鸯啐了她嫂子,破口大骂"一家子都成了小老婆了",她嫂子羞愧而去。这时宝玉从山石后出来,叫几人去怡红院吃茶。

邢夫人得到鸳鸯嫂子回报,便告诉了贾赦,贾赦便将鸳鸯的哥哥金文翔叫了进去。次日,金文翔接鸳鸯回家去,告诉她如果这次不愿意,以后谁也不敢再要她,她总逃不出贾赦的手心,鸳鸯说要回贾母。鸳鸯来到贾母面前,说了事情原委,并用剪刀铰自己头发,被众人拦住。贾母气得浑身乱战,说贾赦是要弄开鸳鸯后好摆弄自己。

第四十七回:呆霸王调情遭苦打　冷郎君惧祸走他乡

众人听说邢夫人来了,都知趣地回避了,贾母训斥了邢夫人一顿,邢夫人满脸通红。贾母又说了鸳鸯对自己的重要性,让邢夫人转告贾赦,要的话就花钱在外面买小妾,留下鸳鸯服侍,就算他尽了孝。贾母又叫薛姨妈、王夫人、凤姐等人来打牌逗乐,鸳鸯在贾母旁递暗号,好让众人给贾母喂牌。凤姐输钱说了几句笑话,贾母的情绪才好过来了。邢夫人只好全程陪站一旁。

贾琏来找邢夫人,邢夫人回家,告诉贾赦经过,贾赦羞愧不已,不敢见贾母,终究花了八百两银子买了个十七岁的女孩嫣红做妾。

十四日那天,贾母等人到赖大家花园做客,外厅上,除贾赦外,贾家男丁及薛蟠等人也来了。薛蟠见有柳湘莲,误认为他是风月子弟。宝玉拉柳湘莲到小书房中谈论给秦钟修坟之事,柳湘莲说自己想在外面逛个三五年再回来。

为回避薛蟠,柳湘莲想先走,不料在大门口遇到薛蟠,薛蟠上前调戏,柳湘莲不动声色,与薛蟠约好在北门外桥上见面。薛蟠兴冲冲赶到,却挨了柳湘莲一阵打,弄得衣衫零碎,面目肿破,最后道歉求饶。

贾蓉等人找了薛蟠回去,薛姨妈要告官捉拿柳湘莲,被宝钗劝住,薛姨妈对薛蟠谎称柳湘莲已逃走他乡。

第四十八回:滥情人情误思游艺　慕雅女雅集苦吟诗

薛蟠伤好后,自觉难见人,准备和老伙计张德辉去南方做生意,薛姨妈怕他生事,本来是不同意的,被宝钗说服,便同意了。薛蟠走后,宝钗央求母亲,把香菱带到园子里和她做伴。香菱进大观园后,宝钗让她到各处去拜拜码头。

香菱去后,平儿来宝钗处找治棒疮的药。原来贾赦看上了石呆子家传的几把古扇,命贾琏弄来,因为石呆子死活不卖,贾琏事情没办成;后来贾赦叫贾雨村帮忙,贾雨村讹诈石呆子拖欠官银,直接把扇子抄了,作了官价送来。贾赦埋怨贾琏无能,贾琏嘟囔了几句,贾赦就打了贾琏一顿,脸上打破了两处。

香菱想学诗,黛玉自愿给香菱当老师,给她讲作诗的基本道理,又给她《王摩诘全集》看。香菱看后,与黛玉谈感想,宝玉说她"已得了"。于是香菱开始作诗,如同疯魔了一般,竟然在梦中得了八句诗。

第四十九回:琉璃世界白雪红梅　脂粉香娃割腥啖膻

第二天一早,香菱便把梦中所得的句子写了出来,得到大家的一致赞许。

这时贾府来了一帮亲戚，有邢夫人的兄嫂及其女儿岫烟，李纨的寡婶和两个妹妹李纹、李绮，宝钗的表弟妹薛蝌、宝琴，还有凤姐的堂哥王仁，大家凑巧了一齐赶来。

宝玉叫众丫鬟们去看人，探春也来找宝玉，说这些人都会写诗，从此诗社兴旺了。又说贾母最喜爱宝琴，已经逼得王夫人认了干女儿。宝玉、探春商定等大家熟悉后再起一社。

薛蝌住薛蟠书房，宝琴跟贾母住，李纹、李绮跟李纨住，岫烟跟迎春住，大观园比之前更热闹了不少。众人闲谈，宝玉奇怪黛玉对宝钗的态度，以"孟光接了梁鸿案"之典问黛玉，黛玉告诉了他当日与宝钗冰释之事。

天下雪了，李纨说起诗社为几位新入园者接风。于是众人在芦雪广（即芦雪庵）吃烤肉。吃毕，平儿拿下来的镯子却少了一个。

第五十回：芦雪庵争联即景诗　　暖香坞雅制春灯谜

大家开始依题即景联句，凤姐虽然不太识字，却以"一夜北风紧"开了个好头，随后大家争先恐后，大展其才。尤其是湘云、黛玉、宝琴三个，更是你争我抢，毫不相让。评判结果，独湘云最多，宝玉垫底，李纨罚他到栊翠庵向妙玉求一枝红梅来，结果宝玉果然取来一枝二尺来高的红梅，于是岫烟、李纹、宝琴、宝玉各作了一首《咏红梅花》。

这时贾母来了，说与大家凑趣儿，带领大伙儿到惜春屋里取暖看画。到暖香坞后，贾母催促惜春，说年下就要画；这时凤姐也找来说请贾母用晚饭。贾母出来，看到宝琴、宝玉雪中折梅回来，夸奖宝琴比画中还好。

晚饭后薛姨妈过来，大家闲谈，贾母便问到宝琴的生辰八字，似乎要给她做媒，薛姨妈说已许给梅翰林家了。

第二天，大家又齐聚暖香坞，做起猜灯谜的游戏来，李纨用《四书》中的一句作谜，黛玉猜着了。宝钗说众人之谜老太太不喜欢，要求编些雅俗共赏的浅近物儿，湘云作《点绛唇》，宝玉猜是耍的猴儿。宝钗、宝玉、黛玉也各编了一个。

第五十一回：薛小妹新编怀古诗　　胡庸医乱用虎狼药

宝琴作了十首"怀古诗"，各隐一物，众人品评了一番，宝钗说后两首怀古诗（《蒲东寺怀古》《梅花观怀古》）史鉴无考，要求另作，黛玉赶忙劝住，李纨也说留着。

袭人的母亲病重，凤姐帮袭人打扮，车和服装也是大家气派，免得别人笑话她"当家倒把人弄出个花子来"。宝玉晚间睡梦中叫袭人，无人答应，自己醒来。麝月给他倒了茶，然后出去上厕所，晴雯不披衣跟出去，想要吓唬吓唬她，结果一冷一热，当时就打了两个喷嚏。次日晴雯病了，宝玉偷偷派人请大夫来，大夫看到如此精致的房间，竟以为是给小姐看病，后来才知是个丫鬟。宝玉看大夫所开之药，觉得大夫不行，叫茗烟另请了王太医来看。

最后袭人的母亲病故，凤姐又派人送去铺盖，赐银四十两，袭人感激不尽。袭人不在的这段日子，由晴雯和麝月负责宝玉的饮食起居，但宝玉睡梦中仍叫袭人，凤姐吩咐怡红院的丫鬟别由着宝玉胡闹。

第五十二回：俏平儿情掩虾须镯　　勇晴雯病补雀金裘

宝玉记挂着晴雯，饭后便急忙赶回来，却发现麝月被平儿叫出去说话，他到窗户下偷听，原来平儿告诉麝月，说她的虾须镯是被丫头坠儿偷去的，平儿怕这件事万一张扬出来，让宝玉和袭人面上无光，也怕老太太生气，所以她骗凤姐说是自己丢掉的，宝玉听后又赞又叹，把此事告诉了晴雯。晴雯大怒，当即要赶坠儿走，宝玉劝她不可辜负平儿之意，又叫麝月拿鼻烟来给晴雯通鼻子，还叫麝月到凤姐处找了两块膏子药给晴雯贴在两边太阳穴上。

宝玉去黛玉处，见房中水仙，盛赞清香。宝琴说起幼时所见真真国女子所作之诗，宝钗把湘云也叫过来听。

次日是王子腾生日，宝玉一早就赶到贾母处来，贾母让人把哦啰斯国拿孔雀毛拈了线织的"雀金呢"给他穿上。晴雯在家，吃药不见病退，心中着急，见坠儿进来，马上便将她赶了出去。

宝玉晚上回来唉声叹气，原来"雀金呢"被烧了一个洞。众人连夜找匠人织补，但无人能揽这个活儿。晴雯只好挣扎着病体，补补停停，直到天将明时方才补完。

第五十三回：宁国府除夕祭宗祠　荣国府元宵开夜宴

腊月已至，荣府忙着治办年事。王子腾升了九省都检点，贾雨村补授了大司马，协理军机参赞朝政。贾珍也忙着祭祀的事情。贾蓉则进宫领取了春祭的恩赏，父子俩又忙着收验乌进孝送来的钱粮及各种杂物，发现少于往年，不免埋怨如今的开支越来越大，进项却越来越少了。贾珍分派年货，贾芹来取，贾珍说贾芹有差事，有份例，不应该再贪年货。

腊月二十九日，贾母等有封诰的人先进宫朝贺。随后贾府男丁进宗祠祭祀，祭祀完成后众人随贾母至正堂拜影上贡，过程庄重严肃。祭祀完毕，众人又回到荣府，贾赦、贾敬带领子弟给贾母行礼。然后每天喝酒看戏。

到了十五晚上，贾母在大花厅摆酒设戏做家宴，陈设中十六扇璎珞分外珍贵。大家吃酒看戏，用大簸箩装满铜钱赏戏班子。

第五十四回：史太君破陈腐旧套　王熙凤效戏彩斑衣

贾母说"赏"，小厮们便往台上大把撒钱。随后贾珍、贾琏等给贾母斟酒，然后退下。贾母不见袭人，王夫人便向她说起袭人因母孝不能过来之事。

宝玉回房，看到袭人与鸳鸯正在聊天，便又悄悄走了出来，到花厅后廊，丫头见准备给宝玉洗手的水冷了，便叫住一个老婆子倒了些滚水。宝玉洗手毕，要了一壶暖酒向众人倒酒，大家都喝了，只有黛玉不饮，拿起自己的杯子放在宝玉唇边让他代饮了。

歇了戏，又有人带进来两个女先儿，题目是《凤求鸾》，讲的是公子王熙凤上京赶考遇见雏鸾的故事。于是贾母发了一通见解，认为这些故事都没有现实根据，是编造出来的，真正的大家闺秀不是这样的，凤姐趁机对贾母的高见奉承了一番。

随后大家进暖阁听文官等人唱戏。然后贾母叫女先儿击鼓，众人传梅，每人讲了一个笑话。贾母讲小媳妇喝猴儿尿的笑话打趣王熙凤会说话，王熙凤又讲了一个放炮仗的笑话。然后贾母吩咐小厮们在院子里放各种烟火，又命小戏子打了一回"莲花落"方散。

第五十五回：辱亲女愚妾争闲气　欺幼主刁奴蓄险心

元宵过后，凤姐小月了，每天请医服药，不能理事。王夫人命李纨、探春管理诸事，又把宝钗叫过来协助。三人管理得比凤姐当差时更严格,下人们连夜里偷着吃酒玩的工夫都没有了。

吴新登媳妇来报,说赵姨娘的弟弟赵国基死了,她故意不说该赏多少,以试探李纨与探春,被探春识破并责骂了一通。探春按旧例赏银二十两,赵姨娘来哭闹,说探春踩她,她连袭人也不如了(因为袭人母亲死的时候拿了四十两)。探春向她解释这是按规矩办事,并劝赵姨娘安静些养神。赵姨娘说探春尖酸刻薄,"拣高枝儿飞",不照顾舅家,探春哭着说"我舅舅年下才升了九省检点",并不承认赵国基是她舅舅。这时平儿、宝钗进来,又有一个媳妇进来支取贾环、贾兰学里的公费,探春便做主取消了学里公费一项。探春的所作所为让所有人都知道了她的厉害,凤姐称赞她"好个三姑娘",并叫平儿配合探春的行动。

第五十六回:敏探春兴利除宿弊　时宝钗小惠全大体

平儿来探春处,探春向她说起园中丫头们各种费用重重叠叠之事,平儿也说了些园中积弊。探春说园子里每年花木果蔬很多疏于管理,大部分都浪费了,并提出把原本要花钱去维护的大观园交给那些没多少事的婆子们,让她们种植并出售花果作物,从而获得收入。宝钗提议让承包了园子的婆子在年终拿出一些钱来给那些没有承包园子的婆子,算作体谅她们,因为她们平时也要起早贪黑做些"关门闭户、抬轿子、撑船"之类的粗活,众婆子欢喜异常,欢声鼎沸。

甄家派人送了礼过来,四个体面的婆子向贾母请安,闲谈中说她们家也有一个宝玉,今年十三岁,长得整齐,淘气异常,深得老太太疼爱。贾母听后把宝玉叫进来,四个婆子说二人模样竟是一样。宝玉心中既向往又迷惑,回房睡去,竟在梦中到了甄府,又见了甄宝玉,醒后才知道是镜中影儿,麝月推测说这是床前有大镜子的缘故。

第五十七回:慧紫鹃情辞试忙玉　慈姨妈爱语慰痴颦

王夫人带贾宝玉去甄家,见到甄宝玉,果然如宝玉梦中所见。

一天,宝玉到潇湘馆,遇到紫鹃穿着单薄,在回廊上做针线,宝玉摸了一下她的衣服,被紫鹃训了一顿。宝玉便走到沁芳亭后桃花树下发呆,紫鹃过来安慰他,谎称黛玉明年要回苏州老家,让宝玉把从前黛玉送的东西都收拾出来还给黛玉。宝玉如雷轰顶,呆呆地回到怡红院,眼睛发直,呆如木偶,李嬷嬷说宝玉"不中用了"。袭人来寻紫鹃,说明情景,黛玉让紫鹃马上去解释。贾母、王夫人大骂紫鹃,宝玉见到紫鹃却哭了出来,他抓住紫鹃,死也不放手,又以为林之孝家的是林家来接黛玉的人,叫都打出去。王太医诊断说是"急痛迷心"。紫鹃见因自己的一句玩笑话引出这样大的事,只好尽心侍候宝玉大愈,而黛玉听说宝玉如此情形,又多哭了几场。宝玉好后,紫鹃向他说明了试探之意,宝玉说他与黛玉"活着,咱们一处活着;不活着,咱们一处化灰化烟"。

薛姨妈想把邢岫烟说与薛蝌,来找凤姐帮忙。凤姐一提,贾母果然同意。

宝钗和岫烟来看黛玉,途中岫烟谈起被盘剥只好当衣服之事,原来是当进了宝钗家开的当铺。宝钗到黛玉处,正遇到薛姨妈也在这里,大家谈起姻缘来。宝钗开玩笑说要黛玉嫁薛蟠,薛姨妈说黛玉嫁宝玉正适合,羞得黛玉只能和宝钗算账。

这时,湘云拿着一张当票来问是何物,黛玉也不认识,宝钗叫她连忙收好,原来这就是邢岫烟典当衣服的当票。宝钗对众人谎称是死票,又私下告诉湘云、黛玉原因,二人都替岫烟抱不平。

第五十八回：杏子阴假凤泣虚凰　茜纱窗真情揆痴理

宫里一位老太妃薨了，有爵之家一年不得筵宴音乐，民间三月不得婚嫁。贾母等人每天入朝随祭，要满一个月才能结束。因此由尤氏协理荣宁两府事宜，薛姨妈也搬进潇湘馆，因管理不力，荣、宁两处下人种种不善。尤氏等人商量把唱戏的十二个女孩子打发出门，但这些女孩子大半不愿出去，便分在各房使唤。将贾母留了文官，将芳官给了宝玉，蕊官给了宝钗，藕官给了黛玉，葵官给了湘云，荳官给了宝琴，艾官给了探春，茄官给了尤氏。文官等一干人大多不能安分守理，众婆子无不含怨。

清明这天，宝玉拄了一根拐杖出来闲逛，遇到湘云等人，被她们就"是接林妹妹的"之事取笑了一番，宝玉红了脸，又前去看黛玉，途中见杏子"绿叶成荫子满枝"，想起邢岫烟已择了夫婿，未免又少了一个好女儿，再几年未免红颜如槁了。见雀落枝头乱啼，宝玉又感叹不知雀儿明年可还记得今年曾来过这里了。

这时火光从山石后发出，一婆子正在呵斥藕官在园内烧纸钱，宝玉上前代为掩饰，呵退了婆子。藕官告诉宝玉芳官和蕊官知道她烧纸的原因。宝玉见了黛玉，发现她更瘦了。

芳官不满她干娘用亲女儿洗过的水给她洗头，两人吵了起来，幸亏袭人叫麝月出面，强言压住，那婆子才不再闹。晚饭时，宝玉让芳官帮忙吹汤，她干娘不懂规矩，擅自闯进屋来，想要争着吹汤，结果被晴雯赶了出去，之后又被其他婆子嘲笑了一回。

宝玉问芳官、藕官烧纸的原因，芳官说因为死去的药官与藕官同演夫妻，入戏太深，药官死后，藕官怀念药官，所以才烧纸钱。宝玉告诉她烧纸钱不是孔子遗训，只要用香炉焚香供奉即可。

第五十九回：柳叶渚边嗔莺咤燕　绛芸轩里召将飞符

送灵日将至，贾母等人预先去了下处等候，荣府关了大门，只留西边小角门，每日林之孝家的进来，带领十来个婆子上夜。

一天清晓，宝钗见园中土润苔青，原来夜里下了几点微雨，湘云说两腮作痒，宝钗便命莺儿到黛玉处取一些蔷薇硝回来，蕊官也一起去了。二人结伴到了柳叶渚，莺儿采了许多柳条，编了个花篮送给黛玉，黛玉称赞编得别致。藕官、蕊官先送硝过去，莺儿留在柳堤编花篮，正巧春燕过来，提到藕官烧纸和芳官洗头的事情，春燕不禁抱怨起自己的妈妈和姨妈两个人（即藕官、芳官干娘）来，又说这片园子是她姑妈管理，"一根草也不许人动"。莺儿说独她可以，因为宝钗从来没要这园里送过花草。恰巧她姑妈赶来，看到采的柳条、鲜花，内心不受用，只好拿春燕出气，用拐杖打了春燕几下，这时春燕娘也过来骂女儿，莺儿替春燕解释缘故，春燕娘却只管打骂春燕，莺儿赌气将花柳掷于河中。春燕哭着回到怡红院，那婆子不听袭人劝解，仍然要打女儿，春燕便直奔宝玉身边叙述了一遍原委，麝月让丫头去请平儿，平儿传话要撵出去，在角门外打四十板，婆子流泪哀求方免。

第六十回：茉莉粉替去蔷薇硝　玫瑰露引来茯苓霜

宝玉叫春燕跟她娘到宝钗屋里向莺儿道歉，途中春燕笑她娘不懂事。道歉后，蕊官拿一包蔷薇硝让她们给芳官擦脸,芳官回来的时候,正巧贾环也在怡红院,便向宝玉要一半,芳官不想将蕊官赠物送给他,便另拿了一包茉莉粉给他。贾环将这包"蔷薇硝"送给彩云,赵姨娘知道真相后叫贾环去闹事,贾环不敢,赵姨娘便自己去找芳官,途中遇到藕官干娘夏婆子,夏婆子又挑唆她"把威风抖一抖"。宝玉不在房中,赵姨娘骂芳官,芳官还嘴;赵姨娘便打了芳官,藕官、蕊官、葵官、荳官等人前来帮芳官,几人打成一团,平儿和探春等赶来,才制止了这次争斗。探春叫赵姨娘不要"失了体统",又让人去查事情原委,艾官向探春说是夏婆子造谣,但告密之事随即被夏婆子的外孙女儿小蝉知道了,之后小蝉与芳官在厨房里见面时吵了几句。

芳官一向与柳家五儿关系好,柳家想叫女儿去宝玉房中当差,托芳官去给宝玉说,宝玉虽答应但尚未说得。芳官向宝玉讨玫瑰露给五儿,宝玉就连瓶子都给了她,芳官便拿到厨房送给了柳五儿。柳家的又不顾五儿劝阻,分了半盏送给她哥的儿子。

第六十一回:投鼠忌器宝玉情赃　判冤决狱平儿情权

柳氏正在厨房分配各房菜馔,忽然迎春房里的小丫鬟莲花儿来说司棋要一碗炖鸡蛋,柳家的抱怨说鸡蛋不够,二人争吵起来。莲花儿将此事添了一篇话告诉司棋,司棋随后带领一众小丫头大闹厨房,将箱柜中的菜蔬扔了一地。柳氏只好蒸了一碗蛋叫人送去,却被司棋全泼在了地上。

柳氏把她兄弟回赠的茯苓霜拿给五儿,五儿便偷偷来到怡红院,送了一半给芳官,回来时园门已关,又恰好遇到林之孝家的,五儿支支吾吾的神情引起了她的怀疑,小蝉、莲花儿说五儿这两日跑里头太多,又说几处失窃,偏在厨房见到了一瓶玫瑰露。林之孝家的去厨房拿了露瓶,又从五儿身上搜出剩下的半包茯苓霜,平儿听完五儿的解释后,将五儿交给上夜之人看守一夜,五儿器了一夜。

平儿第二天找到袭人打听,知道事情的真相,原来是赵姨娘命彩云偷了太太屋里的玫瑰露,而五儿之物却是芳官赠送的。因为其中牵扯赵姨娘,怕又惹探春生气,所以这事便由宝玉揽了下来。平儿把彩云和玉钏叫来,说了宝玉揽下盗窃案一事,彩云坦然承认是她拿了给贾环,众人服她有肝胆。凤姐知道后,仍要把太太屋里的丫鬟拿来跪瓷瓦子,平儿劝她"得放手时须放手"。

第六十二回:憨湘云醉眠芍药裀　呆香菱情解石榴裙

柳家的化险为夷,让原本想接手厨房事务的秦显家的竹篮打水一场空,白送了许多礼,司棋也气了个倒仰。

宝玉与宝琴同过生日,大家赠送寿礼,又吃了面,后来发现平儿和岫烟也是同日生,探春提议大家凑份子给平儿过生日。大家来到红香圃中,依次坐好,宝玉嫌雅坐无趣,众人就拈阄行令。探春做了令官,拈了射覆与划拳,湘云只划拳,被罚了一盅酒。于是香菱、宝琴、宝钗等人射覆,湘云和宝玉、尤氏与鸳鸯、平儿与袭人分别作对划拳。黛玉失言提到上次玫瑰露事件,后悔不已。众人正乐间却不见了湘云,一个小丫头来叫大家去看。原来湘云醉卧在一个石凳子上,香梦沉酣,四面芍药花落了一身,身边围着一群蜂蝶。

探春正下棋,林之孝家的带了一个媳妇进来,说惜春房中小丫头彩儿的娘嘴不好,要赶出去,探春同意了。宝玉、黛玉在花下聊天看见了,二人称赞探春。黛玉为贾府后手不接忧虑,宝玉却说贾府再后手不接也少不了他和黛玉两人的。

芳官、宝玉、小燕在房中吃了柳家的送来的饭菜,宝玉说五儿明天直接进园,袭人、晴雯知道与芳官一起吃饭后有些醋意。饭后香菱、芳官等一群小丫头在斗草玩耍,不慎把香菱的新裙子弄脏了,宝玉赶忙拿了袭人的一模一样的新裙子给她换上,香菱临走时叫宝玉他们别把裙子的事告诉薛蟠。

第六十三回:寿怡红群芳开夜宴 死金丹独艳理亲丧

晚上,袭人和宝玉房中的其他丫鬟凑份子,预备果子及绍兴酒,单独给宝玉过生日。小燕告诉宝玉五儿病了,不能进来。林之孝家的来查夜,催促他们快睡,宝玉假装答应。林之孝家的走后,袭人把宝钗、黛玉、探春、李纨、宝琴、香菱等人叫过来,大家玩占花名,抽签饮酒。宝钗掣的是一支牡丹,探春的是杏花,李纨的是老梅,湘云的是海棠,麝月的是荼蘼花,香菱的是并蒂花,黛玉的是芙蓉,袭人却取了一枝桃花。这里可知香菱、晴雯、宝钗与袭人同庚,黛玉与袭人同辰。

二更以后,黛玉、李纨等人各自回房歇息。宝玉和丫鬟们又猜拳赢唱小曲儿,玩到四更才胡乱睡去。早晨醒来才发现芳官竟是与宝玉同榻而眠,大家又笑了一回。

妙玉送来了一张粉笺子,署名"槛外人",宝玉请教岫烟后,以"槛内人"署名回了帖。宝玉回来,给芳官改名,便叫她"耶律雄奴",不想去赴平儿回请之宴时,大家学着叫这名字却连连叫错,宝玉便改叫"温都里纳",众人嫌拗口,就叫"玻璃"。

正玩笑间,东府来人,说贾敬宾天了,太医看了,说是由于吞金服砂,肚腹烧胀而死,尤氏叫人锁了道士,等贾珍来处置,且命人去飞马报信。朝廷追赠贾敬五品之职,按例赐祭。贾珍父子在家庙中放声大哭。贾蓉回家后便与尤二姐调情。

第六十四回:幽淑女悲题五美吟 浪荡子情遗九龙佩

人来时贾珍父子在灵旁藉草枕苦,恨苦居丧;人散后就乘空去找尤二姐厮混。

一天,宝玉回家看黛玉,回怡红院时见晴雯等人在抓子儿赌瓜子玩,袭人独自在房中打结子,两人闲谈了会,宝玉便往黛玉处去,中途遇见雪雁说黛玉要瓜果准备摆香炉,他怕黛玉伤心,便先去凤姐处再到潇湘馆来。

宝玉来到潇湘馆,见黛玉面带泪痕,宝玉劝黛玉不要作践坏了身子,自己却急而生悲。宝钗随后到来,二人共同欣赏黛玉刚刚写的几首分别以西施等五位有才色的女子为题的小诗,立意新奇,宝玉题为《五美吟》。

第二天,贾母、王夫人等回来了,又到贾敬灵前痛哭了一场,随后贾母病倒,直到贾敬送殡也没能大愈。因为贾珍、贾蓉要在铁槛寺中守灵百日,贾琏便以替贾珍料理家务为名,不时来撩拨尤二姐,得到尤二姐回应。这天贾琏、贾蓉回城办事,贾琏便有心向贾蓉提起尤二姐,贾蓉出主意叫他偷买宅子娶了尤二姐,贾琏依计而行。尤老娘因经济上的原因,也答应了。于是贾琏不顾国孝家孝,偷偷置了房子,娶尤二姐做了二房。

第六十五回:贾二舍偷娶尤二姨 尤三姐思嫁柳二郎

贾琏偷娶了尤二姐,又叫鲍二夫妇过来侍候,他与下人都直接叫尤二姐"奶奶",又将自己积年的体己都给尤二姐收着,说只等凤姐一死,便把尤二姐扶正。

有一天,贾珍打听到贾琏不在,便到其秘宅调戏三姐,贾琏回来,只装作不知,却不想二马同槽,踢闹起来,贾琏只好去见贾珍,二人与尤三姐喝酒。尤三姐借酒撒泼,大骂贾珍、贾琏兄弟。尤二姐为三妹的将来担忧,劝贾琏找个相熟的人把尤三姐聘了。

次日贾琏与尤二姐等人在秘宅饮酒,尤三姐表示要改过守分,拣一个素日可心如意之人跟了去,并表示心里已有了如意郎君。正说着,贾琏被家人叫走,只留下兴儿服侍,尤二姐便向兴儿打听荣府之事,兴儿便告诉她凤姐之歹毒,劝她一辈子不见凤姐才好;又谈了平儿、李纨、探春及林黛玉、薛宝钗等人。

第六十六回:情小妹耻情归地府　冷二郎一冷入空门

尤三姐问到宝玉,兴儿便告诉她们宝玉素日不同于别人的呆处、痴处,又说宝玉将来准是林姑娘定了的。正说笑着,隆儿来告知贾琏近日要往平安州去。

次日贾琏前来告辞,尤二姐对他说三妹钟情的人是冷面郎君柳湘莲,尤三姐告诉贾琏自己即日起吃斋念佛等柳湘莲来,并断簪发誓。贾琏去平安州的路上正好遇见了已经和好的薛蟠和柳湘莲,于是把尤三姐和柳湘莲的婚事议定了,柳湘莲赠送祖传鸳鸯剑做定情信物。

后来柳湘莲和宝玉见面,二人谈起尤氏姐妹,湘莲认为宁国府里"除了那两个石头狮子干净,只怕连猫儿狗儿都不干净",十分后悔,于是赶往贾琏新房,要求退还鸳鸯剑,尤三姐听到柳湘莲和贾琏的对话,知道柳湘莲前来退亲,便决然拔出鸳鸯剑之雌剑在二人面前自刎而死。柳湘莲此刻才知道尤三姐不但绝色,而且痴情刚烈,于是伏尸大哭一场,拿雄剑割掉"烦恼丝",随一个道士去了。

第六十七回:馈土物颦卿念故里　讯家童凤姐蓄阴谋

柳湘莲和尤三姐之事传到薛家,薛蟠和薛姨妈都很难过,唯有宝钗毫不在意,说这是前生命定的事情。她将薛蟠从江南带给自己的各色小玩意打点清楚,分头送给园里众姊妹,送给黛玉的比别人加厚了一倍。谁想黛玉看到这些家乡土物,竟触景生情,伤感了好一阵子,紫鹃和宝玉都安慰她,宝玉又说玩笑话逗她开心,这才让她脸上有些喜色,于是二人前往宝钗处道谢。

赵姨娘拿着宝钗送贾环之物到王夫人处显摆,王夫人却正眼都不瞧她一下,这让她招了一鼻子灰。莺儿送完巧姐之礼回来后说凤姐正在生气。

宝玉回家后,袭人叫他先去凤姐那里看看,尽个礼,自己随后就到。袭人来到凤姐处,发现凤姐神色不同往常,一会儿便告辞回家。袭人走后,凤姐又和平儿说贾琏偷娶之事,于是把旺儿和兴儿叫来审讯,二人害怕凤姐的威势,只好交代了在贾珍父子怂恿下,贾琏偷娶尤二姐的过程。凤姐大骂贾珍夫妇,平儿跪地苦劝,凤姐盘算多时,想出了一个"一计害三贤"的狠主意。

第六十八回:苦尤娘赚入大观园　酸凤姐大闹宁国府

贾琏又去了平安州,将近两个月方回。凤姐命匠人按正室的标准装修好东厢房,然后身穿素衣,带着一众人等来到尤二姐处,尤二姐虽然吃了一惊,但还是以礼相待。二人进入室内,凤姐低声下气,说尤二姐是自己的大恩人,请求尤二姐随自己进园居住,尤二姐便跟随她搬进大观园,先在李纨处住下。凤姐告诉众人贾琏是孝中娶亲,所以此事不能让贾母及王夫人知道。然后凤姐变着法将尤氏的丫鬟一概退出,另派一心腹丫鬟善姐来服侍尤二姐。几天后,善姐便开始以种种理由刁难尤二姐,尤二姐有苦难言。

凤姐打听清楚了尤二姐原来定下的亲事,叫旺儿挑唆张华去状告贾琏"国孝家孝之中""强逼退亲,停妻再娶",随后暗地里又打通都察院传贾蓉前去对质。随后凤姐怒气冲冲来到宁府,把尤氏、贾蓉大骂一通,吓得贾蓉跪下哀求并打自己嘴巴子,凤姐滚入尤氏怀中,大放悲声,把尤氏揉搓得像一个面团,衣服上全是眼泪鼻涕。尤氏母子答应给五百两银子来打点,求凤姐在老太太、太太们跟前周全方便。然后众人一起商量如何处理此事,众人都夸凤姐足智多谋。凤姐向尤二姐诉说了她如何操心救众人无罪,尤二姐感激不尽。

第六十九回:弄小巧用借剑杀人 觉大限吞生金自逝

凤姐带尤二姐见了贾母、太太及各位姑娘,贾母说尤二姐比凤姐俊些,王夫人也很乐意,于是尤二姐搬进了厢房居住。凤姐暗中调唆张华,叫他继续告官,要回原妻,她自己却假装害怕,来回贾母,说尤二姐是有夫之妇,名声如何不好,贾母仍叫凤姐料理此事。不想贾蓉已暗暗打发了张华,张家父子得了约百金回原籍去了。凤姐怕被张华握住把柄,于是就派旺儿去治死张华,旺儿在外躲了几日,回来哄骗凤姐,说张华因带银子在身,已被人闷棍打死了,张华父亲也被吓死了。

贾琏这段时间替父亲办事得力,贾赦很高兴,就赏了他一个丫鬟秋桐做妾。凤姐生气装病,趁机不再和尤二姐一块吃饭,暗中指使丫鬟们虐待尤二姐。贾琏有了新欢,对尤二姐也冷淡了。凤姐用"借剑杀人"之法,装出软弱的样子,私下挑唆秋桐拿各种脏话辱骂尤二姐,尤二姐受了暗气,渐渐黄瘦下去,所怀的男胎也因庸医胡君荣乱开药而流产。贾琏大怒,凤姐于是叫人去算命打卦,算命的说是属兔的阴人(暗指秋桐)冲犯了,于是秋桐在尤二姐窗前大骂。尤二姐不堪凌侮,夜里吞金而逝。

贾琏大恸,搂尸大哭不止,找凤姐要银两治办棺椁,凤姐只推有病,拿了二三十两银子来治丧,幸亏平儿偷出了二百两银子给贾琏。

第七十回:林黛玉重建桃花社 史湘云偶填柳絮词

贾母不允许将尤二姐送进家庙,贾琏只好将她与尤三姐葬在一起。

因柳湘莲之去、尤氏姐妹之死、柳五儿之病,宝玉情色若痴,语言常乱,似染怔忡之疾,众丫鬟只好变着法逗他开心。这天宝玉正与晴雯、麝月、雄奴(芳官)等人打闹,碧月过来找手帕,说近日园中冷落,这时湘云又打发人来喊宝玉去瞧好诗,原来是黛玉写了一首《桃花行》,宝玉读后不禁滚下泪来。宝琴故意说是她写的,宝玉说虽然宝琴有此才,但宝钗决不会让她作此伤悼之诗。后来众人说起诗社,决定次日起社,改海棠社为桃花社,黛玉为社主,不想次日是探春生日,所以又改到初五日。

时值暮春,湘云无聊,见柳花飘舞,便填了一首《如梦令》,引起众人填词的兴趣。经过抓阄,宝钗抓了《临江仙》,宝琴抓了《西江月》,探春抓了《南柯子》,黛玉抓了《唐多令》,宝玉抓了《蝶恋花》。众人看了黛玉之词后认为太悲了,宝钗以一句"白玉堂前春解舞,东风卷得均匀"赢得了众人的一致好评。

这时外面竹子上有风筝落下,众人也开始放风筝。风筝形状各异,有螃蟹、美人、大雁、红蝙蝠等。紫鹃剪断黛玉手中的风筝线,说要带走病根,宝玉也剪断自己的风筝线,说与黛玉之风筝做伴。大家又看探春与另外两个风筝斗了一阵,最后线断而去。

第七十一回:嫌隙人有心生嫌隙　鸳鸯女无意遇鸳鸯

贾政回京,得赐假一月,便将大小事务一概置之度外,只与家人共享天伦庭闱之乐。

八月初三是贾母八十大寿,由于亲友太多,贾赦、贾珍等议定在荣宁两处同时开筵,宴席开了八天(七月二十八日至八月初五日),各种礼物不计其数。二十八日这天,来荣府拜寿的南安太妃、北静王妃还会见了湘云、宝钗、宝琴、黛玉、探春等人,并且分别赠送了礼物。

这几天,尤氏一直住在荣府,帮助处理大小事务。一天晚上,尤氏发现园中正门与角门无人看管,便喊小丫鬟去叫人来,两个分菜果的婆子觉得是东府里的奶奶,便不大放在心上,反而说了一大堆抢白的话,尤氏知道后非常生气。周瑞家的将此事告诉凤姐,凤姐命人把这两个婆子绑了,但由于其中一个婆子是邢夫人陪房费婆子的亲家,邢夫人次日便当众向凤姐求情,其实是责备凤姐折磨老人家,尤氏也在说凤姐多事。王夫人下令放了婆子,这下凤姐灰心转悲,滚下泪来。贾母知道后,夸凤姐知礼。

鸳鸯奉命到大观园中传话,回来时在山石后撞见司棋与一个小厮幽会,司棋害怕被张扬出去,把鸳鸯死死拉住,两人给鸳鸯磕头,鸳鸯保证不外传。

第七十二回:王熙凤恃强羞说病　来旺妇倚势霸成亲

原来那个小厮是司棋的表弟潘又安,这次吓得竟然逃得不知去向,司棋又气又怕又羞,竟得了大病,幸亏鸳鸯劝解才好些。

鸳鸯随后去看望凤姐,得知她也生病了。这时贾琏进来,说家中周转不济,请求鸳鸯暂把老太太查不着的金银家伙偷着运出一箱子来,暂押千数两银子支腾过去。鸳鸯走后,贾琏、凤姐还在议论家里的烦难,这时旺儿媳妇进来,说起想要彩霞做自己儿媳妇之事。这时夏太府派小内监来借二百两银子,凤姐假装没钱,当着来人的面叫平儿去典当了两个金项圈。

这时林之孝进来,说起家道艰难,建议将老家人放几家出去,贾琏便向他说旺儿媳妇求凤姐要彩霞做儿媳之事。林之孝说旺儿之子吃酒赌钱,无所不为,贾琏听后不语。凤姐晚上遣人叫来彩霞之母,彩霞之母口不应心地答应了,贾琏向凤姐说了旺儿之子的行径,凤姐却不以为然。

彩霞知道旺儿之子容貌丑陋且人品不端,便委托妹子小霞偷偷找赵姨娘求助,赵姨娘听了十分愿意,巴不得彩霞与了贾环,于是又去求贾政,贾政却说他已经看中了两个丫头,一个给宝玉,一个给贾环,赵姨娘便说宝玉已经有了(袭人)两年了。

第七十三回:痴丫头误拾绣春囊　懦小姐不问累金凤

小丫鬟小鹊听到赵姨娘说宝玉坏话,便赶到怡红院告诉了宝玉,让他做好次日被盘问的准备。宝玉和丫鬟们马上紧张起来，大家都陪宝玉熬夜赶功课，这时候墙外有一声响动，说有人从墙上跳下来了，晴雯心生一计，让宝玉谎称被惊吓到了，而她到王夫人那里索要安魂丸药。此事却引起贾母对园中上夜之人赌博之事的不满来，让林之孝家的一一盘查，查出了三个大头家——林之孝家的两姨亲家、柳家媳妇之妹、迎春乳母。贾母命人打了为首者每人四十大板，并赶了出去。

邢夫人在园内散心，见傻大姐拾到五彩绣香囊，囊上绣着两个赤条条的人，心下盘算此物从何而来。因迎春乳母之事，邢夫人到迎春处，教训了迎春一番。邢夫人走后，绣橘告诉迎春说那个攒珠累丝金凤被她奶妈拿去典当了，迎春是无可无不可，绣橘说要告诉凤姐，正赶上王住儿媳妇（迎春乳母儿媳）前来，想让迎春替她乳母求情，迎春不允，王住儿媳妇便当面挖苦邢夫人。这时宝钗、黛玉、探春等人过来看迎春，正好听见，探春询问王住儿媳妇，这时平儿进来了，责骂了王住儿媳妇。

第七十四回：惑奸谗抄检大观园　　矢孤介杜绝宁国府

这时宝玉也为了柳家之事来迎春处，想找迎春一起去讨情。平儿回房后，贾琏进来，说鸳鸯偷老太太东西的事被邢夫人知道了，邢夫人逼贾琏再弄二百两，凤姐只好当了一个金项圈应付。这时王夫人怒气冲冲地赶来找凤姐，原来她以为那香囊是凤姐的，责怪她没有保管好春宫绣香囊，还说幸亏邢夫人先发现，没有交给贾母。凤姐连忙跪下解释了一番，然后两人商议如何撵掉一些人，又叫一众管事的来商议查询绣春囊一事，正巧王善保家的前来，说了几句晴雯的坏话。王夫人唤来晴雯盘问，虽然没有问出什么，但也借机挖苦了晴雯一通。王善保家的于是建议晚上搜查大观园。

晚饭后，王善保家的请凤姐一道，带人开始搜查大观园。在搜查怡红院时，晴雯愤怒地倒出了所有东西，其中并无私弊之物。搜查探春处时，探春只允许搜她自己的箱子，不许动自己丫鬟们的箱子；最后探春问搜查清楚了没有，王善保家的便作势前去翻探春衣襟，被探春打了一记响亮耳光。众人到迎春处搜查，却在王善保家的外孙女司棋的箱子里搜出了司棋和潘又安互赠的私物，王善保家的只好自打耳光。凤姐命人将司棋看管起来。

大家又在惜春的丫鬟入画那儿搜出了一些男人的东西，原来是贾珍赏给她哥哥的，暂寄在她这儿。虽然贾府规定不准私传物件，但尤氏等人都很同情入画，唯有惜春坚决要打发她走，并抢白尤氏一顿，声称要和宁国府断绝往来。

第七十五回：开夜宴异兆发悲音　　赏中秋新词得佳谶

尤氏被惜春气得走出来，正欲往王夫人处去，听说江南甄家的人来访，还带着财物，原来是甄家犯了罪被抄家了。尤氏到李纨房中，洗脸时端盆的炒豆儿因为没有跪下，被银蝶教训没有规矩。这时宝钗、湘云、探春等人陆续赶来，探春说了昨夜打王善保家的事。然后众人到贾母处，尤氏又陪贾母说了会儿话才回到宁府，听见有人在赌博，而贾珍、邢夫人胞弟邢德全、薛蟠也在内，邢大舅喝醉了，借机发泄对邢夫人的不满。

次日，贾珍杀猪宰羊，在会芳园中赏月作乐。三更时分，众人听见墙下有长叹之声，又听见祠堂内槅扇开阖之声,都觉毛发倒竖,只好回房安歇。

第二天是十五日,贾赦、贾珍、贾政等人陪贾母在凸碧山庄赏月,贾母感叹人少。大家击鼓传花,花到手中者饮酒并讲笑话。贾政讲怕老婆的笑话;宝玉即景作诗,得了贾政赏赐;贾赦讲父母偏心的笑话,让贾母起了疑心;贾环见宝玉得赏,也要作诗,诗中露出不乐读书之意,贾政看了不高兴,贾赦读后却大加赞扬。

第七十六回:凸碧堂品笛感凄清　凹晶馆联诗悲寂寞

贾赦等人走后,贾母环顾四周,觉得愈发冷清了,便叫大杯吃酒,令丫头媳妇们也围坐赏月。这时有人来报,贾赦出门崴了腿,邢夫人也匆忙回去了。贾母又带着众人赏桂花,听见树下笛声悠扬,令人烦心顿解。后来笛声转凄凉悲怨,贾母不禁堕下泪来。

湘云叫黛玉近水赏月,两人来到凹晶溪馆,赏月联诗。黛玉作"冷月葬花魂",湘云说她"诗固新奇,只是太颓丧了些",这时候妙玉走来,说黛玉的诗好虽好,但太悲凉了,便邀请黛玉、湘云到栊翠庵喝茶,妙玉又将前面二人所联之句续写数联,三人联句共三十五韵。离开栊翠庵后,湘云和黛玉一起到潇湘馆睡觉。两人都失眠了。

第七十七回:俏丫鬟抱屈夭风流　美优伶斩情归水月

中秋过后,凤姐的病好了些,但配药时需要二两上好的人参,翻箱倒柜,只找到了些碎末。贾母叫鸳鸯找了一大包,称了二两给王夫人,但大夫又说药性已过,最后还是宝钗叫人去参行兑了来。

宝钗走后,王夫人叫周瑞家的来汇报搜检大观园之事,知道了司棋的事情后,既惊又怒,便命人把她发配出去,迎春虽有些不舍,却也没有办法。撵走了司棋,王夫人来到怡红院,把病中的晴雯,还有四儿和芳官也一起打发出去了。宝玉心中大恸,却不敢多言一句,多动一步。王夫人走后,宝玉问袭人为什么王夫人唯独没有挑袭人、麝月和秋纹的不是,似有怀疑之意。

宝玉溜出后角门,偷偷去了晴雯的表哥多浑虫家里看晴雯,见晴雯睡在芦席土炕上,瘦如枯柴,所喝之茶甚是粗陋,宝玉只有不停哭泣。晴雯剪下两根指甲,又将贴身所穿旧袄脱下,与宝玉交换。宝玉回去后便梦见晴雯死去。

芳官、藕官、蕊官三人要出家,王夫人先是不答应,后听智通、圆信一番说辞,又同意了。

第七十八回:老学士闲征姽婳词　痴公子杜撰芙蓉诔

王夫人晨省时,向贾母说晴雯的种种不是,以及撵了几个学戏的女孩子之事,又说了袭人的种种好处,以及把自己的月钱减二两给袭人之事。这时凤姐前来晨省,王夫人问她宝钗出园回家的原因,凤姐推测是搜捡大观园让宝钗起了疑心,王夫人忙把宝钗叫过来宽慰,但宝钗执意不再进园。

宝玉从贾母处回来,便问丫头有没有人去看过晴雯,小丫头告诉他晴雯已经死了,死前叫了一夜的娘,宝玉不信。另一个小丫头就撒谎说晴雯死前问了宝玉,又说是天上花神缺位,晴雯去补花神之位。宝玉追问,小丫头信口说晴雯是专管芙蓉花的。宝玉赶至晴雯哥嫂家告别遗体,但是晴雯已被抬出去烧了。

宝玉看到宝钗搬出去了,觉得园中之人不久都要散了,悲痛不已。这时贾政叫他过去,原来众人正在谈论"风流隽逸,忠义慷慨"的林四娘,兴致所到,贾政便命宝玉、贾环和贾兰各吊一首,宝玉以长篇歌行体赢得众人一致赞誉。

宝玉回至园中,看到池上芙蓉,想起丫鬟说晴雯是去做了芙蓉花神,便作了一篇《芙蓉女儿诔》来祭晴雯,他用最美好的语言,表达了对"心比天高,身为下贱。风流灵巧招人怨"的晴雯的热情赞颂,以及对惯用鬼蜮伎俩陷害别人的邪恶势力的痛恨之情。

第七十九回:薛文龙悔娶河东狮　贾迎春误嫁中山狼

宝玉祭完晴雯,看到黛玉从芙蓉花影中走出来,不觉红了脸。黛玉建议他把"红绡帐里"改为"茜纱窗下",宝玉不禁深表赞同,灵感一动,便改为"茜纱窗下,我本无缘;黄土垄中,卿何薄命",黛玉听了,怔然变色(因为这样一改,不像诔晴雯,倒像在诔黛玉了),心中狐疑,表面却点头称妙。

贾赦要把迎春许给孙绍祖,贾母不乐意,贾政也劝过两次,但贾赦不听,也只好罢了。迎春出嫁,带去四个丫鬟,宝玉感叹"从今后这世上又少了五个清洁人了"。这时香菱过来告诉宝玉薛蟠要娶夏家的夏金桂。宝玉回去后便种种不宁,卧床不起,一个月后才渐渐痊愈。

薛蟠迎娶夏金桂后,香菱小心服侍。但这夏金桂自幼丧父,母亲十分娇惯溺爱,所以脾气十分恶劣,身边之人连"金桂"二字都不能说,嫁到薛家做了少奶奶后,就更加飞扬跋扈,闹得薛家鸡犬不宁。

第八十回:薛文龙悔娶河东狮　贾迎春误嫁中山狼(续)

夏金桂问香菱来历,又问她名字是谁起的,说菱角花没有香味,名字不通。香菱辩解时不小心提到了"桂"字,被丫鬟宝蟾骂了一顿,夏金桂把香菱的名字改为秋菱。

薛蟠见夏金桂的陪房丫鬟宝蟾有几分姿色,便经常撩逗她。夏金桂故意留机会给薛蟠、宝蟾,让他们在房中幽会,然后又派香菱去房中取东西,将二人惊散。薛蟠一怒之下大骂香菱,晚上又找碴打了香菱。夏金桂把宝蟾给了薛蟠,然后想方设法折磨香菱。半个月后,夏金桂装病,又从枕中"发现"巫蛊纸人,说是香菱所为,薛蟠便用门闩暴打香菱,幸好被薛姨妈骂住,金桂便隔窗与薛姨妈拌嘴,气得薛姨妈身战气咽,仍叫香菱跟了宝钗。

夏金桂赶走了香菱,又开始作践宝蟾,但宝蟾撒泼打滚,寻死觅活。薛蟠也悔恨不该娶了这"搅家星"。

宝玉病好后,见夏金桂之性情,心下非常纳闷,这日去天齐庙还愿,便向道士王一贴讨要治女人妒病之方,王一贴说了个秋梨汤方,说吃过一百岁,人死了自然不妒,那时就见效了,又坦诚说连自己的膏药都是假的。

宝玉回去后,迎春已回家归省了,哭哭啼啼地说孙绍祖"一味好色,好赌酗酒",还一直说贾赦收了他五千两银子。王夫人等人知道后,都难过得落泪,却也无可奈何。迎春回来住了五日,就又被孙绍祖接走了。

前五回解读

【 三个神话 】

《红楼梦》前五回中的三个神话故事，环环相扣：因女娲补天，故有被弃顽石；因神瑛侍者灌溉绛珠仙草，故有绛珠仙草下界还泪，而顽石思凡，又与还泪的一干人等同下界历练；因下界历练之主角宝玉，故有警幻仙姑引领宝玉梦游太虚幻境，一窥"金陵十二钗"等人之命运。

前五回的三个神话故事是全书情节展开的基础，《红楼梦》从甄家以悲剧开始，到贾家以悲剧结局，都是围绕这三个神话故事演绎出的一个个悲剧。

（一）女娲补天

故事溯源

女娲补天是中国上古神话传说之一，最早见于《淮南子·览冥训》："往古之时，四极废，九州裂；天不兼覆，地不周载；火爁炎而不灭，水浩洋而不息；猛兽食颛民，鸷鸟攫老弱。于是女娲炼五色石以补苍天，断鳌足以立四极，杀黑龙以济冀州，积芦灰以止淫水。苍天补，四极正；淫水涸，冀州平；狡虫死，颛民生。"大意是以往古代的时候，四根天柱倾折，大地陷裂；天空损毁，不能覆盖万物；大地陷坏，不能承载万物；烈火燃烧不灭，洪水泛滥不消退；猛兽吞食善良的人民，凶猛的禽鸟攫取年老弱小的人。于是女娲炼出五色石修补苍天，斩断大龟的四脚作为支撑天的四根梁柱，杀死黑龙来拯救冀州，堆积芦苇的灰烬来阻止泛滥的洪水。苍天修补好了，四根天柱直立了；泛滥的洪水消退了，冀州太平了；恶禽猛兽死去了，而善良的人民得以生存。

神话中，女娲是中华民族的母亲，是华夏民族人文先始，是福佑社稷之正神。她抟土造人，并化生万物，使天地不再沉寂，是自古相传的大地母神。

联结化用

《红楼梦》第一回借用女娲补天的神话故事，写了一个"女娲补天"的后续："原来，女娲氏炼石补天之时，于大荒山无稽崖炼成高经十二丈、方经二十四丈顽石三万六千五百零一块。娲皇氏只用了三万六千五百块，只单单的剩了一块未用，便弃在此山青埂峰下。谁知此石自经煅炼之后，灵性已通，因见众石俱得补天，独自己无材不堪入选，遂自怨自叹，日夜悲号惭愧。"在这个"女娲补天"的后续中，作者安排了一僧一道在青埂峰下高谈阔论，他们说到红尘中的荣华富贵，被这块丢弃未用的石头听了，石头便表示想去享一享那人间富贵。于是这一僧一道念咒书符，大展幻术，将这一块巨大顽石变成一块扇坠大小、可佩可拿的鲜明莹洁的美玉，并在其上镌写了几行字，以证明它的奇幻之处。至于有何奇处，携到何方，小说此回并未明示。后来又不知过了几世几劫，有个空空道人访道求仙，从那大荒山无稽崖青埂峰下经过，看到了镌刻在这无材补天的石头之上的记录着它幻形入世，蒙茫茫大士和渺渺真人携入红尘，历尽离合悲欢、炎凉世态的一段故事，于是便将其抄录了下来。

这块"无材补天、幻形入世"的顽石,便是随贾宝玉一起降世,且由他随身佩戴的"通灵宝玉"。贾宝玉诞生时,嘴里衔着一块五彩晶莹的美玉,上面刻了许多字,其中正面写的大字是"莫失莫忘,仙寿恒昌",背面写了十二个字:"一除邪祟,二疗冤疾,三知祸福。"它对贾宝玉的叛逆性格有着隐喻作用:一方面暗示他无"补天"之材,是个不符合封建社会要求的"蠢物";另一方面,石头本身不过是下凡来历劫的,劫尽之日,它终归要复还本质,回到青埂峰下的,所以尘世的规矩对它来说,本就是与己无关的,这也决定了它在尘世玩劣的本性。

(二)木石前盟

故事溯源

三生石上旧精魂,"三生"本是佛教宣扬的前生、今生和来生,"三生石"是指唐朝李源和僧人圆观之间发生的故事,唐代文学家袁郊的《甘泽谣》、苏轼的《僧圆泽传》中都有所记载。《甘泽谣》记载如下:

圆观者,大历末,洛阳惠林寺僧,能事田园,富有粟帛。梵学之外,音律贯通。时人以富僧为名,而莫知所自也。李谏议源,公卿之子。当天宝之际,以游宴歌酒为务。父憕居守,陷于贼中。乃脱粟布衣,止于惠林寺,悉将家业为寺公财。寺人日给一器食一杯饮而已。不置仆使,绝其知闻,唯与圆观为忘言交。促膝静话,自旦及昏,时人以清浊不伦,颇招讥诮;如此三十年。

二公一旦约游蜀州,抵青城峨嵋,同访道求药。圆观欲游长安出斜谷;李公欲上荆州三峡;争此两途,半年未决。李公曰:"吾已绝世事,岂取途两京?"圆观曰:"行固不由人,请出从三峡而去。"遂自荆江上峡。行次南浦。维舟山下,见妇女数人,襜达锦裆,负瓮而汲。圆观望而泣下。曰:"某不欲至此,恐见其妇人也。"李公惊问曰:"自此峡来,此徒不少,何独泣此数人?"圆观曰:"其中孕妇姓王者,是某托身之所。逾三载尚未娩怀,以某未来之故也。今既见矣,即命有所归。释氏所谓循环也。"谓公曰:"请假以符咒,遣某速生。少驻行舟,葬某山下,浴儿三日亦访临。若相顾一笑,即其认公也。更后十二年中秋月夜,杭州天竺寺外,与相见公之期也。"……李公三日,往观新儿,襁褓就明,果致一笑。李公泣下,具告于王。王乃多出家财,厚葬圆观。明日李公回棹,言归惠林。询问观家,方知已有理命。

后十二年秋八月,直诣余杭,赴其所约。时天竺寺,山雨初晴,月色满川,无处寻访。忽闻葛洪川畔,有牧竖歌竹枝词者,乘牛叱角,双髻短衣,俄至寺前,乃圆观也。李公就谒曰:"观公健否?"却问李公曰:"真信士矣,与公殊途,慎勿相近。俗缘未尽,但愿勤修,勤修不堕,即遂相见。"李公以无由叙话,望之潸然。圆观又唱竹枝,步步前去。山长水远,尚闻歌声,词切韵高,莫知所谓。初到寺前,歌曰:"三生石上旧精魂,赏月吟风不要论。惭愧情人远相访,此身虽异性长存。"又歌曰:"身前身后事茫茫,欲话因缘恐断肠。吴越溪山寻已遍,却回烟棹上瞿塘。"

这就是"三生石"故事的原文,"三生石"本为重义守信、生命永恒之喻。

联结化用

曹雪芹在《红楼梦》中将"三生石"的故事化为姻缘象征,他借甄士隐的梦境,以甄士隐的视角听取一僧一道的对话:

那僧笑道:"此事说来好笑,竟是千古未闻

的军事。只因西方灵河岸上三生石畔,有绛珠草一株,时有赤瑕宫神瑛侍者,日以甘露灌溉,这绛珠草便得久延岁月。后来既受天地精华,复得雨露滋养,遂得脱却草胎木质,得换人形,仅修成个女体,终日游于离恨天外,饥则食蜜青果为膳,渴则饮灌愁海水为汤。只因尚未酬报灌溉之德,故其五衷便郁结着一段缠绵不尽之意。恰近日神瑛侍者凡心偶炽,乘此昌明太平朝世,意欲下凡造历幻缘,已在警幻仙子案前挂了号。警幻亦曾问及,灌溉之情未偿,趁此倒可了结的。那绛珠仙子道:'他是甘露之惠,我并无此水可还。他既下世为人,我也去下世为人,但把我一生所有的眼泪还他,也偿还得过他了。'"

"顽石"和"还泪"这两个故事本是互不相干的,由于"顽石"也欲下凡历世,故一僧一道趁此机会,将石头"夹带"于这一干风波冤家之中,使其下世去经历经历。于是,这两个本是风马牛不相及的故事便发生了瓜葛。后来,经空空道人之眼,看到了刻在大石上的故事,偈语后便是此石于坠落之乡、投胎之处,亲自经历的一段陈迹故事。由此可见,"顽石"即神瑛侍者降生尘世时所衔的那块通灵宝玉,它作为事件的经历者与记录者,见证着神瑛侍者与绛珠仙草在人世间的爱情故事。

也有不少学者认为,《红楼梦》是"无材补天"的顽石在人世间的"传记"。这块顽石幻化成贾宝玉,经历了"木石前盟"和"金玉良缘"的爱情悲剧,目睹了"金陵十二钗"等女子的不幸人生,体验了封建大家族盛极而衰的巨变,从而对社会人生有了独特的感悟。

贾宝玉究竟是"顽石"所化,还是神瑛侍者转世?其实这两种说法都有道理,因为各自依据的版本不同,自然有所差异。编者较为认可顽石是通灵宝玉一说。顽石和贾宝玉一起降临人世,见证了贾府家族的盛衰,也见证了宝黛爱情的悲剧。顽石主要以事件的旁观者、叙述者出现,在文中更多是着眼于对贾府整体的感受。而神瑛侍者转世的贾宝玉更多是沉浸于个人微观的情感世界,受多重人际交往关系的羁绊,为多样化的人物命运所感染。二者在文中呈现的角度是不一样的。也只有这样,第二十五回中马道婆施展魔法,凤姐、宝玉中招,濒临死亡之际,一僧一道出现,那和尚将通灵宝玉擎在掌上,长叹一声,说"青埂峰一别,展眼已过十三载矣!人世光阴,如此迅速,尘缘满日,若似弹指"的描述才说得过去。另外第十五回在馒头庵中,宝玉对秦钟说"等一会睡下,再细细的算账",但当夜凤姐因怕通灵玉失落,便等宝玉睡下,命人拿来放在自己枕边,所以宝玉与秦钟当夜怎样算账,原文就成了"未见真切,未曾记得,此系疑案,不敢篡创"。

此外,还有甄宝玉才是神瑛侍者之说,贾宝玉为神瑛侍者与顽石的合体之说,或者石头、通灵玉、神瑛侍者、甄宝玉、贾宝玉五位一体之说,甚至有薛宝钗才是神瑛侍者转世之说……众说纷纭,也从侧面反映出《红楼梦》巨大的社会影响力,有兴趣的同学可以一探究竟。

不论何种说法,都无法否认《红楼梦》的故事由两个神话故事开头,渲染出了佛道的因果关系,以及人生如梦的主旨。

(三)太虚幻境

"太虚"一词本就有空幻虚无之意,"太虚幻境"并未见于中国传统神话,而是曹雪芹在《红楼梦》中创造的仙境,在《红楼梦》前五回中出现在第一回和第五回。作者笔下的太虚幻境由警幻仙姑司主,它位于离恨天之上、灌愁海之中的放春山遣香洞,以梦境的形式向甄士隐、贾宝玉二位有缘人显现。

太虚幻境首次出现是在《红楼梦》第一回甄士隐的梦中。甄士隐与一僧一道在梦境中相遇,也听闻一僧一道口中的"还泪"故事,接着便是观赏"通灵宝玉",看一僧一道过一大石牌坊,牌坊上书四个大字——"太虚幻境"。也正是在甄士隐的梦中,太虚幻境的门前对联得以展示:"假作真时真亦假,无为有处有还无。"甄士隐对于"太虚幻境"的接触,点到为止。所谓"假作真时真亦假,无为有处有还无",意即"假"就是"真","真"就是"假","无为"即"有","有处"为"无"。我们不妨理解为"贾宝玉"就是"甄宝玉",荒唐无稽的石头、通灵宝玉乃至赤霞宫的神瑛侍者,不过是作者心造的幻影、虚设的迷局。其目的在于迷惑读者的眼目。这是一种虚实同构、妙在曲笔的叙事策略。

在《红楼梦》中,贾宝玉曾经两次游历太虚幻境。初游太虚幻境的情节出现在第五回。宝玉随贾母和王夫人到宁府赏花,一时倦怠,随贾蓉之妻秦可卿去睡中觉。因在为其预备的房内挂有《燃藜图》和"世事洞明皆学问,人情练达即文章"的对联,宝玉便"断断不肯在这里了",最终睡在秦氏内室。睡梦中,宝玉来到了太虚幻境。在这里,他遇到了"居离恨天之上,灌愁海之中""司人间之风情月债,掌尘世之女怨男痴"的警幻仙姑。警幻仙姑引领宝玉观看了预示《红楼梦》主要人物命运结局的册子,宝玉由此看到了"金陵十二钗"的命运,也看到了其他女孩(副册、又副册)的命运。《红楼梦》以此为线索,写了数个美丽的女孩,她们曾经花开,但是最终花落。这些女孩个个都风华绝代,光彩照人,她们的一言一行、一颦一笑,都深深地吸引着我们。然而令人痛心疾首的是,由于贾府上下"自杀自灭",大观园的女子"诸芳流散",最终都以悲剧结局。宝玉在太虚幻境中还闻了"群芳髓"香,饮了"千红一窟"(即"哭")茶,喝了"万艳同杯"(即"悲")酒,听了"新制《红楼梦》十二支"曲,与警幻之妹可卿同领儿女之事。警幻以情之虚幻警示宝玉,宝玉并未觉悟,警幻仙姑也未能完成宁荣二公之灵"使彼跳出迷人圈子,然后入于正路"的嘱托。宝玉再游太虚幻境的情节出现在续写的第一百一十六回。病中的宝玉魂魄出窍,随着来还玉的和尚再次进入太虚幻境。宝玉在太虚幻境中与死去的姐妹们一一相逢,重温判诗,恍然大悟,自此看破红尘。

"太虚幻境"乃空幻虚无的仙境,是现实中大观园的影子,所以在第十七回《大观园试才题对额　荣国府归省庆元宵》中,宝玉见了大观园正殿,才会"心中忽有所动,寻思起来,倒像那里曾见过的一般,却一时想不起那年月日的事了"。警幻仙姑之妹就是现实中钗黛合一的影子。虚是掩人耳目,但虚中有"实","虚""实"互补,故可称为影子艺术,如"甄宝玉"是"贾宝玉"的影子。所谓江南"甄家"接驾、抄家云云,说的其实是"贾家",也即"贾家"背后的"曹家"。甄宝玉与贾宝玉秉性趋同,说明无论真假,人都有对本真的追求。这种虚实同构的叙事策略,不仅可以兼顾人物的不同侧面,而且有"顾左右而言他"之妙。

太虚幻境象征着一个平等自由的理想境界,与现实的浊世相对照。故事中警幻仙姑的"警情"与"传情",揭示了作者的痛苦与内心矛盾。

【四大家族】

情节回顾

《红楼梦》第四回"薄命女偏逢薄命郎　葫芦僧乱判葫芦案"中借门子之口引出"四大家族"。在这一回中，薛蟠与人争抢民女（即第一回中被霍启抱去看社火花灯时失踪的女孩甄英莲，也就是后来的香菱），薛蟠令手下打死了冯渊，冯家仆人告了一年的状，却无人做主，最后这件人命官司到了受过贾家恩惠的贾雨村案下。贾雨村一开始不明就里，本打算秉公处置，后被案边立的一个门子使眼色制止，接下来门子解释原因，并对被当作本地当官者"护官符"的"四大家族"进行了介绍。

【原文】

这门子道："老爷既荣任到这一省，难道就没抄一张'护官符'来不成？"雨村忙问："何为'护官符'？我竟不知。"门子道："这还了得！连这不知，怎能作得长远！如今凡作地方官者，皆有一个私单，上面写的是本省最有权有势、极富极贵的大乡绅名姓，各省皆然。倘若不知，一时触犯了这样的人家，不但官爵，只怕连性命还保不成呢！所以绰号叫作'护官符'。方才所说的这薛家，老爷如何惹得他！他这一件官司并无难断之处，皆因都碍着情分脸面，所以如此。"一面说，一面从顺袋中取出一张抄写的"护官符"来，递与雨村，看时，上面皆是本地大族名宦之家的谚俗口碑。其口碑排写得明白，下面皆注着始祖官爵并房次。石头亦曾照样抄写一张，今据石上所抄云：

贾不假，白玉为堂金作马。（宁国、荣国二公之后，共二十房分，除宁、荣亲派八房在都外，现原籍住者十二房）

阿房宫，三百里，住不下金陵一个史。（保龄侯尚书令史公之后，房分共十八。都中现住者十房，原籍现居八房）

丰年好大雪，珍珠如土金如铁。（紫微舍人薛公之后，现领内府帑银行商，共八房分）

东海缺少白玉床，龙王来请金陵王。（都太尉统制县伯王公之后，共十二房。都中二房，馀皆在籍）

………………

这门子道："这四家皆连络有亲，一损皆损，一荣皆荣，扶持遮饰，皆有照应的。今告打死人之薛，就系'丰年大雪'之薛也。不单靠这三家，他的世交亲友在都在外者，本亦不少。老爷如今拿谁去？"

【分析】

1.贾家：贾不假，白玉为堂金作马。

"白玉为堂"形容贾家的奢华尊贵。汉乐府《相逢行》中曾写道："黄金为君门，白玉为君堂。""金作马"形容贾家的豪富。

贾家为开国元勋之后，当朝八公，贾家独占其二，被天下推为名门望族。宁国公贾演与荣国公贾源勤劳王事，从龙有功，一起以显赫的功勋创下了家业，得了两个世职。中国封建社会爵位的排序是公、侯、伯、子、男，公爵是仅次于王爵的高级爵位。公、侯、伯三等爵位的品秩都居于一品之上。明朝制度，公、侯、伯品秩均为超品，伯爵为超品三等爵，侯爵为超品二等爵，公爵为超品一等爵，而国公又是公爵中的第一等。清朝制度，男爵位同正二品，子爵位同正一品，公、侯、伯爵位同超品。宁国公贾演长子贾代化世袭一等将军，曾任京营节度使。贾代化之子贾敬考中了乙卯科进士，但未袭官爵便出城修道，其孙贾珍世袭三品威烈将军，曾孙贾蓉为黉门监（即监生，取得入国子监读书的人，可参加乡试，非官职。秦可卿死时贾珍才出于面子，花一千二百两银子为他捐个五品龙禁尉）。荣国公贾源长子贾代善世袭荣国公。贾代善之子贾赦世袭一等将军，贾赦之子贾琏捐同知（知府之副职，从五品。贾琏的同知与贾蓉的龙禁尉一样，都是虚衔，所以不用赴任，也没有年俸）之职。贾代善临终前遗本一上，为次子贾政请封了一个主事之衔，先帝令其入部习学，后升为工部员外郎。贾政之女贾元春选入宫中做了女史，封为凤藻宫尚书和贤德妃。贾府既是从龙勋贵，又是皇亲国戚；既为钟鸣鼎食之家，亦是诗礼簪缨之族。

2. 史家：阿房宫，三百里，住不下金陵一个史。

《汉书·贾山传》载，阿房宫长宽尺度为"东西五里，南北千步"；《史记·秦始皇本纪》中提到阿房宫前殿为"东西五百步，南北五十丈"。所谓"三百里"，是借用唐代杜牧《阿房宫赋》中"覆压三百余里，隔离天日"的夸张说法，以形容史家的显赫。

史家为保龄侯尚书令史公之后。侯爵为仅次于公爵的高级爵位；尚书令为尚书省的长官，统领吏、兵、礼、刑、户、工六部，是全国最高行政长官，总揽全国政务，相当于宰相。隋、唐、宋时期，尚书令为百官之长，是地位最高的文官。唐朝时，这个职位由李世民亲自担任。后因尚书令权势地位过高，又因李世民担任过这个职位，故不再实授，而由尚书令的副官——左、右仆射分掌尚书省事宜，与中书、门下二省的长官分庭抗礼。史公去世以后，其孙史鼐袭保龄侯爵，保龄侯史鼐之弟史鼎被封为忠靖侯。史家的爵位不但未降等，还额外加封一位侯爵。史家一门两位侯爵，保龄侯史鼐又外任外省大员，官高爵显。值得说明的是，明清时期已没有尚书令之职，作者虚拟该职，只是为了突出史家的显赫地位，正合其"不过只取其事体情理罢了，又何必拘拘于朝代年纪哉"的创作原意。

3. 薛家：丰年好大雪，珍珠如土金如铁。

"丰年好大雪"形容薛家势力庞大，产业遍布天下，如同丰年大雪一样铺天盖地、绵延千里。"珍珠如土金如铁"形容薛家珍珠和土一样多，金银像铁一般常见，极言薛家的巨富。

薛家为紫微舍人（中书舍人的别称，主要使用于唐宋时期）薛公之后。"紫微"指帝星紫微星，象征帝王；"舍人"一职周代即有，后历代因之，均为皇帝亲近属官。文中紫微舍人位列"阁老"之尊，是天子近侍之臣，负责起草诏令、参决奏表、执掌中书省诸事等，号称"文士之极任，朝廷之盛选，诸官莫比焉"，是一个既以文采名世又有极大政治权力的显要之职。这里作者取先朝之职官，以显示金陵薛家祖上曾为天子宠臣，执掌诏诰大权，十分显赫。薛公虽未立军功，无封爵，但位在枢近，权倾朝野，深得天子宠信，因此地位显赫至极。薛家先祖之贵是因其身居天子近臣之显要地位而得来，加上掌管宫中财权，所以薛家既富且贵。薛公长子、宝钗祖父亦是朝中高官，继承薛公的诗书文采，家中藏书无所不有。（第四十二回宝钗就对黛玉说过："你当我是谁，我也是个淘气的。从小七八岁上也够个人缠的。我们家也算是个读书人家，祖父手里也爱藏书。先时人口多，姊妹弟兄都在一处，都怕看正紧书。弟兄们也有爱诗的，也有爱词的，诸如这些《西厢》《琵琶》以及'元人百种'，无所不有……"）宝钗祖父在时，薛家仍是大官之家。到宝钗父亲这一代，薛家转型为世袭的皇商，领皇宫内帑，代表皇帝营商，是以官方身份管理由朝廷经营的重要产业的"国营大资本家"。薛父深受皇恩，于户部挂职，支领钱粮，靠着祖父和皇室的特殊关系垄断许多产业，挣下巨额家资，成为四大家族中最富有的一家。且书香继世，家学深厚，虽为豪门巨富之家，但亦是世宦书香门第。加上与其他三家的联姻，更有无数在都和在外担任大官要职的世交亲友，官官相护，声势自然一时无两。薛家乃"金陵一霸"，上有皇室天恩扶助，下有四大家族联姻相护，权财两收，是金陵声势赫奕的大族名宦。

4. 王家：东海缺少白玉床，龙王来请金陵王。

古代传说中东海龙宫宝物极多，非常富有。"东海缺少白玉床，龙王来请金陵王"，意思是东海龙王都没有的宝贝，王家却有，这里借"龙王来请"说明王家珍宝无数。

王家为都太尉统制（这是作者虚拟的官职，史上并无此职。都太尉统制当为"太尉"和"都统制"的合称）县伯王公之后，王家的爵位为伯爵，仅次于公侯。太尉为秦汉时期的官职，位列"三公"，总揽兵马，掌管全国军事，是最高级别的武官，天下军官将领之首。都统制是宋朝官名。北宋时，为加强中央集权，皇帝直接控制军队，将领不能掌兵，凡遇战事，则在各将领中选拔一人给予"都统制"的名义，以统诸将，兵罢即省。这里可以理解为王家的祖先王公官至太尉，为全国武官之首，曾亲自领兵出征，故为"都统制"，因军功被封为"县伯"。王公长子世袭县伯爵位，单管各国进贡朝贺之事（类似鸿胪寺之职），凡有外国人来，都是王家养活，粤、闽、滇、浙所有的洋船货物都是王家的，所以王家珍宝无数，富贵逼人。王公长孙世袭县伯爵位，次孙王子腾初任京营节度使，后升为九省统制，奉旨出都查边，又加授九省都检点（这也是作者虚拟的高级武官之职，统辖九省军事），总揽军政大权，管辖地方官员。后来王子腾入京任内阁大学士（清代一品大员），一路扶摇直上，出将入相，从外任九省统制、兼任九省都检点到回京拜相，是四大家族中权势最高的一位。

贾、史、王、薛四大家族均有权有势，富贵逼人，在政治和经济上有着显赫的地位，且都人丁兴盛。贾、王两家以军功起家，史、薛两家是文臣之后。四大家族都是一门朱紫、艳绝一时的豪门贵族。

姻亲关系

《红楼梦》第四回中,门子告诉贾雨村说:"这四家皆连络有亲,一损皆损,一荣皆荣,扶持遮饰,皆有照应的。"我们可以通过下表,看一看四家是如何"连络有亲"的。

1. 史家:

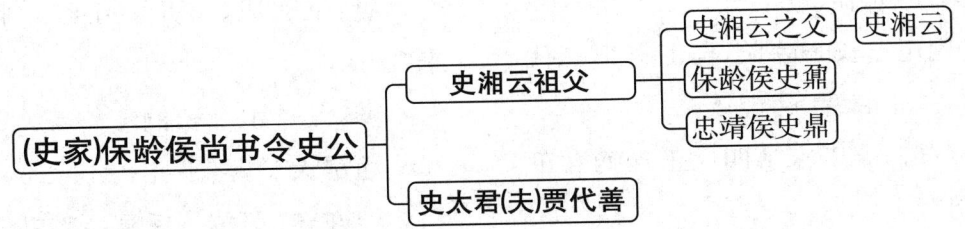

2. 王家:

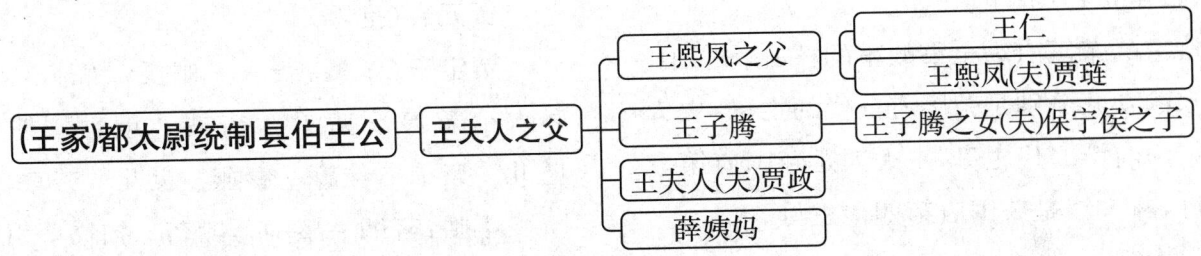

3. 薛家:

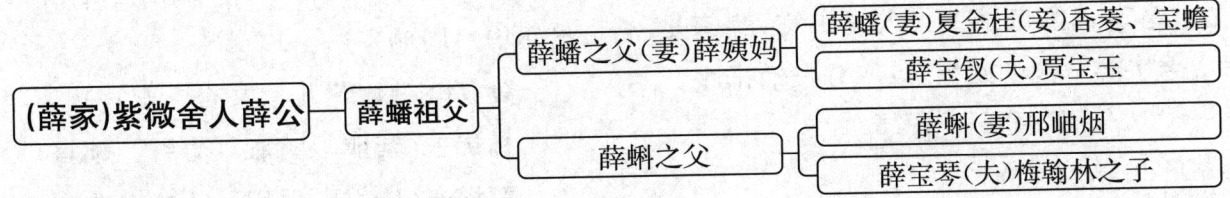

4. 贾家:

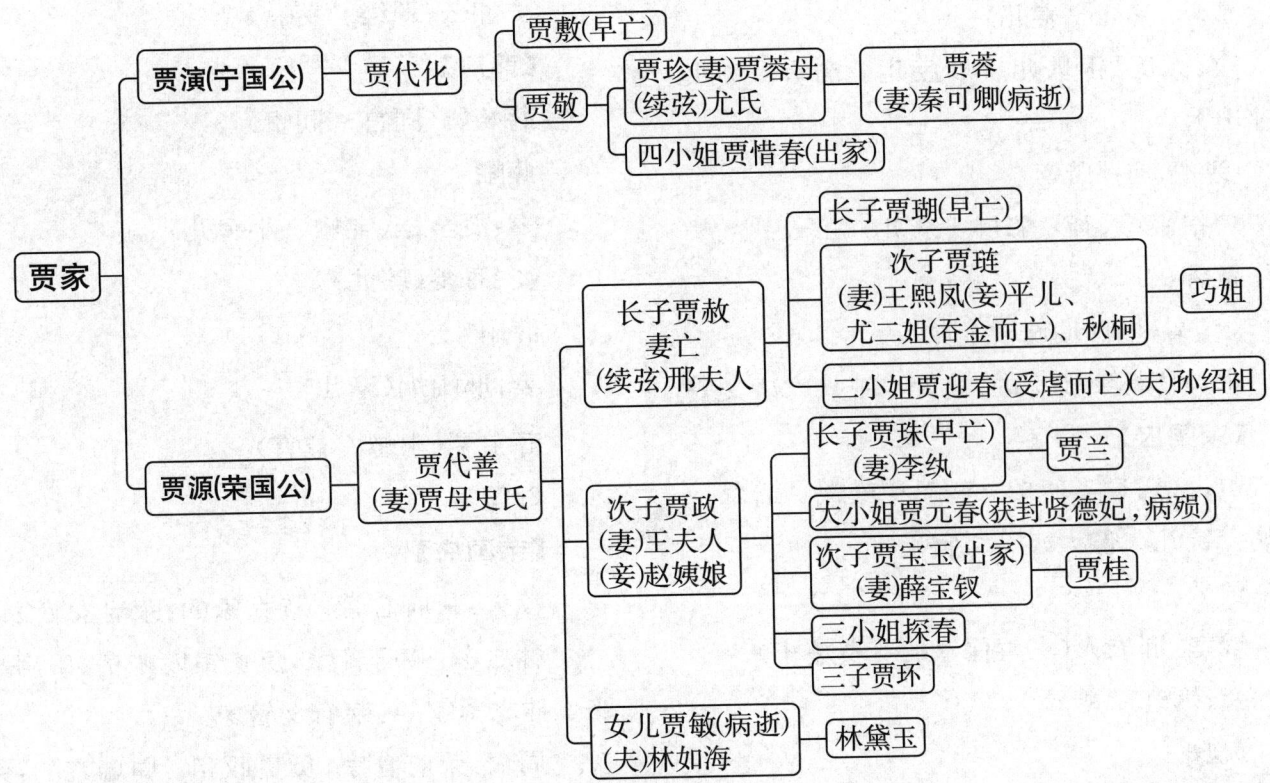

文中主要姻亲关系如下:

荣国公贾源之子贾代善,娶保龄侯尚书令史公之女史太君,生二子一女。

贾代善之子贾政,娶王家第三代正支嫡女王夫人,生贾珠、贾元春、贾宝玉。

薛家第三代正支长子薛氏,娶王家第三代正支嫡女薛姨妈,生薛蟠、薛宝钗。

贾赦之子贾琏,娶王家第四代正支嫡女王熙凤,生贾巧姐。

贾政之子贾宝玉,娶薛家第四代正支嫡女薛宝钗,生贾桂(有争议)。

贾家的荣国府为全书故事的核心,史、王、薛三家的女儿分别是荣国府三代的主母:史太君是荣国府第二代主母,王夫人是荣国府第三代主母,薛宝钗是荣国府第四代主母。

四大家族以主人公贾宝玉为中心,贾家是贾宝玉的本家,史家是贾宝玉祖母史太君的娘家,王家是贾宝玉母亲王夫人的娘家,薛家是贾宝玉妻子薛宝钗的娘家,以辈分长幼排序。

荣宁二府

1. 奴仆

【宁国府】

贾珍(喜儿　寿儿)

妻:尤氏(银蝶儿　炒豆儿　茄官　万儿　来升)

姜:佩凤　偕鸾

贾惜春(入画　彩屏　彩儿)

贾蓉

妻:秦可卿(瑞珠　宝珠)

未具体标明哪房的:焦大　王兴　潘又安

【荣国府】

贾母(鸳鸯　琥珀　鹦鹉　珍珠　翡翠　玻璃　靛儿　傻大姐　文官)

贾赦

继室:邢夫人(王善保家的　费婆子)

姜:嫣红　翠云

贾政

妻:王夫人(金钏　玉钏　彩云　彩霞　绣鸾　绣凤　小霞)

姜:赵姨娘(小吉祥　小鹊)周姨娘

贾琏(王信　昭儿　隆儿　兴儿　庆儿)

妻:王熙凤(丰儿　小红　彩明　善姐　来旺)

姜:尤二姐　秋桐

通房大丫鬟:平儿

贾迎春(司棋　绣橘　莲花儿)

李纨(素云　碧月)

贾元春(抱琴)

贾宝玉(丫鬟:袭人　晴雯　媚人　麝月　秋纹　碧痕　茜雪　绮霰　蕙香　檀云　坠儿　紫绡　佳蕙　春燕　良儿　芳官

小厮:茗烟　墨雨　锄药　扫红　引泉　扫花　挑云　伴鹤　双瑞　双寿

外仆:李贵　王荣　钱启　张若锦　赵亦华　周瑞)

妻:薛宝钗(莺儿　文杏　蕊官)

林黛玉(紫鹃　雪雁　春纤　藕官)

贾探春(侍书　翠墨　小蝉　艾官)

【史侯府】

史湘云(翠缕　葵官)

【薛府】

薛姨妈(同喜　同贵)

薛蟠

妻:夏金桂(宝蟾　小舍儿)

姜:香菱(臻儿)

薛蝌

妻:邢岫烟(篆儿)

薛宝琴(小螺　荳官)

2. 管家

【荣国府】

赖大:荣府总管。赖大家的:荣府女管家。

林之孝:荣府管家,负责银库账房、田房事务。林之孝家的:荣府女管家。

周瑞:荣府管家,负责收租。周瑞家的:荣

府女管家,王夫人陪房,负责女眷出门事宜。

吴新登:荣府管家,负责总管库房。吴新登家的:荣府女管家。

王善保:荣府管家。王善保家的:荣府女管家,邢夫人陪房。

钱华:荣府买办。戴良:荣府管库头目。

【宁国府】

赖升:宁府总管。赖升家的:宁府女管事。

乌进孝:庄头。俞禄:宁府小管家。

3.其他奴仆

金彩:鸳鸯之父,在南京看房子。金文翔:鸳鸯之兄,贾母买办。

包勇:原甄府仆从,甄家败落后成荣府男仆。

鲍二:原宁府男仆,后为贾琏心腹。

吴贵:又叫多官儿,荣府厨子。

钱槐:赵姨娘内侄,贾环男仆。

柳嫂子:柳五儿之母,内厨房主管。

秦显家的:司棋婶娘,看夜的。

夏婆子:小蝉外婆,打扫大观园的。

金陵十二钗

情节回顾

"金陵十二钗"出现在《红楼梦》第五回。宝玉在警幻仙姑的指引下梦游太虚幻境,在薄命司中看到有大橱装载着各省薄命女子的生平判词,遂找到金陵的橱子取册观看,其中有"金陵十二钗正册""金陵十二钗副册"和"金陵十二钗又副册"。册中有图画有判词,但没有名姓,读者可以从中看出所指之人均为宝玉身边的女子。

【原文】

宝玉见是一个仙姑,喜的忙上来作揖,笑问道:"神仙姐姐,不知从那里来,如今要往那里去? 我也不知这里是何处,望乞携带携带。"那仙姑笑道:"吾居离恨天之上,灌愁海之中,乃放春山遣香洞太虚幻境警幻仙姑是也。 司人间之风情月债,掌尘世之女怨男痴。 因近来风流冤孽,缠绵于此处,是以前来访察机会,布散相思。 今忽与尔相逢,亦非偶然。 此离吾境不远,别无他物,仅有自采仙茗一盏,亲酿美酒一瓮,素练魔舞歌姬数人,新填《红楼梦》仙曲十二支,试随吾一游否?"宝玉听了,喜跃非常,便忘了秦氏在何处,竟随了仙姑,至一所在,有石牌横建,上书"太虚幻境"四个大字,两边一副对联,乃是:

假作真时真亦假,无为有处有还无。

转过牌坊,便是一座宫门,也横书四个大字,道是"孽海情天"。又有一副对联,大书云:

厚地高天,堪叹古今情不尽;

痴男怨女,可怜风月债难偿。

宝玉看了,心下自思道:"原来如此。但不知何为'古今之情',又何为'风月之债'? 从今倒要领略领略。"宝玉只顾如此一想,不料早把些邪魔招入膏肓了。当下随了仙姑进入二层门内,只见两边配殿,皆有匾额、对联,一时看不尽许多,惟见有几处写的是:"痴情司""结怨司""朝啼司""夜哭司""春感司""秋悲司"。看了,因向仙姑道:"敢烦仙姑引我到那各司中游玩游玩,不知可使得?"仙姑道:"此各司中皆贮的是普天之下所有的女子过去未来的簿册。尔凡眼尘躯,未便先知的。"宝玉听了,那里肯依,复央之再四。仙姑无奈,说:"也罢,就在此司内略随喜随喜罢了。"宝玉喜不自胜,抬头看这司

的匾上,乃是"薄命司"三字,两边对联写道是:

春恨秋悲皆自惹,花容月貌为谁妍?

宝玉看了,便知感叹。

进入门来,只见有十数个大厨,皆用封条封着。看那封条上,皆是各省地名。宝玉一心只拣自己的家乡封条看,遂无心看别省的了。只见那边厨上封条上大书七字云"金陵十二钗正册。"宝玉因问:"何为'金陵十二钗正册'?"警幻道:"即贵省中十二冠首女子之册,故为'正册'。"宝玉道:"常听人说,金陵极大,怎么只十二个女子?如今单我们家里,上上下下,就有几百女孩儿呢。"警幻冷笑道:"贵省女子固多,不过择其紧要者录之。下边二厨则又次之。馀者庸常之辈,则无册可录矣。"宝玉听说,再看下首二厨上,果然一个写着"金陵十二钗副册",又一个写着"金陵十二钗又副册"。宝玉便伸手先将"又副册"厨门开了,拿出一本册来,揭开一看,只见这首页上画着一幅画,又非人物,亦非山水,不过是水墨渲染的满纸乌云浊雾而已。后有几行字迹,写道是:

霁月难逢,彩云易散。心比天高,身为下贱。风流灵巧招人怨。寿夭多因毁谤生,多情公子空牵念。

宝玉看了,又见后面画着一簇鲜花,一床破席。也有几句言词,写道是:

枉自温柔和顺,空云似桂如兰。

堪羡优伶有福,谁知公子无缘。

宝玉看了不解。遂掷下这个,又去开了"副册"厨门,拿起一本册来,揭开看时,只见画着一株桂花,下面有一池沼,其中水涸泥干,莲枯藕败。后面书云:

根并荷花一茎香,平生遭际实堪伤。

自从两地生孤木,致使香魂返故乡。

宝玉看了仍不解。便又掷下,再去取"正册"看。只见头一页上便画着两株枯木,木上悬着一围玉带;又有一堆雪,雪下一股金簪。也有四句言词,道是:

可叹停机德,堪怜咏絮才。

玉带林中挂,金簪雪里埋。

宝玉看了仍不解。待要问时,情知他必不肯泄漏,待要丢下,又不舍。遂又往后看时,只见画着一张弓,弓上挂一香橼。也有一首歌词云:

二十年来辨是非,榴花开处照宫闱。

三春争及初春景,虎兔相逢大梦归。

后面又画着两人放风筝,一片大海,一只大船,船中有一女子掩面泣涕之状。也有四句写云:

才自精明志自高,生于末世运偏消。

清明涕送江边望,千里东风一梦遥。

后面又画几缕飞云,一湾逝水。其词曰:

富贵又何为?襁褓之间父母违。

展眼吊斜晖,湘江水逝楚云飞。

后面又画着一块美玉,落在泥垢之中。其断语云:

欲洁何曾洁,云空未必空。

可怜金玉质,终陷淖泥中。

后面忽画一恶狼,追扑一美女,欲啖之意。其书云:

子系中山狼,得志便猖狂。

金闺花柳质,一载赴黄粱。

后面便是一所古庙,里面有一美人在内看经独坐。其判云:

勘破三春景不长,缁衣顿改昔年妆。

可怜绣户侯门女,独卧青灯古佛旁。

后面便是一片冰山,上有一只雌凤。其判曰:

凡鸟偏从末世来,都知爱慕此生才。

一从二令三人木,哭向金陵事更哀。

后面又有一座荒村野店,有一美人在那里纺绩。其判云:

势败休云贵,家亡莫论亲。

偶因济刘氏,巧得遇恩人。

诗后又画一盆茂兰,旁有一位凤冠霞帔的美人。也有判云:

桃李春风结子完,到头谁似一盆兰。

如冰水好空相妒,枉与他人作笑谈。

后面又画着高楼大厦,有一美人悬梁自缢。其判云:

　　情天情海幻情身,情既相逢必主淫。
　　漫言不肖皆荣出,造衅开端实在宁。

宝玉还欲看时,那仙姑知他天分高明,性情颖慧,恐把仙机泄漏,遂掩了卷册,笑向宝玉道:"且随我去游玩奇景,何必在此打这闷葫芦!"

【分析】

"金陵十二钗"的入选标准有三:一曰"彼家",她们都是贾宝玉家中的女儿;二曰"择其善者",庸常之辈不入册;三曰"薄命"(因为宝玉游玩的是"薄命司",命好者当然不在此司)。正、副、又副册的分配标准是:正册为姑娘、小姐或奶奶;又副册为丫头;副册介于二者之间,是妾或类似妾的阶层。按此标准,宝琴、李纹、李绮等才貌双全、命运两济的贵族女子,二丫头等贾府以外的女子,夏金桂等邪派女子不能入选副册和又副册,都不在"金陵十二钗"之数。

判词解读

1. 金陵十二钗正册

"金陵十二钗正册"的判词是对贾府十二位冠首女子终身命运的描述。各首判词用隐晦的诗句提前暗示了她们的命运,照应了文中的"千红一窟(哭)""万艳同杯(悲)",反映了中国数千年来女性的悲剧,同时也反映出曹雪芹深厚的文学功底以及超凡的思想境界。

(1)林黛玉、薛宝钗

【图画】画着两株枯木,木上悬着一围玉带;又有一堆雪,雪下一股金簪。

【判词】可叹停机德,堪怜咏絮才。玉带林中挂,金簪雪里埋。

【曲】终身误

都道是金玉良姻,俺只念木石前盟。空对着山中高士晶莹雪,终不忘世外仙姝寂寞林。叹人间,美中不足今方信。纵然是齐眉举案,到底意难平。

【曲】枉凝眉

一个是阆苑仙葩,一个是美玉无瑕。若说没奇缘,今生偏又遇着他;若说有奇缘,如何心事终虚化?一个枉自嗟呀,一个空劳牵挂。一个是水中月,一个是镜中花。想眼中能有多少泪珠儿,怎经得秋流到冬尽,春流到夏!

【解读】"可叹停机德"和"金簪雪里埋"指的是宝钗。"停机德"用的是乐羊子妻的典故,出自范晔的《后汉书》,原文是:

河南乐羊子之妻者,不知何氏之女也。

羊子尝行路,得遗金一饼,还以与妻。妻曰:"妾闻志士不饮盗泉之水,廉者不受嗟来之食,况拾遗求利,以污其行乎!"羊子大惭,乃捐金于野,而远寻师学。

一年来归,妻跪问其故。羊子曰:"久行怀思,无它异也。"妻乃引刀趋机而言曰:"此织生自蚕茧,成于机杼,一丝而累,以至于寸,累寸不已,遂成丈匹。今若断斯织也,则捐失成功,稽废时月。夫子积学,当日知其所亡,以就懿德。若中道而归,何异断斯织乎?"羊子感其言,复还终业,遂七年不反。

但"停机德"有"可叹"二字在前,暗示虽然宝钗有乐羊子妻断机劝夫读书的美德,但宝玉不像乐羊子一样能听得进劝告。"金簪雪里埋"中的"金簪"即宝钗,"雪"和"薛"同音,暗含了宝钗的名字和归属。判词的画上是"又有一堆雪,雪下一股金簪",即"雪里埋"。从字面和画面看,这也暗示了宝钗本身性情之冷,以及嫁入贾家后独守空房的冷清结局。

"堪怜咏絮才"和"玉带林中挂"指的是林黛玉。"咏絮才"用的是谢道韫的典故,出自南朝宋刘义庆的《世说新语·言语》,原文是:

俄而雪骤,公欣然曰:"白雪纷纷何所似?"

兄子胡儿曰:"撒盐空中差可拟。"兄女曰:"未若柳絮因风起。"公大笑乐。

　　作者用这个典故,表达了对像谢道韫那样才思敏捷的林黛玉的叹息、怜悯之情。

　　"玉带林中挂"运用谐音,"玉带林"中的"带"谐音"黛","玉带林"反过来就是"林黛玉"。玉带悬挂在两株枯木(双木为林)上,也暗示了林黛玉的悲惨结局。关于黛玉之死,因为前八十回并未涉及,高鹗续写黛玉之死是否有违曹公本意,众多专家有不同分析,大家可以自行查询资料,一探究竟。

　　《终身误》是贾宝玉在太虚幻境中所听之曲的第二支,《枉凝眉》是第三支。宝、黛、钗之间的情感纠葛,是贯穿《红楼梦》全书的一条主线。在"金陵十二钗"的判词中,钗、黛二人的命运只用了一首判词概括,而这套《红楼梦》曲子,却接连用了《终身误》《枉凝眉》两支曲子加以浓墨重彩地渲染。两支曲子都是围绕宝、黛、钗之间的婚恋关系来写的,以宝玉的口吻,对钗、黛二人加以对照,但侧重点各有不同。《终身误》写宝玉在婚后面对宝钗怀念黛玉,此曲的女主角应该是宝钗,因为曲中在两两对照时总是先写宝钗,后写黛玉;《枉凝眉》的女主角则是黛玉,宝玉在对黛玉倾注满腔怜爱的同时,也表现出对宝钗的同情。《终身误》的含意较为显豁,宝玉用满怀惆怅的口吻,鲜明地表达出对缺少黛玉的婚姻生活的遗憾和惆怅。而《枉凝眉》则进一步深入人物的内心世界,词意较为朦胧含蓄,语气更加哀怨动人。

　　关于《枉凝眉》一曲的具体含意,存在着不同的解释。最具代表性的说法有两种。一种说法认为,此曲是以第三者的口吻,写宝、黛之间的爱情悲剧,预示着林黛玉将泪尽夭亡的结局。"阆苑仙葩"指林黛玉,她本是灵河岸上三生石畔的绛珠仙草;"美玉无瑕"指贾宝玉,他本是赤瑕宫的神瑛侍者。他们前世有缘,今生重逢,彼此真心相爱,曾经反复试探彼此的心事,并有过表白。宝玉对黛玉始终呵护有加,但他们美好的爱情如镜花水月一般,无法成为现实。黛玉终日以泪洗面,实现了她"还泪"的诺言。另一种说法认为,这支曲子仍然以宝玉的口吻写出,同时提到了黛玉、宝钗。"美玉无瑕"并非指宝玉,而是指宝钗,她的德言容貌都无可挑剔,如同没有任何瑕疵的美玉一般。宝玉真正深爱的人是黛玉,但他最终娶了宝钗为妻。这样的结局,使黛玉"枉自嗟呀",也使宝钗"空劳牵挂"。在宝玉看来,黛玉仿佛是"水中月"一样,可望而不可即;而宝钗犹如"镜中花",看似美丽,却触手冰凉。在经过反复比较之后,宝玉还是把全部心思放在了黛玉的身上。他满怀痛惜地想到黛玉眼中能有多少泪水,可以这样日复一日地流淌。

　　(2)贾元春

　　【图画】画着一张弓,弓上挂一香橼。

　　【判词】二十年来辨是非,榴花开处照宫闱。三春争及初春景,虎兔相逢大梦归。

　　【曲】恨无常

　　喜荣华正好,恨无常又到。眼睁睁把万事全抛,荡悠悠把芳魂消耗。望家乡,路远山高。故向爹娘梦里相寻告:儿命已入黄泉,天伦呵,须要退步抽身早!

　　【解读】"弓"谐音"宫"(宫闱),"橼"谐音"元",指贾元春被选进宫里,先做女史,后被封为"凤藻宫尚书",加封为"贤德妃",像五月火红的石榴花一样辉煌灿烂,但是贾元春透过表象,明白了皇权的实质。"虎兔相逢"指元妃去世的时间在虎年和兔年交接之时,"大梦归"指生命逝去。

　　贾元春是贾政与王夫人的长女,贾宝玉的姐姐。作为贾府大小姐,她自幼由贾母教养。她曾教宝玉读书识字,他们虽为姐弟,却有如母子。后因贤孝才德,被选入宫做女史,不久被封为"凤藻宫尚书",加封"贤德妃"。贾家为迎接她省亲,特意盖了一座省亲别墅,即后来的大观园。大观园之豪华富丽,让元春都觉得"奢华过费"。元春给贾家带来了"烈火烹油、鲜花着锦之盛",她自己却被幽闭在皇家深宫内。省亲时,她说一句,哭一句,把皇宫说成"终无意趣"的"不得见人的去处"。这次省亲之后,她再无出宫的机会,最后不明不白地死去。

《恨无常》一曲借元春之魂抒写她的不幸。"喜荣华正好"指她入宫为妃,显赫一时,贾府因此成为皇亲国戚。"恨无常又到"指她的逝去。"无常"是佛家语言,原指世间一切即生即灭,变化无常,后俗传为勾魂之鬼。元春当了贵妃,但"荣华"短暂,忽然被夺去了性命。"眼睁睁把万事全抛,荡悠悠把芳魂消耗"说明元春的死可能是一种非正常的死亡。"望家乡,路远山高"暗示她死亡或埋葬的地点。"天伦"在古代制度中用作父子、兄弟等亲属的代称,曲中是父母的意思。"须要退步抽身早"预示了贾府的衰败。元春作为一个政治牺牲品,她的死亡在贾府衰败之前,也表明了贾府中的人特别是女儿们难以避免的悲剧下场。

(3)贾探春

【图画】画着两人放风筝,一片大海,一只大船,船中有一女子掩面泣涕之状。

【判词】才自精明志自高,生于末世运偏消。清明涕送江边望,千里东风一梦遥。

【曲】分骨肉

一帆风雨路三千,把骨肉家园齐来抛闪。恐哭损残年,告爹娘,休把儿悬念。自古穷通皆有定,离合岂无缘?从今分两地,各自保平安。奴去也,莫牵连!

【解读】画面与判词后面两句"清明涕送江边望,千里东风一梦遥"意思相同,暗指贾探春在清明时节离开贾府,像断线的风筝一样远嫁到千里之遥的海边,一去不返,只能在梦中回到家乡。虽然贾探春精明能干,志向高远,但是因为她生长于贾府衰微之际,所以她的命运愈发不济。

贾探春是贾宝玉同父异母的庶妹,是贾政之妾赵姨娘所生,是贾府三小姐。她精明能干,有心机,能决断,连王夫人与凤姐都让她几分,有"玫瑰花"之诨名,诗号为"蕉下客"。虽然赵姨娘在贾母和王夫人面前阻碍女儿施展抱负,更被贾府其他小人挑唆,时常欺辱女儿,但是探春并未因此养成唯唯诺诺的性子,反而聪慧灵敏,敢于决断。她对贾府面临的大厦将倾的危局颇有感触,用"兴利除弊"的改革来挽救,在宝钗的帮助下颇有成效,但终归于事无补,难以挽回贾府的倾颓大势。同时探春有着深固的主仆尊卑的封建等级观念,王善保家的欺负她是庶出,对她动手动脚,被她当场打了一巴掌。原文第七十一回中贾府为贾母过寿辰时,有暗示探春被南安太妃看中,成为下一任南安王的王妃。但最后远嫁他乡。

《分骨肉》一曲借探春之口,唱出了她对与父母骨肉分离的痛苦,以及对父母的挂念与劝慰。

(4)史湘云

【图画】画几缕飞云,一湾逝水。

【判词】富贵又何为?襁褓之间父母违。展眼吊斜晖,湘江水逝楚云飞。

【曲】乐中悲

襁褓中,父母叹双亡。纵居那绮罗丛,谁知娇养?幸生来英豪阔大宽宏量,从未将儿女私情略萦心上。好一似霁月光风耀玉堂。厮配得才貌仙郎,博得个地久天长,准折得幼年时坎坷形状。终久是云散高唐,水涸湘江。这是尘寰中消长数应当,何必枉悲伤!

【解读】画面上的"飞云"与"逝水"对应判词中的"湘江水逝楚云飞",既指人名"史湘云",又暗用《高唐赋》中楚怀王在梦中与巫山神女相会的典故,比喻史湘云与丈夫夫妻生活的短暂。判词的前两句"富贵又何为?襁褓之间父母违"是说史湘云在婴儿时期就父母双亡，虽然家庭非常富贵，但是她并没有享受到家庭的温暖；后两句"展眼吊斜晖，湘江水逝楚云飞"表达了作者对史湘云婚后好景不长，转眼间夫妻离散的哀伤之情。

史湘云是贾宝玉的隔代表妹，是贾母的侄孙女。她虽是豪门千金，但因从小父母双亡而由叔父抚养，叔母对她并不好。在叔叔家，她一点儿也做不得主，且不时要像下人一样做针线活至三更。她的身世与林黛玉有些相似，不同的是她心直口快，开朗豪爽，爱淘气，以至于喝醉酒后在园子里的大青石上睡大觉，是"金陵十二钗"中活得最明白的一位。她自幼在贾家长大，和宝玉也算亲密，在一起时，有时亲热，有时也会恼火，但襟怀坦荡的她从未把儿女私情略萦心上。续本中湘云最后嫁给卫若兰，卫若兰暴病而亡，因此守寡。

（5）妙玉

【图画】画着一块美玉，落在泥垢之中。

【判词】欲洁何曾洁，云空未必空。可怜金玉质，终陷淖泥中。

【曲】世难容

气质美如兰，才华阜比仙。天生成孤僻人皆罕。你道是啖肉食腥膻，视绮罗俗厌。却不知太高人愈妒，过洁世同嫌。可叹这青灯古殿人将老，辜负了红粉朱楼春色阑。到头来，依旧是风尘肮脏违心愿。好一似无瑕白玉遭泥陷，又何须王孙公子叹无缘。

【解读】画面上的"美玉"寓指妙玉的法号，又与判词中的"金玉质"呼应，比喻妙玉出身不凡——她是苏州仕宦人家的小姐，心性高洁。判词前两句"欲洁何曾洁，云空未必空"是说妙玉想要保持洁净，皈依佛门净土，结果却事与愿违；后两句"可怜金玉质，终陷淖泥中"在续本中指妙玉遭人嫉恨，被贼人掳走。

妙玉是苏州人氏，祖上是读书仕宦人家。因她自幼多病，买了许多替身（旧时迷信认为命中有灾难的人应该舍身出家做僧、道，有钱人家买穷人家的子女代替出家，叫替身），皆不中用，只得自己入了空门，身体才好，故一直带发修行。后父母亡故，她身边带两个老嬷嬷、一个小丫头服侍。她极通文墨，极熟经典，模样又极好。十七岁时随师父到长安修行。师父圆寂后，被贾家请入栊翠庵带发修行。她有着玉一样的性格，容不得一丝的杂质，以至于她要把刘姥姥用过一次的杯子扔掉。她才华横溢，品位高雅。原文中，栊翠庵品茶，刻画她茶艺精湛；中秋夜联诗，塑造她为"红楼诗仙"。贾母出殡次日，妙玉被贼人掳走，下落不明，宝玉悲伤叹惋。第一百一十二回中这样写道："不知妙玉被劫或是甘受污辱还是不屈而死，不知下落，也难妄拟。"

（6）贾迎春

【图画】画一恶狼，追扑一美女，欲啖之意。

【判词】子系中山狼，得志便猖狂。金闺花柳质，一载赴黄粱。

【曲】喜冤家

中山狼，无情兽，全不念当日根由。一味的骄奢淫荡贪还构。觑着那侯门艳质同蒲柳，作践的公府千金似下流。叹芳魂艳魄，一载荡悠悠。

【解读】画面和判词都暗示贾迎春的悲惨遭遇——嫁给了穷凶极恶的男人孙绍祖，惨遭蹂躏，一年之后就被折磨而死。判词引用了两个典故：一个是出自《东田集》的寓言——东郭先生在中山国救了一只被赵简子追赶得走投无路的狼，狼得救后却想吃掉东郭先生果腹，而且"子""系"两个字组合起来是"孙（孫）"字，所以"子系中山狼"指贾迎春的丈夫孙绍祖就像那只忘恩负义的狼，残酷虐待贾迎春；另一个是出自《枕中记》的故事——道士吕翁给寒儒卢生一个神奇的枕头，卢生在梦中享尽了荣华富贵，醒来后才发现黄粱米饭还没有蒸熟，以此比喻贾迎春的人生就像黄粱梦那样短暂虚幻。

贾迎春为贾赦之妾所生,是贾宝玉的堂姐。她老实无能,懦弱怕事,有"二木头"的诨名。她不但作诗猜谜不如姐妹们,而且在处世为人上也只知退让,任人欺侮。她的攒珠累丝金凤首饰被奶妈拿去典当,她不追究,别人设法要替她追回,她却说:"宁可没有了,又何必生事。"她父亲贾赦还不了孙家的五千两银子,就把她嫁给孙绍祖,拿她抵债。出嫁仅一年,她就被孙绍祖虐待而死。

(7)贾惜春

【图画】一所古庙,里面有一美人在内看经独坐。

【判词】勘破三春景不长,缁衣顿改昔年妆。可怜绣户侯门女,独卧青灯古佛旁。

【曲】虚花悟

将那三春看破,桃红柳绿待如何?把这韶华打灭,觅那清淡天和。说什么天上夭桃盛,云中杏蕊多。到头来谁见把秋捱过?则看那白杨村里人呜咽,青枫林下鬼吟哦。更兼着连天衰草遮坟墓。这的是昨贫今富人劳碌,春荣秋谢花折磨。似这般生关死劫谁能躲?闻说道西方宝树唤婆娑,上结着长生果。

【解读】画面和判词都暗示贾惜春出家为尼的结局。贾家的没落和三个姐姐的不幸遭遇,让本就冷漠的贾惜春更加心灰意冷,于是她带发修行,穿着黑色的僧尼服装,向他人乞求食物。贾元春和贾惜春的判词中都有"三春",但所指人物有所不同:贾元春判词中的"三春"指三个妹妹——贾迎春、贾探春和贾惜春,而贾惜春判词中的"三春"指三个姐姐——贾元春、贾迎春和贾探春。

贾惜春是贾珍的妹妹、贾府四小姐,母亲早逝,她一直在荣国府贾母身边长大。由于没有父母怜爱,惜春养成了孤僻冷漠的性格,心冷嘴冷。抄检大观园时,她咬定牙,撵走毫无过错的丫鬟入画,认为只要保全自己便好,对别人的流泪哀伤无动于衷。四大家族的没落

命运和三个本家姐姐的不幸结局,使她产生弃世的念头,最终不顾家人反对出家为尼。

(8)王熙凤

【图画】一片冰山,上有一只雌凤。

【判词】凡鸟偏从末世来,都知爱慕此生才。一从二令三人木,哭向金陵事更哀。

【曲】聪明累

机关算尽太聪明,反算了卿卿性命。生前心已碎,死后性空灵。家富人宁,终有个家亡人散各奔腾。枉费了意悬悬半世心,好一似荡悠悠三更梦。忽喇喇似大厦倾,昏惨惨似灯将尽。呀!一场欢喜忽悲辛。叹人世,终难定!

【解读】画上的"雌凤"象征着女强人王熙凤,判词中的"凡鸟"有两层含义:一是点出"王熙凤"的名字——"凡"和"鸟"组合成"凤(鳳)"字;二是引用出自《世说新语》的典故——吕安拜访嵇康,却遇到嵇康的哥哥嵇喜,吕安在门上写了一个"凤"字,嘲笑嵇喜是"凡鸟"。画上的"冰山"比喻王熙凤作为靠山的财势像冰山那样难以持久。"一从二令三人木"的含意难以确定,有人认为它指的是贾琏在不同时期对待王熙凤的不同态度:首先是"听从",然后是"使令",最后是"休弃"——"人"字和"木"字凑成"休"字。

王熙凤是贾宝玉的舅表姐兼堂嫂,是贾琏之妻、王夫人的侄女。她长着一双丹凤三角眼,两弯柳叶吊梢眉,身量苗条,体格风骚。她精明强干,深得贾母和王夫人的信任,是荣府的实际大管家。她高踞在荣府几百口人的理家主子的宝座上,口才与威势是她诳上欺下的武器,攫取权力与窃积财富是她的目的。她极尽权术机变、残忍阴毒之能事,虽然贾瑞这种淫污纨绔虽说死不足惜,但"毒设相思局"也可见她报复手段的残酷。"弄权铁槛寺"中,为了三千两银子的贿赂,导致张家女儿和某守备之子双双自尽。除了索取贿赂,她还靠着迟发的公费月例放债,光这一项每年就翻出几百甚至

上千银子的体己利钱来。她善于察言观色,机变逢迎,见风使舵,是荣国府除王夫人外的实际施政者。她有八面玲珑之威,又心狠手辣、笑里藏刀,听不进秦可卿临死前对她的遗言警告,最终落得个"机关算尽太聪明,反算了卿卿性命"的下场。

(9)巧姐

【图画】一座荒村野店,有一美人在那里纺绩。

【判词】势败休云贵,家亡莫论亲。偶因济刘氏,巧得遇恩人。

【曲】留馀庆

留馀庆,留馀庆,忽遇恩人;幸娘亲,幸娘亲,积得阴功。劝人生,济困扶穷,休似俺那爱银钱、忘骨肉的狠舅奸兄!正是乘除加减,上有苍穹。

【解读】画面暗指贾巧姐最终成为一个以纺绩为生的乡村妇女。判词前两句"势败休云贵,家亡莫论亲"是指贾府失势后,贾巧姐被"狠舅奸兄"出卖;后两句"偶因济刘氏,巧得遇恩人"是指因为贾巧姐的母亲王熙凤曾经接济过乡下老太刘姥姥,刘姥姥知恩图报,搭救贾巧姐跳出火坑。判词中的"巧"字一语双关,既指贾巧姐的名字,又含有"凑巧"遇到恩人之意。

巧姐是贾宝玉的舅表甥女兼堂侄女,是贾琏与王熙凤的女儿。因生于七月初七,刘姥姥给她取名为"巧姐"。她从小生活优裕,是豪门千金,续本中贾府败落后,她被"狠舅奸兄"卖到了烟花巷(甄士隐解注的《好了歌》中说:择膏粱,谁承望流落在烟花巷),最终被知恩图报的刘姥姥赎出,与刘姥姥的孙子板儿结婚,成了农村里的一位纺绩妇人。(学界对贾巧姐的结局有多种推测,此处择其一)

(10)李纨

【图画】画一盆茂兰,旁有一位凤冠霞帔的美人。

【判词】桃李春风结子完,到头谁似一盆兰。如冰水好空相妒,枉与他人作笑谈。

【曲】晚韶华

镜里恩情,更那堪梦里功名!那美韶华去之何迅!再休提绣帐鸳衾。只这带珠冠、披凤袄,也抵不了无常性命。虽说是、人生莫受老来贫,也须要阴骘积儿孙。气昂昂头戴簪缨,气昂昂头戴簪缨,光灿灿胸悬金印;威赫赫爵禄高登,威赫赫爵禄高登,昏惨惨黄泉路近。问古来将相可还存?也只是、虚名儿与后人钦敬。

【解读】画面中的"茂兰"和判词"到头谁似一盆兰"中的"兰"都是指李纨的儿子贾兰,暗指贾兰在贾府众多子孙中最为显贵;"凤冠霞帔"寓指李纨因子得贵,诰命加身。判词"桃李春风结子完"既寓指李纨的姓名,又寓指李纨生下儿子贾兰以后,丈夫贾珠就去世了。判词后两句"如冰水好空相妒,枉与他人作笑谈"的意思难以确定,有人认为它化用了唐朝僧人寒山的诗句"欲识生死譬,且将冰水比。水结即成冰,冰消返成水",寓指李纨青春丧偶、辛勤育儿,儿子成器为她赢得荣华,但寿命不长,只留下诰封的虚名,成为别人茶余饭后的谈资。

李纨是贾宝玉的兄嫂,字宫裁,是贾珠之妻,生有儿子贾兰。她出身金陵名宦,父亲李守中曾为国子监祭酒(相当于现代教育部部长兼清华、北大校长之职)。她从小就受父亲"女子无才便有德"的教育,仅"认得几个字、记得这前朝几个贤女便罢了",每日以纺织女红为要。贾珠不到二十岁就因病去世,李纨一直守寡,虽处于"膏粱锦绣"之中,竟如"槁木死灰"一般,一概不闻不问,只知道抚养亲子,闲时陪侍小姑等女红、诵读而已。她是个恪守封建礼法的贤女节妇的典型。李纨是封建淑女,是标准的节妇,是妇德妇功的化身。她在进入大观园后,不但带领诗社兴旺发达,而且把大观园治理成青春女儿的净土和乐园。

(11)秦可卿

【图画】画着高楼大厦,有一美人悬梁自缢。

【判词】情天情海幻情身,情既相逢必主淫。漫言不肖皆荣出,造衅开端实在宁。

【曲】好事终

画梁春尽落香尘。擅风情,秉月貌,便是败家的根本。箕裘颓堕皆从敬,家事消亡首罪宁。宿孽总因情。

【解读】画面暗示了秦可卿在天香楼自缢身亡的结局。判词主要批判了宁国府的贾珍等人贪淫好色、伤风败俗的污秽行径,这招致了贾府的没落。

秦可卿是宁国府贾珍和尤氏的儿媳妇,是贾蓉之妻、贾宝玉的侄媳妇。她是秦业从养生堂抱养的女儿。她长得袅娜纤巧,性格风流,行事又温柔平和,深得贾母等人的欢心。她年轻早夭,丧礼极其奢华,为贾府的败落埋下了重大祸患。在仙界,她是太虚幻境管理者警幻仙姑的妹妹,乳名兼美,意为兼钗、黛之美,表字可卿,原是个钟情的首坐,管的是风情月债。

2.金陵十二钗副册

(1)香菱(甄英莲)

【图画】画着一株桂花,下面有一池沼,其中水涸泥干,莲枯藕败。

【判词】根并荷花一茎香,平生遭际实堪伤。自从两地生孤木,致使香魂返故乡。

【解读】香菱是薛家的丫头,本来进不了"正册",可她原是甄士隐家的贵小姐,也不能进"又副册",所以作者把她安排在介于主奴之间的"副册"里。

"根并荷花一茎香"暗指香菱就是甄英莲(意为"真应怜")。"根并荷花"指菱根挨着莲根,隐喻香菱就是原来的英莲;"一茎香"是同根同类之意。"平生遭际实堪伤"寓意香菱一生的坎坷遭遇,她五岁时被拐子拐走,养到十几岁被卖给薛蟠,给这个花花太岁做了侍妾。"自从两地生孤木",用拆字法解,两个"土"字加一个"木"字,合成一个"桂"字,暗指夏金桂。"致使香魂返故乡"指香菱的结局:后来薛蟠娶了贪嫉狠毒的泼妇夏金桂,香菱受尽虐待含恨而死。

香菱是小说中出场最早的薄命女,是甄士隐的女儿。她生得袅娜纤巧,做人行事又温柔安静。《红楼梦》书中有著名的"香菱学诗"一节,并入选中学课本。香菱后为薛蟠正妻夏金桂所妒,备受折磨,改名为秋菱,险遭谋害。高鹗续书中薛蟠出狱后,把香菱扶了正,后难产而死,并遗留一子(这可以通过最后一回中甄士隐与贾雨村的对话得知,是由甄士隐亲口所述)。按宝玉所观之画及判词,香菱的结局应是被夏金桂虐待致死。续书写香菱最后被"扶正",似与曹雪芹的原意相反。

(2)薛宝琴

薛宝琴是皇商之女,小时候跟父亲跑过不少地方。她是薛姨妈的侄女、薛蝌的胞妹、薛宝钗的堂妹。她长得十分美貌,生性活泼可爱。贾母甚是喜爱,夸她比画上的还好看。

她初至贾府时贾母本欲说亲(薛姨妈认为是配给宝玉),可是听说已经许配给梅翰林之子就只好作罢,不过还是逼了王夫人认她为干女儿。还把一件野鸭子毛做的凫靥裘送与她穿,与这件衣服规格相同的另一件就是贾宝玉那件有名的雀金裘,可见贾母对其宠爱之至。连薛宝钗都嫉妒她:"……我就不信我那些儿不如你。"她自幼读书识字,本性聪敏,在大观园里曾作《怀古绝句十首》。她是一位近乎完美的人。她的美艳与纯真和邢岫烟的内敛与清高,李纹、李琦的超脱与淡然截然不同,十分耀眼。

薛宝琴早已许配给梅翰林之子,因而书中

有"琉璃世界白雪红梅"一回文字,写宝琴"披着凫靥裘站在山坡上遥等,身后一个丫鬟抱着一瓶红梅""就像老太太屋里挂的仇十洲画的《双艳图》",可是"那画的那里有这件衣裳?人也不能这样好!"这里用谐音暗示之意是很明显的。薛宝琴之"薛"正是白雪之"雪",梅翰林之子之"梅"正是红梅之"梅"。"琉璃世界白雪红梅(流离世界白薛红梅)"也正是一种"引文",暗伏薛宝琴命运独好,将来"落了片白茫茫大地真干净"之后,独有"白雪红梅"仍在。

而第七十回放风筝时,宝琴的风筝是"大红蝙蝠","蝙蝠"是吉祥的象征,乃"偏福"之意,正喻宝琴嫁梅翰林之子,命运独好。宝琴是"陪客",在《红楼梦》中只起一个旁观者的作用。大约在八十回后宝琴的地位并无变化,她可能在四大家族败落后充当一个"见证"历史盛衰的角色。

(3) 平儿

平儿是《红楼梦》中王熙凤的陪嫁丫头,贾琏的通房大丫头。她是个极聪明、极清俊的女子。她虽是凤姐的心腹,要帮着凤姐料理事务,但为人很好,心地善良,常背着王熙凤做好事。王熙凤死后,王仁和贾环等要把巧姐卖给藩王做使女,是平儿陪伴巧姐逃出大观园。

平儿是王熙凤最得力的心腹助手,聪慧、干练、心地善良,又善于处世应变,以贾琏之俗、凤姐之威,竟能体贴周旋。贾琏和多姑娘私通,平儿从枕套中抖出一缕青丝,但她向凤姐隐瞒了事情真相,避免了一场风波。凤姐有病,探春代理家政,那些管家媳妇见探春年轻,又是庶出,以为她办事没有经验,想欺负她,连她生身母亲赵姨娘也来惹是生非。平儿便私下告诫管家媳妇们要尊重探春。对于探春处事的弊端,平儿总是先表示支持,接着又说出一番早就该改而竟未改的道理来,既不伤害探春,又保全了凤姐的面子。

平儿从不仗势欺人,她心地善良,本能地同情那些和她地位相仿或更低的奴才们,在茯苓霜和玫瑰露事件中,她劝凤姐"得放手时须放手",这才使柳家母女免去了一场灾难。尤二姐一死,王熙凤推说没有钱治办丧事,平儿偷出二百两碎银子给贾琏,把局面应付过去。当然,以平儿陪房丫头的地位,应命去处理种种复杂的关系和事件,是十分困难的。在纷繁的矛盾中间,她常常感到处境的艰难和内心无告的悲苦。

后四十回续书中写到凤姐去世,平儿悉心照料王熙凤的女儿贾巧姐,并护送巧姐出了大观园,直到巧姐被刘姥姥接走,最后被贾琏扶了正。平儿敬重有能力的女子,所以她对凤姐言听计从,对探春处处顾及。平儿是一个聪明人,所以她才可以在凤姐和贾琏的夹缝中生存。从第二十一回"俏平儿软语救贾琏"中就可以知道平儿既抓着贾琏的把柄,又有凤姐的把柄,所以他俩都有忌讳她的时候。平儿深知"水至清则无鱼,人至察则无徒"。她心地善良,总是希望息事宁人、大事化小。

(4) 尤氏

尤氏是贾珍之妻。她虽为宁国府当家奶奶,但并无实权,素日只是顺从贾珍。她没什么才干,也没什么口齿,是个"锯了嘴的葫芦"。她极力阻止过尤二姐的婚事,但无奈贾珍主意已决。当王熙凤发现贾琏偷娶尤二姐后,大闹宁国府,尤氏束手无策,任由王熙凤作践,把她揉搓成一个面团儿。贾珍在家中聚赌,她也毫无办法。尤氏并不是贾珍的原配,她是贾珍的继室。她可能是贾珍在原配妻子死后续娶的,也可能原先是侧室后来被扶正的。尤氏也不是贾蓉的生母,贾蓉是贾珍的原配所生。她娘家不显赫,自己也没有子女,这是尤氏唯唯诺诺的根本原因。当然,她本人的性格也是一方面。

那么，尤氏真是没才干、没口齿的妇人吗？根据尤老娘和尤二姐、尤三姐的处境，可以看出尤氏出身平平，没有显赫的背景，而尤氏又是填房，她能稳稳地坐在贾府长房当家媳妇的位子上，靠的是什么呢？一靠才能。尤氏的才能与王熙凤相比并不逊色。王熙凤和尤氏虽然同样是顺顺当当地操办丧事，但两人所处的大环境天差地远。王熙凤操办秦可卿丧事时贾府正值"烈火烹油、鲜花着锦之盛"的前夕；尤氏操办贾敬丧事时贾府已临近"盛筵必散"，"贾珍父子并贾琏等皆不在家，一时竟没个着己的男子来"，"荣府中凤姐儿出不来，李纨又照顾姊妹，宝玉不识事体，只得将外头之事暂托了几个家中二等管事人"，尤氏在万般无奈下，里头外头一肩挑。二靠人缘。尤氏待人接物最高明的一招是善于平衡。尤氏对待长辈恭恭敬敬。下面一段是描写尤氏伺候老祖宗贾母的。

> 贾母因问："有稀饭吃些罢了。"尤氏早捧过一碗来，说是红稻米粥。贾母接来吃了半碗……又向尤氏道："我吃了，你就来吃了罢。"尤氏答应，待贾母漱口洗手毕，贾母便下地和王夫人说闲话行食。尤氏告坐。

大家都去用饭了，这里尤氏直陪贾母说话取笑到起更的时候。贾母叫尤氏回家罢，尤氏方告辞出来。尤氏也十分关心公公贾敬。她心头记着贾敬的生日，早早请示贾珍"后日是太爷的生日，到底怎么办？"又安排"照旧例预备两日的筵席，要丰丰富富的"为贾敬庆寿。三靠热心。贾母等"凑了一百五十两有馀"的银子为王熙凤过生日。"贾母道：'这件事我交给珍哥媳妇……'尤氏答应着。"到了王熙凤生日"九月初二日，园中人都打听得尤氏办得十分热闹，不但有戏，连耍百戏并说书的男女先儿全有，都打点取乐顽耍"。四靠手腕。尤氏遇事不乱方寸，处事刚柔相济。在处理贾敬凶信时，她第一反应就是"命人先到玄真观将所有的道士都锁了起来，等大爷来家审问"，再请太医查验死因。她坐车出城来到观里，"众道士慌的回说"，百般解释，"尤氏也不听，只命锁着，等贾珍来发放"。从这些文字看，尤氏对外人绝不心慈手软。正因为有这些手段，她才能稳居宁国府管家奶奶之位。

(5)尤二姐

尤二姐是宁府贾珍之妻尤氏的异父异母妹，是尤老娘与前夫所生，后随尤老娘改嫁尤家时带来的。尤老娘及其二女因贾敬丧事进入宁府。但除贾珍、贾蓉、贾琏外，她们似乎处于与贾府上下不相来往的状态中。

尤二姐、尤三姐都颇有姿色，但由于在未嫁之前就与贾珍有点不清不楚的关系，所以名声不好。因为有这一污点，尤二姐在做贾琏妾后一心一意恪守妇道，想做一个改过从善的妇人。她也为性格与她不同的妹妹尤三姐的终身担忧，想把她从被贾珍觊觎的处境中解救出来，让她嫁一个好人家。可是随着尤三姐与柳湘莲亲事的破灭，尤三姐自杀以后，她自己和贾琏的秘事也被凤姐发觉。尤二姐被凤姐骗入荣府后，就跌进了早就设好的陷阱里，最后她只有吞金自尽这一条路。尤二姐的悲剧不是因为她笨拙老实，无法抵挡凤姐对她的陷害，而是因为她生活在那样一个封建社会，一个有污点的女人，永远不能实现自我救赎，永远不被原谅。她虽是死在凤姐手里，但在一定意义上，又是一个被封建礼教吞噬的善良女子。

尤二姐模样标致，温柔和顺。贾珍垂涎妻妹的美貌，对尤二姐无微不至，当他玩腻后，就把她让给了贾琏。贾蓉让贾琏偷娶尤二姐，也是出于自己的色心。贾琏因惧怕王熙凤的淫威，只得偷偷娶尤二姐为二房，并把她安置在离荣国府不远的花枝巷，经常过去与她同宿。

但不久被王熙凤发现,在她借刀杀人的计谋下,尤二姐备受折磨,因庸医误诊被堕胎后,她绝望地吞金自尽。

(6)尤三姐

尤三姐是宁府贾珍之妻尤氏继母带来的女儿,是尤二姐的妹妹,亦称作尤小妹。

尤三姐模样风流标致,她又偏爱打扮得出色,自有一种万人不及的风情体态。贾珍、贾琏、贾蓉等好色之徒,对她颇为馋涎。但尤三姐不愿像姐姐那样遭人玩弄,她把泼辣当作武器,捍卫自己的清白。她看中柳湘莲后,就一心一意地等他。

柳湘莲将祖传的"鸳鸯剑"作为信物,托贾琏带给了尤三姐。此剑是两把合体的,一把剑身上刻着"鸳",一把剑身上刻着"鸯"。尤三姐喜出望外,把剑挂在绣房的床前,每天都要望上几眼,自喜终身有了依靠。

但是当柳湘莲向贾宝玉询问尤三姐的来历时,他听说尤三姐竟然在宁国府中,心中一惊,跌足道:"这事不好,断乎做不得了。你们东府里除了那两个石头狮子干净,只怕连猫儿狗儿都不干净。我不做这剩忘八。"一席话说得宝玉满脸通红,柳湘莲自惭失言,连忙道歉,两人不欢而散。

柳湘莲和宝玉分手以后,找到贾琏和尤家,说道:"客中偶然忙促,谁知家姑母于四月间订了弟妇,使弟无言可回……此剑系祖父所遗,请仍赐回为幸。"贾琏一听着了急,叫道:"定者,定也。原怕反悔所以为定。岂有婚姻之事,出入随意的?还要斟酌。"湘莲笑道:"虽如此说,弟愿领责领罚,然此事断不敢从命。"

这时,尤三姐在房内听得一清二楚,知道柳湘莲一定是在贾府中听了什么闲话,把自己也当作了下流人物。于是她从床上摘下鸳鸯剑走出来,左手将剑递给柳湘莲,右手用隐在肘内的雌剑往项上一横,当即自刎而死。这个时候柳湘莲终于知晓尤三姐不仅标致,而且刚烈,自悔无福。他痛哭不已,眼看着入殓,又抚棺大哭了一场,最后竟跟着一个疯道人士出家去了。

(7)邢岫烟

邢岫烟是邢夫人的侄女、邢忠夫妇的女儿。因家道贫寒,一家人前来投奔邢夫人。邢夫人对邢岫烟并不是真心疼爱,只不过为了脸面。邢夫人甚至要求邢岫烟把每月二两银子的月钱省下一两来给她自己的父母,使得邢岫烟只得典当衣服来维持她在大观园的开支。邢岫烟生得端雅稳重,知书达礼,被薛姨妈看中,央求贾母作媒说与薛蝌,后嫁给薛蝌。

实际上,邢岫烟并非像他人眼里那样,穷酸窘迫小家子气。书中安排了一段吟诗咏梅的情节,邢岫烟的诗格局宏大,用句俊采神飞,既旖旎又豪气,尤其"绿萼添妆融宝炬,缟仙扶醉跨残虹"两句,绝对是让人看后一凛的佳句。见惯了大场面的晴雯,也笑向袭人道:"大太太的一个侄女儿,宝姑娘一个妹妹,大奶奶两个妹妹,倒像一把子四根水葱儿。"她不仅夸邢岫烟长得清秀好看,而且还把她摆在头一个说。

书中关于邢岫烟的桥段最有名的是她教贾宝玉怎么回妙玉的名帖,悟性高如宝玉都挠破了头的"槛外人",邢岫烟只瞥一眼,就能用几句话不经意点拨,使宝玉醍醐灌顶,其大智慧到此时才一露真形。妙玉眼高于顶,言谈刻薄,看见谁都觉得低自己一阶,连黛玉、宝钗尚都瞧不大上,遇上穷人如刘姥姥更是鄙夷不屑,但这样的人物能与邢岫烟相处十多年,有来有往,教书识字,这自然不是简单的一个人性本善就可以全部解释得了的。

邢岫烟的出色还体现在王熙凤对她青眼相看上。王熙凤是典型的势利眼,她瞧不上自己的婆婆邢夫人,可在对待邢岫烟上,却一而再再而三地流露出自己的好感。她比照迎春的分例给岫烟发放月钱,又授意平儿给岫烟送冬衣,可谓关怀备至。总体说,邢岫烟风骨凛然,不愧为女中君子。贾宝玉奉承她"超然如野鹤闲云"。

(8)李纹

李纹是李婶娘之女、李纨的堂妹。文中写其有超脱、淡然之美。其性格如梅——美丽高冷却又不失坚忍,与其柔弱寡断的堂姐胞妹——李纨和李绮有着鲜明的对比。李纹首见于《红楼梦》第四十九回,晴雯赞她和李绮都是水葱儿般水灵的姑娘。李纹随母亲在大观园住下后,曾参加了几次诗社活动,惟未细表。后王夫人说李纹已许了人家,之后因贾府败落被牵连。

从人物描绘上说,李纹是初出场的角色,应该有些渲染。但她刚到贾府,与众姊妹联句作诗不应喧宾夺主,所以芦雪庵联句除薛宝琴所作尚多外,仍只突出史湘云。众人接着要她再赋红梅诗,是作者的补笔,借此机会对她的身份特点再做一些提示。李纹是李纨的寡婶之女,从她所作的诗"冻脸有痕皆是血,酸心无恨亦成灰"来看,她可能也有不幸遭遇。"寄言蜂蝶"莫作轻狂之态,可见其自恃节操,性格应如诗里的红梅一般清高,也颇有与李纨相似之处,大概是在注重儒家"德教"的李守中一族的环境教养中形成的。

(9)李绮

李绮是李纹的妹妹、李纨的堂妹,是李纨寡婶的女儿。李绮、李纹在文中均为速写,着墨不多,也没有相关的具体批语。第五十回中,李纨与李纹、李绮编了几个小谜语。原文如下:

李纨笑道:"这难为你猜。纹儿的是'水向石边流出冷',打一古人名。"探春笑问道:"可是山涛?"李纹笑道:"是。"李纨又道:"绮儿的是个'萤'字,打一个字。"众人猜了半日,宝琴笑道:"这个意思却深,不知可是花草的'花'字?"李绮笑道:"恰是了。"众人道:"萤与花何干?"黛玉笑道:"妙得很!萤可不是草化的?"众人会意,都笑了说:"好!"

李纹的谜面是"水向石边流出冷",谜底是"山涛"。我们看谜面就是一派山水田园的意向,这是典型的山林隐士风格。其中一个"冷"字,不仅指山泉冰冷彻骨,还暗含一种情感里的冷若冰霜。这已经很好地诠释了李纹此人的性格趋向。再说谜底是"竹林七贤"之一的山涛。山涛也是个隐士,大器晚成,虽然后来做了大官,但是终其一生,和嵇康、阮籍等人一样,对现实是不满的,他们都是清醒的,是出世的。这个谜语暗喻的是李纹一生的大致格局,即一个"冷"字,她的一生是隐忍的,是退隐的,是孤独的。

李绮的谜面是"萤",谜底是"花"。林黛玉给了最精妙的解释:萤火虫是草木化出来的。《礼记·月令·季夏》云:"腐草为萤。"萤也好,花也罢,都是草木,而且萤火虫是腐败的草木演化出来的。萤火虫的一生极其短暂,它在黑夜发出亮光,是为了吸引异性,是短暂的生命之火花的绽放。虽然萤火虫发出亮光,但是对于漫漫黑夜来说,这是极其微弱和短暂的。这是否暗示李绮的一生也是极其卑微柔弱的呢?

(10)夏金桂

夏金桂是薛蟠之妻。夏金桂出身于豪门富贵之家,夏家是户部挂名的皇商世家,且是数一数二的大门户,家境巨富无比,是京城中的大地主、大财主,其余田地不用说,单有几十顷地独种桂花,长安城里城外的桂花局都是夏家的,连宫里一应陈设盆景也是他家贡奉,所以被称为"桂花夏家"。桂花夏家声名显赫,长安城中,上至王侯,下至买卖人,无人不知,无人不晓,说起"桂花夏家"的名号,宁、荣两府也都知道。

夏金桂生得如花似玉，是个十足的大美人儿，在贾宝玉眼中不比大观园里的"金陵十二钗"差，而且颇识得字，在女子之中文采非常出众。夏家没有儿子，所以继承人是外孙，家财都随女儿作为嫁妆带到女婿家，以备传给外孙。所以谁娶到了夏金桂，就等于白得了夏家的巨万家财和显赫家业。如果不考虑人品和性格，夏金桂的家世和模样都是无可挑剔的。薛家在娶亲时，只知道门第和才貌，并不知其品性。

薛家除了是数一数二的顶级皇商，还是书香继世的大族名宦之家，祖上曾为紫微舍人，出过两代高官，祖上余威及今仍可庇佑子孙，所以薛家的门第是高于夏家的。薛家娶夏金桂，除了因为夏金桂的家世出身和个人条件均十分优越，更重要的是看中了夏家独女可继承的巨额财产，而这些数额不菲的陪嫁，正是夏金桂在婆家骄横的底气来源。

夏金桂嫁入薛家，便把自己当作当家女主人，所以要拿出威风来压住别人。她见薛蟠气质刚硬、举止骄奢，便想趁着新婚夫妻感情好时，一举将他辖制住。对于才貌双全的香菱，她是"卧榻之侧岂容他人鼾睡"。在薛蟠被压服后，她又开始百般折磨香菱，并蛮横地将香菱的名字改为"秋菱"。为了摆布香菱，她让薛蟠收纳了自己的丫头宝蟾，再调唆薛蟠处治香菱。薛姨妈来解劝，她就隔窗叫喊拌嘴，将薛家搅得无一日安宁。

（11）娇杏

娇杏原为甄士隐家的丫鬟。娇杏，即侥幸之意。脂砚斋批语中所指出的许多人名、地名的谐音义确实暗含作者写某人、某事的意图。娇杏虽是一个普通丫鬟，却有着令人称羡的好运。

甄士隐与贾雨村荣枯易位，英莲（后来的香菱）与娇杏的命运也形成鲜明对照：一个原是主，沦为婢；一个原是婢，升为主。更有意思的是，倒霉的与交运的都并不体现什么"福善祸淫"的"天理"，不然为什么能济人之困的甄士隐反落得如此悲惨的下场呢？

再说，礼教教人"非礼勿视"，礼所规定不该看的，看了就算错。娇杏错了还不打紧，又使被看的人错以为她是"心中有意于他"。她只不过是想：此人定是"什么贾雨村了"。可是贾雨村错把她当作"巨眼英豪，风尘中之知己"。当贾雨村新官上任后，他轻而易举地把他认作是风尘知己的娇杏娶了过来。不久正室亡故，娇杏就被扶正。这岂非错上加错？然而，她偏偏因错而得荣华富贵，真称得上侥幸了。

作者用前后两回的篇幅，把时间压缩在极短的范围内，从而显示了命运无情的拨弄：甄家全家离散败落，而丫鬟娇杏却偶因一着错，变为人上人；她是这一小小家族的唯一的幸运者。

（12）傅秋芳

傅秋芳首次出现在《红楼梦》第三十五回，是贾政的门生通判傅试之妹，年逾廿三，尚未许人。

《红楼梦》只有两次写到傅秋芳，且都是侧面描写，一次在第三十五回，一次在续本第九十四回。原文如下：

丫头方进来时，忽有人来回话："傅二爷家的两个嬷嬷来请安，来见二爷。"宝玉听说，便知是通判傅试家的嬷嬷来了。那傅试原是贾政的门生，历年来都赖贾家的名势得意，贾政也着实看待，故与别个门生不同，他那里常遣人来走动。宝玉素习最厌勇男蠢妇的，今日却如何又令两个婆子过来？其中原来有个原故：只因那宝玉闻得傅试有个妹子，名唤傅秋芳，也是个琼闺秀玉，常闻人传说才貌俱全，虽自未亲睹，然遐思遥爱之心十分诚敬，不命他们进来，恐薄了傅秋芳，因此连忙命让进来。

那傅试原是暴发的，因傅秋芳有几分姿色，聪明过人，那傅试安心仗着妹妹要与豪门贵族结姻，不肯轻易许人，所以耽误到如今。目今傅秋芳年已二十三岁，尚未许人。争奈那些豪门贵族又嫌他穷酸，根基浅薄，不肯求配。那傅试与贾家亲密，也自有一段心事。

曹雪芹在文中常用谐音，故可以从姓名入手，看出些许端倪。傅秋芳其兄名傅试，音谐"趋炎附势"的"附势"，"安心仗着妹妹要与豪门贵族结姻，不肯轻易许人，所以耽误到如今。目今傅秋芳年已二十三岁，尚未许人"。"秋芳"二字，大有讲究，"芳"字一般指花草，而花草盛于春，所以古语中也以"芳"指春天；至于秋天，则是花草受灾难的季节。傅秋芳青春已过，这就是悲剧了。

3. 金陵十二钗又副册

(1)晴雯

【图画】又非人物，亦非山水，不过是水墨溽染的满纸乌云浊雾而已。

【判词】霁月难逢，彩云易散。心比天高，身为下贱。风流灵巧招人怨。寿夭多因毁谤生，多情公子空牵念。

【解读】"霁月难逢"，雨过天晴时的明月叫"霁月"，点"晴"字，喻晴雯人品高尚，然而遭遇艰难。"彩云易散"隐指晴雯横遭摧残而寿夭。彩云就是有纹彩的云霞，两云呈彩叫雯，点"雯"字。"身为下贱"指晴雯身为女奴，地位低下。"多情公子"指贾宝玉。

晴雯是《红楼梦》中最具叛逆性格的丫鬟，从小被卖给贾府的奴仆赖大家为奴。赖嬷嬷到贾府去时常带着她，贾母见了喜欢，赖嬷嬷就将她孝敬给了贾母。她长得风流灵巧，眉眼儿有点像林黛玉，口齿伶俐，针线活尤好，深得贾母的喜爱。她的反抗性最强，蔑视王夫人为笼络小丫头所施的小恩小惠；嘲讽向主子讨好邀宠的袭人是"西洋花点子哈巴儿"；抄检大观园时，唯有她"挽着头发闯进来，'豁'一声将箱子掀开，两手捉着，底子朝天往地下尽情一倒，将所有之物尽都倒出"。

她的反抗遭到了残酷的报复。王夫人在她病得四五日水米不曾沾牙的情况下，让人把她从炕上拉下来，硬给搀了出去。当天宝玉偷偷前去探望，晴雯深为感动，便铰下自己两根葱管一般的指甲，脱下一件贴身穿的旧红绫袄赠予他。当夜，晴雯悲惨地死去，宝玉深感哀伤，特作《芙蓉女儿诔》祭奠晴雯。

(2)袭人

【图画】画着一簇鲜花，一床破席。

【判词】枉自温柔和顺，空云似桂如兰。堪羡优伶有福，谁知公子无缘。

【解读】宝玉因知她本姓花，又曾见陆游《村居书喜》诗"花气袭人知骤暖，鹊声穿树喜新晴"，遂回明贾母，更名袭人。袭人性情专一：服侍贾母时，心中眼中只有一个贾母；如今服侍宝玉，心中眼中又只有一个宝玉。因为宝玉性情乖僻，她经常规谏，为宝玉的不思进取而心中忧虑。袭人曾经向王夫人进言，出于男女之防，希望王夫人让宝玉搬出大观园。王夫人大为感动，合掌念佛，叫袭人"我的儿"，从而视袭人为心腹。紧接着，她就让王熙凤从自己的月例中拿出二两银子一吊钱来给袭人，而袭人的月例也就到了姨娘的层次。续本中最后宝玉与宝钗成亲后出家，袭人虽无奈，但还是嫁给了蒋玉菡。

(3)鸳鸯

鸳鸯是贾母的大丫头。因为是家生奴，她深受贾母信任。她管理着贾母的钱物，随侍贾母左右。贾母玩牌，她坐在旁边看牌，给凤姐等人递暗号(让大家出贾母需要的牌)；贾母摆宴，她入座充当令官；贾母猜谜，她偷偷告诉贾母答案。所以凤姐说"老太太离了鸳鸯，饭也吃不下去的"。因此，她在贾府众丫头中地位很高。但她自尊自爱，从不以此自傲、仗势欺人，因此深得上下各色人等的好感和尊重。

鸳鸯长得蜂腰削肩，鸭蛋脸，乌油头发，高高的鼻子，两边腮上微微的几点雀斑。父母在南京为贾家看房子，哥哥是贾母房里的买办，嫂子是贾母房里管浆洗的头儿。贾赦看上她，要纳她为妾，让邢夫人和鸳鸯的哥嫂来劝她、威逼她，但她坚决不从，发誓说："我这一辈子莫说是'宝玉'，便是'宝金''宝银''宝天王''宝皇帝'，横竖不嫁人就完了！就是老太太逼着我，我一刀子抹死了，也不能从命！"并自此以后果真再也不理会宝玉。

值得一提的是，所幸贾母亦甚疼爱鸳鸯。当得知贾赦欲讨之为妾后，贾母当即气得浑身乱颤，大大斥责了邢夫了一番，贾赦羞愧之下，只好装病，不敢见贾母。续本中贾母死后，鸳鸯十分感伤，又念贾母对自己疼爱有加，遂上吊随贾母去了。至于贾赦，当时已被发配远行，所以鸳鸯上吊与他没有很大的关系。

（4）紫鹃

紫鹃原名"鹦哥"，原是贾母房里的一个二等丫头。林黛玉进贾府以后，贾母让鹦哥去服侍黛玉，并改名为紫鹃。后来紫鹃就成了黛玉身边女仆当中地位最高的一个，成为与鸳鸯、平儿等地位相当的"首席大丫头"。

在《红楼梦》中，曹雪芹对紫鹃的着墨不多，却给读者留下了深刻而美好的印象。紫鹃作为林黛玉身边的大丫鬟，她没有自己的主体故事，所有故事都是围绕黛玉展开的，但她以自己的勇敢、真诚、多思、聪慧等品性与黛玉结下了大观园中最真挚的姐妹深情。在这种深情中，紫鹃成了贾府中除贾母外唯一一个真心支持宝黛爱情的人，同时也是极少数真正关爱黛玉的人之一。

在《红楼梦》一书的众丫鬟中，紫鹃以自己的无私果敢、聪慧率真成了其中为数不多的没有奴性而又个性独特的女孩，是《红楼梦》中精神比较健全、品格比较高尚的女性。

紫鹃除了平时侍奉身体不好的黛玉喝药，陪她谈天解闷，还对黛玉与宝玉之间的关系甚为关心，曾经一度以黛玉要回老家来试探宝玉的情意，却不料竟然使宝玉大病一场。续书中宝玉被骗娶宝钗，黛玉悲痛而逝，她甚为不平，一度怨恨宝玉薄情。在黛玉死后，紫鹃看破世事，最后随贾惜春出家。

（5）小红

小红原名林红玉，是林之孝的女儿。她原来是怡红院的丫鬟，后来贾宝玉住进怡红院。因为名字中含有"玉"字，与宝玉和黛玉名字相冲而改名为"小红"。

小红虽然只是大观园中的一个三等小丫头，起初在荣府极不起眼，在怡红院做些喂鸟烧茶、扫地浇花的杂役，甚至宝玉都不认识她，但她通过自己的能力与努力，实现了自己的人生目标。小红与贾府众丫头不同，她有独特的性格和聪明的才干。她口齿清晰，俏丽恬静，争强好胜，机智多谋，一步一步地向上攀高枝。小红最初和贾府其他丫鬟一样，觊觎着贾宝玉未来姨娘的身份，所以她找机会接近宝玉，替宝玉倒茶，但被秋纹兜脸啐骂"你也拿镜子照照，配递茶递水不配！"受到排挤的小红立即调整方向，她终于等到了一个发挥才干的机会——替凤姐跑腿传话取东西。她回凤姐的那段话精彩绝伦，每一句都有两三个"奶奶"，小红却能够稳稳当当、不蔓不枝、择其要领，说得如同绕口令般，却又清晰、连贯，令人瞠目。王熙凤大为赞赏，于是收到自己手下。她凭自己的能力攀上王熙凤，成为管家奶奶的手下干将。

小红注意到贾府族中公子贾芸。痴女儿遗帕惹相思，蜂腰桥设言传蜜语，大胆地表达爱意。贾芸与小红相遇，两人互认对方为红尘知己。小红全身心投入到她的爱的梦幻当中，与贾芸私订终身。红芸爱情结局到底如何,我们已难知晓。但是我们发现,小红觉醒得早,眼光精准,前途应该是光明的。全书除宝黛爱情外,自由寻找精神伴侣的只有小红和贾芸,他们的爱情应该寄予着作者的希冀。

（6）司棋

司棋本名秦司棋,是贾迎春的大丫头、王善保的外孙女、秦显的侄女。司棋是贾府的家生奴,从小与鸳鸯、紫鹃、侍书等人一起长大,后被分到迎春房里做大丫头。司棋的名字在《红楼梦》中出现的频率很高,但其戏份不多。司棋是迎春的头号丫头,掌管紫菱洲。迎春是个"二木头",事事无主见,所以作为迎春的大丫头,司棋自然养成了事事自己做主、行为泼辣的作风。

司棋品貌风流,高大丰壮,脾气刚烈,做事干脆利落,有侠女之风。与其主子迎春"二木头"的性格形成了很大的反差。抄检大观园时,周瑞家的在她箱子里抄出一双男人的锦带袜和一双缎鞋、一个同心如意以及潘又安给她的一封信,因此她被撵出大观园。后来,潘又安到她家来探望,司棋的母亲对他又骂又打,司棋恳求母亲成全他们,但母亲坚决不同意,司棋便一头撞死在墙上。司棋的死,有其性格使然,也有很多偶然因素。

首先,她性格刚烈,小姐的脾气和架势十分严重,从在小厨房里面要鸡蛋羹不得,就带人把厨房砸了个稀巴烂来看,她就是一副火暴脾气。她得罪了多少老婆子们,招了多少人恨就可想而知了。

其次,她有位不省事的外婆,如果不是她外婆在抄捡大观园的时候作威作福、兴风作浪招人恨,周瑞家的也未必就会特意多事去留心她会不会徇私作弊,凤姐等人也不会因此幸灾乐祸——本来王夫人和凤姐都打算稍微温和一点处理绣春囊事件,偏偏是邢夫人差这个婆子来看王夫人的笑话。所以东窗事发,司棋成了两位夫人斗法殃及的池鱼。

最后,最直接的原因还是她那个没用的表弟潘又安,事发后一人逃走,不顾司棋的死活。他外出赚钱回来,又对司棋没信心,怕她贪图他的钱,便装穷到司棋家。结果司棋娘是个见钱眼开的人,执意反对他们在一起,导致刚烈的司棋除了一头撞死再也没有第二条路可走,而他也只好自刎而死。与宝贵的生命相比,钱财又算什么呢?

（7）金钏

金钏是王夫人房中的大丫鬟,本姓白,有一个妹妹叫作"玉钏",同是王夫人房中的丫头。金钏的正式出场是刘姥姥离去后,周瑞家的来回王夫人话找到梨香院时,与香菱一起出现。她出场便朝周瑞家的"向内努嘴",多少有些顽皮。再出场就是老爷叫宝玉,宝玉浑身打战地蹭过去时,金钏对他的奚落:"我这嘴上是才擦的香浸胭脂,你这会子可吃不吃了?"宝玉逃过劫难,出来时向金钏伸伸舌头,这也说明二人极为熟悉。清虚观看戏,王夫人未去,而她跟了凤姐去,可见是个开朗爱热闹的。《红楼梦》中还有一段写及湘云送戒指,暗指她地位与鸳鸯、袭人等人一样属于一等丫鬟。

金钏之死源于宝玉在王夫人面前与她调情,王夫人觉得她教坏了主子,王夫人不骂自己的儿子,却将她打骂一通后赶出了贾府,以致她最终投井而亡。后来宝玉带着茗烟出城为她祭奠。合家热闹之时,清洁井台之上,茗烟奇巧乖觉之语,终于给金钏的生命画上了完美的句号。

金钏所行虽有欠妥之处,然自始至终给人以不谙世事、天真烂漫的印象。投井自尽的结局也就更点明其人刚烈、其质清洁。

（8）玉钏

玉钏是金钏的妹妹,与姐姐金钏同为王夫人房中的丫头。在金钏被逼跳井自杀后,王夫人心中有愧,便把金钏的每月月钱加给玉钏。玉钏知道金钏的死与贾宝玉有关,心中甚恨宝玉。贾宝玉为金钏之死等事挨打,伤势很重,王夫人命玉钏送去莲叶羹。见到宝玉,玉钏满脸怒色,宝玉只得把人支出去,虚心下气,温存磨转,并哄玉钏亲尝了一口莲叶羹,至此玉钏脸上才有了几分喜色。

凤姐的生日,也是金钏的忌日。玉钏独坐在穿堂里垂泪。那些眼泪,点点滴滴,映衬着花厅里张张欢喜的面孔。在这时,命运的不公和无奈越发变成一种讥笑,使玉钏无法成功穿过那些痛苦的河流,到达世俗的快乐之岸。宝玉遍体纯素,带着书童茗烟,私自去郊外祭奠金钏。回来时,见玉钏独坐廊下垂泪,宝玉赔笑安抚,玉钏总不搭理,只管擦泪。

宝玉挨打的直接原因,除了与琪官交往激怒了忠顺王爷,给贾政无端招来政治隐患,还有一点就是贾环搬弄是非,造谣生事,说他强奸未遂逼死金钏。无论如何,金钏之死与宝玉是脱不了干系的,在这一点上,贾政与王夫人应该都是心怀愧疚的。所以作为补偿,王夫人将金钏的月例给了玉钏,让她拿双份月例,与袭人一样,这其实已经达到了姨娘的标准;而贾政说"我已经看中了两个丫头,一个与宝玉,一个给环儿",给宝玉的这个,很可能就是玉钏。

(9)麝月

麝月是贾宝玉身边的一等丫鬟。按照第五回众丫鬟的排序"袭人、晴雯、麝月、秋纹",麝月是怡红院里的"四大丫头"之一,但是比起袭人的贤名、晴雯的爆炭脾气、秋纹的奴性,她的表现并不突出。再看文中,贾宝玉说她"公然又是一个袭人",可见她的脾气秉性与袭人相似。贾宝玉也曾说麝月几个都是袭人教出来的。

麝月的存在对宝玉是极为关键的。"寿怡红群芳开夜宴"一回里,麝月所掣花签为"荼蘼花",题为"韶华胜极"。"韶华"指人的青春年华,"胜极"则必落,指美好的时光马上过去。宝玉觉得不吉利,所以把签藏起来不让大家看。签中又引用宋代王淇《春暮游小园》里的诗句"开到荼蘼花事了",表明良辰美景就要结束。荼蘼花是最晚才开的花,有苏轼诗:"酴醾不争春,寂寞开最晚。"曹雪芹以花喻女儿,用荼蘼花表明"诸芳尽",正好印证麝月是陪伴在宝玉身边最后的女儿的推测。

(10)莺儿

莺儿原名黄金莺,是薛宝钗的丫头。因薛宝钗嫌金莺拗口,改叫莺儿。她和宝钗的关系十分亲近,宝钗从薛府到贾府只带上她。而正因如此,莺儿才会是受宝钗日常举止影响最深的人。莺儿的一举一动无不透着平时宝钗对她的教导,反映出宝钗的性格和她对丫鬟的态度。

莺儿娇媚可爱,心思细巧,她看了通灵宝玉上的两句话后,便说这与宝钗金锁上的两句话正好是一对,这正是宝钗不便说出的话。小说中有好几处写她既精于手工工艺,又富有审美意趣。她一出场就是同宝钗一起描花样,第三十五回中莺儿打络子一段,更显出她审美的不俗,她对络子与所装物品间颜色搭配的见解,至今还为工艺家们所乐道。第五十九回中她与蕊官在柳堤边走边编花篮一段,令人赏心悦目,我们似乎见到了一个个满布翠叶、中插鲜花的花篮在她灵巧的双手中编制而成。续书中写宝钗嫁与宝玉之后,她也跟了过去,成了薛宝钗的陪房丫鬟。

(11)五儿

五儿是柳嫂子之女,十六岁,虽然她是厨役之女,但书中说她的相貌与平儿、鸳鸯、袭人、紫鹃等人一样漂亮。因她排行第五,便叫她五儿。

她的初次亮相是在第六十回,着墨并不多,只有看上去可有可无的寥寥数语。不过,这字数不多的几行字,已经表明了她是一个不平凡的人:这个出身并不高贵的厨役之女,没有一丝的世俗之气,"生的人物与平、袭、紫、鸳皆类",并不是那种井底之蛙的小丫鬟。另外,她袭黛玉之弱,"素有弱疾",是一副弱质纤纤的女孩模样。也正是她的"素有弱疾",才引出了昭示着大观园里奴婢丫鬟之间你争我夺的"玫瑰露引来茯苓霜"。

柳五儿的出场,别有一番气派:芳官为她讨要玫瑰露,舅妈家送她茯苓霜。玫瑰露是王夫人得到的一批"进上"香露的代称,口味有很多种,比如玫瑰味、木樨(桂花)味等,御用之物,自然不会是寻常人家吃得的。王夫人的玫瑰露是用"一个五寸来高的小玻璃瓶"装着的"胭脂一般的汁子",看起来如同"宝玉吃的西洋葡萄酒"。所以柳家的欣喜地说"再不承望得了这些东西""是个珍贵物儿""把这个倒些送个人去,也是个大情"。茯苓霜是"粤东的官儿来拜,送了上头两小篓子",在宁府当差的舅妈转送给柳家的,因为茯苓霜"正宜外甥女儿吃","用人乳和着,每日早起吃一钟,最补人的"。茯苓霜与玫瑰露一样,都是主子们用来补身吃的,并不是一个奴婢所能负担得起的。从后文可见,即使是身为少爷的贾环、半个主子的赵姨娘想吃,也只能暗地里央求彩云去偷。身子柔弱的柳五儿能吃到这些尊贵物儿当然不易。

因为体弱多病,五儿虽有芳官求情,也得到了宝玉允许,但她至死(第七十七回中王夫人骂芳官:"我且问你,前年我们往皇陵上去,是谁调唆宝玉要柳家的丫头五儿了?幸而那丫头短命死了。")也没能实现进贾府当丫鬟的梦想。不过,王夫人不喜欢她,所以即使她进了园子,结局恐怕也不会太好。而续书的第一百零九回"候芳魂五儿承错爱"中,写宝玉以为五儿是晴雯附体,对其诉说衷肠,应该是对原著的误解。

(12)芳官

芳官是贾府买来的戏班成员,原姓花,姑苏人氏,正旦,"红楼十二官"之一,戏班解散后成了贾宝玉的丫鬟。

芳官脾气火爆,这在"洗头事件"和"蔷薇硝事件"中展现得淋漓尽致。"洗头事件"中,芳官不满她干娘拿了她的月钱还用剩水来给她洗头,于是与干娘大吵一架。"蔷薇硝事件"中,蕊官送她蔷薇硝,贾环见了也要,她不舍得,就把茉莉粉给了他,赵姨娘得知后,气冲冲地跑来打芳官,藕官、蕊官、葵官、荳官听见后便一齐来帮芳官,几个人一起围攻赵姨娘,闹得不可开交。芳官聪明伶俐,善解人意。宝玉为私自在大观园中烧纸的藕官说了情,回房后趁袭人等丫鬟吃饭时"给芳官使个眼色",芳官就明白了他的意思,于是装肚子疼,留下来细细告诉他藕官的故事。芳官也很讲姐妹情谊,芳官与柳五儿是朋友,知五儿身子病弱,便向宝玉讨要玫瑰露送给五儿,五儿因此被人当作贼,芳官又求宝玉替五儿求情。

芳官拨归怡红院后,深得宝玉的喜爱。一方面,她和宝玉长得很像,"倒像是双生的弟兄两个",按现在的说法,叫有夫妻相;另一方面,她性格豪爽,喝酒、划拳、唱小曲儿,毫不拘束,以至于喝醉了与宝玉同榻而卧,第二天也不过是"忙笑的下地来"。但她这种性格格外容易得罪园中的婆子们,也是守旧的王夫人所不喜欢的。抄检大观园后,她的行为传到王夫人那里,引起王夫人的不满,下令把戏班的女孩子们通通赶出大观园,由各人干娘带出,自行聘嫁。芳官不愿跟随干娘,终日哭闹,最后削发为尼,做了水月庵尼姑智通的徒弟。

红楼地图

原文回顾

第三回：金陵城起复贾雨村　荣国府收养林黛玉（节选）

　　且说黛玉自那日弃舟登岸时，便有荣国府打发了轿子并拉行李的车辆久候了。这黛玉常听得母亲说过，他外祖母家与别家不同。他近日所见的这几个三等的仆妇，已是不凡了，何况今至其家。因此步步留心，时时在意，不肯轻意多说一句话，多行一步路，生恐被人耻笑了他去。自上了轿，进入城中，从纱窗向外瞧了一瞧，其街市之繁华，人烟之阜盛，自与别处不同。又行了半日，忽见街北蹲着两个大石狮子，三间兽头大门，门前列坐着十来个华冠丽服之人。正门却不开，只有东西两角门有人出入。正门之上有一匾，匾上大书"敕造宁国府"五个大字。黛玉想道："这是外祖母之长房了。"想着，又往西行，不多远，照样也是三间大门，方是荣国府了。却不进正门，只进了西边角门。那轿夫抬进去，走了一射之地，将转弯时，便歇下退出去了。后面婆子们已都下了轿，赶上前来。另换了三四个衣帽周全的十七八岁的小厮上来，复抬起轿子。众婆子步下围随，至一垂花门前落下。众小厮退出，众婆子上来打起轿帘，扶黛玉下轿。林黛玉扶着婆子的手，进了垂花门，两边是抄手游廊，当中是穿堂，当地放着一个紫檀架子大理石的大插屏。转过插屏，小小三间内厅，厅后就是后面的正房大院。正面五间上房，皆是雕梁画栋，两边穿山游廊厢房，挂着各色鹦鹉、画眉等鸟雀。台矶之上，坐着几个穿红着绿的丫鬟，一见他们来了，便忙都笑迎上来，说："才刚老太太还念呢，可巧就来了。"于是三四人争着打起帘栊，一面听得人回话："林姑娘到了。"

　　…………

　　当下茶果已撤，贾母命两个老嬷嬷带了黛玉去见两个母舅。时贾赦之妻邢氏忙亦起身，笑道："我带了外甥女过去，倒也便宜。"贾母笑道："正是呢，你也去罢，不必过来了。"邢夫人答应一个"是"字，遂带了黛玉与王夫人作辞，大家送至穿堂前。出了垂花门，早有众小厮们拉过一辆翠幄青绸车来。邢夫人携了黛玉坐上，众婆子们放下车帘，方命小厮们抬起，拉至宽处，方驾上驯骡，亦出了西角门，往东过了荣府正门，便入一黑油大门中，至仪门前方下来。众小厮退出，方打起车帘，邢夫人搀了黛玉的手，进入院中。黛玉度其房屋院宇，必是荣府中之花园隔断过来的。进入三层仪门，果见正房厢庑游廊，悉皆小巧别致，不似方才那边轩峻壮丽，且院中随处之树木山石皆有。一时进入正室，早有许多盛妆丽服之姬妾丫鬟迎着。邢夫人让黛玉坐了，一面命人到外面书房去请贾赦。一时人来回说："老爷说了：'连日身上不好，见了姑娘彼此倒伤心，暂且不忍相见。劝姑娘不要伤心想家，跟着老太太和舅母，即同家里一样。姊妹们虽拙，大家一处伴着，亦可以解些烦闷。或有委屈之处，只管说得，不要外道才是。'"黛玉忙站起来，一一听了。再坐一刻，便告辞。那邢夫人苦留吃过晚饭去，黛玉笑回道："舅母爱惜赐饭，原不应辞，只是还要过去拜见二舅舅，恐领了赐去不恭，异日再领，未为不可。望舅母容谅。"邢夫人听说，笑道："这倒是了。"遂命两三个嬷嬷，用方才的车好生送了过去，于是黛玉告辞。邢夫人送至仪门前，又嘱咐众人几句，眼看着车去了方回来。

一时黛玉进入荣府，下了车。众嬷嬷引着，便往东转弯，穿过一个东西的穿堂，向南大厅之后，仪门内大院落，上面五间大正房，两边厢房鹿顶耳房钻山，四通八达，轩昂壮丽，比贾母处不同。黛玉便知这方是正紧正内室，一条大甬路，直接出大门的。进入堂屋中，抬头迎面先看见一个赤金九龙青地大匾，匾上写着斗大三个字，是"荣禧堂"，后有一行小字："某年月日，书赐荣国公贾源。"又有"万几宸翰之宝"。大紫檀雕螭案上，设着三尺来高青绿古铜鼎，悬着待漏随朝墨龙大画，一边是金蜼彝，一边是玻璃盒。地下两溜十六张楠木交椅。又有一副对联，乃是乌木联牌，镶着錾银的字迹，道是：

　　　　座上珠玑昭日月，堂前黼黻焕烟霞。

下面一行小字，道是：同乡世教弟勋袭东安郡王穆莳拜手书。

原来王夫人时常居坐宴息，亦不在这正室，只在这正室东边的三间耳房内。于是老嬷嬷引黛玉进东房门来。临窗大炕上铺着猩红洋罽，正面设着大红金钱蟒靠背，石青金钱蟒引枕，秋香色金钱蟒大条褥。两边设一对梅花式洋漆小几。左边几上文王鼎、匙箸、香盒，右边几上汝窑美人觚——内插着时鲜花卉，并茗碗、唾壶等物。地下面西一溜四张椅上，都搭着银红撒花椅搭，底下四副脚踏。椅子两边，也有一对高几，几上茗碗花瓶俱备。其馀陈设，自不必细说。老嬷嬷们让黛玉炕上坐，炕沿上却也有两个锦褥对设，黛玉度其位次，便不上炕，只向东边椅子上坐了。本房内的丫鬟忙捧上茶来。黛玉一面吃茶，一面打量这些丫鬟们，妆饰衣裙，举止行动，果亦与别家不同。

　　…………

黛玉一一的都答应着。只见一个丫鬟来回："老太太那里传晚饭了。"王夫人忙携了黛玉从后房门由后廊往西，出了角门，是一条南北宽夹道。南边是倒座三间小小的抱厦厅，北边立着一个粉油大影壁，后有一半大门，小小一所房宇。王夫人笑指向黛玉道："这是你凤姐姐的屋子，回来你好往这里找他来，少什么东西，你只管和他说就是了。"这院门上也有四五个才总角的小厮，都垂手侍立。王夫人遂携黛玉穿过一个东西穿堂，便是贾母的后院了。于是，进入后房门，已有多人在此伺候，见王夫人来了，方安设桌椅。贾珠之妻李氏捧饭，熙凤安箸，王夫人进羹。贾母正面榻上独坐，两边四张空椅，熙凤忙拉了黛玉在左边第一张椅上坐了，黛玉十分推让。贾母笑道："你舅母和嫂子们不在这里吃饭。你是客，原应如此坐的。"黛玉方告了座，坐了。贾母命王夫人坐了。迎春姊妹三个告了座，方上来。迎春便坐右手第一，探春左第二，惜春右第二。旁边丫鬟执着拂尘、漱盂、巾帕。李、凤二人立于案旁布让。外间伺候之媳妇丫鬟虽多，却连一声咳嗽不闻。寂然饭毕，各有丫鬟用小茶盘捧上茶来。当日林如海教女以惜福养身，云饭后务待饭粒咽尽，过一时再吃茶，方不伤脾胃。今黛玉见了这里许多事情不合家中之式，不得不随的，少不得一一的改过来，因而接了茶。早见人又捧过漱盂来，黛玉也照样漱了口。然后盥手毕，又捧上茶来，方是吃的茶。贾母便说："你们去罢，让我们自在说话儿。"王夫人听了，忙起身，又说了两句闲话，方引李、凤二人去了。贾母因问黛玉念何书。黛玉道："只刚念了《四书》。"黛玉又问姊妹们读何书。贾母道："读的是什么书！不过是认得两个字，不是睁眼的瞎子罢了。"

【试一试】

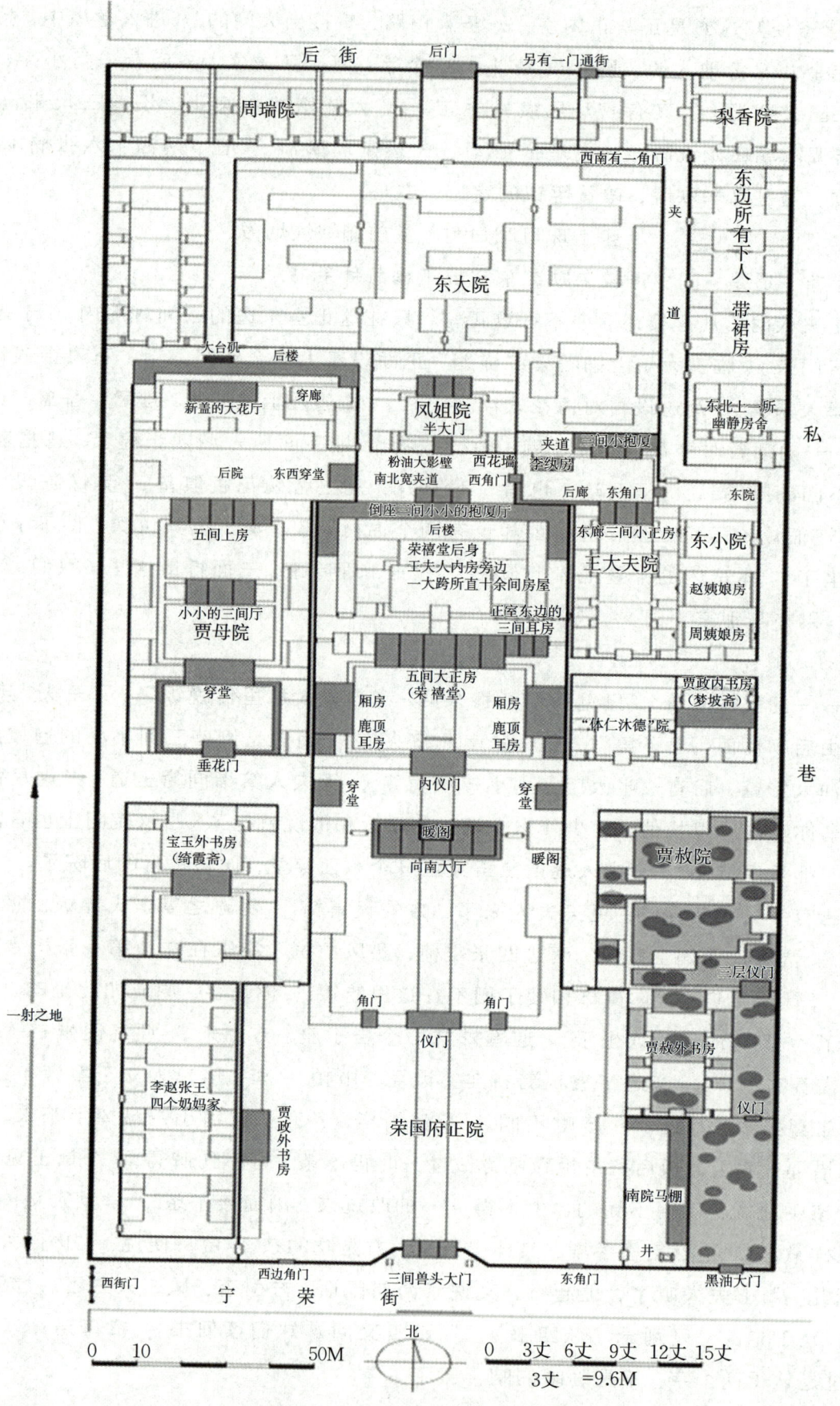

【注】明清标准,一射之地为130步。五尺一步,一尺(量地尺)32.66厘米,一步1.633米,故130步为212.29米左右。

1. 上图是荣国府平面图。如果现实中南京有这样一座位于市中心的建筑群,按 30 000 元/平方米的独幢别墅价格,请大致推断荣国府价值几何。

2. 请根据《红楼梦》第三回"金陵城起复贾雨村　荣国府收养林黛玉",在上面的荣国府地图中画出林黛玉初进贾府的路线图。

{ 原文回顾 }

第十七回:大观园试才题对额　荣国府归省庆元宵(节选)

又不知历几何时,这日贾珍等来回贾政:"园内工程俱已告竣,大老爷已瞧过了,只等老爷瞧了,或有不妥之处,再行改造,好题匾额对联的。"贾政听了,沉思一回,说道:"这匾额对联倒是一件难事。论理该请贵妃赐题才是,然贵妃若不亲睹其景,大约亦必不肯妄拟;若直待贵妃游幸过再请题,偌大景致,若干亭榭,无字标题,也觉寥落无趣,任有花柳山水,也断不能生色。"众清客在旁笑答道:"老世翁所见极是。如今我们有个愚见:各处匾额对联断不可少,亦断不可定名。如今且按其景致,或两字、三字、四字,虚合其意,拟了出来,暂且做出灯匾联悬了。待贵妃游幸时,再请定名,岂不两全?"贾政等听了,都道:"所见不差。我们今日且看看去,只管题了,若妥当便用;不妥时,然后将雨村请来,令他再拟。"众人笑道:"老爷今日一拟定佳,何必又待雨村。"贾政笑道:"你们不知,我自幼于花鸟山水题咏上就平平;如今上了年纪,且案牍劳烦,于这怡情悦性文章上更生疏了,纵拟了出来,不免迂腐古板,反不能使花柳园亭生色,似不妥协,反没意思。"众清客笑道:"这也无妨。我们大家看了公拟,各举其长,优则存之,劣则删之,未为不可。"贾政道:"此论极是。且喜今日天气和暖,大家去逛逛。"说着起身,引众人前往。

贾珍先去园中知会众人。可巧近日宝玉因思念秦钟,忧戚不尽,贾母常命人带他到园中来戏耍。此时亦才进去,忽见贾珍走来,向他笑道:"你还不出去,老爷就来了。"宝玉听了,带着奶娘小厮们,一溜烟就出园来。方转过弯,顶头贾政引众客来了,躲之不及,只得一边站了。贾政近日因闻得塾掌称赞宝玉专能对对联,虽不喜读书,偏倒有些歪才情似的,今日偶然撞见这机会,便命他跟来。宝玉只得随往,尚不知何意。

贾政刚至园门前,只见贾珍带领许多执事人来,一旁侍立。贾政道:"你且把园门都关上,我们先瞧了外面再进去。"贾珍听说,命人将门关了。贾政先秉正看门。只见正门五间,上面桶瓦泥鳅脊;那门栏窗槅,皆是细雕新鲜花样,并无朱粉涂饰;一色水磨群墙,下面白石台矶,凿成西番草花样。左右一望,皆雪白粉墙,下面虎皮石,随势砌去,果然不落富丽俗套,自是欢喜。遂命开门,只见迎门一带翠嶂挡在前面。众清客都道:"好山,好山!"贾政道:"非此一山,一进来园中所有之景悉入目中,则有何趣。"众人道:"极是。非胸中大有丘壑,焉想及此。"说毕,往前一望,见白石崚嶒,或如鬼怪,或如猛兽,纵横拱立,上面苔藓成斑,藤萝掩映，其中微露羊肠小径，贾政道："我们就从此小径游去，回来由那一边出去，方可遍览。"

说毕，命贾珍在前引导，自己扶了宝玉，逶迤进入山口。抬头忽见山上有镜面白石一块，正是迎面留题处。贾政回头笑道："诸公请看，此处题以何名方妙？"众人听说，也有说该题"叠翠"二字，也有说该题"锦嶂"的，又有说"赛香炉"的，又有说"小终南"的，种种名色，不止几十个。原来众客心中早知贾政要试宝玉的功业进益何如，只将些俗套来敷衍。宝玉亦料定此意。贾政听了，便回头命宝玉拟来。宝玉道："尝闻古人有云：'编新不如述旧，刻古终胜雕今。'况此处并非主山正景，原无可题之处，不过是探景一进步耳。莫若直书'曲径通幽处'这句旧诗在上，倒还大方气派。"众人听了，都赞道："是极！二世兄天分高，才情远，不似我们读腐了书的。"贾政笑道："不当谬奖。他年小，不过以一知充十用，取笑罢了。再俟选拟。"

说着，进入石洞来，只见佳木茏葱，奇花煝灼，一带清流，从花木深处曲折泻于石隙之下。再进数步，渐向北边，平坦宽豁，两边飞楼插空，雕甍绣槛，皆隐于山坳树杪之间。俯而视之，则清溪泻雪，石磴穿云，白石为栏，环抱池沿，石桥三港，兽面衔吐。桥上有亭。贾政与诸人上了亭子，倚栏坐了，因问："诸公以何题此？"诸人都道："当日欧阳公《醉翁亭记》有云'有亭翼然'。就名'翼然'。"贾政笑道："'翼然'虽佳，但此亭压水而成，还须偏于水题方称。依我拙裁，欧阳公之'泻出于两峰之间'，竟用他这一个'泻'字。"有一客道："是极，是极。竟是'泻玉'二字妙。"贾政拈髯寻思，因抬头见宝玉侍侧，便笑命他也拟一个来。宝玉听说，连忙回道："老爷方才所议已是。但是如今追究了去，似乎当日欧阳公题酿泉用一'泻'字则妥，今日此泉若亦用'泻'字，则觉不妥。况此处虽为省亲驻跸别墅，亦当入于应制之例，用此等字眼，亦觉粗陋不雅。求再拟较此蕴藉含蓄者。"贾政笑道："诸公听此论若何？方才众人编新，你又说不如述古；如今我们述古，你又说粗陋不妥。你且说你的来我听。"宝玉道："有用'泻玉'二字，则莫若'沁芳'二字，岂不新雅？"贾政拈髯点头不语。众人都忙迎合，赞宝玉才情不凡。贾政道："匾上二字容易，再作一副七言对联来。"宝玉听说，立于亭上，四顾一望，便机上心来，乃念道：

绕堤柳借三篙翠，

隔岸花分一脉香。

贾政听了，点头微笑。众人先称赞不已。

于是出亭过池，一山一石，一花一木，莫不着意观览。忽抬头看见前面一带粉垣，里面数楹修舍，有千百竿翠竹遮映。众人都道："好个所在！"于是大家进入，只见入门便是曲折游廊，阶下石子漫成甬路。上面小小两三间房舍，一明两暗，里面都是合着地步打就的床几椅案。从里间房内又得一小门，出去则是后院，有大茉莉花兼着芭蕉。又有两间小小退步。后院墙下忽开一隙，得泉一派，开沟仅尺许，灌入墙内，绕阶缘屋至前院，盘旋竹下而出。

贾政笑道："这一处还罢了。若能月夜坐此窗下读书，不枉虚生一世。"说毕，看着宝玉，唬的宝玉忙垂了头。众客忙用话开释，又说道："此处的匾该题四个字。"贾政笑问："那四字？"一个道是"淇水遗风"。贾政道："俗。"又一个是"睢园雅迹"。贾政道："也俗。"贾珍笑道："还是宝兄弟拟一个来。"贾政道："他未曾作，先要议论人家的好歹，可见就是个轻薄人。"众客道："议论的极是，其奈他何。"贾政忙道："休如此纵了他。"因命他道:"今日任你狂为乱道,先设议论来,然后方许你作。方才众人说的,可有使得的?"宝玉见问,答道:"都似不妥。"贾政冷笑道:"怎么不妥?"宝玉道:"这是第一处行幸之处,必须颂圣方可。若用四字的匾,又有古人现成的,何必再作。"贾政道:"难道'淇水''睢园'不是古人的?"宝玉道:"这太板腐了。莫若'有凤来仪'四字。"众人都哄然叫妙。贾政点头道:"畜生,畜生,可谓'管窥蠡测'矣。"因命:"再题一联来。"宝玉便念道:

宝鼎茶闲烟尚绿,

幽窗棋罢指犹凉。

贾政摇头说道:"也未见长。"说毕,引众人出来。

方欲走时,忽又想起一事来,因问贾珍道:"这些院落房宇并几案桌椅都算有了,还有那些帐幔帘子并陈设玩器古董,可也都是一处一处合式配就的?"贾珍回道:"那陈设的东西早已添了许多,自然临期合式陈设。帐幔帘子,昨日听见琏兄弟说,还不全。那原是一起工程之时就画了各处的图样,量准尺寸,就打发人办去的。想必昨日得了一半。"贾政听了,便知此事不是贾珍的首尾,便令人去唤贾琏。

一时贾琏赶来。贾政问他共有几种,现今得了几种,尚欠几种。贾琏见问,忙向靴桶内取靴掖内装的一个纸折略节来,看了一看,回道:"妆、蟒、绣、堆、刻丝、弹墨,并各色绸绫大小幔子一百二十架,昨日得了八十架,下欠四十架。帘子二百挂,昨日俱得了。外有猩猩毡帘二百挂,金丝藤红漆竹帘二百挂,黑漆竹帘二百挂,五彩线络盘花帘二百挂,每样得了一半,也不过秋天都全了。椅搭、桌围、床裙、桌套,每分一千二百件,也有了。"

一面走,一面说,倏尔青山斜阻。转过山怀中,隐隐露出一带黄泥筑就矮墙,墙头上皆用稻茎掩护。有几百株杏花,如喷火蒸霞一般。里面数楹茅屋。外面却是桑、榆、槿、柘,各色树稚新条,随其曲折,编就两溜青篱。篱外山坡之下,有一土井,旁有桔槔辘轳之属。下面分畦列亩,佳蔬菜花,漫然无际。

贾政笑道:"倒是此处有些道理。固然系人力穿凿,此时一见,未免勾引起我归农之意。我们且进去歇息歇息。"说毕,方欲进篱门去,忽见路旁有一石碣,亦为留题之备。众人笑道:"更妙,更妙!此处若悬匾待题,则田舍家风一洗尽矣。立此一碣,又觉生色许多,非范石湖田家之咏不足以尽其妙。"贾政道:"诸公请题。"众人道:"方才世兄有云,'编新不如述旧',此处古人已道尽矣,莫若直书'杏花村'妙极。"贾政听了,笑向贾珍道:"正亏提醒了我。此处都妙极,只是还少一个酒幌,明日竟作一个,不必华丽,就依外面村庄的式样作来,用竹竿挑在树梢。"贾珍答应了,又回道:"此处竟还不可养别的雀鸟,只是买些鹅鸭鸡类,才都相称了。"贾政与众人都道:"更妙。"贾政又向众人道:"'杏花村'固佳,只是犯了正名,村名直待请名方可。"众客都道:"是呀。如今虚的,便是什么字样好?"大家想着,宝玉却等不得了,也不等贾政的命,便说道:"旧诗有云:'红杏梢头挂酒旗。'如今莫若'杏帘在望'四字。"众人都道:"好个'在望'!又暗合'杏花村'意。"宝玉冷笑道:"村名若用'杏花'二字,则俗陋不堪了。又有古人诗云:'柴门临水稻花香。'何不就用'稻香村'的妙?"众人听了,亦发哄声拍手道:"妙!"贾政一声喝断:"无知的业障!你能知道几个古人,能记得几首熟诗,也敢在老先生前卖弄!你方才那些胡说的,不过是试你的清浊,取笑而已,你就认真了!"说着,引众人步入茆堂,里面纸窗木榻,富贵气象一洗皆尽。贾政心中自是喜欢，却瞅宝玉道："此处如何？"众人见问，都忙悄悄的推宝玉，教他说好。宝玉不听人言，便应声道："不及'有凤来仪'多矣。"贾政听了道："无知的蠢物！你只知朱楼画栋，恶赖富丽为佳，那里知道这清幽气象。终是不读书之过！"宝玉忙答道："老爷教训的固是，但古人常云'天然'二字，不知何意？"

众人见宝玉牛心，都怪他呆痴不改。今见问"天然"二字，众人忙道："别的都明白，为何连'天然'不知？'天然'者，天之自然而有，非人力之所成也。"宝玉道："却又来！此处置一田庄，分明见得人力穿凿扭捏而成。远无邻村，近不负郭，背山山无脉，临水水无源，高无隐寺之塔，下无通市之桥，峭然孤出，似非大观。争似先处有自然之理，得自然之气，虽种竹引泉，亦不伤于穿凿。古人云'天然图画'四字，正畏非其地而强为其地，非其山而强为其山，虽百般精而终不相宜……"未及说完，贾政气的喝命："又出去！"刚出去，又喝命："回来！"命再题一联："若不通，一并打嘴！"宝玉只得念道：

    新涨绿添浣葛处，

    好云香护采芹人。

贾政听了，摇头说："更不好。"一面引人出来，转过山坡，穿花度柳，抚石依泉，过了荼蘼架，再入木香棚，越牡丹亭，度芍药圃，入蔷薇院，出芭蕉坞，盘旋曲折。忽闻水声潺湲，泻出石洞，上则萝薜倒垂，下则落花浮荡。众人都道："好景，好景！"贾政道："诸公题以何名？"众人道："再不必拟了，恰恰乎是'武陵源'三个字。"贾政笑道："又落实了，而且陈旧。"众人笑道："不然就用'秦人旧舍'四字也罢了。"宝玉道："这越发过露了。'秦人旧舍'说避乱之意，如何使得？莫若'蓼汀花溆'四字。"贾政听了，更批胡说。

于是要进港洞时，又想起有船无船。贾珍道："采莲船共四只，座船一只，如今尚未造成。"贾政笑道："可惜不得入了。"贾珍道："从山上盘道亦可进去。"说毕，在前导引，大家攀藤抚树过去。只见水上落花愈多，其水愈清，溶溶荡荡，曲折萦纡。池边两行垂柳，杂着桃杏，遮天蔽日，真无一些尘土。忽见柳阴中又露出一个折带朱栏板桥来，度过桥去，诸路可通，便见一所清凉瓦舍，一色水磨砖墙，清瓦花堵。那大主山所分之脉，皆穿墙而过。

贾政道："此处这所房子，无味的很。"因而步入门时，忽迎面突出插天的大玲珑山石来，四面群绕各式石块，竟把里面所有房屋悉皆遮住，而且一株花木也无。只见许多异草：或有牵藤的，或有引蔓的，或垂山巅，或穿石隙，甚至垂檐绕柱，萦砌盘阶，或如翠带飘摇，或如金绳盘屈，或实若丹砂，或花如金桂，味芬气馥，非花香之可比。贾政不禁道："有趣！只是不大认识。"有的说："是薜荔藤萝。"贾政道："薜荔藤萝不得如此异香。"宝玉道："果然不是。这些之中也有藤萝薜荔，那香的是杜若蘅芜，那一种大约是茞兰，这一种大约是清葛，那一种是金䔲草，这一种是玉蕗藤，红的自然是紫芸，绿的定是青芷。想来《离骚》《文选》等书上所有的那些异草，也有叫作什么藿蒳姜荨的，也有叫什么纶组紫绛的，还有石帆、水松、扶留等样，又有叫什么绿荑的，还有什么丹椒、蘼芜、风连。如今年深岁改，人不能识，故皆像形夺名，渐渐的唤差了，也是有的。"未及说完，贾政喝道："谁问你来！"唬的宝玉倒退，不敢再说。

贾政因见两边俱是超手游廊，便顺着游廊步入。只见上面五间清厦连着卷棚，四面出廊，绿窗油壁，更比前几处清雅不同。贾政叹道："此轩中煮茶操琴，亦不必再焚名香矣。此造已出意外，诸公必有佳作新题以颜其额，方不负此。"众人笑道："再莫若'兰风蕙露'贴切了。"贾政道："也只好用这四字。其联若何？"一人道："我倒想了一对，大家批削改正。"念道是：

麝兰芳霭斜阳院，

杜若香飘明月洲。

众人道："妙则妙矣，只是'斜阳'二字不妥。"那人道："古人诗云：'蘼芜满手泣斜晖。'"众人道："颓丧，颓丧。"又一人道："我也有一联，诸公评阅评阅。"因念道：

三径香风飘玉蕙，

一庭明月照金兰。

贾政拈髯沉吟，意欲也题一联。忽抬头见宝玉在旁不敢则声，因喝道："怎么你应说话时又不说了？还要等人请教你不成！"宝玉听说，便回道："此处并没有什么'兰麝''明月''洲渚'之类，若要这样着迹说来，就题二百联也不能完。"贾政道："谁按着你的头，叫你必定说这些字样呢？"宝玉道："如此说，匾上则莫若'蘅芷清芬'四字。对联则是：

吟成豆蔻才犹艳，

睡足酴醿梦也香。"

贾政笑道："这是套的'书成蕉叶文犹绿'，不足为奇。"众客道："李太白'凤凰台'之作，全套'黄鹤楼'，只要套得妙。如今细评起来，方才这一联，竟比'书成蕉叶'尤觉幽娴活泼。视'书成'之句，竟似套此而来。"贾政笑说："岂有此理！"

说着，大家出来。行不多远，则见崇阁巍峨，层楼高起，面面琳宫合抱，迢迢复道萦纡，青松拂檐，玉栏绕砌，金辉兽面，彩焕螭头。贾政道："这是正殿了，只是太富丽了些。"众人都道："要如此方是。虽然贵妃崇节尚俭，天性恶繁悦朴，然今日之尊，礼仪如此，不为过也。"一面说，一面走，只见正面现出一座玉石牌坊来，上面龙蟠螭护，玲珑凿就。贾政道："此处书以何文？"众人道："必是'蓬莱仙境'方妙。"贾政摇头不语。宝玉见了这个所在，心中忽有所动，寻思起来，倒像那里曾见过的一般，却一时想不起那年月日的事了。贾政又命他作题，宝玉只顾细思前景，全无心于此了。众人不知其意，只当他受了这半日的折磨，精神耗散，才尽辞穷了；再要考难逼迫，着了急，或生出事来，倒不便。遂忙都劝贾政："罢，罢，明日再题罢了。"贾政心中也怕贾母不放心，遂冷笑道："你这畜生，也竟有不能之时了。也罢，限你一日，明日若再不能，我定不饶。这是要紧之处，更要好生作来！"

说着，引人出来，再一观望，原来自进门起，所行至此，才游了十之五六。又值人来回，有雨村处遣人来回话。贾政笑道："此数处不能游了。虽如此，到底从那一边出去，纵不能细观，也可稍览。"说着，引众客行来，至一大桥前，水如晶帘一般奔入。原来这桥便是通外河之闸，引泉而入者。贾政因问："此闸何名？"宝玉道："此乃沁芳泉之正源，就名'沁芳闸'。"贾政道："胡说！偏不用'沁芳'二字。"

于是一路行来，或清堂茅舍，或堆石为垣，或编花为牖，或山下得幽尼佛寺，或林中藏女道丹房，或长廊曲洞，或方厦圆亭，贾政皆不及进去。因说半日腿酸，未尝歇息，忽又见前面又露出一所院落来，贾政笑道："到此可要进去歇息歇息了。"说着，一径引人绕着碧桃花，穿过一层竹篱花障编就的月洞门，俄见粉墙环护，绿柳周垂。贾政与众人进去，一入门，两边都是游廊相接。院中点衬几块山石,一边种着数本芭蕉;那一边乃是一棵西府海棠,其势若伞,丝垂翠缕,葩吐丹砂。众人赞道:"好花,好花!从来也见过许多海棠,那里有这样妙的。"贾政道:"这叫作'女儿棠',乃是外国之种。俗传系出'女儿国'中,云彼国此种最盛,亦荒唐不经之说罢了。"众人笑道:"然虽不经,如何此名传久了?"宝玉道:"大约骚人咏士,以花之色红晕若施脂,轻弱似扶病,大近乎闺阁风度,所以以'女儿'命名。想因被世间俗恶听了,他便以野史纂入为证,以俗传俗,以讹传讹,都认真了。"众人都摇身赞妙。

　　一面说话,一面都在廊外抱厦下打就的榻上坐了。贾政因问:"想几个什么新鲜字来题此?"一客道:"'蕉鹤'二字最妙。"又一个道:"'崇光泛彩'方妙。"贾政与众人都道:"好个'崇光泛彩'!"宝玉也道:"妙极。"又叹:"只是可惜了。"众人问:"如何可惜?"宝玉道:"此处蕉棠两植,其意暗蓄'红''绿'二字在内。若只说蕉,则棠无着落;若只说棠,蕉亦无着落。固有蕉无棠不可,有棠无蕉更不可。"贾政道:"依你如何?"宝玉道:"依我,题'红香绿玉'四字,方两全其妙。"贾政摇头道:"不好,不好!"

　　说着,引人进入房内。只见这几间房内收拾的与别处不同,竟分不出间隔来的,原来四面皆是雕空玲珑木板,或"流云百蝠",或"岁寒三友",或山水人物,或翎毛花卉,或集锦,或博古,各种花样,皆是名手雕镂,五彩销金嵌宝的。一槅一槅,或有贮书处,或有设鼎处,或安置笔砚处,或供花设瓶、安放盆景处,其槅各式各样,或天圆地方,或葵花蕉叶,或连环半壁。真是花团锦簇,剔透玲珑。倏尔五色纱糊就,竟系小窗;倏尔彩绫轻覆,竟系幽户。且满墙满壁,皆系随依古董玩器之形抠成的槽子。诸如琴、剑、悬瓶、桌屏之类,虽悬于壁,却都是与壁相平的。众人都赞:"好精致想头!难为怎么想来?"

　　原来贾政等走了进来,未进两层,便都迷了旧路,左瞧也有门可通,右瞧又有窗暂隔,及到了跟前,又被一架书挡住。回头再走,又有窗纱明透,门径可行;及至门前,忽见迎面也进来了一群人,都与自己形相一样,——却是一架玻璃大镜相照。及转过镜去,一发见门子多了。贾珍笑道:"老爷随我来。从这门出去,便是后院,从后院出去,倒比先近了。"说着,又转了两层纱厨锦槅,果得一门出去,院中满架蔷薇、宝相。转过花障,则见清溪前阻。众人咤异:"这股水又是从何而来?"贾珍遥指道:"原从那闸起流至那洞口,从东北山坳里引到那村庄里,又开一道岔口,引到西南上,共总流到这里,仍旧合在一处,从那墙下出去。"众人听了,都道:"神妙之极!"说着,忽见大山阻路。众人都道:"迷了路了。"贾珍笑道:"随我来。"仍在前导引,众人随他,直由山脚边忽一转,便是平坦宽阔大路,豁然大门前见。众人都道:"有趣,有趣,真搜神夺巧之至!"于是大家出来。

　　…………

第二十三回:西厢记妙词通戏语　　牡丹亭艳曲警芳心(节选)

　　话说贾元春自那日幸大观园回宫去后,便命将那日所有的题咏,命探春依次抄录妥协,自己编次,叙其优劣,又命在大观园勒石,为千古风流雅事。因此,贾政命人各处选拔精工名匠,在大观园磨石镌字,贾珍率领蓉、萍等监工。因贾蔷又管理着文官等十二个女戏并行头等事,不大得便,因此贾珍又将贾菖、贾菱唤来监工。一日,烫蜡钉朱,动起手来。这也不在话下。

　　…………

如今且说贾元春,因在宫中自编大观园题咏之后,忽想起那大观园中景致,自己幸过之后,贾政必定敬谨封锁,不敢使人进去骚扰,岂不寥落。况家中现有几个能诗会赋的姊妹,何不命他们进去居住,也不使佳人落魄,花柳无颜。却又想到宝玉自幼在姊妹丛中长大,不比别的兄弟,若不命他进去,只怕他冷清了,一时不大畅快,未免贾母、王夫人愁虑,须得也命他进园居住方妙。想毕,遂命太监夏守忠到荣国府来下一道谕,命宝钗等只管在园中居住,不可禁约封锢,命宝玉仍随进去读书。

贾政、王夫人接了这谕,待夏守忠去后,便来回明贾母,遣人进去各处收拾打扫,安设帘幔床帐。别人听了还自犹可,惟宝玉听了这谕,喜的无可不可。正和贾母盘算,要这个,弄那个,忽见丫鬟来说:"老爷叫宝玉。"宝玉听了,好似打了个焦雷,登时扫去兴头,脸上转了颜色,便拉着贾母扭的好似扭股儿糖,杀死不敢去。贾母只得安慰他道:"好宝贝,你只管去,有我呢,他不敢委屈了你。况且你又作了那篇好文章。想是娘娘叫你进去住,他吩咐你几句,不过不教你在里头淘气。他说什么,你只好生答应着就是了。"一面安慰,一面唤了两个老嬷嬷来,吩咐:"好生带了宝玉去,别叫他老子唬着他。"老嬷嬷答应了。

宝玉只得前去,一步挪不了三寸,挨到这边来。可巧贾政在王夫人房中商议事情,金钏儿、彩云、彩霞、绣鸾、绣凤等众丫鬟都在廊檐底下站着呢,一见宝玉来,都抿着嘴笑。金钏一把拉住宝玉,悄悄的笑道:"我这嘴上是才擦的香浸胭脂,你这会子可吃不吃了?"彩云一把推开金钏,笑道:"人家正心里不自在,你还奚落他。趁这会子喜欢,快进去罢。"宝玉只得挨进门去。原来贾政和王夫人都在里间呢。赵姨娘打起帘子,宝玉躬身进去。只见贾政和王夫人对面坐在炕上说话,地下一溜椅子,迎春、探春、惜春、贾环四个人都坐在那里。一见他进来,惟有探春和惜春、贾环站了起来。

贾政一举目,见宝玉站在跟前,神彩飘逸,秀色夺人,看看贾环,人物委琐,举止荒疏,忽又想起贾珠来,再看看王夫人只有这一个亲生的儿子,素爱如珍,自己的胡须将已苍白:因这几件上,把素日嫌恶处分宝玉之心不觉减了八九。半晌说道:"娘娘吩咐说,你日日外头嬉游,渐次疏懒,如今叫禁管,同你姊妹在园里读书写字。你可好生用心习学,再如不守分安常,你可仔细!"宝玉连连的答应了几个"是"。王夫人便拉他在身旁坐下。他姊弟三人依旧坐下。

…………

刚至穿堂门前,只见袭人倚门立在那里,一见宝玉平安回来,堆下笑来问道:"叫你作什么?"宝玉告诉他:"没有什么,不过怕我进园去淘气,吩咐吩咐。"一面说,一面回至贾母跟前,回明原委。只见林黛玉正在那里,宝玉便问他:"你住那一处好?"林黛玉正心里盘算这事,忽见宝玉问他,便笑道:"我心里想着潇湘馆好,爱那几竿竹子隐着一道曲栏,比别处更觉幽静。"宝玉听了拍手笑道:"正和我的主意一样,我也要叫你住这里呢。我就住怡红院,咱们两个又近,又都清幽。"

二人正计较,就有贾政遣人来回贾母说:"二月二十二,日子好,哥儿姐儿们好搬进去的。这几日内遣人进去分派收拾。"薛宝钗住了蘅芜苑,林黛玉住了潇湘馆,贾迎春住了缀锦楼,探春住了秋爽斋,惜春住了蓼风轩,李氏住了稻香村,宝玉住了怡红院。每一处添两个老嬷嬷,四个丫头,除各人奶娘亲随丫鬟不算外,另有专管收拾打扫的。至二十二日,一齐进去,登时园内花招绣带,柳拂香风,不似前番那等寂寞了。

…………

大观园游览攻略

如果你是一名导游,请你带领旅行团进入大观园游玩,尝试在下图中标识"金陵十二钗"的住处,并规划一条游玩线路,写出介绍各景观的导游词。

提示:可参考第十七回"大观园试才题对额　荣国府归省庆元宵"和第二十三回"西厢记妙词通戏语　牡丹亭艳曲警芳心"相关内容。

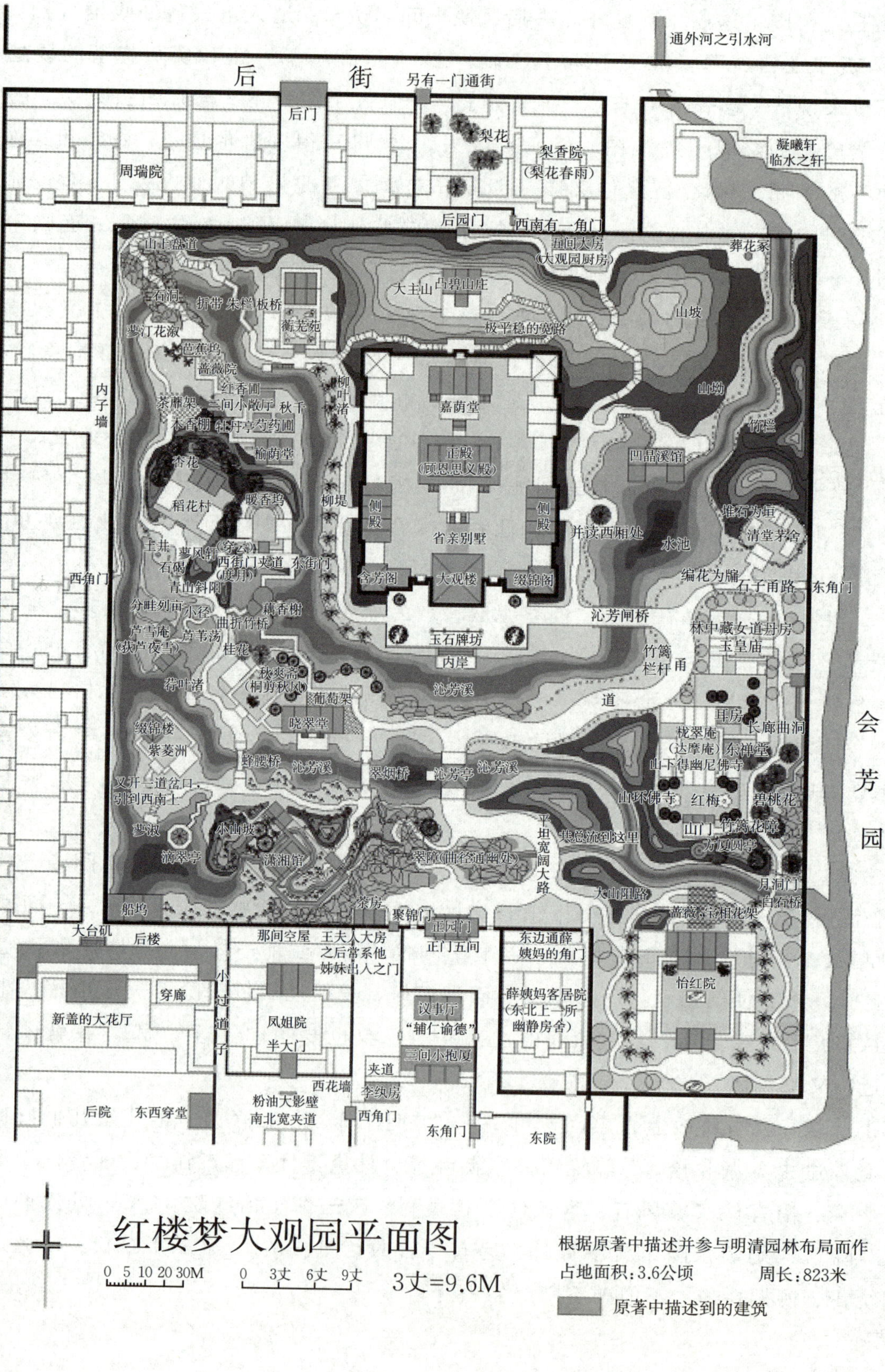

红楼梦大观园平面图

3丈=9.6M

根据原著中描述并参与明清园林布局而作
占地面积:3.6公顷　　周长:823米

■ 原著中描述到的建筑

第二部分　人物分析

一　情　种

（贾宝玉）

【事件】

仙界来历

　　此开卷第一回也。作者自云：因曾历过一番梦幻之后，故将真事隐去，而借通灵之说，撰此《石头记》一书也，故曰"甄士隐"云云。①但书中所记何事何人？自又云："今风尘碌碌，一事无成，忽念及当日所有之女子，一一细考较去，觉其行止见识皆出于我之上。何我堂堂须眉，诚不若彼裙钗哉？实愧则有馀，悔又无益之大无可如何之日也！当此，则自欲将已往所赖天恩祖德，锦衣纨袴之时，饫甘餍肥之日，背父兄教育之恩，负师友规谈之德，以至今日一技无成、半生潦倒之罪，编述一集，以告天下人：我之罪固不免，然闺阁中本自历历有人，万不可因我之不肖，自护己短，一并使其泯灭也。虽今日之茅椽蓬牖，瓦灶绳床，其晨夕风露，阶柳庭花，亦未有妨我之襟怀笔墨。②虽我未学，下笔无文，又何妨用假语村言敷演出一段故事来？亦可使闺阁昭传，复可悦世之目，破人愁闷，不亦宜乎？"故曰"贾雨村"云云。③

　　此回中凡用"梦"用"幻"等字，是提醒阅者眼目，亦是此书立意本旨。

　　列位看官，你道此书从何而来④？说起根由虽近荒唐，细谙则深有趣味。待在下将此来历注明，方使阅者了然不惑。

　　原来，女娲氏炼石补天之时，于大荒山无稽崖炼成高经十二丈、方经二十四丈顽石三万六千五百

①此处点出"通灵宝玉"一说，乃全篇开端。

②曹頫最后一年，即雍正六年（1728）任江宁织造时曹雪芹13岁，"赖天恩祖德，锦衣纨袴之时，饫甘餍肥之日"应该就是对他当时生活的描写。也正是在这一年，曹家遭抄家，所有财产归下一任江宁织造隋赫德所有。曹家被抄家之后，因属于正白旗包衣汉人，按清制，获罪革职后要"回京归旗"。隋赫德依照圣意，将北京城曹家房产中"蒜市口地方房十七间半"拨给了曹雪芹祖母李氏。清制，"回京归旗"者由所在旗发放生活费用，李氏诰命之身，每月领银三两、准银一两（制钱一千文），每季领米一石，所以曹家的生活仍强于普通人家。因此这里的"茅椽蓬牖，瓦灶绳床"只能说是跟从前风光之日相比较而言。

③清代特别是雍正朝之后，"文字狱"大兴，曹雪芹并不能痛快地表达自己的思想，他只能以文字特有的隐喻或影射作用，来表达自己想要表达的深层思想内容，因为这些内容是不为朝廷所允许的，所以，他只能说自己是"假语村言"。

77

零一块。娲皇氏只用了三万六千五百块,只单单的剩了一块未用,便弃在此山青埂峰下。谁知此石自经煅炼之后,灵性已通,因见众石俱得补天,独自己无材不堪入选,遂自怨自叹,日夜悲号惭愧。⑤

一日,正当嗟悼之际,俄见一僧一道远远而来,生得骨格不凡,丰神迥别,说说笑笑来至峰下,坐于石边,高谈快论。⑥先是说些云山雾海、神仙玄幻之事,后便说到红尘中荣华富贵。此石听了,不觉打动凡心,也想要到人间去享一享这荣华富贵,但自恨粗蠢,不得已,便口吐人言,向那僧道说道:"大师,弟子蠢物,不能见礼了。适闻二位谈那人世间荣耀繁华,心切慕之。弟子质虽粗蠢,性却稍通,况见二师仙形道体,定非凡品,必有补天济世之材,利物济人之德。如蒙发一点慈心,携带弟子得入红尘,在那富贵场中、温柔乡里受享几年,自当永佩洪恩,万劫不忘也。"二仙师听毕,齐憨笑道:"善哉,善哉!那红尘中有却有些乐事,但不能永远依恃,况又有'美中不足,好事多魔'八个字紧相连属,瞬息间则又乐极悲生、人非物换,究竟是到头一梦、万境归空⑦。倒不如不去的好。"

这石凡心已炽,那里听得进这话去,乃复苦求再四。二仙知不可强制,乃叹道:"此亦静极思动,无中生有之数也。既如此,我们便携你去受享受享,只是到不得意时,切莫后悔。"石道:"自然,自然。"那僧又道:"若说你性灵,却又如此质蠢,并更无奇贵之处,如此也只好踮脚而已。也罢,我如今大施佛法助你[一]助,待劫终之日,复还本质,以了此案。你道好否?"石头听了,感谢不尽。那僧便念咒书符,大展幻术,将一块大石登时变成一块鲜明莹洁的美玉,且又缩成扇坠大小的可佩可拿。那僧托于掌上,笑道:"形体倒也是个宝物了!还只没有实在的好处,须得再镌上数字,使人一见便知是奇物方妙。⑧然后好携你到那昌明隆盛之邦,诗礼簪缨之族,花柳繁华地,温柔富贵乡去安身乐业。"石头听了,喜不能禁,乃问:"不知赐了弟子那几件奇处,又不知携了弟子到何地方?望乞明示,使弟子不惑。"那僧笑道:"你且莫问,日后自然明白的。"⑨说着,便袖了这石,同那道

④作者先说"此书从何而来",实际上就是交代创作的动机和素材的来源。

⑤第一个神话故事。作者借"女娲补天"之神话,点出"通灵宝玉"的来历,同时对贾宝玉的叛逆性格有隐喻作用:一方面他有补天之材却无补天之用,暗示了他与封建社会的格格不入,是他人眼中的"蠢物";另一方面也暗示他与封建社会相对立的顽劣的思想性格,难以为世俗所改变。

⑥一僧一道。这是两个非常特殊的形象,他们是看透了世态炎凉、超脱了尘世痛苦的仙人,是书中诸多陷入痛苦之人的尘世超度者。石头虽到了人间,却始终没有脱离他们的掌控。他们几乎就是"幕后导演"。不仅如此,全书的基本哲学思想和人生理念,也是由他们框定的,石头通过主人公贾宝玉(神瑛侍者下凡)的一生,验证了他们的预言——"到头一梦"。从这个意义上说,他们实际上就是作者思想的宣讲人。

⑦点明主旨,作者要写出"到头一梦、万境归空",最后终归"落了片白茫茫大地真干净"。贾府的子弟们倚仗祖上的功勋荫德,还有皇亲国戚的身份庇护,一个个都只知道吃喝玩乐,这种享乐当然不可能长久,所以其败落是必然结果。今日之欢酿成的就是明日之痛。

⑧僧人说石头"没有实在的好处",点明其"无用"之实质;"一见便知是奇物方妙"的本质,仍是"金玉其外,败絮其中"。

⑨此处埋下了伏笔,能够引起读者的阅读兴趣。

⑩空空道人这个形象在《红楼梦》前八十回中只出现过这一次,作为小说中故事的传抄者,其形象在某种意义上

人飘然而去,竟不知投奔何方何舍。

后来,又不知过了几世几劫,因有个空空道人⑩访道求仙,忽从这大荒山无稽崖青埂峰下经过,忽见一大石上字迹分明,编述历历。空空道人乃从头一看,原来就是无材补天、幻形入世,蒙茫茫大士、渺渺真人携入红尘,历尽离合悲欢、炎凉世态的一段故事。后面又有一首偈云:

  无材可去补苍天,枉入红尘若许年。
  此系身前身后事,倩谁记去作奇传?

诗后便是此石堕落之乡,投胎之处,亲自经历的一段陈迹故事。其中家庭闺阁琐事,以及闲情诗词倒还全备,或可适趣解闷,然朝代年纪,地舆邦国,却反失落无考。⑪

空空道人遂向石头说道:"石兄,你这一段故事,据你自己说有些趣味,故编写在此,意欲问世传奇。据我看来:第一件,无朝代年纪可考,第二件,并无大贤大忠理朝廷、治风俗的善政,其中只不过几个异样的女子,或情或痴,或小才微善,亦无班姑、蔡女之德能。我纵抄去,恐世人不爱看呢。"

石头笑答道:"我师何太痴耶!若云无朝代可考,今我师竟假借汉唐等年纪添缀,又有何难?但我想,历来野史,皆蹈一辙,莫如我这不借此套者,反倒新奇别致,不过只取其事体情理罢了,又何必拘拘于朝代年纪哉!再者,市井俗人喜看理治之书者甚少,爱看适趣闲文者特多。历来野史,或讪谤君相,或贬人妻女,奸淫凶恶,不可胜数。更有一种风月笔墨,其淫秽污臭,涂毒笔墨,坏人子弟,又不可胜数。至若佳人才子等书,则又千部共出一套,且其中终不能不涉于淫滥,以致满纸潘安子建、西子文君,不过作者要写出自己的那两首情诗艳赋来,故假拟出男女二人名姓,又必旁出一小人其间拨乱,亦如剧中之小丑然。且鬟婢开口即者也之乎,非文即理。故逐一看去,悉皆自相矛盾,大不近情理之话。竟不如我半世亲睹亲闻的这几个女子,虽不敢说强似前代书中所有之人,但事迹原委,亦可以消愁破闷,也有几首歪

也是暗示全书主旨。《红楼梦》中蕴含着浓郁的佛教"空"的境界。正如书中所说:"此回中凡用'梦'用'幻'等字,是提醒阅者眼目,亦是此书立意本旨。"梦幻的本质是空。《金刚经》中说:"一切有为法,如梦幻泡影,如露亦如电,应作如是观。"大意是世间一切事物,都如梦幻泡影一样,是空的、不真实的。整部《红楼梦》虽然写到了欢乐与美好,但总体上是笼罩着一种难以言说的悲凉和感叹的,欢乐与美好是作为悲凉的反衬而写的。《红楼梦》描绘了一个人人为苦难所逼迫的图景,在这样一个社会贪腐、强权横行、人性败落的社会中,几乎所有人都找不到人生的意义和价值。在这样的社会环境中,最终走向"空",似乎是最好的出路和解脱了。另外,虚构"空空道人"这样一个人物,既丰富小说神话框架的合理性,也突出"真事隐,假语存"的特殊笔法,能够躲避当时严酷的文字狱。

⑪从开头到曹雪芹成书后自题一绝的大篇文字,通常称为"楔子",也就是引子,是故事情节正式开始前的必要交代,近乎是作者的自序或前言;只是作者别出心裁地摒弃了通常用说明文写序的老套,改用石头撰书的故事来表述。

⑫空空道人和神石的对话,就是作者讲解《红楼梦》诸多问题的理解方式,本质上是两种不同的文艺理论之争。作者担心读者看不明白,因此第一回开篇写了很多内容,为后面故事的理解点明了方向。第一件,无年代可考,是不落俗套。第二件,非大贤大忠奇人圣人式的传记,写作更加贴近事实,每个人物"或情或痴,或小才微善"。这些都是红楼梦的精华,摒弃了作品中浮夸的成分,摒弃了不切实际的人物描写,让人物更加活

诗熟话，可以喷饭供酒。至若离合悲欢，兴衰际遇，则又追踪蹑迹，不敢稍加穿凿，徒为供人之目而反失其真传者。今之人，贫者日为衣食所累，富者又怀不足之心，纵一时稍闲，又有贪淫恋色、好货寻愁之事，那里有工夫去看那理治之书？所以，我这一段故事，也不愿世人称奇道妙，也不定要世人喜悦检读，只愿他们当那醉馀饱卧之时，或避世去愁之际，把此一玩，岂不省了些寿命筋力？就比那谋虚逐妄去，也省了口舌是非之害、腿脚奔忙之苦。再者，亦令世人换新眼目，不比那些胡牵乱扯，忽离忽遇，满纸才人淑女、子建文君、红娘小玉等通共熟套之旧稿。我师意为何如？"⑫

空空道人听如此说，思忖半晌，将这《石头记》再检阅一遍，因见上面虽有些指奸责佞、贬恶诛邪之语，亦非伤时骂世之旨，及至君仁臣良、父慈子孝，凡伦常所关之处，皆是称功颂德，眷眷无穷，实非别书之可比。虽其中大旨谈情，亦不过实录其事，又非假拟妄称，一味淫邀艳约、私订偷盟之可比。因毫不干涉时世，方从头至尾抄录回来，问世传奇。因空见色，由色生情，传情入色，自色悟空，遂易名为情僧，改《石头记》为《情僧录》。至吴玉峰题曰《红楼梦》。东鲁孔梅溪则题曰《风月宝鉴》。后因曹雪芹于悼红轩中，披阅十载，增删五次，纂成目录，分出章回，则题曰《金陵十二钗》。并题一绝云：

满纸荒唐言，一把辛酸泪！
都云作者痴，谁解其中味？⑬

....

一日，炎夏永昼。士隐于书房闲坐，至手倦抛书，伏几少憩，不觉朦胧睡去。梦至一处，不辨是何地方。忽见那厢来了一僧一道，且行且谈。⑭

只听道人问道："你携了这蠢物，意欲何往？"那僧笑道："你放心，如今现有一段风流公案正该了结，这一干风流冤家，尚未投胎入世。趁此机会，就将此蠢物夹带于中，使他去经历经历。"那道人道："原来近日风流冤孽又将造劫历世去不成？但不知落于何方何处？"

灵活现、生动鲜明。而"千部共出一套……满纸潘安子建、西子文君"正表现了作者对当时流行小说为迎合世人而陷入创作套路的鄙夷之情。在《红楼梦脂评汇校本》中，也常看到"可笑近之小说中满纸'羞花闭月'等字""最可笑世之小说中，凡写奸人则用'鼠耳鹰腮'等语""可笑近时小说中，无故极力称扬浪子淫女，临收结时，还必致感动朝廷，使君父同入其情欲之界，明遂其意"等评语，这些也正是书中石头的看法，是作者的内心独白。

⑬曹雪芹特地虚拟了一个始终伴随着小说主人公经历悲欢离合的原始作者"石头"，而自己却只扮演"披阅增删"者的角色。所以，就撰写小说而言，石头就是作者；就经历的那段繁华生活来说，石头又并不等于作者。《红楼梦》从故事情节、活动环境到人物形象都是虚构的，即所谓"满纸荒唐言"。但它的基础，即素材来源、兴衰轨迹和种种感受，都来自生活，是真实的。曹雪芹于"悼红轩中，披阅十载，增删五次"，可谓呕心沥血，字句推敲，但表面上却讲是茶余饭后的把握消遣，图个乐子。实际上，每个人物的每段故事都有隐喻和暗指，无不有深意。

这一段写出红楼梦其他的四个名字，《情僧录》与空空道人有直接关系，《风月宝鉴》是东鲁孔梅溪所题，《金陵十二钗》则是曹雪芹所题。

⑭从这里开始的下一段内容写的是"甄士隐梦幻识通灵"。借甄士隐之口，补写顽石如何历劫，并引出第二个神话故事"木石前盟"。这里的剧情紧接着补天神石的那段，一僧一道便是指前文中的茫茫大士与渺渺真人。

那僧笑道:"此事说来好笑,竟是千古未闻的罕事。只因西方灵河岸上三生石畔,有绛珠草一株,时有赤瑕宫神瑛侍者,日以甘露灌溉,这绛珠草便得久延岁月。后来既受天地精华,复得雨露滋养,遂得脱却草胎木质,得换人形,仅修成个女体,终日游于离恨天外,饥则食蜜青果为膳,渴则饮灌愁海水为汤。只因尚未酬报灌溉之德,故其五衷便郁结着一段缠绵不尽之意。恰近日神瑛侍者凡心偶炽,乘此昌明太平朝世,意欲下凡造历幻缘,已在警幻仙子案前挂了号。警幻亦曾问及,灌溉之情未偿,趁此倒可了结的。那绛珠仙子道:'他是甘露之惠,我并无此水可还。他既下世为人,我也去下世为人,但把我一生所有的眼泪还他,也偿还得过他了。'因此一事,就勾出多少风流冤家来,陪他们去了结此案。"⑮

　　那道人道:"果是罕闻,实未闻有还泪之说。想来这一段故事,比历来风月事故更加琐碎细腻了。"那僧道:"历来几个风流人物,不过传其大概以及诗词篇章而已,至家庭闺阁中一饮一食,总未述记。再者,大半风月故事,不过偷香窃玉、暗约私奔而已,并不曾将儿女之真情发泄一二。想这一干人入世,其情痴色鬼,贤愚不肖者,悉与前人传述不同矣。"

　　那道人道:"趁此何不你我也去下世度脱几个,岂不是一场功德?"那僧道:"正合吾意,你且同我到警幻仙子宫中,将这蠢物交割清楚⑯,待这一干风流孽鬼下世已完,你我再去。如今虽已有一半落尘,然犹未全集。"道人道:"既如此,便随你去来。"

　　却说甄士隐俱听得明白,但不知所云"蠢物"系何东西。遂不禁上前施礼,笑问道:"二仙师请了。"那僧道也忙答礼相问。士隐因说道:"适闻仙师所谈因果,实人世罕闻者。但弟子愚浊,不能洞悉明白,若蒙大开痴顽,备细一闻,弟子则洗耳谛听,稍能警省,亦可免沉沦之苦。"二仙笑道:"此乃玄机不可预泄者。到那时只不要忘了我二人,便可跳出火坑矣。"⑰士隐听了,不便再问,因笑道:"玄机不可预泄,但适云'蠢物',不知为何,或可一见否?"那僧道:"若问此物,

⑮本段写"木石前盟"。"木石前盟"里的"木"就是绛珠仙草。修出人形的绛珠草因为灌溉之恩没有偿还,所以在神瑛侍者下凡历练时也准备下凡为人,用一生的眼泪来报答神瑛侍者的甘露之惠。

对于神瑛侍者的来历有两种说法:

第一种,神瑛侍者就是太虚幻境里的神仙,与青埂峰下的石头没关系。"木石前盟"里的"石",就是神瑛侍者。贾宝玉出生时口衔的宝玉,是癞头和尚用法术变的。从僧人"趁此机会,就将此蠢物夹带于中"的语言看,这种说法较符合原文。因为神瑛侍者历劫后是要回到太虚幻境中去的,不会又变成石头记录文字回到青埂峰下。黛玉报答的是神瑛侍者的灌溉之恩,也跟石头没有关系。

第二种,神瑛侍者是女娲补天剩下的那块大石。女娲补天剩下的五彩石通灵后到处游玩。一天他来到太虚幻境,警幻仙姑知道他有些来历,就留他做了神瑛侍者。五彩石变成的神瑛侍者,每日用甘露浇灌绛珠仙草,与绛珠仙草结成"木石前盟"。在人世间,贾宝玉没有前世记忆,通灵宝玉有前世记忆。

对于上述两种说法,不管神瑛侍者是不是五彩石所变,通灵宝玉一定是五彩石所变。贾宝玉既是作者的艺术化身,也是"石头"的人格化身,同时是"神瑛侍者"的人格化身。

⑯此句可以证明石头不是赤瑕宫神瑛侍者。因为神瑛侍者与绛珠仙子的故事在前,僧道携"蠢物"去警幻仙子宫中交割在后。若"蠢物"是被警幻留下来做了神瑛侍者的五彩石,那这里的"交割"环节就完全不合理。

⑰这里暗伏甄士隐后来丢了爱女,又失火丧居,投奔岳父后又被骗走钱财,急忿怨痛、彷徨无助之际遇一跛足道人

倒有一面之缘。"说着，取出递与士隐。士隐接了看时，原来是块鲜明美玉，上面字迹分明，镌着"通灵宝玉"四字，后面还有几行小字。正欲细看时，那僧便说已到幻境，便强从手中夺了去，与道人竟过一大石牌坊，那牌坊上大书四字，乃是"太虚幻境"。两边又有一副对联，道是：

假作真时真亦假，无为有处有还无。⑱

衔玉而诞

（第二回）雨村因问："近日都中可有新闻没有？"子兴道："倒没有什么新闻，倒是老先生你贵同宗家，出了一件小小的异事。"雨村笑道："弟族中无人在都，何谈及此？"子兴笑道："你们同姓，岂非同宗一族？"①雨村问是谁家。

子兴道："荣国府贾府中，可也不玷辱了先生的门楣了？"雨村笑道："原来是他家。若论起来，寒族人丁却不少，自东汉贾复以来，支派繁盛，各省皆有，谁能逐细考查？若论荣国一支，却是同谱。但他那等荣耀，我们不便去攀扯，至今越发生疏难认了。"子兴叹道："老先生休如此说。如今这荣国两门，也都萧疏了，不比先时的光景。"雨村道："当日宁荣两宅的人口极多，如何就萧疏了？"冷子兴道："正是，说来也话长。"雨村道："去岁我到金陵地界，因欲游览六朝遗迹，那日进了石头城，从他老宅门前经过。街东是宁国府，街西是荣国府，二宅相连，竟将大半条街占了。大门前虽冷落无人，隔着围墙一望，里面厅殿楼阁，也还都峥嵘轩峻，就是后一带花园子里，树木山石，也还都有蓊蔚洇润之气，那里像个衰败之家？"②

冷子兴笑道："亏你是进士出身，原来不通！古人有云：'百足之虫，死而不僵。'如今虽说不及先年那样兴盛，较之平常仕宦之家，到底气象不同。如今生齿日繁，事务日盛，主仆上下，安富尊荣者尽多，运筹谋画者无一，其日用排场费用，又不能将就省俭，如今外面的架子虽未甚倒，内囊却也尽上来了。这还是小事，更有一件大事：谁知这样钟鸣鼎食之家，翰墨诗书之族，如今的儿

解"好了歌"而悟，于是抛家弃业，飘飘出世而去之事。

⑱对联的意思是：假的当作真的时候，真的就像是假的了；无变为有的地方，有也就无了。此联道出很多《红楼梦》之玄机，何处为真，何处是假，何地是有，而何地又是无呢？真是谁解其中味。

①贾雨村得甄士隐赠银后入都参加考试，一举考上进士，并做了本府知府，但不到一年，便因"贪酷""恃才侮上"被参革职，于是游历到扬州，做了林黛玉之西宾。因黛玉体弱多病，连日不上学，所以他能够四处游玩，这日恰逢都中旧友冷子兴。冷子兴是荣府男管家周瑞之女婿，是都中的古董商，贾雨村对他这重身份当然是心知肚明的。所以表面看俩人许久未见，贾雨村问冷子兴都中有什么新鲜事，是很自然的聊天开头；但事实上因雨村又姓贾，冷子兴自然可能想到贾府有足以为谈资的奇事。所以这里雨村多少存了一些拐弯抹角、借机攀附之意。下文"我们不便去攀扯"颇有些口不应心。

②这里借贾雨村之眼之口，写宁、荣二府的风光依旧，当然这也就是外人眼中宁、荣二府的表面气派。引出下文中冷子兴对贾府衰败的分析。

③冷子兴说贾府表面上不改往日风光，实际上却入不敷出，在走下坡路。"百足之虫，死而不僵"比喻势力大的人或集团虽已失败，但其余威和影响依然存在（多含贬义）。贾府最麻烦的问题是子孙一代不如一代。冷子兴向贾雨村介绍宁、荣二府，主要也是谈这个话题。"安富尊荣者尽多，运筹谋画者无一"即家族主事者无能。如宁国府贾敬沉溺修道，不管家事；贾珍胡作非为。荣国府贾

孙,竟一代不如一代了!"③雨村听说,也纳罕道:"这样诗书之家,岂有不善教育之理?别家不知,只说这宁、荣二宅,是最教子有方的。"④

子兴叹道:"正说的是这两门呢。待我告诉你。当日宁国公与荣国公是一母同胞弟兄两个。宁公居长,生了四个儿子。宁公死后,长子贾代化袭了官,也养了两个儿子。长名贾敷,至八九岁上便死了,只剩了次子贾敬袭了官,如今一味好道,只爱烧丹炼汞,馀者一概不在心上。幸而早年留下一子,名唤贾珍,因他父亲一心想作神仙,把官倒让他袭了。他父亲又不肯回原籍来,只在都中城外和道士们胡羼。这位珍爷也倒生了一个儿子,今年才十六岁,名叫贾蓉。⑤如今敬老爹一概不管。这珍爷那肯读书,只是一味高乐不已,把宁国府竟翻了过来,也没有人敢来管他。再说荣府你听,方才所说异事,就出在这里。自荣公死后,长子贾代善袭了官,娶的金陵世勋史侯家的小姐为妻,生了两个儿子:长子贾赦,次子贾政。如今代善早已去世,太夫人尚在。长子贾赦袭着官。次子贾政,自幼酷喜读书,祖父最疼。原欲以科甲出身的,不料代善临终时遗本一上,皇上因恤先臣,即时令长子袭官外,问还有几子,立刻引见,遂额外赐了这政老爹一个主事之衔,令其入部习学,如今现已升了员外郎了。这政老爹的夫人王氏,头胎生的公子,名唤贾珠,十四岁进学,不到二十岁就娶了妻生了子,一病死了。第二胎生了一位小姐,生在大年初一,这就奇了;不想次年又生了一位公子,说来更奇:一落胎胞,嘴里便衔下一块五彩晶莹的玉来,上面还有许多字迹,就取名叫作宝玉。⑥你道是新奇异事不是?"⑦

雨村笑道:"果然奇异。只怕这人来历不小。"子兴冷笑道:"万人皆如此说,因而乃祖母便先爱如珍宝。那年周岁时,政老爹便要试他将来的志向,便将那世上所有之物摆了无数,与他抓取。谁知他一概不取,伸手只把些脂粉钗环抓来。政老爹便大怒了,说:'将来酒色之徒耳!'因此便大不喜悦。⑧独那史老太君还是命根一

赦有官职却不好好做官,只知道喝花酒;贾政虽喜读书,却又迂腐古板,不通人情世故,也不是一个好官吏、好家主。故冷子兴的"如今的儿孙,竟一代不如一代了"是点睛之笔,同时为第五回后宁国府的乱象略做铺垫。

④贾雨村说宁、荣二宅教子有方,手法如前文,也是通过贾雨村的质疑,引出冷子兴对贾府子孙的介绍。

⑤宁国府传承脉络:宁国公(一代)→贾代化(二代)→贾敬(三代)→贾珍(四代)→贾蓉(五代)。

⑥荣国府传承脉络:荣国公(一代)→贾代善(妻史太君,即贾母)(二代)→贾赦,贾政(妻王氏,即王夫人)(三代)→贾珠,贾元春,贾宝玉(四代)。

所以,宝玉、贾琏与贾珍是平辈,而秦可卿是三人的晚辈。

⑦冷子兴由于周瑞之女婿的身份,自然对贾府的实际情况了若指掌。他与贾雨村的闲谈有多处转折,先是笼统谈论贾府,然后转到介绍贾府子弟,最后转到专门讨论贾宝玉。每一转折都连贯自然,符合闲聊的情理。这正如我们在日常闲聊时,话题往往是在不自觉间转换的一样,这个转换能发生一定也是在某个聊天主题下,前后话题在某一点上有衔接作用。贾雨村和冷子兴的对话,侧面交代贾府荣耀历史、鼎盛时代,以及即将到来的没落。

⑧"抓周"又称拭儿、试晬、拈周、试周,最早见于南北朝时期,是小孩周岁时举行的一种预测前途和性情的仪式。抓周仪式一般都在中午吃长寿面之前进行,往往是在床(炕)前陈设大案并摆放印章、典籍、笔、墨、纸、砚、算盘、钱币、账册、首饰、花朵、胭脂、吃食、玩具等物,然

样。说来又奇,如今长了七八岁,虽然淘气异常,但其聪明乖觉处,百个不及他一个。说起孩子话来也奇怪,他说:'女儿是水作的骨肉,男人是泥作的骨肉。我见了女儿,我便清爽;见了男人,便觉浊臭逼人。'⑨你道好笑不好笑?将来色鬼无疑了!"雨村罕然厉色忙止道:"非也!可惜你们不知道这人来历。大约政老前辈也错以淫魔色鬼看待了。若非多读书识事,加以致知格物之功,悟道参玄之力者,不能知也。"

子兴见他说得这样重大,忙请教其端。雨村道:"天地生人,除大仁大恶两种,馀者皆无大异。若大仁者,则应运而生,大恶者,则应劫而生。运生世治,劫生世危。尧、舜、禹、汤、文、武、周、召、孔、孟、董、韩、周、程、张、朱,皆应运而生者。蚩尤、共工、桀、纣、始皇、王莽、曹操、桓温、安禄山、秦桧等,皆应劫而生者。大仁者,修治天下;大恶者,扰乱天下。清明灵秀,天地之正气,仁者之所秉也;残忍乖僻,天地之邪气,恶者之所秉也。今当运隆祚永之朝,太平无为之世,清明灵秀之气所秉者,上至朝廷,下至草野,比比皆是。所馀之秀气,漫无所归,遂为甘露,为和风,洽然溉及四海。彼残忍乖僻之邪气,不能荡溢于光天化日之中,遂凝结充塞于深沟大壑之内,偶因风荡,或被云摧,略有摇动感发之意,一丝半缕误而泄出者,偶值灵秀之气适过,正不容邪,邪复妒正,两不相下,亦如风水雷电,地中既遇,既不能消,又不能让,必至搏击掀发后始尽。故其气亦必赋人,发泄一尽始散。使男女偶秉此气而生者,在上则不能成仁人君子,下亦不能为大凶大恶。置之于万万人中,其聪俊灵秀之气,则在万万人之上,其乖僻邪谬、不近人情之态,又在万万人之下。⑩若生于公侯富贵之家,则为情痴情种,若生于诗书清贫之族,则为逸士高人,纵再偶生于薄祚寒门,断不能为走卒健仆,甘遭庸人驱制驾驭,必为奇优名倡。⑪如前代之许由、陶潜、阮籍、嵇康、刘伶、王谢二族、顾虎头、陈后主、唐明皇、宋徽宗、刘庭芝、温飞卿、米南宫、石曼卿、柳耆卿、秦少游,近日之倪云林、唐伯虎、祝枝山,再如李龟年、黄幡绰、敬新磨、卓文君、红拂、薛涛、崔莺、朝云之流。此皆易地则同之人也。"⑫

后任由小孩挑选,以此来预测其志趣、前途和将要从事的职业。抓到印章就意味着将来做官,抓到典籍就意味着将来会读书,而宝玉"伸手只把些脂粉钗环抓来",所以政老爹才会说他将来是酒色之徒,而冷子兴也认为他将来会是色鬼。

⑨让贾宝玉先在旁人闲谈中"亮相"。只讲他重女轻男、女尊男卑的反世俗观念的性情特点,给人以鲜明、突出的印象。

⑩尽管冷、贾二人的闲谈主要是为了介绍贾府,但作者仍然紧紧抓着这一回以贾雨村为主角的故事线索。这段对话给人印象最深刻的是贾雨村对宝玉的评价及由此引发的议论,贾雨村通过评论贾宝玉等人透露了自身的价值观,这并不代表作者对历史人物的认真评判。"演说荣国府"仍在贾雨村的故事内,而贾府也已经有了大致的轮廓。

⑪"若生于公侯富贵之家,则为情痴情种",指的是贾宝玉、甄宝玉等人。这一句的点评显然是以贾宝玉为主要对象。脂砚斋曾说的贾宝玉之为人"说不得贤,说不得愚,说不得不肖,说不得善,说不得恶,说不得正大光明,说不得混账恶赖,说不得聪明才俊,说不得庸俗平凡,说不得好色好淫,说不得情痴情种"(第十九回评)的话,也与之极其相似。毕竟作者的天才在于敏锐地发现现实生活中贾宝玉一类人的特性,而成功地将其强化,并塑造成出色的艺术形象。小说家的任务只在于描绘和表现,至于对形象的分析、说明,并不是他的职责。

⑫所谓"易地则同",指虽然这些人的生活环境、客观条件不一样,但都是同类人。

初次登场

（第三回）茶未吃了，只见一个穿红绫袄、青缎掐牙背心的丫鬟走来笑说道："太太说，请姑娘到那边坐罢。"老嬷嬷听了，于是又引黛玉出来，到了东廊三间小正房内。①正面炕上横设一张炕桌，桌上磊着书籍茶具，靠东壁面西设着半旧青缎靠背引枕。王夫人却坐在西边下首，亦是半旧青缎靠背坐褥。见黛玉来了，便往东让。黛玉心中料定这是贾政之位。因见挨炕一溜三张椅子上，也搭着半旧的弹墨椅袱，黛玉便向椅上坐了。王夫人再四携他上炕，他方挨王夫人坐了。王夫人因说："你舅舅今日斋戒去了，再见罢。只是有一句话嘱咐你：你三个姊妹倒都极好，以后一处念书认字学针线，或是偶一顽笑，都有尽让的。但我不放心的最是一件：我有一个孽根祸胎，是这家里的'混世魔王'，今日因庙里还愿去了，尚未回来，晚间你看见便知。你只以后不要睬他，你这些姊妹都不敢沾惹他的。"②

黛玉亦常听见母亲说过，二舅母生的有个表兄，乃衔玉而诞，顽劣异常，极恶读书，最喜在内帏厮混，外祖母又极溺爱，无人敢管。今见王夫人如此说，便知说的是这表兄了。因陪笑③道："舅母说的，可是衔玉所生的这位哥哥？在家时亦曾听见母亲常说，这位哥哥比我大一岁，小名就唤宝玉，虽极憨顽，说在姊妹情中极好的。况我来了，自然只和姊妹同处，兄弟们自是别院另室的，岂得去沾惹之理？"王夫人笑道："你不知道原故。他与别人不同，自幼因老太太疼爱，原系同姊妹一处娇养惯了的。若姊妹们有日不理他，他倒还安静些，纵然他没趣，不过出了二门，背地里拿着他的两三个小幺儿出气，咕唧一会子就完了。若这一日姊妹们和他多说一句话，他心里一乐，便生出多少事来。所以嘱咐你别睬他。他嘴里一时甜言蜜语，一时有天无日，一时又疯疯傻傻，只休信他。"④

…………

一语未了，只听院外一阵脚步响，丫鬟进来笑道："宝玉来了！"⑤黛玉心中正疑惑着："这个宝

①前文说王夫人居坐宴息常在"正室东边的三间耳房内"，为什么她不在日常居坐宴息之处与林黛玉交谈？这是因为接下来王夫人要对黛玉说的话事关重大，她不愿意被其他人听到，所以选了人迹罕至的"东廊三间小正房"。这里位于王夫人后院与后廊之间，极具安全性。

②王夫人这么神神秘秘的，到底是要对黛玉说什么话？其实就是叫黛玉"只以后不要睬"宝玉，说"你这些姊妹都不敢沾惹他的"，这其实就是变相警告黛玉，你也不要沾惹宝玉。其实，黛玉从进贾府的那一天开始，就成了王夫人的心病。古时人们对于儿女婚姻是崇尚亲上加亲的，黛玉是贾母的心头肉，贾母爱幼女，贾敏死后她把黛玉从扬州接来，除了亲自照料外，还极有可能有婚事上的考虑。事实上，贾母把宝黛二人安排在一起成长，就存了让二人日久生情之意。这是王夫人不愿看到的，因为她从来就不喜欢像黛玉那样美貌又聪明多才者，她的观点一向是要像袭人、麝月那样，"这两个笨笨的倒好"。但这些警告黛玉的话是不能传到贾母耳中去的，选偏僻之处谈话，正是为此。

③聪明如黛玉，岂能听不出王夫人的言外之意？"陪笑"可见其小心，也隐约透出对王夫人多虑的讥笑。

④作者在这里运用各种烘云托月的手法激发读者的好奇心。林黛玉进贾府这一回，在见到贾宝玉之前，黛玉先后通过自己的母亲贾敏和二舅母王夫人之口了解到这个衔玉而生的表哥与众不同——最喜欢在内帏厮混。二舅母说得更夸张，说自己的儿子是个混世魔王，一时有天无日，一时疯疯傻傻。这种写法让读者像林黛玉一样对贾宝玉有了一个先入为主的坏印象，林黛玉甚至在内心骂他为"蠢物"。这其实是作者的障眼

玉，不知是怎生个惫懒人物、懵懂顽童？倒不见那蠢物也罢了。"心中正想着，忽见丫鬟话未报完，已进来了一个年轻公子：头上戴着束发嵌宝紫金冠，齐眉勒着二龙抢珠金抹额，穿一件二色金百蝶穿花大红箭袖，束着五彩丝攒花结长穗宫绦，外罩石青起花八团倭缎排穗褂，登着青缎粉底小朝靴。面若中秋之月，色如春晓之花。鬓如刀裁，眉如墨画，眼似桃瓣，睛若秋波。虽怒时而若笑，即瞋视而有情。项上金螭璎珞，又有一根五色丝绦，系着一块美玉。⑥黛玉一见，便吃一大惊，心下想道："好生奇怪，倒像在那里见过的一般，何等眼熟到如此！"

只见这宝玉向贾母请了安，贾母便命："去见你娘来。"宝玉即转身去了。一时回来，再看，已换了冠带：头上周围一转的短发，都结成了小辫，红丝结束，共攒至顶中胎发，总编一根大辫，黑亮如漆，从顶至梢，一串四颗大珠，用金八宝坠角，身上穿着银红撒花半旧大袄，仍旧带着项圈、宝玉、寄名锁、护身符等物，下面半露松花撒花绫裤腿，锦边弹墨袜，厚底大红鞋。越显得面如敷粉，唇若施脂；转盼多情，语言常笑。天然一段风骚，全在眉梢；平生万种情思，悉堆眼角。看其外貌最是极好，却难知其底细。⑦后人有《西江月》二词，批这宝玉极恰，其词曰：

无故寻愁觅恨，有时似傻如狂。纵然生得好皮囊，腹内原来草莽。 潦倒不通世务，愚顽怕读文章。行为偏僻性乖张，那管世人诽谤！

富贵不知乐业，贫穷难耐凄凉。可怜辜负好韶光，于国于家无望。 天下无能第一，古今不肖无双。寄言纨袴与膏粱：莫效此儿形状！⑧

贾母因笑道："外客未见，就脱了衣裳，还不去见你妹妹！"宝玉早已看见多了一个姊妹，便料定是林姑母之女，忙来作揖。厮见毕归坐，细看形容，与众各别：两弯似蹙非蹙罥烟眉，一双似泣非泣含露目。态生两靥之愁，娇袭一身之病。泪光点点，娇喘微微。闲静时如娇花照水，行动处似弱柳扶风。心较比干多一窍，病如西子胜三分。宝玉看罢，因笑道："这个妹妹我曾见过的。"贾母笑道："可又是胡说，你又何曾见过他？

法，在人物的描写中称为欲扬先抑法。

⑤丫鬟的"笑道"（在主子面前笑得随意）和一声"宝玉来了"（直呼其名）的禀报极不寻常。这是因为宝玉是贾府中最具平等思想的人，他的心目中似乎少有主仆、尊卑的区别。对丫鬟的这些看似毫不经意的叙写交代，暗示出宝玉的平易随和而又超拔不俗。这里可以与第三回中贾母叫黛玉一起吃饭时的场景进行对比——"外间伺候之媳妇丫鬟虽多，却连一声咳嗽不闻"才是贾家的日常规矩。

⑥贾宝玉终于在众人的期待中"千呼万唤始出来"了。他一身奢华贵气的金冠绣服，颠倒众生的绝世容颜，笑容可掬，眉目含情，真可谓"翩翩浊世之佳公子"了，这让黛玉一见倾心，顿生他乡遇知音之感。于是前面众人的贬斥之语烟消云散，黛玉的提防之心瞬间全无。

⑦还没等读者看够呢，作者又虚晃一枪，让贾宝玉走了。这让人意犹未尽，怅然若失。不一会儿贾宝玉又换了一身行头，再次闪亮登场。作者再次运用传统刻画人物肖像的工笔手法，事无巨细地描绘出一个更令人喜欢的大家公子形象。"耳听为虚，眼见为实"，正因为林黛玉看到的是这样一个活灵活现、可爱无比的宝玉，才有似曾相识的感觉。这一段描写完全不同于王熙凤出场的全面展开性格的写法，其目的在于为宝黛爱情创造一个纯真优美的艺术境界。

⑧这两首词表面上句句是对贾宝玉的嘲笑和否定，但实质上句句是对他的赞美和褒扬。从封建社会阶级伦理道德标准来衡量，贾宝玉是个被否定的人物；可是从作者的人生观和社会观来看，他是个和那些国贼禄蠹完全相反的、保持着人类善良天性的真正的人。贾宝玉不加矫饰地表现自己的天性，在那样的贵族

宝玉笑道:"虽然未曾见过他,然我看着面善,心里就算是旧相识,今日只作远别重逢,未为不可。"⑨贾母笑道:"更好,更好。若如此,更相和睦了。"宝玉便走近黛玉身边坐下,又细细打量一番,因问:"妹妹可曾读书?"黛玉道:"不曾读书,只上了一年学,些须认得几个字。"⑩宝玉又道:"妹妹尊名是那两个字?"黛玉便说了名。宝玉又问表字,黛玉道:"无字。"宝玉笑道:"我送妹妹一个妙字,莫若'颦颦'二字极好。"探春便问何出。宝玉道:"《古今人物通考》上说:'西方有石名黛,可代画眉之墨。'况这林妹妹眉尖若蹙,用取这两个字,岂不两妙!"探春笑道:"只恐又是你的杜撰。"宝玉笑道:"除《四书》外,杜撰的太多,偏只我是杜撰不成?"又问黛玉:"可也有玉没有?"众人不解其语,黛玉便忖度着:"因他有玉,故问我也有无。"因答道:"我没有那个。想来那玉亦是一件罕物,岂能人人有的。"宝玉听了,登时发作起痴狂病来,摘下那玉,就狠命摔去,骂道:"什么罕物,连人之高低不择,还说'通灵'不'通灵'呢!我也不要这劳什子了!"吓的地下众人一拥争去拾玉。贾母急的搂了宝玉道:"孽障!你生气,要打骂人容易,何苦摔那命根子!"宝玉满面泪痕泣道:"家里姐姐妹妹都没有,单我有,我就没趣,如今来了这么一个神仙似的妹妹也没有,可知这不是个好东西!"⑪贾母忙哄他道:"你这妹妹原有这个来的,因你姑妈去世时,舍不得你妹妹,无法可处,遂将他的玉带了去了。一则全殉葬之礼,尽你妹妹之孝心,二则你姑妈之灵,亦可权作见了女儿之意。因此他只说没有这个,不便自己夸张之意。你如今怎比得他?还不好生慎重带上,仔细你娘知道了。"说着,便向丫鬟手中接来,亲与他带上。宝玉听如此说,想一想竟大有情理,也就不生别论了。

之家处处受到束缚、限制,因此通过种种方式宣泄产生的苦闷和烦恼,这在封建道学家看来自然是"寻愁觅恨""似傻如狂"了。通过这两首词,作者用反语把贾宝玉作为一个封建叛逆者的思想、性格概括地揭示了出来。

⑨宝黛两人初会时就产生了一种互相熟识的心灵感应。一方面,两人前世本是三生石畔旧相识,神瑛侍者和绛珠仙草的前世缘,给两人的关系蒙上一层浪漫主义色彩;另一方面,通过这初会时的心灵感应,表现两人感情上的默契,为后来两人爱情的发展张本。在初会时,宝黛虽然感情相通,想法相似,但表现不一样:黛玉见宝玉是一"惊",而宝玉见黛玉是一"笑",一存于中,一发于外。这不同的表现来源于他们不同的地位所产生的不同心理。黛玉是听惯了别人对宝玉的评论——惫懒、憨懂、顽劣等,可是今日一见并非如此,自然"便吃一大惊";再说黛玉初到贾府,处处都要留心,所以虽然一"惊",但只是"心下想",不敢轻易说出口来。而宝玉则不同,在贾府中他是娇纵惯了的,所以直言不讳,即使贾母说他"又是胡说",他也毫不在乎,仍然说下去。

⑩前文贾母因问黛玉念何书,黛玉说:"只刚念了《四书》。"黛玉又问姊妹们读何书。贾母说:"读的是什么书!不过是认得两个字,不是睁眼的瞎子罢了。"故这里宝玉问时黛玉改口,说自己"不曾读书""些须认得几个字",其事事留心,可见一斑。

⑪黛玉再如何小心谨慎,也没想到宝玉会因为她说没有玉而摔玉,(这谁又想得到呢?)可见其"乖张"二字,名不虚传。这里对贾宝玉的语言描写和摔玉行为的描写,让我们对这个奇特的美男子有了第一次接触。他的确与众不同,他性格叛逆,看重女子,有当时难得的男女平等的意识。更可贵的是,他侃侃的谈吐,敢于挑战除孔子外的诸多圣贤。这样的出场,既符合作者的目的,又切合贾宝玉的身份,也让读者有了一定的审美满足感和更多的期待。

宝玉挨打

（第三十三回）原来宝玉会过雨村回来听见了，便知金钏儿含羞赌气自尽，心中早又五内摧伤，进来被王夫人数落教训，也无可回说。见宝钗进来，方得便出来，茫然不知何往，背着手，低头一面感叹，一面慢慢的走着，信步来至厅上。① 刚转过屏门，不想对面来了一人正往里走，可巧儿撞了个满怀。只听那人喝了一声"站住！"宝玉唬了一跳，抬头一看，不是别人，却是他父亲，不觉的倒抽了一口气，只得垂手一旁站了。贾政道："好端端的，你垂头丧气嗐些什么？方才雨村来了要见你，叫你那半天你才出来；既出来了，全无一点慷慨挥洒谈吐，仍是葳葳蕤蕤。我看你脸上一团思欲愁闷气色，这会子又咳声叹气。你那些还不足，还不自在？无故这样，却是为何？"宝玉素日虽是口角伶俐，只是此时一心总为金钏儿感伤，恨不得此时也身亡命殒，跟了金钏儿去。如今见了他父亲说这些话，究竟不曾听见，只是怔呵呵的站着。②

贾政见他惶悚，应对不似往日，原本无气的，这一来倒生了三分气。方欲说话，忽有回事人来回："忠顺亲王府里有人来，要见老爷。"贾政听了，心下疑惑，暗暗思忖道："素日并不和忠顺府来往，为什么今日打发人来？"一面想，一面令"快请"，急走出来看时，却是忠顺府长史官，忙接进厅上坐了献茶。

未及叙谈，那长史官先就说道："下官此来，并非擅造潭府，皆因奉王命而来，有一件事相求。看王爷面上，敢烦老大人作主，不但王爷知情，且连下官辈亦感谢不尽。"贾政听了这话，抓不住头脑，忙陪笑起身问道："大人既奉王命而来，不知有何见谕，望大人宣明，学生好遵谕承办。"③那长史官便冷笑道："也不必承办，只用大人一句话就完了。我们府里有一个做小旦的琪官，一向好好在府里，如今竟三五日不见回去，各处去找，又摸不着他的道路，因此各处访察。这一城内，十停人倒有八停人都说，他近日和衔玉的那位令郎相与甚厚。下官辈等听了，尊府不比别家，可以擅入索取，因此启明王爷。王爷亦云：'若是别的戏子

①金钏跳井自杀，源头当然是宝玉当着王夫人的面与她调情，但从第二十三回宝玉被传训话时金钏对他说"我这嘴上是才擦的香浸胭脂，你这会子可吃不吃了？"等描写看，宝玉之前肯定也是吃过金钏嘴上胭脂的。对丫鬟们拉拉扯扯、动手动脚是宝玉的一贯行为，却因此导致金钏被赶出贾府而跳井自杀，这对宝玉来说是不能接受的。

②贾政虽然生于富贵之家，但确实是一个以读书为乐的好学之人。他"自幼酷喜读书""原欲以科甲出身的"，不料皇上因恤先臣，"遂额外赐了这政老爹一个主事之衔"，他也因此失去了以科举来证明自己能力的机会。所以，他只能把希望寄托在自己的儿子身上，希望宝玉来替他完成这个夙愿——通过读书来达成仕途经济。他敬重贾雨村，因为贾雨村就是这样的"学霸型人才"。所以他不愿意宝玉在贾雨村这样的人面前丢脸，这是他生气的第一个原因。

③忠顺王府长史官一番质问夹枪带棒，毫不留情；贾政应答小心翼翼，诚惶诚恐。原因何在？长史官是忠顺王的代表，王爷地位当然高于侯爷，更何况一个是当代王爷，正宗皇亲；一个是祖上侯爷，不过是曾经替主子冲锋陷阵的打手，而今一代不如一代。也许有人会说贾家还顶着"国丈"这顶大帽子，但这也要看情况，古代皇宫中后妃地位往往跟其娘家有很大关系，如果娘家势力大，其他妃子（甚至包括皇帝）纵然不喜，可能往往也会抱着息事宁人的态度；如果娘家势力小，除非有皇上的特别恩宠，或者能够进入后宫势力集团，否则往往会成为宫斗的牺牲品。《红楼梦》中的元妃就属于后者。这跟王熙凤（娘家有权）、夏金桂（娘家有钱）等在贾家、薛家可以颐指气使，尤二姐（娘家无权无钱）在贾家只能受气身亡是一个道理。

呢，一百个也罢了；只是这琪官随机应答，谨慎老诚，甚合我老人家的心，竟断断少不得此人。'故此求老大人转谕令郎，请将琪官放回，一则可慰王爷谆谆奉恳，二则下官辈也可免操劳求觅之苦。"说毕，忙打一躬。④

贾政听了这话，又惊又气，即命唤宝玉来。宝玉也不知是何原故，忙赶来时，贾政便问："该死的奴才！你在家不读书也罢了，怎么又做出这些无法无天的事来！那琪官现是忠顺王爷驾前承奉的人，你是何等草芥，无故引逗他出来，如今祸及于我。"宝玉听了唬了一跳，忙回道："实在不知此事。究竟连'琪官'两个字不知为何物，岂更又加'引逗'二字！"说着便哭了⑤。

....

贾政此时气的目瞪口歪，一面送那长史官，一面回头命宝玉"不许动！回来有话问你！"一直送那官员去了。⑥才回身，忽见贾环带着几个小厮一阵乱跑。贾政喝令小厮"快打，快打！"贾环见了他父亲，唬的骨软筋酥，忙低头站住。贾政便问："你跑什么？带着你的那些人都不管你，不知往那里逛去，由你野马一般！"喝令叫跟上学的人来。贾环见他父亲盛怒，便乘机说道："方才原不曾跑，只因从那井边一过，那井里淹死了一个丫头，我看见人头这样大，身子这样粗，泡的实在可怕，所以才赶着跑了过来。"贾政听了惊疑，问道："好端端的，谁去跳井？我家从无这样事情，自祖宗以来，皆是宽柔以待下人。——大约我近年于家务疏懒，自然执事人操克夺之权，致使生出这暴殄轻生的祸患。若外人知道，祖宗颜面何在！"喝令快叫贾琏、赖大来。

小厮们答应了一声，方欲叫去，贾环忙上前拉住贾政的袍襟，贴膝跪下道："父亲不用生气。此事除太太房里的人，别人一点也不知道。我听见我母亲说……"说到这里，便回头四顾一看。贾政知意，将眼一看众小厮，小厮们明白，都往两边后面退去。贾环便悄悄说道："我母亲告诉我说，宝玉哥哥前日在太太屋里，拉着太太的丫头金钏儿强奸不遂，打了一顿。那金钏儿便赌气投井死了。"话未说完，把个贾政气的面如金纸，大喝："快拿宝玉来！"⑦一面说，一面便往里边书

④忠顺王府长史官气势汹汹、有恃无恐的另一个原因，是得到了宝玉与琪官私通交往的证据——北静王赐给琪官的红汗巾子系在了宝玉腰间——宝玉与琪官交换汗巾子这样私密的事都被传了出来。琪官虽是名驰天下的优伶，但在那个年代，他们不过是大家族的私有财产，是专门供达官贵人娱乐消遣之用的下九流的奴隶（本质上是没有人身自由的）。一句话，琪官就是忠顺王家的"私人财产"。从原文中我们知道，琪官私下交往的达官贵人很多，那条大红汗巾子便是北静王所赐。忠顺王不敢轻易招惹北静王，所以只好逮到敌对阵营的一个软柿子（贾府）就捏。

⑤宝玉为什么哭？是觉得自己被冤枉了吗？当然不是。这里的哭，一是羞愧，因为两人的汗巾子都是用来系内裤的，所以两个男子的交换，的确让人浮想联翩，觉得双方关系不清不楚（这个可以参考一下小红手帕被贾芸拾去，双方因此产生情愫；或者宝玉给黛玉送旧手帕之类的例子。手帕尚且如此，何况汗巾子呢）。二是委屈，宝玉与琪官虽然惺惺相惜，一见如故，但二人只在冯紫英府上见过一面。琪官好友遍天下，忠顺王府却偏偏追着只见过一次面的宝玉不放，宝玉当然觉得冤了。但这些理由又怎么辩得出口呢？所以只好推说不知、不认识了。

⑥忠顺王府派人来查问琪官的下落，这暴露了贾宝玉在外结交伶人的行为，这在贾政看来是不可饶恕的"流荡"行为——他希望宝玉跟那些积极上进、谋求仕途经济的读书人多交流，例如他主动叫宝玉去与贾雨村会面，不想宝玉却走上了另一个极端，这叫他如何不愤怒呢？"有话问你"当然是想细究此事。

⑦贾环是一个有主子名号的"小人"。卑微的出身与从上到下都不得待见的现实处境，使得他在贾府中的生活

房里去，喝令："今日再有人劝我，我把这冠带家私一应交与他与宝玉过去！我免不得做个罪人，把这几根烦恼鬓毛剃去，寻个干净去处自了，也免得上辱先人下生逆子之罪。"众门客仆从见贾政这个形景，便知又是为宝玉了，一个个都是咂指咬舌，连忙退出。那贾政喘吁吁直挺挺坐在椅子上，满面泪痕，一叠声"拿宝玉！拿大棍！拿索子捆上！把各门都关上！有人传信往里头去，立刻打死！"众小厮们只得齐声答应，有几个来找宝玉。⑧

那宝玉听见贾政吩咐他"不许动"，早知多凶少吉，那里承望贾环又添了许多的话。正在厅上干转，怎得个人来往里头去捎信，偏生没个人，连茗烟也不知在那里。正盼望时，只见一个老姆姆出来。宝玉如得了珍宝，便赶上来拉他，说道："快进去告诉：老爷要打我呢！快去，快去！要紧，要紧！"⑨宝玉一则急了，说话不明白；二则老婆子偏生又聋，竟不曾听见是什么话，把"要紧"二字只听作"跳井"二字，便笑道："跳井让他跳去，二爷怕什么？"宝玉见是个聋子，便着急道："你出去叫我的小厮来罢。"那婆子道："有什么不了的事？老早的完了。太太又赏了衣服，又赏了银子，怎么不了事的！"⑩

宝玉急的跺脚，正没抓寻处，只见贾政的小厮走来，逼着他出去了。贾政一见，眼都红紫了，也不暇问他在外流荡优伶，表赠私物，在家荒疏学业，淫辱母婢等语，只喝令："堵起嘴来，着实打死！"小厮们不敢违拗，只得将宝玉按在凳上，举起大板打了十来下。贾政犹嫌打轻了，一脚踢开掌板的，自己夺过来，咬着牙狠命盖了三四十下。众门客见打的不祥了，忙上前夺劝。贾政那里肯听，说道："你们问问他干的勾当可饶不可饶！素日皆是你们这些人把他酿坏了，到这步田地还来解劝。明日酿到他弑君杀父，你们才不劝不成！"⑪

更像是在夹缝中求生存。他形容猥琐又心底阴暗，再加上其母赵姨娘本身就怨天尤人、自私龌龊，整天盘算着勾结奸人、谋害他人，因此在这样的环境影响下，他对其他人都持着怀疑与憎恨之心，一有机会便会做进谗言、引祸水乃至亲手害人之事。这里他乘机进谗言，把金钏投井的事加以夸大歪曲，说成是贾宝玉"强奸不遂"，在贾宝玉的"不肖种种"之上又加上一条"大逆不道"，这就把贾政气得"面如金纸"……至此，曹雪芹通过情节的层层推展，把贾政和贾宝玉之间所存在的种种矛盾，一起集中、交织起来。于是，一场早就潜伏着的冲突便像火山一样爆发了。贾政那一声大叫——"快拿宝玉来！"真是声闻纸上，又凶又恶。

⑧政老爷未打宝玉，自己先"满面泪痕"，内心之伤、之痛、之失望可见一斑。"今日再有人劝我"等一番言语，自是说给"众门客仆从"，阻其劝阻之意的。

⑨眼见凶多吉少，宝玉却始终没有求饶，也许他脑子里根本没有"求饶"这个概念，这也从一个侧面说明，在内心深处他始终不认为自己的行为有什么不当之处。但他也没有做出正面的反抗，贾政吩咐他"不许动"，他便奉若圣旨般画地为牢，只"在厅上干转"，连趁隙溜到后院找靠山（贾母）的机灵劲儿也一并丧失了。这与其说是软弱，不如说是环境限制下的愚蠢。这样一来，《红楼梦》就深入地写出了贾宝玉这个人物的复杂性：一方面，他是一个封建贵族家庭的"逆子"；另一方面，又因为他毕竟是在"温柔富贵之乡"长大的，所以终究免不了出身阶级和时代历史的限制。正像他居住的怡红院回廊上"各色笼子内的仙禽异鸟"一样，太多的束缚固然不断地激发着他自由生活的意志，但狭窄而温饱的生活也软化着奋飞的毛羽，使他还不能毅然冲破荣国府这个封建牢笼。

⑩紧要关头插入对聋婆子的可笑描写，从而使行文张弛有度、波澜起伏。

⑪贾政完全不给宝玉分辩的机会，直接叫人堵嘴打死。这是因为贾政看到了问题的实质。正如上文所说，宝玉与琪官交往犯了政治

王夫人连忙抱住哭道:"老爷虽然应当管教儿子,也要看夫妻分上。我如今已将五十岁的人,只有这个孽障,必定苦苦的以他为法,我也不敢深劝。今日越发要他死,岂不是有意绝我。既要勒死他,快拿绳子来先勒死我,再勒死他。我们娘儿们不敢含怨,到底在阴司里得个依靠。"说毕,爬在宝玉身上大哭起来。贾政听了此话,不觉长叹一声,向椅上坐了,泪如雨下。王夫人抱着宝玉,只见他面白气弱,底下穿着一条绿纱小衣皆是血渍。禁不住解下汗巾看,由臀至胫,或青或紫,或整或破,竟无一点好处,不觉失声大哭起来,"苦命的儿吓!"因哭出"苦命儿"来,忽又想起贾珠来,便叫着贾珠哭道:"若有你活着,便死一百个我也不管了。"此时里面的人闻得王夫人出来,那李宫裁、王熙凤与迎春姊妹早已出来了。王夫人哭着贾珠的名字,别人还可,惟有宫裁禁不住也放声哭了。贾政听了,那泪珠更似滚瓜一般滚了下来。⑫

相互试探

(第二十八回)袭人又道:"昨儿贵妃差了夏太监出来,送了一百二十两银子,叫在清虚观初一到初三打三天平安醮,唱戏献供,叫珍大爷领着众位爷们等跪香拜佛呢。还有端午儿的节礼也赏了。"说着命小丫头来,将昨日的所赐之物取了出来,只见上等宫扇两柄,红麝香珠二串,凤尾罗二端,芙蓉簟一领。宝玉见了,喜不自胜,问道:"别人的也都是这个么?"袭人道:"老太太的多着一个香如意,一个玛瑙枕。老爷、太太、姨太太的只多着一柄如意。你的同宝姑娘的一样。林姑娘同二姑娘、三姑娘、四姑娘只单有扇子同数珠儿,别人都没了。大奶奶、二奶奶他两个是每人两匹纱、两匹罗,两个香袋儿、两个锭子药。"宝玉听了,笑道:"这是怎么个原故?

大忌,这可能将贾家推入万劫不复之深渊。贾府与北静王府关系密切,与忠顺王府素无交往,不属于同一政治集团(北静王府与忠顺王府政治对立)。政治集团斗争的关键,往往是剪除对方的附庸势力。宝玉与琪官的交往,无疑是授人以口实,所以贾政上纲上线,怒斥宝玉会"酿到他弑君杀父"的地步,这并非无稽之谈,而是字字都有深意。

⑫贾珠是贾政与王夫人的嫡长子,十四岁进学,娶国子监祭酒李守中之女李纨为妻,与其生下贾兰后病逝。贾珠聪明不下于宝玉,且勤学上进,本来是寄托贾政理想的首选人物,可惜早亡。所以当王夫人在哭诉中一提起贾珠,连正在盛怒中的贾政也突然变得柔情了起来,恨不能令其起死回生,这与对宝玉恨不得活活打死的态度形成鲜明对比。从中我们也可以看到:贾政和贾宝玉之间之所以发生剧烈的冲突,正是由于封建主义和反封建主义这两种思想不可调和。这种不可调和的冲突,曹雪芹一笔一笔地写来,既显得那样的丝丝入扣,又显得那样的含蓄丰蕴。

①贵妃即元春,她是宝玉的长姐,在一定程度上,她的意见是具有相当分量的。在宝玉看来,他跟黛玉是姑表亲,跟宝钗是姨表亲,况且二人自幼吃住在一起,感情更加亲近,未来的婚姻大事自然不用说必然是黛玉。贾母喜欢幼女贾敏,贾敏死后,她把这份爱转移到黛玉身上,大概也是希望宝玉和黛玉将来能在一起,这种态度在一定程度上成了贾府的共识,所以后文兴儿才会说宝玉"将来准是林姑娘定了的";而王夫人也只能私下警告黛玉不要接近宝玉。但以王夫人为首的另一种意见希望宝玉和宝钗能成婚姻大事,因为王夫人与薛姨妈是亲姐妹,元春的赏赐说明她是站在王夫人这边的,这是任何人都不得不好好掂量一番的态度。宝玉怀疑是传错了,袭人说"一份一份的写着签子",可见元春是有意为之。

②第二十九回写贾母一行人去清虚观打醮,张道士想要给宝玉提亲,被贾母以"上回有和尚

怎么林姑娘的倒不同我的一样,倒是宝姐姐的同我一样! 别是传错了罢?"袭人道:"昨儿拿出来,都是一份一份的写着签子,怎么就错了! 你的是在老太太屋里来着,我去拿了来了。老太太说,明儿叫你一个五更天进去谢恩呢。"宝玉道:"自然要走一趟。"说着便叫紫绡:"来,拿了这个到林姑娘那里去,就说是昨儿我得的,爱什么留下什么。"紫绡答应了,便拿了去,不一时回来说:"林姑娘说了,昨儿也得了,二爷留着罢。"①

(第二十九回)且说宝玉因见林黛玉又病了,心里放不下,饭也懒去吃,不时来问。林黛玉又怕他有个好歹,因说道:"你只管看你的戏去,在家里作什么?"宝玉因昨日张道士提亲,心中大不受用②,今听见林黛玉如此说,心里因想道:"别人不知道我的心还可恕,连他也奚落起我来。"因此心中更比往日的烦恼加了百倍。若是别人跟前,断不能动这肝火,只是林黛玉说了这话,倒比往日别人说这话不同,由不得立刻沉下脸来,说道:"我白认得了你。罢了,罢了!"林黛玉听说,便冷笑了两声:"我也知道白认得了我,那里像人家有什么配的上呢。"③宝玉听了,便向前来直问到脸上:"你这么说,是安心咒我天诛地灭?"林黛玉一时解不过这个话来。宝玉又道:"昨儿还为这个赌了几回咒,今儿你到底又准我一句。我便天诛地灭,你又有什么益处?"林黛玉一闻此言,方想起上日的话④来。今日原是自己说错了,又是着急,又是羞愧,便颤颤兢兢的说道:"我要安心咒你,我也天诛地灭。何苦来! 我知道,昨日张道士说亲,你怕阻了你的好姻缘,你心里生气,来拿我煞性子。"⑤

原来那宝玉自幼生成有一种下流痴病,况从幼时和黛玉耳鬓厮磨,心情相对;及如今稍明时事,又看了那些邪书僻传,凡远亲近友之家所见的那些闺英闱秀,皆未有稍及林黛玉者,所以早存了一段心事,只不好说出来,故每每或喜或怒,变尽法子暗中试探。那林黛玉偏生也是个有些痴病的,也每用假情试探。因你也将真心真意瞒了起来,只用假意,我也将真心真意瞒了起来,只用假意,如此两假相逢,终有一真。其间琐琐碎碎,难保不有口角之争。即如此刻,宝玉

说了,这孩子命里不该早娶"推托了过去,宝玉心中自然是不舒服的。

③宝玉恼的是黛玉不理解自己的苦心,以黛玉之冰雪聪明,当然猜得出来。既然猜得出来,按常规思维,顺着宝玉之心思,说他喜欢听的话,自然就是皆大欢喜的结果,但她偏不顺着说,偏要揪着"人家有什么配的上"来说,可见,她对宝钗金项圈与宝玉通灵玉所錾之文是一对之事一直是耿耿于怀的。我知道你喜欢听什么,但我偏不说,偏要说你不喜欢听的,偏要挑点事来——这才是小女儿心态。

两人误会的根子还是在"金玉良缘"与"木石前盟"的矛盾上,宝黛的口角之争,都是在试探彼此的心,试探的过程,也就是宝黛爱情的心路历程。

④指元春赐完东西后,宝玉叫黛玉拣自己的受赐之物,黛玉说自己"没这么大福禁受,比不得宝姑娘,什么金什么玉的,我们不过是草木之人!"宝玉便发誓说:"我心里要有这个想头,天诛地灭,万世不得人身!"

⑤黛玉为什么这样说? 她是不知道宝玉心中所思吗? 当然不是,前面我们说了,越是自己喜欢的人,越要在他面前耍小性子,越要惹他生气,这也是一种小女儿心态。

⑥这一段是作者对二人心态的解释。黛玉老找宝玉的茬,从表面看当然是使小性子,但其深层次的原因又不止于此。黛玉性格的动人之处,在于她对爱情的执着追求,也就如第二十九回回目中所说,她是一个"痴情女"。她对爱情痴情而执着,爱情就是她生命的全部,所以她为爱情的付出那样感天动地,成为千古绝唱。

黛玉对"金玉"的话题是相当敏感的,然而"金玉"二字常常出于她的口中。她为什么有这样的表现? 一是深感"金玉"的威胁,她是草木之人,孤苦伶仃,没有父

的心内想的是:"别人不知我的心,还有可恕,难道你就不想我的心里眼里只有你!你不能为我烦恼,反来以这话奚落堵我。可见我心里一时一刻白有你,你竟心里没我。"心里这意思,只是口里说不出来。那林黛玉心里想着:"你心里自然有我,虽有'金玉相对'之说,你岂是重这邪说不重我的?我便时常提这'金玉',你只管了然自若无闻的,方见得是待我重,而毫无此心了。如何我只一提'金玉'的事,你就着急,可知你心里时时有'金玉',见我一提,你又怕我多心,故意着急,安心哄我。"⑥

....

那宝玉又听见他说"好姻缘"三个字,越发逆了己意,心里干噎,口里说不出话来,便赌气向颈上抓下通灵宝玉,咬牙恨命往地下一摔,道:"什么捞什骨子,我砸了你完事!"偏生那玉坚硬非常,摔了一下,竟文风没动。宝玉见没摔碎,便回身找东西来砸。林黛玉见他如此,早已哭起来,说道:"何苦来,你摔砸那哑吧物件。有砸他的,不如来砸我。"二人闹着,紫鹃雪雁等忙来解劝。后来见宝玉下死力砸玉,忙上来夺,又夺不下来,见比往日闹的大了,少不得去叫袭人。袭人忙赶了来,才夺了下来。宝玉冷笑道:"我砸我的东西,与你们什么相干!"⑦

....

那贾母见他两个都生了气,只说趁今儿那边看戏,他两个见了也就完了,不想又都不去。老人家急的抱怨说:"我这老冤家是那世里的孽障,偏生遇见了这么两个不省事的小冤家,没有一天不叫我操心。真是俗语说的,'不是冤家不聚头'。几时我闭了这眼,断了这口气,凭着这两个冤家闹上天去,我眼不见心不烦,也就罢了。偏又不咽这口气。"自己抱怨着也哭了。

这话传入宝林二人耳内。原来他二人竟是从未听见过"不是冤家不聚头"的这句俗语,如今忽然得了这句话,好似参禅的一般,都低头细嚼此话的滋味,都不觉潸然泣下。虽不曾会面,然一个在潇湘馆临风洒泪,一个在怡红院对月长吁,却不是人居两地,情发一心!⑧

母做主;二是对宝玉进行试探,宝玉越是辩解,她越是疑心宝玉存有"金玉"之念,越要进行试探。黛玉把全部爱情都倾注在宝玉身上,她也要求宝玉全部的爱情。她说:"我为的是我的心。"宝玉也说:"难道你就知你的心,不知我的心不成?"二人在不断地吵架、流泪、试探中,加深了感情与了解,从而达到心灵的默契。

⑦这是贾宝玉第二次摔玉,两次摔玉都和林黛玉有关。从初见黛玉时因"我有你无"而摔玉,到此时因提亲和"金玉"之说而砸玉,这两个标志性动作显示了贾宝玉的成长。通灵宝玉从作为荣华富贵的符号,到成为家族联姻的象征,系着家族的命运期待。但贾宝玉的性格如其情根顽石本体一般,肉体享受着"玉"的荣华富贵,精神追求着"石"的自由纯情。"砸玉"作为爱情冲突的最高潮,并不指向情感对象,而是指向造成爱情婚姻障碍的"金玉"之说。它实际上宣示着"石"对"玉"的否定,宣示着"木石"对"金玉"的反抗、自主爱情对家族联姻的反抗。虽然惊心动魄,倒也痛快淋漓。

⑧贾母的哭,既表现出她对宝黛的感情之深,又表现出她对宝黛的担忧和关心。"不是冤家不聚头",几乎是对宝黛爱情的认可,这是一次关于宝黛爱情的"声明"啊。但在这段话中,还隐喻着这样的结果:贾母活着,宝黛爱情还能得到保护;贾母死了,宝黛爱情必然走向悲剧。不幸的是,这恰恰就是宝黛爱情的最后结局。但在第二十九回,经历了这一次争吵,宝黛二人的心靠得更近了,从此他们再也没有为"金玉"之说吵过架。宝黛的爱情之旅,经历了痛并快乐的历程,从第二十九回开始,二人爱情的发展进入了一个新阶段。

诉说衷情

（第三十二回）原来林黛玉知道史湘云在这里，宝玉一定又赶来说麒麟的原故①。因此心下忖度着，近日宝玉弄来的外传野史，多半才子佳人都因小巧玩物上撮合，或有鸳鸯，或有凤凰，或玉环金珮，或鲛帕鸾绦，皆由小物而遂终身②。今忽见宝玉亦有麒麟，便恐借此生隙，同史湘云也做出那些风流佳事来。因而悄悄走来，见机行事，以察二人之意。不想刚走来，正听见史湘云说经济一事，宝玉又说："林妹妹不说这样混帐话，若说这话，我也和他生分了。"林黛玉听了这话，不觉又喜又惊，又悲又叹。

　　…………

　　这里宝玉忙忙的穿了衣裳出来，忽见林黛玉在前面慢慢的走着，似有拭泪之状，便忙赶上来，笑道："妹妹往那里去？怎么又哭了？又是谁得罪了你？"林黛玉回头见是宝玉，便勉强笑道："好好的，我何曾哭了。"宝玉笑道："你瞧瞧，眼睛上的泪珠儿未干，还撒谎呢。"一面说，一面禁不住抬起手来替他拭泪。林黛玉忙向后退了几步，说道："你又要死了！作什么这么动手动脚的！"宝玉笑道："说话忘了情，不觉的动了手，也就顾不的死活。"林黛玉道："你死了倒不值什么，只是丢下了什么金，又是什么麒麟，可怎么样呢？③"一句话又把宝玉说急了，赶上来问道："你还说这话，到底是咒我还是气我呢？"林黛玉见问，方想起前日的事来④，遂自悔自己又说造次了，忙笑道："你别着急，我原说错了。这有什么的，筋都暴起来，急的一脸汗。"一面说，一面禁不住近前伸手替他拭面上的汗。⑤

　　宝玉瞅了半天，方说道"你放心"三个字。林黛玉听了，怔了半天，方说道："我有什么不放心的？我不明白这话。你倒说说怎

①贾府众人去清虚观打醮时，众道士送了许多传道的法器，如金璜、玉玦、如意之类，其中有个赤金点翠的麒麟。宝钗说湘云也有一个小一点的麒麟，宝玉听见史湘云有这件东西，便将麒麟揣在怀里，却假意说替黛玉留着，黛玉心知宝玉是听说湘云有才拿的。

②例如《牡丹亭》中，柳梦梅去临安考试途经南安，病宿梅花庵时，就是在花园中拾到杜丽娘的春容匣子，然后烧香拜祝才得以与丽娘鬼魂相会的。这类情节也是中国古典小说常见的套路，所以黛玉认为是"皆由小物而遂终身"。而《红楼梦》中小红与贾芸因手帕结缘，宝玉送黛玉两条旧手帕，都含了这层意思。

③"金"是宝钗的金项圈，上面所刻的"不离不弃，芳龄永继"与通灵宝玉上的"莫失莫忘，仙寿恒昌"对仗工整，由此而生的"金玉良缘"之说是黛玉一生中最大的心病。"麒麟"指史湘云的金麒麟，宝玉因听见湘云有麒麟，所以在清虚观时单单拣了个麒麟揣在怀中，这让黛玉一度怀疑宝玉存了小心思。这时亲眼看见宝玉得罪湘云，解了心中之惑，但也不能单提金项圈之事，否则言语显得目的性太强，过于直白。

④即上文所说黛玉提及"什么金什么玉"时，宝玉当即发誓"天诛地灭"一事。

⑤宝玉要替黛玉拭泪，黛玉说他"要死了""动手动脚"；黛玉自己却可以伸手替宝玉拭汗。要注意，这不是双标，而是符合正常的处于恋爱萌芽状态时的行为。因为此时郎情妾意尚未表达，一般说来，男子一方属于强势一方，表现得太主动则会让对方产生畏惧感，所以只能由女子一方主动试探。

⑥宝玉一句"你放心"，胜过千言万语。现代人说的"我爱你"，其实是单一的表达，

么放心不放心?"宝玉叹了一口气,问道:"你果不明白这话? 难道我素日在你身上的心都用错了? 连你的意思若体贴不着,就难怪你天天为我生气了。"林黛玉道:"果然我不明白放心不放心的话。"宝玉点头叹道:"好妹妹,你别哄我。 果然不明白这话,不但我素日之意白用了,且连你素日待我之意也都辜负了。 你皆因总是不放心的原故,才弄了一身病。 但凡宽慰些,这病也不得一日重似一日。"

林黛玉听了这话,如轰雷掣电,细细思之,竟比自己肺腑中掏出来的还觉恳切,竟有万句言语,满心要说,只是半个字也不能吐,却怔怔的望着他。 此时宝玉心中也有万句言语,不知从那一句上说起,却也怔怔的望着黛玉⑥。 两个人怔了半天,林黛玉只"咳"了一声,两眼不觉滚下泪来,回身便要走。 宝玉忙上前拉住,说道:"好妹妹,且略站住,我说一句话再走。"林黛玉一面拭泪,一面将手推开,说道:"有什么可说的。 你的话我早知道了!"口里说着,却头也不回竟去了。⑥

宝玉站着,只管发起呆来。 原来方才出来慌忙,不曾带得扇子,袭人怕他热,忙拿了扇子赶来送与他,忽抬头见了林黛玉和他站着。一时黛玉走了,他还站着不动,因而赶上来说道:"你也不带了扇子去,亏我看见,赶了送来。"宝玉出了神,见袭人和他说话,并未看出是何人来,便一把拉住,说道:"好妹妹,我的这心事,从来也不敢说,今儿我大胆说出来,死也甘心! 我为你也弄了一身的病在这里,又不敢告诉人,只好掩着。 只等你的病好了,只怕我的病才得好呢。 睡里梦里也忘不了你!⑦"袭人听了这话,吓得魄消魂散,只叫"神天菩萨,坑死我了!"便推他道:"这是那里的话! 敢是中了邪? 还不快去?"宝玉一时醒过来,方知是袭人送扇子来,羞的满面紫涨,夺了扇子,便忙忙的抽身跑了。⑧

是从一方发出的,而对方未必就会回应,难道你爱别人就得别人也爱你吗? 但"你放心"内涵就丰富深刻得多了,是海枯石烂不变心的表白,是"山无棱,天地合,乃敢与君绝"的誓言。 放心者,自是让黛玉不必在意"金玉良缘"之说,不必在意私藏麒麟之举,不必在意那么多的佳人环绕,因为一颗心只为她而跳动。 自此浮云消散,明月照人,宝黛的爱情进入了成熟期,再也没有彼此猜忌的烦恼,而只有婚姻不定的忧虑。

当然,尽管双方的感情已经达到了这样的程度,但真要表达的时候,却仍然不能痛快淋漓、直截了当地说出来,因为毕竟他们不可能完全摆脱所处时代的种种精神枷锁。 然而这正使得这一段描写堪称经典之笔。

⑦这是属于很直接的表白了,可惜黛玉没能听见,但正如前文所说,宝玉这些心里话,黛玉从"你放心"这三个字中早就知道了。 宝玉表白时只顾着自说自话,竟连对象都没看清楚,这也从一个侧面表现出宝玉性情中的"呆"来。 宝黛之爱是一种心灵结合的、高洁的爱,也是中国文学史上描写最生动、表现最成功、意蕴最丰富、影响最深远的爱情故事。 因为他们的爱情不单单是两情相悦,还是真正意义上的心灵默契、志同道合、互为知己的爱,因此,这种爱才显得格外优美动人。 情到深处,已浑然忘我,情至于斯,已不用再谈情。

⑧袭人为什么会"吓得魄消魂散",宝玉为什么会"羞的满面紫涨"? 因为在封建社会,不经过"父母之命,媒妁之言"而私定终身是不符合礼法制度的,这对于像贾府这样的大家族来说,当然更是不可被接受的行为。 所以袭人才会认为宝黛二人的行为"令人可惊可畏",是"丑祸"。

形象分析

1. 出身非凡

贾宝玉是贾政次子,与长兄贾珠、长姐元春俱为王夫人所生;与庶出的探春、贾环为同父异母的兄妹和兄弟。贾宝玉的前身是赤瑕宫的神瑛侍者,神瑛侍者转世为人,生在京城荣国府贾府中,一落胎胞,嘴里便衔下一块五彩晶莹的玉来,所以就取名叫作贾宝玉。众人皆以为奇异,说他来历不小,他的祖母贾母更是对他爱如珍宝。那年周岁时,他父亲贾政要试他将来的志向,便将世上所有之物摆了无数,与他抓取。谁知他一概不取,伸手只把些脂粉钗环抓来。贾政便大不喜悦,独那史老太君,还是把他当命根一样。

贾宝玉家世显赫,贾家被天下推为望族。京城"八公"中,贾府宁国公、荣国公占二席,且系金陵四大家族之一。太祖皇帝南巡,贾府只预备接驾一次,把银子都花得像淌海水似的。贾宝玉的长姊元春晋封贵妃,元宵省亲前贾府建造大观园,真是烈火烹油、鲜花着锦之盛。贾宝玉从小养尊处优,所以薛宝钗给他取了个绰号叫"富贵闲人"。

2. 才貌双全

贾宝玉初次登场是在文中第三回,通过林黛玉的目见耳闻,作为小说主人公的贾宝玉形象也初露端倪。如果说王熙凤的出场可以用"未见其人,先闻其声"来概括的话,那么,对贾宝玉的刻画可以说是"千呼万唤始出来"。出场前,通过王夫人及黛玉母亲贾敏的叙述,塑造了一个任性无能、一无是处、不可救药,与世俗格格不入的孽根祸胎、混世魔王的形象,以至于等丫头们回禀宝玉去庙里还愿回来时,黛玉心想:"这个宝玉,不知是怎生个惫懒人物、懵懂顽童?倒不见那蠢物也罢了。"可等宝玉真正出场时,黛玉见到的是一个着装整齐、相貌清秀、眉目含情的美少年,也不禁感到非常眼熟。

原文中描述宝玉"看其外貌最是极好,却难知其底细",其中"最是极好"四字就写尽了宝玉给黛玉的最美好的第一印象。恐怕这时就不是不想见这个"蠢物"了,应该是"相见恨晚"了。

在《红楼梦》中,对一个人的出场亮相进行两次大段肖像描写的只有宝玉一人,可见作者对宝玉是情有独钟的。可作者还要引用《西江月》的两首词批判宝玉,这又是为什么呢?两首词有很多地方与王夫人对宝玉的介绍与评价是一致的,譬如"寻愁觅恨""似傻如狂""不通世务""怕读文章""那管世人诽谤""于国于家无望"等。可见作者引用《西江月》,模拟的是封建家长、封建卫道士的口吻,作者与他们的观点正好相反。他们极力贬斥宝玉,作者却是极力褒扬宝玉,采用的是一种似贬实褒、欲赞还讽的艺术手法。

《西江月》中说他"潦倒不通世务,愚顽怕读文章。行为偏僻性乖张,那管世人诽谤!"其实就是说他不肯"留意于孔孟之间,委身于经济之道",不愿走封建家长为他规划好的读书应举、结交官场、遵从礼法、经邦济世的人生道路,鄙视功名利禄,厌闻"仕途经济"的学问。他甚至认为那些和程朱理学之类的儒家著述"都是前人无故生事",是"杜撰"出来的,至于八股时文更是"后人饵名钓禄之阶",是"诓功名混饭吃的"。他把封建统治者奉若神明的儒家道学批评得一文不值。基于此种想法,他"杂学旁搜",宁肯去读《西厢记》《牡丹亭》这类被封建卫道士视为邪书的"小说淫词",也不去读《四书》、讲八股、听"仕途经济"的"混帐话"。他对读书上进、为官做宦的世俗男子有着强烈的憎恶和轻蔑。不仅如此,在《红楼梦》第三十二回中,史湘云劝他"也该常常的会会这些为官做宰的人们,谈谈讲讲些仕途经济的学问,也好将来应酬世务",宝玉听了十分逆耳,忙说:"姑娘请别的姊妹屋里坐坐,我这里仔细污了你知经济学问的。"

但是,贾宝玉又是充满才情的。

在书中,贾宝玉两次施展才情都是在父亲的威压之下。在紧张和恐惧之时,大多数人的智商是容易受到抑制的,有的人甚至会因为恐惧和紧张忘掉所有。可是贾宝玉两次在父亲的威严之下大展其才。贾宝玉是怕贾政的,以至于平时行道都要绕开他父亲的房门。贾宝玉第一次施展才情是在大观园刚建成时,贾政命他给各个景区题匾额对联。这些对联很好,贾政虽然口头说不好,但其实也是默认的。

贾宝玉第二次施展才情是在第七十八回中,一天之内他先是在父亲的命题下作了《姽婳词》,赢得众清客的交口称赞,随后又为晴雯作了《芙蓉女儿诔》。这一回才是贾宝玉才华的全面展示。《姽婳词》既是在他父亲压力下催生的灵感,又是对一个巾帼英雄的致敬,仅仅因为林四娘是一个女子,这首诗就不能不作好,这对贾宝玉来说是必须的。《芙蓉女儿诔》更是倾注了他对女孩子们的一片痴情,这绝不仅仅是对晴雯的祭奠,更是对所有女孩子的祭奠。这篇《芙蓉女儿诔》也让我们看到贾宝玉的才华是全面的。

虽然宝玉在诗社中所作的诗几乎每一次都是最后一名,但是这并不意味着宝玉的诗写得不好。虽然宝玉的诗才不及黛玉、宝钗,但是其诗能被那么多人夸赞,可见宝玉还是很有才华的。大概是因为李纨要顾及众人的面子,而宝玉又比较谦虚,不在乎名次,所以才会每次都是宝玉垫底。

在元春省亲一回中,元春命众姊妹各作一首诗,命宝玉作四首诗,宝玉作了三首,黛玉帮忙作了一首。宝玉写好后,呈给了元春。元春看后,喜之不尽,夸奖宝玉果然进益了。虽然黛玉帮作的那首被元春评为最佳,但其余三首也是得到元春认可的。元春作为宝玉的长姐,又是皇妃,实在无须对宝玉奉承客套,元春说宝玉作得好,应该并非虚言。

3. 追求平等

贾宝玉性格的核心是平等待人、尊重个性,主张各人按照自己的意志自由活动。在他心眼里,人只有真假、善恶、美丑的划分。虽然男尊女卑、三六九等是封建社会几千年的律条,但是贾宝玉憎恶和蔑视男性,独尊女儿,他说:"女儿是水作的骨肉,男人是泥作的骨肉。我见了女儿,我便清爽;见了男人,便觉浊臭逼人。"他对处于受压迫地位的女性更亲近和尊重。与此相连,他憎恶自己出身的家庭,爱慕和亲近那些与他品性相近、气味相投的出身寒门和地位微贱的人物。这实质上就是对于自己出身的贵族阶级的否定。

同时,他极力抗拒封建家长为他安排的传统的生活道路。对于封建礼教,除晨昏定省外,他尽力逃避参加士大夫的交游和应酬;对于封建士子的最高理想——功名利禄、封妻荫子,十分厌恶,全然否定。他只企求过随心所欲、顺其自然,亦即在大观园中斗草簪花、低吟浅唱、自由自在的生活。"我此时若果有造化,该死于此时的,趁你们在,我就死了,再能够你们哭我的眼泪流成大河,把我的尸首漂起来,送到那鸦雀不到的幽僻之处,随风化了,自此再不要托生为人,就是我死的得时了。"

此外,丫鬟的品格和遭遇也影响着他,使他领悟"人生情缘,各有分定"。他对女孩子们一般是温柔和顺的,但在初期有时也暴露出一些暴戾作风,如撵茜雪、踢袭人、训晴雯等;有时候也没有一点男子汉该有的担当,如金钏是因他调戏而被王夫人打骂的,但他一跑了之,而晴雯被赶出时他也不敢据理力争,以致最终二人死去。但总体来说,他对被压迫、被糟践的女孩子是有着天然的同情、体贴之心的,他对她们深切周到、无微不至。在第二十回中,宝玉亲自替屋内的丫鬟麝月篦头,倒像是麝月的一个兄弟,全然没有主子的做派。在第六十二回中,香菱与小丫头斗草,被误撞进了水洼里,弄湿了宝钗新送的石榴裙,刚好被路过的宝玉看到,他赶忙让袭人拿了新裙子来,让香菱换上,免得宝钗发生误会。而且他在对女性的社会地位和命运认识加深的基础上,进而对她们不同的思想性格的实质有了理解,从而在态度上有了分明的取舍,如对于林黛玉、薛宝钗和史湘云,对于晴雯、袭人和麝月,心里有了亲疏的区分。以这种思想认识为基础,才有"诉肺腑"的情节,他对林黛玉的爱情从此成熟巩固,生死不渝。

4. 向往自由

贾宝玉对个性自由的追求集中表现在爱情、婚姻方面。封建的婚姻要听从父母之命,取决于家庭的利益。可是贾宝玉一心追求真挚的思想情谊,毫不顾忌家族的利益。他爱林黛玉,因为林黛玉的身世处境和内心品格集中地蕴含了生活环境里所有女孩子一切使他感动、使他亲爱的客观与主观的特征。他和林黛玉的相爱,是以含有深刻社会内容的思想感情为基础的。反之,这种爱情与封建主义的矛盾,又成为他步步克服自身的缺点和弱点,日益发展他进步的思想性格的主要的支持力量和推动力量。这个以叛逆思想为内核的爱情,遭到封建势力日益严酷的压迫。按曹雪芹原来的安排,林黛玉将泪尽而逝,贾宝玉将在她去世之后与薛宝钗结婚,而薛宝钗的性格和婚后的生活使他彻底绝望,他终于弃家出走,回到渺茫的虚无之中。

作品着力描写了他性格发展成长的历史。他生活在罪恶、腐败的贵族环境里,不可避免地沾染着一些贵族公子的恶劣习气和腐朽观念,这些坏的东西和他性格中好的倾向并存着。但由于生活中他所见所闻的重大事件给予的刺激和教育,由于他在卷入现实矛盾时精神上所受的挫折和打击,他的思想品格里一些腐朽、恶劣的东西就慢慢减少了,清除了,他的叛逆思想性格渐渐坚定了,成熟了。他对待身边的女孩子们的态度,始终以同情和亲爱为主导,但在最初也带有一些腐朽、邪恶的成分。秦可卿之死、秦钟之死、林黛玉身世的飘零、身为贵妃的姐姐内心的悲苦,使他开始认识到在男女关系方面,尊重与玩弄、纯洁与腐朽、美好真挚与罪恶虚伪的区别,从此他对两性关系逐渐表现出严肃态度,对自己所处的社会表现出深一层的反感。他曾以为天下女孩子的眼泪都要送给他。他爱林黛玉,但遇着温柔丰韵的薛宝钗和飘逸洒脱的史湘云,又不能不眩目动情。他感情游移不明,林黛玉以血泪和生命对他不断施加的影响,使他从苦痛的体验中逐步摆脱社会势力和贵族恶习对他的纠缠和吸引,使他的性格趋于纯化,头脑趋于清醒,思想感情趋于稳固与坚定。

贾宝玉受时代的局限,找不到现实生活的出路,他要摆脱贵族社会的桎梏,却又不能不依附贵族阶级。这就使他的思想性格具有悲剧性的矛盾。他的理想无疑是对封建主义生活的否定,却又十分朦胧,带有浓厚的伤感主义和虚无主义。

5. 反抗叛逆

贾宝玉是贾氏家族寄予厚望的继承人,但他的思想性格促使他背叛了他的家庭。他的叛逆性格的形成不是偶然的。小说充分描写了造成他性格的生活环境和他的具体境遇的各方面特点,深刻揭示了他性格成长的主客观原因。一方面,以男子为中心的贵族社会是那样虚伪、丑恶、腐朽和无能,使他因自己生为男子而感到终生遗憾;另一方面,少女们的纯洁、美好又使他觉得只有和她们在一起才称心惬意。他也曾被送到家塾去读四书五经,但家塾的内容和风气是那样的腐朽、败坏,那些循着这个教育路线培养的老爷、少爷们是那样的庸陋可憎,他对于封建教育的那一套,在感情上就格格不入。他很少接触做官的父亲,畏之如虎,敬而远之。家长从小把他交给一群奶娘、丫鬟。那些人围绕着他,各以一颗纯真的心对待他的丫鬟,才是他的启蒙老师。丫鬟们的深挚纯洁、自由不羁的品格感染着他,她们由于社会地位所遭到的种种不幸也启发着他。在贾宝玉的直感生活里,她们和那些以世俗男性为主的居于中心统治地位的势力,在每一点上都形成鲜明的对照:聪明和愚蠢,纯真和腐朽,洁净和污浊,天真和虚伪,善良和邪恶,美好和丑陋。贾宝玉在这样的环境里,逐渐形成自己思想感情的爱憎倾向。

贾宝玉的叛逆精神不仅表现在他坚决不肯走封建主义的人生道路,还表现在他对"男尊女卑"的封建传统观念大胆地提出了挑战。当然,在他的性格当中,给人印象最深的也就是对于世俗男性的憎恶、轻蔑,以及与之相反的对于女孩子的特殊亲爱和尊重。在第二十回中,他发表了自己离经叛道的独到见解:"原来天生人为万物之灵,凡山川日月之精秀,只钟于女儿,须眉男子不过是些渣滓浊沫而已。"在第二回中,他说:"女儿是水作的骨肉,男人是泥作的骨肉。我见了女儿,我便清爽;见了男人,便觉浊臭逼人。"后来随着宝玉逐渐长大,他的思想也日趋成熟,他又发现"女儿"也是不断变化的,所以又有女儿由出嫁前的"无价宝珠"到出嫁以后变成"死珠",再最后竟变成"鱼眼睛"的看法。这表明,他在成长过程中逐渐认识到在封建社会中受压迫最深的就是女孩。因此,他在行动上才表现出了对女儿不同一般的温柔体贴。

宝玉极其轻视尊卑有序、贵贱有别的封建等级制度。贾环既是他弟弟,又是庶出,"他家规矩,凡作兄弟的,都怕哥哥""须要为子弟之表率",但宝玉是"不要人怕我",是以贾环等人都不怕他,赵姨娘甚至得寸进尺还想害死他和凤姐。即使被贾环有意用滚烫的蜡油烫伤,他还在为贾环打掩护。他对仆人没有主奴界限,直接破坏封建秩序。对茗烟"没上没下,大家乱顽一阵","撕扇子作千金一笑"使晴雯转恼为笑;金钏受辱身死,宝玉念念不忘,不顾给凤姐过生日这等大事,偷偷跑到郊外冷清之处洒泪祭奠。

就连宝玉追求的爱情婚姻也是建立在这种反叛思想的基础上的。他早已将追求婚姻自主和个性解放的思想昭然明世,他在梦中叫骂"和尚道士的话如何信得?什么是金玉姻缘,我偏说是木石姻缘",甚至拉着袭人的手把对黛玉的满腔情意都倾诉了出来。在第三回中,贾宝玉第一次见到林黛玉就有一种似曾相识的感觉,说自己曾见过这个林妹妹。然后走近林黛玉挨着她坐下来聊天,具体聊些上学读书、识字的事情。之后问到林黛玉是否有玉。当时林黛玉初到贾府,人生地不熟,和贾宝玉也不曾相熟,为了以后相处容易,便暗自忖度是因为贾宝玉有玉,所以问她有没有,便回答贾宝玉:"我没有那个。想来那玉亦是一件罕物,岂能人人有的。"贾宝玉听了,登时发作起痴狂病来,摘下那玉,就狠命摔去,骂道:"什么罕物,连人之高低不择,还说'通灵'不'通灵'呢!"吓得众人急忙去抢拾。贾府上下都把他生而带来的美玉看成是他的命根子,宝玉却因为黛玉没有而摔这个命根子,这说明黛玉在宝玉心中的分量非同一般。作者巧妙地把宝黛那种共存共亡的意思暗示出来。两人的恋爱违背父母之命,媒妁之言的封建婚姻制度,触及了封建家庭的根本利益,没有调和的余地,注定是个悲剧,"摔玉"是宝玉平等思想和率真、任性性格的突出表现。摔玉是因黛玉的美所引起的,在宝玉看来,神仙似的林妹妹应该有玉,结果竟然没有,所以他要摔。宝玉摔玉表现出他对世俗的鄙弃、对礼教的蔑视,是宝玉叛逆性格的真实写照。

贾宝玉否定封建主义社会秩序,但思想上并没有达到否定君权和族权,亦即封建主义统治权的高度。一方面,他步步发展自己的叛逆思想,完全倾向着被压迫者并且支持他们;另一方面,他坚持与林黛玉的爱情,迫切要求婚姻自主。其实这一切都是凭借封建势力给予他的特权而产生的,他还不可能完全否定封建主义的统治。他所深恶痛绝的,正是他所仰赖的;他所反对的,正是他所依靠的。他无法与封建主义统治彻底决裂,又不可能放弃自己的民主主义思想要求。因而他的出路在现实中是不存在的,最后只能到虚无缥缈的超现实世界中去。

(分值:50分　时间:50分钟)

一、阅读下面的文字,完成后面的题目。(18分)

材料一:

在《红楼梦》中,那可说而未经人说的就是那悲剧之演成。悲剧为什么演成?辛酸泪的解说在哪里?曰:一在人生见地之冲突,一在兴亡盛衰之无常。我们先说第一个。"天地生人,除大仁大恶两种,馀者皆无大异。"仁者秉天地之正气,恶者秉天地之邪气,至于那第三种怪诞不经之人,却是正邪夹攻中的结晶品。《红楼梦》中的贾宝玉、林黛玉便是这第三种人的基型。一般把三种人分为善、恶与灰色。悲剧之演成常由这三种人的互相攻伐而致,唯《红楼梦》之悲剧,不是如此。《红楼梦》里边,没有大凶大恶的角色,也没有投机骑墙的灰色人。悲剧之演成,既然不是善恶之攻伐,然则是由于什么?曰:这是性格之不同,思想之不同,人生见地之不同。从为人上说,都是好人,都是可爱的,都有可原谅、可同情之处,唯所爱各有不同,而各人的性格与思想又互不了解,各人站在自己的立场上说话,不能反躬,不能设身处地,遂至情有未通,而欲亦未遂。悲剧就在这未通未遂上各人饮泣以终。这是最悲惨的结局。当事人固然不能无所恨,然在旁观者看来,他们又何所恨?国王因国法而处之于死地,公主因其为情人而犯罪而自杀,其妹因其为兄长而犯罪而自杀。发于情,尽于义,求仁而得仁,将何所怨?是谓真正之悲剧。善恶对抗的悲剧是直线的、显然的,这种冲突矛盾所造成的悲剧是曲线的、令人失望的。《红楼梦》写悲剧已奇了,复写成思想冲突的真正悲剧更奇,《红楼梦》感人之深即在这一点。

(摘编自牟宗三《〈红楼梦〉悲剧之演成》)

材料二:

鲁迅先生曾经说:"悲剧将人生的有价值的东西毁灭给人看。"有意义的人生一定建立在对某些价值的相信之上,正因为如此,价值的毁灭才构成真正的悲剧。以曹雪芹笔下的"金陵十二钗"为例,她们认同不同的价值,选择不同的生活,但所有的这些价值最后都无一例外地落空了。《红楼梦》描述的毁灭,针对的不是某一种价值或人生,而是几乎所有的价值和人生;不是某一个人的毁灭,而是大观园的灰飞烟灭。《红楼梦》被视为中国历史上最伟大的悲剧作品,原因正在于这种彻底的毁灭。

构成悲剧的诸要素中,不幸和死亡一定是不可或缺的。在欧洲,最早的古希腊悲剧表现了命运的不可抗拒,基于神的意志和人的性格,无奈或者悲惨的结局都无法避免。同时,其中蕴含的人对自由、正义和伦理的追求,与命运的冲突和抗争,让悲剧充满了崇高的意味。而在莎士比亚的悲剧中,人世间内在于人性和社会的矛盾,无一例外把罗密欧、朱丽叶、奥赛罗、安东尼和克莉奥佩特拉等主人公带入死亡。比较起来,《红楼梦》似乎更接近莎士比亚的作品。整部小说虽然有一个神话的背景,但描述的不过是处在欲望、情感、秩序、伦理、宗教之间的心灵冲突和生命挣扎,不幸和死亡贯穿其中。"十二钗"中,元春、迎春、秦可卿、王熙凤、林黛玉的命运各不同,却都无法躲过香消玉殒的结局。而在"十二钗"之外,作者不断地安排着冯渊、贾瑞、林如海、宝珠、秦钟、秦业、金钏儿、尤二姐、尤三姐、晴雯等人的死亡,让那些刻意营造的成功或者欢乐显得非常苍白和脆弱。每个人的悲剧被安排得自然而然又合情合理,更突出了生命和世界之间无法克服的矛盾。

(摘编自王博《〈红楼梦〉的悲剧让美好的东西获得根基》)

材料三：

我认为《红楼梦》是康、雍、乾三朝的社会生活、社会矛盾、历史趋向的一个艺术的总概括和总反映。《红楼梦》里写了两种毁灭：一种是新生事物的毁灭，这就是贾宝玉、林黛玉爱情的毁灭；另一种是古老的荣国府、宁国府的毁灭。前者的毁灭是新的生命还未成熟，经不起狂风恶浪的摧折而毁灭，但它健壮的根系和茁壮的幼芽仍在适宜的土壤里保存着，"野火烧不尽，春风吹又生"，只要有适当的气候，它会继续生长，最终长成大树；而后一种毁灭，是腐朽加腐烂，是生命的尽头，最终是化为粪壤，永远成为过去，不可能再生。

所以这两种毁灭，具有两种完全不同的社会意义。前者反映的是历史前进的客观趋势，后者反映的是荣、宁二府象征的那种腐朽势力的必然死亡。

曹雪芹的笔是非常狡狯的，他一再声称此书"亦非伤时骂世之旨，及至君仁臣良、父慈子孝，凡伦常所关之处，皆是称功颂德，眷眷无穷，实非别书之可比"。表面上说得非常好听，都是对封建皇帝和朝廷的歌功颂德，但一开头他就写了一桩贪赃枉法的人命案，同时带出了"贾、史、王、薛"四大家族。由此开头，也就开始了他对封建社会的大揭露、大批判。贪赃枉法的贪官贾雨村，是全靠贾府一手提拔起来的，他枉断了薛蟠所犯的人命案以后，还直接向贾府和王子腾报告，这说明一切横行不法的事，都与"四大家族"有关。通过对这个具体的"贾"府的描写，也就可以清楚地看到"这四家皆连络有亲，一损皆损，一荣皆荣，扶持遮饰，皆有照应"的具体情况，而且"各省皆然。倘若不知，一时触犯了这样的人家，不但官爵，只怕连性命还保不成呢！"这就是封建社会政治势力的一张关系网。所以"葫芦僧乱判"一案，实际上是对封建社会、封建官场的一个总揭露和总批判。

当然《红楼梦》最最动人之处，是贾宝玉、林黛玉生死不渝的爱情悲剧，《红楼梦》是以宝、黛的爱情悲剧贯穿全书的。这个爱情悲剧的内涵是誓死捍卫爱情和婚姻的自主、自择权，主张爱情和婚姻的自由。

（摘编自冯其庸《读〈红楼梦〉》）

1. 下列对材料相关内容的理解和分析，正确的一项是（　　）。（3分）

A. 悲剧之演成常由善、恶与灰色三种人的互相攻伐而致。唯《红楼梦》之悲剧，不只如此，还在兴亡盛衰之无常。

B. 鲁迅认为有意义的人生一定要建立在对某些价值的相信之上，因为只有如此，价值的毁灭才能构成真正的悲剧。

C. "金陵十二钗"认同的价值不同，选择的生活不同，但她们追求的价值和生活最后尽数落空，这体现了小说的悲剧性。

D. 曹雪芹在《红楼梦》的创作中虽有意规避"伤时骂世"，表面上对封建朝廷歌功颂德，但仍有较强的社会批判意义。

2. 根据材料内容，下列说法不正确的一项是（　　）。（3分）

A. 《红楼梦》的悲剧是各人性格、思想、见地、立场等方面的冲突矛盾造成的情有未通、欲亦未遂的真正悲剧。

B. 早期的古希腊悲剧蕴含着人在面对不可抗拒的命运时所表现出的对自由、正义和伦理的追求，以及与命运的冲突和抗争，赋予悲剧以崇高的意味。

C. "十二钗"的悲剧各有不同，但从根本上看都突出了生命和世界之间无法克服的矛盾，这与莎士比亚的悲剧所反映的人性和社会的矛盾有相似点。

D. 宝玉和黛玉爱情的毁灭，反映了新生事物在历史前进中难逃灭亡的客观趋势，荣、宁二府的毁灭象征着腐朽势力必然死亡，两种毁灭的社会意义不同。

3. 材料二是如何增强论证说服力的？请从论证方法、论证语言、论据中选择两个角度加以说明。(6分)

4. 材料一认为《红楼梦》的悲剧产生的原因，一是人生见地之冲突，二是兴亡盛衰之无常。请结合三则材料，以"宝、黛爱情悲剧"或"宝、钗婚姻悲剧"为例谈谈自己的理解。(6分)

二、阅读下面的文字，完成后面的题目。(16分)

大观园试才题对额(节选)

曹雪芹

原来众客心中早知贾政要试宝玉的功业进益何如，只将些俗套来敷衍。宝玉亦料定此意。贾政听了，便回头命宝玉拟来。宝玉道："尝闻古人有云：'编新不如述旧，刻古终胜雕今。'况此处并非主山正景，原无可题之处，不过是探景一进步耳。莫如直书'曲径通幽处'这句旧诗在上，倒还大方气派。"众人听了，都赞道："是极！二世兄天分高，才情远，不似我们读腐了书的。"贾政笑道："不当谬奖。他年小，不过以一知充十用，取笑罢了。再俟选拟。"

说着，进入石洞来，只见佳木茏葱，奇花炯灼，一带清流，从花木深处曲折泻于石隙之下。再进数步，渐向北边，平坦宽豁，两边飞楼插空，雕甍绣槛，皆隐于山坳树杪之间。俯而视之，则清溪泻雪，石磴穿云，白石为栏，环抱池沿，石桥三港，兽面衔吐。桥上有亭。贾政与诸人上了亭子，倚栏坐了，因问："诸公以何题此？"诸人都道："当日欧阳公《醉翁亭记》有云'有亭翼然'。就名'翼然'。"贾政笑道："'翼然'虽佳，但此亭压水而成，还须偏于水题方称。依我拙裁，欧阳公之'泻出于两峰之间'，竟用他这一个'泻'字。"有一客道："是极，是极。竟是'泻玉'二字妙。"贾政拈髯寻思，因抬头见宝玉侍侧，便笑命他也拟一个来。宝玉听说，连忙回道："老爷方才所议已是。但是如今追究了去，似乎当日欧阳公题酿泉用一'泻'字则妥，今日此泉若亦用'泻'字，则觉不妥。况此处虽为省亲驻跸别墅，亦当入于应制之例，用此等字眼，亦觉粗陋不雅。求再拟较此蕴藉含蓄者。"贾政笑道："诸公听此论若如？方才众人编新，你又说不如述古；如今我们述古，你又说粗陋不妥。你且说你的来我听。"宝玉道："有用'泻玉'二字，则莫若'沁芳'二字，岂不新雅？"贾政拈髯点头不语。众人都忙迎合，赞宝玉才情不凡。贾政道："匾上二字容易，再作一副七言对联来。"宝玉听说，立于亭上，四顾一望，便机上心来，乃念道：

绕堤柳借三篙翠，

隔岸花分一脉香。

贾政听了，点头微笑。众人先称赞不已。

于是出亭过池，一山一石，一花一木，莫不着意观览。忽抬头看见前面一带粉垣，里面数楹修舍，有千百竿翠竹遮映。众人都道："好个所在！"于是大家进入，只见入门便是曲折游廊，阶下石子漫成甬路。上面小小两三间房舍，一明两暗，里面都是合着地步打就的床几椅案。从里间房内又得一小门，出去则是后院，有大茉莉花兼着芭蕉。又有两间小小退步。后院墙下忽开一隙，得泉一派，开沟仅尺许，灌入墙内，绕阶缘屋至前院，盘旋竹下而出。

贾政笑道："这一处还罢了。若能月夜坐此窗下读书，不枉虚生一世。"说毕，看着宝玉，唬的宝玉忙垂了头。众客忙用话开释，又说道："此处的匾该题四个字。"贾政笑问："那四字？"一个道是"淇水遗风"。贾政道："俗。"又一个是"睢园雅迹"。贾政道："也俗。"贾珍笑道："还是宝兄弟拟一个来。"贾政道："他未曾作，先要议论人家的好歹，可见就是个轻薄人。"众客道:"议论的极是,其奈他何。"贾政忙道:"休如此纵了他。"因命他道:"今日任你狂为乱道,先设议论来,然后方许你作。方才众人说的,可有使得的?"宝玉见问,答道:"都似不妥。"贾政冷笑道:"怎么不妥?"宝玉道:"这是第一处行幸之处,必须颂圣方可。若用四字的匾,又有古人现成的,何必再作。"贾政道:"难道'淇水''睢园'不是古人的?"宝玉道:"这太板腐了。莫若'有凤来仪'四字。"众人都哄然叫妙。贾政点头道:"畜生,畜生,可谓'管窥蠡测'矣。"因命:"再题一联来。"宝玉便念道:

宝鼎茶闲烟尚绿,
幽窗棋罢指犹凉。

贾政摇头说道:"也未见长。"说毕,引众人出来。

方欲走时,忽又想起一事来,因问贾珍道:"这些院落房宇并几案桌椅都算有了,还有那些帐幔帘子并陈设玩器古董,可也都是一处一处合式配就的?"贾珍回道:"那陈设的东西早已添了许多,自然临期合式陈设。帐幔帘子,昨日听见琏兄弟说,还不全。那原是一起工程之时就画了各处的图样,量准尺寸,就打发人办去的。想必昨日得了一半。"贾政听了,便知此事不是贾珍的首尾,便令人去唤贾琏。

一时贾琏赶来。贾政问他共有几种,现今得了几种,尚欠几种。贾琏见问,忙向靴桶内取靴披内装的一个纸折略节来,看了一看,回道:"妆、蟒、绣、堆、刻丝、弹墨,并各色绸绫大小幔子一百二十架,昨日得了八十架,下欠四十架。帘子二百挂,昨日俱得了。外有猩猩毡帘二百挂,金丝藤红漆竹帘二百挂,墨漆竹帘二百挂,五彩线络盘花帘二百挂,每样得了一半,也不过秋天都全了。椅搭、桌围、床裙、桌套,每分一千二百件,也有了。"

一面走,一面说,倏尔青山斜阻。转过山怀中,隐隐露出一带黄泥筑就矮墙,墙头上皆用稻茎掩护。有几百株杏花,如喷火蒸霞一般。

5. 下列对小说相关内容和艺术特色的分析鉴赏,不正确的一项是( )。(3分)

A. 众人知道贾政要借此机会试试宝玉的才情,便有意说一些俗套的话来敷衍,而宝玉每次发声都给这次题匾额增添了鲜活的文化气息。

B. 宝玉思维敏捷,不惧威权,多次反驳父亲和众人的意见,遭到了父亲的无理斥骂,使得本来就十分紧张的父子关系进一步恶化。

C. 有人拟写"淇水遗风",有人拟写"睢园雅迹",贾政都认为"俗",而宝玉拟写的"有凤来仪"则很好地突出了元妃省亲这一主题。

D. 小说构思巧妙,借"大观园试才题对额"介绍了大观园的布局结构、风貌景致,展示了贾宝玉的才华,也为后文情节的展开做了铺垫。

6. 下列与文本有关的说法,不正确的一项是( )。(3分)

A. 《醉翁亭记》是欧阳修所写的一篇游记,描写了滁州幽深秀美的景物,以及作者修建醉翁亭的情况,表达了作者在山林中与民众一齐游赏宴饮的乐趣。

B. 贾政认为"此亭压水而成,还须偏于水题方称",所以不太赞同众人以"翼然"为名的提议,据此可以推测欧阳修所修建的醉翁亭并不是"压水而成"。

C. 宝玉认为欧阳修题酿泉用"泻"字是妥当的,而此泉也用"泻"字则不妥,这是因为酿泉是从山间飞泻而下的瀑布,而此泉没有这种飞泻之势。

D. 宝玉的"有凤来仪"令众人叫妙,因其出自《尚书·益稷》中的"《箫韶》九成,凤凰来仪",用来比喻元春的归省是吉祥之兆,也切合"颂圣"的题旨。

7. 小说在"大观园试才题对额"一回中插入贾政与贾珍、贾琏的两段对话,有什么作用?请简要分析。(4分)

8. 关于匾额题写,贾宝玉有哪些观点?贾宝玉所拟的匾额,有什么特点?请简要分析。(6分)

三、阅读下面两首揭示宝玉思想性格的词,完成后面的题目。(9分)

西江月二首

无故寻愁觅恨,有时似傻如狂。纵然生得好皮囊,腹内原来草莽。　潦倒不通世务,愚顽怕读文章。行为偏僻性乖张,那管世人诽谤!

富贵不知乐业,贫穷难耐凄凉。可怜辜负好韶光,于国于家无望。　天下无能第一,古今不肖无双。寄言纨袴与膏粱:莫效此儿形状!

9. 下列对这两首词中词句的解释,不正确的一项是(　　)。(3分)

A. "愁"和"恨"是指宝玉在封建制度和封建礼教的压抑下产生的无法摆脱的苦闷。

B. "草莽"指空虚、浅薄,谓宝玉腹中无入仕做官的文章。

C. "潦倒"即颓丧、失意,在此指精神颓丧。

D. "不肖"即"不孝",指宝玉具有叛逆性格,卓然于家庭之外,对老祖宗等不屑一顾。

10. 这两首词内容表现的侧重点有何不同?表达了作者对贾宝玉怎样的思想感情?(6分)

四、语言文字运用(7分)

11. 请在文中横线处补写恰当的语句,使整段文字语意完整连贯,内容贴切,逻辑严密,每处不超过10个字。(3分)

周汝昌先生温文儒雅,有大儒风范,说起话来轻声细语,但在我看来他的性格其实有极端的一面,他有一点像我们臆想中的曹雪芹或书里的贾宝玉,____①____,就是《红楼梦》里的"都云作者痴,谁解其中味"的那个"痴"。这种痴其实是一种强烈的性格,是一种对自己所信、所迷的强烈坚持。而这种痴却和他的才气结合得格外充分,____②____,而且有磅礴的才情,如此才能够支撑周先生在《红楼梦》中的神游。周先生一直有让人惊叹的才气。他和钱锺书先生相似,原是学习外语的,却对中国文化有着深入透彻的理解。周先生的大才,曾经得到过胡适和钱先生的赞赏,他注杨万里诗,论书法和写诗词鉴赏都好。____③____:最传奇的是他拟作的曹雪芹诗被其他红学家当成真的,以为就是曹雪芹所作,最后周先生承认是自己拟作的,但别人就是不信。"痴"和"才"就是周先生的灵魂。

12. 某班学生在讨论"说不尽的贾宝玉"时,从不同角度简要地阐述了他们对贾宝玉的认识。请你将其整合为一个长句,可以适当增删词语。(4分)

①贾宝玉是个贵族公子。

②贾宝玉生活在充满矛盾的封建大家庭里。

③叛逆精神是贾宝玉的性格特征。

④曹雪芹写《红楼梦》是为了揭示贾府的衰亡史和罪恶史。

⑤贾宝玉是封建伦理的孤独的反抗者。

两情敌
（林黛玉与薛宝钗）

事件

一、闻香识人

黛玉

（第十九回）宝玉总未听见这些话，只闻得一股幽香，却是从黛玉袖中发出，闻之令人醉魂酥骨。宝玉一把便将黛玉的袖子拉住，要瞧笼着何物。黛玉笑道："冬寒十月，谁带什么香呢。"宝玉笑道："既然如此，这香是那里来的？"黛玉道："连我也不知道。想必是柜子里头的香气，衣服上熏染的也未可知。"宝玉摇头道："未必。这香的气味奇怪，不是那些香饼子、香毬子、香袋子的香。"黛玉冷笑道："难道我也有什么'罗汉''真人'给我些香不成？便是得了奇香，也没有亲哥哥亲兄弟弄了花儿、朵儿、霜儿、雪儿替我炮制。我有的是那些俗香罢了！"

宝玉笑道："凡我说一句，你就拉上这么些。不给你个利害，也不知道，从今儿可不饶你了。"说着翻身起来，将两只手呵了两口，便伸手向黛玉膈肢窝内两胁下乱挠。黛玉素性触痒不禁，宝玉两手伸来乱挠，便笑的喘不过气来，口里说："宝玉！你再闹，我就恼了。"宝玉方住了手，笑问道："你还说这些不说了？"黛玉笑道："再不敢了。"一面理鬓笑道："我有奇香，你有'暖香'没有？"

宝玉见问，一时解不来，因问："什么'暖香'？"黛玉点头叹笑道："蠢才，蠢才！你有玉，人家就有金来配你；人家有'冷香'，你就没有'暖香'去配？"宝玉方听出来。宝玉笑道："方才求饶，如今更说狠了。"说着，又去伸手。黛玉忙笑道："好哥哥，我可不敢了。"宝玉笑道："饶便饶你，只把袖子我闻一闻。"说着，便拉了袖子笼在面上，闻个不住。黛玉夺了手道："这可该去

宝钗

（第七回）宝钗见问，乃笑道："不问这方儿还好，若问起这方儿，真真把人琐碎坏了。东西药料一概都有，现易得的，只难得'可巧'二字。要春天开的白牡丹花蕊十二两，夏天开的白荷花蕊十二两，秋天开的白芙蓉花蕊十二两，冬天开的白梅花蕊十二两。将这四样花蕊，于次年春分这日晒干，和在末药一处，一齐研好。又要雨水这日的雨水十二钱……"周瑞家的忙道："嗳哟！这样说来，这就得一二年的工夫。倘或雨水这日不下雨水，又怎处呢？"宝钗笑道："所以了，那里有这样可巧的雨，便没雨也只好再等罢了。白露这日的露水十二钱，霜降这日的霜十二钱，小雪这日的雪十二钱。把这四样水调匀，和了丸药，再加蜂蜜十二钱，白糖十二钱，丸了龙眼大的丸子，盛在旧磁罐内，埋在花根底下。若发了病时，拿出来吃一丸，用十二分黄柏煎汤送下。"

周瑞家的听了，笑道："阿弥陀佛，真坑死了人！等十年未必都这样巧呢。"宝钗道："竟好，自他说了去后，一二年间可巧都得了，好容易配成一料。如今从南带至北，现就埋在梨花树下。"周瑞家的又道："这药可有名字没有呢？"宝钗道："有。这也是癞和尚说下的，叫作'冷香丸'。"周瑞家的听了点头儿，因又说："这病发了时到底觉怎样？"宝钗道："也不觉什么，只不过喘嗽些，吃一丸也就罢了。"

....

（第八回）宝玉与宝钗相近，只闻一阵阵凉森森甜丝丝的幽香，竟不知系何香气，遂问：

> 了。"宝玉笑道:"去,不能。咱们斯斯文文的躺着说话儿。"说着,复又倒下。黛玉也倒下,用手帕子盖上脸。宝玉有一搭没一搭的说些鬼话,黛玉只不理。宝玉问他几岁上京,路上见何景致古迹,扬州有何遗迹故事、土俗民风。黛玉只不答。

> "姐姐熏的是什么香?我竟从未闻见过这味儿。"宝钗笑道:"我最怕熏香,好好的衣服,熏的烟燎火气的。"宝玉道:"既如此,这是什么香?"宝钗想了一想,笑道:"是了,是我早起吃了丸药的香气。"宝玉笑道:"什么丸药这么好闻?好姐姐,给我一丸尝尝。"宝钗笑道:"又混闹了,一个药也是混吃的?"

【点评】

《红楼梦》中有着大量关于"香"的描写,如香料就有数十种之多:藏香、麝香、梅花香、安魂香、百合香、迷迭香、檀香、沉香、木香、冰片、薄荷、白芷等。香的形状也很丰富,有篆香、瓣香、线香、末香等,而香衣、香茶、香包、香炉等香物更是随处可见。可以说,整个大观园就是弥漫着各种芬芳的人间仙境。刘姥姥当初进贾府的感受,就是外人对这种香气最直观的感受:"才入堂屋,只闻一阵香扑了脸来,竟不辨是何香味,身子如在云端里一般。满屋里之物都是耀眼争光,使人头悬目眩。"刘姥姥是一个乡下老太,估计一生也没有熏过几次香,所以初入贾府会因其香气产生幻境之感。而对于生活在大观园中的人来说,虽然"入芝兰之室,久而不闻其香",但遇到特殊的香味时,总还是会有特殊的感受的。我们选取这两则描写林黛玉和薛宝钗体香的材料,对此做进一步分析。

在"闻香人"的选择上,作者选取的是贾宝玉。为什么选贾宝玉而非他人?因为作者描写的是钗黛二人之体香,体香自然是幽幽淡淡的,他人只有靠得足够近才闻得见这幽淡的香气。但以钗黛二人之身份地位,等闲人哪能靠近?按现代心理学家划分的四种人际交往的距离,人与人之间最亲密的距离(也是最小距离)如果小于15厘米,就能够感受到对方的体温、气味和气息。但这种距离主要出现在最亲密的人之间,在同性中常常仅限于贴心朋友,而异性中仅限于夫妻和恋人。宝玉是黛玉的灵魂伴侣,是宝钗后来世俗意义上的丈夫,所以他能够以亲密距离接近二人,真切闻见她们的体香。

文中黛玉的香是从袖中发出的"令人醉魂酥骨"的"幽香",什么叫"幽香"?就是很清淡的香,若有若无。"幽香"与"令人醉魂酥骨"看起来有些矛盾,但恰好表现出了宝玉的敏感、多情、细心。

从常识看,黛玉自己应该是闻不见自己的体香的(正如有狐臭的人自己闻不见一样),当然,她也不会怀疑宝玉闻见香味的真实性。所以当宝玉"要瞧笼着何物"时,黛玉先是否认,"冬寒十月,谁带什么香呢"。后来她醒悟过来宝玉闻见的是自己的体香了,对于那个时代的未婚少女,特别是像林黛玉那样性情孤高、冰清玉洁的女孩来说,这当然是一件非常私密的、不可让人知道的事,所以她赶快拿"想必是柜子里头的香气,衣服上熏染的"来搪塞过去。在宝玉还想进一步细究时,她就开始使小性子了:一是直接讽刺宝钗的冷香丸,二是说自己的香是"俗香"。她讽刺宝钗的"有""罗汉""真人""亲哥哥亲兄弟",未尝不是在内心深处对自己"无"的哀伤,说自己"俗"也未尝不是对世人不识自己"不俗"的叹息——典型的未伤人先伤己——这也从一个侧面反映出黛玉多愁多病的缘由。当然,从作品本身来看,林黛玉是绛珠仙草降世,既然是仙草,自然是带着淡雅清幽又超尘脱俗的香气的,作为神瑛侍者降世的宝玉,应是闻此香而勾起前世的仙境之忆,所以才会产生"醉魂酥骨"之感吧。

与黛玉天生自带的体香不同,薛宝钗的香是后天配制的丸药的香味,药名为"冷香丸",其功用是压制她"从胎里带来的一股热毒"。什么是热毒呢?脂砚斋解释是"凡心偶炽,是以孽火齐攻"。一般中医意义上的热毒指火热病邪郁结成毒,常表现为发热口渴、烦躁不安、面红耳赤、体生疮痘等症状,薛宝钗症状轻一些,犯病时主要表现是咳嗽,所以服一"冷香丸"便可压制住。

薛宝钗并不回避"冷香丸"的制作之"巧":春、夏、秋、冬开放的白牡丹花蕊、白荷花蕊、白芙蓉花蕊、白梅花蕊当然易得,但雨水时节的雨、白露时节的露、霜降时节的霜、小雪时节的雪是真心不易,正如周瑞家所担忧的"倘或雨水这日不下雨水,又怎处呢?"不过这个对于普通人家来说千难万难的问题对薛家来说并不难:薛家领内帑钱粮,领的是皇室的钱,专为皇家服务,按现在的话说,是政府采购专供商,全国各地都有分公司,所以只要将收集雨、露、霜、雪的任务分派下去,等人收集好送来即可。宝钗轻描淡写讲"冷香丸"的制作过程,带着浓浓的炫耀意味。

与黛玉似来自仙境无法描绘的幽香不同,宝钗的药香是接地气的,香气"凉森森甜丝丝",这与其用四样花蕊、四样水、蜂蜜、白糖等和成药丸,做好后要装进旧瓷罐,埋在花根底下的制作工艺有关。

当然,将药丸埋进土里的某些处理方法以现代人的眼光看是不科学的,毕竟药品不是酒,制成后不需要再经过微生物发酵的过程,所以埋进土中保存,不但不能改善药的品质,反而增加了其霉变的可能,补药也可能变成毒药。《红楼梦》中还有类似写法,如妙玉说自己煮茶的水是五年前"收的梅花上的雪""总舍不得吃,埋在地下,今年夏天才开了",还责怪林黛玉"连水也尝不出来",应该都是一种精神上的自我安慰,没有科学依据的。

二、吟诗显志

黛玉

(第二十七回)宝玉因不见林黛玉,便知他是躲了别处去了,想了一想,越性迟两日,等他的气消一消再去也罢了。因低头看见许多凤仙、石榴等各色落花,锦重重的落了一地,因叹道:"这是他心里生了气,也不收拾这花儿了。待我送了去,明儿再问他。"说着,只见宝钗约着他们往外头去。宝玉道:"我就来。"说毕,等他二人去远了,便把那花兜了起来,登山渡水,过树穿花,一直奔了那日同林黛玉葬桃花的去处。将已到了花冢,犹未转过山坡,只听山坡那边有呜咽之声,一行数落着,哭的好不伤感。宝玉心中想道:"这不知是那房里的丫头,受了委曲,跑到这个地方来哭。"一面想,一面煞住脚步,听他哭道是:

宝钗

(第七十回)时值暮春之际,史湘云无聊,因见柳花飘舞,便偶成一小令,调寄《如梦令》,其词曰:

岂是绣绒残吐,卷起半帘香雾,纤手自拈来,空使鹃啼燕妒。且住,且住!莫使春光别去。

自己作了,心中得意,便用一条纸儿写好,与宝钗看了,又来找黛玉。黛玉看毕,笑道:"好,也新鲜有趣。我却不能。"湘云笑道:"咱们这几社总没有填词。你明日何不起社填词,改个样儿,岂不新鲜些。"黛玉听了,偶然兴动,便说:"这话说的极是。我如今便请他们去。"说着,一面吩咐预备了几色果点之类,一面就打发人花谢花飞飞满天，红消香断有谁怜？
游丝软系飘春榭，落絮轻沾扑绣帘。
闺中女儿惜春暮，愁绪满怀无释处，
手把花锄出绣帘，忍踏落花来复去。
柳丝榆荚自芳菲，不管桃飘与李飞。
桃李明年能再发，明年闺中知有谁？
三月香巢已垒成，梁间燕子太无情！
明年花发虽可啄，却不道人去梁空巢也倾。
一年三百六十日，风刀霜剑严相逼，
明媚鲜妍能几时，一朝飘泊难寻觅。
花开易见落难寻，阶前闷杀葬花人，
独倚花锄泪暗洒，洒上空枝见血痕。
杜鹃无语正黄昏，荷锄归去掩重门。
青灯照壁人初睡，冷雨敲窗被未温。
怪奴底事倍伤神，半为怜春半恼春：
怜春忽至恼忽去，至又无言去不闻。
昨宵庭外悲歌发，知是花魂与鸟魂？
花魂鸟魂总难留，鸟自无言花自羞。
愿奴胁下生双翼，随花飞到天尽头。
天尽头，何处有香丘？
未若锦囊收艳骨，一抔净土掩风流。
质本洁来还洁去，强于污淖陷渠沟。
尔今死去侬收葬，未卜侬身何日丧？
侬今葬花人笑痴，他年葬侬知是谁？
试看春残花渐落，便是红颜老死时。
一朝春尽红颜老，花落人亡两不知！
宝玉听了，不觉痴倒。

············

（第二十八回）话说林黛玉只因昨夜晴雯不开门一事，错疑在宝玉身上。至次日，又可巧遇见饯花之期，正是一腔无明正未发泄，又勾起伤春愁思，因把些残花落瓣去掩埋，由不得感花伤己，哭了几声，便随口念了几句。不想宝玉在山坡上，听见是黛玉之声，先不过是点头感叹；次后听到"侬今葬花人笑痴，他年葬侬知是谁""一朝春尽红颜老，花落人亡两不知"等句，不觉恸倒山坡之上，怀里兜的落花撒了一地。试想林黛玉的花颜月貌，将来亦到无可寻觅之时，宁不

分头去请众人。这里他二人便拟了柳絮之题，又限出几个调来，写了绾在壁上。

众人来看时，以柳絮为题，限各色小调。又都看了史湘云的，称赏了一回。宝玉笑道："这词上我们平常，少不得也要胡诌起来。"于是大家拈阄，宝钗便拈得了《临江仙》，宝琴拈得《西江月》，探春拈得了《南柯子》，黛玉拈得了《唐多令》，宝玉拈得了《蝶恋花》。紫鹃炷了一支梦甜香，大家思索起来。一时黛玉有了，写完。接着宝琴宝钗都有了。他三人写完，互相看时，宝钗便笑道："我先瞧完了你们的，再看我的。"探春笑道："嗳呀，今儿这香怎么这样快，已剩了三分了。我才有了半首。"因又问宝玉可有了。宝玉虽作了些，只是自己嫌不好，又都抹了，要另作，回头看香，已将烬了。李纨笑道："这算输了。蕉丫头的半首且写出来。"探春听说，忙写了出来。众人看时，上面却只半首《南柯子》，写道是：

空挂纤纤缕，徒垂络络丝，也难绾系也难羁，一任东西南北各分离。

李纨笑道："这也却好作，何不续上？"宝玉见香没了，情愿认负，不肯勉强塞责，将笔搁下，来瞧这半首。见没完时，反倒动了兴开了机，乃提笔续道是：

落去君休惜，飞来我自知。莺愁蝶倦晚芳时，纵是明春再见，隔年期！

众人笑道："正紧你分内的又不能，这却偏有了。纵然好，也不算得。"说着，看黛玉的《唐多令》：

粉堕百花洲，香残燕子楼。一团团逐对成毬。飘泊亦如人命薄，空缱绻，说风流。

草木也知愁，韶华竟白头！叹今生谁舍谁收？嫁与东风春不管，凭尔去，忍淹留。

众人看了，俱点头感叹，说："太作悲了，好是固然好的。"因又看宝琴的是《西江月》：

汉苑零星有限，隋堤点缀无穷。三春事业付东风，明月梅花一梦。　　几处落红庭院，谁家香雪帘栊？江南江北一般同，偏是离人恨重！

> 心碎肠断！既黛玉终归无可寻觅之时，推之于他人，如宝钗、香菱、袭人等，亦可到无可寻觅之时矣。宝钗等终归无可寻觅之时，则自己又安在哉？且自身尚不知何在何往，则斯处、斯园、斯花、斯柳，又不知当属谁姓矣！因此一而二，二而三，反复推求了去，真不知此时此际欲为何等蠢物，杳无所知，逃大造，出尘网，使可解释这段悲伤。正是：
>
> 　　花影不离身左右，鸟声只在耳东西。
>
> 众人都笑说："到底是他的声调壮。'几处''谁家'两句最妙。"宝钗笑道："终不免过于丧败。我想，柳絮原是一件轻薄无根无绊的东西，然依我的主意，偏要把他说好了，才不落套。所以我诌了一首来，未必合你们的意思。"众人笑道："不要太谦。我们且赏鉴，自然是好的。"因看这一首，《临江仙》道是：
>
> 　　白玉堂前春解舞，东风卷得均匀。
>
> 湘云先笑道："好一个'东风卷得均匀'！这一句就出人之上了。"又看底下道：
>
> 　　蜂团蝶阵乱纷纷。几曾随逝水，岂必委芳尘。　　万缕千丝终不改，任他随聚随分。韶华休笑本无根，好风频借力，送我上青云！
>
> 众人拍案叫绝，都说："果然翻得好。气力自然，是这首为尊……"

【点评】

林黛玉在精神境界上与庄子一脉相承，她的精神体现了道家文化的精神实质，在险恶的生存环境里，彻底否定了功名利禄，追求精神自由与人格独立，将人的生存境界诗意化，在有限的生命里追求精神的永恒。他们都热爱生命，情趣高远，将人生的痛苦转化为对大自然的诗意融入，对现实既茫然又清醒。林黛玉是一个具有悲剧意识的人，她有丰富的精神境界，率真坦诚，折射了一个没有强大家族势力做后盾的出尘脱俗的人间仙子对理想的热烈追求，映射出一个才华横溢而又命运多变的狷介之士面对难以把握的人生命运的痛楚。林黛玉虽然"孤高自许，目无下尘"，却非常谨慎，从她进贾府起，就"步步留心，时时在意，不肯轻易多说一句话，多行一步路"。她在贾府小心翼翼地维护自己的自尊心和人格尊严，维护自己仅有丰富的精神世界。林黛玉对自己所处的环境有着清醒的认识，她非常清楚自己在贾府的依附地位。林黛玉叫宝玉的门而被拒后想到"虽说是舅母家如同自己家一样，到底是客边。如今父母双亡，无依无靠，现在他家依栖。如今认真淘气，也觉没趣"。

林黛玉身上的冲突也非常强烈，这既是一种永恒的宇宙和短暂的个体生命的冲突，也是一种精神生命和自然生命的冲突。在葬花词里，她的这种心境更是展露无遗。面对"一年三百六十日，风刀霜剑严相逼"的环境，她只能"独倚花锄泪暗洒，洒上空枝见血痕"，并希望自己在这样的环境里能够"质本洁来还洁去，强于污淖陷渠沟"。诗里充满了她对岁月流逝的感叹，如"桃李明年能再发，明年闺中知有谁""一朝春尽红颜老，花落人亡两不知"。而林黛玉的敏感多疑、好使小性，正是其激愤与焦虑情绪的外在表现，体现出她对生命的期望——即使受到外在的挤压，也仍然希望保持生命的本来状态。作者通过对林黛玉形象的塑造，抒发了士子共有的对个体生命价值的追问，从而获得普遍永恒的感发力量。从林黛玉身上，我们似乎可以看到几千年来清贫的才子士人在政权的夹缝中求生存的艰难处境，他们既希望能在统治者面前大展奇才，实现人生的价值，又希望能保持自己人格的独立，但往往事与愿违，更多的时候是"未能展其抱负"。林黛玉是一个心灵通透的博学之士，自幼饱读诗书，她的闺房就像一间上等的书房。她在贾府的人际遭遇就是文人在朝廷政治生活的缩影。她在面对高层时小心谨慎,如履薄冰,但由于性格坦率,不能曲意逢迎,最终成了家族政治博弈的牺牲品,泪尽而逝。

薛宝钗出生在一个"珍珠如土金如铁"的"皇商"家庭,自幼就受到功利主义教育的熏陶,她对薛家只富不贵的现状是不满足的,她的头脑里是有着"再进一步"的思想的,所以其入京初衷,便是待选宫中。她一进贾府,便立即觉察到贾宝玉是贾母看重的命根子,是最有希望继承荣国府的人。从此,她便下定决心争取"宝二奶奶"的地位。她明知林黛玉是贾宝玉的知己,但在夺取"宝二奶奶"地位的"战斗"中,她一点也不灰心,她相信黛玉只能夺取宝玉的爱情,却不能夺取"宝二奶奶"的地位。因为她知道,在封建社会里争取婚姻胜利的关键不在于获得对方的爱情,而在于得到对方家长的欢心与信任。因此她注意用封建礼教严格支配自己的言行,力争做个标准的封建"淑女"。她表面不争,内心却在暗斗,那种外冷内热的"冷香丸"正是她性格最好的象征。曹雪芹用"罕言寡语,人谓藏愚;安分随时,自云守拙"的文句,刻画她装愚守拙、随机应变的性格特点,真可谓是恰如其分。这首柳絮词正是曹雪芹借助诗词的艺术形式来塑造人物形象的。小说通过薛宝钗所作的柳絮词,刻画了她的性格特点,再现了她的思想本质。薛宝钗品评别人写的柳絮词时说:"柳絮原是一件轻薄无根无绊的东西,然依我的主意,偏要把他说好了,才不落套。"在这样的思想基础上,她提笔写下了这首《临江仙》柳絮词。

词的上片写她踌躇满志,否定了封建阶级即将没落的情绪,在封建贵族阶级势力很快要像晚春时节的柳絮那样好景不长的情况下,提出"岂必委芳尘"的思想。词的开始三句"白玉堂前春解舞,东风卷得均匀。蜂团蝶阵乱纷纷"中,"白玉堂"是从古乐府"黄金为君门,白玉为君堂"来的,比喻富贵豪华,借指封建贵族家的住宅;"春解舞"指春风吹得柳絮飞扬飘舞;"均匀"指柳絮飘舞时舞姿优美,匀称有度;"蜂团蝶阵"比喻柳絮纷飞繁乱。这三句的大意是"豪华富贵的白玉堂前的春风最懂得怎样才能舞得动人,东风把柳絮吹得飞扬飘舞,匀称有度。蜂围蝶绕,给人以春意喧闹、繁花似锦之感"。词的前三句对"春解舞""东风卷得均匀""蜂团蝶阵"表示颂扬和赞美。上片末两句"几曾随逝水,岂必委芳尘"中的"逝水"即流水。这两句是把苏轼咏杨花词中"春色三分,二分尘土,一分流水"三句反其意而用之。这两句的大意是:何必随着流水远去,又何必坠落在散发着清香的尘泥中。这两句使情调由原来的消极变为积极。词的下片开始两句"万缕千丝终不改,任他随聚随分",写柳絮千丝万缕地联系着,始终也不能改变,到处飘舞着,不论是团聚还是分离。最后三句"韶华休笑本无根,好风频借力,送我上青云"中的"青云",就是指旧时代追逐功名利禄、飞黄腾达的意思。这三句意思是:请春光莫笑我轻狂,我本来就没有根,我要不断地借助东风的力量飞黄腾达,青云直上。这里毫不隐讳地把她追名逐利的思想本质表现了出来。

《临江仙》这首柳絮词,表面上是写春光中的柳絮懂得怎样才能舞得动人,实际上是以物喻人,正是薛宝钗的自我写照。她是一位"人情练达世事明"的封建"淑女",很懂得如何博取长辈、同龄人的欢心,而又深得下人之心,最终一举登上"宝二奶奶"的宝座,取得婚姻的胜利。

三、对待下人

黛玉

（第二十六回）且说近日宝玉病的时节，贾芸带着家下小厮坐更看守，昼夜在这里，那红玉同众丫鬟也在这里守着宝玉，彼此相见多日，都渐渐的混熟了。那红玉见贾芸手里拿的手帕子，倒像是自己从前掉的，待要问他，又不好问的。不料那和尚、道士来过，用不着一切男人，贾芸仍种树去了。这件事待要放下，心内又放不下，待要问去，又怕人猜疑，正是犹豫不决、神魂不定之际，忽听窗外问道："姐姐在屋里没有？"红玉闻听，在窗眼内望外一看，原来是本院的小丫头名叫佳蕙的，因答说："在家里，你进来罢。"佳蕙听了跑进来，就坐在床上，笑道："我好造化！才刚在院子里洗东西，宝玉叫往林姑娘那里送茶叶，花大姐姐交给我送去。可巧老太太那里给林姑娘送钱来，正分给他们的丫头们呢。见我去了，林姑娘就抓了两把给我，也不知多少。你替我收着。"便把手帕子打开，把钱倒了出来，红玉替他一五一十的数了收起。

佳蕙道："你这一程子心里到底觉怎么样？依我说，你竟家去住两日，请一个大夫来瞧瞧，吃两剂药就好了。"红玉道："那里的话，好好的，家去作什么！"佳蕙道："我想起来了，林姑娘生的弱，时常他吃药，你就和他要些来吃，也是一样。"红玉道："胡说！药也是混吃的。"佳蕙道："你这也不是个长法儿，又懒吃懒喝的，终久怎么样？"红玉道："怕什么，还不如早些儿死了倒干净！"佳蕙道："好好的，怎么说这些话？"红玉道："你那里知道我心里的事！"

佳蕙点头想了一会，道："可也怨不得，这个地方难站。就像昨儿老太太因宝玉病了这些日子，说跟着伏侍的这些人都辛苦了，如今身上好了，各处还完了愿，叫把跟着的人都按着等儿赏他们。我算年纪小，上不去，不得我也不怨；像你怎么也不算在里头？我心里就不服。袭人那怕他得十个分儿，也不恼他，原该的。说良心话，谁还敢比他呢？别说他素日殷勤小心，便是

宝钗

（第二十七回）话说林黛玉正自悲泣，忽听院门响处，只见宝钗出来了，宝玉、袭人一群人送了出来。待要上去问着宝玉，又恐当着众人问，羞了他倒不便，因而闪过一旁，让宝钗去了，宝玉等进去关了门，方转过来，犹望着门洒了几点泪。自觉无味，便转身回来，无精打采的卸了残妆。

紫鹃、雪雁素日知道他的情性：无事闷坐，不是愁眉，便是长叹，且好端端的不知为了什么，便常常的就自泪自干。先时还解劝，怕他思父母，想家乡，受了委曲，用话来宽慰解劝。谁知后来一年一月竟常常的如此，把这个样儿看惯了，也都不理论了。所以没人去理，由他去闷坐，只管睡觉去了。那林黛玉倚着床栏杆，两手抱着膝，眼睛含着泪，好似木雕泥塑的一般，直坐到三更多天方才睡了。一宿无话。

至次日，乃是四月二十六日，原来这日未时交芒种节。尚古风俗：凡交芒种节的这日，都要设摆各色礼物，祭饯花神，言芒种一过，便是夏日了，众花皆卸，花神退位，须要饯行。然闺中更兴这件风俗，所以大观园中之人都早起来了。那些女孩子，或用花瓣柳枝编成轿马的，或用绫锦纱罗叠成干旄旌幢的，都用彩线系了。每一颗树每一枝花上，都系上了这些物事。满园中绣带飘飘，花枝招展，更又兼这些人打扮得桃羞杏让，燕妒莺惭，一时也道不尽。

且说宝钗、迎春、探春、惜春、李纨、凤姐等并巧姐、大姐、香菱与众丫鬟们都在园内顽耍，独不见林黛玉。迎春因说道："林妹妹怎么不见？好个懒丫头！这会子还睡觉不成？"宝钗道："你们等着，我去闹了他来。"说着便丢下众人，一直的往潇湘馆来。正走着，只见文官等十二个女孩子也来了，见宝钗问了好，说了一回闲话。宝钗回身指道："他们都在那里呢，你们找去罢。我叫林姑娘去就来。"说着便往潇湘馆来。忽然抬头见宝玉进去了，宝钗便站住

不殷勤小心,也拼不得。可气晴雯、绮霞他们这几个,都算在上等里去,仗着老子娘的脸面,众人倒捧着他去。你说可气不可气?"红玉道:"也不犯着气他们。俗语说的,'千里搭长棚,没有个不散的筵席',谁守谁一辈子呢?不过三年五载,各人干各人的去了。那时谁还管谁呢?"这两句话不觉感动了佳蕙的心肠,由不得眼睛红了,又不好意思好端端的哭,只得勉强笑道:"你这话说的却是。昨儿宝玉还说,明儿怎么样收拾房子,怎么样做衣裳,倒像有几百年的熬煎。"

红玉听了冷笑了两声,方要说话,只见一个未留头的小丫头子走进来,手里拿着些花样子并两张纸,说道:"这是两个样子,叫你描出来呢。"说着向红玉掷下,回身就跑了。红玉向外问道:"倒是谁的?也等不的说完就跑,谁蒸下馒头等着你,怕冷了不成!"那小丫头在窗外只说得一声:"是绮大姐姐的。"抬起脚来咕咚咕咚又跑了。红玉便赌气把那样子掷在一边,向抽屉内找笔,找了半天都是秃了的,因说道:"前儿一枝新笔,放在那里了?怎么一时想不起来。"一面说,一面出神,想了一会方笑道:"是了,前儿晚上莺儿拿了去了。"便向佳蕙道:"你替我取了来。"佳蕙道:"花大姐姐还等着我替他抬箱子呢,你自取去罢。"红玉道:"他等着你,你还坐着闲打牙儿?我不叫你取去,他也不等着你了。坏透了的小蹄子!"说着,自己便出房来,出了怡红院,一径往宝钗院内来。

············

(第四十八回)且说香菱见过众人之后,吃过晚饭,宝钗等都往贾母处去了,自己便往潇湘馆中来。此时黛玉已好了大半,见香菱也进园来住,自是欢喜。香菱因笑道:"我这一进来了,也得了空儿,好歹教给我作诗,就是我的造化了!"黛玉笑道:"既要作诗,你就拜我作师。我虽不通,大略也还教得起你。"香菱笑道:"果然这样,我就拜你作师。你可不许腻烦的。"黛玉道:"什么难事,也值得去学!不过是起承转合,当中承转是两副对子,平声对仄声,虚的对实的,

低头想了一想:宝玉和林黛玉是从小一处长大,他二人间多有不避嫌疑之处,嘲笑喜怒无常;况且黛玉素习猜忌,好弄小性儿。此刻自己也进去,一则宝玉不便,二则黛玉嫌疑,倒是回来的妙。

想毕,抽身要寻别的姊妹去,忽见前面一双玉色蝴蝶,大如团扇,一上一下的迎风翩跹,十分有趣。宝钗意欲扑了来顽耍,遂向袖中取出扇子来,向草地下来扑。只见那一双蝴蝶忽起忽落,来来往往,穿花度柳,将欲过河。倒引的宝钗蹑手蹑脚的,一直跟到池中的滴翠亭,香汗淋漓,娇喘细细,也无心扑了。刚欲回来,只听亭子里面嘁嘁喳喳有人说话。原来这亭子四面俱是游廊曲桥,盖在池中,周围都是雕镂槅子糊着纸。

宝钗在亭外听见说话,便站住往里细听,只听说道:"你瞧瞧这手帕子,果然是你丢的那块,你就拿着;要不是,就还芸二爷去。"又有一人道:"可不是那块!拿来给我罢。"又听说道:"你拿什么谢我呢?难道白寻了来不成。"又答道:"我既许了谢你,自然不哄你。"又听说道:"我寻了来给你,自然谢我;但只是拣的人,你就不拿什么谢他?"又回道:"你别胡说。他是个爷们家,拣了我们的东西,自然该还的。叫我拿什么给他呢?"又听说道:"你不谢他,我怎么回他呢?况且他再三再四的和我说了,若没谢的,不许给你呢。"半晌,又听答道:"也罢,拿我这个给他,就算谢他的罢。——你要告诉别人呢?须说个誓来。"又听说道:"我要告诉一个人,就长一个疔,日后不得好死!"又听说道:"嗳呀!咱们只顾说话,看有人来悄悄的在外头听见。不如把这槅子都推开了,便是有人见咱们在这里,他们只当我们说顽话呢。若走到跟前,咱们也看的见,就别说了。"

宝钗在外面听见这话,心中吃惊,想道:"怪道从古至今那些奸淫狗盗的人,心机都不错。这一开了,见我在这里,他们岂不臊了。况才说话的语音儿,大似宝玉房里的红儿。他

实的对虚的,若是果有了奇句,连平仄虚实不对都使得的。"香菱笑道:"怪道我常弄一本旧诗偷空儿看一两首,又有对的极工的,又有不对的,又听见说'一三五不论,二四六分明'。看古人的诗上亦有顺的,亦有二四六上错了的,所以天天疑惑。如今听你一说,原来这些格调规矩竟是末事,只要词句新奇为上。"黛玉道:"正是这个道理。词句究竟还是末事,第一立意要紧。若意趣真了,连词句不用修饰,自是好的,这叫做'不以词害意'。"

香菱笑道:"我只爱陆放翁的诗'重帘不卷留香久,古砚微凹聚墨多',说的真有趣!"黛玉道:"断不可学这样的诗。你们因不知诗,所以见了这浅近的就爱,一入了这个格局,再学不出来的。你只听我说,你若真心要学,我这里有《王摩诘全集》,你且把他的五言律读一百首,细心揣摩透熟了,然后再读一二百首老杜的七言律,次再李青莲的七言绝句读一二百首。肚子里先有了这三个人作了底子,然后再把陶渊明、应玚、谢、阮、庾、鲍等人的一看。你又是一个极聪敏伶俐的人,不用一年的工夫,不愁不是诗翁了!"香菱听了,笑道:"既这样,好姑娘,你就把这书给我拿出来,我带回去夜里念几首也是好的。"黛玉听说,便命紫鹃将王右丞的五言律拿来,递与香菱,又道:"你只看有红圈的都是我选的,有一首念一首。不明白的问你姑娘,或者遇见我,我讲与你就是了。"香菱拿了诗,回至蘅芜苑中,诸事不顾,只向灯下一首一首的读起来。宝钗连催他数次睡觉,他也不睡。宝钗见他这般苦心,只得随他去了。

一日,黛玉方梳洗完了,只见香菱笑吟吟的送了书来,又要换杜律。黛玉笑道:"共记得多少首?"香菱笑道:"凡红圈选的我尽读了。"黛玉道:"可领略了些滋味没有?"香菱笑道:"领略了些滋味,不知可是不是,说与你听听。"黛玉笑道:"正要讲究讨论,方能长进。你且说来我听。"香菱笑道:"据我看来,诗的好处,有口里说不出来的意思,想去却是逼真的。有似乎无理的,

素习眼空心大,最是个头等刁钻古怪的东西。今儿我听了他的短儿,一时人急造反,狗急跳墙,不但生事,而且我还没趣。如今便赶着躲了,料也躲不及,少不得要使个'金蝉脱壳'的法子。"犹未想完,只听"咯吱"一声,宝钗便故意放重了脚步,笑着叫道:"颦儿,我看你往那里藏!"一面说,一面故意往前赶。那亭子里的红玉、坠儿刚一推窗,只见宝钗如此说着往前赶,两个人都唬怔了。宝钗反向他二人笑道:"你们把林姑娘藏在那里了?"坠儿道:"何曾见林姑娘了。"宝钗道:"我才在河边看着他在这里蹲着弄水儿的。我要悄悄的唬他一跳,还没走到跟前,他倒看见我了,朝东一绕就不见了。必是藏在这里头了。"一面说,一面故意进去寻了一寻,抽身就走,口里说道:"一定又是在那山子洞里去。遇见蛇,咬一口也罢了。"一面说一面走,心里又好笑:这件事算遮过去了,不知他二人是怎么样。

谁知红玉听见了宝钗的话,便信以为真,让宝钗去远,便拉坠儿道:"了不得了!林姑娘蹲在这里,一定听了话去了!"坠儿听说,也半日不言语。红玉又道:"这可怎么样呢?"坠儿道:"便听见了,管谁筋疼,各人干各人的就完了。"红玉道:"若是宝姑娘听见,还倒罢了。林姑娘嘴里又爱刻薄人,心里又细,他一听见了,倘或走露了,怎么样呢?"二人正说着,只见文官、香菱、司棋、待书等上亭子来了。二人只得掩住这话,且和他们顽笑。

....

(第六十七回)母女正说之间,见薛蟠自外而入,眼中尚有泪痕未干。一进门,便向他母亲拍手说道:"妈,可知道柳大哥、尤三姐的事么?"薛姨妈说:"我在园子里听见大家议论,正在这里才和你妹子说这件公案呢。"薛蟠道:"这事可奇不奇?"薛姨妈说:"可是柳相公那样一个年轻聪明的人,怎么就一时糊涂跟着道士去了呢?……想你们相好了一场,他又无父母

想去竟是有理有情的。"黛玉笑道:"这话有了些意思,但不知你从何处见得?"香菱笑道:"我看他《塞上》一首,那一联云:'大漠孤烟直,长河落日圆。'想来烟如何直?日自然是圆的:这'直'字似无理,'圆'字似太俗。合上书一想,倒像是见了这景的。若说再找两个字换这两个,竟再找不出两个字来。再还有'日落江湖白,潮来天地青',这'白''青'两个字也似无理。想来,必得这两个字才形容得尽,念在嘴里倒像有几千斤重的一个橄榄。还有'渡头余落日,墟里上孤烟',这'余'字和'上'字,难为他怎么想来!我们那年上京来,那日下晚便湾住船,岸上又没有人,只有几棵树,远远的几家人家作晚饭,那个烟竟是碧青,连云直上。谁知我昨日晚上读了这两句,倒像我又到了那个地方去了。"

正说着,宝玉和探春也来了,也都入坐听他讲诗。宝玉笑道:"既是这样,也不用看诗。会心处不在多,听你说了这两句,可知三昧你已得了。"黛玉笑道:"你说他这'上孤烟'好,你还不知他这一句还是套了前人的来。我给你这一句瞧瞧,更比这个淡而现成。"说着便把陶渊明的"暧暧远人村,依依墟里烟"翻了出来,递与香菱。香菱瞧了,点头叹赏,笑道:"原来'上'字是从'依依'两个字上化出来的。"宝玉大笑道:"你已得了,不用再讲,越发倒学杂了。你就作起来,必是好的。"探春笑道:"明儿我补一个柬来,请你入社。"香菱笑道:"姑娘何苦打趣我,我不过是心里羡慕,才学着顽罢了。"探春黛玉都笑道:"谁不是顽?难道我们是认真作诗呢!若说我们认真成了诗,出了这园子,把人的牙还笑倒了呢。"宝玉道:"这也算自暴自弃了。前日我在外头和相公们商议画儿,他们听见咱们起诗社,求我把稿子给他们瞧瞧。我就写了几首给他们看看,谁不真心叹服。他们都抄了刻去了。"探春黛玉忙问道:"这是真话么?"宝玉笑道:"说谎的是那架上的鹦哥。"黛玉探春听说,都道:"你真真胡闹!且别说那不成诗,便是成诗,我们

兄弟,只身一人在此,你也该各处找一找才是。靠那跛足道士疯疯癫癫的,能往那里远去!左不过在这房前左右的庙里寺里躲藏着罢咧。"薛蟠说:"何尝不是呢。我一听见这个信儿,就连忙带了小厮们在各处寻找去,连个影儿也没有。又去问人,人人都说不曾看见……"……薛姨妈说:"你既然找寻了没有,把你作朋友的心也尽了。焉知他这一出家,不是得了好处去呢?你也不必太过虑了。一则张罗张罗买卖,二则把你自己娶媳妇应办的事情,倒是早些料理料理。咱们家里没人手儿,竟是'笨雀儿先飞',省得临期丢三忘四的不齐全,令人笑话。再者,你妹妹才说,你也回家半个多月了,想货物也该发完了,同你作买卖去的伙计们,也该设桌酒席请请他们,酬酬劳乏才是。他们……又陪着你走了一二千里的路程,受了四五个月的辛苦,而且在路上又替你担了多少的惊怕沉重。"薛蟠闻听,说:"妈说的很是,妹妹想得周到。我也这样想来着,只因这些日子为各处发货,闹得头晕。又为柳大哥的亲事又忙了这几日,反倒落了一个空,白张罗了一会子,倒把正经事都误了。要不然,就定了明儿后儿下帖子请请罢。"薛姨妈道:"由你办去罢。"

话犹未了,外面小厮回说:"张管总的伙计着人送了两个箱子来,说这是爷各自买的,不在货账里面。本要早送来,因货物箱子压着,未得拿;昨日货物发完了,所以今儿才送来了。"一面说,一面又见两个小厮搬进了两个夹板夹的大棕箱来。薛蟠一见,说:"嗳哟,可是我怎么就糊涂到这一步田地了!特特的给妈和妹妹带来的东西都忘了,没拿了家里来,还是伙计送了来了。"宝钗说:"亏你才说还是特特的带来的,还是这样放了一二十日才送来,若不是'特特的'带来,必定是要放到年底下才送进来呢。你也诸事太不留心了。"薛蟠笑道:"想是我在路上叫贼人把魂吓掉了,还没归窍呢。"

的笔墨也不该传到外头去。"宝玉道:"这怕什么!古来闺阁中的笔墨不要传出去,如今也没有人知道了。"说着,只见惜春打发了入画来请宝玉,宝玉方去了。香菱又逼着黛玉换出杜律来,又央黛玉探春二人:"出个题目,让我诌去,诌了来,替我改正。"黛玉道:"昨夜的月最好,我正要诌一首,竟未诌成,你竟作一首来。'十四寒'的韵,由你爱用那几个字去。"

香菱听了,喜的拿回诗来,又苦思一回作两句诗,又舍不得杜诗,又读两首。如此茶饭无心,坐卧不定。宝钗道:"何苦自寻烦恼。都是颦儿引的你,我和他算账去。你本来呆头呆脑的,再添上这个,越发弄成个呆子了。"香菱笑道:"好姑娘,别混我。"一面说,一面作了一首,先与宝钗看。宝钗看了笑道:"这个不好,不是这个作法。你别怕臊,只管拿了给他瞧去,看他是怎么说。"香菱听了,便拿了诗找黛玉。黛玉看时,只见写道是:

　　月挂中天夜色寒,清光皎皎影团团。
　　诗人助兴常思玩,野客添愁不忍观。
　　翡翠楼边悬玉镜,珍珠帘外挂冰盘。
　　良宵何用烧银烛,晴彩辉煌映画栏。

黛玉笑道:"意思却有,只是措词不雅。皆因你看的诗少,被他缚住了。把这首丢开,再作一首。只管放开胆子去作。"

说着,大家笑了一阵,便向回话的小厮说:"东西收下了,叫他们回去罢。"薛姨妈同宝钗忙问:"是什么好东西,这样捆着夹着的?"便命人挑了绳子,去了夹板,开了锁看时,却是些绸缎、绫锦、洋货等家常应用之物。独有宝钗他的那个箱子里,除了笔、墨、砚、各色笺纸、香袋、香珠、扇子、扇坠、花粉、胭脂、头油等物外,还有虎丘带来的自行人、酒令儿、水银灌的打筋斗的小小子,沙子灯,一出一出的泥人儿的戏,用青纱罩的匣子装着,又有在虎丘上作的薛蟠的像,泥捏成的与薛蟠毫无相差,以及许多碎小玩意儿的东西。宝钗一见,满心欢喜,便叫自己使的丫鬟来吩咐:"你将我的这个箱子与我拿了园子里去,我好就近从那边送送人。"说着,便起身来,告辞母亲,往园子里来了。这里薛姨妈将自己这个箱子里的东西取出,一分一分的打点清楚,着同喜丫头送往贾母并王夫人等处去不讲。

且说宝钗随着箱子到了自己房中,将东西逐件逐件的过了目,除将自己留用之外,遂一分一分配合妥当:也有送笔、墨、纸、砚的,也有送香袋、扇子、香坠的,也有送脂粉、头油的,也有单送玩意儿的;酌量其人分办。只有黛玉的比别人不同,比众人加厚一倍。一一打点完毕,使莺儿同一个老婆子跟着,送往各处。

【点评】

黛玉"不肯轻易多说一句话"的谨慎性格让她竖起了一道与陌生人之间的高墙,但对于熟悉她的人来说,她是极其平易的。佳蕙送茶叶受赏与香菱学诗两件事说明了黛玉对下人很大方,这种大方不是收买人心,而是世袭贵族骨子里的礼仪和教养。虽然黛玉自己对宝钗说"我是一无所有,吃穿用度,一草一纸,皆是和他们家的姑娘一样,那起小人岂有不多嫌的",但林家肯定是不缺钱的,原因有二:一是五世贵族的底蕴;二是林如海所任的"巡盐御史"是典型的肥差,官场各方利益均掺和其中,这个官职要想完全清白,几乎是不可能的。从林如海细心为贾雨村打点复职费用看,他深谙官场之道。贾珍为贾蓉买一个五品龙禁尉的虚职都花了一千二百两银子,林如海为贾雨村打点的实授应天府之职肯定要远高于贾蓉的虚职的。为感谢一个外人都花了那么多钱,林如海怎么会不替自己唯一的女儿考虑周全呢?贾府之中,林如海能够相信的,应该只有疼爱幼女的贾母,所以黛玉的钱应该就在贾母处,贾母不过是替黛玉代管而已。事实上黛玉基本上是没有金钱概念的,她赏赐佳蕙很随意,就是随手"抓了两把",也不知多少。还有宝钗遣老婆子给黛玉送燕窝的时候，黛玉笑着命人给她几百钱打些酒吃，婆子说"又破费姑娘赏酒吃"，一个"又"字，说明黛玉类似的打赏绝不止一次。

香菱本出生在一个书香人家，只是命运弄人，一直无缘接触诗词。来到大观园，眼前的景象令她欣喜若狂，她感觉自己俨然到了一个富有诗情画意的天堂。于是，她央求薛宝钗教她写诗，薛宝钗却笑着说她是"得陇望蜀"。薛宝钗言外之意是带她到梦寐以求的大观园已经是不错了，还想学诗，开玩笑地说她真是太贪心了。薛宝钗只是让香菱来到大观园，各处走走看看，问候一声，又教了她一些待人处世之道。在薛宝钗看来，香菱是丫鬟，辈分低微，写诗是贵族们干的风雅韵事，丫鬟是不需要学诗的，只要做好本职工作即可。所以，她用一句"得陇望蜀"便打消了香菱学诗的念头。当然，宝钗不愿意教香菱学诗主要还是受"女子无才便是德"的思想的影响，认为女孩子的本分是做好针黹纺织之类的事情，读书写字反而会乱了性情。薛宝钗严格恪守封建礼教，将人分为三六九等。虽然她对贾府上下所有人都好，但这只是她的处世之道，她从心底里是瞧不上这些低贱的丫鬟的。

待人和善的薛宝钗不教她写诗，香菱便自己来到潇湘馆，央求林黛玉教她写诗，没想到，平日尖酸任性的林黛玉却一口答应，成为香菱的师傅。在接下来的日子里，林黛玉耐心地教香菱作诗，她让香菱多看王维、李白、杜甫的诗，告诉她写诗的时候，不要为了诗的工整而堆砌美丽、生涩的辞藻，并让她放开包袱，大胆地写。林黛玉还耐心地与香菱探讨王维的《塞上》。一句"大漠孤烟直，长河落日圆"让香菱感叹不已，一个"直"字似无理，一个"圆"字似太俗，却成了诗中的点睛之笔。黛玉告诉她，做学问要追根溯源，这两个字是从陶渊明的"暖暖远人村，依依墟里烟"中化出来的。可见，林黛玉不仅自己学问了得，也是一位不可多得的好老师。在林黛玉这位师傅的教导下，香菱经过着迷而刻苦的钻研，终于写出了"精华欲掩料应难，影自娟娟魄自寒"和"博得嫦娥应借问，缘何不使永团圆"的高水平诗句。林黛玉作为贵族小姐，并没有因为香菱是低等的丫鬟而拒绝教她作诗，或许在她的眼中，香菱悲惨的身世令人同情，甚至和她有一种同命相怜的感觉。

香菱这一点点写诗的要求在林黛玉这里得到了满足，给她黑暗的世界带来一丝丝的光明和希望，她感受到在诗词的世界中，人与人之间原来是可以相互平等、相互尊重的。薛宝钗不教香菱作诗，是因为她恪守封建礼教的等级制度；而林黛玉教香菱作诗，是因为她反对封建礼教的条条框框。

宝钗在听到丫鬟们不合礼法的对话时，因红玉、坠儿开窗的举动来得太突然，她情急之下喊出黛玉的名字，一是因为她刚刚从潇湘馆过来，紧张之下脑子里第一个想到的人物肯定是黛玉；二是因为花园里祭花神的众人中，刚巧独黛玉不在现场，不在这里必在别处，这又为嫁祸黛玉早在滴翠亭那边添了佐证。还有，以黛玉之为人与性格，像红玉这样的普通丫鬟，纵有天大的胆子也是不敢去找黛玉对证的。这嫁祸的反应之快，足可见宝钗的心机深重；她在嫁祸黛玉时的毫不犹豫，也多少表明宝钗对黛玉的暗恨由来已久（所谓"下意识"往往是内心深处压制已久的"真意识"）。这种恨意不是一进荣国府就有的，"宝钗行为豁达，随分从时，不比黛玉孤高自许，目无下尘。故比黛玉大得下人之心。便是那些小丫头子们，亦多喜与宝钗去顽笑。因此黛玉心中便有些悒郁不忿之意，宝钗却浑然不觉"，嫉妒应该是爱使小性子的黛玉先开始的。宝钗和黛玉是荣国府里一对最耀眼的姐妹花，美貌和才华旗鼓相当，黛玉"闲静时如娇花照水，行动处似弱柳扶风"，而宝钗"脸若银盆，眼似水杏，唇不点而红，眉不画而翠"；写文作诗如元春称赏，"终是薛林二妹之作与众不同，非愚姊妹可同列者"。两人的境遇也很相似，都是从故乡投奔贾府而来,看似有家实则寄人篱下。或许两人可以惺惺相惜,当然也曾互诉金兰语,黛玉生病时宝钗送过燕窝,两姐妹常常一块喝酒玩耍、参与诗社创作,但彼此之间也暗暗较量和妒忌,特别是在"金玉良缘"和"木石姻缘"之间的斗争上。宝钗的心机和城府,势必在不利于自己的情况下,趋利避害,嫁祸于人。宝钗不比黛玉,黛玉是个刀子嘴豆腐心的人,嘴巴尖利,但伤害人的事却不干。宝钗较之黛玉有城府也有心机,这应该是受她商人家庭出身的影响。宝钗虽然本身并不追求物质享受,但能够时时考虑到下人们的感受,所以在薛蟠远行回家后她及时让薛姨妈提醒薛蟠摆酒给同行的伙计们酬酬劳乏,也能够亲自将薛蟠送给自己的一箱东西一分一分配合妥当,送给园内诸人,连贾环也没漏过。这种刻意的行为是骨子里自傲的黛玉根本不屑为之的。所以宝钗"识时务者为俊杰",最懂趋利避害,不损自己。

四、与长辈相处

黛 玉

（第三回）众人见黛玉年貌虽小,其举止言谈不俗,身体面庞虽怯弱不胜,却有一段自然风流态度,便知他有不足之症。因问:"常服何药,如何不急为疗治?"黛玉笑道:"我自来是如此,从会吃饮食时便吃药,到今未断,请了多少名医修方配药,皆不见效。那一年我才三岁时,听得说来了一个癞头和尚,说要化我去出家,我父母固是不从。他又说:'既舍不得他,只怕他的病一生也不能好的了。若要好时,除非从此以后总不许见哭声,除父母之外,凡有外姓亲友之人,一概不见,方可平安了此一世。'疯疯癫癫,说了这些不经之谈,也没人理他。如今还是吃人参养荣丸。"贾母道:"这正好,我这里正配丸药呢。叫他们多配一料就是了。"

....

当下茶果已撤,贾母命两个老嬷嬷带了黛玉去见两个母舅。时贾赦之妻邢氏忙亦起身,笑道:"我带了外甥女过去,倒也便宜。"贾母笑道:"正是呢,你也去罢,不必过来了。"邢夫人答应一个"是"字,遂带了黛玉与王夫人作辞,大家送至穿堂前。出了垂花门,早有众小厮们拉过一辆翠幄青䌷车来。邢夫人携了黛玉坐上,众婆子们放

宝 钗

（第二十二回）凤姐道:"二十一是薛妹妹的生日,你到底怎么样呢?"贾琏道:"我知道怎么样!你连多少大生日都料理过了,这会子倒没了主意?"凤姐道:"大生日料理,不过是有一定的则例在那里。如今他这生日,大又不是,小又不是,所以和你商量。"贾琏听了,低头想了半日道:"你今儿糊涂了。现有比例,那林妹妹就是例。往年怎么给林妹妹过的,如今也照依给薛妹妹过就是了。"凤姐听了,冷笑道:"我难道连这个也不知道？我原也这么想定了。但昨儿听见老太太说问起大家的年纪生日来,听见薛大妹妹今年十五岁,虽不是整生日,也算得将笄之年。老太太说要替他作生日。想来若果真替他作,自然比往年与林妹妹的不同了。"贾琏道:"既如此,比林妹妹的多增些。"凤姐道:"我也这么想着,所以讨你的口气。我若私自添了东西,你又怪我不告诉明白你了。"贾琏笑道:"罢,罢,这空头情我不领。你不盘察我就够了,我还怪你!"说着,一径去了,不在话下。

且说史湘云住了两日,因要回去。贾母因说:"等过了你宝姐姐的生日,看了戏再回去。"史湘云听了,只得住下。又一面遣人回去,将自己旧日作的两色针线活计取来,为宝钗生辰之仪。

谁想贾母自见宝钗来了,喜他稳重和平,正值他才过第一个生辰,便自己蠲资二十两,唤了凤姐来,交与他置酒戏。凤姐凑趣笑道:"一个老祖宗给

下车帘,方命小厮们抬起,拉至宽处,方驾上驯骡,亦出了西角门,往东过了荣府正门,便入一黑油大门中,至仪门前方下来。众小厮退出,方打起车帘,邢夫人搀了黛玉的手,进入院中。黛玉度其房屋院宇,必是荣府中之花园隔断过来的。进入三层仪门,果见正房厢庑游廊,悉皆小巧别致,不似方才那边轩峻壮丽,且院中随处之树木山石皆有。一时进入正室,早有许多盛妆丽服之姬妾丫鬟迎着。邢夫人让黛玉坐了,一面命人到外面书房去请贾赦。一时人来回说:"老爷说了:'连日身上不好,见了姑娘彼此倒伤心,暂且不忍相见。劝姑娘不要伤心想家,跟着老太太和舅母,即同家里一样。姊妹们虽拙,大家一处伴着,亦可以解些烦闷。或有委屈之处,只管说得,不要外道才是。'"黛玉忙站起来,一一听了。再坐一刻,便告辞。那邢夫人苦留吃过晚饭去,黛玉笑回道:"舅母爱惜赐饭,原不应辞,只是还要过去拜见二舅舅,恐领了赐去不恭,异日再领,未为不可。望舅母容谅。"邢夫人听说,笑道:"这倒是了。"遂命两三个嬷嬷,用方才的车好生送了过去,于是黛玉告辞。邢夫人送至仪门前,又嘱咐众人几句,眼看着车去了方回来。

....

茶未吃了,只见一个穿红绫袄、青缎掐牙背心的丫鬟走来笑说道:"太太说,请姑娘到那边坐罢。"老嬷嬷听了,于是又引黛玉出来,到了东廊三间小正房内。正面炕上横设一张炕桌,桌上磊着书籍茶具,靠东壁面西设着半旧青缎靠背引枕。王夫人却坐在西边下首,亦是半旧青缎靠背坐褥。见黛玉来了,便往东让。黛玉心中料定这是贾政之位。因见挨炕一溜三张椅子上,也搭着半旧的弹墨椅袱,黛玉便向椅上坐了。王夫人再四携他上炕,他方挨王夫人坐了。

....

孩子们作生日,不拘怎样,谁还敢争,又办什么酒戏。既高兴要热闹,就说不得自己花上几两。巴巴的找出这霉烂的二十两银子来作东西,这意思还叫我赔上。果然拿不出来也罢了,金的、银的、圆的、扁的,压塌了箱子底,只是勒掯我们。举眼看看,谁不是儿女?难道将来只有宝兄弟顶了你老人家上五台山不成?那些梯己只留于他,我们如今虽不配使,也别苦了我们。这个够酒的?够戏的?"说的满屋里都笑起来。贾母亦笑道:"你们听听这嘴!我也算会说的,怎么说不过这猴儿。你婆婆也不敢强嘴,你和我喇喇的。"凤姐笑道:"我婆婆也是一样的疼宝玉,我也没处去诉冤,倒说我强嘴。"说着,又引着贾母笑了一回,贾母十分喜悦。

到晚间,众人都在贾母前,定昏之馀,大家娘儿姊妹等说笑时,贾母因问宝钗爱听何戏,爱吃何物等语。宝钗深知贾母年老人,喜热闹戏文,爱吃甜烂之食,便总依贾母往日素喜者说了出来。贾母更加欢悦。次日便先送过衣服玩物礼去,王夫人、凤姐、黛玉等诸人皆有随分不一,不须多记。

....

点戏时,贾母一定先叫宝钗点。宝钗推让一遍,无法,只得点了一折《西游记》。贾母自是欢喜,然后便命凤姐点。凤姐亦知贾母喜热闹,更喜谑笑科诨,便点了一出《刘二当衣》。贾母果真更又喜欢,然后便命黛玉点。黛玉因让薛姨妈王夫人等。贾母道:"今日原是我特带着你们取笑,咱们只管咱们的,别理他们。我巴巴的唱戏摆酒,为他们不成?他们在这里白听白吃,已经便宜了,还让他们点呢!"说着,大家都笑了。黛玉方点了一出。

....

(第三十二回)一句话未了,忽见一个老婆子忙忙走来,说道:"这是那里说起!金钏儿姑娘好好的投井死了!"袭人唬了一跳,忙问:"那个金钏儿?"那老婆子道:"那里还有两个金钏儿呢?就是太太屋里的。前儿不知为什么撵他出去,在家里哭天哭地的,也都不理会他,谁知找他不见了。刚才打水的人在那东南角上井里打水,见一个尸首,赶着叫人打捞起来,谁知是他。他们家里还只管乱着要救活,那里中黛玉一一的都答应着。只见一个丫鬟来回："老太太那里传晚饭了。"王夫人忙携了黛玉从后房门由后廊往西，出了角门，是一条南北宽夹道。南边是倒座三间小小的抱厦厅，北边立着一个粉油大影壁，后有一半大门，小小一所房宇。王夫人笑指向黛玉道："这是你凤姐姐的屋子，回来你好往这里找他来，少什么东西，你只管和他说就是了。"这院门上也有四五个才总角的小厮，都垂手侍立。王夫人遂携黛玉穿过一个东西穿堂，便是贾母的后院了。于是，进入后房门，已有多人在此伺候，见王夫人来了，方安设桌椅。贾珠之妻李氏捧饭，熙凤安箸，王夫人进羹。贾母正面榻上独坐，两边四张空椅，熙凤忙拉了黛玉在左边第一张椅上坐了，黛玉十分推让。贾母笑道："你舅母和嫂子们不在这里吃饭。你是客，原应如此坐的。"黛玉方告了座，坐了。贾母命王夫人坐了。迎春姊妹三个告了座，方上来。迎春便坐右手第一，探春左第二，惜春右第二。旁边丫鬟执着拂尘、漱盂、巾帕。李、凤二人立于案旁布让。外间伺候之媳妇丫鬟虽多，却连一声咳嗽不闻。寂然饭毕，各有丫鬟用小茶盘捧上茶来。当日林如海教女以惜福养身，云饭后务待饭粒咽尽，过一时再吃茶，方不伤脾胃。今黛玉见了这里许多事情不合家中之式，不得不随的，少不得一一的改过来，因而接了茶。早见人又捧过漱盂来，黛玉也照样漱了口。然后盥手毕，又捧上茶来，方是吃的茶。贾母便说："你们去罢，让我们自在说话儿。"王夫人听了，忙起身，又说了两句闲话，方引李、凤二人去了。贾母因问黛玉念何书。黛玉道："只刚念了《四书》。"黛玉又问姊妹们读何书。贾母道："读的是什么书！不过是认得两个字，不是睁眼的瞎子罢了。"

用了！"宝钗道："这也奇了。"袭人听说，点头赞叹，想素日同气之情，不觉流下泪来。宝钗听见这话，忙向王夫人处来道安慰。这里袭人回去不提。

却说宝钗来至王夫人处，只见鸦雀无闻，独有王夫人在里间房内坐着垂泪。宝钗便不好提这事，只得一旁坐了。王夫人便问："你从那里来？"宝钗道："从园里来。"王夫人道："你从园里来，可见你宝兄弟？"宝钗道："才倒看见了。他穿了衣服出去了，不知那里去。"

王夫人点头哭道："你可知道一桩奇事？金钏儿忽然投井死了！"宝钗见说，道："怎么好好的投井？这也奇了。"王夫人道："原是前儿他把我一件东西弄坏了，我一时生气，打了他几下，撵他下去。我只说气他两天，还叫他上来，谁知他这么气性大，就投井死了。岂不是我的罪过。"宝钗叹道："姨娘是慈善人，故然这么想。据我看来，他并不是赌气投井。多半他下去住着，或是在井跟前憨顽，失了脚掉下去的。他在上头拘束惯了，这一出去，自然要到各处去顽顽逛逛，岂有这样大气的理！纵然有这样大气，也不过是个糊涂人，也不为可惜。"王夫人点头叹道："这话虽然如此说，到底我心不安。"宝钗叹道："姨娘也不必念念于兹，十分过不去，不过多赏他几两银子发送他，也就尽主仆之情了。"

王夫人道："刚才我赏了他娘五十两银子，原要还把你妹妹们的新衣服拿两套给他妆裹。谁知凤丫头说可巧都没什么新做的衣服，只有你林妹妹作生日的两套。我想你林妹妹那个孩子素日是个有心的，况且他也三灾八难的，既说了给他过生日，这会子又给人妆裹去，岂不忌讳。因为这么样，我现叫裁缝赶两套给他。要是别的丫头，赏他几两银子也就完了，只是金钏儿虽然是个丫头，素日在我跟前比我的女儿也差不多。"口里说着，不觉泪下。宝钗忙道："姨娘这会子又何用叫裁缝赶去，我前儿倒做了两套，拿来给他岂不省事。况且他活着的时候也穿过我的旧衣服，身量又相对。"王夫人道："虽然这样，难道你不忌讳？"宝钗笑道："姨娘放心，我从来不计较这些。"一面说，一面起身就走。王夫人忙叫了两个人来跟宝姑娘去。

一时宝钗取了衣服回来，只见宝玉在王夫人旁边坐着垂泪。王夫人正才说他，因宝钗来了，却掩了口不说了。宝钗见此光景，察言观色，早知觉了八分，于是将衣服交割明白。

【点评】

　　林家数代列侯,书香世家,当然不是小门小户,但林如海仅有黛玉一女。没有姊妹兄弟扶持的黛玉,在那种封建社会中,家族恐怕更像是择人而噬的怪兽,难以依靠。黛玉自幼在家,被父母奉若掌上明珠,当作男孩一般教养,也是享受了很惬意、快乐的童年生活的。这种巨大的反差也造成了黛玉的自卑与抑郁,但内心那强烈的自尊又导致黛玉清高孤傲,时刻戒备着一切伤害,对于别人的态度十分敏感。所以黛玉时时揣度别人的话语、态度,留意自己的言行举止不要有闪失,给别人留下嘲笑的把柄。在邢夫人领着黛玉去见其大舅舅贾赦时,贾赦没有露面,只派下人传话给黛玉,"黛玉忙站起来,一一听了",在礼数上没有丝毫懈怠。此外,邢夫人留黛玉吃饭,她因还没有见二舅舅贾政,于是便说了一番话,"舅母爱惜赐饭,原不应辞,只是还要过去拜见二舅舅,恐领了赐去不恭,异日再领,未为不可。望舅母容谅",既表达自己对舅母的谢意,又说出客观为难的原因。黛玉辞别邢夫人,前来拜见二舅舅贾政,至正内室"荣禧堂"无人,至东厢房"老嬷嬷们让黛玉炕上坐……黛玉度其位次,便不上炕,只向东边椅子上坐了"。黛玉知道外祖母家与别家不同,不仅表现在富贵气象上,更表现在府中的长幼有序、尊卑有别、贵贱有异上,所以她"不上炕,只向东边椅子上坐了"。可见就连坐在何处她都小心翼翼,绝不肯草率从事。待到拜见王夫人时,黛玉发现"王夫人却坐在西边下首",她"见黛玉来了,便往东让。黛玉心中料定这是贾政之位。因见挨炕一溜三张椅子上……黛玉便向椅上坐了"。按理说,黛玉远来是客,便是坐了东边上首贾政的座位亦不为越,但黛玉仍没有坐,而是坐在炕下的椅子上,因为她不想落人口实,惹出是非。"料定"便极其细腻地表现了她"处处留心,时时在意"的心理。

　　林黛玉初进贾府,因为小心谨慎而改俗从众,故其心思不在于如何表达、展现自我,而在于揣测、迎合别人意见,这种惯性延续到她与宝玉的初见前期。贾母和贾宝玉都问过她读了什么书这个问题。黛玉回答贾母之语为"只刚念了《四书》",而回答宝玉则是"不曾读书,只上了一年学,些须认得几个字",变化之大,不过转瞬之间而已。原因在于林黛玉问姐妹们读什么书的时候,贾母道"读的是什么书!不过是认得两个字,不是睁眼的瞎子罢了",她便现学现卖。虽然不能因此苛责林黛玉,但在分析过程中也不能熟视无睹。要命的地方在于有时看似用心,实则错意,弄巧成拙。贾宝玉问玉之际,林黛玉就是这样的。她心思缜密,先忖度一番,再答曰"想来那玉亦是一件罕物,岂能人人有的"。但这一回答引发了宝玉摔玉的严重后果。从心理学的角度来看,宝玉不过是想要跟看得上眼的伙伴分享美玉,而林黛玉所答引起了贾宝玉的误会,贾宝玉处在那样礼法森严的时代,又不会通过沟通很好地表达分享的意愿,只能通过极端的摔玉的方式来激烈地加以呈现,就不足为奇。

　　林黛玉母亲逝世,她此时不过是一个六七岁的孩童,她进入贾府,要学会与一众并不熟悉的亲戚相处,结合林黛玉进贾府的各种见闻,可延伸到贾府的环境、生活状态、人物关系等,并一一地罗列了贾府的规章规矩。在贾府的大部分人视角下,林黛玉是孤助无援来投奔贾府的小姑娘,而在主要的人物线上,贾宝玉显然将黛玉当作了上天赐予的缘分,所以王夫人就要事事提防,件件"提点",而王熙凤又惯会做好人,本着这个契机好一番陈词,所以黛玉和宝玉的故事发展线显然也是最具看点的部分,觥筹交错之间、言谈笑语之间又有多少暗流涌动、心思婉转。荣国府子孙绵延,虽然都是些不成器的,惯会饮酒作乐,声色犬马,但始终上下尊卑有别,礼数周到讲究。林黛玉入府,上无父母庇佑,下无亲兄弟扶持,处于寄人篱下的状态,但在这书香翰林之家,她又算得上是一位不高不低的小姐,所以她心中不仅自卑更是自怜,不仅自傲更是自尊。在种种的情绪交错下,林黛玉一会儿笑意盈盈,一会儿又悲伤落泪,始终处于一种矛盾的心理状态中难以自控。林黛玉虽然处于寄人篱下的环境中,但也不免孤芳自赏,她相貌、才华俱是一流,且追根溯源,还有仙人身份傍身,如此又怎会轻易地妄自菲薄?! 她本身就是上仙,所以必有自傲个性。小说从一开始就解说了林黛玉眼泪的由来,凡人看来她是柔弱易哭,但她原本就是来以泪还债的,贾府的气势恢宏和林黛玉的渺小无助形成了对比,在这样的个体与整体的生存环境中,黛玉通过"尖酸刻薄"的言语来保护自己,避免让人看轻了去。她在这种复杂的心境下亦步亦趋地走进了贾府,也开启了自己完全不同的人生篇章。此来寄人篱下,自然要谨小慎微,不能贻人口实,授人以柄。可以说黛玉的谨小慎微之中有满怀凄凉的自卑,也有极其敏感的自尊。自卑、自尊和谨慎使得黛玉的心理颇为复杂,也颇为矛盾。

再来分析薛宝钗与长辈的相处。首先是长辈对薛宝钗的态度,从凤姐和贾琏的对话中不难看出,贾母原先并不知道宝钗生日,不过是听众人提起宝钗今年十五岁,而此时薛姨妈母子已在贾府久住了一段时间,来者是客,且正值宝钗过第一个生辰,贾母老于世故,既然已经知道了宝钗生辰,断不会置之不理,出钱给宝钗过生日是待客之道,也是给薛姨妈和王夫人一份人情。贾母一向爱热闹,她自从当家之位退下来之后,大部分的时间就是和儿孙们取乐。宝钗是小辈,借着给她办生日的机会,又将众人聚到一起,何乐而不为?且贾母只拿出了二十两银子,并无大办之意,是日"就在贾母上房排了几席家宴酒席,并无一个外客,只有薛姨妈、史湘云、宝钗是客,馀者皆是自己人"。可见贾母的想法,其意之一就是聊以应景。薛家在外面有房子,但一直住在贾家,就黛玉对宝钗偶尔流露出的酷意、"敌意",贾母不可能毫无觉察。贾敏是她最疼爱的小女儿,黛玉也就如她的掌上明珠一样,故虽然贾母出钱给宝钗过生日并无逐客之意,但偌大一个贾府,人多嘴杂,几乎毫无秘密可保守,薛家女儿年满十五的消息,自会经下人之口不经意流传出去。古代女子到了十五岁就可以谈婚论嫁,贾母借此机会,传递宝钗可以嫁人之意,也未可知。其次是在点戏时,贾母让黛玉点一出,黛玉谦让,贾母便道:"今日原是我特带着你们取笑,咱们只管咱们的,别理他们。我巴巴的唱戏摆酒,为他们不成?他们在这里白听白吃,已经便宜了,还让他们点呢!""咱们""他们"亲疏可见,言外之意:宝钗再好,也比不上黛玉。

再来看薛宝钗对长辈们的态度。薛宝钗藏拙,冷静,精明,善良,宽厚,是封建秩序的践行者和服从者,她克制,坚韧,含蓄,以理性的态度对待世间的是是非非,甚至这种理性达到了一种冷峻的程度。得体、善于自律是一种精明的处世之道,薛宝钗将这种处世之道发挥得淋漓尽致。薛宝钗总是顺应贾母口味为其准备甜点,并且在看戏时,专点贾母喜欢的热闹戏,在贾母面前讨喜迎合。她以宽厚的态度对待姊妹玩笑,在任何时候都给人一种随群从时的感觉。但是薛宝钗这种绵软温厚的性格下,藏有一颗刚韧威严的心,她在生气的时候并不会像探春那样当场反击,一个耳光打过去,而是在控制好情绪后"机带双敲",这种愠怒是一种需要细细品味的辛辣。

再看金钏之死,金钏是太太的丫鬟,几天前被赶出去了,王夫人事后的理由是打碎了心爱的东西,所以一怒之下撵了,但这理由编造得过于牵强,以贾府之大、贵重物品之多,再如何打碎了东西,也不至于就撵了跟了自己十几年的丫鬟,这样的理由只能说明这家太太心太狠。袭人和薛宝钗一同听到老婆子说金钏跳井了,袭人惊讶地问哪个金钏,老婆子说就是太太房里的,袭人"想素日同气之情,不觉流下泪来"，这是普通人对待熟人发生不幸的正常反应。而薛宝钗听说这事后，却首先想到去看望王夫人。这时候王夫人一个人悄然垂泪——她的反应也正常，她生气归生气，只是撵走了一个仆人，但没想到人家会死。再怎么是被赶出去后才死的，人们也会把死因与前主人挂起钩来，这对于贾府这样一个诗书礼仪之家来说，是非常影响形象的。王夫人没想过会出人命，所以她的落泪也是正常的反应。薛宝钗去安慰王夫人，很可能是她知道了事件的真实原因：宝玉素日和金钏言语轻佻，恐怕薛宝钗早有察觉，薛宝钗连小红是哪个都知道，何况太太的大丫鬟，她可是每日必到贾母、王夫人处问安的，对于太太的这个活泼俏丽的丫鬟印象应该极深，连贾环都会向贾政告状说宝玉强奸未遂，所以园中应该也会有金钏被赶出去与宝玉有关的风言风语。既然与宝玉有关，那现在王夫人一定是颇为自责的，所以她前去安慰姨母，自然就能博得王夫人的好感。她说金钏是因为好奇贪玩，失足落水，这个理由也编得很牵强，所以就连王夫人都不太相信。薛宝钗又说，如果是跳井，也是个糊涂人，不可惜。这话折射了薛宝钗的价值观：一个奴才，因为主子处罚就跳井，这样的奴才就是个糊涂人，死不足惜。薛宝钗的价值观很清晰，就是从一个人的对与错分析，至于结果，她倒不在意，因为金钏糊涂，所以她的行为不对，既然不对，就不必可惜。至于自家人会不会伤心，金钏可怜不可怜，宝姑娘没有想法，她的态度分明，不过是多赏几两银子就好，王夫人已经赏赐了五十两，五十两是一个丫鬟四五年的收入，她觉得已经够了，王夫人可以不必伤心了。最后宝钗大方地拿出自己的新衣服去做金钏的殓装，她可不是为了金钏，而是为了姨母的态度，那是姨母的事，对于薛宝钗来讲，她的价值观是理，不是情。

五、与姐妹相处

黛玉

（第七十六回）原来黛玉和湘云二人并未去睡觉。只因黛玉见贾府中许多人赏月，贾母犹叹人少，不似当年热闹，又提宝钗姊妹家去母女弟兄自去赏月等语，不觉对景感怀，自去俯栏垂泪。宝玉近因晴雯病势甚重，诸务无心，王夫人再四遣他去睡，他也便去了。探春又因近日家事着恼，无暇游玩。虽有迎春惜春二人，偏又素日不大甚合。所以只剩了湘云一人宽慰他，因说："你是个明白人，何必作此形像自苦。我也和你一样，我就不似你这样心窄。何况你又多病，还不自己保养。可恨宝姐姐，姊妹天天说亲道热，早已说今年中秋要大家一处赏月，必要起社，大家联句，到今日便弃了咱们，自己赏月去了。社也散了，诗也不作了。倒是他们父子叔侄纵横起来。你可知宋太祖说的好：'卧榻之侧，岂许他人酣睡。'他们不作，咱们两个竟联起句来，明日羞他们一羞。"

宝钗

（第三十二回）史湘云道："你不说你的话噎人，倒说人性急。"一面说，一面打开手帕子，将戒指递与袭人。

袭人感谢不尽，因笑道："你前儿送你姐姐们的，我已得了；今儿你亲自又送来，可见是没忘了我。只这个就试出你来了。戒指儿能值多少，可见你的心真。"史湘云道："是谁给你的？"袭人道："是宝姑娘给我的。"湘云笑道："我只当是林姐姐给你的，原来是宝钗姐姐给了你。我天天在家里想着，这些姐姐们再没一个比宝姐姐好的。可惜我们不是一个娘养的。我但凡有这么个亲姐姐，就是没了父母，也是没妨碍的。"说着，眼睛圈儿就红了。宝玉道："罢，罢，罢！不用提这个话。"史湘云道："提这个便怎么？我知道你的心病，恐怕你的林妹妹听见，又怪嗔我赞了宝姐姐。可是为这个不是？"袭人在旁"嗤"的一笑，说道："云姑娘，你如黛玉见他这般劝慰，不肯负他的豪兴，因笑道："你看这里这等人声嘈杂，有何诗兴。"湘云笑道："这山上赏月虽好，终不及近水赏月更妙。你知道这山坡底下就是池沿，山坳里近水一个所在就是凹晶馆。可知当日盖这园子时就有学问。这山之高处，就叫凸碧；山之低洼近水处，就叫作凹晶。这'凸''凹'二字，历来用的人最少。如今直用作轩馆之名，更觉新鲜，不落窠臼。可知这两处一上一下，一明一暗，一高一矮，一山一水，竟是特因玩月而设此处。有爱那山高月小的，便往这里来；有爱那皓月清波的，便往那里去。只是这两个字俗念作'洼''拱'二音，便说俗了，不大见用，只陆放翁用了一个'凹'字，说'古砚微凹聚墨多'，还有人批他俗，岂不可笑。"林黛玉道："也不只放翁才用，古人中用者太多。如江淹《青苔赋》，东方朔《神异经》，以至《画记》上云张僧繇画一乘寺的故事，不可胜举。只是今人不知，误作俗字用了。实和你说罢，这两个字还是我拟的呢。因那年试宝玉，因他拟了几处，也有存的，也有删改的，也有尚未拟的。这是后来我们大家把这没有名色的也都拟出来了，注了出处，写了这房屋的坐落，一并带进去与大姐姐瞧了。他又带出来，命给舅舅瞧过。谁知舅舅倒喜欢起来，又说：'早知这样，那日该就叫他姊妹一并拟了，岂不有趣。'所以凡我拟的，一字不改都用了。如今就往凹晶馆去看看。"

说着，二人便同下了山坡。只一转弯，就是池沿，沿上一带竹栏相接，直通着那边藕香榭的路径。因这几间就在此山怀抱之中，乃凸碧山庄之退居，因洼而近水，故颜其额曰"凹晶溪馆"。因此处房宇不多，且又矮小，故只有两个老婆子上夜。今日打听得凸碧山庄的人应差，与他们无干，这两个老婆子关了月饼果品并犒赏的酒食来，二人吃得既醉且饱，早已息灯睡了。

黛玉湘云见息了灯，湘云笑道："倒是他们睡了好。咱们就在这卷棚底下赏这水月如何？"

今大了，越发心直口快了。"宝玉笑道："我说你们这几个人难说话，果然不错。"史湘云道："好哥哥，你不必说话教我恶心。只会在我们跟前说话，见了你林妹妹，又不知怎么了。"

……………

（第三十七回）至晚，宝钗将湘云邀往蘅芜苑安歇去。湘云灯下计议如何设东拟题。宝钗听他说了半日，皆不妥当，因向他说道："既开社，便要作东。虽然是顽意儿，也要瞻前顾后，又要自己便宜，又要不得罪了人，然后方大家有趣。你家里你又作不得主，一个月通共那几串钱，你还不够盘缠呢。这会子又干这没要紧的事，你婶子听见了，越发抱怨你了。况且你就都拿出来，做这个东道也是不够。难道为这个家去要不成？还是往这里要呢？"一席话提醒了湘云，倒踌躇起来。宝钗道："这个我已经有个主意。我们当铺里有个伙计，他家田上出的很好的肥螃蟹，前儿送了几斤来。现在这里的人，从老太太起连上园里的人，有多一半都是爱吃螃蟹的。前日姨娘还说要请老太太在园里赏桂花吃螃蟹，因为有事还没有请呢。你如今且把诗社别提起，只管普通一请。等他们散了，咱们有多少诗作不得的。我和我哥哥说，要几篓极肥极大的螃蟹来，再往铺子里取上几坛好酒，再备上四五桌果碟，岂不又省事又大家热闹了。"湘云听了，心中自是感服，极赞他想的周到。宝钗又笑道："我是一片真心为你的话。你千万别多心，想着我小看了你，咱们两个就白好了。你若不多心，我就好叫他们办去的。"湘云忙笑道："好姐姐，你这样说，倒多心待我了。凭他怎么糊涂，连个好歹也不知，还成个人了？我若不把姐姐当亲姐姐一样看，上回那些家常话烦难事也不肯尽情告诉你了。"宝钗听说，便叫一个婆子来："出去和大爷说，依前日的大螃蟹要几篓来，明日饭后请老太太姨娘赏桂花。你说大爷好歹别忘了，我今儿已请下人了。"那婆子出去说明，回来无话。

这里宝钗又向湘云道："诗题也不要过于

二人遂在两个湘妃竹墩上坐下。只见天上一轮皓月，池中一轮水月，上下争辉，如置身于晶宫鲛室之内。微风一过，粼粼然池面皱碧铺纹，真令人神清气净。湘云笑道："怎得这会子坐上船吃酒倒好。这要是我家里这样，我就立刻坐船了。"黛玉笑道："正是古人常说的好，'事若求全何所乐'。据我说，这也罢了，偏要坐船起来。"湘云笑道："得陇望蜀，人之常情。可知那些老人家说的不错。说贫穷之家自为富贵之家事事趁心，告诉他说竟不能遂心，他们不肯信的；必得亲历其境，他方知觉了。就如咱们两个，虽父母不在，然却也忝在富贵之乡，只你我竟有许多不遂心的事。"黛玉笑道："不但你我不能趁心，就连老太太、太太以至宝玉探丫头等人，无论事大事小，有理无理，其不能各遂其心者，同一理也，何况你我旅居客寄之人哉！"湘云听说，恐怕黛玉又伤感起来，忙道："休说这些闲话，咱们且联诗。"

正说间，只听笛韵悠扬起来。黛玉笑道："今日老太太、太太高兴了，这笛子吹的有趣，倒是助咱们的兴趣了。咱两个都爱五言，就还是五言排律罢。"湘云道："限何韵？"黛玉笑道："咱们数这个栏杆的直棍，这头到那头为止。他是第几根就用第几韵。若十六根，便是'一先'起。这可新鲜？"湘云笑道："这倒别致。"于是二人起身，便从头数至尽头，止得十三根。湘云道："偏又是'十三元'了。这韵少，作排律只怕牵强不能押韵呢。少不得你先起一句罢了。"黛玉笑道："倒要试试咱们谁强谁弱，只是没有纸笔记。"湘云道："不妨，明儿再写。只怕这一点聪明还有。"黛玉道："我先起一句现成的俗语罢。"因念道：

三五中秋夕，

湘云想了一想，道：

清游拟上元。撒天箕斗灿，

林黛玉笑道：

匝地管弦繁。几处狂飞盏，

湘云笑道："这一句'几处狂飞盏'有些意思。这倒要对的好呢。"想了一想，笑道：

新巧了。你看古人诗中那些刁钻古怪的题目和那极险的韵了，若题过于新巧，韵过于险，再不得有好诗，终是小家气。诗固然怕说熟话，更不可过于求生，只要头一件立意清新，自然措词就不俗了。究竟这也算不得什么，还是纺绩针黹是你我的本等。一时闲了，倒是于你我深有益的书看几章是正经。"

湘云只答应着，因笑道："我如今心里想着，昨日作了海棠诗，我如今要作个菊花诗如何？"宝钗道："菊花倒也合景，只是前人太多了。"湘云道："我也是如此想着，恐怕落套。"宝钗想了一想，说道："有了，如今以菊花为宾，以人为主，竟拟出几个题目来，都是两个字：一个虚字，一个实字，实字便用'菊'字，虚字就用通用门的。如此又是咏菊，又是赋事，前人也没作过，也不能落套。赋景咏物两关着，又新鲜，又大方。"湘云笑道："这却很好。只是不知用何等虚字才好。你先想一个我听听。"宝钗想了一想，笑道："《菊梦》就好。"湘云笑道："果然好。我也有一个，《菊影》可使得？"宝钗道："也罢了。只是也有人作过，若题目多，这个也夹的上。我又有了一个。"湘云道："快说出来。"宝钗道："《问菊》如何？"湘云拍案叫妙，因接说道："我也有了，《访菊》如何？"宝钗也赞有趣，因说道："越性拟出十个来，写上再来。"说着，二人研墨蘸笔，湘云便写，宝钗便念，一时凑了十个。湘云看了一遍，又笑道："十个还不成幅，越性凑成十二个便全了，也如人家的字画册页一样。"宝钗听说，又想了两个，一共凑成十二。又说道："既这样，越性编出他个次序先后来。"湘云道："如此更妙，竟弄成个菊谱了。"宝钗道："起首是《忆菊》；忆之不得，故访，第二是《访菊》；访之既得，便种，第三是《种菊》；种既盛开，故相对而赏，第四是《对菊》；相对而兴有馀，故折来供瓶为玩，第五是《供菊》；既供而不吟，亦觉菊无彩色，第六便是《咏菊》；既入词章，不可不供笔墨，第七便是《画菊》；既为菊如是碌碌，究竟不知菊有何妙处，不禁有所问，第八便是《问菊》；菊如解语，使人狂喜不禁，第九

谁家不启轩。轻寒风剪剪，

黛玉道："对的比我的却好。只是底下这句又说熟话了，就该加劲说了去才是。"湘云道："诗多韵险，也要铺陈些才是。纵有好的，且留在后头。"黛玉笑道："到后头没有好的，我看你羞不羞。"因联道：

良夜景暄暄。争饼嘲黄发，

湘云笑道："这句不好，是你杜撰，用俗事来难我了。"黛玉笑道："我说你不曾见过书呢。'吃饼'是旧典，唐书唐志你看了来再说。"湘云笑道："这也难不倒我，我也有了。"因联道：

分瓜笑绿媛。香新荣玉桂，

黛玉笑道："'分瓜'可是实实的你杜撰了。"湘云笑道："明日咱们对查了出来大家看看，这会子别耽误工夫。"黛玉笑道："虽如此，下句也不好，不犯着又用'玉桂''金兰'等字样来塞责。"因联道：

色健茂金萱。蜡烛辉琼宴，

湘云笑道："'金萱'二字便宜了你，省了多少力。这样现成的韵被你得了，只是不犯着替他们颂圣去。况且下句你也是塞责了。"黛玉笑道："你不说'玉桂'，我难道强对个'金萱'么？再也要铺陈些富丽，方才是即景之实事。"湘云只得又联道：

觥筹乱绮园。分曹尊一令，

黛玉笑道："下句好，只是难对些。"因想了一想，联道：

射覆听三宣。骰彩红成点，

湘云笑道："'三宣'有趣，竟化俗成雅了。只是下句又说上骰子。"少不得联道：

传花鼓滥喧。晴光摇院宇，

黛玉笑道："对的却好。下句又溜了，只管拿些风月来塞责。"湘云道："究竟没说到月上，也要点缀点缀，方不落题。"黛玉道："且姑存之，明日再斟酌。"因联道：

素彩接乾坤。赏罚无宾主，

湘云道："又说他们作什么，不如说咱们。"只得联道：

吟诗序仲昆。构思时倚槛，

黛玉道："这可以入上你我了。"因联道：

拟景或依门。酒尽情犹在，

湘云说道："是时候了。"乃联道：

更残乐已谖。渐闻语笑寂，

便是《簪菊》；如此人事虽尽，犹有菊之可咏者，《菊影》《菊梦》二首续在第十第十一；末卷便以《残菊》总收前题之盛。这便是三秋的妙景妙事都有了。"

湘云依说将题录出，又看了一回，又问："该限何韵？"宝钗道："我平生最不喜限韵的，分明有好诗，何苦为韵所缚。咱们别学那小家派，只出题不拘韵。原为大家偶得了好句取乐，并不为那般难人。"湘云道："这话很是。这样大家的诗还进一层。但只咱们五个人，这十二个题目，难道每人作十二首不成？"宝钗道："那也太难人了。将这题目誊好，都要七言律，明日贴在墙上。他们看了，谁作那一个就作那一个。有力量者，十二首都作也可；不能的，一首不成也可。高才捷足者为尊。若十二首已全，便不许他后赶着又作，罚他就完了。"湘云道："这倒也罢了。"二人商议妥贴，方才息灯安寝。要知端的，且听下回分解。

············

（第七十五回）一语未了，只见人报："宝姑娘来了。"忙说快请时，宝钗已走进来。尤氏忙擦脸起身让坐，因问："怎么一个人忽然走来，别的姊妹都怎么不见？"宝钗道："正是我也没有见他们。只因今日我们奶奶身上不自在，家里两个女人也都因时症未起炕，别的靠不得，我今儿要出去伴着老人家夜里作伴儿。要去回老太太、太太，我想又不是什么大事，且不用提，等好了我横竖进来的，所以来告诉大嫂子一声。"李纨听说，只看着尤氏笑。尤氏也只看着李纨笑。一时尤氏盥沐已毕，大家吃面茶。李纨因笑道："既这样，且打发人去请姨娘的安，问是何病。我也病着，不能亲自来的。好妹妹，你去只管去，我自打发人去到你那里去看屋子。你好歹住一两天还进来，别叫我落不是。"宝钗笑道："落什么不是呢，这也是通共常情，

黛玉说道:"这时候可知一步难似一步了。"因联道:

  空剩雪霜痕。阶露团朝菌,

湘云笑道:"这一句怎么押韵,让我想想。"因起身负手,想了一想,笑道:"够了,幸而想出一个字来,几乎败了。"因联道:

  庭烟敛夕棔。秋湍泻石髓,

黛玉听了,不禁也起身叫妙,说:"这促狭鬼,果然留下好的。这会子才说'棔'字,亏你想得出。"湘云道:"幸而昨日看《历朝文选》见了这个字,我不知是何树,因要查一查。宝姐姐说不用查,这就是如今俗叫作明开夜合的。我信不及,到底查了一查,果然不错。看来宝姐姐知道的竟多。"黛玉笑道:"'棔'字用在此时更恰,也还罢了。只是'秋湍'一句亏你好想。只这一句,别的都要抹倒。我少不得打起精神来对一句,只是再不能似这一句了。"因想了一想,道:

  风叶聚云根。宝婺情孤洁,

湘云道:"这对的也还好。只是下一句你也溜了,幸而是景中情,不单用'宝婺'来塞责。"因联道:

  银蟾气吐吞。药经灵兔捣,

黛玉不语点头,半日随念道:

  人向广寒奔。犯斗邀牛女,

湘云也望月点首,联道:

  乘槎待帝孙。虚盈轮莫定,

黛玉笑道:"又用比兴了。"因联道:

  晦朔魄空存。壶漏声将涸,

湘云方欲联时,黛玉指池中黑影与湘云看道:"你看那河里怎么像个人在黑影里去了,敢是个鬼罢?"湘云笑道:"可是又见鬼了。我是不怕鬼的,等我打他一下。"因弯腰拾了一块小石片向那池中打去,只听打得水响,一个大圆圈将月影荡散复聚者几次。只听那黑影里嘎然一声,却飞起一个大白鹤来,直往藕香榭去了。黛玉笑道:"原来是他,猛然想不到,反吓了一跳。"湘云笑道:"这个鹤有趣,倒助了我了。"因联道:

  窗灯焰已昏。寒塘渡鹤影,

林黛玉听了,又叫好,又跺足,说:"了不得,这鹤真是助他的了!这一句更比'秋湍'不同,叫我对什么才好?'影'字只有一个'魂'字可对,况且'寒塘渡鹤'何等自然,何等现成,何等有景且又新鲜,我竟要搁笔了。"湘云笑道:"大家细想就有了,不然就放着明日再联也可。"

你又不曾卖放了贼。依我的主意,也不必添人过去,竟把云丫头请了来,你和他住一两日,岂不省事。"尤氏道:"可是史大妹妹往那里去了?"宝钗道:"我才打发他们找你们探丫头去了,叫他同到这里来,我也明白告诉他。"

  正说着,果然报:"云姑娘和三姑娘来了。"大家让坐已毕,宝钗便说要出去一事,探春道:"很好。不但姨妈好了还来的,就便好了不来也使得。"尤氏笑道:"这话奇怪,怎么撑起亲戚来了?"探春冷笑道:"正是呢,有叫人撑的,不如我先撑。亲戚们好,也不在必要死住着才好。咱们倒是一家子亲骨肉呢,一个个不像乌眼鸡,恨不得你吃了我,我吃了你!"尤氏忙笑道:"我今儿是那里来的晦气,偏都碰着你姊妹们的气头儿上了。"探春道:"谁叫你赶热灶来了!"因问:"谁又得罪了你呢?"因又寻思道:"惜丫头不犯罗唣你,却是谁呢?"尤氏只含糊答应。探春知他畏事不肯多言,因笑道:"你别装老实了。除了朝廷治罪,没有砍头的,你不必畏头畏尾。实告诉你罢,我昨日把王善保家那老婆子打了,我还顶着个罪呢。不过背地里说我些闲话,难道他还打我一顿不成!"宝钗忙问因何又打他,探春悉把昨夜怎的抄检,怎的打他,一一说了出来。尤氏见探春已经说了出来,便把惜春方才之事也说了出来。探春道:"这是他的僻性,孤介太过,我们再傲不过他的。"又告诉他们说:"今日一早不见动静,打听凤辣子又病了。我就打发我妈妈出去打听王善保家的是怎样。回来告诉我说,王善保家的挨了一顿打,大太太嗔着他多事。"尤氏李纨道:"这倒也是正理。"

黛玉只看天，不理他，半日，猛然笑道："你不必说嘴，我也有了，你听听。"因对道：

冷月葬花魂。

湘云拍手赞道："果然好极！非此不能对。好个'葬花魂'！"因又叹道："诗固新奇，只是太颓丧了些。你现病着，不该作此过于清奇诡谲之语。"黛玉笑道："不如此，如何压倒你。下句竟还未得，只为用工在这一句了。"

探春冷笑道："这种掩饰谁不会作，且再瞧就是了。"尤氏李纨皆默无所答。一时估着前头用饭，湘云和宝钗回房打点衣衫，不在话下。

【点评】

薛宝钗是个人缘极好的女孩子。贾府上下，几乎没有不喜欢她的人。因为她心思细腻、行事周全，且宽厚大度，轻易不会生气，给人一种"好相处、易沟通、能亲近"的感觉。做人做事，亦挑不出半点毛病来。薛蟠出差而归，带回了许多江南玩物。薛宝钗便拿了东西做人情，一一分发给贾府众人。长辈自不必说，姐妹们不会落下，丫鬟们也有份。就连平日里看惯白眼的庶子贾环，都得到了薛宝钗的赠予。

薛宝钗的贴心和善解人意，在贾府是出了名的。她给林黛玉送过燕窝、拿了螃蟹来替史湘云办生日宴、替邢岫烟赎回了当掉的冬衣……一桩桩、一件件数下来，你会发现，薛宝钗极擅长处理人际关系。她能洞察人与人相处的潜规则，但也很懂得伪装自己，极少暴露真实的自我。所以人前人后，都是一副无可挑剔的完美模样。但正因为太完美，反而会让人觉得"假"，不像一个真实的有血有肉的人。

完美的薛宝钗，一直被史湘云视作偶像。每次与人聊天，她都会把薛宝钗夸得天花乱坠，且句句发自肺腑，丝毫没有刻意讨好的成分。如："这些姐姐们再没一个比宝姐姐好的。可惜我们不是一个娘养的。我但凡有这么个亲姐姐，就是没了父母，也是没妨碍的。"某次和林黛玉拌嘴，她还口无遮拦道："你敢挑宝姐姐的短处，就算你是好的。我算不如你，他怎么不及你呢。"由此可见，在史湘云心中，薛宝钗是无人能及的。即便看到薛宝钗越了规矩，坐在午睡的贾宝玉床前刺绣，她也慌忙将林黛玉拉开，唯恐这嘴巴刻薄的林姑娘会乱说乱讲，坏了薛宝钗的名节。史湘云的心理活动，原著中描写得清清楚楚："……忽然想起宝钗素日待他厚道，便忙掩住口。知道林黛玉不让人，怕他言语之中取笑，便忙拉过他来……"她是真心真意想跟宝姐姐处成好姐妹，对其时时赞颂、处处维护，铁了心要向这个好姐姐靠近，甚至提出要求，要与她同住蘅芜苑，恨不能时时刻刻黏在一起。或许，这与史湘云的身世有关。父母双亡，跟着叔叔、婶婶过活的她，需要不时做些针线上的活儿，在家累得很。薛宝钗跟她聊家常过日子的话，她的眼圈便忽地红了。薛宝钗说："想其形景来，自然从小儿没爹娘的苦。我看着他，也不觉的伤起心来。"对史湘云的热情，薛宝钗却未给出太多回应。她甚至没太把史湘云的礼物当回事。

那次，史湘云来看袭人，给她送了一枚戒指。不料袭人却说，她已经有一枚了，是宝姑娘给她的。绛纹石戒指，值不了多少钱，但史湘云的心意是无价的。她一得了好东西，就记挂着贾府的众姐妹们，先是派人给姑娘们送了一批。到了自己上门小住时，又用手帕包了四个，预备送给府中四位有头有脸的丫鬟，包括袭人在内。因为转送他人礼物，是相当不礼貌的行为。对送礼人而言，这是赤裸裸的忽视与藐视，是未被放在心上的呈堂证供，就连旁人看着，都要为此愤恨。薛宝钗转身就送给下人，悄无声息地借花献佛，这自然也是因为她本身对这些身外之物毫不在意的缘故。当然她也未曾料到，史湘云还特意为袭人准备了一份礼物。不过史湘云并不在意，因为她和林黛玉不同，并非心思敏感的多疑女孩，她只觉得，这是薛宝钗"大方"的表现之一。但是，二人终究没做成好闺蜜。后来，史家阖家外迁上任，贾母留下了湘云，如果她想，是可以在园里另寻一院住下的，奈何她对宝姐姐太过痴迷，乐颠颠只说要与宝钗住。她没想过，薛宝钗是否欢迎她。至抄检大观园后，次日宝钗便急忙忙赶到稻香村，称母亲病了，家里人手不够，要搬回家住。李纨和尤氏一听就大概知道是因为什么事了，两人相视一笑，也不挽留，"你只管去"，但为了到时不被王夫人责怪，李纨还是在后面加了一句"你好歹住一两天还进来，别让我落不是"。薛宝钗只说："落什么不是呢，这也是通共常情，你又不曾卖放了贼。依我的主意，也不必添人过去，竟把云丫头请了来，你和他住一两日，岂不省事。"这话说得莫名其妙，两人才说几句话，不曾提到什么"贼"不"贼"的，薛宝钗却自己愤愤然说了出来，这也从一个侧面说明抄检大观园的恶劣后果，连素有城府的宝钗都抑制不住内心的情绪了。宝钗随即建议李纨把史湘云请来稻香村住，也没征求湘云自己的意见，所以湘云于宝钗而言，真的不过是她千百个讨好对象中的一个罢了，宝姑娘要打造好修养、平易近人的形象，连赵姨娘和贾环她也能照顾到。她是成天发愁"人人跟前失于应候"的人，说白了，在薛宝钗面前，史湘云跟赵姨娘的分量相差不大，横竖都是她要"应候"的对象。如此情况下，两人一旦亲密接触一段时间，各种矛盾就层出不穷了。

史湘云也在这个过程中得到了成长，在见证自己的单纯的过程中，她一定认识到了林黛玉的真诚，如此才有后来两人中秋联句时的推心置腹。从推崇薛宝钗抑制林黛玉，到亲近林黛玉远离薛宝钗，史湘云的行为绝对不是朝三暮四，而是充分说明了一个事实：相似的人终究会走到一起，不同的人总要背道而驰。

黛玉、湘云都属于性情中人，就是谁对我好，我就对谁好。这种性情的形成，很大程度上是因为两人都没有父母，极度渴望得到关爱。贾母虽关心黛玉、湘云，但也只是物质层面的关心，并未涉及精神层面。所以两人对别人的关心格外在意，谁对我好，我就用我的一切也对谁好。林黛玉和史湘云这样的女孩子，对世界有着更加清晰的认识，也更容易形成独立的人格。因此我们看到，黛玉和湘云都有着很强的个性特点，黛玉敢怼王夫人的陪房周瑞家的，敢讥讽贾宝玉的奶娘李嬷嬷。再看史湘云：王熙凤故意调侃黛玉长得像戏子，众人皆心知肚明，但都不敢回应，唯有史湘云直言说出：倒像林妹妹的模样。

而一旦黛、湘两人相遇，这种个性发生碰撞，就会出现上述两人关系"恶化"的情况。黛玉年长，所以选择忍让湘云，但湘云年幼，且心直口快，心里觉得黛玉太矫情，嘴上就直接说出来了。这种冲突产生的原因在于史湘云的幼稚，只看到问题的表面，加上疾恶如仇的个性，让她误以为林黛玉是个矫情的人，其实林黛玉的矫情多半给了贾宝玉，这是小情人之间的小矛盾。但真的假不了，假的真不了，黛玉之矫情，本是虚妄假象，史湘云在与林黛玉的日后相处中，必然会逐渐对黛玉有新的认识，这是个缓慢的过程，所以后来才有黛、湘两人月下联诗的情节，此时的两人已学会欣赏彼此的个性，而非互相攻讦，此亦是黛、湘两人走向成熟的一个标志。

史湘云与林黛玉是没有距离感的。在性情方面，两人都是快言快语，有说不完的话，可以毫无禁忌地说个痛快。在兴趣方面，两人都喜欢吟诗赋词，都欣赏对方的诗才，可以一起在月光底下，借景联句，解这长夜漫漫的孤寂，互相慰藉。在身世方面，两人都是自小父母早丧，长期过着一种寄人篱下的生活，更拉近了两人的心灵。虽然史湘云与林黛玉常常闹一些小矛盾，发生一些小口角，可矛盾、口角过后，两人又总能言归于好。这看起来就更似一对"好朋友""亲闺蜜"了。所以，虽然史湘云总是夸赞薛宝钗，但其实她的心更向着林黛玉，或许这一点，连史湘云本人都未曾发觉。

【形象分析】

林 黛 玉

"质本洁来还洁去"的草木之身的病西施——林黛玉。她是红楼梦的核心人物，她有稀世之美貌，有兰草之气质，有芙蓉之风骨，有纯美之爱情。虽然她的爱情最终是镜花水月一场，但其空灵的美丽与绝世的才华让她成了文学史上一朵凄美的奇葩。

（一）林黛玉的悲剧美

曹雪芹怀着深挚的爱意和悲悯的同情，用历史与未来、现实与理想、哲理与诗情，并饱含着血与泪塑造出来的林黛玉，是《红楼梦》中一个富有诗意美和理想色彩的悲剧形象角色。近三百年来，不知有多少人为她的悲剧命运洒下同情之泪，为她的艺术魅力心醉神迷。她是《红楼梦》众多读者心目中一位圣洁、美丽的爱神。

在百花斗艳的大观园里，有妩媚丰美的薛宝钗，有风流娇艳的史湘云，有志气高远的贾探春……为什么唯独林黛玉那样牵人衷肠，让人为她如痴如狂？她为什么有如此强大的艺术魅力？她究竟美在何处，动人在何处？原因是多方面的，但根本的一点是林黛玉具有一种悲剧美。真正的悲剧总是动人心魄的，因为悲剧就是把美好的东西毁灭给人看。越是美的、有价值的人生被毁灭，其悲剧就越是壮美动人。《红楼梦》是一部悲剧，其中最能体现其"悲"的，莫过于林黛玉了。

1. 寄人篱下的悲剧

林黛玉的悲剧根源在她前世。一开场作者就用浪漫的笔调、奇特的想象和诗意，创造了新奇绝妙的、亘古未有的仙界"还泪"之誓，以象征林黛玉是带着宿根、宿恨来人间的。这不是宿命论，而是艺术的夸张、渲染和强化。她出生于贵族之家，而且一生下来，就有"先天不足之症"；会吃饭时就要开始吃药，治病之方居然是一辈子不能哭，不能见外人。命运对她太残酷，太不公平了。幼年丧母，少年丧父，她孤苦伶仃，长期寄居在黑暗龌龊的贾府。

2. 爱情婚姻的悲剧

爱情，多少人为它魂牵梦绕，多少人为它欢乐，多少人为它流泪，多少人为它如痴如醉。它就像一团烈火，燃烧着沉醉其中者。爱情成了林黛玉生活中的太阳，它给黛玉幽暗的生活带来了光和热。可是，爱情给她带来的不幸与痛苦又是否会比这光与热少呢？

在中国曾经的封建社会里，爱情与淫乱常常是不分的，所谓"万恶淫为首"，而自由的爱情首当其冲。我们知道，封建社会夫妻结合讲究的是门当户对之下的"父母之命，媒妁之言"，自由恋爱者多半会被称为"淫奔"，会破坏固有的礼法秩序，所以是封建统治者所"恶"的。而这在一定程度上又往往成了"知礼守法"者们的共识，所以袭人在听了宝玉误说给黛玉的表白后会认为这简直是惊人的丑闻。而宝玉和黛玉竟在这严酷的封建礼教夹缝中产生了真挚的爱情。黛玉一面承受着以王夫人为代表的封建家长的百般阻挠和干涉（贾母一开始是看好宝黛之爱的，但最终改变了主意），一面又经历着内心强烈思想矛盾的磨难。一方面因为她是一个没有家长可以替自己出头的"孤儿"，她走到爱情的大门前，却没有可以打开这道大门的钥匙，因此，她本能地希望门后的贾宝玉表现得更为积极主动；另一方面，封建官僚家庭的出身又让她思想上不得不受制于封建礼教的环境和约束，不能不在爱情来临时表现出更多的犹豫、恐惧甚至逃避，所以在宝玉真的向她坦露爱意时，她又"气得说不出话来"，认为那是"胡说"，是"欺负"她。因而在她和宝玉的爱情表现形式上常常呈现出矛盾曲折或喜怒无常的状态。当然，林黛玉的爱情终于还是突破了她自己的封建意识继续向前发展了，而且她最后在婚姻无望时决心以死来反抗，表现了极其浓重的悲剧色彩。

（二）林黛玉的体态美

在《红楼梦》中，作者对林黛玉外在美的描写并未花费太多笔墨。然而就是那着墨不多的描写，给人留下了极美的印象。林黛玉是"绛珠仙草"，"受天地精华，复得雨露滋养，遂得脱却草胎木质，得换人形"，从这些句子中能体会到"仙草化身"的一种超凡脱俗，得天地精华的清秀非凡之美。一切自然造化都是美的，一草一木俱是，更何况是一株得受天地精华、甘露滋养的"仙草"了！此时作者虽然尚未直接描述林黛玉之美，但在读者心里，早已对这株"仙草修成的女体"心仪已久了，作者已成功塑造了林黛玉清秀灵幻的美丽形象。

林黛玉初进贾府，作者也未直接着墨描写她的外在美，而是巧借凤姐之口及宝玉之眼来写。凤姐一见林黛玉即惊叹："天下真有这样标致人物，我今儿才算见了！"这话固然有顺从贾母之意，但也让读者在心里留下了一个"绝美"的形象。我们再通过宝玉的眼来看林黛玉的形象："两弯似蹙非蹙罥烟眉，一双似泣非泣含露目。态生两靥之愁，娇袭一身之病。泪光点点，娇喘微微。闲静时如娇花照水，行动处似弱柳扶风。心较比干多一窍，病如西子胜三分。"宝玉竟称她为"神仙似的妹妹"。笔至此处，一个活生生的"绝美"林黛玉已跃然纸上。这便是林黛玉的"外在美"。她的美像是月光下一绽而逝的洁白昙花，是黄昏中最后一抹灿烂阳光。

（三）林黛玉的聪慧美

林黛玉的娇美姿容是迷人的，然而使她动人心魄，更具艺术魅力的，是她无与伦比的丰富而优美的精神世界。

1. 心慧言巧美

林黛玉具有内慧外秀的个性，她"心较比干多一窍"。她的启蒙教师贾雨村说，他这女学生"言语举止另是一样，不与近日女子相同"。因其母名贾敏，她读书凡'敏'字皆念'密'字，写字遇着'敏'字亦减一二笔（旧时"避讳"礼节，不能直接说出或写出尊长的名字）。她到贾府时，尚是孩提，却牢记母亲生前的嘱咐："母亲说过，他外祖母家与别家不同……因此步步留心，时时在意，不肯轻意多说一句话，多行一步路，生恐被人耻笑了他去。"她总是眼看心想暗暗审视，然其言行举止却又那样彬彬有礼，适分合度。她的聪明在大观园里是有名的，别人写诗，总是苦思冥想，她却是"一挥而就"。她善于触景生情，借题发挥。一次，宝玉看宝钗雪白的膀子发呆，这时，"只见黛玉蹬着门槛子，嘴里咬着手帕子笑呢。宝钗道：'你又禁不得风儿吹，怎么又站在那风口里呢？'黛玉笑道：'何曾不是在屋里呢。只因听见天上一声叫，出来瞧了一瞧，原来是个呆雁。'宝钗道：'呆雁在那里呢？我也瞧瞧。'黛玉道：'我才出来，他就"忒儿"一声飞了。'口里说着，将手里的帕子一甩，向宝玉脸上甩来"。这种机敏，这种讽刺与戏谑，只有黛玉才做得如此精纯而又天衣无缝。大观园里有几张厉害的"嘴"，如凤姐、贾母、晴雯、尤三姐、小红等,但黛玉比这些人更犀利,往往一句话便能直指问题核心,让人哑口无言。凤姐的"嘴"在贾母前是媚俗取笑,在下人前是端庄威严;黛玉则显得游刃有余又典雅俊泽。正如薛宝钗所说:"更有颦儿这促狭嘴,他用'春秋'的法子,将市俗的粗话,撮其要,删其繁,再加润色比方出来,一句是一句。"言为心声,心慧则言巧。

2. 才华横溢美

林黛玉之美,还表现在她才学横溢和具有浓郁的诗人气质。曹雪芹笔下的林黛玉,是一个诗化了的才女。她博览群书,学识渊博,好读书,她读过《四书》,但更喜读脚本杂剧《西厢记》《牡丹亭》《桃花扇》等,且往往过目成诵;对于李、杜、王、孟以及李商隐、陆游等人的作品,她不仅熟读于心,且深有研究体会;她不仅善鼓琴,且识谱。在大观园里,她与薛宝钗可谓"双峰对峙,二水分流",在博学多识方面,她可能略逊于宝钗;但在诗思的敏捷,诗作的新颖别致、风流飘逸方面,林黛玉是出类拔萃、独树一帜的。诗社每次赛诗,她的诗作往往为众人所推崇欣赏,因而不断夺魁。她的诗之所以写得好,是因为她的极其敏锐的感受力、丰富奇特的想象力,以及融情于景的浸透力。即使一草一木、一山一水等平凡的事物,她只要一触到,立即就能产生丰富的想象、新奇的构思和独特的感受。尤其可贵的是,她能将自己的灵魂融进客观景物,通过吟咏抒发自己痛苦的灵魂和悲剧的命运。例如她的《白海棠》诗,既极尽了对海棠神态的描摹,也是自我心灵的独白。她有铭心刻骨之言,但由于环境的压迫和自我封建意识的束缚,就算是对同生共命的紫鹃、知音贾宝玉,也羞于启齿,只有闷在心里,自己煎熬。她的柳絮词缠绵悱恻,优美感人,语多双关,句句似咏柳絮,字字实在写己,抒发了她对身世漂泊与对爱情绝望的悲叹与愤慨。尤其她的菊花诗,连咏三首,连中三元,艺压群芳,一举夺魁。她的诗不仅题目新,诗也新,立意更新,而且写得情景交融,人菊合一,充分而深刻地表达了自己的思想感情。其中"满纸自怜题素怨,片言谁解诉秋心""孤标傲世偕谁隐,一样花开为底迟"等句,更写出了这位少女的高洁品格和痛苦灵魂。此外,像她的《桃花行》《秋窗风雨夕》《题帕诗》《五美吟》等都寓有深意,诗如其人,感人至深。

富有诗人气质,并且被诗化的林黛玉,其诗魂蕴于心而秀于外,她身上总似飘散着沁人心脾的清香。她用诗发泄痛苦和悲愤,用诗抒写欢乐与爱情,用诗表示抗议与叛逆。

(四)林黛玉的多重性格美

作为"木石前缘"中与"美玉无瑕"相对的"阆苑仙葩",林黛玉可谓家喻户晓。一般人认为林黛玉是自尊、敏感、尖刻、孤傲、脆弱,令人感到有些难以接近的少女,但是这种看法是有失偏颇的,林黛玉其实是个既有自尊又懂得尊重他人、既敏感又笃实、既尖刻又宽厚、既孤傲又谦逊的可爱可敬的少女。

1. 既尊重自我,又尊重别人

林黛玉是很自尊的,这反映在各个方面。她一进荣国府,便想起母亲的遗言:"外祖母家与别家不同。"因此她"步步留心,时时在意,不肯轻意多说一句话,多行一步路"。但这不是因为想要谨小慎微地做人,而是出于"恐被人耻笑了他去"。周瑞家的送花,她首先想的不是宫花的"新巧",而是这宫花是否是别人"挑剩下的"。她去叩怡红院的门,刚与碧痕拌了嘴的晴雯私下埋怨宝钗"有事没事跑了来坐着",她正没好气,便使性子说道:"凭你是谁,二爷吩咐的,一概不许放人进来呢!"谁知黛玉一听,竟然立刻在心里唤起了这样的想法:"如今父母双亡,无依无靠……"是的,林黛玉从身份上说,虽是位小姐,但从地位上说,是个寄人篱下的孤女(以林如海之家世、官场经历和人情世故,他应该不可能不为自己唯一的女儿在贾家的生活留下后路——足够的钱财,但一因黛玉根本没有金钱的概念,钱从来没有作为她自托身份的垫脚石,二因这些钱财现在当然是由贾母代管的,以黛玉之性情为人,她不可能去找贾母讨要,更不可能四处宣扬)。因为这些不可诉说的原因,她唯恐人们对她怀着歧视或轻薄的心思,也不屑于贾府表面的施舍。她的自我尊重,实际上是坚持自己人格尊严的表现。

当她感到别人尊重她时,她也尊重别人。这集中反映在她能够接受紫鹃的责备与对香菱学诗的有求必应。林黛玉与贾宝玉争吵,紫鹃对她说:"宝玉只有三分不是,姑娘倒有七分不是。"林黛玉并不因为紫鹃是丫头,就认为这种当面责备有伤自己的尊严,她总是默默接受紫鹃的意见。她与紫鹃虽名为主仆,却情同手足,因为她知道紫鹃是出于真心而关怀自己。香菱住进蘅芜院与宝钗做伴,满心满意只想作诗,她求宝钗教自己,而宝钗却不以为然,认为:住进大观园,已够不错了。至于作诗,叫有学问的人听了反笑话,说不守本分的。香菱去求黛玉,黛玉满口答应,可以说是"诲人不倦"了,一点也不认为收婢妾做门生会有损自己的脸面。从中我们可以清楚地看到,林黛玉对紫鹃和香菱平等相待,这正反映了她对紫鹃和香菱的尊重。

2. 既敏感又笃实

林黛玉的敏感有时更近似于多疑,这从"送宫花"等情节便能看出。宫花是薛姨妈让送的,(因为这时迎、探、惜三位姑娘就住在王夫人房后的三间小抱厦内,出抱厦就是凤姐院,黛玉住在离得最远的贾母院。)周瑞家的从梨香院出来,当然是顺路走到哪送哪,最后到贾母处才是常理,可黛玉却冷笑道:"我就知道,别人不挑剩下的也不给我。"晴雯拒绝开门,纯粹是误会,可黛玉那一夜却"倚着床栏杆,两手抱着膝,眼睛含着泪,好似木雕泥塑的

一般,直坐到三更多天方才睡了"。这些言行看似不可理喻,但只要看一看她所处的环境,这种行为就变得可以理解了。她所处的是一种什么环境呢?明面上是个花柳繁华地,温柔富贵乡,实际上是个充满你争我夺、尔虞我诈的人性角斗场。黛玉实际所提防的,正是生活中已露苗头或即将出现的情况。王熙凤明知将黛玉比作戏子是种带有轻视意味的取笑,却故意说出来让大家猜;王夫人一想到晴雯的眉眼有些像黛玉,便更加愤恨晴雯。可见贾府中一定存在像这样的歧视和轻蔑黛玉之人的。因而,以黛玉之敏感,她对生活现象的判断,看似多疑,实则是她对客观环境的总体认识上的一种准确预感。

实质上,黛玉是个十分笃实的人。如果说她在"心眼儿"上有所失的话,那不是太"小"倒是太"实"。只要她认为你是真心地关心她,尊重她,她就会向你捧出自己一颗赤诚的心;而一旦她信任了你,也决不轻易地怀疑你。这从宝玉和她定情后,她和宝钗的关系上看得最清楚。

3. 既尖刻又宽厚

黛玉的言谈是很尖刻的。宝钗笑道:"世上的话,到了凤丫头嘴里也就尽了。幸而凤丫头不认得字,不大通,不过一概是市俗取笑。更有颦儿这促狭嘴,他用'春秋'的法子,将市俗的粗话,撮其要,删其繁,再加润色比方出来,一句是一句。"对比王熙凤之俗,黛玉之语是又文雅又尖刻,既率直又一针见血。袭人与宝玉的暧昧关系是众人所领会到的,一般人是"看破不点破",但林黛玉对袭人笑道:"你说你是丫头,我只拿你当嫂子待。"(晴雯也拿这事嘲讽过袭人,红学家将黛玉、晴雯归为一类人不是没有依据的。)再如贾母见了张道士献的金麒麟,说好像谁家的孩子也带一个似的,宝钗说湘云有一个,宝玉便偷偷把麒麟放入怀中,众人都不大理论,只有黛玉见了,却瞅着他

点头儿,似有赞叹之意。探春夸宝钗有心,不管什么都记得,黛玉却嘲笑宝钗"他在别的上还有限,惟有这些人带的东西上越发留心"。凡此种种都告诉我们,黛玉之所以会让贾府对她有"尖酸刻薄"的印象,就在于她好说实话,好点破事情的真相,撕开人们惯用的遮羞布,所以常使人感到不舒服。从而可看出,她的尖刻是出于纯真率直的个性,而非心胸的狭窄。

倘论心胸,林黛玉倒是个襟怀宽厚的少女,这反映在各个方面。首先,黛玉不与人心存芥蒂,谁要是伤到了她的自尊心,她是会恨的,但事后随即烟消云散。湘云用她比戏子,她有点不悦,可一会儿便携了宝玉的"寄生草"回房"与湘云同看"便是明证。其次,黛玉也很懂得谅解人,她从不抓住别人落在自己手里的把柄去使人折服。宝钗听出黛玉在酒令里引用了《西厢记》和《牡丹亭》,便抓住不放,要"审问"林黛玉。林黛玉看见宝钗随意坐在躺在床上睡着的宝玉身旁绣鸳鸯,却付诸一笑,没去"审问"宝钗,二者正是鲜明对照。再者,林黛玉除了在爱情问题上,从不猜忌别人。贾母一见宝琴,喜欢得不得了,逼王夫人认其为干女儿。宝钗有些不自在,而黛玉却赶着叫宝琴妹妹,二人亲如姊妹,二者又是鲜明对照。最后,黛玉有所要求于宝玉是爱情上的纯真,并不反对宝玉与其他女孩来往乃至为丫头们充役,这都不是心胸狭小之人能做到的。所以应该承认黛玉的胸襟是似窄实宽、似薄实厚的。

4. 既孤傲又谦和

林黛玉蔑视世俗社会的功名利禄,从不劝宝玉去立身扬名,听到宝玉称赞她不说"混帐话"便不觉又惊又喜,这也正反映了她对仕途的不屑,甚至那位万人之上的北静王在她心中也只是个"臭男人"。元妃归省时命诸姐妹题诗,显然是意在"颂圣",而她却大展其才,将众人压倒。她蔑视人情,从不在贾母和王夫人等面前邀怜取宠以在贾府这个本难立足的地方为自己铺下一块福地。这样的孤傲不仅反映了她的洁身自持,不与世俗同流合污,而且反映出她在政治和人生哲学上对世俗社会的"叛逆"。

黛玉的孤傲,是"孤高傲世"。她面对"诗友"却是很谦和的。大观园里的头一次诗会,虽然众人都认为黛玉的诗为上,但李纨、探春却强评宝钗的诗为第一,把黛玉写的诗列为第二,这个"孤高自许,目下无尘"的少女,从没有对此表露过一点"小性儿"。后来的诗会中,她推崇湘云的文思,更推崇妙玉的诗才。这个孤高傲世的少女,在这些场合何尝显出一点孤傲和偏狭?她是多么容易折倒在别人的才华面前,这正反映了一个"叛逆者"谦和的品格。

《红楼梦》为我们塑造了一个又一个靓丽的艺术形象,而林黛玉是其中最为光辉灿烂的艺术形象之一。她虽逝去了,但她纯洁的精神,她与宝玉生死与共的爱情,他们所贯彻的爱情原则,她的闪耀着艺术魅力的优美形象,将与日月争辉,与天地共存。这一形象所含蕴的哲理与诗意,将给予不同时代的读者以生活的启示和美感享受。

薛 宝 钗

薛宝钗这一形象历来褒贬不一。她一方面是封建淑女的典范,另一方面又是一个顽强追求现实功利的功利主义者;她有多方面的才华,可与王熙凤、贾探春、林黛玉相媲美,同时她又有自己独特的个性魅力。作者对她推崇有加,又对她颇有不满。而她最终的悲剧性结局,既体现了作者对世俗理想的否定,也完成了作者思想感情的升华。

在《红楼梦》塑造的众多个性鲜明、丰满的人物当中,薛宝钗无疑是最难给予评价的一个。你无法像对待其他小说人物那样把她简单地归入"好人"或"坏人"之列。一方面,她集美貌与智慧于一身,而且稳重温柔,识大体顾大局,是完美无瑕的大家闺秀的典范;另一方面,她在骨子里是一个追求世俗功利的现实主义者，并且她的现实主义价值观不像王熙凤那样赤裸裸地暴露在人们面前，而是深深地隐藏在封建淑女的外衣之下，具有极大的迷惑性。也正因为如此，人们对她褒贬不一，众说纷纭，使薛宝钗这一形象具有更多的文化阐释意义。而她最终的悲剧性结局既表现了封建女性在整个封建大厦倒塌之下的无所遁逃的悲剧命运，又体现了作者对薛宝钗世俗理想的否定和抛弃，从而完成了作品思想感情的升华。

（一）薛宝钗的人生理想

薛宝钗是以一名以备选入宫作为公主、郡主入学陪侍的少女身份进入我们的视线的。薛家是皇商，曾有过"珍珠如土金如铁"的辉煌历史，堪称"商业帝国"。但到了小说开始的时候，薛家的经济、政治势力已趋于没落了。薛宝钗之父早逝，哥哥薛蟠又是个不成器的浪荡公子，"一应经纪世事，全然不知"，各省及京中的生意"渐亦消耗"，可见这个商业帝国已岌岌可危，后继无人了。薛蟠在金陵强买侍妾，闹出人命，这场官司的了结还是依靠贾王两家的势力。贾雨村在了断此案之后，"急忙作书信二封，与贾政并京营节度使王子腾"，可见薛家当时在社会地位上必须依仗贾府。在薛家经济政治都出现严重危机之时，小说写到薛姨妈送女儿宝钗进京备选，让宝钗入宫当陪侍或充才人、赞善之职。我们知道四大家族皆联络有亲，一荣俱荣，一损俱损，可见在当时各大家族可以通过联姻、通过裙带关系保护甚至增强自己的实力。而在封建社会里，拥有最高权势的自然是被称为"九五至尊"的皇帝了。如果薛宝钗入选成功，那么薛家就有可能成为外戚（元春最初入宫也只是女史而非嫔妃），薛家就有了一座更加牢固的靠山，薛家的政治经济力量就有可能重振当年的辉煌。可以说薛宝钗的备选成功与否对薛家有着至关重要的意义。因而宝钗的出场便与获取功名富贵、追求现实利益有千丝万缕的联系。当然，宝钗最后落选了，薛家如意算盘落了空，通过宝钗的婚事来巩固、提升家族地位的计划也就随即拉开序幕。

薛宝钗入住贾府梨香院，院中有梨花，花下埋着专治她"从胎里带来的一股热毒"的特效药"冷香丸"。这"胎里带来的热毒"其实象征了她与生俱来的"欲"：热切而顽强地追求现实功利的欲望。这可以说是她作为一个商业世家之后有的一种特质。在第七十回中，她所作的《临江仙》更明白无误地告诉了我们她心中所藏的"青云之志"：白玉堂前春解舞，东风卷得均匀。蜂团蝶阵乱纷纷。几曾随逝水，岂必委芳尘。万缕千丝终不改，任他随聚随分。韶华休笑本无根，好风频借力，送我上青云！

然而作为一名女性，在"男尊女卑"的封建社会中，女性被剥夺了话语权，她不可能有独立实现青云之志的机会，必须要借助于外力，借助于"好风"。因此入宫一途断绝后，她唯一的出路便是通过婚姻觅得一位好夫婿，通过夫婿的金榜题名、仕途高升、立身扬名而"妻凭夫贵"，实现她的青云之志。所以这时贾宝玉就成了她本不多的选择中的佼佼者。再加上以贾府地位之高，宝玉地位之重要，又有"金玉良缘"之说（也有人考证金锁来源及"金玉良缘"在贾府传播过程的诸多蹊跷），这"宝二奶奶"的宝座还是值得一争的。

不管她是有意也好，无意也罢，总之她是卷到这场爱情纷争里来了，并且在这场纷争里还占有不小的优势。她讨得贾府上下的欢心不说，更重要的是在贾府的地位最高者元妃眼里，她可不是一般的人物。在元妃赐给贾府众人的物件里，唯有她与宝玉的一样。这是贾府地位最高者对她的看重，聪明的薛宝钗怎能不理解其中的含义呢？这无疑加重了宝钗竞争"宝二奶奶"的心思。于是从不爱红色、从不爱好首饰的薛宝钗便把这串元妃赐的红麝香珠天天笼在手腕上，这同她脖子上的金锁一样，时刻提醒着周围的人"金玉良缘"的存在。这时她心里想必早已认定了这"金玉良缘"了。

有了贾府上下的交口称赞,有了元妃的看重,薛宝钗离她的"青云之志"便更近了。现在剩下的就是劝导"富贵闲人""无事忙"贾宝玉走上"正途""立身扬名"了,而在这里,她却遇上了难题。她劝导宝玉一番俗事为人的道理却被宝玉直斥为"好好的一个清净洁白女儿,也学的钓名沽誉,入了国贼禄鬼之流"。宝钗试图用自己的力量来"挽救"宝玉,但是在本质上他们二者的观念是冲突的。宝钗所设想的丈夫应当是一个循规蹈矩的功名富贵中人,而这种人正是宝玉所痛恨的"禄蠹"。宝玉所设想的爱侣应当是一个多情善感超世绝俗的"仙姝",而这种人正好是宝钗认为的"被浪漫传奇诱导坏了的女性"。宝玉除了会花功夫讨女孩欢心外无一事可为,而宝钗的精神却贯注在如何为人处事上。他们两人在精神上永远也不可能走到同一条路上。所以虽然薛宝钗最终获得了宝玉夫人的名分,但宝玉依然无法帮她实现"夫贵妻荣"的人生理想。

(二)薛宝钗的功利主义价值观

与贾宝玉、林黛玉的出场不同,曹雪芹笔下的薛宝钗一出场就是从非常现实的背景中向我们走来。她以世代皇商之女、薛蟠之妹、皇宫待选秀女的身份入京,没有神话没有诗意,甚至没有美的氛围,在她周围的一切都是那么世俗,那么平凡,却又笼罩着贵族之家的珠光宝气。

薛家与贾、王、史三家齐名,护官符上写道"丰年好大雪,珍珠如土金如铁",小说中介绍说"家中有百万之富,现领着内帑钱粮,采办杂料",换言之,薛家就是当时一个支用国库、料理皇家生意的"红顶商人"。与贾府那种纯粹官僚式的贵族世家不同,薛家商业气味很浓。在这样一个大皇商家族中,薛宝钗早年丧父,哥哥薛蟠"终日惟有斗鸡走马,游山玩水而已",因而薛宝钗"自父亲死后,见哥哥不能体贴母怀,他便不以书字为事,只留心针黹家计等事,好为母亲分忧解劳"。薛宝钗懂得生计,有理家才能。林黛玉、史湘云看不懂当票,被薛姨妈取笑为侯门千金的"呆子",而这对薛宝钗来说则是司空见惯的东西。再如王夫人叫人去买人参,宝钗说市面上的人参都不好,"虽有一枝全的,他们也必截做两三段,镶嵌上芦泡须枝,掺匀了好卖,看不得粗细"。有人赞叹宝钗说,这就不仅是知道一点医药道理,而且对药材市场的真伪都洞若观火。小说写"我们铺子常和参行交易",可见宝钗懂得生计是与商人生活环境有关的。一个人的生活环境对其性格的养成有巨大影响,因此在她的身上不可避免地带有以追求现实功利为目的的商人精神与色彩。而且她将这种功利主义价值观融入自己的思想当中,成了她的一种生存哲学。

而为了实现现实功利的目的,她在待人处事的方式上都做到了随分从时,按照环境的需要随时调整自己的言行与态度,以获取权势者的欢心及可借用力量的支持。元妃省亲回来要姐妹们作诗,她看到宝玉写了"绿玉春犹卷"的句子,便指点他元妃不喜欢"红香绿玉"的字样,教他把"绿玉"改为"绿蜡";贾母喜欢热闹,看戏的时候她便专点《西游记》一类的闹戏以讨贾母欢心;元妃送来的灯谜,"宝钗等听了,近前一看,是一首七言绝句,并无甚新奇,口中少不得称赞,只说难猜,故意寻思,其实一见就猜着了"。宝钗无疑是一个精明的生活家,她永远能精细地计算利害,把每一件事都当成一桩生意,精细地算出赔与赚;她永远能把握住现实利益,以平静的态度处理着一切。这也为她博得了贾府上下的欢心,贾母评她为"稳中平和",湘云对她相当佩服,就连"大恶人"赵姨娘也对她赞赏有加。

表面上看,她似乎是一个正统的封建淑

女：为教导爱读"杂书"的黛玉，她宣扬"女子无才""总以贞静为主"；湘云交谈论诗，她笑其"不守本分"；宝琴以《西厢记》《牡丹亭》为素材编写诗谜，她以"无考，我们也不大懂得"为由命其重作。平时按淑女标准言谈，雍容娴雅，端庄温柔，"待人不疏不远，不亲不近""端肃恭严，不可轻犯"。然而细细考究，我们又会发现，她的功利主义价值观与封建淑女的道德观并不相容。例如，金钏投井而死，王夫人因自疚而良心不安，宝钗却说"不过多赏他几两银子发送他，也就尽主仆之情了"。在薛宝钗眼里，金钱可以买到一切，是无往而不利的，金钱价值远远大于道德价值、生命价值。而在"滴翠亭杨妃戏彩蝶"一回中，宝钗的行为就太过分了。"宝钗在亭外听见说话，便站住往里细听"，这一举动近乎窥私，已大失淑女之风，而为了摆脱干系，为一己之私，不惜行"金蝉脱壳"之计嫁祸黛玉，更是为了维护个人形象而失去道德标准了。

薛宝钗是一个以追求现实功利为目的而又以封建淑女形象示人的复杂人物形象，她正是以追求社会功利性的审美和处世哲学世俗化的存在而生于这个世界的。

（三）薛宝钗的独特个性及评价

在大观园的众多女性当中，薛宝钗几乎是表面上最完美无瑕的人。论才能，她不输给王熙凤、贾探春；论美貌，她与黛玉各有秋千；论学识，黛玉仅有诗才相比，她可谓"全才"：惜春画画，她能讲出一套画画的理论；湘云作诗，她能讲出一套吟诗的道理。至于一般常识的丰富、事理的通达，更是无人能及。她似乎集众人的优点于一身，但又不是优点与优点的相加，她还有自己的独特个性。

论才干，她与王熙凤、贾探春都可属于"补天派"。但王熙凤在补天的同时也在腐蚀着支撑大厦的柱子，探春是一个改革者、实干家，而薛宝钗只是一个理论家。她清楚地知道贾府院子里的一片破荷叶、一根枯草都是值钱的，但是当王夫人派她管理园子的时候，她却只是"小惠全大体"，在尽量不得罪人的条件下，给众人分派点小利润以博得好名声，她真正关心的只有她个人的私利。她所做的是努力顺应这个社会，在这行将倒塌的封建大厦里努力维护住自己的既得利益，是一个"有才"也不去"补天"的人。

论诗才，薛宝钗一点也不逊于黛玉，但黛玉是以诗为中心，抒发性情；宝钗是为了学以致用。作为一个候选入宫的才女，她受教育的目的是"为公主、郡主入学陪侍"，因此她对于求知就有一定的方向，所以黛玉醉心于《西厢记》《牡丹亭》，而宝钗更推崇程朱理学，她认为"见了些杂书，移了性情，就不可救了"。薛宝钗是一个出色的才女，却不会是一个好的诗人。

对于这样一位才貌兼具的宝钗，作者对其十分推崇，不过也有比较深的不满。作者在介绍她出场的时候说她"罕言寡语，人谓藏愚；安分随时，自云守拙"，这很明显是讽刺的话语；在第二十二回中，更是借用丫头坠儿怀疑宝钗藏了她的扇子，点出她善（扇）藏的性格特征。

再来看一下作者对其容貌的描写。宝钗是"唇不点而红，眉不画而翠；脸若银盆，眼如水杏"。雪芹这样描写她的面容是隐含深意的，因为它们并非曹雪芹创造的文学语言，而是借用了《金瓶梅词话》对吴月娘容貌的描写："生的面如银盆，眼如杏子，举止温柔，持重寡言。"曹雪芹用写市井世俗妇人容貌的词句写薛宝钗之姿容，不能不说是隐含贬义的。

曹雪芹写薛宝钗吃的"冷香丸"，其药材主要是"春天开的白牡丹花蕊十二两，夏天开的白荷花蕊十二两，秋天开的白芙蓉花蕊十二两，冬天开的白梅花蕊十二两"。四时名花皆为白色，突出一"冷"字，这也正是对薛宝钗形象的概括，显示了她性格中"无情"的特征。宝钗的冷静与理智到了令人惊异的程度,仿佛她没有人的感情。逼死人命的王夫人尚且对金钏之死感到不安,无恶不作的薛蟠尚且对好友的"冷遁"感到伤心,而宝钗在这两件事情上的反应只是想如何安慰王夫人和如何安顿跟随哥哥的家人,这样的冷酷无情恐怕也是全书中绝无仅有的。

在"寿怡红群芳开夜宴"一回,宝钗抽到了一枝牡丹花,题着"艳冠群芳",附注的诗句是"任是无情也动人"。在这里,"动人"与"无情"互为表里,并且作者借宝玉之行表达了更深的含义。文中写道:"宝玉却只管拿着那签,口内颠来倒去念'任是无情也动人'。"这一颠来倒去便是"任是动人也无情"了:任你是牡丹花,艳冠群芳,却终归无情。既把自己的真情掩藏在封建礼教的背后,也无法得到怡红公子的真情,最终得到的是贾宝玉无情的舍弃。

王昆仑先生曾评价说:"宝钗是在做人,黛玉是在作诗;宝钗在解决婚姻,黛玉在进行恋爱;宝钗把握着现实,黛玉沉酣于意境;宝钗有计划地适应社会法则,黛玉任自然地表现自己的个性;宝钗代表着当时一般妇女的理智,黛玉代表着当时闺阁中知识分子的情感。"此评极妥。

(四)薛宝钗形象的意义

薛宝钗是封建时代最完美的女性,她的身上几乎凝聚了那个时代的女性最让人推崇的所有品格:美丽、大方、温柔、贤淑……这一切都足以对贾宝玉产生极大的诱惑,也曾使得他"见了姐姐,忘了妹妹"。宝玉在宝钗的美丽温柔和黛玉的翩然不俗之间徘徊良久,但在爱情上宝玉始终是选择黛玉而舍弃宝钗的。宝钗"动人"的一面代表了封建礼教"温情""美好"的表象,宝钗越是动人越显出宝玉黛玉反抗时代的顽强。而当宝玉终于离开宝钗精心编织的"温柔乡"时,他也彻底地认识到了所谓世俗理想的庸俗、功利和残酷。宝玉最终的"悬崖撒手"无疑是对宝钗世俗理想最彻底的批判。

随着宝玉的"悬崖撒手",宝钗也被彻底地"牺牲"掉了。她用高明的处世哲学得到的婚姻也命不长久,寿终正寝了。她嫁给了一块不走仕途路的"顽石",她"夫贵妻荣"的理想不能实现。她把自己的一生交给了一个最终"逃之夭夭"的丈夫,留给自己的是一个名分、一间空房。这样的人生、这样的结局无疑是作者对现实功利主义者的最深刻的嘲讽和怜悯。

宝钗是封建礼教的忠实执行者和守卫者。她以压倒性的优势战胜了黛玉,使宝黛爱情成为一场悲剧,但她自己也逃不出悲剧的结局。她和黛玉是"双峰对峙"也好,是"钗黛合一"也罢,都逃不出时代对命运的掌握。曹雪芹正是用她们共同的悲剧向我们展示了"千红一哭""万艳同悲"的共同性和注定的命运。

鲁迅在《中国小说的历史的变迁》中指出,"总之自有《红楼梦》出来以后,传统的思想和写法都打破了"。《红楼梦》以前的小说,故事里的主人公大体符合封建道德标准,而贾宝玉明显具有叛逆性。前人叙述人物好人纯好,坏人纯坏,《红楼梦》里的人物却有血有肉,神采各异,仿佛呼之欲出。纵观这众多鲜活的人物,薛宝钗是最难以定论的。

有人说:"凤之辣,人所易见;钗之谲,人所不觉。一露一藏也。"的确,薛宝钗又云"蘅芜君"(横无君),"不关己事不开口,一问摇头三不知",深谙世态,八面玲珑。但我们可否仅据此就评价她是"乱世之奸雄,治世之能臣"呢?答案当然是否定的。论起奸诈、狠毒,宝钗远不及阿瞒,就是比较凤丫头,她也逊色得多。尽管她为登上"宝二奶奶"的位子煞费苦心,但思及当时那个人人自危的环境,她的所作所为又无可厚非。

蘅芜君虽是一味地压抑自己的青春热情,却有"动人之处"。群芳开夜宴时,她抽的签是"任是无情也动人"。何以"动人"?我们容易想到,宝钗秉花容月貌,美肌玉肤,艳冠群芳,却往往忽视她恬淡仁忍、安分随和、"山中高士"般的美德。诗歌方面,她与黛玉并驾齐驱,各领风骚;她的诗的题材多针砭时弊,如"眼前道路无经纬,皮里春秋空黑黄"便是讽刺世人横行霸道的绝唱。为人处事方面,她颇随和,为己为人省去诸多麻烦。这样品格的人自然是"动人"的,却并不可爱可敬,因为她的举止言行时刻紧紧围绕着封建正统思想,尽心竭力地维护封建统治。

在维护封建统治方面,薛宝钗目光敏锐、犀利,行动果敢、坚决。如果理性分析,宝钗几乎可以说是荣府少奶奶的不二人选,这可从以下七个方面加以印证:

1. 在封建社会虚假繁荣的背景下,她慧眼独具,洞悉到一系列封建制度固有的不可调和的矛盾。例如,主子和奴才间的矛盾。就她看来,缓解这一矛盾的最好方法便是"羁縻",因而她对奴才们较为仁慈、宽容,于是出现了"时宝钗小惠全大体"之行为。

2. 因封建道德,她不能自主择偶,但她也决不容许林黛玉那样曲折、痛苦地表现感情,为防黛玉"移了性情",她毅然"兰言解疑癖"。

3. 她信奉"文章经济",对宝玉的叛逆性格洞若观火,为使封建大厦的基石——地主阶级永保无虞,便身先士卒,带领姐妹、丫头们规劝引导宝玉,败而不馁。她认为袭人的一番话深合己意,便暗自赞赏"倒别看错了这个丫头,听他说话,倒有些识见"。

4. 她精通统治阶级的权术,善机变。她一语便戳穿凤姐奉承讨好贾母的卑劣表演,"凤丫头凭他怎么巧,再巧不过老太太去"。明是赞美贾母,实则一箭双雕。她本人作为统治阶级的一员,不得不想方设法取悦更高一层的统治者——十五岁生日时点戏、点食品,她专拣贾母喜欢的。同时她又要妥当处理与其他人的关系:分礼物时,贾环意外得到一份,赵姨娘感激不尽,到处夸她好。

5. 她坚决拥护统治者。当主仆相安无事时,她乐得清闲;一旦主仆间出现危机,她立刻站出来为主子一方摇旗呐喊。金钏儿跳井自杀,她冷酷无情;莺儿与贾环闹矛盾,她呵斥莺儿:"难道爷们还赖你?"

6. 她推崇封建淑女风,诗风"含蓄浑厚,老道沉着"。秋爽斋咏白海棠,她作诗"淡极始知花正艳",正是她一贯的追求。她早就看出,宝玉之所以时常唉声叹气,做些不近情理的"傻事"(这正像玉上的斑点、瑕疵),是因为他关心女子的命运,为她们忧愁、叹息。因此,她隐讳地警示宝玉"愁多焉得玉无痕",大有深意。

7. "'女子无才便是德',总以贞静为主",这是薛宝钗经常挂在嘴边的一句话。可见,她不但承认封建礼教禁锢、压制女性的合理性,而且以身作则,大肆宣扬,以便清白女子心悦诚服地接受。她以"封建思想代言人"的口吻训斥黛玉:"男人们读书明理,辅国治民,这便好了。只是如今……读了书倒更坏了……所以竟不如耕种买卖,倒没有什么大害处……最怕见了些杂书,移了性情,就不可救了。"可别小觑了这几句话,竟是微言大义。因为封建统治者对男性的要求就是"读书明理,辅国治民";如若不然,倒不如不读书,老老实实做个农民或商人,因为那样起码不会觉醒,更不会发展到振臂一呼以至于要群起反抗的地步。而宝玉之流的读书不知"明理",又因沾染了杂书,有点儿觉醒,便一向胡说八道(宝玉的乖戾之言何其多),就可以说是"读了书倒坏了"。这怎能不令统治者恐惧、忧心!宝钗还毫不客气地批评探春"把朱子都看虚浮了",足见她受程朱理学的影响之深。

总之,薛宝钗这一人物形象极为丰富,值得我们做进一步的探索研究。

评估检测二

（分值:50分　时间:50分钟）

一、阅读下面的文字,完成后面的题目。(18分)

黛玉方进入房时,只见两个人搀着一位鬓发如银的老母迎上来,黛玉便知是他外祖母。方欲拜见时,早被他外祖母一把搂入怀中,"心肝儿肉"叫着大哭起来。当下地下侍立之人,无不掩面涕泣,黛玉也哭个不住。一时众人慢慢的解劝住了。

众人见黛玉年貌虽小,其举止言谈不俗,身体面庞虽怯弱不胜,却有一段自然风流态度,便知他有不足之症。因问:"常服何药,如何不急为疗治?"黛玉笑道:"我自来是如此,从会吃饮食时便吃药,到今未断……如今还是吃人参养荣丸。"贾母道:"正好,我这里正配丸药呢。叫他们多配一料就是了。"

一语未了,只听得后院中有人笑声说:"我来迟了,不曾迎接远客!"黛玉纳罕道:"这些人个个皆敛声屏气,恭肃严整如此,这来者系谁,这样放诞无礼?"心下想时,只见一群媳妇丫鬟围拥着一个人从后房门进来。这个人打扮与众姑娘不同,彩绣辉煌,恍若神妃仙子:一双丹凤三角眼,两弯柳叶吊梢眉,身量苗条,体格风骚,粉面含春威不露,丹唇未启笑先闻。黛玉连忙起身接见。贾母笑道:"你不认得他,他是我们这里有名的一个泼皮破落户儿,南省俗谓作'辣子',你只叫他'凤辣子'就是了。"黛玉正不知以何称呼,只见众姊妹都忙告诉他道:"这是琏嫂子。"黛玉忙陪笑见礼,以"嫂"呼之。这熙凤携着黛玉的手,上下细细的打量了一回,便仍送至贾母身边坐下,因笑道:"<u>天下真有这样标致人物,我今儿才算见了!况且这通身的气派,竟不像老祖宗的外孙女儿,竟是个嫡亲的孙女</u>,怨不得老祖宗天天口头心头,一时不忘。只可怜我这妹妹这样命苦,怎么姑妈偏就去世了!"说着,便用帕拭泪。贾母笑道:"我才好了,你倒来招我。你妹妹远路才来,身子又弱,也才劝住了,快再休提前话!"这熙凤听了,忙转悲为喜道:"正是呢!我一见了妹妹,一心都在他身上了,又是欢喜,又是伤心,竟忘记了老祖宗。该打,该打!"又忙携黛玉之手,问:"妹妹几岁了?可也上过学?现吃什么药?在这里不要想家,想要什么吃的、什么顽的,只管告诉我,丫头老婆们不好了,也只管告诉我。"一面又问婆子们:"林姑娘的行李东西可搬进来了?带了几个人来?你们赶早打扫两间下房,让他们去歇歇。"

贾母因问黛玉念何书。黛玉道:"只刚念了《四书》。"黛玉又问姊妹们读何书。贾母道:"读的是什么书! 不过是认得两个字,不是睁眼的瞎子罢了。"

一语未了,只听院外一阵脚步响,丫鬟进来笑道:"宝玉来了!"

贾母因笑道:"还不去见你妹妹!"宝玉早已看见多了一个姊妹,便料定是林姑母之女,忙来作揖。宝玉便走近黛玉身边坐下,因问:"妹妹可曾读书?"黛玉道:"不曾读书,只上了一年学,些须认得几个字。"宝玉又道:"妹妹尊名是那两个字?"黛玉便说了名。宝玉又问表字,黛玉道:"无字。"宝玉笑道:"我送妹妹一个妙字,莫若'颦颦'二字极好。"又问黛玉:"可也有玉没有?"众人不解其语,黛玉便忖度着:"因他有玉,故问我也有无。"因答道:"我没有那个。想来那玉亦是一件罕物,岂能人人有的。"宝玉听了,登时发作起痴狂病来,摘下那玉,就狠命摔去,骂道:"什么罕物,连人之高低不择,还说'通灵'不'通灵'呢!我也不要这劳什子了!"吓的地下众人一拥争去拾玉。贾母急的搂了宝玉道:"孽障!你生气,要打骂人容易,何苦摔那命根子!"宝玉满面泪痕泣道:"家里姐姐妹妹都没有,单我有,我就没趣,如今来了这么一个神仙似的妹妹也没有,可知这不是个好东西!"贾母忙哄他道:"你这妹妹原有这个来的,因你姑妈去世时,舍不得你妹妹,无法可处,遂将他的玉带了去了。一则全殉葬之礼,尽你妹妹之孝心,二则你姑妈之灵,亦可权作见了女儿之意。因此他只说没有这个,不便自己夸张之意。你如今怎比得他?还不好生慎重带上,仔细你娘知道了。"说着,便向丫鬟手中接来,亲与他带上。宝玉听如此说,想一想竟大有情理,也就不生别论了。

(节选自《红楼梦脂评汇校本》第三回)

1. 下面对《红楼梦》及其作者的解说,表述有误的一项是(　　)。(3分)

A.《红楼梦》,原名《石头记》,作于18世纪中期,是具有高度思想性和艺术性的伟大的现实主义作品,在我国及世界文学发展史上占有显著的地位。

B. 曹雪芹名霑,字梦阮,满族人。曹家曾是非常显赫的贵族世家,后家道中落。作者"披阅十载,增删五次",借《红楼梦》一书表达了自己的理想。

C.《红楼梦》在描写一个封建大家族没落的同时,又流露了惋惜和感伤的情绪。关于此书的解读,还有宿命论、虚无主义、恋爱至上等消极思想倾向。

D.《红楼梦》共120回,前80回为曹雪芹所写,后40回为高鹗所续。高鹗续书使小说成为首尾齐全的文学巨著,但其内容可能有违曹雪芹的创作原意。

2. 对于"宝玉摔玉"一段的理解,不正确的一项是(　　)。(3分)

A. 因为自己有玉而黛玉无玉,宝玉这一摔,表现了一种恨不能与黛玉同有的心态。

B. 宝玉摔玉,表现了对贾府众人所珍视的玉的价值观,即对贾母所谓"命根子"的反抗。

C. 宝玉摔玉,气得贾母直骂他"孽障!"表现了贾母对宝玉恣意放诞行为的痛恨。

D. 脂评说贾母骗宝玉之语是"君子可欺以其方",这说明了宝玉对贾母的无限信任。

3. 如何理解文中画线句子的丰富内涵和作用?(6分)

_____

_____

_____

4. 前文贾母问及黛玉念何书时,黛玉回答:"只刚念了《四书》。"可后来回答宝玉同样的问题时说"不曾读书,只上了一年学,些须认得几个字"。试分析黛玉为什么会出现这种前后矛盾的回答?(6分)

_____

_____

_____

二、阅读下面的文字,完成后面的题目。(18分)

正说着,只听丫鬟们说:"宝姑娘来了。"袭人听见,知道穿不及中衣,便拿了一床袷纱被替宝玉盖了。只见宝钗手里托着一丸药走进来,向袭人说道:"晚上把这药用酒研开,替他敷上,把那淤血的热毒散开,可以就好了。"说毕,递与袭人,又问道:"这会子可好些?"宝玉一面道谢说:"好了。"又让坐。宝钗见他睁开眼说话,不像先时,心中也宽慰了好些,便点头叹道:"早听人一句话,也不至今日。别说老太太、太太心疼,就是我们看着,心里也……"刚说了半句又忙咽住,自悔说的话急了,不觉的就红了脸,低下头来。宝玉听得这话如此亲切稠密,大有深意,忽见他又咽住不往下说,红了脸,低下头只管弄衣带,那一种娇羞怯怯,非可形容得出者,不觉心中大畅,将疼痛早丢在九霄云外,心中自思:"我不过挨了几下打,他们一个个就有这些怜惜悲感之态露出,令人可玩可观,可怜可敬。假若我一时竟遭殃横死,他们还不知是何等悲感呢!既是他们这样,我便一时死了,亦无足叹惜,冥冥之中若不怡然自得,亦可谓糊涂鬼祟矣。"想着,只听宝钗问袭人道:"怎么好好的动了气,就打起来了?"袭人便把茗烟的话说了出来。

宝玉原来还不知道贾环的话,见袭人说出方才知道。因又拉上薛蟠,惟恐宝钗沉心,忙又止住袭人道:"薛大哥哥从来不这样的,你们不可混猜度。"宝钗听说,便知道是怕他多心,用话相拦袭人,因心中暗暗想道:"打的这个形像,疼还顾不过来,还是这样细心,怕得罪了人,可见在我们身上也算是用心了。你既这样用心,何不在外头大事上做工夫,老爷也欢喜了,也不能吃这样亏。但你固然怕我沉心,所以拦袭人的话,难道我就不知我的哥哥素日恣心纵欲,毫无防范的那种心性。"想毕,因笑道:"你们也不必怨这个,怨那个。据我想,到底宝兄弟素日不正,肯和那些人来往,老爷才生气。就是我哥哥说话不防头,一时说出宝兄弟来,也不是有心调唆:一则也是本来的实话,二则他原不理论这些防嫌小事。袭姑娘从小儿只见宝兄弟这么样细心的人,你何尝见过天不怕地不怕、心里有什么口里就说什么的人。"

袭人因说出薛蟠来,见宝玉拦他的话,早已明白自己说造次了,听宝钗如此说,更觉羞愧无言。宝玉又听宝钗这番话,一半是堂皇正大,一半是去己疑心,更觉比先畅快了。方欲说话时,只见宝钗起身说道:"明儿再来看你,你好生养着罢。方才我拿了药来交给袭人,晚上敷上管就好了。"说着便走出门去。袭人赶着送出院外,说:"姑娘倒费心了。改日宝二爷好了,亲自来谢。"宝钗回头笑道:"有什么谢处。你只劝他好生静养,别胡思乱想的就好了。要想什么吃的玩的,你悄悄的往我那里取去,不必惊动老太太、太太众人,倘或吹到老爷耳朵里,虽然彼时不怎么样,将来对景,终是要吃亏的。"说着,一面去了。

袭人抽身回来,心内着实感激宝钗。进来见宝玉沉思默默似睡非睡的模样,因而退出房外,自去栉沐。宝玉默默的躺在床上,无奈臀上作痛,如针挑刀挖一般,更又热如火炙,略展转时,禁不住"嗳哟"之声。那时天色将晚,因见袭人去了,却有两三个丫鬟伺候,此时并无呼唤之事,因说道:"你们且去梳洗,等我叫时再来。"众人听了,也都退出。

这里宝玉昏昏默默,只见蒋玉菡走了进来,诉说忠顺府拿他之事;又见金钏儿进来哭说为他投井之情。宝玉半梦半醒,都不在意。忽又觉有人推他,恍恍惚惚听得有人悲戚之声。宝玉从梦中惊醒,睁眼一看,不是别人,却是林黛玉。宝玉犹恐是梦,忙又将身子欠起来,向脸上细细一认,只见两个眼睛肿的桃儿一般,满面泪光,不是黛玉,却是那个?宝玉还欲看时,怎奈下半截疼痛难忍,支持不住,便"嗳哟"一声,仍就倒下,叹了一声,说道:"你又做什么跑来!虽说太阳落下去,那地上的馀热未散,走两趟又要受了暑。我虽然挨了打,并不觉疼痛。我这个样儿,只装出来哄他们,好在外头布散与老爷听,其实是假的。你不可认真。"此时林黛玉虽不是嚎啕大哭,然越是这等无声之泣,气噎喉堵,更觉得利害。听了宝玉这番话,心中虽然有万句言词,只是不能说得,半日,方抽抽噎噎的说道:"你从此可都改了罢!"宝玉听说,便长叹一声,道:"你放心,别说这样话。就便为这些人死了,也是情愿的!"一句话未了,只见院外人说:"二奶奶来了。"林黛玉便知是凤姐来了,连忙立起身说道:"我从后院子去罢,回头再来。"宝玉一把拉住道:"这可奇了,好好的怎么怕起他来。"林黛玉急的跺脚,悄悄的说道:"你瞧瞧我的眼睛,又该他取笑开心呢。"宝玉听说,赶忙的放手。黛玉三步两步转过床后,出后院而去。凤姐从前头已进来了,问宝玉:"可好些了?想什么吃,叫人往我那里取去。"接着,薛姨妈又来了。一时贾母又打发了人来。

(节选自《红楼梦脂评汇校本》第三十四回)

5. 下列对小说相关内容的理解,正确的一项是( )。(3分)
   A. 宝玉听了宝钗"心里也……"等话,非常感动,觉得纵使死后做了糊涂鬼祟也是值得的。
   B. 在袭人提到薛蟠时宝玉急忙制止,怕宝钗了解实情后不好意思,岂知宝钗其实早已知晓。
   C. 黛玉对宝玉说"你从此可都改了罢!"实是希望宝玉从此关心仕途经济,以免再次挨打。
   D. 先是宝钗,后是黛玉,接着是凤姐等人前来探望,在一定程度上可见宝玉在贾府地位之高。

6. 下列对小说艺术特色的分析鉴赏,不正确的一项是( )。(3分)
   A. 小说对宝钗的形象,既有语言描写、动作描写、肖像描写等正面描写,又有侧面描写,如通过宝玉的心理活动揭示宝钗的思想感情。
   B. 宝玉躺在床上时"臀上作痛,如针挑刀挖一般",生动的比喻写出了宝玉挨打后的疼痛,让人感同身受,对其挨打之重有更深入的了解。
   C. 宝玉责备林黛玉跑来看望,对她说"我虽然挨了打,并不觉疼痛",是在心疼黛玉,安慰黛玉,不希望她因自己挨打的事过于痛苦。
   D. 林黛玉"两个眼睛肿的桃儿一般",说明她已经哭了很长时间。这样的肖像描写,极易引发读者的想象,能增强读者对黛玉的理解。

7. 宝玉挨打的原因有多个。请结合文本指出其中两个原因。(6分)

8. 钗、黛二人在探望宝玉时,有哪些方面的不同?请结合文本加以分析。(6分)

三、语言文字运用(14分)

阅读下面的文字,完成后面的题目。

《红楼梦》的作者为了便于抒发感慨,也为了引起读者的兴味,在全书开头就把读者引入一个迷离惝恍的神话世界,借人们都熟悉的女娲补天的神话,巧妙地虚构了一个顽石"幻形入世"的故事。　①　,便是贾宝玉的经历。

作者把那块石头称为"顽石",也大有深意。顽石的特点是棱角分明、执拗死硬、毫不通融,人如果具备这种性格,就必然同当时的上层社会处处榫头对不上卯眼。　②　,那么这个社会也就必然会排斥他,不容他。书中第三回的词《西江月》批宝玉是"潦倒不通世务,愚顽怕读文章""天下无能第一,古今不肖无双",这正是宝玉顽石般性格的写照。　③　,实际上是用反语来赞美宝玉的叛逆性格。

9. 在上文横线处补写恰当的语句,使整段文字语意完整连贯,内容贴切,逻辑严密。每处不超过12个字。(6分)

10. 某中学研究型学习小组举办《红楼梦》读书交流会,主题是"《红楼梦》诗词鉴赏"。请为主持人写一段开场白。要求:①紧扣主题;②表达得体,富有文采;③不写称呼语、问候语;④不超过70个字。(8分)

(袭人与晴雯)

【事件】

一、对待宝玉

袭　人	晴　雯
宝玉听了信以为真，方把酥酪丢开，取栗子来，自向灯前检剥，一面见众人不在房里，乃笑问袭人道："今儿那个穿红的是你什么人？"袭人道："那是我两姨妹子。"宝玉听了，赞叹了两声。袭人道："叹什么？我知道你心里的缘故，想是说他那里配红的。"宝玉笑道："不是，不是。那样的不配穿红的，谁还敢穿。我因为见他实在好的很，怎么也得他在咱们家就好了。"袭人冷笑道："我一个人是奴才命罢了，难道连我的亲戚都是奴才命不成？定还要拣实在好的丫头才往你家来？"宝玉听了，忙笑道："你又多心了。我说往咱们家来，必定是奴才不成？说亲戚就使不得？"袭人道："那也搬配不上。"宝玉便不肯再说，只是剥栗子。袭人笑道："怎么不言语了？想是我才冒撞冲犯了你？明儿赌气花几两银子买他们进来就是了。"宝玉笑道："你说的话，怎么叫我答言呢。我不过是赞他好，正配生在这深堂大院里，没的我们这种浊物倒生在这里。"袭人道："他虽没这造化，倒也是娇生惯养的呢，我姨爹姨娘的宝贝。如今十七岁，各样的嫁妆都齐备了，明年就出嫁。" 宝玉听了"出嫁"二字，不禁又嗳了两声，正不自在，又听袭人叹道："只从我来这几年，姊妹们都不得在一处。如今我要回去了，他们又都去了。"宝玉听这话内有文章，不觉吃一惊，忙丢下栗子，问道："怎么，你如今要回去了？"袭人道："我今儿听见我妈和哥哥商议，教我再耐烦一年，明年他们上来，就赎我出去的呢。"宝玉听了这话，越发怔了，因问："为什么要赎你？"袭人	林黛玉天性喜散不喜聚。他想的也有个道理，他说："人有聚就有散，聚时欢喜，到散时岂不清冷？既清冷则生伤感，所以不如倒是不聚的好。比如那花开时令人爱慕，谢时则增惆怅，所以倒是不开的好。"故此人以为喜之时，他反以为悲。那宝玉的情性只愿常聚，生怕一时散了添悲；那花只愿常开，生怕一时谢了没趣；只到筵散花谢，虽有万种悲伤，也就无可如何了。 因此，今日之筵，大家无兴散了，林黛玉倒不觉得，倒是宝玉心中闷闷不乐，回至自己房中长吁短叹。偏生晴雯上来换衣服，不防又把扇子失了手跌在地下，将股子跌折。宝玉因叹道："蠢才，蠢才！将来怎么样？明日你自己当家立事，难道也是这么顾前不顾后的？"晴雯冷笑道："二爷近来气大的很，行动就给脸子瞧。前儿连袭人都打了，今儿又来寻我们的不是。要踢要打凭爷去。就是跌了扇子，也是平常的事。先时连那么样的玻璃缸、玛瑙碗不知弄坏了多少，也没见个大气儿，这会子一把扇子就这么着了。何苦来！要嫌我们就打发我们，再挑好的使。好离好散的，倒不好？"宝玉听了这些话，气的浑身乱战，因说道："你不用忙，将来有散的日子！" 袭人在那边早已听见，忙赶过来向宝玉道："好好的，又怎么了？可是我说的'一时我不到，就有事故儿。'"晴雯听了冷笑道："姐姐既会说，就该早来，也省了爷生气。自古以来，就是你一个人伏侍爷的，我们原没伏侍过。因

道："这话奇了！我又比不得是你这里的家生子儿，一家子都在别处，独我一个人在这里，怎么是个了局？"宝玉道："我不叫你去也难。"袭人道："从来没这道理。便是朝廷宫里，也有个定例，或几年一选，几年一入，也没有个长远留下人的理，别说你了！"

　　宝玉想一想，果然有理。又道："老太太不放你也难。"袭人道："为什么不放？我果然是个最难得的，或者感动了老太太、太太，必不放我出去的，设或多给我们家几两银子，留下我，容或有之；其实我也不过是个平常的人，比我强的多而且多。自我从小儿来了，跟着老太太，先伏侍了史大姑娘几年，如今又伏侍了你几年。如今我们家来赎，正是该叫去的，只怕连身价也不要，就开恩叫我去呢。若说为伏侍的你好，不叫我去，断然没有的事。那伏侍的好，是分内应当的，不是什么奇功。我去了，仍旧有好的来了，不是没了我就不成事。"宝玉听了这些话，竟是有去的理，无留的理，心内越发急了，因又道："虽然如此说，我只一心留下你，不怕老太太不和你母亲说，多多给你母亲些银子，他也不好意思接你了。"袭人道："我妈自然不敢强。且漫说和他好说，又多给银子；就便不和他好说，一个钱也不给，安心要强留下我，他也不敢不依。但只是咱们家从没干过这倚势仗贵霸道的事。这比不得别的东西，因为你喜欢，加十倍利弄了来给你，那卖的人不得吃亏，可以行得。如今无故平空留下我，于你又无益，反叫我们骨肉分离，这件事，老太太、太太断不肯行的。"宝玉听了，思忖半晌，乃说道："依你说，你是去定了？"袭人道："去定了。"宝玉听了，自思道："谁知这样一个人，这样薄情无义。"乃叹道："早知道都是要去的，我就不该弄了来，临了剩了我一个孤鬼儿。"说着，便赌气上床睡去了。

　　原来袭人在家，听见他母兄要赎他回去，他就说至死也不回去的。又说："当日原是你们没饭吃，就剩我还值几两银子，若不叫你们卖，没有个看着老子娘饿死的理。如今幸而卖到这个

为你伏侍的好，昨日才挨窝心脚；我们不会伏侍的，到明儿还不知是个什么罪呢！"袭人听了这话，又是恼，又是愧，待要说几句话，又见宝玉已经气的黄了脸，少不得自己忍了性子，推晴雯道："好妹妹，你出去逛逛，原是我们的不是。"

　　晴雯听他说"我们"两个字，自然是他和宝玉了，不觉又添了酸意，冷笑几声，道："我倒不知道你们是谁，别教我替你们害臊了！便是你们鬼鬼祟祟干的那事儿，也瞒不过我去，那里就称起'我们'来了。明公正道，连个姑娘还没挣上去呢，也不过和我似的，那里就称上'我们'了！"袭人羞的脸紫胀起来，想一想，原来是自己把话说错了。宝玉一面说："你们气不忿，我明儿偏抬举他。"袭人忙拉了宝玉的手道："他一个糊涂人，你和他分证什么？况且你素日又是有担待的，比这大的过去了多少，今儿是怎么了？"晴雯冷笑道："我原是糊涂人，那里配和我说话呢！"袭人听说道："姑娘倒是和我拌嘴呢，是和二爷拌嘴呢？要是心里恼我，你只和我说，不犯着当着二爷吵；要是恼二爷，不该这么吵的万人知道。我才也不过为了事，进来劝开了，大家保重。姑娘倒寻上我的晦气。又不像是恼我，又不像是恼二爷，夹枪带棒，终久是个什么主意？我就不多说，让你说去。"说着便往外走。

　　宝玉向晴雯道："你也不用生气，我也猜着你的心事了。我回太太去，你也大了，打发你出去好不好？"晴雯听了这话，不觉又伤起心来，含恨说道："为什么我出去？要嫌我，变着法儿打发我出去，也不能够。"宝玉道："我何曾经过这个吵闹？一定是你要出去了。不如回太太，打发你去吧。"说着，站起来就要走。袭人忙回身拦住，笑道："往那里去？"宝玉道："回太太去。"袭人笑道："好没意思！真个的去回，你也不怕臊了？便是他认真的要去，也等把这气下去了，等无事中说话儿回了太太也不迟。这会子急急的当作一件正经事去回，岂不叫太

地方,吃穿和主子一样,又不朝打暮骂。况且如今爷虽没了,你们却又整理的家成业就,复了元气。若果然还艰难,把我赎出来,再多掏澄几个钱,也还罢了,其实又不难了。这会子又赎我作什么?权当我死了,再不必起赎我的念头!"因此哭闹了一阵。

他母兄见他这般坚执,自然必不出来的了。况且原是卖倒的死契,明仗着贾宅是慈善宽厚之家,不过求一求,只怕身价银一并赏了,这是有的事呢。二则,贾府中从不曾作践下人,只有恩多威少的。且凡老少房中所有亲侍的女孩子们,更比待家下众人不同,平常寒薄人家的小姐,也不能那样尊重的。因此,他母子两个也就死心不赎了。次后忽然宝玉去了,他二个人又是那般景况,他母子二人心下更明白了,越发石头落了地,而且是意外之想,彼此放心,再无赎念了。

如今且说袭人自幼见宝玉性格异常,其淘气憨顽自是出于众小儿之外,更有几件千奇百怪口不能言的毛病儿。近来仗着祖母溺爱,父母亦不能十分严紧拘管,更觉放荡弛纵,任性恣情,最不喜务正。每欲劝时,料不能听,今日可巧有赎身之论,故先用骗词,以探其情,以压其气,然后好下箴规。今见他默默睡去了,知其情有不忍,气已馁堕。自己原不想栗子吃的,只因怕为酥酪又生事故,亦如茜雪之茶等事,是以假以果子为由,混过宝玉不提就完了。于是命小丫头子们将栗子拿去吃了,自己来推宝玉。只见宝玉泪痕满面,袭人便笑道:"这有什么伤心的,你果然留我,我自然不出去了。"宝玉见这话有文章,便说道:"你倒说说,我还要怎么留你,我自己也难说了。"袭人笑道:"咱们素日好处,再不用说。但今日你安心留我,不在这上头。我另说出两三件事来,你果然依了我,就是你真心留我了,刀搁在脖子上,我也是不出去的了。"

宝玉忙笑道:"你说,那几件?我都依你。好姐姐,好亲姐姐,别说两三件,就是两三百件,我也依。只求你们同看着我,守着我,等我有一日化成了飞灰,——飞灰还不好,灰还有形有迹,

太犯疑?"宝玉道:"太太必不犯疑,我只明说是他闹着要去的。"晴雯哭道:"我多早晚闹着要去了?饶生了气,还拿话压派我。只管去回,我一头碰死了也不出这门儿。"宝玉道:"这也奇了。你又不去,你又闹些什么?我经不起这吵,不如去了倒干净。"说着一定要去回。袭人见拦不住,只得跪下了。碧痕、秋纹、麝月等众丫鬟见吵闹,都鸦雀无闻的在外头听消息,这会子听见袭人跪下央求,便一齐进来都跪下了。宝玉忙把袭人扶起来,叹了一声,在床上坐下,叫众人起去,向袭人道:"叫我怎么样才好!这个心使碎了也没人知道。"说着不觉滴下泪来。袭人见宝玉流下泪来,自己也就哭了。

　　………

一时黛玉去后,就有人说"薛大爷请",宝玉只得去了。原来是吃酒,不能推辞,只得尽席而散。

晚间回来,已带了几分酒,跟跄来至自己院内,只见院中早把乘凉枕榻设下,榻上有个人睡着。宝玉只当是袭人,一面在榻沿上坐下,一面推他,问道:"疼的好些了?"只见那人翻身起来说:"何苦来,又招我!"宝玉一看,原来不是袭人,却是晴雯。宝玉将他一拉,拉在身旁坐下,笑道:"你的性子越发惯娇了。早起就是跌了扇子,我不过说了那两句,你就说上那些话。说我也罢了,袭人好意来劝,你又括上他,你自己想想,该不该?"晴雯道:"怪热的,拉拉扯扯作什么!叫人来看见像什么!我这身子也不配坐在这里。"宝玉笑道:"你既知道不配,为什么睡着呢?"晴雯没的话,"嗤"的又笑了,说:"你不来便使得,你来了就不配了。起来,让我洗澡去。袭人麝月都洗了澡。我叫他们来。"宝玉笑道:"我才又吃了好些酒,还得洗一洗。你既没有洗,拿了水来咱们两个洗。"

晴雯摇手笑道:"罢,罢,我不敢惹爷。还记得碧痕打发你洗澡,足有两三个时辰,也不知道作什么呢。我们也不好进去的。后来洗完了,进去瞧瞧,地下的水淹着床腿,连席子上

还有知识。等我化成一股轻烟,风一吹便散了的时候,你们也管不得我,我也顾不得你们了。那时凭我去,我也凭你们爱那里去就去了。"话未说完,急的袭人忙握他的嘴,说:"好好的,正为劝你这些,倒更说的狠了。"宝玉忙说道:"再不说这话了。"袭人道:"这是头一件要改的。"宝玉道:"改了。再要说,你就拧嘴。还有什么?"

袭人道:"第二件,你真喜读书也罢,假喜也罢,只是在老爷跟前或在别人跟前,你别只管批驳诮谤,只作出个喜读书的样子来,也教老爷少生些气,在人前也好说嘴。他心里想着,我家代代读书,只从有了你,不承望你不喜读书,已经他心里又气又愧了。而且背前背后乱说那些混话,凡读书上进的人,你就起个名字叫作'禄蠹';又说只除'明明德'外无书,都是前人自己不能解圣人之书,便另出己意,混编纂出来的。这些话,怎么怨得老爷不气、不时时打你?叫别人怎么想你?"宝玉笑道:"再不说了。那原是那小时不知天高地厚,信口胡说,如今再不敢说了。还有什么?"

袭人道:"再不可毁僧谤道,调脂弄粉。还有更要紧的一件,再不许吃人嘴上擦的胭脂了,与那爱红的毛病儿。"宝玉道:"都改,都改。再有什么,快说。"袭人笑道:"再也没有了。只是百事检点些,不任意任情的就是了。你若果都依了,便拿八人轿也抬不出我去了。"宝玉笑道:"你在这里长远了,不怕没八人轿你坐。"袭人冷笑道:"这我可不希罕的。有那个福气,没有那个道理。纵坐了,也没甚趣。"

…………

一时宝玉来了,宝钗方出去。宝玉便问袭人道:"怎么宝姐姐和你说的这么热闹,见我进来就跑了?"问一声不答,再问时,袭人方道:"你问我么?我那里知道你们的原故。"宝玉听了这话,见他脸上气色非往日可比,便笑道:"怎么动了真气?"袭人冷笑道:"我那里敢动气!只是从今以后别再进这屋子了。横竖有人伏侍你,再别来支使我。我仍旧还伏侍老太太去。"一面说,

都汪着水,也不知是怎么洗了,笑了几天。我也没那工夫收拾,也不用同我洗去。今儿也凉快,那会子洗了,可以不用再洗。我倒舀一盆水来,你洗洗脸通通头。才刚鸳鸯送了好些果子来,都湃在那水晶缸里呢,叫他们打发你吃。"宝玉笑道:"既这么着,你也不许洗去,只洗洗手来拿果子来吃罢。"晴雯笑道:"我慌张的很,连扇子还跌折了,那里还配打发吃果子。倘或再打破了盘子,还更了不得呢。"宝玉笑道:"你爱打就打,这些东西原不过是借人所用,你爱这样,我爱那样,各自性情不同。比如那扇子原是扇的,你要撕着玩也可以使得,只是不可生气时拿他出气。就如杯盘,原是盛东西的,你喜听那一声响,就故意的碎了也可以使得,只是别在生气时拿他出气。这就是爱物了。"晴雯听了,笑道:"既这么说,你就拿了扇子来我撕。我最喜欢撕的。"宝玉听了,便笑着递与他。晴雯果然接过来,"嗤"的一声,撕了两半,接着"嗤嗤"又听几声。宝玉在旁笑着说:"响的好,再撕响些!"

正说着,只见麝月走过来,笑道:"少作些孽罢。"宝玉赶上来,一把将他手里的扇子也夺了递与晴雯。晴雯接了,也撕了几半子,二人都大笑。麝月道:"这是怎么说,拿我的东西开心儿?"宝玉笑道:"打开扇子匣子你拣去,什么好东西!"麝月道:"既这么说,就把匣子搬了出来,让他尽力的撕,岂不好?"宝玉笑道:"你就搬去。"麝月道:"我可不造这孽。他也没折了手,叫他自己搬去。"晴雯笑着,倚在床上说道:"我也乏了,明儿再撕罢。"宝玉笑道:"古人云,'千金难买一笑。'几把扇子能值几何!"一面说着,一面叫袭人。袭人才换了衣服走出来,小丫头佳蕙过来拾去破扇,大家乘凉,不消细说。

…………

晴雯方才又闪了风,着了气,反觉更不好了,翻腾至掌灯,刚安静了些。只见宝玉回来,进门就唉声跺脚。麝月忙问原故,宝玉道:"今儿老太太喜喜欢欢的给了这个袄子,谁知不防

一面便在炕上合眼倒下。宝玉见了这般景况，深为骇异，禁不住赶来劝慰。那袭人只管合了眼不理。宝玉无了主意，因见麝月进来，便问道："你姐姐怎么了？"麝月道："我知道么？问你自己便明白了。"宝玉听说，呆了一回，自觉无趣，便起身叹道："不理我？罢！我也睡去。"说着，便起身下炕，到自己床上歪下。袭人听他半日无动静，微微的打鼾，料他睡着，便起身拿一领斗篷来，替他刚压上，只听"忽"的一声，宝玉便掀过去，也仍合目装睡。袭人明知其意，便点头冷笑道："你也不用生气，从此后我只当哑子，再不说你一声儿，如何？"宝玉禁不住起身问道："我又怎么了？你又劝我。你劝我也罢了，才刚又没见你劝我，一进来你就不理我，赌气睡了。我还摸不着是为什么，这会子你又说我恼了。我何尝听见你劝我什么话了。"袭人道："你心里还不明白，还等我说呢！"

……头刚着枕便忽睡去，一夜竟不知所之，直至天明方醒。翻身看时，只见袭人和衣睡在衾上。宝玉将昨日的事已付与度外，便推他说道："起来好生睡，看冻着了。"

原来袭人见他无晓夜和姊妹们厮闹，若直劝他，料不能改，故用柔情以警之，料他不过半日片刻仍复好了。不想宝玉一日一夜竟不回转，自己反不得主意，直一夜没好生睡得。今忽见宝玉如此，料他心意回转，便越性不睬他。宝玉见他不应，便伸手替他解衣，刚解开了钮子，被袭人将手推开，又自扣了。宝玉无法，只得拉他的手笑道："你到底怎么了？"连问几声，袭人睁眼说道："我也不怎么。你睡醒了，你自过那边房里去梳洗，再迟了就赶不上。"宝玉道："我过那里去？"袭人冷笑道："你问我，我知道？你爱往那里去，就往那里去。从今咱们两个丢开手，省得鸡声鹅斗，叫别人笑。横竖那边腻了过来，这边又有个什么'四儿''五儿'伏侍。我们这起东西，可是'白玷辱了好名好姓'的。"宝玉笑道："你今儿还记着呢！"袭人道："一百年还记着呢！比不得你，拿着我的话当耳旁风，夜里说

后襟子上烧了一块，幸而天晚了，老太太、太太都不理论。"一面说，一面脱下来。麝月瞧时，果见有指顶大的烧眼，说："这必定是手炉里的火迸上了。这不值什么，赶着叫人悄悄的拿出去，叫个能干织补匠人织上就是了。"说着便用包袱包了，交与一个妈妈送出去。说："赶天亮就有才好。千万别给老太太、太太知道。"婆子去了半日，仍旧拿回来，说："不但能干织补匠人，就连裁缝绣匠并作女工的问了，都不认得这是什么，都不敢揽。"麝月道："这怎么样呢！明儿不穿也罢了。"宝玉道："明儿是正日子，老太太、太太说了，还叫穿这个去呢。偏头一日烧了，岂不扫兴。"

晴雯听了半日，忍不住翻身说道："拿来我瞧瞧罢。没个福气穿就罢了，这会子又着急。"宝玉笑道："这话倒说的是。"说着，便递与晴雯，又移过灯来，细看了一会。晴雯道："这是孔雀金线织的，如今咱们也拿孔雀金线就像界线似的界密了，只怕还可混得过去。"麝月笑道："孔雀线现成的，但这里除了你，还有谁会界线？"晴雯道："说不得，我挣命罢了。"宝玉忙道："这如何使得！才好了些，如何做得活。"晴雯道："不用你蝎蝎螫螫的，我自知道。"一面说，一面坐起来，挽了一挽头发，披了衣裳，只觉头重身轻，满眼金星乱迸，实实撑不住。若不做，又怕宝玉着急，少不得恨命咬牙捱着。便命麝月只帮着拈线。晴雯先拿了一根比一比，笑道："这虽不很像，若补上，也不很显。"宝玉道："这就很好，那里又找哦啰嘶国的裁缝去。"晴雯先将里子拆开，用茶杯口大的一个竹弓钉牢在背面，再将破口四边用金刀刮的散松松的，然后用针纫了两条，分出经纬，亦如界线之法，先界出地子后，依本衣之纹来回织补。补两针，又看看，织补两针，又端详端详。无奈头晕眼黑，气喘神虚，补不上三五针，伏在枕上歇一会。宝玉在旁，一时又问："吃些滚水不吃？"一时又命："歇一歇。"一时又拿一件灰鼠斗篷替他披在背上，一时又命拿个拐枕与他靠

了，早起就忘了。"宝玉见他娇嗔满面，情不可禁，便向枕边拿起一根玉簪来，一跌两段，说道："我再不听你说，就同这个一样。"袭人忙的拾了簪子，说道："大清早起，这是何苦来！听不听什么要紧，也值得这种样子。"宝玉道："你那里知道我心里急！"袭人笑道："你也知道着急么！可知我心里怎么着？快起来洗脸去罢。"说着，二人方起来梳洗。

着。急的晴雯央道："小祖宗！你只管睡罢。再熬上半夜，明儿把眼睛抠搂了，怎么处！"宝玉见他着急，只得胡乱睡下，仍睡不着。一时只听自鸣钟已敲了四下，刚刚补完；又用小牙刷慢慢的剔出绒毛来。麝月道："这就很好，若不留心，再看不出的。"宝玉忙要了瞧瞧，说道："真真一样了。"晴雯已嗽了几阵，好容易补完了，说了一声："补虽补了，到底不像，我也再不能了！""嗳哟"了一声，便身不由主倒下。

【点评】

前文写茗烟与一个小丫头行云雨之事，被宝玉逮了个正着，宝玉在放走丫头之后，就想起来去袭人家看看袭人。这是因为宝玉曾经与袭人也有过类似的行为，有着相同的情爱。所以类似的情节便触发了宝玉探视的念头。到了花家，花家自然盛情款待这个贵公子，可是花家热切准备的东西却被袭人全部否决，袭人用自己的坐褥铺在炕上让宝玉坐，用自己的脚炉给宝玉垫脚，又从自己的荷包里拿出两个梅花香饼儿放进自己的手炉里给宝玉，再用自己的茶杯给宝玉斟茶，这一系列"自己的"表达了两人不同寻常的关系。袭人作为一个侍婢，爱恋宝玉，宝玉也对她表现出了很深的情意，可是这份感情深厚到什么程度，她拿捏不准，她想终生依靠的宝玉虽然家世显赫，可是作为继承人的宝玉根本不热衷仕途经济，这对袭人来说，也可以算前途未知了。对于拿捏不准的事情，袭人不是选择顺其自然或者干脆放弃，而是要尝试通过一己之力，促使宝玉改变，希望宝玉可以给自己一个美好的未来，这是袭人的计划。于是她借口家里要为自己赎身来试探宝玉，此时的宝玉果然舍不得袭人离开，被袭人牵着鼻子走。袭人步步为营，诱使宝玉答应了她的条件，宝玉一心要留下袭人，对于袭人的条件一股脑儿地全答应了，袭人的不乱发议论、假装喜读书、不吃人嘴上擦的胭脂这三个条件，虽切中要害，但她却没有考虑到自身的分量——谁会认真看待主子对一个丫鬟的誓言呢？此时宝玉的心思只是想留下中意的丫鬟而已，所以所谓的答应不过是随口应和，心思也根本没有袭人的那么长远。

对于承诺，作为公子哥的宝玉嘴上答应得快，忘得也快，本性恢复得也快，史湘云一来，他就将对袭人的承诺抛到脑后了。第一天，他就与黛玉、史湘云相聚到二更，袭人催了几次，才回到自己房中；次日一起床，他就急着去看望两个好妹妹，还用湘云的残水洗脸，让湘云替他梳头，下意识地吃胭脂，可见袭人的良苦用心化作了流水落花，对此袭人只能暗自悲伤了。伤心无限的袭人，一见宝玉回房，本想再次装睡诱劝宝玉，谁料这次宝玉对袭人含酸带刺的话不加以解读，对于她"合眼倒下"的装睡行为，颇为"骇异"，随后，又被麝月抢白了几句，此刻的宝玉怜香惜玉的想法全无，只是"呆了一回，自觉无趣"，独自歪床上了。袭人料他睡着了后起身给他盖被子，谁料宝玉并不领情。两人再次争执，宝玉觉得袭人的气来得莫名其妙，袭人觉得宝玉不明白自己的一片苦心。两人的矛盾还没有解除，贾母就让宝玉去吃饭，这饭宝玉自然是吃得不自在的，所以只不过"胡乱吃了半碗，仍回自己房中"。随后宝玉竟然一改往日习性，"不大出房""不和姊妹丫头等厮闹"，只"拿着书解闷""弄笔墨"。劝说宝玉自袭人始，所以宝玉要从堵袭人的嘴开始堵众人的嘴。不过宝玉采取的方式自然是宝玉式的——借《南华经》了悟。遗憾的是，他的了悟也只是自我安慰，疗效只有一夜而已。第二天，他便故态复萌，担心起袭人着凉来了。袭人于是"蹭鼻子上脸"，一再拒绝宝玉的示好，宝玉也没了个性，最后向袭人妥协，折断簪子向袭人起誓以后听她的话。袭人嗔怪宝玉清早起誓，宝玉直嚷："你那里知道我心里急！"袭人反问宝玉："你也知道着急么！可知我心里怎么着？快起来洗脸去罢。"于是两人暂时解了心结，重归于好。

"撕扇子作千金一笑"历来是读者议论的一个焦点。经常听到的观点是，这一段体现了宝玉和晴雯追求平等的情怀，特别是晴雯的真性情得到了集中的体现。有议论说这是"小男生小女生之间很是温馨可人的一幕"。说起来似乎很美好，但是人不是生活在真空里，而是生活在有具体规范的社会中的。"撕扇子"不是云淡风轻的一件事，而是惊心动魄、危机四伏的一件事。宝玉对晴雯的喜爱、宽容，甚至可以说是娇惯、放纵，已经让她恍惚之间觉得自己是怡红院的主子之一了。这固然造就了她对怡红院事务的责任感，但同时也模糊了她对自己的定位，颇有些"爱自己尊若菩萨，窥他人秽如粪土；外具花柳之姿，内秉风雷之性"的意思。也许宝玉没有察觉这个走向，但即使察觉了，他也不忍心去管教，而是会任由事态这么发展下去。晴雯身上便日益增长了一种"见人灭人，见佛杀佛"的气质，谁敢"忤逆"她，她就要回击一下。事情由量变到质变，这种趋势发展到最后反噬到了晴雯自己身上。

这件事如果放在袭人、麝月她们身上，肯定不会发生这样"噼里啪啦"的场面——"二爷近来气大的很，行动就给脸子瞧""要嫌我们就打发了我们，再挑好的使"，这蛮不讲理、铺天盖地的怨怼，把宝玉气到"浑身乱战"，以至于

宝玉瞬间丧失了怜香惜玉的人设，再一次触及了晴雯的痛点——"将来有散的日子"，这句话蕴含的是宝玉出家的念头，并不是针对晴雯的。本来这个桥段有人给台阶下——"好好的，又怎么了？"可惜来的人是袭人，不合晴雯的意。于是晴雯炮口调转——"姐姐既会说，就该早来，也省了爷生气。自古以来，就是你一个人伏侍爷的，我们原没伏侍过。因为你伏侍的好，昨日才挨窝心脚；我们不会伏侍的，到明儿还不知是个什么罪呢！"——真是哪壶不开提哪壶，刀刀见血、字字戳心。袭人还是有涵养的，继续"忍了性子"打圆场，却不料一句"我们的不是"，又捅了篓子，一霎时晴雯连"你们鬼鬼祟祟干的那事儿，也瞒不过我去"的隐秘之事都说出来了。

没过多久，事情就反转了。本来宝玉还是试图讲理，分析一下事情的来龙去脉——"早起就是跌了扇子，我不过说了那两句，你就说上那些话。说我也罢了，袭人好意来劝，你又括上他。你自己想想，该不该？"晴雯根本不参与讨论，顾左右而言他，七拉八扯地又拉出了"碧痕洗澡"的事。宝玉明明知道"性子越发惯娇了"，但面对"第一等的人"肆性调笑的场面，一切又都恢复了原状——什么谁是谁非，不管他了。这还不算完，当晴雯"理直气壮"地翻出"我慌张的很，连扇子还跌折了"的旧账时，宝玉的反应"你爱打就打""你要撕着玩也可以使得"——如果让不知道前因后果的人来看，在这件事里俨然除了晴雯，大家都错了，还说"只是别在生气时拿他出气"，这不就是出气吗？

贾府固然宽待下人，但也是有底线的。这种底线不会因为宝玉对女孩子的态度而改变。试问彩霞会不会逼着贾环让她摔盆砸碗出气？不要说是一个名分模糊的"准姨娘"，即使是"过了明路"的"房里人"，周、赵二位在贾政面前，平儿加上秋桐在贾琏面前，也不敢有类似的作为。最后值得提一下的是，宝玉这种行为

并没能"推己及人"。晴雯这种极其强烈的"独占鳌头"的表现,对受到伤害的袭人、"受宠"程度高的麝月等人而言,造成的内心阴影面积,恐怕也不会太小。虽然事情看起来是过去了,宝玉并没有把这件事放在心上,照样"无事忙",但是"撕扇子"事件,就此成为晴雯败亡路上的重要里程碑。我们不敢断言其他人会不会因此事而留下心结,继而有所举动,但是对晴雯而言,这件事助长了她的小性子,将她推向众丫头的对立面。

我们来分析"勇晴雯病补雀金裘"一回。首先,他人不能补雀金裘,未必是真不能,而是没有人愿意补。雀金裘是从俄罗斯进口的,极为珍贵。晴雯知道是界线法工艺,这个活对贾家众多丫头来说比较难,可能确实只有晴雯会,但那些会针线活的人就未必不会,毕竟晴雯来贾家时还小,不可能是在外头学的手艺,那必然是有师傅教授她女红。雀金裘后面补得终究不是很像,但只要是晴雯补的,贾宝玉好坏都接受,家里会针线活的人补,也许会被他挑三拣四,反而出力不讨好,不如干脆说不会,外头的织补匠人同样如此。雀金裘第二天就要穿,时间紧,难度大,且不说有多少钱,主要是怕担责任,所以干脆不接这个活,免得给自己找麻烦。其次,别的丫头们不会,而晴雯会补雀金裘,代表晴雯的女红技艺精湛。晴雯有傲气,平时不愿意拿针线,是因为一些普通的针线活对她来说不值得费心费力。贾宝玉的衣饰有袭人她们这些人做就足够了,自己做不免大材小用。而且,贾母有意让她给贾宝玉做妾,日后这些活儿自然也有人做,所以她能偷懒就偷懒。关键在于"木秀于林,风必摧之",晴雯比他人强,才会遭人妒恨,为人诽谤。只有她在紧要关头为贾宝玉挺身而出,但她越重要、越突出,就显得他人越无能,也越挡了人家的道,越有必要被铲除……这都是病补雀金裘事件背后折射出的现实问题。最后,病补雀金裘事件传达了作者要表达的两个中心思想:第一,雀金裘为什么会坏?第二,晴雯病补雀金裘的意义。宝玉第一次穿雀金裘是去给舅舅王子腾拜寿,却偏偏被烧坏了,分明有"引火(祸)上身"的意思。如果细数贾宝玉的经历,他有限的几次接触舅舅王子腾家,都有坏事发生。当初舅母生日他去拜寿,回来就被贾环用灯油烫伤了脸,而灯油也代表了"火(祸)"。舅母来家里探望,一进门"五鬼魇魔法"就发作了。为什么如此之巧?曹雪芹很可能是在暗示王家对贾宝玉和贾家有危害,如今的雀金裘事件同样如此。

二、对待钗黛

袭　人

原来这袭人亦是贾母之婢,本名珍珠。贾母因溺爱宝玉,生恐宝玉之婢无竭力尽忠之人,素喜袭人心地纯良,克尽职任,遂与了宝玉。宝玉因知他本姓花,又曾见旧人诗句上有"花气袭人"之句,遂回明贾母,即更名袭人。这袭人亦有些痴处:伏侍贾母时,心中眼中只有一个贾母,今与了宝玉,心中眼中又只有一个宝玉。只因宝玉性情乖僻,每每规谏,宝玉不听,心中着实忧郁。

晴　雯

宝玉回至园中,袭人正记挂着他去见贾政,不知是祸是福,只见宝玉醉醺醺的回来,问其原故,宝玉一一向他说了。袭人道:"人家牵肠挂肚的等着,你且高乐去,也到底打发人来给个信儿。"宝玉道:"我何尝不要送信儿,只因冯世兄来了,就混忘了。"

正说着,只见宝钗走进来笑道:"偏了我们新鲜东西了。"宝玉笑道:"姐姐家的东西,自然先偏了我们了。"宝钗摇头笑道:"昨儿哥哥倒是晚，宝玉、李嬷嬷已睡了，他见里面黛玉和鹦哥犹未安息，他自卸了妆，悄悄进来，笑问："姑娘怎么还不安息？"黛玉忙笑让："姐姐请坐。"袭人在床沿上坐了。鹦哥笑道："林姑娘正在这里伤心，自己满眼抹泪的说：'今儿才来了，就惹出你家哥儿的狂病来，倘或摔坏那玉，岂不是因我之过！'因此便伤心，我好容易劝好了。"袭人道："姑娘快休如此，将来只怕比这个更奇怪的笑话儿还有呢！若为他这种行止，你多心伤感，只怕你伤感不了呢。快别多心！"

……史湘云冷笑道："前儿我听见把我做的扇套子拿着和人家比，赌气又铰了。我早就听见了，你还瞒我。这会子又叫我做，我成了你们的奴才了。"宝玉忙笑道："前儿的那事，本不知是你做的。"袭人也笑道："他本不知是你做的。是我哄他的话，说是新近外头有个会做活的女孩子，说扎的出奇的花，我叫他拿了一个扇套子试试看好不好。他就信了，拿出去给这个瞧给那个看的。不知怎么又惹恼了林姑娘，铰了两段。回来他还叫赶着做去，我才说了是你作的，他后悔的什么似的。"史湘云道："越发奇了。林姑娘他也犯不上生气，他既会剪，就叫他做。"袭人道："他可不作呢。饶这么着，老太太还怕他劳碌着了。大夫又说好生静养才好，谁还烦他做？旧年好一年的工夫，做了个香袋儿；今年半年，还没见拿针线呢。"

……

探春笑道："倒有些意思，一年十二个月，月月有几个生日。人多了，便这等巧，也有三个一日、两个一日的。大年初一日也不白过，大姐姐占了去。怨不得他福大，生日比别人就占先。又是太祖太爷的生日。过了灯节，就是老太太和宝姐姐，他们娘儿两个遇的巧。三月初一日是太太，初九日是琏二哥哥。二月没人。"袭人道："二月十二是林姑娘，怎么没人？就只不是咱家的人。"

【点评】

　　林黛玉的母亲贾敏病故后，贾母很快派了船只前来接林黛玉进京。林如海考虑到自己年岁已大，林黛玉在家中又无兄弟姐妹做伴，便派贾雨村护送林黛玉进京。到了荣国府的

特特的请我吃，我不吃他，叫他留着送人请人罢。我知道我的命小福薄，不配吃那个。"说着，丫鬟倒了茶来，吃茶说闲话儿，不在话下。

　　却说那林黛玉听见贾政叫了宝玉去了，一日不回来，心中也替他忧虑。至晚饭后，闻听宝玉来了，心里要找他问问是怎么样了。一步步行来，见宝钗进宝玉的院内去了，自己也便随后走了来。刚到了沁芳桥，只见各色水禽都在池中浴水，也认不出名色来，但见一个个文彩炫耀，好看异常，因而站住看了一回。再往怡红院来，只见院门关着，黛玉便以手扣门。

　　谁知晴雯和碧痕正拌了嘴，没好气，忽见宝钗来了，那晴雯正把气移在宝钗身上，正在院内抱怨说："有事没事跑了来坐着，叫我们三更半夜不得睡觉！"忽听又有人叫门，晴雯越发动了气，也并不问是谁，便说道："都睡下了，明儿再来罢！"林黛玉素知丫头们的情性，他们彼此顽耍惯了，恐怕院内的丫头没听真是他的声音，只当是别的丫头们来了，所以不开门，因而又高声说道："是我，还不开么？"晴雯偏生还没听出来，便使性子说道："凭你是谁，二爷吩咐的，一概不许放人进来呢！"

……

　　宝玉见关着门，便以手扣门，里面诸人只顾笑，那里听见。叫了半日，拍的门山响，里面方听见了，估谅着宝玉这会子再不回来的。袭人笑道："谁这会子叫门，没人开去。"宝玉道："是我。"麝月道："是宝姑娘的声音。"晴雯道："胡说！宝姑娘这会子做什么来。"

第一天，贾母亲自安排林黛玉的住处，让贾宝玉从碧纱厨里搬出来，让林黛玉单独居住。宝玉不愿意，想在碧纱厨外面的床上睡，把里面的房间让给林黛玉。因为两个孩子年龄还小，贾母最终同意。当天晚上，众人安歇后，林黛

玉一人流泪,丫鬟安慰她时,袭人从外面进来,得知林黛玉因为宝玉摔玉之事而伤感,便细心相劝。不仅如此,袭人还介绍了通灵宝玉的来历,安慰了林黛玉一番,方才回去安歇。袭人此举,堪称贤良。三更半夜之际,面对陌生的林黛玉,袭人能主动地前去安慰,并据实说出宝玉的品行,让林黛玉安心,她比贾府一些"看客下菜"的人好太多。

但是,后来袭人对林黛玉的态度发生了转变。史湘云来贾府时,给袭人带来了绛纹石的戒指,此时,宝玉、袭人、湘云同在怡红院里,袭人同湘云说笑后,特意让其帮个忙,袭人道:"有一双鞋,抠了垫心子。我这两日身上不好,不得做,你可有工夫替我做做?"湘云听了,一口回绝,因为自己为宝玉做的扇套子被黛玉剪掉了,她非常不高兴。便说道:"他既会剪,就叫他做。"史湘云和林黛玉一样,同是书香门第之家的小姐,她这话,于情于理说得过去。但袭人道:"他可不作呢。饶这么着,老太太还怕他劳碌着了。大夫又说好生静养才好,谁还烦他做?旧年好一年的工夫,做了个香袋儿;今年半年,还没见拿针线呢。"这些话令人大跌眼镜。黛玉本就身子单薄,做不得针线活,这是无可奈何之事。但这个理到了袭人嘴里,则成了她攻击黛玉、贬低黛玉的把柄了。这种背后嚼主子舌根的行为,本就是大忌,所以她也只能在湘云、宝玉二人面前这样说。

宝玉生日时,众人相聚怡红院,似乎除黛玉没来之外,贾府里有头有脸的年轻主子、丫鬟都来了。探春在此,连续说出了王夫人、薛宝钗、元春等人的生日,自然是将这些人都看成了贾府的人。但当探春说二月没人过生日时,袭人道:"二月十二是林姑娘,怎么没人?就只不是咱家的人。"简单的一句话,便瞬间拉开了她与黛玉的距离。薛宝钗尚且算贾府的人,林黛玉怎么就不算贾府的人?袭人此话,无意中表明了她对"金玉良缘"的态度,表明了她对薛宝钗的认可,对林黛玉的排斥。

袭人不希望贾宝玉娶林黛玉的原因是贾宝玉太爱林黛玉了。一旦林黛玉嫁给了贾宝玉,那么贾宝玉的全部身心都在林黛玉身上,她根本没有机会得到贾宝玉的宠爱。袭人不想一辈子过平儿那样有名无分的生活,心甘情愿地牺牲自己的幸福。贾宝玉不喜欢薛宝钗,如果薛宝钗嫁给贾宝玉,那么贾宝玉可能会把心思放在袭人身上,袭人就可能得到贾宝玉的宠爱。她也可以像赵姨娘那样生儿育女,人生便有了着落。袭人认为林黛玉尖酸刻薄,可能会虐待姨娘;薛宝钗宽厚大度,当然会善待姨娘。袭人的人生理想就是成为宝玉的姨娘,为此不惜与她的娘和哥哥闹翻。她的娘和哥哥想要赎袭人回家。袭人却拒绝了,她哭闹着说:"权当我死了,再不必起赎我的念头!"当家主母宽厚,姨娘就会过得幸福些;当家主母善妒,姨娘的处境就会危险。林黛玉和王熙凤一样聪明伶俐,嘴不饶人。王熙凤手下的姨娘,除了平儿,没有一个有好果子吃。平儿之所以保住了性命,是因为她和贾琏保持距离,过的是尼姑的日子。袭人认为,林黛玉就是另一个王熙凤。如果林黛玉嫁给了贾宝玉,那么袭人的日子就会难过,能否留在宝玉身边都是问题。薛宝钗的性格和王夫人类似,不言不语的,为人宽厚,和袭人的关系比较好。袭人和湘云说过,"真真的宝姑娘叫人敬重""那要是林姑娘,不知又闹到怎么样,哭的怎么样呢"。袭人希望宝玉娶一个让自己省心的当家主母。所以袭人支持贾宝玉娶薛宝钗,反对他娶林黛玉。

再来看晴雯对宝钗和黛玉的态度。书中描写晴雯和黛玉接触的笔墨不多,但有几处写到晴雯对宝钗有所不满。宝玉参加完薛蟠的生日宴后,醉醺醺地回到家里。此时天色已晚,宝玉又喝了点酒,巴不得立刻上床安歇,而就在此时,宝钗却过来串门儿了。大家以为宝钗有什么非说不可的正事,以至于连明天都等不到了,其实她并没有什么大事,就是来闲聊的。而且,像这种在"非正常社交时间"来找宝玉的情况不止一两回了,除了午休时间,就是晚上睡觉的时间。宝钗为何不能堂堂正正地来找宝玉,非要在一些不合适的时间点去打扰人家呢?其实,这正是宝钗不得已的隐痛,她也不想这样,可她没办法。连晴雯都忍不住抱怨,宝钗来找宝玉并没有要紧的事说,而是没话找话来闲聊,是为了增加亲密度。此时,刚喝完酒的宝玉最想做的事就是赶紧上床睡一觉,应酬了一天,本身就很疲乏了,再加上酒精的作用,更令他神智迷离、昏昏欲睡。可是,宝钗既然来了,出于礼数,宝玉也只能勉强打起精神陪她闲聊。晴雯背后的抱怨,也恰恰反映了宝玉此时的心理状态,晴雯话虽糙,理却不糙。晴雯的这番抱怨,乍一看是与碧痕拌嘴造成的,但细想,晴雯是借着气把心里话说出来了,若不是借着生闷气壮胆,晴雯未必敢这样做。

对林黛玉不客气是因为晴雯不知情,没听出林黛玉的声音,但吐槽薛宝钗是因为晴雯看不惯宝钗一副道貌岸然的样子。宝钗趁大家午睡的时候进入宝玉房里,独自坐在熟睡的宝玉身边,给宝玉绣鸳鸯。时值夏日,宝玉盖着纱被,场面应该很暧昧。晴雯是一个眼里揉不进沙子的人,袭人和宝玉之事,她敢当面说:"你们鬼鬼祟祟干的那事儿,也瞒不过我去。"对于宝钗的行为,晴雯自然看不惯,便借着与碧痕拌嘴的机会把气发泄出来。

晴雯是典型的顾头不顾脚的人。这样一种性格的人在风云诡谲的贾府中,注定要以悲剧收场。

三、择主与驭下

袭 人

此时薛姨妈同宝钗、香菱、袭人、史湘云也都在这里。袭人满心委屈,只不好十分使出来,见众人围着,灌水的灌水,打扇的打扇,自己插不下手去,便越性走出来到二门前,令小厮们找了茗烟来细问:"方才好端端的,为什么打起来?你也不早来透个信儿!"茗烟急的说:"偏生我没在跟前,打到半中间我才听见了。忙打听原故,却是为琪官金钏姐姐的事。"袭人道:"老爷怎么得知道的?"茗烟道:"那琪官的事,多半是薛大爷素日吃醋,没法儿出气,不知在外头唆挑了谁来,在老爷跟前下的火。那金钏儿的事是三爷说的,我也是听见老爷的人说的。"袭人听了这两件事都对景,心中也就信了八九分。然后回来,只见众人都替宝玉疗治。调停完备,贾母令"好生抬到他房内去"。众人答应,七手八脚,忙把宝玉送入怡红院内自己床上卧好。又乱了半日,众人渐渐散去,袭人方进前来经心扶侍,问他端的。

晴 雯

宝玉听了这话,公然又是一个袭人。因笑道:"我在这里坐着,你放心去罢。"麝月道:"你既在这里,越发不用去了,咱们两个说话顽笑岂不好?"宝玉笑道:"两个作什么呢?怪没意思的,也罢了,早上你说头痒,这会子没什么事,我替你篦头罢。"麝月听了便道:"就是这样。"说着,将文具镜匣搬来,卸去钗钏,打开头发,宝玉拿了篦子替他一一的梳篦。只篦了三五下,只见晴雯忙忙走进来取钱。一见了他两个,便冷笑道:"哦,交杯盏还没吃,倒上头了!"宝玉笑道:"你来,我也替你篦一篦。"晴雯道:"我没那么大福。"说着,拿了钱,便摔帘子出去了。

宝玉在麝月身后,麝月对镜,二人在镜内相视。宝玉便向镜内笑道:"满屋里就只是他磨牙。"麝月听说,忙向镜中摆手,宝玉会意。忽听"嗳"一声帘子响,晴雯又跑进来,问道:"我怎么磨牙了?咱们倒得说说。"麝月笑道:"你去你的罢,又来问人了。"晴雯笑道:"你又

....
　　袭人答应着,方要走时,王夫人又叫:"站着,我想起一句话来问你。"袭人忙又回来。王夫人见房内无人,便问道:"我恍惚听见宝玉今儿挨打,是环儿在老爷跟前说了什么话。你可听见这个了?你要听见,告诉我听听,我也不吵出来教人知道是你说的。"袭人道:"我倒没听见这话,为二爷霸占着戏子,人家来和老爷要,为这个打的。"王夫人摇头说道:"也为这个,还有别的原故。"袭人道:"别的原故实在不知道了。我今儿在太太跟前大胆说句不知好歹的话。论理……"说了半截忙又咽住。王夫人道:"你只管说。"袭人笑道:"太太别生气,我就说了。"王夫人道:"我有什么生气的,你只管说来。"

　　袭人道:"论理,我们二爷也须得老爷教训两顿。若老爷再不管,将来不知做出什么事来呢。"王夫人一闻此言,便合掌念声"阿弥陀佛",由不得赶着袭人叫了一声:"我的儿,亏了你也明白,这话和我的心一样。我何曾不知道管儿子,先时你珠大爷在,我是怎么样管他,难道我如今倒不知管儿子了?只是有个原故:如今我想,我已经快五十岁的人,通共剩了他一个,他又长的单弱,况且老太太宝贝似的,若管紧了他,倘或再有个好歹,或是老太太气坏了,那时上下不安,岂不倒坏了,所以就纵坏了他。我常常掰着口儿劝一阵,说一阵,气的骂一阵,哭一阵,彼时他好,过后儿还是不相干,端的吃了亏才罢了。若打坏了,将来我靠谁呢!"说着,由不得滚下泪来。

　　袭人见王夫人这般悲感,自己也不觉伤了心,陪着落泪。又道:"二爷是太太养的,岂不心疼。便是我们做下人的伏侍一场,大家落个平安,也算是造化了。要这样起来,连平安都不能了。那一日那一时我不劝二爷,只是再劝不醒。偏生那些人又肯亲近他,也怨不得他这样,总是我们劝的倒不好了。今儿太太提起这话来,我还记挂着一件事,每要来回太太,讨太太个主意。只是我怕太太疑心,不但我的话白说了,且连葬身之地都没了。"王夫人听了这话内有因,

护着。你们那瞒神弄鬼的,我都知道。等我捞回本儿来再说话。"说着,一径出去了。这里宝玉通了头,命麝月悄悄的伏侍他睡下,不肯惊动袭人。一宿无话。
....
　　这里晴雯吃了药,仍不见病退,急的乱骂大夫,说:"只会骗人的钱,一剂好药也不给人吃。"麝月笑劝他道:"你太性急了,俗语说:'病来如山倒,病去如抽丝。'又不是老君的仙丹,那有这样灵药!你只静养几天,自然好了。你越急越着手。"晴雯又骂小丫头子们:"那里钻沙去了!瞅我病了,都大胆子走了。明儿我好了,一个一个的才揭你们的皮呢!"唬的小丫头子篆儿忙进来问:"姑娘作什么?"晴雯道:"别人都死绝了,就剩了你不成?"说着,只见坠儿也佝了进来。晴雯道:"你瞧瞧这小蹄子,不问他还不来呢。这里又放月钱了,又散果子了,你该跑在头里了。你往前些,我不是老虎吃了你!"坠儿只得前凑。晴雯便冷不防欠身一把将他的手抓住,向枕边取了一丈青,向他手上乱戳,口内骂道:"要这爪子作什么?拈不得针,拿不动线,只会偷嘴吃。眼皮子又浅,爪子又轻,打嘴现世的,不如戳烂了!"坠儿疼的乱哭乱喊。麝月忙拉开坠儿,按晴雯睡下,笑道:"才出了汗,又作死。等你好了,要打多少打不的?这会子闹什么!"晴雯便命人叫宋嬷嬷进来,说道:"宝二爷才告诉了我,叫我告诉你们,坠儿很懒,宝二爷当面使他,他拨嘴儿不动,连袭人使他,他背后骂他。今儿务必打发他出去,明儿宝二爷亲自回太太就是了。"宋嬷嬷听了,心下便知镯子事发,因笑道:"虽如此说,也等花姑娘回来知道了,再打发他。"晴雯道:"宝二爷今儿千叮咛万嘱咐的,什么'花姑娘''草姑娘',我们自然有道理。你只依我的话,快叫他家的人来领他出去。"麝月道:"这也罢了。早也去,晚也去,带了去早清静一日。"

　　宋嬷嬷听了,只得出去唤了他母亲来,打点了他的东西,又来见晴雯等,说道:"姑娘们

忙问道："我的儿,你有话只管说。近来我因听见众人背前背后都夸你,我只说你不过是在宝玉身上留心,或是诸人跟前和气,这些小意思好,所以将你和老姨娘一体行事。谁知你方才和我说的话全是大道理,正和我的想头一样。你有什么只管说什么,只别教别人知道就是了。"

袭人道："我也没什么别的说。我只想着讨太太一个示下,怎么变个法儿,以后竟还教二爷搬出园外来就好了。"王夫人听了,吃一大惊,忙拉了袭人的手问道："宝玉难道和谁作怪了不成?"袭人忙回道："太太别多心,并没有这话。这不过是我的小见识。如今二爷也大了,里头姑娘们也大了,况且林姑娘宝姑娘又是两姨姑表姊妹,虽说是姊妹们,到底是男女之分,日夜一处起坐不方便,由不得叫人悬心,便是外人看着也不像。一家子的事,俗语说的'没事常思有事',世上多少无头脑的事,多半因为无心中做出,有心人看见,当做有心事,反说坏了。只是预先不防着,断然不好。二爷素日性格,太太是知道的。他又偏好在我们队里闹,倘或不防,前后错了一点半点,不论真假,人多口杂,那起小人的嘴有什么避讳,心顺了,说的比菩萨还好,心不顺,就贬的连畜牲不如。二爷将来倘或有人说好,不过大家直过没事;若叫人说出一个不好字来,我们不用说,粉身碎骨,罪有万重,都是平常小事,但后来二爷一生的声名品行岂不完了,二则太太也难见老爷。俗语又说'君子防不然',不如这会子防避的为是。太太事情多,一时固然想不到。我们想不到则可,既想到了,若不回明太太,罪越重了。近来我为这事日夜悬心,又不好说与人,惟有灯知道罢了。"

王夫人听了这话,如雷轰电掣一般,正触了金钏儿之事,心内越发感爱袭人不尽,忙笑道："我的儿,你竟有这个心胸,想的这样周全!我何曾又不想到这里,只是这几次有事就忘了。

怎么了,你侄女儿不好,你们教导他,怎么撵出去?也到底给我们留个脸儿。"晴雯道："你这话只等宝玉来问他,与我们无干。"那媳妇冷笑道："我有胆子问他去!他那一件事不是听姑娘们的调停?他纵依了,姑娘们不依,也未必中用。比如方才说话,虽是背地里,姑娘就直叫他的名字。在姑娘们就使得,在我们就成了野人了。"晴雯听说,一发急红了脸,说道："我叫了他的名字了,你在老太太跟前告我去,说我撒野,也撵出我去。"麝月忙道："嫂子,你只管带了人出去,有话再说。这个地方岂有你叫喊讲礼的?你见谁和我们讲过礼?别说嫂子你,就是赖奶奶林大娘,也得担待我们三分。便是叫名字,从小儿直到如今,都是老太太吩咐过的,你们也知道的,恐怕难养活,巴巴的写了他的小名儿,各处贴着叫万人叫去,为的是好养活。连挑水挑粪花子都叫得,何况我们!连昨儿林大娘叫了一声'爷',老太太还说他呢,此是一件。二则,我们这些人常回老太太的话去,可不叫着名字回话,难道也称'爷'?那一日不把宝玉两个字念二百遍,偏嫂子又来挑这个了!过一日嫂子闲了,在老太太、太太跟前,听听我们当着面儿叫他就知道了。嫂子原也不得在老太太、太太跟前当些体统差事,成年家只在三门外头混,怪不得不知我们里头的规矩。这里不是嫂子久站的,再一会,不用我们说话,就有人来问你了。有什么分证话,且带了他去,你回了林大娘,叫他来找二爷说话。家里上千的人,你也跑来,我也跑来,我们认人问姓,还认不清呢!"说着,便叫小丫头子:"拿了擦地的布来擦地!"那媳妇听了,无言可对,亦不敢久立,赌气带了坠儿就走。宋妈妈忙道:"怪道你这嫂子不知规矩,你女儿在这屋里一场,临去时,也给姑娘们磕个头。没有别的谢礼,——便有谢礼,他们也不希罕,——不过磕个头,尽了心。怎么说走就走?"坠儿听了,

> 你今儿这一番话提醒了我。难为你成全我娘儿两个声名体面,真真我竟不知道你这样好。罢了,你且去罢,我自有道理。只是还有一句话:你如今既说了这样的话,我就把他交给你了,好歹留心,保全了他,就是保全了我。我自然不辜负你。"
>
> 只得翻身进来,给他两个磕了两个头,又找秋纹等。他们也不睬他。那媳妇唉声叹气,不敢多言,抱恨而去。

【点评】

总体说来,袭人走王夫人这条上层路线是成功的。本来袭人与晴雯都是贾母拨付给宝玉的,袭人进言不找贾母却找了王夫人,这是因为她将现实看得很清楚。首先,在袭人与晴雯间,贾母很可能是支持晴雯给贾宝玉当妾的。其次,王夫人是女主人,贾母已到迟暮之年,看似位高权重,实则已经基本不再替下人争取权利了,这从鸳鸯的结局可以看出来。最后,袭人主要想暗示宝玉与黛玉年龄大了理应分开之事,以避免二人的"私情",但这些话贾母不爱听,也不在意,她甚至希望宝黛二人和睦亲近。老太太支持宝黛的爱情,而王夫人在黛玉刚进贾府时就对她存有戒心。所以袭人去找贾母汇报,大概率是不会成功的,还可能适得其反。

宝玉被打的原因有四个:一是结交优伶,二是荒废学业,三是淫辱母婢,四是得罪忠顺王为贾家招祸。对袭人来说,触动最大的是"淫辱母婢"。虽然袭人与贾宝玉"初试云雨情"在贾家的规矩范围内,但袭人原是贾母丫鬟的这一身份,也有可能让宝玉担上了淫辱祖母之婢的"罪行"。所以打通王夫人这条路线,首要的就是为自己避祸,找一条生路。其次,宝玉对黛玉"诉肺腑"告白,二人的私情暴露在袭人面前,袭人当时就想着要找个机会避免这"丑祸"和"不才之事",但这事袭人自己解决不了,她需要找个强有力的靠山,避免宝玉和黛玉的私情。事实证明,袭人并不像王夫人说的那样"笨笨的",她当机立断,无比聪明,不但解了自己的燃眉之急,还顺利地成了王夫人的"自己人"。

袭人在王夫人面前的那番长篇大论,堪称经典,公私兼顾。归纳起来,大概有以下三个重点。一是她向王夫人委婉地道出钗黛之争的大形势。二是她向王夫人客观地讲明宝玉的毛病,其实也是人之天性和人之常情。袭人还暗示了宝玉与姐妹们一处起居的不便,并唤起王夫人的母性情怀,表达了"也须得老爷教训两顿"的贤者态度。袭人的言辞不但颇有主见,而且看似具有爱心,关键是袭人表达的爱心还不似宝、黛、钗的那么幼稚。三是金钏儿之死。袭人巧妙点破王夫人当前在钗黛之争的形势之下的难堪,并且她还替王夫人着想,提出自己的合理建议,为王夫人指点迷津。袭人的这些话同时也表达了自己对宝玉、王夫人、贾府的深爱。最终,她获得了王夫人的认可。这样,袭人在王夫人的心里有了代替金钏儿的基础。袭人此番言论点明了金钏儿之死的核心要害,使得王夫人听完如雷轰电掣一般,又惊又喜。她的宝二姨娘之梦,终于有了牢固的基础。袭人最大的优点就是"忠心""嘴紧"。王夫人听出她话里的意思,她却绝口不提白天的所见所闻。王夫人猜到了宝玉和黛玉的问题,但那是主人间的事,与她这个下人无关。王夫人三番两次问袭人,称呼上先是"你",再是"我的儿",后又是"你",却添了拉手的亲密动作,都体现出王夫人对袭人感情的变化。王夫人话里有话,暗藏心机,袭人咬定自己不知情,只说能说的,只表自己的忠心,表现了她的高情商。袭人表露出的忠心让王夫人感动并且认可。她达到了目的,王夫人试探后也对她满意。这是袭人与王夫人之间一次完美的有效交流,谁也挑不出一点问题。这次交流完美化解了潜在的危机,很是高明。

在袭人回家省母、治丧期间,怡红院发生了一件不大不小的事情。小丫鬟坠儿因为见财起意,偷了平儿的虾须镯而被"撵出去"。本来这也不算什么大事,按照当时的律法,作为自家下人,发生这种事情,如果本家觉得无须送官惩治,可以自行处置。而这样的偷窃行为,"撵出去"也不为过。处理结果上没什么问题,但问题出在了程序上——涉及人事处置这样的事情,居然是由同为丫鬟的晴雯宣布并监督执行的。虽然大丫鬟管小丫鬟,晴雯把坠儿"撵出去"看起来是没有问题的,但这个"管"字的内涵和外延不是无限的。若论平素分派差事、强调纪律、管教申斥,这都是权限内的,即使有像晴雯、秋纹冤枉小红那样的事情,这也是在权限内的。但涉及"撵出去"这样的人事事项,大丫鬟归根结底是丫鬟,是和小丫鬟一样"梅香拜把子"的下人,就没有权力处置了。即便是小丫鬟犯了偷窃的事,大丫鬟的权限也就仅限于合议一下,拿个处理意见。决定"撵出去"的权限,最低也在王熙凤那里(在某些情况下平儿可以代理这个权限),稍微重要一点的人,就该经过主母王夫人了。具体到这件事情,考虑到"宝玉是偏在你们身上留心用意、争胜要强的""偏是他这样,偏是他的人打嘴""老太太、太太听了也生气""袭人和你们也不好看",平和稳健的平儿,事先做足了功课——叮咛宋妈"千万别告诉宝玉,只当没有这事,别和一个人提起",回二奶奶,只说"我往大奶奶那里去的。谁知镯子褪了口,丢在草根底下,雪深了没看见。今儿雪化尽了,黄澄澄的映着日头,还在那里呢,我就拣了起来",接着说"你们以后防着他些,别使唤他到别处去。等袭人回来,你们商议着,变个法子打发出去就完了"。即平儿找个别的理由,向凤姐上报,打个马虎眼儿就过去了,这是最稳妥不过的处置方案。难怪"窗下潜听"的宝玉"喜的是平儿竟能体贴自己"。而且,了解情况的平儿专门指出"晴雯那蹄子是块爆炭,要告诉了他,他是忍不住的。一时气了,或打或骂,依旧嚷出来不好"。

怜香惜玉的宝玉,只因为晴雯的几句话,立马屈尊降贵地"从后门出去,至窗下潜听"。而且,知道"平儿竟能体贴自己"的举措后,照样管不住嘴,"回至房中,把平儿之话一长一短告诉了晴雯"。后面的局面就一发不可收拾了!虽然宝玉苦苦相劝"你这一喊出来,岂不辜负了平儿待你我之心了",但一切都偏离了平儿的设想。没过几天,晴雯"冷不防欠身一把将他的手抓住,向枕边取了一丈青,向他手上乱戳",口内骂道:"要这爪子作什么?拈不得针,拿不动线,只会偷嘴吃。眼皮子又浅,爪子又轻,打嘴现世的,不如戳烂了!",紧接着就宣布"今儿务必打发他出去"。那么,晴雯知不知道这样做是越权的行为呢?答案是肯定的。否则她不会强调"宝二爷才告诉了我""明儿宝二爷亲自回太太""你这话只等宝玉来问他,与我们无干"这些话了。既然知道,为什么还要这么做呢?这里就要深入探究其心理了。

首先是责任心理。晴雯"痴心傻意,只说大家横竖是在一处"。对于她来说,怡红院不仅是工作单位,也是人生归宿。宝玉对她的喜爱、宽容(甚至可以说是娇惯、放纵)已经让她恍惚之间忘却了自己的丫鬟身份,她对袭人说的话"连个姑娘还没挣上去呢",其实也符合她自己的情况,但她却觉得自己已经是怡红院的主子之一了。这就造就了她对怡红院事务的责任感,连正经主子宝玉都不具备的强烈责任感。我们经常不明白,听到坠儿的事情,晴雯为什么"气的蛾眉倒蹙,凤眼圆睁",而且还说"这口气如何忍得"(这是主子的事,是贾府的事,一个丫鬟有什么忍得忍不得的),怡红院的耻辱也就是晴雯的耻辱,她必欲除之而后快。只是这样一来,"偏是他这样,偏是他的人打嘴""老太太、太太听了也生气",如此处理坠儿给宝玉带来的后果,就不在她的考虑范围之内了。

第二,在日积月累的责任心之上,此时的晴雯又添了几许心理危机。先是袭人说"今儿奇怪,才刚太太打发人给我送了两碗菜来",还说"指名给我送来的"。这"从来没有的事"在晴雯内心留下了阴影。紧接着,王夫人决定"把我每月的月例二十两银子里,拿出二两银子一吊钱来给袭人。以后凡事有赵姨娘周姨娘的,也有袭人的"。这对晴雯来说是晴空霹雳、泰山压顶一样的打击。作为上述事件的延续,是凤姐安排袭人省母时"叫他穿几件颜色好衣裳,大大的包一包袱衣裳拿着,包袱也要好好的,手炉也要拿好的"。当袭人"头上戴着几枝金钗珠钏,倒华丽;又看身上穿着桃红百花刻丝银鼠袄子,葱绿盘金彩绣绵裙,外面穿着青缎灰鼠褂"出场时,这身行头足够让晴雯有绝望之感,结果凤姐犹嫌不足,又锦上添花,"命平儿将昨日那件石青刻丝八团天马皮褂子拿出来,与了袭人"。发生在"坠儿事件"之后不久的桩桩件件,让晴雯的内心恰似油烹。如此下去,什么老太太"丫头的模样、爽利、言谈、针线多不及他,将来只他还可以给宝玉使唤得"的考语,什么宝玉的喜爱、宽容、娇惯、放纵,都不管用了! 宝玉或许没什么感觉,风流灵巧的晴雯却不能不有危机感,"大家横竖是在一处"的愿望就要落空,对方真的是"一里一里的,这不上来了"! 所以,晴雯见"麝月是方才平儿来找他出去了。两人鬼鬼祟祟的,不知说什么""疑他为什么忽然间瞒起我来",这些感受都不是偶然来的,都是前番诸事汇集而成的。这个时候的晴雯,想要找一个突破口,改变一下这个局面。本来这也无可厚非,可惜的是痴心傻意选择了一个抱薪救火、持油泼焰的方式,结果加速了自己败亡的进程。

第三,作为上述两种心理的体现,晴雯在事件中还展现了"第一等的人"的显摆心理,"不是东风压了西风,就是西风压了东风"的排异心理,以及"揭你们的皮"的立威心理。一方面,口口声声不离宝玉——"宝二爷才告诉了我""明儿宝二爷亲自回太太""你这话只等宝玉来问他,与我们无干"。但当对方点明"他那一件事不是听姑娘们的调停? 他纵依了,姑娘们不依,也未必中用"的问题时,晴雯虽说"一发急红了脸",但心里恐怕不无得意之情。接着又搬出"大靠山"——"你在老太太跟前告我去,说我撒野,也撵出我去"(可叹,不幸言中)。另一方面,晴雯话里话外透露着唯我独尊的架势。听到"也等花姑娘回来知道了,再打发他"的话,立马回击道"什么'花姑娘''草姑娘'""你只依我的话"(就是要看看自己能否"战胜""花姑娘")。可惜,此时固然是立竿见影,不经过袭人就把坠儿"撵出去"了,晴雯看似是胜利了,但这"胜利"是借宝玉的名义,否则这"话"能有几斤几两重? 再一方面,晴雯先是骂小丫头子们"那里钻沙去了! 瞅我病了,都大胆子走了。明儿我好了,一个一个的才揭你们的皮呢",接着便是"冷不防欠身一把将他的手抓住,向枕边取了一丈青,向他手上乱戳",以至"坠儿疼的乱哭乱喊"。很多读者(包括不认为晴雯越权行事的读者)都对这个场景中晴雯出手之狠疑惑不解——撵走了也就是了,至于这么下狠手吗? 殊不知,这体现了晴雯内心潜在的立威心理,此时此刻的晴雯,已经完全忘却了自己的身份,颇有了些凤姐"只叫他们垫着磁瓦子跪在太阳地下,茶饭也别给吃。一日不说跪一日,便是铁打的,一日也管招了"的风范。只是她忘了,她只是怡红院里的大丫鬟晴雯,不是荣国府的琏二奶奶。

"坠儿事件"是晴雯走向败亡之路的一个里程碑。对晴雯的越权行为,理解或是谴责好像都不那么合适。叹其情,悯其心,哀其愚,剩下的恐怕就是"扼腕"二字而已。

四、晴雯之死

袭 人

如今且说宝玉只当王夫人不过来搜检搜检，无甚大事，谁知竟这样雷嗔电怒的来了。所责之事皆系平日之语，一字不爽，料必不能挽回的。虽心下恨不能一死，但王夫人盛怒之际，自不敢多言一句，多动一步，一直跟送王夫人到沁芳亭。王夫人命："回去好生念念那书，仔细明儿问你。才已发下恨了。"宝玉听如此说，方回来，一路打算："谁这样犯舌？况这里事也无人知道，如何就都说着了。"一面想，一面进来，只见袭人在那里垂泪。且去了第一等的人，岂不伤心，便倒在床上也哭起来。袭人知他心内别的还犹可，独有晴雯是第一件大事，乃推他劝道："哭也不中用了。你起来我告诉你，晴雯已经好了，他这一家去，倒心净养几天。你果然舍不得他，等太太气消了，你再求老太太，慢慢的叫进来也不难。不过太太偶然信了人的诽言，一时气头上如此罢了。"宝玉哭道："我究竟不知晴雯犯了何等滔天大罪！"袭人道："太太只嫌他生的太好了，未免轻佻些。在太太是深知这样美人似的人必不安静，所以恨嫌他，像我们这粗粗笨笨的倒好。"宝玉道："这也罢了。咱们私自顽话怎么也知道了？又没外人走风的，这可奇怪。"袭人道："你有甚忌讳的，一时高兴了，你就不管有人无人了。我也曾使过眼色，也曾递过暗号，倒被那别人已知道了，你反不觉。"宝玉道："怎么人人的不是太太都知道，单不挑出你和麝月秋纹来？"袭人听了这话，心内一动，低头半日，无可回答，因便笑道："正是呢。若论我们也有顽笑不留心的孟浪去处，怎么太太竟忘了？想是还有别的事，等完了再发放我们，也未可知。"宝玉笑道："你是头一个出了名的至善至贤之人，他两个又是你陶冶教育的，焉得还有孟浪该罚之处！只是芳官尚小，过于伶俐些，未免倚强压倒了人，惹人厌。四儿是我误了他，还是那

晴 雯

方欲说时，只见几个老婆子走来，忙说道："你们小心，传齐了伺候着。此刻太太亲自来园里，在那里查人呢。只怕还查到这里来呢。又吩咐快叫怡红院的晴雯姑娘的哥嫂来，在这里等着领出他妹妹去。"因笑道："阿弥陀佛！今日天睁了眼，把这一个祸害妖精退送了，大家清净些。"宝玉一闻得王夫人进来清查，便料定晴雯也保不住了，早飞也似的赶了去，所以这后来趁愿之语竟未得听见。

宝玉及到了怡红院，只见一群人在那里，王夫人在屋里坐着，一脸怒色，见宝玉也不理。晴雯四五日水米不曾沾牙，恹恹弱息，如今现从炕上拉了下来，蓬头垢面，两个女人才架起来去了。王夫人吩咐，只许把他贴身衣服撂出去，馀者好衣服留下给好丫头们穿。又命把这里所有的丫头们都叫来一一过目。

原来王夫人自那日着恼之后，王善保家的就趁势告倒了晴雯。本处有人和园中不睦的，也就随机趁便下了些话。王夫人皆记在心中。因节间有事，故忍了两日，今日特来亲自阅人。一则为晴雯犹可，二则因竟有人指宝玉为由，说他大了，已解人事，都由屋里的丫头们不长进教习坏了。

……此时多浑虫外头去了，那灯姑娘吃了饭去串门子，只剩下晴雯一人，在外间房内爬着。宝玉命那婆子在院门了哨，他独自掀起草帘进来，一眼就看见晴雯睡在芦席土炕上，幸而衾褥还是旧日铺的。心内不知自己怎么才好，因上来含泪伸手轻轻拉他，悄唤两声。当下晴雯又因着了风，又受了他哥嫂的歹话，病上加病，嗽了一日，才朦胧睡了。忽闻有人唤他，强展星眸，一见是宝玉，又惊又喜，又悲又痛，忙一把死攥住他的手，哽咽了半日，方说出半句话来："我只当不得见你了。"接着便嗽

年我和你拌嘴的那日起,叫上来作些细活,未免夺占了地位,故有今日。只是晴雯也是和你一样,从小儿在老太太屋里过来的,虽然他生得比人强,也没甚妨碍去处。就是他的性情爽利,口角锋芒些,究竟也不曾得罪你们。想是他过于生得好了,反被这好所误。"说毕,复又哭起来。

袭人细揣此话,好似宝玉有疑他之意,竟不好再劝,因叹道:"天知道罢了。此时也查不出人来了,白哭一会子也无益。倒是养着精神,等老太太喜欢时,回明白了再要来是正理。"宝玉冷笑道:"你不必虚宽我的心。等到太太平服了再瞧势头去要时,知他的病等得等不得。他自幼上来娇生惯养,何尝受过一日委屈。连我知道他的性格,还时常冲撞了他。他这一下去,就如同一盆才抽出嫩箭来的兰花送到猪窝里去一般。况又是一身重病,里头一肚子的闷气。他又没有亲爷热娘,只有一个醉泥鳅姑舅哥哥。他这一去,一时也不惯,那里还等得几日。知道还能见他一面两面不能了!"说着又越发伤心起来。袭人笑道:"可是你'只许州官放火,不许百姓点灯'。我们偶然说一句略妨碍些的话,就说是不利之谈,你如今好好的咒他,是该的了!他便比别人娇些,也不至这样起来。"宝玉道:"不是我妄口咒他,今年春天已有兆头的。"袭人忙问何兆。宝玉道:"这阶下好好的一株海棠花,竟无故死了半边,我就知有异事,果然应在他身上。"袭人听了,又笑起来,因说道:"我待不说,又掌不住,你太也婆婆妈妈的了。这样的话,岂是你读书的男人说的。草木怎又关系起人来?若不婆婆妈妈的,真也成了个呆子了。"

宝玉叹道:"你们那里知道,不但草木,凡天下之物,皆是有情有理的,也和人一样,得了知己,便极有灵验的。若用大题目比,就有孔子庙前之桧,坟前之蓍,诸葛祠前之柏,岳武穆坟前之松。这都是堂堂正大随人之正气,千古不磨之物。世乱则萎,世治则荣,几千百年了,枯而复生者几次。这岂不是兆应?小题目比,就个不住。宝玉也只有哽咽之分。

晴雯道:"阿弥陀佛,你来的好,且把那茶倒半碗我喝。渴了这半日,叫半个人也叫不着。"宝玉听说,忙拭泪问:"茶在那里?"晴雯道:"那炉台上就是。"宝玉看时,虽有个黑沙吊子,却不像个茶壶。只得桌上去拿了一个碗,也甚大甚粗,不像个茶碗,未到手内,先就闻得油膻之气。宝玉只得拿了来,先拿些水洗了两次,复又用水汕过,方提起沙壶斟了半碗。看时,绛红的,也太不成茶。晴雯扶枕道:"快给我喝一口罢!这就是茶了。那里比得咱们的茶!"宝玉听说,先自己尝了一尝,并无清香,且无茶味,只一味苦涩,略有茶意而已。尝毕,方递与晴雯。只见晴雯如得了甘露一般,一气都灌下去了。宝玉心下暗道:"往常那样好茶,他尚有不如意之处;今日这样。看来,可知古人说的'饱饫烹宰,饥餍糟糠',又道是'饭饱弄粥',可见都不错了。"一面想,一面流泪问道:"你有什么说的,趁着没人告诉我。"晴雯呜咽道:"有什么可说的!不过挨一刻是一刻,挨一日是一日。我已知横竖不过三五日的光景,就好回去了。只是一件,我死也不甘心的:我虽生的比别人略好些,并没有私情密意勾引你怎样,如何一口死咬定了我是个狐狸精!我太不服。今日既已担了虚名,而且临死,不是我说一句后悔的话,早知如此,我当日也另有个道理。不料痴心傻意,只说大家横竖是在一处。不想平空里生出这一节话来,有冤无处诉。"说毕又哭。

宝玉拉着他的手,只觉瘦如枯柴,腕上犹戴着四个银镯,因泣道:"且卸下这个来,等好了再戴上罢。"因与他卸下来,塞在枕下。又说:"可惜这两个指甲,好容易长了二寸长,这一病好了,又损好些。"晴雯拭泪,就伸手取了剪刀,将左手上两根葱管一般的指甲齐根铰下;又伸手向被内将贴身穿着的一件旧红绫袄脱下,并指甲都与宝玉道:"这个你收了,以后就如见我一有杨太真沉香亭之木芍药,端正楼之相思树,王昭君冢上之草,岂不也有灵验。所以这海棠亦应其人欲亡,故先就死了半边。"袭人听了这篇痴话,又可笑,又可叹,因笑道:"真真的这话越发说上我的气来了。那晴雯是个什么东西,就费这样心思,比出这些正经人来!还有一说,他纵好,也灭不过我的次序去。便是这海棠,也该先来比我,也还轮不到他。想是我要死了。"宝玉听说,忙握他的嘴,劝道:"这是何苦!一个未清,你又这样起来。罢了,再别提这事,别弄的去了三个,又饶上一个。"袭人听说,心下暗喜道:"若不如此,你也不能了局。"宝玉乃道:"从此休提起,全当他们三个死了,不过如此。况且死了的也曾有过,也没见我怎么样,此一理也。如今且说现在的,倒是把他的东西,作瞒上不瞒下,悄悄的打发人送出去与了他。再或有咱们常时积攒下的钱,拿几吊出去给他养病,也是你姊妹好了一场。"袭人听了,笑道:"你太把我们看的又小器又没人心了。这话还等你说,我才已将他素日所有的衣裳以至各什各物总打点下了,都放在那里。如今白日里人多眼杂,又恐生事,且等到晚上,悄悄的叫宋妈给他拿出去。我还有攒下的几吊钱也给他罢。"宝玉听了,感谢不尽。袭人笑道:"我原是久已出了名的贤人,连这一点子好名儿还不会买来不成!"宝玉听他方才的话,忙陪笑抚慰一时。晚间果密遣宋妈送去。

般。快把你的袄儿脱下来我穿。我将来在棺材内独自躺着,也就像还在怡红院的一样了。论理不该如此,只是担了虚名,我可也是无可如何了。"宝玉听说,忙宽衣换上,藏了指甲。晴雯又哭道:"回去他们看见了要问,不必撒谎,就说是我的。既担了虚名,越性如此,也不过这样了。"

……灯姑娘笑道:"我早进来了,却叫婆子去园门等着呢。我等什么似的,今儿等着了你。虽然闻名,不如见面,空长了一个好模样儿,竟是没药信的炮仗,只好装幌子罢了,倒比我还发讪怕羞。可知人的嘴一概听不得的。就比如方才我们姑娘下来,我也料定你们素日偷鸡盗狗的。我进来一会在窗下细听,屋内只你二人,若有偷鸡盗狗的事,岂有不谈及于此,谁知你两个竟还是各不相扰。可知天下委屈事也不少。如今我反后悔错怪了你们。既然如此,你但放心。以后你只管来,我也不罗唣你。"

宝玉听说,才放下心来,方起身整衣央道:"好姐姐,你千万照看他两天。我如今去了。"说毕出来,又告诉晴雯。二人自是依依不舍,也少不得一别。

……宝玉发了一晚上呆。及催他睡下,袭人等也都睡后,听着宝玉在枕上长吁短叹,复去翻来,直至三更以后,方渐渐的安顿了,略有鼾声。袭人方放心,也就朦胧睡着。没半盏茶时,只听宝玉叫"晴雯"。袭人忙睁开眼连声答应,问作什么。宝玉因要吃茶。袭人忙下去向盆内蘸过手,从暖壶内倒了半盏茶来吃过。宝玉乃笑道:"我近来叫惯了他,却忘了是你。"袭人笑道:"他一乍来时你也曾睡梦中直叫我,半年后才改了。我知道这晴雯人虽去了,这两个字只怕是不能去的。"说着,大家又卧下。宝玉又翻转了一个更次,至五更方睡去时,只见晴雯从外头走来,仍是往日形景,进来笑向宝玉道:"你们好生过罢,我从此就别过了。"说毕,翻身便走。宝玉忙叫时,又将袭人叫醒。袭人还只当他惯了口乱叫,却见宝玉哭了,说道:"晴雯死了。"

【点评】

袭人是宝玉房里的首席大丫头,也是出了名的贤人。抄检大观园后,除了袭人和与袭人要好的麝月、秋纹,很多丫头都有不是,或被撵,或被拉出去配人,或因此死去,如晴雯,这让宝玉都忍不住怀疑是袭人告的密。等王夫人带着人离去,宝玉回到房里,看着一个又一个自己喜欢的丫头离去,他号啕大哭。他对袭人说的话很有深意,她们都有了不是,怎么袭人和麝月、秋纹没有?袭人明知宝玉怀疑她,但她仍然不改自己的脸色,对宝玉说或许是王夫人忘记处理她们了,她们不留心也是有的,这次王夫人没有收拾她们,难保下次不收拾她们。宝玉不相信,却也没有办法。宝玉虽觉得是自己害了其他人,但晴雯是与袭人一起过来的,从小一起长大,除了口齿伶俐些,并没有要害谁,为何连晴雯也不放过?王夫人处罚几个丫头的事,有人认为是袭人告的密,也有人认为是王善保家的挑拨的。根据王夫人说的"我的心耳神意时时都在这里"可以发现,这次行动是有人告密,这个告密者不是别人,正是经常有机会见王夫人的袭人。袭人还提醒王夫人,林黛玉与宝钗都长大了,与宝玉再住在一个屋檐下恐怕不方便,如果日后有什么闲话会影响宝玉的声誉,这些话在王夫人听来那是保全她的声誉,也是保全宝玉,所以王夫人此刻是看重袭人的,自然在意袭人提到的人和事。所以抄检大观园时的那些话,很可能就是指袭人告密。

至于晴雯被赶,虽然晴雯平时总与袭人过不去,拿话挤兑她,但袭人还不至于置晴雯于死地,此事倒像是王善保家的挑拨,可能还因为晴雯平时太张扬,又处处得罪人,所以被人陷害。当然,主因还是王夫人一向就不喜欢长相俊俏还聪明伶俐者。

不管怎么说,抄检大观园这样的大事,在宝玉看来,告密者就是袭人。那么袭人是如何应对的呢?首先,不承认。袭人先是拿话堵宝玉,然后不承认是自己告的密,也不承认是自己陷害了她们。袭人不承认,宝玉也没有办法。其次,拿海棠花咒自己要死了,博取同情。晴雯被撵,对宝玉的打击很大,但宝玉不敢反抗,也不敢违背母亲的意思,甚至不敢替晴雯求情。只是想到晴雯的被撵和他以后的命运,宝玉难免会生出悲伤愤怒之情。宝玉觉得晴雯之死早有征兆——那棵枯死的海棠花,而袭人则说晴雯如何配那棵海棠花(她自己才配),并借海棠花咒自己要死了,宝玉害怕袭人再说出其他的话,因此也不敢再提此事。最后,袭人还以自己的贤名宽慰宝玉。袭人告诉宝玉,等这件事过了,再求老太太让晴雯回来。其实袭人自己都知道这是不可能的,但为了宽慰宝玉,也为了让宝玉不怀疑自己,关于晴雯的事,她极力劝慰宝玉。当宝玉提出让袭人把晴雯的东西送过去时,袭人说绝对不会对不起自己的贤名,一定会做好的。

袭人没有因为晴雯的离去而难过,更不担心晴雯在外面是死是活,她只顾着开解宝玉,而且语气里已经很不耐烦。虽然她的担心与否也改变不了晴雯的处境,但至少是份心意。而袭人只忙着劝解宝玉,恨不得晴雯这个名字连同此人一起消失得干干净净。为了劝宝玉,她甚至不惜诅咒自己,威胁起宝玉来,让宝玉结束了这样的谈话。同时袭人早已将晴雯的一切衣物打点好,连同几吊钱,只等晚上叫宋妈一起送过去。她做这一切时是极理性的,没有任何的伤感,更没有兔死狐悲之意。后来,宝玉梦到晴雯的那天半夜,他突然醒来,叫道:"晴雯死了。"袭人起来了,却笑道:"这是那里的话!你就知道胡闹,被人听着什么意思。"宝玉急得不得了，恨不得天一亮就遣人去问信。其实，晴雯之死是必然的事，宝玉的担心也并非无缘无故。而作为晴雯的"同事"，袭人不是不知道晴雯活不长了，大家都清楚晴雯的病情严重。但是晴雯的生与死，袭人都并不在意。

  对于晴雯，袭人暗地里不知因她伤过多少脑筋，又怎会为她流眼泪？袭人本不是一个感情丰富的人，和晴雯确实是竞争关系大过姊妹感情，既然只是一个跟自己争抢位置的人，袭人又怎会对她喜欢得起来？不管她有没有在背后搞小动作，晴雯离去了，她的心里也松了一口气。这便是人性，有着不可直视的幽微之处，却也在情理之中。没有完美的人，只有不同的角度、不同的经历和性情，就是同一个人，面对不同的人和事，也会有迥异的态度。袭人对晴雯的无动于衷早已有迹可循。作为袭人最大的竞争对手，一路走来，晴雯总是压袭人一头。天资突出的晴雯，不费吹灰之力就得到了贾母的喜爱；而条件平庸的袭人，却用了好大的力气，才一点点地接近了目标。无论是姨娘的位置，还是宝玉的爱意，袭人都是势在必得，而晴雯的存在让袭人倍感压力，偏偏晴雯又是个暴脾气，每每得罪了袭人也无知无觉。袭人一再忍让，表面风平浪静，实际上早就十分忌惮晴雯了。宝玉将来的姨娘当然不会只有一个，可是晴雯却是众丫鬟中最强的竞争对手，放眼整个贾府，可能都找不出第二个这样既貌美又脾气冲的丫鬟，偏偏贾宝玉还对她百依百顺。袭人既然和晴雯素不相投，又怎么会真心为她难过？少了晴雯，这怡红院更是她的天下了。况且，晴雯之死是她自己造成的呀，是王夫人驱逐她的呀，也怪她运气不好，生了病，明明不是什么大病，就一命呜呼了，跟我袭人有什么关系？袭人这样想就没有丝毫的愧疚感了。

  宝玉此刻也拿袭人没有办法，即便今天被赶出去的那个人是袭人，宝玉也没有办法保全她，何况是晴雯。晴雯只是担了"狐狸精"的虚名，袭人才真是那个与宝玉有亲密关系的"狐狸精"（王夫人也有看错人的时候，这也证明袭人预先找王夫人的明智），晴雯对此一清二楚，所以到死都觉得自己被冤枉。袭人用几句话就洗白了自己，也洗脱了陷害晴雯的嫌疑，不管别人怎么看，反正宝玉是信了（可即使不信，又能如何呢？）。当后来晴雯死的时候，宝玉听到晴雯临死前一夜呼喊的都是娘而不是他时，他不能接受，他觉得小丫头一定是没有听清楚，或者忘记告诉他了。其实仔细想来，晴雯一定非常寒心，她白担了虚名被赶出去，真正的"狐狸精"袭人却没受到一点责罚，宝玉虽去看过晴雯，但一点也没有表现出想要改变现状的想法，晴雯对他彻底失望了，宝玉对此却浑然不觉——有哪个女孩会把希望寄托在这样一个空有爱心却没有担当、没有勇气的男人身上呢？假如晴雯叫了一夜宝玉，宝玉会为她去做一些反抗封建家长的事吗？显然，他不会。

  后来袭人为了保住自己的姨娘地位，不惜在王夫人面前诋毁黛玉，这些都足以让喜欢黛玉与晴雯的人不喜欢她。袭人虽然洗白了自己，但到底也没有陪宝玉走到最后，对于她来说，没有了贾宝玉，失去了贾府，可能也是她精神家园的崩塌。

  晴雯之死可以同抄检大观园联系起来。抄检大观园，目的是查清大观园中的污秽之物绣春囊的来源，至纯刚烈的晴雯被撵出大观园的原因，是王夫人硬给她扣上了一顶"狐狸精"的帽子。荣国府有王夫人这样不明是非的当家主母，败家只是早晚的事情。晴雯是个聪明的姑娘，当王夫人质疑她是一个像妖精一样的女人时，她心里已经明白自己是被人暗算陷害了。王夫人的愚蠢与霸道，晴雯不是没有领略过。王夫人这样的女人，对于从小在自己身边长大的丫鬟金钏儿都能打了耳光之后直接撵出去，不留一丝情面，对于没有丝毫交集、没有任何感情交流的晴雯，王夫人的处置只会更狠，更残酷。晴雯不是荣国府的家生女儿，她无父无母，所以不怕王夫人对她家人打击报复。那时候的晴雯，完全可以把袭人之事抖出去，但晴雯没有这么做，而且连这种想法都没有。因为晴雯也没有丝毫的反抗意识，真正敢于反抗的，是抗婚的鸳鸯；真正敢于反抗的，是有见识、敢于独自冲破牢笼的小红。晴雯只能算得上是一个痴情、天真的姑娘，她身上保留着人性中的美好。

晴雯四五日水米不曾沾牙，恹恹弱息，从炕上被拉了下来，蓬头垢面，两个女人才架起来去了。王夫人吩咐，只许把她贴身衣服撂出去，剩下的好衣服留下给其他丫头们穿。因晴雯被撵走而称愿的婆子，绝不是普通的劳苦大众，其中最典型讨厌晴雯的婆子是王善保家的，讨厌晴雯是因为利益之争，并不是晴雯身上真的有什么大问题。如果晴雯真的不得人心，她根本等不到贾宝玉来探望她。晴雯被撵走后还强撑了几天，见到了贾宝玉。当贾宝玉看到晴雯的时候，晴雯的手上仍带着四个银镯。如果荣国府的下等女人、婆子全都贪财狡诈，那么晴雯腕上的这几个银镯早就不知道被哪一个人撸了下去，不可能继续戴在晴雯的手上。

有的时候底层人物的淳朴，底层人物所拥有的人性中的光辉，要远胜于那些豪门贵妇。宝玉偷偷见晴雯的时候，碰到了晴雯的嫂子。晴雯的嫂子多姑娘，名声可算不得好，这个女人是荣国府的风流人物。虽然多姑娘人品不怎么样，可是在一番交流中，这个女人愿意相信贾宝玉和晴雯是清白的。此时晴雯嫂子的人性中的光辉，已经远胜于佛口蛇心的王夫人。大悲剧中，能看到这一点，也是作者在写悲剧的时候流露出的对人性的期望。可人性中的那点光辉，又太容易被残酷掩盖。

在不经意之间，晴雯被卷入了豪门贵妇的宅斗中，涉及太深。在抄检大观园的那个时间点，贾母与王夫人对宝玉妻子人选决定权的争斗，已经从暗流滚滚中正式摆到了台面上。那时因王子腾的官越做越大，王夫人的话语权越来越重，她已经不屑于再去做一个小媳妇了，她要夺回对宝玉的掌控权。此时王夫人第一个拿来开刀的，自然就是贾母放在宝玉房里的晴雯。晴雯无论如何都会被撵出去，至于罪名，随便找就是。表面上是由于王善保家的在王夫人面前告了晴雯一状，才使得晴雯被撵了出去，但同为奴仆，王善保家的为什么不肯放过晴雯？其中的原因很简单。王善保家的是邢夫人的陪房，而邢夫人才是荣国府里真正有爵位的贾赦的妻子，按照常理，荣国府本该是邢夫人当家才对。那个时候的邢夫人，早就想把管家的权力夺回来。而邢夫人要如何寻找突破点呢？以邢夫人的行事风格，最先就会想到打击荣国府的"凤凰"——王夫人的亲生儿子贾宝玉。只要贾宝玉的作风有问题，王夫人作为生母就难辞其咎，在贾母面前就会大失颜面，这个时候邢夫人就有了问责的理由。王善保家的要诬陷贾宝玉作风有问题，最简单的方式就是编排贾宝玉和丫鬟之间有故事。哪个丫鬟会受到这种编排？王善保家的如果编排一个长得丑的、没才华的丫鬟同宝玉有故事，只怕没有人相信。王善保家的一定会在宝玉的房里选一个最出挑的丫鬟去编排，很明显这个被选中的丫鬟就是晴雯。

晴雯被撵走时，一些婆子说得那样称心如

意:阿弥陀佛！今日天睁了眼,把这一个祸害妖精退送了,大家清净些。而能帮助落难的荣国府的人,不会是荣国府曾经结交的高朋贵友;不会是贾赦、贾政曾经的同事,那些人正等着瓜分利益和求上位。会帮荣国府一把的,只会是那些平淡无奇的小人物。就像刘姥姥、包勇之类的人。

老太太先是将袭人赐给了宝玉。对于袭人来说,自己就是宝玉的人了。虽说两人有了肌肤之亲,但在宝玉出家后,袭人做姨娘的想法就落空了,最后也就只能嫁给蒋玉菡。嫁给蒋玉菡也是无奈之举,这与袭人想要的相去甚远。从这个角度出发,袭人也算是个悲剧式人物。袭人性格友善温和,但她同时也被封建礼教所压迫。从始至终,她都在严格要求自己,对于主子,她选择无条件服从,这也是她悲剧的源头。除了这个因素以外,归属感的破灭也为袭人的悲哀结局埋下了伏笔。对于贾府,袭人一直有一份归属感。但这种寄托最终还是破灭了,比起黛玉的香消玉殒,袭人遭受的是更深层次的精神痛苦。在王夫人心里,袭人只是一个奴仆。而袭人也在封建思想根深蒂固的影响下逐渐迷失自我。同为丫鬟,相比晴雯的离世,袭人的结局更加令人痛心。

从另一个角度看,或许袭人的结局又是幸运的,她嫁了一个温文尔雅的丈夫,而不是一个暴戾凶顽的"中山狼"。但袭人又是不幸的,她以为自己可以顺理成章地成为宝玉的爱妾,服侍宝玉走完一生,但造化弄人,命运偏偏让她跟宝玉天各一方。虽然得到了别人眼中的"幸福",但心是悲伤的,这种得到后的失落恐怕比失去后的空落更为痛彻心骨。也许,在袭人心里,相见离别都只觉得宝玉最好,但人生就是这样,虽有遗憾,但正是遗憾才使人生完整。

形象分析

袭　人

袭人,姓花,原名珍珠,是贾府里"卖倒死契"的丫头。"袭人"这一名字,是宝玉根据旧人诗句上有"花气袭人"之句而改的。一名没有人身自由的女奴,是没有好命运的。但袭人是一个富有心机的人,她费尽心力,付出代价,竭力侍奉主子,顺应主子的旨意,讨主子的欢心,以致不惜损害同类,踩着别人的肩膀,一步一步向上爬,这是她的奴才本质所决定的。曹雪芹对这样一个复杂的人物,也是以复杂的心情来处理她的。他没有一下子揭示她的灵魂,而是用大量的笔墨,由外及里,从浅入深,绵里裹针,褒中含贬,一层一层剥去她的外衣,直到书的末尾,才让她的真性裸露出来。这种艺术手法,叫作剥笋法。

袭人在《红楼梦》全书中有三副面孔。

第一副面孔,她是宝玉的贴身丫头和候补侍妾。她原先是服侍贾母的。贾母素喜她心地纯良,恪尽职守,遂给了宝玉。小说写道:"这袭人亦有些痴处:伏侍贾母时,心中眼中只有一个贾母,今与了宝玉,心中眼中又只有个宝玉。"这里的"痴处"二字极堪玩味。如果服侍一个就忠于一个,朝秦暮楚,又何"痴"之有？其实,袭人心里明白:宝玉在贾府中处于何等地位,只要把宝玉征服,那么她自己的一生也就有了稳固的靠山,所以这种"痴处"实际上包含着审时度势的眼光,也可以说是押下赌注。她先与宝玉"初试云雨情",偷尝禁果。从此她的心中便认定,自己是属于宝玉的,宝玉也是属于自己的。接着,她又编了一个谎话,说家里人要赎她回去，试探宝玉的反应。当宝玉流露真情，舍不得她回去时，她就提出条件，规劝宝玉"改邪归正"，意在以柔情羁绊宝玉，同时巩固自己的地位。果然，从此以后，二人亲密无间，超越了一般的主仆关系，袭人实际上成了宝玉的"屋里人"，即姨娘。袭人确实在生活上对宝玉照顾得体贴入微，而且她比其他丫鬟多了一层，就是时忠言，以规谏者自居。她知道，宝玉性情乖僻，离经叛道，而且对女性情不专注，如果任其发展下去，不但在贾母、贾政、王夫人面前难以交代，而且也对自己不利。所以她尽心尽力，任劳任怨，一定要降伏其心。

第二副面孔，她主动申请，做了王夫人在怡红院里的耳目。宝玉挨打以后，王夫人对宝玉严加管束。此时，宝黛之间也已萌生了爱情。袭人最了解宝玉倾向于"木石姻缘"，但她考虑到黛玉"小性儿"，太难对付，又洞察到王夫人的意向，料准薛宝钗有较多的支持者，因而暗中拉拢宝钗，为"金玉良缘"铺路搭桥。在怡红院内部，她又意识到晴雯在容貌、才能诸方面都胜过自己，是不可轻视的劲敌。于是她伺机向王夫人表忠心，进谗言，把怡红院里大小丫头的行动一一向王夫人汇报。果然，告密有赏，王夫人从此对袭人另眼相看，确认她是宝玉候补侍妾的身份，同时把她的月例从一两加到二两，以至于怡红院里的丫头都戏称她是"西洋花点子哈巴儿"。当王夫人抄检大观园时，暴风雨袭来，晴雯首当其冲，第一个被推到审判台，最后驱逐出去，整治而死。就连与宝玉同年同月同日生的小丫头四儿，以及天真无邪、野性未泯的芳官也同样遭殃。这一次镇压行动，不但给宝玉以重大打击，而且也使黛玉在心灵上蒙受创伤。宝黛婚姻，实际上已在这时候投下阴影了。所以后来宝玉在祭晴雯的

《芙蓉女儿诔》中有"诼谣謑诟，出自屏帏""箝诐奴之口，讨岂从宽"之句。如果说，以前宝玉对袭人一往情深的话，到那时则已经出现裂痕，甚至有些憎恨了。

第三副面孔，她是假装正经的巧伪人。从表面上看，她性格温和，办事稳妥，顾全大局，体贴别人，正如薛姨妈所说："他的那一种行事大方，说话见人和气里头带着刚硬要强"，仿佛是一个"至善至贤的人"，但实际上常常怀着利己的目的，并不完全是心口一致的。宝玉大彻大悟、离家出走的原因当然是多方面的，但他与功利派、现实派的宝钗、袭人等人心灵上的不契合应是一个重要因素。宝玉出走以后，王夫人决定把袭人放出去。本来，袭人从现实出发，改换门庭，择善从良，这也是人之常情，并不存在"失节"问题。可是袭人先是"悲伤不已，又不敢违命的"，接着又想："我若是死在这里，倒把太太的好心弄坏了，我该死在家里才是。"于是哭哭啼啼回到娘家。这时她哥哥把蒋玉菡家的聘礼，以及他自己所办的嫁妆给她看，袭人又想："哥哥办事不错。若是死在哥哥家里，岂不又害了哥哥呢！"这样又只得忍住。等到嫁到蒋家，看见蒋家办事都按正配的规矩，丫头仆妇都称她"奶奶"，袭人"又恐害了人家，辜负了一番好意"，最后也就只好"俯就"了。——这真是一番绝妙的表演，也是袭人内心最彻底的坦露，原来她梦寐以求的愿望，她的"痴处"，就是做一个"主子奶奶"。

早在第六回，袭人就与宝玉有了亲密关系。从《红楼梦》整体的纯情风格来看，刚开始就出现这样的笔墨似乎有些突兀。但从后来的情节发展来看，这一次经历，对宝袭之间的关系，对袭人性格的变化，是具有很深远的影响的。正是这种归属感，才使她"心中眼中又

只有个宝玉"。当贾宝玉对她提出"同领警幻所训云雨之事"的要求时,她认为"素知贾母已将自己与了宝玉的,今便如此,亦不为越礼"。袭人有这种想法,并不是因为她的无知,而是因为一来她对贾府、对宝玉的依恋之深,已经到了无可不为的地步,在她的心里,早将自己当作贾府的一分子;二来,像袭人这样的丫鬟,将来最好的归属,莫过于做宝玉的妾室,这是由她的身份地位决定的。袭人对宝玉的感情,有很大一部分是因为这种归属感而产生的,而不是像其他的女孩子那样,是因为宝玉对她们的关心体贴。

  关于这种归属感,在第十九回中,袭人自己有一段很好的说明:"如今幸而卖到这个地方,吃穿和主子一样,又不朝打暮骂……这会子又赎我作什么?权当我死了,再不必起赎我的念头!"无意中将这种归属感表露无遗。袭人道:"就便不和他好说,一个钱也不给,安心要强留下我,他也不敢不依。但只是咱们家从没干过这倚势仗贵霸道的事。""咱们家"三个字,当真是神来之笔,袭人潜意识里早就把贾府当作"咱们家",这分明是不回去的了。可惜以宝玉的聪明,当时竟未听出。这一类的话,后面袭人还说过很多,比如袭人与晴雯起争执时说"好妹妹,你出去逛逛,原是我们的不是"中的"我们"两个字。很显然,对贾府这种深切的归属感,是袭人一切行为的出发点。理解了这一点,就不难理解为什么袭人会站在王夫人的立场上,时时对宝玉进行规劝,甚至对王夫人说出"我也没什么别的说。我只想着讨太太一个示下,怎么变个法儿,以后竟还教二爷搬出园外来就好了"这样的话来了。袭人对贾府的认同,不仅仅是自我身份上的认同,更是一种精神上的认同。而她的出发点,却是一心为宝玉好,因为在她看来,贾府给她吃、给她穿、给了她做宝玉姨娘的无上尊荣,"也算是半个主子",不知道比那个将她卖去做奴婢的家温暖多少,所以她真真正正为贾府考虑,为贾宝玉打算,也是不奇怪的了。

  《红楼梦》的作者在给袭人画肖像的时候,真是煞费苦心。是的,袭人侍奉宝玉这许多年,其间温柔体贴,不能说全无纯情。而且从袭人的身世来说,也确实有值得同情的地方。所以作者在憎恶她的同时,仍给她一个台阶下,这就是在判词中所说:"堪羡优伶有福,谁知公子无缘",好像她与蒋玉菡的最后结合是前世注定的一段姻缘。但书的末尾有一段议论曰:"虽然事有前定,无可奈何,但孽子孤臣,义夫节妇,这'不得已'三字也不是一概推诿得的。此袭人所以在又副册也。正是前人过那桃花庙的诗上说道:'千古艰难惟一死,伤心岂独息夫人。'"这段话从封建礼教出发,过于迂腐,未必出于曹雪芹的手笔,但我们回想到怡红院"群芳开夜宴"的那天晚上,袭人正巧抽到的是桃花签,也许以"轻薄桃花逐水流"来比喻袭人,贬多于褒。

  在小说中,袭人、晴雯,作为钗、黛的一对"外影",对应了她们各自性格的"正面";而小红、金钏,作为钗、黛的一对"内影",则照出了她们性格中的"另外一面"。作者此种设计,亦是《红楼梦》之"风月宝鉴"性质,在塑造人物形象上的一种直观体现。"袭为钗影、晴为黛影",脂砚斋提出这一观点的目的,是为了更充分地丰富红楼梦中薛宝钗、林黛玉与袭人、晴雯之间的借影关系,双峰对立,各有所长。

晴　雯

"霁月难逢，彩云易散。心比天高，身为下贱。风流灵巧招人怨。寿夭多因毁谤生，多情公子空牵念。"这是《红楼梦》作者曹雪芹给作品中贾宝玉的大丫鬟晴雯的判词。"霁"意为雨后或雪后转晴；"雯"意为呈花纹样的云彩。"晴雯"这个名字由此提炼而成，就像那芙蓉本是出淤泥而不染之物，自是高贵不凡，用来比喻晴雯最是恰当不过了。

在《红楼梦》四百八十多位人物当中，有爱博而心劳的贾宝玉，有博雅多思的林黛玉，有儒雅时尚的薛宝钗，有看似慈爱宽容、内心冷酷无情的封建卫道士的王夫人，还有隐忍顺从、遵守封建道德的袭人等，人物千姿百态，而又性格迥异。在《红楼梦》中，晴雯自第八回出场到第七十七回病亡，作者用极富精练的文字把这位独具风采和个性魅力的小人物写得栩栩如生。晴雯美丽纯洁、热情率真、大胆叛逆，虽然只是一个卑微的奴婢，却敢于追求自己的理想，敢于反抗封建统治阶级。作为一个没有任何出身背景，连生身父母是谁都不知道的丫鬟，作者却让她位居"金陵十二钗又副册"之首，由此可见曹雪芹对她的评价之高，对她的喜爱之极。

一、晴雯的身世以及基本人物形象

晴雯的一生是悲剧性的一生，她不仅身世可怜，而且含恨而亡。在判词中，作者曹雪芹就已经提到了"身为下贱"这样的字眼。晴雯十岁时被贾府的奴仆赖大买来，成了奴隶下的奴隶，因为"贾母见了喜欢"，就被作为一件小玩意儿"孝敬了贾母"。后来因为晴雯长得乖巧，手工又好，被贾母派到怡红院服侍贾宝玉。直到第七十七回被诬陷，最终被逐，病亡时的年纪也不过是二十出头。她除一个叫吴贵的姑舅哥哥之外，就再也没有亲人，她甚至连自己原来的姓名和父母的样子都记不清了，所以她基本上可以说是一个没有享受过所谓父母之爱和天伦之乐的孤儿。所以说，晴雯的命运是十分悲惨的，令人扼腕叹息！

谈到晴雯的基本形象，首先可以肯定一点的是，晴雯是怡红院中相貌极其出众的一位。曹雪芹在《红楼梦》中虽然没有正面描述晴雯的美丽，但用铺垫、渲染的手法，让我们从间接的描写中就可以看出她的光彩夺目。例如，贾宝玉就曾说晴雯"同一盆才抽出嫩箭来的兰花"，王夫人也曾说晴雯"水蛇腰，削肩膀，眉眼又有些像你林妹妹的"。大观园中美女如云、群芳荟萃，就连丫鬟们也是俏丽甜美、光彩照人。在丫鬟里，袭人也是美丽的，但她是绫罗绸缎、珠光宝气和浓妆艳抹包装出来的美丽，例如第五十一回描写袭人"头上戴着几枝金钗珠钏，倒华丽；又看身上穿着桃红百花刻丝银鼠袄子，葱绿盘金彩绣绵裙，外面穿着青缎灰鼠褂"。而作者对晴雯的描写则截然不同，几乎没有什么关于她头上饰物和身上华丽衣服的突出描写，如第七十四回晴雯见王夫人时，只是"钗軃鬓松，衫垂带褪，有春睡捧心之遗风"而已。这也就是晴雯的美与众多丫鬟的不同之处：与生俱来、不经刻意雕琢、并非庸脂俗粉的美。

晴雯不但在丫鬟里出类拔萃，即使与小姐们纵向比较，她的美也毫不逊色。林黛玉的美是一种病态的美，"一身多病""风吹吹就坏了"。晴雯虽然模样像她，但是一种健康的美，泼辣且富有生气的。薛宝钗是个天生的冷美人，"任是无情也动人""不干己事不张口，一问摇头三不知"，给人一种压抑的感觉。活泼热情的晴雯，则给人一种心旷神怡的感受。晴雯的美，倘若说只是外表，那也没有什么特别的意味，她最能吸引人的地方就在于她的生气，没有任何的顾忌，可以说是漂亮得惊天动地。

二、晴雯的人物性格

晴雯的性格是十分丰富、复杂且又鲜明的。曹雪芹没有把她刻画成一个完美的女子，而是一个有血有肉、优点与缺点并存的丰满人物。她既有天真纯洁、高傲自尊、风流灵巧等积极正面的性格，又有张扬、泼辣、苛刻、脾气暴烈等较为负面的性格，总的来说，主要是纯洁热情、高傲自尊、心灵手巧、疾恶如仇、具有反抗精神，这些在当时的社会环境中是极为难得的，极为可贵的。最能表现其鲜明个性及生活轨迹的故事情节主要有三个：第三十一回的"跌扇撕扇"、第五十二回的"补雀金裘"和第七十四回的"反抄检"。

(一)天真纯洁、疾恶如仇

晴雯天真无邪，朴实无华。《红楼梦》中对她有过这样的描写：她"也不披衣，只穿着小袄"，大寒冷天深更半夜跑到门外开玩笑唬麝月，又伸手到宝玉被子里渥一渥（第五十一回）；与芳官等"在那里抓子儿赢瓜子"玩笑（第六十四回），以及清晨早起，"只穿葱绿院绸小袄，红小衣红睡鞋，披着头发，骑在雄奴身上"，又"和宝玉对抓"（第七十回）。还有将赖大娘送给宝玉的风筝放走（第七十回）等等。晴雯的心地纯洁善良，她的心里容不得一点肮脏。晴雯是很喜欢贾宝玉的，可当宝玉要晴雯和他一块洗澡时，她故意说今儿天凉，她不洗澡了。这也是珍爱自己清白的女儿之身的表现。

也正是由于晴雯心里容不得一点肮脏，她认为其他人也应该和她一样恪尽职守、兢兢业业。如果出现了"不妥之处"，晴雯就觉得很有必要"调教"一番。于是便出现了这样一个有趣的现象：丫鬟姊妹们少有没和她拌过嘴、挨过她打的，老婆子也基本上被她骂遍了。第五十二回中，晴雯一听到坠儿偷了虾须镯，立刻"气的蛾眉倒蹙，凤眼圆睁，即时就叫坠儿"。尽管宝玉劝了又劝，晴雯到底没能忍住，没过多久就将坠儿叫到身旁，"冷不防欠身一把将他的手抓住，向枕边取了一丈青，向他手上乱戳，口内骂道：'要这爪子作什么？拈不得针，拿不动线，只会偷嘴吃。眼皮子又浅，爪子又轻，打嘴现世的，不如戳烂了！'"晴雯的疾恶如仇由此可见一斑。

(二)自卑自重、高傲自尊

晴雯身世卑微，让她或多或少地有自卑心理，这也从另一个侧面激发了她对于自由与平等的渴求。因为"心比天高"，她懂得自省自重。她从不曾也不愿去讨好她的主子，宝玉屋里的小红巴结了王熙凤，她就冷笑讥讽小红"爬上高枝儿"。例如在第三十七回中，秋纹得到王夫人赏的两件衣服而得意忘形时，晴雯笑道："呸！没见世面的小蹄子！那是把好的给了人，挑剩下的才给你，你还充有脸呢。……一样这屋里的人，难道谁又比谁高贵些？把好的给他，剩下的才给我，我宁可不要，冲撞了太太，我也不受这口软气。"

高傲、自尊在晴雯与贾宝玉的关系中可窥一斑。第三十一回"撕扇子作千金一笑"中，宝玉参加宴会归来，因金钏儿被逐，又因挨了宝钗的讥讽，心中闷闷不乐，偏偏此时晴雯上来为宝玉换衣时失手跌折了扇股，宝玉便借此出气，责骂晴雯为蠢材，并训斥了一番。晴雯也不甘示弱顶起嘴来，她之所以敢和宝玉如此，是因为她和宝玉之间有着密切的友谊，让她感觉到精神上的平等，而现在宝玉却一反常态，这就让晴雯格外伤心。晴雯的伤心，是因宝玉挫伤了她的自尊心，损害了他们之间那种平等相处的友谊，而这种真情也只有宝玉能够省悟，于是便有了紧接着的"撕扇"这一《红楼梦》中最动人的情节。此时的宝玉满怀歉意，比平日更显得谦和和宽容，他对晴雯说："那扇子原是扇的，你要撕着玩也可以使得。"这里的隐含之意实际上是只要你高兴就成。没想到晴雯果真痛快利落地几下撕碎了宝玉的扇子，接着又撕碎了宝玉从麝月手中抢过来递到她手中的扇子。伴随着"嗤、嗤、嗤"的响声，他们二人都放声大笑。在这里不难看出，晴雯是借撕扇之事来寻求心理上的平衡，来证明宝玉对她的情谊并未有所改变。在这笑声中，宝玉趾高气扬的主子身份消失了，晴雯也为自己找回了尊严，晴雯的自由个性和自身价值得到了认可和尊重。

（三）英勇果敢、心灵手巧

最能体现晴雯"风流灵巧"的是第五十二回"勇晴雯病补雀金裘"，这一章节与撕扇一节遥相呼应，一撕一补，重在反映晴雯身上的那个"勇"字，充分显现她的心灵手巧。贾母赏给宝玉一件产自"哦啰嘶国"用孔雀毛拈了线后织成的雀金裘，这件披衣堪称稀世珍宝。不料宝玉刚披上就被手炉中迸出的炭火烧了一个指顶大的洞。恰巧第二天是正日子，老太太嘱咐了要穿这个去见她。宝玉心急火燎，让婆子拿出去缝补，能工巧匠们没有一个敢揽这个活。此时的晴雯正生着病，"只觉头重身轻，满眼金星乱迸，实实撑不住。若不做，又怕宝玉着急，少不得恨命咬牙挨着。"她带着病体，补不上三五针，便伏在枕上歇一会。即便这样，她还担心宝玉，见宝玉不过意，围着她打转，急得央道："小祖宗！你只管睡罢。再熬上半夜，明儿把眼睛抠搂了，怎么处！"而她自己则撑到天明补完时，已经是精疲力竭。晴雯之所以拼命，纯粹是因为一种为朋友两肋插刀的豪侠之气，颇具"士为知己者死"的风度，难怪连曹雪芹都要称她为"勇晴雯"。在古代文献中，"勇"除了有勇敢、勇猛的意思，还有果敢决断的意思。晴雯抱病补裘，表现出了一种毫不动摇、坚决要把一件事情完成的性格，而这样的至情至性又是纯真无邪的。

（四）脾气暴烈、大胆叛逆

在第五十二回中，平儿曾说过晴雯是块爆炭，事实也正像平儿所想的那样。在第七十四回"惑奸谗抄检大观园"中，袭人、秋纹之辈听闻抄检，吓得唯唯诺诺，开箱子，打包袱，听之任之，毫无怨言。再看看晴雯，先是不开箱，然后是"挽着头发闯进来，'豁'一声将箱子掀开，两手捉着，底子朝天往地下尽情一倒，将所有之物尽都倒出"，这大胆的举措，连奴才"王善保家的也觉没趣"。这愤怒的一"掀"一"倒"，似当头一棒，不只击在了王善保家的身上，更击在王熙凤、王夫人等贾府贵族的身上，简直让他们"心惊肉跳"。脾气暴烈是晴雯性格中的负面东西，但是从另一个侧面上看，一个弱女子能把抗争的矛头直指黑暗的封建统治势力，实在是令人可叹可敬！

晴雯另一个性格特点就是具有反抗精神，具体来说就是她那英勇刚毅、蔑视权贵、敢怒敢言、坚贞不屈的叛逆性格，这在很多事中都能看出来。如在第七十七回晴雯被逐后"四五日水米不曾沾牙"，但她仍是决不屈挠，决不向黑暗的封建统治势力低头。她曾这样对宝玉说："只是一件，我死也不甘心的：我虽生的比别人略好些，并没有私情密意勾引你怎样，如何一口死咬定了我是个狐狸精！"晴雯带着自己忠贞不渝的风骨，带着对黑暗的封建统治势力的满腔愤恨死了。临死前,她"将左手上两根葱管一般的指甲齐根铰下",并"将贴身穿着的一件旧红绫袄脱下",一并交给宝玉收藏纪念,并坦然道:"回去他们看见了要问,不必撒谎,就说是我的。既担了虚名,越性如此,也不过这样了。"这里的晴雯所谓的"他们",不仅指袭人之流,当然也包括王熙凤和王夫人。

三、晴雯与《红楼梦》中其他人物的性格比较

(一)晴雯与宝玉

宝玉生命中志同道合的伴侣自然是黛玉,除她之外,宝玉最信赖的人就是晴雯了。在《红楼梦》一书中屡次表示出贾宝玉与薛宝钗的人生观的抵触,宝玉又总想挣脱袭人的束缚。因此宝玉尽管重视宝钗之才,羡慕宝钗之貌,享受袭人的服侍,承认袭人的尽心,可是他的内心深处,对宝钗、袭人是疏远的。麝月、秋纹都是宝玉所说是袭人"陶冶教育的",那么除了晴雯,谁是真正能和宝玉内心共鸣的呢?当宝玉挨打之后,急需有人去与黛玉一通消息,而这一使者,只有晴雯,也就足见晴雯在宝玉心中的地位了。应该说,宝玉与晴雯名为主仆,实为精神上的朋友。宝玉所欣赏的就是晴雯身上自然、任性、没有雕饰且毫不虚掩的那种独特气质。

(二)晴雯与黛玉

"晴为黛影",这句话是有几分道理的。晴雯在相貌、气质以及命运上都和黛玉有几分相似之处。晴雯冰雪聪明,资质极佳,可惜她只是个丫鬟,没有资格学什么琴棋书画,否则才情不会在钗、黛二人之下。即便如此,她的针线在一大群心灵手巧的丫鬟之中还是很出众的。晴雯的命运即为黛玉命运的暗示,她们二人的命运其实是殊途同归的。在第六十三回"寿怡红群芳开夜宴"中,在场的丫鬟小姐全都占了花名,唯独没写晴雯所占花名,因为林黛玉已经掣了一枝"芙蓉签"在手。在此曹雪芹已有意将二人命运统一,暗寓于芙蓉之中,即以芙蓉花代表黛、晴二人的共同命运。后来晴雯死了,宝玉悲痛地对黛玉说:"素日你又待他甚厚"。这一句话透露出黛玉和晴雯的深厚感情,也说明在那封建堡垒里,这一对爱人和那一位朋友,在叛逆精神的契合上是紧紧结合在一起的。

当然,晴雯和黛玉的相似之处还可以找出很多,但个性的东西不能被共性掩盖。晴雯是晴雯,黛玉是黛玉,虽然晴雯在某些方面可以影射黛玉,但她并不等于黛玉,两个人有本质上的区别。如果说林黛玉是一株清雅绝俗的仙草,那么晴雯堪比草叶上的一颗露珠,映射仙草,却不等同于仙草。虽然两个人都可算是在尘世匆匆而过的世外仙姝,是清高寂寞的,但晴雯更为要强、勇敢、自尊,她从来没有向命运低过头。

(三)晴雯与袭人

宝玉显然是很喜欢晴雯的,并对晴雯似乎有些纵容。晴雯像是一匹没有上笼套的小马,而宝玉对她的纵容,就给她暂时提供了一片自由驰骋的天地。同时,她又像个娇纵的小孩子,心里有什么就说什么,从不知道掩饰。而袭人则更具一些成人的特征,处世比较温和、圆通、隐忍。她挨了宝玉的"窝心脚",也不多说什么,这不禁让人有些怜悯。袭人没有太高的理想,她的目标很实际,那就是做宝玉的屋里人。因此,晴雯和袭人从内心来讲并没有什么本质的区别,只不过一个是毫不掩饰自己的感受,一个是把它压在心底罢了。晴雯自始至终都表现着被压迫在封建统治下反抗者的本质——骨气。晴雯性格中最明显、最突出的特

征是身为奴才,却坚决反对奴才们谄媚主子、出卖自己的卑劣品质,简单地说,就是反奴性。这是袭人所不具备的。

(四)晴雯与探春

这两个人物之间可能没有过多的可比性,一个是小丫鬟,一个是大小姐,但两人都有对世俗的反抗,在"抄检大观园"中可见端倪。在王善保家的怀揣王夫人的旨意大摇大摆地闯入大观园抄检时,丫鬟中独有晴雯不予配合。这对急于以抄检来摆脱治家不严、教子无方的尴尬境地的王夫人来说,无疑是一种挑战,一种极度的蔑视。而纵观整个抄检过程,只有探春和晴雯敢于反抗抄检。晴雯的反抗是掀箱子,探春的反抗则是不允许搜她的丫头。探春的反抗也许还有着主子身份不容侵犯的优越感和对贾府封建家庭的失望。敢于以奴才身份公然反抗的唯有晴雯,甚至连一向"孤高傲僻"的林妹妹也不曾有什么反抗,实在是难得,也更映射出了晴雯人格的可贵之处。

四、晴雯悲剧命运探析

晴雯的命运是一个悲剧。其悲剧命运的出现,除了历史背景、社会环境等客观原因,个人的性格、意志不符合客观实际等主观原因也是造成悲剧的重要因素。晴雯出身低贱却渴望着平等与自由,这种"身"与"心"之间无法弥合的差距,构成了她性格与命运的对立和冲突,而这种"身"与"心"的不平衡状态使她最终付出了生命的代价,这是值得人们深思的。

(一)晴雯的美丽是造成悲剧的直接原因

晴雯的"心比天高,命比纸薄"最直接的原因就源于她的"风流灵巧"。本来,漂亮而又能干的女孩理应有更多生活的欢乐和美好的前程。无奈,晴雯生不逢时。在封建专制的社会中,在贾府那样的尊卑分明的环境里,一个丫头的"风流灵巧"恰恰又成了她悲剧命运的根源。也正是她的美丽,使她自恃清高,虚妄地追求着一种不切实际的平等。在等级制度森严的封建社会,她的这种反叛精神必将遭到统治阶级的残酷镇压。在晴雯被逐出大观园后,宝玉也曾哭着对袭人说:"我究竟不知晴雯犯了何等滔天大罪!"袭人道:"太太只嫌他生的太好了,未免轻佻些。在太太是深知这样美人似的人必不安静,所以恨嫌他,像我们这粗粗笨笨的倒好。"这里自谦"粗笨"的袭人,倒是一下子击中了王夫人等人的心理。在她们的阶级偏见中,地位卑下的丫头生得太好了,就一定轻佻,这本身就是罪过,更何况美丽又有本事,那就是罪上加罪了。王夫人曾对贾母就晴雯的事说过:"况且有本事的人,未免就有些调歪"。她一一检示过大观园的丫头,凡不顺眼的都赶了出去。然后,到贾母处讲的却是晴雯得了"女儿痨"(女性青春期结核病)。她不敢说晴雯有什么行为不端处,是因为知道贾母将晴雯放在大观园的道理,贾母信得过晴雯的清白。如此一来,贾母虽着实惋惜一回,却也是没有法子了。至此,我们也终于明白了"风流灵巧"的晴雯,会如此"招人怨",以致被置之死地而后快了。

(二)晴雯的叛逆是造成悲剧的间接原因

专制制度从来是"顺民性格"的制造者,对于被他们奴役的人来说,就只能顺从、安分、规规矩矩,倘若有些许反叛,都会被当作大逆不道而遭到扼杀,千百年来等级森严的社会制度麻木了多少渴望平等和自由的灵魂。鲁迅曾说:"然而自己明知道是奴隶,打熬着,并且不平着,挣扎着,一面'意图'挣脱以至实行挣脱的,即使暂时失败,还是套上了镣铐罢,他却不过是单单的奴隶。如果从奴隶生活中寻出

'美'来，赞叹，抚摩，陶醉，那可简直是万劫不复的奴才了，他使自己和别人永远安住于这生活。"在"抄检大观园"时，晴雯的这种性格与心态表现得更为充分。她的这种大胆反抗，表面上虽然是对着王善保家的，实际上还对着王夫人。所以当王善保家的抬出王夫人这一"尊神"来震慑压服她的时候，越发火上浇油，指着王善保家的的脸说道："你说你是太太打发来的，我还是老太太打发来的呢！太太那边的人我也都见过，就只没看见你这么个有头有脸大管事的奶奶。"可以说，"反抄检"是表现晴雯悲剧性格最动人的篇章。晴雯疾恶如仇、心直口快，具有反抗精神的这种性格，使许多读者为之赞叹，也正是她这种特立独行的性格，导致了她最后可悲而凄婉的死亡。一个小人物，在那种社会环境中，要想快意人生，简直是一种奢望，晴雯的悲剧就在这里。正所谓"木秀于林，风必摧之"，晴雯那与封建礼教格格不入的个性，最终招致了封建卫道者的诽谤污蔑，从而断送了她美丽年轻的生命，只留下多情公子的一番牵念。

（三）令人窒息的封建制度是造成悲剧的根本原因

奴婢制度是一种萎缩了的奴隶制度，是封建社会的副产物及补充。清代中叶，蓄奴现象较为严重，《红楼梦》对此进行了大量的揭露。贾府的奴婢很多，主要来源有两种：一种是所谓的世代传袭的"家生子"，另一种是因偿还不起债务而被迫出卖的。晴雯就属于后一种。奴婢们的反抗斗争是令主子们"心惊肉跳"的，于是他们便利用手中的特权加以镇压，来维护其摇摇欲坠的统治，以便苟延残喘，"抄检大观园"即是镇压的开端。在这里，那个"水蛇腰，削肩膀，眉眼又有些像你林妹妹的"晴雯，着实令王夫人恐慌了好一阵。其实，王夫人恐慌的并非晴雯标致的模样"有些像你林妹妹"，而是她的叛逆性格可能"勾引坏了"宝玉，使宝玉"误入歧途"、断了祖宗基业，因而大肆屠戮，不仅驱逐了晴雯，还"洗劫"了怡红院，"净化"了宝玉身边的人，最终将悲剧扩大延伸，冷酷凶残地拆散了"木石姻缘"的宝玉和黛玉。晴雯结局是悲惨的，她纯洁、清白的生命承受不起传统势力与邪恶势力的双重打击，最终成了彻底的牺牲者，成了曹雪芹笔下受屈辱最大的一位女性。晴雯虽有"心比天高"的自我追求，但终难摆脱"身为下贱"的社会地位的牵制，最终成为现实社会的牺牲品，引起我们深深的同情和对社会历史深刻的反思。

晴雯是美丽的，也是天真无邪、自尊自爱、大胆叛逆的。她有天使的脸庞，如芙蓉花般亭亭玉立，她是大观园中最美丽、最光彩照人的丫鬟。晴雯在平时的生活中，她活泼好动；在别人有困难时，她会热情帮助；在尊严受到侵犯时，她会毫不犹豫地去捍卫……这些在当时的社会环境中是非常难得和可贵的。晴雯的这种鲜明的个性不知赢得了多少读者的喜爱和敬佩，可在当时的社会却容不下这样一个天真活泼、追求自由的女孩儿，使她最终沦为当时社会的牺牲品。她个人的性格、意志不符合客观实际等主观原因是造成悲剧的重要因素，而罪魁祸首是当时腐朽的封建制度。一个活泼的、"不合规矩"的女子，纵然天真可爱，但在当时的社会注定了是要被摧残的。晴雯死了，但她有知己为她伤心落泪，为她撰写诔文，又有作者为她安排一个司掌芙蓉花神的浪漫归宿。她的死，不仅仅是贾宝玉的悲哀，更是那个时代的悲哀，是那个时代对真、善、美的无情摧残的悲哀。

（分值:50分　时间:50分钟）

一、阅读下面的文字,完成后面的题目。(19分)

材料一:

《红楼梦》中的诗词写得很好,可是不能够跟很正式的诗人的诗词相比。怎么样分别高下?

现在有诗两首,是清末民初的一个真正的诗人写的诗,写的是《落花》诗。而在《红楼梦》中写得最长最动人的是林黛玉的《葬花吟》。林黛玉的《葬花吟》很长,我只引前几句与结尾几句,我把林黛玉所写的落花、葬花与真正的诗人所写的《落花》诗做一个比较,大家就能知道《红楼梦》中的诗词在《红楼梦》中是好的,但不能和一般的正统诗词相比,差别究竟在哪里?

林黛玉的《葬花吟》大家都比较熟悉:"花谢花飞花满天,红消香断有谁怜? 游丝软系飘春榭,落絮轻沾扑绣帘。"这里说道:"花谢花飞花满天",漫天飞花,所有的花都落了。冯正中的一首词中说道:"梅落繁枝千万片",梅花落了,从繁茂盛开的枝头飘落,千千万万片梅花一片一片地飘落了,而纵然落了,它"犹自多情,学雪随风转"。纵然生命到了飘落的时候,可仍然表现得如此多情,在从枝头向地面落下的过程中,她要在空中舞出一个旋转的过程。冯正中的词给人一种言外的感发,而林黛玉写的只是一层感动。

最后林黛玉写道:"怜春忽至恼忽去,至又无言去不闻"。我爱怜春天,她忽然间来了,我满心欢喜;忽然间她又走了。来时没有一句话,走时也没有一句话。这句诗写得非常动人,非常直接,非常浅白。

李后主也曾写过一首词《相见欢》:"林花谢了春红,太匆匆。无奈朝来寒雨晚来风。胭脂泪,相留醉,几时重? 自是人生长恨水长东。"这一份悲哀写得很好。而李后主的哀悼春天消逝的词与林黛玉的诗有所不同。李后主使用很短的句子,整首词非常精练,因为其短和精练,所以从落花写起而结合了人生,具有象喻性。而林黛玉的《葬花吟》是铺展的,有很多点缀修饰,反而把主题冲淡了,写葬花就是葬花,是个人的事件。李后主写的凝聚在一起,在短短一首词中表现人生:"林花谢了春红",春天是红色的,珍贵美好,"太匆匆",花落匆匆,人生消失得太匆匆,人生本来短暂,何况在短暂的人生中,有这么多悲哀,这么多痛苦,有这么多挫折和打击。"无奈朝来寒雨晚来风",今天树上还有几朵残花,"胭脂泪,相留醉",每朵花像女子的红颜,花上的雨点就好像泪珠,这样带着泪的花朵留人醉,她让我为她再喝一杯酒,"胭脂泪,相留醉,几时重?"因为明天这朵花也许就不在了,但花还会再开,然而"君看今日树头花,不是去年枝上朵",即使明年再有花开也不是今年这朵了,这朵花永远不会回来了,所以"自是人生长恨水长东"。

《红楼梦》中的诗词写得很好,曹雪芹托拟林黛玉的身世,以林黛玉的年龄写的《葬花吟》也很好。但如果真与中国大诗人、词人的诗词相比,像杜甫说的"一片花飞减却春",就知道层次的不同,哲理的深浅,幽微曲折,言外意思的多少是有所不同的。真正优秀的诗和词想必是多层次而富有哲理,幽微曲折中包含言外之意的。

(摘编自叶嘉莹《漫谈〈红楼梦〉中的诗词》)

材料二：

我曾说《红楼梦》带有诗的素质，我后来想起鲁迅老早就说过了，说《红楼梦》是"无韵之离骚"，离骚当然是一首长诗了，鲁迅这句话是赞赏得最恰当不过了。《红楼梦》不用韵，但是有诗的内涵，所以鲁迅这句话实际上已经说在前头了。

你闭起眼睛想想《红楼梦》写到薛宝琴穿一件大红斗篷，站在雪地里，贾母远远看到，说，你们看像什么？众人说，这像仇十洲画的一幅画，雪中的美人。这意境是诗的意境，又是画的意境。

《红楼梦》最了不起的，是里面描写的人物都是独特的，个性非常鲜明突出。你闭着眼睛想象，晴雯跟袭人就无法混淆，林黛玉跟薛宝钗也无法混淆，王熙凤跟其他人也无法混淆。

比如"冷月葬诗魂"，"诗魂"是指林黛玉。我曾经有过文章分析，林黛玉本身并不仅仅因为漂亮，她有诗人的气质，所以曹雪芹是给她写了一句"冷月葬诗魂"。而且这一句带有一种预言的性质，预示她的悲剧的命运，是在凄凉冷落中去世的。庚辰本上是"冷月葬死魂"，旁边原笔改的"诗"，后来我在列宁格勒（今称圣彼得堡）发现苏联的本子上也是"冷月葬诗魂"。还有程甲本，也是"冷月葬诗魂"。"冷月葬诗魂"是对的。

《红楼梦》尽管是用散文写的，创造的很多意境是具有诗的意境的，自始至终，从第一回到八十回一直贯穿下来。后面的四十回当然就差多了，有艺术敏感，有艺术经验的人读到后四十回，味道就走了样了，就不是那么耐人寻味了。

（摘编自冯其庸《风雨平生：冯其庸口述自传》）

1. 下列对材料相关内容的理解和分析，不正确的一项是（　　）。（3分）

A. 林黛玉与冯正中写"落花"有差别，差别在于冯正中的词给人一种言外的感发，而林黛玉的只是一层感动。

B. 李后主的《相见欢》因为从落花写起而结合了人生，所以在运用到短小而精练的句子时，写悲哀写得很好。

C. 杜甫的"一片花飞减却春"形象地说明了《红楼梦》中的诗词和大诗人、词人的相比有所不同的多种原因。

D. 《红楼梦》带有诗的素质，具有诗性美，有很多意境是诗的意境，其人物个性非常鲜明突出，有诗人气质。

2. 根据材料内容，下列说法正确的一项是（　　）。（3分）

A. 《红楼梦》的诗词写得很好，但是不能和一般的正统诗词相比，它们之间有着巨大而明显的差别。

B. 林黛玉的《葬花吟》是铺展的，有很多点缀修饰，而李后主的《相见欢》非常精练，因此李后主写的"落花"更好。

C. 《红楼梦》不用韵，不是诗歌体裁，但有诗的内涵；鲁迅曾赞赏《红楼梦》是"无韵之离骚"。

D. "冷月葬诗魂"中的"诗魂"是指林黛玉，林黛玉的美貌和诗人气质，使这句诗决定了其悲剧命运。

3. 结合材料内容，下列选项中最能从正面体现材料观点的一项是（　　）。（3分）

A. 态生两靥之愁，娇袭一身之病。

B. 昨夜闲潭梦落花，可怜春半不还家。

C. 远看城墙齿锯锯，近看城墙锯锯齿。

D. 赤日炎炎似火烧，野田禾稻半枯焦。

4. 请简要分析材料一的论证手法。（4分）

_____

_____

_____

5. 结合材料一、二,叶嘉莹与冯其庸在诗词这一层面,对《红楼梦》的看法是否矛盾?请谈谈你的理解?(6分)

_____
_____
_____
_____

二、阅读下面的文字,完成后面的题目。(18分)

文本一:

至晚饭后,待贾母安寝了,宝钗等入园时,王善保家的[注]便请了凤姐一并入园,喝命将角门皆上锁,便从上夜的婆子处抄检起,不过抄检出些多馀攒下蜡烛灯油等物。王善保家的道:"这也是赃,不许动,等明儿回过太太再动。"于是先就到怡红院中,喝命关门。当下宝玉正因晴雯不自在,忽见这一干人来,不知为何直扑了丫头们的房门去,因迎出凤姐来,问是何故。凤姐道:"丢了一件要紧的东西,因大家混赖,恐怕有丫头们偷了,所以大家都查一查去疑。"一面说,一面坐下吃茶。王善保家的等搜了一回,又细问这几个箱子是谁的,都叫本人来亲自打开。袭人因见晴雯这样,知道必有异事,又见这番抄检,只得自己先出来打开了箱子并匣子,任其搜检一番,不过是平常动用之物。随放下又搜别人的,挨次都一一搜过。到了晴雯的箱子,因问:"是谁的,怎不开了让搜?"袭人等方欲代晴雯开时,只见晴雯挽着头发闯进来,"豁"一声将箱子掀开,两手捉着,底子朝天往地下尽情一倒,将所有之物尽都倒出。王善保家的也觉没趣,看了看,也无甚私弊之物。回了凤姐,要往别处去。凤姐儿道:"你们可细细的查,若这一番查不出来,难回话的。"众人都道:"都细细翻看了,没什么差错东西。虽有几样男人物件,都是小孩子的东西,想是宝玉的旧物件,没甚关系的。"凤姐听了,笑道:"既如此咱们就走,再瞧别处去。"

说着,一径出来,因向王善保家的道:"我有一句话,不知是不是。要抄检只抄检咱们家的人,薛大姑娘屋里,断乎检抄不得的。"王善保家的笑道:"这个自然。岂有抄起亲戚家来。"凤姐点头道:"我也这样说呢。"一头说,一头到了潇湘馆内。黛玉已睡了,忽报这些人来,也不知为甚事。才要起来,只见凤姐已走进来,忙按住他不许起来,只说:"睡罢,我们就走。"这边且说些闲话。那个王善保家的带了众人到丫鬟房中,也一一开箱倒笼抄检了一番。因从紫鹃房中抄出两副宝玉常换下来的寄名符儿,一副束带上的披带,两个荷包并扇套,套内有扇子。打开看时皆是宝玉往年往日手内曾拿过的。王善保家的自为得了意,遂忙请凤姐过来验视,又说:"这些东西从那里来的?"凤姐笑道:"宝玉和他们从小儿在一处混了几年,这自然是宝玉的旧东西。这也不算什么罕事,撂下再往别处去是正经。"紫鹃笑道:"直到如今,我们两下里的东西也算不清。要问这一个,连我也忘了是那年月日有的了。"王善保家的听凤姐如此说,也只得罢了。

又到探春院内,谁知早有人报与探春了,探春也就猜着必有原故,所以引出这等丑态来,遂命众丫鬟秉烛开门而待。一时,众人来了。探春故问何事。凤姐笑道:"因丢了一件东西,连日访察不出人来,恐怕旁人赖这些女孩子们,所以越性大家搜一搜,使人去疑,倒是洗净他们的好法子。"探春冷笑道:"我们的丫头自然都是些贼,我就是头一个窝主。既如此,先来搜我的箱柜,他们所有偷了来的都交给我藏着呢。"说着便命丫头们把箱柜一齐打开,将镜奁、妆盒、衾袱、衣包若大若小之物一齐打开,请凤姐去抄阅。凤姐陪笑道:"我不过是奉太太的命来,妹妹别错怪我。何必生气。"

因命丫鬟们快快关上。

平儿丰儿等忙着替待书等关的关，收的收。探春道："我的东西倒许你们搜阅，要想搜我的丫头，这却不能。我原比众人歹毒，凡丫头所有的东西我都知道，都在我这里间收着，一针一线他们也没的收藏，要搜所以只来搜我。你们不依，只管去回太太，只说我违背了太太，该怎么处治，我去自领。你们别忙，自然连你们抄的日子有呢！你们今日早起不曾议论甄家，自己家里好好的抄家，果然今日真抄了。咱们也渐渐的来了。可知这样大族人家，若从外头杀来，一时是杀不死的，这是古人曾说的'百足之虫，死而不僵'，必须先从家里自杀自灭起来，才能一败涂地！"说着，不觉流下泪来。

（节选自《红楼梦脂评汇校本》第七十四回："惑奸谗抄检大观园　矢孤介杜绝宁国府"）

【注】王善保家的：荣国府大房太太邢夫人的陪房，也是邢夫人的心腹。

文本二：

但它有些地方又有夸张，有些地方它又有牵强附会，有些地方它又有拉扯，还有些地方甚至于你感觉到是曹雪芹借着人物的口来讲他要说的话。比如说抄检大观园的时候，探春突然讲了一段话。像我们这样的家道要完蛋也还得有个过程，但是呢我们会自杀自灭，果然现在自杀自灭了，这说明我们这个家完了。那段的纲上得太高了。这个批判呢，太高了，你怎么看，那个探春那个时候她不至于这么刺激。探春并不是离经叛道之人，她敢上这么高的纲，从根本上把荣国府的命运给否定了。我怎么看这句话是曹雪芹的话，不是探春的话。小说家他是"假语村言"，它里头有许多东西并不是照相式的，摄影式的对现实的记录和反映，但同时呢它的最根本的东西，它又是从人生的刻骨铭心的记忆感受到的，所以它叫作"一把辛酸泪"。

（节选自王蒙《〈红楼梦〉的"言"与"味"》）

6. 下列对文本相关内容的理解，不正确的一项是（　　）。（3分）

A. 抄检大观园选择在贾母安寝和众人入园之后，一方面是担心惊扰到贾母，另一方面也是要尽量做到全面检查，防止通风报信，有所遗漏。

B. 王善保家的在抄检大观园时多次"喝命"手下人，据此可以看出其平常就狗仗人势，稍有权力就要欺压别人。

C. 凤姐在面对宝玉和探春的询问时，都选择撒谎说丢了一件东西，这表现出她左逢源、圆滑世故和欺上瞒下的性格特征。

D. 探春对抄检之事早得信息、有所准备，可以看出她心思缜密，颇有管理才干，同时也表现出她刚毅果敢、敢于反抗的性格。

7. 下列对文本艺术特色的分析鉴赏，不正确的一项是（　　）。（3分）

A. 袭人和晴雯两人面对抄检的反应截然不同，一个是"任其搜检"，逆来顺受；一个是"尽情一倒"，表达了蔑视和反抗，两人形成鲜明对比。

B. 凤姐与王善保家的在不搜查蘅芜苑一事上达成共识，虽一笔带过，但隐藏的信息极为丰富，某种程度上暗示了薛家举足轻重的地位。

C. 宝玉的旧物件在怡红院和潇湘馆的丫鬟们房中被搜查出来，与书中宝玉赠物的情节形成照应，主要是要表现宝玉的叛逆思想。

D. 《红楼梦》一书中贾家和甄家是照应着来写的，探春以甄家抄家之事来指斥抄检大观园这件事，暗示了贾家将像甄家一样走向败落。

8. "王善保家的"这一人物在设置上有何作用？请结合文本一简要分析。(6分)

9. 材料二中，王蒙认为抄检大观园的时候，探春"不至于这么刺激"，所以探春突然讲"自杀自灭"这种话是"纲上得太高了"。请根据材料一及你对《红楼梦》的理解，对此提出反对意见。(6分)

三、阅读下面的文字，完成后面的题目。(13分)

　　《红楼梦》的语言，可以说是集我国古白话文学之大成。曹雪芹的三寸柔毫，____①____，写尽了人间冷暖、世态炎凉，触及了整个封建社会的经济基础、上层建筑。他不仅写了封建家族的"花柳繁华地，富贵温柔乡"和"运终数尽，不可挽回"的历史命运，展示了贵族社会的种种矛盾和污秽的生活细节，还广泛地描绘了当时官场、庙宇、农家、市民生活及风土人情，为我们提供了封建社会的全部历史。

　　文学语言的重要任务是塑造典型形象，"真实地再现典型环境中的典型人物"。《红楼梦》的作者用生动明快、独具个性的语言，塑造了一系列丰满、深刻的典型：有阴险狠毒、嘴甜心苦的地主阶级的典型(王熙凤)；有____②____的封建卫道士的典型(▲)；有钻营无耻的官僚政客的典型(▲)；有封建阶级叛逆者的典型(贾宝玉)；有"意识到自己奴隶地位而与之作斗争的"奴隶的典型(晴雯)；也有"津津乐道地赞赏美妙的奴隶生活并对和善的好心主人感激不尽"的奴才的典型(袭人)……这些典型是"一定的阶级和倾向的代表，因而也是他们时代的一定思想的代表"。从他们身上全面深刻地表现了当时社会生活的广阔画卷和封建社会各阶层的本质；而这一切，不能不归功于作者的艺术匠心和卓越的语言才华。

10. 请在文中横线处填入恰当的成语。(2分)

11. 请在文中"▲"填入恰当的人物。(2分)

12. 下列各句中的引号，与"花柳繁华地，富贵温柔乡"引号作用相同的一项是(　　)。(3分)
A. 王褒的名句"秋风吹木叶，还似洞庭波"，则其所受的影响更是显然了。
B. 云就像是天上的"招牌"：天上挂什么云，就将会出现什么样的天气。
C. 在斜对六的豆腐店里确乎终日坐着一个杨二嫂，人们都叫她"豆腐西施"。
D. "大师"们捧着几张古画和新画，在欧洲各国一路地挂过去，叫作"发扬国光"。

13. 文中画横线的句子有语病，请做修改，使语言表达准确流畅。可少量增删词语，但不得改变原意。(6分)

两舵手

(贾母与刘姥姥)

【事件】

主心骨

刘姥姥一进贾府

（第六回）按荣府中一宅中合算起来，人口虽不多，从上至下也有三四百丁；事虽不多，一天也有一二十件，竟如乱麻一般，并没个头绪可作纲领。正寻思从那一件事、自那一个人写起方妙，恰好忽从千里之外、芥豆之微、小小一个人家，因与荣府略有些瓜葛，这日正往荣府中来，因此便就此一家说来，倒还是头绪。

方才所说的这小小一家，乃本地人氏，姓王，祖上曾作过小小的一个京官，昔年曾与凤姐之祖、王夫人之父识认，因贪王家的势利，便连了宗，认作侄儿。那时只有王夫人之大兄、凤姐之父与王夫人随在京中的，知有此一门远族，馀者皆不识认。目今其祖已故，只有一个儿子，名唤王成。因家业萧条，仍搬出城外原乡中住去了。王成新近亦因病故，只有其子，小名狗儿，亦生一子，小名板儿。嫡妻刘氏，又生一女，名唤青儿。一家四口，仍以务农为业，因狗儿白日间又作些生计，刘氏又操井臼等事，青板姊妹两个无人看管，狗儿遂将岳母刘姥姥接来一处过活。这刘姥姥乃是个久经世代的老寡妇，膝下又无儿女，只靠两亩薄田地度日。如今女婿接来养活，岂不愿意，遂一心一计帮趁着女儿女婿过活起来。

因这年秋尽冬初，天气冷将上来，家中冬事未办，狗儿未免心中烦虑，吃了几杯闷酒，在家闲寻气恼，刘氏不敢顶撞。因此刘姥姥看不过，乃劝道："姑爷，你别嗔着我多嘴。咱们村庄人，那一个不是老老诚诚的，多大碗吃多大的饭？你皆因年小时，托着你那老家的福，吃喝惯了，如今所以把持不住。有了钱就顾头不顾尾，没

贾母元宵开夜宴

（第五十三回）只见贾府人分昭穆排班立定：贾敬主祭，贾赦陪祭，贾珍献爵，贾琏贾琮献帛，宝玉捧香，贾菖贾菱展拜毯，守焚池。青衣乐奏，三献爵，拜兴毕，焚帛奠酒。礼毕，乐止，退出。众人围随贾母至正堂上，影前锦幔高挂，彩屏张护，香烛辉煌。上面正居中悬着宁荣二祖遗像，皆是披蟒腰玉；两边还有几轴列祖遗影。贾荇贾芷等从内仪门挨次列站，直到正堂廊下。槛外方是贾敬贾赦，槛内是各女眷。众家人小厮皆在仪门之外。每一道菜至，传至仪门，贾荇贾芷等便接了，按次传至阶上贾敬手中。贾蓉系长房长孙，独他随女眷在槛内，每贾敬捧菜至，传于贾蓉，贾蓉便传于他妻子，又传于凤姐尤氏诸人，直传至供桌前，方传于王夫人。王夫人传于贾母，贾母方捧放在桌上。邢夫人在供桌之西，东向立，同贾母供放。直至将菜饭汤点酒茶传完，贾蓉方退出下阶，归入贾芹阶位之首。

凡从文旁之名者，贾敬为首；下则从玉者，贾珍为首；再下从草头者，贾蓉为首；左昭右穆，男东女西。俟贾母拈香下拜，众人方一齐跪下，将五间大厅，三间抱厦，内外廊檐，阶上阶下两丹墀内，花团锦簇，塞的无一隙空地。鸦雀无闻，只听铿锵叮当，金铃玉珮微微摇曳之声，并起跪靴履飒沓之响。一时礼毕，贾敬贾赦等便忙退出，至荣府专候与贾母行礼。

尤氏上房早已袭地铺满红毡，当地放着象鼻三足鳅沿鎏金珐琅大火盆，正面炕上铺新猩红毡，设着大红彩绣云龙捧寿的靠背引枕，外另有黑狐皮的袱子搭在上面，大白狐皮坐褥，

了钱就瞎生气,成个什么男子汉大丈夫了!如今咱们虽离城住着,终是天子脚下。这长安城中,遍地都是钱,只可惜没人会拿去罢了。在家跳蹋也没中用的。"狗儿听说,便急道:"你老只会炕头儿上混说,难道叫我打劫偷去不成?"刘姥姥道:"谁叫你偷去呢。到底大家想方法儿裁度,不然,那银子钱自己跑到咱家来不成?"狗儿冷笑道:"有法儿还等到这会子呢!我又没有收税的亲戚,作官的朋友,有什么法子可想的?便有,也只怕他们未必来理我们呢!"

刘姥姥道:"这倒不然。谋事在人,成事在天。咱们谋到了,靠菩萨的保佑,有些机会,也未可知。我倒替你们想出一个机会来。当日你们原是和金陵王家连过宗的,二十年前,他们看承你们还好,如今自然是你们拉硬屎,不肯去俯就他,故疏远起来。想当初,我和女儿还去过一遭。他家的二小姐着实响快,会待人的,倒不拿大。如今现是荣国府贾二老爷的夫人。听得说,如今上了年纪,越发怜贫恤老,最爱斋僧敬道,舍米舍钱的。如今王府虽升了边任,只怕这二姑太太还认得咱们。你何不去走动走动,或者他念旧,有些好处,也未可定。只要他发一点好心,拔一根寒毛比咱们的腰还粗呢!"刘氏一旁接口道:"你老虽说得是,但只你我这样个嘴脸,怎么好到他门上去的?先不先,他们那些门上人也未必肯去通报。没的去打嘴现世。"

谁知狗儿名利心甚重,听如此一说,心下便有些活动起来。又听他妻子这番话,便笑接道:"姥姥既如此说,况且当年你又见过这姑太太一次,何不你老人家明日就走一趟,先试试风头再说。"刘姥姥道:"嗳哟哟!可是说的,'侯门深似海',我是个什么东西,他家人又不认得我,我去了也是白去的。"狗儿笑道:"不妨,我教你老一个法子。你竟带了外孙子小板儿,先去找陪房周瑞,若见了他,就有些意思了。这周瑞先时曾和我父亲交过一桩事,我们极好的。"刘姥姥道:"我也知道他的。只是许多时不走动,知道他如今是怎么样?这也说不得了,你又是个男人,又

请贾母上去坐了。两边又铺皮褥,让贾母一辈的两三个妯娌坐了。这边横头排插之后小炕上,也铺了皮褥,让邢夫人等坐了。地下两面相对十二张雕漆椅上,都是一色灰鼠椅搭小褥,每一张椅下一个大铜脚炉,让宝琴等姊妹坐了。尤氏用茶盘亲捧茶与贾母,蓉妻又捧与众老祖母,然后尤氏又捧与邢夫人等,蓉妻又捧与众姊妹。凤姐李纨等只在地下伺候。茶毕,邢夫人等便先起身来侍贾母。贾母吃茶,与老妯娌闲话了两三句,便命看轿,凤姐儿忙上去挽起来。尤氏笑回说:"已经预备下老太太的晚饭。每年都不肯赏些体面用过晚饭过去,果然我们就不及凤丫头不成?"凤姐儿搀着贾母笑道:"老祖宗快走,咱们家去吃去,别理他。"贾母笑道:"你这里供着祖宗,忙的什么似的,那里还搁得住闹。况且每年我不吃,你们也要送去的。不如还送了来,我吃不了留着明儿再吃,岂不多吃些。"说的众人都笑了。又吩咐他:"好生派妥当人夜里看香火,不是大意得的。"尤氏答应了。一面走出来至暖阁前上了轿。尤氏等闪过屏风,小厮们才领轿夫,请了轿出大门。尤氏亦随邢夫人等同至荣府。

这里轿出大门,这一条街上,东一边合面设列着宁国府的仪仗执事乐器,西一边合面设列着荣国府的仪仗执事乐器,来往行人皆屏退不从此过。一时来至荣府,也是大门正厅开到底。如今便不在暖阁下轿了,过了大厅,便转弯向西,至贾母这边正厅上下轿。众人围随同至贾母正室之中,亦是锦裀绣屏,焕然一新。当地火盆内焚着松柏香、百合草。贾母归了座,老嬷嬷来回:"老太太们来行礼。"贾母忙又起身要迎,只见两三个老妯娌已进来了。大家挽手,笑了一回,让了一回。吃茶去后,贾母只送至内仪门便回来,归正坐。贾敬贾赦等领诸子弟进来。贾母笑道:"一年价难为你们,不行礼罢。"一面说着,一面男一起,女一起,一起一起俱行过了礼。左右两旁设下交椅,然后又按长幼挨次归坐受礼。两府男妇小厮丫鬟亦按

这样个嘴脸，自然去不得。我们姑娘年轻媳妇子，也难卖头卖脚去，倒还是舍着我这付老脸去碰一碰。果然有些好处，大家都有益。"当晚计议已定。

次日天未明，刘姥姥便起来梳洗了，又将板儿教训几句。那板儿才亦五六岁的孩子，一无所知，听见带他进城逛去，便喜的无不应承。于是刘姥姥带他进城，找至宁荣街。来至荣府大门石狮子前，只见簇簇的轿马，刘姥姥便不敢过去，且弹弹衣服，又教了板儿几句话，然后徬到角门前。只见几个挺胸叠肚、指手画脚的人，坐在大凳上说东谈西呢。刘姥姥只得徬上来问："太爷们纳福。"众人打量了他一会，便问是那里来的。刘姥姥陪笑道："我找太太的陪房周大爷的，烦那位太爷替我请他出来。"那些人听了，都不瞅瞅，半日方说道："你远远的那墙角下等着，一会子他们家有人就出来的。"内中有一年老的说道："不要误他的事，何苦要他。"因向刘姥姥道："那周大爷已往南边去了。他在后一带住着，他娘子却在家。你要找时，从这边绕到后街上后门上问就是了。"

刘姥姥听了谢过，遂携了板儿，绕到后门上。只见门前歇着些生意担子，也有卖吃的，也有卖顽意物件的，闹烘烘三二十个孩子在那里厮闹。刘姥姥便拉住了一个道："我问哥儿一声，有个周大娘可在家么？"孩子道："那个周大娘？我们这里周大娘有三个呢，还有两个周奶奶，不知是那一行当上的？"刘姥姥道："是太太的陪房周瑞。"孩子道："这个容易，你跟我来。"说着，跳跳蹿蹿的引着刘姥姥进了后门，至一院墙边，指与刘姥姥道："这就是他家。"又叫道："周大娘，有个老奶奶来找你呢。"

周瑞家的在内听说，忙迎了出来，问："是那位？"刘姥姥忙迎上来问道："好呀，周嫂子！"周瑞家的认了半日，方笑道："刘姥姥，你好呀！你说说，能几年，我就忘了。请家里来坐罢。"刘姥姥一壁走，一壁笑说道："你老是贵人多忘事，那里还记得我们了。"说着，来至房中。周瑞家的命

差役上中下行礼毕，散押岁钱、荷包、金银锞，摆上合欢宴来。男东女西归坐，献屠苏酒、合欢汤、吉祥果、如意糕毕，贾母起身进内间更衣，众人方各散出。那晚各处佛堂灶王前焚香上供，王夫人正房院内设着天地纸马香供，大观园正门上也挑着大明角灯，两溜高照，各处皆有路灯。上下人等，皆打扮的花团锦簇，一夜人声嘈杂，语笑喧阗，爆竹起火，络绎不绝。

至次日五鼓，贾母等又按品大妆，摆全副执事进宫朝贺，兼祝元春千秋。领宴回来，又至宁府祭过列祖，方回来受礼毕，便换衣歇息。所有贺节来的亲友一概不会，只和薛姨妈李婶二人说话取便，或者同宝玉、宝琴、钗、玉等姊妹赶围棋抹牌作戏。王夫人和凤姐是天天忙着请人吃年酒，那边厅上院内皆是戏酒，亲友络绎不绝，一连忙了七八日才完了。早又元宵将近，宁荣二府皆张灯结彩。十一日是贾赦请贾母等，次日贾珍又请，贾母皆去随便领了半日。王夫人和凤姐儿连日被人请去吃年酒，不能胜记。

至十五日之夕，贾母便在大花厅上命摆几席酒，定一班小戏，满挂各色佳灯，带领荣宁二府各子侄孙男孙媳等家宴。贾敬素不茹酒，也不去请他，于后十七日祖祀已完，他便仍出城去修养。便这几日在家内，亦是静室默处，一概无听无闻，不在话下。贾赦略领了贾母之赏，也便告辞而去。贾母知他在此彼此不便，也就随他去了。贾赦自到家中与众门客赏灯吃酒，自然是笙歌聒耳，锦绣盈眸，其取便快乐另与这边不同的。

这边贾母花厅之上共摆了十来席。每一席旁边设一几，几上设炉瓶三事，焚着御赐百合宫香。又有八寸来长四五寸宽二三寸高的点着山石布满青苔的小盆景，俱是新鲜花卉。又有小洋漆茶盘，内放着旧窑茶杯并十锦小茶吊，里面泡着上等名茶。一色皆是紫檀透雕，嵌着大红纱透绣花卉并草字诗词的璎珞。……又有各色旧窑小瓶中都点缀着"岁寒三友""玉堂富贵"等鲜花草。

雇的小丫头倒上茶来吃着,周瑞家的又问板儿"长的这么大了",又问些别后闲语,再问刘姥姥:"今日还是路过,还是特来的?"刘姥姥便说:"原是特来瞧瞧你嫂子,二则也请请姑太太的安。若可以领我见一见更好,若不能,便借重嫂子转致意罢了。"

周瑞家的听了,便猜着几分意思。只因昔年她丈夫周瑞争买田地一事,其中多得狗儿之力,今见刘姥姥如此而来,心中难却其意,二则也要显弄自己体面。听如此说,便笑说:"姥姥你放心,大远的诚心诚意来了,岂有个不教你见个真佛去的?论理,人来客至回话,却不与我们相干。我们这里都是各占一枝儿:我们男的只管春秋两季地租子,闲时只带着小爷们出门就完了,我只管跟太太奶奶们出门的事。皆因你原是太太的亲戚,又拿我当个人,投奔了我来,我竟破个例,给你通个信去。但只一件,姥姥有所不知,我们这里又比不得五年前了。如今太太竟不大管事了,都是琏二奶奶当家。你道这琏二奶奶是谁?就是太太的内侄女,当日大舅爷的女儿,小名凤哥的。"刘姥姥听了,罕问道:"原来是他!怪道呢,我当日就说他不错呢。这等说来,我今儿还得见他了。"周瑞家的道:"这个自然的。如今太太事多心烦,有客来了,略可推得去的,也就推过去了,都是这凤姑娘周旋迎待。今儿宁可不见太太,倒得见他一面,才不枉这里来一遭。"刘姥姥道:"阿弥陀佛!这全仗嫂子方便了。"周瑞家的道:"说那里话。俗语说的:'与人方便,自己方便。'不过用我说一句话罢了,害着我什么。"说着,便唤小丫头子到倒厅上悄悄的打听打听,老太太屋里摆了饭了没有。小丫头去了。这里二人又说些闲话。

刘姥姥因说:"这位凤姑娘今年大不过二十岁罢了,就这等有本事,当这样的家,可是难得的。"周瑞家的听了道:"嗐!我的姥姥,告诉不得你呢。这位凤姑娘年纪虽小,行事却比世人都大呢。如今出挑的美人一样的模样儿,少说些有一万个心眼子。再要赌口齿,十个会说话

上面两席是李婶薛姨妈二位。贾母于东边设一透雕夔龙护屏矮足短榻,靠背引枕皮褥俱全。榻之上一头又设一个极轻巧洋漆描金小几,几上放着茶吊、茶碗、漱盂、洋巾之类,又有一个眼镜匣子。贾母歪在榻上,与众人说笑一回,又自取眼镜向戏台上照一回,又向薛姨妈李婶笑说:"恕我老了,骨头疼,放肆,容我歪着相陪罢。"因又命琥珀坐在榻上,拿着美人拳捶腿。

榻下并不摆席面,只有一张高几,却设着璎珞花瓶香炉等物。外另设一精致小高桌,设着酒杯匙箸,将自己这一席设于榻旁,命宝琴、湘云、黛玉、宝玉四人坐着。每一馔一果来,先捧与贾母看了,喜则留在小桌上尝一尝,仍撤了放在他四人席上,只算他四人是跟着贾母坐。故下面方是邢夫人王夫人之位,再下便是尤氏、李纨、凤姐、贾蓉之妻。西边一路便是宝钗、李纹、李绮、岫烟、迎春姊妹等。两边大梁上,挂着一对联三聚五玻璃芙蓉彩穗灯。每一席前竖一柄漆干倒垂荷叶,叶上有烛信插着彩烛。这荷叶乃是錾珐琅的,活信可以扭转,如今皆将荷叶扭转向外,将灯影逼住全向外照,看戏分外真切。窗格门户一齐摘下,全挂彩穗各种宫灯。廊檐内外及两边游廊罩棚,将各色羊角、玻璃、戳纱、料丝,或绣、或画、或堆、或抠、或绢、或纸,诸灯挂满。

廊上几席,便是贾珍、贾琏、贾环、贾琮、贾蓉、贾芹、贾芸、贾菱、贾菖等。贾母也曾差人去请众族中男女,奈他们或有年迈懒于热闹的;或有家内没有人不便来的;或有疾病淹缠,欲来竟不能来的;或有一等妒富愧贫不来的;甚至于有一等憎畏凤姐之为人而赌气不来的;或有羞手羞脚,不惯见人,不敢来的:因此族众虽多,女客来者只不过贾菌之母娄氏带了贾菌来了,男子只有贾芹、贾芸、贾菖、贾菱四个现是在凤姐麾下办事的来了。当下人虽不全,在家庭间小宴中,数来也算是热闹的了。

的男人也说他不过。回来你见了就信了。就只一件，待下人未免太严了些。"说着，只见小丫头回来说："老太太屋里已摆完了饭，二奶奶在太太屋里呢。"周瑞家的听了，连忙起身，催着刘姥姥说："快走，快走！这一下来，他吃饭是一个空子，咱们先等着去。若迟一步，回事的人也多了，难说话。再歇了中觉，越发没了时候了。"说着一齐下了炕，打扫打扫衣服，又教了板儿几句话，随着周瑞家的，逶迤往贾琏的住宅来。

先到了倒厅，周瑞家的将刘姥姥安插在那里略等一等。自己先过影壁，进了院门，知凤姐未下来，先找着了凤姐的一个心腹通房大丫头，名唤平儿的。周瑞家的先将刘姥姥起初来历说明，又说："今日大远的特来请安。当日太太是常会的，今儿不可不见，所以我带了他进来了。等奶奶下来，我细细回明，奶奶想也不责备我莽撞的。"平儿听了，便作了主意："叫他们进来，先在这里坐着就是了。"周瑞家的听了，忙出去领他两个入院来。上了正房台矶，小丫头子打起了猩红毡帘，才入堂屋，只闻一阵香扑了脸来，竟不辨是何香味，身子如在云端里一般。满屋里之物都是耀眼争光，使人头悬目眩，刘姥姥此时惟点头咂嘴念佛而已。于是来至东边这间屋内，乃是贾琏的女儿大姐儿睡觉之所。平儿站在炕沿边，打量了刘姥姥两眼，问个好让坐。刘姥姥见平儿遍身绫罗，插金带银，花容玉貌的，便当是凤姐儿了。才要称姑奶奶，忽听周瑞家的称他是平姑娘，又见平儿赶着周瑞家的称周大娘，方知不过是个有些体面的丫头。于是让刘姥姥和板儿上了炕，平儿和周瑞家的对面坐在炕沿上，小丫头子斟上茶来吃茶。

刘姥姥只听见"咯当""咯当"的响声，大有似乎打箩柜筛面的一般，不免东瞧西望的。忽见堂屋中柱子上挂着一个匣子，底下又坠着一个秤砣般的一物，却不住的乱晃。刘姥姥心中想着："这是个什么爱物儿？有煞用呢？"正呆时，陡听得"当"的一声，又若金钟铜磬一般，不防倒唬的一展眼。接着又是一连八九下。方欲

当下又有林之孝之妻带了六个媳妇，抬了三张炕桌，每一张上搭着一条红毡，毡上放着选净一般大新出局的铜钱，用大红彩绳串着，每二人搭一张，共三张。林之孝家的指示将那两张摆至薛姨妈李婶的席下，将一张送至贾母榻下来。贾母便说："放在当地罢。"这媳妇们都素知规矩的，放下桌子，一并将钱都打开，将彩绳抽去，散堆在桌上。

正唱《西楼·楼会》这出将终，于叔夜因赌气去了，那文豹便发科诨道："你赌气去了，恰好今日正月十五，荣国府中老祖宗家宴，待我骑了这马，赶进去讨些果子吃是要紧的。"说毕，引的贾母等都笑了。薛姨妈等都说："好个鬼头孩子，可怜见的。"凤姐便说："这孩子才九岁了。"贾母笑说："难为他说的巧。"便说了一个"赏"字。早有三个媳妇已经手下预备下小簸箩，听见一个"赏"字，走上去向桌上的散钱堆内，每人便撮了一簸箩，走出来向戏台说："老祖宗、姨太太、亲家太太赏文豹买果子吃的！"说着，向台上一撒，只听豁啷啷满台的钱响。

贾珍贾琏已命小厮们抬了大簸箩的钱来，暗暗的预备在那里。

··············

（第五十四回）却说贾珍贾琏暗暗预备下大簸箩的钱，听见贾母说"赏"，他们也忙命小厮们快撒钱。只听满台钱响，贾母大悦。

二人遂起身，小厮们忙将一把新暖银壶捧在贾琏手内，随了贾珍趋至里面。贾珍先至李婶席上，躬身取下杯来，回身，贾琏忙斟了一盏；然后便至薛姨妈席上，也斟了。二人忙起身笑说："二位爷请坐着罢了，何必多礼。"于是除邢王二夫人，满席都离了席，俱垂手旁侍。贾珍等至贾母榻前，因榻矮，二人便屈膝跪了。贾珍在先捧杯，贾琏在后捧壶。虽止二人奉酒，那贾环弟兄等，却也是排班按序，一溜随着他二人进来，见他二人跪下，也都一溜跪下。宝玉也忙跪下了。史湘云悄推他笑道："你这

问时,只见小丫头们一齐乱跑,说:"奶奶下来了。"平儿与周瑞家的忙起身,命刘姥姥:"只管坐着等,是时候我们来请你呢。"说着,都迎出去了。

刘姥姥屏声侧耳默候。只听远远有人笑声,约有一二十妇人,衣裙悉率,渐入堂屋,往那边屋内去了。又见两三个妇人,都捧着大漆捧盒,进这东边来等候。听见那边说了一声"摆饭",渐渐人才都散出,只有伺候端菜的几人。半日鸦雀不闻之后,忽见两个人抬了一张炕桌来,放在这边炕上,桌上碗盘森列,仍是满满的鱼肉在内,不过略动了几样。板儿一见了,便吵着要肉吃,刘姥姥一巴掌打下他去。忽见周瑞家的笑嘻嘻走过来,招手儿叫他。刘姥姥会意,于是携了板儿,下炕至堂屋中,周瑞家的又和他唧咕了一会,方领到这边屋里来。

只见门外鏊铜钩上悬着大红撒花软帘,南窗下是炕,炕上大红毡条,靠东边板壁立着一个锁子锦靠背与一个引枕,铺着金心绿闪缎大坐褥,旁边有银唾沫盒。那凤姐儿家常带着紫貂昭君套,围着攒珠勒子,穿着桃红撒花袄,石青刻丝灰鼠披风,大红洋绉银鼠皮裙,粉光脂艳,端端正正坐那里,手内拿着小铜火箸儿拨手炉内的灰。平儿站在炕沿边,捧着一个小小的填漆茶盘,盘内一个小盖钟。凤姐儿也不接茶,也不抬头,只管拨手炉内的灰,慢慢地问道:"怎么还不请进来?"一面说,一面抬身要茶时,只见周瑞家的已带了两个人在地下站着了。这才忙欲起身,犹未起身,满面春风的问好,又嗔周瑞家的不早说。刘姥姥在地下已是拜了数拜,问姑奶奶安。凤姐忙说:"周姐姐,快搀住,不拜罢,请坐。我年轻,不大认得,可也不知是什么辈数,不敢称呼。"周瑞家的忙回道:"这就是我才回的那个姥姥了。"凤姐点头,刘姥姥已在炕沿上坐下,板儿便躲在背后,百般的哄他出来作揖,他死也不肯。

凤姐笑道:"亲戚们不大走动,都疏远了。知道的呢,说你们弃厌我们,不肯常来;不知道

会又都着跪下作什么?有这样,你也去斟一巡酒岂不好?"宝玉悄笑道:"再等一会子再斟去。"说着,等他二人斟完起来,方起来。又与邢夫人王夫人斟过来。贾珍笑:"妹妹们怎么样呢?"贾母等都说:"你们去罢,他们倒便宜些。"说了,贾珍等方退出。

当下天未二鼓,戏演的是《八义》中《观灯》八出。正在热闹之际,宝玉因下席往外走。贾母因说:"你往那里去!外头爆竹利害,仔细天上吊下火纸来烧了。"宝玉回说:"不往远去,只出去就来。"贾母命婆子们好生跟着。于是宝玉出来,只有麝月秋纹并几个小丫头随着。

贾母因说:"袭人怎么不见?他如今也有些拿大了,单支使小女孩子出来。"王夫人忙起身笑回道:"他妈前日没了,因有热孝,不便前头来。"贾母听了点头,又笑道:"跟主子却讲不起这孝与不孝。若是他还跟我,难道这会子也不在这里不成?……竟成了例了。"凤姐儿忙过来笑回道:"今儿晚上他便没孝,那园子里也须得他看着,灯烛花炮最是耽险的。这里一唱戏,园子里的人谁不偷来瞧瞧。他还细心,各处照看照看。况且这一散后宝兄弟回去睡觉,各色都是齐全的。若他再来了,众人又不经心,散了回去,铺盖也是冷的,茶水也不齐备,各色都不便宜,所以我叫他不用来……老祖宗要叫他,我叫他来就是了。"

贾母听了这话,忙说:"你这话很是,比我想的周到,快别叫他了。但只他妈几时没了,我怎么不知道。"凤姐笑道:"前儿袭人去亲自回老太太的,怎么倒忘了。"贾母想了一想笑说:"想起来了。我的记性竟平常了。"众人都笑说:"老太太那里记得这些事。"贾母因又叹道:"我想着,他从小儿伏侍了我一场,又伏侍了云儿一场,末后给了一个魔王宝玉,亏他魔了这几年。他又不是咱们家的根生土长的奴才,没受过咱们什么大恩典。他妈没了,我想着要给他几两银子发送,也就忘了。"凤姐儿道:"前儿太太赏了他四十两银子,也就是了。"

的那起小人,还只当我们眼里没人似的。"刘姥姥忙念佛道:"我们家道艰难,走不起,来了这里,没的给姑奶奶打嘴,就是管家爷们看着也不像。"凤姐笑道:"这话叫人没的恶心。不过借赖着祖父虚名,作个穷官儿罢了,谁家有什么,不过是个旧日的空架子。俗语说,'朝廷还有三门子穷亲'呢,何况你我。"说着,又问周瑞家的回了太太了没有。周瑞家的道:"如今等奶奶的示下。"凤姐儿道:"你去瞧瞧,要是有人有事就罢,得闲呢就回,看怎么说。"周瑞家的答应着去了。

这里凤姐叫人抓些果子与板儿吃,刚问些闲话时,就有家下许多媳妇管事的来回话。平儿回了,凤姐道:"我这里陪客呢,晚上再回。若有很要紧的,你就带进来现办。"平儿出去一会,进来说:"我都问了,没有什么紧事,我就叫他们散了。"凤姐儿点头。只见周瑞家的回来,向凤姐道:"太太说了,今日不得闲,二奶奶陪着便是一样。多谢费心想着。白来逛逛呢,便罢,若有甚说的,只管告诉二奶奶,都是一样。"刘姥姥道:"也没甚说的,不过是来瞧姑太太、姑奶奶,也是亲戚们的情分。"周瑞家的道:"没甚说的便罢,若有话,回二奶奶,是和太太一样的。"一面说,一面递眼色儿与刘姥姥。刘姥姥会意,未语先飞红的脸。欲待不说,今日又所为何来?只得忍耻说道:"论理今儿初次见姑奶奶,却不该说,只是大远的奔了你老这里来,也少不的说了。"刚说到这里,只听得二门上小厮们回说:"东府里小大爷进来了。"凤姐忙止刘姥姥:"不必说了。"一面便问:"你蓉大爷在那里呢?"只听一路靴子脚响,进来了一个十七八岁的少年,面目清秀,身段夭娇,轻裘宝带,美服华冠。刘姥姥此时坐不是,立不是,藏没处藏。凤姐笑道:"你只管坐着,这是我侄儿。"刘姥姥方扭扭捏捏在炕沿上坐了。

贾蓉笑道:"我父亲打发我来求婶子,说上回老舅太太给婶子的那架玻璃炕屏,明日请一个要紧的客,借了略摆一摆就送过来的。"凤姐

贾母听说,点头道:"这还罢了。正好鸳鸯的娘前儿也死了,我想他老子娘都在南边,我也没叫他家去走走守孝,如今叫他两个一处作伴儿去。"又命婆子将些果子、菜馔、点心之类与他两个吃去。琥珀笑说:"还等这会子呢,他早就去了。"说着,大家又吃酒看戏。

  ············

当下贾蓉夫妻二人捧酒一巡,凤姐儿因见贾母十分高兴,便笑道:"趁着女先儿们在这里,不如叫他们击鼓,咱们传梅,行一个'春喜上眉梢'的令如何?"贾母笑道:"这是个好令,正对时对景。"忙命人取了一面黑漆铜钉花腔令鼓来,与女先儿们击着,席上取了一枝红梅。贾母笑道:"若到谁手里住了,吃一杯,也要说个什么才好。"凤姐儿笑道:"依我说,谁像老祖宗要什么有什么呢。我们这不会的,岂不没意思。依我说也要雅俗共赏,不如谁输了谁说个笑话罢。"众人听了,都知道他素日善说笑话,最是他肚内有无限的新鲜趣谈。今儿如此说,不但在席的诸人喜欢,连地下伏侍的老小人等无不欢喜。那小丫头子们都忙出去,找姐唤妹的告诉他们:"快来听,二奶奶又说笑话儿了。"众丫头子们便挤了一屋子。于是戏完乐罢,贾母命将些汤点果菜与文官等吃去,便命响鼓。那女先儿们皆是惯的,或紧或慢,或如残漏之滴,或如迸豆之疾,或如惊马之乱驰,或如疾电之光而忽暗。其鼓声慢,传梅亦慢;鼓声疾,传梅亦疾。恰恰至贾母手中,鼓声忽住。大家呵呵一笑,贾蓉忙上来斟了一杯。众人都笑道:"自然老太太先喜了,我们才托赖些喜。"贾母笑道:"这酒也罢了,只是这笑话倒有些个难说。"众人都说:"老太太的比凤姐儿的还好还多,赏一个,我们也笑一笑儿。"

贾母笑道:"并没什么新鲜发笑的,少不得老脸皮子厚的说一个罢儿。"因说道:"一家子养了十个儿子,娶了十房媳妇。惟有第十个媳妇最聪明伶俐,心巧嘴乖,公婆最疼,成日家说

道:"说迟了一日,昨儿已经给了人了。"贾蓉听说,嘻嘻的笑着,在炕沿下半跪道:"婶子若不借,又说我不会说话了,又挨一顿好打呢。婶子只当可怜侄儿罢。"凤姐笑道:"也没见我们王家的东西都是好的不成?一般你们那里放着那些东西,只是看不见我的才罢。"贾蓉笑道:"那里如这个好呢!只求开恩罢。"凤姐道:"碰一点儿,你可仔细你的皮!"因命平儿拿了楼门钥匙,传几个妥当人来抬去。贾蓉喜的眉开眼笑,忙说:"我亲自带了人拿去,别由他们乱碰。"说着便起身出去了。

这里凤姐忽又想起一事来,便向窗外叫:"蓉儿回来。"外面几个人接声说:"蓉大爷快回来。"贾蓉忙复身转来,垂手侍立,听何指示。那凤姐只管慢慢的吃茶,出了半日神,方笑道:"罢了,你且去罢。晚饭后你来再说罢。这会子有人,我也没精神了。"贾蓉应了,方慢慢的退去。

这里刘姥姥心神方安,方又说道:"今日我带了你侄儿来,也不为别的,只因为他老子娘在家里,连吃的都没有。如今天又冷了,越想没个派头儿,只得带了你侄儿奔了你老来。"说着,又推板儿道:"你那爹在家怎么教你了?打发咱们作煞事来?只顾吃果子咧。"凤姐早已明白了,听他不会说话,因笑止道:"不必说了,我知道了。"因问周瑞家的道:"这刘姥姥不知可用过饭没有呢?"刘姥姥忙道:"一早就往这里赶咧,那里还有吃饭的工夫咧。"凤姐听说,忙命快传饭来。一时周瑞家的传了一桌客馔来,摆在东边屋内,过来带了刘姥姥和板儿过去吃饭。于是过东边房里来。凤姐说道:"周姐姐,好生让着些儿,我不能陪了。"于是过东边房里来。凤姐又叫过周瑞家的去,问他:"方才回了太太,说了些什么?"周瑞家的道:"太太说,他们家原不是一家子,不过因出一姓,当年又与太老爷在一处作官,偶然连了宗的。这几年来也不大走动。当时他们来一遭,却也没空了他们。今儿既来了瞧瞧我们,是他的好意思,也不可简慢了。他便是有什么说的,叫二奶奶裁度着就是了。"凤姐听了说道:"我说呢,既是一家子,我如何连影儿也不知道。"

那九个不孝顺。这九个媳妇委屈,便商议说:'咱们九个心里孝顺,只是不像那小蹄子嘴巧,所以公公婆婆老了,只说他好,这委屈向谁诉去?'大媳妇有主意,便说道:'咱们明儿到阎王庙去烧香,和阎王爷说去,问他一问,叫我们托生人,为什么单单的给那小蹄子一张乖嘴,我们都是笨的。'众听了都喜欢,说这主意不错。第二日便都到阎王庙里来烧了香,九个人都在供桌底下睡着了。九个魂专等阎王驾到,左等不来,右等也不到。正着急,只见孙行者驾着筋斗云来了,看见九个魂便要拿金箍棒打,唬得九个魂忙跪下央求。孙行者问原故,九个人忙细细的告诉了他。孙行者听了,把脚一踩,叹了一口气道:'这原故幸亏遇见我,等着阎王来了,他也不得知道的。'九个人听了,就求说:'大圣发个慈悲,我们就好了。'孙行者笑道:'这却不难。那日你们妯娌十个托生时,可巧我到阎王那里去的,因为撒了泡尿在地下,你那个小婶子便吃了。你们如今要伶俐嘴乖,有的是尿,再撒泡你们吃了就是了。'"说毕,大家都笑起来。

凤姐儿笑道:"好的,幸而我们都笨嘴笨腮的,不然也就吃了猴儿尿了。"尤氏娄氏都笑向李纨道:"咱们这里谁是吃过猴儿尿的,别装没事人儿。"薛姨妈笑道:"笑话儿不在好歹,只要对景就发笑。"

…………

凤姐儿笑道:"外头已经四更,依我说,老祖宗也乏了,咱们也该'聋子放炮仗——散了'罢。"尤氏等用手帕子握着嘴,笑的前仰后合,指他说道:"这个东西真会数贫嘴。"贾母笑道:"真真这凤丫头越发贫嘴了。"一面说,一面吩咐道:"他提炮仗来,咱们也把烟火放了解解酒。"

说话时,刘姥姥已吃毕饭,拉了板儿过来,舔唇抹嘴的道谢。凤姐笑道:"且请坐下,听我告诉你老人家。方才意思我已知道了。若论亲戚之间,原该不待上门来就该有照应才是。但如今家里杂事太烦,太太渐上了年纪,一时想不到也是有的。况是我近来接着管些事,都不大知道这些个亲戚们。二则外头看着这里烈烈轰轰的,殊不知大有大的艰难去处,说与人也未必信罢了。今儿你既老远的来了,又是头一次见我张口,怎好叫你空回去呢。可巧昨儿太太给我的丫头们作衣裳的二十两银子,我还没动呢,你们不嫌少,就暂且拿了去罢。"那刘姥姥先听见告艰难,只当是没有,心里便突突的,后来听见给他二十两,喜的浑身发痒起来,说道:"嗳,我也是知道艰难的。但俗语说,'瘦死的骆驼比马还大',凭他怎么样,你老拔根寒毛比我们的腰还粗呢!"周瑞家的在旁听他说的粗鄙,只管使眼色止他。凤姐听了,笑而不睬,只命平儿把昨儿那包银子拿来,再拿一串钱来,都送至刘姥姥跟前。凤姐乃道:"这是二十两银子,暂且给这孩子做件冬衣罢。……改日无事,只管来逛逛,方是亲戚间的意思。天也晚了,也不虚留你们了,到家里该问好的问个好儿罢。"一面说,一面就站起来了。

刘姥姥只管千恩万谢,拿了银钱,随周瑞家的出来。至外厢房,周瑞家的方道:"我的娘!你见了他怎么倒不会说话了?开口就是'你侄儿'。我说句不怕你恼的话,便是亲侄儿,也要说和柔些。那蓉大爷才是他的正紧侄儿呢,他怎么又跑出这么个侄儿来了。"刘姥姥笑道:"我的嫂子,我见了他,心眼里爱还爱不过来,那里还说上话了。"二人说着,又至周瑞家。坐了片时,刘姥姥便要留下一块银,与周瑞家的儿女买果子吃,周瑞家的如何放在眼里,执意不肯。刘姥姥感谢不尽,仍从后门去了。

贾蓉听了,忙出去带着小厮们就在院内安下屏架,将烟火设吊齐备。这烟火皆系各处进贡之物,虽不甚大,却极精致,各色故事俱全,夹着各色花炮。林黛玉禀气柔弱,不禁毕驳之声,贾母便搂他在怀中。薛姨妈搂着湘云,湘云笑道:"我不怕。"宝钗等笑道:"他专爱自己放大炮仗,还怕这个呢。"王夫人便将宝玉搂入怀内。凤姐儿笑道:"我们是没有人疼的了。"尤氏笑道:"有我呢,我搂着你。也不怕臊,你这孩子又撒娇了,听见放炮仗,吃了蜜蜂儿屎的,今儿又轻狂起来。"凤姐儿笑道:"等散了,咱们园子里放去。我比小厮们还放的好呢。"

说话之间,外面一色一色的放了又放,又有许多的满天星、九龙入云、一声雷、飞天十响之类的零碎小爆竹。放罢,然后又命小戏子打了一回"莲花落",撒了满台钱,命那孩子们满台抢钱取乐。又上汤时,贾母说道:"夜长,觉的有些饿了。"凤姐儿忙回说:"有预备的鸭子肉粥。"贾母道:"我吃些清淡的罢。"凤姐儿忙道:"也有枣儿熬的粳米粥,预备太太们吃斋的。"贾母笑道:"不是油腻腻的就是甜的。"凤姐儿又忙道:"还有杏仁茶,只怕也甜。"贾母道:"倒是这个还罢了。"说着,又命人撤去残席,外面另设上各种精致小菜。大家随便随意吃了些,用过漱口茶,方散。

十七日一早,又过宁府行礼,伺候掩了宗祠,收过影像,方回来。此日便是薛姨妈家请吃年酒。……凡诸亲友来请或来赴席的,贾母一概怕拘束不会,自有邢夫人、王夫人、凤姐儿三人料理。连宝玉只除王子腾家去了,馀者亦皆不会,只说贾母留下解闷。

【点评】

刘姥姥：

刘姥姥及其女儿、女婿家一出场，便表现出典型的穷苦人形象。眼看冬日将近，家人连件冬衣都置办不起，女婿狗儿在家里生闲气找不痛快，女儿不敢吭声，孩子们也只能默默承受。在这种家庭背景下，刘姥姥带着朴素的生活智慧登场。

她首先劝慰狗儿找准定位，跟其他村庄人一样"多大碗吃多大的饭"。这是为他宽心。然后，刘姥姥一针见血地指出家道落没的根源所在：狗儿不改以前家底好时养成的恶习，有钱时吃喝玩乐，乱花钱无节制。这让狗儿无话可说。刘姥姥趁机开始数落、批评狗儿没钱了只知道瞎生气，不算男子汉！这是给他训诫。

正是这种宽严有度、宜训宜勉的指导，让这个家庭找准了定位，改正了方向。那么，家庭出现了问题，该怎样解决呢？宽心和训诫只是让狗儿明白了道理，要解决问题必须得统筹谋划。接着，刘姥姥给出了对美好生活的憧憬："终是天子脚下。这长安城中，遍地都是钱，只可惜没人会拿去罢了。在家跳蹋也没中用的。"怎么去拿呢？在理出了清晰的逻辑后，她提出了进贾府的想法。于是，就有了她一进荣国府，受到凤姐款待及救济的情节，让家庭摆脱了贫困。

这里，有几个细节应该关注：

1. 教训女婿王狗儿

面对狗儿的无能与无奈，她义正词严、掷地有声地说了这些话：

姑夫，你别嗔着我多嘴。咱们村庄人，那一个不是老老诚诚的，多大碗吃多大的饭？你皆因年小时，托着你那老家的福，吃喝惯了，如今所以把持不住。有了钱就顾头不顾尾，没了钱就瞎生气，成个什么男子汉大丈夫了！

谋事在人，成事在天。咱们谋到了，靠菩萨的保佑，有些机会，也未可知。我倒替你们想出一个机会来。当日你们原是和金陵王家连过宗的，二十年前，他们看承你们还好，如今自然是你们拉硬屎，不肯去俯就他，故疏远起来。

不得不说，这段话虚实结合，层次分明：(1)要踏实；(2)真男人脾气小本事大；(3)要乐观；(4)向豪门求助。

狗儿先祖父做过一个小小的京官。从出力帮周瑞争买田地一事看，狗儿应该还是有一定的能力的。虽然家道中落，但脸面犹存。平时喝酒斗气要威风，遇到具体问题却拿不出解决方案，而且过于看重自己的脸面，于是请求老人抹下不需要在乎的脸面——向贾府乞讨。

求乞的本质，就是以脸面来换取利益，这是赤裸裸地将自己的卑贱摆在他人面前。可怜刘姥姥一个七十五岁的、饱经风霜的老人，为了儿女的生存，带着未谙世事的六岁外孙儿，以一老一少的经典叫花子搭配，踏上了求乞之路。

对家人，刘姥姥是掏心窝子的，她的智慧告诉我们：家人之间遇到问题，光指责并非明智之举，一味打压泄气更是要不得，而应该共同想办法解决问题。

2. 请求守门人

来到宁荣街，刘姥姥肯定也是心怀忐忑的。然而，为了达到目的，她扯下了那张老脸，掸掸衣服，蹭到角门，堆起笑容，向荣国府几个"挺胸叠肚、指手画脚"的三等奴才问周瑞家在何处。几人将姥姥自上而下打量一番，爱理不理地说："你远远的那墙角下等着，一会子他们家有人就出来的。"后来，刘姥姥兜兜转转找到了一群玩耍的孩子，一个孩子很热情，"跳跳蹿蹿"地领着刘姥姥来到周大娘家。这里，奴才的冷漠与孩童的热心形成鲜明对比。

可以想象，在请求守门人的时候，刘姥姥一定在心里不断地告诫自己：无论受到怎样的冷眼，都要笑脸相迎；无论遭遇怎样的蔑视，都要以尊重相待。那一刻，被城里的奴才指指点点,脸面掉了一地的她,狼狈得像一条落水狗。

3. 打不懂事的板儿

经历了千苦万难,终于见到了周瑞家的,喜得刘姥姥赶紧念佛。取经的路十万八千里,见不见得到真佛是未知数,但是佛光已经遥遥可见了。趁着吃饭的间隙,周瑞家的领刘姥姥到王熙凤宅上,先见平儿,再把刘姥姥藏在东边屋内,敛声屏息等王熙凤吃完饭。当时,刘姥姥极力地提醒自己,一定要把姿态放得够低,要把境遇说得够凄凉。在被上下打量的过程中,她忐忑地计算着如何才能激起对方的恻隐之心。

而就在这个过程中,板儿看到有肉,就吵着要肉吃,刘姥姥一巴掌打了下去。这一巴掌打得好心酸!打在孩子身上,疼在祖母心里。可是,又有什么办法呢?这一巴掌是打给贾府之人看的,她要让贾府的人看到,在锦衣玉食之家,泥土地里钻出来的孩子是不应该有放肆的权利的:人,生而就不平等。一个六岁的孩子,一个在乡下长大的孩子,看到有肉,自然会吵着要吃。可是,在那个场合,在乞讨的背景下,所有的天性都应该被控制,如果自己不能控制,就需要家人帮助控制。相信,在她打完板儿的那个瞬间,贾府的人给予她的,应该是怜悯,而不会是厌烦。因为她用牺牲外孙儿面子的方式给足了贾府面子。

4. 向王熙凤示贫示惨

终于等凤姐吃完饭,刘姥姥受到接见。七十多岁的老人在地上拜了又拜,连声问姑奶奶安。还好,当时凤姐心情不错,对她倒也客气,"忙欲起身,犹未起身,满面春风的问好"。

最难的就是开口乞讨之时,刘姥姥未语脸先飞红,也从一个侧面说明人的面子不是你想放下就能够放下的。因为一家人过冬的问题还没有解决,所以刘姥姥只得忍耻道出了此行的目的:"论理今儿初次见姑奶奶,却不该说的……"

凤姐没有让刘姥姥陷入长时间的尴尬,笑止道:"不必说了。"然后传了一桌菜招待刘姥姥,那时,刘姥姥和板儿连早饭都没吃,已经挨过了吃午饭的时候。最终,周瑞家的从王夫人那里得到了明确的表态:刘姥姥不是正经亲戚,自己懒得见,多少给一点,让凤姐看着办。有了王夫人的态度,待吃过饭,刘姥姥舔唇抹嘴感谢的时候,凤姐发话了,先讲礼节疏忽,再诉家道艰难,最后给了二十两银子。——那刘姥姥开始听见诉说艰难,心里便突突的;后来听到给她二十两,喜得浑身发痒。

应该说,刘姥姥这一行真是山路十八弯,曲曲折折的心路起伏里潜藏着身处底层的卑微和辛酸。是夜,当狗儿和媳妇眯着眼数那白花花的银两之时(从吃螃蟹一回我们知道,二十两银子够乡下一户人家全年的费用),不知道刘姥姥的满足里是否会掠过这一天历经的步步惊心、步步心酸。

但无论如何,在全家即将陷入绝境的时候,刘姥姥以她的智慧、她的隐忍,拯救了一个即将倒塌的家庭,她比女婿狗儿更像是一家之主。

贾母:

相比而言,同样在家庭中处于超然地位的贾母因为所处阶层、生活环境与刘姥姥存在差异性,其生活状态自然也不同。家人对她是极其尊重的,但她也能够体谅晚辈。尤氏挽留其吃饭,她能够体谅其辛苦与忙碌,不想让她们劳神伺候,于是说让送过去明天吃;贾敬、贾赦等领了诸子弟过来行礼,她不愿为难晚辈,免去行礼;在大花厅摆酒定戏,请晚辈们一起娱乐……每一个场景,都能够看到这位老祖宗慈祥、谦和的形象。

1. 婉拒尤氏相请

除夕祭祀完毕,一家人聊了会儿家常,尤氏说已经预备下老太太的晚饭,表示出挽留的诚意。凤姐和贾母的一段对话,表现出贾母对家人的理解与关爱。

凤姐儿挽着贾母笑道:"老祖宗快走,咱们家去吃去,别理他。"贾母笑道:"你这里供着祖宗,忙的什么似的,那里还搁得住闹。况且每年我不吃,你们也要送去的。不如还送了来,我吃不了留着明儿再吃,岂不多吃些。"说的众人都笑了。又吩咐他:"好生派妥当人夜里看香火,不是大意得的。"

供着祖宗,这只是一个借口而已。大家都忙碌了一天,尤氏等人一定很辛苦,自己要是留下来,又得闹腾一个晚上,都不得休息。至于后面说送过来留着明儿再吃,那更是一句客套话,贾母还在乎这一顿饭吗?显然,透过这一细节可以看出,贾母心领了尤氏的诚意,更体谅她的辛苦,回去是最佳的选择,她可是一个真正的人精。

2. 给晚辈自己的空间

富贵之家,讲究颇多。过年这段日子里,最需要讲各种礼数。然而,在大家"一连忙了七八天"之后,贾母设家宴回请"荣宁二府各子侄孙男孙媳等",对晚辈的要求很是宽松,让他们身心得到放松。"贾赦略领了贾母之赐,也便告辞而去",贾母心知他还有自己的安排(大概率是出去厮混),没有多留。在贾珍、贾琏带领众子弟敬酒之后,贾母也让他们都自行退出。透过这一细节,反映出这位贾府长辈的宽厚和仁爱。

3. 给大家讲笑话

在一般人眼中,贾母应该是正襟危坐的。然而,与家人在一起时,她完全没有这种家长的架子,而是同晚辈们一起说笑打闹。在"戏完乐罢",贾母与家人玩起了击鼓传花的游戏,到她这里时,谦虚了一番之后便开始讲不着边际的笑话,惹得大家都开心不已。一个贾府中的掌门人,此刻成为市井中的说书人,这展示出老太太亲和的一面。

分析贾母的言行举止,作为家族之中身份最高的领袖,她的身上没有半点的专横与冷漠,有的只是对家人的关爱与理解。正是因为她的存在,偌大的贾府才能表现出和谐与安宁,从某种意义上说,她就是这个大家族的定海神针。

贾母对家族的管理也提醒我们:经营好一个家,不仅需要严格的规矩和制度,更需要谦和与理解的态度。这是她的人生智慧,这种智慧值得每一个家庭学习。

对 自 己

刘姥姥二进贾府

(第三十九回)平儿答应着,一径出了园门,来至家内,只见凤姐儿不在房里。忽见上回来打抽丰的那刘姥姥和板儿又来了,坐在那边屋里,还有张材家的周瑞家的陪着,又有两三个丫头在地下倒口袋里的枣子倭瓜并些野菜。众人见他进来,都忙站起来了。刘姥姥因上次来过,知道平儿的身份,忙跳下地来问"姑娘好",又说:"家里都问好。早要来请姑奶奶的安看姑娘来的,因为庄家忙。好容易今年多打了两石粮食,瓜果菜蔬也丰盛。这是头一起摘下来的,并没敢卖呢,留的尖儿孝敬姑奶奶姑娘们尝尝。姑娘们天天山珍海味的也吃

贾母设宴闻笛赏月

(第七十五回)尤氏等遂辞了李纨,往贾母这边来。贾母歪在榻上,王夫人说甄家因何获罪,如今抄没了家产,回京治罪等语。贾母听了正不自在,恰好见他姊妹来了,因问从那里来的?可知凤姐妯娌两个的病今日怎么样?尤氏等忙回道:"今日都好些。"贾母点头叹道:"咱们别管人家的事,且商量咱们八月十五日赏月是正紧。"王夫人笑道:"都已预备下了。不知老太太拣那里好,只是园里空,夜晚风冷。"贾母笑道:"多穿两件衣服何妨,那里正是赏月的地方,岂可倒不去的。"

说话之间,早有媳妇丫鬟们抬过饭桌来,

腻了,这个吃个野意儿,也算我们的穷心。"

平儿忙道:"多谢费心。"又让坐,自己也坐了。又让"张婶子周大娘坐",又令小丫头子倒茶去。周瑞张材两家的因笑道:"姑娘今儿脸上有些春色,眼圈儿都红了。"平儿笑道:"可不是。我原是不吃的,大奶奶和姑娘们只是拉着死灌,不得已喝了两盅,脸就红了。"张材家的笑道:"我倒想着要吃呢,又没人让我。明儿再有人请姑娘,可带了我去罢。"说着大家都笑了。

周瑞家的道:"早起我就看见那螃蟹了,一斤只好秤两个三个。这么三大篓,想是有七八十斤呢。"周瑞家的道:"若是上上下下只怕还不够。"平儿道:"那里够,不过都是有名儿的吃两个子。那些散众的,也有摸得着的,也有摸不着的。"刘姥姥道:"这样螃蟹,今年就值五分一斤。十斤五钱,五五二两五,三五一十五,再搭上酒菜,一共倒有二十多两银子。阿弥陀佛!这一顿的钱够我们庄家人过一年了。"

平儿因问:"想是见过奶奶了?"刘姥姥道:"见过了,叫我们等着呢。"说着又往窗外看天气,说道:"天好早晚了,我们也去罢,别出不去城才是饥荒呢。"周瑞家的道:"这话倒是,我替你瞧瞧去。"说着一径去了,半日方来,笑道:"可是你老的福来了,竟投了这两个人的缘了。"平儿等问怎么样,周瑞家的笑道:"二奶奶在老太太的跟前呢。我原是悄悄的告诉二奶奶,'刘姥姥要家去呢,怕晚了赶不出城去。'二奶奶说:'大远的,难为他扛了那些沉东西来,晚了就住一夜明儿再去。'这可不是投上二奶奶的缘了。这也罢了,偏生老太太又听见了,问刘姥姥是谁。二奶奶便回明白了。老太太说:'我正想个积古的老人家说话儿,请了来我见一见。'这可不是想不到天上缘分了。"说着,催刘姥姥

王夫人尤氏等忙上来放箸捧饭。贾母见自己的几色菜已摆完,另有两大捧盒内捧了几色菜来,便知是各房另外孝敬的旧规矩。贾母因问:"都是些什么,上几次我就吩咐,如今可以把这些蠲了罢,你们还不听。"……王夫人笑道:"不过都是家常东西。今日我吃斋没有别的。那些面筋豆腐老太太又不大甚爱吃,只拣了一样椒油莼齑酱来。"贾母笑道:"这样正好,正想这个吃。"鸳鸯听说,便将碟子挪在跟前。宝琴一一的让了,方归座。贾母便命探春来同吃。探春也都让过了,便和宝琴对面坐下。侍书忙去取了碗来。鸳鸯又指那几样菜道:"这两样看不出是什么东西来,大老爷送来的。这一碗是鸡髓笋,是外头老爷送上来的。"一面说,一面就将这碗笋送至桌上。贾母略尝了两点,便命:"将那两样着人送回去,就说我吃了。以后不必天天送,我想吃自然来要。"媳妇们答应着,仍送过去,不在话下。

贾母因问:"有稀饭吃些罢了。"尤氏早捧过一碗来,说是红稻米粥。贾母接来吃了半碗,便吩咐:"将这粥送给凤哥儿吃去,"又指着:"这一碗笋和这一盘风腌果子狸给颦儿宝玉两个吃去,那一碗肉给兰小子吃去。"又向尤氏道:"我吃了,你就来吃了罢。"尤氏答应,待贾母漱口洗手毕,贾母便下地和王夫人说闲话行食。尤氏告坐。……贾母笑道:"鸳鸯琥珀来趁势也吃些,又作了陪客。"……尤氏吃的仍是白粳米饭,贾母问道:"你怎么昏了,盛这个饭来给你奶奶。"那人道:"老太太的饭吃完了。今日添了一位姑娘,所以短些。"鸳鸯道:"如今都是可着头做帽子了,要一点儿富馀也不能的。"王夫人忙回道:"这一二年旱涝不定,田上的米都不能按数交的。这几样细米更艰难了,所以都可着吃的多少关去。……"贾母笑道:"这正是'巧媳妇做不出没米的粥'来。"众人都笑起来。鸳鸯道:"既这样,你就去把三姑娘的饭拿来添也是一样,就这样笨。"尤氏笑道:"我这个就够了,也不用取去。"鸳鸯道:"你够了,我不会吃的。"地下的媳妇们听说,方忙着取去了。

下来前去。刘姥姥道:"我这生像儿怎好见的。好嫂子,你就说我去了罢。"平儿忙道:"你快去罢,不相干的。我们老太太最是惜老怜贫的,比不得那个狂三诈四的那些人。想是你怯上,我和周大娘送你去。"说着,同周瑞家的引了刘姥姥往贾母这边来。

二门口该班的小厮们见了平儿出来,都站起来了,又有两个跑上来,赶着平儿叫"姑娘"。平儿问:"又说什么?"那小厮笑道:"这会子也好早晚了,我妈病了,等着我去请大夫。好姑娘,我讨半日假可使的?"平儿道:"你们倒好,都商议定了,一天一个告假,又不回奶奶,只和我胡缠。前儿住儿去了,二爷偏生叫他,叫不着,我应起来了,还说我作了情。你今儿又来了。"周瑞家的道:"当真的他妈病了,姑娘也替他应着,放了他罢。"平儿道:"明儿一早来。听着,我还要使你呢,再睡的日头晒着屁股再来!你这一去,带个信儿给旺儿,就说奶奶的话,问着他那剩的利钱。明儿若不交了来,奶奶也不要了,就越性送他使罢。"那小厮欢天喜地答应去了。

平儿等来至贾母房中,彼时大观园中姊妹们都在贾母前承奉。刘姥姥进去,只见满屋里珠围翠绕,花枝招展,并不知都系何人。只见一张榻上歪着一位老婆婆,身后坐着一个纱罗裹的美人一般的一个丫鬟在那里捶腿,凤姐儿站着正说笑。刘姥姥便知是贾母了,忙上来陪着笑,福了几福,口里说:"请老寿星安。"贾母亦欠身问好,又命周瑞家的端过椅子来坐着。那板儿仍是怯人,不知问候。

贾母道:"老亲家,你今年多大年纪了?"刘姥姥忙立身答道:"我今年七十五了。"贾母向众人道:"这么大年纪了,还这么健朗。比我大好几岁呢。我要到这么大年纪,还不知怎么动不得呢。"刘姥姥笑道:"我们生来

(第五十四回)一时上汤后,又接献元宵来。贾母便命将戏暂歇歇:"小孩子们可怜见的,也给他们些滚汤滚菜的吃了再唱。"又命将各色果子元宵等物拿些与他们吃去。

一时歇了戏,便有婆子带了两个门下常走的女先儿进来,放两张杌子在那一边命他坐了,将弦子琵琶递过去。贾母便问李薛听何书,他二人都回说:"不拘什么都好。"贾母便问:"近来可有添些什么新书?"那两个女先儿回说道:"倒有一段新书,是残唐五代的故事。"贾母问是何名,女先儿道:"叫作《凤求鸾》。"贾母道:"这一个名字倒好,不知因什么起的,先大概说说原故,若好再说。"女先儿道:"这书上乃说残唐之时,有一位乡绅,本是金陵人氏,名唤王忠,曾做过两朝宰辅,如今告老还家,膝下只有一位公子,名唤王熙凤。"

众人听了,笑将起来。贾母笑道:"这重了我们凤丫头了。"媳妇忙上去推他,"这是二奶奶的名字,少混说。"贾母笑道:"你说,你说。"女先生忙笑着站起来,说:"我们该死了,不知是奶奶的讳。"凤姐儿笑道:"怕什么,你们只管说罢。重名重姓的多呢。"

女先生又说道:"这年王老爷打发了王公子上京赶考,那日遇见大雨,进到一个庄上避雨。谁知这庄上也有个乡绅,姓李,与王老爷是世交,便留下这公子住在书房里。这李乡绅膝下无儿,只有一位千金小姐。这小姐芳名叫作雏鸾,琴棋书画,无所不通。"贾母忙道:"怪道叫作《凤求鸾》。不用说,我猜着了,自然是这王熙凤要求这雏鸾小姐为妻。"女先儿笑道:"老祖宗原来听过这一回书。"众人都道:"老太太什么没听过!便没听过,也猜着了。"

贾母笑道:"这些书都是一个套子,左不过是些佳人才子,最没趣儿。把人家女儿说的那样坏,还说是佳人,编的连影儿也没有了。开口都是书香门第,父亲不是尚书就是宰相。生一个小姐必是爱如珍宝,这小姐必是通文知礼,无所不晓,竟是个绝代佳人。只一见了一个清俊的男人,不管

是受苦的人，老太太生来是享福的。若我们也这样，那些庄家活也没人作了。"贾母道："眼睛牙齿都还好？"刘姥姥道："都还好，就是今年左边的槽牙活动了。"贾母道："我老了，都不中用了，眼也花，耳也聋，记性也没了。你们这些老亲戚，我都不记得了。亲戚们来了，我怕人笑我，我都不会。不过嚼的动的吃两口，睡一觉，闷了时和这些孙子孙女儿顽笑一回就完了。"刘姥姥笑道："这正是老太太的福了。我们想这么着也不能。"贾母道："什么福，不过是个老废物罢了。"说的大家都笑了。贾母又笑道："我才听见凤哥儿说，你带了好些瓜菜来，叫他快收拾去了，我正想个地里现撷的瓜儿菜儿吃。外头买的，不像你们田地里的好吃。"刘姥姥笑道："这是野意儿，不过吃个新鲜。依我们想鱼肉吃，只是吃不起。"贾母又道："今儿既认着了亲，别空空儿的就去。不嫌我这里，就住一两天再去。我们也有个园子，园子里头也有果子，你明日也尝尝，带些家去，你也算看亲戚一趟。"

凤姐儿见贾母喜欢，也忙留道："我们这里虽不比你们的场院大，空屋子还有两间。你住两天罢，把你们那里的新闻故事儿说些与我们老太太听听。"贾母笑道："凤丫头别拿他取笑儿。他是乡屯里的人，老实，那里搁的住你打趣他。"说着，又命人去先抓果子与板儿吃。板儿见人多了，又不敢吃。贾母又命拿些钱给他，叫小幺儿们带他外头顽去。刘姥姥吃了茶，便把些乡村中所见所闻的事情说与贾母，贾母亦发得了趣味。正说着，凤姐儿便令人来请刘姥姥吃晚饭，贾母又将自己的菜拣了几样，命人送过去给刘姥姥吃。

凤姐知道合了贾母的心，吃了饭便又打发过来。鸳鸯忙令老婆子带了刘姥姥去洗了澡，自己挑了两件随常的衣服令给刘姥姥是亲是友，便想起终身大事来，父母也忘了，书礼也忘了，鬼不成鬼，贼不成贼，那一点儿是佳人？便是满腹文章，做出这些事来，也算不得是佳人了。比如男人满腹文章去作贼，难道那王法就说他是才子，就不入贼情一案不成？可知那编书的是自己塞了自己的嘴。再者，既说是世宦书香大家小姐都知礼读书，连夫人都知书识礼，便是告老还家，自然这样大家人口不少，奶母丫鬟伏侍小姐的人也不少，怎么这些书上，凡有这样的事，就只小姐和紧跟的一个丫鬟？你们白想想，那些人都是管什么的，可是前言不答后语？"

众人听了，都笑说："老太太这一说，是谎都批出来了。"贾母笑道："这有个原故：编这样书的，有一等妒人家富贵，或有求不遂心，所以编出来污秽人家。再一等，他自己看了这些书看魔了，他也想一个佳人，所以编了出来取乐。何尝他知道那世宦读书家的道理！别说他那书上那些世宦书礼大家，如今眼下真的，拿我们这中等人家说起，也没有这样的事，别说是那些大家子。可知是诌掉了下巴的话。所以我们从不许说这些书，丫头们也不懂这些话。这几年我老了，他们姊妹们住的远，我偶然闷了，说几句听听，他们一来，就忙歇了。"李薛二人都笑说："这正是大家的规矩，连我们家也没这些杂话给孩子们听见。"

凤姐儿走上来斟酒，笑道："罢，罢，酒冷了，老祖宗喝一口润润嗓子再掰谎。这一回就叫作《掰谎记》，就出在本朝本地本年本月本日时，老祖宗一张口难说两家话，花开两朵，各表一枝，是真是谎且不表，再整那观灯看戏的人。老祖宗且让这二位亲戚吃一杯酒看两出戏之后，再从昨朝话言掰起如何？"一面斟酒，一面笑说，未曾说完，众人俱已笑倒。两个女先儿也笑个不住，都说："奶奶好刚口。奶奶要一说书，真连我们吃饭的地方也没了。"薛姨妈笑道："你少兴头些，外头有人，比不得往常。"凤姐儿笑道："外头的只有一位珍大爷。我们还是论哥哥妹妹，从小儿一处淘气了这么大。这几年因做了亲，我如今立了多少规矩了。

换上。那刘姥姥那里见过这般行事,忙换了衣裳出来,坐在贾母榻前,又搜寻些话出来说。彼时宝玉姊妹们也都在这里坐着,他们何曾听见过这些话,自觉比那些瞽目先生说的书还好听。

那刘姥姥虽是个村野人,却生来的有些见识,况且年纪老了,世情上经历过的,见头一个贾母高兴,第二见这些哥儿姐儿们都爱听,便没了说的也编出些话来讲。因说道:"我们村庄上种地种菜,每年每日,春夏秋冬,风里雨里,那有个坐着的空儿,天天都是在那地头子上作歇马凉亭,什么奇奇怪怪的事不见呢。就像去年冬天,接连下了几天雪,地下压了三四尺深。我那日起的早,还没出房门,只听外头柴草响。我想着必定是有人偷柴草来了。我爬着窗户眼儿一瞧,却不是我们村庄上的人。"贾母道:"必定是过路的客人们冷了,见现成的柴,抽些烤火去也是有的。"刘姥姥笑道:"也并不是客人,所以说来奇怪。老寿星当个什么人?原来是一个十七八岁的极标致的一个小姑娘,梳着溜油光的头,穿着大红袄儿,白绫裙子——"

刚说到这里,忽听外面人吵嚷起来,又说:"不相干的,别唬着老太太。"贾母等听了,忙问怎么了,丫鬟回说:"南院马棚里走了水,不相干,已经救下去了。"贾母最胆小的,听了这个话,忙起身扶了人出至廊上来瞧,只见东南上火光犹亮。贾母唬的口内念佛,忙命人去火神跟前烧香。王夫人等也忙都过来请安,又回说:"已经下去了,老太太请进房去罢。"贾母足的看着火光息了方领众人进来。宝玉且忙着问刘姥姥:"那女孩儿大雪地作什么抽柴草?倘或冻出病来呢?"贾母道:"都是才说抽柴草惹出火来了,你还问呢。别说这个了,再说别的罢。"宝玉听说,心内虽不乐,也只得罢了。

便不是从小儿的兄妹,便以伯叔论,那《二十四孝》上'斑衣戏彩',他们不能来'戏彩'引老祖宗笑一笑,我这里好容易引的老祖宗笑了一笑,多吃了一点儿东西,大家喜欢,都该谢我才是,难道反笑话我不成?"贾母笑道:"可是这两日我竟没有痛痛的笑一场,倒是亏他,才一路笑的我心里痛快了些,我再吃一钟酒。"吃着酒,又命宝玉:"也敬你姐姐一杯。"凤姐儿笑道:"不用他敬,我讨老祖宗的寿罢。"说着,便将贾母的杯拿起来,将半杯剩酒吃了,将杯递与丫鬟,另将温水浸的杯换了一个上来。于是各席上的杯都撤去,另将温水浸着待换的杯斟了新酒上来,然后归坐。

女先儿回说:"老祖宗不听这书,或者弹一套曲子听听罢。"贾母便说道:"你们两个对一套《将军令》罢。"二人听说,忙和弦按调拨弄起来。贾母因问:"天有几更了。"众婆子忙回:"三更了。"贾母道:"怪道寒浸浸的起来。"早有众丫鬟拿了添换的衣裳送来。王夫人起身笑说道:"老太太不如挪进暖阁里地炕上倒也罢了。这二位亲戚也不是外人,我们陪着就是了。"贾母听说,笑道:"既这样说,不如大家都挪进去,岂不暖和?"王夫人道:"恐里间坐不下。"贾母笑道:"我有道理。如今也不用这些桌子,只用两三张并起来,大家坐在一处挤着,又亲香,又暖和。"众人都道:"这才有趣。"说着,便起了席。众媳妇忙撤去残席,里面直顺并了三张大桌,另又添换了果馔摆好。贾母便说:"这都不要拘礼,只听我分派你们就坐才好。"说着便让薛李正面上坐,自己西向坐了,叫宝琴、黛玉、湘云三人皆紧依左右坐下,向宝玉说:"你挨着你太太。"于是邢夫人王夫人之中夹着宝玉,宝钗等姊妹在西边,挨次下去便是娄氏带着贾菌,尤氏李纨夹着贾兰,下面横头便是贾蓉之妻。贾母便说:"珍哥儿带着你兄弟们去罢,我也就睡了。"

贾珍等忙答应,又都进来。贾母道:"快去罢!不用进来,才坐好了,又都起来。你快歇着,明日还有大事呢。"贾珍忙答应了,又笑说:"留下蓉儿斟酒才是。"贾母笑道:"正是忘了他。"贾珍答应了一个"是",

刘姥姥便又想了一篇，说道："我们庄子东边庄上，有个老奶奶子，今年九十多岁了。他天天吃斋念佛，谁知就感动了观音菩萨夜里来托梦说：'你这样虔心，原来你该绝后的，如今奏了玉皇，给你个孙子。'原来这老奶奶只有一个儿子，这儿子也只一个儿子，好容易养到十七八岁上死了，哭的什么似的。后果然又养了一个，今年才十三四岁，生的雪团儿一般，聪明伶俐非常。可见这些神佛是有的。"这一席话，暗合了贾母王夫人的心事，连王夫人也都听住了。

…………

（第四十回）正说着，只见贾母等来了，各自随便坐下。先着丫鬟端过两盘茶来，大家吃毕。凤姐手里拿着西洋布手巾，裹着一把乌木三镶银箸，敁敠人位，按席摆下。贾母因说："把那一张小楠木桌子抬过来，让刘亲家近我这边坐着。"众人听说，忙抬了过来。凤姐一面递眼色与鸳鸯，鸳鸯便拉了刘姥姥出去，悄悄的嘱咐了刘姥姥一席话，又说："这是我们家的规矩，若错了我们就笑话呢。"调停已毕，然后归坐。薛姨妈是吃过饭来的，不吃，只坐在一边吃茶。贾母带着宝玉、湘云、黛玉、宝钗一桌，王夫人带着迎春姊妹三人一桌，刘姥姥傍着贾母一桌。贾母素日吃饭，皆有小丫鬟在旁边，拿着漱盂、麈尾、巾帕之物。如今鸳鸯是不当这差的了，今日鸳鸯偏接过麈尾来拂着。丫鬟们知道他要撮弄刘姥姥，便躲开让他。鸳鸯一面侍立，一面悄向刘姥姥说道："别忘了。"刘姥姥道："姑娘放心。"那刘姥姥入了坐，拿起箸来，沉甸甸的不伏手。原是凤姐和鸳鸯商议定了，单拿一双老年四楞象牙镶金的筷子与刘姥姥。刘姥姥见了，说道："这叉爬子比俺那里铁锨还沉，那里犟的过他。"说的众人都笑起来。

便转身带领贾琏等出来。二人自是欢喜，便命人将贾琮贾璜各自送回家去，便邀了贾琏去追欢买笑，不在话下。

这里贾母笑道："我正想着虽然这些人取乐，竟没一对双全的，就忘了蓉儿。这可全了，蓉儿就合你媳妇坐在一处，倒也团圆了。"因有媳妇回说开戏，贾母笑道："我们娘儿们正说的兴头，又要吵起来。况且那孩子们熬夜怪冷的，也罢，叫他们且歇歇，把咱们的女孩子们叫了来，就在这台上唱两出给他们瞧瞧。"媳妇听了，答应了出来，忙的一面着人往大观园去传人，一面二门口去传小厮们伺候。小厮们忙至戏房将班中所有的大人一概带出，只留下小孩子们。

一时，梨香院的教习带了文官等十二个人，从游廊角门出来。婆子们抱着几个软包，因不及抬箱，估料着贾母爱听的三五出戏的彩衣包了来。婆子们带了文官等进去见过，只垂手站着。贾母笑道："大正月里，你师父也不放你们出来逛逛。你等唱什么？刚才八出《八义》闹得我头疼，咱们清淡些好。你瞧瞧，薛姨太太这李亲家太太都是有戏的人家，不知听过多少好戏的。这些姑娘们都比咱们家姑娘见过好戏，听过好曲子。如今这小戏子又是那有名玩戏家的班子，虽是小孩子们，却比大班还强。咱们好歹别落了褒贬，少不得弄个新样儿的。叫芳官唱一出《寻梦》，只提琴至管箫合，笙笛一概不用。"文官笑道："这也是的，我们的戏自然不能入姨太太和亲家太太姑娘们的眼，不过听我们一个发脱口齿，再听一个喉咙罢了。"贾母笑道："正是这话了。"李婶薛姨妈喜的都笑道："好个灵透孩子，他也跟着老太太打趣我们。"贾母笑道："我们这原是随便的顽意儿，又不出去做买卖，所以竟不大合时。"说着又道："叫葵官唱一出《惠明下书》，也不用抹脸。只用这两出叫他们听个疏异罢了。若省一点力，我可不依。"

文官等听了出来，忙去扮演上台，先是《寻梦》，次是《下书》。众人鸦雀无闻，薛姨妈笑道："实在亏他，戏也看过几百班，从没见用箫管的。"

只见一个媳妇端了一个盒子站在当地,一个丫鬟上来揭去盒盖,里面盛着两碗菜。李纨端了一碗放在贾母桌上。凤姐儿偏拣了一碗鸽子蛋放在刘姥姥桌上。贾母这边说声"请",刘姥姥便站起身来,高声说道:"老刘,老刘,食量大似牛,吃一个老母猪不抬头。"自己却鼓着腮不语。

众人先是发怔,后来一听,上上下下都哈哈的大笑起来。史湘云掌不住,一口饭都喷了出来;林黛玉笑岔了气,伏着桌子"嗳哟";宝玉早滚到贾母怀里,贾母笑的搂着宝玉叫"心肝";王夫人笑的用手指着凤姐儿,只说不出话来;薛姨妈也掌不住,口里的茶喷了探春一裙子;探春手里的饭碗都合在迎春身上;惜春离了坐位,拉着他奶母叫揉一揉肠子。地下的无一个不弯腰屈背,也有躲出去蹲着笑去的,也有忍着笑上来替他姊妹换衣裳的。独有凤姐鸳鸯二人掌着,还只管让刘姥姥。

刘姥姥拿起箸来,只觉不听使,又说道:"这里的鸡儿也俊,下的这蛋也小巧,怪俊的。我且攮一个。"众人方住了笑,听见这话又笑起来。贾母笑的眼泪出来,琥珀在后捶着。贾母笑道:"这定是凤丫头促狭鬼儿闹的,快别信他的话了。"那刘姥姥正夸鸡蛋小巧,要攮一个,凤姐儿笑道:"一两银子一个呢,你快尝尝罢,那冷了就不好吃了。"刘姥姥便伸筷子要夹,那里夹的起来,满碗里闹了一阵,好不容易撮起一个来,才伸着脖子要吃,偏又滑下来滚在地下,忙放下箸子要亲自去捡,早有地下的人捡了出去了。刘姥姥叹道:"一两银子,也没听见响声儿就没了!"众人已没心吃饭,都看着他笑。

贾母又说:"这会子又把那个筷子拿了出来,又不请客摆大筵席。都是凤丫头支使的,还不换了呢。"地下的人原不曾预备这牙箸,本是凤姐和鸳鸯拿了来的,听如此说,忙收了过去,也照样换上一双乌木镶银的。刘姥姥

贾母道:"也有,只是像方才《西楼·楚江晴》一支,多有小生吹箫和的。这大套的实在少,这也在主人讲究不讲究罢了。这算什么出奇?"指湘云道:"我像他这么大的时节,他爷爷有一班小戏,偏有一个弹琴的凑了来,即如《西厢记》的《听琴》,《玉簪记》的《琴挑》,《续琵琶》的《胡笳十八拍》,竟成了真的了,比这个更如何?"众人都道:"这更难得了。"贾母便命个媳妇来,吩咐文官等叫他们吹一套《灯月圆》。媳妇领命而去。

…………

(第七十六回)话说贾赦贾政带领贾珍等散去不提。且说贾母这里命将围屏撤去,两席并而为一。众媳妇另行擦桌整果,更杯洗箸,陈设一番。贾母等都添了衣,盥漱吃茶,方又入坐,团团围绕。贾母看时,宝钗姊妹二人不在坐内,知他们家去圆月去了,且李纨凤姐二人又病着,少了四个人,便觉冷清了好些。贾母因笑道:"往年你老爷们不在家,咱们越性请过姨太太来,大家赏月,却十分闹热。忽一时想起你老爷来,又不免想到母子、夫妻、儿女不能一处,也都没兴。及至今年你老爷来了,正该大家团圆取乐,又不便请他娘儿们来说说笑笑。况且他们今年又添了两口人,也难丢了他们跑到这里来。偏又把凤丫头病了,有他一人来说说笑笑,还抵得十个人的空儿。可见天下事总难十全。"说毕,不觉长叹一声,遂命拿大杯来斟热酒。王夫人笑道:"今日得母子团圆,自比往年有趣。往年娘儿们虽多,终不似今年自己骨肉齐全的好。"贾母笑道:"正是为此,所以才高兴拿大杯来吃酒。你们也换大杯才是。"邢夫人等只得换上大杯来。因夜深体乏,且不能胜酒,未免都有些倦意,无奈贾母兴犹未阑,只得陪饮。

贾母又命将氍毹铺于阶上,命将月饼、西瓜、果品等类都叫搬下去,令丫头媳妇们也都团团围坐赏月。贾母因见月至天中,比先越发精彩可爱,因说:"如此好月,不可不闻笛。"因命人将十番上女孩子传来。贾母道:"音乐多了,反失雅致,

道:"去了金的,又是银的,到底不及俺们那个伏手。"凤姐儿道:"菜里若有毒,这银子下去了就试的出来。"刘姥姥道:"这个菜里若有毒,俺们那菜都成了砒霜了。那怕毒死了也要吃尽了。"贾母见他如此有趣,吃的又香甜,把自己的也都端过来与他吃。又命一个老嬷嬷来,将各样的菜给板儿夹在碗上。

一时吃毕,贾母等都往探春卧室中去说闲话。这里收拾过残桌,又放了一桌。刘姥姥看着李纨与凤姐儿对坐着吃饭,叹道:"别的罢了,我只爱你们家这行事。怪道说'礼出大家'。"凤姐儿忙笑道:"你可别多心,才刚不过大家取笑儿。"一言未了,鸳鸯也进来笑道:"姥姥别恼,我给你老人家赔个不是。"刘姥姥笑道:"姑娘说那里的话,咱们哄着老太太开个心儿,可有什么恼的!你先嘱咐我,我就明白了,不过大家取个笑儿。我要心里恼,也就不说了。"鸳鸯便骂人"为什么不倒茶给姥姥吃?"刘姥姥忙道:"刚才那个嫂子倒了茶来,我吃过了。姑娘也该用饭了。"凤姐儿便拉鸳鸯:"你坐下和我们吃了罢,省的回来又闹。"鸳鸯便坐下了。婆子们添上碗箸来,三人吃毕。

刘姥姥笑道:"我看你们这些人都只吃这一点儿就完了,亏你们也不饿。怪只道风儿都吹的倒。"

············

大家坐定,贾母先笑道:"咱们先吃两杯,今日也行一令才有意思。"薛姨妈等笑道:"老太太自然有好酒令,我们如何会呢,安心要我们醉了。我们都多吃两杯就有了。"贾母笑道:"姨太太今儿也过谦起来,想是厌我老了。"薛姨妈笑道:"不是谦,只怕行不上来倒是笑话了。"王夫人忙笑道:"便说不上来,就便多吃一杯酒,醉了睡觉去,还有谁笑话咱们不成。"薛姨妈点头笑道:"依令。老太太到底吃一杯令酒才是。"贾母笑道:"这个自然。"说

只用吹笛的远远的吹起来就够了。"说毕,刚才去吹时,只见跟邢夫人的媳妇走来向邢夫人说了两句话。贾母便问:"说什么事?"那媳妇便回说:"方才大老爷出去,被石头绊了一下,歲了腿。"贾母听说,忙命两个婆子快看去,又命邢夫人快去。邢夫人遂告辞起身。贾母便又说:"珍哥媳妇也趁着便就家去罢,我也就睡了。"尤氏笑道:"我今日不回去了,定要和老祖宗吃一夜。"贾母笑道:"使不得,使不得。你们小夫妻家,今夜不要团圆团圆,如何为我耽搁了。"尤氏红了脸,笑道:"老祖宗说的我们太不堪了。我们虽然年轻,已经是十来年的夫妻,也奔四十岁的人了。况且孝服未满。陪着老太太顽一夜还罢了,岂有自去团圆的理。"贾母听说,笑道:"这话很是,我倒也忘了孝未满。可怜你公公已是二年多了,可是我倒忘了,该罚我一大杯。既这样,你就越性别送,陪着我罢了。你叫蓉儿媳妇送去,就顺便回去罢。"尤氏说了。蓉妻答应着,送出邢夫人,一同至大门,各自上车回去。不在话下。

这里贾母仍带众人赏了一回桂花,又入席换暖酒来。正说着闲话,猛不防只听那壁厢桂花树下,呜呜咽咽,悠悠扬扬,吹出笛声来。趁着这明月清风,天空地净,真令人烦心顿解,万虑齐除,都肃然危坐,默然相赏。听约两盏茶时,方才止住。大家称赞不已。于是遂又斟上暖酒来。贾母笑道:"果然可听么?"众人笑道:"实在可听。我们也想不到这样,须得老太太带领着,我们也得开些心胸。"贾母道:"这还不大好,须得拣那曲谱越慢的吹来越好。"……又命斟一大杯热酒,送给谱笛之人,慢慢的吃了再细细的吹一套来。媳妇们答应了,方送去,只见方才瞧贾赦的两个婆子回来了,说:"右脚面上白肿了些,如今调服了药,疼的好些了,也不甚大关系。"贾母点头叹道:"我也太操心。打紧说我偏心,我反这样。"……只见鸳鸯拿了软巾兜与大斗篷来,说:"夜深了,恐露水下来,风吹了头,须要添了这个。坐坐也该歇了。"贾母道:"偏今儿高兴,你又来催。难道

着便吃了一杯。

凤姐儿忙走至当地,笑道:"既行令,还叫鸳鸯姐姐来行更好。"众人都知贾母所行之令必得鸳鸯提着,故听了这话,都说:"很是。"

……

原是凤姐儿和鸳鸯都要听刘姥姥的笑话,故意都令说错,都罚了。至王夫人,鸳鸯代说了个,下便该刘姥姥。

刘姥姥道:"我们庄家人闲了,也常会几个人弄这个,但不如说的这么好听。少不得我也试一试。"众人都笑道:"容易说的。你只管说,不相干。"鸳鸯笑道:"左边'四四'是个人。"刘姥姥听了,想了半日,说道:"是个庄家人罢。"众人哄堂笑了。贾母笑道:"说的好,就是这样说。"刘姥姥也笑道:"我们庄家人,不过是现成的本色,众位别笑。"鸳鸯道:"中间'三四'绿配红。"刘姥姥道:"大火烧了毛毛虫。"众人笑道:"这是有的,还说你的本色。"鸳鸯笑道:"右边'幺四'真好看。"刘姥姥道:"一个萝卜一头蒜。"众人又笑了。鸳鸯笑道:"凑成便是一枝花。"刘姥姥两只手比着,说道:"花儿落了结个大倭瓜。"众人大笑起来。

我醉了不成,偏到天亮!"因命再斟酒来。一面戴上兜巾,披了斗篷,大家陪着又饮,说些笑话。只听桂花阴里,呜呜咽咽,袅袅悠悠,又发出一缕笛音来,果真比先越发凄凉。大家都寂然而坐。夜静月明……众人此时都不禁凄凉寂历之意,半日,方知贾母伤感,才忙转身陪笑,发语解释。又命暖酒,且住了笛。

尤氏笑道:"我也就学一个笑话,说与老太太解解闷。"贾母勉强笑道:"这样更好,快说来我听。"尤氏乃说道:"一家子养了四个儿子:大儿子只一个眼睛,二儿子只一个耳朵,三儿子只一个鼻子眼,四儿子倒都齐全,偏又是个哑叭。"正说到这里,只见贾母已朦胧双眼,似有睡去之态。尤氏方住了,忙和王夫人轻轻的请醒。贾母睁眼笑道:"我不困,白闭闭眼养神。你们只管说,我听着呢。"王夫人等笑道:"夜已四更了,风露也大,请老太太安歇罢,明日再赏十六,也不辜负这月色。"贾母道:"那里就四更了?"王夫人笑道:"实已四更,他们姊妹们熬不过,都去睡了。"贾母听说,细看了一看,果然都散了,只有探春在此。贾母笑道:"也罢。你们也熬不惯,况且弱的弱,病的病,去了倒省心。只是三丫头可怜见的,尚还等着。你也去罢,我们散了。"说着,便起身,吃了一口清茶,便有预备下的竹椅小轿,便围着斗篷坐上,两个婆子搭起,众人围随出园去了。不在话下。

【点评】

刘姥姥:

《红楼梦》里,刘姥姥是一个"积年的老寡妇"的形象。"积年""老寡妇"二词道尽了她一生的艰辛贫弱与卑微低贱。在贾府这座侯门大院,她真正是"芥豆之微"。然而,这位身份卑微的老人,在第二次进贾府时竟能够游刃有余,反映出其人生的智慧。

通过几个情节,可以深刻了解这一形象的特点。

1. 带着新鲜蔬果进府

虽然家境贫寒,生活艰苦,但是刘姥姥并没有表现出人性的贪婪与自私,而是懂得感恩。

家里都问好。早要来请姑奶奶的安看姑娘来的,因为庄家忙。好容易今年多打了两石粮食,瓜果菜蔬也丰盛。这是头一起摘下来的,并没敢卖呢,留的尖儿孝敬姑奶奶姑娘们尝尝。姑娘们天天山珍海味的也吃腻了,这个吃个野意儿,也算我们的穷心。

刘姥姥一个"孝敬",将自己与贾府的关系清楚地摆了出来,给了贾府最高的礼遇。一席话,说得平儿开心,她自然愿意成为刘姥姥的引路之人。作为一个乞求者,刘姥姥没有一心想着获取,而是懂得把握付出与获得之间的平衡,这是人生的智慧。

2. 讨得贾母欢心

刘姥姥与贾母不是一个层级的人,应该很难有交集。然而,就在刘姥姥第二次进贾府时,两人竟然一见如故,甚至成了好闺蜜。这一情节,充分表现出刘姥姥的做人智慧。

当她听说贾母要见自己时,也曾因自卑而退缩:"我这生像儿怎好见的。好嫂子,你就说我去了罢。"她清醒地知道,即使能够与贾母众人共同享受花团锦簇的宴席,但终究只是一场永不对等的把酒言欢。"今儿既认着了亲,别空空儿的就去。不嫌我这里,就住一两天再去。我们也有个园子,园子里头也有果子,你明日也尝尝,带些家去,你也算看亲戚一趟。"贾母的一番话,让她心里暖暖的,没想到眼前这位自己眼中高不可及的人物,竟如此慈善,于是,她开始思考自己如何让这位同辈之人开心。想想,在那个场合,自己唯一能做的,就是把卑微的快乐呈现给众人,因此,她不惜丑化自己,让自己成为众人取笑的对象。

贾母这边说声"请",刘姥姥便站起身来,高声说道:"老刘,老刘,食量大似牛,吃一个老母猪不抬头。"自己却鼓着腮不语。

众人先是发怔,后来一听,上上下下都哈哈的大笑起来。史湘云掌不住,一口饭都喷了出来;林黛玉笑岔了气,伏着桌子"嗳哟";宝玉早滚到贾母怀里,贾母笑的搂着宝玉叫"心肝";王夫人笑的用手指着凤姐儿,只说不出话来;薛姨妈也掌不住,口里的茶喷了探春一裙子;探春手里的饭碗都合在迎春身上;惜春离了坐位,拉着他奶母叫揉一揉肠子。地下的无一个不弯腰屈背,也有躲出去蹲着笑去的,也有忍着笑上来替他姊妹换衣裳的。

在行酒令时,她逗笑了所有人;凤姐儿在她头上横七竖八插满了花,她开心地说自己修了福,变体面了;手拿沉重的象牙镶金筷子,认真地夹鸽子蛋,她表现出卑微的滑稽……

从整个情节来看,刘姥姥不仅老于世故,而且知理识趣,随机应变,其粗野作风和贵族家庭生活所产生的巨大反差引来了阵阵笑声。不得不说,她的自黑恰恰是认清事实、了解差距后的豁达,是绝处逢生的幽默。这正是人生的大智慧。正是这种智慧,让她在这场打秋风行动中能够满载而归。

贾母:

生活在富贵之家的贾母,是一位称职的家长,她以一颗利他之心关心着身边的每一个人,活出了生命的格局和境界。

贾母因问:"有稀饭吃些罢了。"尤氏早捧过一碗来,说是红稻米粥。贾母接来吃了半碗,便吩咐:"将这粥送给凤哥儿吃去。"又指着:"这一碗笋和这一盘风腌果子狸给颦儿宝玉两个吃去,那一碗肉给兰小子吃去。"又向尤氏道:"我吃了,你就来吃了罢。"

讲吃,她吃得既简约,又有品位,一碗"红稻米粥",让人感受到她身上节俭的美德。同时,吃饭过程中,她又不忘关心凤姐、黛玉、尤氏,让她们沐浴生命的温暖。正是这种亲和力,让她能够在贾府之中获得大家的尊重,成为大家真心以待的家长。

同时,贾母又是一个极富雅趣也能及时行乐的家长。论艺术素养,她精通音乐,喜欢戏,而且要隔着水听,因为"借着水音更好听"。同时,她又能够将戏中所表达的人生境遇进行个性化的理解:

贾母笑道:"这有个原故:编这样书的,有一等妒人家富贵,或有求不遂心,所以编出来污秽人家。再一等,他自己看了这些书看魔了,他也想一个佳人,所以编了出来取乐。何尝他知道那世宦读书家的道理!别说他上那些世宦书礼大家,如今眼下真的,拿我们这中等人家说起,也没有这样的事,别说是那些大家子。可知是诌掉了下巴的话。所以我们从不许说这些书,丫头们也不懂这些话。这几年我老了,他们姊妹们住的远,我偶然闷了,说几句听听,他们一来,就忙歇了。"

戏中的情节,不过是编书之人虚构了,用来供人取乐的,生活中并没有那样的事情。一席话,道出了艺术与生活的关系,虽然不是文雅的术语,却说到了点子上,颇具思想性。

论生活情调,她更是情怀满满,格调不凡。赏月时,一定要带全家到山脊的大厅,在那里望月最是阔朗明净。

月至中天,她说:"如此好月,不可不闻笛。"又说:"音乐多了,反失雅致,只用吹笛的远远的吹起来就够了。"清风、朗月、笛声、水面、附近的桂花树,这些事物组合起来完全是一场高雅音乐会。而且她没有陶醉于众人的奉承之中,她谦虚地表示:"这还不大好,须得拣那曲谱越慢的吹来越好。"

当然,一个懂得生活情调的人,是能够活出豁达洒脱的。从作品中可以看到,贾母带领众人一同赏月,一起品茶,就连卧室布置都与众不同。当那个与自己年龄相仿的刘姥姥进入大观园时,贾母被这乡野之妇逗得开心不已,这其中固然有找乐子的意味,但从她的言谈中,更表现出雅俗共赏的境界。正是因为有这样一位骨灰级的老年文化青年,才让这疏风朗月的大观园多了几分风雅,添了几缕人间烟火。

对 别 人

刘姥姥三进贾府

(第一百十三回)只见平儿同刘姥姥带了一个小女孩儿进来,说:"我们姑奶奶在那里?"平儿引到炕边,刘姥姥便说:"请姑奶奶安。"凤姐睁眼一看,不觉一阵伤心,说:"姥姥你好?怎么这时候才来?你瞧你外孙女儿也长的这么大了。"刘姥姥看着凤姐骨瘦如柴,神情恍惚,心里也就悲惨起来,说:"我的奶奶,怎么这几个月不见就病到这个分儿!我糊涂的要死,怎么不早来请姑奶奶的安。"便叫青儿给姑奶奶请安。青儿只是笑。凤姐看了倒也十分喜欢,便叫小红招呼着。刘姥姥道:"我们屯乡里的人不会病的,若一病了就要求神许愿,从不知道吃药的。我想姑奶奶的病不要撞着什么了罢?"平儿听着那话不在理,便在背地里扯他,刘姥姥会意,便不言语。那里知道这句话倒合了凤姐的意,扎挣着说:"姥姥,你是有年纪的人,说的不错。你见过的赵姨娘也死了,你知道么?"刘姥姥诧异道:"阿弥陀佛,好端端一个人怎么就死了?我记得他也有一个小哥儿,这便怎么样呢?"平儿道:"这怕什么,他还有老爷太太呢。"刘姥姥道:"姑娘,你那里知道,

贾母忧人冷暖,施以恩泽

(第四十回)刘姥姥因见窗下案上设着笔砚,又见书架上磊着满满的书,刘姥姥道:"这必定是那位哥儿的书房了。"贾母笑指黛玉道:"这是我这外孙女儿的屋子。"刘姥姥留神打量了黛玉一番,方笑道:"这那像个小姐的绣房,竟比那上等的书房还好。"贾母因问:"宝玉怎么不见?"众丫头们答说:"在池子里舡上呢。"贾母道:"谁又预备下舡了?"李纨忙回说:"才开楼拿几,我恐怕老太太高兴,就预备下了。"贾母听了方欲说话时,有人回说:"姨太太来了。"贾母等刚站起来,只见薛姨妈早进来了,一面归坐,笑道:"今儿老太太高兴,这早晚就来了。"贾母笑道:"我才说来迟了的要罚他,不想姨太太就来迟了。"

说笑一会。贾母因见窗上纱的颜色旧了,便和王夫人说道:"这个纱新糊上好看,过了后来就不翠了。这个院子里头又没有个桃杏树,这竹子已是绿的,再拿这绿纱糊上反不配。我记得咱们先有四五样颜色糊窗的纱呢,明儿给他把这窗上的换了。"凤姐儿忙道:"昨儿我开库房,看见大板箱里还有好些匹银红蝉翼纱,也有

不好死了是亲生的,隔了肚皮子是不中用的。"这句话又招起凤姐的愁肠,呜呜咽咽的哭起来了。众人都来解劝。巧姐儿听见他母亲悲哭,便走到炕前,用手拉着凤姐的手也哭起来。凤姐一面哭着道:"你见过了姥姥了没有?"巧姐儿道:"没有。"凤姐道:"你的名字还是他起的呢,就和干娘一样,你给他请个安。"巧姐儿便走到跟前。刘姥姥忙拉着道:"阿弥陀佛,不要折杀我了。巧姑娘,我一年多不来,你还认得我么?"巧姐儿道:"怎么不认得。那年在园里见的时候我还小。前年你来我还和你要隔年的蝈蝈儿,你也没有给我,必是忘了。"刘姥姥道:"好姑娘,我是老糊涂了。若说蝈蝈儿,我们屯里多得很,只是不到我们那里去。若去了,要一车也容易。"凤姐道:"不然,你带了他去罢。"刘姥姥笑道:"姑娘这样千金贵体,绫罗裹大了的,吃的是好东西;到了我们那里,我拿什么哄他玩,拿什么给他吃呢。这倒不是坑杀我了么!"说着,自己还笑。他说:"那么着,我给姑娘做个媒罢。我们那里虽说是屯乡里,也有大财主人家,几千顷地,几百牲口,银子钱亦不少;只是不像这里有金的有玉的。姑奶奶是瞧不起这样人家,我们庄家人瞧着这样大财主也算是天上的人了。"凤姐道:"你说去,我愿意就给。"刘姥姥道:"这是玩话儿罢咧。放着姑奶奶这样大官大府的人家只怕还不肯给,那里肯给庄家人。就是姑奶奶肯了,上头太太们也不给。"巧姐因她这话不好听,便走了去和青儿说话。两个女孩儿倒说得上,渐渐的就熟起来了。

……(第一百十九回)有个婆子进来回说:"后门上的人说,那个刘姥姥又来了。"王夫人道:"咱们家遭着这样事,那有工夫接待人,不拘怎么回了他去罢。"平儿道:"太太该叫他进来,他是姐儿的干妈,也得告诉告诉他。"王夫人不言语。那婆子便带了刘姥姥进来。各人见了问好。刘姥姥见众人的眼圈儿都是红的,

各样折枝花样的,也有流云万福花样的,也有百蝶穿花花样的,颜色又鲜,纱又轻软,我竟没见过这样的。拿了两匹出来,作两床绵纱被,想来一定是好的。"贾母听了笑道:"呸,人人都说你没有不经过不见过,连这个纱还不认得呢,明儿还说嘴。"薛姨妈等都笑说:"凭他怎么经过见过,如何敢比老太太呢。老太太何不教导了他,我们也听听。"凤姐儿也笑说:"好祖宗,教给我罢。"

贾母笑向薛姨妈众人道:"那个纱,比你们的年纪还大呢。怪不得他认作蝉翼纱,原也有些像,不知道的,都认作蝉翼纱。正紧名字叫作'软烟罗'。"凤姐儿道:"这个名儿也好听。只是我这么大了,纱罗也见过几百样,从没听见过这个名色。"贾母笑道:"你能够活了多大,见过几样没处放的东西,就说嘴来了。那个软烟罗只有四样颜色:一样雨过天晴,一样秋香色,一样松绿的,一样就是银红的。若是做了帐子,糊了窗屉,远远的看着,就似烟雾一样,所以叫作'软烟罗',那银红的又叫作'霞影纱'。如今上用的府纱也没有这样软厚轻密的了。"

薛姨妈笑道:"别说凤丫头没见,连我也没听见过。"凤姐儿一面说,早命人取了一匹来了。贾母说:"可不是这个!先时原不过是糊窗屉,后来我们拿这个作被作帐子,试试也竟好。明儿就找出几匹来,拿银红的替他糊窗子。"凤姐答应着。众人都看了,称赞不已。刘姥姥也觑着眼看个不了,念佛说道:"我们想他作衣裳也不能,拿着糊窗子,岂不可惜?"贾母道:"倒是做衣裳不好看。"凤姐忙把自己身上穿的一件大红棉纱袄子襟儿拉了出来,向贾母薛姨妈道:"看我的这袄儿。"贾母薛姨妈都说:"这也是上好的了,这是如今的上用内造的,竟比不上这个。"凤姐儿道:"这个薄片子,还说是上用内造呢,竟连官用的也比不上了。"贾母道:"再找一找,只怕还有青的。若有时都拿出来,送这刘亲家两匹,做一个帐子我挂,下剩的添上里子,做些夹背心

也摸不着头脑,迟了一会子,便问道:"怎么了?太太姑娘们必是想二姑奶奶了。"巧姐儿听见提起他母亲,越发大哭起来。平儿道:"姥姥别说闲话,你既是姑娘的干妈,也该知道的。"便一五一十的告诉了。把个刘姥姥也吓怔了。等了半天,忽然笑道:"你这样一个伶俐姑娘,没听见过鼓儿词么,这上头的方法多着呢。这有什么难的!"平儿赶忙问道:"姥姥,你有什么法儿,快说罢。"刘姥姥道:"这有什么难的呢,一个人也不叫他们知道,扔崩一走就完了事了。"平儿道:"这可是混说了。我们这样人家的人走到那里去!"刘姥姥道:"只怕你们不走,你们要走就到我屯里去。我就把姑娘藏起来,即刻叫我女婿弄了人,叫姑娘亲笔写个字儿,赶到姑老爷那里,少不得他就来了。可不好么?"平儿道:"大太太知道呢?"刘姥姥道:"我来他们知道么?"平儿道:"大太太住在后头,他待人刻薄,有什么信没有送给他的。你若前门走来就知道了,如今是后门来的不妨事。"刘姥姥道:"咱们说定了几时,我叫女婿打了车来接了去。"平儿道:"这还等得几时呢!你坐着罢。"急忙进去,将刘姥姥的话避了旁人告诉了。王夫人想了半天不妥当。平儿道:"只有这样。为的是太太才敢说明。太太就装不知道,回来倒问大太太。我们那里就有人去,想二爷回来也快。"王夫人不言语,叹了一口气。巧姐儿听见,便和王夫人道:"只求太太救我!横竖父亲回来只有感激的。"平儿道:"不用说了,太太回去罢。回来只要太太派人看屋子。"王夫人道:"掩密些。你们两个人的衣服铺盖是要的。"平儿道:"要快走了才中用呢,若是他们定了回来就有了饥荒了。"提醒了王夫人,便道:"是了,你们快办去罢,有我呢。"于是王夫人回去,倒过去找那夫人说闲话儿,把那夫人先绊住了。平儿这里便遣人料理去了,嘱咐道:"倒别避人,有人进来看见,就说是大太太吩咐的要一辆车子送刘姥姥去。"这里又买嘱

子给丫头们穿,白收着霉坏了。"凤姐忙答应了,仍令人送去。

贾母起身笑道:"这屋里窄,再往别处逛去。"刘姥姥念佛道:"人人都说大家子住大房。昨儿见了老太太正房,配上大箱大柜大桌子大床,果然威武。那柜子比我们那一间房子还大还高。怪道后院子里有个梯子。我想并不上房晒东西,预备个梯子作什么?后来我想起来,定是为开顶柜收放东西,非离了那梯子,怎么得上去呢。如今又见了这小屋子,更比大的越发齐整了。满屋里的东西都只好看,都不知叫什么,我越看越舍不得离了这里。"凤姐道:"还有好的呢,我都带你去瞧瞧。"

说着,一径离了潇湘馆,远远望见池中一群人在那里撑舡。贾母道:"他们既预备下船,咱们就坐。"一面说着,便向紫菱洲、蓼溆一带走来。

……说着已到了花溆的萝港之下,觉得阴森透骨,两滩上衰草残菱,更助秋情。

贾母因见岸上的清厦旷朗,便问:"这是你薛姑娘的屋子不是?"众人道:"是。"贾母忙命拢岸,顺着云步石梯上去,一同进了蘅芜苑,只觉异香扑鼻,那些奇草仙藤愈冷愈苍翠,都结了实,似珊瑚豆子一般,累垂可爱。及进了房屋,雪洞一般,一色玩器全无,案上只有一个土定瓶中供着数枝菊花,并两部书,茶奁茶杯而已。床上只吊着青纱帐幔,衾褥也十分朴素。

贾母叹道:"这孩子太老实了。你没有陈设,何妨和你姨娘要些。我也不理论,也没想到,你们的东西自然在家里没带了来。"说着,命鸳鸯去取些古董来,又嗔着凤姐儿:"不送些玩器来与你妹妹,这样小器。"王夫人凤姐儿等都笑回说:"他自己不要的。我们原送了来,他都退回去了。"薛姨妈也笑说:"他在家里也不大弄这些东西的。"贾母摇头道:"使不得。虽然他省事,倘或来一个亲戚,看着不像;二则年轻的姑娘们,房里这样素净,也忌讳。我们这老婆子,

了看后门的人雇了车来。平儿便将巧姐装做青儿模样,急急的去了。后来平儿只当送人,眼错不见,也跨上车去了。原来近日贾府后门虽开,只有一两个人看着,馀外虽有几个家下人,因房大人少,空落落的,谁能照应。且邢夫人又是个不怜下人的,众人明知此事不好,又都感念平儿的好处,所以通同一气放走了巧姐。邢夫人还自和王夫人说话,那里理会。只有王夫人甚不放心,说了一回话,悄悄的走到宝钗那里坐下,心里还是惦记着。宝钗见王夫人神色恍惚,便问:"太太的心里有什么事?"王夫人将这事背地里和宝钗说了。宝钗道:"险得很!如今得快快儿的叫芸哥儿止住那里才妥当。"王夫人道:"我找不着环儿呢。"宝钗道:"太太总要装作不知。等我想个人去叫大太太知道才好。"王夫人点头,一任宝钗想人。暂且不言。

……只有贾环等心下着急,四处找寻巧姐。

那知巧姐随了刘姥姥带着平儿出了城到了庄上,刘姥姥也不敢轻亵巧姐,便打扫上房让给巧姐平儿住下。每日供给虽是乡村风味,倒也洁净。又有青儿陪着,暂且宽心。那庄上也有几家富户,知道刘姥姥家来了贾府姑娘,谁不来瞧,都道是天上神仙。也有送菜果的,也有送野味的,倒也热闹。内中有个极富的人家,姓周,家财巨万,良田千顷,只有一子,生得文雅清秀,年纪十四岁,他父母延师读书,新近科试中了秀才。那日他母亲看见了巧姐,心里爱慕,自想:"我是庄家人家,那能配得起这样世家小姐!"呆呆的想着。刘姥姥知他心事,拉着他说:"你的心事我知道了。我给你们做个媒罢。"周妈妈笑道:"你别哄我,他们什么人家,肯给我们庄家么!"刘姥姥道:"说着瞧罢。"于是两人各自走开。

越发该住马圈去了。你们听那些书上戏上说的小姐们的绣房,精致的还了得呢。他们姊妹们虽不敢比那些小姐们,也不要很离了格儿。有现成的东西,为什么不摆?若很爱素净,少几样倒使得。我最会收拾屋子的,如今老了,没有这些闲心了。他们姊妹们也还学着收拾的好,只怕俗气,有好东西也摆坏了。我看他们还不俗。如今让我替你收拾,包管又大方又素净。我的梯己两件,收到如今,没给宝玉看见过,若经了他的眼,也没了。"说着叫鸳鸯来,亲吩咐道:"你把那石头盆景儿和那架纱桌屏,还有个墨烟冻石鼎,这三样摆在这案上就够了。再把那水墨字画白绫帐子拿来,把这帐子也换了。"鸳鸯答应着,笑道:"这些东西都搁在东楼上的不知那个箱子里,还得慢慢找去,明儿再拿去也罢了。"贾母道:"明日后日都使得,只别忘了。"说着,坐了一回方出来,一径来至缀锦阁下。文官等上来请过安,因问"演习何曲"。贾母道:"只拣你们生的演习几套罢。"文官等下来,往藕香榭去不提。

这里凤姐儿已带着人摆设整齐,上面左右两张榻,榻上都铺着锦裀蓉簟,每一榻前有两张雕漆几,也有海棠式的,也有梅花式的,也有荷叶式的,也有葵花式的,也有方的,也有圆的,其式不一。一个上面放着炉瓶,一分攒盒,一个上面空设着,预备放人所喜食物。上面二榻四几,是贾母薛姨妈;下面一椅两几,是王夫人的,馀者都是一椅一几。东边是刘姥姥,刘姥姥之下便是王夫人。西边便是史湘云,第二便是宝钗,第三便是黛玉,第四迎春、探春、惜春挨次下去,宝玉在末。李纨凤姐二人之几设于三层槛内,二层纱厨之外。攒盒式样,亦随几之式样。每人一把乌银洋錾自斟壶,一个十锦珐琅杯。

【点评】

刘姥姥：

一个人的品格，可以从其对待他人的态度中窥知。刘姥姥与贾母，虽然身份地位悬殊，但两位老人都有一颗慈善的心，都能够表现出长者的风范。

刘姥姥虽然身处社会底层，但坚守一份朴素的生命情怀，懂得感恩，知道回报。因为良善，所以懂得有恩必报。在贾府中得到凤姐等人的银两后，她没忘恩情，扛着大量乡村野味来谢恩。而最感人的情节，当属贾府被抄后，王熙凤托孤一节。贾府被抄，相关人等唯恐避之不及，她却主动上门，欣然接受了凤姐的嘱托，主动提出让巧姐去自己家躲避。

凤姐道："不然，你带了他去罢。"刘姥姥笑道："姑娘这样千金贵体，绫罗裹大了的，吃的是好东西；到了我们那里，我拿什么哄他玩，拿什么给他吃呢。这倒不是坑杀我了么！"说着，自己还笑。他说："那么着，我给姑娘做个媒罢。我们那里虽说是屯乡里，也有大财主人家，几千顷地，几百牲口，银子钱亦不少；只是不像这里有金的有玉的。姑奶奶是瞧不起这样人家，我们庄家人瞧着这样大财主也算是天上的人了。"凤姐道："你说去，我愿意就给。"

贾府败落，曾经八面威风的凤姐病危，女儿巧姐无依，此时，凤姐首先想到的是刘姥姥，在她的眼里，只有刘姥姥是真诚可靠的人。这种信任，是建立在多年交往的基础之上的。曾经的滴水之恩，让刘姥姥不顾惜自己的生命前来探望，这种情分，世间难得。

至于后文，巧姐被舅舅设计变卖，邢夫人、贾环等人严防巧姐逃走时，刘姥姥又果断出手相助，可谓仗义。对于一个农妇来说，搭救一个侯门小姐谈何容易？

平儿道："这可是混说了。我们这样人家的人走到那里去！"刘姥姥道："只怕你们不走，你们要走就到我屯里去。我就把姑娘藏起来，即刻叫我女婿弄了人，叫姑娘亲笔写个字儿，赶到姑老爷那里，少不得他就来了。可不好么？"平儿道："大太太知道呢？"刘姥姥道："我来他们知道么？"平儿道："大太太住在后头，他待人刻薄，有什么信没有送给他的。你若前门走来就知道了，如今是后门来的不妨事。"刘姥姥道："咱们说定了几时，我叫女婿打了车来接了去。"

几句话的工夫，便把转移巧姐的事宜安排好，最终让巧姐躲过一劫。不难想象，此后刘姥姥一家与贾府的渊源会有多深。刘姥姥用行动告诉我们，宽厚善良、懂得感恩是传家之本、兴家之要。

贾母：

相比而言，贾母在待人方面也表现出鲜明的利他思想，是一位能够时时处处关心他人的家长。

1. 心疼外孙女林黛玉

贾母对林黛玉的怜爱，是仅次于宝玉的。自黛玉进入贾府，她对黛玉便如亲孙女一般疼爱。她领刘姥姥逛大观园时，首先就让凤姐改善黛玉的居住环境。

贾母因见窗上纱的颜色旧了，便和王夫人说道："这个纱新糊上好看，过了后来就不翠了。这个院子里头又没有个桃杏树，这竹子已是绿的，再拿这绿纱糊上反不配。我记得咱们先有四五样颜色糊窗的纱呢，明儿给他把这窗上的换了。"

看到潇湘馆的窗纱旧了，就让凤姐去取那珍贵的"软烟罗"；"都拿出来，送这刘亲家两匹，做一个帐子我挂，下剩的添上里子，做些夹背心子给丫头们穿，白收着霉坏了"。这时，我们不仅会惊诧于贾家的富有，艳羡于刘姥姥的幸运，更应该钦敬于贾母的豁达与智慧。"软烟罗"被收入库房，自然源于贾母的珍视与爱惜，可这一收就是几十年，只能等着发霉烂掉，无法展现自身的美丽。贾母意识到，束之高阁，不仅不是惜物，反而是一种浪费。于是，她吩咐下人取出"软烟罗",做窗纱,做帐子,送穷亲戚,给丫头做"夹背心子"……

2. 对宝钗照顾有加

宝钗随母亲、哥哥来到贾府,贾母从来没有拿他们当外人,处处都能够为他们着想,尤其对宝钗,更是照顾有加。

贾母叹道:"这孩子太老实了。你没有陈设,何妨和你姨娘要些。我也不理论,也没想到,你们的东西自然在家里没带了来。"说着,命鸳鸯去取些古董来,又嗔着凤姐儿:"不送些玩器来与你妹妹,这样小器。"

看到宝钗的住所简陋,她吩咐下去,搬一些古董来。虽然宝钗素来喜欢简单,但在她看来,府里待人是不敬重的。听着她吩咐鸳鸯的话,不仅是薛姨妈,就连读者也能感受到温暖。

人生于世,都离不开财物。而任何财物,因为人,才有了温度和性情。怎样使用它,考量一个人的品格。物的状态是人的心态的物化。对财物的态度,其实是一个人对人对己对人生的态度。

一个人对待他人的态度,反映出其精神境界的层次。贾母生于繁华,对世界有着热爱,对他人有着关心。从她对待周围人的态度中,能够感受到这位老太太因善良而内心丰富、因丰富高贵的品质。

尴 尬 处

刘姥姥醉卧怡红院

(第四十一回)一时又见鸳鸯来了,要带着刘姥姥各处去逛,众人也都赶着取笑。一时来至"省亲别墅"的牌坊底下,刘姥姥道:"嗳呀!这里还有个大庙呢。"说着,便爬下磕头。众人笑弯了腰。刘姥姥道:"笑什么?这牌楼上字我都认得。我们那里这样的庙宇最多,都是这样的牌坊,那字就是庙的名字。"众人笑道:"你认得这是什么庙?"刘姥姥便抬头指那字道:"这不是'玉皇宝殿'四字?"众人笑的拍手打脚,还要拿他取笑。刘姥姥觉得腹内一阵乱响,忙的拉着一个小丫头,要了两张纸就解衣。众人又是笑,又忙喝他:"这里使不得!"忙命一个婆子带了东北上去了。那婆子指与地方,便乐得走开去歇息。

那刘姥姥因喝了些酒,他脾气不与黄酒相宜,且吃了许多油腻饮食,发渴多喝了几碗茶,不免通泻起来,蹲了半日方完。及出厕来,酒被风禁,且年迈之人,蹲了半天,忽一起身,只觉得眼花头眩,辨不出路径。四顾一望,皆是树木山石楼台房舍,却不知那一处是往那里去的了,只得认着一条石子路慢慢的

贾母痛舍林黛玉

(第九十六回)说着仍到贾母跟前。贾母正在那里和凤姐儿商议,见王夫人进来,便问道:"袭人丫头说什么,这么鬼鬼祟祟的?"王夫人趁便将宝玉的心事细细回明贾母。贾母听了,半日没言语。王夫人和凤姐也都不再说了。只见贾母叹道:"别的事都好说,林丫头倒没有什么。若宝玉真是这样,这可叫人作了难了。"只见凤姐想了一想,因说道:"难倒不难,只是我想了个主意,不知姑妈肯不肯。"王夫人道:"你有主意只管说给老太太听,大家娘儿们商量着办罢了。"凤姐道:"依我想这件事只有一个掉包儿的法子。"贾母道:"怎么掉包儿?"凤姐道:"如今不管宝兄弟明白不明白,大家吵嚷起来,说是老爷做主,将林姑娘配了他了。瞧他的神情儿怎么样。要是他全不管,这个包儿也就不用掉了。若是他有些喜欢的意思,这事却要大费周折呢。"王夫人道:"就算他喜欢,你怎么样办法呢?"凤姐走到王夫人耳边,如此这般的说了一遍。王夫人点了几点头儿,笑了一笑,说道:"也罢了。"贾母便问道:"你娘儿两个搞鬼,到底告诉我是怎么着呀。"凤姐恐贾母不懂,露泄机关,便也向耳边轻轻的告诉了

走来。及至到了房舍跟前,又找不着门,再找了半日,忽见一带竹篱,刘姥姥心中自忖道:"这里也有扁豆架子。"

一面想,一面顺着花障走了来,得了一个月洞门进去。只见迎面忽有一带水池,有七八尺宽,石头砌岸,里边碧浏清水流往那边去了,上面有一块白石横架在上面。刘姥姥便度石过去,顺着石子甬路走去,转了两个弯子,只见有一房门。于是进了房门,只见迎面一个女孩儿,满面含笑迎了出来。刘姥姥忙笑道:"姑娘们把我丢下来了,要我碰头碰到这里来。"说了,只觉那女孩儿不答。刘姥姥便赶来拉他的手,"咕咚"一声,便撞到板壁上,把头碰的生疼。细瞧了一瞧,原来是一幅画儿。刘姥姥自忖道:"原来画儿有这样活凸出来的。"一面想,一面看,一面又用手摸去,却是一色平的,点头叹了两声。一转身方得了一个小门,门上挂着葱绿撒花软帘。

刘姥姥掀帘进去,抬头一看,只见四面墙壁玲珑别透,琴剑瓶炉皆贴在墙上,锦笼纱罩,金彩珠光,连地下踩的砖,皆是碧绿凿花,竟越发把眼花了,找门出去,那里有门?左一架书,右一架屏。刚从屏后得了一门转去,只见他亲家母也从外面迎了进来。刘姥姥诧异,忙问道:"你想是见我这几日没家去,亏你找我来。那一位姑娘带你进来的?"他亲家只是笑,不还言。刘姥姥笑道:"你好没见世面,见这园里的花好,你就没死活戴了一头。"他亲家也不答。便心下忽然想起:"常听大富贵人家有一种穿衣镜,这别是我在镜子里头呢罢。"说毕伸手一摸,再细一看,可不是,四面雕空紫檀板壁将镜子嵌在中间。因说:"这已经拦住,如何走出去呢?"一面说,一面只管用手摸。

这镜子原是西洋机括,可以开合。不意刘姥姥乱摸之间,其力巧合,便撞开消息,掩过镜子,露出门来。刘姥姥又惊又喜,迈步走出一遍。贾母果真一时不懂,凤姐笑着又说了几句。贾母笑道:"这么着也好。可就只忒苦了宝丫头了。倘或吵嚷出来,林丫头又怎么样呢。"凤姐道:"这个话原只说给宝玉听,外头一概不许提起,有谁知道呢。"

……(第九十八回)当时黛玉气绝,正是宝玉娶宝钗的这个时辰。紫鹃等都大哭起来。李纨探春想他素日的可疼,今日更加可怜,也便伤心痛哭。因潇湘馆离新房子甚远,所以那边并没听见。一时大家痛哭了一阵,只听得远远一阵音乐之声,侧耳一听却又没有了。探春李纨走出院外再听时,惟有竹梢风动,月影移墙,好不凄凉冷淡。一时叫了林之孝家的过来,将黛玉停放毕,派人看守,等明早去回凤姐。

凤姐因见贾母王夫人等忙乱,贾政起身,又为宝玉惛愦更甚,正在着急异常之时,若是又将黛玉的凶信一回,恐贾母王夫人愁苦交加,急出病来。只得亲自到园,到了潇湘馆内也不免哭了一场。见了李纨探春,知道诸事齐备,便说:"很好。只是刚才你们为什么不言语,叫我着急?"探春道:"刚才送老爷,怎么说呢。"凤姐道:"这倒是你们两个可怜他些。这么着我还得那边去招呼那个冤家呢。但是这件事好累坠,若是今日不回使不得,若回了恐怕老太太搁不住。"李纨道:"你去见机行事,得回再回方好。"凤姐点头,忙忙的去了。凤姐到了宝玉那里,听见大夫说不妨事,贾母王夫人略觉放心。凤姐便背了宝玉,缓缓的将黛玉的事回明了。贾母王夫人听得都吓了一大跳。贾母眼泪交流,说道:"是我弄坏了他了!但只是这个丫头也忒傻气!"说着,便要到园里去哭他一场。又惦记着宝玉,两头难顾。王夫人等含悲共劝贾母不必过去,"老太太身子要紧。"贾母无奈,只得叫王夫人自去。又说:"你替我告诉他的阴灵,并不是我忍心不来送你,只为有个亲疏。你是我的外孙女儿,是亲的了;若与宝玉比起来,可是宝玉比你更亲些。倘宝玉有些不好,我怎么见他父亲呢!"说着,又哭起来。王夫人来,忽见有一副最精致的床帐。他此时又带了七八分醉,又走乏了,便一屁股坐在床上,只说歇歇,不承望身不由己,前仰后合的,朦胧着两眼,一歪身就睡熟在床上。

且说众人等他不见,板儿见没了他姥姥,急的哭了。众人都笑道:"别是掉在茅厕里了?快叫人去瞧瞧。"因命两个婆子去找,回来说没有。众人各处搜寻不见。袭人戳戳其道路:"是他醉了迷了路,顺着这一条路往我们后院子里去了。若进了花障子到后房门进去,虽然碰头,还有小丫头们知道;若不进花障子再往西南上去,若绕出去还好,若绕不出去,可够他绕回子好的。我且瞧瞧去。"一面想,一面回来,进了怡红院便叫人,谁知那几个房子里小丫头已偷空顽去了。

袭人一直进了房门,转过集锦槅子,就听的鼾齁如雷。忙进来,只闻见酒屁臭气,满屋一瞧,只见刘姥姥扎手舞脚的仰卧在床上。袭人这一惊不小,慌忙赶上来将他没死活的推醒。那刘姥姥惊醒,睁眼见了袭人,连忙爬起来道:"姑娘,我失错了!并没弄脏了床帐。"一面说,一面用手去掸。

袭人恐惊动了人,被宝玉知道了,只向他摇手,不叫他说话。忙将鼎内贮了三四把百合香,仍用罩子罩上。些须收拾收拾,所喜不曾呕吐,忙悄悄的笑道:"不相干,有我呢。你随我出来。"刘姥姥跟了袭人,出至小丫头们房中,命他坐了,向他说道:"你就说醉倒在山子石上打了个盹儿。"刘姥姥答应知道。又与他两碗茶吃,方觉酒醒了,因问道:"这是那个小姐的绣房,这样精致?我就像到了天宫里的一样。"袭人微微笑道:"这个么,是宝二爷的卧室。"那刘姥姥吓的不敢作声。袭人带他从前面出去,见了众人,只说他在草地下睡着了,带了他来的。众人都不理会,也就罢了。

劝道:"林姑娘是老太太最疼的,但只寿夭有定。如今已经死了,无可尽心,只是葬礼上要上等的发送。一则可以少尽咱们的心,二则就是姑太太和外甥女儿的阴灵儿也可以少安了。"贾母听到这里,越发痛哭起来。凤姐恐怕老人家伤感太过,明仗着宝玉心中不甚明白,便偷偷的使人来撒个谎儿,哄老太太道:"宝玉那里找老太太呢。"贾母听见,才止住泪,问道:"不是又有什么缘故?"凤姐陪笑道:"没什么缘故,他大约是想老太太的意思。"贾母连忙扶了珍珠儿,凤姐也跟着过来。走至半路,正遇王夫人过来,一一回明了贾母,贾母自然又是哀痛的。只因要到宝玉那边,只得忍泪含悲的说道:"既这么着,我也不过去了,由你们办罢。我看着心里也难受。只别委屈了他就是了。"王夫人凤姐一一答应了,贾母才过宝玉这边来。见了宝玉,因问:"你做什么找我?"宝玉笑道:"我昨日晚上看见林妹妹来了,他说要回南去。我想没人留的住,还得老太太给我留一留他。"贾母听着,说:"使得。只管放心罢。"袭人因扶宝玉躺下。贾母出来到宝钗这边来。那时宝钗尚未回九,所以每每见了人倒有些含羞之意。这一天见贾母满面泪痕,递了茶,贾母叫他坐下。宝钗侧身陪着坐了,才问道:"听得林妹妹病了,不知他可好些了?"贾母听了这话,那眼泪止不住流下来,因说道:"我的儿,我告诉你,你可别告诉宝玉。都是因你林妹妹,才叫你受了多少委屈。你如今作媳妇了,我才告诉你。这如今你林妹妹没了两三天了,就是娶你的那个时辰死的。如今这宝玉这一番病还是为着这个。你们先都在园子里,自然也都是明白的。"宝钗把脸飞红了;想到黛玉之死,又不免落下泪来。贾母又说了一回话去了。

【点评】

刘姥姥：

没有谁的一生是一帆风顺的，谁都会遇到困难与尴尬。刘姥姥与贾母自然也不例外。

在贾母两宴大观园之后，承蒙荣府的盛情款待，刘姥姥因受王熙凤和鸳鸯的捉弄喝多了酒，在之后的游园活动中如厕出来迷失了方向，独自误入怡红院，最终走进宝玉卧室，制造了一出滑稽闹剧。

刘姥姥乃一村野老妪，贾宝玉是衣食无忧的贵族子弟，两者之间的身份地位可谓天壤之别。因此，当刘姥姥散发着酒屁臭气、扎手舞脚地仰卧在贾宝玉的床上时，场面之滑稽、尊卑对比之鲜明不言而喻。如果把贾宝玉当作雅的一方，把刘姥姥当作俗的一方，那么，刘姥姥醉卧怡红院就是雅与俗的碰撞与融合，易给读者在想象中带来雅俗共赏的视觉冲击感，令雅的更雅，俗的更俗。可以说，这一情节，从侧面反映出贾府，尤其是宝玉当时生活的优越。

误入这一处花柳繁华地、温柔富贵乡的刘姥姥，此时应该是感到非常尴尬的。她不知道该如何应对，只能听从袭人的安排，不作声响地离开那里。

贾母：

作为贾府的核心，贾母最心疼的儿女就是早逝的小女儿贾敏，而林黛玉又是贾敏唯一的女儿，贾母唯一的外孙女，因此，贾母对林黛玉宠爱有加。当初，贾母知道女儿去世，主动提出接林黛玉到身边养育。即使在宝玉、黛玉的婚姻上，她自然也是支持的。但是，作为薛宝钗的姨妈，王夫人自然不愿意贾宝玉娶林黛玉，而是希望他娶宝钗。而贾府背后真正的最高权力者元春，又是王夫人的女儿，与薛姨妈、薛宝钗的关系自然更近，因此，贾元春以贤德妃的身份赐婚薛宝钗和贾宝玉，这让薛宝钗和贾宝玉的婚事成为不可商量和违拗的事实。

当然，林黛玉的病和她娇弱的身体是贾府为宝玉选择配偶的一个不利因素。看着黛玉的病一日比一日重，贾母也不得不认可宝玉与宝钗的婚事，最终，贾母做出了这个自己虽不愿意但综合来看又是最客观的决定。然后，同王夫人和凤姐一起，用"调包计"骗了宝玉，让宝钗代替黛玉和宝玉成亲，间接导致了黛玉的死亡。在林黛玉临终时，贾母没能去看她，但心里还是惦记着的。在听到林黛玉"魂归离恨天"的那一刻，贾母还是没有控制住自己的感情，痛哭着说道："是我弄坏了他了！但只是这个丫头也忒傻气！"说着，便要到园里去哭她一场，又惦记着宝玉，两头难顾，只得叫王夫人替她去转达一下内心的愧疚。相信，在那个两头为难的时刻，她的内心是尴尬的，也是痛苦的。

形象分析

刘姥姥

（1）相关评价。

刘姥姥谙谙世故，历练人情，一切揣摩求合，思之至深。出其余技作游戏法，如登傀儡场，忽而星娥月姐，忽而牛鬼蛇神，忽而痴人说梦……因发诸金帛以归，视凤姐辈真儿戏也。而卒能脱巧姐于难，是又非无真肝胆、真血气、真性情者。殆黯而侠者，其诸弹铗之杰与！——清人涂瀛《红楼梦论赞》

更妙！贾母之号何其多耶？在诸人口中则曰"老太太"，在阿凤口中则曰"老祖宗"，在僧尼口中则曰"老菩萨"，在刘姥姥口中则曰"老寿星"，看去似有数人，想去则皆贾母，难得如此各尽其妙。刘姥姥亦善应接。——脂砚斋

刘姥姥的出场，其作用之一即是要在从一

个乡屯老婆婆的目中、心中,来显现一下这个全书的中心对象贾府。雪芹的神奇本领就在于:他好像能站在任何一个"立场点"去观察事物,又好像曾和任何一个阶层的任何一个人都在一起"生活过"。在刘姥姥这个例子上,就是他既能以富者的心目去看穷人,又能以穷人的心目去看富者。——周汝昌

(2)共性认识:粗俗不堪的皮囊、高贵善良的内心。

《红楼梦》中,刘姥姥作为一个乡下老太太出场,不是光鲜亮丽的主要人物,却将配角演绎得栩栩如生。三进荣国府,她见证了这个富贵之家繁盛时期的无限风光,也亲历了这个侯门贵族没落时期的无比凄凉。表面看,她每次进贾府都是在讨好逢迎;实际上,她照射出的是底层人物淳朴、善良的光芒。对贾府而言,她起到了有效的烘托作用。

第一,这位芥豆之微的村妪,堪称眼界不凡的智者。虽然身份低到尘埃,但拥有非凡的人生智慧。在其脱贫道路上,我们看到了她朴实的理念和开阔的眼界。

刘姥姥是京都郊区一个贫苦寡妇,膝下无子,只生一女,丈夫早逝,靠两亩薄田度日。晚年,被女婿王狗儿接去一起生活。王狗儿祖上在京城做官时,结识了贾府王夫人的父亲"金陵王",即王熙凤的爷爷。王狗儿的祖上借着与"金陵王"同朝为官的机缘认成"本家"。后来,王狗儿祖上家道中落,从城里迁到京郊务农,到了狗儿这一代经济拮据,穷困潦倒。因狗儿早年跟着祖上享过福,受不了穷苦日子的煎熬,经常当着刘姥姥的面发脾气。刘姥姥看不惯便责备道:"有了钱就顾头不顾尾,没了钱就瞎生气,成个什么男子汉大丈夫了!如今咱们虽离城住着,终是天子脚下。这长安城中,遍地都是钱,只可惜没人会拿去罢了。在家跳蹋也没中用的。"刘姥姥这番话表明了她的人生观:路在人走,事在人为。幸福生活不会从天上掉下来,要靠自己的辛勤劳动去创造。

在狗儿坐守贫困、一筹莫展的情况下,刘姥姥给他想出一个"借梯上楼"的聚财脱贫之路——去京都贾府打秋风。刘姥姥知道狗儿祖上与贾府王夫人祖上连过宗,她还知道王夫人"如今上了年纪,越发怜贫恤老,最爱斋僧敬道,舍米舍钱的"。于是她极力鼓励狗儿去贾府攀亲求助,说道:"你何不去走动走动,或者他念旧,有些好处,也未可定。只要他发一点好心,拔一根寒毛比咱们的腰还粗呢!"狗儿虽觉得刘姥姥说的在理,可就是死活不愿去,一是觉得自己门第低下,去贾府求财是"明月行中天,蝼蚁向之揖",门户相比差距太大。二是嫌这事不体面,拉不下脸,不想抛头露面。于是他一次次地央求刘姥姥出山。因此,为渡过难关,她领着外孙板儿去了荣国府。

第二,虽目不识丁,但情商过人,能屈能伸,聚财有方。

在《红楼梦》前八十回中,曹雪芹着重描写了刘姥姥两进荣国府打秋风的故事。乡村老人走亲串友有带小孩的习俗,为的是办事方便。刘姥姥首次带着外孙板儿去贾府正是天寒地冻的时候。可以想象,一个七十多岁的贫民老妪,领着一个少不更事的外孙去京城打秋风,情景是何等的凄凉!

刘姥姥阅历深,久经风霜,很会盘算。她深谙"得"与"舍"的人生哲理:人要有所"得",必要有所"舍";只有敢于"舍",才能有所"得",才有可能达到预期的目的。她心里明白,一个乡村贫婆去侯门贵府求财,必须先把自尊放在一边,否则,拉不下脸面求不着财。刘姥姥自打与女儿、女婿一块生活后,一心一意地想让他们过上丰衣足食的好日子。为此,她只好答应女婿的恳求,"舍出老脸"去贾府闯一闯,碰一碰运气。

进城至宁荣街上，到了荣国府大门，溜到角门前，"蹭"着对几个"挺胸叠肚、指手画脚"的守门仆人询问。为了女儿一家生活得下去，她甘愿放下自己的尊严，只希望尽快找到贾府的引路人周瑞，因而询问时表现出低到尘埃里的样子。当时寥寥数语，这个不识字、没有文化，但睿智、精于世故的乡下老人形象便被生动地展示出来。而正是这种低到尘埃里的做法，才让她赢得贾府一个年老仆人的同情，得以顺利找到了周瑞家的。因周家曾受过狗儿祖上的恩惠，所以见了刘姥姥很热情。刘姥姥也很识相，嘴也甜，见人矮三分，见了丫鬟、使女喊"姑奶奶"，见了年龄稍大一点的喊"嫂子"。见到周瑞家的后，又恰到好处地赞美周瑞家的能干。一句"什么样的主人就有什么样的奴才"，自然让周瑞家的开心，顺利地博得了周瑞家的喜欢与同情，顺理成章地引荐她与王熙凤的心腹丫头平儿相见，然后见到了凤姐。

见到凤姐，她谦卑地拜了几拜，请了安，直接道出来意："只因为他老子娘在家里，连吃的都没有。如今天又冷了，越想没个派头儿，只得带了你侄儿奔了你老来。"到贾府这样的"高门大户"来，就是来"乞食"的，不需要说太多的客套话，直奔主题，各自爽快。聪慧的凤姐对她开门见山的请求更是理解，且充满好感，一句"不必说了"，让她那颗充满期待的心像是吃了定心丸一样踏实了。王熙凤是贾府的大总管，尽管平时惯于搜刮聚敛钱财，可见了宗亲穷婆，也产生了怜贫惜老之心，不但热情招待，临走还送给她二十两银子和一吊路费钱，刘姥姥千恩万谢地说："你老拔根寒毛比我们的腰还粗呢！"

刘姥姥带着板儿二次进贾府，是事隔一二年后的一个秋天。这次去，她特意带了许多自产的最好的瓜果与蔬菜，看起来的确有道谢之意，用刘姥姥的话说是："孝敬姑奶奶姑娘们尝尝……也算我们的穷心。"其实，更重要的意图还是打秋风。

刘姥姥二进荣国府，凭着她那朴素实在、幽默滑稽的表演，赢得了府上的优厚款待。她不仅随贾母游览了大观园中的水榭、亭台、楼阁，还品尝了一餐的花费顶一户庄稼人吃一年的宴席，并醉卧在怡红院贾宝玉的"白玉床"上，把没吃过的、没见过的、没听过的都亲身体验过了。最后，刘姥姥得到了府上厚重的馈赠：银子108两、绸缎4匹、御田粳米2斗及各种高档点心、衣物之类，还专门雇车将其送回家中。

常言道："天下没有免费的午餐。"刘姥姥能收获如此丰厚的财物，全是她舍弃个人尊严、不惜忍辱换取的。在游大观园时，为了博取贾母欢心，太太、小姐们把她当成了笑料，时时出难题对她进行捉弄戏耍。在大观阁楼，王熙凤将一盘子折枝菊花横七竖八地插在她头上，打扮得活像个村野"老妖精"。在秋爽斋宴席上，丫鬟鸳鸯专门给她一双四楞象牙镶金的筷子，王熙凤故意端一碗鸽子蛋给她吃；刘姥姥用筷子夹了半天撮起一个，正伸着脖子去吃时，偏又滑掉在地上，逗得大家哄堂大笑。在缀锦阁酒宴上，贾母让鸳鸯玩"三宣牙牌令"酒令游戏，鸳鸯想难倒没有文化的刘姥姥，以便罚她喝酒取乐。刘姥姥虽没赴过豪门酒会，但颇熟稔农村宴席上的酒文化，她对的酒令虽没有太太、小姐们的酒令那样文雅，但确有浓厚的乡土韵味。鸳鸯一宣牙牌令："中间'三四'绿配红。"刘姥姥道："大火烧了毛毛虫。"鸳鸯二宣牙牌令："右边'幺四'真好看。"刘姥姥道："一个萝葡一头蒜。"鸳鸯三宣牙牌令："凑成便是一枝花。"刘姥姥道："花儿落了结个大倭瓜。"刘姥姥的酒令很符庄户人家的本色，且押韵合辙，太太、小姐们听了都笑得前仰后合。刘姥姥顺利地闯过了酒会关。

刘姥姥对太太、小姐们的随意捉弄与奚落

不但不恼,有时还故意装憨卖傻博取府上人的欢心。在宴席上,贾母让她吃菜,她趁势说:"老刘,老刘,食量大似牛。吃一个老母猪不抬头。"说完故意鼓着腮,逗得桌上的人笑得千姿百态。刘姥姥如此大度,但没有得到林黛玉的赞赏,反而受到冷嘲热讽,她厌恶刘姥姥大吃大喝、极其粗俗的形象,戏称她为"母蝗虫",还要让惜春画一幅贾母携刘姥姥游大观园的画,题名为"携蝗大嚼图"。事后惜春是否真的绘了此图,无从考证,兴许是林小姐未当真,只是说说而已。

有付出就有收获。刘姥姥两进荣国府,含辛茹苦,忍辱含垢,终于实现了她"借梯上楼"的梦想。续本第一百一十三回里说她用贾府的馈赠,"挣了好几亩地,又打了一眼井,种些菜蔬瓜果,一年卖的钱也不少,尽够他们嚼吃的了……在我们村里算过得的了"。看来刘姥姥在村上也称得上是殷实的小康之家了。

"谋事在人,成事在天。咱们谋到了,靠菩萨的保佑,有些机会,也未可知。"透过这句话,刘姥姥这位乡下老妪"大智若愚"的形象便跃然纸上。一个乡下的村妇,敢于直面现实,迎难而上,在脱贫的道路上,能够努力去争取机会,赢得了他人好感,最终解决了问题。

第三,富贵圈里定位准确,自扮丑角的表演表现出精明。她真实、淳朴的本色,诠释了底层人物生存的状态。

刘姥姥虽是一介村妇,大字不识。但是,她饱经人情世故,而且保留着乡下人真实、淳朴的本色,这让她在大观园里,在贾母及众人面前,真实地表现出自己的角色特点。

获得了贾府的恩赐,刘姥姥心怀感激,"投之以琼瑶,报之以木瓜",把地里种的新鲜瓜果、菜蔬、粮食挑最好的送到贾府。这一举动感动了贾府众人,并得到贾府的老祖宗贾母的接见。这次进贾府,她以老熟人的姿态出现,并在与大家一起娱乐的过程中自扮丑角,以自黑的方式赢得众人的喜爱,充分展示出其朴素而谦卑的精明。

开始,她先通过平儿等人道明来意,那饱含人情冷暖的一席话,如沐春风,赢得了平儿等一众丫鬟的好感。于是,在平儿的张罗下,她正式见到了贾母。面对德高望重的贾母,她表现出格外的敬重,让久在豪门享福的贾母非常开心。于是,身处高贵豪门和住在贫寒乡下的两位身份悬殊的老人,一下子建立了情感上的共鸣,产生了相见恨晚的感觉。贾母热情地安排刘姥姥用饭,又安排参观大观园,一道畅叙了三日。席间,这位饱经风霜的老太太为了让大观园的少爷、姑娘们高兴,即兴讲述了很多离奇古怪的事,竟让宝玉着魔,信以为真地寻根问底。

鸳鸯"三宣牙牌令"一节,为刘姥姥安排了专场,让她充分展示出独特的"诗情画意",也让大观园中的贵族小姐们欣赏到庄稼人的本色。在宴席上,刘姥姥大喊一声:"老刘,老刘,食量大似牛,吃一个老母猪不抬头。"这种接地气的自嘲,让在座所有人都捧腹大笑。那一刻,现场整个氛围变得融洽和谐。

陪伴贾母进大观园后,她恭维但不油腻地向贾母点赞,让贾母对她的喜欢更进一层。当刘姥姥得知惜春善画时,她更不吝啬满心欢喜地献上赞美之词。凤姐捉弄她,在她头上插了一盘子菊花,她假装不知,配合着自扮丑角,打趣说道:"我虽老了,年轻时也风流,爱个花儿粉儿的,今儿老风流才好。"这番自嘲,应景随和,风趣幽默,给大观园带来了纯粹的欢乐,惹得大家都捧腹大笑。虽然看上去很滑稽,但她这份"土气"其实并不土,而是精明之举,她以大家的快乐为快乐,表现出的是纯粹的大气。

她的到来,让整天忧郁的林黛玉也一舒愁肠。当林黛玉取笑她讲的故事"还不如弄一捆柴火，雪下抽柴，还更有趣儿呢"时，刘姥姥并不生气。她深知这个小姑娘没有恶意，便释然微笑，让黛玉与大观园的姐妹们都笑个不停，而她自己也乐在其中。

刘姥姥二进荣国府，给大观园带来了令人感动的欢声笑语。她能够得到贾府上上下下的喜欢，没有饱经风霜洞察世事的"精明"，是做不到的。

浓妆淡抹的大观园中，刘姥姥一番乡里乡气的酒令，透着新奇的乡村气息，尽管有失高雅，却体现了她的真实。她淳朴的表演，让大观园笑声不断。这份快乐凝结着智者诙谐而通透的慧心。

第四，她在知恩图报中绽放出人性的善良。

《红楼梦》金陵十二钗图册判词云："势败休云贵，家亡莫论亲。偶因济刘氏，巧得遇恩人。"判词写的是王熙凤的女儿巧姐，判词中的"刘氏"指的是刘姥姥。不言而喻，判词暗含刘姥姥知恩图报的意蕴。

当年王熙凤给刘姥姥的二十两银子，不过是举手之劳，但让知恩图报、善良的刘姥姥记了一辈子。所谓"滴水之恩，当涌泉相报"，她用实际行动诠释了这句话的内涵。王熙凤落难，唯一的女儿巧姐被狠舅奸兄设计卖掉时，刘姥姥冒着倾家荡产的风险，挺身而出，施以援手。

当时，贾府被抄家，贾母已经离开人世，得知消息后的刘姥姥深感担忧，次日天没亮就赶进城，三进荣国府，探望病重的凤姐。"骨瘦如柴，神情恍惚"的凤姐在弥留之际特意托付刘姥姥看顾巧姐。凤姐死后，邢夫人及邢大舅、王仁、贾蔷、贾环、贾芸等一干狠舅奸兄要把巧姐卖给一个外藩王爷，贾琏又不在家，王夫人和平儿无计可施，正心急如焚时，刘姥姥"四进荣国府"，与王夫人、平儿商量了一个冒险的方法：王夫人先过去与邢夫人拉家常，平儿雇来车，把巧姐扮成青儿模样，刘姥姥悄悄坐上车把巧姐、平儿带回乡下。王夫人便以狠毒奸兄逼死巧姐和平儿为由闹起来，此事遂不了了之。巧姐、平儿到刘姥姥家后，刘姥姥自是各种周到、细致的善待，"打扫上房让给巧姐平儿住下。每日供给虽是乡村风味，倒也洁净"，又让青儿相陪。后来庄上一富户周家公子中了秀才，看上了巧姐。刘姥姥看也般配，便有了做媒的想法。

宁荣二府得到"大赦"后，贾琏也回到荣国府。刘姥姥便雇来两辆车，送巧姐、平儿回府团聚。于是有了刘姥姥"五进荣国府"，给巧姐说媒，得到贾琏的感谢和认可，在贾琏的操办下，巧姐与周家公子完婚，得以善终。

患难见真情，善良的刘姥姥没有辜负王熙凤的所托。看似讨好粗俗的刘姥姥，实则淳朴善良，是一位重情重义的长者。

(3)个性升华：卑微底层乡村妇，游戏繁华女清客。

在《红楼梦》的众多人物中，刘姥姥是有些特别的。她与贾家并无直接关系。但在《红楼梦》的故事情节发展上，她所起的作用实在比其他与贾家无直接关系的人来得大些。而且，作者到底将她作为什么样的人看待，二百多年来，读者们的观点各异。所以以她为例来分析也许更具价值。

关于刘姥姥的阶级出身与生活环境，作者在这个人物刚上场时是有交代的。根据作者在第六回及后几回里的介绍，我们知道：首先，刘姥姥生长在农村，但不像是个贫农；其次，刘姥姥曾到一些大官僚地主家里走动过，有丰富的社会经验，深谙世故；第三，在刘姥姥入大观园时，她已经在女婿王狗儿家生活了很久，因而王家的环境也就成为她的生活环境。王家原先是个小官僚地主家庭，与大官僚地主们拉过关系,认过本家。她的女婿虽已降为农民,但还是享过福的。

由此看来,刘姥姥这个人物是比较复杂的,她当然也参加劳动,但她与真正的农民之间还有距离。这样的阶级出身、生活环境与社会经验,使她具有看风使舵、揣摩对方心理的能力。她在一定程度上了解大官僚地主人家的情味。她的生活有困难,需要别人的物质帮助,她有依赖性。此外,她还机智,能说会道。根据这些特点,作者写了她的土气。例如她见了贾府的大丫头平儿就把她当成少奶奶凤姐,她也不认识报时的钟,说钟摆像秤砣,说钟走的声音像"打箩柜筛面"。作者也写了她如何揣度贾家人的心理,她知道这些人整天肥鸡大鸭的吃腻了肠子,要吃些瓜果野菜换换口味,她就送上两袋来。她更知道这些人只享福,不从事体力劳动,剩余的精力时间使他们感到闲闷无聊,渴望着有点开心的言语举动来排遣,也就是要找个丑角耍耍,看看笑话。她也知道这些人表面上做出惜老怜贫的样子,内心里却满是瞧不起人的自大心理。作者更着重地写这个老于世故而又沾染着剥削阶级的趋炎附势、占人便宜的恶习的老妇人的行动。她为了达到打秋风的目的,就甘心扮个丑角,受贾家的太太、小姐、少爷们的戏弄。她装疯作傻,夸大了她的土气与愚蠢。这种言行举止令人哭笑不得,但她的机智又使她的一言一动都能够打动对方的心。这种集成的典型描写,就构成了以刘姥姥为线索的《红楼梦》中精彩节目之一。鸳鸯和凤姐说:"咱们今儿也得了一个女篾片(即清客)了。"是的,刘姥姥就是以一个女清客的姿态,活跃在《红楼梦》的各色人物中,而且活跃在读者的心目中。

作者为什么要塑造这样的人物呢?这样的人物的出现有什么意义呢?首先,在封建社会的结构成分中,是有像王家与刘家这样的社会阶层的,因而也就有像刘姥姥这样的人物。同时,地主阶级没落后,惯常会有这种巴结、拉拢、打秋风的行为,因为不愿劳动、依赖别人是剥削阶级的本性。刘姥姥是有代表性的,作者这样写正是反映了封建社会的一个侧面。其次,通过刘姥姥在贾家的活动与见闻以及贾家老少对刘姥姥的态度,作者展开了对贾家日常生活的多方面的描写,因而暴露了大官僚地主家庭是怎样无节制地挥霍着劳动人民的血汗的,一顿小吃就够庄稼人过一年;而且结合着这种丑恶的生活,他们又是怎样轻蔑地玩弄一个贫穷的人,把她当猴子耍的。在这两点上,作品也都达到了应有的效果。

贾　　母

(1)相关评价。

《红楼梦》里最重要的政治人物是贾母。贾母从表面上看非常善良,而且非常放权,她特别明白,特别通透。她曾经对刘姥姥说自己不过是能吃口子就吃、能乐会子就乐的一个老废物罢了。这话充满了尊严和自信,一个大权在握的人才敢这么说,否则她绝不承认自个儿是老废物。——王蒙

贾母在精神生活方面是独立的,内心是强大的。如此,她才能乐观地面对生活中的繁杂、命运中的转折。她虽在晚年,但是仍积极乐观地对待生活,她不抱怨儿孙少陪,而是有自己的娱乐方式;她虽年老,但并不自怨自艾,反倒有高雅的品味和丰富的精神生活。贾母不把自己的精神生活依附于任何群体,她是自己生活的主宰者,是一个真正的精神方面的"富贵人"。——陆海涛

这位老太太的处境,却是全书中最可怜、最孤零的一个苦命者。——周汝昌

(2)共性认识:高情商碾压贾府,大气度处事周全。

《红楼梦》是人情小说,是曹雪芹耗费了十

年心血，用尽了大半生精力写成的，他自己也说"字字看来皆是血，十年辛苦不寻常"，那么被他"批阅十载，增删五次"的《红楼梦》，究竟有哪些不同凡响之处呢？

《红楼梦》最厉害的地方，就在于写尽了人情世故，把每一个人物都写活了。而在这多达四百个人物中，有一个人精儿不能不说，她就是荣国府实际掌舵人贾母。

用我们今天的话说，贾母就是一个不折不扣的高情商人物，且情商一直在线，碾压整个荣国府。我们不妨通过几件事来看看，贾母的情商有多高。

①拨袭人、晴雯伺候宝玉，派紫鹃服侍黛玉。

一个人的高情商，往往体现在细节之中，从贾母分派丫鬟给她最疼的宝、黛二人，即可见她的情商之高，一般人根本无法企及。

贾母的高情商表现在，她为宝、黛选服侍的丫鬟，不是像王夫人那样只要笨笨的，而是人尽其才，才尽其用，把合适的人放到合适的位置上，且为未来留足了发展的空间。

我们知道，宝玉是贾府的金凤凰，是贾母的心头肉，含在嘴里怕化了，捧在手里怕摔了。而为了让自己的宝贝孙子能够安全、健康、快乐地成长，贾母早就做好了谋划。

袭人和晴雯原本都是在贾母身边伺候的丫鬟，但后来都被拨到了宝玉身边。贾母身边那么多丫鬟，单是一等丫鬟就有八个，为什么偏偏把袭人和晴雯拨到宝玉身边呢？

对贾母来说，宝玉尚年幼，身边最不能缺的就是懂事知礼且忠诚尽职的丫鬟，而在贾母的心中，袭人是最合适的人选，因为她不仅忠诚，且心地纯良，恪尽职守，所以拨给了宝玉。

很多人会说，为什么不直接拨鸳鸯呢，不是更好吗？别忘了，贾母是离不了鸳鸯的，所以她要拨人给宝玉，一定是鸳鸯之外最优秀的，贾母一定也观察了身边的丫鬟许久，才选中了袭人。

有了能照顾宝玉饮食起居的丫鬟之后，贾母又为宝玉的未来做了一个非常长远的谋算，她要为宝玉选一个将来可能会成为其姨娘被收用在屋里的丫鬟，这个人选最终落到了晴雯身上。

我们知道，晴雯最初是赖大买来孝敬自己母亲赖嬷嬷的，因赖嬷嬷常带晴雯进府，"贾母见他生得伶俐标致，十分喜爱"，于是就把晴雯留了下来。

"伶俐标致"四个字正是贾母选中晴雯的主要原因，再加上她女红针黹也是无人能及的，所以贾母从丫鬟堆里把她挑出来安排到了宝玉身边。正如贾母所说："我的意思，这些丫头的模样、爽利、言谈、针线多不及他，将来只他还可以给宝玉使唤得。"

为了宝贝孙子，贾母先选一个忠诚尽职能当宝玉管家的人物袭人，又选一个长得好、说话伶俐、针线又好，以后可以做宝玉姨娘的晴雯，老祖宗的安排真是煞费苦心。

再说黛玉，黛玉进府后，贾母当时就拨了一个叫鹦哥的丫鬟服侍黛玉，我们从第七回脂砚斋批语可知，紫鹃就是到了黛玉身边后改名的鹦哥。

紫鹃在贾母身边时是二等丫鬟，很多人纳闷，贾母那么疼黛玉，甚至一切都与宝玉并无二致，为什么只派一个二等丫鬟，而不是从一等丫鬟里挑一个服侍黛玉？

这正是贾母的高明之处。尽管在贾母心里她非常疼爱黛玉，但在外人眼中黛玉只是她的外孙女。黛玉初到贾府，如果贾母一切都拿出最好的给她，那不是疼她，反而是害她，因为大家都看着呢。

贾母曾说，贾府之人都有一颗富贵心、两只体面眼，贾母身边服侍的一等丫鬟，自然都是高人一等的，一如林之孝家的所说"便是老太太、太太屋里的猫儿狗儿，轻易也伤他不的"。这样的丫鬟到了初进贾府的黛玉身边，万一不听调遣，或者处处给脸色看，黛玉该如何自处呢？

所以，贾母要选的这个人，第一，不能太有体面，甚至她需要黛玉给她机会出头，这样她才会对黛玉感恩戴德，更加忠诚。第二，一定要机灵聪敏，忠诚尽职，成熟稳重兼具，能时刻照顾并维护黛玉。最终，贾母选择了这两个条件都符合的紫鹃。

事实证明，贾母的眼光非常犀利，能知人善任。从日后紫鹃和黛玉情同姐妹可以看出，贾母不愧是在富贵场中历练大半生的老太太，由此我们也更能感受到她超出众人的高情商。

②敲打邢、王二夫人，安抚纨、凤两妯娌。

对于邢、王两个夫人来说，贾母是婆婆，而自古婆媳之间的相处，都是个敏感而又棘手的问题。在富贵之家，婆媳之间也难免面和心不合，龃龉不断。

贾母跟着小儿子贾政生活，家事的管理大权都交给了小儿媳王夫人，而王夫人自己也懒得管事，且长期吃斋念佛，于是又把管家大权给了王熙凤。

贾母虽不管家，但心里跟明镜似的，什么都知道，什么都瞒不住她，但只要不过分，她不会点破，会给彼此留有余地。但有一回，她终于忍不住了，于是一句话就敲打了邢、王两位太太。

贾母的大儿子贾赦看上了她身边的丫鬟鸳鸯，鸳鸯自然是拒绝的，而贾母本就离不了鸳鸯，且她本身就对贾赦夫妇不满，自然也不可能同意。但奇怪的是，贾母竟然不是骂邢夫人，而是对着王夫人骂。

（贾母）因见王夫人在旁，便向王夫人道："你们原来都是哄我的！外头孝敬，暗地里盘算我。有好东西也来要，有好人也要，剩了这么个毛丫头，见我待他好了，你们自然气不过，弄开了他，好摆弄我！"王夫人忙站起来，不敢还一言。

这个情节非常有意思，贾母何等睿智，她明明是对贾赦夫妇不满，却是对着王夫人骂出来，王夫人吓得"忙站起来，不敢还一言"。

贾母为什么这么做？是像她自己说的老糊涂了吗？当然不是！贾母虽多年不管家，但王夫人、邢夫人的一举一动她都看在眼里，所以这一次，其实是贾母的敲山震虎之计。

众人皆知贾母对贾赦夫妇不满，却不知跟着贾政夫妇生活的她，心中也不可能都是如意的，尤其是两个儿媳之间的明争暗斗，大房、二房之间关于管家权、家产的争夺，贾母应该是早就看在眼里了。

贾母一定是不想让矛盾继续发酵激化，所以干脆挑破，也顺带敲打一下这两个儿媳，至少让她们知道一件事：这个家，还是她说了算的。贾母的这一出看似老糊涂的举动，其实完全是她故意演出来的，这样的情商着实厉害。

敲打了两个儿媳之后，我们再看贾母是怎么安抚两个孙媳的。

李纨是贾珠妻子，贾珠死后，年纪轻轻的就守了寡，一个人带着儿子生活，自是极为不易，其背后的辛酸可能没几个人知道。

前八十回里，我们很少看到贾母关心李纨，也基本看不到她怎么疼重孙贾兰，但从一些细节我们能够看出，贾母从来都没有忽略这对可怜的母子。

王熙凤生日一回，贾母偶然起兴，让大家凑份子给凤姐过生日，并自己带头出二十两，李纨要出银子时，贾母一句话就阻止了"你寡妇失业的，那里还拉你出这个钱，我替你出了罢"。

贾母的这句话，体现的不仅仅是她对这个守寡的孙媳的关心，更重要的是，她是当着众人的面说的，也就是说，贾母是在让大家都知道，这个女人不容易，大家平时可不要欺负她。

对李纨来说，祖母高高在上，且不是她一个人的祖母，自己又没了丈夫，在那个时代，寡妇属于不祥之人，即便是忽略她也是正常的，但在关键时刻，这个平时可能不怎么与她说话的老祖宗，忽然一句话，让李纨心里一热，原来祖母并未忘记他们母子。

不仅对李纨，对贾兰，贾母也从未忽略过。第七十五回，贾府中秋，家族已现衰兆，很多吃食只能供贾母享用了，但她还是着人送了饭菜给四个人，分别是王熙凤、贾宝玉、林黛玉和贾兰。

我们都知道，凤姐、宝、黛在贾母心中分量不轻，而很少被提及的贾兰，这一次竟然也在贾母赐菜之列，得了一碗肉。我们可以想象，当李纨贾兰母子看到这碗肉时会怎么想？也许会控制不住眼泪吧。

贾母的高情商在于，看似她可能忽略了一些人和事，但她心里比谁都明白，比谁都清楚，所以她总是在子孙们最需要帮助的时候，站出来。对李纨母子是这样，对王熙凤亦是如此。

王熙凤手段狠辣，贪财爱权，且醋性极大，贾母不可能不知道，但更多时候，因为王熙凤为整个贾府付出了太多，且给她的晚年生活带来了许多欢乐，所以贾母多半都是睁一只眼闭一只眼，甚至对她还有些偏袒。

贾琏与鲍二家的一事被王熙凤当场抓住后闹到了贾母那儿，贾母是怎么处理的呢？这种事在今天就是家丑，但在男子可以三妻四妾的古代，又着实谈不上。但毕竟自己最疼的孙媳受了委屈，贾母得主持正义，于是她当众训斥了贾琏，甚至要把自己的儿子贾赦也就是贾琏的父亲请来，这才吓退了贾琏。

转身她又安慰王熙凤一番，答应第二天让贾琏赔不是，这在女子既嫁从夫的古代，算是给足了王熙凤面子了，换成旁人，贾母可未必会管小夫妻之间的这些糊涂事。

最终夫妻二人和好如初，不能不说，这个功劳都是贾母的，若非她，这事儿会闹到怎样的地步，谁也不能预料。

还有一回，因为两个婆子怠慢了尤氏，王熙凤为了给尤氏出气，就绑了两个婆子，却不想其中一个婆子是邢夫人的陪房费婆子的亲家，后来邢夫人当众奚落王熙凤，王熙凤受了委屈不敢说，没想到这一次王夫人也没帮她，她彻底陷入孤立无援的地步。

好在后来这事儿被鸳鸯知道，就告诉了贾母，贾母就替王熙凤主持了公道，并夸她知礼，说邢夫人没事找事。之后贾母又借着留下四姐儿和喜鸾两个小姐的由头，让人去园子里传话，谁都不能怠慢她们，其实贾母"醉翁之意不在酒"，正是要以此约束下人。

贾母的这个传话，恰是给王熙凤长了脸，因为此前的两个老婆子怠慢了尤氏，贾母此招一出，尤氏立马窥破其中因由，因此说"老太太也太想的到，实在我们年轻力壮的人捆上十个也赶不上"。

连尤氏这样的人精儿都自愧不如，贾母的高情商由此可见一斑。

贾母的高情商在于，她总能在最关键的时候出场，或解决矛盾纠纷，或给被忽略的人施以关怀，或者主持正义。总之，她的出场和处理问题的最终结果，总能让各方最终都相安无事。

③提醒薛姨妈母女，善待小道童、刘姥姥。

诚如尤氏所说，贾母的精明睿智，不仅一

般人远远不敌，便是那精明人，十个也比不上。用我们今天的话来评价贾母就是，她吃过的盐比你吃过的米都多，她走过的桥比你走过的路都多。

木石前盟和金玉良缘是红楼梦里的两大爱情主线，围绕这两条线，贾府之人也站成了两队，贾母毫无疑问是站宝黛爱情的，但做了贵妃的孙女元春通过端午赐礼站队金玉良缘，这怎么办？

贾母就想到要去清虚观打醮，薛姨妈、薛宝钗母女也参加了。清虚观的张道士见了贾母之后，就要为宝玉提亲，却被贾母以宝玉不宜早娶为由直接拒绝，这一切都是当着薛姨妈母女的面。

从贾母对未来孙媳的要求"不管他根基富贵……便是那家子穷，不过给他几两银子罢了。只是模样性格儿难得好的"，显然这话明是说富贵不富贵不重要，暗是指她并没有相中富商出身且多金的薛宝钗。

薛姨妈也不是个凡角，自然读得懂贾母话中之意。而贾母对薛姨妈母女的提醒，不止这一次，后文宝琴进府，立马就得到了贾母的宠爱，这份殊荣昔日也只有黛玉才有。

要知道，宝琴是宝钗的堂妹，她跟贾母没有任何血缘关系，贾母疼黛玉很正常，为什么对宝琴也一见就喜欢呢？只能说贾母这招太高明了。

宝钗在贾母身边那么多年，都没有得到过贾母如此的喜爱，反而是宝琴刚来就夺走了所有人的宠爱，贾母这是明显在"抑钗扬琴"，她此举也是在提醒薛姨妈母女，她并未相中宝钗，不然可能早就提亲了。

贾母对宝琴的一番示好，就连宝钗都有些酸酸地说"我就不信我那些儿不如你"。虽是玩笑，焉知不是她的真心话？也许她也想不通，自己如此完美，为什么就是得不到贾母真心的喜欢呢？

怕薛姨妈母女不明白，贾母甚至有意无意地问起了宝琴的年庚八字，但她从头到尾并未表明目的，王熙凤、薛姨妈也只能猜测是要为宝玉求亲的意思。但不管贾母怎么想，至少她最重要的目的达到了，那就是让薛姨妈母女知道，她从未相中宝钗做她的孙媳。

在贾母这样的情商高手面前，薛姨妈也只能自愧不如。果然，姜还是老的辣。

还是清虚观打醮一回，一个与宝玉年纪相仿的小道童，一不小心撞到了王熙凤怀里，王熙凤上来就是一巴掌，连打带骂，而贾母得知后，完全是另外一种处理方式。

她让贾珍带来孩子哄了一番，又让带出去给他钱买果子吃，还特意交代不能为难他。可能王熙凤、贾珍都没想到，高高在上的贾母，会对一个小道童如此关心，而这也正是他们远不及贾母的地方。

我们说真正情商高的人，不一定高高在上，但一定是心中有爱，对身边需要帮助的人，总能伸出援手，给以关心，而不是袖手旁观。

不仅对小道童，对二进贾府的刘姥姥，贾母更是礼遇有加，不仅带着刘姥姥吃了许多从未吃过的美食，还带她逛大观园，得知王熙凤、鸳鸯捉弄刘姥姥，贾母还让刘姥姥别信她们的话。

临走的时候，贾母又送了刘姥姥一堆东西，衣服、药物、果子，只要是刘姥姥曾提到的，贾母都给她准备了。

对刘姥姥来说，她二进贾府，送来了许多瓜果菜蔬，要感谢贾府，但没想到投了贾母的缘法。可能她更没有想到，这个享尽了荣华富贵的老太太，原来这么亲切。

从救下小道童到真诚对待刘姥姥，我们可

以看出，贾母是一位有慈悲之心的老太太，对身边的人和事，都充满了仁爱和善念，而人的慈悲之心，恰是情商高的标志之一。

贾母的高情商在于，即便是拒绝人，她也会给对方留有余地，让彼此面子上都过得去。而她对贫穷之人如小道童和刘姥姥发自内心的关爱和善待，毫无疑问会为她赢得更多赞美，这些赞美构成了她的好人缘，也成就了她的高情商。

综上，贾母能在贾府坐到金字塔尖儿位置，成为贾府中最受人敬重的老祖宗，绝不仅仅是因为她年事高，辈分也高的缘故，更是因为她总能凭着自己的高情商，平息各种明争暗斗，为子孙做长远谋划，或适时地敲打提醒，或委婉地拒绝他人，她总是怀着慈悲之心做人做事。这样的高情商老太太，整个贾府找不出第二个。

（3）个性升华：父权时代秀思想，稳握权力做家长。

传统社会是一个男权社会，"男尊女卑"是其最突出的特点。"未嫁从父，既嫁从夫，夫死从子"，作为社会的基本规则，"三从"是一道戒律，也划定了女性的人生轨迹。基于此，母亲的权力并不是最高的，也不是绝对的。如瞿同祖先生所言："严格说来，父权实指家长权，只有男人才能获得此权，祖母、母亲实不包括在内……即使祖父、父亲是一家之长，他死后也不能由祖母或母亲来继承，她反而居于从子的地位。"由此，在整个家族中，作为寡居的母亲，贾母并不享有家长权，她实质上的家庭地位应处于贾赦、贾政等儿子之下。她的地位之所以如此崇高，究其原因，是因为"男尊女卑"之外，传统社会里还存在着另外一个更宏大、更核心的价值观，那就是孝。

贾母不具有家长权，然而，在同儿子的权力博弈中，她充分地利用了"孝"这一伦理资源，从而在家族权力格局中取得优势地位。贾母的睿智也表现于此：围绕着家族事件的处理，她诉诸的通常不是家长权，她也不享有家长权，而是"孝"的原则。她从来不挑战儿子的家长权，相反，在很多时候，贾母对儿子的家长权给予了适当的尊重。

《红楼梦》第三十三回，贾政打宝玉，她说："你的儿子，我也不该管你打不打……"第七十九回，贾赦择孙绍组为"东床娇婿"："亦曾回明贾母。贾母心中却不十分称意，想来拦阻亦恐不听，儿女之事自有天意前因，况且他是亲父主张，何必出头多事，为此只说'知道了'三字，馀不多及。"

尽管不同意迎春的这门婚事，但是，贾母并没有发表反对的意见，而是默许，这就是尊重贾赦家长权的体现。这是一种很明智的自我定位。在此，或许有许多"红楼"爱好者在内心情感上会抱怨贾母，为什么不出面阻止这门婚事，从而避免迎春悲剧的发生？我们要清楚，传统社会中，子女的婚事，父亲是最重要的主婚人，贾母的主婚权力仅是形式意义上的。对此，滋贺秀三先生认为："什么样的人应该成为主婚即关于谁有为男女选择配偶的优先权……在祖父母、父母相互之间，祖父应该比祖母、父应该比母更优先。这是毫无疑问的。据此认为，在祖父与父亲之间，虽然在形式上确立祖父的地位，而且充分地尊重其意向；但是，当时的人们却认为实质的且直接的责任与权限属于父亲。"祖父尚且如此，作为祖母的贾母，又能如何？

续本第九十六回，有关宝玉的婚事，贾母向贾政道："你若给他办呢，我自然有个道理，包管都碍不着。姨太太那边我和你媳妇亲自过去求他。"可见，贾母非常清楚，如果贾政缺席或表示反对,那么,宝玉的婚事是办不成的。这些都体现了贾母对儿子家长权或父权的某种尊重,这也是"三从四德"的要求。

真正对贾母的家庭权威构成挑战的有两件事情:一是贾政笞子,一是鸳鸯事件。而这两件事中,贾母发火、生气,严厉地批评儿子,诉诸的都是"孝",而不是家长权。

贾政责打宝玉,是老子打儿子,有着充分的理由,那么,贾母做何反应呢?"一句话未了,只听窗外颤巍巍的声气说道:'先打死我,再打死他,岂不干净了!'……贾母听说,便止住步喘息一回,厉声说道:'你原来是和我说话!我倒有话吩咐,只是可怜我一生没养个好儿子,却教我和谁说去!'……贾母又叫王夫人道:'你也不必哭了。如今宝玉年纪小,你疼他,他将来长大成人,为官作宰的,也未必想着你是他母亲了。你如今倒不要疼他,只怕将来还少生一口气呢。'"

"先打死我,再打死他""只是可怜我一生没养个好儿子"……贾母并没有把自己摆在一个居高临下的位置上去批评儿子,相反,她刻意低调,事实上是把自己置于弱者的位置上来处理这件事的,而她的这些指责、讽刺、反话,都围绕着一个中心概念即"孝"来展开。母亲的这种批评,成为贾政(包括任何一个儿子)不能承受之重,除了苦苦叩头认罪,他没有别的选择。

第四十六回,贾赦意欲强娶鸳鸯,理由正如邢夫人说的:"大家子三房四妾的也多……就是老太太心爱的丫头,这么胡子苍白了又作了官的一个大儿子,要了作房里人,也未必好驳回的。"

而对这件事情的处理,贾母诉诸的同样是"孝"。她对邢夫人说:"有鸳鸯,那孩子还心细些,我的事情他还想着一点子,该要去的,他就要了来,该添什么,他就度空儿告诉他们添了……也并不指着我和这位太太要衣裳去,又和那位奶奶要银子去……我有了这么个人,便是媳妇和孙子媳妇有想不到的,我也不得缺了,也没气可生了。这会子他去了,你们弄个什么人来我使?"

贾母并没有指责贾赦纳妾的想法,而是通过夸赞鸳鸯,含蓄地表达了这样一个意思:由于有了鸳鸯的照顾,她诸事顺妥,从而减轻儿子、儿媳"尽孝"的责任;或者,在某种程度上,鸳鸯是在替代她的这些儿子、儿媳尽孝。这样即意味着,要把鸳鸯从她的身边弄走,就是"不孝"。贾母当然不会把这个意思讲得太直接,毕竟,一个屋檐下过日子,有些话讲得太直白反而不好。

这两件事情都理所当然地以贾母的胜利告终。由此,尽管有"男尊女卑""三从四德"的思想存在,可是基于孝道伦理,贾母在整个家族中的地位并没有受到影响。围绕着事件的处理,既反映了老太太的聪明、睿智,也反映了那个时代的家族权力生态。进一步讲,在同儿子的权力博弈中,贾母之所以得偿心愿,是因为同"男尊女卑"这一文化原则相比,"孝"是更高的原则,正所谓"百善孝为先",它在一定程度上削弱了"男尊女卑""三从四德"对女性家庭地位的消极影响。由此,有学者主张,中国传统社会的妇女地位尤其是在法律上的地位,不能简单地、笼统地以"男尊女卑"的公式化的概念来理解。

"男尊女卑"的确是中国传统社会的大趋势和基本原则,但要真正了解中国妇女的社会与法律地位,还需进一步把握儒家"孝"的文化逻辑及"长幼有序"的礼教观。

（分值:50分　时间:50分钟）

一、阅读下面的文字,完成后面的题目。(19分)

材料一:

《红楼梦》后四十回缺失,就像断臂的维纳斯,有着神秘莫测的残缺美。事实上,每个人心中都有一个完整的维纳斯,也有一部完整的《红楼梦》。只是《红楼梦》的续写有的过于乌托邦,有的则令人肝肠寸断;有的过于随性,有的比较专业。然而,于各人而言,总归是美的。

在后四十回中,读者最关心的必定是钗黛二人的结局。"玉带林中挂,金簪雪里埋"是判词所预设的结局,由此看来,这两个人的下场必定是悲剧。至于究竟是怎样的一个"悲"法,却各家有各家的说法,像宝玉遗弃宝钗,像钗黛沦落教坊。这些都应和了原著的悲剧走向,不像后来有些续本的大团圆结局,虽然给人不少喜感,但是读来无味,如果这样,《红楼梦》就丧失了其应有的艺术价值,就不能算是一本奇书了。如今人们接触最多的程高本结局是黛玉早死、宝玉出家、宝钗守寡。高鹗所续的结局虽然凄凉,但还未到苍凉的程度。所谓苍凉就是一种放下书后,仿佛置身空旷的天地之间,低头一声叹息,仰天泪流满面,静静地思考历史的长度与人生的厚度的感觉。

至于《红楼梦》中的二线人物,在前八十回中大多指明了结局。大纲已出,但是细节之处着实值得遐想创作一番。原著暗指的结局符合现实主义者和悲观主义者的审美,这种"美"的源头——《红楼梦》十二曲就像是整本书的骨架,贯穿全书,如若续写不当,就会使全书美畸形。

（摘编自李相《红楼未完,残缺之美》）

材料二:

残缺是相对于圆满、完整而言的,它是部分的空白和不在场,是整体的未完成或已失去的状态。残缺美是以残缺为审视对象,从美感的角度对残缺进行的审美体验。从某种意义上说,残缺因素是审美情感发展的动力因素,有了它,主体的审美体验才会变得深刻而持久。为什么残缺会使人产生审美体验呢?

从审美心理角度来讲,残缺美是残缺物在人们心中趋于完美化的心理作用的结果。"格式塔心理学"认为,人类心理上有一种出自本能的"完形倾向",总是想将残缺的物体完整化、完善化,人们通过感官知觉所得到的是一个个"完形"。当人们看到一个不规则、不完满的形状时,会产生一种内在的紧张力,迫使大脑皮层紧张地活动,以填补"缺陷"使之成为"完形",从而达到内心的平衡。这是一种"完形化"的心理趋势,是一种对物体或事物进行理想化再造的过程,人们能在这种"再造"之中获得一种愉悦感。

从审美主客体的关系来说,一方面,文学作品是审美主体感知欣赏的审美对象,它对读者的认知心理有着重要的影响。众所周知,想象是艺术创作和鉴赏的重要品质,没有想象就没有艺术创造,没有想象也就没有文学作品的欣赏。完整的文学作品会给读者以完美的赏识,残缺的作品也能给读者以美的享受。文学作品的残缺会给读者留下一个思索的空间,引发读者无穷无尽的想象。而无穷无尽的想象,可以使欣赏者能动地把审美对象加以改造或创造,从而产生新的形象。

另一方面,从审美主体来说,文学作品欣赏是一个再创作的过程,受众通过再创造出一个新的形象,以达到赏心、悦目、怡情的目的。这个新形象本质上不背离审美对象的形象内涵,但又不等同于审美对象,它具有更新的内容与更深的意蕴。所谓"有一千个读者,就会有一千个哈姆莱特",指的就是这个艺术规律。歌德曾经说过:"优秀作品无论你怎么去探测它,都是探不到底的。"曹雪芹凭借"半部《红楼梦》"蜚声文坛,他的作品是残缺的,但带给读者的是回味无穷的美。可见,残缺能给予读者更多的再创作空间,使文学作品具有更大价值的美感。

(摘编自李建群、周合军《论文学作品中的残缺美》)

材料三:

每次与人谈到《红楼梦》八十回后的修补复原问题,很多人总是说《红楼梦》八十回后应该有多种结果,而不需要有一个唯一的结果与答案,还拿罗丹"断臂的维纳斯雕像"来做比喻。我认为把《红楼梦》八十回后的残缺比作罗丹"断臂的维纳斯雕像"那是一点也不妥的。

《石头记》脂砚斋批注里多次提到"百回大文仅此一见",明确地告诉你《红楼梦》是百回大文。曹雪芹死后,一百二十回程高本《红楼梦》印刷流传,开始广为世人接受。后来的续书虽多,但多不被读者接受,读者唯独接受程高本后四十回,这样更可证明程高本后四十回是含了曹雪芹二十回的一些原笔与原意的。周汝昌先生考证过程高本一百二十回《红楼梦》是皇家殿印,意即是皇帝要看的书。为了面世,程伟元、高鹗聪明地对其进行了粉碎与增添。

由此可以告知大家,《红楼梦》不是"断臂的维纳斯","断臂的维纳斯"也不是《红楼梦》,它们是两个独立的作品,两种艺术的表达方式,而且是不可能复制的两种表达方式。罗丹的"断臂的维纳斯雕像"以断臂的形式,形成了独特的审美意蕴与艺术魅力,可以说已然成为一个全新而完整的美学作品。而《红楼梦》在它完整的状态下,遭遇到当时皇权的粉碎,破坏毁灭了曹雪芹艺术作品的完整性。

《红楼梦》被皇权恶意粉碎成了一百二十回,幸亏有学者搜罗整理校对出了带脂砚斋批注的八十回《石头记》,我们才得以知晓《红楼梦》的真面目,才最终使我在十四岁那年发现程高本《红楼梦》后四十回中隐藏了曹雪芹原笔,并开始十年如一日地为实现修补复原出它们这个梦想而博读杂书,以立志成为作家的方式抵达曹雪芹的精气神韵,最终修补复原出了《红楼梦》八十回后的二十回,完成发表了《红楼梦八十回后真相复原》这一我个人认为横空出世之作。

(摘编自唐国明《〈红楼梦〉不是"断臂的维纳斯"》)

1. 下列对材料相关内容的理解和分析,正确的一项是(　　)。(3分)

A. 在《红楼梦》八十回后续本中,黛玉和宝钗悲剧的结局更符合"玉带林中挂,金簪雪里埋"判词的预设。

B. 审美主体感知审美对象获得深刻而持久的审美体验,是由于审美对象处于未完成或已失去的残缺状态。

C. 材料一指出《红楼梦》具有残缺美,材料二从理论上阐释了《红楼梦》等文学作品具有残缺美的内在原因。

D. 材料三认为程高本后四十回暗含了曹雪芹二十回的一些原笔与原意，这与材料一当中的观点是一致的。

2. 根据材料一和材料二，下列说法不正确的一项是（　　）。（3分）

A. 每个人心中都有一部完整的《红楼梦》，这与人类心理上本能地想将残缺的物体完整化、完善化有关。

B. 高鹗所续的《红楼梦》结局虽然未到苍凉的程度，但仍然比有些续本的大团圆结局更具有艺术价值。

C. 残缺的作品能给读者无穷无尽的想象，这有助于读者能动地改造或创造审美对象，从而产生新的形象。

D. "有一千个读者，就会有一千个哈姆莱特"，阅读《红楼梦》，每个人心中都有一个与众人完全不同的林黛玉。

3. 下列说法中，能够作为论据来支撑材料二观点的一项是（　　）。（3分）

A. 残缺结构是文学无言的意义建构方式，也是文学超越语言表达本身，达到无限的审美境界的途径。

B. "残缺的艺术"在于它唤起了审美主体的无限想象空间，并由此带来艺术作品的转机和创新的可能。

C. 美的残缺是美的中断、美的危机和美的破坏，不能获得更高层次上的情理之中的审美意趣。

D. 残缺要恰到好处地昭示美，必须处于节制谨慎的度中，而度的差异导致了美感有无和深浅的不同。

4. 请简要梳理材料二的行文脉络。（4分）

5. 材料三作者能修补复原出《红楼梦》八十回后的二十回的原因有哪些？请结合材料二和材料三简要分析。（6分）

二、阅读下面的文字，完成后面的题目。（16分）

懦小姐不问累金凤

曹雪芹

贾母闻知宝玉被吓，细问原由。不敢再隐，只得回明。贾母道："我必料到有此事。如今各处上夜都不小心，还是小事，只怕他们就是贼也未可知。"大家听贾母如此说，都默无所答。独探春出位笑道："近因凤姐姐身子不好，几日园内的人比先放肆了许多。先前不过是大家偷着一时半刻，或夜里坐更时，三四个人聚在一处，或掷骰或斗牌，小小的顽意，不过为熬困。近来渐次放诞，竟开了赌局，甚至有头家局主，或三十吊五十吊三百吊的大输赢。半月前竟有争斗相打之事。"贾母听了，忙说："你既知道，为何不早回我们来？"探春道："我因想着太太事多，且连日不自在，所以没回。"贾母忙道："你姑娘家，如何知道这里头的利害。你自为要钱常事，不过怕起争端。殊不知夜间既要钱，就保不住不吃酒，既吃酒，就免不得门户任意开锁。或买东西，寻张觅李，其中夜静人稀，趁便藏贼引盗，何等事作不出来。况且园内的姊妹们起居所伴者皆系丫头媳妇们，贤愚混杂,贼盗事小,再有别事,倘略沾带些,关系不小。这事岂可轻恕。"探春听说,便默然归坐。凤姐虽未大愈,精神因此比常稍减,今见贾母如此说,便忙道:"偏生我又病了。"遂回头命人速传林之孝家的等总理家事四个媳妇到来,当着贾母申饬了一顿。贾母命即刻查了头家赌家来,有人出首者赏,隐情不告者罚。

林之孝家的等见贾母动怒,谁敢徇私,忙至园内传齐人,一一盘查。查得大头家三人,小头家八人,聚赌者通共二十多人,都带来见贾母,跪在院内磕响头求饶。贾母先问大头家名姓和钱之多少。原来这三个大头家,一个就是林之孝家的两姨亲家,一个就是园内厨房内柳家媳妇之妹,一个就是迎春之乳母。这是三个为首的,馀者不能多记。

贾母便命将骰子牌一并烧毁,所有的钱入官分散与众人,将为首者每人四十大板,撵出,总不许再入;从者每人二十大板,革去三月月钱,拨入圊厕行内。又将林之孝家的申饬了一番。林之孝家的见他的亲戚又与他打嘴,自己也觉没趣。迎春在坐,也觉没意思。……

一时贾母歇晌,大家散出,都知贾母今日生气,皆不敢各散回家,只得在此暂候。

…………

迎春正因他乳母获罪,自觉无趣,心中不自在,忽报母亲来了,遂接入内室。奉茶毕,邢夫人因说道:"你这么大了,你那奶妈子行此事,你也不说说他。"迎春低着头弄衣带,半晌答道:"我说他两次,他不听也无法。况且他是妈妈,只有他说我的,没有我说他的。"邢夫人道:"胡说!你不好了他原该说,如今他犯了法,你就该拿出小姐的身份来。"迎春不语,只低头弄衣带。

邢夫人见他这般,因冷笑道:"总是你那好哥哥好嫂子,一对儿赫赫扬扬,琏二爷凤奶奶,两口子遮天盖日,百事周到,竟通共这一个妹子,全不在意。况且你又不是我养的,你虽然不是同他一娘所生,到底是同出一父,也该彼此瞻顾些,也免别人笑话。"接着又有探事的小丫头来报说:"老太太醒了。"邢夫人方起身前边来。迎春送至院外方回。

绣橘①道:"如今我有个主意:我竟走到二奶奶房里将奶妈偷拿攒珠累丝金凤的事回了他,或他着人去要,或他省事拿几吊钱来替他赔补。如何?"迎春忙道:"罢,罢,罢,省些事罢。宁可没有了,又何必生事。"

谁知迎春乳母子媳王住儿媳妇正因他婆婆得了罪,来求迎春去讨情,说:"如今还要求姑娘看从小儿吃奶的情常,往老太太那边去讨个情面,救出他老人家来才好。"迎春先便说道:"好嫂子,你趁早儿打了这妄想,要等我去说情儿,等到明年也不中用的。……我自己愧还愧不来,反去讨臊去。"

王住儿家的听见迎春如此拒绝他,明欺迎春素日好性儿,乃发话道:"自从邢姑娘来了,太太吩咐一个月俭省出一两银子来与舅太太去,这里饶添了邢姑娘的使费,反少了一两银子。常时短了这个,少了那个,那不是我们供给?谁又要去?我们这一向的钱,岂不白填了限呢。"迎春听见这媳妇发邢夫人之私意,忙止道:"罢,罢,罢。你不能拿了金凤来,不必牵三扯四乱嚷。我也不要那凤了。便是太太们问时,我只说丢了,也妨碍不着你什么的,出去歇息歇息倒好。"

绣橘又气又急,因说道:"姑娘虽不怕,我们是作什么的,把姑娘的东西丢了。他倒赖说姑娘使了他们的钱,这如今竟要准折起来。"一行说,一行就哭了。迎春劝止不住,自拿了一本《太上感应篇》②来看。

可巧宝钗、黛玉、宝琴、探春等因恐迎春今日不自在,都约来安慰他。探春从纱窗内一看,只见迎春倚在床上看书,若有不闻之状。探春也笑了,坐下,便问:"才刚谁在这里说话?倒像拌嘴似的。"迎春笑道:"没有说什么,左不过是他们小题大作罢了。何必问他。"

(节选自《红楼梦》第七十三回)

【注】①绣橘:迎春的丫头。②《太上感应篇》:晋代葛洪托名道家始祖太上老君之名所作,旨在劝善惩恶,宣扬因果报应。

6. 下列对小说相关内容的理解和分析,正确的一项是(   )。(3分)

A. 小说写"独探春"笑着回应贾母,详细告知贾母园内的人"渐次放诞,竟开了赌局"的情况,写出了探春的大胆机敏、管家称职。

B. 小说通过"偏生我又病了""回头命人速传""当着贾母申饬"一系列的语言、动作描写,表现了王熙凤的精明能干、责任心强。

C. 小说借邢夫人之口"两口子遮天盖日"道出贾琏夫妇在贾府内外掌权的事实,同时写出邢夫人借题发挥,表达对王熙凤的不满。

D. 小说王住儿媳妇反责迎春的一番话语,不仅反映了贾府内人际关系的复杂,同时也写出了下人对主子的盘剥不堪忍受,奋起反抗。

7. 下列对小说艺术特色的分析鉴赏,不正确的一项是(   )。(3分)

A. 小说用语简洁精当,如"忙说""忙道""命"等词语写出了贾母对事态发展的关心,表现了贾母关心晚辈、精明果断,达到了能使读者由说话看出人来的效果。

B. 小说采用第三人称视角,详细叙述贾母雷厉风行地清查聚赌事件,要求"有人出首者赏,隐情不告者罚",对参与者不论身份一概不留情面严厉处罚,为下文埋下伏笔。

C. 小说对于次要人物的描写,常通过几笔速写就勾勒出人物鲜明的性格特征,如"又气又急"出谋划策、忠心护主的绣橘,平日倚仗哺育之恩作威作福、嗜赌成性的乳母。

D. 小说善于通过将不同的人物进行对照描写,来凸显他们各自的身份地位、性格特点、形象特征。例如迎春和探春作为姐妹,却性格迥异,对比鲜明,给人留下深刻印象。

8. 曹雪芹在拟本回标题时,用一个"懦"字来突显迎春的品性,称其为"懦小姐"。请结合文本简要概括迎春之"懦"具体表现在哪些方面。(4分)

9. 脂砚斋对此回评注说"一波未平,一波又起,势如怒蛇出穴,蜿蜒不就捕"。请结合文本分析本文的场景转换及其艺术效果(6分)

三、阅读下面这首词,完成后面的题目。(9分)

临江仙·柳絮

薛宝钗

白玉堂前春解舞,东风卷得均匀。蜂团蝶阵乱纷纷。几曾随逝水,岂必委芳尘。

万缕千丝终不改,任他随聚随分。韶华休笑本无根。好风频借力,送我上青云!

10. 下列对这首词的理解和赏析,不正确的一项是( )。(3分)

A. 这是《红楼梦》中薛宝钗所作的一首柳絮词,该词因不落俗套被众人推选为独占鳌头的作品。

B. 上片"几曾""岂必"的反问句式,化消极为积极;同时,为下片抒写柳絮的心愿做了铺垫。

C. 词的最后两句,直接抒写了柳絮凭借东风扶摇直上的远大志向,使整首词的主题得到了升华。

D. 这首词表面上写的是柳絮,实际上是薛宝钗这位开朗、豪放的封建"淑女"自我个性的写照。

11. 《红楼梦》中湘云评价此词:"好一个'东风卷得均匀'!这一句就出人之上了。"请你谈谈这一句"出人之上"的理由。(6分)

四、阅读下面的文字,完成后面的题目。(6分)

《红楼梦》第六十三回"寿怡红群芳开夜宴"是相当耐人寻味的一节。占花名儿抽签时,黛玉抽得一支"风露清愁"的芙蓉花签,芙蓉花也即莲花。宝钗掣得的是牡丹花签,诗云:任是无情也动人。____①____?我们可以从宋代周敦颐所写的影响深远的《爱莲说》中找到答案:"世人甚爱牡丹。予独爱莲之出淤泥而不染……牡丹,花之富贵者也;莲,花之君子者也。……莲之爱,同予者何人?牡丹之爱,宜乎众矣。"( )宝钗有着那个时代备受推崇的"美德",她广受好评,正如____②____。但作者对此是不屑的,他独爱芙蓉花的真性情。所以,作者撇开了众多称颂牡丹的诗句,单挑了唐诗中唯一说牡丹无情的诗句来配宝钗,____③____。

12. 下列填入文中括号内的语句,衔接最恰当的一项是( )。(3分)

A. 莲花与牡丹的这种对比正契合了作者对世俗理想的叛逆之心。

B. 作者对世俗理想的叛逆之心正契合了莲花与牡丹的这种对比。

C. 作者将对世俗理想的叛逆之心契合在莲花与牡丹的这种对比中。

D. 莲花与牡丹的这种对比与作者对世俗理想的叛逆之心正好契合。

13. 请在文中横线处补写恰当的语句,使整段文字语意完整连贯,内容贴切,逻辑严密,每处不超过15个字。(3分)

三妯娌

（王熙凤与尤氏、李纨）

【事件】

一、无法无天王熙凤

弄权铁槛寺

（第十五回）原来这铁槛寺原是宁荣二公当日修造，现今还是有香火地亩布施，以备京中老了人口，在此便宜寄放。其中阴阳两宅俱已预备妥贴，好为送灵人口寄居。不想如今后辈人口繁盛，其中贫富不一，或性情参商，有那家业艰难安分的，便住在这里了；有那尚排场有钱势的，只说这里不方便，一定另外或村庄或尼庵寻个下处，为事毕宴退之所。即今秦氏之丧，族中诸人皆权在铁槛寺下榻，独有凤姐嫌不方便，因而早遣人来和馒头庵的姑子净虚说了，腾出两间房子来作下处。

原来这馒头庵就是水月寺，因他庙里做的馒头好，就起了这个浑号，离铁槛寺不远。当下和尚工课已完，奠过晚茶，贾珍便命贾蓉请凤姐歇息。凤姐见还有几个妯娌陪着女亲，自己便辞了众人，带了宝玉、秦钟往水月庵来。原来秦业年迈多病，不能在此，只命秦钟等待安灵罢了。那秦钟便只跟着凤姐、宝玉，一时到了水月庵，净虚带领智善、智能两个徒弟出来迎接，大家见过。凤姐等来至净室更衣净手毕，因见智能儿越发长高了，模样儿越发出息了，因说道："你们师徒怎么这些日子也不往我们那里去？"净虚道："可是，这几天都没工夫，因胡老爷府里产了公子，太太送了十两银子来这里，叫请几位师父念三日《血盆经》，忙的无个空儿，就无来请奶奶的安。"

…………

凤姐也略坐片时，便回至净室歇息，老尼相送。此时众婆娘媳妇见无事，皆陆续散了，自去歇息，跟前不过几个心腹常侍小婢，老尼便趁机说道："我正有一事，要到府里求太太，先请奶奶一个示下。"凤姐因问何事。老尼道："阿弥陀佛！只因当日我先在长安县内善才庵内出家的时节，那时有个施主姓张，是大财主。他有个女儿小名金哥，那年都往我庙里来进香，不想遇见长安府府太爷的小舅子李衙内。那李衙内一心看上，要娶金哥，打发人来求亲，不想金哥已受了原任守备的公子的聘礼。张家若退亲，又怕守备不依，因此说有了人家。谁知李公子执意不依，定要娶她女儿，张家正无计策，两处为难。不想守备家听了此信，也不管青红皂白，便来作践辱骂，说一个女儿许几家，偏不许退定礼，就要打官司告状起来。那张家急了，只得着人上京来寻门路，赌气偏要退定礼。我想如今长安节度云老爷与府上最契，可以求太太与老爷说声，打发一封书去，求云老爷和那守备说一声，不怕那守备不依。若是肯行，张家连倾家孝敬，也都情愿。"

凤姐听了笑道："这事倒不大，只是太太再不管这样的事。"老尼道："太太不管，奶奶也可以主张了。"凤姐听说笑道："我也不等银子使，也不作这样的事。"净虚听了，打去妄想，半晌叹道:"虽如此说,张家已知我来求府里,如今不管这事,张家不知道没工夫管这事,不希罕他的谢礼,倒像府里连这点子手段也没有的一般。"

凤姐听了这话,便发了兴头,说道:"你是素日知道我的,从来不信什么阴司地狱报应的,凭是什么事,我说要行就行。你叫他拿三千两银子来,我就替他出这口气。"老尼听说,喜之不尽,忙说:"有,有,有!这个不难。"凤姐又道:"我比不得他们扯篷拉纤的图银子。这三千银子,不过是给打发说去的小厮作盘缠,使他赚几个辛苦钱,我一个钱也不要他的。便是三万两,我此刻也拿的出来。"老尼连忙答应,又说道:"既如此,奶奶明天就开恩也罢了。"凤姐道:"你瞧瞧我忙的,那一处少了我?既应了你,自然快快的了结。"老尼道:"这点子事,在别人跟前就忙的不知怎么样,若是奶奶跟前,再添上些也不够奶奶一发挥的。只是俗语说的'能者多劳',太太因大小事见奶奶妥贴,越性都推给奶奶了,奶奶也要保重金体才是。"一路话奉承的凤姐越发受用了,也不顾劳乏,更攀谈起来。

……………

一宿无话,至次日一早,便有贾母王夫人打发人来看宝玉,又命多穿两件衣服,无事宁可回去。宝玉那里肯回去,又有秦钟恋着智能,调唆宝玉求凤姐再住一天。凤姐想了一想:凡丧仪大事虽妥,还有一半点小事未曾安插,可以指此再住一天,岂不又在贾珍跟前送了满情;二则又可以完净虚的那事;三则顺了宝玉的心,贾母听见,岂不欢喜?因有此三益,便向宝玉道:"我的事都完了,你要在这里逛,少不得越性辛苦一日罢了,明日可是定要走的了。"宝玉听说,千姐姐万姐姐的央求:"只住一日,明日必回去的。"于是又住了一夜。

凤姐便命悄悄将昨日老尼之事,说与来旺儿。来旺儿心中俱已明白,急忙进城找着主文的相公,假托贾琏所嘱,修书一封,连夜往长安县来,不过百里路程,两日工夫俱已妥协。那节度使名唤云光,久欠贾府之情,这一点小事,岂有不允之理,给了回书,旺儿回来。且不在话下。

(第十六回)那凤姐儿已是得了云光的回信,俱已妥协。老尼达知张家,果然那守备忍气吞声的收了前聘之物。谁知那个张财主虽如此爱势贪财,却养了一个知义多情的女儿,闻得父母退了亲事,他便一条绳索悄悄的自缢了。那守备之子闻得金哥自缢,他也是个极多情的,遂也投河而死。只落得张李两家没趣,真是人财两空。这里凤姐却坐享了三千两,王夫人等连一点消息也不知道。自此凤姐胆识愈壮,以后有了这样的事,便恣意的作为起来,也不消多记。

【点评】

王熙凤主持秦可卿的丧事,送殡到贾府家庙铁槛寺,料理善后。老尼姑净虚与王熙凤趁机勾结,凭借贾府的势力,强行拆散民女张金哥和守备之子的婚事,造成了两人殉情自尽的人间婚姻和爱情悲剧。

在这一节中,净虚牵线搭桥,坐收渔利,情有所偏袒,心有所依违。分明是张家老财要攀高结贵,爽约退婚引起守备大闹,诉之以法,打官司告状;但她偏偏拿不是当理讲,把守备硬说成"不管青红皂白",无理取闹。所以她初语含糊,闪烁其词,没头没绪,破绽百出。而这段看似语无伦次、逻辑混乱的表达,却能够深深抓住凤姐的贪财好利的心理。老尼张口就安排了一个肥肥的诱饵:张家是一个"大财主"。她又着重点明,若是凤姐肯帮忙,"张家连倾孝敬,也都情意"。凤姐心机深细,世情谙练,她既要把银子捞到手,又要不失大家身份。其中有这样一段描写:

凤姐听了笑道:"这事倒不大,只是太太再不管这样的事。"……老尼听说,喜之不尽,忙说:"有,有,有!这个不难。"

通过这段话,凤姐复杂、隐蔽的心理活动得到了充分体现。她虽知道这事见不得人,也要趁机捞财,嘴上说不干这样的事,但也不一口回绝,轻轻一句"这事倒不大",向对方暗示"这事我能办",狠狠地吊足了对方的胃口。狡猾的净虚自然参透凤姐以退为进的把戏,表面很失望,"打去妄想",暗地里盘算招数,于是就使出"激将法"。凤姐何等"聪明伶俐",当然知道净虚的计谋,只不过贪婪成性、喜欢逞能的王熙凤拒绝不了这个老法子,所以只能顺势而下。于是她"发了兴头",本相尽露,张口就要"三千两银子";"阴司地狱报应"她"从来不信";"凭是什么事,我说要行就行"。两个人的一段对话,就设计出一个大大的阴谋。

"我比不得他们扯篷拉纤的图银子。这三千银子,不过是给打发说去的小厮作盘缠,使他赚几个辛苦钱,我一个钱也不要他的。"这里对要了银子还要为自己涂脂抹粉的凤姐的语言描写,充分揭示了其虚伪和丑恶。

逼死尤二姐

(第六十八回)谁知凤姐心下早已算定,只待贾琏前脚走了,回来便传各色匠役,收拾东厢房三间,照依自己正室一样装饰陈设。至十四日便回明贾母王夫人,说十五日一早要到姑子庙进香去。只带了平儿、丰儿、周瑞媳妇、旺儿媳妇四人,未曾上车,便将原故告诉了众人。又吩咐众男人,素衣素盖,一径前来。

兴儿引路,一直到了二姐门前扣门。鲍二家的开了。兴儿笑说:"快回二奶奶去,大奶奶来了。"鲍二家的听了这句,顶梁骨走了真魂,忙飞进报与尤二姐。尤二姐虽也一惊,但已来了,只得以礼相见,于是忙整衣迎了出来。至门前,凤姐方下车进来。尤二姐一看,只见头上皆是素白银器,身上月白缎袄,青缎披风,白绫素裙。眉弯柳叶,高吊两梢,目横丹凤,神凝三角。俏丽若三春之桃,清洁若九秋之菊。周瑞旺儿二女人搀入院来。尤二姐陪笑忙迎上来万福,张口便叫:"姐姐下降,不曾远接,望恕仓促之罪。"说着便福了下来。凤姐忙陪笑还礼不迭。二人携手同入室中。

凤姐上座,尤二姐命丫鬟拿褥子来便行礼,说:"奴家年轻,一从到了这里之事,皆系家母和家姐商议主张。今日有幸相会,若姐姐不弃奴家寒微,凡事求姐姐的指示教训。奴亦倾心吐胆,只伏侍姐姐。"说着,便行下礼去。

凤姐儿忙下座以礼相还,口内忙说:"皆因奴家妇人之见,一味劝夫慎重,不可在外眠花卧柳,恐惹父母担忧。此皆是你我之痴心,怎奈二爷错会奴意。眠花宿柳之事瞒奴或可,今娶姐姐二房之大事亦人家大礼,亦不曾对奴说。奴亦曾劝二爷早行此礼,以备生育。不想二爷反以奴为那等嫉妒之妇,私自行此大事,并不说知。使奴有冤难诉,惟天地可表。前于十日之先奴已风闻,恐二爷不乐,遂不敢先说。今可巧远行在外,故奴家亲自拜见过,还求姐姐下体奴心,起动大驾,挪至家中。你我姊妹同居同处,彼此合心谏劝二爷,慎重世务,保养身体,方是大礼。若姐姐在外,奴在内,虽愚贱不堪相伴,奴心又何安。再者,使外人闻知,亦甚不雅观。二爷之名也要紧,倒是谈论奴家,奴亦不怨。所以今生今世奴之名节全在姐姐身上。那起下人小人之言,未免见我素日持家太严,背后加减些言语,自是常情。姐姐乃何等样人物,岂可信真。若我实有不好之处,上头三层公婆,中有无数姊妹妯娌,况贾府世代名家,岂容我到今日。今日二爷私娶姐姐在外，若别人则怒，我则以为幸。正是天地神佛不忍我被小人们诽谤，故生此事。我今来求姐姐进去和我一样同居同处，同分同例，同侍公婆，同谏丈夫。喜则同喜，悲则同悲，情似亲妹，和比骨肉。不但那起小人见了，自悔从前错认了我，就是二爷来家一见，他作丈夫之人，心中也未免暗悔。所以姐姐竟是我的大恩人，使我从前之名一洗无余了。若姐姐不随奴去，奴亦情愿在此相陪。奴愿作妹子，每日伏侍姐姐梳头洗面。只求姐姐在二爷跟前替我好言方便方便，容我一席之地安身，奴死也愿意。"说着，便呜呜咽咽哭将起来。尤二姐见了这般，也不免滴下泪来。

二人对见了礼，分序座下。平儿忙也上来要见礼。尤二姐见他打扮不凡，举止品貌不俗，料定是平儿，连忙亲身挽住，只叫："妹子快休如此，你我是一样的人。"凤姐忙也起身笑说："折死他了！妹子只管受礼，他原是咱们的丫头。以后快别如此。"说着，又命周家的从包袱里取出四匹上色尺头，四对金珠簪环为拜礼。尤二姐忙拜受了。

二人吃茶，对诉已往之事。凤姐口内全是自怨自错，"怨不得别人，如今只求姐姐疼我"等语。尤二姐见了这般，便认他作是个极好的人，小人不遂心诽谤主子亦是常理，故倾心吐胆，叙了一回，竟把凤姐认为知己。又见周瑞等媳妇在旁边称扬凤姐素日许多善政，只是吃亏心太痴了，惹人怨，又说"已经预备了房屋，奶奶进去一看便知"。

尤氏心中早已要进去同住方好，今又见如此，岂有不允之理，便说："原该跟了姐姐去，只是这里怎样？"凤姐儿道："这有何难，姐姐的箱笼细软只管着小厮搬了进去。这些粗笨货要他无用，还叫人看着。姐姐说谁妥当就叫谁在这里。"尤二姐忙说："今日既遇见姐姐，这一进去，凡事只凭姐姐料理。我也来的日子浅，也不曾当过家，世事不明白，如何敢作主。这几件箱笼拿进去罢。我也没有什么东西，那也不过是二爷的。"

凤姐听了，便命周瑞家的记清，好生看管着抬到东厢房去。于是催着尤二姐穿戴了，二人携手上车，又同坐一处，又悄悄的告诉他："我们家的规矩大。这事老太太一概不知，倘或知二爷孝中娶你，管把他打死了。如今且别见老太太、太太，我们有一个花园子极大，姊妹住着，容易没人去的。你这一去且在园里住两天，等我设个法子回明白了，那时再见方妥。"尤二姐道："任凭姐姐裁处。"那些跟车的小厮们皆是预先说明的，如今不去大门，只奔后门而来。

　　　………

这里凤姐儿带着贾蓉走来上房，尤氏正迎了出来，见凤姐气色不善，忙笑说："什么事这等忙？"凤姐照脸一口唾沫啐道："你尤家的丫头没人要了，偷着只往贾家送！难道贾家的人都是好的，普天下死绝了男人了！你就愿意给，也要三媒六证，大家说明，成个体统才是。你痰迷了心，脂油蒙了窍，国孝家孝两重在身，就把个人送来了。这会子被人家告我们，我又是个没脚蟹，连官场中都知道我利害吃醋，如今指名提我，要休我。我来了你家，干错了什么不是，你这等害我？或是老太太、太太有了话在你心里，使你们做这圈套，要挤我出去。如今咱们两个一同去见官，分证明白。回来咱们公同请了合族中人，大家觌面说个明白。给我休书，我就走路。"一面说，一面大哭，拉着尤氏，只要去见官。急的贾蓉跪在地下碰头，只求"姑娘婶子息怒"。

凤姐儿一面又骂贾蓉："天雷劈脑子、五鬼分尸的没良心的种子！不知天有多高，地有多厚，成日家调三窝四，干出这些没脸面、没王法、败家破业的营生。你死了的娘阴灵也不容你，祖宗也不容，还敢来劝我！"哭骂着扬手就打。贾蓉忙磕头有声说："婶子别动气，仔细手，让我自己打。婶子别生气。"说着，自己举手左右开弓，自己打了一顿嘴巴子，又自己问着自己说："以后可再顾三不顾四的混管闲事了？以后还单听叔叔的话不听婶子的话了？"众人又是劝，又要笑，又不敢笑。

凤姐儿滚到尤氏怀里，嚎天动地，大放悲声，只说："给你兄弟娶亲我不恼。为什么使他违旨背亲，将混帐名儿给我背着？咱们只去见官，省得捕快皂隶来拿。再者咱们只过去见了老太太、太太和众族人，大家公议了，我既不贤良，又不容丈夫娶亲买妾，只给我一纸休书，我即刻就走。你妹妹我也亲身接来家，生怕老太太、太太生气，也不敢回，现在三茶六饭金奴银婢的住在园里。我这里赶着收拾房子，一样和我的道理，只等老太太知道了。原说接过来大家安分守己的，我也不提旧事了。谁知又是有了人家的。不知你们干的什么事，我一概又不知道。如今告我，我昨日急了，纵然我出去见官，也丢的是你贾家的脸，少不得偷把太太的五百两银子去打点。如今把我的人还锁在那里。"说了又哭，哭了又骂，后来放声大哭起祖宗爹妈来，又要寻死撞头。把个尤氏揉搓成一个面团，衣服上全是眼泪鼻涕，并无别语，只骂贾蓉："孽障种子！和你老子作的好事！我就说不好的。"

凤姐儿听说，哭着两手搬着尤氏的脸紧对相问道："你发昏了？你的嘴里难道有茄子塞着？不然他们给你嚼子衔上了？为什么你不告诉我去？你若告诉了我，这会子平安不了？怎得经官动府，闹到这步田地，你这会子还怨他们。自古说：'妻贤夫祸少，表壮不如里壮。'你但凡是个好的，他们怎得闹出这些事来！你又没才干，又没口齿，锯了嘴子的葫芦，就只会一味瞎小心图贤良的名儿。总是他们也不怕你，也不听你。"说着啐了几口。尤氏也哭道："何曾不是这样。你不信问问跟的人，我何曾不劝的，也得他们听。叫我怎么样呢，怨不得妹妹生气，我只好听着罢了。"

（第六十九回）那贾琏一日事毕回来，先到了新房中，已竟静悄悄的封锁，只有一个看房子的老头儿。贾琏问他原故，老头子细说原委，贾琏只在镫中跌足。少不得来见贾赦与邢夫人，将所完之事回明。贾赦十分欢喜，说他中用，赏了他一百两银子，又将房中一个十七岁的丫鬟名唤秋桐者，赏他为妾。贾琏叩头领去，喜之不尽。见了贾母和家中人，回来见凤姐，未免脸上有些愧色。谁知凤姐儿他反不似往日容颜，同尤二姐一同出迎，叙了寒温。贾琏将秋桐之事说了，未免脸上有些得意之色，骄矜之容。凤姐听了，忙命两个媳妇坐车在那边接了来。心中一刺未除，又平空添了一刺，说不得且吞声忍气，将好颜面换出来遮掩。一面又命摆酒接风，一面带了秋桐来见贾母与王夫人等。贾琏心中也暗暗的纳罕。

……

且说凤姐在家，外面待尤二姐自不必说得，只是心中又怀别意。无人处只和尤二姐说："妹妹的声名很不好听，连老太太、太太们都知道了，说妹妹在家做女孩儿就不干净，又和姐夫有些首尾，'没人要的了你拣了来，还不休了再寻好的'。我听见这话，气得倒仰，查是谁说的，又查不出来。这日久天长，这些个奴才们跟前，怎么说嘴。我反弄了个鱼头来拆。"说了两遍，自己又气病了，茶饭也不吃，除了平儿，众丫头媳妇无不言三语四，指桑说槐，暗相讥刺。秋桐自以为系贾赦之赐，无人僭他的，连凤姐平儿皆不放在眼里，岂肯容他。张口是"先奸后娶没汉子要的娼妇，也来要我的强。"凤姐听了暗乐，尤二姐听了暗愧暗怒暗气。凤姐既装病，便不和尤二姐吃饭了。每日只命人端了菜饭到他房中去吃，那茶饭都系不堪之物。平儿看不过，自拿了钱出来弄菜与他吃，或是有时只说和他园中去顽，在园中厨内另做了汤水与他吃，也无人敢回凤姐。只有秋桐一时撞见了，便去说舌告诉凤姐说："奶奶的名声，生是平儿弄坏了的。这样好菜好饭浪着不吃，却往园里去偷吃。"凤姐听了，骂平儿说："人家养猫拿耗子，我的猫只倒咬鸡。"平儿不敢多说，自此也要远着了。又暗恨秋桐，难以出口。

园中姊妹如李纨、迎春、惜春等人，皆为凤姐是好意，然宝、黛一干人暗为二姐担心。虽都不便多事，惟见二姐可怜，常来了，倒还都悯恤他。每日常无人处说起话来，尤二姐便淌眼抹泪，又不敢抱怨。凤姐儿又并无露出一点坏形来。贾琏来家时，见了凤姐贤良，也便不留心。况素习以来因贾赦姬妾丫鬟最多，贾琏每怀不轨之心，只未敢下手。……今日天缘凑巧，竟赏了他，真是一对烈火干柴，如胶投漆，燕尔新婚，连日那里拆的开。那贾琏在二姐身上之心也渐渐淡了，只有秋桐一人是命。凤姐虽恨秋桐，且喜借他先可发脱二姐，自己且抽头，用"借剑杀人"之法，"坐山观虎斗"，等秋桐杀了尤二姐，自己再杀秋桐。主意已定，没人处常又私劝秋桐说："你年轻不知事。他现是二房奶奶，你爷心坎儿上的人，我还让他三分，你去硬碰他，岂不是自寻其死？"那秋桐听了这话，越发恼了，天天大口乱骂说："奶奶是软弱人，那等贤惠，我却做不来。奶奶把素日的威风怎都没了。奶奶宽洪大量，我却眼里揉不下沙子去。让我和他做一回，他才知道。"凤姐儿在屋里，只装不敢出声儿。气的尤二姐在房里哭泣，饭也不吃，又不敢告诉贾琏。次日贾母见他眼红红的肿了，问他，又不敢说。秋桐正是抓乖卖俏之时，他便悄悄的告诉贾母王夫人等说："专会作死，好好的成天家号丧，背地里咒二奶奶和我早死了，他好和二爷一心一计的过。"贾母听了便说："人太生娇俏了，可知心就嫉妒。凤丫头倒好意待他，他倒这样争锋吃醋的。可知是个贱骨头。"因此渐次便不大喜欢，众人见贾母不喜，不免又往下踏践起来，弄得这尤二姐要死不能，要生不得。还是亏了平儿，时常背着凤姐，看他这般，与他排解排解。

那尤二姐原是个花为肠肚雪作肌肤的人，如何经得这般折磨，不过受了一月的暗气，便恹恹得了一病，四肢懒动，茶饭不进，渐次黄瘦下去。夜来合上眼，只见他小妹子手捧鸳鸯宝剑前来说："姐姐，你一生为人心痴意软，终吃了这亏。休信那妒妇花言巧语，外作贤良，内藏狡滑，他发恨定要弄你一死方休。若妹子在世，断不肯令你进来，即进来时，亦不容他这样。此亦系理数应然，你我生前淫奔不才，使人家丧伦败行，故有此报。你依我将此剑斩了那妒妇，一同归至警幻案下，听其发落。不然，你则白白的丧命，且无人怜惜。"尤二姐泣道："妹妹，我一生品行既亏，今日之报既系当然，何必又生杀戮之冤。"小妹听了，长叹而去。尤二姐惊醒，却是一梦。等贾琏来看时，因无人在侧，便泣说："我这病便不能好了。我来了半年，腹中也有身孕，但不能预知男女。倘天见怜，生下来还可，若不然，我这命就不保，何况于他。"贾琏亦泣哭说："你只管放心，我请明人来医治。"于是出去即刻请医生。

谁知王太医亦谋干了军前效力，回来好讨荫封的。小厮们走去，便请了个姓胡的太医，名叫君荣。进来诊脉看了，说是经水不调，全要大补。贾琏便说："已是三月庚信不行，又常作呕酸，恐是胎气。"胡君荣听了，复又命老婆子们请出手来再看看。胡君荣又诊了半日，说："若论胎气，肝脉自应洪大。然木盛则生火，经水不调亦皆因由肝木所致。医生要大胆，须得请奶奶将金面略露露，医生观观气色，方敢下药。"贾琏无法，只得命将帐子掀起一缝，尤二姐露出脸来。胡君荣一见，魂魄如飞上九天，通身麻木，一无所知。一时掩了帐子，贾琏就陪他出来，问是如何。胡太医道："不是胎气，只是瘀血凝结。如今只以下瘀血通经脉要紧。"于是写了一方，作辞而去。

贾琏令人送了药礼，抓了药来，调服下去。只半夜，尤二姐腹痛不止，谁知竟将一个已成形的男胎打下来了。于是血行不止，二姐就昏迷过去。贾琏闻知，大骂胡君荣。一面再遣人去请医调治，一面命人去打告胡君荣。胡君荣听了，早已卷包逃走。这里太医便说："本来血气生成亏弱，受胎以来，想是着了些气恼，郁结于中。这位先生擅用虎狼之剂，如今大人元气十分伤其八九，一时难保就愈。煎丸二药并行，还要一些闲言闲事不闻，庶可望好。"说毕而去。急的贾琏查是谁请了姓胡的来，一时查了出来，便打了半死。凤姐比贾琏更急十倍，只说："咱们命中无子，好容易有了一个，又遇见这样没本事的大夫。"于是天地前烧香礼拜，自己通陈祷告说："我或有病，只求尤氏妹子身体大愈，再得怀胎生一男子，我愿吃长斋念佛。"贾琏众人见了，无不称赞。贾琏与秋桐在一处时，凤姐又做汤做水的着人送与二姐。因又叫人出去算命打卦。偏算命的回来又说："系属兔的阴人冲犯。"大家算将起来，只有秋桐一人属兔，说他冲的。

秋桐近见贾琏请医治药，打人骂狗，为尤二姐十分尽心，他心中早浸了一缸醋在内了。今又听见如此说他冲了，凤姐儿又劝他说："你暂且别处去躲几个月再来。"秋桐便气的哭骂道："理那起混咬舌根！我和他'井水不犯河水'，怎么就冲了他！好个爱八哥儿，在外头什么人不见，偏来了就有人冲了。白眉赤脸，那里来的孩子？他不过指着哄我们那个棉花耳朵的爷罢了。纵有孩子，也不知姓张姓王。奶奶希罕那杂种羔子，我不喜欢！老了谁不成？谁不会养！一年半载养一个，倒还是一点搀杂没有的呢！"骂的众人又要笑，又不敢笑。可巧邢夫人过来请安，秋桐便哭告邢夫人说："二爷奶奶要撵我回去，我没了安身之处，太太好歹开恩。"邢夫人听说，慌的数落凤姐儿一阵，又骂贾琏："不知好歹的种子，凭他怎不好，是你父亲给的。为个外头来的撵他，连老子都没了。"说着，赌气去了。秋桐更又得意，越性走到他窗户根底下大哭大骂起来。尤二姐听了，不免更添烦恼。

晚间，贾琏在秋桐房中歇了，凤姐已睡，平儿过来瞧他，二人哭了一回，平儿又嘱咐了几句，夜已深了，方去安息。

这里尤二姐心下自思："病已成势，日无所养，反有所伤，料定必不能好。况胎已打下，无可悬心，何必受这些零气，不如一死，倒还干净。常听见人说，生金子可以坠死，岂不比上吊自刎又干净。"想毕，□挣起来，打开箱子，找出一块生金，也不知多重，恨命含泪便吞入口中，几次狠命直脖，方咽了下去。于是赶忙将衣裳首饰穿戴齐整，上炕躺下了。当下人不知，鬼不觉。到第二日早晨，丫鬟媳妇们见他不叫人，乐得且自己去梳洗。凤姐便和秋桐都上去了。平儿看不过，说丫头们："你们就只配没人心的打着骂着使也罢了，一个病人，也不知可怜可怜。他虽好性儿，你们也该拿出个样儿来，别太过逾了，墙倒众人推。"丫鬟听了，急推房门进来看时，却穿戴的齐齐整整，死在炕上。于是方吓慌了，喊叫起来。

【点评】

梳理凤姐设计害死尤二姐的整个过程，反映出她用心之险恶，手段之狠毒，伪装之巧妙，充分展现出一个集悍妇、妒妇和泼妇于一身的形象。凤姐施行的阴谋诡计，可以概括为以下几个方面：

一是骗其入园。凤姐打听到贾琏在外偷娶了尤二姐，"越说越气"，"自己一个人将前事从头至尾细细的盘算多时，得了一个'一计害三贤'的狠主意"，趁着贾琏出远门，亲自登门拜访尤二姐，用"推心置腹"的言辞和"呜呜咽咽"的哭声，骗取尤二姐的信任，让尤二姐认为她是一个"极好的人"，"竟把凤姐认为知己"，乖乖地跟着她搬进了大观园。尤二姐一进园，凤姐就变法将她的丫头一概退出，又将自己的一个丫头送她使唤。三日之后，这个丫头就不服使唤起来，渐渐连饭食也早一顿、晚一顿，而且都是剩下的。这个丫头这样做，当然是受了凤姐的指使。但凤姐本人在尤二姐面前，"却是和容悦色，满嘴里姐姐不离口"。就这样，尤二姐掉入了凤姐的圈套。

二是操纵官司。凤姐把二姐赚骗进大观园之后，便自己"去暗中行事"，这暗中行的事便是操纵官司。她使旺儿把尤二姐之事打听清楚，尽知原委后，一面派旺儿指使二姐的未婚夫张华去官府告状，一面又拿了三百两银子去都察院打点，让都察院只虚张声势，把事情闹大；其间一会儿使人暗中调唆张华，只叫他要原妻，一会儿又暗暗遣人去说张华，让他快回原籍，最后是张华"妄告不实，惧罪逃走"，"大事完毕"。在张华走后，凤姐还怕他将此事告诉了别人，又悄命旺儿"暗中使人算计，务将张华治死，方剪草除根，保住自己的名誉"。由此可见，她的眼中只有利益，完全没有"人命关天"的概念，可谓视王法为儿戏。

三是大闹宁府。官司一起，凤姐就以此为由，兴师问罪，大闹宁府，对尤氏、贾蓉母子竭尽辱骂、恐吓之能事，"说了又哭，哭了又骂"，"又要寻死撞头"，"把个尤氏揉搓成一个面团，衣服上全是眼泪鼻涕"；贾蓉"自己举手左右开弓"打了自己一顿嘴巴子，"又磕头不绝"。闹够了之后，凤姐又换了一副面孔，与尤氏赔礼道歉，不仅乘机敲诈了尤氏五百两银子，尤氏还答应"等事妥了，少不得我们娘儿们过去拜谢"。这幕闹剧，活现了凤姐撒泼的本领和贪婪的本性。

四是沽名钓誉。凤姐把尤二姐骗入大观园后，便假装贤惠，合家之人都暗暗纳罕；后又主动带尤二姐去见贾母，请求允许丈夫娶尤二姐为妾，使得贾母极口称赞她"贤良，很好"；贾琏回来后，见了凤姐未免脸上有些愧色，"谁知凤姐儿他反不似往日容颜，同尤二姐一同出迎，叙了寒温"；后来尤二姐怀的男胎被打了下来，凤姐比贾琏"更急十倍"，天地前烧香祷告，"只求尤氏妹子身体大愈，再得怀胎生一男子，我愿吃长斋念佛""贾琏众人见了，无不称赞"。直到最后尤二姐被她用"'借剑杀人'之法"害死，她还假意哭道："狠心的妹妹！你怎么丢下我去了，辜负了我的心！"她以高超的演技，利用一切可利用的机会，在众人面前树立起与其内心全然不同的贤惠形象。

五是借刀杀人。贾琏回家后，贾赦赏给他一个名叫秋桐的丫鬟为妾，凤姐虽心中极其不满，却正好借秋桐来压制尤二姐。"用'借剑杀人'之法，'坐山观虎斗'，等秋桐杀了尤二姐，自己再杀秋桐"。她拿定主意，没人处便挑唆秋桐辱骂尤二姐，秋桐又在贾母跟前恶人先告状，使得贾母渐次不再喜欢尤二姐，"众人见贾母不喜，不免又往下踏践起来，弄得这尤二姐要死不能，要生不得"。尤二姐胎儿打下后，凤姐又故意放风说是秋桐冲的，要她暂且去别处躲几个月，急得秋桐像疯狗一样乱咬人，而且"越性走到窗户根底下大哭大骂"，尤二姐听了，"不免更添烦恼"，终致当晚吞金而死。凤姐的借刀杀人是如此不露痕迹，这充分表现了她的狡诈和奸猾。

逼死鲍二家的

（第四十四回）接着众姊妹也来，凤姐也只得每人的喝一口。赖大妈妈见贾母尚这等高兴，也少不得来凑趣儿，领着些嬷嬷们也来敬酒。凤姐儿也难推脱，只得喝了两口。鸳鸯等也来敬，凤姐儿真不能了，忙央告道："好姐姐们，饶了我罢，我明儿再喝罢。"鸳鸯笑道："真个的，我们是没脸的了？就是我们在太太跟前，太太还赏个脸儿呢。往常倒有些体面，今儿当着这些人，倒拿起主子的款儿来了。我原不该来。不喝，我们就走。"说着真个回去了。凤姐儿忙赶上拉住，笑道："好姐姐，我喝就是了。"说着拿过酒来，满满的斟了一杯喝干。鸳鸯方笑了散去，然后又入席。

凤姐儿自觉酒沉了，心里突突的似往上撞，要往家去歇歇，只见那耍百戏的上来，便和尤氏说："预备赏钱，我要洗洗脸去。"尤氏点头。凤姐儿瞅人不防，便出了席，往房门后檐下走来。平儿留心，也忙跟了来，凤姐儿便扶着他。才至穿廊下，只见他房里的一个小丫头正在那里站着，见他两个来了，回身就跑。凤姐儿便疑心忙叫。那丫头先只装听不见，无奈后面连平儿也叫，只得回来。

凤姐儿越发起了疑心，忙和平儿进了穿堂，叫那小丫头子也进来，把槅扇关了，凤姐儿坐在小院子的台矶上，命那丫头子跪了，喝命平儿："叫两个二门上的小厮来，拿绳子鞭子，把那眼睛里没主子的小蹄子打烂了！"那小丫头子已经唬的魂飞魄散，哭着只管碰头求饶。凤姐儿问道："我又不是鬼，你见了我，不说规规矩矩站住，怎么倒往前跑？"小丫头子哭道："我原没看见奶奶来。我又记挂着房里无人，所以跑了。"凤姐儿道："房里既没人，谁叫你来的？你便没看见我，我和平儿在后头扯着脖子叫了你十来声，越叫越跑。离的又不远，你聋了不成？你还和我强嘴！"说着便扬手一掌打在脸上，打的那小丫头一栽；这边脸上又一下，登时小丫头子两腮紫胀起来。平儿忙劝："奶奶仔细手疼。"凤姐便说："你再打着问他跑什么。他再不说，把嘴撕烂了他的！"那小丫头子先还强嘴，后来听见凤姐儿要烧了红烙铁来烙嘴，方哭道："二爷在家里，打发我来这里瞧着奶奶的，若见奶奶散了，先叫我送信儿去的。不承望奶奶这会子就来了。"

凤姐儿见话中有文章，便又问道："叫你瞧着我作什么？难道怕我家去不成？必有别的原故，快告诉我，我从此以后疼你。你若不细说，立刻拿刀子来割你的肉。"说着，回头向头上拔下一根簪子来，向那丫头嘴上乱戳，唬的那丫头一行躲，一行哭求道："我告诉奶奶，可别说我说的。"平儿一旁劝，一面催他，叫他快说。丫头便说道："二爷也是才来房里的……二爷就开了箱子，拿了两块银子，还有两根簪子，两匹缎子，叫我悄悄的送与鲍二的老婆去，叫他进来。他收了东西就往咱们屋里来了。二爷叫我来瞧着奶奶，底下的事我就不知道了。"

凤姐听了，已气的浑身发软，忙立起来一径来家。刚至院门，只见又有一个小丫头在门前探头儿，一见了凤姐，也缩头就跑。凤姐儿提着名字喝住。那丫头本来伶俐，见躲不过了，越性跑了出来，笑道："我正要告诉奶奶去呢，可巧奶奶来了。"凤姐儿道："告诉我什么？"那丫头便说二爷在家这般如此如此，将方才的话也说了一遍。凤姐啐道："你早作什么了？这会子我看见你了，你来推干净儿！"说着也扬手一下打的那丫头一个趔趄，便蹑手蹑脚的走至窗前，往里听时，只听里头说笑。那妇人笑道："多早晚你那阎王老婆死了就好了。"贾琏道："他死了，再娶一个也是这样，又怎么样呢？"那妇人道："他死了，你倒是把平儿扶了正，只怕还好些。"贾琏道："如今连平儿他也不叫我沾一沾了。平儿也是一肚子委曲不敢说。我命里怎么就该犯了'夜叉星'。"

凤姐听了，气的浑身乱战，又听他俩都赞平儿，便疑平儿素日背地里自然也有愤怨语了，那酒越发涌了上来，也并不忖度，回身把平儿先打了两下，一脚踢开门进去，也不容分说，抓着鲍二家的撕打一顿。又怕贾琏走出去，便堵着门站着骂道："好淫妇！你偷主子汉子，还要治死主子老婆！平儿过来！你们淫妇忘八一条藤儿，多嫌着我，外面儿你哄我！"说着又把平儿打几下，打的平儿有冤无处诉，只气得干哭，骂道："你们做这些没脸的事，好好的又拉上我做什么！"说着也把鲍二家的撕打起来。

贾琏也因吃多了酒，进来高兴，未曾作的机密，一见凤姐来了，已没了主意，又见平儿也闹起来，把酒也气上来了。凤姐儿打鲍二家的，他已又气又愧，只不好说的，今见平儿也打，便上来踢骂道："好娼妇！你也动手打人！"平儿气怯，忙住了手，哭道："你们背地里说话，为什么拉我呢？"凤姐见平儿怕贾琏，越发气了，又赶上来打着平儿，偏叫打鲍二家的。平儿急了，便跑出来找刀子要寻死。外面众婆子丫头忙拦住解劝。这里凤姐见平儿寻死去，便一头撞在贾琏怀里，叫道："你们一条藤儿害我，被我听见，倒都唬起我来。你也勒死我！"贾琏气的墙上拔出剑来，说道："不用寻死，我也急了，一齐杀了，我偿了命，大家干净。"正闹的不开交，只见尤氏等一群人来了，说："这是怎么说，才好好的，就闹起来。"贾琏见了人，越发"倚酒三分醉"，逞起威风来，故意要杀凤姐儿。凤姐儿见人来了，便不似先前那般泼了，丢下众人，便哭着往贾母那边跑。

此时戏已散出，凤姐跑到贾母跟前，爬在贾母怀里，只说："老祖宗救我！琏二爷要杀我呢！"贾母、邢夫人、王夫人等忙问怎么了。凤姐儿哭道："我才家去换衣裳，不防琏二爷在家和人说话，我只当是有客来了，唬得我不敢进去。在窗户外头听了一听，原来是和鲍二家的媳妇商议，说我利害，要拿毒药给我吃了治死我，把平儿扶了正。我原气了，又不敢和他吵，原打了平儿两下，问他为什么要害我。他臊了，就要杀我。"贾母等听了，都信以为真，说："这还了得！快拿了那下流种子来！"一语未完，只见贾琏拿着剑赶来，后面许多人跟着。贾琏明仗着贾母素昔疼他们，连母亲婶母也无碍，故逞强闹了来。邢夫人王夫人见了，气的忙拦住骂道："这下流种子！你越发反了，老太太在这里呢！"贾琏乜斜着眼，道："都是老太太惯的他，他才这样，连我也骂起来了！"邢夫人气的夺下剑来，只管喝他"快出去！"那贾琏撒娇撒痴，涎言涎语的还只乱说。贾母气的说道："我知道你也不把我们放在眼里，叫人把他老子叫来！"贾琏听见这话，方趔趄着脚儿出去了，赌气也不往家去，便往外书房来。

……至房中，凤姐儿见无人，方说道："我怎么像个阎王，又像夜叉？那淫妇咒我死，你也帮着咒。我千日不好，也有一日好。可怜我熬的连个淫妇也不如了，我还有什么脸来过这日子？"说着又哭了。贾琏道："你还不足？你细想想，昨儿谁的不是多？今儿当着人还是我跪了一跪，又赔不是，你也争足了光了。这会子还叨叨，难道还叫我替你跪下才罢？太要足了强也不是好事。"说的凤姐儿无言可对，平儿"嗤"的一声又笑了。贾琏也笑道："又好了！真真我也没法了。"

正说着，只见一个媳妇来回说："鲍二媳妇吊死了。"贾琏凤姐儿都吃了一惊。凤姐忙收了怯色，反喝道："死了罢了，有什么大惊小怪的！"一时，只见林之孝家的进来悄回凤姐道："鲍二媳妇吊死了，他娘家的亲戚要告呢。"凤姐儿笑道："这倒好了，我正想要打官司呢！"林之孝家的道："我才和众人劝了他们，又威吓了一阵，又许了他几个钱，也就依了。"凤姐儿道："我没一个钱！有钱也不给，只管叫他告去。也不许劝他，也不用震吓他，只管让他告去。告不成倒问他个'以尸讹诈'！"林之孝家的正在为难，见贾琏和他使眼色儿，心下明白，便出来等着。贾琏道："我出去瞧瞧，看是怎么样。"凤姐儿道："不许给他钱。"贾琏一径出来，和林之孝来商议，着人去作好作歹，许了二百两发送才罢。贾琏生恐有变，又命人去和王子腾说，将番役仵作人等叫了几名来，帮着办丧事。那些人见了如此，纵要复辨亦不敢辨，只得忍气吞声罢了。贾琏又命林之孝将那二百银子入在流年账上，分别添补开销过去。又梯己给鲍二些银两，安慰他说："另日再挑个好媳妇给你。"鲍二又有体面，又有银子，有何不依，便仍然奉承贾琏，不在话下。

【点评】

本来凤姐与鲍二家的，没有任何关系。一个是高高在上的主子，一个是手下奴才的老婆。可是，因为贾琏有好色这个毛病，所以两个女人演绎了一场悲剧。

凤姐生日，难得贾母给面子，全府一起庆贺，贾琏不好好喝酒听戏，却和鲍二家的偷情。他想着凤姐在贾母那里喝酒，肯定不会回来，就拿了首饰和衣料让人把鲍二家的请到自己家中鬼混。虽然贾琏事先安排了放哨的，但那两个小丫头显然"地下工作"经验不足，被突然回来的凤姐抓了个正着。

结果，凤姐便听到了鲍二家的和贾琏的聊天内容：希望凤姐早死。这鲍二家的只是个下人，是拿了贾琏的财物才过来的，居然和贾琏大谈凤姐如何不是，还认为到时候可以把平儿扶正；贾琏酒后糊涂，顺口就把对凤姐的高压政策久存的不满表达了出来。两个人正说得兴起，凤姐一头撞进来，骂贾琏，打鲍二家的，连平儿也打了。平儿恼鲍二家的胡言乱语，也跟着打鲍二家的。后来，贾琏和凤姐闹到贾母那里，平儿也让人劝走了，这件事才告一段落。结果，鲍二家的第二天就吊死了。可以想象，她应该是被凤姐吓坏了。凤姐之名人人皆知，吃了这个亏，岂肯罢休，自然会有手段整治她。所以虽然与主子偷情罪不至死，但她出于对凤姐治人手段的恐惧，她若现在不死，恐怕到时会生不如死乃至求死不得，所以她最后还是选择了自尽——当然，这也可能是她作为奴仆，不因为个人行为累及家人的唯一选择。

私放高利贷

（第十六回）正说着，只听外间有人说话，凤姐便问："是谁？"平儿进来回道："姨太太打发香菱妹子来问我一句话，我已经说了，打发他回去了。"贾琏笑道："正是呢，方才我见姨妈去，不防和一个年轻的小媳妇子撞了个对面，生的好齐整模样。我疑惑咱家并无此人，说话时因问姨妈，谁知就是上京来买的那小丫头，名叫香菱的，竟与薛大傻子作了房里人，开了脸，越发出挑的标致了。那薛大傻子真玷辱了他。"凤姐道："嗳！往苏杭走了一趟回来，也该见些世面了，还是这么眼馋肚饱的。你要爱他，不值什么，我去拿平儿换了他来如何？那薛老大也是'吃着碗里望着锅里'的，这一年来的光景，他为要香菱不能到手，和姨妈打了多少饥荒。也因姨妈看着香菱的模样儿好还是末则，其为人行事，却又比别的女孩儿不同，温柔安静，差不多的主子姑娘也跟他不上呢，故此摆酒请客的费事，明堂正道的与他作了妾。过了没半月，也看的马棚风一般了，我倒心里可惜了的。"一语未了，二门上小厮传报："老爷在大书房等二爷呢。"贾琏听了，忙忙整衣出去。

这里凤姐乃问平儿："方才姨妈有什么事，巴巴的打发香菱来？"平儿笑道："那里来的香菱，是我借他暂撒个谎。奶奶说说，旺儿嫂子越发连个承算也没了。"说着，又走至凤姐身边，悄悄说道："奶奶的那利钱银子，迟不送来，早不送来，这会子二爷在家，他且送这个来了。幸亏我在堂屋里撞见，不然时走了来回奶奶……我们二爷那脾气，油锅里的钱还要找出来花呢，听见奶奶有了这个梯己，他还不放心的花了呢？所以我赶着接了过来，叫我说了他两句。谁知奶奶偏听见了问，我就撒谎说香菱了。"凤姐听了笑道："我说呢，姨妈知道你二爷来了，忽喇八的反打发个房里人来了？原来是你这蹄子肏鬼。"

（第三十九回）众人都道："又何必伤心，不如散了倒好。"说着便都洗了手，大家约往贾母王夫人处问安。

众婆子丫头打扫亭子，收拾杯盘。袭人和平儿同往前去，让平儿到房里坐坐，再喝一杯茶。平儿说："不喝茶了，再来吧。"说着便要出去。袭人又叫住问道："这个月的月钱，连老太太和太太还没放呢，是为什么？"平儿见问，忙转身至袭人跟前，见方近无人，才悄悄说道："你快别问，横竖再迟几天就放了。"

袭人笑道："这是为什么，唬得你这样？"平儿悄悄告诉他道："这个月的月钱，我们奶奶早已支了，放给人使呢。等别处的利钱收了来，凑齐了才放呢。因为是你，我才告诉你，你可不许告诉一个人去。"袭人道："难道他还短钱使，还没个足厌？何苦还操这心。"平儿笑道："何曾不是呢。这几年拿着这一项银子，翻出有几百来了。他的公费月例又使不着，十两八两零碎攒了放出去，只他这梯己利钱，一年不到，上千的银子呢。"袭人笑道："拿着我们的钱，你们主子奴才赚利钱，哄的我们呆呆的等着。"平儿道："你又说没良心的话。你难道还少钱使？"袭人道："我虽不少，只是我也没地方使去，就只预备我们那一个。"平儿道："你倘若有紧要的事用钱使时，我那里还有几两银子，你先拿来使，明儿我扣下你的就是了。"袭人道："此时也用不着，怕一时要用起来不够了，我打发人去取就是了。"

（第七十二回）一语未了，只见旺儿媳妇走进来。凤姐便问："可成了没有？"旺儿媳妇道："竟不中用。我说须得奶奶作主就成了。"贾琏便问："又是什么事？"凤姐儿见问，便说道："不是什么大事。旺儿有个小子，今年十七岁了，还没得女人，因要求太太房里的彩霞，不知太太心里怎么样，就没有计较得。前日太太见彩霞大了，二则又多病多灾的，因此开恩打发他出去了，给他老子娘随便自己拣女婿去罢。因此旺儿媳妇来求我。我想他两家也就算门当户对的，一说去自然成的，谁知他这会子来了，说不中用。"贾琏道："这是什么大事，比彩霞好的多着呢。"旺儿家的陪笑道："爷虽如此说，连他家还看不起我们，别人越发看不起我们了。好容易相看准一个媳妇，我只说求爷奶奶的恩典，替作成了。奶奶又说他必肯的，我就烦了人走过去试一试，谁知白讨了没趣。若论那孩子倒好，据我素日私意儿试他，他心里没甚说的，只是他老子娘两个老东西太心高了些。"一语戳动了凤姐和贾琏，凤姐因见贾琏在此，且不作一声，只看贾琏的光景。贾琏心中有事，那里把这点事放在心里。待要不管，只是看着他是凤姐儿的陪房，且又素日出过力的，脸上实在过不去，因说道："什么大事，只管咕咕唧唧的。你放心且去，我明儿作媒打发两个有体面的人，一面说，一面带着定礼去，就说我的主意。他十分不依，叫他来见我。"旺儿家的看着凤姐，凤姐便扭嘴儿。旺儿家的会意，忙爬下就给贾琏磕头谢恩。

贾琏忙道："你只给你姑娘磕头。我虽如此说了这样行，到底也得你姑娘打发个人叫他女人上来，和他好说更好些。虽然他们必依，然这事也不可霸道了。"凤姐忙道："连你还这样开恩操心呢，我倒反袖手旁观不成。旺儿家你听见，说了这事，你也忙忙的给我完了事来。说给你男人，外头所有的账，一概赶今年年底下收了进来，少一个钱我也不依的。我的名声不好，再放一年，都要生吃了我呢。"旺儿媳妇笑道："奶奶也太胆小了。谁敢议论奶奶，若收了时，公道说，我们倒还省些事，不大得罪人。"凤姐冷笑道："我也是一场痴心白使了。我真个的还等钱作什么，不过为的是日用出的多，进的少。这屋里有的没的，我和你姑爷一月的月钱，再连上四个丫头的月钱，通共一二十两银子，还不够三五天的使用呢。若不是我千凑万挪的，早不知道到什么破窑里去了。如今倒落了一个放账破落户的名儿。既这样，我就收了回来。我比谁不会花钱，咱们以后就坐着花，到多早晚是多早晚。这不是样儿：前儿老太太生日，太太急了两个月，想不出法儿来，还是我提了一句，后楼上现有些没要紧的大铜锡家伙四五箱子，拿去弄了三百银子，才把太太遮羞礼儿搪过去了。我是你们知道的，那一个金自鸣钟卖了五百六十两银子。没有半个月，大事小事倒有十来件，白填在里头。今儿外头也短住了，不知是谁的主意，搜寻上老太太了。明儿再过一年，各人搜寻到头面衣服，可就好了！"旺儿媳妇笑道："那一位太太奶奶的头面衣服折变了不够过一辈子的，只是不肯罢了。"凤姐道："不是我说没了能耐的话，要像这样，我竟不能了。昨晚上忽然作了一个梦，说来也可笑，梦见一个人，虽然面善，却又不知名姓，找我。问他作什么，他说娘娘打发他来要一百匹锦。我问他是那一位娘娘，他说的又不是咱们家的娘娘。我就不肯给他，他就上来夺。正夺着，就醒了。"旺儿家的笑道："这是奶奶的日间操心，常应候宫里的事。"

一语未了，人回："夏太府打发了一个小内监来说话。"贾琏听了，忙皱眉道："又是什么话，一年他们也搬够了。"凤姐道："你藏起来，等我见他，若是小事罢了，若是大事，我自有话回他。"贾琏便躲入内套间去。这里凤姐命人带进小太监来，让他椅子上坐了吃茶，因问何事。那小太监便说："夏爷爷因今儿偶见一所房子，如今竟短二百两银子，打发我来问舅奶奶家里，有现成的银子暂借一二百，过一两日就送过来。"凤姐儿听了，笑道："什么是送过来，有的是银子，只管先兑了去。改日等我们短了，再借去也是一样。"小太监道："夏爷爷还说了，上两回还有一千二百两银子没送来，等今年年底下，自然一齐都送过来。"凤姐笑道："你夏爷爷好小气，这也值得提在心上。我说一句话，不怕他多心，若都这样记清了还我们，不知还了多少了。只怕没有，若有，只管拿去。"因叫旺儿媳妇来，"出去不管那里先支二百两来。"旺儿媳妇会意，因笑道："我才因别处支不动，才来和奶奶支的。"凤姐道："你们只会里头来要钱，叫你们外头算去就不能了。"说着叫平儿，"把我那两个金项圈拿出去，暂且押四百两银子。"平儿答应了，去半日，果然拿了一个锦盒子来，里面两个锦袱包着。打开时，一个金累丝攒珠的，那珍珠都有莲子大小，一个点翠嵌宝石的。两个都与宫中之物不离上下。一时拿去，果然拿了四百两银子来。凤姐命与小太监打叠起一半，那一半命人与了旺儿媳妇，命他拿去办八月中秋的节。那小太监便告辞了，凤姐命人替他拿着银子，送出大门去了。这里贾琏出来笑道："这一起外祟何日是了！"凤姐笑道："刚说着，就来了一股子。"贾琏道："昨儿周太监来，张口一千两。我略应慢了些，他就不自在。将来得罪人之处不少。这会子再发个三二百万的财就好了。"一面说，一面平儿伏侍凤姐另洗了面、更衣，往贾母处去伺候晚饭。

（第一百零五回）且说贾母那边女眷也摆家宴，王夫人正在那边说宝玉不到外头恐他老子生气。凤姐带病哼哼唧唧的说："我看宝玉也不是怕人，他见前头陪客的人也不少了，所以在这里照应也是有的。倘或老爷想起里头少个人在那里照应，太太便把宝兄弟献出去可不是好。"贾母笑道："凤丫头病到这地位，这张嘴还是那么尖巧。"正说到高兴，只听见那夫人那边的人一直声的嚷进来，说："老太太、太太，不——不好了，多多少少的穿靴带帽的强——强盗来了，翻箱倒笼的来拿东西。"贾母等听着发呆。又见平儿披头散发拉着巧姐哭哭啼啼的来说："不好了，我正与姐儿吃饭，只见来旺被人拴着进来说：'姑娘快快传进去，请太太们回避。外面王爷说进来查抄家产。'我听了着忙，正要进房拿要紧东西，被一伙人浑推浑赶出来的。咱们这里该穿该带的快快收拾。"王邢夫人等听得俱魂飞天外，不知怎样才好。独见凤姐先前圆睁两眼听着，后来便一仰身栽倒地下死了。贾母没有听完便吓得涕泪交流，连话也说不出来。那时一屋子人拉这个扯那个，正闹得翻天覆地，又听见一叠声嚷说："叫里面女眷们回避，王爷进来了。"可怜宝钗宝玉等正在没法，只见地下这些丫头婆子乱抬乱扯的时候，贾琏喘吁吁的跑进来说："好了好了，幸亏王爷救了我们了。"众人正要问他，贾琏见凤姐死在地下，哭着乱叫，又见老太太吓坏了急得死去也回过气来。还亏平儿将凤姐叫醒，令人扶着；老太太也回过气来，哭得气短神昏，躺在炕上，李纨再三宽慰。然后贾琏定神，将两王恩典说明。惟恐贾母邢夫人知道贾赦被拿又要吓死，暂且不敢明说。只得出来照料自己屋内。一进屋门，只见箱开柜破，物件抢得半空。此时急得两眼直竖，淌泪发呆。听见外头叫，只得出来。见贾政同司员登记物件。一人报说："……淡金盘二件。金碗二对。金抢碗二个。金匙四十把。银大碗八十个。银盘二十个。三镶金象牙箸二把。镀金执壶四把。镀金折盂三对。茶托二件。银碟七十六件。银酒杯三十六个。黑狐皮十八张。青狐六张。貂皮三十六张。黄狐三十张。猞猁狲皮十二张。……上用蟒缎迎手靠背三分。宫妆衣裙八套。脂玉圈带一条。黄缎十二卷。潮银五千二百两。赤金五十两。钱七千吊。"一切动用傢伙攒钉登记，以及荣国赐第俱一一开列。其房地契纸家人文书亦俱封裹。

贾琏在旁边窃听，只不听见报他的东西，心里正在疑惑，只闻两家王爷问贾政道："所抄家资内有借券，实系盘剥，究是谁行的？政老据实才好。"贾政听了，跪在地下碰头说："实在犯官不理家务，这些事全不知道。问犯官侄儿贾琏才知。"贾琏忙走上跪下禀说："这一箱文书既在奴才屋内抄出来的，敢说不知道么。只求王爷开恩，奴才叔叔并不知道的。"两王道："你父已经获罪，只可并案办理。你今认了也是正理。如此，叫人将贾琏看守，馀俱散收宅内。政老，你须小心候旨。我们进内覆旨去了。这里有官役看守。"说着，上轿出门。贾政等就在二门跪送。北静王把手一伸，说："请放心。"觉得脸上大有不忍之色。

此时贾政魂魄方定，犹是发怔。贾兰便说："请爷爷进内瞧老太太，再想法儿打听东府里的事。"贾政疾忙起身进内。只见各门上妇女乱糟糟的不知要怎样，贾政无心查问，一直到贾母房中。只见人人泪痕满面，王夫人宝玉等围住贾母，寂静无言，各各掉泪。惟有邢夫人哭作一团。因见贾政进来，都说："好了，好了！"便告诉老太太说："老爷仍旧好好的进来，请老太太安心罢。"贾母奄奄一息的微开双目，说："我的儿，不想还见得着你！"一声未了，便嚎啕的哭起来。于是满屋里人俱哭个不住。贾政恐哭坏老母，即收泪说："老太太放心罢，本来事情原不小，蒙主上天恩，两位王爷的恩典，万般轸恤。就是大老爷暂时拘质，等问明白了主上还有恩典。如今家里一些也不动了。"贾母见贾赦不在，又伤心起来。贾政再三安慰方止。

众人俱不敢走散，独邢夫人回至自己那边，见门总封锁，丫头婆子亦锁在几间屋内。刑夫人无处可走，放声大哭起来。只得往凤姐那边去。见二门旁舍亦上封条，惟有屋门开着，里头呜咽不绝。邢夫人进去，见凤姐面如纸灰，合眼躺着，平儿在旁暗哭。邢夫人打谅凤姐死了，又哭起来。平儿迎上来说："太太不要哭。奶奶抬回来觉着像是死的了，幸得歇息一回苏过来，哭了几声，如今痰息气定，略安一安神。太太也请定定神罢。但不知老太太怎样了？"邢夫人也不答言，仍走到贾母那边。见眼前俱是贾政的人，自己夫子被拘，媳妇病危，女儿受苦，现在身无所归，那里禁得住众人劝慰。李纨等令人收拾房屋请邢夫人暂住，王夫人拨人服侍。

【点评】

　　王熙凤自己的嫁妆很丰厚，但她清醒地看到贾府入不敷出的实际情况（其实探春等人也都知道这一点），心中充满了危机感。正是在这种危机感的驱使下，她不择手段，瞒着众人，偷偷用贾府等人的月钱放印子钱，收取高额利息。最后贾府被抄家，放贷便是罪状之一。这些钱全部被充了公，她最终白费心机，什么也没有得到。

　　文中虽然没有具体描写王熙凤放贷的情形，但在很多章节中都提到了这一问题。如第十六回，贾琏与黛玉从扬州回来，又赶上旺儿媳妇来送利钱，平儿怕让贾琏知道，就编了个香菱的幌子。由此可知，王熙凤通过平儿、旺儿媳妇等心腹，长期在外放高利贷，且收益非常可观，旺儿媳妇一次就能送三百两银子。但王熙凤并不想让贾琏知道这件事。一来，按贾府的规矩，放高利贷并不是一件光彩的事，一旦闹到贾政等人处，只怕凤姐要吃亏；二来，贾琏向来见不得这样的好处，一旦他知道凤姐有这样的灰色收入，自然会从中拿点好处。

　　后来，在第三十九回，平儿和袭人的一段对话，透露了王熙凤挪用公款放高利贷的隐秘之事。

　　袭人又叫住问道："这个月的月钱，连老太太和太太还没放呢，是为什么？"……袭人笑道："拿着我们的钱，你们主子奴才赚利钱，哄的我们呆呆的等着。"

　　由此可知，王熙凤是常年拿着贾府众人的月例去放高利贷的，赚来的利钱归自己，这相当于拿大家的本金赚利息，王熙凤的精明可见一斑。不仅如此，从平儿的话里可知，王熙凤光是用不到的零散的梯己利钱，一年就能赚上千两银子。当时，赵姨娘一年不过二十四两月例，王夫人一年才二百四十两，就连李纨这样拖家带口的，加上分红一年也不过四五百两。不得不说，作为大管家的王熙凤，是非常有经济头脑的。

　　贾母八旬寿庆之后，贾琏窘迫到跟鸳鸯商量借银子，此间正赶上旺儿媳妇到来，两人谈起放贷收账之事，意识到风险，王熙凤想让旺儿媳妇告诉来旺把钱都收回来，因为此时王熙凤也已捉襟见肘，"那一个金自鸣钟卖了五百六十两银子。没有半个月，大事小事倒有十来件，白填在里头。今儿外头也短住了，不知是谁的主意，搜寻上老太太了。明儿再过一年，各人搜寻到头面衣服，可就好了"。由此可见，王熙凤的东西都当得差不多了。

　　那么，贾府为什么会缺钱呢？原来，贾府时时会遭受一些权贵的盘剥。如宫里的夏太监便遣人来要银子，"夏爷爷因今儿偶见一所房子，如今竟短二百两银子，打发我来问舅奶奶家里……上两回还有一千二百两银子没送来"。可知，夏太监一年从王熙凤手里要的银子不少。不止夏太监，贾琏道，"昨儿周太监来，张口一千两。我略应慢了些，他就不自在"。这些人搬空了贾府的银库，也导致了身为管家的王熙凤对入不敷出的局面的恐惧。她放高利贷，虽然收入是进了自己的腰包，但内心深处未尝没有替整个家族考虑的想法。毕竟按常理，王夫人退下之后，整个贾家的内政就得真正由她来执掌了。当然，权贵敢于公开向贾府索贿，也从侧面反映出元妃在宫中并没有多大的话语权。贾家最后出事被抄，放高利贷便是其中的一条罪状。这次抄家，洗劫了王熙凤的个人财产，她所有放高利贷的月钱也收不回来，最终只落得两手空空。

二、三妯娌对比

李纨之真诚

（第五十回）黛玉写毕，湘云大家才评论时，又见几个丫鬟跑进来道："老太太来了。"

众人忙迎出来，大家又笑道："怎么这等高兴！"说着，远远见贾母围了大斗篷，带着灰鼠暖兜，坐着小竹轿，打着青绸油伞，鸳鸯琥珀等五六个丫鬟，每人都是打着伞，拥轿而来。李纨等忙往上迎，贾母命人止住说："只在那里就是了。"来至跟前，贾母笑道："我瞒着你太太和凤丫头来了。大雪地下坐着这个无妨，没的叫他们来踩雪。"众人忙一面上前接斗篷，挽扶着，一面答应着。贾母来至室中，先笑道："好俊梅花！你们也会乐，我来着了。"说着，李纨早命拿了一个大狼皮褥来铺在当中。贾母坐了，因笑道："你们只管顽笑吃喝。我因为天短了，不敢睡中觉，抹了一回牌，想起你们来了，我也来凑个趣儿。"李纨早又捧过手炉来，探春另拿了一副杯箸来，亲自斟了暖酒，奉与贾母。贾母便饮了一口，问那个盘子里是什么东西。众人忙捧了过来，回说是糟鹌鹑。贾母道："这倒罢了，撕一点腿子来。"李纨忙答应了，要水洗手，亲自来撕。贾母又道："你们仍旧坐下说笑我听。"又命李纨："你也坐下，就如同我没来的一样才好，不然我就去了。"众人听了，方依次坐下，这李纨便挪到尽下边。贾母因问作何事了，众人便说作诗。贾母道："有作诗的，不如作些灯谜，大家正月里好顽的。"众人答应了。说笑了一回，贾母便说："这里潮湿，你们别久坐，仔细受了潮湿。"因说："你四妹妹那里暖和，我们到那里瞧瞧他的画儿，赶年可有了。"众人笑道："那里能年下就有了？只怕明年端阳有了。"贾母道："这还了得！他竟比盖这园子还费工夫了。"

凤姐之打趣

（第五十回）说话之间，已出了园门，来至贾母房中。吃毕饭大家又说笑了一回，忽见薛姨妈也来了，说："好大雪，一日也没过来望候老太太。今日老太太倒不高兴？正该赏雪才是。"贾母笑道："何曾不高兴！我找了他们姊妹们去顽了一会子。"薛姨妈笑道："昨日晚上，我原想着今日要和我们姨太太借一日园子，摆两桌粗酒，请老太太赏雪的，又见老太太安息的早。我闻得女儿说，老太太心下不大爽，因此今日也没敢惊动。早知如此，我正该请。"贾母笑道："这才是十月里头场雪，往后下雪的日子多呢，再破费不迟。"薛姨妈笑道："果然如此，算我的孝心虔了。"凤姐儿笑道："姨妈仔细忘了，如今先秤五十两银子来，交给我收着，一下雪，我就预备下酒，姨妈也不用操心，也不得忘了。"贾母笑道："既这么说，姨太太给他五十两银子收着，我和他每人分二十五两，到下雪的日子，我装心里不快，混过去了，姨太太更不用操心，我和凤丫头倒得了实惠。"凤姐将手一拍，笑道："妙极了，这和我的主意一样。"众人都笑了。贾母笑道："呸！没脸的，就顺着竿子爬上来了！你不说姨太太是客，在咱们家受屈，我们该请姨太太才是，那里有破费姨太太的理！不这样说呢，还有脸先要五十两银子，真不害臊！"凤姐儿笑道："我们老祖宗最是有眼色的，试一试，姨妈若松呢，拿出五十两来，就和我分。这会子估量着不中用了，翻过来拿我做法子，说出这些大方话来。如今我也不和姨妈要银子，竟替姨妈出银子治了酒，请老祖宗吃了，我另外再封五十两银子孝敬老祖宗。算是罚我个包揽闲事。这可好不好？"话未说完，众人已笑倒在炕上。

【点评】

李纨是一位待人宽厚的女子,对长辈更是有着真诚的孝心。贾母游园,李纨忙往上迎,贾母命人止住;贾母要吃糟鹌鹑,李纨忙要水洗手,亲自来撕,贾母又命她坐下。此处的两个"忙"字,皆出自李纨的孝心、天性。她远远地挪到姑娘们的下边坐了,这正表现出她身为孙媳妇应守的礼节;贾母一连两个"命"字,也表现出对她的疼爱。

凤姐是有名的凤辣子,尤其在贾母面前,往往恃宠而骄,而在王夫人和薛姨妈面前,她又可以释放天性,因为王夫人是她的娘家人,而薛姨妈是王夫人的亲妹妹,所以也算是完全的"自家人"了。王熙凤在陪着贾母和薛姨妈"踏雪寻梅"时,她与贾母一上一下,开始拿薛姨妈打趣,让薛姨妈今先秤五十两银子交她保管操办,免得又找借口说忘了。贾母把众人都逗乐了,又骂凤姐,说薛姨妈是客,哪能让客受屈。王熙凤立即说自己替薛姨妈出银子,再封五十两孝敬老祖宗自罚包揽闲事,众人笑倒在炕上。这一幕,在处处钩心斗角的贾府里实为少见。

凤姐爱女

(第二十一回)谁知凤姐之女大姐病了,正乱着请大夫诊脉。大夫便说:"替夫人奶奶们道喜,姐儿发热是见喜了,并非别病。"王夫人凤姐听了,忙遣人问:"可好不好?"医生回道:"病虽险,却顺,倒还不妨。预备桑虫猪尾要紧。"凤姐听了,登时忙将起来:一面打扫房屋供奉痘疹娘娘,一面传与家人忌煎炒等物,一面命平儿打点铺盖衣服与贾琏隔房,一面又拿大红尺头与奶子丫头亲近人等裁衣。外面又打扫净室,款留两个医生,轮流斟酌诊脉下药,十二日不放家去。贾琏只得搬出外书房来斋戒,凤姐与平儿都随着王夫人日日供奉娘娘。

(第四十二回)话说他姊妹复进园来,吃过饭,大家散出,都无别话。

且说刘姥姥带着板儿,先来见凤姐儿,说:"明日一早定要家去了。虽住了两三天,日子不多,却把古往今来没见过的,没吃过的,没听见过的,都经验了。难得老太太和姑奶奶并那些小姐们,连各房里的姑娘们,都这样怜贫惜老照看我。我这一回去后没别的报答,惟有请些高香天天给你们念佛,保佑你们长命百岁的,就算我的心了。"凤姐儿笑道:"你别喜欢。都是为你,老太太也被风吹病了,睡着说不好过;我们大姐儿也着了凉,在那里发热呢。"刘姥姥听了,忙叹道:"老太太有年纪的人,不惯十分劳乏的。

李纨爱子

(第一百一十九回)次日宝玉贾兰换了半新不旧的衣服,欣然过来见了王夫人。王夫人嘱咐道:"你们爷儿两个都是初次下场,但是你们活了这么大,并不曾离开我一天。就是不在我眼前,也是丫鬟媳妇们围着,何曾自己孤身睡过一夜。今日各自进去,孤孤恓恓,举目无亲,须要自己保重。早些作完了文章出来,找着家人早些回来,也叫你母亲媳妇们放心。"王夫人说着不免伤心起来。贾兰听一句答应一句。只见宝玉一声不哼。待王夫人说完了,走过来给王夫人跪下,满眼流泪,磕了三个头,说道:"母亲生我一世,我也无可答报,只有这一入场用心作了文章,好好的中个举人出来。那时太太喜欢喜欢,便是儿子一辈子的事也完了,一辈子的不好也都遮过去了。"王夫人听了,更觉伤心起来,便道:"你有这个心自然是好的,可惜你老太太不能见你的面了。"一面说,一面拉他起来。那宝玉只管跪着不肯起来,便说道:"老太太见与不见总是知道的,喜欢的。既能知道了,喜欢了,便不见也和见了的一样。只不过隔了形质,并非隔了神气啊。"

李纨见王夫人和他如此,一则怕勾起宝玉的病来,二则也觉得光景不大吉祥,连忙过来说道:"太太,这是大喜的事,为什么这样伤心!况且宝兄弟近来很知好歹,很孝顺,又肯用功,凤姐儿道："从来没像昨儿高兴。往常也进园子逛去，不过到一二处坐坐就回来了。昨儿因为你在这里，要叫你逛逛，一个园子倒走了多半个。大姐儿因为找我去，太太递了一块糕给他，谁知风地里吃了，就发起热来。"刘姥姥道："小姐儿只怕不大进园子，生地方儿，小人儿家原不该去。比不得我们的孩子，会走了，那个坟圈子里不跑去。一则风扑了也是有的；二则只怕他身上干净，眼睛又净，或是遇见什么神了。依我说，给他瞧瞧祟书本子，仔细撞客着了。"一语提醒了凤姐儿，便叫平儿拿出《玉匣记》着彩明来念。彩明翻了一回念道："八月二十五日，病者在东南方得遇花神。用五色纸钱四十张，向东南方四十步送之，大吉。"凤姐儿笑道："果然不错，园子里头可不是花神！只怕老太太也是遇见了。"一面命人请两分纸钱来，着两个人来，一个与贾母送祟，一个与大姐儿送祟，果见大姐儿安稳睡了。

凤姐儿笑道："到底是你们有年纪的人经历的多。我们大姐儿时常肯病，也不知个什么原故。"刘姥姥道："这也有的事。富贵人家养的孩子多太娇嫩，自然禁不得一些儿委曲；再他小人儿家，过于尊贵了，也禁不起。以后姑奶奶少疼他些就好了。"凤姐儿道："这也有理。我想起来，他还没个名字，你就给他起个名字。一则借借你的寿；二则你们是庄家人，不怕你恼，到底贫苦些，你贫苦人起个名字，只怕压的住他。"刘姥姥听说，便想了一想，笑道："不知他几时生的？"凤姐儿道："正是生日的日子不好呢，可巧是七月初七日。"刘姥姥忙笑道："这个正好，就叫他是巧哥儿。这叫作'以毒攻毒，以火攻火'的法子。姑奶奶定要依我这名字，他必长命百岁。日后大了，各人成家立业，或一时有不遂心的事，必然是遇难成祥，逢凶化吉，却从这'巧'字上来。"凤姐儿听了，自是欢喜，忙谢道，又笑道："只保佑他应了你的话就好了。"

说着叫平儿来吩咐道："明儿咱们有事，恐怕不得闲儿。你这空儿把送姥姥的东西打点了，

只要带了侄儿进去好好的作文章，早早的回来，写出来请咱们的世交老先生们看了，等着爷儿两个都报了喜就完了。"一面叫人搀起宝玉来。宝玉却转过身来给李纨作了个揖，说："嫂子放心，我们爷儿两个都是必中的。日后兰哥还有大出息，大嫂子还要带凤冠穿霞帔呢。"李纨笑道："但愿应了叔叔的话，也不枉——"说到这里，恐怕又惹起王夫人的伤心来，连忙咽住了。宝玉笑道："只要有了个好儿子，能够接续祖基，就是大哥哥不能见也算他的后事完了。"李纨见天气不早了，也不肯尽着和他说话，只好点点头儿。

……………

看看到了出场日期，王夫人只盼着宝玉贾兰回来。等到晌午不见回来，王夫人李纨宝钗着忙，打发人去到下处打听。去了一起又无消息，连去的人也不来了。回来又打发一起人去，又不见回来。三个人心里如热油熬煎。等到傍晚，有人进来，见是贾兰。众人喜欢，问道："宝二叔呢？"贾兰也不及请安，便哭道："二叔丢了。"王夫人听了这话便怔了半天，也不言语，便直挺挺的躺倒床上。亏得彩云等在后面扶着，下死的叫醒转来，哭着。见宝钗也是白瞪两眼，袭人等已哭得泪人一般。只有哭着骂贾兰道："糊涂东西，你同二叔在一处，怎么他就丢了？"贾兰道："我和二叔在下处是一处吃，一处睡。进了场相离也不远，刻刻在一处的。今儿一早二叔的卷子早完了，还等我呢。我们两个人一起去交了卷子，一同出来，在龙门口一挤，回头就不见了。我们家接场的人都问我，李贵还说：'看见的，相离不过数步，怎么一挤就不见了！'现叫李贵等分头的找去，我也带了人各处号里都找遍了没有，我所以这时候才回来。"王夫人是哭的一句话也说不出来，宝钗心里已知八九，袭人痛哭不已。贾蔷等不等吩咐，也是分头而去。可怜荣府的人个个死多活少，空备了接场的酒饭。贾兰也忘了辛苦，还要自己找去。倒是王夫人拦住道："我的儿，你

他明儿一早就好走的便宜了。"刘姥姥忙说：越发心里不安起来。"凤姐儿道："也没有什么，不过随常的东西。好也罢，歹也罢，带了去，你们街坊邻舍看着也热闹些，也是上城一次。"只见平儿走来说："姥姥过这边瞧瞧。"

刘姥姥忙赶了平儿到那边屋里，只见堆着半炕东西。平儿一一的拿与他瞧着，说道："这是昨日你要的青纱一匹，奶奶另外送你一个实地子月白纱做里子。这是两个茧绸，作袄儿裙子都好。这包袱里是两匹绸子，年下做件衣裳穿。这是一盒子各样内造点心，也有你吃过的，也有你没吃过的，拿去摆碟子请客，比你们买的强些。这两条口袋是你昨日装瓜果子来的，如今这一个里头装了两斗御田粳米，熬粥是难得的；这一条里头是园子里果子和各样干果子。这一包是八两银子。这都是我们奶奶的。这两包每包里头五十两，共是一百两，是太太给的，叫你拿去或者作个小本买卖，或者置几亩地，以后再别求亲靠友的。"说着又悄悄笑道："这两件袄儿和两条裙子，还有四块包头，一包绒线，可是我送姥姥的。衣裳虽是旧的，我也没大狠穿，你要弃嫌，我就不敢说了。"

（第一百一十三回）巧姐儿听见他母亲悲哭，便走到炕前，用手拉着凤姐的手也哭起来。凤姐一面哭着道："你见过了姥姥了没有？"巧姐儿道："没有。"凤姐道："你的名字还是他起的呢，就和干娘一样，你给他请个安。"巧姐儿便走到跟前。刘姥姥忙拉着道："阿弥陀佛，不要折杀我了。巧姑娘，我一年多不来，你还认得我么？"巧姐儿道："怎么不认得。那年在园里见的时候我还小。前年你来我还和你要隔年的蝈蝈儿，你也没有给我，必是忘了。"刘姥姥道："好姑娘，我是老糊涂了。若说蝈蝈儿，我们屯里多得很，只是不到我们那里去。若去了，要一车也容易。"凤姐道："不然，你带了他去罢。"刘姥姥笑道："姑娘这样千金贵体，绫罗裹大了的，吃的是好东西；到了我们那里，我拿什么哄他玩，拿什么给他吃呢。这倒不是坑杀我了么！"说着，自己

叔叔丢了，还禁得再丢了你么！好孩子，你歇歇去罢。"贾兰那里肯走。尤氏等苦劝不止。众人中只有惜春心里却明白了，只不好说出来，便问宝钗道："二哥哥带了玉去了没有？"宝钗道："这是随身的东西，怎么不带！"惜春听了，便不言语。袭人想起那日抢玉的事来，也是料着那和尚作怪，柔肠几断，珠泪交流，呜呜咽咽哭个不住。追想当年宝玉相待的情分，有时怄他，他便恼了，也有一种令人回心的好处。那温存体贴是不用说了。若怄急了，他便赌誓说做和尚。那知道今日却应了这句话！

看看那天已觉是四更天气，并没有个信儿。李纨又怕王夫人苦坏了，极力的劝着回房，众人都跟着伺候，只有那夫人回去。贾环躲着不敢出来。王夫人叫贾兰去了，一夜无眠。次日天明，虽有家人回来，都说没有一处不寻到，实在没有影儿。于是薛姨妈薛蝌史湘云宝琴李婶等接二连三的过来请安问信。

如此一连数日，王夫人哭得饮食不进，命在垂危。忽有家人回道："海疆来了一人，口称统制大人那里来的，说我们家的三姑奶奶明日到京了。"王夫人听说探春回京，虽不能解宝玉之愁，那个心略放了些。到了明日，果然探春回来。众人远远接着，见探春出跳得比先前更好了，服采鲜明。看了王夫人形容枯槁，众人眼肿腮红，便也大哭起来。哭了一会，然后行礼。看见惜春道姑打扮，心里很不舒服。又听见宝玉心迷走失，家中多少不顺的事，大家又哭起来。还亏得探春能言，见解亦高，把话来慢慢儿的劝解了好些时，王夫人等略觉好些。再明儿三姑爷也来了，知有这样的事，探春住下劝解。跟探春的丫头老婆也与众姐妹们相聚，各诉别后的事。从此上上下下的人竟是无昼无夜专等宝玉的信。

那一夜五更多天，外头几个家人进来到二门口报喜，几个小丫头乱跑进来，也不及告诉大丫头了，进了屋子便说："太太奶奶们大喜！"王夫人打谅宝玉找着了，便喜欢的站起身来说："在那里

> 还笑。他说:"那么着,我给姑娘做个媒罢。我们那里虽说是屯乡里,也有大财主人家,几千顷地,几百牲口,银子钱亦不少;只是不像这里有金的有玉的。姑奶奶是瞧不起这种人家,我们庄家人瞧着这样大财主也算是天上的人了。"凤姐道:"你说去,我愿意就给。"刘姥姥道:"这是玩话儿罢咧。放着姑奶奶这样大官大府的人家只怕还不肯给,那里肯给庄家人。就是姑奶奶肯了,上头太太们也不给。"巧姐因他这话不好听,便走了去和青儿说话。两个女孩儿倒说得上,渐渐的就熟起来了。
>
> 找着的?快叫他进来。"那人道:"中了第七名举人。"王夫人道:"宝玉呢?"家人不言语。王夫人仍旧坐下。探春便问:"第七名中的是谁?"家人回说:"是宝二爷。"正说着,外头又嚷道:"兰哥儿中了。"那家人赶忙出去接了报单回禀,见贾兰中了一百三十名。李纨心下喜欢,因王夫人不见了宝玉,不敢喜形于色。王夫人见贾兰中了,心下也是喜欢,只想:"若是宝玉一回来,咱们这些人不知怎样乐呢!"独有宝钗心下悲苦,又不好掉泪。

【点评】

"父母之爱子,则为之计深远。"王熙凤与李纨虽然性格各异,人品不同,但在对子女的爱这一方面,都有着长远的安排。

王熙凤没有儿子,这对她女主人的地位来说是很不利的。可是,王熙凤并没有因为自己生了一个女儿就觉得很苦恼,她对自己的女儿也没有丝毫嫌弃之情,她是真正爱着自己女儿的。因为大姐儿的生日不好,是七月初七,所以谁都不敢给她取名字。直到遇到了刘姥姥,凤姐觉得她高寿,见识广,又是一个贫苦人,所以央求她给大姐儿取一个名字。刘姥姥得知王熙凤的女儿生于七月初七乞巧节,就用"以毒攻毒,以火攻火"的思路给她取名为巧哥。

巧姐从小就体弱多病,王熙凤因此没少操心。如第二十一回里,巧姐得了痘疹(天花)。王熙凤遵照医嘱,准备药物;自己与平儿天天供奉痘疹娘娘,还叫贾琏搬出外书房去斋戒。和女儿生病期间仍在外面拈花惹草的贾琏相比,王熙凤的确是一个慈母。王熙凤说自己不信阴司地狱,不相信因果报应,却在第四十二回里相信刘姥姥的话,认为女儿生病是遇到了"花神",可见她爱女心切。而贾府大厦将倾,王熙凤感觉自己的日子不多了,她唯一放心不下的就是女儿巧姐,因此她将巧姐托付给刘姥姥,也最终让巧姐有了一个好的归宿。

李纨作为荣国府长孙贾珠之妻,因为丈夫去世,她的全部心血便浇注到了儿子贾兰身上。李纨的父亲曾担任过国子监祭酒,可见她也是出自诗书礼仪之家。李纨的判词里有一盆茂盛的兰花,暗示的是其子贾兰最终高中。家学深厚的李纨自身表现出不凡的才情,"秀水明山抱复回,风流文采胜蓬莱。绿裁歌扇迷芳草,红衬湘裙舞落梅。珠玉自应传盛世,神仙何幸下瑶台。名园一自邀游赏,未许凡人到此来",从这首诗也能看出她的诗词素养颇高。从《红楼梦》中她评价宝玉、黛玉、宝钗等人的诗词水平来看,她对诗词的鉴赏能力是极高的,所以总能担任众姐妹诗词的裁判。李纨对自己和贾兰的处境十分清楚,她对贾兰的未来亦有明确的规划,所以她督促儿子努力读书,争取考取功名。相比于公公贾政的"棍棒教育",李纨对贾兰的教育方式很合理,严格要求儿子的一言一行。从"学里打架,宝玉助阵,贾菌发飙,贾兰制止"这些事件中,我们可以看出李纨的教育方式很成功。

从另一方面看,贾兰自身也是刻苦好学,有一颗上进之心的。即使贾珠早亡,作为荣国府的长孙遗孤、贾政的嫡长孙,贾兰应是集万千宠爱于一身的,但不知什么原因贾兰并未得到应有的待遇。可以看到,贾兰知道自己孤儿寡母身份的不易,所以低调懂事,从来不惹是生非。他不仅认真读书,空闲时还练习骑射,希望自己能够文武双全。贾兰是个普通的孩子,天资一般,这点从他写的"姽婳将军林四娘,玉为肌骨铁为肠。捐躯自报恒王后,此日青州土亦香"中可以看出,但是他非常努力,除对自己的期许之外,也希望给母亲争口气。这也从侧面反映出李纨教子有方。

贾兰和宝玉最后都中了科举,为家族增添荣光,也替自己正了名。而贾兰的成功,与母亲李纨的精心培养是分不开的。

凤姐协理宁国府

(第十三回)王夫人心中怕的是凤姐未经过丧事,怕他料理不清,惹人笑话。今见贾珍苦苦的说到这步田地,心中已活了几分,却又眼看着凤姐出神。那凤姐素日最喜揽事办,好卖弄才干,虽然当家妥当,也因未办过婚丧大事,恐人还不服,巴不得遇见这事。今日见贾珍如此一来,他心中早已欢喜。先见王夫人不允,后见贾珍说的情真,王夫人有活动之意,便向王夫人道:"大哥哥说的这么恳切,太太就依了罢。"王夫人悄悄的道:"你可能么?"凤姐道:"有什么不能的。外面的大事大哥哥已经料理清了,不过是里头照管照管,便是我有不知道的,问问太太就是了。"王夫人见说的有理,便不则声。贾珍见凤姐允了,又陪笑道:"也管不得许多了,横竖要求大妹妹辛苦辛苦。我这里先与大妹妹行礼,等事完了,我再到那府里去谢。"说着,就作揖下去,凤姐还礼不迭。

贾珍便忙向袖中取了宁国府对牌出来,命宝玉送与凤姐,又说:"妹妹爱怎么样就怎么样,要什么只管拿这个取去,也不必问我。只别存心替我省钱,只要好看为上;二则也要与那府里一样待人才好,不要存心怕人抱怨。只这两件外,我再没不放心的了。"凤姐不敢就接牌,只看着王夫人。王夫人道:"你哥哥既这么说,你就照看照看罢了。只是别自作主意,有了事,打发人问你哥哥、嫂子要紧。"宝玉早向贾珍手里接过对牌来,强递与凤姐了。贾珍又问:"妹妹还是住在这里,还是天天来呢?若是天天来,越发辛苦了。不如我这里赶着收拾出一个院落来,妹妹住过这几日倒安稳。"凤姐笑说:"不用。那边也离不得我,倒是天天来的好。"贾珍听说,只得罢了。然后又说了一回闲话,方才出去。

一时女眷散后,王夫人因问凤姐:"你今儿怎么样?"凤姐儿道:"太太只管请回去,我须得先理出一个头绪来,才回去得呢。"王夫人听说,便先同邢夫人等回去,不在话下。

这里凤姐儿来至三间一所抱厦内坐了,因想:头一件是人口混杂,遗失东西;第二件,事无专执,临期推委;第三

尤氏协理两府

(第五十八回)谁知上回所表的那位老太妃已薨,凡诰命等皆入朝随班按爵守制。敕谕天下:凡有爵之家,一年内不得筵宴音乐,庶民皆三月不得婚嫁。贾母、邢、王、尤、许婆媳祖孙等皆每日入朝随祭,至未正以后方回。在大内偏宫二十一日后,方请灵入先陵,地名曰孝慈县。这陵离都来往得十来日之功,如今请灵至此,还要停放数日,方入地宫,故得一月光景。宁府贾珍夫妻二人,也少不得是要去的。两府无人,因此大家计议,便报了尤氏产育,将他腾挪出来,协理荣宁两处事体。因又托了薛姨妈在园内照管他姊妹丫鬟。薛姨妈只得也挪进园来。因宝钗处有湘云香菱;李纨处目今李婶母女虽去,然有时亦来住三五日不定,贾母又将宝琴送与他去照管;迎春处有岫烟;探春因家务冗杂,且不时有赵姨娘与贾环来嘈聒,甚不方便;惜春处房屋狭小;况贾母又千叮咛万嘱咐托他照管林黛玉,薛姨妈素习也最怜爱他的,今既巧遇这事,便挪至潇湘馆来和黛玉同房,一应药饵饮食十分经心。黛玉感戴不尽,以后便亦如宝钗之呼,连宝钗前亦直以姐姐呼之,宝琴前直以妹妹呼之,俨似同胞共出,较诸人更似亲切。贾母见如此,也十分喜悦放心。薛姨妈只不过照管他姊妹,禁约得丫头辈,一应家中大小事务也不肯多口。尤氏虽天天过来,也不过应

件,需用过费,滥支冒领;第四件,任无大小,苦乐不均;第五件,家人豪纵,有脸者不服钤束,无脸者不能上进。此五件实是宁国府中风俗。

(第十四回)话说宁国府中都总管来升闻得里面委请了凤姐,因传齐同事人等说道:"如今请了西府里琏二奶奶管理内事。倘或他来支取东西或是说话,我们须要比往日小心些。每日大家早来晚散,宁可辛苦这一个月,过后再歇着,不要把老脸面丢了。那是个有名的烈货,脸酸心硬,一时恼了不认人的。"众人都道:"有理。"又有一个笑道:"论理,我们里面也须得他来整治整治,都特不像了。"正说着,只见来旺媳妇拿了对牌,来领取呈文、京榜纸札,票上批着数目。众人连忙让坐倒茶,一面命人按数取纸来抱着,同来旺媳妇一路行来,至仪门口,方交与来旺媳妇自己抱进去了。

凤姐即命彩明定造簿册。即时传来升媳妇,兼要家口花名册来查看,又限于明日一早传齐家人媳妇进来听差等语。大概点了一点数目单册,问了来升媳妇几句话,便坐了车回家。一宿无话。

至次日,卯正二刻便过来了。那宁国府中婆娘媳妇闻得到齐,只见凤姐正与来升媳妇分派,众人不敢擅入,只在窗外听觑。只听凤姐与来升媳妇道:"既托了我,我就说不得要讨你们嫌了。我可比不得你们奶奶好性儿,由着你们去,再不要说你们这府里'原是这样的',这如今可要依着我,行错我半点儿,管不得谁是有脸的,谁是没脸的,一例现清白处治!"说着,便吩咐彩明念花名册,按名一个一个的唤进来看视。

一时看完了,便又吩咐道:"这二十个分作两班,一班十个,每日在里头单管人来客往倒茶,别的事不用他们管。这二十个也分两班,每日单管本家亲戚茶饭,别的事也不用他们管。这四十个人也分作两班,单在灵前上香添油、挂幔守灵、供饭供茶、随起举哀,别的事也不与他们相干。这四个人单在内茶房收管杯碟茶器,若少一件,便叫他四个人描赔。这四个人单管酒饭器皿,少一件,也是他四个人描赔。这八个人单管监收祭礼。这八个人单管各处灯油、蜡烛、纸札,我总支了来,交与你八个,然后按我的定数再往各处去分派。这三十个每日轮流各处上夜,照管门户,监察火烛,打扫地方。这下剩的按着房屋分开,某人守某处,某处所有桌椅、古董起,至于痰盒掸帚,名点卯,亦不肯乱作威福,且他家内上下也只剩他一个料理,再者每日还要照管贾母王夫人的下处一应所需饮馔铺设之物,所以也甚操劳。

当下荣宁两处主人既如此不暇,并两处执事人等,或有人跟随入朝的,或有朝外照理下处事务的,又有先踩踏下处的,也都各各忙乱。因此两处下人无了正经头绪,也都偷安,或乘隙结党,与权暂执事者窃弄威福。荣府只留得赖大并几个管事照管外务。这赖大手下常用几个人已去,虽另委人,都是些生的,只觉不顺手。且他们无知,或赚骗无节,或呈告无据,或举荐无因,种种不善,在在生事,也难备述。

又见各官宦家,凡养优伶男女者,一概蠲免遣发,尤氏等便议定,待王夫人回家,回明也欲遣发十二个女孩子,又说:"这些人原是买的,如今虽不学唱,尽可留着使唤,令其教习们自去也罢了。"王夫人因说:"这学戏的倒比不得使唤的,他们也是好人家的儿女,因无能卖了做这事,装丑弄鬼的几年。如今有这机会,不如给他们几两银子盘费,各自去罢。当日祖宗手里都是有这例的。咱们如今损阴坏德,而且还小器。如今虽有几个老的还在,那是他们各有原故,不肯回去的,所以才留下使唤,大了配了咱们家的小厮们了。"尤氏道:"如今我们也去问他十二个,有愿意回去的,就带了信儿,叫上父母来,亲自来领回去,给他们几两银子盘缠方妥。若不叫上他父母亲人来,只怕有混账人顶名冒领出去又转卖了,岂不辜负了这恩典。若有不愿意回去的,就留下。"王夫人笑道:"这话妥当。"

一草一苗，或丢或坏，就和守这处的人算账描赔。来升家的每日揽总查看，或有偷懒的，赌钱吃酒的，打架拌嘴的，立刻来回我。你有徇情，经我查出，三四辈子的老脸就顾不成了。如今都有了定规，以后那一行乱了，只和那一行说话。素日跟我的，随身自有钟表，不论大小事，我是皆有一定的时辰。横竖你们上房里也有时辰钟。卯正二刻我来点卯，巳正吃早饭，凡有领牌、回事的，只在午初刻。戌初烧过黄昏纸，我亲到各处查一遍，回来上夜的交明钥匙。第二日还是卯正二刻过来。说不得咱们大家辛苦这几日，事完，你们家大爷自然赏你们。"

说毕，又吩咐按数发与茶叶、油烛、鸡毛掸子、笤帚等物。一面又搬取家伙——桌围、椅搭、坐褥、毡席、痰盒、脚踏之类，一面交发，一面提笔登记，某人管某处，某人领某物，开得十分清楚。众人领了去，也都有了投奔，不似先时只拣便宜的做，剩下苦差没个招揽。各房中也不能趁乱失迷东西。便是人来客往，也都安静了，不比先前正摆茶又去端饭，正陪举哀又顾接客。如这些无头绪、荒乱、推托、偷闲、窃取等弊，次日一概都蠲了。

尤氏等又遣人告诉了凤姐儿。一面说与总理房中，每教习给银八两，令其自便。凡梨香院一应物件，查清注册收明，派人上夜。将十二个女孩子叫来面问，倒有一多半不愿意回家的：也有说父母虽有，他只以卖我们为事，这一去还被他卖了；也有父母已亡，或被叔伯兄弟所卖的；也有说无人可投的；也有说恋恩不舍的。所愿去者止四五人。王夫人听了，只得留下。将去者四五人皆令其干娘领回家去，单等他亲父母来领；将不愿去者分散在园中使唤。贾母便留下文官自使，将正旦芳官指与宝玉，将小旦蕊官送了宝钗，将小生藕官指与了黛玉，将大花面葵官送了湘云，将小花面荳官送了宝琴，将老外艾官送了探春，尤氏便讨了老旦茄官去。当下各得其所，就如倦鸟出笼，每日园中游戏。众人皆知他们不能针黹，不惯使用，皆不大责备。其中或有一二个知事的，愁将来无应时之技，亦将本技丢开，便学起针黹纺绩女工诸务。

【点评】

王熙凤与尤氏同辈，分别掌管着荣宁两府的内务，在两府遇到困难时，又都协理府中的事务，表现出不同的管理风格。

正值秦可卿丧礼，尤氏犯了胃疾（很可能是故意装病），贾珍央求王夫人让王熙凤来料理，王熙凤假意推辞后便接手了宁国府的对牌。在处理宁国府内部事务时，她表现出了出色的管理才能。

首先，王熙凤对宁国府做了一次内部摸底。她发现宁国府有五大弊病："头一件是人口混杂，遗失东西；第二件，事无专执，临期推委；第三件，需用过费，滥支冒领；第四件，任无大小，苦乐不均；第五件，家人豪纵，有脸者不服钤束，无脸者不能上进。"

针对宁国府的弊端，王熙凤采用一贯的铁腕政策来解决，并提出了自己的要求。首先，建立新的规则，打击违规违纪行为，惩治首犯。其次，分派众人岗位，量才而用，苦乐均分，各司其职，责任明确到人。最后，严格执行，依法治理，赏罚分明，一视同仁，不徇私情。

此时，宁国府的上上下下都尝到了凤姐的厉害，不敢像之前那般造次，做事也开始都按规矩行事。这一改革立竿见影，宁国府的内部环境迅速发生改变。当然，王熙凤这次的改革仍然是治标不治本，未能从根本上解决宁国府贪污腐败的问题，这一短暂的成功挽回不了整个封建家族的衰败大局。

在管理方面，尤氏虽然没有王熙凤那般铁腕，但也表现出自己的风格。老太妃的薨逝，贾母、邢夫人、王夫人等人，皆要每天入朝随祭。凤姐病重，李纨、探春一是管家经验不足，二是身份不适合，她们一个是寡妇，一个是姑娘，都不便抛头露面。因为两府无人理事，大家计议，报了尤氏产育（谎报产假），将她腾挪出来，协理宁、荣两府事体。

此时，贾敬突然死了，但尤氏没有因为男人们不在，就乱了方寸。她先"命人先到玄真观将所有的道士都锁了起来，等大爷来家审问。"她坚持己见，不为外界左右。当尤氏坐车出城来到观里，众道士进行解释。"尤氏也不听，只命锁着，等贾珍来发放""看视这里窄狭，不能停放，横竖也不能进城的"，尤氏就自作主张用软轿抬至铁槛寺停灵。她有条不紊地独自处理贾敬的丧事，等贾珍等人回来时，所有事情都办得妥妥当当。

那么这二人在办理丧事的过程中，谁遇到的困难多？谁的能力更强呢？

秦可卿死，大家早有准备，贾敬暴亡，令人猝不及防。秦可卿病了，请医生治疗了许久也不见好转，王熙凤告诉尤氏准备后事的时候尤氏表示已经在准备了。所以对于秦可卿的死，大家都有共识，提前做了准备，因此秦可卿死后，葬礼有条不紊地推进。而贾敬身体向来很好，因此他突然死亡，而贾府上下一点儿准备都没有。贾敬暴亡属于危机处理，没准备就容易慌张忙乱，而忙中出错是难免的。可是尤氏听到公公暴亡的消息后，并没有慌张忙乱，而是有条不紊地处理丧事。该拿主意的时候拿主意，没有丝毫犹豫，根本不像一个没有管理经验的女人。

从人员配置上，王熙凤协理宁国府时应有尽有，尤氏协理两府时是捉襟见肘。秦可卿去世时，贾府人全部都在京城，所以王熙凤想用谁就可以用谁。而尤氏操办贾敬葬礼时，贾府的主事人员都随着贾母等人在孝慈县老太妃陵寝处，贾府剩余人员不多，尤氏用起来不顺手。正中书中所写："尤氏一闻此言，又见贾珍父子并贾琏等皆不在家，一时竟没个着己的男子来……"尤氏只得将外头之事暂托了几个家中二等管事人。古代男主外女主内，贾敬死亡，这是大事，家里竟然没有主事男人，也没有能顶用的亲信男人，所以尤氏的协理可谓困难重重。

从管理丧事的范围来看，王熙凤协理时只管内宅，尤氏是里里外外一手抓。王熙凤主持秦可卿丧事的时候，只管理内宅的迎来送往，火烛、器皿等杂碎事情，因为自有贾珍负责外面的事务，例如请天文生算停灵日期，请和尚道士做法事，棺木制作等事情都由贾珍负责，王熙凤不用操心。有什么事情，找贾珍和贾蓉就可以。而尤氏协理时，贾珍和贾蓉都不在家，丧礼一应事情都是尤氏自己拿主意，连一个可以商量的人都没有。可见尤氏比王熙凤面临的困难多。

从后台来看，王熙凤有贾珍全力支持，尤氏独自支撑危局。王熙凤主持葬礼时，贾珍是后台，他给了王熙凤很大的权限，还告诉王熙凤千万别替他省银子。尤氏主持丧事时，贾珍等人远在孝慈县，给老太妃送灵，这陵墓离都城来往需要十来天的时间。因此尤氏靠不了贾珍，没有后台。而且给贾敬筹办葬礼时，宁国府的经济不充裕，尤氏不能随便浪费银子。她办葬礼受到经济条件制约，施展空间有限，所以贾珍回来后，看到所有的事都准备妥当了，他不禁对尤氏赞不绝口。

所以这样看来，尤氏的管理能力其实是不输于王熙凤的。

凤姐唯才是用

（第二十七回）红玉听了，撇身去了。回来只见凤姐不在这山坡上了。因见司棋从山洞里出来，站着系裙子，便上来问道："姐姐，不知道二奶奶往那去了？"司棋道："没理论。"红玉听了，又往四下里看，只见那边探春、宝钗在池边看鱼。红玉便走来陪笑问道："姑娘们可看见二奶奶没有？"探春道："往大奶奶院里找去。"红玉听了，才往稻香村来，顶头只见晴雯、绮霞、碧痕、紫绡、麝月、待书、入画、莺儿等一群人来了。晴雯一见了红玉，便说道："你只是疯罢！花儿也不浇，雀儿也不喂，茶炉子也不爌，就在外头逛。"红玉道："昨儿二爷说了，今儿不用浇花，过一日再浇罢。我喂雀儿的时候，姐姐还睡觉呢。"碧痕道："茶炉子呢？"红玉道："今儿不是我爌的班儿，有茶没茶别问我。"绮霞道："你听听他的嘴！你们别说了，让他逛去罢。"红玉道："你们再问问我逛了没有。二奶奶才使唤我说话取东西去的。"说着将荷包举给他们看，方没言语了，大家分路走开。晴雯冷笑道："怪道呢！原来爬上高枝儿去了，把我们不放在眼里。不知说了一句半句话，名儿姓儿知道了不曾呢，就把他兴的这样！这一遭儿半遭儿的算不得什么，过了后儿还得听呵！有本事的从今儿出了这园子，长长远远的在高枝儿上才算得。"一面说着走了。

这里红玉听说，也不便分证，只得忍着气来找凤姐。到了李氏房中，果见凤姐在那里说话儿呢。红玉便上来回道："平姐姐说，奶奶刚出来了，他就把银子收起来了，才张材家的来取，当面称了给他拿去了。"说着将荷包递了上去，又道："平姐姐叫我回奶奶：旺儿进来讨奶奶的示下，好往那家子去的。平姐姐就把这话按着奶奶的主意打发他去了。"凤姐笑道："他怎么按我的主意打发去了？"红玉道："平姐姐说：我们奶奶问这里奶奶好。原是我们二爷不在家，虽然迟了两天，只管请奶奶放心。等五奶奶好些，

李纨为平儿撑腰

（第四十五回）话说凤姐儿正抚恤平儿，忽见众姊妹进来，忙让坐了，平儿斟上茶来。凤姐儿笑道："今儿来的这么齐，倒像下帖子请了来的。"探春笑道："我们有两件事：一件是我的，一件是四妹妹的，还夹着老太太的话。"凤姐儿笑道："有什么事，这么要紧？"探春笑道："我们起了个诗社，头一社就不齐全，众人脸软，所以就乱了。我想必得你去作个监社御史，铁面无私才好。再四妹妹为画园子，用的东西这般那般不全，回了老太太，老太太说：'只怕后头楼底下还有当年剩下的，找一找，若有呢拿出来，若没有，叫人买去。'"凤姐笑道："我又不会作什么湿的干的，要我吃东西去不成？"探春笑道："你虽不会作，也不要你作。你只监察着我们里头有偷安怠惰的，该怎么样罚他就是了。"凤姐儿笑道："你们别哄我，我猜着了，那里是请我作监社御史！分明是叫我作个进钱的铜商。你们弄什么社，必是要轮流作东道的。你们的月钱不够花了，想出这个法子来拗了我去，好和我要钱。可是这个主意？"一席话说的众人都笑起来了。李纨笑道："真真你是个水晶心肝玻璃人。"凤姐儿笑道："亏你是个大嫂子呢！把姑娘们原交给你带着念书学规矩针线的，他们不好，你要劝。这会子他们起诗社，能用几个钱，你就不管了？老太太、太太罢了，原是老封君。你一个月十两银子的月钱，比我们多两倍银子。老太太、太太还说你寡妇失业的，可怜，不够用，又有个小子，足的又添了十两，和老太太、太太平等。又给你园子地，各人取租子。年终分年例，你又是上上分儿。你娘儿们，主子奴才共总没十个人，吃的穿的仍旧是官中的。一年通共算起来，也有四五百银子。这会子你就每年拿出一二百两银子来陪他们顽顽，能几年的限？他们各人出了阁，难道还要你赔不成？这会子你怕花钱，调唆他们来闹我，我乐得去吃一个河涸海干，我

我们奶奶还会了五奶奶来瞧奶奶呢。五奶奶前儿打发人来说,舅奶奶带了信来了,问奶奶好,还要和这里的姑奶奶寻两丸延年神验万全丹。若有了,奶奶打发人来,只管送在我们奶奶这里。明儿有人去,就顺路给那边舅奶奶带去的。"

话未说完,李纨笑道:"嗳哟哟!这话我就不懂了。什么'奶奶''爷爷'的一大堆。"凤姐笑道:"怨不得你不懂,这是四五门子的话呢。"说着又向红玉笑道:"好孩子,倒难为你说的齐全。别像他们扭扭捏捏蚊子似的。嫂子不知道,如今除了我随手使的这几个人之外,我就怕和别人说话。他们必定把一句话拉长了作两三截儿,咬文咬字,拿着腔,哼哼唧唧的,急的我冒火。先时我们平儿也是这么着,我就问着他:必定装蚊子哼哼,难道就是美人了?说了几遭才好些了。"李宫裁笑道:"都像你破落户才好。"凤姐又道:"这个丫头就好。方才说话虽不多,听那口气就简断。"说着又向红玉笑道:"你明儿伏侍我去罢。我认你作女儿,我再调理调理,你就出息了。"

红玉听了,扑哧一笑。凤姐道:"你怎么笑?你说我年轻,比你能大几岁,就作你的妈了?你别作春梦呢!你打听打听,这些人都比你大的大的,赶着我叫妈,我还不理呢!"红玉笑道:"我不是笑这个,我笑奶奶认错了辈数了。我妈是奶奶的女儿,这会子又认我作女儿。"凤姐道:"谁是你妈?"李宫裁笑道:"你原来不认得他?他就是林之孝之女。"凤姐听了十分诧异,因笑道:"哦!原来是他的丫头。"又笑道:"林之孝两口子都是锥子扎不出一声儿来的。我成日家说,他们倒是配就了的一对,夫妻一双天聋地哑。那里承望养出这么个伶俐丫头来!你十几岁了?"红玉道:"十七岁了。"又问名字,红玉道:"原叫红玉的,因为重了宝二爷,如今叫红儿了。"

还通不知道呢!"

李纨笑道:"你们听听,我说了一句,他就疯了,说了两车的无赖泥腿市俗专会打细算盘、分斤拨两的话出来。这东西亏他托生在诗书大宦名门之家做小姐,出了嫁又是这样,他还是这么着;若是生在贫寒小户人家,作个小子,还不知怎么下作贫嘴恶舌的呢!天下人都被你算计了去!昨儿还打平儿呢,亏你伸的出手来!那黄汤难道灌丧了狗肚子里去了?气的我只要给平儿打抱不平儿。忖夺了半日,好容易'狗长尾巴尖儿'的好日子,又怕老太太心里不受用,因此没来,究竟气还未平。你今儿又招我来了。给平儿拾鞋也不要,你们两个只该换一个过子才是。"说的众人都笑了。凤姐儿忙笑道:"竟不是为诗为画来找我,这脸子竟是为平儿来报仇的。竟不承望平儿有你这一位仗腰子的人。早知道,便有鬼拉着我的手打他,我也不打了。平姑娘,过来!我当着大奶奶姑娘们替你赔个不是,担待我酒后无德罢。"说着,众人又都笑起来了。李纨笑问平儿道:"如何?我说必定要给你争争气才罢。"平儿笑道:"虽如此,奶奶们取笑,我禁不起。"李纨道:"什么禁不起,有我呢。快拿了钥匙,叫你主子开了楼房找东西去。"

凤姐儿笑道:"好嫂子,你且同他们回园子里去。才要把这米账合算一算,那边大太太又打发人来叫,又不知有什么话说,须得过去走一趟。还有年下你们添补的衣服,还没打点给他们做去。"李纨笑道:"这些事情我都不管,你只把我的事完了我好歇着去,省得这些姑娘小姐闹我。"凤姐忙笑道:"好嫂子,赏我一点空儿。你是最疼我的,怎么今儿为平儿就不疼我了?往常你还劝我说,事情虽多,也该保养身子,捡点着偷空儿歇歇,你今儿反倒逼我的命了。况且误了别人的年下衣裳无碍,他姊妹们的若误了,却是你的责任,老太太岂不怪你不管闲事,这一句现成的话也不说?我宁可自己落不是,岂敢带累你呢。"李纨笑道:"你们听听,说的好不好?把他会说话的!我且问你:这诗社你到底管不管?"凤姐儿笑道:"这是什么话,我不入社花几个钱,不成了大观园的反叛了,还想在这里吃饭不成?

凤姐听了将眉一皱，把头一回，说道："讨人嫌的很！得了玉的益似的，你也玉，我也玉。"因说道："既这么着，上月我还和他妈说，'赖大家的如今事多，也不知这府里谁是谁，你替我好好的挑两个丫头我使'，他一般的答应。他饶不挑，倒把他这女孩子送了别处去。难道跟我必定不好？"李氏笑道："你可是又多心了。他进来在先，你说话在后，怎么怨得他妈呢！"凤姐道："既这么着，明儿我和宝玉说，叫他再要人，叫这丫头跟我去。可不知本人愿意不愿意？"红玉笑道："愿意不愿意，我们不敢说。只是跟着奶奶，我们也学些眉眼高低，出入上下，大小的事也得见识见识。"刚说着，只见王夫人的丫头来请，凤姐便辞了李宫裁去了。红玉回怡红院，不在话下。

明儿一早就到任，下马拜了印，先放下五十两银子给你们慢慢作会社东道。过后几天，我又不作诗作文，只不过个俗人罢了。'监察'也罢，不'监察'也罢，有了钱了，你们还撑出我来！"说的众人又都笑起来。凤姐儿道："过会子我开了楼房，凡有这些东西都叫人搬出来你们看，若使得，留着使，若少什么，照你们单子，我叫人替你们买去就是了。画绢我就裁出来。那图样没有在太太跟前，还在那边珍大爷那里呢。说给你们，别碰钉子去。我打发人取了来，一并叫人连绢交给相公们砚去。如何？"李纨点首笑道："这难为你，果然这样还罢了。既如此，咱们家去罢，等着他不送了去再来闹他。"说着，便带了他姊妹就走。凤姐儿道："这些事再没两个人，都是宝玉生出来的。"李纨听了，忙回身笑道："正是为宝玉来，反忘了他。头一社是他误了。我们脸软，你说该怎么罚他？"凤姐想了一想，说道："没有别的法子，只叫他把你们各人屋子里的地罚他扫一遍才好。"众人都笑道："这话不差。"

【点评】

所谓千里马常有，伯乐不常有。红玉是个不甘居于人下的丫鬟，因遇到王熙凤这一伯乐而出人头地。

当初在怡红院时，红玉的地位是非常低微的，不过是烧水喂鸟的三等丫鬟，连贾宝玉的房间都没有资格进入，经常被那些身份较高的丫鬟排挤，很不得志。她伺机接近贾宝玉，被秋纹和碧痕发现后挨骂受辱，从此绝了通过宝玉向上晋升的心。对于那个时代的丫鬟而言，普通人可能从此就只能默默接受命运的安排了，但红玉没有，她一直在等待着改变自己命运的机会。

然后，这个机会就来了。她遇到了自己人生中的伯乐——王熙凤。那天红玉正在园子里和其他丫鬟闲聊玩乐，忽然看见王熙凤在远处山坡上招手，虽然王熙凤不是自己主子，但是她还是跑过去问凤姐有何指示。原来是王熙凤今天没带丫头进园子，临时有件事需要人去办。凤姐之前没见过这丫头，不知道她靠谱不靠谱。

此时红玉大方地来了一句："奶奶有什么话，只管吩咐我说去。若说不齐全，误了奶奶的事，凭奶奶责罚罢了。"红玉不问事情难易，先接下来，迎着问题往前冲，这一点已经超越了常人；对自己有信心，立下军令状，误了事甘愿受罚，更表现出她的自信。从这一点看，红玉与当年勇接秦可卿葬礼的凤姐确实很像。

于是，王熙凤布置下了三件事：第一件，告诉平儿桌子上压着一张一百二十两的银子，那是给绣匠的工钱。第二件，如果张材家的来取钱，当着面称给她看，钱数两清，再给她拿走。第三件，把里屋床上的小荷包拿过来给凤姐。前两件是传话给平儿，后一件是拿东西过来。没多久，红玉传完话，取完东西，来找凤姐交差。

红玉回来后向凤姐汇报："平姐姐说……就顺路给那边舅奶奶带去的。"这段话让凤姐旁边的李纨听得云里雾里的，因为里面弯弯绕绕牵扯了好几个人的好几件事情，连李纨都分不清红玉嘴里的这个奶奶那个奶奶的身份,还是王熙凤解释了,她才明白到底是怎么一回事。王熙凤听到红玉的话,与李纨的反应不同,她觉得这个丫头不仅机灵聪慧,而且口才还好,她就喜欢这样的人,所以她对红玉说:"你明儿伏侍我去罢。我认你作女儿,我再调理调理,你就出息了。"至此,红玉便跟上了凤姐这个脂粉队里的英雄,可谓归得其主、适得其所。

李纨平时是很少流露出自己的心情和感情的。她像菩萨一样,不多事,为人低调。她对平儿,却是非常明白的态度:欣赏、喜欢、热情。这种感情与身份无关,毕竟李纨是连凤姐也不大放在眼里的,甚至当众说凤姐的不是,凤姐也不与她计较。

正因如此,在平儿被凤姐打后,李纨才能站出来,为平儿打抱不平(所以有请王熙凤入诗社时李纨那一大段当众对王熙凤的奚落)。当时,平儿委屈得直哭,即使李纨说要替她出气,平儿回答的却是"奶奶们取笑,我禁不起"。除了被打之后有些失态,其余时候,平儿总是那么平和、得体,从来没有抱怨,也没有说一句歹话。

李纨虽是不爱说话的,但说起话来分量很重,她说哪天王熙凤和平儿要调换位置,既是挑战又是挑衅——挑战自我,挑衅别人。李纨把平儿拉进了大观园,并且让她在自己屋里歇了一夜。直到后来,李纨带领着众小姑子起诗社,找凤姐拿钱,玩笑间不仅把凤姐数落了一顿,还重提旧事,并且说她和平儿应该换一个过子才是。当然,凤姐也不能和她计较,毕竟凤姐是里子面子都有的,而且李纨说得确实有道理。

形象分析

王 熙 凤

《红楼梦》里的王熙凤是一个复杂的人,她是多面性的,是一位有感染力、有新思想、有真性情的人。她一生有权有势,却也失去了女孩子应有的轻松与愉快。

王熙凤是一个有感染力的女子。

她未出场就先声夺人,在众人敛声屏气的时刻,唯独她人未到,声先到:"我来迟了,不曾迎接远客!"一出场就带着一大帮丫头婆子,打扮得恍如神仙妃子。一见黛玉,既夸黛玉又夸小姑子,更是哄得贾母高兴不已。她有种快乐的因子,但这种因子是择人而释的,贾母走到哪里,她就跟到哪里,欢声笑语就带到哪里。在那个束缚个性的年代,王熙凤像一只快乐的百灵鸟围在贾母身边,让她忘却烦恼,快乐起来。

王熙凤是一个有真性情的人。

王熙凤恩怨分明,她婆婆邢夫人禀性愚犟,只知奉承贾赦,婪取财货,不肯听取人言,是一个不好伺候的婆婆。王熙凤与邢夫人不对付,只是维持着表面的尊敬,但对邢夫人的侄女邢岫烟,王熙凤又非常欣赏,经常出手相助,并没有因为邢岫烟是邢夫人的侄女且家境贫寒而疏远她。薛宝钗与王熙凤的亲属关系本来比黛玉更近,但王熙凤与宝钗的接触反而没有她与黛玉的接触多,这固然有顺从贾母喜欢黛玉之意,但也有凤姐本身就喜欢黛玉的直率、真诚的因素。王熙凤对贾母是真孝顺,她经常主动去找贾母,给贾母说笑话,甚至开一些小小的玩笑,让贾母体验到在别人那里体验不到的快乐。

王熙凤是一个有女权思想的女性。

王熙凤爱贾琏,她希望一生一世一双人,不愿意与他人分享自己的丈夫。在现代社会,这是最正常不过的要求,但在封建社会,女人有这种思想就不行了,所以黛玉虽然要求宝玉把心放在自己身上,但并不妨碍她打趣袭人,称她为"嫂子"。凤姐不同,凤姐要求贾琏的身体也忠于自己,所以她打起了一次又一次的婚姻保卫战。贾琏和丫头说笑,她一旦发现就会当着贾琏的面把丫头教训一番;贾琏偷娶尤二姐,她"坐山观虎斗",借秋桐之手除掉了尤二姐。可以说,为了婚姻与家庭,她不择手段,最终被贴上了"妒妇"的标签。

王熙凤是荣国府最辛苦的人。

王熙凤掌管荣国府,亲力亲为,工作强度非常大,每天工作到深夜,白天也只有吃饭的时辰有点空闲时间。如果不是周瑞家的见缝插针,刘姥姥可能还真的见不到凤姐。元春省亲后,人人累得不行,都偷懒休息,只有王熙凤不能休息,她生性好强,不肯落人口舌,每日恪尽职守。她与贾琏分别许久后见面,也是忙到很晚才回到房里歇息。即使怀孕六七个月小产了,凤姐也不肯休息,她筹谋规划,绞尽脑汁。由于没有休养好,王熙凤得了血崩之症。得病后她讳疾忌医,错过了最好的治疗时间。

平儿都看出来了,在荣国府里就是再上心也没有用,终归要回到大房。可是王熙凤看不透,嘴上虽说要休养,但一遇到事情就忘了休养。抄检大观园事件,也导致她的病情加重。

王熙凤攒梯己银子,最终这些钱却打了水漂。王熙凤自己的嫁妆很丰厚,可是她内心深处却充满了危机感,她放印子钱,收利息。贾府被抄家,放贷是罪状之一。

王熙凤是一个争强好胜的人。

王熙凤本没想弄权铁槛寺,可是架不住老尼姑的激将法。老尼姑说:"如今不管这事,张家不知道没工夫管这事,不稀罕他的谢礼,倒像府里连这点子手段也没有的一般。"此话立刻激起了王熙凤逞强好胜之心,于是她揽下了张金哥与守备之子退婚的官司,结果害得两个有情人相继为情而死。

王熙凤是一个有血有肉的人。

婚后为了撑起荣国府,她不惜得罪人,吃力不讨好,最后惨死。王熙凤短暂的一生让人扼腕叹息!

李　纨

李纨是"金陵名宦之女",父亲李守中是国子监祭酒,封建王朝最高学府的主管官。李纨从小时起,父亲就以前朝贤女为榜样向她灌输封建伦理思想。她嫁入贾府后,丈夫贾珠在二十岁左右就不幸病故,遗下一子贾兰。丈夫病故,李纨默默地忍受着命运对她的打击,接受了命运对她的安排。从此,她不施脂粉,懒画蛾眉,抑制一个女人爱美的天性和爱的欲望,带着贾兰,在花团锦簇的大观园过着寂寞凄清的生活。

李纨对自己的寡妇生活是自觉遵守的。她从贾府大奶奶进入到寡妇的新角色,把感情、义务、心态、行为、责任都转到与之相适应的轨道上来。她压抑着自己对感情的欲望和对幸福的向往。怡红夜宴,众姐妹抽签取乐,李纨抽的一支签上,画着一枝老梅,签上写着"霜晓寒姿"四字,另一面的题诗是:竹篱茅舍自甘心,这正是李纨的写照。书中说她"心如枯井""如槁木死灰一般",并不是说她没有感情,而是说她作为一个寡妇,必须有节制地表达自己的感情。她也有对过去生活的眷念,只是她不能公开地表现出来,她必须把对逝去生活的眷念深深地埋藏心中。但是,人非木石,现实生活总会把那些哪怕是埋藏得很深的感情激荡起来。贾政痛打宝玉,王夫人苦劝不成,忽又想起贾珠来,便叫着他的名字哭道:"若有你活着,便死一百个我也不管了。"这句话对别人来说尚可,但对李纨来说,无疑是一个极大的刺激,使她记起逝去的生活,"禁不住也放声哭了"。

作为一个寡妇,李纨不但无法享受人生的幸福,而且被排挤出现实的世俗生活的圈子,成为可有可无的人,只宜采取清静守节、对世事不问不闻的态度。李纨小心地避开了贾府内错综复杂的矛盾和利益的冲突。全书只有一次写到她涉足"内政"的事,那是凤姐病了,王夫人命她和探春、宝钗代管家政。探春兴致勃勃,准备一显自己的才能,宝钗因是贾府亲戚,有诸多不便,但也积极进言议政。唯独李纨完全处于被动地位,凡事只求平稳,对探春、宝钗的主张随声附和而已。平时,她对世事"一概无见无闻,唯知侍亲养子,外则陪侍小姑等针黹诵读而已",每日到贾母、王夫人跟前尽孝,陪伴她们消愁解闷。除此之外,诸事不管,这就是她的全部生活。

受了贾母、王夫人的委托,李纨成了大观园众姐妹的领头者,也因此找到了精神上的寄托。探春发起组织诗社,她第一个支持,并自荐诗社掌坛。她欣赏宝钗诗作的含蓄浑厚,也赞美黛玉诗作的立意清新,风流飘逸。李纨偶尔也作几首诗,寄寓自己的情思。第五十回,诗社活动达到高潮。芦雪庵联诗,宝玉再次落第,李纨提出处罚的方法,说:"我才看见栊翠庵的红梅有趣……如今罚你去取一枝来。"又提出罚作红梅诗一首。从这些地方,我们可以感受到李纨高雅的生活情趣和她对生活的热爱。

就李纨所接受的教育和她安于寡妇的地位来看,她是封建礼教的信奉者,但是她又与贾政、薛宝钗这样的封建礼教的信奉者不同,贾政、薛宝钗是自觉的,而李纨却没有权利做另一种选择,她是一个礼教牺牲者。贾政用封建礼教禁锢宝玉,李纨却用它来禁锢自己。宝钗是个有才能的女子,唐诗宋词,元人百种,无所不读,却像传道士一样向姑娘们宣传"女子无才便是德"的道理。李纨才能平平,从小受"女子无才便是德"的教育,能欣赏和赞美别人的才能。如果把凤姐和李纨进行比较,一个是那样利欲熏心,一个是那样清心寡欲,一个对弱者、下人严苛,一个处处宽厚待人,对弱者、下人也能体贴关切,并不总是以主子和大奶奶自居自傲。由于李纨在生活中没有个人的非分追求,她又是奶奶中唯一没有趋炎附势、仗势欺人等卑劣行为的人物。因贾琏与鲍二家的通奸,平儿平白无故地挨了凤姐的打,平儿受不了委屈,欲拔刀自杀,李纨拉了平儿去大观园稻香村歇息,劝慰她。次日,李纨和探春等邀凤姐做诗社的监社御史,凤姐心里明白,无非要她做个进钱的铜商,因此和李纨发生了争执。李纨说道:"你们听听,我说了一句,他就疯了……给平儿拾鞋也不要,你们两个只该换一个过子才是。"这虽是妯娌之间的调侃,但也实实在在地揭了凤姐的短,说得凤姐直告饶。在大观园,也只有李纨才敢于这样做,在这短短的情节中,又使我们看到李纨性格的另一方面:李纨并不是一个没有是非感、没有决断的"大菩萨",不过是寡妇的地位限制了她的发展罢了。

尤 氏

尤氏,是宁国府贾珍的续弦,贾蓉的继母。

尤氏虽是宁国府的当家奶奶,却没有多风光。和荣国府的王熙凤相比,简直天上地下。其实这并不是因为尤氏比凤姐儿差太多,而是尤氏的身后,没什么可倚仗的。

尤氏可能出生于小官宦之家,家境虽不说大富大贵,但至少是衣食无忧的,否则尤老娘也不会带着二姐、三姐两个拖油瓶,嫁给尤氏的父亲。按理说,有这样的家境,尤氏也不会嫁得太差。尤氏却嫁给了贾珍做续弦,虽说锦衣玉食、荣华富贵是有了,但封建社会中一般家庭都不肯这样做的。老话说,家有隔夜粮,不教女儿做填房。尤氏就这样嫁给了荒淫的贾珍,外表看着光鲜,内里的冷暖,却只有自己知道。

宁国府是什么地方?柳湘莲曾形象地说过,除了门口的两个石狮子,恐怕猫儿狗儿都是不干净的。贾府虽是世家大族,但也露出衰败的气象，尤其是宁国府，老爷子贾敬入道观修行，撒手不管；在胡作非为的贾珍的带动下，更是成了乌烟瘴气之地，连亲妹子惜春都避之不及，宁可住进荣国府中去。宁国府的"脏乱差"现象，早已传了出去，而尤氏对此更是一清二楚。

　　尤氏没有家族背景，也不是很年轻了。在宁国府，她的作用主要是料理家务，和贾珍并没有多少情意。至少，贾珍是顾不上她的，她更像是一个工具人，这一点她和荣国府里的邢夫人类似。娘家靠不住，又是续弦，在豪门里讨口饭，也不是那么轻松的。邢夫人早已抹开了脸面，完成放弃自我，行事只有两个标准：一是讨好贾赦，不讲原则；二是拼命敛财，其余的都不管。

　　在夫妻关系中，尤氏也是处于弱势地位的一方，而且宁国府比荣国府乱多了，可尤氏并没有活得毫无底线。在那一片乌烟瘴气里，尤氏虽不能决绝地表明态度，但在低调和沉默中流露出了人性的良善和光芒。当贾珍父子不知死活，把宁国府搞得一团糟时，尤氏却是一个既懂得生存智慧又保持着清醒的人。而且，在宁国府里，像她这样的人是很少的。贾珍带头放纵，府里没有规矩和礼法，以致上梁不正下梁歪，弄得一团糟，而尤氏却仍然有自己的尊严和底线。

　　尤氏很难，难在没有话语权。当贾珍干出天理不容之事时，她却还得顾及面子，不能有丝毫发作。贾珍与秦可卿之事已成了宁国府甚至可能是贾府公开的秘密，作为贾珍的妻子，尤氏怎么会不知道，心里怎么会好受呢？但作为继室，她对这件事只能睁一只眼闭一只眼，不能跟任何人倾诉或置气。在秦可卿病重时，她还要表现出好婆婆的模样，不时嘘寒问暖，以表关怀和痛惜，但我们相信，她心里一定是挣扎的、痛苦的。所以当秦可卿病逝后，尤氏只说自己生病，没办法主持秦可卿的丧事。

贾珍也不好说什么，只得请了王熙凤来料理。尤氏用这样的举动，维护了自己的最后一丝尊严。她不能强烈地反抗，她还要在这里生存，但她不是一个毫无感觉、没有尊严的人。贾珍可以胡闹，贾蓉可以乱来，她眼睁睁地看着他们胡作非为，她什么也不是，可她也不是顺从到底，毫无主见的人。

　　尤氏的清醒，还表现在她从来没有拿宁国府大少奶奶的身份当回事。她知道自己没太多底气，没有娘家可靠，也没子女可依，说是诰命夫人，但再大的荣耀，也不过如此。她不是一个掉进了富贵窝里就得意忘形，什么都忘了的人。相对于荣国府二奶奶王熙凤之高光、显赫、威严、霸气，尤氏低调得几乎跌进了尘埃，她管不了夫君和继子，在贾珍的妾室面前，也没什么架子，甚至在丫鬟面前，也没有奶奶的样子，大家也都知道她宽和，都不惧怕她，更没个规矩了，难怪连李纨都看不下去了，但尤氏仍然这么做了。这样做不是代表她糊涂，而是她明白自己的身份地位和家庭背景，只有这样做，她才能得到更有尊严的生活。尤氏没有那么多高光时刻，不是她真没有能力，而是她喜欢随意和轻松的氛围。在贾母面前，王熙凤讨得了喜，轮不到旁人，尤氏也懒得争宠，但若凤姐不在，她也是会讲笑话的。尤氏不和底下的人摆架子，这样人与人之间也更容易亲近点，没必要随时绷着神经。尤氏和李纨、王熙凤也常常嬉笑，关系很不错。

　　尤氏也算是宁府掌家之人，如果她愿意，她也可以有像凤姐那样的敛财机会，但她比任何人都懂得，钱财不过身外之物，若贪求太多，反而会受到反噬，得不偿失。这从为凤姐攒钱庆生那两回可以看出一二。凤姐算是内府里最有钱有权的人了，平时除了月例，还有不少灰色收入，但凤姐仍不满意，还放起了高利贷。当贾母提议大家给她凑钱过生日、图个乐子时，凤姐居然还想到了两个本没有存在感的姨娘,并且说道,"他们两个为什么苦呢?有了钱也是白填送别人,不如拘来咱们乐"。尤氏素日和凤姐开玩笑惯了的,这次却并不顺着她,而是为姨娘们说话,说凤姐儿不该拉上两个苦瓠子,并且最后将银子退还给赵姨娘和周姨娘了。

尤氏和王熙凤最大的不同是,王熙凤的眼光总是向上的,从来不会低下骄傲的头颅,但这世界更多的,不是贾母、王夫人这样的贵妇人,而是像赵姨娘和周姨娘这样的普通人。凤姐儿只顾着讨好上面,却忘记了从来不被自己瞧得上的那些人,他们虽然身份低微,但同样有着不容小觑的力量。

尤氏看世界更全面,无论是人,还是事。她低调地穿行在凤姐、李纨的圈子里,也低调地穿行在姨娘们和丫鬟们的圈子里。她知道,那些人也是需要一份尊重的。这不单纯是生存的策略,也是心底的一份善良。她并不是只顾自己,而不顾别人死活的人。她能看到姨娘们的不易和生活的苦,这是比较难得的。

她不能原谅贾珍的一再背叛,这是因为她还是把自己当回事的;她总是将身段放得很低,这是因为她又不把自己当回事。她能在复杂而混乱的宁国府混生活,不是那么狼狈,也不是那么面目可憎,像水一样装进什么容器都可以,但依然要尽力地保持自我的澄静。

所以,尤氏十分清醒。特别是眼看着继母带来的两个妹妹和贾珍父子搅在一起,尤氏也十分痛苦。尤二姐和尤三姐舍不得宁国府纸醉金迷的生活,以为后半生有望,却不知道尤氏活得多不容易。可尤氏又能说什么能做什么呢?

当贾蓉撺掇着贾琏偷娶尤二姐时,尤氏是反对的,她并不怕得罪了他们,而是明确表明了自己的态度。几个男人以为这件事神不知鬼不觉,到时候成既定事实,王熙凤也不能怎样。可尤氏不这样认为,她知道凤姐的厉害,也知道贾琏的花心,她并不看好这桩婚事。果然,东窗事发后,凤姐打上门来,这个时候,尤氏却只能硬着头皮,被凤姐抓住好好羞辱了一番。

从始至终,尤氏都是个明白人,她没有像邢夫人那样,只要夫君说好,就主动迎合,甚至拉纤保媒,只为保住自己正妻的位置。尤氏从来不是贾珍父子的同谋,光是这一点,就比邢夫人强得多。尤二姐和尤三姐眼里的香饽饽,对于尤氏来说却未必是。自从嫁进来,宁国府里的糟心事,尤氏已经受够了。如果她自私一些,怂恿贾珍收了两个妹妹,也不会是太难的事。只要妹妹们嫁过来,尤氏不也得了助力吗?可尤氏在这个过程里,只能无奈地劝一劝。因为她是有自己的道德底线的。

果然,尤二姐一不小心,进入了魔窟,被凤姐生生折磨而死。这大概也在尤氏的预料之中,但她同样什么也做不了。但凡尤二姐脑子清醒些,多和尤氏商量一下,听听劝告,也不会走到这步田地了。

尤氏是清醒的,也是有温度和人情味的。当惜春执意要撵走入画时,尤氏这个嫂子前去相劝。惜春说了很多狠话,表明要和宁国府决裂。尤氏和这个孤介的小姑娘,明显是有很深的代沟,但还是极力劝解和安慰。但惜春对宁国府深恶痛绝,完全也不把这个嫂子放在眼里,尤氏被惜春一通怼后,也只得作罢。

在惜春的眼里,宁国府的一切都是黑暗的、肮脏的,势必要割裂、远离。但她不懂得,这世上的黑与白,也不是那么绝对,若心中纷扰太多,无论到了哪里,都不会有宁静之日。

尤氏在乌烟瘴气的宁国府,好好地活着,该吃吃,该乐乐,她未必懂得人生悲凉,世事难料,但不管经历再多,现实再不济,她依然四平八稳地活着,棱角早就被时光磨平了。她没有快意人生,生活里总是不少糟心事,可她不会绝望,也不会自弃,这才是最大的清醒。

评估检测五

（分值:50分　时间:50分钟）

一、阅读下面的文字,完成后面的题目。(19分)

材料一:

人物视角叙事是古代小说常用的叙事观点。《红楼梦》可以从每个章节的不同人物视角来读,对同一件事也可以从不同人眼中写出。黛玉进府,是贵族少女兼伶仃孤女角度;刘姥姥进大观园,是穷人兼世故老妪角度;抄检大观园,是从权力顶峰跌落的王熙凤角度。这是作者熟谙人物视角叙事的结果。曹雪芹善于使用人物视角叙事,喜欢变换视角,但目标始终围绕着贾宝玉和贾府的盛衰。《红楼梦》人物视角叙事既考究又华丽,站在叙事视角上的人物一定有特别深刻的叙事角度,他（或她）和所叙之事或人又肯定有重要联系。

在《红楼梦》前三回中得到详尽外貌描写的依次是王熙凤、宝玉、黛玉。王熙凤和宝玉都映现在黛玉眼中,黛玉到荣国府,王熙凤说:"天下真有这样标致的人物,我今儿才算见了!"她夸黛玉长得好,主要是为了逗老祖宗开心,所以还有下边的话:"况且这通身的气派,竟不像老祖宗的外孙女儿,竟是个嫡亲的孙女。"至于黛玉标致到什么程度,曹雪芹却故意不写,他要将黛玉的外貌放到最应该观察的人眼中写,绛珠仙草只能在神瑛侍者面前显露绝世风姿。林黛玉"两弯似蹙非蹙罥烟眉,一双似喜非喜含情目"必须从贾宝玉眼中看出,且要接着说:"这个妹妹,我曾见过的。"从林黛玉眼中,贾宝玉"面若中秋之月,色如春晓之花"的外貌得到了详尽展示,他的通灵玉却绝对不能从林黛玉眼中叙出,所以当袭人要拿通灵玉给黛玉看时,被婉拒了。贾宝玉的通灵玉只能从最终兑现了"金玉良缘"的薛宝钗眼中叙出。每个情节都有一个主要的人物叙事视角,一丝不苟又一丝不乱。多种叙事视角的综合运用和自如转换,是《红楼梦》取得前所未有叙事成就的主要原因。

（摘编自马瑞芳《〈红楼梦〉的构思艺术》）

材料二:

《红楼梦》主题历来众说纷纭,正如鲁迅所言,经学家看见《易》,道学家看见淫,才子看见缠绵,革命家看见排满……持自传说、索引说、阶级斗争说者亦众,此现象实属正常。有些文学作品就像饺子,就为了中间那口馅儿;有些文学作品就像点缀在西瓜里的那些籽儿,人间百态尽在其中。其实开篇作者就借空空道人说出,即"大旨谈情"。《红楼梦》可称为"言情小说",但与现代意义的"言情小说"不同。我们可以从"情"字来赏析《红楼梦》的主题思想。

第一层境界,是将"情"理解为爱情之情,认为《红楼梦》单纯是一部写宝黛爱情的书。若如此看待《红楼梦》,可谓未窥门径,枉费曹公十年辛苦。

第二层境界,认为《红楼梦》是为闺阁立传、女儿正名。刘鹗《老残游记》言:雪芹之大痛深悲,乃是为"千红"一哭,为"万艳"同悲。宝玉在女子面前自卑、自轻、自我否定、自我牺牲。玉钏儿不慎把汤洒到宝玉手上,他烫了手,反急问玉钏儿烫着没有。龄官画蔷,天降大雨,他只顾提醒龄官快去避雨,却不在意自己也在雨中。受父笞打,黛玉来探,却只嚷不疼,希望黛玉不要伤心……

第三层境界,借写宝玉对女子的珍重与体贴,来探究人与人之间应该如何相处。体贴,以己之心体人之心,即"己所不欲,勿施于人",这也是"仁"的内核。当时"仁"道日渐僵化,而作为躯壳的"礼"反据要津,《红楼梦》中亦有暗讽,贾敬死后,贾珍、贾蓉"直哭到天亮,喉咙都哑了方住",回府后便寻欢作乐。而宝玉形象是对"仁""礼"失衡的一次拨乱反正。有人说《红楼梦》的内核是对封建道德的反抗，宝玉就是代表。实则大谬，宝玉蔑视的是虚伪，是虚礼，而非道德。他领会了"仁"道精髓，即体贴，是真道德的践行者。

第四层境界，《红楼梦》不仅仅是仁爱之书，更是充满无限情怀的天真之书、博爱之书。"仁"道建立在人与人的关系之上，推己及人，即可得仁。宝玉对一切美好、纯净的事物都充满关爱，第三十五回说宝玉"看见燕子，就和燕子说话；河里看见了鱼，就和鱼说话；见了星星月亮，不是长吁短叹，就是咕咕哝哝的"。宝玉之"多情而善感"毫无矫揉，发乎真心，他有仁心、坚持、热爱、有信仰；他有诗心，天真、浪漫、充满想象力。二者结合，便是宝玉这个"混世魔王"的真实面貌，而这或许也是《红楼梦》一书"大旨谈情"之"情"的真实面貌。

（摘编自王学良《如何赏析作为"言情小说"的〈红楼梦〉？》）

材料三：

《红楼梦》是小说，是文学艺术。它表达思想的方式是塑造典型形象，使用的语言是生活语言。作者只用寥寥数笔就勾勒出人物形象来，并且人物语言带有鲜明的个性特点。第二十四回自"贾芸出了荣国府回家"至"一面趔趄着脚儿去了"，一千八百多字，却写了四个人：贾芸的舅舅卜世仁、贾芸的舅妈、醉金刚倪二和贾芸。前面三人虽然都只是寥寥数笔，但俱传神。卜世仁夫妇的鄙吝和倪二的仗义，皆历历如绘。《红楼梦》里人物的语言也符合各自的身份和性格。"一碗茶也争，我难道手里有蜜！"这是初恋中的智能儿的语言，反映她心里的甜意。"你忙什么！'金簪子掉在井里头，有你的只是有你的'。"这是金钏的语言，反映她因受宝玉的宠爱而心悦意肯、别无他虑的心态。"什么'呦呦鹿鸣，荷叶浮萍。'小的不敢撒谎。"这是李贵的语言，反映他护送宝玉读书，但不识字，也不理会读书，只是从旁听闻的状况。《红楼梦》里最能言善语的要数黛玉、王熙凤、红玉、麝月几人。林黛玉慧心巧舌，聪明伶俐；王熙凤先意承志，博取欢心；红玉伶牙俐齿，如簧百啭；麝月在教训老婆子时词锋逼人，势猛气锐。作者对这四个人的语言是精心设计的，是特写。

《红楼梦》在古典长篇小说中确已成为"绝唱"，这是毋庸争议的。但它还是一首不用韵的诗，这不仅仅是因为《红楼梦》里有许多诗，而且在于它从开头至八十回的叙述，也都有诗的素质，它的叙述与诗是交融的，是一体的。诗是什么？是抒情，抒喜怒哀乐各种各样的情而不是干巴巴地记事，《红楼梦》确有这种抒情性的特点。

（摘编自冯其庸《〈红楼梦〉的语言魅力》）

1. 下列对材料相关内容的理解和分析，不正确的一项是（　　）。（3分）

A. 材料一重点关注了《红楼梦》的叙事特点，通过列举事例、引用原文，对《红楼梦》的叙事特点进行了阐述，准确到位。

B. 材料二列举了关于《红楼梦》主题的众多说法，指出其主题即作者开篇说的"大旨谈情"，我们可以从"情"字入手理解小说主旨。

C. 材料三认为《红楼梦》不仅是小说，也是一首不用韵的诗，这缘于作品中穿插着很多诗，而且从始至终都充满叙述与抒情的交融。

D. 作为中国古典长篇小说的"绝唱"，《红楼梦》在艺术上取得了很高的成就，作者通过塑造典型形象来表情达意，人物的语言富有生活气息。

2. 根据材料二和材料三，下列说法不正确的一项是（　　）。（3分）

A. 《红楼梦》虽可理解为"言情小说"，但仅仅把它当作一部写宝黛爱情的书，则并不符合曹雪芹创作《红楼梦》的意图。

B. 《红楼梦》中的"情"是"仁心"与"诗心"的结合，这种结合在宝玉身上表现为坚持、热爱、有信仰与天真、浪漫、充满想象力。

C.《红楼梦》中对人物语言的描写精妙传神,表现力很强,寥寥几笔就将智能儿、金钏以及李贵等人描绘得栩栩如生。

D.《红楼梦》精心设计了林黛玉、王熙凤、麝月等人的语言,符合人物身份,凸显了人物性格,具有高度个性化的特点。

3. 下列说法中,能作为论据来支撑材料二观点的一项是(　　)。(3分)

A.《红楼梦》中的多次点戏、听戏都与小说人物命运紧密关联,如宝钗过生日时点了涉及和尚的戏,暗示她未来的丈夫会出家。

B.《红楼梦》中很多文字是写景和叙事的天然结合,这也是《红楼梦》富有诗的素质的一个重要原因,因此我们要读出它的味外味、韵外韵。

C.胡适用"大胆假设,小心求证"的研究方式,考证了曹雪芹是《红楼梦》的作者,还得出了《红楼梦》是曹雪芹的自传的结论。

D.无论人或物、有情或无情,宝玉都可以体贴其悲音,感谅其情愫。对他来说,不但草木,凡天下之物,皆和人一样,有情有理。

4. 材料二在论证上有哪些特点?请简要分析。(4分)

_____

5. 请结合材料一,概述《红楼梦》在叙事方面的主要特点。(6分)

_____

二、阅读下面的文字,完成后面的题目。(15分)

凤姐见还有几个妯娌陪着女亲,自己便辞了众人,带了宝玉、秦钟往水月庵来……净虚带领智善、智能两个徒弟出来迎接,大家见过。凤姐也略坐片时,便回至净室歇息,老尼相送。

此时众婆娘媳妇见无事,都陆续散了,自去歇息,跟前不过几个心腹常侍小婢。老尼便趁机说道:"我正有一事,要到府里求太太,先请奶奶一个示下。"凤姐因问何事。老尼道:"阿弥陀佛!只因当日我先在长安县内善才庵内出家的时节,那时有个施主姓张,是大财主。他有个女儿小名金哥,那年都往我庙里来进香,不想遇见了长安府府太爷的小舅子李衙内。那李衙内一心看上,要娶金哥,打发人来求亲,不想金哥已受了原任守备的公子的聘礼。张家若退亲,又怕守备不依,因此说有了人家。谁知李公子执意不依,定要娶他女儿,张家正无计策,两处为难。不想守备家听了此信,也不管青红皂白,便来作践辱骂,说一个女儿许几家,偏不许退定礼,就要打官司告状起来。那张家急了,只得着人上京来寻门路,赌气偏要退定礼。我想如今长安节度云老爷与府上最契,可以求太太与老爷说声,打发一封书去,求云老爷和那守备说一声,不怕那守备不依。若是肯行,张家连倾家孝敬,也都情愿。"

凤姐听了笑道:"这事倒不大,只是太太再不管这样的事。"老尼道:"太太不管,奶奶也可以主张了。"凤姐听说笑道:"我也不等银子使,也不作这样的事。"净虚听了,打去妄想,半晌叹道:"虽如此说,张家已知我来求府里,如今不管这事,张家不知道没工夫管这事,不希罕他的谢礼,倒像府里连这点子手段也没有的一般。"凤姐听了这话,便发了兴头,说道:"你是素日知道我的,从来不信什么阴司地狱报应的。凭是什么事,我说要行就行。你叫他拿三千银子来,我就替他出这口气。"老尼听说,喜之不尽,忙说:"有,有,有!这个不难。"凤姐又道:"我比不得他们扯篷拉纤的图银子。这三千银子,不过是给打发说去的小厮作盘缠,使他赚几个辛苦钱,我一个钱也不要他的。便是三万两,我此刻也拿的出来。"老尼连忙答应,又说道:"既如此,奶奶明日就开恩也罢了。"凤姐道:"你瞧瞧我忙的,那一处少了我?既应了你,自然快快的了结。"老尼道:"这点子事,在别人跟前就忙的不知怎么样;若是奶奶跟前,再添上些也不够奶奶一发挥的。只是俗语说的'能者多劳',太太因大小事见奶奶妥贴,越性都推给奶奶了,奶奶也要保重金体才是。"一路话奉承的凤姐越发受用,也不顾劳乏,更攀谈起来。

┄┄┄┄┄┄

　　一宿无话。至次日一早,便有贾母王夫人打发了人来看宝玉,又命多穿两件衣服,无事宁可回去。宝玉那里肯回去,又有秦钟恋着智能,调唆宝玉求凤姐再住一天。凤姐想了一想:凡丧仪大事虽妥,还有一半点小事未曾安插,可以指此再住一日,岂不又在贾珍跟前送了满情;二则又可以完净虚那事;三则顺了宝玉的心,贾母听见,岂不欢喜?因有此三益,便向宝玉道:"我的事都完了,你要在这里逛,少不得越性辛苦一日罢了。明儿可是定要走的了。"宝玉听说,千姐姐万姐姐的央求:"只住一日,明儿必回去的。"于是又住了一夜。

　　凤姐便命悄悄将昨日老尼之事,说与来旺儿。来旺儿心中俱已明白,急忙进城找着主文的相公,假托贾琏所嘱,修书一封,连夜往长安县来。不过百里路程,两日工夫俱已妥协。那节度使名唤云光,久欠贾府之情,这一点小事,岂有不允之理,给了回书,旺儿回来。且不在话下。

┄┄┄┄┄┄

　　那凤姐儿已是得了云光的回信,俱已妥协。老尼达知张家,果然那守备忍气吞声的受了前聘之物。谁知那个张财主虽如此爱势贪财,却养了一个知义多情的女儿,闻得父母退了亲事,他便一条绳索悄悄的自缢了。那守备之子闻得金哥自尽,他也是个极多情的,遂也投河而死。只落得张李两家没趣,真是人财两空。这里凤姐却坐享了三千两,王夫人等连一点消息也不知道。自此凤姐胆识愈壮,以后有了这样的事,便恣意的作为起来,也不消多记。

(节选自《红楼梦》)

6. 下列对小说相关内容和艺术特色的分析鉴赏,不正确的一项是(　　)。(3分)

　A. 水月庵的出家老尼竟通过贾府做包揽诉讼的事,她想通过王夫人的关系托贾政修书长安节度使,却先找王熙凤以探口风,可见她跟王熙凤的关系不一般。

　B. 王熙凤说:"这事倒不大,只是太太再不管这样的事。"既表明了过去王夫人也曾经插手过类似的事情,同时也引出下文老尼转而求她的情节。

　C. 远离尘世的尼姑插手世间的纠纷,簪缨之家的女子包揽诉讼,地方军政长官徇情枉法,作者通过这些情节,揭露了封建社会的恶浊。

　D. 王熙凤说自己"从来不信什么阴司地狱报应的,凭是什么事,我说要行就行",表明了她不惧鬼神、独断专横的性格特点。

7. 小说节选部分表现了王熙凤怎样的性格特点?请结合作品简要分析。(6分)

8. 凤姐"因有此三益",便决定在水月庵"再住一日",表现了王熙凤圆滑世故、八面玲珑的性格特点。在高中教材《林黛玉进贾府》中,也有类似的人物特点描写情节。请比较一下两处对王熙凤的描写,分析其表现手法的不同。(6分)

三、阅读下面《红楼梦》中史湘云的两首诗歌,完成后面的题目。(9分)

咏白海棠和韵(其一)

神仙昨日降都门,种得蓝田玉一盆。
自是霜娥偏爱冷,非关倩女亦离魂①。
秋阴捧出何方雪,雨渍添来隔宿痕。
却喜诗人吟不倦,岂令寂寞度朝昏。

供　菊

弹琴酌酒喜堪俦②,几案婷婷点缀幽。
隔座香分三径露,抛书人对一枝秋。

霜清纸帐来新梦,圃冷斜阳忆旧游。
傲世也因同气味,春风桃李未淹留。

【注】①倩女离魂:旧指少女为爱情而死,出自《离魂记》。②俦:同伴。

9. 下列对《咏白海棠和韵(其一)》的分析和赏析,不正确的一项是( )。(3分)

A. 首联突兀而来,说神仙降都门,种得蓝田玉,把初见海棠的惊喜之情和盘托出。

B. 颔联用神话传奇来表现白海棠,"自是""非关"一正一反,凸显了白海棠的神韵。

C. 颈联采用了拟人的修辞手法,"捧出何方雪""添来隔宿痕"写出了雪后白海棠的姿态。

D. 尾联既表现了诗人对白海棠的喜爱之情,也表达出唯恐其孤独寂寞的关切之情。

10. 下列对《供菊》的理解,不正确的一项是( )。(3分)

A. 首联:诗人弹琴饮酒,更喜同菊花为友,菊花立在案桌之上,点缀清幽。

B. 颔联:隔着座位闻到菊花散发的清幽香气,抛开书本观赏着菊花的美丽。

C. 颈联:菊花为诗人带来新的梦境,回忆起"圃冷斜阳"中的赏菊情景。

D. 尾联:诗人与菊花情趣相投,傲世独立,桃李不抵风霜,驻足于春风中。

11.《咏白海棠》中"倩女离魂"《供菊》中"三径"都运用了典故。下列诗句中,没有运用典故的一项是( )。(3分)

A. 东边日出西边雨,道是无晴却有晴。(刘禹锡《竹枝词》)

B. 庄生晓梦迷蝴蝶,望帝春心托杜鹃。(李商隐《锦瑟》)

C. 塞上长城空自许,镜中衰鬓已先斑。(陆游《书愤》)

D. 可叹停机德,堪怜咏絮才。(曹雪芹《红楼梦》)

四、阅读下面的文字,完成后面的题目。(7分)

鲁迅说:"总之自有《红楼梦》出来以后,传统的思想和写法都打破了。"《红楼梦》究竟是如何在思想和写法上进行突破的,却是一个 ① 的解释性命题。

《红楼梦》用多重嵌套的手法 ② 小说的大结构。《红楼梦》以 ③ 而又精巧自如的序曲为引线,用悲剧主体故事之外的神话寓言,来隐喻全书深广的社会内容。全书有三重结构:"石—玉—石"的象征结构,"政治与爱情"的写实结构,"预言与应验"的谶纬结构。全书跌宕起伏,有时好像飞流直下,有时又如细水涓涓;忽而巨浪排空,奔腾澎湃;忽而清浅见底,游鱼可数;或成旋涡,或成潜流,形成无比复杂而广阔的局面。

立体性的情节结构与复合性的主题意蕴共同构建了一个 ④ 的艺术世界。时至今日,围绕小说《红楼梦》而展开了持续不断的创作,导致了独特的"红学现象",广大中华儿女对红楼世界的理解得以体现。"红学"研究依然长盛不衰。

12. 文中画波浪线的句子有语病,下列修改最恰当的一项是( )。(3分)

A. 围绕小说《红楼梦》而展开了持续不断的创作,导致了独特的"红学现象",体现了广大中华儿女对红楼世界的理解。

B. 围绕小说《红楼梦》而展开了持续不断的创作,形成了独特的"红学现象",广大中华儿女对红楼世界的理解得以体现。

C. 围绕小说《红楼梦》而展开的持续不断的创作,导致了独特的"红学现象",广大中华儿女对红楼世界的理解得以体现。

D. 围绕小说《红楼梦》而展开的持续不断的创作,形成了独特的"红学现象",体现了广大中华儿女对红楼世界的理解。

13. 请在文中横线上依次填入恰当的成语。(4分)

四姐妹

（贾元春、贾迎春、贾探春、贾惜春）

【事件】

贾元春

元妃省亲

（第十八回）展眼元宵在迩，自正月初八日，就有太监出来先看方向：何处更衣，何处宴坐，何处受礼，何处开宴，何处退息。又有巡察地方总理关防太监等，带了许多小太监出来，各处关防，挡围幕，指示贾宅人员何处退，何处跪，何处进膳，何处启事，种种仪注不一。外面又有工部官员并五城兵备道打扫街道，撵逐闲人。贾赦等督率匠人扎花灯烟火之类，至十四日，俱已停妥。这一夜，上下通不曾睡。

至十五日五鼓，自贾母等有爵者，皆各按品服大妆。园内各处，帐舞蟠龙，帘飞彩凤，金银焕彩，珠宝争辉，鼎焚百合之香，瓶插长春之蕊，静悄无人咳嗽。贾赦等在西街门外，贾母等在荣府大门外。街头巷口，俱系围幕挡严。正等的不耐烦，忽一太监坐大马而来，贾母忙接入，问其消息。太监道："早多着呢！未初刻用过晚膳，未正二刻还到宝灵宫拜佛，酉初刻进大明宫领宴看灯方请旨，只怕戌初才起身呢。"凤姐听了道："既是这么着，老太太、太太且请回房，等是时候再来也不迟。"于是贾母等暂且自便，园中悉赖凤姐照理。又命执事人带领太监们去吃酒饭。

一时传人一担一担的挑进蜡烛来，各处点灯。方点完时，忽听外边马跑之声。一时，有十来个太监都喘吁吁跑来拍手儿。这些太监会意，都知道是"来了，来了"，各按方向站住。贾赦领合族子侄在西街门外，贾母领合族女眷在大门外迎接。半日静悄悄的。忽见一对红衣太监骑马缓缓的走来，至西街门下了马，将马赶出围幕之外，便垂手面西站住。半日又是一对，亦是如此。少时便来了十来对，方闻得隐隐细乐之声。一对对龙旌凤翣，雉羽夔头，又有销金提炉焚着御香；然后一把曲柄七凤黄金伞过来，便是冠袍带履。又有随事太监捧着香珠、绣帕、漱盂、拂尘等类。一队队过完，后面方是八个太监抬着一顶金顶金黄绣凤版舆，缓缓行来。贾母等连忙路旁跪下。早飞跑过几个太监来，扶起贾母、邢夫人、王夫人来。那版舆抬进大门，入仪门往东去，去到一所院落门前，有执拂太监跪请下舆更衣。于是抬舆入门，太监等散去，只有昭容、彩嫔等引领元春下舆。只见院内各色花灯烁灼，皆系纱绫扎成，精致非常。上面有一匾灯，写着"体仁沐德"四字。元春入室，更衣毕复出，上舆进园。只见园中香烟缭绕，花彩缤纷，处处灯光相映，时时细乐声喧，说不尽这太平景象、富贵风流。此时自己回想当初在大荒山中，青埂峰下，那等凄凉寂寞；若不亏癞僧、跛道二人携来到此，又安能得见这般世面。本欲作一篇《灯月赋》《省亲颂》，以志今日之事，但又恐入了别书的俗套。按此时之景，即作一赋一赞，也不能形容得尽其妙；即不作赋赞，其豪华富丽，观者诸公亦可想而知矣。所以倒是省了这工夫纸墨，且说正紧的为是。

且说贾妃在轿内看此园内外如此豪华，因默默叹息奢华过费。忽又见执拂太监跪请登舟。贾妃乃下舆。只见清流一带，势如游龙，两边石栏上，皆系水晶玻璃各色风灯，点的如银花雪浪；上面柳杏诸树虽无花叶，然皆用通草绸绫纸绢依势作成，粘于枝上的，每一株悬灯数盏；更兼池中荷荇凫鹭之属，亦皆系螺蚌羽毛之类作就的。诸灯上下争辉，真系玻璃世界，珠宝乾坤。船上亦系各种精致盆景诸灯，珠帘绣幕，桂楫兰桡，自不必说。已而入一石港，港上一面匾灯，明现着"蓼汀花溆"四字。按此四字，并"有凤来仪"等处，皆系上回贾政偶然一试宝玉之课艺才情耳，何今日认真用此匾联？况贾政世代诗书，来往诸客屏侍坐陪者，悉皆才技之流，岂无一名手题撰，竟用小儿一戏之辞苟且搪塞？真似暴发新荣之家，滥使银钱，一味抹油涂朱，毕则大书"前门绿柳垂金锁，后户青山列锦屏"之类，则以为大雅可观，岂《石头记》中通部所表之宁荣贾府所为哉！据此论之，竟大相矛盾了。诸公不知，待蠢物将原委说明，大家方知。

当日这贾妃未入宫时，自幼亦系贾母教养。后来添了宝玉，贾妃乃长姊，宝玉为弱弟，贾妃之心上念母年将迈，始得此弟，是以怜爱宝玉，与诸弟待之不同。且同随祖母，刻未暂离。那宝玉未入学堂之先，三四岁时，已得贾妃手引口传，教授了几本书、数千字在腹内了。其名分虽系姊弟，其情状有如母子。自入宫后，时时带信出来与父母说："千万好生扶养，不严不能成器，过严恐生不虞，且致父母之忧。"眷念切爱之心，刻未能忘。前日贾政闻塾师背后赞宝玉偏才尽有，贾政未信，适巧遇园已落成，令其题撰，聊一试其情思之清浊。其所拟之匾联虽非妙句，在幼童为之，亦或可取。即另使名公大笔为之，固不费难，然想来倒不如这本家风味有趣。更使贾妃见之，知系其爱弟所为，亦或不负其素日切望之意。因有这段原委，故此竟用了宝玉所题之联额。那日虽未曾题完，后来亦曾补拟。

闲文少述，且说贾妃看了四字，笑道："'花溆'二字便妥，何必'蓼汀'？"侍座太监听了，忙下小舟登岸，飞传与贾政。贾政听了，即忙移换。一时，舟临内岸，复弃舟上舆，便见琳宫绰约，桂殿巍峨。石牌坊上明显"天仙宝境"四字，贾妃忙命换"省亲别墅"四字。于是进入行宫。但见庭燎烧空，香屑布地，火树琪花，金窗玉槛。说不尽帘卷虾须，毯铺鱼獭，鼎飘麝脑之香，屏列雉尾之扇。真是：

金门玉户神仙府，桂殿兰宫妃子家。

贾妃乃问："此殿何无匾额？"随侍太监跪启曰："此系正殿，外臣未敢擅拟。"贾妃点头不语。礼仪太监跪请升座受礼，两陛乐起。礼仪太监二人引贾赦、贾政等于月台下排班，殿上昭容传谕曰："免。"太监引贾赦等退出。又有太监引荣国太君及女眷等自东阶升月台上排班，昭容再谕曰："免。"于是引退。

茶已三献，贾妃降座，乐止。退入侧殿更衣，方备省亲车驾出园。至贾母正室，欲行家礼，贾母等俱跪止不迭。贾妃满眼垂泪，方彼此上前厮见，一手搀贾母，一手搀王夫人，三个人满心里皆有许多话，只是俱说不出，只管呜咽对泣。邢夫人、李纨、王熙凤、迎、探、惜三姊妹等，俱在旁围绕，垂泪无言。半日，贾妃方忍悲强笑，安慰贾母、王夫人道："当日既送我到那不得见人的去处，好容易今日回家娘儿们一会，不说说笑笑，反倒哭起来。一会子我去了，又不知多早晚才来！"说到这句，不禁又哽咽起来。邢夫人等忙上来解劝。贾母等让贾妃归座，又逐次一一见过，又不免哭泣一番。然后东西两府掌家执事人丁在厅外行礼，及两府掌家执事媳妇领丫鬟等行礼毕。贾妃因问："薛姨妈、宝钗、黛玉因何不见？"王夫人启曰："外眷无职，未敢擅入。"贾妃听了，忙命快请。一时，薛姨妈等进来，欲行国礼，亦命免过，上前各叙阔别寒温。又有贾妃原带进宫去的丫鬟抱琴等上来叩见，贾母等连忙扶起，命人别室款待。执事太监及彩嫔、昭容各侍从人等，宁国府及贾赦那宅两处自有人款待，只留三四个小太监答应。母女姊妹深叙些离别情景，及家务私情。

又有贾政至帘外问安，贾妃垂帘行参等事。又隔帘含泪谓其父曰："田舍之家，虽齑盐布帛，终能聚天伦之乐；今虽富贵已极，骨肉各方，然终无意趣！"贾政亦含泪启道："臣草莽寒门，鸠群鸦属之中，岂意得征凤鸾之瑞。今贵人上锡天恩，下昭祖德，此皆山川日月之精奇、祖宗之远德钟于一人，幸及政夫妇。且今上启天地生物之大德，垂古今未有之旷恩，虽肝脑涂地，臣子岂能得报于万一！惟朝乾夕惕，忠于厥职外，愿我君万寿千秋，乃天下苍生之同幸也。贵妃切勿以政夫妇残犁为念，懑愤金怀，更祈自加珍爱。惟业业兢兢，勤慎恭肃以侍上，庶不负上体贴眷爱如此之隆恩也。"贾妃亦嘱"只以国事为重，暇时保养，切勿记念"等语。贾政又启："园中所有亭台轩馆，皆系宝玉所题。如果有一二稍可寓目者，请别赐名为幸。"元妃听了宝玉能题，便含笑说："果进益了。"贾政退出。贾妃见宝、林二人亦发比别姊妹不同，真是姣花软玉一般。因问："宝玉为何不进见？"贾母乃启："无谕，外男不敢擅入。"元妃命快引进来。小太监出去引宝玉进来，先行国礼毕，元妃命他进前，携手揽于怀内，又抚其头颈，笑道："比先竟长了好些……"一语未终，泪如雨下。

尤氏、凤姐等上来启道："筵宴齐备，请贵妃游幸。"元妃等起身，命宝玉导引，遂同诸人步至园门前。早见灯光火树之中，诸般罗列非常。进园来先从"有凤来仪""红香绿玉""杏帘在望""蘅芷清芬"等处，登楼步阁，涉水缘山，百般眺览徘徊。一处处铺陈不一，一桩桩点缀新奇。贾妃极加奖赞，又劝："以后不可太奢，此皆过分之极。"已而至正殿，谕免礼归座，大开筵宴。贾母等在下相陪，尤氏、李纨、凤姐等亲捧羹把盏。

元妃乃命传笔砚伺候，亲搦湘管，择其几处最喜者赐名。按其书云：

"顾恩思义"匾额

天地启宏慈，赤子苍头同感戴；

古今垂旷典，九州万国被恩荣。此一匾一联书于正殿

"大观园"园之名

"有凤来仪"赐名曰"潇湘馆"

"红香绿玉"改作"怡红快绿"。即名曰"怡红院"

"蘅芷清芬"赐名曰"蘅芜苑"

"杏帘在望"赐名曰"浣葛山庄"

正楼曰"大观楼"，东面飞楼曰"缀锦阁"，西面斜楼曰"含芳阁"；更有"蓼风轩""藕香榭""紫菱洲""荇叶渚"等名；又有四字的匾额十数个，诸如"梨花春雨""桐剪秋风""荻芦夜雪"等名，此时悉难全记。又命旧有匾联俱不必摘去。于是先题一绝云：

衔山抱水建来精，多少工夫筑始成。

天上人间诸景备，芳园应锡大观名。

写毕，向诸姊妹笑道："我素乏捷才，且不长于吟咏，妹辈素所深知。今夜聊以塞责，不负斯

景而已。异日少暇，必补撰《大观园记》并《省亲颂》等文，以记今日之事。妹辈亦各题一匾一诗，随才之长短，亦暂吟成，不可因我微才所缚。且喜宝玉竟知题咏，是我意外之想。此中'潇湘馆''蘅芜苑'二处，我所极爱，次之'怡红院''浣葛山庄'，此四大处，必得别有章句题咏方妙。前所题之联虽佳，如今再各赋五言律一首，使我当面试过，方不负我自幼教授之苦心。"宝玉只得答应了，下来自去构思。

··········

那时贾蔷带领十二个女戏，在楼下正等的不耐烦，只见一太监飞来说："作完了诗，快拿戏目来！"贾蔷急将锦册呈上，并十二个花名单子。少时，太监出来，只点了四出戏：

第一出《豪宴》；

第二出《乞巧》；

第三出《仙缘》；

第四出《离魂》。

贾蔷忙张罗扮演起来。一个个歌欺裂石之音，舞有天魔之态。虽是妆演的形容，却作尽悲欢情状。刚演完了，一太监执一金盘糕点之属进来，问："谁是龄官？"贾蔷便知是赐龄官之物，喜的忙接了，命龄官叩头。太监又道："贵妃有谕，说'龄官极好，再作两出戏，不拘那两出就是了。'"贾蔷忙答应了，因命龄官做《游园》《惊梦》二出。龄官自为此二出原非本角之戏，执意不作，定要作《相约》《相骂》二出。贾蔷扭他不过，只得依他作了。贾妃甚喜，命"不可难为了这女孩子，好生教习"，额外赏了两匹宫缎、两个荷包并金银锞子、食物之类。然后撤筵，将未到之处复又游顽。忽见山环佛寺，忙另盥手进去焚香拜佛，又题一匾云："苦海慈航"。又额外加恩与一班幽尼女道。

少时，太监跪启："赐物俱齐，请验等例。"乃呈上略节。贾妃从头看了，俱甚妥协，即命照此遵行。太监听了，下来一一发放。原来贾母的是金、玉如意各一柄，沉香拐拄一根，伽楠念珠一串，"富贵长春"宫缎四匹，"福寿绵长"宫绸四匹，紫金"笔锭如意"锞十锭，"吉庆有鱼"银锞十锭。邢夫人、王夫人二分，只减了如意、拐、珠四样。贾敬、贾赦、贾政等，每分御制新书二部，宝墨二匣，金、银爵各二只，表礼按前。宝钗、黛玉诸姊妹等，每人新书一部，宝砚一方，新样格式金银锞二对。宝玉亦同此。贾兰则是金银项圈二个，金银锞二对。尤氏、李纨、凤姐等，皆金银锞四锭，表礼四端。外表礼二十四端，清钱一百串，是赐与贾母、王夫人及诸姊妹房中奶娘众丫鬟的。贾珍、贾琏、贾环、贾蓉等，皆是表礼一分，金锞一双。其馀彩缎百端，金银千两，御酒华筵，是赐东西两府凡园中管理工程、陈设、答应及司戏、掌灯诸人的。外有清钱五百串，是赐厨役、优伶、百戏、杂行人丁的。

众人谢恩已毕，执事太监启道："时已丑正三刻，请驾回銮。"贾妃听了，不由的满眼又滚下泪来。却又勉强堆笑，拉住贾母、王夫人的手，紧紧的不忍释放，再四叮咛："不须挂念，好生自养。如今天恩浩荡，一月许进内省视一次，见面是尽有的，何必伤惨。倘明岁天恩仍许归省，万不可如此奢华靡费了。"贾母等已哭的哽噎难言了。贾妃虽不忍别，怎奈皇家规范，违错不得，只得忍心上舆去了。

【点评】

《红楼梦》第十八回写到"元妃省亲",作者用华丽的语言极力描写大观园的景致,衬托出贾府上下对"元妃省亲"一事的看重。元妃本是贾府的大小姐,是"元迎探惜"(原应叹息)四姐妹之首,是贾政和王夫人之女,宝玉的同胞姐姐。她初长成人便入选进宫,省亲之前,她刚刚入选凤藻宫,被封为贤德妃,依皇上恩准,她得以返家省亲。这是元春的喜事,更是贾府的喜事。为此,贾府大力营建大观园,布置得异常华丽。而省亲的过程也是复杂异常,元春回家时场面之大,成套的礼仪程序,凸显着皇室威仪。一次皇上施恩的探亲,满眼皇室规格,凸显着皇恩浩荡,却也无所不在地昭示君权高于一切。表面的风光之下,当事人心中却有无尽的痛苦。

一阵众人大拜之后,元春终得以与贾母们同处,而此时,她已是"满眼垂泪",并道出心里话:"当日既送我到那不得见人的去处,好容易今日回家娘们儿一会,不说说笑笑,反倒哭起来。一会子我去了,又不知多早晚才来!"这句真心话是元春不知憋了多久才得以道出的,这里面有着多少元春的怨与恨!她虽是大家千金,然而毕竟是女儿身,她渴望嫁个如意郎君,渴望有个共享天伦之乐的家庭,想像平常女孩一样每日守在父母身边,过无拘无束的生活,可这一切她都没有。她虽选入皇宫做了皇妃,但那是"不得见人的去处"。她有着千万女孩所不能拥有的恩宠与地位,却享受不到任何一个女孩本应享有的普通爱情和天伦之乐。整个省亲过程元春都是以泪相伴,贾母等人与元妃的对话,是没有权力、等级的,只有人性、骨肉亲情在支配着人的行为。"送我到那不得见人的去处",可能是撒娇话,也可能是发自内心的抱怨,但我们可以透过元春的这句话读出淡淡的怨恨。从元妃省亲看出,在盛极的热闹中,总是弥漫着一种凄凉、惆怅的氛围,繁华下,则是以哭为基调。家人相遇,眼泪汪汪,这是很好理解的,但一般都是带着喜的眼泪。而元妃和贾府很多人的哭泣,基本上是无语凝噎,仿佛有苦难言,让人心存疑虑,这泪不仅是家人难能可贵相聚的悲痛,还有过多的忧虑,甚至是痛苦。

贾政与元妃的对话,则是在父女亲情间说出的久埋在心底的声音。乍一听,总觉得十分别扭,仔细品读可知,这哪里是父女之间的对话,分明是君臣之间的周旋。能将父女关系扭曲到这种地步的不是别的,正是赫赫的君权,这也是对封建皇权最猛烈的抨击和控诉。

元妃探亲又逢元宵节,阖家团圆的美好时光,元妃点了几出戏,但这些戏不是令人喜悦的繁华戏,而是妻离子散的苦情戏,所以庚辰本夹批"伏贾家之败"。元妃点的几出戏都富有内涵:第一出《豪宴》出自明代李玉剧作《一捧雪》,暗示贾府会因类似《豪宴》中的夸富行为而导致破败;第二出《乞巧》出自洪昇剧作《长生殿》,原为第二十二出《密誓》。元春点这出戏着眼于唐明皇与杨贵妃的爱情盟誓,祈愿皇上忠于爱情,以保住贾府的荣华富贵。安史之乱的起因之一是以杨国忠为首的国舅家族得罪了以安禄山为首的边境藩王,事发后军民问罪于杨国忠和杨贵妃,杨国忠被杀,杨贵妃自缢,此戏暗示元春和贾府命运与杨贵妃及其家族相似;第三出《仙缘》出自明代汤显祖剧作《邯郸记》,原为第三十出《合仙》。在仙缘的层面,《邯郸记》中送来枕头的是神仙,《红楼梦》中前来点化宝玉的一僧一道也是神仙。在应景的层面,《仙缘》是一出热闹戏,八仙降临,吉祥福瑞,配合了第十八回省亲"烈火烹油、鲜花着锦"的热闹喜庆场面;第四出《离魂》出自汤显祖剧作《牡丹亭》,原为第二十出《闹殇》,演中秋之夜丽娘病逝,以丽娘喻黛玉,暗示黛玉的命运。

元妃是具有智慧的,当全家人都沉浸在"烈火烹油、鲜花着锦之盛"时,只有她没有被眼前花团锦簇的园景遮蔽了双眼,她想到了奢华过度可能会给贾家带来巨大的危机乃至最终可能导致家族灭亡。

在元妃省亲的章节中,我们可以读出三个画面:首先是祖母、母亲、姐妹等女眷满眼垂泪,说不出话,只管呜咽对泣,写出了元春久处官廷与家人互相思念的情感。大观园的名字受赐于元春,但她在大观园中不曾享受过欢乐,亲临大观园时正值隆冬,所有的花草、鸟兽都是用绸绫、羽毛等做就的。如此看来甚至不及刘姥姥所见的大观园了!因为刘姥姥看到了大观园繁花似锦的真貌,而元春只是走马观花地粗看一眼,根本就无福在院子里住上一夜。元春内心的苦楚谁能读出?其次是见父亲等男亲,"今虽富贵已极,骨肉各方,然终无意趣",这乃是轻富贵、重骨肉亲情的震撼人心的肺腑之言。只有能够看到"荣华易尽"之人才能发出"退步抽身"的警告,这点从元春后来的三次劝说中可以更真切地感受到。元春的居安思危,谁人可及?最后是对幼弟宝玉,"携手搅于怀中,又抚其头颈,笑道:'比先竟长了好多……'一语未终,泪如雨下。"由此可以看出元春真性情流露的一面。虽系姐弟,情状有如母子。自古忠孝无法两全,元春通过对宝玉的关爱来表达对他殷切的期望,家族的兴旺和父母膝前尽孝全部托与幼弟,这又怎能不生出无限的感触呢?泪水不止的悲楚,何人可解?

作者从以上几个画面勾勒出元春的性情与见识,真可以说是大家手笔。"且说贾妃在轿内看此园内外如此豪华,因默默叹息奢华过费。"这是元春刚入园时看到诸灯上下争辉,真系玻璃世界、珠宝乾坤时所发出的感叹。或许没有一个人听见元妃这样的叹息,但这声叹息由曹雪芹传给了读者,响在耳畔。元春的可贵之处是她虽然身在皇家,享受着无比尊贵的生活,但她的灵魂没有被腐蚀掉,依然保持着一颗善良与崇尚简朴的心。

元妃之死

(第八十三回)且说贾琏走到外面,只见一个小厮迎上来回道:"大老爷叫二爷说话呢。"贾琏急忙过来,见了贾赦。贾赦道:"方才风闻宫里头传了一个太医院御医、两个吏目去看病,想来不是宫女儿下人了。这几天娘娘宫里有什么信儿没有?"贾琏道:"没有。"贾赦道:"你去问问二老爷和你珍大哥。不然,还该叫人去到太医院里打听打听才是。"贾琏答应了。一面吩咐人往太医院去,一面连忙去见贾政贾珍。贾政听了这话,因问道:"是那里来的风声?"贾琏道:"是大老爷才说的。"贾政道:"你索性和你珍大哥到里头打听打听。"贾琏道:"我已经打发人往太医院打听去了。"一面说着,一面退出来,去找贾珍。只见贾珍迎面来了,贾琏忙告诉贾珍。贾珍道:"我正为也听见这话来回大老爷二老爷去的。"于是两个人同着来见贾政。贾政道:"如系元妃,少不得终有信的。"说着,贾赦也过来了。到了晌午,打听的尚未回来,门上人进来回说:"有两个内相在外要见二位老爷呢。"贾赦道:"请进来。"门上的人领了老公进来。贾赦贾政迎至二门外,先请了娘娘的安,一面同着进来,走至厅上,让了坐。老公道:"前日这里贵妃娘娘有些欠安,昨日奉过旨意,宣召亲丁四人进里头探问。许各带丫头一人,馀皆不用。亲丁男人只许在宫门外递个职名请安听信,不得擅入。准于明日辰巳时进去,申酉时出来。"贾政贾赦等站着听了旨意,复又坐下。让老公吃茶毕,老公辞了出去。贾赦贾政送出大门，回来先禀贾母。贾母道："亲丁四人，自然是我和你们两位太太了。那一个人呢？"众人也不敢答言。贾母想了想道："必得是凤姐儿。他诸事有照应。你们爷儿们各自商量去罢。"贾赦贾政答应了出来，因派了贾琏贾蓉看家外，凡文字辈至草字辈一应都去。遂吩咐家人预备四乘绿轿，十馀辆大车，明儿黎明伺候。家人答应去了。贾赦贾政又进去回明老太太，辰巳时进去，申酉时出来。今日早些歇歇，明日好早些起来收拾进宫。贾母道："我知道。你们去罢。"赦政等退出。这里邢夫人王夫人凤姐儿也都说了一会子元妃的病，又说了些闲话，才各自散了。次日黎明，各间屋子丫头们将灯火俱已点齐。太太们各梳洗毕，爷们亦各整顿好了。一到卯初，林之孝和赖大进来，至二门口回道："轿车俱已齐备，在门外伺候着呢。"不一时，贾赦邢夫人也过来了，大家用了早饭。凤姐先扶老太太出来，众人围随，各带使女一人，缓缓前行。又命李贵等二人先骑马去外宫门接应。自己家眷随后。"文"字辈至"草"字辈各自登车骑马，跟着众家人，一齐去了。贾琏贾蓉在家中看家。且说贾家的车辆轿马俱在外西垣门口歇下等着。一回儿有两个内监出来说道："贾府省亲的太太奶奶们着令入宫探问。爷们俱着令内宫门外请安，不得入见。"门上人叫快进去。贾府中四乘轿子跟着小内监前行，贾家爷们在轿后步行跟着，令众家人在外等候。走近宫门口，只见几个老公在门上坐着。见他们来了，便站起来说道："贾府爷们至此。"贾赦贾政便挨次立定。轿子抬至宫门口，便都出了轿，早有几个小内监引路，贾母等各有丫头扶着步行。走至元妃寝宫，只见金壁辉煌，琉璃照耀。又有两个小宫女儿传谕道："只用请安，一概仪注都免。"贾母等谢了恩，来至床前请安毕，元妃都赐了坐。贾母等又告了坐。元妃便向贾母道："近日身上可好？"贾母扶着小丫头颤颤巍巍站起来答应道："托娘娘洪福，起居尚健。"元妃又向邢夫人王夫人问了好，邢王二夫人站着回了话。元妃又问凤姐家中过的日子若何。凤姐站起来回奏道："尚可支持。"元妃道："这几年来难为你操心。"凤姐正要站起来回奏，只见一个宫女传进许多职名，请娘娘龙目。元妃看时，就是贾赦贾政等若干人。那元妃看了职名，眼圈儿一红，止不住流下泪来。宫女儿递过绢子，元妃一面拭泪，一面传谕道："今日稍安，令他们外面暂歇。"贾母等站起来，又谢了恩。元妃含泪道："父女弟兄，反不如小家子得以常常亲近。"贾母等都忍着泪道："娘娘不用悲伤，家中已托着娘娘的福多了。"元妃又问宝玉近来若何。贾母道："近来颇肯念书。因他父亲逼得严紧，如今文字也都做上来了。"元妃道："这样才好。"遂命外宫赐宴。便有两个宫女儿四个小太监引了到一座宫里。已摆得齐整，各按坐次坐了。不必细述。一时吃完了饭，贾母带着她婆媳三人谢过宴，又耽搁了一回。看看已近酉初，不敢羁留，俱各辞了出来。元妃命宫女儿引道，送至内宫门。门外仍是四个小太监送出。贾母等依旧坐着轿子出来，贾赦接着，大伙儿一齐回去。到家又要安排明后日进宫，仍令照应齐集。

…………

（第九十五回）忽一天贾政进来，满脸泪痕，喘吁吁的说道："你去快禀知老太太，即刻进宫。不用多人的。是你伏侍进去。因娘娘忽得暴病，现在太监在外立等。他说太医院已经奏明痰厥，不能医治。"王夫人听说，便大哭起来。贾政道："这不是哭的时候，快快去请老太太。说得宽缓些，不要吓坏了老人家。"贾政说着，出来吩咐家人伺候。王夫人收了泪去请贾母,只说元妃有病,进去请安。贾母念佛道:"怎么又病了!前番吓的我了不得,后来又打听错了。这回情愿再错了也罢。"王夫人一面回答,一面催鸳鸯等开箱取衣饰穿戴起来。王夫人赶着回到自己房中也穿戴好了,过来伺候。一时出厅上轿进宫。不提。

且说元春自选了凤藻宫后,圣眷隆重,身体发福,未免举动费力。每日起居劳乏,时发痰疾。因前日侍宴回宫,偶沾寒气,勾起旧病。不料此回甚属利害,竟至痰气壅塞,四肢厥冷。一面奏明,即召太医调治。岂知汤药不进,连用通关之剂,并不见效。内官忧虑,奏请预办后事。所以传旨命贾氏椒房进见。贾母王夫人遵旨进宫,见元妃痰塞口涎,不能言语,见了贾母,只有悲泣之状,却少眼泪。贾母进前请安,奏些宽慰的话。少时贾政等职名递进,宫嫔传奏,元妃目不能顾,渐渐脸色改变。内宫太监即要奏闻,恐派各妃看视,椒房姻戚未便久羁,请在外宫伺候。贾母王夫人怎忍便离,无奈国家制度,只得下来,又不敢啼哭,惟有心内悲戚。朝门内官员有信。不多时,只见太监出来,立传钦天监。贾母便知不好,尚未敢动。稍刻,小太监传谕出来说:"贾娘娘薨逝。"是年甲寅年十二月十八日立春,元妃薨日是十二月十九日,已交卯年寅月,存年四十三岁。贾母含悲起身,只得出宫上轿回家。贾政等亦已得信,一路悲戚。到家中,邢夫人李纨凤姐宝玉等出厅分东西迎着贾母请了安,并贾政王夫人请安,大家哭泣。不提。次日早起,凡有品级的,按贵妃丧礼进内请安哭临。贾政又是工部,虽按照仪注办理,未免堂上又要周旋他些,同事又要请教他,所以两头更忙,非比从前太后与周妃的丧事了。但元妃并无所出,惟谥曰"贤淑贵妃"。

【点评】

百年贾府,国公贵族,但到了贾赦、贾政、贾敬这一代,已经衰落了。虽然架子还没有倒下,两府中也有很多和平富裕的人,但是很少有精心策划的人。就连贾政眼中最不成器的贾宝玉,也被已经去世的荣宁二公寄予厚望,转托警幻仙用心教导。在古代,尤其是清朝,妇女入官是家族的最高荣耀,可以给家族带来荣耀、财富、地位甚至权力。但又有谁知道,成千上万美丽官女的后宫里,每天会上演多少钩心斗角的故事呢?庭院深深的后宫,埋葬了多少女人的青春?

我们相信,为了实现元春入官的目标,贾府一定是大力培养了的,她当然具备贤惠的品德、端庄大方的仪态,也有从容应对后宫权谋的策略。贾元春不负家人厚望,成功入选秀女,之后才被选为女官凤藻宫尚书,是官内负责礼仪的女官。也许是因为贾元春的品德赢得了皇帝的青睐,也许是其他某种原因,但不管怎样,皇帝把贾元春封为贤德妃,然后降旨隆恩,允许元妃回娘家省亲。而贾家成了皇家亲戚,大家都很开心,两府上下得意扬扬,花了不少钱,建了省亲别院(大观园)。

元春入宫前跟随贾母生活,亲自教贾宝玉启蒙识字。在宝玉进入学校之前,三四岁时,元春就开始对他进行启蒙教育了——这可能也跟王夫人不擅长学问有关——教了几本书,肚子里先有几千字。所以二人名分上是姐弟,实际上感情就像母子一样。

清朝选秀女年龄13~16岁,元春入官前教宝玉识字,宝玉4~6岁,所以元春应该大宝玉10岁左右。省亲后不久,宝钗15岁以上,当时宝玉14岁左右,那么元春应该是23~26岁。官中十年,她最好的青春已经过去,所以元春在这个年纪被封妃,最有可能是政治筹码。朝廷需要通过元春封妃来平衡各方势力,或者通过元春封妃来稳定朝局。秦可卿葬礼上,四王八公齐聚一堂。可见,虽然贾家的子孙后代并不是很突出,但作为荣国公、宁国公(八公中的两公)的势力依然存在。而在贾元春封妃之前,王子腾作为四大家族的王室领袖,刚被晋升为九省统制,奉命出都查边,成为当红权贵,这也说明皇帝的目的是吸引四大家族的势力。

元春封妃后,贾府大家都自称皇亲国戚,骄奢淫逸,做了很多有违国法的事情。如王熙凤让张华告贾琏"国孝家孝之中,背旨瞒亲,仗财依势,强逼退亲,停妻再娶",此事若往大了说,就是不把国家礼法当回事,王熙凤更是说出"便告我们家谋反也没事"的大话;又如贾赦和贾雨村不择手段,强行豪夺石呆子家中的扇子,连贾琏都说是"弄得人坑家败业";贾珍为父亲守孝期间,却聚赌淫乱;等等。贾府的所作所为,就像杨贵妃那些得宠仗势、胡作非为的娘家人一样。杨国忠和杨贵妃的结局我们都很熟悉,安史之乱时唐玄宗逃离长安,途至马嵬坡,六军不肯前行,说杨国忠通于胡人而致安禄山之反,玄宗为息军心,杀杨国忠,缢杨贵妃。

无论如何,元春战战兢兢、如履薄冰,在宫中做女史服务了近十年,虽然后来贵为皇妃,却依然不被宠爱,皇帝对她可能只是有恩无宠(这一点我们也可以从一众太监有恃无恐地向贾家索取钱物中看出来)。在外人看来,她是一位高高在上的贵妃娘娘,但事实上,她只是一个远离亲人、独自在深宫打拼的可怜女人。最难的是青春即将耗尽,与年轻的宫娥拼不起美貌,与有育的妃嫔拼不起子女,与有背景的妃嫔拼不起家庭背景。因此,元春在宫中的生活应该是相当不容易的。所以在省亲时,元春说了一些可谓大逆不道的话,如"送我到那不得见人的去处",也是情不自禁,可见她心中的委屈。可悲的是,她的家人只把她当作保护伞,却不能给她任何帮助。贾府奢侈浮华,省亲已经展现得淋漓尽致,元春默默叹息"奢华过费""以后不可太奢,此皆过分之极"都是良言实话,但贾府的人并不明白她的意思。

自第一代宁国公、荣国公以来,贾府几代人对朝廷没有做出积极贡献,只是一味傲慢奢侈,后来倚仗她是贵妃,就变本加厉。"天欲使人灭亡,必先使人疯狂",贾府诸人的疯狂也在某种程度上给宫中元春更大的压力,虽然元春可能是朝廷权力斗争的受害者,但是贾府自身的作死之举也在其中起到了推波助澜的作用。

贾 迎 春

不问累金凤

(第七十三回)林之孝家的等见贾母动怒,谁敢徇私,忙至园内传齐人,一一盘查。虽不免大家赖一回,终不免水落石出。查得大头家三人,小头家八人,聚赌者通共二十多人,都带来见贾母,跪在院内磕响头求饶。贾母先问大头家名姓和钱之多少。原来这三个大头家,一个就是林之孝家的两姨亲家,一个就是园内厨房内柳家媳妇之妹,一个就是迎春之乳母。这是三个为首的,馀者不能多记。

贾母便命将骰子牌一并烧毁,所有的钱入官分散与众人,将为首者每人四十大板,撵出,总不许再入;从者每人二十大板,革去三月月钱,拨入圊厕行内。又将林之孝家的申饬了一番。林之孝家的见他的亲戚又与他打嘴,自己也觉没趣。

迎春在坐,也觉没意思。黛玉、宝钗、探春等见迎春的乳母如此,也是物伤其类的意思,遂都起身笑向贾母讨情说："这个妈妈素日原不顽的，不知怎么也偶然高兴。求看二姐姐面上，饶他这次罢。"贾母道："你们不知。大约这些奶子们，一个个仗着奶过哥儿姐儿，原比别人有些体面，他们就生事，比别人更可恶，专管调唆主子护短偏向。我都是经过的。况且要拿一个作法，恰好果然就遇见了一个。你们别管，我自有道理。"宝钗等听说，只得罢了。

……………

迎春正因他乳母获罪，自觉无趣，心中不自在，忽报母亲来了，遂接入内室。奉茶毕，邢夫人因说道："你这么大了，你那奶妈子行此事，你也不说说他。如今别人都好好的，偏咱们的人做出这事来，什么意思。"迎春低着头弄衣带，半响答道："我说他两次，他不听也无法。况且他是妈妈，只有他说我的，没有我说他的。"邢夫人道："胡说！你不好了他原该说，如今他犯了法，你就该拿出小姐的身分来。他敢不从，你就回我去才是。如今直等外人共知，是什么意思。再者，只他去放头儿，还恐怕他巧言花语的和你借贷些簪环衣履作本钱，你这心活面软，未必不周接他些。若被他骗去，我是一个钱没有的，看你明日怎么过节。"迎春不语，只低头弄衣带。

邢夫人见他这般，因冷笑道："总是你那好哥哥好嫂子，一对儿赫赫扬扬，琏二爷凤奶奶，两口子遮天盖日行为的不满，百事周到，竟通共这一个妹子，全不在意。但凡是我身上掉下来的，又有一话说——只好凭他们罢了。况且你又不是我养的，你虽然不是同他一娘所生，到底是同出一父，也该彼此瞻顾些，也免别人笑话。我想天下的事也难较定，你是大老爷跟前人养的，这里探丫头也是二老爷跟前人养的，出身一样。如今你娘死了，从前看来，你两个的娘，只有你娘比如今赵姨娘强十倍的，你该比探丫头强才是。怎么反不及他一半？谁知竟不然，这可不是异事！倒是我一生无儿无女的，一生干净，也不能惹人笑话议论为高。"旁边伺候的媳妇们便趁机道："我们的姑娘老实仁德，那里像他们三姑娘伶牙俐齿，会要姊妹们的强。他们明知姐姐这样，他竟不顾恤一点儿。"邢夫人道："连他哥哥嫂子还如是，别人又作什么呢。"一言未了，人回："琏二奶奶来了。"邢夫人听了，冷笑两声，命人出去说："请他自去养病，我这里不用他伺候。"接着又有探事的小丫头来报说："老太太醒了。"邢夫人方起身前边来。迎春送至院外方回。

绣橘因说道："如何，前儿我回姑娘，那一个攒珠累丝金凤竟不知那里去了。回了姑娘，姑娘竟不问一声儿。我说必是老奶奶拿去典了银子放头儿的，姑娘不信，只说司棋收着呢。问司棋，司棋虽病着，心里却明白。我去问他，他说没有收起来，还在书架上匣内暂放着，预备八月十五日恐怕要戴呢。姑娘就该问老奶奶一声，只是脸软怕人恼。如今竟怕无着，明儿要都戴时，独咱们不戴，是何意思呢。"

迎春道："何用问，自然是他拿去暂时借一肩了。我只说他悄悄的拿了出去，不过一日半响，仍旧悄悄的送来就完了，谁知他就忘了。今日偏又闹出来，问他想也无益。"绣橘道："何曾是忘记！他是试准了姑娘的性格，所以才这样。如今我有个主意：我竟走到二奶奶房里将此事回了他，或他着人去要，或他省事拿几吊钱来替他赔补。如何？"迎春忙道："罢，罢，罢，省些事罢。宁可没有了，又何必生事。"绣橘道："姑娘怎么这样软弱。都要省起事来，将来连姑娘还骗了去呢，我竟去的是。"说着便走。迎春便不言语，只好由他。

谁知迎春乳母子媳王住儿媳妇正因他婆婆得了罪,来求迎春去讨情,听他们正说金凤一事,且不进去。也因素日迎春懦弱,他们都不放在心上。如今见绣橘立意去回凤姐,估着这事脱不去的,且又有求迎春之事,只得进来,陪笑先向绣橘说:"姑娘,你别去生事。姑娘的金丝凤,原是我们老奶奶老糊涂了,输了几个钱,没的捞梢,所以暂借了去。原说一日半晌就赎的,因总未捞过本儿来,就迟住了。可巧今儿又不知是谁走了风声,弄出事来。虽然这样,到底主子的东西,我们不敢迟误下,终久是要赎的。如今还要求姑娘看从小儿吃奶的情常,往老太太那边去讨个情面,救出他老人家来才好。"迎春先便说道:"好嫂子,你趁早儿打了这妄想,要等我去说情儿,等到明年也不中用的。方才连宝姐姐林妹妹大伙儿说情,老太太还不依,何况是我一个人。我自己愧还愧不来,反去讨臊去。"绣橘便说:"赎金凤是一件事,说情是一件事,别绞在一处说。难道姑娘不去说情,你就不赎了不成?嫂子且取了金凤来再说。"

王住儿家的听见迎春如此拒绝他,绣橘的话又锋利无可回答,一时脸上过不去,也明欺迎春素日好性儿,乃向绣橘发话道:"姑娘,你别太仗势了。你满家子算一算,谁的妈妈奶子不仗着主子哥儿多得些益,偏咱们就这样丁是丁卯是卯的,只许你们偷偷摸摸的哄骗了去。自从邢姑娘来了,太太吩咐一个月俭省出一两银子来与舅太太去,这里饶添了邢姑娘的使费,反少了一两银子。常时短了这个,少了那个,那不是我们供给?谁又要去?不过大家将就些罢了。算到今日,少说些也有三十两了。我们这一向的钱,岂不白填了限呢。"绣橘不待说完,便啐了一口,道:"作什么的白填了三十两,我且和你算算帐,姑娘要了些什么东西?"迎春听见这媳妇发邢夫人之私意,忙止道:"罢,罢,罢。你不能拿了金凤来,不必牵三扯四乱嚷。我也不要那凤了。便是太太们问时,我只说丢了,也妨碍不着你什么的,出去歇息歇息倒好。"一面叫绣橘倒茶来。

绣橘又气又急,因说道:"姑娘虽不怕,我们是作什么的,把姑娘的东西丢了。他倒赖说姑娘使了他们的钱,这如今竟要准折起来。倘或太太问姑娘为什么使了这些钱,敢是我们就中取势了?这还了得!"一行说,一行就哭了。司棋听不过,只得勉强过来,帮着绣橘问着那媳妇。迎春劝止不住,自拿了一本《太上感应篇》来看。

三人正没开交,可巧宝钗、黛玉、宝琴,探春等因恐迎春今日不自在,都约来安慰他。走至院中,听得两三个人较口。探春从纱窗内一看,只见迎春倚在床上看书,若有不闻之状。探春也笑了。小丫鬟们忙打起帘子,报道:"姑娘们来了。"迎春方放下书起身。那媳妇见有人来,且又有探春在内,不劝而自止了,遂趁便要去。

探春坐下,便问:"才刚谁在这里说话?倒像拌嘴似的。"迎春笑道:"没有说什么,左不过是他们小题大作罢了。何必问他。"探春笑道:"我才听见什么'金凤',又是什么'没有钱只和我们奴才要',谁和奴才要钱了?难道姐姐和奴才要钱了不成?难道姐姐不是和我们一样有月钱的,一样有用度不成?"司棋绣橘道:"姑娘说的是了。姑娘们都是一样的,那一位姑娘的钱不是由着奶奶妈妈们使,连我们也不知道怎么是算帐,不过要东西只说得一声儿。如今他偏要说姑娘使过了头儿,他赔出许多来了。究竟姑娘何曾和他要什么了。"

探春笑道:"姐姐既没有和他要,必定是我们或者和他们要了不成!你叫他进来,我倒要问问他。"迎春笑道："这话又可笑。你们又无沾碍，何得带累于他。"探春笑道："这倒不然。和姐姐听见也即同怨姐姐是一理。咱们是主子，自然不理论那些钱财小事，只知想起什么要什么，也是有的事。但不知金累丝凤因何又夹在里头？"那王住儿媳妇生恐绣橘等告出他来，遂忙进来用话掩饰。探春深知其意，因笑道："你们所以糊涂。如今你奶奶已得了不是，趁此求求二奶奶，把方才的钱尚未散人的拿出些来赎取了就完了。比不得没闹出来，大家都藏着留脸面，如今既是没了脸，趁此时纵有十个罪，也只一人受罚，没有砍两颗头的理。你依我，竟是和二奶奶说说。在这里大声小气，如何使得。"

这媳妇被探春说出真病，也无可赖了，只不敢往凤姐处自首。探春笑道："我不听见便罢，既听见，少不得替你们分解分解。"谁知探春早使个眼色与待书出去了。

这里正说话，忽见平儿进来。宝琴拍手笑说道："三姐姐敢是有驱神召将的符术？"黛玉笑道："这倒不是道家玄术，倒是用兵最精的，所谓'守如处女，脱如狡兔'，出其不备之妙策也。"二人取笑。宝钗便使眼色与二人，令其不可，遂以别话岔开。探春见平儿来了，遂问："你奶奶可好些了？真是病糊涂了，事事都不在心上，叫我们受这样的委曲。"平儿忙道："姑娘怎么委曲？谁敢给姑娘气受，姑娘快吩咐我。"

当时住儿媳妇儿方慌了手脚，遂上来赶着平儿叫："姑娘坐下，让我说原故请听。"平儿正色道："姑娘这里说话，也有你我混插口的礼！你但凡知礼，只该在外头伺候。不叫你，进不来的地方，几时有外头的媳妇子们无故到姑娘们房里来的？"绣橘道："你不知我们这屋里是没礼的，谁爱来就来。"平儿道："都是你们的不是。姑娘好性儿，你们就该打出去，然后再回太太去才是。"王住儿媳妇见平儿出了言，红了脸方退出去。

探春接着道："我且告诉你，若是别人得罪了我，倒还罢了。如今那住儿媳妇和他婆婆仗着是妈妈，又瞅着二姐姐好性儿，如此这般私自拿了首饰去赌钱，而且还捏造假账妙算，威逼着还要去讨情，和这两个丫头在卧房里大嚷大叫，二姐姐竟不能辖治，所以我看不过，才请你来问一声：还是他原是天外的人，不知道理？还是谁主使他如此，先把二姐姐制伏，然后就要治我和四姑娘了？"平儿忙陪笑道："姑娘怎么今日说这话出来？我们奶奶如何当得起！"

探春冷笑道："俗语说的，'物伤其类'，'齿竭唇亡'，我自然有些惊心。"平儿道："若论此事，还不是大事，极好处置。但他现是姑娘的奶嫂，据姑娘怎么样为是？"当下迎春只和宝钗阅《感应篇》故事，究竟连探春之语亦不曾闻得，忽见平儿如此说，乃笑道："问我，我也没什么法子。他们的不是，自作自受，我也不能讨情，我也不去苛责就是了。至于私自拿去的东西，送来我收下，不送来我也不要了。太太们要问，我可以隐瞒遮饰过去，是他的造化，若瞒不住，我也没法，没有个为他们反欺枉太太们的理，少不得直说。你们若说我好性儿，没个决断，竟有好主意可以八面周全，不使太太们生气，任凭你们处治，我总不知道。"

众人听了，都好笑起来。黛玉笑道："真是'虎狼屯于阶陛，尚谈因果'。若使二姐姐是个男人，这一家上下若许人，又如何裁治他们。"迎春笑道："正是。多少男人尚如此，何况我哉？"

【点评】

　　《红楼梦》第七十三回，回目标题是"痴丫头误拾绣春囊，懦小姐不问累金凤"。作为"元、迎、探、惜"四春第二的贾迎春，只在这一回有集中描写，第七十三回是迎春的"主场"，因为在其他回目里，她从来都只是个陪衬的配角。迎春第一次出场是在第三回，曹雪芹通过林黛玉的视角，对迎春进行描写：肌肤微丰，合中身材，腮凝新荔，鼻腻鹅脂，温柔沉默，观之可亲。迎春美不美呢？美。在贾府一众美女之中，迎春纵然美却很"平凡"，这种"平凡"更多是出于她性格上的软弱，所以与果决的探春相比，她可以说是毫不起眼。我们甚至可以说，贾迎春是十二金钗里最不出色、存在感最弱的一个。后续对迎春的描写都是侧面描写。一处是第五十七回，邢岫烟住在迎春处，因此受到下人们的勒索，这件事被宝钗知晓后，有一段她关于迎春的心理活动描写，"迎春是个有气的死人，连他自己尚未照管齐全，如何能照管到他身上"。一处是第六十五回，兴儿向尤二姐介绍家里的女眷时，说"二姑娘的浑名是'二木头'，戳一针也不知'嗳哟'一声"。这两处侧面描写都是对迎春的性格描写，"有气的死人"和"二木头"这两个概念二而一，"有气的死人"其实就是"木头"，因为木头正是死掉的植物。显然，她的问题并不在于没有个性，没有能力，而在于她超乎寻常的懦弱。这也是作者在回目标题里给她定评的一个字："懦"。查赌查出的头家里有迎春乳母，而贾母根本不给迎春留情面，这又伤及了邢夫人的脸面，进一步加深了王夫人、王熙凤王氏势力和邢夫人、赵姨娘弱族势力之间的矛盾、斗争。邢夫人有一腔怨气却不敢公然发泄，所以斥责了迎春。邢夫人责备迎春的一大段言辞，透露出对凤姐夫妇执掌荣国府的强烈不满。本来在封建大家庭里，名分要大于血缘。邢夫人应该是续弦或曰填房，她本身无儿无女，和贾琏、迎春都没有血缘关系，他们兄妹俩是贾赦与前妻、前妾所生。但从名分上说，贾琏和迎春都属于贾赦、邢夫人一门。迎春乳母因赌博受到责罚，邢夫人面子上自然也难看。邢夫人主要是对贾琏、王熙凤意见极大。明面上看邢夫人似乎是抱怨他们夫妇不照顾妹妹迎春，其实是对贾琏夫妇赫赫扬扬，遮天盖日行为的不满，尤其是凤姐，并不把她这个正经婆婆当回事，对凤姐一心投靠王夫人的作为心存嫉恨。而迎春与贾琏不是同胞兄妹，她是大老爷贾赦"跟前人"也就是妾生养的，和探春一样也是庶出。而且其母在世时可比赵姨娘强势，但强势的迎春之母偏生了个"二木头"，而痴愚的赵姨娘却生了探春这个"刺玫瑰"，这也是邢夫人不满的原因之一。王熙凤是王夫人的内侄女，她虽是贾赦、邢夫人一门的儿媳妇，却从一开始就跟着贾政、王夫人把持家政，属于强势的王氏势力。但从名分上论，"既嫁从夫"，理应依夫家的名分定位。所以尽管王熙凤很强势，但邢夫人和她仍然是尊卑分明的婆媳关系。这一回里邢夫人的两声冷笑，明确表达出自己对凤姐的一腔怨愤。

　　"累金凤事件"中的"攒珠累丝金凤"是迎春的重要首饰，因为绣橘说："预备八月十五日恐怕要戴呢……明儿要都戴时，独咱们不戴，是何意思呢。"可见，这个"累丝金凤"是众位姑娘的"大妆"标配，一旦有重要场合（比如八月十五），大家都会佩戴，如果不戴，可能会引起家长的责问，如果那时被问出真相，后果显然是非常严重的（可以参考坠儿因偷虾须镯被逐一事）。但这样重要的首饰，绣橘几天前向迎春报告说它不见了时，迎春毫不在意，"竟不问一声儿"，其实绣橘推断得没错，就是迎春的奶娘擅自拿去典当了银子，用来开赌局放头儿（指聚赌做头家）了，但迎春不相信（或者说她其实是知道的，但只是说不信，因为说信就要去查明事件真相），只说是司棋收着，但再问司棋，司棋说暂放在书架上匣内，因为预备八月十五还要戴（其实早就不见了）。因此绣橘当然要抱怨,说迎春"脸软怕人恼",建议把这件事报告给二奶奶王熙凤,既然迎春不想管,那么就让当家管理的人来处理。其实绣橘的这个建议非常不错,迎春不用出面,省事、干脆、处置得力,但迎春不乐意,她说:"罢,罢,罢,省些事罢。宁可没有了,又何必生事。"这里,迎春宁愿牺牲自己的重要首饰,也想着要息事宁人。但绣橘不干,因为累丝金凤遗失,迎春在重要场合没有戴,丫鬟们肯定负有看管责任。绣橘提出抗议说:"姑娘怎么这样软弱。都要省起事来,将来连姑娘还骗了去呢,我竟去的是。"绣橘说着便走,迎春便不言语,只好由她。这时的迎春也不管她,可见是多么没有主见。奶娘侵犯她的利益,她不吭声;绣橘为了维护她而违逆了她,她也照样不吭声:真正的"戳一针也不知'嗳哟'一声"。对于任何事情,她的反应都是一样的,就是让别人做主,她自己根本没有对是非对错的坚持。

绣橘还没出门,迎春奶娘的儿媳妇(王住儿媳妇)进来了,她本是因为自己的婆婆被查赌获罪来求迎春讨情的,这时赶到,一边承认累丝金凤是自己的婆婆"借"(实际是偷)去当了,因为一时没钱赎所以耽搁了(其实就是抱有侥幸心理,如果不追究,便不赎了);一边请求迎春去给她婆婆说情(希望不被逐出府)。迎春没同意,原因是"方才连宝姐姐林妹妹大伙儿说情,老太太还不依,何况是我一个人。我自己愧还愧不来,反去讨腰去"。这时,迎春没有再提累丝金凤的事,但绣橘脑子清楚,逻辑清晰,及时提出来:"赎金凤是一件事,说情是一件事,别绞在一处说。难道姑娘不去说情,你就不赎了不成?嫂子且取了金凤来再说。"亏了绣橘,不然迎春岂不要受尽欺负!但王住儿媳妇并不甘心,开始颠倒是非,拿岫烟的费用说事。我们知道,实际情况是岫烟被她们勒索得只能当了棉衣,靠宝钗救济才勉强过活,但王住儿媳妇居然说邢夫人拿走了一两银子之后,导致岫烟的开销不够,都是她们填补的。潜在的意思是说,迎春亏欠了她们的银钱,因此迎春必须回报给他们,这显然是捏造假账,开始耍赖和威胁。绣橘当然不认,因此反应强烈,绣橘不待她说完,便啐了一口,道:"作什么的白填了三十两,我且和你算算账,姑娘要了些什么东西?"但迎春呢,当她听到牵涉邢夫人时,立即懦弱下来,忙止道:"罢,罢,罢。你不能拿了金凤来,不必牵三扯四乱嚷。我也不要那凤了。便是太太们问时,我只说丢了,也妨碍不着你什么的,出去歇息歇息倒好。"一面叫绣橘倒茶来。于是绣橘被逼哭,司棋也上来帮她与王住儿媳妇理论,迎春的主子身份,完全镇不住下人,"劝止不住",反倒是"自拿了一本《太上感应篇》来看"。真真是懦弱到了极致!直到宝钗、黛玉、探春等人到来,才由探春出面喊来了平儿了结了"累金凤事件"。

俗语云"人善得人欺,马善得人骑",这句话在懦小姐迎春身上得到了充分体现。迎春生性懦弱,以至于她的奶妈、奶嫂都欺她是个好性子。奶妈胆敢偷拿了她的攒珠累丝金凤典当了银子去赌博,奶嫂竟敢妄称迎春花了她们的钱,甚至在迎春房中大呼小叫不成体统。下人之所以得寸进尺,也是迎春性格懦弱纵容出来的。这里写跟她出身相同的探春来为她撑腰,可迎春竟然对此无动于衷,"当下迎春只和宝钗阅《感应篇》故事,究竟连探春之语亦不曾闻得",黛玉打趣她"虎狼屯于阶陛,尚谈因果"。迎春与探春出身相似,性格却大相径庭,一个懦弱,一个刚强,形成了鲜明对比,反映出性格对命运的影响。

我们要思考一个问题,迎春为什么会有这样懦弱的性格呢?至少应有两方面的原因。首先,原生家庭的问题导致迎春从小受了太多的苦难。迎春不是贾赦的嫡女,而是贾赦比较体面的妾(因为邢夫人说她的母亲强过赵姨娘)所生,按理,迎春应当比探春强才对,但不幸的是她的母亲去世较早,迎春成了一个没有亲娘照看的人,在一味好色、喜新厌旧的贾赦与势利、强势的邢夫人眼前过活,迎春整个童年自然讨不到好,不仅不受重视,甚至还可能遭遇粗暴的对待。因此,迎春自孩提时代就感受到了自己的渺小,在大家族里生存,她既无助,也无法形成健全的人格,遇事之后,首先表现出来的是恐惧,想到的是退缩。她形成了一种"病态的依顺",她遇事会直接承认自己的软弱,立即贬低自己,趋向于接受强势的一方的意见或传统世俗、权威的观念。她会压抑自己所有的内在能力(迎春的围棋下得很好,她肯定是有计算能力的),使自己变得渺小,并避免批评他人,躲避争吵与竞争,表现得对任何人均"有益"。她内心的动机是:如果我放弃自己,顺从别人并帮助他,自己就可以避免被伤害。实际上,在吃人的封建制度之下和残酷的家族现实面前,她的想法太过天真和理想化了。其次,后天善良的养成。迎春弱小受欺的童年,使她形成了善良的本性,她有一颗善良的心,她善良待人,也希望他人报之以善良,她唯一爱好的读物是《太上感应篇》,我们翻遍《红楼梦》,再也找不到迎春的第二本读物,她甚至把它放在枕边,随手就能拿来阅读。《太上感应篇》开篇就是"太上曰:祸福无门,惟人自召;善恶之报,如影随形。"这句《太上感应篇》的总纲其实就是迎春的思维模式,她相信与人为善,则必有善报,与人为恶,则必得恶报。归根到底,她相信因果报应,所以黛玉笑她是"虎狼屯于阶陛,尚谈因果"。

我们都知道,懦弱的迎春最终被贾赦嫁给了孙绍祖,在一年之内被迫害至死,性格影响了迎春的人生,她的结局,在她很小的时候就已经注定了。

司棋被逐

(第七十四回)迎春已经睡着了,丫鬟们也才要睡,众人叩门半日才开。凤姐吩咐:"不必惊动小姐。"遂往丫鬟们房里来。因司棋是王善保的外孙女儿,凤姐倒要看看王家的可藏私不藏,遂留神看他搜检。先从别人箱子搜起,皆无别物。及到了司棋箱子中搜了一回,王善保家的说:"也没有什么东西。"才要盖箱时,周瑞家的道:"且住,这是什么?"说着,便伸手掣出一双男子的锦带袜并一双缎鞋来。又有一个小包袱,打开看时,里面有一个同心如意并一个字帖儿。一总递与凤姐。凤姐因当家理事,每每看开帖并帐目,也颇识得几个字了。便看那帖子是大红双喜笺帖,上面写道:

上月你来家后,父母已觉察你我之意。但姑娘未出阁,尚不能完你我之心愿。若园内可以相见,你可托张妈给一信息。若得在园内一见,倒比来家得说话。千万,千万。再所赐香袋二个,今已查收外,特寄香珠一串,略表我心。千万收好。表弟潘又安拜具。

凤姐看罢,不怒而反乐。别人并不识字。王家的素日并不知道他姑表姊弟有这一节风流故事,见了这鞋袜,心内已是有些毛病,又见有一红帖,凤姐又看着笑,他便说道:"必是他们胡写的账目,不成个字,所以奶奶见笑。"凤姐笑道:"正是这个账竟算不过来。你是司棋的老娘,他的表弟也该姓王,怎么又姓潘呢?"王善保家的见问的奇怪,只得勉强告道:"司棋的姑妈给了潘家,所以他姑表兄弟姓潘。上次逃走了的潘又安就是他表弟。"凤姐笑道:"这就是了。"因道:"我念给你听听。"说着从头念了一遍,大家都唬了一跳。这王家的一心只要拿人的错儿,不想反拿住了他外孙女儿,又气又臊。周瑞家的四人又都问着他:"你老可听见了?明明白白,再没的话说了。如今据你老人家,该怎么样?"这王家的只恨没地缝儿钻进去。凤姐只瞅着他嘻嘻的笑,向周瑞家的笑道:"这倒也好。不用你们作老娘的操一点儿心,他鸦雀不闻的给你们弄个好女婿来,大家倒省心。"周瑞家的也笑着凑趣儿。王家的气无处泄,便自己回手打着自己的脸,骂道:"老不死的娼妇,怎么造下孽了!说嘴打嘴,现世现报在人眼里。"众人见这般,俱笑个不住,又半劝半调的。凤姐见司棋低头不语,也并无畏惧惭愧之意,倒觉可异。料此时夜深,且不必盘问,只怕他夜间自愧去寻拙志,遂唤两个婆子监守起他来。带了人,拿了赃证回来,且自安歇,等待明日料理。

....

(第七十七回)周瑞家的听说,会齐了那几个媳妇,先到迎春房里,回迎春道:"太太们说了,司棋大了,连日他娘求了太太,太太已赏了他娘配人,今日叫他出去,另挑好的与姑娘使。"说着,便命司棋打点走路。迎春听了,含泪似有不舍之意,因前夜已闻得别的丫鬟悄悄的说了原故,虽数年之情难舍,但事关风化,亦无可如何了。那司棋也曾求了迎春,实指望迎春能死保赦下的,只是迎春语言迟慢,耳软心活,是不能作主的。司棋见了这般,知不能免,因哭道:"姑娘好狠心!哄了我这两日,如今怎么连一句话也没有?"周瑞家的等说道:"你还要姑娘留你不成?便留下,你也难见园里的人了。依我们的好话,快快收了这样子,倒是人不知鬼不觉的去罢,大家体面些。"迎春含泪道:"我知道你干了什么大不是,我还十分说情留下,岂不连我也完了。你瞧入画也是几年的人,怎么说去就去了。自然不止你两个,想这园里凡大的都要去呢。依我说,将来终有一散,不如你各人去罢。"

【点评】

  为何司棋被赶出去的时候,迎春不挽留,甚至连句求情的话都不肯说?迎春还与她有几年的情谊,如同姐妹,迎春为何如此狠心?当然,迎春懦弱是一方面,比如她的累金凤被奶妈拿去赌博,她都选择息事宁人。那只是其一,还有另一层隐情,迎春难以启齿。尽管对司棋与潘又安有私情的事,迎春言说"不知道",但这么大的事,底下那帮丫头、婆子们怎能不议论?毕竟这件事在当时来看是一桩"大新闻"。即便凤姐和周瑞家的不说,迎春身边的其他丫头也会告诉迎春。所以,迎春假装说不知道,也是想给司棋留些脸面,免得让司棋太尴尬、难堪。毕竟,司棋跟潘又安私订终身的事,非常影响迎春的名誉。轻则属于管教不严,重则会被人议论成"上梁不正下梁歪"。迎春是一个千金大小姐,怎会蹚这浑水?她也只能像惜春那样"躲是非",而不能去"留一个是非之人了"。另外,司棋私自"偷情"也是对迎春的背叛。要知道,姑娘们的丫头也只有姑娘们发落的份。一般情况下,都是跟着姑娘们出嫁——或做未来姑爷的小妾;或成为自家姑娘的左膀右臂。而司棋却提前为自己做好打算,选择了"背弃"迎春。纵观贾府里的四位姑娘,还没有哪个姑娘的丫头主动背弃主子。元春的丫头抱琴和元春一起进宫了,探春的丫头也跟了探春远嫁,惜春的丫头入画是惜春亲自撵出去的。就连黛玉的丫头紫鹃最后竟也为黛玉出家了。像司棋这样主动背弃主子的丫头,还没有先例!即便她不愿意跟随姑娘出嫁,也该是由姑娘们发话"放她自由",或由婆子们或她母亲领出去自由配人。总之,是不该由司棋自己做主私订终身的。她这样做太不把迎春放在眼里了,迎春从司棋这件事情上感受到了"背叛"。她既觉得难过,又耻辱,原本就懦弱的她,根本不愿意再为司棋做任何努力了。既然路是司棋自己选的,她不愿意跟随迎春风雨同舟,那就由她去——跟着她自己选择的男人去过幸福的生活,这或许就是迎春不挽留司棋的苦衷与隐情。

　　司棋没有意识到自己在这事件中的过错，所以她将不被赶走的希望都寄托在了迎春的身上，而迎春对这个一直陪伴自己的贴身丫鬟，虽"含泪似有不舍之意"，却终是毫无作为。还以入画为例，让司棋各自去了，一番话着实令司棋心寒。此事司棋有错毋庸置疑，但迎春处理此事的方式以及对待司棋的冷漠态度着实让人寒心。

迎春之死

　　（第七十九回）原来贾赦已将迎春许与孙家了。这孙家乃是大同府人氏，祖上系军官出身，乃当日宁荣府中之门生，算来亦系世交。如今孙家只有一人在京，现袭指挥之职，此人名唤孙绍祖，生得相貌魁梧，体格健壮，弓马娴熟，应酬权变，年纪未满三十，且又家资饶富，现在兵部候缺题升。因未有室，贾赦见是世交子侄，且人品家当都相称合，遂青目择为东床娇婿。亦曾回明贾母。

　　贾母心中却不十分称意，想来拦阻亦恐不听，儿女之事自有天意前因，况且他是亲父主张，何必出头多事，为此只说"知道了"三字，馀不多及。贾政又深恶孙家，虽是世交，当年不过是彼祖希慕荣宁之势，有不能了结之事才拜在门下的，并非诗礼名族之裔，因此倒劝谏过两次，无奈贾赦不听，也只得罢了。

　　……

　　（第八十回）那时，迎春已来家好半日，孙家的婆娘媳妇等人已待过晚饭，打发回家去了。迎春方哭哭啼啼的在王夫人房中诉委曲，说孙绍祖"一味好色，好赌酗酒，家中所有的媳妇丫头将及淫遍。略劝过两三次，便骂我是'醋汁子老婆拧出来的'。又说老爷曾收着他五千银子，不该使了他的。如今他来要了两三次不得，他便指着我的脸说道：'你别和我充夫人娘子，你老子使了我五千银子，把你准折卖给我的。好不好，打一顿撑在下房里睡去。当日有你爷爷在时，希图上我们的富贵，赶着相与的。论理我和你父亲是一辈，如今强压我的头，卖了一辈。又不该作了这门亲，倒没的叫人看着赶势利似的。'"一行说，一行哭的呜呜咽咽，连王夫人并众姊妹无不落泪。王夫人只得用言语解劝说："已是遇见了这不晓事的人，可怎么样呢。想当日你叔叔也曾劝过大老爷，不叫作这门亲的。大老爷执意不听，一心情愿，到底作不好了。我的儿，这也是你的命。"迎春哭道："我不信！我的命就这么不好了么？从小儿没了娘，幸而过婶子这边过了几年心净日子，如今偏又是这么个结果！"

　　王夫人一面解劝，一面问他随意要在那里安歇。迎春道："乍乍的离了姊妹们，只是眠思梦想。二则还记挂着我的屋子，还得在园里旧房子里住得三五天，死也甘心了。不知下次还可能得住不得住了呢！"王夫人忙劝道："快休乱说。不过年轻的夫妻们，闲牙斗齿，亦是万万人之常事，何必说这丧话。"仍命人忙忙的收拾紫菱洲房屋，命姊妹们陪伴着解释，又吩咐宝玉："不许在老太太跟前走漏一些风声，倘或老太太知道了这些事，都是你说的。"宝玉唯唯的听命。迎春是夕仍在旧馆安歇。众姊妹等更加亲热异常。

　　一连住了三日，才往邢夫人那边去。先辞过贾母及王夫人，然后与众姊妹分别，更皆悲伤不舍。还是王夫人薛姨妈等安慰劝释，方止住了过那边去。又在邢夫人处住了两日，就有孙绍祖的人来接去。迎春虽不愿去，无奈惧孙绍祖之恶，只得勉强忍情作辞去了。

……

（第一百零九回）那知贾母这病日重一日，延医调治不效，以后又添腹泻，贾政着急，知病难医，即命人到衙门告假，日夜同王夫人亲视汤药。一日见贾母略进些饮食，心里稍宽。只见老婆子在门外探头。王夫人叫彩云看去，问问是谁。彩云看了，是赔迎春到孙家去的人，便道："你来做什么？"婆子道："我来了半日，这里找不着一个姐姐们，我又不敢冒撞，我心里又急。"彩云道："你急什么？又是姑爷作践姑娘不成么？"婆子道："姑娘不好了。前儿闹了一场，姑娘哭了一夜，昨日痰堵住了，他们又不请大夫。今日更利害了。"彩云道："老太太病着呢，别大惊小怪的。"王夫人在内已听见了，恐老太太听见不受用，忙叫彩云带他外头说去。岂知贾母病中心静，偏偏听见，便道："迎丫头要死了么？"王夫人便道："没有。婆子们不知轻重，说是这两日有些病，恐不能就好，到这里问大夫。"贾母道："瞧我的大夫就好，快请了去。"王夫人便叫彩云叫这婆子去回大太太去。那婆子去了。这里贾母便悲伤起来，说是："我三个孙女儿，一个享尽了福死了，三丫头远嫁不得见面。迎丫头虽苦，或者熬出来，不打谅他年轻轻儿的就要死了。留着我这么大年纪的人活着做什么！"王夫人鸳鸯等解劝了好半天。那时宝钗李氏等不在房中，凤姐近来有病，王夫人恐贾母生悲添病，便叫人叫了他们来陪着，自己回到房中，叫彩云来埋怨这婆子不懂事，"以后我在老太太那里，你们有事不用来回。"丫头们依命不言。岂知那婆子刚到邢夫人那里，外头的人已传进来说："二姑奶奶死了。"邢夫人听了，也便哭了一场。现今他父亲不在家中，只得叫贾琏快去瞧看。知贾母病重，众人都不敢回。可怜一位如花似月之女，结缡年馀，不料被孙家揉搓以致身亡。又值贾母病笃，众人不便离开，竟容孙家草草完结。

【点评】

　　孙绍祖是怎样虐待迎春的呢？作者借迎春之口，控诉了孙绍祖的罪行。他对迎春恶语相向，骂她是"醋汁子老婆拧出来的"（这当然是谎话，以迎春之懦弱性格，怎么可能会对夫君的感情产生醋意呢？）；恫吓威胁，穷凶极恶："好不好，打一顿撵在下房里睡去"；用贾赦收"五千两银子"来泄愤一事："你别和我充夫人娘子，你老子使了我五千银子，把你准折卖给我的"；颠倒黑白，一副无赖的嘴脸："当日有你爷爷在时，希图上我们的富贵，赶着相与的。"孙绍祖与贾府联姻原不过是为了攀附权贵，可是他没想到贾府只剩个空架子，"内囊却也尽上来了"。联姻之后他发现，贾府正走向没落，而他却春风得意，逐渐成为一代新贵。于是他感到"上当受骗"，后悔不迭：早知如此，还不如另择高门家的小姐娶了来呢，娶了这贾赦的女儿，连那五千两银子都要不回来了，于是将怒火都发在了无辜的迎春身上。

　　这一段先介绍孙绍祖其人，他本质上就是个不折不扣的小人，他祖上势利，他更势利，跟贾府联姻显然是贪图贾家的权势。贾政也曾劝说，奈何昏聩的贾赦不听（这也从侧面说明孙绍祖说贾赦收了他五千两银子很可能是真的）。贾母也不情愿，却也不曾置喙——大概源于两个原因：一是贾赦与贾母这对母子的关系并不十分融洽，贾赦内心埋怨贾母偏心；二是旧时儿女的婚事几乎都是父母做主的，贾母不便越俎代庖。

　　贾母病重时，传来了迎春病重的消息，先是来的婆子报病，说孙家不给迎春请大夫，贾母让给自己看病的大夫去，谁知大夫还未来得及上门去，外头已传来迎春病故的消息。这样一个薄命的女儿，结缡年余，竟被孙家欺凌以致身亡！

书中并没有提到她亲生母亲的事，只是邢夫人在第七十三回中说过她"你是大老爷跟前人养的，这里探丫头也是二老爷跟前人养的，出身一样"，"你娘比如今赵姨娘强十倍的，你该比探丫头强才是。怎么反不及他一半？"迎春受了责备，只是低头弄衣带，不说话。她是一个脾气好、性格懦弱的姑娘。诚于中而形于外，她的模样儿也敦厚，"肌肤微丰，合中身材，腮凝新荔，鼻腻鹅脂，温柔沉默，观之可亲"。她也是在锦绣丛中长大的娇生惯养的小姐，眉眼的线条似乎都是柔细的、浅淡的，就是目光也并不经常流露出强烈的喜、怒、哀、乐等表情。人们可以放心地亲近她，并不担心她会记仇、报复、促狭，或是给人使绊子。也可以说她有一种超然的心态，这并不是说她看透了世态之后，形成的一种旷达出世的人生观。她的"超然"是懦弱、慵散、懒于计较等混合而成的一种平和心态。书中经常有她的出场描写，但她总是跟着大家一起出来，然后又不声不响地回去，虽无"小才"但有"微善"。

她有一次说湘云："淘气也罢了，我就嫌他爱说话。也没见睡在那里还是咕咕呱呱，笑一阵，说一阵，也不知那里来的那些话。"这可不是真的讨厌湘云，而是姐姐式的善意抚爱。第七十三回秋爽斋发起海棠诗社的时候，大家都起了别号，迎春说："我们又不大会诗，白起个号作什么？"瞧，她自己并不逞强，宝钗给她起个号叫"菱洲"，她也没有意见，"菱洲"就"菱洲"吧！在诗社里她的工作是"出题限韵"，她也乐于承担。甚至奴仆在她面前吵架，她劝止不住，就自己拿了一本《太上感应篇》读，对她们的争吵如若不闻。就是这样一位从不与人争长论短，既不羡慕人家才长也不懊悔自己智短的人，竟嫁给了一个恶棍！第七十九回贾赦见孙绍祖，"人品家当都相称合，遂青目择为东床娇婿"，贾赦其实是个只想金钱、势力得到满足，人情味极淡，而动物性本能又极强的浊物。为了几把扇子，可以弄得人家倾家荡产，现在他又来"卖"自己的亲女儿了。从某种程度看，孙绍祖可能的确有不得不让贾赦嫁女的条件，我们来看看其中的内幕。迎春的"懦"并不是造成她悲剧的主要原因，作者十分尖锐地通过孙绍祖的谩骂讲出了这个少女付出的代价。孙绍祖指着迎春的脸说："你别和我充夫人娘子，你老子使了我五千银子，把你准折卖给我的。好不好，打一顿撵在下房里睡去。"

从前文贾雨村通过贾府取得官职等描写看，贾府应该是一直依靠自己盘根错节的关系，做着卖官鬻爵的勾当。孙绍祖给贾赦五千两银子，应该是托贾家帮其买某个职位。而因为某种原因，贾赦收了银子后，事情却没有办成（很可能跟江南甄家突然被抄有关），但当初所收之钱已经用掉了，所以只好以"嫁女"来弥补对方。就这样，迎春被嫁给了这个恶棍。

文中贾政是深恶孙家的，他说："当年不过是彼祖希慕荣宁之势，有不能了结之事才拜在门下的，并非诗礼名族之裔。"贾赦当然也知道这些，但在钱财面前，亲情又算什么呢？他亲手将女儿推进了火坑，迎春成了这场失败的政治交易的牺牲品。

贪财、好色、酗酒、势利的孙绍祖对迎春的作践、凌辱到了极点，把她的尊严踩在脚下。迎春一点儿也不想沉下深渊去，但她连一根救命的稻草也抓不住。贾母认为，"儿女之事自有天意前因"。第八十回迎春在王夫人房中哭诉，王夫人说："我的儿，这也是你的命。"迎春哭道："我不信！我的命就这么不好了么？"迎春只能提出"在园里旧房子里住得三五天，死也甘心了"的可怜要求。

珠帘绣幕、画堂绮筵的生活,对迎春来说太短暂了,她是含着眼泪向做女儿的黄金时代告别的。像迎春这样没有被封建伦理玷污的天真、纯洁的女儿的死,是一种美的毁灭,也许这些悲剧,作者不是蘸着墨,也不是蘸着泪,而是蘸着血写成的。

贾 探 春

探春治家

（第五十五回）这日王夫人正是往锦乡侯府去赴席,李纨与探春早已梳洗,伺候出门去后,回至厅上坐了。刚吃茶时,只见吴新登的媳妇进来回说:"赵姨娘的兄弟赵国基昨日死了。昨日回过太太,太太说知道了,叫回姑娘奶奶来。"说毕,便垂手旁侍,再不言语。彼时来回话者不少,都打听他二人办事如何:若办得妥当,大家则安个畏惧之心;若少有嫌隙不当之处,不但不畏伏,出二门还要编出许多笑话来取笑。吴新登的媳妇心中已有主意,若是凤姐前,他便早已献勤说出许多主意,又查出许多旧例来任凤姐儿拣择施行。如今他藐视李纨老实,探春是青年的姑娘,所以只说出这一句话来,试他二人有何主见。探春便问李纨。李纨想了一想,便道:"前儿袭人的妈死了,听见说赏银四十两。这也赏他四十两罢了。"吴新登家的听了,忙答应了是,接了对牌就走。探春道:"你且回来。"吴新登家的只得回来。探春道:"你且别支银子。我且问你:那几年老太太屋里的几位老姨奶奶,也有家里的也有外头的这两个分别。家里的若死了人是赏多少,外头的死了人是赏多少,你且说两个我们听听。"一问,吴新登家的便都忘了,忙陪笑回说:"这也不是什么大事,赏多少谁还敢争不成?"探春笑道:"这话胡闹。依我说,赏一百倒好。若不按例,别说你们笑话,明儿也难见你二奶奶。"吴新登家的笑道:"既这么说,我查旧账去,此时却记不得。"探春笑道:"你办事办老了的,还记不得,倒来难我们。你素日回你二奶奶也现查去?若有这道理,凤姐姐还不算利害,也就是算宽厚了!还不快找了来我瞧。再迟一日,不说你们粗心,反像我们没主意了。"吴新登家的满面通红,忙转身出来。众媳妇们都伸舌头,这里又回别的事。

…………

（第五十六回）平儿进入厅中,他姊妹三人正议论些家务,说的便是年内赖大家请吃酒他家花园中事故。见他来了,探春便命他脚踏上坐了,因说道:"我想的事不为别的,因想着我们一月有二两月银外,丫头们又另有月钱。前儿又有人回,要我们一月所用的头油脂粉,每人又是二两。这又同才刚学里的八两一样,重重叠叠,事虽小,钱有限,看起来也不妥当。你奶奶怎么就没想到这个?"

平儿笑道:"这有个原故:姑娘们所用的这些东西,自然是该有分例。每月买办买了,令女人们各房交与我们收管,不过预备姑娘们使用就罢了,没有一个我们天天各人拿钱找人买头油又是脂粉去的理。所以外头买办总领了去,按月使女人按房交与我们的。姑娘们的每月这二两,原不是为买这些的,原为的是一时当家的奶奶太太或不在,或不得闲,姑娘们偶然一时可巧要几个钱使,省得找人去。这原是恐怕姑娘们受委屈,可知这个钱并不是买这个才有的。如今我冷眼看着,各房里的我们的姊妹都是现拿钱买这些东西的,竟有一半。我就疑惑,不是买办脱了空，迟些日子，就是买的不是正紧货，弄些使不得的东西来搪塞。"探春李纨都笑道："你也留心看出来了。脱空是没有的，也不敢，只是迟些日子；催急了，不知那里弄些来，不过是个名儿，其实使不得，依然得现买。就用这二两银子，另叫别人的奶妈子的或是弟兄哥哥的儿子买了来才使得。若使了官中的人，依然是那一样的。不知他们是什么法子，是铺子里坏了不要的，他们都弄了来，单预备给我们？"平儿笑道："买办买的是那样的，他买了好的来，买办岂肯和他善开交，又说他使坏心要夺这买办了。所以他们也只得如此，宁可得罪了里头，不肯得罪了外头办事的人。姑娘们只能可使奶妈妈们，他们也就不敢闲话了。"探春道："因此我心中不自在。钱费两起，东西又白丢一半，通算起来，反费了两折子，不如竟把买办的每月蠲了为是。此是一件事。第二件，年里往赖大家去，你也去的，你看他那小园子比咱们这个如何？"平儿笑道："还没有咱们这一半大，树木花草也少多了。"探春道："我因和他家女儿说闲话儿，谁知那么个园子，除他们戴的花、吃的笋菜鱼虾之外，一年还有人包了去，年终足有二百两银子剩。从那日我才知道，一个破荷叶，一根枯草根子，都是值钱的。"

　　…………

　　三人只是取笑之谈，说了笑了一回，便仍谈正事。探春因又接说道："咱们这园子只算比他们的多一半，加一倍算，一年就有四百银子的利息。若此时也出脱生发银子，自然小器，不是咱们这样人家的事。若派出两个一定的人来，既有许多值钱之物，一味任人作践，也似乎暴殄天物。不如在园子里所有的老妈妈中，拣出几个本分老诚能知园圃的事，派准他们收拾料理，也不必要他们交租纳税，只问他们一年可以孝敬些什么。一则园子有专定之人修理，花木自有一年好似一年的，也不用临时忙乱；二则也不至作践，白辜负了东西；三则老妈妈们也可借此小补，不枉年日在园中辛苦；四则亦可以省了这些花儿匠山子匠打扫人等的工费。将此有馀，以补不足，未为不可。"

【点评】

　　探春暂替凤姐管理荣国府，上任之初就遇到了阻力——来自吴新登媳妇的有意试探刁难。吴新登媳妇借赵姨娘的兄弟赵国基之死来试探探春的态度，她不但不查旧例回明探春，请她拣择施行，反故作不知托词蒙混——当然，这在某种程度上是对探春管理权威的一种挑战（对下人来说，这种试探也是要冒一定风险的，倘若遇到心狠手辣的主子，很可能就会吃不了兜着走）。探春先请李纨处理，李纨说比照袭人之母的标准，赏丧葬费四十两。探春细心，知道贾府旧例："家里的"（即世代为贾府奴仆者）和"外头的"（即本人卖入贾府为奴者）待遇不同，袭人是"外头的"，赵姨娘是"家里的"，不可混同，以免为仆妇嘲讽袒护出身低微的生母（李纨未必不知道这个旧例，但因为赵国基是赵姨娘的亲兄弟，在某种程度上跟探春有直接的亲属关系，所以应该只是以袭人之母为借口，额外关照赵家而已）。于是她坚持要吴新登媳妇查报旧例，并指出其意图刁难之私心，令其"满面通红"而去。这一回合，探春虽说话严正，但始终面露笑容，不肯发威动怒，不失贾府三小姐的尊贵身份。

　　在探春后来的治家措施中，她的个性特征逐渐显露了出来，其个性特点可概括为一个"敏"字，具体表现为以下几点。其一，她善于观察分析。她注意到了姑娘们的月例与买办采购供应姑娘脂粉的每月二两银子系重复支出。她也注意到了府中买来的脂粉都与买办供给的一样，都是不能使的坏货色,必须派奶妈的兄弟去买方能得到好的。经与平儿、李纨商量,她决定"钱费两起,东西又白丢一半","不如竟把买办的每月蠲了为是"。这样做出的改变当然有根据,无可驳诘。其二,她处处留心庶务。赖大家的请客,他人不过吃喝玩乐而已,而探春竟会与赖家姑娘闲谈花园的收益。这次谈话实乃她在大观园施行新措施的契机,相当于今人的参观考察,借鉴他人经验。其三,她注重实利,轻视儒家学说,敢于说朱子"虚比浮词",引得薛宝钗出言反诘,并与她争论一番。其四,对"'利'即金钱"在当时社会人际关系中的作用,她看得很透。宝钗建议将花草交与茗烟的娘,让其与莺儿的娘商量着管理,探春就笑着指出"只怕他们见利忘义"。大观园改革触及了账房的利益,年终归账时账房必然设法捉弄承包者以出气,探春对此形势看得清楚,故主张将账归到里头,不经外头账房之手。其五,处理实际事务从大处着眼。赖家园子不及大观园一半大,承包所余有二百两银子。探春的看法是:"咱们这园子只算比他们的多一半,加一倍算,一年就有四百两银子的利息。若此时也出脱生发银子,自然小器,不是咱们这样人家的事。"后来果然只向承包者取四百两银子的实物。

探春在解决矛盾冲突的过程中树立了威信,其中也得到了宝钗的大力支持。薛宝钗比探春有更丰富的社会经验,考虑也更为周到全面,因而她想出了一个"小惠全大体"的法子,对承包者并全体仆妇"使之以权,动之以利"。在薛宝钗的襄助下,探春"兴利除宿弊"的措施得到了李纨、凤姐的赞同,园内仆妇也欢声鼎沸表示接受支持。贾探春真是既有政治风度又有经济管理才能,如果她生逢盛世,或许会做出一番事业。只可惜她身为女儿,又生于封建末世,那就只能入于薄命司,且"生于末世运偏消"了。探春的改革虽然只触及了大观园内的收益问题,却引起了各方面的矛盾冲突。第五十七回至第六十一回所写的种种风波都直接、间接地与大观园的土地承包有关。但随着凤姐的复出,探春的改革最终不了了之。

抄检大观园

【文本略】

【点评】

贾探春一巴掌扇在王善保家的脸上,被无数人叫好。王善保家的是邢夫人的陪房,俗话说"打狗还要看主人",贾家的规矩是长辈房中的猫儿、狗儿都不能伤它分毫。探春为什么敢当众打王善保家的?有三个原因让贾探春不得不出手打她。第一,探春是在维护自己的尊严。贾探春并不是一定要打王善保家的,虽然主观上是想打她,但客观现实是王善保家的是邢夫人的陪房,探春还要叫她一声"妈妈",打了这样有地位的奴才,容易得不偿失。而且得罪邢夫人才是最严重的,毕竟那个年代长辈的地位不容置疑。那探春挥出巴掌打了王善保家的是为什么?因为她触碰到了探春的底线。要知道探春是庶出,平时要强,最怕别人看不起她,为此她在公开场合都称呼赵姨娘为姨娘,协理荣国府时秉公办事,就怕落人口实,为的就是自己荣国府三小姐的正经主子身份和地位。王善保家的自恃年长,倚老卖老,不把探春放在眼中,动手去掀她的衣服,等同于践踏探春的尊严,如此,探春拼命都敢,何况打她一巴掌?第二,探春是替王夫人打她。探春敢打王善保家的还有一点,即为了王夫人而打。抄检大观园虽然也是王夫人顺水推舟,但明面上还是邢夫人发起的,王善保家的从中唆使也代表了邢夫人的意思。本质上说,这件事是主子间的斗法。对于王夫人来说,抄检大观园确实伤敌一千自损八百。毕竟家里乱起来,人心不稳,都是她这个当家人的责任。探春正是洞悉了此中意味,才敢打王善保家的。邢夫人若真怪罪,王夫人绝不会不管。王善保家的多事,也确实让王夫人面子上挂不住。当然,私底下王夫人是想借抄检大观园收拾怡红院的,但这显然不足为外人道,探春也不清楚。第三,探春是为了维护贾家完整。探春打王善保家的另一个原因是她站得住理,她骂王善保家的:"你是什么东西,敢来拉扯我的衣裳!我不过看着太太的面上,你又有年纪,叫你一声妈妈,你就狗仗人势,天天作耗,专管生事。如今越性了不得了。你打量我是同你们姑娘那样好性儿,由着你们欺负他,就错了主意!你搜检东西我不恼,你不该拿我取笑。"探春抓住了两点:一是"你就狗仗人势,天天作耗,专管生事";二是"我"不是你们姑娘那样好欺负,言外之意是王善保家的欺负迎春。这两点在情理上本就立于不败之地。而后果最严重的还是第一点,"天天作耗,专管生事"。探春直接将王善保家的上升到搅乱荣国府的高度。这样她作为主人,自然打得了王善保家的。哪怕闹到贾母那里,贾母也会给她撑腰,不怕邢夫人刁难她。探春打王善保家的,绝不是逞匹夫之勇。她早就想打王善保家的,但一直在思量如何权衡利弊。直到王善保家的自己撞上来,探春无须再忍她了,探春这番话说出来自己站住了理,最后全身而退。哪怕邢夫人心中不满,也不会口头发难,毕竟闹到贾母那里,她也吃不了兜着走。这事就这么揭过了,反倒王善保家的回去又挨了一顿打,也算大快人心。

探春远嫁

(第一百回)是日宝钗在贾母屋里听得王夫人告诉老太太要聘探春一事。贾母说道:"既是同乡的人,很好。只是听见说那孩子到过我们家里,怎么你老爷没有提起?"王夫人道:"连我们也不知道。"贾母道:"好便好,但是道儿太远。虽然老爷在那里,倘或将来老爷调任,可不是我们孩子太单了吗。"王夫人道:"两家都是做官的,也是拿不定。或者那边还调进来,即不然终有个叶落归根。况且老爷既在那里做官,上司已经说了,好意思不给么。想来老爷的主意定了,只是不敢做主,故遣人来回老太太的。"贾母道:"你们愿意更好。只是三丫头这一去了,不知三年两年那边可能回家,若再迟了,恐怕我赶不上再见他一面了。"说着掉下泪来。王夫人道:"孩子们大了,少不得总要给人家的。就是本乡本土的人,除非不做官还使得,若是做官的谁保得住总在一处。只要孩子们有造化就好。譬如迎姑娘倒配得近呢,偏是时常听见他被女婿打闹,甚至不给饭吃,就是我们送了东西去他也摸不着。近来听见益发不好了,也不放他回来。两口子拌起来就说咱们使了他家的银钱。可怜这孩子总不得个出头的日子!前儿我惦记他,打发人去瞧他,迎丫头藏在耳房里不肯出来。老婆子们必要进去,看见我们姑娘这样冷天还穿着几件旧衣裳。他一包眼泪的告诉婆子们说:'回去别说我这么苦,这也是命里所招。也不用送什么衣服东西来,不但摸不着,反要添一顿打,说是我告诉的。'老太太想想,这倒是近处眼见的,若不好更难受。倒亏了大太太也不理会他,大老爷也不出个头!如今迎姑娘实在比我们三等使唤的丫头还不如。我想探丫头虽不是我养的,老爷既看过女婿,定然是好才许的。只请老太太示下,择个好日子多派几个人送到他老爷任上,该怎么着老爷也不肯将就。"贾母道:"有他老子作主,你就料理妥当,拣个长行的日子送去,也就定了一件事。"王夫人答应着"是"。宝钗听得明白,也不敢则声,只是心里叫苦:"我们家里姑娘们就算他是个尖儿,如今又要远嫁。眼看着这里的人一天少似一天了。"

……

(第一百一十九回)如此一连数日,王夫人哭得饮食不进,命在垂危。忽有家人回道:"海疆来了一人,口称统制大人那里来的,说我们家的三姑奶奶明日到京了。"王夫人听说探春回京,虽不能解宝玉之愁,那个心略放了些。到了明日,果然探春回来。众人远远接着,见探春出跳得比先前更好了,服采鲜明。见了王夫人形容枯槁,众人眼肿腮红,便也大哭起来。哭了一会,然后行礼。看见惜春道姑打扮,心里很不舒服。又听见宝玉心迷走失,家中多少不顺的事,大家又哭起来。还亏得探春能言,见解亦高,把话来慢慢儿的劝解了好些时,王夫人等略觉好些。再明儿三姑爷也来了,知有这样的事,探春住下劝解。跟探春的丫头老婆也与众姐妹们相聚,各诉别后的事。

【点评】

探春为什么会远嫁?而且为什么有和亲一说,又有王妃一说?首先看一下书中关于探春亲事的几处伏笔。原文第六十回,厨娘柳嫂子从宝玉那里得了一些玫瑰露,要送些给她得了热病的娘家侄子吃,临走前,她的嫂子又拿了一些茯苓霜给她,并告诉她这茯苓霜的来历:只有昨儿有粤东的官儿来拜,送了上头两小篓子茯苓霜。又提到"这地方(粤东)千年松柏最多"。按照作者一贯的草蛇灰线、伏脉千里的写作手法,这里不会无缘无故提到粤东这个地方,而且还是当官的专门来拜访贾府。那么这个"千年松柏最多"的粤东是哪里?粤东,是广东省古代的别称,对应的粤西,乃是广西的古代别称。广东是沿海地区,地处南疆。其距离京城之远,正好可以对应"探春远嫁"之远。至于"千年松柏最多"之地,却是在中国的北方,尤其是适合种植松柏这样的林木的东北。我们可以理解为这是《红楼梦》虚实结合、真真假假的写作特点。接下来,第七十一回,贾母大寿,又出现了一个"粤海将军邬家",正好照应了前头提到的"粤东的官儿"。贾母因问道:"前儿这些人家送礼来的共有几家有围屏?"凤姐儿道:"共有十六家有围屏,十二架大的,四架小的炕屏。内中只有江南甄家一架大屏十二扇,大红缎子缂丝'满床笏',一面是泥金'百寿图'的,是头等的。还有粤海将军邬家一架玻璃的还罢了。"这个突然冒出来的粤海邬将军,大老远来给贾母送寿礼,送的还是玻璃围屏。在古代,小件的玻璃制品都是很贵重的,大件的玻璃围屏更是价值不菲。那么问题就又来了,这个粤海邬将军,看官职名应该是驻守在边疆,是手里有兵权、掌实权的官儿,按理是没道理来结交日暮西山的贾府的。要说两家世交的话,好像也不深,毕竟之前秦可卿的葬礼他们家也没参与,当时那些出面祭奠的王公贵族才是贾府真正的老朋友。那就只有一个解释了,粤海邬将军的出现和探春的婚事有关。之所以这样说,是因为本回出场的还有一个相关的重要人物——南安太妃。

《红楼梦》中出现的王爷,有义忠亲王和忠顺亲王,还有东安郡王、东平郡王、南安郡王、西宁郡王、北静郡王。他们的封号很有意思,义忠亲王和忠顺亲王是按照清朝规则,采用了一些吉祥美好的词汇来定封号,比如我们熟悉的雍亲王、怡亲王、肃亲王等。但是清朝以前的王爷,封号大多都是以就藩封地的名字命名,如明朝的燕王朱棣、楚王朱桢等。《红楼梦》中几个按照东西南北方位定封号的郡王就类似明朝的藩王封号,尤其是他们的封号中还包含了平、安、宁、静等代表和平的字眼,暗合了明朝藩王作为帝室藩篱,负责作战任务的制度。红楼世界里的这几位郡王是有实际军事意义的,他们的工作就是负责保一方边疆安宁。那么南安太妃代表的就是南安郡王,既然是太妃,就说明她是南安郡王的母亲(不管是嫡母,还是生母),而南安郡王负责的军事区域正是南疆。至此,就将南安王府、粤东的官儿和粤海邬将军联系起来了,他们是一个阵营里的势力,在向贾府示好。高门贵族之间一般没有无缘无故的爱憎,所以贾府中必定有他们所求的人或物。要知道他们想要的是什么,看看南安太妃来干了什么就明白了。首先,王妃的身份是比贾母要高的,而南安太妃的身份更高,她亲自来给贾母贺寿属于纡尊降贵。和她同来的是北静王妃,北静太妃并没有来,别的太妃也没有来。我们又从秦可卿葬礼上可以得知北静王很年轻,所以北静王妃和南安太妃并不是一辈的人。南安太妃除了来给贾母贺寿外,还专门召见了贾府的姑娘们,这才是她此行的目的。按照古代贵族的习惯,年长的女眷特意去别人家里面见年轻的、适婚年龄的闺秀小姐,只有一个目的,就是相亲。虽然不知道结亲的对象是谁,但是南安太妃此次来贾府就是要相看贾府的女孩子。毕竟有贤孝才德的贵妃娘娘贾元春在前,贾府的其他女儿们也名声在外。现在,我们可以设想一下当时红楼世界的政治大环境:番邦在南疆边境挑起了战乱,南安郡王和粤海邬将军等人奋力抵抗,却始终无力退敌,双方僵持不下,无论是朝廷还是番邦都打不起消耗战,那么要节省人力、物力、兵力、财力的最好止戈策略就是和亲。这样一来,一切就都可以说得通了,南安太妃此行是来挑选前往南疆番邦和亲的女孩子,因为她舍不得自己的女儿去番邦受苦。

远嫁海外和亲的探春,命运也和这柳絮一般,离开故土和亲人,无依无靠,漂泊千里,独自在番邦他乡挣扎生存。在交通和讯息都不发达的古代,贾府的亲人甚至连她婆家具体在什么地方都不知道,只是有个地图上的概念罢了。相隔千里,海路难行,别说再回家见面,恐怕互通家书都很难。

就这样,贾府中最有才华的女儿贾探春,也最终难逃远嫁番邦和亲的悲剧命运。

贾 惜 春

赶走入画

(第七十四回)彼时李纨犹病在床上,他与惜春是紧邻,又与探春相近,故顺路先到这两处。因李纨才吃了药睡着,不好惊动,只到丫鬟们房中一一的搜了一遍,也没有什么东西,遂到惜春房中来。因惜春年少,尚未识事,吓的不知当有什么事,故凤姐也少不得安慰他。谁知竟在入画箱中寻出一大包金银锞子来,约共三四十个,又有一副玉带板子并一包男人的靴袜等物。入画也黄了脸。因问是那里来的,入画只得跪下哭诉真情,说:"这是珍大爷赏我哥哥的。因我们老子娘都在南方,如今只跟着叔叔过日子。我叔叔婶子只要吃酒赌钱,我哥哥怕交给他们又花了,所以每常得了,悄悄的烦了老妈妈带进来叫我收着的。"

惜春胆小,见了这个也害怕,说:"我竟不知道。这还了得! 二嫂子,你要打他,好歹带他出去打罢,我听不惯的。"凤姐笑道:"这话若果真呢,也倒可恕,只是不该私自传送进来。

这个可以传递，什么不可以传递。这倒是传递人的不是了。若这话不真，倘是偷来的，你可就别想活了。"入画跪着哭道："我不敢扯谎。奶奶只管明日问我们奶奶和大爷去，若说不是赏的，就拿我和我哥哥一同打死无怨。"凤姐道："这个自然要问的，只是真赏的也有不是。谁许你私自传送东西的！你且说是谁作接应，我便饶你。下次万万不可。"惜春道："嫂子别饶他这次方可。这里人多，若不拿一个人作法，那些大的听见了，又不知怎样呢。嫂子若饶他，我也不依。"凤姐道："素日我看他还好。谁没一个错，只这一次。二次犯下，二罪俱罚。但不知传递是谁。"惜春道："若说传递，再无别个，必是后门上的张妈。他常肯和这些丫头们鬼鬼祟祟的，这些丫头们也都肯照顾他。"凤姐听说，便命人记下，将东西且交给周瑞家的暂拿着，等明日对明再议。于是别了惜春，方往迎春房内来。

　　…………

　　可巧这日尤氏来看凤姐，坐了一回，到园中去又看过李纨。才要望候众姊妹们去，忽见惜春遣人来请，尤氏遂到了他房中来。惜春便将昨晚之事细细告诉与尤氏，又命将入画的东西一概要来与尤氏过目。尤氏道："实是你哥哥赏他哥哥的，只不该私自传送，如今官盐竟成了私盐了。"因骂入画："糊涂脂油蒙了心的。"惜春道："你们管教不严，反骂丫头。这些姊妹，独我的丫头这样没脸，我如何去见人。昨儿我立逼着凤姐姐带了他去，他只不肯。我想，他原是那边的人，凤姐姐不带他去，也原有理。我今日正要送过去，嫂子来的恰好，快带了他去。或打，或杀，或卖，我一概不管。"入画听说，又跪下哭求，说："再不敢了。只求姑娘看从小儿的情常，好歹生死在一处罢。"尤氏和奶娘等人也都十分分解，说："他不过一时糊涂了，下次再不敢的。他从小儿伏侍你一场，到底留着他为是。"

　　谁知惜春虽然年幼，却天生地一种百折不回的廉介孤独僻性，任人怎说，他只以为丢了他的体面，咬定牙断乎不肯。更又说的好："不但不要入画，如今我也大了，连我也不便往你们那边去了。况且近日我每每风闻得有人背地里议论什么，多少不堪的闲话，我若再去，连我也编派上了。"尤氏道："谁议论什么？又有什么可议论的！姑娘是谁，我们是谁。姑娘既听见人议论我们，就该问着他才是。"惜春冷笑道："你这话问着我倒好。我一个姑娘家，只有躲是非的，我反去寻是非，成个什么人了！还有一句话，我不怕你恼：好歹自有公论，又何必去问人。古人说得好，'善恶生死，父子不能有所勖助'，何况你我二人之间。我只知道保得住我就够了，不管你们。从此以后，你们有事别累我。"尤氏听了，又气又好笑，因向地下众人道："怪道人人都说这四丫头年轻糊涂，我只不信。你们听才一篇话，无原无故，又不知好歹，又没个轻重。虽然是小孩子的话，却又能寒人的心。"众嬷嬷笑道："姑娘年轻，奶奶自然要吃些亏的。"惜春冷笑道："我虽年轻，这话却不年轻。你们不看书不识几个字，所以都是些呆子，看着明白人，倒说我年轻糊涂。"尤氏道："你是状元、榜眼、探花，古今第一个才子。我们是糊涂人，不如你明白，何如？"惜春道："状元、榜眼难道就没有糊涂的不成？可知他们更有不能了悟的。"尤氏笑道："你倒好。才是才子，这会子又作大和尚了，又讲起了悟来了。"惜春道："我不了悟，我也舍不得入画了。"尤氏道："可知你是个心冷口冷、心狠意狠的人。"惜春道："古人曾也说的，'不作狠心人，难得自了汉'。我清清白白的一个人，为什么教你们带累坏了我!"

尤氏心内原有病,怕说这些话。听说有人议论,已是心中羞恼激射,只是在惜春分上不好发作,忍耐了大半日。今见惜春又说这句,因按捺不住,因问惜春道:"怎么就带累了你了?你的丫头的不是,无故说我,我倒忍了这半日,你倒越发得了意,只管说这些话。你是千金万金的小姐,我们以后就不亲近,仔细带累了小姐的美名。"即刻就叫人:"将入画带了过去!"说着,便赌气起身去了。惜春道:"若果然不来,倒也省了口舌是非,大家倒还清净。"

【点评】

作者对贾惜春没有过多的容颜描写,毕竟是个小孩子,四个春姑娘中数她最小,"身量未足,形容尚小"是对她唯一的描述,主人如此,下人入画也就没了描述,只是贾惜春的贴身丫鬟而已。可偏偏贾惜春不要入画了,肯定事出有因。

抄检大观园把入画这个姑娘卷入了一场斗争漩涡。如果没有抄检大观园,一切一如既往。贾惜春和入画依旧笑春风,何来分别两茫茫。这一场大活动皆因为绣春囊而起,是贾府的一场内乱。首先,王夫人起了疑心,先找到王熙凤,王熙凤说明原委后,就和王夫人商议,联合一干人等对大观园进行了统一检查。大观园不外乎住着那么几个人,除了宝钗以外,别的无一幸免。到了贾惜春这里,搜出了丫鬟入画的所谓的赃物,其实这是入画保管了她哥哥的物品,并非偷抢来的。只因她的叔叔好赌博喝酒,她哥哥不得不把所得的赏赐放在妹妹处——虽然在封建社会这也是不允许的,但在情理上还说得过去,也有商量的余地,所以连凤姐都表达原谅说"谁没一个错,只这一次"。可贾惜春自己却偏偏不依,认为"独我的丫头这样没脸,我如何去见人",执意要赶了入画去。经过贾惜春和尤氏的一番争辩,最后入画离开荣府,进了宁府。其次,关乎贾惜春的身份地位和她的性格特征。贾惜春虽然年纪尚小,但说起话来头头是道,尤氏讽刺她是状元、探花,可贾惜春依然以理反驳,认为就算是状元、探花也有做错的时候。如今入画已经错了,虽然错不至如晴雯和司棋那样被逐出贾府的程度,可贾惜春认为这已经很没有面子了,她就认这个死理。贾府四春中,贾惜春是贾珍的妹妹,父亲贾敬人在佛堂,修行炼丹,最后命归西天。看看贾珍的样子,就知道贾敬这个人自然也顾不上对贾惜春的教育。贾惜春从小就很孤独,缺少爱,更别说形成正确的价值观,这种孤傲刻薄的性格从小就形成了,而且注重脸面,生活在现实中,就只顾感悟着大道理,这也是她最后出家的原因。最后,作者写贾惜春无情无义赶走入画是有目的的。贾府藏匿赃物已经是一件人人皆知的事情,这事虽然做得隐蔽,可后来成了致命的因素——隐藏被抄了家的江南甄家的钱物。藏匿赃物也是贾府获罪的一个理由,这一次入画藏匿哥哥的物品,说明这也是犯忌的。

遁入空门

(第一百一十五回)那姑子便到惜春那里,见了彩屏,说:"姑娘在那里呢?"彩屏道:"不用提了,姑娘这几天饭都没吃,只是歪着。"那姑子道:"为什么?"彩屏道:"说也话长,你见了姑娘,只怕他便和你说了。"惜春早已听见,急忙坐起说:"你们两个人好啊,见我们家事差了,便不来了。"那姑子道:"阿弥陀佛,有也是施主,没也是施主。别说我们是本家庵里的，受过老太太多少恩惠呢。如今老太太的事，太太奶奶们都见了，只没有见姑娘，心里惦记，今儿是特特的来瞧姑娘来的。"惜春便问起水月庵的姑子来。那姑子道："他们庵里闹了些事，如今门上也不肯常放进来了。"便问惜春道："前儿听见说栊翠庵的妙师父怎么跟了人去了？"惜春道："那里的话！说这个话的人隄防着割舌头。人家遭了强盗抢去，怎么还说这样的坏话。"那姑子道："妙师父的为人怪僻，只怕是假惺惺罢。在姑娘面前我们也不好说的。那里像我们这些粗夯人，只知道讽经念佛，给人家忏悔，也为着自己修个善果。"惜春道："怎么样就是善果呢？"那姑子道："除了咱们家这样善德人家儿不怕，若是别人家，那些诰命夫人小姐也保不住一辈子的荣华。到了苦难来了可就救不得了。只有个观世音菩萨大慈大悲，遇见人家有苦难的就慈心发动，设法儿救济。为什么如今都说大慈大悲救苦救难的观世音菩萨呢！我们修了行的人虽说比夫人小姐们苦多着呢，只是没有险难的了。虽不能成佛作祖，修修来世或者转个男身，自己也就好了。不像如今脱生了个女人胎子，什么委屈烦难都说不出来。姑娘你还不知道呢，要是人家姑娘们出了门子，这一辈子跟着人是更没法儿的。若说修行也只要修得真。那妙师父自为才能比我们强，他就嫌我们这些人俗，岂知俗的才能得善缘呢。他如今到底是遭了大劫了。"惜春被那姑子一番话说得合在机上，也顾不得丫头们在这里，便将尤氏待他怎样，前儿看家的事说了一遍，并将头发指给他瞧道："你打谅我是什么没主意恋火坑的人么！早有这样的心，只是想不出道儿来。"那姑子听了，假作惊慌道："姑娘再别说这个话，珍大奶奶听见还要骂杀我们，撵出庵去呢。姑娘这样人品，这样人家，将来配个好姑爷，享一辈子的荣华富贵。"惜春不等说完，便红了脸说："珍大奶奶撵得你，我就撵不得么！"那姑子知是真心，便索性激他一激，说道："姑娘别怪我们说错了话，太太奶奶们那里就依得姑娘的性子呢。那时闹出没意思来倒不好。我们倒是为姑娘的话。"惜春道："这也瞧罢咧。"彩屏等听这话头不好，便使个眼色儿给姑子，叫他去。那姑子会意，本来心里也害怕，不敢挑逗，便告辞出去。惜春也不留他，便冷笑道："打谅天下就是你们一个地藏庵么！"那姑子也不敢答言，去了。彩屏见事不妥，恐耽不是，悄悄的去告诉了尤氏说："四姑娘铰头发的念头还没有息呢。他这几天不是病，竟是怨命。奶奶隄防些，别闹出事来，那会子归罪我们身上。"尤氏道："他那里是为要出家，他为的是大爷不在家，安心和我过不去，也只好由他罢了。"彩屏等没法，也只好常常劝解。岂知惜春一天一天的不吃饭，只想铰头发。彩屏等吃不住，只得到各处告诉。那王二夫人等也都劝了好几次，怎奈惜春执迷不解。

…………

一日，王夫人因为惜春定要铰发出家，尤氏不能拦阻，看着惜春的样子是若不依他，必要自尽的。虽然昼夜着人看着，终非常事，便告诉了贾政。贾政叹气跺脚，只说："东府里不知干了什么，闹到如此地位！"叫了贾蓉来说了一顿，叫他去和他母亲说，认真劝解劝解。"若是必要这样，就不是我们家的姑娘了。"岂知尤氏不劝还好，一劝了更要寻死，说："做了女孩儿终不能在家一辈子的，若像二姐姐一样，老爷太太们倒要烦心，况且死了。如今譬如我死了是的，放我出了家，干干净净的一辈子就是疼我了。况且我又不出门，就是栊翠庵原是咱们家的基址，我就在那里修行。我有什么，你们也照应得着。现在妙玉的当家的在那里。你们依我呢,我就算得了命了;若不依我呢,我也没法,只有死就完了。我如若遂了自己的心愿,那时哥哥回来我和他说,并不是你们逼着我的;若说我死了,未免哥哥回来倒说你们不容我。"尤氏本与惜春不合,听他的话也似乎有理,只得去回王夫人。

……

(第一百一十八回)话说邢王二夫人听尤氏一段话,明知也难挽回。王夫人只得说道:"姑娘要行善,这也是前生的夙根,我们也实在拦不住。只是咱们这样人家的姑娘出了家,不成了事体。如今你嫂子说了,准你修行,也是好处。却有一句话要说,那头发可以不剃的。只要自己的心真,那在头发上头呢。你想妙玉也是带发修行的,不知他怎样凡心一动,才闹到那个分儿。姑娘执意如此,我们就把姑娘住的房子便算了姑娘的静室。所有服侍姑娘的人也得叫他们来问,他若愿意跟的,就讲不得说亲配人;若不愿意跟的,另打主意。"惜春听了,收了泪拜谢了邢王二夫人李纨尤氏等。

【点评】

贾惜春是贾府四小姐,宁国府贾珍的妹妹。因其父贾敬长期离家到城郊的玄真观中炼丹求仙,贾惜春只好到荣国府中与贾迎春、贾探春等人一起学习、生活。在贾府的众姐妹中,惜春因年纪较小,尚未长大成人,故其身材、相貌均未定型。但她善于绘画,是大观园中的青丹圣手。由于《红楼梦》的后四十回已经遗失,现在我们所见到的一百二十回本乃续写本,并非曹雪芹原作。所以曹雪芹原著中设定的许多人物(包括贾惜春)的命运结局究竟如何,我们都无法看到。但人们都认为惜春最后是出家当了尼姑,何以见得呢?

首先,贾惜春的判词和《红楼梦》曲揭示了其命运结局。贾惜春的判词是这样说的:"堪破三春景不长,缁衣顿改昔年妆。可怜绣户侯门女,独卧青灯古庙傍。"另外,在判词前还有一幅画,画里有一所古庙,里面有一美人在内看经独坐。所以,惜春最初设定的结局应该是出家当了尼姑。

再看贾惜春的《红楼梦》曲《虚花悟》:"将那三春看破,桃红柳绿待如何?把这韶华打灭,觅那清淡天和。说什么天上夭桃盛,云中杏蕊多。到头来谁把秋捱过?则看那白杨村里人呜咽,青枫林下鬼吟哦。更兼着连天衰草遮坟墓。这的是昨贫今富人劳碌,春荣秋谢花折磨。似这般生关死劫谁能躲?闻说道西方宝树唤婆娑,上结着长生果。"这支《虚花悟》和其判词一样,都暗示了惜春看破红尘,出家当了尼姑,惜春出家当尼姑的结局乃是红学界早就做出了的定论。

其次,贾惜春平时的言论与行动暗示了其出家当尼姑的命运结局。小说中有不少暗示贾惜春将来要出家当尼姑的情节。第七回,周瑞家的来找王夫人汇报刘姥姥来贾府之事而寻到了梨香院。薛姨妈便让她将十二朵宫花分别给姑娘们送去。当她送到贾惜春处时,只见惜春正同水月庵的小尼姑智能儿在一起玩耍。见周瑞家的给她送宫花,惜春便笑道:"我这里正和智能儿说,我明儿也剃了头同他作姑子去呢,可巧又送了花儿来。若剃了头,把这花可戴在那里?"都说物以类聚,水月庵的小尼姑智能儿来到贾府,那么多的姑娘,偏偏就只有惜春和她玩在一起。可见惜春很小便有了出家当尼姑的想法。

最后,惜春的灯谜诗揭示了其出家当尼姑的命运结局。第二十二回,贾妃省亲后的元宵节期间,贾妃自宫里命人送来了一个灯谜,叫众姐妹们都来猜。然后大家都想一首灯谜诗,让大家来猜。贾惜春的灯谜诗是这样写的:"前身色相总无成,不听菱歌听佛经。莫道此生沉黑海,性中自有大光明。"当时,贾政看后说:"这是佛前海灯嘎。"惜春则笑答道:"是海灯。"听了惜春的回答,贾政心内沉思道:"娘娘所作爆竹,此乃一响而散之物。迎春所作算盘,是打动乱如麻。探春所作风筝,乃飘飘浮荡之物。惜春所作海灯,一发清净孤独。今乃上元佳节,如何皆作此不祥之物为戏耶?"因此他觉得这些都是不祥之兆,遂兴致大减。

由此可见,惜春的出家之念由来已久,并非感于地藏庵姑子之言方才决意,何况惜春冰雪聪明,也知姑子是诡词相激。出家是她对几位姐姐及其他众多女性的命运结局有所感悟而看破红尘后毅然做出的选择。这种选择也许是消极的,却也是无可奈何的。

形象分析

贾 元 春

(一)人物经历

贾元春,金陵十二钗之一,贾府"四春"之首,贾政与王夫人所生的嫡长女,贾珠的胞妹,贾宝玉的胞姐,也是第一个由贾母亲自教养长大的孩子。因生于正月初一而取名元春,早年因"贤孝才德"被选入宫中任女史,在秦可卿死后晋封凤藻宫尚书,加封贤德妃,贾府通称"娘娘"。为了迎接元春省亲,贾府建造了大观园。元春省亲热闹欢腾,同时又表现出她在深宫高处不胜寒的凄苦。元春的命运关乎贾府兴衰,秦可卿之死标志着贾府衰败在即,元春加封贤德妃则令贾府重现生机,直到后四十回她与王子腾先后暴卒,贾府失去了靠山,很快就获罪抄家。

贾元春既是贾府的政治靠山,也是"金玉良缘"政治婚姻的支持者。她在一次赏赐礼物给众人的时候,独宝玉与宝钗的相同,且比别的姊妹要多。这就表达了她在宝玉择偶问题上的倾向。贾元春用自己最好的青春为贾府带来了转机,但是贾府的男人们并没有把握好这个机会,贾赦、贾珍、贾琏等依仗着元妃这个靠山,在外有恃无恐,加速了家族的衰败。有人认为,元春的死并不像续写的后四十回中所描述的那么单纯,而是很可能毙于一场关系到贾府命运的政治斗争。

元春临死都牵挂着家族命运,预感到贾府必将遭殃,这让她十分憾恨。元春的《红楼梦》曲《恨无常》:"喜荣华正好,恨无常又到。眼睁睁把万事全抛,荡悠悠把芳魂消耗。望家乡,路远山高。故向爹娘梦里相寻告:儿命已入黄泉,天伦呵,须要退步抽身早!""望家乡"实指金陵,即南京。元春死于皇宫,为什么"路远山高",有分析认为元春是因为失宠被关在了看不见外面世界的地方,而"向爹娘梦里相寻告"更说明元春毙命并没有人告知贾府,所以"向爹娘梦里相寻告:儿命已入黄泉,天伦呵,须要退步抽身早!"也暗示了元春死后贾府将衰败,加重了元春的悲剧感,也指责了封建制度的不近人情。

贾府在四大家族中居于首位,是因为它财富最多,权势最大,而这又因为它有确保这种显贵地位的大靠山贾元春,世代勋臣的贾府因为她而又成了皇亲国戚。所以,小说的前半部就围绕着元春"才选凤藻宫""加封贤德妃"和"省亲"等情节,竭力铺写贾府"烈火烹油、鲜花着锦之盛"。但看似荣华的背后是骨肉分离的惨状。元春省亲时说一句哭一句,把皇宫说成是"不得见人的去处",完全像从一个幽闭囚禁她的地牢里出来一样。所以众人所艳羡的荣华对贾元春这样的贵族女子来说不过是深渊,她不得不为此付出沉重的代价。

但是,这一切不过是后来情节发展的铺垫。省亲之后,元春回宫表面上是生离,实际上是死别。她丧失的不只是自由,还有她的生命。因此,作者写元春显贵所带来的贾府盛况,也是为了预示后来她的死是庇荫着贾府的大树的摧倒,是贾府势败被抄没后的凄惨境况的反衬。

元春之死完全是由封建统治阶级宫闱内部互相倾轧而造成的,标志着四大家族所代表的那一派在政治上的失势,敲响了贾家败亡的丧钟。这样,声称"毫不干涉时世"的曹雪芹,就大胆地揭开了政治帷幕的一角,让我们从这个封建家族的盛衰遭遇,看到了它背后封建统治集团内部各派势力之间不择手段地争权夺利的肮脏勾当。贾探春所说的"恨不得你吃了我,我吃了你"的深长含意,也可以从这一层去理解。

(二)人物性格

贾元春的重要性,并不在于作者着墨的多少,相比于黛玉和宝钗,书中对她的描写要少得多。她的重要性主要体现在其身份和地位的特殊,以及她在书中的作用和意义的特殊,这种特殊的地位和作用是其他人取代不了的。

她是一位以"贤德"为主要身份标志的皇妃。小说一开始,元春就已入宫了。据第二回冷子兴介绍,她是"因贤孝才德,选入宫中作女史去了"。后又由宫廷女史晋封为凤藻宫尚书,加封贤德妃。由此看来,她的入宫和晋升,都离不开"贤德"二字。确实,她似乎并没有惊人的美貌,小说中从未提及她有闭月羞花、沉鱼落雁之容,或是太多的才华,小说写她归省时曾向诸姐妹笑道:"我素乏捷才,且不长于吟咏,妹辈素所深知。今夜聊以塞责,不负斯景而已。"这确是实话,不是谦虚之词。不仅她写的《题大观园》诗没有李纨、迎春等人的高明,而且就连她回宫后差小太监送出的那首灯谜诗也"无甚新奇",叫宝钗等人"一见就猜着了"。所以,所谓"贾元春才选凤藻宫","才"只是对她的美誉浮词,其实她的"才"不过平平,"贤德"才是她思想性格的主要内涵。

元春有孝母爱弟之情。在她入宫之前,她身为长姊,宝玉为弱弟,她"心上念母年将迈,始得此弟,是以怜爱宝玉,与诸弟待之不同"。"那宝玉未入学堂之先,三四岁时,已得贾妃手引口传,教授了几本书、数千字在腹内。"入宫后又时时带信出来与父母,要其好生扶养,"眷念切爱之心,刻未能忘"。这次省亲回家,她作为贵妃,贾母、王夫人等理应向她下跪行国礼,但她总是命昭容传谕曰:"免。"对薛姨妈等亦是如此,其对长辈谦和体贴。当她听说宝玉因系外男不敢擅入,即"命快引进来",又"命他进前,携手揽于怀内,又抚其头颈,笑道:'比先竟长了好些……'一语未终,泪如雨下"。在这里,她虽为贵妃,而孝悌之心一如往常,使亲人们备感其平易可亲。

元春有忠君为国之心。作为贵妃,元春当然不会忘记忠君为国的责任。她为省亲别墅正殿题的对联是:"天地启宏慈,赤子苍头同感戴;古今垂旷典,九州万国被恩荣。"横批是:"顾恩思义。"这副对联是歌颂皇恩浩荡的。虽说她在情感上未必如此,但在理性上确是这样想的,她本人的晋封和省亲就是"旷典"的明证;她嘱咐贾政的也是"只以国事为重,暇时保养,切勿记念"等语;还有她临别时一再强调的"天恩浩荡"等语。这些描写虽然透露了作者讽刺皇恩虚伪的深意,但就元春是真实地刻画了她的性格的。

元春有崇尚俭朴之德。元春虽是贵族出身,后又晋封皇妃,可谓富贵已极,但她并不因此奢侈靡费,而是仍保持崇尚俭朴的美德。贾府为她归省,专门修建了一个天上人间诸景皆备的大观园。元春游幸的过程中,三次表达了她的意见。一次是在刚进园时,她"在轿内看此园内外如此豪华,因默默叹息奢华过费"。第二次是步行游幸园中各景点,看到"一处处铺陈不一,一桩桩点缀新奇",她在极加奖赞的同时又劝道:"以后不可太奢,此皆过分之极。"第三次是在临回宫时,她再次叮咛:"倘明岁天恩仍许归省,万不可如此奢华靡费了。"这一再的表示,固然和她戒惧、审慎的处世态度有关,但同时也表现了她崇朴黜华的个人品德。

此外,元春还有怨而不怒的温柔敦厚之风。温柔敦厚原是儒家的诗教,后成为礼教对女子的要求,意思是女子应该温和宽厚,可以怨,但不能怒,亦即怨而不怒。元春正具备了这样一种品格。元春的内心是凄凉孤寂的,她和历代宫女妃嫔一样,被幽闭在"那不得见人的去处",白白看着青春和生命的流逝。但她对此也只是"怨而不怒,哀而不伤",完全符合古代诗教和礼教的要求。所以她虽然有不满,有哀怨,但并不影响她被加封为"贤德妃"。

综上所述,元春是一个以"贤德"为主要特征的封建淑女的典型。

(三)人物地位和作用

我们常说《红楼梦》是一部"百科全书"式的小说,这主要是指它反映的社会生活面非常广阔,上至宫廷,下至村妪,都有生动真实的描写。其中宫廷这条线主要是通过元春的形象,再加一二太监穿插其间而得以表现的。

小说对元春的描写主要集中在第十七回至第十八回的省亲上。从小说的总体结构看,省亲与其说是对元春性格的刻画,不如说是前八十回写贾府盛时光景最重要的一笔。它把贾家的荣华富贵推向顶峰,而元春恰是这一家族荣光的象征。不仅如此,按照曹雪芹的原意,她还是贾府由盛转衰的关键。第五回写元春的《恨无常》曲:"喜荣华正好……须要退步抽身早!"这说明元春之死预示着贾府即将大祸临头,所以她死后托梦父母,要他们"退步抽身早",及时从富贵名利场上急流勇退。还有写元春的判词:"二十年来辨是非,榴花开处照宫闱。三春争及初春景,虎兔相逢大梦归。"首句讲元春二十岁左右辨明了是非观念(指明白了宫廷生活的凄苦和宫廷政治风云的变幻);第二句以火红的榴花喻元春封妃,并给贾府带来了"烈火烹油之盛";第三句说迎春、探春、惜春三人均不及元春显贵;末句以"虎兔(又作"虎兕",兕是一种独角凶兽)相逢"喻元春死于两派政治力量的恶斗。现在我们看到的后四十回据此把它处理为元春死于卯年(兔年)寅月(寅属虎),这当然也是一种合理的解释。但相比之下,前一种理解应当更符合曹雪芹原意。如此,元春之死应是和皇室内部的政治斗争有关,而不是像续书所写的因身体发福,至痰气壅塞所致。她一死,贾府便失去了靠山,因而最终在政治斗争中败落了下来。

元春这个人物不仅涉及皇室内部的政治斗争,关系到贾府由盛转衰,而且围绕她省亲前后的描写也直接表达了对封建皇权的抨击和批判。

元春晋妃那天,贾府正在给贾政过生日。突然报说六宫都太监夏老爷来降旨,"吓得贾赦、贾政等一干人不知是何消息,忙止了戏文,撤去酒席,摆香案启中门跪接"。夏太监奉旨"立刻宣贾政入朝,在临敬殿陛见",贾赦等"不知是何兆头,只得急忙更衣入朝";这里"贾母等合家人等心中皆惶惶不定,不住的使人飞马来往报信"。从这一片如惊弓之鸟的反应中,我们不难窥见宫廷的政治风云在贾府阖家人心灵上投下的巨大阴影,真可谓"伴君如伴虎"。

贾府得悉是元春晋妃的喜讯后,又上下里外莫不欣然踊跃,个个面上皆有得意之状,言笑鼎沸不绝。可这时小说偏插入了水月庵的智能私逃和宝玉好友秦钟病重的情节,使得宝玉"心中怅然如有所失",对姐姐晋妃之事也是"视有如无,毫不曾介意"。之后又插入贾琏的奶妈赵嬷嬷说当年太祖皇帝仿舜巡的事,把接驾说成是花钱买"虚热闹"。加上后来贾蓉说"再两年再一回省亲,只怕就净穷了"。这两个情节都显示了对皇权的不敬。

更重要的是元春省亲的场面描写,这个空前之旷典,在作者笔下却充满了悲剧的气氛:贾妃满眼垂泪,方彼此上前厮见,一手搀贾母,一手搀王夫人,三个人满心里皆有许多话,只是俱说不出,只管呜咽对泣。邢夫人、李纨、王熙凤、迎春、探春、惜春等,俱在旁围绕,垂泪无言。还有临行前的一段场面描写和对话,同样令人酸鼻而不忍卒读。元春虽不忍别,怎奈皇家规范,违错不得,只得忍心上舆去了。这两段描写,虽然没有一句是作者特别点明的题外话,也没有一个字涉及皇帝,但是任谁看了以后,都会强烈感受到场面和情节本身所自然流露出来的反对君主专制的倾向,使我们对"离散天下之子女,以奉我一人之淫乐"的皇帝产生一种痛恨和厌恶之情。其中把皇宫称作"不得见人的去处",更是一种含蓄而大胆的揭露。可以说,有关元春这个形象的塑造和元春省亲的情节描写,将《红楼梦》的思想价值提到了一个崭新的高度:反对君主专制的高度。在我国古典小说中,能达到这样思想高度的作品很少见。

对于元春在小说中的作用,书中还有一处暗示,即元春归省回宫后,开始送出来的礼物都一样,可端午节的赏礼就不同了:宝钗的与宝玉一样,都是"上等宫扇两柄,红麝香珠二串,凤尾罗二端,芙蓉簟一领",而"林姑娘同二姑娘、三姑娘、四姑娘只单有扇子同数珠儿"。宝钗与宝玉只是姨表亲,黛玉与宝玉是姑表亲,但贾妃独赏给宝钗的礼物与宝玉的一样,这在封建社会是个不寻常的做法,其意义超过了礼物本身的轻重厚薄。难怪宝玉要纳闷:"这是怎么个原故?怎么林姑娘的倒不同我的一样,倒是宝姐姐的同我一样!别是传错了罢?"但袭人说得清清楚楚:"昨儿拿出来,都是一份一份的写着签子,怎么就错了!"所以并没有传错,这传达的是元春对宝玉未来婚事的态度,即她认为与薛家联姻才符合贾家的家世、利益,在她看来,宝钗是宝玉的理想伴侣。

元春的这种做法当然不可能是在归省时与贾母、王夫人商议的,因为当时没有时间也不适宜说这些,其中有一种可能是元春凭着她鉴别人物的标准和眼力,一眼就看中了宝钗而非黛玉;还有一种可能是每月逢二六日期,准许椒房眷属入宫请候看视,从元宵归省到端午节,这期间贾母、王夫人等有进宫看视的机会,或许她们幕后商议过宝玉的婚事;还有一种可能就是对四大家族联姻传统的沿袭。不管是哪种可能,元春的这一举动无疑对宝玉的婚姻产生了影响,所以有研究者认为元春是扼杀宝黛爱情的"元凶"之一。

元春,作为贾府家族荣耀的象征,其实最终也是"薄命司"中的一位悲剧性人物。她内心的痛苦和结局告诉我们:在封建社会,即使贵为皇妃,也不可能有更好的命运。

贾迎春

《红楼梦》"金陵十二钗正册"中有一个悲剧人物,作者对其着墨并不多,却总让读者为之痛心,她就是贾迎春——善良温柔的二小姐、怯弱麻痹的"二木头"。如果说探春是冲破灰暗世界的呐喊者,迎春则是淹没于其中的沉默者;如果说惜春是与俗世决裂的独行者,那么迎春则是灰暗世界的牺牲者。她的人生就像一颗任凭摆布的棋子,而贾赦的无情"变卖"将迎春推向了深渊。最终"花柳金闺"贾迎春在"中山狼"孙绍祖的折磨下香消玉殒。迎春的性格、命运及其现实意义都有较大的探讨空间。

(一)贾迎春性格的多面性

在《红楼梦》群芳谱中,作者所描绘的贵妃、夫人、小姐、丫鬟都形象鲜明、风格迥异,贾迎春这一人物形象虽无夏花之绚烂,却有秋荻之悲情。《红楼梦》第三回林黛玉与贾府三位小姐初次相见,这正是贾迎春的首次登场,文中写道:"第一个肌肤微丰,合中身材,腮凝新荔,鼻腻鹅脂,温柔沉默,观之可亲。"作者对贾迎春的出场采用直观白描的方法,表明其平庸、老实、敦厚的性格特征。在小说中,迎春要么极少说话,要么语言迟缓、耳软心活。探春说她为人老实、好性儿,宝玉知她从不会与人拌嘴,邢岫烟和平儿也都说迎春是个老实人。除了以上特点,以家庭环境为主的多重因素使得迎春呈现出怯弱麻木、不谙世事、与世无争等多重性格。

1. 胆小麻木、懦弱妥协

从原生家庭来看,迎春在贾赦和邢夫人那里并未得到温暖关爱,更多的是冷漠无视,正是在这样的家庭环境里,她开始变得胆小怕事、麻木无能。宝玉说"二姐姐是最懦弱的人",小厮们也打趣说迎春是一块名副其实的"二木头"。《红楼梦》中关于迎春的描写主要集中在七十回以后。第七十三回"懦小姐不问累金凤",把迎春胆小懦弱的性格刻画得淋漓尽致。贾母动怒查赌要严惩的犯事者中,正有迎春的乳母。黛玉、宝钗、探春等求贾母"看二姐姐面上,饶他这次",可迎春只觉没意思,一言不发,对长辈言听计从,不敢提任何异议。其乳母不仅聚赌,还偷了迎春的累金凤,探春要为迎春伸张正义时,迎春并不在意,自认说"多少男人尚如此,何况我哉",不愿招惹麻烦。第七十四回"惑奸谗抄检大观园"中,周瑞家的从迎春的大丫头司棋的箱子里查出男女私情信物,司棋被强逐出园,最终与表弟潘又安双双赴死。在此期间,司棋曾求迎春替她向贾母求情,迎春除了流露出丝丝难舍之情外,并无多言,且手持《太上感应篇》阅读逃避。迎春在面对生离死别时表现出的薄情和冷漠让她的麻木在此得到了突出呈现。第七十九回"贾迎春误嫁中山狼"中,由于贾赦收了孙家五千两银子不想还,便把女儿迎春嫁给孙绍祖。被用作抵债出嫁的迎春到孙家不久后便被虐待致死,"金闺花柳"以凄惨赴黄泉的结局终了此生。

2. 淡然随和、与世无争

贾迎春也具有安静随性、与世无争的淡然性格。《红楼梦》中描述的许多重要场景中,迎春大都以抱病为由婉拒,即使出现了也是边缘角色。第三十八回"林潇湘魁夺菊花诗"中,众姐妹或钓鱼或看鸥鹭,宝玉则一会儿看黛玉钓鱼,一会儿又俯在宝钗旁边说笑两句,一会儿又看袭人等吃螃蟹,却唯独没有"打扰"迎春。此时的迎春在做什么呢?文中写道她"又独在花阴下拿着花针穿茉莉花",这"又"和"独"两字,既说明迎春已经不止一次如此穿花了,也将迎春从众姐妹中突显出来,这是迎春为数不多的特写镜头,文字虽然极简洁,却将她那种与世无争、恬静安然的性格表现得淋漓尽致。花荫下一个妙龄少女在安静地拿花针穿茉莉花,生命在岁月静好中悄然绽放。即便宝玉此时唤一声"二姐姐",迎春怕也只不过抬头看他一眼,然后依然会沉浸在自己的世界里。作者没有写宝玉此时和迎春的互动,抑或是不愿打破迎春仅有的美好瞬间。再如第二十二回,众人都猜对了元妃的灯谜,迎春却猜错了。当别人都为猜对灯谜获赏而喜悦时,迎春却"自为顽笑小事,并不介意"。第三十七回"秋爽斋偶结海棠社",不擅作诗的迎春负责出题限韵,此场景关于迎春的描写中,几处都用到"随"字,如"随手、随口",把一切交给命运,在表现与世无争的同时暗示她是把握不住命运的"二木头"。

(二)贾迎春悲剧命运成因

《红楼梦》中的人物判词将贾迎春的悲剧命运揭露了出来——"子系中山狼,得志便猖狂。金闺花柳质,一载赴黄粱。"一个是金闺花柳质,一个是无情猖狂子;一个是怯弱的"二木头",一个是凶残的"中山狼"。在迎春香消玉殒的悲惨结局中,孙绍祖是压死她的最后一根稻草。除此之外,还有家庭环境和自身原因。

1. 家庭环境的冷漠

在富贵的贾府中,迎春似乎是个"局外人"。父亲贾赦荒淫无耻,对女儿缺乏关爱,为一己之利用迎春去"抵账"。迎春生母早已逝去,邢夫人性格刁钻,与迎春同住荣府的兄嫂贾琏和王熙凤,用邢夫人的话来说就是"两口子遮天盖日,百事周到,竟通共这一个妹子,全不在意"。在兄弟姊妹眼里,迎春是可有可无的。当贾宝玉迫不及待要起诗社时,探春提醒

他迎春还在卧病,宝玉脱口说:"二姐姐又不大作诗,没有他又何妨。"宝玉向来爱护女孩,这次却把迎春给忽略了。海棠诗社成立时,宝钗给迎春的号就是以其住所命名、随口而出的"菱洲"。迎春像是一个透明人物,其存在与否无人察觉,冷漠的家庭环境让她变得日渐木讷、薄情,最终难逃悲剧命运。

2. 自我性格的妥协

迎春悲剧的形成很大程度上取决于她自我性格的妥协。如果迎春勇敢大胆、有主见一些,其结局抑或不同。在红楼女子形象中,夏金桂能够辖制得住丈夫,惜春与家族决裂永伴青灯古佛,探春则欲以己之力冲破灰暗世界。而迎春这位贾府二小姐、世袭一等神威将军之女、元妃堂妹,却始终木讷怯弱,缺乏主见。在她看来,不介入就是保护自己的最好方式,然而妥协退缩终究会成为伤害自己的利器。迎春的不谙世事,让自己成为任人摆布的棋子,不能拒绝和反抗。可笑可叹的是,当探春等为她鸣不平时,她却并不在意,由此看来,迎春的惨淡结局也是她自己悲剧性格的必然结果。

3. "中山狼"的摧残

压死迎春的最后一根稻草是荒淫残暴的丈夫孙绍祖,一只忘恩负义的"无情兽""中山狼"。在孙绍祖看来,迎春只不过是自己花钱从贾赦那里买来的"玩物"罢了,贾府千金、将军之女的身份都毫无意义。迎春本来在贾府就不受重视,更何况是在别人家中。因此向来胆小懦弱的迎春经不起孙绍祖的虐待与逼迫,出嫁一年后就香消玉殒,这样的结局对她来说既是悲剧也是解脱。因为像迎春这样的弱势人物,在那个时代注定没有立足之地。

(三)贾迎春形象的现实意义

在"万艳同悲"的《红楼梦》中,女儿形象特征鲜明且具有现实意义,贾迎春的形象反映出

的是作者对弱势群体的同情。她本是恬静温柔、与世无争的弱女子,所向往的是安稳的生活,如同"在花阴下拿着花针穿茉莉花"般岁月静好。迎春若嫁入平常人家,应该会过着平凡而安乐的生活。但她出生在大户人家,婚姻不由自己,就算随性淡然、与世无争,独守着自己的角落,终究也逃不出贾府即将式微的悲惨命运。在现实中,迎春的形象给读者的启发正在于一种反证,就算自己难以改变,也应奋力一搏求得出路。对迎春形象的塑造折射出了一种人文主义光辉,她没有黛玉的清新脱俗,没有宝钗的雍容华贵,没有可卿的婀娜妩媚,没有湘云的俏皮可爱,但小说中迎春的存在,反映出作者对万千众生的悲悯,是作者在末世中为芸芸众生唱响的挽歌。

贾 探 春

作为金陵十二钗之一的贾探春,性格开朗大方,才情高且有着自己的一番抱负,是个有政治家风范的小姐。《红楼梦》中关于探春的故事情节主要有探春组织诗社、探春治家、探春说抱负等,每件事都给人留下深刻印象。"才自精明志自高,生于末世运偏消。清明涕送江边望,千里东风一梦遥。"这是《红楼梦》中对贾探春的判词。与大观园里的众姐妹比较而言,探春无疑是最有特色、最为泼辣的一个,连"凤辣子"都要忌惮她几分。她精明能干,有心机,能决断,这一点在"敏探春兴利除宿弊"一回中充分地表现了出来。

(一)人物经历

贾探春,别号蕉下客,贾政庶出女,姐妹中排行第三。探春是贾府的三小姐,"削肩细腰,长挑身材,鸭蛋脸面,俊眼修眉,顾盼神飞,文彩精华,见之忘俗",这是书中对探春在贾府地位和相貌的描述。和其他的姐妹比较,她举止大方,胸襟阔朗,没有迎春的懦弱,也没有惜春的孤僻,更不像湘云那么大大咧咧,不修边幅,是个大气、具有男子性格的女性。

从探春闺房的布置上看,她与众姐妹也有着明显的不同:探春喜欢阔朗,她的三间屋子连为一体,房中当地放一张花梨大理石大案,案上摆着各种名人的法帖,笔墨纸砚一应俱全。墙上挂的是米芾的《烟雨图》和颜真卿的墨迹。和其他姐妹包括宝玉房里精巧细致的摆设相比,探春房里的布置非常简单。琴棋书画在古代小姐房中是常有的物品,探春房里的书画也不代表她有怎样高深的学问。在文采上,探春虽然不及宝钗和黛玉,但也有其不凡的一面,能写出《簪菊》《残菊》之类的雅诗,也能说出"短鬓冷沾三径露,葛巾香染九秋霜"之类的佳句。大观园中热热闹闹的诗社活动让众姐妹的才情发挥得淋漓尽致,而这一活动的发起人却是她,让人不得不认同她的组织能力和其追求风雅的心。

探春对丫头的管教特别严格,她吃饭的时候,丫鬟们在两旁鸦雀无声,其他的姐妹却做不到如此,例如迎春根本管束不了自己的丫鬟和老妈子们,甚至会受这些下人们的气。大观园里的姊妹们,在这一点上没有一个不敬佩她的,连平儿也说:"他是个姑娘家,不肯发威动怒,这是他尊重,你们就藐视欺负他。果然招他动了大气,不过说他一个粗糙就完了,你们就现吃不了的亏。他撒个娇,太太也得让他一二分,二奶奶也不敢怎样。"还说:"二奶奶这些大姑子小姑子里头,也就只单畏他五分。"可见王熙凤对她这个小姑子也很敬佩。

（二）人物能力和风范

在曹雪芹笔下，探春是属于大观园里正统一派的女性，正统派的女性中，还有王熙凤、薛宝钗等，而探春在其中是比较有政治家风范的一个。

探春与其他正统女性极为不同的地方是她有自己的人生抱负。她自己是这样说的："……我但凡是个男人，可以出得去，我必早走了，立一番事业，那时自有我一番道理。偏我是女孩儿家，一句多话也没有我乱说的……"由此可见，探春并不甘心做一个富贵人家的小姐或者太太了此一生。

探春的才能更多地表现在她治家理财的行动上。其一，第五十五回，探春的舅舅赵国基死了，她没有多顾及死者与自己的关系和母亲赵姨娘的哭闹，而是按照规矩给了二十两的礼钱。当然，这其中还有探春不以舅舅为亲人的因素，但也能看出她公事公办，铁面无私的态度，但凡管事的媳妇姑娘，少有做到这点的。其二，她蠲免了以宝玉、贾环、贾兰上学为名义，实际上作为袭人、赵姨娘、李纨零花的月钱。虽然这件事引起了他人的不满，却没有人说句反对的话，因为人人心里都明白，探春的做法是正确的。这件事后，王熙凤嘱咐平儿说："他虽是姑娘家，心里却事事明白，不过是言语谨慎；他又比我知书识字，更厉害一层了。如今俗语'擒贼必先擒王'，他如今要作法开端，一定是先拿我开端。倘或他要驳我的事，你可别分辩，你只越恭敬，越说驳的是才好。千万别想着怕我没脸，和他一犟，就不好了。"可见，这个向来无所畏惧的"凤辣子"对探春也是佩服的，于细微处可以看出探春这个小姑子管家的能力与过人之处。

在和王熙凤的利益不抵触的情况下，探春又紧接着做了两件让人佩服不已的事。第一，她把每个小姐每月置办头油和粉的二两银子蠲免了，因为这些姑娘们每个月已有了二两月钱。在这里，探春发现了贾府家庭经济中存在着"买办"的现象，虽然只是买点丫头、姑娘们的脂粉，却存在很大的弊端，买办的人不是拖延送物的时间就是买些质量低劣的东西，让姑娘们根本没办法使用，仍然要重买。探春免了这个钱，对姑娘们的损失并不大，倒是打击了买办们的恶势力。第二，她在赖大家看见赖大管理花园的方法，认为好，就按照一样的方法派专人管理贾府的花园，每个月只要管理的人能奉呈少量姑娘们的头油、脂粉钱，花园中的收益就全属于他们的。这种具有现代农业生产观念的经济方法，竟然出自一个姑娘，的确不是件容易的事。第五十六回中，曹雪芹题的是"敏探春兴利除宿弊"，一个"敏"字，可见曹雪芹也对自己笔下的三小姐给予了极高的关注，赐予了她无比的智慧。

探春治家是由于王熙凤病了，而顶替王熙凤治家的人除了探春，还有李纨和薛宝钗，其他两个人在治家的过程中始终没有引起过多的关注，因为探春在治家的过程中做了很多兴利除弊之事，吸引了众人的目光。她见识长远、精明、干练，毫不亚于王熙凤，也让人习惯拿她与王熙凤这个历来管家的媳妇进行比较。

王熙凤理财，贪且狠，和她为人是一个样的。她把苛捐杂税作为收入的主要部分，而不发展实业。当然，这不完全是她的责任，也有时代和社会的因素。王熙凤理财比较突出的还有她的以权谋私。王熙凤放"印子钱"，收受贿赂，而且让家中其他人毫不知情。直到第一百零五回，锦衣府的官员查抄荣宁府的时候，在她的房中抄出大量借据，大家才知道她还有私自放高利贷这回事。王熙凤理财是极为自私的，她所做的一切，都是为了填满自己的腰包。而探春理财却不是如此，探春蠲免了小姐、丫鬟多领的头油、胭脂钱，免了以公子们学里零花的名义而实际上进了他人腰包的津贴，将花园给佣人们"承包"。从这几件事，我们可以看出探春理财的作风，即具有积极意义的"开源节流"。探春节省了看起来不多的"小钱"，使用的也是极其简单的方法，但正是这种种做法，使得日渐败落的贾府人尽其力，地尽其利，物尽其用，有了一丝好转的气息，这样做也使上下人等对她又敬又畏，可谓两全其美。可惜这只是一线曙光，等王熙凤身体稍好，一切仍然照旧，管理上仍然受外面账房管辖，内部的改良措施一扫而空，连一线生机都没有了。

贾府里老妈子、媳妇、丫鬟众多，在这群下人中也存在着欺压，有的甚至不把主子放在眼里。例如，李嬷嬷仗着养过宝玉，时常来教训怡红院里的大小丫鬟。迎春更是管不了自己的丫头、嬷嬷们。而探春在管家的时候，就大大煞了吴新登媳妇的威风，此后，还狠狠地打击了王善保家的。王善保家的在晴雯被逐屈死一事上有着不可推卸的责任，平时还依仗自己是邢夫人的陪房而飞扬跋扈。第七十四回，王善保家的和王熙凤抄检大观园，抄检到秋爽斋的时候，探春"秉烛开门而待"，大谈家败始于自杀自灭，连王熙凤都要陪着笑脸道歉，王善保家的却不识相地连探春的身都要搜上一回，招来了探春的巴掌。这一事件将探春的不可侵犯表现得极为充分，她词锋凌厉，气势完全凌驾于王熙凤之上，狠狠地教训了王善保家的，灭了这类下人的气焰，为改变贾府存在的悍仆欺主的现象尽了力。

（三）人物命运

贾府有四个贾姓的小姐，即元春、迎春、探春、惜春。这元、迎、探、惜四个字通常被认为有"原应叹息"的意思，不论这是不是后人们牵强附会的说法，大观园中姊妹们都难逃凄凉的悲剧命运，这是《红楼梦》所欲表现的要点。三小姐探春既然身在红楼，那么她的命运也是一样难逃其悲剧性。

探春的出生是她的悲剧之一。探春是赵姨娘所生，在封建大家庭中，庶出（偏生）是件很不光彩的事。对于探春这个具有政治家风范、有番人生抱负的小姐来说，这是一件不能为自己所原谅的事情。这个无法弥补的缺憾使得探春对人对事都特别谨慎，唯恐自己成了别人议论的对象。探春和自己的生母赵姨娘性格不合，时常闹矛盾。赵姨娘对自己这个女儿没有任何的好感，而探春对自己母亲的所作所为也是非常怨恨。

探春几乎没有把自己的生身母亲放在眼里，她自己这样说道："……他（赵姨娘）那想头自然有的，不过是那阴微鄙贱的见识。他只管这么想，我只管认得老爷、太太两个人，别人我一概不管……"这样说来，探春是不把赵姨娘当作亲娘的。第六十回，探春对尤氏、李纨说："这么大年纪，行出来的事总不叫人敬伏。这是什么意思，值得吵一吵，并不留体统"。这句话足以见得，在别人面前，探春对赵姨娘的态度依然是不留任何情面，没有任何母女的感情。探春对自己的舅舅赵国基、亲弟弟贾环也是一样的冷漠，当赵姨娘质问探春赵国基去世时的礼钱问题时，探春一面哭，一面问道："谁是我舅舅？我舅舅年下才升了九省检点，那里又跑出一个舅舅来？"探春根本不以赵国基为亲，这当然是出于妾的亲属不列入夫家姻亲的封建礼制。第二十七回，赵姨娘为探春给宝玉做鞋而从不理会贾环一事和探春争执；第五十五回，探春按规矩只给"舅舅"赵国基二十两的礼钱引起赵姨娘大闹；第六十回，探春出面调停赵姨娘因贾环要蔷薇硝惹出的打闹。一件件事都可以看出，赵姨娘、贾环母子在贾府的地位和探春对母亲、亲弟兄感情的冷淡。

探春这样做，完全是出于封建伦理的观

念，当然也出于个人的考虑。按照古代的礼法，妾生了孩子，是没有权利抚养的，一般要交由正室抚养。所以探春虽然是庶出，但要认正室为嫡母，而她的生母只是姨娘，所以探春认王夫人不认赵姨娘是符合封建伦理观念的，我们不能以现代伦理思想来批评探春的行为。对探春自己来说，她极力想摆脱自己庶出的地位，即使是无法改变，也想通过行动来与自己的母亲划清界限，不至于被其他人轻看。她这样做博得了贾府大多数人的认同，也讨得了王夫人的欢心。连王熙凤都笑道："好，好，好，好个三姑娘！我说他不错。只可惜他命薄，没托生在太太肚里。"相信探春也会在暗中叹息自己的命运不济，不是太太的亲生女儿。

（四）人物结局

关于探春的结局，基本有统一定论，那就是嫁到了外邦成了王妃。这里我们先看看前八十回里暗示了探春结局的地方。

首先看第五回金陵十二钗正册中的判词，众所周知，这里对各个小姐、姑娘的评说暗含了她们的未来。探春的判词写道："后面又画着两人放风筝，一片大海，一只大船，船中有一女子掩面泣涕之状。也有四句写云：才自精明志自高，生于末世运偏消。清明涕送江边望，千里东风一梦遥。"红楼梦十二支曲子中第五支《分骨肉》云："一帆云雨路三千，把骨肉家园齐来抛闪。恐哭损残年，告爹娘，休把儿悬念。自古穷通皆有定，离合岂无缘？从今分两地。各自保平安。奴去也，莫牵连！"山遥水远，凄凄惨惨，生死离别一般，这分明是一去不返的意思。如果像高鹗在书中所写的那样，只不过是嫁到海疆，众长辈商议嫁女的时候，不过是觉得嫁得远了些，但尚可以回家，未尝不可以接受，书中的结尾处探春竟然真的回家探亲了，既然如此，何谈生死悲痛？远嫁的悲伤也许会有，但想到将来可以回家探亲就大可不必如此，所以曲子的名字也不必起作《分骨肉》了。

在第七十回，众姐妹抓阄填柳絮词，探春写出半首《南柯子》再次印证了她远嫁的结局。再看第六十三回"寿怡红群芳开夜宴"，这一回里大观园的姐妹在怡红院为宝玉过生日办夜宴。行酒令的时候每个人都要抽签，抽的签上都有评语，暗寓着每个人的身世命运。例如宝钗抽到的签上有一支牡丹，题曰"艳冠群芳"；黛玉抽到的签上画着一支芙蓉，题曰"风露清愁"，诗云"莫怨东风当自嗟"。而探春抽到的是一只杏花，题曰"瑶池仙品"，诗云"日边红杏倚云栽"，注云："得此签者，必得贵婿。"探春抽到签时，众姐妹都笑道："我们家已有了个王妃，难道你也是王妃不成。大喜，大喜。"这些看似是玩笑话，也可能是伏笔。探春抽到的是支杏花签，签上写道"瑶池仙品"，并引入唐代高蟾诗句"日边红杏倚云栽"，根据封建时代的传统和习惯，"日"是皇帝的象征，"日边红杏"应是指皇帝身边的贵妇人。又根据《随园诗话》里"内有皇后，外有王妃"一说，或者早期抄本确有探春嫁为王妃的情节安排。这和注中解释"得贵婿"是一致的，贾府已是公侯之家，只有嫁入比公侯更高的门第，才可以称得上是"得贵婿"，而续书中探春只是嫁给了"镇海总制"的儿子，怎么都不能说得上是"得贵婿"。

在暗示探春结局的几处，都用风筝来象征探春。例如第五回的判词中有"后面又画着两人放风筝……"第二十二回制灯谜时，探春的灯谜的谜底又是风筝，即"阶下儿童仰面时，清明妆点最堪宜。游丝一断浑无力，莫向东风怨别离"。这一回里，每个人的灯谜也暗含着每个人的未来。探春的灯谜，和她的"清明时远嫁"是相符的，谜底风筝意味着探春的将来像断线的风筝一样无依无靠。至于象征探春的风筝究竟是什么样子的，在第七十回中关于众人放风筝的一段文字向我们表明了一切，各人放风筝的先后次序、风筝的样式、放风筝的方式都暗寓着各人的身世归宿。像宝玉放不起来的美人风筝,黛玉将风筝一放了之,而探春放的却是一只软翅子大凤凰风筝。凤凰历来都是被视为鸟中之王的,这里也绝不会是闲笔。探春放风筝过程的寓意更加明显,两只凤凰风筝在空中绞在了一起,又一个门扇大的玲珑喜字带响鞭的风筝在空中如钟鸣一般逼近,也和两个凤凰绞在一处,且一齐飘飘摇摇都去了。探春如果不是远嫁海外,就不会是断线的风筝,而此时特写凤凰风筝,正暗示探春成为王妃的命运。

探春应该是外邦的王妃,且只能做外邦的王妃,这印证了元春的判词"三春争及初春景",探春不可能超过元春,所以不可能成为本国的王妃,因此也只能远嫁到外邦做王妃了。虽然是王妃,可她是远离故国在海外小国的王妃。按传统的观念,这正是莫大的悲剧,探春纵有天高的本事,对自己的命运也无能为力。"才自精明志自高,生于末世运偏消。"探春也只是整个悲剧中的一曲罢了。

在《红楼梦》众多人物形象中,探春是浓墨重彩的人物之一。她的身上散发着一股怡人的清香,给人耳目一新的感觉。她虽是一位女性却没有女性的悲天悯人,她像男人却摆脱不了女性的命运。对于探春这样的人,作者是有阶级偏爱和阶级同情的。但是作者没有违反历史和人物的客观真实性,仍然十分深刻地描绘了这个形象,如实地写出了她"生于末世运偏消"的必然结局。在她身上,凝聚着曹雪芹对完美女性品质的塑造,更寄托了他对封建没落家族进行改革的期望。研究这一人物有助于我们寻找贾府没落衰败的病根,更有助于我们对封建伦理的进一步审视。

贾　惜　春

贾惜春是金陵十二钗之一,贾珍的妹妹。因父亲贾敬一味好道炼丹,别的事一概不管,而母亲又早逝,所以她一直在荣国府贾母身边长大,同三个姐姐在一起。她从小就失去了父母的爱护,是一个命苦的"小姐",从第三回通过黛玉的眼睛写她"身量未足,形容尚小"可以看出。

惜春一生的命运、结局,在第五回所写的"金陵十二钗"正册中已有了预示。小说中写道:"后面便是一所古庙,里面有一美人在内看经独坐。其判云:'勘破三春景不长,缁衣顿改昔年妆。可怜绣户侯门女,独卧青灯古佛旁。'"在《虚花悟》曲中又写道:"把这韶华打灭,觅那清淡天和。说什么天上夭桃盛,云中杏蕊多。到头来谁见把秋捱过?则看那白杨村里人呜咽,青枫林下鬼吟哦。更兼着连天衰草遮坟墓。这的是昨贫今富人劳碌,春荣秋谢花折磨。似这般生关死劫谁能躲?闻说道西方宝树唤婆娑,上结着长生果。"除了判词、图画和《虚花悟》曲之外,《红楼梦》中还有多次暗示式的描写,表明惜春最终是出家修行。如同小尼姑智能儿玩耍时曾说过将来剃了头发出家修行;第二十二回她写的灯谜:"前身色相总无成,不听菱歌听佛经。莫道此生沉黑海,性中自有大光明。"这是"佛前海灯",含有看破红尘、遁入空门之意。

同众姊妹相比,惜春最不善于诗词一道,整部小说中除了那首"佛前海灯"的灯谜外,在题大观园时她还写了一首《旷性怡情》,诗意平平,后面就几乎见不到她的诗作了。她喜欢绘画,被贾母指定画大观园图,但她对绘画的认识还不如宝钗。她与妙玉合得来,有时到妙玉处下棋,可能在棋艺方面还不错。她年龄小,性情孤僻,对繁华的生活并不十分向往。

惜春的一生在"悟"字上颇下了点功夫,也

终于悟出了一点人生的"真谛"——正如《虚花悟》曲中所唱的词儿那样。但是，惜春的"悟"不是"顿悟"，而是在贾府由盛转衰、三春相继去尽中逐渐"觉悟"的。这是由表及里、由感性到理性的认识过程。认识上升到理性阶段，就是"悟"。判词和曲中所说的"勘破三春"，就是她的姐姐元春、迎春、探春的悲剧结局，这使她认识到人生纵有"桃红柳绿"也是好景不长。譬如元春，身为贤德妃，竟是关在那"不得见人的去处"。偶有一次"省亲"，以泪洗面，强颜欢笑而已，最终逃脱不了一死的命运。二姐迎春，一生儒弱，恰又嫁给了一得势便猖狂的"中山狼"，最终被虐待而早亡。三姐探春可称得上女中丈夫，志大才高，可又是一番风雨路三千，远嫁他乡。三个姐姐的不幸，给惜春的打击非常大。尽管小说中没有写她如何评论、发何种感慨，但从书中的相关情节中可以看出，这位性格内向、孤僻的小姐心灵深处应是有颇多感叹的。

贾府虽然是国公之家，但在内外矛盾斗争中终于大厦将倾，油灯将灭。惜春目睹了一切，她从现实的生活中看到你争我夺的丑恶现象，她心灰意冷，感到生活的无趣。这是古往今来许多大家子弟中常常见到的一种现象。我们都知道李叔同中年出家的故事，许多人不理解。李叔同祖上是朝廷大员，父亲是天津巨富，李家的底蕴鲜有人敌，而他自己各方面的声望在当时可谓登峰造极，但他在这种情况下选择了出家。其实，愈是出生于这种富贵之家（或者说像贾家那样的家庭），愈对世事中的丑恶感受愈深愈愤。出走是一条路，出家绝于红尘也是他们选择的一条路。第七十四回写"惑奸谗抄检大观园，矢孤介杜绝宁国府"时，赶走了入画之后，惜春与尤氏有一段争论，尤氏还以为"四丫头年轻糊涂"，惜春说："状元、榜眼难道就没有糊涂的不成？可知他们更有不能了悟的。"又说："古人曾也说的，'不作狠心人，难得自了汉'。"所谓"自了汉"，就是说只能自管自身。所以她说："我不了悟，我也舍不得入画了。"在这样的时刻，惜春彻底心冷了，悟透了。所以在《红楼梦》第一百一十五、一百一十八回中，惜春终于下定决心，完成夙愿，出家了。

(一) 贾惜春角色的不可或缺性

王国维说："《红楼梦》者，悲剧中之悲剧也。"曹雪芹笔下四春的人物形象塑造得栩栩如生，分别代表不同的封建没落贵族小姐的典型。她们的悲惨命运，曹雪芹早就安排好了。老大贾元春是"榴花开处照宫闱""虎兔相逢大梦归"。她既是封建制度和礼教的维护者、统治者，也是其牺牲品。老二迎春"作践的公府千金似下流"，可惜封建大家小姐竟为了父债被丈夫虐待而死，一点反抗的余地都没有，成了又一个封建制度礼教的牺牲品。老三探春是"清明涕送江边望"。她是与封建正统主义者相对的开明派和改良派，在她身上体现了许多不同流俗的特点。这样一位有能力有志气的贵族小姐同样也是封建礼教制度的牺牲品，听父命远嫁，骨肉分离。有了前三春的悲惨命运的映照，相比之下，老四惜春这个角色的安排则显得异常重要了。惜春身为侯门女，小小年纪就亲身经历了贵族家庭没落时的种种，尤其是目睹了元、迎、探三春的悲惨命运，在黑暗现实面前，她最终只能走上出家的道路。曹雪芹通过惜春这样一个形象，提供了一个在政治权威和炎凉世道中以杜绝人际来自保的生命个案。其惨痛的内涵，值得我们在体味中感受作者无尽的喟叹与警觉。"把这韶华打灭，觅那清淡天和""西方宝树唤婆娑，上结着长生果"。在十二支红楼曲子里，独这支《虚花悟》唱得"清淡天和"了。作者自然认为惜春出家是比较好的结局，因而惜春多多少少寄托了作者看破封建社会的现实，痛恨、逃避纷繁芜杂的社会生活的思想。这未尝不是一种消极反抗和叛逆。

(二)贾惜春性格的复杂性

1. 胆小怕事,单纯天真。《红楼梦》第三回惜春头一次出场,短短几句"身量未足,形容尚小",可见惜春小得可怜,因而说话和做事就处处显得胆小怕事了。曹雪芹经常点明惜春身处大众场合,但很少提及她的言行,从这也足见其胆小慎行。小说第四十回里,刘姥姥的滑稽表演引得众人都笑起来,"惜春离了坐位,拉着他奶母,叫揉一揉肠子"。其单纯天真跃然纸上。

2. 贵族小姐的一些陋习。在《红楼梦》第七十四回中大丫鬟入画被抄了不少东西,惜春不问青红皂白,不听入画跪说原因,当入画跪地哀求,惜春只叫嫂子"快带了他去。或打,或杀,或卖,我一概不管"。主仆一场的情意一点都不顾。当尤氏劝解时,惜春反说:"不但不要入画,如今我也大了,连我也不便往你们那边去了。况且近日我每每风闻得有人背地里议论什么,多少不堪的闲话,我若再去,连我也编派上了。"尤氏辩解,惜春冷笑道:"你这话问着我倒好。我一个姑娘家,只有躲是非的,我反去寻是非,成个什么人了!……古人说得好,'善恶生死,父子不能有所勖助',何况你我二人之间。我只知道保得住我就够了,不管你们。从此以后,你们有事别累我。"从这里可以看出,惜春不光是胆小怕事、逃避是非,还有冷酷无情、明哲保身的一面。难怪尤氏说她"可知你是个心冷口冷、心狠意狠的人"。她是十二钗中所谓的"冷美人",她是真正的无情、绝情、不近人情。另外惜春还有极爱面子、小心眼的一面。在续本第一百一十二回里,贾府遇上了强盗,而贾政率众人送贾母灵柩去铁槛寺安灵,尤氏建议家里留惜春和生病的凤姐照看。如今遇盗,惜春一句话也没有,只是哭道:"这都是我大嫂子害了我的,他撺掇着太太派我看家的。如今我的脸搁在那里呢!"此时贵族小姐软弱无能、死要面子、以小人之心度人等陋习就表现出来了。

3. 清心寡欲、消极避世。惜春平时就喜欢画画、下棋,老太太曾叫她把大观园画下来。画画和下围棋都是古人认为能修身养性的活动。第七回描写惜春同水月庵的智能儿一起玩耍,周瑞家的送花来给她,她还开玩笑说:"剃了头同他作姑子。"此时的惜春就感觉此生与佛有缘了。而佛正是"上结着长生果"。第八十七回惜春听说妙玉走火入魔,因想:"妙玉虽然洁净,毕竟尘缘未断。可惜我生在这种人家不便出家,我若出了家时,那有邪魔缠扰,一念不生,万缘俱寂。"想到这里,暮与神会,若有所得,便口占一偈云:"大造本无方,云何是应住。即从空中来,应向空中去。"从这里我们不难看出,此时的惜春出家的牵绊仅仅是封建制度下家庭的阻挠了,她在"佛这个悟性和修为"上讲,已经又精深了一步。这为她后来与这个家庭彻底决裂奠定了很深的基础。到第一百一十二回写惜春想到父母早死,嫂子又嫌她,老太太逝去又无人疼爱,又想到三春及湘云的悲惨命运,独妙玉如闲云野鹤般无拘无束。正想时,听说妙玉被强盗抢去,惜春心里从此生出一个出家的念头。到此惜春真的看破了,想出家消极避世去了。"你愈是明显地感觉万物的脆弱、空虚和梦幻性,便愈是明显地感觉到自己内在生命的永恒性。"对于惜春,出家当尼姑就是她追求本体永恒的唯一方式。

(分值:50分 时间:50分钟)

一、阅读下面的文字,完成后面的题目。(19分)

材料一:

记者:《红楼梦》是一部经典小说,它被置放在一个非常高的地位,甚至与民族的文化自信联系在一起,您认为呢?

张庆善:伟大的科学家、艺术家、文学家的名字,就是一个民族的自豪感和民族精神的象征,对增强民族的凝聚力、自信力有着重要作用。曹雪芹与《红楼梦》是中华民族的骄傲,在世界文学史上,《红楼梦》与托尔斯泰的《战争与和平》、莎士比亚的四大悲剧共同矗立在世界文学的顶峰。《红楼梦》为人们描绘出一幅广阔的社会历史画卷,讲述了一个贵族家庭的衰落和贾宝玉及年轻女子们的悲剧,充分表达了作者曹雪芹对美被毁灭的悲愤。这种对民族心灵的深刻投射,正是《红楼梦》200多年来一直打动人心,让人产生心灵共鸣的根本原因,看到了这一点,你就走进了《红楼梦》的艺术世界。

记者:今天的年轻人,应从什么价值角度来读《红楼梦》?

张庆善:我认为欣赏、审美、感悟,是年轻人阅读《红楼梦》的主要追求。先要把《红楼梦》当成一部文学作品来阅读,而不要总是去猎奇、猜测是不是映射了当时的政治,甚至将其当成"清宫秘史",这些都是不正确的。其次,对当代读者来讲,伟大的文学经典给予你的价值是多方面的,其中最主要的有两点,即认识价值和审美价值。阅读《红楼梦》可以帮助你加深对社会、对人生、对人情世故的认识,可以提高你的审美情趣和人文素养。当然,也不要把《红楼梦》仅仅看作是一部爱情小说,尽管它描写了缠绵感人的爱情故事。

(摘编自《中国红楼梦学会会长张庆善谈〈红楼梦〉:一幅完备的社会历史画卷》)

材料二:

今日"文化自信"已成为主流意识形态,文化自信的底气尽管来自多方面,但不可否认,中华优秀传统文化是其中一个重要来源。作为优秀传统文化的杰出代表,《红楼梦》在推动文化自信方面具有重要价值。因此,文化自信视域下的《红楼梦》的当代传播,正是摆在我们面前的新课题。如何让《红楼梦》这部古代作品融入当代读者中,从而激活经典呢?

首先,使《红楼梦》"融进去",为文化自信注入活力。所谓"融进去",就是让《红楼梦》这部传统文化的集大成之作融进每个中华儿女的血液里,融入当代社会中去,而不仅仅停留在理论呼吁和顶层设计的层面。《红楼梦》是了解封建社会、学习优秀传统文化的一扇窗。通过对《红楼梦》的阅读和学习,读者可以了解优秀传统文化,看清历史的沧桑与人间的正道。要将《红楼梦》融入人们的生活,把阅读、学习、领悟《红楼梦》当作一种生活习惯、一种精神追求,让读者进入传统文化的殿堂,激发读者对传统文化的自豪感,进而增强读者的文化自信。

其次,让《红楼梦》"活起来",为文化自信厚植底蕴。所谓"活起来",就是重拾红学经典,深入挖掘《红楼梦》蕴含的优秀传统文化,为文化自信厚植底蕴。习近平总书记强调,"要系统梳理传统文化资源,让收藏在禁宫里的文物、陈列在广阔大地上的遗产、书写在古籍里的文字都活起来"。要加强对《红楼梦》的深入研究和进一步普及,让这部经典"活起来",通过对《红楼梦》的研究增加对其他传统文化的了解,建立起既有中国特色又适应新时代特点的文化体系,这有助于弘扬优秀传统文化,坚定文化自信。

最后,让《红楼梦》"走出去",为文化自信增添底气。所谓"走出去",就是让《红楼梦》在海外广泛传播,被越来越多的他国人民喜爱、肯定和认同。一部优秀的文学经典不仅是一个民族的骄傲,也是一个伟大的文化使者,一个展示国家和民族的窗口。在讲好中国故事、传递中国声音的过程中,伟大的文学经典尤其像《红楼梦》这样的经典不能缺席。在2017年全国《红楼梦》学术研讨会开幕词中,中国红楼梦学会会长张庆善谈道:"伟大的文学经典在不同国家和民族的文化交流中所起的作用是不可估量的。打开了《红楼梦》艺术的大门,你就会进一步了解中国、读懂中国。因此《红楼梦》及其红学不仅应该而且一定会成为中外文化交流的桥梁。"

《红楼梦》的当代传播呈现出前所未有的多元性,红学研究者应当积极适应时代发展的需求,不断完善自身的知识结构,用战略性的发展眼光调整研究路径,更新研究方法,开辟红学发展的新道路、新视界和新境界。

(摘编自李响《文化自信视域下的〈红楼梦〉当代价值思考及传播策略》)

1. 下列对材料相关内容的理解和分析,正确的一项是(　　)。(3分)

A. 《红楼梦》讲述的贵族家庭的衰落和年轻人的悲剧,是对民族心灵的深刻投射,这也是它经久不衰的原因。

B. 作为一部集中华传统文化之大成的作品,《红楼梦》曲高和寡,目前只能处于理论呼吁和顶层设计的层面。

C. 更广泛地普及并深入研究《红楼梦》,建立具有中国特色和新时代特点的文化体系有助于坚定文化自信。

D. 《红楼梦》是民族的骄傲和民族精神的象征,也是中外文化交流的桥梁,读懂《红楼梦》,就读懂了中国。

2. 根据材料内容,下列说法不正确的一项是(　　)。(3分)

A. 张庆善认为年轻人要把《红楼梦》当作一部文学作品来欣赏、审美和感悟,而不是一味地去猎奇和猜测。

B. 基于《红楼梦》在推动文化自信方面的重要价值,《红楼梦》的当代传播是当下值得研究的一个新课题。

C. 《红楼梦》不能缺席中外文化交流,让《红楼梦》"走出去",就会得到更多海外读者的喜爱和认同。

D. 《红楼梦》当代传播的多元化趋势给红学研究者提出了新的挑战,红学研究应当与时俱进、不断更新。

3. 下列对材料二论证的相关分析,不正确的一项是(　　)。(3分)

A. 文章以提出问题、分析问题的方式展开论述,在逻辑上逐层递进、条理清晰、层次分明。

B. 文章从三个层面分析《红楼梦》的传播策略,分别是使其"融进去""活起来"和"走出去"。

C. 文章第3段引用习近平总书记的话是为了强调要进一步弘扬中华优秀传统文化,坚定文化自信。

D. 文章第4段运用引用论证,引用中国红楼梦学会会长张庆善的话强化观点,使论证更有说服力。

4. 请根据材料内容简要概括《红楼梦》的当代价值。(4分)

_____

_____

5. 作为青年学生，我们应该如何对待《红楼梦》？请结合材料内容和自身的实践谈谈你的看法。(6分)

_____

_____

_____

二、阅读《红楼梦》选文，完成后面的题目。(18分)

文本一：

　　黛玉和宝玉二人站在花下，遥遥知意。黛玉便说道："你家三丫头倒是个乖人。虽然叫他管些事，倒也一步儿不肯多走。差不多的人就早作起威福来了。"宝玉道："你不知道呢。你病着时，他干了好几件事。这园子也分了人管，如今多掐一草也不能了。又蠲了几件事，单拿我和凤姐姐作筏子禁别人。最是心里有算计的人，岂只乖而已。"黛玉道："要这样才好，咱们家里也太花费了。我虽不管事，心里每常闲了，替你们一算计，出的多进的少，如今若不省俭，必致后手不接。"宝玉笑道："凭他怎么后手不接，也不短了咱们两个人的。"黛玉听了，转身就往厅上寻宝钗说笑去了。

(节选自《红楼梦》第六十二回)

文本二：

　　又到探春院内，谁知早有人报与探春了。探春也就猜着必有原故，所以引出这等丑态来，遂命众丫鬟秉烛开门而待。一时，众人来了。探春故问何事。凤姐笑道："因丢了一件东西，连日访察不出人来，恐怕旁人赖这些女孩子们，所以越性大家搜一搜，使人去疑，倒是洗净他们的好法子。"探春冷笑道："我们的丫头自然都是些贼，我就是头一个窝主。既如此，先来搜我的箱柜，他们所有偷了来的都交给我藏着呢。"说着便命丫头们把箱柜一齐打开，将镜奁、妆盒、衾袱，衣包若大若小之物一齐打开，请凤姐去抄阅。凤姐陪笑道："我不过是奉太太的命来，妹妹别错怪我。何必生气。"因命丫鬟们快快关上。

　　平儿丰儿等忙着替侍书等关的关，收的收。探春道："我的东西倒许你们搜阅，要想搜我的丫头，这却不能。我原比众人歹毒，凡丫头所有的东西我都知道，都在我这里间收着，一针一线他们也没的收藏，要搜所以只来搜我。你们不依，只管去回太太，只说我违背了太太，该怎么处治，我去自领。你们别忙，自然连你们抄的日子有呢！你们今日早起不曾议论甄家，自己家里好好的抄家，果然今日真抄了。咱们也渐渐的来了。可知这样大族人家，若从外头杀来，一时是杀不死的，这是古人曾说的'百足之虫，死而不僵'，必须先从家里自杀自灭起来，才能一败涂地！"说着，不觉流下泪来。

　　凤姐只看着众媳妇们。周瑞家的便道："既是女孩子的东西全在这里，奶奶且请到别处去罢，也让姑娘好安寝。"凤姐便起身告辞。探春道："可细细的搜明白了？若明日再来，我就不依了。"凤姐笑道："既然丫头们的东西都在这里，就不必搜了。"探春冷笑道："你果然倒乖。连我的包袱都打开了，还说没翻。明日敢说我护着丫头们，不许你们翻了。你趁早说明，若还要翻，不妨再翻一遍。"凤姐知道探春素日与众不同的，只得陪笑道："我已经连你的东西都搜查明白了。"探春又问众人："你们也都搜明白了不曾？"周瑞家的等都陪笑说："都翻明白了。"

那王善保家的本是个心内没成算的人,素日虽闻探春的名,那是为众人没眼力没胆量罢了,那里一个姑娘家就这样起来,况且又是庶出,他敢怎么。他自恃是邢夫人陪房,连王夫人尚另眼相看,何况别个。今见探春如此,他只当是探春认真单恼凤姐,与他们无干。他便要趁势作脸献好,因越众向前拉起探春的衣襟,故意一掀,嘻嘻笑道:"连姑娘身上我都翻了,果然没有什么。"凤姐见他这样,忙说:"妈妈走罢,别疯疯颠颠的。"一语未了,只听"拍"的一声,王家的脸上早着了探春一掌。探春登时大怒,指着王家的问道:"你是什么东西,敢来拉扯我的衣裳!我不过看着太太的面上,你又有年纪,叫你一声妈妈,你就狗仗人势,天天作耗,专管生事。如今越性了不得了。你打量我是同你们姑娘那样好性儿,由着你们欺负他,就错了主意!你搜检东西我不恼,你不该拿我取笑。"说着,便亲自解衣卸裙,拉着凤姐儿细细的翻。又说:"省得叫奴才来翻我身上。"凤姐平儿等忙与探春束裙整袂,口内喝着王善保家的说:"妈妈吃两口酒就疯疯颠颠起来。前儿把太太也冲撞了。快出去,不要提起了。"又劝探春休得生气。探春冷笑道:"我但凡有气性,早一头碰死了!不然岂许奴才来我身上翻贼赃了。明儿一早,我先回过老太太、太太,然后过去给大娘陪礼,该怎么,我就领。"

那王善保家的讨了个没意思,在窗外只说:"罢了,罢了,这也是头一遭挨打。我明儿回了太太,仍回老娘家去罢。这个老命还要他做什么!"探春喝命丫鬟道:"你们听他说的这话!还等我和他对嘴去不成?"侍书等听说,便出去说道:"你果然回老娘家去,倒是我们的造化了。只怕舍不得去。"凤姐笑道:"好丫头,真是有其主必有其仆。"探春冷笑道:"我们作贼的人,嘴里都有三言两语的。这还算笨的,背地里就只不会调唆主子。"平儿忙也陪笑解劝,一面又拉了侍书进来。周瑞家的等人劝了一番。凤姐直待伏侍探春睡下,方带着人往对过暖香坞来。

(节选自《红楼梦》第七十四回)

6. 下列对选文相关内容和艺术特色的分析鉴赏,不正确的一项是(　　)。(3分)

A. 探春的性格特征主要是通过语言、动作等描写正面表现出来的,宝、黛二人的谈话、凤姐对侍书"有其主必有其仆"的赞许则是从侧面表现探春。

B. 作者通过对王善保家的心理描写,表现出她仗势欺人、自作聪明的性格特点,也侧面表现出探春在贾府的地位不高,连得势的仆人也敢轻视她。

C. 在描写探春打王善保家的那一巴掌时,先写声音,然后才写发出这声音的动作,凸显了这一巴掌打得响亮,烘托了探春不畏强权的个性特点。

D. 从故意"命众丫鬟秉烛开门而待"到公然声明不能搜她的丫头,再到言辞上步步紧逼,出手并痛骂王善保家的,探春的形象愈加鲜明。

7. 下列与选文有关的说法,正确的一项是(　　)。(3分)

A. 贾府为了迎接元春省亲,修建了大观园,里面分为荣国府和宁国府两部分。元春让家中的姐妹、寡嫂以及在姐妹丛中长大的宝玉,一起住进了园中。

B. 抄检大观园的导火索是傻大姐在大观园里捡到了一个绣春囊,邢夫人派亲信王善保家的将绣春囊送到王夫人那里,引发了种种矛盾冲突。

C. 抄检大观园时,怡红院的丫头们无不战战兢兢、俯首帖耳,任人搜查,晴雯却带着几个丫鬟,把自己的箱子往地上一倒,还顶撞了领头抄检者。

D. 大观园是作者极力刻画的诗化乐园,这里的人都有理想的人格,相互之间没有任何矛盾;抄检大观园意味着这一理想世界被世俗势力彻底破坏。

8. 《红楼梦》中的人物语言往往意蕴丰富,文中画横线部分是探春的一番话,这其中夹枪带棒,你觉得王善保家的应该从中听出几层警告?（6分）

9. 如果让探春全权管理贾府,能否缓解贾府的危机?请结合文本谈谈你的看法。（6分）

三、阅读下面的文字,完成后面的题目。（13分）

《红楼梦》是一首诗,一首酝酿、积淀了数千年,而由一位集大成的文学大师最终写就的 ① （填二字词语）而凄怨的诗篇。随着诗篇末尾 ② （填二字词语）般的残缺与悲剧的落幕,天地似为之易色,草木亦为之同悲,一个经历了繁华与苦难、坎坷与艰辛的伟大心灵发出了余韵悠悠的沉重叹息。在《红楼梦》中,作者 ③ （填二字词语）了他全部的心血、才华与诗情画意,以杜宇啼血般的笔调和 ④ （填成语）的词句,精心撰写了一个艺术世界,在这里,积淀着中国的传统文化与艺术的生命信息,流动着中国古代诗歌的节奏旋律和精神气韵。

当我们以这样的眼光再一次感受和审视黛玉的形象时,黛玉美丽多情,黛玉富有诗人气质与才情,黛玉敏感善良,但她已然不单纯是这样一位少女形象了,也不仅仅是揭示了一定历史时期社会生活中某种本质与规律的典型形象,而是承载了几千年来中华文化中永恒的诗性象征和一种具有典型意义的审美境界。从这一形象中,我们仿佛可以看到中国古代许多文士的背影。

10. 请在文中横线上填入恰当的词语。（4分）

11. 为了合乎逻辑,让语段和谐,请将文中画波浪线的句子改写为长单句。可以适当改变语序、少量增删词语,但不得改变原意。（4分）

12. 请指出文中画横线的句子运用的修辞手法,并简要分析其表达效果。（5分）

(贾政与贾赦、贾珍与贾琏)

【事件】

贾政与贾赦

中秋夜宴兄弟奉母：对长辈

（第七十五回）当下园之正门俱已大开，吊着羊角大灯。嘉荫堂前月台上，焚着斗香，秉着风烛，陈献着瓜饼及各色果品。邢夫人等一干女客皆在里面久候。真是月明灯彩，人气香烟，晶艳氤氲，不可形状。地下铺着拜毯锦褥。贾母盥手上香拜毕，于是大家皆拜过。贾母便说："赏月在山上最好。"因命在那山脊上的大厅上去。众人听说，就忙着在那里去铺设。贾母且在嘉荫堂中吃茶少歇，说些闲话。一时，人回："都齐备了。"贾母方扶着人上山来。王夫人等因说："恐石上苔滑，还是坐竹椅上去。"贾母道："天天有人打扫，况且极平稳的宽路，何必不疏散疏散筋骨。"于是贾赦贾政等在前导引，又是两个老婆子秉着两把羊角手罩，鸳鸯、琥珀、尤氏等贴身搀扶，邢夫人等在后围随，从下逶迤而上，不过百馀步，至山之峰脊上，便是这座敞厅。因在山之高脊，故名曰凸碧山庄。于厅前平台上列下桌椅，又用一架大围屏隔作两间。凡桌椅形式皆是圆的，特取团圆之意。上面居中贾母坐下，左垂首贾赦、贾珍、贾琏、贾蓉，右垂首贾政、宝玉、贾环、贾兰，团团围坐。只坐了半壁，下面还有半壁馀空。贾母笑道："常日倒还不觉人少，今日看来，还是咱们的人也甚少，算不得甚么。想当年过的日子，到今夜男女三四十个，何等热闹。今日就这样，太少了。待要再叫几个来，他们都是有父母的，家里去应景，不好来的。如今叫女孩们来坐那边罢。"于是令人向围屏后邢夫人等席上将迎春、探春、惜春三个请出来。贾琏宝玉等一齐出坐，先尽他姊妹坐了，然后在下方依次坐定。

贾母便命折一枝桂花来，命一媳妇在屏后击鼓传花。若花到谁手中，饮酒一杯，罚说笑话一个。于是先从贾母起，次贾赦，一一接过。鼓声两转，恰恰在贾政手中住了，只得饮了酒。众姊妹弟兄皆你悄悄的扯我一下，我暗暗的又捏你一把，都含笑倒要听是何笑话。贾政见贾母喜悦，只得承欢。方欲说时，贾母又笑道："若说的不笑了，还要罚。"贾政笑道："只得一个，说来不笑，也只好受罚了。"因笑道："一家子一个人最怕老婆的。"才说了一句，大家都笑了。因从不曾见贾政说过笑话，所以才笑。贾母笑道："这必是好的。"贾政笑道："若好，老太太多吃一杯。"贾母笑道："自然。"贾政又说道："这个怕老婆的人从不敢多走一步。偏是那日是八月十五，到街上买东西，便遇见了几个朋友，死活拉到家里去吃酒。不想吃醉了，便在朋友家睡着了，第二日才醒，后悔不及，只得来家赔罪。他老婆正洗脚，说：'既是这样，你替我舔舔就饶你。'这男人只得给他舔，未免恶心要吐。他老婆便恼了，要打，说：'你这样轻狂！'唬得他男人忙跪下求说：'并不是奶奶的脚脏。只因昨晚吃多了黄酒，又吃了几块月饼馅子，所以今日有些作酸呢。'"说的贾母与众人都笑了。贾政忙斟了一杯，送与贾母。贾母笑道："既这样，快叫人取烧酒来，别叫你们受累。"众人又都笑起来。

于是又击鼓，便从贾政传起，可巧传至宝玉鼓止。宝玉因贾政在坐，自是踧踖不安，花偏又在他手内，因想："说笑话倘或不发笑，又说没口才，连一笑话不能说，何况别的，这有不是。若说好了，又说正经的不会，只惯油嘴贫舌，更有不是。不如不说的好。"乃起身辞道："我不能说笑话，求再限别的罢了。"贾政道："既这样，限一个'秋'字，就即景作一首诗。若好，便赏你；若不好，明日仔细。"贾母忙道："好好的行令，如何又要作诗？"贾政道："他能的。"贾母听说，"既这样就作。"命人取了纸笔来，贾政道："只不许用那些冰玉晶银彩光明素等样堆砌字眼，要另出己见，试试你这几年的情思。"宝玉听了，碰在心坎上，遂立想了四句，向纸上写了，呈与贾政看，道是……贾政看了，点头不语。贾母见这般，知无甚大不好，便问："怎么样？"贾政因欲贾母喜悦，便说："难为他。只是不肯念书，到底词句不雅。"贾母道："这就罢了。他能多大，定要他做才子不成！这就该奖励他，以后越发上心了。"贾政道："正是。"因回头命个老嬷嬷出去吩咐书房内的小厮，"把我海南带来的扇子取两把给他。"宝玉忙拜谢，仍复归座行令。当下贾兰见奖励宝玉，他便出席也做一首，递与贾政看时，写道是……贾政看了喜不自胜，遂并讲与贾母听时，贾母也十分欢喜，也忙令贾政赏他。于是大家归坐，复行起令来。

这次在贾赦手内住了，只得吃了酒，说笑话。因说道："一家子一个儿子最孝顺。偏生母亲病了，各处求医不得，便请了一个针灸的婆子来。婆子原不知道脉理，只说是心火，如今用针灸之法，针灸针灸就好了。这儿子慌了，便问：'心见铁即死，如何针得？'婆子道：'不用针心，只针肋条就是了。'儿子道：'肋条离心甚远，怎么就好？'婆子道：'不妨事，你不知天下父母心偏的多呢。'"众人听说，都笑起来。贾母也只得吃半杯酒，半日笑道："我也得这个婆子针一针就好了。"贾赦听说，便知自己出言冒撞，贾母疑心，忙起身笑与贾母把盏，以别言解释。

【点评】

《红楼梦》中荣国府长房与二房之间有矛盾不是秘密。从"林黛玉进贾府"一回中我们可以看到，住在荣国府正房的是贾政夫妇，贾母住在正房之北，而贾赦作为长子，反倒没有和母亲住在一起，而是从荣国府隔断了东边一个角落，在别院居住。为什么荣国府不是贾赦当家呢？其原因是多方面的，最早的源头在第二回，冷子兴有这样的表述，"次子贾政，自幼酷喜读书，祖父最疼"。可见，贾政因为喜欢读书，不但得到了父母的欢心，更受到了祖父的疼爱。贾政的祖父是第一代荣国公贾源，贾政作为小孙子，受到祖父、第一代荣国公的疼爱，这就为日后贾赦"不得宠"埋下了伏笔。当然，贾赦的不得宠，更多的是他自身的原因，他基本就是不学无术的代名词。所以林如海在向贾雨村介绍荣国府的概况时，主要就是说的贾政："二内兄名政，字存周，现任工部员外郎，其为人谦恭厚道，大有祖父遗风，非膏粱轻薄仕宦之流。"这里写贾政"有祖父遗风，非膏粱轻薄仕宦之流"，而贾赦就自然属于"膏粱轻薄仕宦之流"了。因此，喜欢读书的贾政最终受到了父亲的荫庇："不料代善临终时遗本一上……遂额外赐了这政老爹一个主事之衔，令其入部习学，如今现已升了员外郎了。"这让立志要通过自身努力考取功名的贾政万般无奈却又不得不叩恩接受。当然，接受家族爵位的贾赦其实内心对读书人是有点看不起的，正如他表扬贾环所说的，"一日蟾宫折桂，方得扬眉吐气"的不过是"寒酸"人家，"咱们侯门"跑不了"世袭的前程"，所以读书不读书的不重要，"比别人略明白些"就够了。

对于贾赦长久以来积蓄的不满，贾母当然也是心知肚明。尽管安排了长房儿子媳妇贾琏和王熙凤在荣国府管家,裂痕到底是难以弥合的。贾母偏心贾政和王夫人,对贾赦和邢夫人这对长子媳妇不满意,人前说贾赦夫妇孝顺,不过是面子上的功夫。

中秋之夜,贾政应母亲要求,讲了一个笑话。说的是一个怕老婆的男人因在外面喝多了酒没回家,回家之后就给老婆叩头赔罪,且遭老婆质问,更不堪的是被罚舔老婆的脚且恶心作呕的无聊笑话。自命清高风雅的政老爷,在家宴上说这个低俗的笑话,未免太有伤大雅、有失身份。这也从一个侧面说明贾政虽喜读书,其实才思平平。

当然贾政也是不惯讲笑话的。但当时贾母要求他讲,就表示贾母希望看到与平时不一样的贾政。所以"只得"二字,表明贾政要讲一个笑话是何等困难。贾政是个孝子,平日里都对母亲极为孝顺,日常都会给母亲按时晨昏定省,此刻为了让母亲高兴,挖空心思讲了这么个笑话,出乎大家意料,也带来了意想不到的效果,真的让贾母暂时忘却了烦恼。他以这样的一种方式给母亲带来快乐,也可以理解为孝的表现。这一细节更能反映出母子二人心无隔阂,亲密无间。

然而,贾赦在贾母面前,就没有贾政那份毫无芥蒂的孝,他反而会找各种机会表达自己的不满。例如他当众讽刺贾母"偏心",这个笑话就讲得特别不合时宜。一家子好几辈人在一起过中秋,他如此讲话不仅煞风景,更直戳贾母的心窝子,显然是不给贾母面子。而贾母对此也无话可说,只半晌后才自嘲说了句:"我也得这个婆子针一针就好了。"

对　晚　辈

(第四十八回)香菱应着才要走时,只见平儿忙忙的走来。香菱忙问了好,平儿只得陪笑相问。宝钗因向平儿笑道:"我今儿带了他来作伴儿,正要去回你奶奶一声儿。"平儿笑道:"姑娘说的是那里话?我竟没话答言了。"宝钗道:"这才是正理。店房也有个主人,庙里也有个住持。虽不是大事,到底告诉一声,便是园里坐更上夜的人知道添了他两个,也好关门候户的了。你回去告诉一声罢,我不打发人去了。"平儿答应着,因又向香菱笑道:"你既来了,也不拜一拜街坊邻舍去?"宝钗笑道:"我正叫他去呢。"平儿道:"你且不必往我们家去,二爷病了在家里呢。"香菱答应着去了,先从贾母处来,不在话下。

宝钗道:"早起恍惚听见了一句,也信不真。我也正要瞧你奶奶去呢,不想你来了。又是为了什么打他?"平儿咬牙骂道:"都是那贾雨村什么风村,半路途中那里来的饿不死的野杂种!认了不到十年,生了多少事出来!今年春天,老爷不知在那个地方看见了几把旧扇子,回家看

(第九回)偏生这日贾政回家早些,正在书房中与相公清客们闲谈。忽见宝玉进来请安,回说上学里去,贾政冷笑道:"你如果再提'上学'两个字,连我也羞死了。依我的话,你竟顽你的去是正理。仔细站脏了我这地,靠脏了我的门!"众清客相公们都早起身笑道:"老世翁何必又如此。今日世兄一去,三二年就可显身成名的了,断不似往年仍作小儿之态了。天也将饭时,世兄竟快请罢。"说着便有两个年老的携了宝玉出去。

贾政因问:"跟宝玉的是谁?"只听外面答应了两声,早进来三四个大汉,打千儿请安。贾政看时,认得是宝玉的奶母之子,名唤李贵。因问他道:"你们成日家跟他上学,他到底念了些什么书!倒念了些流言混话在肚子里,学了些精致的淘气。等我闲一闲,先揭了你的皮,再和那不长进的算账!"吓的李贵忙双膝跪下,摘了帽子,碰头有声,连连答应"是",又回说:"哥儿已经念到第三本《诗经》,什么'呦呦鹿鸣,荷叶浮萍',小的不敢撒谎。"说的满座哄然

家里所有收着的这些好扇子都不中用了，立刻叫人各处搜求。谁知就有一个不知死的冤家，混号儿世人叫他作石呆子，穷的连饭也没的吃，偏他家就有二十把旧扇子，死也不肯拿出大门来。二爷好容易烦了多少情，见了这个人，说之再三，把二爷请到他家里坐着，拿出这扇子略瞧了一瞧。据二爷说，原是不能再有的，全是湘妃、棕竹、麋鹿、玉竹的，皆是古人写画真迹，因来告诉了老爷。老爷便叫买他的，要多少银子给他多少。偏那石呆子说：'我饿死冻死，一千两银子一把我也不卖！'老爷没法子，天天骂二爷没能为。已经许了他五百两，先兑银子后拿扇子。他只是不卖，只说：'要扇子，先要我的命！'姑娘想想，这有什么法子？谁知雨村那没天理的听见了，便设了个法子，讹他拖欠了官银，拿他到衙门里去，说所欠官银，变卖家产赔补，把这扇子抄了来，作了官价送了来。那石呆子如今不知是死是活。老爷拿着扇子问着二爷说：'人家怎么弄了来？'二爷只说了一句：'为这点子小事，弄得人坑家败业，也不算什么能为！'老爷听了就生了气，说二爷拿话堵老爷，因此这是第一件大的。这几日还有几件小的，我也记不清，所以都凑在一处，就打起来了。也没拉倒用板子棍子，就站着，不知拿什么混打一顿，脸上打破了两处。我们听见姨太太这里有一种丸药，上棒疮的，姑娘快寻一丸子给我。"宝钗听了，忙命莺儿去要了一丸来与平儿。宝钗道："既这样，替我问候罢，我就不去了。"平儿答应着去了，不在话下。

（第七十九回）原来贾赦已将迎春许与孙家了。这孙家乃是大同府人氏，祖上系军官出身，乃当日宁荣府中之门生，算来亦系世交。如今孙家只有一人在京，现袭指挥之职，此人名唤孙绍祖，生得相貌魁梧，体格健壮，弓马娴熟，应酬权变，年纪未满三十，且又家资饶富，现在兵部候缺题升。因未有室，贾赦见是世交子侄，且人

大笑起来。贾政也掌不住笑了，因说道："那怕再念三十本《诗经》，也都是掩耳偷铃，哄人而已。你去请学里太爷的安，就说我说了：什么《诗经》、古文，一概不用虚应故事，只是先把《四书》一气讲明背熟，是最要紧的。"李贵忙答应"是"，见贾政无话，方退出去。

（第十七回）贾政笑道："这一处还罢了。若能月夜坐此窗下读书，不枉虚生一世。"说毕，看着宝玉，唬的宝玉忙垂了头。众客忙用话开释，又说道："此处的匾该题四个字。"贾政笑问："那四字？"一个道是"淇水遗风"。贾政道："俗。"又一个是"睢园雅迹"。贾政道："也俗。"贾珍笑道："还是宝兄弟拟一个来。"贾政道："他未曾作，先要议论人家的好歹，可见就是个轻薄人。"众客道："议论的极是，其奈他何。"贾政忙道："休如此纵了他。"因命他道："今日任你狂为乱道，先设议论来，然后方许你作。方才众人说的，可有使得的？"宝玉见问，答道："都似不妥。"贾政冷笑道："怎么不妥？"宝玉道："这是第一处行幸之处，必须颂圣方可。若用四字的匾，又有古人现成的，何必再作。"贾政道："难道'淇水''睢园'不是古人的？"宝玉道："这太板腐了。莫若'有凤来仪'四字。"众人都哄然叫妙。贾政点头道："畜生，畜生，可谓'管窥蠡测'矣。"因命："再题一联来。"宝玉便念道：

宝鼎茶闲烟尚绿，幽窗棋罢指犹凉。贾政摇头说道："也未见长。"说毕，引众人出来。

…………

贾政笑道："倒是此处有些道理。固然系人力穿凿，此时一见，未免勾引起我归农之意。我们且进去歇息歇息。"说毕，方欲进篱门去，忽见路旁有一石碣，亦为留题之备。众人笑道："更妙，更妙！此处若悬匾待题，则田舍家风一洗尽矣。立此一碣，又觉生色许多，非范石湖田家之咏不足以尽其妙。"贾政道："诸公

品家当都相称合,遂青目择为东床娇婿。亦曾回明贾母。

贾母心中却不十分称意,想来拦阻亦恐不听,儿女之事自有天意前因,况且他是亲父主张,何必出头多事,为此只说"知道了"三字,馀不多及。贾政又深恶孙家,虽是世交,当年不过是彼祖希慕荣宁之势,有不能了结之事才拜在门下的,并非诗礼名族之裔,因此倒劝谏过两次,无奈贾赦不听,也只得罢了。

(第八十回)那时,迎春已来家好半日,孙家的婆娘媳妇等人已待过晚饭,打发回家去了。迎春方哭哭啼啼的在王夫人房中诉委曲,说孙绍祖"一味好色,好赌酗酒,家中所有的媳妇丫头将及淫遍。略劝过两三次,便骂我是'醋汁子老婆拧出来的'"。又说老爷曾收着他五千银子,不该使了他的。如今他来要了两三次不得,他便指着我的脸说道:'你别和我充夫人娘子,你老子使了我五千银子,把你准折卖给我的。好不好,打一顿撵在下房里睡去。当日有你爷爷在时,希图上我们的富贵,赶着相与的。论理我和你父亲是一辈,如今强压我的头,卖了一辈。又不该作了这门亲,倒没的叫人看着赶势利似的。'"一行说,一行哭的呜呜咽咽,连王夫人并众姊妹无不落泪。王夫人只得用言语解劝说:"已是遇见了这不晓事的人,可怎么样呢。想当日你叔叔也曾劝过大老爷,不叫作这门亲的。大老爷执意不听,一心情愿,到底作不好了。我的儿,这也是你的命。"迎春哭道:"我不信!我的命就这么不好了么?从小儿没了娘,幸而过婶子这边过了几年心净日子,如今偏又是这个结果!"

王夫人一面解劝,一面问他随意要在那里安歇。迎春道:"乍乍的离了姊妹们,只是眠思梦想。二则还记挂着我的屋子,还得在园里旧房子里住得三五天,死也甘心了。不知下次还可能得住不得住了呢!"王夫人忙劝道:"快休乱说。

请题。"众人道:"方才世兄有云,'编新不如述旧',此处古人已道尽矣,莫若直书'杏花村'妙极。"贾政听了,笑向贾珍道:"正亏提醒了我。此处都妙极,只是还少一个酒幌,明日竟作一个,不必华丽,就依外面村庄的式样作来,用竹竿挑在树梢。"贾珍答应了,又回道:"此处竟还不可养别的雀鸟,只是买些鹅鸭鸡类,才都相称了。"贾政与众人都道:"更妙。"贾政又向众人道:"'杏花村'固佳,只是犯了正名,村名直待请名方可。"众客都道:"是呀。如今虚的,便是什么字样好?"大家想着,宝玉却等不得了,也不等贾政的命,便说道:"旧诗有云:'红杏梢头挂酒旗。'如今莫若'杏帘在望'四字。"众人都道:"好个'在望'!又暗合'杏花村'意。"宝玉冷笑道:"村名若用'杏花'二字,则俗陋不堪了。又有古人诗云:'柴门临水稻花香。'何不就用'稻香村'的妙?"众人听了,亦发哄声拍手道:"妙!"贾政一声喝断:"无知的业障!你能知道几个古人,能记得几首熟诗,也敢在老先生前卖弄!你方才那些胡说的,不过是试你的清浊,取笑而已,你就认真了!"说着,引众人步入茆堂,里面纸窗木榻,富贵气象一洗皆尽。贾政心中自是喜欢,却瞅宝玉道:"此处如何?"众人见问,都忙悄悄的推宝玉,教他说好。宝玉不听人言,便应声道:"不及'有凤来仪'多矣。"贾政听了道:"无知的蠢物!你只知朱楼画栋,恶赖富丽为佳,那里知道这清幽气象。终是不读书之过!"宝玉忙答道:"老爷教训的固是,但古人常云'天然'二字,不知何意?"

众人见宝玉牛心,都怪他呆痴不改。今见问"天然"二字,众人忙道:"别的都明白,为何连'天然'不知?'天然'者,天之自然而有,非人力之所成也。"宝玉道:"却又来!此处置一田庄,分明见得人力穿凿扭捏而成。远无邻村,近不负郭,背山山无脉,临水水无源,高无隐寺之塔,下无通市之桥,峭然孤出,似非大观。

不过年轻的夫妻们,闲牙斗齿,亦是万万人之常事,何必说这丧话。"仍命人忙忙的收拾紫菱洲房屋,命姊妹们陪伴着解释,又吩咐宝玉:"不许在老太太跟前走漏一些风声,倘或老太太知道了这些事,都是你说的。"宝玉唯唯的听命。迎春是夕仍在旧馆安歇。众姊妹等更加亲热异常。

一连住了三日,才往邢夫人那边去。先辞过贾母及王夫人,然后与众姊妹分别,更皆悲伤不舍。还是王夫人薛姨妈等安慰劝释,方止住了过那边去。又在邢夫人处住了两日,就有孙绍祖的人来接去。迎春虽不愿去,无奈惧孙绍祖之恶,只得勉强忍情作辞去了。邢夫人本不在意,也不问其夫妻和睦,家务烦难,只面情塞责而已。

(第七十五回)贾母亦不好再提,且行起令来。不料这次花却在贾环手里。贾环近日读书稍进,其脾味中不好务正也与宝玉一样,故每常也好看些诗词,专好奇诡仙鬼一格。今见宝玉作诗受奖,他便技痒,只当着贾政不敢造次。如今可巧花在手中,便也索纸笔来立挥一绝与贾政。贾政看了,亦觉罕异,只是词句终带着不乐读书之意,遂不悦道:"可见是弟兄了。发言吐气总属邪派,将来都是不由规矩准绳,一起下流货。妙在古人中有'二难',你两个也可以称'二难'了。只是你两个的'难'字,却是作难以教训之'难'字讲才好。哥哥是公然以温飞卿自居,如今兄弟又自为曹唐再世了。"说的贾赦等都笑了。贾赦乃要诗瞧了一遍,连声赞好,道:"这诗据我看甚是有气骨。想来咱们这样人家,原不比那起寒酸,定要'雪窗萤火',一日蟾宫折桂,方得扬眉吐气。咱们的子弟都原该读些书,不过比别人略明白些,可以做得官时就跑不了一个官的。何必多费了工夫,反弄出书呆子来。所以我爱他这诗,竟不失咱们侯门的气概。"

争似先处有自然之理,得自然之气,虽种竹引泉,亦不伤于穿凿。古人云'天然图画'四字,正畏非其地而强为其地,非其山而强为其山,虽百般精而终不相宜……"未及说完,贾政气的喝命:"又出去!"刚出去,又喝命:"回来!"命再题一联:"若不通,一并打嘴!"宝玉只得念道:

新涨绿添浣葛处,好云香护采芹人。

贾政听了,摇头说:"更不好。"一面引人出来,转过山坡,穿花度柳,抚石依泉,过了荼蘼架,再入木香棚,越牡丹亭,度芍药圃,入蔷薇院,出芭蕉坞,盘旋曲折。忽闻水声潺湲,泻出石洞,上则萝薜倒垂,下则落花浮荡。众人都道:"好景,好景!"贾政道:"诸公题以何名?"众人道:"再不必拟了,恰恰乎是'武陵源'三个字。"贾政笑道:"又落实了,而且陈旧。"众人笑道:"不然就用'秦人旧舍'四字也罢了。"宝玉道:"这越发过露了。'秦人旧舍'说避乱之意,如何使得?莫若'蓼汀花溆'四字。"贾政听了,更批胡说。

于是要进港洞时,又想起有船无船。贾珍道:"采莲船共四只,座船一只,如今尚未造成。"贾政笑道:"可惜不得入了。"贾珍道:"从山上盘道亦可进去。"说毕,在前导引,大家攀藤抚树过去。只见水上落花愈多,其水愈清,溶溶荡荡,曲折萦纡。池边两行垂柳,杂着桃杏,遮天蔽日,真无一些尘土。忽见柳阴中又露出一个折带朱栏板桥来,度过桥去,诸路可通,便见一所清凉瓦舍,一色水磨砖墙,清瓦花堵。那大主山所分之脉,皆穿墙而过。

贾政道:"此处这所房子,无味的很。"因而步入门时,忽迎面突出插天的大玲珑山石来,四面群绕各式石块,竟把里面所有房屋悉皆遮住,而且一株花木也无。只见许多异草:或有牵藤的,或有引蔓的,或垂山巅,或穿石隙,甚至垂檐绕柱,萦砌盘阶,或如翠带飘摇,或如金绳盘屈,或实若丹砂,或花如金桂,味芬气馥,非花香之可比。贾政不禁道:"有趣!只是不大认识。"有的因回头吩咐人去取了自己的许多玩物来赏赐与他。因又拍着贾环的头，笑道："以后就这么做去，方是咱们的口气，将来这世袭的前程定跑不了你袭呢。"贾政听说，忙劝说："不过他胡诌如此，那里就论到后事了。"说着便斟上酒，又行了一回令。贾母便说："你们去罢。自然外头还有相公们候着，也不可轻忽了他们。况且二更多了，你们散了，再让我们姑娘们多乐一回，好歇着了。"贾赦等听了，方止了令，又大家公进了一杯酒，方带着子侄们出去了。

说："是薜荔藤萝。"贾政道："薜荔藤萝不得如此异香。"宝玉道："果然不是。这些之中也有藤萝薜荔，那香的是杜若蘅芜，那一种大约是茝兰，这一种大约是清葛，那一种是金簦草，这一种是玉蕗藤，红的自然是紫芸，绿的定是青芷。想来《离骚》《文选》等书上所有的那些异草，也有叫作什么藿荝姜荨的，也有叫什么纶组紫绛的，还有石帆、水松、扶留等样，又有叫什么绿荑的，还有什么丹椒、蘼芜、风连。如今年深岁改，人不能识，故皆像形夺名，渐渐的唤差了，也是有的。"未及说完，贾政喝道："谁问你来！"唬的宝玉倒退，不敢再说。

【点评】

　　同为家长，在面对晚辈的时候，贾赦与贾政的方式态度是不一样的。从其具体表现，可以看出兄弟二人的性格特点。

　　在晚辈面前，贾赦从未表现出长者的风范。从痛打贾琏这一情节，就可以看出他自私自利的家长作风。当时，他看上石呆子手中的扇子，先是让贾琏去买，贾琏好声好气地跟石呆子讲，可对方不卖，贾琏已经尽力了，但贾赦仍然痛骂贾琏没本事。结果，此事被贾雨村知道后，便讹石呆子拖欠官银，拿他到了官府里去，声称他所欠官银，应变卖家产赔补。最后，贾雨村得偿所愿，把扇子抄了做了官价，送给贾赦。那石呆子也不知是死是活，但贾赦并不觉得此举不妥，反而还质问贾琏为什么贾雨村能将扇子弄了来。贾琏虽然好色，但起码的良知还是有的，他瞧不上自己的父亲和贾雨村狼狈为奸，以权势谋害人家，便说了句良心话："为这点子小事，弄得人坑家败业，也不算什么能为！"贾赦听了恼羞成怒，说贾琏拿话堵自己。而且先前鸳鸯一事，恐怕贾赦心中对贾琏夫妇一直有所不满，于是借机发泄，打了贾琏一顿。也没用板子棍子，就随手拿什么东西乱打一顿，脸上打破了两处。可以说，贾雨村为了给他弄把扇子，硬是利用自己的权力陷害了石呆子，把石呆子弄进了牢里，连贾琏都觉得太可耻了，可是贾赦夸贾雨村有本事，因此可见其人品如何。

　　不仅如此，对女儿迎春，他也漠不关心，识人不明。为了五千两银子，他将迎春随意许配给孙绍祖。当时，贾母心里觉得不妥，但是因为贾赦是迎春的父亲，就没再说什么。贾政是极不同意这门亲事的，苦劝了几次，贾赦都没有听。最终，他将自己的女儿送入狼口。迎春回来到王夫人处诉苦，虽然得到了同情，但王夫人也无能为力；而在邢夫人那里，迎春甚至没有得到丝毫的安慰。可怜迎春作为千金小姐，最终却因父亲的独断专行，受尽了孙绍祖的凌辱，在无奈中枉送了自己年轻的生命。而在女儿死后，也不见贾赦有所伤心或向孙绍祖残害女儿的恶行讨个说法。

　　在中秋宴会上，贾赦在褒扬贾环作的诗时大发一番"读书观"，更让人感到震惊。"想来咱们这样人家，原不比那起寒酸……咱们的子弟都原该读些书，不过比别人略明白些，可以做得官时就跑不了一个官的。"此番言论居然从一个钟鸣鼎食、翰墨诗书之族的长辈口中说出，这不得不令人觉得其人昏聩愚昧，无知无识。当时的贾府早已家道中衰，子孙安富尊荣，满足现状，不求上进，只靠祖宗留下的家业，坐吃山空，而贾赦竟不知家业日微的现状，毫无危机感，相反，他蔑视读书,忽视读书的重要性。在当时,贾府若想振兴祖业,可行的办法只有两条,要么勤奋读书,考取功名,进阶仕途;要么效力疆场,建功立业。可贾赦对此毫无意识。

贾环的诗虽然不怎么样,但贾赦还是好好地夸了一回贾环,并拿出许多礼物赏赐他,其内心就是表明一种反抗的态度:贾母喜欢宝玉,所以贾赦就极力夸赞贾环;贾政夸赞宝玉,贾赦就一定要捧贾环;贾母叫贾政赏赐宝玉,所以贾赦就拿自己的东西来赏贾环——在明争暗斗之中,总要站在对手的对立面。当然,贾环的为人处世方法,说不定真的合乎贾赦的心意。实际上,如果从现实的角度出发,只知风花雪月的宝玉,确实不一定能在入世时抵得上贾环。也许贾环也能够在那么礼崩乐坏的时代,在世俗的染缸中有如鱼得水的能力。

贾政与贾赦完全不同。贾政自己酷爱读书,可能也具有通过科举考取功名的能力,贾代善的临终上表可能打乱了他通过自身努力进入仕途的自我规划,这让他的仕途之路多少显得有些不圆满,人生道路也带了些许遗憾。正因为如此,他格外尊重读书人,平时基本上与众多清客交往,对以自己能力考取功名的贾雨村也是格外敬重。他本来有一个可以弥补自己人生遗憾的大儿子——贾珠。贾珠是个真正的读书人,也早早表现出了通过科举进入仕途的学习天赋,但不幸的是贾珠早逝。在这种情况下,生下来"抓周"就让贾政大失所望的宝玉就成了贾政唯一的希望(为什么不是贾环?因为贾环出身卑微、长相猥琐、智商不高、品行不端、气量狭小,集种种缺点于一身,所以贾府中不仅除他母亲之外的诸多长辈,连一众丫鬟都不喜欢他)。因此,他对宝玉的要求非常严格,这一点是有目共睹的。而这种严格却让宝玉心中生畏。贾母说过,宝玉见了贾政恰似"避猫鼠"一般。贾政不是不爱自己的儿子,他对宝玉的嫌恶只是因为宝玉不肯读"正经书",所谓爱之深才恨之切。但宝玉就是那样的宝玉,"天下无能第一,古今不肖无双",他不过是"凡心偶炽"的仙人,下凡来把人间转一转,"造历幻缘"而已,他终究是要回归到太虚幻境中继续当他的神瑛侍者去的,所以他岂肯以俗事为务呢?这里颇有点"井蛙不可以语于海""夏虫不可以语于冰""燕雀安知鸿鹄之志"的意思。由此种种,贾政的忧伤可以想象。

贾政对宝玉的偏见源于宝玉"抓周"这件事。当时,宝玉抓在手里的是脂粉钗环,而且宝玉不喜读书,偏爱在女孩子堆里打转,所以贾政就断定宝玉"将来酒色之徒耳"。奈何宝玉深受祖母的溺爱,所以贾政可能早就预备下的种种严厉的日常教育手段难以实施,这就不能不让政老爷忧心忡忡却又无可奈何,只好在日常生活中极尽嘲讽之能事。因此,在宝玉来书房辞别父亲去家塾读书时,贾政冷笑道:"你如果再提'上学'两个字,连我也羞死了。依我的话,你竟顽你的去是正理。仔细站脏了我这地,靠脏了我的门!"

贾政还曾对跟宝玉的仆人李贵声色俱厉地说:"你们成日家跟他上学,他到底念了些什么书!倒念了些流言混话在肚子里,学了些精致的淘气。等我闲一闲,先揭了你的皮,再和那不长进的算帐!"吓得李贵忙双膝跪下,摘了帽子,碰头有声,连连答应"是"。

在日常生活中,贾政总是板着脸,不苟言笑,他一见宝玉便是一顿劈头盖脸的训斥。大观园工程告竣的时候,多处匾额待人取名,贾政想考验宝玉的功业进益如何,便命宝玉一一题字。宝玉这次对联和题诗大多是极好的,但贾政整个过程不是"冷笑"就是"断喝",如宝玉给农家庄院风格的地方起名"杏帘在望",众人听了无不拍手称妙,贾政却一声喝断:"无知的业障!你能知道几个古人,能记得几首熟诗,也敢在老先生前卖弄!"当宝玉给一处竹林掩映的修舍取名"有凤来仪"的时候,众人交口称赞,贾政一边点着头,一边却骂着"畜生,畜生"。可见,即使他内心对宝玉的题词是肯定的,甚至对他的才华是欣赏的,但他就是不愿表现出来,吝啬到一句夸奖都不愿讲出来。

宝玉无法从父亲那里得到认同,他并不清楚父亲内心深处的想法,只知道父亲呵斥他,不喜欢他,因此他对父亲是恐惧的,每次见到贾政不是"倒抽一口气"就是"一溜烟出园来"。

这种恐惧在第三十三回"宝玉挨打"中集中爆发了。宝玉因结交戏子蒋玉菡得罪了忠顺王府,再加上贾环小动唇舌,宝玉被贾政一通好打。在送走忠顺王府的长史官后,贾政已被气得"目瞪口歪",盛怒之下又听信了贾环的谗言,"把个贾政气的面如金纸",喝令"今日再有人劝我,我把这冠带家私一应交与他与宝玉过去!我免不得做个罪人,把这几根烦恼鬓毛剃去,寻个干净去处自了,也免得上辱先人下生逆子之罪。"这是极重的话,众门客仆从都吓得"咬指咬舌"。这场暴打以贾母出场而告终。贾政的恨铁不成钢,诚然是旧时严父的共性,可是他对宝玉的偏见亦是根深蒂固,贾环污蔑宝玉"淫辱母婢",致其轻生,贾政竟然会相信,也就无怪他会说出"明日酿到他弑君杀父"的话。

在前八十回中,宝玉只是个青春期的孩子,他是来自仙界的"中二少年",他的"不成器"更多是与贾政的价值观的冲突,他对于严父虽然很惧怕,可是内心的尊重也是真的。在宝玉、周瑞等人经过贾政书房时,周瑞说,贾政并不在贾府,可是宝玉还是认为经过其书房要下马。这诚然是"有父在侧礼然"的尊礼孝道,但我相信,这也是宝玉对贾政的敬爱。

古人家训有之:"父子之严,不可以狎;骨肉之爱,不可以简。"贾政对宝玉,终是偏于严厉,少于慈爱了,可是这也不代表父子间就没有"骨肉之爱"。

贾珍与贾琏

贾珍为秦可卿发丧

(第十三回)一直到了宁国府前,只见府门洞开,两边灯笼照如白昼,乱烘烘人来人往,里面哭声摇山振岳。宝玉下了车,忙忙奔至停灵之室,痛哭一番。然后见过尤氏。谁知尤氏正犯了胃疼旧疾,睡在床上。然后又出来见贾珍。彼时贾代儒带领贾敕、贾效、贾敦、贾赦、贾政、贾琮、贾璃、贾珩、贾㻞、贾琛、贾琼、贾璘、贾蔷、贾菖、贾菱、贾芸、贾芹、贾萘、贾萍、贾藻、贾蘅、贾芬、贾芳、贾兰、贾菌、贾芝等都来了。贾珍哭的泪人一般,正和贾代儒等说道:"合家大小,远亲近友,谁不知我这媳妇比儿子还强十倍。如今伸腿去了,可见这长房内绝灭无人了。"说着又哭起来。众人忙劝道:"人已辞世,哭也无益,且商议如何料理要紧。"贾珍拍手道:"如何料理,不过尽我所有罢了!"

贾琏偷娶尤二姐

(第六十四回)却说贾琏素日既闻尤氏姐妹之名,恨无缘得见。近因贾敬停灵在家,每日与二姐、三姐相识已熟,不禁动了垂涎之意。况知与贾珍、贾蓉等素有聚麀之诮,因而乘机百般撩拨,眉目传情。那三姐却只是淡淡相对,只有二姐也十分有意,但只是眼目众多,无从下手。贾琏又怕贾珍吃醋,不敢轻动,只好二人心领神会而已。此时出殡以后,贾珍家下人少,除尤老娘带领二姐、三姐并几个粗使的丫鬟、老婆子在正室居住外,其余婢妾都随在寺中。外面仆妇,不过晚间巡更,日间看守门户,白日无事,亦不进里面去。所以贾琏便欲趁此下手,遂托相伴贾珍为名,亦在寺中住宿,又时常借着替贾珍料理家务,不时至宁府中来勾搭二姐。

一日,有小管家俞禄来回贾珍道:"前者所用棚杠孝布并请杠人青衣,共使银一千两,除给银正说着,只见秦业、秦钟并尤氏的几个眷属尤氏姊妹也都来了。贾珍便命贾琼、贾琛、贾璘、贾蔷四个人去陪客,一面吩咐去请钦天监阴阳司来择日,推准停灵七七四十九日,三日后开丧送讣闻。这四十九日,单请一百单八众禅僧在大厅上拜大悲忏,超度前亡后化诸魂,以免亡者之罪;另设一坛于天香楼上,是九十九位全真道士,打四十九日解冤洗业醮。然后停灵于会芳园中,灵前另有五十众高僧、五十众高道,对坛按七作好事。那贾敬闻得长孙媳妇死了,因自为早晚就要飞升,如何肯又回家染了红尘,将前功尽弃呢,因此并不在意,只凭贾珍料理。

贾珍见父亲不管,亦发恣意奢华。看板时,几副杉木板皆不中用。可巧薛蟠来吊问,因见贾珍寻好板,便说道:"我们木店里有一副,叫做什么樯木,出在潢海铁网山上,作了棺材,万年不坏。这还是当年先父带来,原系义忠亲王老千岁要的,因他坏了事,就不曾拿去。现今还封在店里,也没人出价敢买。你若要,就抬来罢了。"贾珍听了,喜之不禁,即命人抬来。大家看时,只见帮底皆厚八寸,纹若槟榔,味若檀麝,以手扣之,玎珰如金玉。大家都奇异称赏。贾珍笑道:"价值几何?"薛蟠笑道:"拿一千两银子来,只怕也没处买去。什么价不价,赏他们几两工银就是了。"贾珍听说,忙谢不尽,即命解锯糊漆。贾政因劝道:"此物恐非常人可享者,殓以上等杉木也就是了。"此时贾珍恨不能代秦氏之死,这话如何肯听。

因忽又听得秦氏之丫鬟名唤瑞珠者,见秦氏死了,他也触柱而亡。此事可罕,合族中人也都称赞。贾珍遂以孙女之礼殡殓,一并停灵于会芳园之登仙阁。小丫鬟名宝珠者,因见秦氏身无所出,乃甘心愿为义女,誓任摔丧驾灵之任。贾珍喜之不禁,即时传下:从此皆呼宝珠为小姐。那宝珠按未嫁女之丧,在灵前哀哀欲绝。于是,合族人丁并家下诸人,都各遵旧制行事,自不敢紊乱。

五百两外,仍欠五百两。昨日两处买卖人俱来催讨,奴才特来讨爷的示下。"贾珍道:"你向库上去领就是了,这又何必来问我。"俞禄道:"昨日已曾向库上去领,但只是老爷宾天以后,各处支领甚多,所剩还要预备百日道场及庙寺中用度,此时竟不能发给。所以奴才今日特来回爷,或者爷内库里暂且发给,或者挪借何项,吩咐了奴才好办。"贾珍笑道:"你还当是先呢,有银子放着不使。你无论那里暂且借了给他罢。"俞禄笑回道:"若说一二百,还可以巴结,这四五百两,一时那里办得来!"贾珍想了一想,向贾蓉道:"你问你娘去,昨日出殡以后,有江南甄家送来打祭银五百两,未曾交到库上去,你先要了来,给他去罢。"贾蓉答应了,连忙过这边来,回了尤氏,复转来回他父亲道:"昨日那项银子已使了二百两,下剩的三百两,令人送至家中,交与老娘收了。"贾珍道:"既然如此,你就带了他去,向你老娘要了出来交给他。再也瞧瞧家中有事无事,问你两个姨娘好。下剩的,俞禄先借了添上罢。"

贾蓉与俞禄答应了,方欲退出,只见贾琏走了进来。俞禄忙上前请了安。贾琏便问何事,贾珍一一告诉了。贾琏心中想道:"趁此机会,正可至宁府寻二姐。"一面遂说道:"这有多大事,何必向人借去。昨日我方得了一项银子,还没有使呢,莫若给他添上,岂不省事?"贾珍道:"如此甚好。你就吩咐了蓉儿,一并令他取去。"贾琏忙道:"这必得我亲身取去。再我这几日没回家了,还要给老太太、老爷、太太们请请安去。再到阿哥那边查查家人们有无生事,也给亲家太太请请安。"贾珍笑道:"只是又劳动你老二,我心不安。"贾琏也笑道:"自家兄弟,这又何妨。"贾珍又吩咐贾蓉道:"你跟了你叔叔去,也到那边给老太太、老爷、太太们请安,说我和你娘都请安,打听打听老太太身上可大安了,还服药呢没有?"贾蓉一一答应了,跟随贾琏出来,带了几个小厮,骑上马,一同进城。

贾珍因想着贾蓉不过是个黉门监，灵幡经榜上写时不好看，便是执事也不多，因此心下甚不自在。可巧这日正是首七第四日，早有大明宫掌宫内相戴权，先备了祭礼遣人抬来，次后坐了大轿，打伞鸣锣，亲来上祭。贾珍忙接着，让至逗蜂轩献茶。贾珍心中打算定了主意，因而趁便就说要与贾蓉捐个前程的话。戴权会意，因笑道："想是为丧礼上风光些？"贾珍忙笑道："老内相所见不差。"戴权道："事倒凑巧，正有个美缺。如今三百员龙禁尉短了两员，昨儿襄阳侯的兄弟老三来求我，现拿了一千五百两银子，送到我家里。你知道，咱们都是老相与，不拘怎么样，看着他爷爷的分上，胡乱应了。还剩了一个缺，谁知永兴节度使冯胖子来求，要与他孩子捐，我就没工夫应他。既是咱们的孩子要捐，快写个履历来。"贾珍听说，忙吩咐："快命书房里人恭敬写了大爷的履历来。"小厮不敢怠慢，去了一刻，便拿了一张红纸来与贾珍。贾珍看了，忙送与戴权。戴权看时，上面写道：

江南江宁府江宁县监生贾蓉，年二十岁。曾祖，原任京营节度使世袭一等神威将军贾代化；祖，乙卯科进士贾敬；父，世袭三品爵威烈将军贾珍。

戴权看了，回手便递与一个贴身的小厮收了，说道："回来送与户部堂官老赵，说我拜上他，起一张五品龙禁尉的票，再给个执照，就把那履历填上，明儿我来兑银子送去。"小厮答应了，戴权也就告辞了。贾珍十分款留不住，只得送出府门。临上轿，贾珍因问："银子还是我到部兑，还是一并送入老内相府中？"戴权道："若到部里，你又吃亏了。不如平准一千二百银子，送到我家里就完了。"贾珍感谢不尽，只说："待服满后，亲带小犬到府叩谢。"于是作别。

接着，又听喝道之声，原来是忠靖侯史鼎的夫人来了。王夫人、邢夫人、凤姐等刚迎至上房，又见锦乡侯、川宁侯、寿山伯三家祭礼摆在灵前。少时，三家下轿，贾政等忙接上大厅。如

在路叔侄闲话。贾琏有心，便提到尤二姐，因夸说如何标致，如何做人好，举止大方，言语温柔，无一处不令人可敬可爱，"人人都说你婶子好，据我看那里及你二姨一零儿呢。"贾蓉揣知其意，便笑道："叔叔既这么爱他，我给叔叔作媒，说了做二房何如？"贾琏笑道："敢是好呢。只怕你婶子不依，再也怕你老娘不愿意。况且我听见说，你二姨已有了人家了。"贾蓉道："这都无妨。我二姨、三姨都不是我老爷养的，原是我老娘带了来的。听见说我老娘在那一家时，就把我二姨许给皇庄张家，指腹为婚。后来张家遭了官司，败落了，我老娘又自那家嫁了出来，如今这十数年，两家音信不通。我老娘时常抱怨，要与他家退婚，我父亲也要将二姨转聘。只等有了好人家，不过令人找着张家，给他数两银子，写上一张退婚的字儿。想张家穷极了的人，见了银子，有什么不依的。再他也知道咱们这样的人家，也不怕他不依。又是叔叔这样人说了做二房，我管保我老娘和我父亲都愿意。倒只是婶子那里却难。"

……只听后面一阵帘子响，却是尤老娘、三姐带着两个小丫头自后面走来。贾琏送目与二姐，令其拾取，这尤二姐亦只是不理。贾琏不知二姐何意，甚是着急，只得迎上来与尤老娘、三姐相见。一面又回头看二姐时，只见二姐笑着，没事人似的，再又看一看手巾，已不知那里去了，贾琏方放了心。

于是大家归坐后，叙了些闲话。贾琏说道："大嫂子说，前日有一包银子交给亲家太太收起来了，今日因要还人，大哥令我来取。再也看看家里有事无事。"尤老娘听了，连忙使二姐拿钥匙去取银子。这里贾琏又说道："我也要给亲家太太请请安，瞧瞧二位妹妹。亲家太太脸面倒好，只是二位妹妹在我们家里受委屈。"尤老娘笑道："咱们都是至亲骨肉，说那里的话。在家里也是住着，在这里也是住着。不瞒二爷说，我们家里自从先夫去世，家计也着实

此亲朋你来我去,也不能胜数。只这四十九日,宁国府街上一条白漫漫人来人往,花簇簇官去官来。

贾珍命贾蓉次日换了吉服,领凭回来。灵前供用执事等物,俱按五品职例。灵牌疏上皆写"天朝诰授贾门秦氏恭人之灵位"。会芳园的临街大门洞开,现在两边起了鼓乐厅,两班青衣按时奏乐,一对对执事摆的刀斩斧齐。更有四面朱红销金大字牌对竖在门外,上面大书:

防护内廷紫禁道　御前侍卫龙禁尉。

对面高起着宣坛,僧道对坛榜文,榜上大书:

世袭宁国公冢孙妇、防护内廷御前侍卫龙禁尉贾门秦氏恭人之丧。四大部州至中之地,奉天承运太平之国,总理虚无寂静教门僧录司正堂万虚、总理元始三一教门道录司正堂叶生等,敬谨修斋,朝天叩佛。

以及——

恭请诸伽蓝、揭谛、功曹等神,圣恩普锡,神威远镇,四十九日消灾洗业平安水陆道场。

诸如等语,馀者亦不消烦记。

(第十四回)这日,正五七正五日上,那应佛僧正开方破狱,传灯照亡,参阎君,拘都鬼,延请地藏王,开金桥,引幢幡;那道士们正伏章申表,朝三清,叩玉帝;禅僧们行香,放焰口,拜水忏;又有十三众青年尼僧,搭绣衣,靸红鞋,在灵前默诵接引诸咒,十分热闹。那凤姐必知今日人客不少,在家中歇宿一夜,至寅正,平儿便请起来梳洗。及收拾完备,更衣盥手,吃了两口奶子糖粳粥,漱口已毕,已是卯正二刻了。来旺媳妇率领诸人伺候已久。凤姐出至厅前,上了车,前面打了一对明角灯,大书"荣国府"三个大字,款款来至宁府。大门上门灯朗挂,两边一色戳灯照如白昼,白茫茫穿孝仆从两边侍立。请车至正门上,小厮等退去,众媳妇上来揭起车帘。凤姐下了车,一手扶着丰儿,两个媳妇执着手把灯罩,簇拥着凤姐进来。宁府诸媳妇迎来请安接待。凤姐缓缓走入会芳园中登仙阁灵前,一见

艰难了,全亏了这里姑爷帮助。如今姑爷家里有了这样大事,我们不能别的出力,白看一看家还有什么委屈了的呢。"正说着,二姐已取了银子来,交与尤老娘。尤老娘便递与贾琏。贾琏叫一个小丫头叫了一个老婆子来,吩咐他道:"你把这个交给俞禄,叫他拿过那边去等我。"老婆子答应了出去。

(第六十五回)话说贾琏、贾珍、贾蓉等三人商议,事事妥贴,至初二日,先将尤老和三姐送入新房。尤老一看,虽不似贾蓉口内之言,也十分齐备,母女二人已称了心。鲍二夫妇见了如一盆火,赶着尤老一口一声唤老娘,又或是老太太;赶着三姐唤三姨,或是姨娘。至次日五更天,一乘素轿,将二姐抬来。各色香烛纸马,并铺盖以及酒饭,早已备得十分妥当。一时,贾琏素服坐了小轿而来,拜过天地,焚了纸马。那尤老见二姐身上头上焕然一新,不似在家模样,十分得意。挽入洞房。是夜贾琏同他颠鸾倒凤,百般恩爱,不消细说。

那贾琏越看越爱,越瞧越喜,不知怎生奉承这二姐,乃命鲍二等人不许提三说二的,直以奶奶称之,自己也称奶奶,竟将凤姐一笔勾倒。有时回家中,只说在东府有事羁绊,凤姐辈因知他和贾珍相得,自然是或有事商议,也不疑心。再家下人虽多,都不管这些事。便有那游手好闲专打听小事的人,也都去奉承贾琏,乘机讨些便宜,谁肯去露风。于是贾琏深感贾珍不尽。贾琏一月出五两银子做天天的供给。若不来时,他母女三人一处吃饭;若贾琏来了,他夫妻二人一处吃,他母女便回房自吃。贾琏又将自己积年所有的梯己,一并搬了与二姐收着,又将凤姐素日之为人行事,枕边衾内尽情告诉了他,只等一死,便接他进去。二姐听了,自是愿意。当下十来个人,倒也过起日子来,十分丰足。

....

尤二姐笑道:"你背着他这等说他,将来你

了棺材,那眼泪恰似断线珍珠滚将下来。院中许多小厮垂手伺候烧纸。凤姐吩咐得一声:"供茶,烧纸。"只听得一棒锣鸣,诸乐齐奏,早有人端过一张大圈椅来,放在灵前,凤姐坐了,放声大哭。于是里外男女上下,见凤姐出声,都忙接声嚎哭。

············

那时,官客送殡的,有镇国公牛清之孙现袭一等伯牛继宗、理国公柳彪之孙现袭一等子柳芳、齐国公陈翼之孙世袭三品威镇将军陈瑞文、治国公马魁之孙世袭三品威远将军马尚、修国公侯晓明之孙世袭一等子侯孝康;缮国公诰命亡故,其孙石光珠守孝不曾来得。这六家与荣宁二家,当日所称"八公"的便是。馀者更有南安郡王之孙、西宁郡王之孙、忠靖侯史鼎、平原侯之孙世袭二等男蒋子宁、定城侯之孙世袭二等男兼京营游击谢鲸、襄阳侯之孙世袭二等男戚建辉、景田侯之孙五城兵马司裘良。馀者锦乡伯公子韩奇、神威将军公子冯紫英、陈也俊、卫若兰等诸王孙公子,不可枚数。堂客算来亦有十来顶大轿,三四十顶小轿,连家下大小轿车辆,不下百十馀乘。连前面各色执事、陈设、百耍,浩浩荡荡,一带摆三四里远。

走不多时,路旁彩棚高搭,设席张筵,和音奏乐,俱是各家路祭。第一座是东平王府祭棚,第二座是南安郡王祭棚,第三座是西宁郡王祭棚,第四座是北静郡王祭棚。原来这四王当日惟北静王功高,及今子孙犹袭王爵。现今北静王水溶年未弱冠,生得形容秀美,情性谦和。近闻宁国府冢孙妇告殂,因想当日彼此祖父相遇之情,同难同荣,未以异姓相视,因此不以王位自居,上日也曾探丧上祭,如今又设路奠,命麾下各官在此伺候。自己五更入朝,公事已毕,便换了素服,坐大轿鸣锣张伞而来,至棚前落轿。手下各官两旁拥侍,军民人众不得往还。一时,只见宁府大殡浩浩荡荡、压地银山一般从北而至。早有宁府开路传事人看见,连忙回去报与贾珍。贾珍急命前面驻扎,同贾赦、贾政三人连忙迎来,以国礼相见。水溶在轿内欠身含笑答礼,仍以世交称呼接待,并不妄自尊大。贾珍道:"犬妇之丧,累蒙郡驾下临,荫生辈何以克当?"水溶笑道:"世交之谊,何出此言。"遂回头命长府官主祭代奠。贾赦等一旁还

又不知怎么说我呢。我又差他一层儿,越发有的说了。"兴儿忙跪下说道:"奶奶要这样说,小的不怕雷打!但凡小的们有造化起来,先娶奶奶时若得了奶奶这样的人,小的们也少挨些打骂,也少提心吊胆的。如今跟爷的这几个人,谁不背前背后称扬奶奶圣德怜下。我们商量着叫二爷要出来,情愿来答应奶奶呢。"尤二姐笑道:"猴儿崽的,还不起来呢。说句顽话,就唬的那样起来。你们作什么来,我还要找了你奶奶去呢。"

兴儿连忙摇手说:"奶奶千万不要去。我告诉奶奶,一辈子别见他才好。嘴甜心苦,两面三刀;上头一脸笑,脚下使绊子;明是一盆火,暗是一把刀:都占全了。只怕三姨的这张嘴还说他不过,奶奶这样斯文良善人,那里是他的对手!"尤氏笑道:"我只以礼待他,他敢怎么样!"兴儿道:"不是小的吃了酒放肆胡说,奶奶便有礼让,他看见奶奶比他标致,又比他得人心,他怎肯干休善罢?人家是醋罐子,他是醋缸醋瓮。凡丫头们二爷多看一眼,他有本事当着爷打个烂羊头。虽然平姑娘在屋里,大约一年二年之间两个有一次到一处,他还要口里掂十个过子呢,气的平姑娘性子发了,哭闹一阵,说:'又不是我自己寻来的,你又浪着劝我,我原不依,你反说我反了,这会子又这样。'他一般的也罢了,倒央告平姑娘。"尤二姐笑道:"可是扯谎?这样一个夜叉,怎么反怕屋里的人呢?"兴儿道:"这就是俗语说的'天下逃不过一个理字去'了。这平儿是他自幼的丫头,陪了过来一共四个,嫁人的嫁人,死的死了,只剩了这个心腹。他原为收了屋里,一则显他贤良名儿,二则又叫拴爷的心……那平姑娘又是个

礼毕,复身又来谢恩。

水溶十分谦逊,因问贾政道:"那一位是衔玉而诞者?几次要见一见,都为杂冗所阻,想今日是来的,何不请来一会?"贾政听说,忙回去,急命宝玉脱去孝服,领他前来。

正紧人,从不把这一件事放在心上,也不会挑妻窝夫的,倒一味忠心赤胆伏侍他,才容下了。"

【点评】

贾珍和贾琏是堂兄弟,贾珍是宁国府的继承人和主事之人,贾琏虽然是荣国府的长房长子(被称为琏二爷是因为他年纪比死去的贾珠小),但因为其父贾赦荒诞无能,贾琏一房实际上已经失去了荣国府的继承权,他与王熙凤主持荣国府,实际上是相当于外聘,是过来帮忙的(从这一点看,就不难理解为什么王熙凤会偷偷拿大家的钱去放贷,去中饱私囊了——这样一个将荣国府上下管得服服帖帖的"职业经理人",居然只按标准领取一个月五两银子的月钱,在贾府花钱如流水、上腐下贪的大环境中,她怎么平静得下来,廉洁得起来呢?)。不管怎样,贾珍和贾琏在品性方面,都是负面形象。

《红楼梦》中,作者用了将近两章的篇幅来描写秦可卿的葬礼。当秦可卿辞世时,贾珍悲痛欲绝,仿佛剜了心头肉一般。贾珍当众夸赞秦可卿比贾蓉强十倍,恨不得替秦可卿去死。对于秦可卿的葬礼,众人问道如何料理,贾珍拍手道:"如何料理,不过尽我所有罢了!"可见,贾珍的态度,是极力要把秦可卿的丧事办得体面。而这种公公对儿媳异乎寻常的感情也是人们怀疑二人有私情的主要依据之一。

该葬礼规格之高,规模之大,委实出人意料。其一,贾府几乎所有人,无论男女老少、高低贵贱,都参加了葬礼。其二,秦可卿所用的棺材,乃由上好的材料制成,据说万年不坏,原是"义忠亲王老千岁"要的,非王侯不可用。在那个年代,逾制的后果是非常严重的,如果有心人要追究,不但当事人可能掉脑袋,家族也可能会受牵连。薛蟠无知,脑子一热就敢拿出来;贾珍无畏,胆大包天地就敢用在自己儿媳妇身上。所以贾政看不下去了,委婉地劝了两句,但贾珍执意不从。其三,送秦可卿之灵时,诸多与贾府有交情的显赫权贵(包括四大王)都露面了。其四,秦可卿停灵四十九日后,送灵时,原文中写道"只见宁府大殡浩浩荡荡、压地银山一般从北而至",足见送灵队伍之浩大。

宁国府到了贾珍这一代,奢靡之风尤甚,容不得有半点疏漏之处损伤脸面。原文中写贾珍考虑到贾蓉官职不够显赫,若是放到灵幡经榜上,恐有辱门风,他便特地找朝中的权臣戴权,花大价钱给贾蓉买了一个体面的官职。

对于这次葬礼,连贾政都说太奢靡了。宁国府如此奢靡,再加上贾赦、贾珍和凤姐等人的不仁之举,终是引来了抄家之祸。显赫百年的名门望族,落得个家破人亡的下场,活着的人也沦落到"举家食粥酒常赊"的艰难地步,正所谓"盛极必衰,乐极生悲"。

当然,这次丧葬之隆重,除贾珍与秦可卿关系特殊之外,还可能与秦可卿真正的身份有关。秦可卿是秦邦业在养生堂(孤儿院)抱养的女儿,但就这样随便抱养的一个弃婴,长大后的容貌几乎是大观园中最美的,这一点就让人怀疑了。所以有很多学者推测秦可卿很可能是某位显贵之后,出于某种不得已的原因被送进了养生堂,整个上层社会都知道她的身世,并且出于某种目的都认可她(认可她背后的那个人),只是大家"看破不说破"而已。这才能解释贾珍为什么敢这样风光大葬,那么多权贵为什么出面送葬。当然,这属于"红学"延伸研究范畴,希望感兴趣的同学能够一探究竟,从中找到自己的发现。

贾珍能够随心所欲地操办秦可卿的丧事,主要还是因为他在宁国府一手遮天,可以无法无天。贾琏不同,虽是长房长子,但已经失去了荣国府的继承权,与妻子王熙凤都属于"借调"性质——帮贾政和王夫人(从长远看,是帮宝玉)代管荣国府,他们拿着助理的钱,却因为亲情关系而不得不操着总理的心——其实这是最难的:管好了,别人认为这是应该的;管不好,别人就会怀疑你有其他目的。贾府入不敷出是众所周知的,宁荣二府都一样。贾珍掌管宁国府,钱不够花可以任意变卖家产。但贾琏与凤姐不能,因为他们对荣国府只有经营权,没有决策权。所以在预备红白大礼手头缺钱时,贾琏只能让鸳鸯将老太太看不见的金银财宝偷出一箱子交给他变卖,好填补亏空——明明是为官中办事,却成了要从老太太处"偷"经费。这种地位上的尴尬处境也导致了贾琏与贾珍的处事方式不同。

在贾敬死后,贾琏本应虔诚守孝,为其祈祷,但他反而伺机与尤二姐有染。温柔的尤二姐为什么是他理想的伴侣？因为他在她身上找到了被尊重、被崇拜的感觉,封建时代男人大都在家庭中有着说一不二的超然地位,所以他看到顺从的尤二姐时,才格外怜爱她。书中写道:"那贾琏越看越爱,越瞧越喜,不知怎生奉承这二姐……竟将凤姐一笔勾倒。"

贾琏为了达到长期占有尤二姐的目的,索性背着自己的妻子在外面与尤二姐同居。贾琏偷娶尤二姐,在外住了两个多月,与之恩爱有加,全家上下主奴十来个人,很是和睦。但他似乎忘记那个胆大心细、手段狠辣的发妻王熙凤了。另外,贾琏本就是一个好色之徒,他和多姑娘、鲍二家的、尤二姐等,明里暗里都发生过不少风流韵事。在封建时代的上流社会中这种行为是社会常态,而贾琏的这些风流韵事又多是基于利益交换基础上的你情我愿,没有欺男霸女的流氓行径,这就让他与薛蟠之流相比显得更"文明"一些。因此,贾琏的这些行为,只能说明他内涵不足,修养不够,不能很好地控制自己的欲望。

我们在分析贾琏时,还要注意他内心存在着的或多或少的自卑感,这种自卑感正是源于妻子王熙凤的强势。在贾府里,王熙凤无论是相貌还是能力,都可以称得上拔尖,再加上她有王家这样的强势背景,所以无论在哪方面,贾琏都只能仰视她。可越是这样,贾琏越没有存在感。因此,他对王熙凤有着本能的逃避心理,一旦离开了王熙凤的视线,便喜欢勾搭其他女子——他在她们身上,找到了作为一个男人的所谓尊严。而对王熙凤来说,她是高高在上、说一不二的,她无法容忍贾琏的不忠,她不在乎其他人的感情与生命,不在乎社会的舆论,也不在乎法律的制裁,在她的天地里,她就是女王,可以按照自己的规则行事。所以,她最终痛下杀手,活活逼死了尤二姐。对此,贾琏虽然悲痛欲绝,但终是无计可施。

对于贾琏,我们不能以现代人的眼光来评判,觉得每个生长于"钟鸣鼎食之家,翰墨诗书之族"的年轻公子都会主动承担家庭复兴重任,发奋读书,一心为家族的兴旺发达运筹谋划。偌大贾府,像贾政、贾珠那样有上进心的只是少数,像贾赦、贾珍这样花天酒地的占大多数。以贾家的社会关系,贾家子弟只要不是太蠢太无能,"世袭的前程"不敢说,花钱捐个官总是稀松平常的事。所以在明明可以"坐享其成"的情况下,要贾琏不像其父贾赦一样,而以贾政为楷模,也实在是难为他了,而贾琏的良知尚存,已强过其父贾赦与堂兄贾珍太多。

筹建大观园

（第十七回）方欲走时，忽又想起一事来，因问贾珍道："这些院落房宇并几案桌椅都算有了，还有那些帐幔帘子并陈设玩器古董，可也都是一处一处合式配就的？"贾珍回道："那陈设的东西早已添了许多，自然临期合式陈设。帐幔帘子，昨日听见琏兄弟说，还不全。那原是一起工程之时就画了各处的图样，量准尺寸，就打发人办去的。想必昨日得了一半。"贾政听了，便知此事不是贾珍的首尾，便令人去唤贾琏。

一时贾琏赶来。贾政问他共有几种，现今得了几种，尚欠几种。贾琏见问，忙向靴桶内取靴掖内装的一个纸折略节来，看了一看，回道："妆、蟒、绣、堆，刻丝、弹墨，并各色绸绫大小幔子一百二十架，昨日得了八十架，下欠四十架。帘子二百挂，昨日俱得了。外有猩猩毡帘二百挂，金丝藤红漆竹帘二百挂，墨漆竹帘二百挂，五彩线络盘花帘二百挂，每样得了一半，也不过秋天都全了。椅搭、桌围、床裙、桌套，每分一千二百件，也有了。"

提点后辈

（第二十四回）见过贾母，出至外面，人马俱已齐备。刚欲上马，只见贾琏请安回来了，正下马，二人对面，彼此问了两句话。只见旁边转出一个人来，"请宝叔安。"宝玉看时，只见这人容长脸，长挑身材，年纪只好十八九岁，生得着实斯文清秀，倒也十分面善，只是想不起是那一房的，叫什么名字。贾琏笑道："你怎么发呆，连他也不认得？他是后廊上住的五嫂子的儿子芸儿。"宝玉笑道："是了，是了，我怎么就忘了。"因问他母亲好，这会子什么勾当。贾芸指贾琏道："找二叔说句话。"宝玉笑道："你倒比先越发出挑了，倒像我的儿子。"贾琏笑道："好不害臊！人家比你大四五岁呢，就替你作儿子了？"宝玉笑道："你今年十几岁了？"贾芸道："十八岁。"

原来这贾芸最伶俐乖觉，听宝玉这样说，便笑道："俗语说的，'摇车里的爷爷，拄拐的孙孙'。

筹备过年

（第五十三回）当下已是腊月，离年日近，王夫人与凤姐治办年事。王子腾升了九省都检点，贾雨村补授了大司马，协理军机参赞朝政，不题。

且说贾珍那边，开了宗祠，着人打扫，收拾供器，请神主，又打扫上房，以备悬供遗真影像。此时荣宁二府内外上下，皆是忙忙碌碌。这日，宁府中尤氏正起来，同贾蓉之妻打点送贾母这边针线礼物，正值丫头捧了一茶盘押岁锞子进来，回说："兴儿回奶奶，前儿那一包碎金子共是一百五十三两六钱七分，里头成色不等，共总倾了二百二十个锞子。"说着递上去。尤氏看了看，只见也有梅花式的，也有海棠式的，也有笔锭如意的，也有八宝联春的。尤氏命："收起这个来，叫他把银锞子快快交了进来。"丫鬟答应去了。

一时贾珍进来吃饭，贾蓉之妻回避了。贾珍因问尤氏："咱们春祭的恩赏可领了不曾？"尤氏道："今儿我打发蓉儿关去了。"贾珍道："咱们家虽不等这几两银子使，多少是皇上天恩。早关了来，给那边老太太见过，置了祖宗的供，上领皇上的恩，下则是托祖宗的福。咱们那怕用一万银子供祖宗，到底不如这个，又体面，又是沾恩锡福的。除咱们这样一二家之外，那些世袭穷官儿家，若不仗着这银子，拿什么上供过年？真正皇恩浩大，想的周到。"尤氏道："正是这话。"

二人正说着，只见人回："哥儿来了。"贾珍便命叫他进来。只见贾蓉捧了一个小黄布口袋进来。贾珍道："怎么去了这一日。"贾蓉陪笑回说："今儿不在礼部关领，又分在光禄寺库上，因又到了光禄寺才领了下来。光禄寺的官儿们都说问父亲好，多日不见，都着实想念。"贾珍笑道："他们那里是想我。这又到了年下了，不是想我的东西，就是想我的戏酒了。"一面说，一面瞧那黄布口袋，上有印就是"皇恩永锡"

虽然岁数大，山高高不过太阳。只从我父亲没了，这几年也无人照管教导。如若宝叔不嫌侄儿蠢笨，认作儿子，就是我的造化了。"贾琏笑道："你听见了？认儿子不是好开交的呢。"说着就进去了。宝玉笑道："明儿你闲了，只管来找我，别和他们鬼鬼祟祟的。这会子我不得闲儿。明儿你到书房里来，和你说天话儿，我带你园里顽耍去。"说着扳鞍上马，众小厮围随往贾赦这边来。

....

且说贾芸进去见了贾琏，因打听可有什么事情。贾琏告诉他："前儿倒有一件事情出来，偏生你婶子再三求了我，给了贾芹了。他许了我，说明儿园里还有几处要栽花木的地方，等这个工程出来，一定给你就是了。"贾芸听了，半晌说道："既是这样，我就等着罢。叔叔也不必先在婶子跟前提我今儿来打听的话，到跟前再说也不迟。"贾琏道："提他作什么，我那里有这些工夫说闲话儿呢。明儿一个五更，还要到兴邑去走一趟，须得当日赶回来才好。你先去等着，后日起更以后你来讨信儿，来早了我不得闲。"说着便回后面换衣服去了。

护送林黛玉返乡

（第十二回）谁知这年冬底，林如海的书信寄来，却为身染重疾，写书特来接林黛玉回去。贾母听了，未免又加忧闷，只得忙忙的打点黛玉起身。宝玉大不自在，争奈父女之情，也不好拦劝。于是贾母定要贾琏送他去，仍叫带回来。一应土仪盘缠，不消烦说，自然要妥贴。作速择了日期，贾琏与林黛玉辞别了贾母等，带领仆从，登舟往扬州去了。

善后鲍二家的

（第四十四回）正说着，只见一个媳妇来回说："鲍二媳妇吊死了。"贾琏凤姐儿都吃了一惊。凤姐忙收了怯色，反喝道："死了罢了，有什么大惊小怪的！"一时，只见林之孝家的进来悄回凤姐道："鲍二媳妇吊死了，他娘家的亲戚要

四个大字，那一边又有礼部祠祭司的印记，又写着一行小字，道是"宁国公贾演、荣国公贾源，恩赐永远春祭赏共二分，净折银若干两，某年月日龙禁尉候补侍卫贾蓉当堂领讫，值年寺丞某人"，下面一个朱笔花押。

贾珍吃过饭，盥漱毕，换了靴帽，命贾蓉捧着银子跟了来，回过贾母王夫人，又至这边回过贾赦邢夫人，方回家去，取出银子，命将口袋向宗祠大炉内焚了。又命贾蓉道："你去问问你琏二嫂子，正月里请吃年酒的日子拟了没有。若拟定了，叫书房里明白开了单子来，咱们再请时，就不能重犯了。旧年不留心重了几家，不说咱们不留神，倒像两宅商议定了送虚情怕费事一样。"贾蓉忙答应了过去。一时，拿了请人吃年酒的日期单子来了。贾珍看了，命交与赖升去看了，请人别重这上头日子。因在厅上看着小厮们抬围屏，擦抹几案金银供器。只见小厮手里拿着个禀帖并一篇账目，回说："黑山村的乌庄头来了。"

贾珍道："这个老砍头的今儿才来。"说着，贾蓉接过禀帖和账目，忙展开捧着，贾珍倒背着两手，向贾蓉手内看禀帖上写着："门下庄头乌进孝叩请爷、奶奶万福金安，并公子小姐金安。新春大喜大福，荣贵平安，加官进禄，万事如意。"贾珍笑道："庄家人有些意思。"贾蓉也忙笑说："别看文法，只取个吉利罢了。"一面忙展开单子看时，只见上面写着："大鹿三十只，獐子五十只，狍子五十只，暹猪二十个，汤猪二十个，龙猪二十个，野猪二十个，家腊猪二十个，野羊二十个，青羊二十个，家汤羊二十个，家风羊二十个，鲟鳇鱼二个，各色杂鱼二百斤，活鸡、鸭、鹅各二百只，风鸡、鸭、鹅二百只，野鸡、兔子各二百对，熊掌二十对，鹿筋二十斤，海参五十斤，鹿舌五十条，牛舌五十条，蛏干二十斤，榛、松、桃、杏穰各二口袋，大对虾五十对，干虾二百斤，银霜炭上等选用一千斤、中等二千斤，柴炭三万斤，御田胭脂米二石，碧糯

告呢。"凤姐儿笑道："这倒好了，我正想要打官司呢！"林之孝家的道："我才和众人劝了他们，又威吓了一阵，又许了他几个钱，也就依了。"凤姐儿道："我没一个钱！有钱也不给，只管叫他告去。也不许劝他，也不用震吓他，只管让他告去。告不成倒问他个'以尸讹诈'！"林之孝家的正在为难，见贾琏和他使眼色儿，心下明白，便出来等着。贾琏道："我出去瞧瞧，看是怎么样。"凤姐儿道："不许给他钱。"贾琏一径出来，和林之孝来商议，着人去作好作歹，许了二百两发送才罢。贾琏生恐有变，又命人去和王子腾说，将番役仵作人等叫了几名来，帮着办丧事。那些人见了如此，纵要复辨亦不敢辨，只得忍气吞声罢了。贾琏又命林之孝将那二百银子入在流年账上，分别添补开销过去。又梯己给鲍二些银两，安慰他说："另日再挑个好媳妇给你。"鲍二又有体面，又有银子，有何不依，便仍然奉承贾琏，不在话下。

安抚众心

（第一百十七回）正闹着，只见丫头来回说："琏二爷回来了，颜色大变，说请太太回去说话。"王夫人又吃了一惊，说道："将就些，叫他进来罢。小婶子也是旧亲，不用回避了。"贾琏进来，见了王夫人，请了安，宝钗迎着也问了贾琏的安。回说道："刚才接了我父亲的书信，说是病重的很，叫我就去，若迟了恐怕不能见面。"说到那里，眼泪便掉下来了。王夫人道："书上写的是什么病？"贾琏道："写的是感冒风寒起来的，如今成了痨病了。现在危急，嵩差一个人连日连夜赶来的，说如若再耽搁一两天就不能见面了。故来回太太，侄儿必得就去才好。只是家里没人照管，蔷儿芸儿虽说糊涂，到底是个男人，外头有了事来还可传个话。侄儿家里倒没有什么事，秋桐是天天哭着喊着不愿意在这里，侄儿叫了他娘家的人来领了去了，倒省了平儿好些气。虽是巧姐没人照应，还亏平儿的心不很坏。姐儿心里也明白，只是性气比他娘还刚

五十斛，白糯五十斛，粉粳五十斛，杂色粱谷各五十斛，下用常米一千石，各色干菜一车，外卖粱谷、牲口各项之银共折银二千五百两。外门下孝敬哥儿姐儿顽意：活鹿两对，活白兔四对，黑兔四对，活锦鸡两对，西洋鸭两对。"

贾珍便命带进他来。一时，只见乌进孝进来，只在院内磕头请安。贾珍命人拉他起来，笑说："你还硬朗。"乌进孝笑回："托爷的福，还能走得动。"贾珍道："你儿子也大了，该叫他走走也罢了。"乌进孝笑道："不瞒爷说，小的们走惯了，不来也闷的慌。他们可不是都愿意来见见天子脚下世面？他们到底年轻，怕路上有闪失，再过几年就可放心了。"贾珍道："你走了几日？"乌进孝道："回爷的话，今年雪大，外头都是四五尺深的雪，前日忽然一暖一化，路上竟难走的很，耽搁了几日。虽走了一个月零两日，因日子有限了，怕爷心焦，可不赶着来了。"贾珍道："我说呢，怎么今儿才来。我才看那单子上，今年你这老货又来打擂台来了。"乌进孝忙进前了两步，回道："回爷说，今年年成实在不好。从三月下雨起，接接连连直到八月，竟没有一连晴过五日。九月里一场碗大的雹子，方近一千三百里地，连人带房并牲口粮食，打伤了上千上万的，所以才这样。小的并不敢说谎。"贾珍皱眉道："我算定了你至少也有五千两银子来，这够作什么的！如今你们一共只剩了八九个庄子，今年倒有两处报了旱涝，你们又打擂台，真真是又教别过年了。"乌进孝道："爷的这地方还算好呢！我兄弟离我那里只一百多里，谁知竟大差了。他现管着那府里八处庄地，比爷这边多着几倍，今年也只这些东西，不过多二三千两银子，也是有饥荒打呢。"贾珍道："正是呢，我这边都可以，没有什么外项大事，不过是一年的费用。费些我就受用些，我受些委屈就省些。再者年例送人请人，我把脸皮厚些，可省些也就完了。比不得那府里，这几年添了许多花钱的事，一定不可免是要花的，

硬些,求太太时常管教管教他。"说着,眼圈儿一红,连忙把腰里拴槟榔荷包的小绢子拉下来擦眼。王夫人道:"放着他亲祖母在那里,托我做什么!"贾琏轻轻的说道:"太太要说这个话,侄儿就该活活儿的打死了。没什么说的,总求太太始终疼侄儿就是了。"说着,就跪下来了。王夫人也眼圈儿红了,说:"你快起来,娘儿们说话儿,这是怎么说。只是一件,孩子也大了,倘或你父亲有个一差二错,又耽搁住了,或者有个门当户对的来说亲,还是等你回来,还是你太太作主。"贾琏道:"现在太太们在家,自然是太太们做主。不必等我。"王夫人道:"你要去,就写了禀帖给二老爷送个信,说家下无人,你父亲不知怎样,快请二老爷将老太太的大事早早的完结,快快回来。"贾琏答应了"是",正要走出去,复转回来回说道:"咱们家的家下人家里还够使唤,只是园里没有人,太空了。包勇又跟了他们老爷去了。姨太太住的房子,薛二爷已搬到自己的房子内住了。园里一带屋子都空着,忒没照应,还得太太叫人常查看查看。那栊翠庵原是咱们家的地基,如今妙玉不知那里去了,所有的根基他的当家女尼不敢自己作主,要求府里一个人管理管理。"王夫人道:"自己的事还闹不清,还搁得住外头的事么!这句话好歹别叫四丫头知道,若是他知道了,又要吵着出家的念头出来了。你想咱们家什么样的人家,好好的姑娘出了家,还了得!"贾琏道:"太太不提起侄儿也不敢说,四妹妹到底是东府里的,又没有父母,他亲哥哥又在外头,他亲嫂子又不大说的上话。侄儿听见要寻死觅活了好几次。他既是心里这么着的了,若是牛着他,将来倘或认真寻了死,比出家更不好了。"王夫人听了,点头道:"这件事真真叫我也难担。我也做不得主,由他大嫂子去就是了。"贾琏又说了几句才出来,叫了众家人来交代清楚,写了书,收拾了行装。平儿等不免叮咛了好些话。只有巧姐儿惨伤的了不得。贾琏又欲托王仁照应。巧姐到底不愿意。

却又不添些银子产业。这一二年倒赔了许多,不和你们要,找谁去!"乌进孝笑道:"那府里如今虽添了事,有去有来,娘娘和万岁爷岂不赏的!"贾珍听了,笑向贾蓉等道:"你们听,他这话可笑不可笑?"贾蓉等忙笑道:"你们山坳海沿子上的人,那里知道这道理。娘娘难道把皇上的库给了我们不成!他心里纵有这心,他也不能作主。岂有不赏之理,按时到节不过是些彩缎古董顽意儿。纵赏银子,不过一百两金子,才值了一千两银子,够一年的什么?这二年那一年不多赔出几千银子来!头一年省亲连盖花园子,你算算那一注共花了多少,就知道了。再两年再一回省亲,只怕就净穷了。"贾珍笑道:"所以他们庄家老实人,外明不知里暗的事。黄柏木作磬槌子——外头体面里头苦。"贾蓉又笑向贾珍道:"果真那府里穷了。前儿我听见凤姑娘和鸳鸯悄悄商议,要偷出老太太的东西去当银子呢。"贾珍笑道:"那又是你凤姑娘的鬼,那里就穷到如此。他必定是见去路太多了,实在赔的狠了,不知又要省那一项的钱,先设此法使人知道,说穷到如此了。我心里却有一个算盘,还不至如此田地。"说着,命人带了乌进孝出去,好生待他,不在话下。

这里贾珍吩咐将方才各物,留出供祖的来,将各样取了些,命贾蓉送过荣府里。然后自己留了家中所用的,馀者派出等例来,一分一分的堆在月台下,命人将族中的子侄唤来与他们。接着荣国府也送了许多供祖之物及与贾珍之物。贾珍看着收拾完备供器,靸着鞋,披着猞猁狲大裘,命人在厅柱下石矶上太阳中铺了一个大狼皮褥子,负暄闲看各子弟们来领取年物。因见贾芹亦来领物,贾珍叫他过来,说道:"你作什么也来了?谁叫你来的?"贾芹垂手回说:"听见大爷这里叫我们领东西,我没等人去就来了。"贾珍道:"我这东西,原是给你那些闲着无事的无进益的小叔叔兄弟们的。

听见外头托了芸蔷二人，心里更不受用，嘴里却说不出来。只得送了他父亲，谨谨慎慎的随着平儿过日子。丰儿小红因凤姐去世，告假的告假，告病的告病，平儿意欲接了家中一个姑娘来，一则给巧姐作伴，二则可以带着他。遍想无人，只有喜鸾四姐儿是贾母旧日钟爱的，偏偏四姐儿新近出了嫁了，喜鸾也有了人家儿，不日就要出阁，也只得罢了。

那二年你闲着，我也给过你的。你如今在那府里管事，家庙里管和尚道士们，一月又有你的分例外，这些和尚的分例银子都从你手里过，你还来取这个，太也贪了！你自己瞧瞧，你穿的像个手里使钱办事的？先前说你没进益，如今又怎么了？比先倒不像了。"贾芹道："我家里原人口多，费用大。"贾珍冷笑道："你还支吾我。你在家庙里干的事，打量我不知道呢。你到那里自然是爷了，没人敢违拗你。你手里又有了钱，离着我们又远，你就为王称霸起来，夜夜招聚匪类赌钱，养老婆小子。这会子花的这个形象，你还敢领东西来？领不成东西，领一顿驮水棍去才罢。等过了年，我必和你琏二叔说，换回你来。"贾芹红了脸，不敢答应。人回："北府水王爷送了字联、荷包来了。"贾珍听说，忙命贾蓉出去款待，"只说我不在家。"贾蓉去了，这里贾珍看着领完东西，回房与尤氏吃毕晚饭，一宿无话。至次日，更比往日忙，都不必细说。

【点评】

作为两府的主管，贾琏与贾珍在办事上都有自己的风格特点，都表现出各自的精明干练。

身为荣府的代理管家，贾琏有他的长处。在同辈男子中他是唯一一个对荣国府的日常生活有实际照看的人：贾珠早逝，贾宝玉尚年幼，贾环、贾琮年幼且不受重视，贾府的日常事务都由贾琏夫妇料理。王熙凤虽然能干，但毕竟不能在外抛头露面，故外面的交际应酬，大多由贾琏来完成。

建造大观园的时候，虽然贾政是名义上的负责人，但实际做事的还是贾琏。贾政在视察大观园的工程时，突然有个问题要弄清楚，就让人赶快把贾琏喊过来。贾琏一过来，就从靴子中掏出折略节，一一进行回答。贾芸求职时先是找贾琏，贾琏每次都是答应得好好的，但是总没有下文，于是贾芸开始求王熙凤。其实，贾琏夫妻俩已经商量好将活儿给了贾芸，只是最终让王熙凤决定。

林黛玉的父亲林如海病重，要送林黛玉回家。贾母特别叮嘱要贾琏去送，书中"定要"二字，正说明了贾琏办事稳重，贾母让他做才放心。

鲍二家的上吊自杀，她娘家的人扬言要告官，王熙凤听后的反应是呵斥："只管让他告去。告不成倒问他个'以尸讹诈'！"贾琏不顾凤姐阻拦，一径出来，"着人去作好作歹，许了二百两发送才罢"，又"生恐有变，又命人去和王子腾说，将番役仵作人等叫了几名来，帮着办丧事"，"又梯己给鲍二些银两，安慰他说：'另日再挑个好媳妇给你。'"贾琏的处理可以说平衡了各方面的利益，既精明又合乎情理，连鲍二本人都"仍然奉承贾琏"。

贾府破败之时，各种事端频出，王熙凤病危，王夫人没有主张。此时，贾琏回来，将各个问题清清楚楚地进行了分析，使府内人心得到安抚，王夫人也有了依靠。

虽然荣府男丁较多，但是真正对家族有贡献的很少。贾琏虽然是一个富家贵公子，在感情上也浪荡风流，但他的办事能力确实可圈可点，而且他还能够坚守底线，不会利用权势之便去谋利，更没有为了给贾赦弄几把扇子就像贾雨村一样"弄得人坑家败业"。

贾珍的办事能力,在为两府筹办一些大事的时候展现了出来。筹备过年事宜这一情节,便是典型。

贾府交往应酬、请客吃饭的对象很大一部分是重合的,必须统筹考虑才行,不然容易"重犯"。所以贾珍在安排"年酒"时,就特意嘱咐贾蓉去荣国府找王熙凤对接一下,看看"正月里请吃年酒的日子拟了没有。若拟定了,叫书房里明白开了单子来,咱们再请时,就不能重犯了"。

贾珍安排年货,也是井井有条。佃户负责人乌进孝来运送年货,单看贾珍的分配:"吩咐将方才各物,留出供祖的来,将各样取了些,命贾蓉送过荣府里。然后自己留了家中所用的,馀者派出等例来,一分一分的堆在月台下,命人将族中的子侄唤来与他们。"首先是留出祭祖用的,这是最重要的;然后各样都取一些,送到荣国府去;之后留下宁国府要用的;最后余下的按等次比例一份一份放好,叫贾氏子侄来领取。

贾珍训斥贾芹,也是一个典型细节。看到贾芹,贾珍立即说话了:"你作什么也来了?谁叫你来的?"显然贾珍并没有安排分给贾芹的"年物",贾芹是自己跑来的,贾珍觉得贾芹的做法不合理,于是对贾芹一顿训斥。贾珍知道贾芹的经济状况,以前贾芹没有工作,所以年末会给他家分年物过年,如今他"在那府里管事,家庙里管和尚道士们",生活已有好转,所以便不再给他"年物",这也从侧面说明他在对待亲族上,还是相对公正的。

另外,书中写乌进孝所供年货颇多,要一样一样按序安排分配好,贾珍能将这些安排得井井有条,其管理能力之强可见一斑。

(分值:50分　时间:50分钟)

一、阅读下面的文字,完成后面的题目。(17分)

材料一:

吾国人之精神,世间的也、乐天的也。故代表其精神之戏曲小说,无往而不著此乐天之色彩,始于悲者终于欢,始于离者终于合,始于困者终于亨,非是而欲魇阅者之心,难矣。若《牡丹亭》之返魂,《长生殿》之重圆,其最著之一例也。《红楼梦》一书,与一切喜剧相反,彻头彻尾之悲剧也。

由叔本华之说,悲剧之中又有三种之别:第一种之悲剧,由极恶之人极其所有之能力以交构之者。第二种,由于盲目的运命者。第三种之悲剧,由于剧中之人物之位置及关系而不得不然者,非必有蛇蝎之性质与意外之变故也,但由普通之人物、普通之境遇逼之,不得不如是。彼等明知其害,交施之而交受之,各加以力而各不任其咎。此种悲剧,其感人贤于前二者远甚。何则?彼示人生最大之不幸非例外之事,而人生之所固有故也。若前二种之悲剧,吾人对蛇蝎之人物与盲目之命运,未尝不悚然战栗,以其罕见之故,犹幸吾生之可以免,而不必求息肩之地也。但在第三种,则见此非常之势力足以破坏人生之福祉者,无时而不可坠于吾前。且此等惨酷之行,不但时时可受诸己,而或可以加诸人,躬丁其酷,而无不平之可鸣,此可谓天下之至惨也。若《红楼梦》,则正第三种之悲剧也。兹就宝玉、黛玉之事言之，贾母爱宝钗之婉嫕而惩黛玉之孤僻，又信金玉之邪说而思压宝玉之病；王夫人固亲于薛氏；凤姐以持家之故，忌黛玉之才而虞其不便于己也；袭人惩尤二姐、香菱之事，闻黛玉"不是东风压西风，就是西风压东风"之语，惧祸之及而自同于凤姐，亦自然之势也。宝玉之于黛玉信誓旦旦，而不能言之于最爱之之祖母，则普通之道德使然，况黛玉一女子哉！由此种种原因，而金玉以之合，木石以之离，又岂有蛇蝎之人物、非常之变故行于其间哉？不过通常之道德、通常之人情、通常之境遇为之而已。由此观之，《红楼梦》者，可谓悲剧中之悲剧也。

（摘编自王国维《红楼梦评论》）

材料二：

我认为《红楼梦评论》，我们不能够完全接受的一点，就是《红楼梦评论》是完全套用了叔本华的哲学。我认为文学里边可以反映人生，文学当然是反映人生的，文学既然反映了人生，文学里边当然就有哲学，文学有一个表达的形式，表达形式当然就有美学。我们从文学里边寻求哲学和美学，这是不错的。可是我们所要针对的是这一个作品的本身，而不是把一个现成的理论，套在它的上面。我认为王国维先生之所以有了这样的错误，是因为他那个时候毕竟只有27岁，还很年轻，而且他那个时候没有一般人接受西方的理论，能够把它灵活地运用。我们所接受的西方的理论，不应该生搬硬套。西方的理论可以给我们一种启示，可以给我们一个视角，一个观察评论的角度。我们不能够把叔本华的哲学完全套到《红楼梦》上，《红楼梦》的作者曹雪芹不是根据叔本华的哲学来写的这个《红楼梦》的。

（摘编自《叶嘉莹评点〈红楼梦评论〉》）

材料三：

王国维以西方美学为理论基石透视中国古典文学作品，吸取叔本华的唯意志哲学，破惑此前红学研究的误区，开辟《红楼梦》研究的新视角。但是《红楼梦评论》也有其无法避免的先天缺陷：叔本华的唯意志哲学宣扬的是厌世消极的人生态度，崇尚绝对虚无缥缈的处世精神，否定人的主观能动性。王国维继承叔本华的唯意志理论，《红楼梦评论》思想倾向也是极其消极的。马克思、恩格斯曾揭示悲剧的物质根源，恩格斯认为悲剧冲突的根源存于客观社会矛盾中，按照这种社会历史悲剧观解读《红楼梦》，则宝、黛的悲剧是出于"历史的必然要求和这个要求实际上不可能实现之间的悲剧性冲突"。鲁迅先生曾经在《论睁了眼看》中认为："《红楼梦》中的小悲剧，是社会上常有的事。"鲁迅先生强调悲剧的社会根源，注重从外部探究悲剧，与王国维的纯粹内部研究的悲剧观相反。再加上王国维由于受时代历史研究条件的局限，对于高鹗续书无法窥测（目前学术界对于高鹗续作《红楼梦》的研究已颇为广泛），所以在整体论述上有待后人评判和商榷。虽然《红楼梦评论》存在不足和牵强之处，但是王国维突破传统研究角度和框架，以西方美学视角阐发《红楼梦》内部悲剧价值，建构了系统的悲剧理论体系，这在红学史上，具有里程碑式的意义。

（摘编自周德蓓《论王国维〈红楼梦评论〉中的悲剧观》）

1. 下列对材料相关内容的理解和分析，不正确的一项是（　　）。（3分）

A. 第一、二种悲剧具备偶然性，人们对此类悲剧虽感到恐惧，但因其少见，所以并不认为自己会遭遇。

B. 第三种悲剧具备普遍性，是我们人生所固有的，人人都可能是悲剧的承受者，也可能成为悲剧的制造者。

C. 叶嘉莹先生不完全认同王国维的《红楼梦评论》，是因为文学的内容与表达形式涉及哲学与美学。

D. 王国维《红楼梦评论》运用西方理论解读中国古典作品,突破了传统局限,具有划时代的意义。

2. 根据上述材料,下列说法不正确的一项是(　　)。(3分)

A. 从材料一第1段看,王国维认为,读者的阅读期待会影响文学创作者的创作方向。

B. 王国维认为,中国文学作品都是简单的乐天主义,不敢正视人生的挫折与命运挑战。

C. 叶嘉莹先生认为,文学研究应从文学作品本身出发,而不是硬套哲学、美学理论。

D. 在王国维之前,红学研究注重从中国传统文学、哲学、美学等角度来解读《红楼梦》。

3. "吾国人之精神,世间的也、乐天的也。故代表其精神之戏曲小说,无往而不著此乐天之色彩。"下列各项中,不适合作为论据来支撑该观点的一项是(　　)。(3分)

A.《孔雀东南飞并序》焦、刘死后魂化鸳鸯的结局。

B.《窦娥冤》窦父为窦娥洗雪冤屈的结局。

C.《水浒传》宋江率梁山众好汉接受朝廷招安。

D.《长恨歌》李隆基与杨贵妃在海外仙山再次相见。

4. 从论证方法的角度看,材料一是如何论证"《红楼梦》一书,与一切喜剧相反,彻头彻尾之悲剧也"的观点的?(4分)

5. 请结合材料探究王国维《红楼梦评论》给后世文学评论创作者的启示。(4分)

二、阅读下面的文字,完成后面的题目。(16分)

那宝玉听见贾政吩咐他"不许动",早知多凶少吉,那里承望贾环又添了许多的话。正在厅上干转,怎得个人来往里头去捎信,偏生没个人,连茗烟也不知在那里。正盼望时,只见一个老姆姆出来。宝玉如得了珍宝,便赶上来拉他,说道:"快进去告诉:老爷要打我呢!快去,快去!要紧,要紧!"宝玉一则急了,说话不明白;二则老婆子偏生又聋,竟不曾听见是什么话,把"要紧"二字只听作"跳井"二字,便笑道:"跳井让他跳去,二爷怕什么?"宝玉见是个聋子,便着急道:"你出去叫我的小厮来罢。"那婆子道:"有什么不了的事?老早的完了。太太又赏了衣服,又赏了银子,怎么不了事的!"

宝玉急的跺脚,正没抓寻处,只见贾政的小厮走来,逼着他出去了。贾政一见,眼都红紫了,也不暇问他在外流荡优伶,表赠私物,在家荒疏学业,淫辱母婢等语,只喝令:"堵起嘴来,着实打死!"小厮们不敢违拗,只得将宝玉按在凳上,举起大板打了十来下。贾政犹嫌打轻了,一脚踢开掌板的,自己夺过来,咬着牙狠命盖了三四十下。众门客见打的不祥了,忙上前夺劝。贾政那里肯听,说道:"你们问问他干的勾当可饶不可饶!素日皆是你们这些人把他酿坏了,到这步田地还来解劝。明日酿到他弑君杀父,你们才不劝不成!"

众人听这话不好听,知道气急了,忙又退出,只得觅人进去给信。王夫人不敢先回贾母,只得忙穿衣出来,也不顾有人没人,忙忙赶往书房中来,慌的众门客小厮等避之不及。王夫人一进房来,贾政更如火上浇油一般,那板子越发下去的又狠又快。按宝玉的两个小厮忙松了手走开,宝玉早已动弹不得了。贾政还欲打时,早被王夫人抱住板子。贾政道:"罢了,罢了!今日必定要气死我才罢!"王夫人哭道:"宝玉虽然该打,老爷也要自重。况且炎天暑日的,老太太身上也不大好,打死宝玉事小,倘或老太太一时不自在了,岂不事大!"贾政冷笑道:"倒休提这话。我养了这不肖的孽障,已经不孝;教训他一番,又有众人护持;不如趁今日一发勒死了,以绝将来之患!"说着,便要绳索来勒死。

王夫人连忙抱住哭道:"老爷虽然应当管教儿子,也要看夫妻分上。我如今已将五十岁的人,只有这个孽障,必定苦苦的以他为法,我也不敢深劝。今日越发要他死,岂不是有意绝我。既要勒死他,快拿绳子来先勒死我,再勒死他。我们娘儿们不敢含怨,到底在阴司里得个依靠。"说毕,爬在宝玉身上大哭起来。贾政听了此话,不觉长叹一声,向椅上坐了,泪如雨下。王夫人抱着宝玉,只见他面白气弱,底下穿着一条绿纱小衣皆是血渍。禁不住解下汗巾看,由臀至胫,或青或紫,或整或破,竟无一点好处,不觉失声大哭起来,"苦命的儿吓!"因哭出"苦命儿"来,忽又想起贾珠来,便叫着贾珠哭道:"若有你活着,便死一百个我也不管了。"此时里面的人闻得王夫人出来,那李宫裁、王熙凤与迎春姊妹早已出来了。王夫人哭着贾珠的名字,别人还可,惟有宫裁禁不住也放声哭了。贾政听了,那泪珠更似滚瓜一般滚了下来。

正没开交处,忽听丫鬟来说:"老太太来了。"一句话未了,只听窗外颤巍巍的声气说道:"先打死我,再打死他,岂不干净了!"贾政见他母亲来了,又急又痛,连忙迎接出来,只见贾母扶着丫头,喘吁吁的走来。

贾政上前躬身陪笑道:"大暑热天,母亲有何生气亲自走来?有话只该叫了儿子进去吩咐。"贾母听说,便止住步喘息一回,厉声说道:"你原来是和我说话!我倒有话吩咐,只是可怜我一生没养个好儿子,却教我和谁说去!"贾政听这话不像,忙跪下含泪说道:"为儿的教训儿子,也为的是光宗耀祖。母亲这话,我做儿的如何禁得起?"贾母听说,便啐了一口,说道:"我说一句话,你就禁不起,你那样下死手的板子,难道宝玉就禁得起了?你说教训儿子是光宗耀祖,当初你父亲怎么教训你来!"说着,不觉就滚下泪来。

贾政又陪笑道:"母亲也不必伤感,皆是儿的一时性起,从此以后再不打他了。"贾母便冷笑道:"你也不必和我使性子赌气的。你的儿子,我也不该管你打不打。我猜着你也厌烦我们娘儿们。不如我们赶早儿离了你,大家干净!"说着便令人去看轿马,"我和你太太宝玉立刻回南京去!"家下人只得干答应着。贾母又叫王夫人道:"你也不必哭了。如今宝玉年纪小,你疼他,他将来长大成人,为官作宰的,也未必想着你是他母亲了。你如今倒不要疼他,只怕将来还少生一口气呢。"贾政听说,忙叩头哭道:"母亲如此说,贾政无立足之地。"贾母冷笑道:"你分明使我无立足之地,你反说起你来!只是我们回去了,你心里干净,看有谁来许你打。"一面说,一面只令快打点行李车轿回去。贾政苦苦叩求认罪。

(节选自《红楼梦》第三十三回)

6. 下列对文本内容的理解,不正确的一项是( )。(3分)

A. 老姆姆和金钏一样,在贾府中也是仆人身份,但面对金钏的跳井,她不但没有同情,反而视作笑谈,这与鲁迅先生笔下麻木冷漠的看客相似。

B. 王夫人是荣国府掌权管事的家长之一,虽然宝玉挨打令她心痛不已,但她首先关心的是贾政和贾母的安好,体现了她顾全大局、端庄贤淑的性格特点。

C. 贾珠是贾政与王夫人的嫡长子,他早早进学,娶妻生子,是家族的希望,可惜英年早逝。王夫人在哭求中提起贾珠,贾政也悲从中来,心痛不已。

D. 贾母的到来彻底平息了宝玉挨打的风波。贾母不仅以身份来痛斥贾政,还用犀利的口才来击垮贾政,更用扬言要回南京来要挟贾政。

7. 下列对文本艺术特色的分析鉴赏,不正确的一项是(　　)。(3分)

A. 《红楼梦》善于通过细节描写来塑造人物形象。选文通过神态、语言和动作描写,生动地刻画了贾政的形象,表现了其丰富的内心世界。

B. 选文中人物的语言有明显的身份特征。王夫人劝阻之语委婉而痛切,而作为贾府身份最高贵的贾母,言辞中则表现出极度的愤怒和强烈的不满。

C. 贾母的登场"未见其人,先闻其声",与林黛玉进贾府时王熙凤的出场相似,都生动地刻画了人物独特的性格特征。

D. 老姆姆耳聋,话不对题,不能为宝玉通风报信,她的出现使小说的叙事节奏变缓,继续为下文宝玉挨打营造氛围。

8. 宝玉挨打,上演了《红楼梦》中最激烈的一场矛盾冲突,充分反映了冲突各方之间的复杂关系。请根据文本内容,或联系整本书的相关内容,概括宝玉挨打事件中主要体现了哪几组矛盾冲突。(4分)

9. 有人认为,贾政要将宝玉打死或勒死的行径,揭露出封建父权极端专横、残忍的实质;也有人认为,贾政嘴上说要打死或勒死宝玉,实际上是在教育他,体现了严父之爱。你更赞同哪种观点?请结合选文谈谈你的看法。(6分)

三、阅读下面《红楼梦》中的这首诗歌,完成后面的题目。(9分)

问　菊

林黛玉

欲讯秋情众莫知,喃喃负手叩东篱。
孤标①傲世偕谁隐,一样花开为底迟?
圃露庭霜何寂寞,鸿归蛩②病可相思?
休言举世无谈者,解语何妨片语时。

【注】①孤标:孤高的品格。标,标格。②蛩:蟋蟀。

10. 下列对这首诗的理解和赏析,不正确的一项是(　　)。(3分)

A. 首联写诗人想知道秋天的信息,众人皆不知,只有问东篱下的菊花,将诗人自己的情怀赋予菊花。

B. 颔联运用了对比的修辞手法,写出了菊花不与百花争艳、深秋开放的特点,这既是写菊花,也是写诗人自己。

C. 颈联交代菊花的生长环境:气候寒冷,众芳凋零;鸿雁南归,蟋蟀悲鸣。诗句直接抒发了诗人内心的寂寞、相思之情。

D. 尾联是在菊花中寻求精神寄托之意,运用拟人的修辞手法,视秋菊为知己并与之谈心,赞美菊花"孤标傲世"的高洁品质。

11. 这首诗名为《问菊》,有人却评价它"与其说是有趣的讯问,莫如说是愤懑的控诉"。那么林黛玉到底为什么而愤懑呢?请结合全诗进行简要说明。(6分)

_____
_____
_____
_____
_____

四、语言文字运用(8分)

阅读下面的文字,完成后面的题目。

抽身要寻别的姊妹去,忽见前面一双玉色蝴蝶,大如团扇,一上一下的迎风翩跹,十分有趣。宝钗意欲扑了来顽耍,遂向袖中取出扇子来,向草地下来扑。(　　)只见那一双蝴蝶忽起忽落,来来往往,穿花度柳,将欲过河。倒引的宝钗蹑手蹑脚的,一直跟到池中的滴翠亭,香汗淋漓,娇喘细细,(　　)也无心扑了。刚欲回来,只听亭子里面嘁嘁喳喳有人说话。原来这亭子四面俱是游廊曲桥,盖在池中,周围都是雕镂槅子糊着纸。

宝钗在亭外听见说话,便站住往里细听,(　　)……半晌,又听答道:"也罢,拿我这个给他,就算谢他的罢。——你要告诉别人呢?须说个誓来。"又听说道:"我要告诉一个人,就长一个疔,日后不得好死!"又听说道:"嗳呀!咱们只顾说话,看有人来悄悄的在外头听见。(　　)不如把这槅子都推开了,便是有人见咱们在这里,他们只当我们说顽话呢。若走到跟前,咱们也看的见,就别说了。"

宝钗在外面听见这话,心中吃惊,想道:"……如今便赶着躲了,料也躲不及,少不得要使个'金蝉脱壳'的法子。"犹未想完,只听"咯吱"一声,宝钗便故意放重了脚步,(　　)笑着叫道:"颦儿,我看你往那里藏!"一面说,一面故意往前赶。那亭子里的红玉、坠儿刚一推窗,只见宝钗如此说着往前赶,两个人都唬怔了。宝钗反向他二人笑道:"你们把林姑娘藏在那里了?"坠儿道:"何曾见林姑娘了。"宝钗道:"我才在河边看着他在这里蹲着弄水儿的。我要悄悄的唬他一跳,还没走到跟前,他倒看见我了,朝东一绕就不见了。必是藏在这里头了。"一面说,一面故意进去寻了一寻,抽身就走,口里说道:"一定又是在那山子洞里去。遇见蛇,咬一口也罢了。"一面说一面走,心里又好笑:这件事算遮过去了,不知他二人是怎么样。

12. 有很多人喜欢读"脂评本"《红楼梦》,这是因为评语也是我们理解原文意思的重要内容。以下五处批语,对应原文五处文字之后,顺序恰当的一项是(　　)。(3分)

①庚辰侧批:闺中弱女机变,如此之便,如此之急。②庚辰眉批:这是自难自法,好极好极!惯用险笔如此。壬午夏,雨窗。③庚辰侧批:若玉兄在,必有许多张罗。④甲戌侧批:可是一味知书识礼女夫子行止?写宝钗无不相宜。⑤庚辰眉批:这桩风流案,又一体写法,甚当。己卯冬夜。

A. ②①④③⑤　　B. ③⑤②①④
C. ④③⑤②①　　D. ⑤②①④③

13. 语段中宝钗的三次"故意",是如何一步步打消红玉和坠儿的疑虑的?(5分)

_____
_____
_____
_____

第三部分　拓展阅读

生日丧事

【 生日 】

《红楼梦》前八十回中共有三十几处提到了生日，前八十回中着重写的有这样几次：

一是第十一回贾敬生日，贾敬出家修行，寿辰也不肯回家。贾珍只派人把寿席上的食物给他装了十六大捧盒送去，之后便是宁、荣二府阖家大小饮酒看戏，描写甚为简括。这一回对秦可卿生病一事描写得很详细，文字分量明显超过祝寿正文，为后文的秦氏之死和给秦氏大力办丧事做了铺垫。

二是第二十二回薛宝钗的生日，《红楼梦》共两次写到宝钗的生日宴（第二次在第一百零八回）。第一次是宝钗十五岁的生日，"算得将笄之年"，将要成人了，所以老太太自己拿出二十两银子，让凤姐替她张罗生日。生日宴当晚，元妃也来助兴，送出灯谜让大家猜，让每人也作一个谜送进去。从这可以看出宝钗身份真是不同，竟如此受宠，日后的"宝二奶奶"初露端倪。

三是第四十三、四十四回的凤姐寿宴。贾母提议学那小家子大家凑份子来给凤姐过生日，虽然看起来的确别出心裁，但作为贾府当家人，竟想出醵金为寿的主意，可见也不是什么好预兆，所以有评论认为这是"大往小来矣，衰败已兆"。果然，生日之热闹自不必细说，但穿插其中的是种种不如意。先是宝玉偷跑出去祭奠投井而死的金钏儿，接着"凤姐自觉酒沉了""要往家去歇歇"，结果撞见丈夫贾琏和鲍二家的偷情，这让要强的凤姐大受刺激，好好的生日宴上祝寿的主角变成了撒泼的丑角。

四是第六十二、六十三回宝玉的生日。因宫里死了一位老太妃，贾母、邢夫人、王夫人等人每日入朝随祭，所以宝玉的生日也不像往年热闹。但是没有了长辈们的参与，宝玉和大观园里的女儿们反而更自由自在。因为大家凑巧知道宝玉和宝琴、平儿、岫烟四人是同天生日，于是大家凑钱叫柳家的另治了酒席，众人一起行酒令，湘云醉眠芍药裀，香菱情解石榴裙，好一幅美人行乐图，好一个极乐世界。到了晚上，怡红夜宴，众丫鬟提议给宝玉过生日，连宝玉九人，后来又邀请黛玉、宝钗、李纨、探春、宝琴等人，大家一起喝酒行令唱小曲。

五是第七十一回贾母过八十大寿，贾母是贾府里面地位最高的人，因此，其生日规格也是最高的，许多皇亲国戚都来道贺，收到的礼物也是十分珍贵的。宴请总共持续了八天的时间，在寿宴中，男客在外廊，女客在内室，行礼的顺序为女客、男客、管家、媳妇、丫鬟，由此可以看出礼仪等级之森严。

这几个生日是《红楼梦》前八十回中最重要的生日，各种主要人物纷纷登场，众人所点之戏往往深藏寓意，其中贾宝玉各种行为的"不合时宜"亦有所体现。在繁华热闹的背后，读者可以感受到一种盛世的悲音。曹雪芹笔下《红楼梦》里的世界就是在春花秋月、花团锦簇、豪华阔绰的掩盖下逐渐走向自身消亡的。从生日这个角度来看，我们能窥见《红楼梦》的主题思想：对现实世界的批判、对妇女命运的关怀、对平等仁爱的思想与自由人生道路的追寻。

凤姐生日

（第四十三回）这里贾母又向王夫人笑道："我打发人请你来，不为别的。初二是凤丫头的生日，上两年我原早想替他做生日，偏到跟前有大事，就混过去了。今年人又齐全，料着又没事，咱们大家好生乐一日。"王夫人笑道："我也想着呢。既是老太太高兴，何不就商议定了？"贾母笑道："我想往年不拘谁作生日，都是各自送各自的礼，这个也俗了，也觉生分的似的。今儿我出个新法子，又不生分，又可取笑。"王夫人忙道："老太太怎么想着好，就是怎么样行。"贾母笑道："我想着，咱们也学那小家子大家凑分子，多少尽着这钱去办，你道好顽不好顽？"王夫人笑道："这个很好。但不知怎么凑法？"贾母听说，亦发高兴起来，忙遣人去请薛姨妈、邢夫人等，又叫请姑娘们并宝玉，那府里珍儿媳妇并赖大家的等有头脸管事的媳妇也都叫了来。

众丫头婆子见贾母十分高兴，也都高兴，忙忙的各自分头去请的请，传的传，没顿饭的工夫，老的少的，上的下的，乌压压挤了一屋子。只薛姨妈和贾母对坐，邢夫人王夫人只坐在房门前两张椅子上，宝钗姊妹等五六个人坐在炕上，宝玉坐在贾母怀前，地下满满的站了一地。贾母忙命拿几个小杌子来，给赖大母亲等几个年高有体面的妈妈坐了。贾府风俗，年高伏侍过父母的家人，比年轻的主子还有体面，所以尤氏凤姐儿等只管地下站着，那赖大的母亲等三四个老妈妈告个罪，都坐在小杌子上了。

贾母笑着把方才一席话说与众人听了。众人谁不凑这趣儿？再也有和凤姐儿好的，有情愿这样的；有畏惧凤姐儿的，巴不得来奉承的：况且都是拿的出来的，所以一闻此言，都欣然应诺。贾母先道："我出二十两。"薛姨妈笑道："我随着老太太，也是二十两了。"邢夫人王夫人笑道："我们不敢和老太太并肩，自然矮一等，每人十六两罢了。"尤氏李纨也笑道："我们自然又矮一等，每人十二两罢。"贾母忙和李纨道："你寡妇失业的，那里还拉你出这个钱，我替你出了罢。"凤姐忙笑道："老太太别高兴，且算一算帐再揽事。老太太身上已有两分呢，这会子又替大嫂子出十二两，说着高兴，一会子回想又心疼了。过后儿又说：'都是为凤丫头花了钱。'使个巧法子，哄着我拿出三四分子来暗里补上，我还做梦呢。"说的众人都笑了。贾母笑道："依你怎么样呢？"凤姐笑道："生日没到，我这会子已经折受的不受用了。我一个钱饶不出，惊动这些人实在不安，不如大嫂子这一分我替他出了罢了。我到了那一日多吃些东西，就享了福了。"邢夫人等听了，都说："很是。"贾母方允了。

凤姐儿又笑道："我还有一句话呢。我想老祖宗自己二十两，又有林妹妹宝兄弟的两分子。姨妈自己二十两，又有宝妹妹的一分子，这倒也公道。只是二位太太每位十六两，自己又少，又不替人出，这有些不公道。老祖宗吃了亏了！"贾母听了，忙笑道："倒是我的凤丫头向着我，这说的很是。要不是你，我叫他们又哄了去了。"凤姐笑道："老祖宗只把他姐儿两个交给两位太太，一位占一个，派多派少，每位替出一分就是了。"贾母忙说："这很公道，就是这样。"赖大的母亲忙站起来笑说道："这可反了！我替二位太太生气。在那边是儿子媳妇，在这边是内侄女儿，倒不向着婆婆姑娘，倒向着别人。这儿媳妇成了陌路人，内侄女儿竟成了个外侄女儿了。"说的贾母与众人都大笑起来了。

赖大之母因又问道："少奶奶们十二两，我们自然也该矮一等了。"贾母听说，道："这使不得。你们虽该矮一等，我知道你们这几个都是财主，果位虽低，钱却比他们多。你们和他们一例才使得。"众妈妈听了，连忙答应。贾母又道："姑娘们不过应个景儿，每人照一个月的月例就是了。"又回头叫鸳鸯来："你们也凑几个人，商议凑了来。"鸳鸯答应着，去不多时带了平儿、袭人、彩霞等还有几个小丫鬟来，也有二两的，也有一两的。贾母因问平儿："你难道不替你主子作生日？还入在这里头？"平儿笑道："我那个私自另外有了，这是官中的，也该出一分。"贾母笑道："这才是好孩子。"

凤姐又笑道："上下都全了。还有二位姨奶奶，他出不出，也问一声儿，尽到他们是理。不然，他们只当小看了他们了。"贾母听了，忙说："可是呢，怎么倒忘了他们！只怕他们不得闲儿，叫一个丫头问问去。"说着，早有丫头去了，半日回来说道："每位也出二两。"贾母喜道："拿笔砚来算明，共计多少。"尤氏因悄骂凤姐道："我把你这没足厌的小蹄子！这么些婆婆婶子来凑银子给你过生日，你还不足，又拉上两个苦瓠子作什么？"凤姐也悄笑道："你少胡说，一会子离了这里，我才和你算帐。他们两个为什么苦呢？有了钱也是白填还别人，不如拘了来咱们乐。"

说着，早已合算了，共凑了一百五十两有馀。贾母道："一日戏酒用不了。"尤氏道："既不请客，酒席又不多，两三日的用度都够了。头等，戏不用钱，省在这上头。"贾母道："凤丫头说那一班好，就传那一班。"凤姐儿道："咱们家的班子都听熟了，倒是花几个钱叫一班来听听罢。"贾母道："这件事我交给珍哥媳妇了。越性叫凤丫头别操一点心，受用一日才算。"尤氏答应着。又说了一回话，都知贾母乏了，才渐渐的都散出来。

尤氏等送邢夫人王夫人二人散去，便往凤姐房中来商议怎么办生日的话。凤姐儿道："你不用问我，你只看老太太的眼色行事就完了。"尤氏笑道："你这阿物儿，也忒行了大运了。我当有什么事叫我们去，原来单为这个。出了钱不算，还要我来操心，你怎么谢我？"凤姐笑道："你别扯臊，我又没叫你来，谢你什么！你怕操心？你这会子就回老太太去，再派一个就是了。"尤氏笑道："你瞧他兴的这样儿！我劝你收着些儿好。太满了就泼出来了。"二人又说了一回方散。

次日将银子送到宁国府来，尤氏方才起来梳洗，因问是谁送过来的，丫鬟们回说："是林大娘。"尤氏便命叫了他来。丫鬟走至下房，叫了林之孝家的过来。尤氏命他脚踏上坐了。一面忙着梳洗，一面问他："这一包银子共多少？"林之孝家的回说："这是我们底下人的银子，凑了先送过来。老太太和太太们的还没有呢。"正说着，丫鬟们回说："那府里太太和姨太太打发人送分子来了。"尤氏笑骂道："小蹄子们，专会记得这些没要紧的话。昨儿不过老太太一时高兴，故意的要学那小家子凑分子，你们就记得，到了你们嘴里当正紧的说。还不快接了进来好生待茶，再打发他们去。"丫鬟应着，忙接了进来，一共两封，连宝钗黛玉的都有了。尤氏问还少谁的，林之孝家的道："还少老太太、太太、姑娘们的和底下姑娘们的。"尤氏道："还有你们大奶奶的呢？"林之孝家的道："奶奶过去，这银子都从二奶奶手里发，一共都有了。"

说着，尤氏已梳洗了，命人伺候车辆。一时来至荣府，先来见凤姐。只见凤姐已将银子封好，正要送去。尤氏问："都齐了？"凤姐儿笑道："都有了，快拿了去罢，丢了我不管。"尤氏笑道："我有些信不及，倒要当面点一点。"说着果然按数一点，只没有李纨的一分。尤氏笑道："我说你闹鬼呢。怎么你大嫂子的没有？"凤姐笑道："那么些还不够使？短一分儿也罢了，等不够了我再给你。"尤氏道："昨儿你在人跟前作人，今儿又来和我赖，这个断不依你。我只和老太太要去。"凤姐儿笑道："我看你利害。明儿有了事，我也'丁是丁卯是卯'的，你也别抱怨。"尤氏笑道："你一般的也怕。不看你素日孝敬我，我才是不依你呢。"说着，把平儿的一分拿了出来，说道："平儿，来！把你的收起去，等不够了，我替你添上。"平儿会意，因说道："奶奶先使着，若剩下了再赏我一样。"尤氏笑道："只许你那主子作弊，就不许我作情儿。"平儿只得收了。尤氏又道："我看着你主子这么细致，弄这些钱那里使去！使不了，明儿带了棺材里使去。"

一面说着，一面又往贾母处来。先请了安，大概说了两句话，便走到鸳鸯房中和鸳鸯商议，只听鸳鸯的主意行事，何以讨贾母的喜欢。二人计议妥当。尤氏临走时，也把鸳鸯二两银子还他，说："这还使不了呢。"说着，一径出来，又至王夫人跟前说了一回话。因王夫人进了佛堂，把彩云一分也还了他。见凤姐不在跟前，一时把周、赵二人的也还了。他两个还不敢收。尤氏道："你们可怜见的，那里有这些闲钱？凤丫头便知道了，有我应着呢。"二人听说，千恩万谢的方收了。

（第四十四回）原来贾母说今日不比往日，定要叫凤姐痛乐一日。本来自己懒待坐席，只在里间屋里榻上歪着和薛姨妈看戏，随心爱吃的拣几样放在小几上，随意吃着说话儿；将自己两桌席面赏那没有席面的大小丫头并那应差听差的妇人等，命他们在窗外廊檐下也只管坐着随意吃喝，不必拘礼。王夫人和邢夫人在地下高桌上坐着，外面几席是他姊妹们坐。

贾母不时吩咐尤氏等："让凤丫头坐在上面，你们好生替我待东，难为他一年到头辛苦。"尤氏答应了，又笑回说道："他坐不惯首席，坐在上头横不是竖不是的，酒也不肯吃。"贾母听了，笑道："你不会，等我亲自让他去。"凤姐儿忙也进来笑说："老祖宗别信他们的话，我吃了好几钟了。"贾母笑着，命尤氏："快拉他出去，按在椅子上，你们都轮流敬他。他再不吃，我当真的就亲自去了。"尤氏听说，忙笑着又拉他出来坐下，命人拿了台盏来斟了酒，笑道："一年到头难为你孝顺老太太、太太和我。我今儿没什么疼你的，亲自斟杯酒，乖乖儿的在我手里喝一口。"凤姐儿笑道："你要安心孝敬我，跪下我就喝。"尤氏笑道："说的你不知是谁！我告诉你说，好容易今儿这一遭，过了后儿，知道还得像今儿这样不得了？趁着尽力灌丧两钟罢。"凤姐儿见推不过，只得喝了两钟。

接着众姊妹也来，凤姐也只得每人的喝一口。赖大妈妈见贾母尚这等高兴，也少不得来凑趣儿，领着些嬷嬷们也来敬酒。凤姐也难推脱，只得喝了两口。鸳鸯等也来敬，凤姐儿真不能了，忙央告道："好姐姐们，饶了我罢，我明儿再喝罢。"鸳鸯笑道："真个的，我们是没脸的了？就是我们在太太跟前，太太还赏个脸儿呢。往常倒有些体面，今儿当着这些人，倒拿起主子的款儿来了。我原不该来。不喝，我们就走。"说着真个回去了。凤姐儿忙赶上拉住，笑道："好姐姐，我喝就是了。"说着，拿过酒来，满满的斟了一杯喝干，鸳鸯方笑了散去。然后又入席。

凤姐自觉酒沉了，心里突突的似往上撞，要往家去歇歇，只见那耍百戏的上来，便和尤氏说："预备赏钱，我要洗洗脸去。"尤氏点头。凤姐儿瞅人不防，便出了席，往房门后檐下走来。平儿留心，也忙跟了来。凤姐儿便扶着他。

【点评】

　　王熙凤过生日，老祖宗贾母为褒奖她的辛苦，突发奇想，也为好玩，要"学那小家子"让大家凑份子钱为她过生日。贾母挖空心思，想出凑份子钱过生日的妙招，也充分表现出贾母对凤姐生日一事的上心。贾母作为老祖宗，率先做出表态出资二十两银子，薛姨妈随贾母也出了二十两，邢王两夫人各出了十六两，余下姑娘们姊妹媳妇和有头脸的管事媳妇也各有出资，而统筹安排操办者的角色则交给了尤氏。

　　大家凑份子在贾母看来是新鲜有趣，但对有些人来说可能是一个沉重的负担。通过这件事，我们也看到了贾府里这些上层主子和有头脸的管事人等众生相，一类是完全不把这些小钱当回事儿的贾母、薛姨妈、邢夫人、王夫人等。另外，不声不响的李纨其实也是一位非常有钱的主，贾母说她寡妇失业，主动要替她出十二两的分例，王熙凤忙说贾母要替出分例的人太多，让自己替李纨出这个钱，李纨则始终不发表意见，但其实李纨的待遇比凤姐要高好几倍。再有像赖妈妈等年长的老人家主动要求比少奶奶们矮一等，被贾母阻止了，说你们都是财主，要与少奶奶们一个标准。这个情节很有趣，赖妈妈等人不敢与少奶奶比肩，绝不是为了少掏钱，而是身份上的自谦，而贾母的阻止，让她们多掏钱也不是目的，而是承认她们的地位，是给她们很大的脸面，这里正体现"贾府风俗，年高服侍过父母的家人，比年轻的主子还有体面"；当然，从另一方面讲，这些老仆们经过多年经营，早就是大财主了，比一般的小姐少奶奶们家底厚实多了。赖嬷嬷孙子身上花的钱可以照样打个等身的银人儿，后来还捐了官；家中也有一座大园子。这并非一个普通的富豪人家可比的。

　　那些管家媳妇，大家都踊跃参与，一为买凤姐的好，平时没机会巴结的，有这一出刚好算个机会，当然，有些管家媳妇也不会把这点钱当回事，只要得到凤姐的认可，随便安排点有好处的差事，这些钱也是可以收回来的（可以参考第六十一、六十二回，管厨房的柳家媳妇因涉嫌王夫人房中失窃一事，差点被撤职查办，而准备接手的秦显家的还未上任就"打点送林之孝家的礼，悄悄的备了一篓炭，五百斤木柴，一担粳米，在外边就遣了子侄送入林家去了；又打点送账房的礼；又预备几样菜蔬请几位同事的人"。最终平儿为柳家的平了冤，放了柳五儿，柳家的故而复职。秦显家的给林之孝家送东西，就是因为林之孝家的安排了她去接手厨房管理一职，是个肥差）。从这一点看，这些管家媳妇要比小姐们有钱得多，要知道小姐们的月例银子只有二两（当然，二两也不少，因为二两就是她们的零花钱，她们吃穿用度都是官中出。还有一个参照，王熙凤接济刘姥姥的二十两银子足以让她们一家人安稳度过一个冬天,还能同时兼顾着第二年粮食瓜菜的收成)。王熙凤还鼓动要周姨娘和赵姨娘出份例,周、赵二人自然不敢得罪这位管家奶奶,所以即使囊中羞涩也只能掏钱。

王熙凤这个生日大伙一共凑了多少银子呢?尤氏在给贾母汇报时有交代这个数字,一共一百五十多两,这笔银子足以让小户人家改变命运了,但在荣国府,仅为一个主子过一个生日,可见贾府日常行事的铺张和浪费,如此经济运行状态下的贾府怎会不败落呢?

凤姐与前段时间被王夫人撵走而投井身亡的金钏儿是同一天生日,所以凤姐生日当天,正在准备开席之时,贾府中另一个非常重要的人物——贾宝玉,却私自跑出去祭奠金钏儿。金钏儿之死,与宝玉当初的轻佻是脱不了干系的。这一点宝玉也心知肚明,所以为了表示心中的愧疚,他一大早穿着素服,带了小厮茗烟,到郊外水仙庵祭奠她。《红楼梦》一书中,同类人物往往也有着类似的命运,如袭人之于宝钗,晴雯之于黛玉。而金钏儿的年少殒命暗示着王熙凤可能也将面临相似的芳年早逝的命运。

席间,王熙凤喝多了,要回家休息,却意外发现贾琏与鲍二家的偷情。她在窗外亲耳听到了鲍二家的对她的诅咒,听到了贾琏在外人面前对自己的编排,于是妒火中烧,撒泼耍横,打鲍二家的,打平儿,并向贾母告状,最终贾琏赔罪,鲍二家的上吊,事情才最终得以平息。这一细节,也是王熙凤命运由盛转衰的一个暗示。

在王熙凤生日的第二天,发生了"院子撒馒头"事件。事情的经过是周瑞家的儿子喝多了酒,什么也不干,还坐着骂人。老娘那边送了礼来,他也不张罗。直到两个女人进来了,他才开始带着小幺们往里抬,小幺们倒好,他拿的盒子却失了手,撒了一院子的馒头。中国人在生日的时候,有做寿桃形状的馒头表示祝寿的习惯。普通馒头撒了事小,但作为寿礼的馒头被撒了可能就是大事(在以前,人们特别在意征兆,例如在小说中,如果征战前大风吹折了帅旗,主帅仍然坚持出兵,那么结果往往就是兵败人亡,这是当时世人的惯性思维)。未尝不会让人联想到此举有故意咒寿主不得长寿之意,所以凤姐要撵了周瑞家的儿子,说他喝醉了骂人恐怕只是表面上的原因,深层原因可能是他撒了祝寿的馒头,这在凤姐看来是凶兆。

这一节虽然写凤姐生日,但通过对操办生日具体过程的描写,让尤氏这一人物的才能与个性得到了充分的展示。贾母安排尤氏给王熙凤张罗生日,主要是为了不让王熙凤操心,让她能够痛快地过这个生日。尤氏原本以为王熙凤既然说要替李纨出那笔份子钱,她就肯定会出的,所以特意关注了那笔钱,结果发现王熙凤只是在贾母面前虚晃一言,并不是实实在在地出钱,于是,她就故意拿这件事说王熙凤,但还是被王熙凤给堵回去了。尤氏原本就只是以玩笑的态度来试探王熙凤,当她看到王熙凤真恼了,也就轻描淡写地把这件事结束不提了。因此尤氏理所当然地想,既然王熙凤可以不替李纨出这笔钱,那么自己也可以借这件事做个顺水人情。首先她把鸳鸯、平儿等有身份的丫头的份子钱都还回去了,然后再把周、赵两位姨娘的钱也还回去了。这也是借凤姐生日之机,行收买人心之事。从这一点可以看出,尤氏既有心机又有能力,她缺乏的是一个有力的家族靠山,以及一个施展才能的平台而已。

宝玉生日

（第六十二回）当下又值宝玉生日已到，原来宝琴也是这日，二人相同。因王夫人不在家，也不曾像往年热闹。只有张道士送了四样礼，换的寄名符儿；还有几处僧尼庙的和尚姑子送了供尖儿，并寿星纸马疏头，并本命星官值年太岁周年换的锁儿。家中常走的女先儿来上寿。王子腾那边，仍是一套衣服，一双鞋袜，一百寿桃，一百束上用银丝挂面。薛姨娘处减一等。其馀家中人，尤氏仍是一双鞋袜；凤姐儿是一个宫制四面和合荷包，里面装一个金寿星，一件波斯国所制玩器。各庙中遣人去放堂舍钱。又另有宝琴之礼，不能备述。姐妹中皆随便，或有一扇的，或有一字的，或有一画的，或有一诗的，聊复应景而已。

这日宝玉清晨起来，梳洗已毕，冠带出来。至前厅院中，已有李贵等四五个人在那里设下天地香烛，宝玉炷了香。行毕礼，奠茶焚纸后，便至宁府中宗祠祖先堂两处行毕礼，出至月台上，又朝上遥拜过贾母、贾政、王夫人等。一顺到尤氏上房，行过礼，坐了一回，方回荣府。先至薛姨妈处，薛姨妈再三拉着，然后又遇见薛蝌，让一回，方进园来。晴雯麝月二人跟随，小丫头夹着毡子，从李氏起，一一挨着所长的房中到过。复出二门，至李、赵、张、王四个奶妈家让了一回，方进来。虽众人要行礼，也不曾受。回至房中，袭人等只都来说一声就是了。王夫人有言，不令年轻人受礼，恐折了福寿，故皆不磕头。

歇一时，贾环贾兰等来了，袭人连忙拉住，坐了一坐，便去了。宝玉笑说走乏了，便歪在床上。方吃了半盏茶，只听外面咭咭呱呱，一群丫头笑进来，原来是翠墨、小螺、翠缕、入画、邢岫烟的丫头篆儿，并奶子抱巧姐儿，彩鸾、绣鸾八九个人，都抱着红毡笑着走来，说："拜寿的挤破了门了，快拿面来我们吃。"刚进来时，探春、湘云、宝琴、岫烟、惜春也都来了。宝玉忙迎出来，笑说："不敢起动，快预备好茶。"进入房中，不免推让一回，大家归坐。袭人等捧过茶来，才吃了一口，平儿也打扮的花枝招展的来了。宝玉忙迎出来，笑说："我方才到凤姐姐门上，回了进去，不能见，我又打发人进去让姐姐的。"平儿笑道："我正打发你姐姐梳头，不得出来回你。后来听见又说让我，我那里禁当的起，所以特赶来磕头。"宝玉笑道："我也禁当不起。"袭人早在外间安了坐，让他坐。平儿便福下去，宝玉作揖不迭。平儿便跪下去，宝玉也忙还跪下，袭人连忙搀起来。又下了一福，宝玉又还了一揖。袭人笑推宝玉："你再作揖。"宝玉道："已经完了，怎么又作揖？"袭人笑道："这是他来给你拜寿。今儿也是他的生日，你也该给他拜寿。"宝玉听了，喜的忙作下揖去，说："原来今儿也是姐姐的芳诞。"平儿还万福不迭。湘云拉宝琴岫烟说："你们四个人对拜寿，直拜一天才是。"探春忙问："原来邢妹妹也是今儿？我怎么就忘了。"忙命丫头："去告诉二奶奶，赶着补了一分礼，与琴姑娘的一样，送到二姑娘屋里去。"丫头答应着去了。岫烟见湘云直口说出来，少不得要到各房去让让。

探春笑道："倒有些意思，一年十二个月，月月有几个生日。人多了，便这等巧，也有三个一日，两个一日的。大年初一日也不白过，大姐姐占了去。怨不得他福大，生日比别人就占先。又是太祖太爷的生日。过了灯节，就是老太太和宝姐姐，他们娘儿两个遇的巧。三月初一日是太太，初九日是琏二哥哥。二月没人。"袭人道："二月十二是林姑娘，怎么没人？就只不是咱家的人。"探春笑道："我这个记性是怎么了！"宝玉笑指袭人道："他和林妹妹是一日，所以他记的。"探春笑道："原来你两个倒是一日。每年连头也不给我们磕一个。平儿的生日我们也不知道，这也是才知道。"平儿笑道："我们是那牌儿名上的人，生日也没拜寿的福，又没受礼职分，可吵闹什么，可不悄悄的过去。今儿他又偏吵出来了，等姑娘们回房，我再行礼去罢。"探春笑道："也不敢惊动。只是今儿倒要替你过个生日，我心才过得去。"宝玉湘云等一齐都说："很是。"探春便吩咐了丫头："去告诉他奶奶，就说我们大家说了，今儿一日不放平儿出去，我们也大家凑了分子过生日呢。"丫头笑着去了，半日，回来说："二奶奶说了，多谢姑娘们给他脸。不知过生日给他些什么吃，只别忘了二奶奶，就不来絮聒他了。"众人都笑了。

探春因说道："可巧今儿里头厨房不预备饭，一应下面弄菜都是外头收拾。咱们就凑了钱叫柳家的来揽了去，只在咱们里头收拾倒好。"众人都说是极。探春一面遣人去问李纨、宝钗、黛玉，一面遣人去传柳家的进来，吩咐他内厨房中快收拾两桌酒席。柳家的不知何意，因说外厨房都预备了。探春笑道："你原来不知道，今儿是平姑娘的华诞。外头预备的是上头的；这如今我们私下又凑了分子，单为平姑娘预备两桌请他。你只管拣新巧的菜蔬预备了来，开了帐和我那里领钱。"柳家的笑道："原来今日也是平姑娘的千秋，我竟不知道。"说着，便向平儿磕下头去，慌的平儿拉起他来。柳家的忙去预备酒席。

这里探春又邀了宝玉，同到厅上去吃面，等到李纨宝钗一齐来全，又遣人去请薛姨妈与黛玉。因天气和暖，黛玉之疾渐愈，故也来了。花团锦簇，挤了一厅的人。

谁知薛蟠又送了巾扇香帛四色寿礼与宝玉，宝玉于是过去陪他吃面。两家皆治了寿酒，互相酬送，彼此同领。至午间，宝玉又陪薛蟠吃了两杯酒。宝钗带了宝琴过来与薛蟠行礼，把盏毕，宝钗因嘱薛蟠："家里的酒也不用送过那边去，这虚套竟可收了。你只请伙计们吃罢。我们和宝兄弟进去还要待人去呢，也不能陪你了。"薛蟠忙说："姐姐兄弟只管请，只怕伙计们也就好来了。"宝玉忙又告过罪，方同他姊妹回来。

一进角门，宝钗便命婆子将门锁上，把钥匙要了自己拿着。宝玉忙说："这一道门何必关，又没多的人走。况且姨娘、姐姐、妹妹都在里头，倘或家去取什么，岂不费事。"宝钗笑道："小心没过逾的。你瞧你们那边，这几日七事八事，竟没有我们这边的人，可知是这门关的有功效了。若是开着，保不住那起人图顺脚，超近路从这里走，拦谁的是？不如锁了，连妈和我也禁着些，大家别走。纵有了事，就赖不着这边的人了。"宝玉笑道："原来姐姐也知道我们那边近日丢了东西？"宝钗笑道："你只知道玫瑰露和茯苓霜两件，乃因人而及物。若非因人，你连这两件还不知道呢。殊不知还有几件比这两件大的呢。若以后叨登不出来，是大家的造化；若叨登出来，不知里头连累多少人呢。你也是不管事的人，我才告诉你。平儿是个明白人，我前儿也告诉了他，皆因他奶奶不在外头，所以使他明白了。若不出来，大家乐得丢开手。若犯出来，他心里已有稿子，自有头绪，就冤屈不着平人了。你只听我说，以后留神小心就是了，这话也不可对第二个人讲。"

说着，来到沁芳亭边，只见袭人、香菱、侍书、素云、晴雯、麝月、芳官、蕊官、藕官等十来个人都在那里看鱼作耍。见他们来了，都说："芍药栏里预备下了，快去上席罢。"宝钗等遂携了他们同到了芍药栏中红香圃三间小敞厅内。连尤氏已请过来了，诸人都在那里，只没平儿。

原来平儿出去，有赖、林诸家送了礼来，连三接四，上中下三等家人来拜寿送礼的不少，平儿忙着打发赏钱道谢，一面又色色的回明凤姐儿，不过留下几样，也有不收的，也有收下即刻赏与人的。忙了一回，又直待凤姐儿吃过面，方换了衣裳往园里来。

刚进了园，就有几个丫鬟来找他，一同到了红香圃中。只见筵开玳瑁，褥设芙蓉。众人都笑："寿星全了。"上面四座定要让他四个人坐，四人皆不肯。薛姨妈说："我老天拔地，又不合你们的群儿，我倒觉拘的慌，不如我到厅上随便躺躺去倒好。我又吃不下什么去，又不大吃酒，这里让他们倒便宜。"尤氏等执意不从。宝钗道："这也罢了，倒是让妈在厅上歪着自如些，有爱吃的送些过去，倒自在了。且前头没人在那里，又可照看了。"探春等笑道："既这样，恭敬不如从命。"因大家送了他到议事厅上，眼看着命丫头们铺了一个锦褥并靠背引枕之类，又嘱咐："好生给姨妈捶腿，要茶要水别推三扯四的。回来送了东西来，姨妈吃了就赏你们吃。只别离了这里出去。"小丫头们都答应了。

探春等方回来。终久让宝琴、岫烟二人在上，平儿面西坐，宝玉面东坐。探春又接了鸳鸯来，二人并肩对面相陪。西边一桌，宝钗、黛玉、湘云、迎春、惜春，一面又拉了香菱、玉钏儿二人打横。三桌上，尤氏、李纨，又拉了袭人、彩云陪坐。四桌上便是紫鹃、莺儿、晴雯、小螺、司棋等人围坐。当下探春等还要把盏，宝琴等四人都说："这一闹，一日都坐不成了。"方才罢了。两个女先儿要弹词上寿，众人都说："我们没人要听那些野话，你厅上去说给姨太太解闷儿去罢。"一面又将各色吃食拣了，命人送与薛姨妈去。

【点评】

贾母是贾家的老祖宗，宝玉自然可以被当作贾家的"小祖宗"。小祖宗生日，是贾府的一件大事。小说先写宝玉所收到的礼物。"因王夫人不在家"，所以宝玉的这个生日不像往年热闹，礼物估计也少了很多。这次为宝玉生日送礼来的，一是清虚观张道士及其他几处僧尼庙的和尚姑子。对于这些道士和尚来说，贾家无疑是最重要的"金主"之一，是大客，所以给宝玉送礼是必须要做好的功课，因为只有"送"得出去，日后才能"拿"得回来；二是"家中常走的女先儿"，她们也是依靠贾家这样的大家族生存的，所以送礼就相当于在鱼钩上装鱼饵，舍不得鱼饵自然钓不来鱼；三是舅舅王子腾与姨妈薛姨娘，都是日常的衣服鞋袜、寿桃、银丝挂面；其余是家中人"聊复应景而已"的各色小物品，突出的仍是凤姐所送，"一个宫制四面和合荷包，里面装一个金寿星，一件波斯国所制玩器"。

众人给宝玉所送的礼物多取"吉祥平安"之意。张道士带来的"寄名符"，是指寄名给菩萨僧道做子女所佩戴的一种牌子，主要是为了防止"小儿难养"，希望小孩能够顺利长大成人。"供尖儿"就是供品的顶端部分，以其作为礼物送人时，主要表达祝福的意愿。"疏头"是一种祭神的祝词，写在长条纸上，祈求神灵保佑。而"本命星官值年太岁"都是与个人命运息息相关的专职神灵。"周年换的锁儿"，是古代大多数封建家长都会为小孩置办的物件，以期锁住小孩的灵魂，不给各路妨碍小孩成长的妖魔邪怪可乘之机。

娘舅王子腾送给宝玉的礼物是典型的长辈给晚辈过生日送的寿礼：一套新衣服，一双新鞋袜……其背后的意义主要是新的一岁以美好开始，蕴含了长辈对后代健康快乐成长的希冀，同时也契合小孩喜欢新东西的心理。王子腾的礼物中还包含了"一百束上用银丝挂面"，面条是庆贺生日的必备食物，"面"与"绵"同音，面条绵长不断，容易使人想到长寿，至今中国人过生日，仍有吃长寿面的习俗。另外，从"一百寿桃"可知，生日送寿桃应该也是当时送礼的常例。这里也再次印证了前面凤姐为什么要严惩在生日宴撒了她寿桃形状馒头的周瑞家的儿子。

因为宝玉年幼，对赠礼的回馈方式主要是礼节性的，到各长辈处去叩拜，仪式性地回礼即可，不需要回赠以实物性的礼品。但如何给妙玉回礼，却成了一个难题，因为妙玉送出了一份不同寻常的礼物：一张写有"槛外人妙玉恭肃遥叩芳辰"的粉笺子。最后是由跟妙玉做了十年邻居，并认为妙玉有"半师之分"的岫烟点拨几句，回了个"槛内人宝玉熏沐谨拜"才了却这桩难事。相比于宝玉的扭捏不定，作为荣府第一掌家媳妇的得力助手——平儿，处理起礼节性事务来可谓是得心应手。"原来平儿出去，有赖、林诸家送了礼来，连三接四，上中下三等家人来拜寿送礼的不少，平儿忙着打发赏钱道谢，一面又色色的回明凤姐儿，不过留下几样，也有不收的，也有收下即刻赏与人的"。平儿在处理这件事情时就是"打发赏钱道谢"，区分不同对象做出不同反应，这是很合"规矩"的。礼来礼往，并不是说送礼者对自己所送之礼有期待回报的预想，而是礼物交换中暗含的互惠原则、平等地位，以及对下次礼物流动的期待，而礼物不分贵贱。

同时，因平儿过来给宝玉拜寿，才引出同一天的四个寿星来：原来宝玉、宝琴、岫烟和平儿四人竟是同一天生日。宝琴是宝钗的堂妹，同属于四大家族的薛家，也是世家女子，是个优秀到找不出缺点的女孩。她一来到贾府，就被贾母"喜欢的无可不可"，其才貌在钗黛之上，属于模样、性格都非常好的姑娘，最终得配梅翰林之子。邢岫烟是邢夫人的内侄女，原本邢家是个"烂泥坑"，岫烟却能出淤泥而不染，"生得端雅稳重""知书达礼""为人雅重"，被薛姨妈慧眼识珠，许给薛家的薛蝌为妻。平儿是王熙凤的陪嫁、贾琏的通房，身份上属于下人，"无父母兄弟姊妹"，其"薄命比黛玉犹甚"，面对"贾琏之俗，凤姐之威，他竟能周全妥贴"，可谓生存能力超群。

宝琴、岫烟和平儿，分别代表三种社会身份的女子，宝琴是名门望族的大家闺秀，岫烟是平民之家的小家碧玉，平儿是身份卑微的下人，但她们都活得非常精彩，相比而言，宝玉则活成了"天下无能第一，古今不肖无双"，正反映了"堂堂须眉，诚不若彼裙钗"。

《红楼梦》中，除了凤姐的那次生日，宝玉的生日是过得最热闹的，也是写得最详细的，这充分说明了他在贾府中的"小祖宗"地位。相比而言，第二十六、二十八回薛蟠过生日，就是薛蟠自己来邀请宝玉参加。酒席宴上，不过是宝玉、冯紫英以及许多唱曲儿的小厮等人。整个喝酒行令的内容庸俗不堪，倒也与薛蟠之人品格调匹配。

赠送寿礼是中华民族的传统习俗，民间对此礼极为重视，以表达人们对寿翁健康长寿的美好祝愿。同时，人们通过礼物馈赠与其他互惠交换方式，达到维持、再生产及改善人际关系的目的，是人们社会生活交际交流的重要手段。宝玉生活在门第森严的贾府，在这样的"钟鸣鼎食之家，翰墨诗书之族"，家里的规矩自是严格。再加上庆贺生日这一习俗的基本核心还是思亲娱乐，与儒家孝亲观念的大方向是一致的，故宝玉生日这天上午要完成一系列礼教规定的活动，显得特别忙碌。

作者运用铺陈的手法，宝玉的生日在热闹的氛围中度过。白天与晚上的宴席，都表现出贵族豪门的气象。

贾母生日

（第七十一回）因今岁八月初三日乃贾母八旬之庆，又因亲友全来，恐筵宴排设不开，便早同贾赦及贾珍贾琏等商议，议定于七月二十八日起至八月初五日止荣宁两处齐开筵宴，宁国府中单请官客，荣国府中单请堂客，大观园中收拾出缀锦阁并嘉荫堂等几处大地方来作退居。二十八日请皇亲、驸马、王公、诸公主、郡主、王妃、国君、太君、夫人等，二十九日便是阁下、都府、督镇及诰命等，三十日便是诸官长及诰命并远近亲友及堂客。初一日是贾赦的家宴，初二日是贾政，初三日是贾珍贾琏，初四日是贾府中合族长幼大小共凑的家宴。初五日是赖大林之孝等家下管事人等共凑一日。自七月上旬，送寿礼者便络绎不绝。礼部奉旨：钦赐金玉如意一柄，彩缎四端，金玉杯四个，帑银五百两。元春又命太监送出金寿星一尊，沉香拐一只，伽南珠一串，福寿香一盒，金锭一对，银锭四对，彩缎十二匹，玉杯四只。馀者自亲王驸马以及大小文武官员之家凡所来往者，莫不有礼，不能胜记。堂屋内设下大桌案，铺了红毡，将凡所有精细之物都摆上，请贾母过目。贾母先一二日还高兴过来瞧瞧，后来烦了，也不过目，只说："叫凤丫头收了，改日闷了再瞧。"

至二十八日，两府中俱悬灯结彩，屏开鸾凤，褥设芙蓉，笙箫鼓乐之音，通衢越巷。宁府中本日只有北静王、南安郡王、永昌驸马、乐善郡王并几个世交公侯应袭，荣府中南安王太妃北静王妃并几位世交公侯诰命。贾母等皆是按品大妆迎接。大家厮见，先请入大观园内嘉荫堂，茶毕更衣，方出至荣庆堂上拜寿入席。大家谦逊半日，方才入席。上面两席是南北王妃，下面依序，便是众公侯诰命。左边下手一席，陪客是锦乡侯诰命与临昌伯诰命；右边下手一席，方是贾母主位。邢夫人王夫人带领尤氏凤姐并族中几个媳妇，两溜雁翅站在贾母身后侍立。林之孝赖大家的带领众媳妇都在竹帘外面侍候上菜上酒，周瑞家的带领几个丫鬟在围屏后侍候呼唤。凡跟来的人，早又有人管待别处去了。

一时台上参了场，台下一色十二个未留发的小厮侍候。须臾，一小厮捧了戏单至阶下，先递与回事的媳妇。这媳妇接了，才递与林之孝家的，用一小茶盘托上，挨身入帘来递给尤氏的侍妾佩凤。佩凤接了才奉与尤氏。尤氏托着走至上席，南安太妃谦让了一回，点了一出吉庆戏文，然后又谦让了一回，北静王妃也点了一出。众人又让了一回，命随便拣好的唱罢了。少时，菜已四献，汤始一道，跟来各家的放了赏。大家便更衣复入园来，另献好茶。

南安太妃因问宝玉，贾母笑道："今日几处庙里念'保安延寿经'，他跪经去了。"又问众小姐们，贾母笑道："他们姊妹们病的病，弱的弱，见人腼腆，所以叫他们给我看屋子去了。有的是小戏子，传了一班在那边厅上陪着他姨娘家姊妹们也看戏呢。"南安太妃笑道："既这样，叫人请来。"贾母回头命凤姐儿去把史、薛、林带来，"再只叫你三妹妹陪着来罢。"凤姐答应了，来至贾母这边，只见他姊妹们正吃果子看戏，宝玉也才从庙里跪经回来。凤姐儿说了话。宝钗姊妹与黛玉、探春、湘云五人来至园中，大家见了，不过请安问好让坐等事。众人中也有见过的，还有一两家不曾见过的，都齐声夸赞不绝。其中湘云最熟，南安太妃因笑道："你在这里，听见我来了还不出来，还只等请去。我明儿和你叔叔算帐。"因一手拉着探春，一手拉着宝钗，问几岁了，又连连夸赞。因又松了他两个，又拉着黛玉宝琴，也着实细看，极夸一回。又笑道："都是好的，不知叫我夸那一个的是。"早有人将备用礼物打点出五分来：

金玉戒指各五个,腕香珠五串。南安太妃笑道:"你姊妹们别笑话,留着赏丫头们罢。"五人忙拜谢过。北静王妃也有五样礼物,馀者不必细说。

吃了茶,园中略逛了一逛,贾母等因又让入席。南安太妃便告辞,说身上不快,"今日若不来,实在使不得,因此恕我竟先要告别了。"贾母等听说,也不便强留,大家又让了一回,送至园门,坐轿而去。接着北静王妃略一坐也就告辞了。馀者也有终席的,也有不终席的。

贾母劳乏了一日,次日便不会人,一应都是邢夫人王夫人管待。有那些世家子弟拜寿的,只到厅上行礼,贾赦、贾政、贾珍等还礼管待,至宁府坐席。不在话下。

这几日,尤氏晚间也不回那府里去,白日间待客,晚间陪贾母顽笑,又帮着凤姐料理出入大小器皿,以及收放赏礼事务,晚间在园内李氏房中歇宿。这日晚间伏侍过贾母晚饭后,贾母因说:"你们也乏了,我也乏了,早些寻一点子吃的歇歇去。明儿还要起早闹呢。"尤氏答应着退了出来,到凤姐儿房里来吃饭。凤姐儿在楼上看着人收送礼的新围屏,只有平儿在房里与凤姐叠衣服。尤氏因问:"你们奶奶吃了饭了没有?"平儿笑道:"吃饭岂不请奶奶去的。"尤氏笑道:"既这样,我别处找吃的去。饿的我受不得了。"说着就走。平儿忙笑道:"奶奶请回来。这里有点心,且点补一点儿,回来再吃饭。"尤氏笑道:"你们忙的这样,我园里和他姊妹们闹去。"一面说,一面就走。平儿留不住,只得罢了。

且说尤氏一径来至园中,只见园中正门与各处角门仍未关,犹吊着各色彩灯,因回头命小丫头叫该班的女人。那丫鬟走入班房中,竟没一个人影,回来回了尤氏。尤氏便命传管家的女人。这丫头应了便出去,到二门外鹿顶内,乃是管事的女人议事取齐之所。到了这里,只有两个婆子分菜果呢。因问:"那一位奶奶在这里?东府奶奶立等一位奶奶,有话吩咐。"这两个婆子只顾分菜果,又听见是东府里的奶奶,不大在心上,因就回说:"管家奶奶们才散了。"小丫头道:"散了,你们家里传他去。"婆子道:"我们只管看屋子,不管传人。姑娘要传人再派传人的去。"小丫头听了道:"嗳呀,嗳呀,这可反了!怎么你们不传去?你哄那新来了的,怎么哄起我来了!素日你们不传谁传去!这会子打听了梯己信儿,或是赏了那位管家奶奶的东西,你们争着狗颠儿似的传去的,不知谁是谁呢。琏二奶奶要传,你们可也这么回?"这两个婆子一则吃了酒,二则被这丫头揭挑着弊病,便羞激怒了,因回口道:"扯你的臊!我们的事,传不传不与你相干!你不用揭挑我们,你想想,你那老子娘在那边管家爷们跟前比我们还更会溜呢。什么'清水下杂面,你吃我也见'的事,各家门,另家户,你有本事,排场你们那边人去。我们这边,你们还早些呢!"丫头听了,气白了脸,因说道:"好,好!这话说的好!"一面转身进来回话。

尤氏已早入园来,因遇见了袭人、宝琴、湘云三人同着地藏庵的两个姑子正说故事顽笑,尤氏因说饿了,先到怡红院,袭人装了几样荤素点心出来与尤氏吃。两个姑子、宝琴、湘云等都吃茶,仍说故事。那小丫头子一径找了来,气狠狠的把方才的话都说了出来。尤氏听了,冷笑道:"这是两个什么人?"两个姑子同宝琴湘云等听了,生怕尤氏生气,忙劝说:"没有的事,必定是这一个听错了。"两个姑子笑推这丫头道:"你这孩子好性气,那糊涂老嬷嬷们的话,你也不该来回才是。咱们奶奶万金之躯,劳乏了几日,黄汤辣水没吃,咱们哄他欢喜一会还不得一半儿,说这些话做什么。"袭人也忙笑拉他出去,说:"好妹子,你且出去歇歇,我打发人叫他们去。"尤氏道："你不要叫人，你去就叫这两个婆子来，到那边把他们家的凤儿叫来。"袭人笑道："我请去。"尤氏道："偏不要你去。"两个姑子忙立起身来，笑道："奶奶素日宽洪大量，今日老祖宗千秋，奶奶生气，岂不惹人谈论。"宝琴湘云二人也都笑劝。尤氏道："不为老太太的千秋，我断不依。且放着就是了。"

说话之间，袭人早又遣了一个丫头去到园门外找人，可巧遇见周瑞家的，这小丫头子就把这话告诉周瑞家的。周瑞家的虽不管事，因他素日仗着是王夫人的陪房，原有些体面，心性乖滑，专管各处献勤讨好，所以各处房里的主子都喜欢他。他今日听了这话，忙的便跑入怡红院来，一面飞走，一面口内说："气坏了奶奶了，可了不得！我们家里，如今惯得太不堪了。偏生我不在跟前，若在跟前，且打给他们几个耳刮子，再等过了这几日算帐。"尤氏见了他，也便笑道："周姐姐你来，有个理你说说。这早晚门还大开着，明灯亮烛，出入的人又杂，倘有不防的事，如何使得？因此叫该班的人吹灯关门。谁知一个人芽儿也没有。"周瑞家的道："这还了得！前儿二奶奶还吩咐了他们，说这几日事多人杂，一晚就关门吹灯，不是园里人不许放进去。今儿就没了人。这事过了这几日，必要打几个才好。"尤氏又说小丫头子的话。周瑞家的道："奶奶不要生气，等过了事，我告诉管事的打他个臭死。只问他们，谁叫他们说这'各家门各家户'的话！我已经叫他们吹了灯，关上正门和角门子。"正乱着，只见凤姐儿打发人来请吃饭。尤氏道："我也不饿了，才吃了几个饽饽。请你奶奶自吃罢。"

一时周瑞家的得便出去，便把方才的事回了凤姐，又说："这两个婆婆就是管家奶奶，时常我们和他说话，都似狠虫一般。奶奶若不戒饬，大奶奶脸上过不去。"凤姐道："既这么着，记上两人的名字，等过了这几日，捆了送到那府里凭大嫂子开发，或是打几下子，或是他开恩饶了他们，随他去就是了，什么大事。"周瑞家的听了，得不的一声儿——素日因与这几个人不睦——出来了，便命一个小厮到林之孝家传凤姐的话，立刻叫林之孝家的进来见大奶奶，一面又传人立刻捆起这两个婆子来，交到马圈里派人看守。

林之孝家的不知有什么事，此时已经点灯，忙坐车进来，先见凤姐。至二门上传进话去，丫头们出来说："奶奶才歇了。大奶奶在园里，叫大娘见了大奶奶就是了。"林之孝家的只得进园来到稻香村，丫鬟们回进去，尤氏听了反过意不去，忙唤进他来，因笑向他道："我不过为找人找不着因问你，你既去了，也不是什么大事，谁又把你叫进来，倒要你白跑一遭。不大的事，已经撒开手了。"林之孝家的也笑道："二奶奶打发人传我，说奶奶有话吩咐。"尤氏笑道："这是那里的话。只当你没去，白问你。这是谁又多事告诉了凤丫头，大约周姐姐说的。家去歇着罢，没有什么大事。"李纨又要说原故，尤氏反拦住了。林之孝家的见如此，只得便回身出园去。可巧遇见赵姨娘，姨娘因笑道："嗳哟哟，我的嫂子！这会子还不家去歇歇，还跑些什么？"林之孝家的便笑说何曾不家去的，如此这般进来了。又是个齐头故事。赵姨娘原是好察听这些事的，且素日又与管事的女人们扳援，互相连络，好作首尾。方才之事，已竟闻经得八九，听林之孝家的如此说，便怎般如此告诉了林之孝家的一遍，林之孝家的听了，笑道："原来是这事，也值一个屁！开恩呢，就不理论，心窄些儿，也不过打几下子就完了。"赵姨娘道："我的嫂子，事虽不大，可见他们太张狂了些。巴巴的传进你来，明明戏弄你，顽算你。快歇歇去，明儿还有事呢，也不留你吃茶去。"

说毕，林之孝家的出来，到了侧门前，就有方才两个婆子的女儿上来哭着求情。林之孝家的笑道："你这孩子好糊涂，谁叫你娘吃酒混说了，惹出事来，连我也不知道。二奶奶打发人捆他，连我还有不是呢。我替谁讨请去。"这两个小丫头子才七八岁，原不识事，只管哭啼求告。缠的林之孝家的没法，因说道："糊涂东西！你放着门路不去，却缠我来。你姐姐现给了那边太太作陪房费大娘的儿子，你走过去告诉你姐姐，叫亲家娘和太太一说，什么完不了的事！"一语提醒了一个，那一个还求。林之孝家的啐道："糊涂攮的！他过去一说，自然都完了。没有个单放了他妈，又只打你妈的理。"说毕，上车去了。

这一个小丫头果然过来告诉了他姐姐，和费婆子说了。这费婆子原是邢夫人的陪房，起先也曾兴过时，只因贾母近来不大作兴邢夫人，所以连这边的人也减了威势。凡贾政这边有些体面的人，那边各各皆虎视耽耽。这费婆子倚老卖老，仗着邢夫人，常吃些酒，嘴里胡骂乱怨的出气。如今贾母庆寿这样大事，干看着人家逞才卖技办事，呼幺喝六弄手脚，心里早已不自在，指鸡骂狗，闲言闲语的乱闹。这边的人也不和他较量。如今听见周瑞家的捆了他亲家，越发火上浇油，仗着酒兴，指着隔断的墙大骂了一阵，便走上来求邢夫人，说他亲家并没什么不是，"不过和那府里的大奶奶的小丫头白斗了两句话，周瑞家的便调唆了咱家二奶奶捆到马圈里，等过了这两日还要打。求太太——我那亲家娘也是七八十岁的老婆子——和二奶奶说声，饶他这一次罢。"邢夫人自为要鸳鸯之后讨了没意思，后来见贾母越发冷淡了他，凤姐的体面反胜自己，且前日南安太妃来了，要见他姊妹，贾母又只令探春出来，迎春竟似有如无，自己心内早已怨忿不乐，只是使不出来。又值这一干小人在侧，他们心内嫉妒挟怨之事不敢施展，便背地里造言生事，调拨主人。先不过是告那边的奴才；后来渐次告到凤姐"只哄着老太太喜欢了，他好就中作威作福，辖治着琏二爷，调唆二太太，把这边的正经太太倒不放在心上。"后来又告到王夫人，说："老太太不喜欢太太，都是二太太和琏二奶奶调唆的。"邢夫人总是铁心铜胆的人，妇女家终不免生些嫌隙之心，近日因此着实恶绝凤姐。今听了如此一篇话，也不说长短。

至次日一早，见过贾母。众族人中到齐，坐席开戏。贾母高兴，又见今日无远亲，都是自己族中子侄辈，只便衣常妆出来，堂上受礼。当中独设一榻，引枕靠背脚踏俱全，自己歪在榻上。榻之前后左右，皆是一色的小矮凳，宝钗、宝琴、黛玉、湘云、迎春、探春、惜春姊妹等围绕。因贾瑞之母也带了女儿喜鸾，贾琼之母也带了女儿四姐儿，还有几房的孙女儿，大小共有二十来个。贾母独见喜鸾与四姐儿生得又好，说话行事与众不同，心中喜欢，便命他两个也过来榻前同坐。宝玉却在榻上脚下与贾母捶腿。首席便是薛姨妈，下边两溜皆顺着房头辈数下去。帘外两廊都是族中男客，也依次而坐。

先是那女客一起一起行礼，后方是男客行礼。贾母歪在榻上，只命人说"免了罢"，早已都行完了。然后赖大等带领众家人，从仪门直跪至大厅上，磕头礼毕，又是众家下媳妇，然后各房的丫鬟，足闹了两三顿饭时。然后又抬了许多雀笼来，在当院中放了生。贾赦等焚过了天地寿星纸，方开戏饮酒。直到歇了中台，贾母方进来歇息，命他们取便，因命凤姐儿留下喜鸾四姐儿顽两日再去。凤姐儿出来便和他母亲说，他两个母亲素日都承凤姐的照顾，也巴不得一声儿。他两个也愿意在园内顽耍，至晚便不回家了。

【点评】

贾母的八十大寿，是贾府的头等大事，对内对外，都不能失了体面。凤姐主持这次生日宴会，也是尽心尽力。虽然此时的贾家已经大不如前，进的少出的多，但像贾母生日这样的大事，宁荣二府阖府之力操办，也是声势浩大。

这次生日宴会前后共举办八天，七月二十八日起至八月初五日在宁荣两府齐开筵宴，宁国府中单请男宾，荣国府中单请女宾。大观园中收拾出缀锦阁并嘉荫堂等几处大地方来作退居。八天之中，哪一天请哪些客或者由谁来操办宴席，都安排得清清楚楚。

自七月上旬，送寿礼者便络绎不绝。贾母是一品诰命夫人，礼部按规矩奉旨钦赐皇家礼物，元春处更有厚重之礼，文章详细描写了这两处的礼物，朝廷的贺礼是金玉如意一柄，彩缎四端，金玉杯四个，帑银五百两；元春送出金寿星一尊，沉香拐一只，伽南珠一串，福寿香一盒，金锭一对，银锭四对，彩缎十二匹，玉杯四只。其他大小官员、亲朋好友所送之礼更是不计其数，所以贾母先"还高兴过来瞧瞧"，到后来烦了，看都不愿看了。

二十八日这天，南安太妃与北静王妃亲自来荣府给贾母拜寿，这两家与贾府本是世交，自然亲厚。南安太妃的举措当有深意。她先问宝玉（只是顺口提一下），接着提出要见众位姑娘。她既然是来给贾母祝寿，为什么中途想要见众位小姐呢？原来她是来相亲的，她准备挑选一个可以远嫁番邦，作为和亲对象的人。贾母叫了湘云、宝钗、黛玉后，又特别提出叫孙女辈的探春"陪着来"，南安太妃将五人（还有宝琴）"着实细看"，一通好夸，都赏赐了礼物。这五个人中，宝琴和湘云都有婆家，湘云与太妃还相当熟，所以只能是陪客。那么宝钗、黛玉和探春应该就是真正的相亲对象了。钗黛二人，无论太妃选中了谁，应该都可以解决贾母眼前的一个棘手问题：王夫人、元春支持"金玉良缘"，贾母自己偏向"木石前盟"，所以无论南安妃选中谁钗黛中的哪一个，这个问题都能迎刃而解。在这场相亲会上，贾母在孙子辈中只安排了能力最出众的探春，并没有给迎春、惜春出场的机会，可见贾母对南安太妃的相亲也是高度重视的。

贾母生日一事还暴露了贾家的一些内部矛盾。婆子与尤氏的丫鬟发生冲突，尤氏本是好心命人去管，但还是在无意中被周瑞家的知道了，周瑞家的先是报告凤姐，接着公报私仇，断章取义，故意曲解凤姐原话，假传"圣旨"，将两个惹事的婆子捆了关进马圈。不想，这二人中有一个是邢夫人陪房费婆子的亲家，于是这事又惊动了邢夫人。邢夫人风头不及王夫人，也不及凤姐，她对这次贾母只安排探春等人见南安太妃早已怨怼不乐，又被身边小人调拨，因此动了肝火，"着实恶绝凤姐"。于是第二天晚上，她当着众人给凤姐难堪，说她在"老太太好日子"不"舍钱舍米，周贫济老"，反而"先倒折磨起老人家来"。凤姐赌气回房哭泣，偏偏贾母又打发了琥珀来叫她，她只好擦干眼泪，洗面施粉，前往贾母处听候吩咐。这件事中，尤氏一片好心，凤姐处理得也非常妥当，但周瑞家的"拿着鸡毛当令箭"，偏从中生出不少事来。但不管怎样，周瑞家的是王夫人陪房，所以也算凤姐一派的，凤姐也只好忍气吞声了。从这件事我们也能看出，贾府内部派系对立，明枪暗箭，一干小人狐假虎威，擅弄权术。看似欢歌笑语，实则危机四伏，稍有不慎，便会遭受攻击，成为他人眼中的笑话。凤姐尚且如此，黛玉之"不肯轻易多说一句话，多行一步路"自然更能理解了。

长辈的生日，《红楼梦》中除了重点写贾母的生日之外，还写了贾敬的生日。贾敬在贾府中算是出色的，他是贾府中唯一一个考中进士且在学业上有大成之人，但他偏不喜欢做官，早早就去了城外玄真观清修,把爵位和家庭都交给了儿子贾珍来打理。生日这天他也不想回家,只交代贾珍在家中安排家宴,照顾好众人。虽然贾敬这样安排妥当,但南安郡王等王侯家仍差人持了名帖送寿礼。

虽然贾母这次大寿风风光光地办了八天之久,但贾府早不如从前那般辉煌,银库里的银子也不多了。王夫人为了送贾母体面的寿礼还把放在楼上的几箱大铜锡当给了铺子。贾母生日之后,银库里面就没有多少积蓄了,家里也已经周转不过来了,贾琏和王熙凤急得团团转,后来就盯上了贾母的金银器皿,这也就有了找鸳鸯借当的故事。贾府这个庞然大物,正以无法逆转之势冲向黑暗深渊。

丧事

《红楼梦》中有大量关于丧葬礼仪的描写。在众多的丧礼描写中,以秦可卿、贾敬、贾母三人的丧礼描写最为详细。这三次丧葬描写不仅成为整部小说不可缺少的环节,同时也是作者展示广阔的社会场景、思考人生的独特方式。小说巧妙地以三次丧礼的描写,勾勒出一个封建大家族逐步走向衰败的过程。

秦可卿葬礼

(第十四回)这日,正五七正五日上,那应佛僧正开方破狱,传灯照亡,参阎君,拘都鬼,延请地藏王,开金桥,引幢幡;那道士们正伏章申表,朝三清,叩玉帝;禅僧们行香,放焰口,拜水忏;又有十三众青年尼僧,搭绣衣,靸红鞋,在灵前默诵接引诸咒,十分热闹。那凤姐必知今日人客不少,在家中歇宿一夜,至寅正,平儿便请起来梳洗。及收拾完备,更衣盥手,喝了两口奶子糖粳粥,漱口已毕,已是卯正二刻了。来旺媳妇率领诸人伺候已久。凤姐出至厅前,上了车,前面打了一对明角灯,大书"荣国府"三个大字,款款来至宁府。大门上门灯朗挂,两边一色戳灯照如白昼,白茫茫穿孝仆从两边侍立。请车至正门上,小厮等退去,众媳妇上来揭起车帘。凤姐下了车,一手扶着丰儿,两个媳妇执着手把灯罩,簇拥着凤姐进来。宁府诸媳妇迎来请安接待。凤姐缓缓走入会芳园中登仙阁灵前,一见了棺材,那眼泪恰似断线珍珠滚将下来。院中许多小厮垂手伺候烧纸。凤姐吩咐得一声:"供茶,烧纸。"只听得一棒锣鸣,诸乐齐奏,早有人端过一张大圈椅来,放在灵前,凤姐坐了,放声大哭。于是里外男女上下,见凤姐出声,都忙接声嚎哭。

一时贾珍、尤氏遣人来劝,凤姐方才止住。来旺媳妇献茶漱口毕,凤姐方起身,别过族中诸人,自入抱厦内来,按名查点,各项人数都已到齐,只有迎送亲客上的一人未到。即命传到。那人已张惶愧惧。凤姐冷笑道:"我说是谁误了,原来是你!你原比他们有体面,所以才不听我的话。"那人道:"小的天天来的早,只有今日醒了觉得早些,因又睡迷了,来迟了一步,求奶奶饶过这次。"正说着,只见荣国府中的王兴媳妇来了,在前面探头。

凤姐且不发放这人,却先问:"王兴媳妇作什么?"王兴媳妇巴不得先问她完了事,连忙进来说:"领牌取线,打车轿网络。"说着,将个帖儿递上去。凤姐命彩明念道:"大轿两顶,小轿四顶，车四辆，共用大小络子若干根，用珠儿线若干斤。"凤姐听了，数目相合，便命彩明登记，取荣国府对牌掷下。王兴家的去了。

凤姐方欲说话时，只见荣府四个执事人进来，都是要支取东西领牌来的。凤姐命彩明要了帖儿念过，听了共四件，凤姐因指两件说道："这两件开销错了，再算清了来取。"说着掷下帖子来。那二人扫兴而去。

凤姐因见张材家的在旁，因问："你有什么事？"张材家的忙取帖儿回说道："就是方才车轿围做成，领取裁缝工银若干两。"凤姐听了，便收了帖子，命彩明登记。待王兴家的交过牌，得了买办的回押，相符，然后方与张材家的去领。一面又命念那一个，是为宝玉外书房完竣，支买纸料糊裱。凤姐听了，即命收帖儿登记，待张材家的缴清，又发与这人去了。

凤姐便说道："明儿他也睡迷了，后儿我也睡迷了，将来都没有人了。本来要饶你，只是我头一次宽了，下次人就难管，不如开发的好。"登时放下脸来，喝命："带出去，打二十大板！"一面又掷下宁府对牌："出去说与来升，革他一月银米！"众人听了，又见凤姐眉立，知是恼了，不敢怠慢，拖人的出去拖人，执牌传谕的忙去传谕。那人身不由己，已拖出去挨了二十大板，还要进来叩谢。凤姐道："明儿再有误的打四十，后日的六十，有不怕打的只管误！"说着，吩咐："散了罢。"窗外众人听说，方各自执事去了。彼时荣国、宁国两处执事领牌交牌的人来往不绝，那抱愧被打之人含羞去了，这才知道凤姐的利害。众人不敢偷安，自此兢兢业业，执事保守，不在话下。

如今且说宝玉因见今日人众，恐秦钟受了委曲，因默与他商议，要同他往凤姐处来坐。秦钟道："他的事多，况且不喜人去，咱们去了，他岂不烦腻？"宝玉道："他怎好腻我们，不相干，只管跟我来。"说着，便拉了秦钟，直至抱厦。凤姐才吃饭，见他们来了，便笑道："好长腿子，快上来罢。"宝玉道："我们偏了。"凤姐道："在这边外头吃的，还是那边吃的？"宝玉道："这边同那些浑人吃什么！原是那边，我们两个同老太太吃了来的。"一面归座。

凤姐吃毕饭，就有宁国府中的一个媳妇来领牌，为支取香灯事。凤姐笑道："我算着你们今日该来支取，总不见来，想是忘了。这会子到底来取，要忘了，自然是你们包出来，都便宜了我。"那媳妇笑道："何尝不是忘了，方才想起来。再迟一步，也领不成了。"说罢，领牌而去。

一时登记交牌。秦钟因笑道："你们两府里都是这牌，倘或别人私弄一个，支了银子跑了，怎样？"凤姐笑道："依你说，都没王法了。"宝玉因道："怎么咱们家没人来领牌子做东西？"凤姐道："人家来领的时候，你还做梦呢。我且问你，你们这夜书多早晚才念呢？"宝玉道："巴不得这如今就念才好，他们只是不快收拾出书房来，这也没法。"凤姐笑道："你请我一请，包管就快了。"宝玉道："你要快也不中用，他们该作到那里的，自然就有了。"凤姐笑道："便是他们作，也得要东西去，搁不住我不给对牌是难的。"宝玉听说，便猴向凤姐身上立刻要牌，说："好姐姐，给出牌子来，叫他们要东西去。"凤姐道："我乏的身子上生疼，还搁的住你揉搓。你放心罢，今儿才领了纸裱糊去了。他们该要的，还等叫去呢，可不傻了？"宝玉不信，凤姐便叫彩明查册子与宝玉看了。

正闹着，人回："苏州去的人昭儿来了。"凤姐急命唤进来。昭儿打千请安。凤姐儿便问："回来做什么？"昭儿道："二爷打发回来的。林姑老爷是九月初三日巳时没的。二爷带了林姑娘同送林姑老爷的灵到苏州，大约赶年底就回来了。二爷打发小的来报个信请安，讨老太太示下，还瞧瞧奶奶家里好，叫把大毛衣服带几件去。"凤姐道："你见过别人了没有？"昭儿道："都见过了。"说毕，连忙退出。凤姐向宝玉笑道："你林妹妹可在咱们家住长了。"宝玉道："了不得！想来这几日他不知哭的怎样呢！"说着蹙眉长叹。

凤姐见昭儿回来，因当着人未及细问贾琏，心中自是记挂。待要回去，争奈事情繁杂，一时去了恐有延迟失误，惹人笑话。少不得耐到晚上回来，复命昭儿进来，细问一路平安信息。连夜打点大毛衣服，和平儿亲自检点包裹，再细细追想所需何物，一并包藏交付。又细细吩咐昭儿"在外好生小心伏侍，不要惹你二爷生气；时时劝他少吃酒，别勾引他认得浑帐女人，回来打折你的腿"等语。赶乱完了，天已四更将尽，纵睡下，又走了困，不觉又是天明鸡唱，忙梳洗过宁府中来。

那贾珍因见发引日近，亲自坐了车，带了阴阳司吏，往铁槛寺来踏看寄灵所在。又一一嘱咐住持色空，好生预备新鲜陈设，多请名僧，以备接灵使用。色空忙看晚斋，贾珍也无心茶饭，因天晚不得进城，就在净空处胡乱歇了一夜。次日早，便进城料理出殡之事，一面又派人先往铁槛寺，连夜另外修饰停灵之处，并厨茶等项接灵人口。

里面凤姐见日期在限，也预先逐细分派料理。一面又派荣府中车轿人从跟王夫人送殡，又顾自己送殡去占下处。目今正值缮国公诰命亡故，王、邢二夫人又去打祭送殡；西安郡王妃华诞，送寿礼；镇国公诰命生了长男，预备贺礼；又有胞兄王仁连家眷回南，一面写家信禀叩父母并带往之物；又有迎春染病，每日请医服药，看医生启帖、症源、药案等事，亦难尽述。又兼发引在迩，因此忙的凤姐茶饭也没工夫吃得，坐卧不能清净。刚到了荣府，宁府的人又跟到荣府；既回到宁府，荣府的人又找到宁府。凤姐见如此，心中倒十分欢喜，并不偷安推托，恐落人褒贬，因此日夜不暇，筹画得十分的整肃。于是合族上下无不称赞者。

这日伴宿之夕，里面两班小戏并耍百戏的，与亲朋、堂客伴宿，尤氏犹卧于内寝，一应张罗款待，都是凤姐一人周全承应。合族中虽有许多妯娌，但或有羞口的，或有羞脚的，或有不惯见人的，或有惧贵怯官的，种种之类，都不及凤姐举止舒徐，言语慷慨，珍贵宽大；因此也不把众人放在眼内，挥霍指示，任其所为，目若无人。一夜中灯明火彩，客送官迎，那百般热闹自不用说的。至天明，吉时已到，一班六十四名青衣请灵，前面铭旌上大书："奉天洪建兆年不易之朝诰封一等宁国公冢孙妇、防护内廷紫禁道御前侍卫龙禁尉、享强寿贾门秦氏恭人之灵柩"。一应执事陈设，皆系现赶着新做出来的，一色光艳夺目。宝珠自行未嫁女之礼外，摔丧驾灵，十分哀苦。

那时，官客送殡的，有镇国公牛清之孙现袭一等伯牛继宗、理国公柳彪之孙现袭一等子柳芳、齐国公陈翼之孙世袭三品威镇将军陈瑞文、治国公马魁之孙世袭三品威远将军马尚、修国公侯晓明之孙世袭一等子侯孝康；缮国公诰命亡故，其孙石光珠守孝不曾来得。这六家与荣宁二家，当日所称"八公"的便是。馀者更有南安郡王之孙、西宁郡王之孙、忠靖侯史鼎、平原侯之孙世袭二等男蒋子宁、定城侯之孙世袭二等男兼京营游击谢鲸、襄阳侯之孙世袭二等男戚建辉、景田侯之孙五城兵马司裘良。馀者锦乡伯公子韩奇、神武将军公子冯紫英、陈也俊、卫若兰等诸王孙公子，不可枚数。堂客算来亦有十来顶大轿，三四十顶小轿，连家下大小轿车辆，不下百十馀乘。连前面各色执事、陈设、百耍，浩浩荡荡，一带摆三四里远。

走不多时，路旁彩棚高搭，设席张筵，和音奏乐，俱是各家路祭。第一座是东平王府祭棚，第二座是南安郡王祭棚，第三座是西宁郡王祭棚，第四座是北静郡王祭棚。原来这四王当日惟北静王功高，及今子孙犹袭王爵。现今北静王水溶年未弱冠，生得形容秀美，情性谦和。近闻宁国府冢孙妇告殂，因想当日彼此祖父相遇之情，同难同荣，未以异姓相视，因此不以王位自居。上日也曾探丧上祭，如今又设路奠，命麾下各官在此伺候。自己五更入朝，公事已毕，便换了素服，坐大轿鸣锣张伞而来，至棚前落轿。手下各官两旁拥侍，军民人众不得往还。

一时，只见宁府大殡浩浩荡荡、压地银山一般从北而至。早有宁府开路传事人看见，连忙回去报与贾珍。贾珍急命前面驻扎，同贾赦、贾政三人连忙迎来，以国礼相见。水溶在轿内欠身含笑答礼，仍以世交称呼接待，并不妄自尊大。贾珍道："犬妇之丧，累蒙郡驾下临，荫生辈何以克当？"水溶笑道："世交之谊，何出此言。"遂回头命长府官主祭代奠。贾赦等一旁还礼毕，复身又来谢恩。

【点评】

对于秦可卿的葬礼，作者省去了候夜、送终、落地等一些细小环节，重点突出了一些奢华的程序，虽然繁杂，却也有条不紊。

择日停灵这个程序，作者交代是由"钦天监阴阳司"来完成的，钦天监是明清时期的中央官署，掌管天文、历法、气象和占卜等一类事物；明清钦天监中没有阴阳司这一下属机构，但有"阴阳生"之职官（又称天文生），所谓"阴阳司"，当为作者据此虚拟。此司之职，为卜吉凶、辨禁忌，为皇家的婚丧大典择日之类。贾府治丧，可直接请此司中官员来"择日"，亦可见其权势之盛。"推准停灵七七四十九日"也是逾制的，四十九天停灵属于皇帝规格，如本文第五十八回，宫中一位老太妃死后，停灵是"在大内偏宫二十一日"，第六十九回尤二姐死后贾琏是"讨了梨香院停放五日"。秦可卿停灵四十九天当然是逾制（清代丧礼逾制是死罪），可能也跟她去世的时间在腊月、天气寒冷有关。

天文生算得出殡入葬日期后，会写下殃榜。接下来便是送讣闻，秦可卿的讣闻是在三日后开丧传送。这期间要设帷堂、设奠、奠酒。护丧，司书代丧主书写及派发讣告。据《清稗类钞·丧祭类》载，报丧文，"详具死者之姓号、履历及生卒年月日时、卜葬或浮厝之地及出殡日期"，以便亲朋及时祭奠服丧。作者虽然没有明写讣闻的内容，但大致也不外乎如此。死者是宁府的长孙媳妇，这些细节想必也是一样不会少。

设道场做法事从来都是大家族十分注重的事。对于秦可卿丧礼的道场，作者写得很详细。在做斋七的这四十九日内，请了一百零八位禅僧在大厅上拜大悲忏，超度亡魂；另设坛于天香楼上，又请九十九位全真道士，打四十九日解冤洗业醮，超度亡灵；然后停灵于会芳园中，灵前另请五十位高僧、五十位高道，对坛按七作好事，以求托生转世之福。如此算下来，不包括钦天监的人马，单请僧人道士就达三百零七人之众。其规模之大，令人感叹不已。

斋七仪程大体如下:

首七,又名头七,一般在死后第六天举行。二七,在死后第十四天举行。因二七与煞期不远,有兼煞七法坛,或轮做送七。三七,由和尚念受生经,晚上放焰口。四七,按民俗,多由亲戚出钱请和尚念经。五七,这是七七中最重要的一个"七",故作者对五七这一日写得比较具体,也非常细致。作者在文本中交代,那开方破狱,传灯照亡,参阎君,拘都鬼,延请地藏王,开金桥,引幢幡皆是佛僧所为;搭绣衣,靸红鞋,在灵前默诵接引诸咒则由十三众青年尼僧做了;道士们只管了伏章申表、朝三清、叩玉帝这几件法事,似与民俗有些不符,许是各地风俗有异也未可知。此日法事大举,宾客众,凤姐亦尽力为之,寅正起,卯正二刻至,于会芳园登仙阁停灵处,各处指挥调度,供茶,烧纸,无不妥帖。六七,按俗应由女婿操办,如女婿较多,则免做或改做七七。七七,又称满七、断七,此日丧家要举行隆重祭奠,亲朋好友均来焚楮钱,也有到墓前拜祭的,祭毕,孝子烧孝鞋、丧杖等物,并撤灵堂,放焰口。

停灵之后便是大殓。通常进入大殓程序时,应该是将尸首入棺。因为秦可卿死得突然,棺木尚未打造完备,需先选木材。薛蟠送了贾珍一副棺木,乃是"万年不腐"的有价无市之物,但这棺木也不是谁想用谁就能用的。文中写贾珍对棺材的选用格外挑剔,虽然秦氏病重时,宁国府就早有准备,但贾珍竟然觉得不满意,想必是故意为之。正好薛蟠赶来提出他们家寿材店中存了一副当年他父亲亲自带来要给义忠亲王老千岁的"出在潢海铁网山上,作了棺材,万年不坏"的檀木。这里要注意"万年不坏"是帝王规格的寿材,贾家上下哪有资格用?连贾政都觉得不妥,但贾珍偏偏给秦可卿用了。

设铭旌、魂帛。铭旌也称铭、旌铭,在治丧时设立。清朝时期的丧葬铭旌有严格的等级,这种旗帜既有引魂、炫耀官职的作用,又可以增加出殡仪仗的气势。贾蓉只不过是个篁门监。一个国子监的监生,其妻之丧不仅执事受限,铭旌也不能够十分体面。所以贾珍赶紧给贾蓉捐了个官位,这样铭旌上就可以书写"奉天洪建兆年不易之朝诰封一等宁国公冢孙妇、防护内廷紫禁道御前侍卫龙禁尉、享强寿贾门秦氏恭人之灵柩"了。这样秦可卿大葬的排场就够了。

出殡。大殓之后,要将灵柩停放一段时间后再进行安葬,停柩待葬谓之"殡"。停柩的地点一般在正堂的西阶,有的则停于宗庙,后世还常常把待葬的棺柩暂寄在佛教寺院中。秦可卿的灵柩便停在铁槛寺里。出殡也称"发引",发引前一日称"伴宿",又称"坐夜",意思是次日就要出殡,只此一夜的厮守便再也不能相见,所以家人和亲朋好友要伴守一夜。许多地方把伴宿看成丧事的正日,家人和亲朋好友相互表达酬酢之心,没有哀切之意。所以宁府的伴宿之夕还请了两班小戏及耍百戏之人。"一夜中灯明火彩,客送官迎,那百般热闹自不用说的。"及至次日天明,吉时一到,开始送殡,六十四名青衣请灵(送殡)。

这里最引人瞩目的莫过于前来送殡的官员。在清代,王侯贵族的等级划分依次为:亲王,郡王,公、侯、伯、子、男。第六十三回贾敬死后,礼部"具本请旨",天子下额外恩旨"朝中由王公以下准其祭吊",可见那时祭吊也是有制度规定的,不是想去就能去的。皇帝圣旨允许朝中王公贵族与贾家有来往的都可以去祭奠贾敬,所以贾敬葬礼的规格和祭奠人的品级是合礼法的,这也从侧面说明秦可卿葬礼上北静王等四王八公违规祭吊是不合礼法的。为秦可卿送殡的,有四郡王:东平王、北静王、南安郡王、西宁郡王。除了缮国公之孙因祖母亡故守孝没来,当时的八公来了七公。还有其他王公贵族，大小官员，不胜枚举。堂客来了有十来顶大轿，三四十顶小轿，连家下大小轿车辆，不下百余乘。各色执事、陈设、百耍，浩浩荡荡，摆了三四里远。沿途路旁又摆了四位郡王的各家路祭，筵席和祭品的规格更非寻常人家可比。"一时，只见宁府大殡浩浩荡荡，压地银山一般从北而至"，随后出城，直奔铁槛寺行去。至此，秦可卿的葬礼即告谢幕。

贾敬葬礼

（第六十三、六十四回）正顽笑不绝，忽见东府中几个人慌慌张张跑来说："老爷宾天了。"众人听了，唬了一大跳，忙都说："好好的并无疾病，怎么就没了？"家下人说："老爷天天修炼，定是功行圆满，升仙去了。"尤氏一闻此言，又见贾珍父子并贾琏等皆不在家，一时竟没个着己的男子来，未免忙了。只得忙卸了妆饰，命人先到玄真观将所有的道士都锁了起来，等大爷来家审问。一面忙忙坐车带了赖升一干家人媳妇出城。又请太医看视到底系何病。

大夫们见人已死，何处诊脉来，素知贾敬导气之术总属虚诞，更至参星礼斗，守庚申，服灵砂，妄作虚为，过于劳神费力，反因此伤了性命的。如今虽死，肚中坚硬似铁，面皮嘴唇烧的紫绛皱裂。便向媳妇回说："系玄教中吞金服砂，烧胀而殁。"众道士慌的回说："原是老爷秘法新制的丹砂吃坏事，小道们也曾劝说'功行未到且服不得'，不承望老爷于今夜守庚申时悄悄的服了下去，便升仙了。这恐是虔心得道，已出苦海，脱去皮囊，自了去也。"尤氏也不听，只命锁着，等贾珍来发放，且命人去飞马报信。一面看视这里窄狭，不能停放，横竖也不能进城的，忙装裹好了，用软轿抬至铁槛寺来停放。掐指算来，至早也得半月的工夫，贾珍方能来到。目今天气炎热，实不得相待，遂自行主持，命天文生择了日期入殓。寿木已系早年备下寄在此庙的，甚是便宜。三日后便开丧破孝。一面且做起道场来等贾珍。

荣府中凤姐儿出不来，李纨又照顾姊妹，宝玉不识事体，只得将外头之事暂托了几个家中二等管事人。贾琏、贾珖、贾珩、贾璎、贾菖、贾菱等各有执事。尤氏不能回家，便将他继母接来在宁府看家。他这继母只得将两个未出嫁的小女带来，一并起居才放心。

且说贾珍闻了此信，即忙告假，并贾蓉是有职之人。礼部见当今隆敦孝弟，不敢自专，具本请旨。原来天子极是仁孝过天的，且更隆重功臣之裔，一见此本，便诏问贾敬何职。礼部代奏："系进士出身，祖职已荫其子贾珍。贾敬因年迈多疾，常养静于都城之外玄真观。今因疾殁于寺中，其子珍，其孙蓉，现因国丧随驾在此，故乞假归殓。"天子听了，忙下额外恩旨曰："贾敬虽白衣无功于国，念彼祖父之功，追赐五品之职。令其子孙扶柩由北下之门进都，入彼私第殡殓。任子孙尽丧礼毕扶柩回籍外，着光禄寺按上例赐祭。朝中由王公以下准其祭吊。钦此。"此旨一下，不但贾府中人谢恩，连朝中所有大臣皆嵩呼称颂不绝。

贾珍父子星夜驰回，半路中又见贾琏贾珖二人领家丁飞骑而来，看见贾珍，一齐滚鞍下马请安。贾珍忙问："作什么？"贾琏回说："嫂子恐哥哥和侄儿来了，老太太路上无人，叫我们两个来护送老太太的。"贾珍听了，赞称不绝，又问家中如何料理。贾琏等便将如何拿了道士，如何挪至家庙，怕家内无人接了亲家母和两个姨娘在上房住着。贾蓉当下也下了马，听见两个姨娘来了，便和贾珍一笑。贾珍忙说了几声"妥当"，加鞭便走，店也不投，连夜换马飞驰。

一日到了都门,先奔入铁槛寺。那天已是四更天气,坐更的闻知,忙喝起众人来。贾珍下了马,和贾蓉放声大哭,从大门外便跪爬进来,至棺前稽颡泣血,直哭到天亮喉咙都哑了方住。尤氏等都一齐见过。贾珍父子忙按礼换了凶服,在棺前俯伏,无奈自要理事,竟不能目不视物,耳不闻声,少不得减些悲戚,好指挥众人。因将恩旨备述与众亲友听了。一面先打发贾蓉家中来料理停灵之事。

……话说贾蓉见家中诸事已妥,连忙赶至寺中,回明贾珍。于是连夜分派各项执事人役,并预备一切应用幡杠等物。择于初四日卯时请灵柩进城,一面使人知会诸位亲友。

是日,丧仪炫耀,宾客如云,自铁槛寺至宁府,夹路而观者,何啻万数。也有羡慕的,也有嗟叹的。又有一等半瓶醋的读书人,说是"丧礼与其奢易莫若俭戚"的,一路纷纷议论不一。至未申时方到,将灵柩停放正室之内。供奠举哀已毕,亲友渐次散回,只剩族中人分理迎宾送客等事。近亲只有邢大舅等未去。贾珍贾蓉此时为礼法所拘,不免在灵旁藉草枕苫,恨苦居丧。人散后,仍乘空寻他小姨厮混。宝玉亦每日在宁府穿孝,至晚人散,方回园里。凤姐身体未愈,虽不能时常在此,或遇开坛诵经、亲友上祭之日,亦扎挣过来,相帮尤氏料理料理。

……又过了数日,乃贾敬送殡之期,贾母犹未大愈,遂留宝玉在家侍奉。凤姐因未曾甚好,亦未去。其馀贾赦、贾政、邢夫人、王夫人等率领家人仆妇,都送至铁槛寺,至晚方回。贾珍、尤氏并贾蓉仍在寺中守灵,等过百日后,方扶柩回籍。家中仍托尤老娘并二姐、三姐照管。

【点评】

《红楼梦》对贾敬的葬礼写得很简略。贾敬是贾家难得一见的在学业上有大成之人,他是宁国公贾演的孙子,即京营节度使世袭一等神威将军贾代化的次子(长子贾敷早逝)。他曾经考取了乙卯科进士,不管怎么看,这都是一个了不起的成绩,如果他有心从仕的话,以其家庭势力、其父亲京营节度使一职,想必也会再次世袭到他头上,而不是后来由王子腾接任了(若此,贾家后来想必也不至于那么快就被抄家)。但贾敬偏偏一味追求"得道",任何事都放任不管——世袭的官也不做,家里的大小事情也不管。他躲进道观,烧丹炼汞,一心想做神仙,家里的事一概不放在心上。贾敬烧丹炼汞,一心想吃"仙丹"成仙,连观中道士们"功行未到且服不得"的劝说都听不进去,然后在守庚申(道家认为庚申日人体内三尸壮大,是日不眠,可"斩三尸"。《云笈七签》有载:"常以庚申日,彻夕不眠,下尸交代,斩死不还;复庚申日,彻夕不眠,中尸交对,斩死不还;复庚申日,彻夕不眠,上尸交对,斩死不还。三尸皆尽,司命削去死籍,着长生录上。")当夜悄悄地服了下去,最后果真"求仁得仁","仙去"了。

贾敬去世的时候,正值宫中老太妃逝世,贾府有爵之人都要守制,而且要随驾去离都来往有十来日之功的孝慈县陵寝,所以贾敬去世时,贾珍父子等均不在家。独自在家主持家政的尤氏这时显现出了她果断能干的一面:一听说贾敬去世,她就下令,命人先到玄真观将所有的道士都锁起来,等贾珍回来审问;然后她亲自带了赖升及一干家人媳妇出城,匆忙赶到玄真观;同时又请太医看视,探明死因。面对公公去世的突发事件,尤氏应变能力之强,不亚于凤姐。

因为天气炎热,尸体不能长久停放,而贾珍父子赶回来得半个月的时间,尤氏就自行主持,命天文生择了日期入殓,停放在铁槛寺。三日后开丧破孝("开丧"指开始接受亲朋好友的吊唁。"破孝"指视关系亲疏,按"五服"之制,赠予吊唁者孝服),一边做道场一边等贾珍等人回来。因为她要在铁槛寺守灵,不能回家,所以她又将继母和两个妹妹接至宁府看家。尤氏将外头之事托付给了贾氏族人,她怕贾珍父子及贾琏离开,老太太身边没有得力的男人相助,所以又派贾瑞、贾珖前去接应照顾。尤氏对大小事件考虑得周到,安排得井井有条,所以贾瑞在路上遇到贾珍,告诉了贾珍尤氏的安排后,贾珍忙说了几声"妥当"。

有人认为前文写秦可卿葬礼声势浩大,是为了呈现出当年贾府的滔天权势,认为贾敬葬礼规格比不过秦可卿。而这正如六十四回回前总批:"此一回紧接贾敬灵柩进城,原当铺叙宁府丧仪之盛,但上回秦氏病故,凤姐理丧,已描写殆尽,若仍极力写去,不过加倍热闹而已。故书中于迎灵送殡极忙乱处,却只闲闲数笔带过。"书中对于贾敬葬礼并没有大篇幅的描写,是出于行文的需要,并不能说明贾敬葬礼比秦可卿的规格低(秦可卿葬礼时相关逾制的地方除外)。秦可卿的葬礼,在元春封妃的前夕。元春封妃是贾家命运的高峰,在此前后,贾家的活动都有极盛之状。到贾敬的葬礼,虽然是贾府的衰败期,又因与宫里的老太妃的丧礼撞到了一起,所以少了达官贵人送葬送祭,就可能略显得寒酸。但要注意的是书中没有细说贾敬葬礼,却指出一切都是按照章程和规格来办,有天子下的"额外恩旨"。既然如此,贾敬的葬礼必然不可能寒酸,至少在礼教规制方面,一定比秦可卿的葬礼雍容尊贵许多,而且办得光明正大。从初四日这天贾敬灵柩进城的寥寥数语,我们也可见一端:"是日,丧仪炫耀,宾客如云,自铁槛寺至宁府,夹路而观者,何啻万数。"这场面,何其壮观。

贾敬送殡之日,贾母、宝玉、凤姐等贾府重要人物,都以种种借口没有前往,表现出了毫不在意的态度,这种不在意何尝不是对贾敬生前对贾府诸人的不在意的某种回应。

在处理贾敬的丧事时,曹雪芹采用侧面描写的表现手法,使贾敬之丧呈现出迥然不同于秦氏之丧的面貌。作者有意回避对贾敬之丧奢华场面的细述,只是通过他人的反应侧面交代贾敬丧事的排场和规模,既避免了叙事的重复,又给读者留有广阔的想象空间。通过这种侧面描写,我们仍可以感受到贾敬之丧的气派。

贾母葬礼

(第一百一十回)贾母又瞧了一瞧宝钗,叹了口气,只见脸上发红。贾政知是回光返照,即忙进上参汤,贾母的牙关已经紧了。合了一回眼,又睁着满屋里瞧了一瞧。王夫人宝钗上去轻轻扶着,邢夫人凤姐等便忙穿衣。底下婆子们已将床安设停当,铺了被褥,听见贾母喉间略一响动,脸变笑容,竟是去了。享年八十三岁。众婆子疾忙停床。

于是贾政等在外一边跪着,邢夫人等在内一边跪着,一齐举起哀来。外面家人各样预备齐全,只听里头信儿一传出来,从荣府大门起至内宅门扇扇大开,一色净白纸糊了,孝棚高起,大门前的牌楼立时竖起,上下人等登时成服。贾政报了丁忧,礼部奏闻。主上深仁厚泽,念及世代功勋,又系元妃祖母,赏银一千两,谕礼部主祭。家人们各处报丧。众亲友虽知贾家势败,今见圣恩隆重,都来探丧。择了吉时成殓,停灵正寝。贾赦不在家,贾政为长,宝玉贾环贾兰是亲孙,年纪又小,都应守灵。贾琏虽也是亲孙,带着贾蓉尚可分派家人办事。虽请了些男女外亲来照应，内里邢王二夫人李纨凤姐宝钗等是应灵旁哭泣的；尤氏虽可照应，他贾珍外出，依住荣府，一向总不上前，且又荣府的事不甚谙练；贾蓉的媳妇更不必说了；惜春年小，虽在这里长的，他于家事全不知道：所以内里竟无一人支持，只有凤姐可以照管里头的事。况又贾琏在外作主，里外他二人倒也相宜。

凤姐先前仗着自己的才干，原打谅老太太死了他大有一番作用。邢王二夫人等本知他曾办过秦氏的事，必是妥当，于是仍叫凤姐总理里头的事。凤姐本不应辞，自然应了。心想这里的事本是我管的，那些家人更是我手下的，大太太和珍大嫂子的人本来难使唤些，如今他们都去了。银项虽没有了对牌，这种银子是现成的。外头的事又是他办着。虽说我现今身子不好，想来也不致落褒贬，必是比宁府里还得办些。心下已定，且待明日接了三，后日一早便叫周瑞家的传出话去，将花名册取上来。凤姐一一的瞧了，统共只有男仆二十一人，女仆只有十九人，馀者俱是些丫头，连各房算上也不过三十多人，难以点派差使。心里想道：这回老太太的事倒没有东府里的人多。又将庄上的弄出几个，也不敷差遣。正在思算，只见一个小丫头过来说："鸳鸯姐姐请奶奶。"凤姐只得过去。只见鸳鸯哭得泪人一般，一把拉着凤姐儿说道："二奶奶请坐，我给二奶奶磕个头。虽说服中不行礼，这个头是要磕的。"鸳鸯说着跪下，慌的凤姐赶忙拉住，说道："这是什么礼！有话好好的说。"鸳鸯跪着，凤姐便拉起来。鸳鸯说道："老太太的事一应内外都是二爷和二奶奶办，这种银子是老太太留下的，老太太这一辈子也没有糟蹋过什么银钱，如今临了这件大事必得求二奶奶体体面面的办一办才好。我方才听见老爷说什么诗云子曰，我不懂；又说什么'丧与其易，宁戚'，我听了不明白。我问宝二奶奶，说是老爷的意思，老太太的丧事只要悲切才是真孝，不必糜费图好看的念头。我想老太太这样一个人，怎么不该体面些！我虽是奴才丫头敢说什么，只是老太太疼二奶奶和我这一场，临死了还不叫她风光风光。我想二奶奶是能办大事的，故此我请二奶奶来求作个主。我生是跟老太太的人，老太太死了我也是跟老太太的，若是瞧不见老太太的事怎么办，将来怎么见老太太呢！"

……凤姐一肚子的委屈，愈想愈气，直到天亮又得上去。要把各处的人整理整理，又恐邢夫人生气；要和王夫人说，怎奈邢夫人挑唆。这些丫头们见邢夫人等不助着凤姐的威风，更加作践起他来。幸得平儿替凤姐排解，说是："二奶奶巴不得要好，只是老爷太太们吩咐了外头不许糜费，所以我们二奶奶不能应付到了。"说过几次才得安静些。虽说僧经道忏上祭挂帐络绎不绝，终是银钱吝啬，谁肯踊跃，不过草草了事。连日王妃诰命也来得不少，凤姐也不能上去照应，只好在底下张罗。叫了那个，走了这个，发一回急，央及一会，胡弄过了一起，又打发一起。别说鸳鸯等看去不像样，连凤姐自己心里也过不去了。

【点评】

刚开始贾母的丧葬还可以说是办得秩序井然：举哀、成服、报丁忧、报丧、探丧、成殓、停灵、守灵、哭丧，步骤合乎礼法，有条不紊。可后来的丧事可以用一片混乱来形容。虽然鸳鸯跪求凤姐务必办得体面些，但其他人一人一个主意：贾政怕招摇，主张贾母的丧事只要悲切才是真孝，坚决反对"糜费图好看的念头"，怕再次惹祸上身；邢夫人私心作怪，巴不得留一点银子以便日后备用，反埋怨"凤丫头果然有些不上心"；王夫人只看表面，抱怨凤姐照应不周；底下的家仆更是无法无天。贾母已死,贾家气势大不如从前,凤姐也失去了靠山,加上邢夫人等人的故意刁难,更加作践起她来。凤姐先前做事的爽利、周到都不见了,她夹在矛盾中间有苦难言。贾母之丧正是在这样混乱的气氛中收尾的。

秦可卿、贾敬和贾母的丧礼相互对比,其中秦可卿的丧礼描写得最详细,贾敬的丧礼写得最简单,而贾母在贾府的地位最高,其丧礼也有天子"谕礼部主祭"的上命。但从三次丧礼的办理结果来看,最应该讲究排场的贾母之丧礼,却偏偏是最寒酸的。这也说明贾府经过抄家一事后的整体衰败。

写贾母之丧,虽然是续书,但高鹗大体上秉承了曹雪芹的思想,使整部小说能够以完整的结构流传于世。贾母之丧是结束,也意味着"终结":此时的贾府早已是四面楚歌、矛盾重重。和秦可卿葬礼上的大肆挥霍、风光无限形成强烈的对比,造成极大的反差,充分地展现了一个大家族分崩离析的可悲图景。

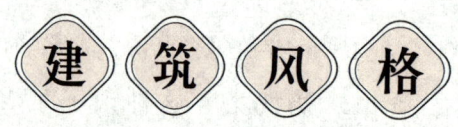

建筑风格

大观园

《红楼梦》是中国明清文化的百科全书,曹雪芹以自己丰富的生活经验,描绘出了一个生机勃勃、如映眼前的仙境——大观园,可以说大观园是人们心目中的明清园林建筑典范之一。以至于很多红学家都对大观园中的建筑进行专门研究,并发表各自的看法。

论述大观园的著作汗牛充栋,大到怡红院、潇湘馆、蘅芜苑,小到滴翠亭、沁芳桥、凹晶溪馆,都有专文论及。可以想见,大观园作为小说艺术里出现的园林,自有一种异于实体园林(如北京颐和园,苏州拙政园、留园、网师园,扬州个园等)的魅力。

1984年,因为电视剧《红楼梦》的搭景需要,拍摄组根据《红楼梦》的描写,在北京建成了一座大观园。北京大观园位于北京市西城区白纸坊南菜园,是以影视拍摄服务为主,兼具观光旅游、文化娱乐、休闲度假等功能的综合性旅游区。主要景点由潇湘馆、沁芳桥、栊翠庵等多处影视拍摄景观组成,占地面积共约13万平方米。

尽管大观园是曹雪芹虚构出来的园林,但仍然可作为明清园林建筑的缩影,正因为其太过真实,《红楼梦》问世之后,便有很多学者孜孜不倦地寻找大观园原型,出现了"随园说""恭王府说""江宁织造府说"等学术假说。事实上,大观园很可能是曹雪芹采纳了当时很多园林的建筑风格而集大成,所以才有诸多经典园林的特点。

大观园作为《红楼梦》中人物活动的主要场所,可以说是贯穿整部小说,但是从整体上着眼于大观园具体建筑的布局是在第十七回、第四十回和第四十一回。这三回中关于园林的描写着重点又有明显区别,第十七回主要是描摹大观园的外部轮廓,即通过贾政对宝玉"试才题对额"过程的描写来描画大观园的鸟瞰图;第四十、四十一回是通过"刘姥姥进大观园"这一事件,来具体刻画各个主人公住处的内部摆设。在这一外一内、一略一详、一大一小之间,基本算是把大观园交代得清清楚楚,人物的性格特征也渐次呈现。

大观园是为元春省亲而建的。在小说叙事体系内,它已具备了一半皇家园林特征,又成为元春命运的"晴雨表",无形中也关乎着贾府家族命运。小说中皇帝允许妃嫔回家省亲,但带有条件:"凡有重宇别院之家,可以驻跸关防之处,不妨启请内廷銮舆入其私第。"即"只有家世豪富、有深宅大院的,才可以申请省亲"(言下之意,省亲首先要保障的是,除了其直系亲属,皇妃容貌不能被其他人看见)。

为了迎接贾元春回家,贾府举全族之力,修建了大观园。大观园在长房宁国府原有的会芳园基址上加以扩建,园中又有一座象征贾府祖脉的大主山。大观园有多大呢?贾蓉向贾琏汇报情况时说过:"从东边一带,借着东府里花园起,转至北边,一共丈量准了,三里半大,可以盖造省亲别院了。"

贾蓉所说的三里半应该是大观园的周长,若按现代标准计算,大约为1750~1890米,差不多300多亩。这么大的占地范围里,有怡红院、潇湘馆、蘅芜苑、稻香村、秋爽斋、暖香坞、蓼风轩、缀锦楼、紫菱洲、栊翠庵、滴翠亭、藕香榭、凸碧山庄、凹晶溪馆、红香圃、芦雪庵、蜂腰桥、柳叶渚、嘉荫堂……所以大观园里不仅占地面积广,而且建筑繁多。

大观园园林艺术的重要特征就是园林的人格化。大观园中园林风格与其主人的性格高度一致,每座园林都带有其主人情感和性格的影射,见其园而知其人,园林具有人一样的性格特征。比如性喜奢华的贾宝玉绝不会去住泥墙茅屋、纸窗木榻的稻香村;而对于"竹篱茅舍自甘心"的李纨来说,稻香村则是最合适的选择。园林与主人性格的一致性不仅是表面化的相似,更是一种精神层面的契合。比如两位女主角林黛玉和薛宝钗在性格上都有冷的特点,林黛玉的冷是目下无尘、不入世俗的冷,而薛宝钗的冷则是洞察世事、明哲保身的冷。这反映在她们居住的园林上,林黛玉的潇湘馆是幽竹万竿的荫凉,而薛宝钗的蘅芜苑则是雪洞一般的清冷。一个是诗意盎然,一个是孤寂萧索,园林与人在精神层面上是如此的一致,可以说大观园的园林艺术达到了人园合一的境界。

大观园不仅是建筑,更是文化符号。园中的一些对联匾额是文学艺术和书法艺术在建筑中的应用。这些对联匾额的主要作用是:塑造建筑特点,点明建筑类型,渲染建筑意境等,对建筑有着画龙点睛的意义,已经成为中国传统建筑本身必需的构成要素。《红楼梦》第十七回中就写道:"偌大景致,若干亭榭,无字标题,也觉寥落无趣,任有花柳山水,也断不能生色。"由于《红楼梦》是文学作品,因此无论是匾额的题名还是对联的撰写都显得极为讲究。如潇湘馆的对联是:"宝鼎茶闲烟尚绿,幽窗棋罢指犹凉。"仅仅14个字,却有色、有味、有建筑、有生活、有氛围,将潇湘馆的意境描画得淋漓尽致。还有"凸碧山庄""凹晶溪馆"分别是大观园两处园林建筑的题名,两座建筑一座位于山之高脊,一座位于山脚溪畔,都是赏月敞厅。这两个馆名很好地描述了建筑的地形特征、周边环境以及建筑类型。更难得的是对仗工整,意境高远,对于强化建筑的特征起到很好的作用。

中国传统文化特别是在建筑与绘画上讲究"写意",即"纳须弥于芥子",一草一木、一山一水都要符合整体的审美观,表现出人与自然和谐相处的意境。这一点在大观园中也得到了很好的体现。

山石。第十七回贾政带宝玉及一干清客进入大观园。原文:

贾政先秉正看门。只见正门五间,上面桶瓦泥鳅脊;那门栏窗槅,皆是细雕新鲜花样,并无朱粉涂饰;一色水磨群墙,下面白石台矶,凿成西番草花样。左右一望,皆雪白粉墙,下面虎皮石,随势砌去,果然不落富丽俗套,自是欢喜。遂命开门,只见迎门一带翠嶂挡在前面。众清客都道:"好山,好山!"贾政道:"非此一山,一进来园中所有之景悉入目中,则有何趣。"众人道:"极是。非胸中大有邱壑,焉想及此。"说毕,往前一望,见白石崚嶒,或如鬼怪,或如猛兽,纵横拱立,上面苔藓成斑,藤萝掩映,其中微露羊肠小径。

这是典型的"开门见山"的建筑风格,正如贾政所言:"非此一山,一进来园中所有之景悉入目中,则有何趣。"这里的"趣"体现在"一带翠嶂"的园中之景的掩映上,表现了中国人品性中的含蓄美。山的"写意"效果主要表现在为整座园林创造出一种趋向自然野致的意态和趣味,从而在不知不觉中把审美者的情感引入与园林及生态和谐相融的境界之中。所以,宝玉建议这里莫如直书"曲径通幽处",众人听了都称赞不已。

水。水是所有园林的灵魂。特别是江南园林,很多都以水为纽带连接各个建筑,《红楼梦》亦是如此。原文:

只见佳木茏葱,奇花烁灼,一带清流,从花木深处曲折泻于石隙之下。再进数步,渐向北边,平坦宽豁,两边飞楼插空,雕甍绣槛,皆隐于山坳树杪之间。俯而视之,则清溪泻雪,石磴穿云,白石为栏,环抱池沿,石桥三港,兽面衔吐。

此处描写了大观园中的水源。正如己卯本双行夹批所说:"写出水源,要紧之极!近之画家着意于山,苦不讲水。又造园囿者,唯知弄莽憨顽石、壅笨冢,辄谓之景,皆不知水为先着。此园大概一描,处处未尝离水,盖又未写明水之从来,今终补出,精细之至!"有水就有桥,贾政等人"引众客行来,至一大桥前,水如晶帘一般奔入。原来这桥便是通外河之闸,引泉而入者"。贾政问宝玉给闸取何名,宝玉说"此乃沁芳泉之正源,就名'沁芳闸'。""沁"者,滋润也,"芳"者,花也,大观园中众女儿也。所以宝玉将此处命名为"沁芳",实在是极为恰当。

题额。这在第十七回中随处可见,第十七回中的回目便是"试才题对额"。题额对园林景观的升华之功用如同诗句中的"诗眼",题额甚至能赋予建筑独特的性格。譬如宝玉的住处里面有海棠有芭蕉,所以有"怡红快绿"的题额;黛玉的住处"风味森森,龙吟细细",又有"娥皇女英泪洒湘竹"的典故,又是元妃省亲的"第一处行幸之处",所以宝玉提议要"颂圣",用"有凤来仪"之额,不仅众人都哄然叫妙,连一向对宝玉"鸡蛋里挑骨头"的贾政也不禁点头,他这时对宝玉那句"管窥蠡测"的评价看似批评,实则难掩内心的称赞之意。从某种程度上来说,以文字为载体的题额在园林中是最富有写意性的,它能赋予亭台楼阁各种意义,也能表达建筑主人的审美和品格。只言片语,一联一对即可将人们对自然和人生的理解与周围的园林景观融为一体。

单体建筑。《红楼梦》中对这部分的描写主要体现在第四十、四十一回中,由于这两回涉及的建筑太多,姑且举潇湘馆一例。原文:

先到了潇湘馆。一进门,只见两边翠竹夹路,土地下苍苔布满,中间羊肠一条石子漫的路。……刘姥姥因见窗下案上设着笔砚,又见书架上磊着满满的书,刘姥姥道:"这必定是那位哥儿的书房了。"贾母笑指黛玉道:"这是我这外孙女儿的屋子。"刘姥姥留神打量了黛玉一番,方笑道:"这那像个小姐的绣房,竟比那上等的书房还好。"

结合第十七回中对其的外部描写。原文:

忽抬头看见前面一带粉垣,里面数楹修舍,有千百竿翠竹遮映。众人都道:"好个所在!"于是大家进入,只见入门便是曲折游廊,阶下石子漫成甬路。上面小小两三间房舍,一明两暗,里面都是合着地步打就的床几椅案。从里间房内又得一小门,出去则是后院,有大株梨花兼着芭蕉。又有两间小小退步。后院墙下忽开一隙,得泉一派,开沟仅尺许,灌入墙内,绕阶缘屋至前院,盘旋竹下而出。

通过潇湘馆内部的陈设和外部的布局,已经能清晰地从中品味出林黛玉的性格。从某种程度上来说,建筑本身的特性又反映林黛玉的性格,建筑和人物塑造相得益彰。

从总体上看,大观园是一个大型私家园林,主园中包括怡红院、潇湘馆等九个主要的园中园。其中,每个园林都具有鲜明的个性特征、互不相同。如贾宝玉居住的怡红院精致富丽,林黛玉居住的潇湘馆清幽淡雅,探春的秋爽斋豁朗大气,而薛宝钗的蘅芜苑则清冷寂寥……大观园中园林的个性化固然与作者塑造的人物性格特征有关,但也反映了中国传统园林艺术营造不同风格的能力。

当然,从另外一方面看,大观园的宏大巧妙也说明了园林主人的豪华奢侈,毕竟这些人造的山水园林、诸多景观若没有大量的钱财、大量的人工是堆砌不出来的。贾府通过修建大观园展现了自己强大的经济实力,但大观园使得贾府财物消耗严重,内囊空虚。难怪元妃省亲结束前再三叮咛:"……倘明岁天恩仍许归省,万不可如此奢华靡费了。"

贾府

贾府是《红楼梦》里所写的贾家住宅,贾家是世袭贵族,在当时的社会上有很高的地位,其住宅当然也极尽奢华之能。贾府分两部分,一是宁国府,二是荣国府。宁国府的地位是高于荣国府的,因为最早的宁国公贾演和荣国公贾源是同胞兄弟,宁公居长,荣公居次,所以宁国府的地位更高些。但小说描写重心是荣国府,对宁国府的建筑及人物描写较少。

1986年,电视连续剧《红楼梦》拍摄剧组在河北正定修建了一座占地面积为2.5万平方米的仿古建筑群——荣国府。荣国府是以明末清初文化为背景的仿古建筑群,分中、东、西三路,各路均为五进四合院。它富丽堂皇,轩昂壮丽,雕梁画栋,建筑雄伟;院内佳木成荫,花草遍地,象征玉堂、富贵、长寿、吉祥的玉兰、海棠、银杏、紫荆等珍奇花木比比皆是,宛如一座植物园。室内红木透雕落地花罩典雅气派,明清式家具精美华贵。23个场景、150多个人物、1600多件古玩字画,再现"钟鸣鼎食之家"的富丽堂皇。这两处建筑是根据《红楼梦》原著描写严格设计和建造的,在一定程度上还原了曹雪芹笔下的大观园及荣府面貌。

《红楼梦》中对荣府的建筑描写最细致全面的，莫过于第三回。第三回中对荣府的建筑描写是随着黛玉进贾府的行踪，借助黛玉的眼睛表现的。我们不妨跟随林黛玉的视线，一起到贾府看一看。原文：

又行了半日，忽见街北蹲着两个大石狮子，三间兽头大门，门前列坐着十来个华冠丽服之人。

林黛玉初次来到"都中"繁华之地，偶尔偷偷掀开轿帘，看看外面的繁盛景象。这时她看到了"两个大石狮子""三间兽头大门"。需要注意的是，明清时期平常人家是不可以摆放石狮子的，需要有相应等级的建筑才行。明清时石狮头上的毛发，被雕成一个一个的"疙瘩"，最多不能超过十三个，称为"十三太保"，只能用于一品官员门前。一品之下，每低一级减一个"疙瘩"，减到七品以下小官的门口，则没有狮子可摆放了。这个规矩是不能乱的，否则就是逾制。重点是"三间兽头"，清朝二品以下官员人家是不可以装配"兽头"的。"三间"则是我国古建筑的一种说法，两柱之间为一间，所以贾府这里的"三门"，意味着中间大门外，还有两侧角门。

贾府的宁国公贾演、荣国公贾源无疑是一等官员。虽然他们品级很高，却不能使用琉璃瓦。因为琉璃瓦只能是皇帝及其以下的亲王、郡王一级才能使用。还有颜色上的区分，如黄琉璃瓦用于帝王宫殿、陵庙，绿琉璃瓦用于王府，青琉璃瓦用于祭祀建筑，黑琉璃瓦、紫琉璃瓦等多用于帝王园林中的亭台楼榭。以贾府的级别，其建筑无论多么豪华，屋顶的瓦也只能用灰色筒瓦。原文：

正门却不开，只有东西两角门有人出入。正门之上有一匾，匾上大书"敕造宁国府"五个大字。

"正门却不开"，这是有讲究的。如皇宫中轴线上的大门、道路、建筑都是等级最高的，那是皇帝专用的，别人不能走。贾家的正门平常也不开，因为一般人品级不够，不能走正门。平常时候，贾府人出入就是走东西角门。那么正门什么时候开呢？一是有官职相当或官职高者来访时开门迎接（如元妃省亲时，走的是正门）。二是逢节日或重大活动，如祭祀、庆典、丧葬时开启。如书中写到的秦可卿办丧事和六宫都太监夏老爷来降旨时就开启了正门。三是除夕祭宗祠。贾府正门上的牌匾"敕造宁国府"，"敕造"二字点明是皇帝下旨让建造的。这在当时，是无上荣光，也是等级身份的象征。原文：

又往西行，不多远，照样也是三间大门，方是荣国府了。却不进正门，只进了西边角门……另换了三四个衣帽周全的十七八岁的小厮上来，复抬起轿子。众婆子步下围随，至一垂花门前落下。

黛玉品级不够，当然也只能走"西边角门"了。"至一垂花门前落下"，垂花门就是二门，这是古代内庭、外庭的界线，往里就是妇女儿童所居的深院了，外人特别是男性是不能进入的。原文：

林黛玉扶着婆子的手，进了垂花门，两边是抄手游廊，当中是穿堂，当地放着一个紫檀架子大理石的大插屏。转过插屏，小小三间内厅，厅后就是后面的正房大院。正面五间上房，皆是雕梁画栋，两边穿山游廊厢房，挂着各色鹦鹉、画眉等鸟雀。

贾府是传统的四合院建筑群，因为占地面积非常大，所以中间的穿堂（穿堂是位于前后院落之间，供人穿行的厅房。前后有门可通，亦可在此设座宴客）通常不走人，"放着一个紫檀架子大理石的大屏风"。紫檀是木中极品，大理石在当时也是稀罕物。本来供人穿行的穿堂不走人,那么人从哪里走呢?走"抄手游廊",抄手游廊是中国传统建筑中走廊的一种常用形式,多见于四合院中,连接和包抄垂花门、厢房和正房,其名字是根据游廊线路的形状而得名的。一般抄手游廊是进门后先向两侧延伸,再向前延伸,到下一个门之前又从两侧回到中间。在院落中,抄手游廊都是沿着院落的外缘布置的,形似人抄手(将两手交叉握在一起)时胳膊和手环成的形状,所以叫抄手游廊。接下来,"雕梁画栋""各色鹦鹉、画眉等鸟雀"的描写,既有视觉色彩的美感,又有鸟雀鸣叫的欢愉之声,这是后院才有的生活气息。这里还有个名词"穿山游廊",穿山游廊又称钻山游廊,是在房屋的山墙上开门连接起来的走廊。四合院建筑中,正房和东西厢房之间常以穿山游廊相连。穿山游廊和檐廊、抄手游廊一起构成四合院内宅的回廊。

还要说明一点,中国古代的建筑通常有两个专有名词,一个叫"间",一个叫"进"。横向张开的叫"间",三间、五间、七间,纵向往后延伸的叫"进",一进、二进、三进。例如台湾雾峰的林家花园是十一开间,即横向是十一间(似有逾制之嫌)。原文:

进入堂屋中,抬头迎面先看见一个赤金九龙青地大匾,匾上写着斗大三个字,是"荣禧堂",后有一行小字"某年月日,书赐荣国公贾源",又有"万几宸翰之宝"。

荣禧堂是位于中轴线上的建筑,是荣府家主接待外客的地方。"万几宸翰之宝"表明匾额是御赐的。"万几宸翰"是指皇帝的印文,"万几"表示皇帝办理事务的繁多,"宸翰"是皇帝的笔记。这匾额也足够说明荣府的规格了,其内外装饰当然都是与之相配之物(有御赐匾额的建筑豪华点是不要紧的,只要不逾制;太寒酸了反而会被认为是在亵渎皇权)。原文:

王夫人忙携了黛玉从后房门由后廊往西,出了角门,是一条南北宽夹道。南边是倒座三间小小的抱厦厅,北边立着一个粉油大影壁,后有一半大门,小小一所房宇。

王夫人带着黛玉去贾母处吃饭,道路曲折悠长,正是贵族大户人家深宅大院的写照。如果贸然前来,会觉得如同迷宫一般。这里出现了"角门"(建筑物角上的小门,旁门、边门)、"宽夹道"(两旁有墙或其他障蔽物的通道)、"影壁"(门外正对门以做屏障的墙壁)等。虽然是四合院,但布局还是层层递进,显得宅院深深。建筑格局上,家庭中每个人物的居所,都是按照礼制等级安排的。

荣禧堂是荣国府的正厅正室,也是整个建筑群中级别等级最高的、地位最尊崇的地方。荣禧堂虽然名义上附属于贾政,却仅用于祭祀、节日庆典、会见贵宾等家族大型事物活动,碍于宗法制度,贾政平时也不会随意出入荣禧堂。贾政夫妇日常起居在东边三间耳房中。贾母则住在以荣禧堂为中轴线的西边院中。

从前面描述的贾府地图我们可以看到,贾府虽然是一个四合院,但其实是一个建筑众多的四合院群,否则全府上下百来号人,哪里住得下来。原文:

原来王夫人时常居坐宴息,亦不在这正室,只在这正室东边的三间耳房内。于是老嬷嬷引黛玉进东房门来。临窗大炕上铺着猩红洋罽,正面设着大红金钱蟒靠背,石青金钱蟒引枕,秋香色金钱蟒大条褥。两边设一对梅花式洋漆小几。左边几上文王鼎、匙箸、香盒,右边几上汝窑美人觚——内插着时鲜花卉,并茗碗、唾壶等物。地下面西一溜四张椅上,都搭着银红撒花椅搭,底下四副脚踏。椅子两边,也有一对高几,几上茗碗花瓶俱备。其馀陈设,自不必细说。老嬷嬷们让黛玉炕上坐,炕沿上却也有两个锦褥对设。黛玉度其位次,便不上炕,只向东边椅子上坐了。

这一段是对荣国府王夫人日常起居接待的堂室内部陈设的描述,主要反映出荣国府钟鼎之族显赫的社会地位。其厅堂中的条案上所设完全不同于一般人家的花瓶和镜子的"平静"寓意,而是设一米左右高的青铜古鼎,两边分别是金蜼彝、玻璃海,上悬墨龙大画。鼎、彝、海都是古礼器,是祭祀的用具,而"海"又是用玻璃(或琉璃)制成的,在明清时期是十分罕见、弥足珍贵的。此外,从这一系列的描述中,可以看出荣国府正厅的室内陈设的尊贵、气派、荣耀。八张椅子四个茶几,是乾隆之后的一种新形式的家具,是清代典型陈设格式中的一种。前面写荣禧堂大厅上两排十六张交椅,虽然已是固定性的陈设,但还没有配套的茶几夹在两张椅子当中。王夫人房里的陈设是清一色的"半旧"之物,在这份"半旧"的状态中,却隐隐地透露出贾府的奢华底蕴。从宁荣二国公创建宁荣二府以来,已经过去了近百年的时光。在这近百年的时光中,贾府不断地发展延续。这些半旧之物陪着贾府,一起缓缓走过了时光荏苒,走过了岁月流逝。王夫人房里那些半旧的坐褥或者靠枕,已经不可能是宁荣二公当年使用过的物品了,但这些东西的布置已经成了贾府这所百年豪宅的常态,所有人都已习以为常了。原文(宝玉之房):

原来贾政等走了进来,未进两层,便都迷了旧路,左瞧也有门可通,右瞧又有窗暂隔,及到了跟前,又被一架书挡住。回头再走,又有窗纱明透,门径可行;及至门前,忽见迎面也进来了一群人,都与自己形相一样,——却是一架玻璃大镜相照。

原文(探春之房):

探春素喜阔朗,这三间屋子并不曾隔断。当地放着一张花梨大理石大案,案上磊着各种名人法帖,并数十方宝砚,各色笔筒,笔海内插的笔如树林一般。那一边设着斗大的一个汝窑花囊,插着满满的一囊水晶球儿的白菊。西墙上当中挂着一大幅米襄阳《烟雨图》,左右挂着一副对联,乃是颜鲁公墨迹,其词云:

烟霞闲骨格,泉石野生涯。

案上设着大鼎。左边紫檀架上放着一个大观窑的大盘,盘内盛着数十个娇黄玲珑大佛手。右边洋漆架上悬着一个白玉比目磬,旁边挂着小锤。

中国传统建筑木构架结构为室内划分提供了足够的灵活性,室内划分不仅将一个大空间划分得更加具体细化,而且不同的空间处理也能赋予建筑不同的氛围与情调。室内划分得或繁或简、或精致或朴拙,都凸显了建筑不同的特征。

宝玉的房中就被层层隔断处理得繁复多变,以至于经常使人迷了路。与之形成对比的是探春房中连最基本的间之间的隔断也没有,为的是保留一个完整的大空间:"探春素喜阔朗,三间房子并不曾隔断。"贾宝玉与贾探春在室内空间划分上如此不同,显然与两人的性格有关。贾宝玉是性喜奢华讲究精致的少年公子;探春素喜阔朗,是有着远大志向与宽阔心胸的闺中小姐。所以反映在建筑的室内环境上,就形成了一精致一大气的不同风格。

室内陈设也是塑造建筑特征的一种手段,室内陈设包括家具、字画、古玩等,一方面为了满足日常生活的功能需求,另一方面也反映了主人的审美情趣和建筑特征。

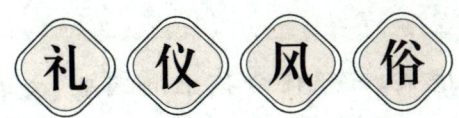

礼仪风俗

《红楼梦》被尊为中国四大名著之一，不仅含有浓厚的中国传统文化元素、细腻生动的描写手法、个性鲜明独特的人物形象、跌宕起伏的故事情节，而且其中包含的人生哲理更是让人感触颇多、终身受益，足以用来劝人谏人、醒世警世。今天我们不妨来品味一下古人的礼仪风范。

日常礼仪

（第二十四回）见了贾赦，不过是偶感些风寒，先述了贾母问的话，然后自己请了安。贾赦先站起来回了贾母话，次后便唤人来："带哥儿进去太太屋里坐着。"宝玉退出，来至后面，进入上房。邢夫人见了他来，先倒站了起来请过贾母安，宝玉方请安。邢夫人拉他上炕坐了，方问别人好，又命人倒茶来。一钟茶未吃完，只见那贾琮来问宝玉好。邢夫人道："那里找活猴儿去！你那奶妈子死绝了，也不收拾收拾你，弄的黑眉乌嘴的，那里像大家子念书的孩子！"

荣国府长房贾赦生病，宝玉前去请安，这一段描写非常详细。

从这一段中我们看到，宝玉见了贾赦，先述了贾母的问话，然后才自己请安。贾赦在听完宝玉转述贾母的问话后，是"先站起来回了贾母话"，然后才和宝玉说话的。还有后面，宝玉进去看邢夫人，邢夫人"先倒站了起来请过贾母安"，然后宝玉才向邢夫人请安。这里贾母并没有出现，宝玉是代贾母向贾赦问话的，宝玉在转述贾母的话时，代表的是贾母本人，所以贾赦是要站起来回话的。我们常在古装戏中看到，臣子即使在私下场合提及皇帝时，也要做出向天拱手之状，以示其内心的尊重，并不因为皇帝不在场就可以失礼。由此可见，礼的规范深入到了古人生活的每一个细节。

（第三十六回）话说贾母自王夫人处回来，见宝玉一日好似一日，心中自是欢喜。因怕将来贾政又叫他，遂命人将贾政的亲随小厮头儿唤来，吩咐他"以后倘有会人待客诸样的事，你老爷要叫宝玉，你不用上来传话，就回他说我说了：一则打重了，得着实将养几个月才走得；二则他的星宿不利，祭了星，不见外人，过了八月才许出二门。"那小厮头儿听了，领命而去。贾母又命李嬷嬷袭人等来，将此话说与宝玉，使他放心。

那宝玉本就懒与士大夫诸男人接谈，又最厌峨冠礼服贺吊往还等事，今日得了这句话，越发得了意，不但将亲戚朋友一概杜绝了，而且连家庭中晨昏定省亦发都随他的便了，日日只在园中游卧，不过每日一清早到贾母王夫人处走走就回来了。

宝玉挨打之后，贾母心疼宝玉，免去了宝玉每日的"晨昏定省"，于是宝玉"日日只在园中游卧"。这里说到的"晨昏定省"，正是出自《礼记·曲礼上》："凡为人子之礼，冬温而夏凊，昏定而晨省。"所谓"晨昏定省"是旧时侍奉父母的日常礼节，意思就是晚间服侍就寝，早上省视问安。看来，就算是宝玉这样的"混世魔王"，在平时也是要遵守这些基本的生活礼节的。就算"连家庭中晨昏定省亦发都随他的便"，但他每日一清早也要到贾母、王夫人处走走，其实这里的每天清早走走,也就相当于问安,即"晨省"了。

(第十六回)说话时,贾琏已进来,凤姐便命摆上酒馔来,夫妻对坐。凤姐虽善饮,却不敢任兴,只陪着贾琏。一时贾琏的乳母赵嬷嬷走来,贾琏与凤姐忙让他一同吃酒,令其上炕去。赵嬷嬷执意不肯。平儿等早已炕沿下设下一杌子,又有一小脚踏,赵嬷嬷在脚踏上坐了。贾琏向桌上拣两盘肴馔,与他放在杌上自吃。凤姐又道:"妈妈很咬不动那个,倒没的硌了他的牙。"因向平儿道:"早起我说那一碗火腿炖肘子很烂,正好给妈妈吃,你怎么不取去赶着叫他们热来?"又道:"妈妈,你尝一尝你儿子带来的惠泉酒。"

贾琏和王熙凤正在吃饭,贾琏的乳母赵嬷嬷来了。这是全书唯一一次对赵嬷嬷言行详细的描写。赵嬷嬷家不如赖嬷嬷家有财势,她来找贾琏和王熙凤,是为给自己的两个儿子找差事。赵嬷嬷虽然算是长辈,按"贾府风俗,年高伏侍过父母的家人,比年轻的主子还有体面",但那是在贾母、王夫人均在的大场面下。赵嬷嬷是一个明白人,在凤姐家中,不能讲场面上的规矩(宝玉乳母李嬷嬷就是把场面上的规矩带到私底下来的典型,所以连宝玉以及众丫鬟都讨厌她,说她倚老卖老),所以赵嬷嬷在贾琏和王熙凤"忙让他一同吃酒,令其上炕去"时,坚持不上炕坐(上炕就"平起平坐"了)。平儿等"早已炕沿下设下一杌子,又有一小脚踏",这里一个"早"字,说明这才是大家都懂的、要守的真实规矩,所以赵嬷嬷很自然地就在脚踏上坐了,这就是守规矩的表现。规矩是对所有人一视同仁的,如有一次王熙凤和平儿两人在房间吃饭,王熙凤要平儿上炕上一起吃,平儿也只是"屈一膝于炕沿之上,半身犹立于炕下"(我们经常说,在长辈、上级面前不要把整个身子都坐进椅子里去,而要"只坐半个屁股",这两者其实是一个道理),所以平儿也是守规矩的。赵嬷嬷在行事上与赖嬷嬷有几分相似,她也是知礼守礼的,严格恪守着自己的行为规范,从不做越礼的事,说越礼的话。越是这样,她所说的话、所做的事才越会受人重视。所以赵嬷嬷替两个儿子求差事,在贾琏、凤姐这里喝点酒,轻描淡写一提,事情就办完了。

就餐礼仪

古人云,"食不言,寝不语",这是早期的就餐要求。我们现代人也经常会遇到就餐礼仪问题,例如主人、客人的座位要按一定的座次安排,不能想坐哪就坐哪;主人没有宣布开席,客人不能自己先动筷子吃;长者在发表祝酒词时,其余人不能私下交头接耳或者自己吃自己的;有人在夹菜时,不能去转动转盘(这时最好主动替别人按住转盘);自己再喜欢吃的菜,也不能一个人吃掉一大半;不能拿着筷子在盘子里扒拉菜吃……当然,这些只是表面的规矩,其中很多也是源于古代传下来的习俗。其实古人的就餐礼仪远比这些复杂。我们可以通过《红楼梦》中的相关描写得到一些基本情况。

(第三回)只见一个丫鬟来回:"老太太那里传晚饭了。"王夫人忙携了黛玉从后房门由后廊往西……进入后房门,已有多人在此伺候,见王夫人来了,方安设桌椅。贾珠之妻李氏捧饭,熙凤安箸,王夫人进羹。贾母正面榻上独坐,两边四张空椅,熙凤忙拉了黛玉在左边第一张椅上坐了,黛玉十分推让。贾母笑道:"你舅母和嫂子们不在这里吃饭。你是客,原应如此坐的。"黛玉方告了座,坐了。贾母命王夫人坐了。迎春姊妹三个告了座,方上来。迎春便坐右手第一,探春左第二,惜春右第二。

旁边丫鬟执着拂尘、漱盂、巾帕。李、凤二人立于案旁布让。外间伺候之媳妇丫鬟虽多，却连一声咳嗽不闻。寂然饭毕，各有丫鬟用小茶盘捧上茶来……贾母便说："你们去罢，让我们自在说话儿。"王夫人听了，忙起身，又说了两句闲话，方引李、凤二人去了。

古人的用餐礼仪很讲究：长辈先入座，坐在中间，晚辈坐在两边伺候；客人则坐在左边最重要的位置上；吃饭时得保持安静，不能大声讲话；等等。《红楼梦》中描写贾府较大规模用餐的场景主要有四次，分别是第三回，这是林黛玉进贾府第一餐；第三十八回，海棠诗社螃蟹宴；第四十回，贾母带刘姥姥畅游大观园两次摆宴。四次进餐均表现出贾府在用餐时遵循的礼仪，从侧面反映出贾府的文化底蕴。

《红楼梦》第三回，林黛玉进贾府后的第一次正餐，因为林黛玉是尊贵的客人，所以在这一回中，贾府用餐的规矩很讲究，不像后三次，多少带点家宴游戏性质，因而规矩方面便没有第一次那么严格了。

首先是安设桌椅。本来贾母处"已有多人在此伺候"，但为什么这些人"见王夫人来了，方安设桌椅"？现代人很难理解。对此，甲戌本的侧批是这样解释的：不是待王夫人用膳，是恐使王夫人有失侍膳之礼耳。意思是，这些人不是等王夫人来吃饭，而是等王夫人来发号施令，带头服侍贾母吃饭。在古代，儿媳妇按规矩是要伺候婆婆的。《红楼梦》中，凤姐成天在贾母跟前儿伺候，挖空心思地凑趣儿说俏皮话，逗老人家开心，这些事本该谁做？本来该王夫人做，该邢夫人做，但凤姐做了，而且做得很好，这就让王夫人省心省力，也难怪王夫人喜欢她（当然，其中也与两人均来自王家有关）。当然，丫鬟也应该伺候主子，但丫鬟干这些活是本职工作，讲笑话逗人开心不在丫鬟的职责范围内。儿媳妇来服侍是孝心，目的是让婆婆开心，所以服侍的方法得远超丫鬟（能力、学识、地位、家庭背景等因素决定儿媳妇可以与婆婆更亲近，而不是主子与丫鬟之间的那种天然压制关系），没有伺候好婆婆就是不孝。在这次吃饭的众人中，伺候贾母的活本应该由王夫人做，所以众人得等她来，否则就是失礼。她一来，有凤姐、李纨代劳侍餐之职，她也就有了坐下用餐的权利。如果凤姐不在这里，那么王夫人就得侍立一旁，等贾母吃完后她自己才能吃。如果王夫人等不在这里用餐，那么凤姐她们就得伺候完贾母（代婆婆做），再伺候王夫人等（自己之职）；等长辈们都吃完了，她们才能回自己屋里吃饭。

其次，可以上桌的人。这一次能上桌的，分别是贾母、王夫人、黛玉、迎春、探春、惜春六人。黛玉是客人，是贵宾，当然可以坐；王夫人已经熬成了婆婆，但还需贾母之命才能坐；迎春等三人是未嫁的姑子，将来都是要作为筹码，要高嫁为家族增势的（当然，贾府的这些姑娘也有可能像元春那样，被选入宫中，所以也是家庭中巨大的潜力股），故无论如何也要先宠着。当然，等她们将来嫁了人，身份明确了，地位定下来了，也是要从儿媳妇开始熬起的，等熬成了婆婆，就可以进入下一个循环——坐等自己的儿媳妇来伺候了；或者再久一点，熬到同辈都仙去了，自己就成了家族中的老祖宗了。

第三，排座次原则。一是长辈优先。从用餐的落座顺序就可看出，尤其是在正式宴席，贾母总是首先落座，然后才是王夫人这一辈，接着再依次落座。二是客人优先。第三回中，描写林黛玉进贾府的第一餐，贾母落座之后，王熙凤就拉着林黛玉在贾母身边落座；第三十八回描写海棠诗社螃蟹宴，薛姨妈作为客人坐在贾母身边；第四十回描写贾母宴请刘姥姥时，贾母特意安排刘姥姥坐在自己旁边。但如果是请外客,则视外客身份地位而定,也可能先安排外客入座。三是座次上"尚左尊东""面朝大门为尊"。家宴首席为辈分最高的长者,末席为最低者。如第三回"熙凤忙拉了黛玉在左边第一张椅上坐了""迎春便坐右手第一,探春左第二,惜春右第二"。这时王夫人坐的位置,当是末席。这里的排位是依人数照"主位→左→右→左→右……末位"来安排的。如果是家庭宴请,首席为地位最尊的客人,请客者则居末席,以示恭敬之意,并不完全按地位安排。再如螃蟹宴时,"上面一桌,贾母、薛姨妈、宝钗、黛玉、宝玉;东边一桌,史湘云、王夫人、迎春、探春、惜春;西边靠门一桌,是李纨和凤姐的,虚设坐位,二人皆不敢坐,只在贾母王夫人两桌上伺候"。这里的桌子摆放就是按"上→东→西"的原则,服侍的也是李纨和凤姐,虽有座位,但也是虚设。

第四,用餐规则。古代进食之礼,集中体现在《礼记·曲礼上》的数个"不"中。如"共食不饱",指同别人一起用餐,不能吃得过饱,要注意谦让。"共饭不泽手",指同器食饭,要讲卫生,不能两手相互搓。"毋放饭""毋反鱼肉",这两个意思差不多,就是吃剩的饭菜,不能再放回器皿中(否则别人会感到不卫生,现代人忌讳拿筷子在盘中翻菜,也有这个因素,另一因素是别人会觉得这是没教养的行为)。"毋流歠",即喝汤的时候不要稀里哗啦地大口喝。"毋咤食",咀嚼时要闭上嘴巴,不要发出吧嗒吧嗒的咀嚼声。"毋啮骨",不要抱着骨头啃,吮吸骨头作响,这样容易让人觉得是主人提供的食物不够丰富。"毋投与狗骨",不能把骨头扔给狗啃,这是因为古人席地而坐,投骨头给狗容易引狗上席;而且有几条狗的话,还容易引发争抢。"毋固获",不要因为喜欢吃某一味肴馔便独取那一味,或者几个人争着吃某一味菜肴。"毋扬饭",不要为了能吃得快些,就用食具扬起饭粒以散去热气;端起汤来用力吹也是宴席上不允许的(宝玉的汤烫,叫玉钏儿吹汤,是服侍,玉钏儿之娘争着进屋去吹,则是自触霉头,自讨无趣)。"饭黍毋以箸",吃蒸得比较散碎的黍米饭不要用筷子。吃饭得用匙,而筷子是专用于食羹中的菜的,两者不可混用;汤中有菜必须用筷子夹取,不可直接用嘴吸取。"毋絮羹",客人不能自己动手重新调理羹汤的味道,这样有嫌弃主人菜肴做得不合口味之意。"濡肉齿决,干肉不齿决",即湿软的烧肉、炖肉,可直接用牙齿咬断,不必借助器物;而肉干之类的则不能直接用牙齿咬断,须用刀匕等辅助工具帮忙。"毋嘬炙",大块的烤肉和烤肉串不要一口吃下去塞满口腔,不待细嚼就狼吞虎咽,仪态不佳。烤肉如同干肉,要借助辅助工具切成小块;烤肉串也要一小块一小块地吃。"侍饭于长者,酒进则起,拜受于尊所",陪侍尊长吃饭的时候,看到长者将酒食递送过来,就要起身到长者的身旁拜谢。"长者举未醮,少者不敢饮",尊长举杯未干,年少的就不能自己先喝。另外,主人敬客人酒叫"酬",客人回敬主人酒叫"酢",因为敬酒时总要说句类似祝您身体健康、长命百岁之类的话语,所以敬酒又叫"为寿"。但"为寿"也不能无原则地敬下去,敬三次为度,再多就是失礼……这一类的规矩很多,其目的都是保证宴会的有序、隆重、庄严、和谐。当然,这是正式宴会的规矩,平日家庭里没有重要客人时的私人聚会则自在得多,所以我们才看得到《红楼梦》中螃蟹宴以及宝玉生日宴时众人的相互打闹取笑。

第五,散场规则。现代人用餐很简单,很多不礼貌的,自己吃完就走了,一句话也不说;或者吃完饭就坐在一边玩手机,大有"我不认识你们"之意;有点礼貌的,也不过是给桌上长辈及众人(或者看具体情况私下给主人)道个歉再离席。但古代不这么随意,在主人没有宣布宴会结束前,客人一般是不能提前退场的(暂时"起如厕"者例外),所以"共食不饱"的规矩也是为了防止一下子吃饱了,不能再食的失礼。所以《鸿门宴》中沛公借上厕所溜掉,自己会觉得不好意思,因而假惺惺来了句"今者出,未辞也,为之奈何?"《红楼梦》中,晚辈陪同长辈用餐,规矩也差不多,就算吃完饭了,只要长辈没发话,晚辈也不能自行离席,所以第三回中王夫人等人一定要等到贾母说"你们去罢,让我们自在说话儿"后,才起身"又说了两句闲话"再离开。这就是规矩。

过年礼仪

随着现代社会城市化的不断发展,四处迁徙的年轻人越来越多,聚族而居的大家族越来越少也越来越小。人们生活节奏的不断加快,使大家普遍感觉"年味"变淡了。年长者总是不由自主地怀念那些具有浓浓"年味"的日子,而很多青少年则连那种回忆都没有。所幸的是,书籍中保留了那些时代的"年味",让我们可以透过文字感受过去。《红楼梦》中对过年的描写,就是其中之一。

置办年事

(第五十三回)且说贾珍那边,开了宗祠,着人打扫,收拾供器,请神主,又打扫上房,以备悬供遗真影像。此时荣宁二府内外上下,皆是忙忙碌碌。这日,宁府中尤氏正起来,同贾蓉之妻打点送贾母这边针线礼物,正值丫头捧了一茶盘押岁锞子进来,回说:"兴儿回奶奶,前儿那一包碎金子共是一百五十三两六钱七分,里头成色不等,共总倾了二百二十个锞子。"说着递上去。尤氏看了看,只见也有梅花式的,也有海棠式的,也有笔锭如意的,也有八宝联春的。尤氏命:"收起这个来,叫他把银锞子快快交了进来。"丫鬟答应去了。

【点评】

古代大家族是分外重视过年祭祖之礼的,因为很多大家族的兴起发展,其第一代祖宗往往具有不世之功,被称为"开宗之祖"(开宗之祖之前当然也有祖辈,但那些往往就不记了,记族谱时多从开宗之祖起)。祭祖有不忘其祖宗功绩、激励后代奋发之意。贾府之所以能够成为声名显赫的大家族,就是因为宁国公贾演和荣国公贾源跟随皇帝,建功立业位极人臣,双双获封国公之爵。按照封建大家族的发展脉络,这二人就是宁府与荣府家族的开宗之祖了。如果贾家后来开枝散叶,人丁兴旺,这二人便成为其家族的一世祖了,至于他们之上的先辈,后代的族谱里一般是不记的。

过年对于古人来说,无论贫富,都是必须操办的大事,有钱人家得讲个排场,穷人家也要有个过场,所以贾家过年是大操大办,而《白毛女》中喜儿家则只能是"卖豆腐赚下了几个钱,爹爹称回来二斤面,带回家来包饺子,欢欢喜喜过个年"了。

古代农业社会秋收冬藏,入冬之后,土地的产出基本就少了,所以准备过冬、过年的事,得秋末就办,故而刘姥姥一进荣国府是在秋尽冬至之时,因为她家里实在没钱办冬事(当然也没钱置办过年之物),迫不得已之下才搜肠刮肚地想到了这么一个去处,厚着脸皮带着板儿到了荣国府打秋风。贾府自然财大气粗，不必入冬就可以考虑购置年货，但按照过年习俗，也是自腊月初八就开始筹备年事。

宁、荣二府中，因为贾珍是长房长孙，掌管着宗祠管理大权，所以他做的第一件事就是"开了宗祠，着人打扫，收拾供器，请神主，又打扫上房，以备悬供遗真影像"。祭祖是古代大家族过年的首要大事，因为大家族往往分流出许多支脉，这些支脉的居住地可能在远处，那就要在祭祖时派出支脉负责人回来参加（聚族而居的家族就不存在这个问题）。而这时，作为长房一脉必须把所有事情都做得风风光光、安排得妥妥帖帖的，这也是面子问题。

尤氏同贾蓉之妻准备过年的礼物。一是"送贾母这边针线礼物"，二是金银锞子。她们总共用了"一包碎金子共是一百五十三两六钱七分"，总共做了二百二十个金锞子，每个锞子合近七钱重，也就是七两银子。按刘姥姥所说二十两银子够庄户人一年的开支，七两银子也就是普通人家小半年的开支了，这可真是货真价实的"压岁"钱。当然，能得金锞子的也不是普通人。第七回中，秦钟初见凤姐，就得了两个"状元及第"的小金锞子，这是因为宝玉以及其姐秦可卿的关系；第四十二回中，刘姥姥二进荣府，贾母送她的两个"笔锭如意的锞子"和这里尤氏命令交进来的就是银锞子，而不是金锞子，都是赏给次一等人物的。至于平时赏赐唱戏者、丫头们的，也多以铜钱为主。如第五十四回贾母看戏时，叫赏小戏子，"早有三个媳妇已经手下预备下簸箩""走上去向桌上的散钱堆内，每人便撮了一簸箩"撒向戏台；而贾珍、贾琏等也"忙命小厮们快撒钱"。

接受皇恩

（第五十三回）贾珍因问尤氏："咱们春祭的恩赏可领了不曾？"尤氏道："今儿我打发蓉儿关去了。"贾珍道："咱们家虽不等这几两银子使，多少是皇上天恩。早关了来，给那边老太太见过，置了祖宗的供，上领皇上的恩，下则是托祖宗的福。咱们那怕用一万银子供祖宗，到底不如这个，又体面，又是沾恩锡福的。除咱们这样一二家之外，那些世袭穷官儿家，若不仗着这银子，拿什么上供过年？真正皇恩浩大，想的周到。"尤氏道："正是这话。"

二人正说着，只见人回："哥儿来了。"贾珍便命叫他进来。只见贾蓉捧了一个小黄布口袋进来。贾珍道："怎么去了这一日。"贾蓉陪笑回说："今儿不在礼部关领，又分在光禄寺库上，因又到了光禄寺才领了下来。光禄寺的官儿们都说问父亲好，多日不见，都着实想念。"贾珍笑道："他们那里是想我。这又到了年下了，不是想我的东西，就是想我的戏酒了。"一面说，一面瞧那黄布口袋，上有印就是"皇恩永锡"四个大字，那一边又有礼部祠祭司的印记，又写着一行小字，道是"宁国公贾演、荣国公贾源，恩赐永远春祭赏共二分，净折银若干两，某年月日龙禁尉候补侍卫贾蓉当堂领讫，值年寺丞某人"，下面一个朱笔花押。

贾珍吃过饭，盥漱毕，换了靴帽，命贾蓉捧着银子跟了来，回过贾母王夫人，又至这边回过贾赦邢夫人，方回家去，取出银子，命将口袋向宗祠大炉内焚了。

【点评】

从这里可以看出，每年春节前夕，贾府都将得到皇帝的一份特别赏赐，叫春祭恩赏，用于春节期间在宗祠内祭祀先人。贾珍特意过问此事，表明他对这件事十分重视。因为这首先关系到贾府在皇帝心目中的地位，进而影响到贾府的前途命运。其实，这笔钱应该也不算小数目，因为那些"世袭穷官儿家"几乎是仗着这银子才能"上供过年"。当然,贾家财大气粗,他们在乎的是皇恩是否"浩荡",而非真的等这些赏赐来过日子。所以在给贾母等看过之后,贾珍就拿回宗祠,取出银子,把装御赐春赏的黄布口袋放在宗祠大炉内焚了(为什么要焚?意思是告诉祖先,这是皇帝的恩赏。87版电视连续剧《红楼梦》中这一段是这样的:供案前,贾珍捧着黄布口袋,贾蓉启封,取出金锭,恭恭敬敬地置放在供案中央的一个大银盘里。贾珍将黄布口袋扔进宗祠大炉焚化,自己又端过一爵酒洒向炉内。"洒酒"这一动作能够很好地说明其意图。当然,这种不需要特别保存的御赐之物,以敬祖名义焚烧掉无疑也是最稳妥的办法,否则一不小心流落出去,追究起来,就是"大不敬"的罪名)。

（第五十三回）只见小厮手里拿着个禀帖并一篇账目,回说:"黑山村的乌庄头来了。"

贾珍道:"这个老砍头的今儿才来。"说着,贾蓉接过禀帖和账目,忙展开捧着,贾珍倒背着两手,向贾蓉手内看红禀帖上写着:"门下庄头乌进孝叩请爷、奶奶万福金安,并公子小姐金安。 新春大喜大福,荣贵平安,加官进禄,万事如意。"贾珍笑道:"庄家人有些意思。"贾蓉也忙笑说:"别看文法,只取个吉利罢了。"一面忙展开单子看时,只见上面写着:"大鹿三十只,獐子五十只,狍子五十只,暹猪二十个,汤猪二十个,龙猪二十个,野猪二十个,家腊猪二十个,野羊二十个,青羊二十个,家汤羊二十个,家风羊二十个,鲟鳇鱼二个,各色杂鱼二百斤,活鸡、鸭、鹅各二百只,风鸡、鸭、鹅二百只,野鸡、兔子各二百对,熊掌二十对,鹿筋二十斤,海参五十斤,鹿舌五十条,牛舌五十条,蛏干二十斤,榛、松、桃、杏穰各二口袋,大对虾五十对,干虾二百斤,银霜炭上等选用一千斤,中等二千斤,柴炭三万斤,御田胭脂米二石,碧糯五十斛,白糯五十斛,粉粳五十斛,杂色粱谷各五十斛,下用常米一千石,各色干菜一车,外卖粱谷、牲口各项之银共折银二千五百两。 外门下孝敬哥儿姐儿顽意:活鹿两对,活白兔四对,黑兔四对,活锦鸡两对,西洋鸭两对。"

【点评】

贾府内众人劳碌,府外也没闲着。黑山村庄头乌进孝赶在过年之前,给贾府进献了野味牲畜、山珍海货、活鸡鸭鹅、河鲜杂鱼、各类干果、精粮糙米、各色烧炭等年货,另外,还有"外卖粱谷、牲口各项之银共折银二千五百两"。作者罗列的年货清单,只是贾府年庆的一小部分。这里要注意的是,黑山村只是贾府八九个庄子之一,除了两处报了旱涝的庄子可能比乌庄头进贡之物少外,其他几处都应该不比乌庄头少。这里单子上写的东西看起来让人眼花缭乱,但价值可能未必有多高,实际上真正要紧的是银子,偏偏乌庄头进献的银子比贾珍预计的少了有一半。按理,贾珍是参照历年庄子的进贡水准估计的,除了提前报灾害的外,一般不会故意提高或降低。所以乌庄头这两千五百两银子的缺失就大有问题了,乌进孝对此的解释有两个:一是涝。从三月下到八月,竟没有一连晴过五日。如果真出现这种极端天气,那早就发生洪灾了,人能活着就不错了,哪还能有收成?所以这个说法是骗贾珍不懂农事。而且,如果真出现这种极端天气,朝廷一定会有赈灾之举,涉及贾家封地,朝廷自然也会通报贾家减免租税。既然没有出现这种情况,那么实际就是乌进孝撒谎。二是冰雹。"九月里一场碗大的雹子"砸了"方近一千三百里地"。乌进孝可真是满口跑火车,欺负贾珍不懂天时。首先,碗大的冰雹可能有,但一定是局部极端天气,不可能大面积出现。其次,方近一千三百里范围极大,如果真出现这种大面积的极端天气,朝廷一定会开展赈灾行动，贾府不可能不知道。乌进孝为什么要赶在贾府最忙的时候进献，因为此时可能贾珍因为事情太多，而且又是腊月，所以明知道他撒谎也不及细究，正如贾珍知道几个庄子在"打擂台"（相互比试谁交得少）却没有彻底清查一样。如果贾珍管理庄子、田产如同凤姐管理荣府一样，哪至于这些庄头敢如此欺骗主子呢？当然，这些庄头为什么敢这么胆大，还因为他们在贾府中有里应外合的"内鬼"。贾府中也有负责田庄管理的仆人，比如周瑞家的就对刘姥姥说过，"我们男的只管春秋两季地租子"，这些人对一个田庄的收入情况绝对是了解的。乌进孝之类的敢这样骗贾珍，难道就不怕贾珍叫管事的来对质吗？显然，他们是早就勾结好了的，不过是事先谈好分赃计划，再合伙骗主子而已。偏偏这些管事的又是"家生奴才"，又是"自己人"，所以不排除主子有时干脆"睁只眼闭只眼"。否则，以赖大一个区区管家之职，其薪资何以支撑得起赖家建一个足足有大观园一半大小的花园？要知道，贾家建一个大观园，是几乎耗尽了家底才建成的。所以千万不要小看了贾家那么多管事的仆人，其表面恭谦的外衣下隐藏着的，其实是对主子张开的吸血的大口（无法根除，这些蛀虫才是贾府衰败之源）。这么多蛀虫缠绕，贾家哪能不败的？

　　（第五十三回）已到了腊月二十九日了，各色齐备，两府中都换了门神、联对、挂牌，新油了桃符，焕然一新。宁国府从大门、仪门、大厅、暖阁、内厅、内三门、内仪门并内塞门，直到正堂，一路正门大开，两边阶下一色朱红大高照，点的两条金龙一般。次日，由贾母有诰封者，皆按品级着朝服，先坐八人大轿，带领着众人进宫朝贺，行礼领宴毕回来，便到宁国府暖阁下轿。诸子弟有未随入朝者，皆在宁府门前排班伺候，然后引入宗祠。且说宝琴是初次，一面细细留神打量这宗祠，原来宁府西边另一个院子，黑油栅栏内五间大门，上悬一块匾，写着是"贾氏宗祠"四个字，旁书"衍圣公孔继宗书"。两旁有一副长联，写道是：

　　　　肝脑涂地，兆姓赖保育之恩；
　　　　功名贯天，百代仰蒸尝之盛。

亦衍圣公所书。进入院中，白石甬路，两边皆是苍松翠柏。月台上设着青绿古铜鼎彝等器。抱厦前上面悬一九龙金匾，写道是"星辉辅弼"。乃先皇御笔。两边一副对联，写道是：

　　　　勋业有光昭日月，功名无间及儿孙。

亦是御笔。五间正殿前悬一闹龙填青匾，写道是"慎终追远"。旁边一副对联，写道是：

　　　　已后儿孙承福德，至今黎庶念荣宁。

俱是御笔。里边香烛辉煌，锦帐绣幕，虽列着神主，却看不真切。只见贾府人分昭穆排班立定：贾敬主祭，贾赦陪祭，贾珍献爵，贾琏贾琮献帛，宝玉捧香，贾菖贾菱展拜毯，守焚池。青衣乐奏，三献爵，拜兴毕，焚帛奠酒。礼毕，乐止，退出。众人围随贾母至正堂上，影前锦幔高挂，彩屏张护，香烛辉煌。上面正居中悬着宁荣二祖遗像，皆是披蟒腰玉；两边还有几轴列祖遗影。贾荇贾芷等从内仪门挨次列站，直到正堂廊下。槛外方是贾敬贾赦，槛内是各女眷。众家人小厮皆在仪门之外。每一道菜至，传至仪门，贾荇贾芷等便接了，按次传至阶上贾敬手中。贾蓉系长房长孙，独他随女眷在槛内，每贾敬捧菜至，传于贾蓉，贾蓉便传于他妻子，又传于凤姐尤氏诸人，直传至供桌前，方传于王夫人。王夫人传于贾母，贾母方捧放在桌上。邢夫人在供桌之西，东向立，同贾母供放。直至将菜饭汤点酒茶传完，贾蓉方退出下阶，归入贾芹阶位之首。

凡从文旁之名者，贾敬为首；下则从玉者，贾珍为首；再下从草头者，贾蓉为首；左昭右穆，男东女西。俟贾母拈香下拜，众人方一齐跪下，将五间大厅，三间抱厦，内外廊檐，阶上阶下两丹墀内，花团锦簇，塞的无一隙空地。鸦雀无闻，只听铿锵叮当，金铃玉珮微微摇曳之声，并起跪靴履飒沓之响。一时礼毕，贾敬贾赦等便忙退出，至荣府专候与贾母行礼。

【点评】

　　腊月二十九这天，贾府年事准备基本就绪，宁、荣"两府中都换了门神、联对、挂牌，新油了桃符，焕然一新"，桃符本来是古代悬挂在大门两旁的长方形桃木板，上面有"神荼""郁垒"两个神名或驱邪降福之类的吉祥语。宋代时民间嫌桃符制作烦琐，所以由桃木板改为纸张，叫"春贴纸"；明代，桃符才改称"春联"。贾府"新油了桃符"，应该是保留了古俗，用的是桃木板，每年重新上漆而已。

　　"宁国府从大门、仪门、大厅、暖阁、内厅、内三门、内仪门并内塞门，直到正堂，一路正门大开，两边阶下一色朱红大高照，点的两条金龙一般。"一派阖家团聚、喜迎新年的欢乐景象。宁国府共有九道正门。"九道门"？凭贾家的身份和地位这绝对算是严重逾制了。"九"在中国古代是阳数之极，不是随便什么人都可以用的。无论一个家族多么有钱、子孙中有人做了多大的官，住宅也不是想怎么建就能怎么建的。因为中国的封建社会建筑有着严格的等级制度，如《钦定大清会典》有这样的规定："凡亲王府制，正门五间，启门三，缭以崇垣，基高三尺；正殿七间，基高四尺五寸；翼楼各九间，前墀环护石阑，台基高七尺二寸；其上后殿五间，基高二尺；后寝七间，基高二尺五寸；后楼七间，基高尺有八寸；共屋五重。正殿设座，基高尺有五寸，广十有一尺，修九尺；后列屏三，高八尺，绘金云龙，雕龙有禁；凡正门殿寝，均覆绿琉璃，脊安吻兽，门柱丹雘，饰以五采金云龙纹，禁雕刻龙首，压脊七种，门钉纵九横七；楼房旁庑，均用筒瓦；其为府库、为仓廪、厨厩及典司执事之屋分列左右，皆版瓦，黑油门柱。"亲王府是皇帝以下规格最高的府宅了，正门也只能五门，所以宁府的九道大门，只能解释为是作者有意影射皇家建筑。

　　"贾氏宗祠"的匾额及两旁对联的书写者为"衍圣公孔继宗"，这是作者虚构的人物。"衍圣公"的爵位是孔家独有的，是历代皇家承认的对孔子嫡长子孙的世袭封号，始于宋仁宗至和二年（1055）。孔家嫡长子为贾家宗祠亲手书写匾额及对联，以及下文抱厦所悬九龙金匾是先皇御笔，正殿前悬闹龙填青匾及两边对联均是御笔，也是在影射贾府地位（九龙、闹龙填青等匾额不是臣子家敢用的，从前皇家园林颐和园正门悬挂的就是九龙金匾）。

　　贾府的除夕围绕着贾母和祭祀展开。贾府开始祭祀活动。首先是祭神，由贾敬（贾敬平时不回贾府，但新年祭祀是大事，必须得回来）主持，正殿内全是贾府男丁，分别按照规矩参加参拜。贾敬、贾赦等人进"三献爵"，"焚帛奠酒"。然后是祭祖（拜影），这是全府男女都要参与的。众人围随贾母至正堂上，正堂"居中悬着宁荣二祖遗像"，众人"从内仪门挨次列站，直到正堂廊下"。传菜供奉之后，在贾母的带领下，众人"拈香下拜，众人方一齐跪下"。和祭神不同，贾母在祭祖时才是主角。

　　（第五十三回）众人围随同至贾母正室之中，亦是锦□绣屏，焕然一新。当地火盆内焚着松柏香、百合草。贾母归了座，老嬷嬷来回："老太太们来行礼。"贾母忙又起身要迎，只见两三个老妯娌已进来了。大家挽手，笑了一回，让了一回。吃茶去后，贾母只送至内仪门便回来,归正坐。贾敬贾赦等领诸子弟进来。贾母笑道:"一年价难为你们,不行礼罢。"一面说着,一面男一起,女一起,一起一起俱行过了礼。左右两旁设下交椅,然后又按长幼挨次归坐受礼。两府男妇小厮丫鬟亦按差役上中下行礼毕,散押岁钱、荷包、金银锞,摆上合欢宴来。男东女西归坐,献屠苏酒、合欢汤、吉祥果、如意糕毕,贾母起身进内间更衣,众人方各散出。那晚各处佛堂灶王前焚香上供,王夫人正房院内设着天地纸马香供,大观园正门上也挑着大明角灯,两溜高照,各处皆有路灯。上下人等,皆打扮的花团锦簇,一夜人声嘈杂,语笑喧阗,爆竹起火,络绎不绝。

【点评】

祭祀结束,众人到荣府给贾母行礼,荣府自然也是整治一新,而且还焚上了"松柏香""百合草"。贾府众儿孙向贾母行礼后,分男女落坐,"散押岁钱、荷包、金银锞、摆上合欢宴来""献屠苏酒、合欢汤、吉祥果、如意糕毕"等;"贾母起身进内间更衣",众人方各散去,标志着年夜饭的结束。这里有几种明清时常见的年货,一是屠苏酒,又称岁酒,古人认为饮屠苏酒能避瘟疫。"屠苏"是一种阔叶草,南方民间有在房屋上画屠苏草作为装饰的,这种房屋就叫作"屠苏",在这种房子里酿的酒就称为屠苏酒(也有孙思邈或华佗所制之说)。二是合欢汤,有红学家认为这里的合欢汤除了合欢花,还要加上猪肝等肉类熬制,熬出的汤,肉香味美,还带有合欢花的微香和微甜。也有人认为这合欢汤是用母鸡肉配上金木耳、猴头菇及百合、合欢熬煮炖制而成的,其汤色浓而不浊,味道清甜甘美。总之,这汤既名之曰合欢,汤中之菜类、肉类必有多种,然后在这除夕团圆夜,自然是以菜之合来象征人的团聚之欢了。三是吉祥果,这不是某一种果的专名,而是数种果取其意,如桃子取其健康长寿之意,葡萄取其多子多福之意,苹果取其平安幸福之意,石榴取其团结红火之意,大枣取其早生贵子之意,柚子取其团圆保佑之意,这些果子都可以作为吉祥果,当然,具体是哪类水果也要看时令及保存技术。四是如意糕,也就是日常糕点放入刻有"吉祥如意"等字样的模具中压制而成的,主要是取其意。另外,王夫人在院内设"天地纸马香供",其意思是供奉天地的纸马,纸马是古代祭祀用品,用于祭祀财神、月神、灶神、寿星等神祇时所使用的物品(所祭之神不同,所用纸马也不同)。古代重大祭祀本用马,唐代玄宗以后始以纸马祭鬼神。

有人可能会问,贾府上下共进"合欢宴",为什么没有吃饺子呢?其实整部《红楼梦》中,饺子只出现了一回。就是四十一回中丫鬟给贾母端来了一份蟹黄煎饺,贾母嫌过于油腻没吃。为什么书中饺子出现这么少?这可能与《红楼梦》故事发生地有关。小说故事应该发生在金陵,而饺子流行于黄河流域及其以北地区。

(第五十三回)至次日五鼓,贾母等又按品大妆,摆全副执事进宫朝贺,兼祝元春千秋。领宴回来,又至宁府祭过列祖,方回来受礼毕,便换衣歇息。所有贺节来的亲友一概不会,只和薛姨妈李婶二人说话取便,或者同宝玉、宝琴、钗、玉等姊妹赶围棋抹牌作戏。王夫人与凤姐是天天忙着请人吃年酒,那边厅上院内皆是戏酒,亲友络绎不绝,一连忙了七八日才完了。早又元宵将近,宁荣二府皆张灯结彩。十一日是贾赦请贾母等,次日贾珍又请,贾母皆去随便领了半日。王夫人和凤姐儿连日被人请去吃年酒,不能胜记。

至十五日之夕,贾母便在大花厅上命摆几席酒,定一班小戏,满挂各色佳灯,带领荣宁二府各子侄孙男孙媳等家宴。贾敬素不茹酒,也不去请他,于后十七日祖祀已完,他便仍出城去修养。便这几日在家内，亦是静室默处，一概无听无闻，不在话下。贾赦略领了贾母之赐，也便告辞而去。贾母知他在此彼此不便，也就随他去了。贾赦自到家中与众门客赏灯吃酒，自然是笙歌聒耳，锦绣盈眸，其取便快乐另与这边不同的。

【点评】

正月初一后，贾府上下按旧制"拜年""走亲戚""吃年酒""游玩"，沉浸在年节的欢乐氛围中。

《红楼梦》中，初一至初六拜年的对象是相对固定的。初一首先是入朝拜年。贾母等内眷是"进官朝贺，兼祝元春千秋"，有职位的男丁（当然得够入朝级别）则是朝贺皇上。朝拜之后，方是家务。首先是本家近支，初二是本家远支，五服内外互拜，初三开始，拜年范围扩到亲戚、同庚、同寅、世交等，初六女眷出门和女儿归宁。

相较除夕，曹雪芹对贾府过元宵节的描写相对简略，不过，依旧层次分明，热烈奔放。正月十一和十二日，贾赦和贾珍分别宴请贾母。妇女也没闲着，"王夫人和凤姐儿连日被人请去吃年酒，不能胜记"。正月十五，贾母"定一班小戏，满挂各色佳灯"，荣、宁二府齐聚一堂，把酒言欢。

（第五十四回）十七日一早，又过宁府行礼，伺候掩了宗祠，收过影像，方回来。此日便是薛姨妈家请吃年酒。十八日便是赖大家，十九日便是宁府赖升家，二十日便是林之孝家，二十一日便是单大良家，二十二日便是吴新登家。这几家，贾母也有去的，也有不去的，也有高兴直待众人散了方回的，也有兴尽半日一时就来的。凡诸亲友来请或来赴席的，贾母一概怕拘束不会，自有邢夫人、王夫人、凤姐儿三人料理。连宝玉只除王子腾家去了，馀者亦皆不会，只说贾母留下解闷。所以倒是家下人家来请，贾母可以自便之处，方高兴去逛逛。

【点评】

正月十七早上，贾府再次举行祖祀，众人"又过宁府行礼，伺候掩了宗祠，收过影像"。从这里我们知道，当时大家族过年时要在除夕与正月十七进行两次祭祖，作为祭祀的起始和收煞，这是约定俗成的年俗。随后，薛姨妈以及贾家管事的人如赖大、赖升、林之孝、单大良、吴新登等人分别"请吃年酒"，相互拜年应酬，贾府这才"将年事忙过"。

贾府浮华繁荣的背后，危机四伏，暗流涌动。明代顾起元在《客座赘语》中说："肆筵设席，吴下向来丰盛。"贾珍"比不得那府里，这几年添了许多花钱的事，一定不可免是要花的，却又不添些银子产业"的吐槽与贾府过年的奢华，形成了鲜明对比。让人觉得贾家此刻未免有些打肿脸充胖子、强撑体面之意。

端午

（第三十一回）这日正是端阳佳节，蒲艾簪门，虎符系臂。午间，王夫人治了酒席，请薛家母女等赏午。宝玉见宝钗淡淡的，也不和他说话，自知是昨儿的原故。王夫人见宝玉没精打彩，也只当是金钏儿昨日之事，他没好意思的，越发不理他。林黛玉见宝玉懒懒的，只当是他因为得罪了宝钗的原故，心中不自在，形容也就懒懒的。凤姐昨日晚间王夫人就告诉了他宝玉金钏的事，知道王夫人不自在，自己如何敢说笑，也就随着王夫人的气色行事，更觉淡淡的。贾迎春姊妹见众人无意思，也都无意思了。因此，大家坐了一坐就散了。

【点评】

这一段虽然简单,却是作者正式交代端午节这一民间习俗。端午节在门前挂菖蒲、艾草的习俗至今在全国许多地方还有保留。艾草有招百福之意,是一种可以治病的药草(针灸里面的灸法,就是用艾草作为主要成分,放在穴道上进行灼烧来治病),插在门口,有驱蚊虫之用,可使身体健康。而翠绿的菖蒲叶子形状似剑,民间的道士把菖蒲称之为"水剑""蒲剑",民间认为菖蒲剑可斩妖杀怪。所以端午将菖蒲与艾叶挂于门户,有去邪防病之意。这里的"虎符"自然不是古代调兵遣将之虎符,而是用绫罗缝制成的小老虎,挂在小儿背上,也取其避邪护身之意。"赏午"是在端午节时举行家宴,饮雄黄酒、吃粽子、赏石榴花等。

在古时,端午节又称"女儿节",在端午节这日,出嫁的女儿要回娘家过节,俗称"躲端午"。王夫人和薛姨妈是亲姊妹,此时薛姨妈寄居在贾家,所以在端午节时,王夫人请薛姨妈一起来"赏午",想必也蕴含着姐妹一起躲端午,躲避邪祟之意。

当然,王夫人这一个端午节过得不怎么开心,且宝玉前一日将宝钗比作杨贵妃,惹得宝钗大怒,再加上调戏金钏儿导致金钏儿被赶等原因,也是无精打采;王夫人不理宝玉,黛玉心中也不自在,所以大家情绪都不高。一个人的情绪影响了众人情绪,这个端午节描写的是隐藏的人情世故。

中 秋

(第一回)一日,早又中秋佳节。士隐家宴已毕,乃又另具一席于书房,却自己步月至庙中来邀雨村。原来雨村自那日见了甄家之婢曾回头顾他两次,自为是个知己,便时刻放在心上。今又正值中秋,不免对月有怀,因而口占五言一律云:

> 未卜三生愿,频添一段愁。
> 闷来时敛额,行去几回头。
> 自顾风前影,谁堪月下俦?
> 蟾光如有意,先上玉人楼。

雨村吟罢,因又思及平生抱负,苦未逢时,乃又搔首对天长叹,复高吟一联云:

> 玉在匮中求善价,钗于奁内待时飞。

恰值士隐走来听见,笑道:"雨村兄真抱负不浅也!"雨村忙笑道:"岂敢!不过偶吟前人之句,何敢狂诞至此。"因问:"老先生何兴至此?"士隐笑道:"今夜中秋,俗谓'团圆之节',想尊兄旅寄僧房,不无寂寞之感,故特具小酌,邀兄到敝斋一饮,不知可纳芹意否?"雨村听了,并不推辞,便笑道:"既蒙谬爱,何敢拂此盛情。"说着,便同了士隐复过这边书院中来。

须臾茶毕,早已设下杯盘,那美酒佳肴自不必说。二人归坐,先是款斟漫饮,次渐谈至兴浓,不觉飞觥限斝起来。当时街坊上家家箫管,户户弦歌,当头一轮明月,飞彩凝辉,二人愈添豪兴,酒到杯干。雨村此时已有七八分酒意,狂兴不禁,乃对月寓怀,口号一绝云:

> 时逢三五便团圆,满把晴光护玉栏。
> 天上一轮才捧出,人间万姓仰头看。

士隐听了,大叫:"妙哉!吾每谓兄必非久居人下者,今所吟之句,飞腾之兆已见,不日可接履于云霓之上矣。可贺,可贺!"乃亲斟一斗为贺。雨村因干过,叹道:"非晚生酒后狂言,若论时尚之学,晚生也或可去充数沽名,只是目今行囊、路费一概无措,神京路远,非赖卖字撰文可能到者。"士隐不待说完,便道:"兄何不早言。愚每有此心,但每遇兄时,兄并未谈及,愚故未敢唐突。今既及此,愚虽不才,'义利'二字却还识得。且喜明岁正当大比,兄宜作速入都,春闱一战,方不负兄之所学也。其盘费馀事,弟自代为处置,亦不枉兄之谬识矣!"当下即命小童进去,速封五十两白银,并两套冬衣。又云:"十九日乃黄道之期,兄可即买舟西上,待雄飞高举,明冬再晤,岂非大快之事耶!"雨村收了银、衣,不过略谢一语,并不介意,仍是吃酒谈笑。那天已交三鼓,二人方散。

【点评】

甄士隐是一个有心人,他在家宴之后,还另具一席于书房,专门前去贾雨村借宿的庙中相邀,而且说话也客客气气的:"今夜中秋,俗谓'团圆之节',想尊兄旅寄僧房,不无寂寞之感。故特具小酌,邀兄到敝斋一饮,不知可纳芹意否?"我们常看到古代书生借宿僧庙读书的故事。"穷书生"就是囊中羞涩,如果平时没有家族供给,自己养活自己都成问题,所以到寺中借居也是一种无奈之举。毕竟僧庙不仅借给读书人禅房,可能还给他提供一日三餐,这也算是一种施舍了。当然,僧庙此举,也颇有投资"潜力股"之意,毕竟,若读书人高中,此时的小投资可能就会带来大回报;即使不中,也有利于提升寺庙乐善好施的形象。

书中贾雨村心怀春情,又适逢中秋佳节,不禁对月吟诗,有"蟾光如有意,先上玉人楼"之语,想要借月光表达自己对佳人的感情。可见在明清时期,中秋节已经有对月祈祷阖家团圆之习俗。

小说既写了甄士隐与贾雨村两人由"款斟漫饮"的雅致到"飞觥限斝"的豪情,又描写了"街坊上家家箫管,户户弦歌"的一派喜庆气象。可见在中秋节赏月宴饮,也是当时社会的普遍现象。

贾雨村的确是一个有才华的读书人,其诗歌在某种意义上表达出了他不甘寂寞,想要有一番作为的雄心壮志,所以吟来也自有一番豪气,因而也得到了甄士隐的赏识,认为他"必非久居人下者""飞腾之兆已见,不日可接履于云霓之上矣"。贾雨村对自己的才华也充满了信心,认为自己"若论时尚之学,晚生也或可去充数沽名",这里的"时尚之学",就是能够应对科举考试的"经济仕途"之学。他趁着酒兴,向甄士隐诉苦,说自己"行囊、路费一概无措",京师路途遥遥,一路卖字撰文难以到达。虽然没有明说借钱,但借钱之意已经非常明显了。

于是甄士隐趁着酒兴,慷慨解囊,他不仅"速封五十两白银,并两套冬衣",而且连贾雨村动身的日期都看好了,"十九日乃黄道之期,兄可即买舟西上"——这只能说明一个问题,甄士隐资助贾雨村之举,是早就筹划好了的,只是等待一个时机而已。所以他前面说贾雨村"飞腾之兆已见",就是暗示你怎么还不去考试呢?怎么还不向我借钱呢?而"银子""冬衣"等物,自然也是早准备好了的,否则哪有贾雨村一提,这些东西就能立马叫童子拿出来的。要知道,那时候的衣服都是定制、现裁的,不像现在,按尺码购买就成。所以以贾府之大,金钏死后,尚且不能有两件现成的新衣服,还是宝钗拿了自己两件衣服才算完事,甄家与贾家相比家境差得多,当然就更不可能有恰好适合贾雨村穿的现成冬衣了。甄士隐对贾雨村之上心,可见一斑——只可惜甄大善人还是看错了人,这样的尽力与诚意,也没能换来贾雨村发迹后对香菱的稍加援手。

（第七十五至第七十六回）那天将有三更时分，贾珍酒已八分。大家正添衣饮茶，换盏更酌之际，忽听那边墙下有人长叹之声。大家明明听见，都悚然疑畏起来。贾珍忙厉声叱咤，问："谁在那里？"连问几声，没有人答应。尤氏道："必是墙外边家里人也未可知。"贾珍道："胡说。这墙四面皆无下人的房子，况且那边又紧靠着祠堂，焉得有人。"一语未了，只听得一阵风声，竟过墙去了。恍惚闻得祠堂内槅扇开阖之声。只觉得风气森森，比先更觉凉飒起来，月色惨淡，也不似先明朗。众人都觉毛发倒竖。贾珍酒已醒了一半，只比别人撑持得住些，心下也十分疑畏，便大没兴头起来。勉强又坐了一会子，就归房安歇去了。次日一早起来，乃是十五日，带领众子侄开祠堂行朔望之礼，细察祠内，都仍是照旧好好的，并无怪异之迹。贾珍自为醉后自怪，也不提此事。礼毕，仍闭上门，看着锁禁起来。

……当下园之正门俱已大开，吊着羊角大灯。嘉荫堂前月台上，焚着斗香，秉着风烛，陈献着瓜饼及各色果品。邢夫人等一干女客皆在里面久候。真是月明灯彩，人气香烟，晶艳氤氲，不可形状。地下铺着拜毯锦褥。贾母盥手上香拜毕，于是大家皆拜过。贾母便说："赏月在山上最好。"因命在那山脊上的大厅上去。众人听说，就忙着在那里去铺设。贾母且在嘉荫堂中吃茶少歇，说些闲话。一时，人回："都齐备了。"贾母方扶着人上山来。王夫人等因说："恐石上苔滑，还是坐竹椅上去。"贾母道："天天有人打扫，况且极平稳的宽路，何必不疏散疏散筋骨。"于是贾赦贾政等在前导引，又是两个老婆子秉着两把羊角手罩，鸳鸯、琥珀、尤氏等贴身搀扶，邢夫人等在后围随，从下逶迤而上，不过百馀步，至山之峰脊上，便是这座敞厅。因在山之高脊，故名曰凸碧山庄。于厅前平台上列下桌椅，又用一架大围屏隔作两间。凡桌椅形式皆是圆的，特取团圆之意。上面居中贾母坐下，左垂首贾赦、贾珍、贾琏、贾蓉，右垂首贾政、宝玉、贾环、贾兰，团团围坐。只坐了半壁，下面还有半壁馀空。贾母笑道："常日倒还不觉人少，今日看来，还是咱们的人也甚少，算不得甚么。想当年过的日子，到今夜男女三四十个，何等热闹。今日就这样，太少了。待要再叫几个来，他们都是有父母的，家里去应景，不好来的。如今叫女孩们来坐那边罢。"于是令人向围屏后邢夫人等席上将迎春、探春、惜春三个请出来。贾琏宝玉等一齐出坐，先尽他姊妹坐了，然后在下方依次坐定。

……湘云方欲联时，黛玉指池中黑影与湘云看道："你看那河里怎么像个人在黑影里去了，敢是个鬼罢？"湘云笑道："可是又见鬼了。我是不怕鬼的，等我打他一下。"因弯腰拾了一块小石片向那池中打去，只听打得水响，一个大圆圈将月影荡散复聚者几次。只听那黑影里嘎然一声，却飞起一个大白鹤来，直往藕香榭去了。黛玉笑道："原来是他，猛然想不到，反吓了一跳。"湘云笑道："这个鹤有趣，倒助了我了。"因联道：

窗灯焰已昏。

寒塘渡鹤影，

　　林黛玉听了，又叫好，又跺足，说："了不得，这鹤真是助他的了！这一句更比'秋湍'不同，叫我对什么才好？'影'字只有一个'魂'字可对，况且'寒塘渡鹤'何等自然，何等现成，何等有景且又新鲜，我竟要搁笔了。"湘云笑道："大家细想就有了，不然就放着明日再联也可。"黛玉只看天，不理她，半日，猛然笑道："你不必说嘴，我也有了，你听听。"因对道：

冷月葬花魂。

湘云拍手赞道:"果然好极!非此不能对。好个'葬花魂'!"因又叹道:"诗固新奇,只是太颓丧了些。你现病着,不该作此过于清奇诡谲之语。"黛玉笑道:"不如此,如何压倒你。下句竟还未得,只为用工在这一句了。"

一语未了,只见栏外山石后转出一个人来,笑道:"好诗,好诗,果然太悲凉了。不必再往下联,若底下只这样去,反不显这两句了,倒觉得堆砌牵强。"二人不防,倒唬了一跳。细看时,不是别人,却是妙玉。

……妙玉遂提笔一挥而就,递与他二人道:"休要见笑。依我必须如此,方翻转过来,虽前头有凄楚之句,亦无甚碍了。"二人接了看时,只见他续道……

黛玉湘云二人皆赞赏不已,说:"可见我们天天是舍近而求远。现有这样诗仙在此,却天天去纸上谈兵。"妙玉笑道:"明日再润色。此时想也快天亮了,到底要歇息歇息才是。"林史二人听说,便起身告辞,带领丫鬟出来。妙玉送至门外,看他们去远,方掩门进来。

【点评】

这是贾家大厦将倾前的中秋,与第一回之中秋遥相呼应,暗示了家族的命运。这两回作者将中秋时节的习俗进行了简单描写,突出了一个富贵之家行将没落时的气象。

作者先是描写中秋前夜宁府赏月(因为贾敬之死,宁府是孝家,按例八月十五不能过中秋节,所以宁府在十四晚上过节应景),贾家祠堂突然传来的长叹声,脂砚斋批注说:

贾珍居长,不能承先启后,丕震家风,兄弟问柳寻花,父子呼幺喝六,贾氏宗风,其坠地矣。安得不发先灵一叹!

先写宁府异兆。盖宁乃家宅,凡有关于吉凶者,故必先示之。且列祖祠在此,岂无得而警乎?凡人先人虽远,然气运相关,必有之理也。非宁府之祖独有感应也。

脂砚斋为什么做这样的批注?因为前文有对贾珍父子荒淫行为的描写:

原来贾珍近因居丧,每不得游玩旷朗,又不得观优闻乐作遣。无聊之极,便生了个破闷之法。日间以习射为由,请了各世家弟兄及诸富贵亲友来较射。因说:"白白的只管乱射,终无裨益,不但不能长进,而且坏了式样,必须立个罚约,赌个利物,大家才有勉力之心。"因此在天香楼下箭道内立了鹄子,皆约定每日早饭后来射鹄子。贾珍不肯出名,便命贾蓉作局家。这些来的皆系世袭公子,人人家道丰富,且都在少年,正是斗鸡走狗,问柳评花的一干游荡纨袴。因此大家议定,每日轮流作晚饭之主——每日来射,不便独扰贾蓉一人之意。于是天天宰猪割羊,屠鹅戮鸭,好似临潼斗宝一般,都要卖弄自己家的好厨役好烹炮。不到半月工夫,贾赦贾政听见这般,不知就里,反说这才是正理,文既误矣,武事当亦该习,况在武荫之属。两处遂也命贾环、贾琮、宝玉、贾兰等四人于饭后过来,跟着贾珍习射一回,方许回去。

贾珍之志不在此,再过一二日便渐次以歇臂养力为由,晚间或抹抹骨牌,赌个酒东而已,至后渐次至钱。如今三四月的光景,竟一日一日赌胜于射了,公然斗叶掷骰,放头开局,夜赌起来。家下人借此各有些进益,巴不得的如此,所以竟成了势了。外人皆不知一字。近日邢夫人之胞弟邢德全也酷好如此,故也在其中。又有薛蟠,头一个惯喜送钱与人的,见此岂不快乐。

贾珍因父丧不能外出游玩,便以习射为由,邀约一干世袭公子射鹄聚会,然后发展成富家子弟间的互斗厨艺,再发展到"赌胜于射",好好的世家深院、祖宗基业,最后竟成了"呼幺喝六"的赌场,"问柳寻花"的青楼。

中秋佳节，守孝期间，贾珍不但饮酒作乐、杀猪宰羊，还听曲唱歌，实在是不孝不敬。贾珍作为贾府长房继承人，掌管贾府祠堂，宁、荣二公和贾府先人的牌位都供在宗祠中，所以贾家祠堂应该是贾府最肃穆的地方了。但贾珍偏在祠堂附近寻欢作乐，真是对贾家祖先的莫大嘲讽了。

与宁府借祖宗之名的叹惜不同，荣府的叹息是由贾母发出的。荣府在中秋这天赏月，地点就设在大观园的凸碧山庄厅前平台上。虽然宴会"凡桌椅形式皆是圆的，特取团圆之意"，而且荣府诸子孙也尽数到齐了，但"只坐了半壁，下面还有半壁馀空"，出现了桌圆人不圆的尴尬局面。贾母笑道："常日倒还不觉人少，今日看来，还是咱们的人也甚少，算不得甚么。想当年过的日子，到今夜男女三四十个，何等热闹。今日就这样，太少了。"这里贾母的笑，颇有自嘲之意，难怪庚辰本夹批说"未饮先感人丁，总是将散之兆"。

之所以出现这种情况，是因为抄检大观园后，凤姐和李纨都抱病在床，宝钗一家也搬出了大观园。古代历来盼望多子多福、人丁兴旺，贾府不仅在"质量"上"一代不如一代"地弱化，在数量上也是"一代不如一代"地递减，团圆宴却不团圆，也难怪贾母感叹了。

联句时，黛玉、湘云、妙玉对自身命运遭际的凭吊，也就是大观园最后的挽歌。"寒塘渡鹤影""冷月葬花魂"，两句诗的意思是：秋夜朦胧，寒凉的池塘上有白鹤飞过的身影；月色冷清，埋葬了落花之灵魂。这两句与很多"红楼"诗词一样，也有"诗谶"的作用，因为它暗含着对二人的命运的预示："鹤影"指史湘云，她是"寒塘"（贾府或者这个人世间）的过客；"花魂"指林黛玉，她是"草木"之人，是下凡来"还泪"的精魂，她因泪而存在，泪尽而消失，就如同月光下花魂的消逝，有谁知道？有谁怜惜？黛玉、湘云二人最后一次联诗，一个寒，一个冷，一个影，一个魂，可谓冷峻凄凉至极。

二人余下的诗，全部由妙玉一人续出。妙玉本意，是觉得先前二人联诗"过于颓败凄楚"，所以自己续了来，想要通过收结，"归到本来面目上去"。但如果细品诗味，妙玉之续句，也并没有达成其"回归"之旨。因为她续句中"嫠妇悲泣""啼谷清猿""露浓苔滑""霜重竹冷""歧路"等诸多意象，都暗含凄冷、寒凉、分别等凄冷之意；而"赑屃"是托碑之龙，与死亡相关，"罘罳"则是篱垣，是隔离之物，与离别有关。众多的意象及其寓意都推动诗意指向颓败凄凉。所以，妙玉纵有捷才，也难挽二人联诗中的颓败之气。贾府的颓败，又有谁能力挽狂澜呢？

灯谜

灯谜又名文虎、灯虎、商虎等。猜灯谜又称打虎、弹壁灯、商灯、射、解、拆等，是中国独有的、富有民族风格的一种民俗文娱活动形式（这是因为汉字具有音形二维结合的独特结构，世界上其他文字不具备这项功能），也是从古代就开始流传的一项元宵节特色活动。灯谜就是写在彩灯上面的谜语。谜语最初来源于民间，在春秋战国时期就出现了"隐语""廋辞"；后经文人加工，成为一种书面创作。灯谜是宋代出现的，因为元宵节看花灯的传统，人们将谜条系于五彩花灯上，供人猜射。

《红楼梦》第二十二回和第五十回中集中出现了较多的谜语，颇具代表性。在第二十二回"听曲文宝玉悟禅机，制灯谜贾政悲谶语"中，时值元宵佳节，又逢薛宝钗过生日，贾母一时高兴，便为她举行生日宴会。其间，贾元春派人送来了一个灯谜，命大家去猜，又要求每人也作一个送进宫去。

（第二十二回）忽然人报，娘娘差人送出一个灯谜儿，命你们大家去猜，猜着了每人也作一个进去。四人听说忙出去，至贾母上房。只见一个小太监，拿了一盏四角平头白纱灯，专为灯谜而制，上面已有一个，众人都争看乱猜。小太监又下谕道："众小姐猜着了，不要说出来，每人只暗暗的写在纸上，一齐封进宫去，娘娘自验是否。"宝钗等听了，近前一看，是一首七言绝句，并无甚新奇，口中少不得称赞，只说难猜，故意寻思，其实一见就猜着了。宝玉、黛玉、湘云、探春四个人也都解了，各自暗暗的写了半日。一并将贾环、贾兰等传来，一齐各揣机心都猜了，写在纸上。然后各人拈一物作成一谜，恭楷写了，挂在灯上。

太监去了，至晚出来传谕："前娘娘所制，俱已猜着，惟二小姐与三爷猜的不是。小姐们作的也都猜了，不知是否。"说着，也将写的拿出来。也有猜着的，也有猜不着的，都胡乱说猜着了。太监又将颁赐之物送与猜着之人，每人一个宫制诗筒，一柄茶筅，独迎春、贾环二人未得。迎春自为顽笑小事，并不介意，贾环便觉得没趣。且又听太监说："三爷说的这个不通，娘娘也没猜，叫我带回问三爷是个什么。"众人听了，都来看他作的什么，写道是：

大哥有角只八个，二哥有角只两根。大哥只在床上坐，二哥爱在房上蹲。

众人看了，大发一笑。贾环只得告诉太监说："一个枕头，一个兽头。"太监记了，领茶而去。

【点评】

这一回的回目中有"制灯谜贾政悲谶语"之说，作者通过灯谜，巧妙地向我们揭示了贾府诸人的命运。猜灯谜是旧时正月的风俗，由元春起的头，她让人送了一个灯谜到贾家，命大家猜，猜完之后不能说出答案，每人写好了答案后送进宫去，并要求每个人再制一个谜语供自己猜。

小说通过对每个人猜谜语过程的描写，刻画了人物的性情。如宝钗明明觉得元春之谜"无甚新奇""一见就猜着了"，但"口中少不得称赞，只说难猜，故意寻思"。这里可以看出她极聪慧却又藏愚守拙，即使一看就知道答案，也不明说，而是又称赞又说难猜，还故作思考之状，给足了元妃面子。

宝玉、黛玉、湘云、探春都聪明过人，"也都解了，各自暗暗地写了半日"。他们应该也很快就猜出来了，但并未表现出来，只在自己出的灯谜上用心思——这灯谜既要雅正，符合进宫的要求，又要相对浅易，让元妃动点脑筋就能猜出来，还不能过于直白，让元妃一眼就能看出答案。所以他们"写了半日"，应该都是在考虑"适度"。

猜谜的结果，依照元春的谕旨，除了迎春、贾环没有猜中，其他人都猜中了。迎春是"二木头"，才思不够，向来也不做这种机巧的文字游戏，所以猜不中正常；而贾环是不够聪明，所以也猜不中。

大家所制的谜语，元春都猜了，"也有猜着的，也有猜不着的"，但太监将元妃所猜的结果拿出来后，大家"都胡乱说猜着了"。这里可以看出《红楼梦》中基本的人情世故，谁也不会在这样一个大好的日子里说元妃没有猜中灯谜。

在这些灯谜中，唯有贾环的谜语元春认为"不通"，所以干脆没猜。其实贾环的答案很简单："大哥"是枕头，因为旧时的枕头多为长方形状（当然也有两端浑圆的条形状），一边四个角，可不就是"有角只八个"且"只在床上坐";"二哥"是屋顶的兽头,一般指螭吻,民间传说龙生九子,第九子名螭吻,好望,因此屋脊两端的兽头一般做成螭吻的样子,头上有两只立起的角。在中国古代,跟"龙"挂钩的东西,不是普通人家能沾的,贾环在这里提到"龙"也有讨好元春之意,可见他只是没有文采,还是有观察力的。

但元春为什么说"不通"呢,一个原因是这谜语太过直白,缺少猜谜的乐趣;另一个不能明说的原因是元春可能本来就不喜欢贾环,所以故意说他不通,不猜他的谜语,这也是她下意识对宝玉的家庭继承人地位的保护。

元春引众人猜谜引起了贾母的兴致,贾母便让大家制灯谜,贾政也来凑热闹,于是贾母出谜让贾政猜,猜错受罚,猜对领奖。贾母的谜面是:

猴子身轻站树梢。打一果名。

贾政虽然是个老学究,却也有文化底蕴,他一听就知道谜底是荔枝。因为"站"就是"立",而"立"的谐音是"荔";树梢,指枝头,合起来就是水果"荔枝"。更何况荔枝的样子,就像一个毛头猴子挂在树梢上。但是和大家假装元妃之谜难猜一样,为了讨贾母欢心,让她觉得自己出谜有水平,贾政也故意装作猜不出,受了几次罚才猜出来。

好不容易过场走完,贾政"猜"中了结果,于是他也出了一个谜语让贾母猜,谜面是:

身自端方,体自坚硬。虽不能言,有言必应。打一用物。

谜底是砚,因为砚多制成端端正正的方形,非常坚硬,"必"与"笔"谐音,所以最后一句就是"有言必(笔)应"。

这是两个普通的谜语吗?并不是,这两个谜语都有其寓意,要合在一起理解。

贾母的荔枝,谐音"离枝",即枝叶分离之意,寓意贾府破败,骨肉分离。加上贾政的"砚",即贾母所说之事最终必将应"验"。这两个谜语合在一起,带有一定的谶语性质。对于众姐妹在上元佳节所作的灯谜,贾政虽暗自沉思"如何皆作此不祥之物为戏",却并未想到贾母与自己作的也是"不祥之物"。

贾政出完谜后,"便悄悄的说与宝玉。宝玉意会,又悄悄的告诉了贾母"。贾母常常在游戏中"作弊"——打牌有鸳鸯当帮手,猜谜有宝玉说谜底,这是她作为老祖宗的特权,大家自然是没有二话的。

贾母得了贾政的一众礼物,于是借着兴致让贾政猜晚辈们出的谜语。排在第一的,当然是元春的谜语,谜面是:

能使妖魔胆尽摧,身如束帛气如雷。一声震得人方恐,回首相看已化灰。

谜底是炮(爆)竹。谜语很简单,意思也直白,暗合了元春的经历,它寓意了元春虽骤得恩宠,但寿数太短,很快便会化作飞灰,正如贾政思索的"一响而散之物"。

其次是迎春的灯谜,谜面是:

天运人功理不穷,有功无运也难逢。因何镇日纷纷乱,只为阴阳数不同。

谜底是算盘。天运是指天数,人功是指算盘上的珠子需要人的拨动。这是迎春生平之谶语:出身豪门,却所嫁非人,凄惨至死。这个谜底贾政也觉得不祥,因为算盘是"打动乱如麻"之物。

第三个是探春的谜语,谜面是:

> 阶下儿童仰面时,清明妆点最堪宜。游丝一断浑无力,莫向东风怨别离。

谜底是风筝。因为每年三四月份,特别是清明时节,是放风筝的好季节。风筝在天上飞,还需人仰面遥望,而风筝线断则意味着长久的别离。字面意思很容易理解,这谜语实际也是探春命运的谶语。探春最终落得远嫁的结局,就像是离线的风筝。贾政后来觉得风筝是"飘飘浮荡之物",也只是隐约的悲伤。

第四个是惜春的谜语,谜面是:

> 前身色相总无成,不听菱歌听佛经。莫道此生沉黑海,性中自有大光明。

谜底是佛前海灯。前身是未修成正果的肉身色相,"不听菱歌"即看破红尘,因为乐府诗中的很多菱歌诗都是男女情歌,"大光明"是指佛祖释迦牟尼。这是惜春的命运预言,她最终出家为尼。当贾政猜到这个谜底时觉得寓意不祥,认为其太过"清净孤独"。

第五个是宝钗的谜语,谜面是:

朝罢谁携两袖烟,琴边衾里总无缘。晓筹不用鸡人报,五夜无烦侍女添。焦首朝朝还暮暮,煎心日日复年年。光阴荏苒须当惜,风雨阴晴任变迁。

谜底是更香。"更香"是古代用于计时而特制的一种线香,每燃完一支恰好就是一更的时长,所以称为"更香"。谜面中"朝罢谁携两袖烟"一句,化用杜甫的诗句"朝罢香烟携满袖",暗含荣华过后双手空空之意。而"更香"的冷清,暗示着宝钗未来孤单凄冷的结局。

上述所有谜语的谜底在贾政看来没有一件是吉祥之物,所以贾政在猜完这些谜语后"心内愈思愈闷",觉得自家的小辈们"作此词句,更觉不祥,皆非永远福寿之辈",到了晚间回到房中"翻来覆去竟难成寐,不由伤悲感慨"。

(第五十回)李纨因笑向众人道:"让他自己想去,咱们且说话儿。昨儿老太太只叫作灯谜,回家和绮儿纹儿睡不着,我就编了两个'四书'的。他两个每人也编了两个。"众人听了,都笑道:"这倒该作的。先说了,我们猜猜。"李纨笑道:"'观音未有世家传',打《四书》一句。"湘云接着就说"在止于至善。"宝钗笑道:"你也想一想'世家传'三个字的意思再猜。"李纨笑道:"再想。"黛玉笑道:"哦,是了。是'虽善无征'。"众人都笑道:"这句是了。"李纨又道:"一池青草草何名。"湘云忙道:"这一定是'蒲芦也'。再不是不成?"李纨笑道:"这难为你猜。纹儿的是'水向石边流出冷',打一古人名。"探春笑问道:"可是山涛?"李纹笑道:"是。"李纨又道:"绮儿的是个'萤'字,打一个字。"众人猜了半日,宝琴笑道:"这个意思却深,不知可是花草的'花'字?"李绮笑道:"恰是了。"众人道:"萤与花何干?"黛玉笑道:"妙得很!萤可不是草化的?"众人会意,都笑了说:"好!"宝钗道:"这些虽好,不合老太太的意思,不如作些浅近的物儿,大家雅俗共赏才好。"众人都道:"也要作些浅近的俗物才是。"湘云笑道:"我编了一支《点绛唇》,恰是俗物,你们猜猜。"说着便念道:

> 溪壑分离,红尘游戏,真何趣?名利犹虚,后事终难继。

众人不解,想了半日,也有猜是和尚的,也有猜是道士的,也有猜是偶戏人的。宝玉笑了半日,道:"都不是,我猜着了,一定是耍的猴儿。"湘云笑道:"正是这个了。"众人道:"前头都好,末后一句怎么解?"湘云道:"那一个耍的猴子不是剁了尾巴去的?"众人听了,都笑起来,说:"偏他编个谜儿也是刁钻古怪的。"李纨道:"昨日姨妈说,琴妹妹见的世面多,走的道路也多,你正该编谜儿,正用着了。你的诗且又好,何不编几个我们猜一猜?"宝琴听了,点头含笑,自去寻思。宝钗也有了一个,念道:

镂檀锲梓一层层,岂系良工堆砌成? 虽是半天风雨过,何曾闻得梵铃声! ——打一物。

众人猜时,宝玉也有了一个,念道:

天上人间两渺茫,琅玕节过谨堤防。 鸾音鹤信须凝睇,好把唏嘘答上苍。

黛玉也有了一个,念道是:

騄駬何劳缚紫绳? 驰城逐堑势狰狞。 主人指示风雷动,鳌背三山独立名。

【点评】

与前面有贾母参与的"低配版"灯谜不同,这一回是大观园里的才子才女们自己编灯谜,是她们正常的才艺展示。谜语共有九个,其中四个作者给出了答案,剩下三个留给读者去猜。

首先是李纨所编的两个《四书》谜语。

第一个谜面是"观音未有世家传",要求打《四书》中的一句话。

史湘云立即给出了一个谜底,"在止于至善"。湘云的意思是观音虽然至善,但没有后代(取"止"之意),同时"在止于至善"。这句话出自《大学》:"大学之道,在明明德,在亲民,在止于至善。"但宝钗马上否定了她给的谜底,并要她想一想"世家传"三个字的意思再猜。这里可以看出宝钗果然冰雪聪明,李纨的谜面一出来,她应该就想到了谜底,但她自己不答,只是暗示湘云,自己选择藏愚守拙。果然,李纨也否认了湘云的谜底。而后黛玉给出的谜底是"虽善无征",出自《中庸》:"上焉者,虽善无征,无征不信,不信民弗从。"意思是:在上位的人,虽然品德很好,但没有验证,没有验证就不能使人信服,不能使人信服,老百姓就不会听从。其中"征"是验证、证明之意,同《生于忧患,死于安乐》中"征于色,发于声,而后喻"、《张衡传》中"京师学者咸怪其无征"的"征"。"世家传"指"世家之传记"的意思,"世家"是《史记》的体例之一,通常记载了世袭封国诸侯的事迹,比如《孔子世家》《陈涉世家》。黛玉的理解是:观音虽然很好,但是没有传人,也就没有详细的历史可以验证、稽考。黛玉之解与湘云的思路一致,但考虑的内容更为周全,所以答案更符合李纨所出的谜面本意。从原文众人都笑道"这句是了"的描写看,大家都认可黛玉的谜底。还有一种说法说黛玉是从"六礼"中"纳征"一礼来解的,也有一定道理。总之,李纨作为大观园中才华只能算中下的女子,其谜就给了读者一个大考验。

第二个谜语的谜面是"一池青草草何名"。

这个谜面虽然看似浅显,但难在要迅速在《四书》中找到相关表述——如果不是将《四书》的内容熟记于心者,恐怕一时难以想到。所以当湘云迅速答出谜底"蒲芦也"时,李纨说"这难为你猜",由此可见湘云之敏捷。这里湘云的答案出自《中庸》:"夫政也者,蒲芦也。"意思是说国政犹如种蒲芦一般,以人立政,就像蒲芦得到滋养就能成长一样。朱熹《四书章句集注》中认为"蒲芦"即蒲草和芦苇。因为蒲草和芦苇常生长于水中,与谜面"一池青草草何名"相扣。

第三个谜面是李纹所出的"水向石边流出冷",要求打一古人名。

这次猜出谜底的是探春,谜底是"山涛"。为什么是"山涛"呢?因为"石"扣着"山",石头来源于山,很容易理解;"水""流"扣着"涛",水流大了就成涛,也易理解;难理解的是这个"冷"字。"冷"是因为水"源",水多源于冰雪融化,因此是"冷"的,而能够形成"涛"声的水,自然是"巨"大的"源"头,与山涛之字"巨源"相照应。但谜面要求是"打一古人名",所以答案是"山涛",不是"山巨源"。山涛是魏晋时期的文人,书法家,"竹林七贤"之一。而探春好书画,所以她能够立刻联想到山涛。

第四个谜语是李绮所出,谜面是"萤",要求打一字。

这个谜有一定的难度,所以众人猜了半日,最后宝琴才试探性地问"不知可是花草的'花'字"。因为"花"字拆开就是"艹"(草)和"化"两字,而谜面的"萤"指的是"萤火虫",萤火虫在水边草根产卵,次年成蛹再化为成虫。但古人并不了解这一过程,认为萤火虫是草腐烂变化而成的。所以"萤"的谜底就是"艹"+"化",即"花"字。这个谜确实是有难度,以至众人在宝琴说了答案后还在追问"萤与花何干",还是黛玉解答:"妙得很!萤可不是草化的?"从这个谜语看,薛宝琴也是聪慧敏捷的。

这四个都是颇具难度的谜语,所以宝钗止住了大家继续发展的势头,要众人作一些合老太太意思的"浅近的物儿",雅俗共赏。

首先响应宝钗号召的是史湘云。在宝钗未搬出大观园前,湘云就对宝钗非常信任,她抢先响应以此支持宝钗。湘云的谜面是一支《点绛唇》:"溪壑分离,红尘游戏,真何趣?名利犹虚,后事终难继。"打一俗物。

因为要转换思路,由雅转俗,所以这个谜语反而让机敏的众姐妹一时难以反应过来。大家胡乱猜了一通,也有猜是和尚的,也有猜是道士的,也有猜是偶戏人的,但都未猜中谜底;倒是一向(相对)迟钝的宝玉猜了出来:"是耍的猴儿"。为什么呢?这是因为"溪壑分离"有"与溪壑分离"之意,猴子本生活在山谷之中,涧溪之旁,被人捕捉之后便离开了山林。"红尘游戏,真何趣?"指猴子被耍猴人训练后牵至闹市(红尘),供人耍玩。但这对于猴子来说,是违背天性的生活,所以又有什么趣味呢?而在耍猴时,人们一般会给猴子穿衣戴帽,打扮成文官武将的样子,但实际上它仍然是只猴子,所以说"名利犹虚"。至于"后事终难继",湘云解释了:"那一个耍的猴子不是剁了尾巴去的?"旧时给猴子剁尾巴有几个作用:一是打击猴子的自尊心,便于管理;二是不致于粪便粘连尾巴,易于清理;三是没了尾巴,更易于打扮成人形。而宝玉是男性,可以经常去外面,所以对耍猴儿有一定的了解,自然能解答出来;其他姐妹很难了解到外面的事物,答不出来也正常。

至于为什么是宝玉而不是别人猜出来,专家们还有更深刻的解释。有人认为这支《点绛唇》本身就是为宝玉量身定制的。蔡义江在《红楼梦诗词曲注释》一书中说:大荒山青埂峰的顽石,幻形入世,陪伴怡红公子,这不正是"溪壑分离,红尘游戏"吗?"真何趣"的感慨与他在《寄生草·解偈》一曲中所说的"到如今,回头试想真无趣"的意思一样;"名利犹虚",是他蔑视仕途经济的叛逆思想;"后事终难继",或者说"剁了尾巴去",正应了他"悬崖撒手"、弃家为僧的结局。这样,谜语就简括了宝玉一生的道路。

宝钗的谜面是一首诗：镂檀锲梓一层层，岂系良工堆砌成？虽是半天风雨过，何曾闻得梵铃声！打一物。

"镂檀锲梓一层层，岂系良工堆砌成？"是说谜底之物像一座玲珑宝塔，层层叠叠，但又不是工匠们用砖石垒砌起来的——言下之意，此物是天然生成的，看上去像是檀、梓一类的木雕宝塔。"虽是半天风雨过，何曾闻得梵铃声"中的"梵铃"是指佛寺或者佛塔檐角上悬挂的铜铃，被风吹动时会发出声音，而"何曾闻得"说明谜底之物是不会响的。一般认为较合理的谜底是松球，因为松球的形状像塔也像梵铃，却不会发声。还有人解释此谜的谜底是棺材，不过依照宝钗的才学和心理习惯，以及她提出的作一些合老太太意思的"浅近的物儿"的要求，她应当不会出这样的谜语。

宝玉的谜语，谜面也是一首诗：天上人间两渺茫，琅玕节过谨隄防。鸾音鹤信须凝睇，好把唏嘘答上苍。

目前普遍认为谜底是风筝，其他谜底都不合宝玉的眼界与性情。"天上人间两渺茫，琅玕节过谨隄防"中的"天上人间"指天上地下，相距遥远。放风筝时，风筝在天上，人站在地上，不正是"天上人间两渺茫"吗？"琅玕"本指像珠子的美石，这里指扎风筝之竹篾。杜甫《郑驸马宅宴洞中》一诗中写道："主家阴洞细烟雾，留客夏簟青琅玕。"仇兆鳌在《杜诗详注》中注："青琅玕，比竹簟之苍翠。"竹篾有节，弯曲时容易折断，因此扎风筝时要十分小心竹节。"鸾音鹤信须凝睇，好把唏嘘答上苍"的意思是：如果有鸾鸟的鸣叫和仙鹤捎来的信件，一定要注意凝神倾听和观看，好把感慨悲壮的唏嘘回答给上苍。

黛玉的谜语也是诗：騄駬何劳缚紫绳？驰城逐堑势狰狞。主人指示风雷动，鳌背三山独立名。

此谜语的谜底一般被认为是走马灯，但也有其他说法，因为作者没有给出答案，所以谜底成了千古之谜。

【 酒令 】

酒令是旧时饮酒时一种用来助兴取乐的游戏。行酒令时要推一人为令官，其他人听令行事，或轮流说诗词，或做其他游戏，违令或负者罚饮。

据考证，酒令之始可以上溯到周朝初年。鉴于商朝统治者溺酒亡国的教训，周公以王命发布《酒诰》禁酒："'群饮。'汝勿佚，尽执拘以归于周，予其杀。"设酒令官起初也是为了禁止酗酒。在《诗经·小雅·宾之初筵》中有"凡此饮酒，或醉或否。既立之监，或佐之史"的句子，这里的"监""史"即令官，是为了限制宴会上过度饮酒而设的执法官，令官可对饮酒失仪妄言者予以惩罚。而后世所说的酒令与其本意恰恰相反，是一种劝人多饮酒的行乐手段、游艺活动。

"酒令"二字在历史文献中可见于《后汉书·贾逵传》："逵所著经传义诂及论难百余万言，又作诗、颂、诔、书、连珠、酒令凡九篇，学者宗之。"但在当时并没有广泛流行。《梁书·王规传》中说："湘东王时为京尹，与朝士宴集，属规为酒令。规从容对曰：'自江左以来，未有兹举。'"由此可见，南北朝时期酒令也尚未风行。到了唐朝，唐玄宗发明的"击鼓催花"游戏自上而下传播至民间，酒令由此开始流行。唐朝的酒令有许多种类，唐人皇甫松《醉乡日月》记载，当时已有骰子令、旗幡令、上酒令、手势令、小酒令、杂法等多种酒令。酒令在当时的诗歌中也多有反映，如白居易"筹插红螺碗，觥飞白玉卮""碧筹攒米碗，红袖拂骰盘"，刘禹锡"杯停新令举，诗动彩笺忙"等。随着酒令的流行，产生了一系列的行令、酒约。《醉乡日月》的目录里便有"饮论""为宾""律录事""觥录事""选徒""令误""逃席"等各项内容。宋代酒令的情况与唐代相差不大，只是内容更加丰富。至于明清两代，酒令则发展到了高峰，凡世间事物，人物、花木、虫禽、曲牌、词牌、诗文、戏曲、小说、中药、丹令、八卦等，无不入令。

从形式上看，酒令多种多样：有诗词曲文类，如作诗令、说诗令、回环令等；有游戏类，如拇战（即猜拳、划拳）、猜枚、牙牌令、射覆、投壶、击鼓传花、占花名儿、拆字、联句等。从内容上看，酒令一般分为雅令和通令两大类。

雅令，顾名思义，指文雅的酒令，是一种比较高雅、比较难的酒令。雅令讲究语言高雅、文采风流，行雅令要求参与者有一定的文学修养。凡是当场构思、即兴创作的诗词、联句，或者咏诵古人的诗词歌赋等都属于雅令。常见的雅令有：

女儿令。此令有数种行法，如"女儿愁，悔教夫婿觅封侯"之类就是其中一种行法。凡女儿之性情言语、行为举止皆可言之，下七字用成句更妙。用经、史、子、古文、骚、赋、诗、词、曲，挨坐顺行之，也是一种行法。还有一种行法，定好二字用美人名，挨坐顺行一周；三字用曲牌名，顺行一周；四字用戏名，五字用五古，六字用词牌，七字用唐诗，八字用词，九字用曲。每加一字，通席遍行一周。

通俗地讲，就是行女儿令时，要求第一句要说出女儿的"百态"，如喜、怒、哀、乐、仇恨、娇媚等，第二句要描述女儿在"百态"下的行动，两句均需押韵，说不出或错令就要罚酒。

比如：

女儿妆——满身兰麝扑人香。

女儿家——绿杨深巷马头斜。

女儿媚——桃叶桃根双姊妹。

飞花令。此令需要有一定的诗词基础，所以这种酒令也就成了文人墨客们喜爱的文字游戏。

飞花令的名字来源于诗词之中。唐代诗人韩翃的名诗《寒食》中有"春城无处不飞花"一句，被公认为"飞花令"的缘起。其原因大致有二：一是韩翃颇受唐德宗李适的欣赏，因此他的诗句知名度更高；二是韩翃本人也是好酒之人，其诗作中不少内容都和酒有关。

古代的飞花令要求对令人所对出的诗句要和行令人吟出的诗句格律一致，而且对规定好的字出现的位置也有着严格的要求。对令人可背诵前人诗句，也可临场现作。行飞花令时可选用诗和词，也可用曲，但选择的句子一般不超过七个字。比如说，酒宴上甲说一句第一个字带有"花"的诗词"花自飘零水自流"，乙要接第二个字带"花"的诗句，如"落花时节又逢君"，丙所接诗句之"花"字要在第三个字的位置上，如"春江花朝秋月夜"，丁接"人面桃花相映红"，"花"在第四个字的位置上……到"花"字在第七个字的位置上则完成一轮，可继续循环下去或换一字重新开始。

这样的循环中，当对令人作不出诗、背不出诗或作错、背错、背重时，由酒令官命令其喝酒。

在酒宴上,行令方式还可以有一些变化。直接说一句带"花"字的诗,"花"字在诗中的位置对应到某客人,此客人再接,如果正好对应到令人自身,则罚酒。如行令人说"牧童遥指杏花村","花"在第六个字的位置上,从行令人开始数到第六人接令,如果第六人刚好是行令人自己,则行令人喝酒。

此外还有另外一种行令方法:行"飞花令"时,诗句中第几个字为"花",即按一定顺序由第几个人喝酒。如巴金的小说《家》中有这样一段描写:"淑英说一句'落花时节又逢君',又该下边的淑华吃酒。"

近年来,央视播出的各类诗词节目则将"飞花令"改头换面。相较于古人繁复的行令规则,《中华好诗词》和《中国诗词大会》中"飞花令"的要求就简单得多,选手只要背诵含有约定关键字的诗句,且不重复即可,对关键字的位置没有要求。

诗贯曲牌名令。行此令时,要求在席的人各诵古诗一句,并且此句诗的意思须能解释为一个曲牌名。如"玉楼人醉杏花天(杏花天为曲牌名)""初为霓裳后六幺(六幺令为曲牌名)""红楼翠幕知多少(红楼为曲牌名)""黄莺久住浑相识(黄莺儿为曲牌名)"。

牙牌令。牙牌又叫骨牌,共32张,刻有等于两粒骰子的点色,即上下的点数都是少则一、多至六。一、四点色红,二、三、五、六点色绿。三张牌点色成套的就成"一副儿",有一定的名称。行令时,宣令者说一张,受令者答一句,说完三张,合成这一副儿的名字,无论诗词歌赋、成语俗话,比上一句都要押韵。《红楼梦》第四十回中贾母宴请刘姥姥时行过此令,大家不妨读一读。

筹令。筹令是由竹木制成的,在竹筹上刻着饮、罚之令。筹令创始于唐代,盛行于明清,多用于文人聚饮和闺房集宴。酒筹上所刻的饮、罚之令也有一番讲究,常见的是经书或诗、词、曲的成句,抑或是《西厢记》《水浒传》《红楼梦》中的人名,由此引申出敬酒、劝酒、罚酒等名目。

还有一种筹令是根据诗词中的句子,规定与同饮者的情状、相貌相连。如《唐诗酒筹》中:

玉颜不及寒鸦色——面黑者饮。

人面不知何处去——须多者饮。

相逢应觉声容似——近视者饮。

愿为明镜分娇面——戴眼镜者饮。

鸳鸯可羡头俱白——年高者对饮。

养在深闺人未识——初会者饮。

千呼万唤始出来——后至者三杯。

西楼望月几时圆——将婚者饮。

…………

以唐诗中诗句的寓意来规定何者须饮,分明有一种调侃意味,但毕竟是一次诗与酒的呼应,当在雅趣之列。

射覆令。此令的行令方法为覆者举出两个字,以此二字隐物或典故为谜,令射者猜;射者不能直接说出答案,须以另一个字射该物,不中则罚酒。如《红楼梦》第六十二回:

探春道:"我吃一杯,我是令官,也不用宣,只听我分派。"命取了令骰令盆来,"从琴妹掷起,挨下掷去,对了点的二人射覆。"宝琴一掷,是个三,岫烟宝玉等皆掷的不对,直到香菱方掷了个三。宝琴笑道:"只好室内生春,若说到外头去,可太没头绪了。"探春道:"自然。三次不中者罚一杯。你覆,他射。"宝琴想了一想,说了个"老"字。香菱原生于这令,一时想不到,满室满席都不见有与"老"字相连的成语。湘云先听了,便也乱看,忽见门斗上贴着"红香圃"三个字,便知宝琴覆的是"吾不如老圃"的"圃"字。见香菱射不着,众人击鼓又催,便悄悄的拉香菱,教他说"药"字。黛玉偏看见了,说"快罚他,又在那里私相传递呢。"哄的众人都知道了,忙又罚了一杯,恼的湘云拿筷子敲黛玉的手。于是罚了香菱一杯。下则宝钗和探春对了点子。探春便覆了一个"人"字。宝钗笑道:"这个'人'字泛的很。"探春笑道:"添一字,两覆一射也不泛了。"说着,便又说了一个"窗"字。宝钗一想,因见席上有鸡,便射着他是用"鸡窗""鸡人"二典了,因射了一个"埘"字。探春知他射着,用了"鸡栖于埘"的典,二人一笑,各饮一口门杯。

【点评】

宝琴和香菱射覆。根据规则,由宝琴"覆"(出题),香菱"射"(猜)。宝琴先想一个事物,再想一句包含这个事物的成语、诗词或典故,但她不能把这个成语、诗词或典故全部念出来,而是要挑其中一个字说出来,让香菱猜。因为覆的范围"室内生春",只限于她们所在的屋子。所以宝琴看了看周围,选中了门斗上"红香圃"三个字中的"圃",然后她想到了一个"吾不如老圃"的典故,这个典故出自《论语》,原文是:

樊迟请学稼。子曰:"吾不如老农。"请学为圃。曰:"吾不如老圃。"

意思是,樊迟请教孔子如何种庄稼。孔子说:"我不如老农民。"又请教如何种蔬菜。孔子说:"我不如老菜农。"

宝琴从"吾不如老圃"这句话中选择了一个"老"字说给香菱,让香菱来猜她一开始想的事物是什么。香菱虽然学诗学得不错,但是文化功底不够,尤其是融会贯通的能力不足,一时猜不到。湘云是个热心肠的大才女,想象、联想的能力强,是个射覆高手。她眼睛四处一转,看到了"红香圃"三个字,便猜到了宝琴的"老"字关联着"老圃",谜底是"圃"。她想帮香菱,但根据射覆规则,猜中者不能直接说出谜底,而是要用另一个与之相关的字来"射",所以她干脆连"射"的答案"药"都想好了,"悄悄的拉香菱,教他说'药'字"。湘云的答案出自陆游的诗句"治地开药圃",她选择了这句诗中的"药"字,正射中宝琴的"圃"。湘云教给香菱的答案,如果是文化底蕴不足者,恐怕就算知道了答案,也不会明白其中的道理。

探春和宝钗的射覆差不多。探春见桌上有鸡,便覆了"鸡"字,因为古人以"鸡人"指报晓,所以探春先说了"人",但与"人"相关的事物实在太多,所以宝钗觉得太泛,探春又说了个"窗"字,"鸡窗"指书斋。这样宝钗就知道探春所覆之物是同时与"人""窗"关联的室中之物。这时她也看到了桌上的鸡,便将"鸡人""鸡窗"联系起来,猜中了探春所覆为"鸡"。根据规则,她不能直接说出谜底"鸡",于是她射了一个"埘"字,因为《诗经·王风·君子于役》中有"鸡栖于埘"之句。最后二人相视一笑,"各饮一口门杯"。

这段文字中,直至两局射覆结束,所覆之物也一直未曾明说,游戏者却能够心领神会。这种曲折间接的文字游戏,注定其受众面窄,而且游戏时过于费脑,所以连湘云都说是"没的垂头丧气闷人",赶着去"拇战"了。

除此之外，雅令中还有拆字、叠字、数字等酒令，也需要行酒令的人具备一定的文学修养。行雅令时必定要有一名"裁判"，也就是令官，由令官来行令监酒。令官权力极大，在席上无论尊卑贵贱，都要服从令官的指令。

与雅令相对的是通令，就是指通俗、通行的酒令。行这种酒令不需要什么文学修养，很容易就能把宴会的氛围推向高潮，因此广泛流行。常见的通令有：

拇战。拇战就是现在人们所称的"划拳"，两个人各用一只手出数字，同时嘴里说出一个数目来争胜负，猜中二人手上所出指数之和者胜。因拇战不需要任何筹码、工具，方便简单，无论什么文化程度都可以参与，时至今日仍然流传于酒桌之上，深受大众欢迎。猜拳负者饮酒，或者按事先约定做某事。如宝玉生日这天夜里，黛玉等人走后，宝玉的一干丫头们"彼此有了三分酒，便猜拳赢唱小曲儿"。

掷骰子。骰子是一种民间的游戏用具，外表为一个小巧的六面体，俗称色子。色子六面分别刻着一、二、三、四、五、六点，点上着色。行令的时候，根据事先约定，由骰子点数大小来定输赢。这种酒令简单易行，无须动脑，适合大众，得以流行至今。如《红楼梦》第二十回中就描写了这样的骰子游戏：

因贾环也过来顽，正遇见宝钗、香菱、莺儿三个赶围棋作耍，贾环见了也要顽。宝钗素习看他亦如宝玉，并没他意，今儿听他要顽，让他上来坐了一处顽。一磊十个钱，头一回自己赢了，心中十分欢喜。后来接连输了几盘，便有些着急。赶着这盘正该自己掷骰子，若掷个七点便赢，若掷个六点，下该莺儿掷三点就赢了。因拿起骰子来，狠命一掷，一个作定了五，那一个乱转。莺儿拍着手只叫"幺"，贾环便瞪着眼，"六——七——八"混叫。那骰子偏生转出幺来。贾环急了，伸手便抓起骰子来，然后就拿钱，说是个六点。莺儿便说："分明是个幺！"宝钗见贾环急了，便瞅莺儿说道："越大越没规矩，难道爷们还赖你？还不放下钱来呢！"莺儿满心委屈，见宝钗说，不敢则声，只得放下钱来……

花枝令。花枝令就是现在所说的击鼓传花，即众人在鼓声中传递花枝或彩球等物，鼓停得物者依令行事或饮酒。唐代白居易《就花枝》曰："就花枝，移酒海，今朝不醉明朝悔。且算欢娱逐日来，任他容鬓随年改。醉翻衫袖抛小令，笑掷骰盘呼大采。自量气力与心情，三五年间犹得在。"徐铉《抛球乐辞二首（其二）》也有"灼灼传花枝，纷纷度画旗。不知红烛下，照见彩球飞"之句，可见唐人饮酒时击鼓传花的场面何等热闹。

花枝令是一种雅俗共赏的酒令，常见于古代女子间的宴会上。传的"花"可以是一朵花，也可以是其他的一些小物件。令官蒙上眼睛将"花"传给身边的人，然后敲"鼓"之类的东西，鼓声停止的时候"花"在谁的手里，谁就表演一个节目，可以讲笑话、唱曲儿，或者直接被罚饮酒。

《红楼梦》第五十四回中写到了"击鼓传花令"，凤姐提议行一个"春喜上眉梢"的令，这就是"击鼓传花令"。

除了这些之外，俗令还有"汤匙令"（拿一把汤匙放在盘子的中心，用手拨动汤匙柄，使汤匙转动，等转动停止时，看汤匙柄指向谁，谁就饮酒）、过年令（由令官先定好大小年，大年的腊月是三十天，小年的腊月是二十九天。然后随便定一个人为腊月初一，席中每人依次说一天，轮到大年初一的人获胜，可以指定任何一人喝酒）、开花令（席上的人各报一种花的名字，然后说好哪个月开哪种花。定好以后,令官随便报出月数,其他的人就按照之前的约定,说出那个月所开的花。比如,事先说好了,六月开荷花,令官说"六月开?"受令的人就要马上说"荷花"。说错的、反应慢的就要受罚)等多种形式。

《红楼梦》中宴饮行令,最重要、最精彩、给读者留下深刻印象的共有三次:第一次是冯紫英宴请贾宝玉和薛蟠,这次宴会行的酒令是"女儿令";第二次是贾母宴请刘姥姥,这次行的酒令是"牙牌令";第三次是在怡红院宝玉、平儿的生日宴上,行的酒令是"射覆""拇战""筹令"。

(第三十八回)一径来到冯紫英门口。有人报与冯紫英,出来迎接进去。只见薛蟠早已在那里久候,还有许多唱曲儿的小厮并唱小旦的蒋玉菡、锦香院的妓女云儿。大家都见过了,然后吃茶。

宝玉擎茶笑道:"前儿所言幸与不幸之事,我昼悬夜想,今日一闻呼唤即至。"冯紫英笑道:"你们令表兄弟倒都心实。前日不过是我的设辞,诚心请你们一饮,恐又推托,故说下这句话。今日一邀即至,谁知都信真了。"说毕大家一笑,然后摆上酒来,依次坐定。冯紫英先命唱曲儿的小厮过来让酒,然后命云儿也来敬。

那薛蟠三杯下肚,不觉忘了情,拉着云儿的手笑道:"你把那梯己新样儿的曲子唱个我听,我吃一坛如何?"云儿听说,只得拿起琵琶来,唱道:

两个冤家,都难丢下,想着你来又记挂着他。两个人形容俊俏,都难描画。想昨宵幽期私订在荼蘼架,一个偷情,一个寻拿,拿住了三曹对案,我也无回话。

唱毕笑道:"你喝一坛子罢了。"薛蟠听说,笑道:"不值一坛,再唱好的来。"

宝玉笑道:"听我说来:如此滥饮,易醉而无味。我先吃一大海,发一新令,有不遵者,连罚十大海,逐出席外与人斟酒。"冯紫英、蒋玉菡等都道:"有理,有理。"宝玉拿起海来,一气饮尽,说道:"如今要说悲、愁、喜、乐四字,都要说出女儿来,还要注明这四字的原故。说完了,饮门杯。酒面要唱一个新鲜时样的曲子;酒底要席上生风一样东西,或古诗旧对、《四书》《五经》成语。"薛蟠未等说完,先站起来拦住道:"我不来,别算我。这竟是捉弄我呢!"云儿便站起来,推他坐下,笑道:"怕什么?这还亏你天天吃酒呢,难道连我也不如!我回来还说呢。说是了,罢;不是了,不过罚上几杯,那里就醉死了。你如今一乱令,倒喝十大杯,下去给人斟酒不成?"众人都拍手道妙。薛蟠听说,无法可治,只得坐下。听宝玉先说,宝玉便道:

女儿悲,青春已大守空闺。女儿愁,悔教夫婿觅封侯。女儿喜,对镜晨妆颜色美。女儿乐,秋千架上春衫薄。

众人听了,都道:"说得有理。"薛蟠独扬着脸摇头说:"不好,该罚!"众人问:"如何该罚?"薛蟠道:"他说的我都不懂,怎么不该罚?"云儿便拧他一把,笑道:"你悄悄的想你的罢。回来说不出,才是该罚呢。"于是拿琵琶听宝玉唱道:

滴不尽相思血泪抛红豆,开不完春柳春花满画楼。睡不稳纱窗风雨黄昏后,忘不了新愁与旧愁,咽不下玉粒金莼噎满喉,照不见菱花镜里形容瘦。展不开的眉头,捱不明的更漏。呀!恰便似遮不住的青山隐隐,流不断的绿水悠悠。

唱完,大家齐声喝彩,独薛蟠说无板。宝玉饮了门杯,便拈起一片梨来,说道:"雨打梨花深闭门。"完了令。

下该冯紫英，听冯紫英说道：

女儿悲，儿夫染病在垂危。女儿愁，大风吹倒梳妆楼。女儿喜，头胎养了双生子。女儿乐，私向花园掏蟋蟀。

说毕，端起酒来，唱道：

你是个可人，你是个多情，你是个刁钻古怪鬼灵精，你是个神仙也不灵。我说的话儿你全不信，只叫你去背地里细打听，才知道我疼你不疼！

唱完，饮了门杯，说道："鸡声茅店月。"令完，下该云儿。云儿便说道：

女儿悲，将来终身指靠谁？

薛蟠叹道："我的儿，有你薛大爷在，你怕什么！"众人都道："别混他，别混他！"云儿又道：

女儿愁，妈妈打骂何时休！

薛蟠道："前儿我见了你妈，还吩咐他不叫他打你呢。"众人都道："再多言者罚酒十杯。"薛蟠连忙自己打了一个嘴巴子，说道："没耳性，再不许说了。"云儿又道：

女儿喜，情郎不舍还家里。女儿乐，住了箫管弄弦索。

说完，便唱道：

豆蔻开花三月三，一个虫儿往里钻。钻了半日不得进去，爬到花儿上打秋千。肉儿小心肝，我不开了你怎么钻？

唱毕，饮了门杯，说道："桃之夭夭。"令完了，下该薛蟠。

薛蟠道："我可要说了：女儿悲——"说了半日，不见说底下的。冯紫英笑道："悲什么？快说来。"薛蟠登时急的眼睛铃铛一般，瞪了半日，才说道："女儿悲——"又咳嗽了两声，说道："女儿悲，嫁了个男人是乌龟。"众人听了都大笑起来。薛蟠道："笑什么，难道我说的不是？一个女儿嫁了汉子，要当忘八，他怎么不伤心呢？"众人笑的弯腰，说道："你说的很是，快说底下的。"薛蟠瞪了瞪眼，又说道："女儿愁——"说了这句，又不言语了。众人道："怎么愁？"薛蟠道："女儿愁，绣房撺出个大马猴。"众人呵呵笑道："该罚，该罚！这句更不通，先还可恕。"说着便要筛酒。宝玉笑道："押韵就好。"……薛蟠便唱道："一个蚊子哼哼哼。"众人都怔了，说"这是个什么曲儿？"薛蟠还唱道："两个苍蝇嗡嗡嗡。"众人都道："罢，罢，罢！"薛蟠道："爱听不听！这是新鲜曲儿，叫作哼哼韵。你们要懒待听，连酒底都免了，我就不唱。"众人都道："免了罢，倒别耽误了别人家。"

于是蒋玉菡说道：

女儿悲，丈夫一去不回归。女儿愁，无钱去打桂花油。女儿喜，灯花并头结双蕊。女儿乐，夫唱妇随真和合。

说毕，唱道：

可喜你天生成百媚娇，恰便似活神仙离云霄。度青春，年正小；配鸾凤，真也着。呀！看天河正高，听谯楼鼓敲，剔银灯同入鸳帏悄。

唱毕，饮了门杯，笑道："这诗词上我倒有限。幸而昨日见了一副对子，可巧只记得这句,幸而席上还有这件东西。"说毕,便饮干了酒,拿起一朵木樨来,念道:"花气袭人知昼暖。"

【点评】

冯紫英做东,约宝玉、薛蟠等人饮酒。众人在宝玉的提议下,行了"女儿令"。

宝玉所行之令的"悲、愁、喜、乐"四字围绕着"女儿"的几种情绪进行,四句诗词,句句不离宝玉本人的价值观,无论是对镜晨妆的女子,还是秋千架上的女子,都是宝玉眼中各种生活情态下的女儿,他立足这四个字,设身处地,发出女儿们应有的感慨。悲的是红颜易老,青春难留,知音难觅,空闺孤守;愁的是夫婿以"仕途"为重,远离家园"觅封侯";喜的是对镜理妆的红颜娇俏,宝玉每日出入在闺阁中,日日都能看到姐妹们是如何对镜理妆的,"喜出望外平儿理妆""呆香菱情解石榴裙"等章节正是这一诗句的最佳表现;乐的是春日嬉戏,在春风里荡秋千的少女,裙裾飞扬,轻盈柔弱,那种无忧无虑的笑声犹在耳边,此情此景令人开怀,但恐怕只有宝玉会在这美好的时刻体贴女儿的衣衫单薄不敌春寒吧。书中贾珍的两个姬妾配凤、偕鸾打秋千玩耍,宝玉主动提出推送,虽终不得愿,但也表达了宝玉对这些年轻生命的一种体贴和珍视。

其中,"悔教夫婿觅封侯"一句,历来被人理解为薛宝钗的结局。此句典出唐代诗人王昌龄的《闺怨》,全诗描写的是一个少妇在赏春时的心理变化,春光短暂,孤守空闺的生活,让她悔恨当初怂恿"夫婿"远离家园"觅封侯",离别之后,她才深刻地领悟到世俗荣华远不及朝夕相爱令人温暖。根据《红楼梦》第二十一回前批"……此曰'娇嗔箴宝玉''软语救贾琏',后曰'薛宝钗借词含讽谏,王熙凤知命强英雄'。今只从二婢说起,后则直指其主。然今日之袭人、之宝玉,亦他日之袭人、他日之宝玉也。今日之平儿、之贾琏,亦他日之平儿、他日之贾琏也。何今日之玉犹可箴,他日之玉已不可箴耶?……"可知,这是作者借宝玉之口映射后文中宝钗对宝玉的劝诫以及宝玉的"悬崖撒手",结合此批,理解酒令所寓意的内容也算合理。

贾宝玉所唱《红豆曲》(此曲原名《抛红豆》),清代无名氏作,是一首爱情的颂歌。"红豆"即相思豆。这首曲子与唐代王维的《红豆》有异曲同工之妙,都是借用红豆来表达相思之情。全曲用八种动态"滴不尽""开不完""睡不稳""忘不了""咽不下""照不见""展不开""捱不明",描写了一种难以抑制的相思之情,结合《秋窗风雨夕》和《题帕三绝》反观此曲,分明是句句在写黛玉,句句在唱黛玉。此阶段的宝玉,对黛玉的感情已经深入骨髓,内心深处那种踌躇、纠结、互疑、试探的感觉成为一种难以形容的折磨,令宝玉无法摆脱,充满憧憬,又充满惆怅。他的心绪时时刻刻牵绊在黛玉身上,黛玉的一颦一笑、一步一行都深深地令他挂怀,往往睡梦里全是黛玉,就连在外玩乐也不能有片刻忘怀。但介于礼教,彼此都难以言明心意,贾宝玉正是借用此曲表达了这种不能倾诉的相思之情。

酒底"雨打梨花深闭门",因席上有"梨",所以用了此句。而史上诗词中多见此句,如宋朝秦观的《鹧鸪天·枝上流莺和泪闻》:"甫能炙得灯儿了,雨打梨花深闭门。"宋朝李重元的《忆王孙》:"杜宇声声不忍闻。欲黄昏,雨打梨花深闭门。"都是以此来抒发情思愁肠的诗句。明朝唐寅的《一剪梅·雨打梨花深闭门》:"雨打梨花深闭门,孤负青春,虚负青春。赏心乐事共谁论?花下销魂,月下销魂。愁聚眉峰尽日颦,千点啼痕,万点啼痕。晓看天色暮看云,行也思君,坐也思君。"其中的"赏心乐事""愁聚眉峰尽日颦,千点啼痕,万点啼痕"等所要表达的意象,无不与林黛玉在书中的形象相契合,而林黛玉的居所潇湘馆中除了有郁郁葱葱的湘妃竹,后院也有大株梨花,正合了此句意境。由此可知,这一句正表达了宝玉对黛玉的理解。前一回写黛玉葬花的场景,以及黛玉的万千愁绪都萦绕在宝玉的脑海里不曾离去。

冯紫英所行之令的"悲、愁、喜、乐"四字围绕着女子的日常生活展开。冯紫英乃神武将军之子,从其所说酒令之通俗易懂可以看出他只是略通文墨而已。他所唱的小曲是一首市民打情骂俏的俗曲(原曲名《可人曲》,清代无名氏作)。曲中将情人称为"可人"(讨人喜欢的人)、"多情""刁钻古怪鬼灵精"(极言聪明机灵)、"神仙",虽是调笑之语,但未尝不饱含深情。"鸡鸣茅店月"出自唐代温庭筠《商山早行》:"鸡声茅店月,人迹板桥霜。"这首诗本是写旅人凌晨赶路的凄冷感受和寂寞心情,这一句是稍有文化的人都知道的诗句,不足以说明他通文墨。

冯紫英在《红楼梦》前八十回中仅出场四次,这个人物的主要作用是衬托贾宝玉的。书中通过宝玉与冯紫英、柳湘莲、蒋玉菡等人的交往,来呈现贾宝玉在贾府之外的一些日常活动和当时的侯门公子在家族之外的一些朋友,也呈现了当时市井酒宴中的一些民风民俗。

云儿是锦香院的妓女。她所行令中的"悲、愁、喜、乐"都源于自己的亲身感受。没有未来的明天,打骂不休的生活,都是她的所悲所愁。所唱之曲虽然用词俚俗,却符合她的身份,无法改变这种生活的她,也只能借此抒发一下自己的无助和感慨。

中国古代历朝历代都有妓女,她们中的大部分都是迫于无奈才从事这种低贱的职业。作为一个群体,她们的生存条件极其恶劣,云儿借席间之"桃"所说的"桃之夭夭",很大程度上表达了她不堪忍受妓院的生活,迫切希望尽快逃离的愿望。尽管云儿在书中仅是昙花一现式的人物,但作者也将她写得有血有肉。

薛蟠所行之令恶俗不堪,下流无比,且前言不搭后语,真实地呈现了薛蟠的人物形象。在《红楼梦》中,薛蟠就是纨绔子弟的典型代表,因倚仗皇商世族的背景,母亲又万般宠溺,使其养成了专横跋扈的性格,他每日无所事事,无法无天,只是一味斗鸡走狗,赏花玩柳,包养妓女,豢养娈童。《红楼梦》中写到的与他有牵连的香怜、玉爱、金荣、云儿等,与其说都得到过他的资助,不如说都从侧面体现了其生活的腐化堕落。通过这场酒宴行令,作者把这样一个俗不可耐的人物塑造得更加真实、鲜活。再者,薛蟠这一形象也是作者用于对主人公宝玉的一种反衬,他的粗俗和宝玉的雅致形成鲜明对比,他对女子的轻浮滥淫和宝玉对女子的体贴理解也是泾渭分明。这种反衬,既是对宝玉的一种赞誉,也是对薛蟠的一种谴责。这种反衬也是曹雪芹在人物塑造方面的高超之处,其作用可谓一石二鸟,一举两得。

蒋玉菡是戏班子的旦角名伶,艺名琪官。伶,常与优并称,是中国古代以乐舞谐戏为业的艺人的统称,又称俳优、伶人、倡优等,后亦称戏曲演员为优伶。这些称呼在多数情况下是含贬义的,因古代从事此类职业的人都属下九流之列。《清史稿·食货志一》中明确记载:"且必区其良贱,如四民为良,奴仆及倡优为贱。"蒋玉菡所行之令通俗易懂,而且朗朗上口,既体现了他的职业本色,也说明他经常参与此类酒宴活动,所以应对起来轻松自如,比起席间其他几人的粗俗,他行的令脱口清新,文辞雅致,这与忠顺王府的戏班环境有关,当然也更容易得到宝玉的欣赏,这也是为后文二人更进一步的深谈做铺垫。

"女儿令"作为酒令之一,被作者巧妙灵活地运用,在衬托人物性格及暗示结局等方面都起到了非常重要的作用。如使薛蟠、冯紫英的纨绔形象更加丰满,此类贵族子弟是《红楼梦》中这一阶层的代表,对他们这种整日与倡伶歌童为伍的描写,让读者更直观地了解他们腐化堕落的奢靡生活,以此类推,珍、琏、蓉、蔷等贾府中人的日常生活也就不难想象。又如,对于蒋玉菡这个次要人物,作者仅用短短几千字的描写,就把明清时期戏子这一类人物的生存状态,全面地呈现在读者面前。

鸳鸯道:"如今我说骨牌副儿,从老太太起,顺领说下去,至刘姥姥止。比如我说一副儿,将这三张牌拆开,先说头一张,次说第二张,再说第三张,说完了,合成这一副儿的名字。无论诗词歌赋,成语俗话,比上一句,都要叶韵。错了的罚一杯。"众人笑道:"这个令好,就说出来。"

鸳鸯道:"有了一副了。左边是张'天'。"贾母道:"头上有青天。"众人道:"好。"鸳鸯道:"当中是个'五与六'。"贾母道:"六桥梅花香彻骨。"鸳鸯道:"剩得一张'六与幺'。"贾母道:"一轮红日出云霄。"鸳鸯道:"凑成便是个'蓬头鬼'。"贾母道:"这鬼抱住钟馗腿。"说完,大家说:"极妙。"贾母饮了一杯。鸳鸯又道:

"有了一副。左边是个'大长五'。"薛姨妈道:"梅花朵朵风前舞。"鸳鸯道:"右边还是个'大五长'。"薛姨妈道:"十月梅花岭上香。"鸳鸯道:"当中'二五'是杂七。"薛姨妈道:"织女牛郎会七夕。"鸳鸯道:"凑成'二郎游五岳'。"薛姨妈道:"世人不及神仙乐。"说完,大家称赏,饮了酒。

鸳鸯又道:"有了一副。左边'长幺'两点明。"湘云道:"双悬日月照乾坤。"鸳鸯道:"右边'长幺'两点明。"湘云道:"闲花落地听无声。"鸳鸯道:"中间还得'幺四'来。"湘云道:"日边红杏倚云栽。"鸳鸯道:"凑成'樱桃九熟'。"湘云道:"御园却被鸟衔出。"说完饮了一杯。

鸳鸯道:"有了一副。左边是'长三'。"宝钗道:"双双燕子语梁间。"鸳鸯道:"右边是'三长'。"宝钗道:"水荇牵风翠带长。"鸳鸯道:"当中'三六'九点在。"宝钗道:"三山半落青天外。"鸳鸯道:"凑成'铁锁练孤舟'。"宝钗道:"处处风波处处愁。"说完饮毕。

鸳鸯又道:"左边一个'天'。"黛玉道:"良辰美景奈何天。"宝钗听了,回头看着他。黛玉只顾怕罚,也不理论。鸳鸯道:"中间'锦屏'颜色俏。"黛玉道:"纱窗也没有红娘报。"鸳鸯道:"剩了'二六'八点齐。"黛玉道:"双瞻玉座引朝仪。"鸳鸯道:"凑成'篮子'好采花。"黛玉道:"仙杖香挑芍药花。"说完,饮了一口。

鸳鸯道:"左边'四五'成花九。"迎春道:"桃花带雨浓。"众人道:"该罚!错了韵,而且又不像。"迎春笑着饮了一口。原是凤姐儿和鸳鸯都要听刘姥姥的笑话,故意都令说错,都罚了。至王夫人,鸳鸯代说了个,下便该刘姥姥。

刘姥姥道:"我们庄家人闲了,也常会几个人弄这个,但不如说的这么好听。少不得我也试一试。"众人都笑道:"容易说的。你只管说,不相干。"鸳鸯笑道:"左边'四四'是个人。"刘姥姥听了,想了半日,说道:"是个庄家人罢。"众人哄堂笑了。贾母笑道:"说的好,就是这样说。"刘姥姥也笑道:"我们庄家人,不过是现成的本色,众位别笑。"鸳鸯道:"中间'三四'绿配红。"刘姥姥道:"大火烧了毛毛虫。"众人笑道:"这是有的,还说你的本色。"鸳鸯道:"右边'幺四'真好看。"刘姥姥道:"一个萝卜一头蒜。"众人又笑了。鸳鸯笑道:"凑成便是一枝花。"刘姥姥两只手比着,说道:"花儿落了结个大倭瓜。"众人大笑起来。

【点评】

本段文字节选自第四十回"金鸳鸯三宣牙牌令"。这里的牙牌令,就是鸳鸯所说的"骨牌副儿"。这是用两张以上骨牌的点色配成套,一套就叫一副(儿),每一副都有一定的名称。骨牌就是牙牌,也称"天九""牌九",据说是宋朝宣和年间所创设的赌具,故又称"宣和牌"。骨牌由骨头、象牙、竹子或乌木制成,每副32张,上面刻有2～12个点子。骨牌的点、色组合共21种。其中天、地、人、和及三种长牌(长二、长三、长五)和四种短牌(幺五、幺六、四六、五六)均各两张,其余十种皆一张。每张牌由上下两部分的点数组成,最小为一,最大为六。一点、四点为红色,其余点数或为绿色,或红绿两色相配组成。

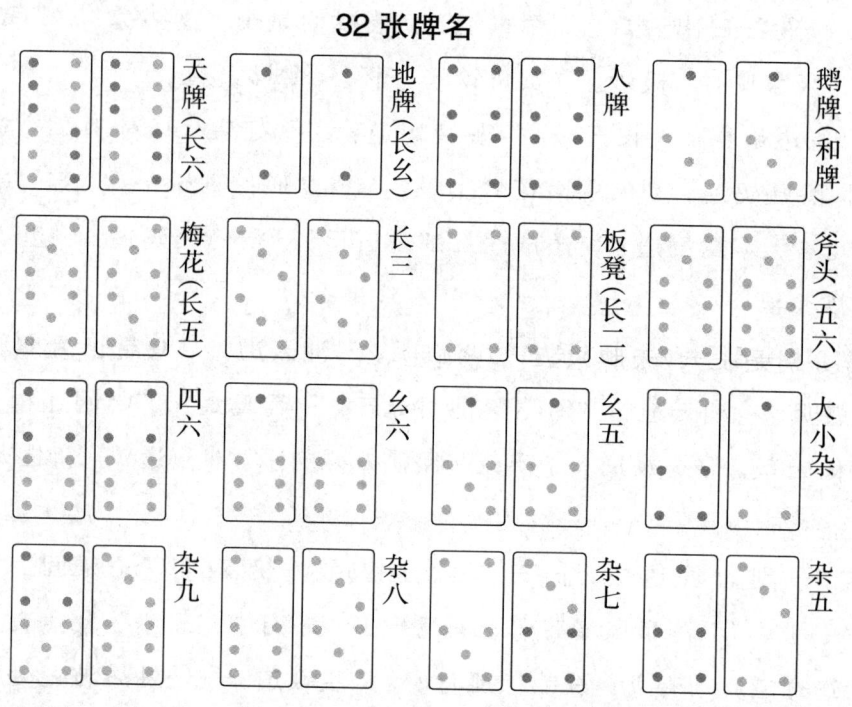

32 张牌名

抛开赌博性质的玩法不讲,单论牙牌令文雅的玩法,牙牌令又叫骨牌离合令。具体地说,牙牌令是一种利用牙牌上的各种名色作引,采取对答式互动的游戏。牙牌令一般有两种玩法,一种是令官说一牌名,次座接诗一句,令官又说一牌名,三座接诗一句,依次递说,皆须押韵,兼与牌意关合为妙;另一种玩法是在行令时,宣令者(也就是令官)说一张,受令者答一句,三张令牌,皆由同一受令者对答,最后凑成一副,即骨牌副儿。选文中贾母在藕香榭大摆宴席宴请刘姥姥时所行的酒令属于后一种玩法。她们所使用的牙牌牌面依据《宣和牌谱》所刻,上面都刻有等于两粒骰子的点色,即上下的点数都是少则一,多至六。一、四点色红,二、三、五、六点色绿。三张牌点色成套的就成"一副儿",分别有相对应的名称。

在古代,宣和牌有相应的牌谱,即《宣和牌谱》,是骨牌游戏的一种工具书。因历代的《宣和牌谱》略有差异,现在流传于世的版本也有四五个之多。以《红楼梦》第四十回贾母行令牌名"蓬头鬼"为例,不同版本中的牌面称谓也有所不同,如"合秃爪鹰""合着秃爪龙""秃爪龙变一牌""合秃爪龙"等不同名称,相对的牌面诗词也略有不同,如明代翠岩味道斋《宣和牌谱》的第五十一谱"合秃爪鹰：谁把金雕系一联，秋风万里任飞旋；郊原狐兔皆逃命，争奈心高爪不全"；明代臧懋循雕虫馆《六博碎金》宣和谱第四十六牌"合着秃爪龙：云散天高秋月明，储光羲"；明代钟离栖筠子《牌统孚玉》宣和正牌第四十八牌，即第二格正合第八牌"秃爪龙变一牌：向月楼中吹落梅，李白"；清代琅槐河上渔人金杏园《重订宣和谱牙牌汇集》宣和谱第四十二谱"合秃爪龙：二十四桥明月夜，杜牧"；民国时期黄鋈宝研堂《增订宣和谱》宣和谱第四十三牌"蓬头鬼：云消华月满仙台，宋王珪诗"；等等。

这一回鸳鸯当令官，说规矩："如今我说骨牌副儿，从老太太起，顺领说下去，至刘姥姥止。比如我说一副儿，将这三张牌拆开，先说头一张，次说第二张，再说第三张，说完了，合成这一副儿的名字。无论诗词歌赋，成语俗话，比上一句，都要叶韵。错了的罚一杯。"鸳鸯是令官，发令时一、三、五、七是出句，由鸳鸯起头来说，其他参与之人依次应令。通常情况下，应令方法大概分为象形法、会意法、谐音法等。应令者可以发挥想象选择和牌面点数相像的诗词对答，对答过程能明显反映应令者的水平，或才情卓著，或见多识广，或通俗浅显，或风趣诙谐。

贾母之对：

左边是张"天"——头上有青天。

当中是个"五与六"——六桥梅花香彻骨。

剩得一张"六与幺"——一轮红日出云霄。

凑成便是个"蓬头鬼"——这鬼抱住钟馗腿。

贾母的三张牌分别是长六（天牌）、五六（斧头）、幺六（高脚），合起来这副牌的名称就是"蓬头鬼"。第一张牌是天牌，上下各六点，用会意法理解，"头上有青天"即"举头三尺有神明"之意。第二张牌"六桥梅花香彻骨"，是上五下六。"六桥"是指杭州西湖苏堤上自南而北依次而建的名为"映波、锁澜、望山、压堤、东浦、跨虹"的六座桥，因堤上多植梅花，此处是对应牌的数字六点，五点在牙牌中一般都用象形法将其比作"梅花"，"香彻骨"有双重含义，既点出梅花之香又暗合骨牌之意。第三张牌"一轮红日出云霄"，上一下六，也是用象形法将上面一个红点比作"一轮红日"，将下面的绿点比作青云，非常形象生动。合成一副"蓬头鬼"，这五和幺的形状可以理解为"蓬头鬼"，红色的幺是小身子，五是大头，而且是蓬头散发。"这鬼抱住钟馗腿"典出宋代沈括《梦溪笔谈》，民间亦有钟馗伏鬼的传说。《庆丰年五鬼闹钟馗》一剧中有五鬼一齐拥上扯衣抱腿与钟馗扭打的情节。另外，"鬼抱腿"也可参看昆曲《嫁妹》中五个小鬼扯衣袍抱住钟馗的腿玩闹的情节来理解。结合整副牌理解，贾母犹如贾府的"一轮红日"，她时常带领大家在风景优美的大观园中各处游玩，宝、黛、钗、湘、凤等孩子在她面前犹如一群快乐的小鬼。所以，这副牌堪比一幅贾府行乐图。

总观贾母对的这四句，是符合鸳鸯说的三个条件的：第一，是"比"。以"青天"比天牌，以"六桥梅花"比五与六，以"红日"比幺，以"云"比六，都很形象。第二，合韵。第三，对的四句都属于"诗词歌赋，成语俗话"的范围。贾母所对幽默风趣，且不失大家风范，所以大家笑说"极妙"。其实这也是与后文刘姥姥的令做对比，两位老人年龄虽相仿，身份却有别，各自的生活经历决定着见识的不同，一位享尽荣华，一位历尽沧桑，两人所对句句契合人物形象，可见曹雪芹摹人手法之精妙。

薛姨妈之对：

左边是个"大长五"——梅花朵朵风前舞。

右边还是个"大五长"——十月梅花岭上香。

当中"二五"是杂七——织女牛郎会七夕。

凑成"二郎游五岳"——世人不及神仙乐。

薛姨妈的三张牌分别是长五、五长、二五，合起来这副牌的名称就是"二郎游五岳"。第一张牌长五，又叫梅牌，薛姨妈对"梅花朵朵风前舞"，上下各五点，既是对牌名称，也是两朵梅花的形象，所以用"朵朵"二字，高明巧妙。第二张牌，也是上下各五点，"大五长"是为押韵而把"大长五"倒过来的说法。前后两张牌一样，但对句不能相同，所以薛姨妈对"十月梅花岭上香"。"十月"紧扣十点，两朵梅花之意，"岭上"即庾岭，因多植梅花，所以通常称"梅岭"。大庾岭在古代是军事要塞，腹地部分为庾岭，古称梅岭、东峤、台岭。相传汉武帝时，有庾胜将军筑于此，因名庾岭。因此以"庾岭"为题的诗词很多，如唐代宋之问的《度大庾岭》、宋代苏轼的《过大庾岭》及宋代余靖的《题庾岭三亭诗·来雁亭》等；"梅岭"亦是如此，如唐代孙鲂的《题梅岭泉》、元代伯颜的《度梅岭》、杜甫的《梅岭雪诗》、唐代樊晃的《南中感怀》等。薛姨妈所对的这句，应取自樊晃的《南中感怀》诗中"四时不变江头草，十月先开岭上梅"一句，除了对应酒令的后两句，这首诗的前两句"南路蹉跎客未回，常嗟物候暗相催"更应引起读者注意，"客未回"和"暗相催"都体现了薛姨妈的客居身份，其中的苦楚恐怕只有她自己能体会吧。第三张牌，上二下五，名为黑七（亦称白七）或杂七。"织女牛郎会七夕"，是以七夕之会巧妙地扣紧七点。合成一副"二郎游五岳"，"二郎"代指三张牌中有一个"二"，"五岳"代指三张牌中的五个"五"。二郎即二郎神，五岳指东岳泰山、西岳华山、中岳嵩山、北岳恒山、南岳衡山。

史湘云之对：

左边"长幺"两点明——双悬日月照乾坤。

右边"长幺"两点明——闲花落地听无声。

中间还得"幺四"来——日边红杏倚云栽。

凑成"樱桃九熟"——御园却被鸟衔出。

史湘云的三张牌分别是长幺、长幺、幺四，合起来这副牌的名称就是"樱桃九熟"。第一张牌，上下各一点，皆是红色。"双悬日月照乾坤"典出唐代李白的《上皇西巡南京歌》"少帝长安开紫极，双悬日月照乾坤"，以"日月""乾坤"比上下两个红点，既紧扣对牌地牌的名称，又寓意天地之间，日月轮回，此起彼落，非常形象。第二张牌，也是上下各一点，皆红色。"闲花落地听无声"典出唐代刘长卿的《别严士元》"细雨湿衣看不见，闲花落地听无声"，"落地"紧扣地牌名称，又以两个红点形象地比喻"闲花落地"的意境，可谓慧心巧思。第三张牌，上一下四，皆红色。"日边红杏倚云栽"语出唐代高蟾的《下第后上永崇高侍郎》"天上碧桃和露种，日边红杏倚云栽"。上面一个红点比作"日"，下面四个红点比作"红杏"，形象生动地描绘了一幅"日边红杏倚云栽"的画面。合成一副"樱桃九熟"——"御园却被鸟衔出"，此牌以总共九个红点比喻"九颗成熟的樱桃"，是借用唐代王维的《敕赐百官樱桃》"非关御苑鸟衔残"之句。在诸钗中，湘云之才思敏捷不亚于钗、黛，她所对的令词皆出自唐诗也就不足为怪，而且所对诗句灵动传神，更体现了湘云性格中阳光明媚、随性豪爽的一面。

薛宝钗之对：

左边是"长三"——双双燕子语梁间。

右边是"三长"——水荇牵风翠带长。

当中"三六"九点在——三山半落青天外。

凑成"铁锁练孤舟"——处处风波处处愁。

薛宝钗的三张牌分别是长三、三长、三六，合起来这副牌的名称就是"铁锁练孤舟"。第一张牌，上下各三点，并行而成双斜线，与"双双燕子"的形象颇为神似，因此可对"双双燕子语梁间"，唐代张谔的《延平门高斋亭子应岐王教》"片片仙云来渡水，双双燕子共衔泥"，宋代谢懋的《杏花天（春思）》"荡霁色、烟光弄暖。双双燕子归来晚"等句，都是描写双燕齐飞的美好意境。第二张牌，也是上下并行而成双斜线的两个三点，"三长"是为押韵而把"长三"倒过来的说法。"水荇牵风翠带长"，典出唐代杜甫的《曲江对雨》"林花著雨燕脂落，水荇牵风翠带长"，以荇菜匍匐水下、横走如带的枝条比喻成并行斜线的两个三点。第三张牌，上三下六。上面三点以数字对应为"三山"，下面绿色的六点对应"青天"；而六点又是天牌的一半，所以用"半落"来形容。"三山半落青天外"典出唐代李白的《登金陵凤凰台》"三山半落青天外，二水中分白鹭洲"。合成一副"铁锁练孤舟"，正如牌面一个六点如一叶孤舟，五个三点如串串铁锁，比喻非常形象生动。"处处风波处处愁"语出明代唐寅的《题画廿四首》"莫嫌此地风波恶，处处风波处处愁"。此句既与牙牌名押韵，又可在意义上发生联想：正因风波生愁，所以孤舟才需用铁链缆住。宝钗所用诗词纵贯唐、宋、明三朝，可见其博闻强识、才高八斗。都说罕言寡语、安分随时的宝钗是个冷美人，其实从"双双燕子""水荇牵风"两句也可看出她对爱情的向往。脂批所说"逐回细看，宝卿待人接物，不疏不亲，不远不近。可厌之人，亦未见（冷淡之态形诸声色；可喜之人，亦未见）醴密之情形诸声色"，正因这样一种自我约束，使得宝钗有了如此表现。她通达世故，藏愚守拙。她的烦恼愁闷难与人言，何尝不是"处处风波处处愁"呢？"三山半落青天外"，也许更是她对自身处境的一种叹息。

林黛玉之对：

左边一个"天"——良辰美景奈何天。

中间"锦屏"颜色俏——纱窗也没有红娘报。

剩了"二六"八点齐——双瞻玉座引朝仪。

凑成"篮子"好采花——仙杖香挑芍药花。

林黛玉的三张牌分别是长六、四六、二六，合起来这副牌凑成的就是"篮子"。第一张牌，是上下各六点的天牌。"良辰美景奈何天"语出明代汤显祖《牡丹亭》中杜丽娘的唱词"良辰美景奈何天，赏心乐事谁家院"，相比贾母的"头上有青天"，黛玉应该更关心"良辰美景"，这是因为第二十三回"西厢记妙词通戏语　牡丹亭艳曲警芳心"时黛玉看过《会真记》，随后又听戏子们排练时唱过，深受感动。黛玉不由自主地引用其文，进一步体现《牡丹亭》对黛玉感情方面的影响之深。第二张牌，是红头，上四下六，上红下绿。"纱窗外定有红娘报"，语出明代金圣叹批本《西厢记》第一本第四折《闹斋》，原句为"侯门不许老僧敲，纱窗也没有红娘报"，其中"红娘"也应了牌面的红色。用象形法观之，上面红色四点比作"纱窗"，下面绿色六点正合了黛玉以竹为主的居所潇湘馆。第三张牌是平八,上二下六,皆是绿色。"双瞻玉座引朝仪"引用了唐代杜甫《紫宸殿退朝口号》中的"户外昭容紫袖垂,双瞻御座引朝仪",可用象形法理解,上面两点比作两位女官,下面六点比作两列臣子,可以视为是由两位女官分别引领两列臣子朝见皇帝的场景。此处"御座"改为"玉座",《红楼梦大辞典》中解释为"或谓隐指宝玉"。其实书中有多处用典改字的地方,如"留得残荷听雨声"的"残",原诗为"枯";再如"花气袭人知昼暖"的"昼",原诗为"骤"。合成一副即凑成"篮子"好采花,"二"像篮柄,"四"像篮筐。"四"是红的,所以说"好采花"。"仙杖香挑芍药花"中的"仙杖",应指道教神仙所执手杖,"芍药"又叫"将离",古代男女交往,以芍药相赠,皆表达结缘之约或惜别之情,因此《诗经·郑风·溱洧》中有"维士与女,伊其相谑,赠之以勺药"句,以表达美好爱情的寓意。

刘姥姥是个目不识丁的庄稼人,一年到头面朝黄土背朝天,自然不懂这种雅令,更摸不准其中的规则和玩法,虽然"凤姐儿和鸳鸯都要听刘姥姥的笑话,故意都令说错,都罚了",但智慧的刘姥姥在这里并没有出丑,很顺利地过关了。

刘姥姥之对:

左边"四四"是个人——是个庄家人罢。

中间"三四"绿配红——大火烧了毛毛虫。

右边"幺四"真好看——一个萝卜一头蒜。

凑成便是一枝花——花儿落了结个大倭瓜。

刘姥姥三句话不离本行。她自己就是个庄稼人,所以当她听到鸳鸯说的第一张牙牌是上四下四的人牌时,首先想到的是庄稼人,刘姥姥这说的大概就是自己了。她的对句当然不可能来自诗词,但皆源自生活,而且也符合"押韵"的基本要求,这也算是处变不惊、从容应对了。刘姥姥的第一张牌是人牌,这是上下排列的两个绿色的四点,这是刘姥姥说庄稼人的来源,而绿色又象征了庄稼,所以她说是个庄稼人。第二张牌是杂七,上面的三点是斜着排列的三个绿点,下面的四点是正方形排列的四个红点。毛毛虫是绿色的,火是红色的,所以刘姥姥对"大火烧了毛毛虫",可谓联想丰富,非常形象贴切了。第三张牌是杂五,幺四就是一点和四点,一点为红色,四点也是红色。中国人喜欢红色,因为它代表着喜庆和热闹,所以鸳鸯说"右边幺四真好看",而刘姥姥把红色的一点看成是一个萝卜,四点则说成是一头蒜(蒜是多瓣聚在一起的),对"一个萝卜一头蒜",也很形象。萝卜和蒜也是庄稼人最常种、最常见的蔬菜,所以刘姥姥也是信手拈来。最后鸳鸯说"凑成便是一枝花",这是因为第一张两个四点是全红,第二张三点和四点是上绿下红,第三张一点和四点也是全红,所以三张牌凑一起,是万花丛中一抹绿意,像一枝花。刘姥姥对"花儿落了结个大倭瓜"。倭瓜就是南瓜,原产墨西哥的中美洲一带,中国古人误以为南瓜来自日本,故名倭瓜。对于刘姥姥来说,花落结瓜,应该是最普通的农事现象,能够马上由花联想到瓜,也说明这个看似卑微的农村老太太不简单。她以自己随机应变的幽默和智慧,得到了贾府众人的认可。

食品植物

红楼食物

《红楼梦》虽然不是一部饮食专著,但它对我国古代传统饮食文化的描写是丰富而细腻的。

《红楼梦》中,出现了很多各种等次的宴会,如《红楼美食大观》所言:"就其规模而言,则有大宴、小宴、盛宴;就其内容而言,则有生日宴、寿宴、冥寿宴、省亲宴、家宴、接风宴、诗宴、灯谜宴、合欢宴、梅花宴、海棠宴、螃蟹宴;就其节令而言,则有中秋宴、端阳宴、元宵宴;就其设宴地方而言,则又有芳园宴、太虚幻境宴、大观园宴、大厅宴、小厅宴、怡红院夜宴等等,令人闻而生津。"

不同的宴会有不同的摆设排场,表现出富贵之家待人接物的鲜明特点。

一是品种多样,菜肴丰盛。

《红楼梦》中点心、饮品、主食类和肴馔等共有一百八十多种,形成了一套完整、独具一格的"红楼食谱"。种类繁多的菜品展现了中国古代社会贵族阶层奢侈生活的风貌。

据统计,《红楼梦》中的食品可分为8个类别:主食类、点心类、菜肴类、调味类、饮料类、果品类、补品补食类、外国食品类。其中主食21种,点心17种,菜肴原料31种,食品38种,调味品8种,饮料23种,果品30种,补食补品11种,外国食品10种。

荤菜有酒酿清蒸鸭子、火腿炖肘子、牛乳蒸羊羔、炸鹌鹑、风腌果子狸;素的有茄鲞、油盐炒枸杞芽儿、炒芦蒿;水产有螃蟹;烧烤有烤鹿肉;小菜有鹅掌鸭信、胭脂鹅脯、酱萝卜炸儿、野鸡瓜齑;汤有莲叶羹、酸笋鸡皮汤、火腿鲜笋汤、虾丸鸡皮汤;粥有碧粳粥、枣儿熬的粳米粥;主食有豆腐皮包子;点心有枣泥山药糕、藕粉桂糖糕、松穰鹅油卷、奶油炸的果子;甜品有糖蒸酥酪、玫瑰露、糖腌的玫瑰卤子、杏仁茶……

二是器皿讲究,食材丰富。

在中国的饮食文化中,兼具饮食器皿和饮食本身才能构成"美食"的全部内涵。诗人王翰有"葡萄美酒夜光杯"的诗句,从中体现出我国美食文化的表达形式,美酒一定要用夜光杯来盛。器与食的完美结合才能增强人的饮食欲望,从中享受美食带来的快乐。

红楼饮食文化在这方面体现得更加突出,其食具、茶具、酒具、桌具都是非常华美的。例如:金盘、金碗、银碟、玛瑙碗、翡翠杯、琥珀杯、绿玉斗、乌木三镶银箸、四楞象牙金筷、玻璃盏等。盛装食器精心的搭配,使食物在带来味觉享受的同时,也传递视觉上的美感,饮食过程中的感官愉悦有了更多层次。

美味佳肴,需要相应的食材。《红楼梦》中食物的加工都非常讲究,对食材的要求也非常高。

比如做汤,贾府非常讲究,宝玉挨打之后想喝莲叶羹,就是鸡汤加点荷叶,用荷叶的清香配着鸡汤的鲜美。关键是这个荷叶不是随便放里面的,它先用一套四个的模子,有菊花形状的,有莲蓬形状的,还有梅花和菱角形状的,把荷叶做成这样放汤里,又好看又好喝,但颇为烦琐。所以宝玉一提要喝这个,王熙凤就说:"听听,口味不算高贵,只是太磨牙了。巴巴的想这个吃了。"薛姨妈看了这套银模子也说:"你们府上也都想绝了,吃碗汤还有这些样子。若不说出来,我见这个也不认得这是作什么用的。"

另外，在具体做菜时，每一个环节都非常讲究。比如，刘姥姥吃的茄鲞这道菜，先把才摘下来的茄子的皮削了，只要净茄肉，切成碎丁子，用鸡油炸了，再用鸡脯子肉并香菌、新笋、蘑菇、五香腐干、各色干果子，都切成丁子，用鸡汤煨干，将香油一收，外加糟油一拌，盛在瓷罐子里封严，要吃时拿出来，用炒的鸡丁一拌就是。《红楼梦》里的佳肴实在过于繁盛，相信很多人都会对其中几道菜品印象深刻，下面略举几例。

1. 糟鹅掌鸭信

（第八回）这里薛姨妈已摆了几样细巧茶果，留他们吃茶。宝玉因夸前日在那府里珍大嫂子的好鹅掌、鸭信。薛姨妈听了，忙也把自己糟的取了些来与他尝。宝玉笑道："这个须得就酒才好。"薛姨妈便命人去灌了些上等的酒来。

考证：糟鹅掌鸭信就是糟制的鹅掌与鸭舌。糟制菜肴为江南食俗，由来已久。五代时僧人谦光说"愿鹅生四掌"，言其极嗜此食。曹雪芹之祖父曹寅亦爱食此类物，其《药后除食忌谢方南董馈炸鸡二品，将有京江之行》有句"百嗜不如双跖羹"，讲的就是禽掌。糟鹅掌用的是熟掌，《宋氏养生部》说："糟：熟鹅、鸡同掌、跖、翅、肝、肺，同兽属。鹅全体剖析四轩。糟封之，能留久。宜冬月。"宝玉食糟鹅掌之时，外面已下了半日雪珠儿了，说时此食正当其时。另，糟鸭舌为清朝乾隆年间扬州名菜。童岳荐《童氏食规》说："糟鸭舌，冬笋片穿糟鸭舌。"苏州亦行此食。其制作方法是将鹅掌及鸭舌煮熟，剔骨，用鸡汤加盐复煮，捞出后用香糟汁或糟油腌制好，封存糟食。

2. 火腿炖肘子

（第十六回）因向平儿道："早起我说那一碗火腿炖肘子很烂，正好给妈妈吃，你怎么不取去赶着叫他们热来？"又道："妈妈，你尝一尝你儿子带来的惠泉酒。"

考证：火腿炖肘子，清代名菜，今镇江、扬州一带仍行此食，美其名曰"金银蹄"，亦称"煨火肘"。《北砚食单》上说："煨火肘：火腿膝湾配鲜膝湾，各三副同煨，烧亦可。""金银蹄：醉蹄尖配火腿煨。"这是一道火工菜，口感要酥烂，适合老年人食，故王熙凤用以招待赵嬷嬷。其制作方法是用火腿肘子与鲜肉肘子合炖，食盐调味，少加酒糖，炖极烂。

3. 茄鲞

（第四十一回）贾母笑道："你把茄鲞搛些喂他。"凤姐儿听说，依言搛些茄鲞送入刘姥姥口中，因笑道："你们天天吃茄子，也尝尝我们的茄子弄的可口不可口。"刘姥姥笑道："别哄我了，茄子跑出这个味儿来了，我们也不用种粮食，只种茄子了。"众人笑道："真是茄子，我们再不哄你。"刘姥姥诧异道："真是茄子？我白吃了半日。姑奶奶再喂我些，这一口细嚼嚼。"凤姐果又搛了些放入口内。刘姥姥细嚼了半日，笑道："虽有一点茄子香，只是还不像是茄子。告诉我是个什么法子弄的，我也弄着吃去。"凤姐儿笑道："这也不难。你把才下来的茄子把皮䂭了，只要净肉，切成碎钉子，用鸡油炸了，再用鸡脯子肉并香菌、新笋、蘑菇、五香腐干、各色干果子，都切成钉子，拿鸡汤煨干，将香油一收，外加糟油一拌，盛在磁罐子里封严，要吃时拿出来，用炒的鸡瓜一拌就是。"

考证："鲞"本指剖开后晾干的鱼，后泛指腌腊成干的片状物，如"牛肉鲞""笋鲞"等。所以这里的"茄鲞"，应是切成片状腌腊的茄子，是制好的陈菜、干菜，其特点应该是咸而香，有嚼头，既能下酒，又适宜于就粥吃。

研究凤姐所说做法，应该注意到以下几个操作程序："鸡油炸了"的"炸"，"拿鸡汤煨干"的

"煨","香油一收"的"收","外加糟油一拌"的"拌","封严"的"封"。这"炸""煨""收""拌""封"可以说是茄鲞的"五字真经"。其窍门是充分去掉水分,使之干(是香、咸、韧软三者混合的干),而又严封使之充分入味。

主料茄丁用鸡油炸,配料用鸡汤煨干、用香油收,都是使之入鸡味,而又都是干的。加糟油拌,是在加咸味。糟油是用糟加配料特制的调味品,在瓷罐中封严,其目的是隔绝空气,使食物得以长时间保存。而更重要的是里面的味道不散发出来,使之闷在里面。经过一定时间,其味才能"入"到茄丁中,使之"醇厚"。单从菜来论菜,那从瓷罐中取拉出一盘封存了很长时间的、香喷喷的"茄鲞",那本身已是十分可口的美味了。下酒也好,配粥也好,一定滋味无穷。

4. 野鸡崽子汤

(第四十三回)王夫人又请问:"这会子可又觉大安些?"贾母道:"今日可大好了。方才你们送来野鸡崽子汤,我尝了一尝,倒有味儿,又吃了两块肉,心里很受用。"

考证:清代袁枚在《随园食单》中曾提到"野鸡五法",简单地介绍了这几种吃法:"野鸡披胸肉,清酱郁过,以网油包放铁奁上烧之。作方片可,作卷子亦可,此一法也。切片加作料炒,一法也。取胸肉作丁,一法也。当家鸡整煨,一法也。先用油灼,拆丝,加酒、秋油、醋,同芹菜冷拌,一法也。生片其肉,入火锅中,登时便吃,亦一法也。其弊在肉嫩则味不入,味入则肉又老。"

"崽子"即仔鸡,这里的野鸡崽子汤应该就是野仔鸡切块,过油,加黄酒、食盐、葱姜,用好汤代水炖之,炖极烂出锅。

5. 火腿鲜笋汤

(第五十八回)晴雯麝月揭开看时,还是只四样小菜。晴雯笑道:"已经好了,还不给两样清淡菜吃。这稀饭咸菜闹到多早晚?"一面摆好,一面又看那盒中,却有一碗火腿鲜笋汤,忙端了放在宝玉跟前。宝玉便就桌上喝了一口,说:"好烫!"

考证:火腿与春笋合烹,其滋味极佳,扬州人称之为"一啜鲜"。这"一啜鲜"就是江南"腌笃鲜"的谐音。"腌"指火腿或咸肉,"笃"是上海话轻煮慢炖的意思,"鲜"是指鲜笋和鲜肉。我国明清时江南就有火腿炖鲜笋的食俗,用火腿来烹鲜笋,自然比普通咸肉多了几分贵气。火腿在古代又称火肉,用猪腿腌熏而成。《遵生八笺》中有提到火肉的做法:"以圈猪方杀下,只取四只精腿,趁热用盐,每一斤肉盐一两,从皮擦入肉内,令如绵软。以石压竹栅上,置缸内二十日,次第翻三五次。以稻柴灰一重间一重叠起,用稻草烟熏一日一夜,挂有烟处。初夏水中浸一日夜,净洗,仍前挂之。"古人重养生之道,病者不可吃油腥的肉食和干硬的冷食,所以宝玉病中吃的只是清茶淡饭,这时见了火腿鲜笋汤这样的美味,自然急不可耐,端起来就喝,所以被热汤烫了嘴。

6. 虾丸鸡皮汤,酒酿清蒸鸭子,胭脂鹅脯

(第六十二回)说着,只见柳家的果遣了人送了一个盒子来。小燕接着揭开,里面是一碗虾丸鸡皮汤,又是一碗酒酿清蒸鸭子,一碟腌的胭脂鹅脯,还有一碟四个奶油松瓤卷酥,并一大碗热腾腾碧莹莹蒸的绿畦香稻粳米饭。

考证:这里共提到了三道菜,分别是虾丸鸡皮汤、酒酿清蒸鸭子和胭脂鹅脯。虾丸鸡皮汤是用鸡肉与虾丸烧制的汤品。鲜虾肉嫩色白,是海中美食,高蛋白低脂肪,可补肾壮阳,健脾化痰,益气通乳。虾肉柔滑软嫩,用其做汤口味清鲜。特别是将丸子做成白、绿两色,颇有特色。明清时,鸡皮往往作为御膳食材,很多御膳档上对此都有记载,如鸡皮四喜丸子等,这也说明了那个时

代的饮食风气。当然，从食材本身的角度上分析，鸡皮中含有大量的硫黄软骨素，是弹性纤维蛋白的重要构成元素之一，将其入菜能很好地预防衰老。

酒酿清蒸鸭子即用酒酿作为蒸水蒸出来的鸭子。酒酿，又叫米酒、甜酒、酒糟等，古称"醴"，是用蒸熟的江米（糯米）拌上酒酵（一种微生物酵母）发酵而成的一种甜米酒。酒酿甘辛温，含糖、有机酸、维生素等，可益气、生津、活血、散结、消肿。清蒸，指不加其他配料，不用浓重调味品，以主料略加调味品蒸制而成。凡清蒸菜，都特别讲究原料之新鲜。鸭子为乾隆宫廷御膳常物，做法甚多，如炒鸡白鸭子杂烩、燕窝八仙鸭子、清蒸鸭子糊猪肉攒盘、肉丝清蒸肥鸭旋子、酒炖鸭子等。《吕氏春秋·孝行览·本味》中载："夫三群之虫，水居者腥。"从这里可以看出，鸭肉略带腥气，以酒蒸之，可解腥味，故江南鸭馔调味多用酒。《红楼梦》中用酒酿清蒸鸭子，无疑是深得膳食之精要。这道美食是厨娘柳嫂为了讨好芳官，特意给芳官送来的（因为芳官与柳五儿要好，而芳官答应柳五儿向宝玉说情，好让柳五儿进大观园来服侍宝玉）。鸭肉在《红楼梦》里出现过很多次，比如元宵节夜里，贾府众人在赏灯放烟花的时候，担心贾母饿着，于是专门有人给她预备了夜宵，在长长的夜宵菜单里，排在第一位的就是鸭肉粥。从这个细节不难看出，鸭肉可以说是大观园里的家常菜。

胭脂鹅脯是一道以鹅为主要原料，红曲粉、蓑衣黄瓜、苹果为主要配料，绍兴黄酒、蜂蜜、桂叶等为主要调料的菜品，具有补阴益气、暖胃开津等功效。其做法：将鹅洗净，先用盐腌，然后烹制成熟。因鹅肉呈红色，故称胭脂鹅。鹅脯，指鹅的胸脯，肉嫩而丰。《易牙遗意》云："鹅一只，不剁碎，先以盐淹（腌）过，置汤锣内蒸熟。以鹅蛋三五枚洒在内，候熟，杏腻浇供，名杏花鹅。"杏花，红色，类胭脂色。曹寅《楝亭集·过海屋李昼公给事出家伶小酌留题》诗有："选次不辞过，知君怜我真。红鹅催送酒，苍鹘解留人。"这里的红鹅，即胭脂鹅。

7. 鸡髓笋

（第七十五回）鸳鸯又指那几样菜道："这两样看不出是什么东西来，大老爷送来的。这一碗是鸡髓笋，是外头老爷送上来的。"一面说，一面就只将这碗笋送至桌上。贾母略尝了两点，便命："将那两样着人送回去，就说我吃了。以后不必天天送，我想吃自然来要。"媳妇们答应着，仍送过去，不在话下。

考证：鸡髓笋是红楼菜中的一道珍品。咸、鲜、脆、嫩且爽口，颜色黄白。其制作方法是将鸡腿肉去掉，留下骨头，敲碎取出骨髓，点缀在鲜笋盘中。雅致，清透，营养丰富。其制作难点在于鸡髓的抽取：取乌鸡腿，用刀剔除腿肉，用刀背将鸡腿骨敲散，用竹签取出骨髓，放至汤锅中加入黄酒、姜汁、糖滚透，去掉腥味，换清汤煨透，收汁，凉成自然凝结成块，再用餐刀将骨髓切成大小均匀的条状。因为鸡骨髓极少，所以制作起来所耗鸡腿骨极多。

8. 豆腐皮包子

（第八回）因又问晴雯道："今儿我那府里吃早饭，有一碟子豆腐皮的包子，我想着你爱吃，和珍大奶奶说了，只说我留着晚上吃，叫人送过来的，你可吃了？"晴雯道："快别提。一送了来，我知道是我的，偏我才吃了饭，就搁在那里。后来李奶奶来了看见，说：'宝玉未必吃了，拿来给我孙子吃去罢。'他就叫人拿了家去了。"

考证：豆腐皮，又叫豆油皮、豆腐衣。其制作方法是把不加凝固剂的豆浆煮沸，待其冷却时拿出面上结的一层皮，再晾干即可（现在某些餐厅还保留着此方法，在现场做豆腐皮以吸引顾客）。

李时珍在《本草纲目》云:"豆腐之法,始于汉淮南王刘安。凡黑豆、黄豆及白豆、泥豆、豌豆、绿豆之类,皆可为之。造法:水浸硙碎,滤去滓,煎成,以盐卤汁或山矾叶或酸浆、醋淀就釜收之。又有入缸内,以石膏末收者。大抵得咸、苦、酸、辛之物,皆可收敛尔。其面上凝结者,揭取晾干,名豆腐皮。"亦有把煮好的豆浆加凝固压成薄皮而成(次一等的做法)。清代以豆腐皮做包子,有数种做法,有用豆腐皮包裹馅心,如纸包之四折,成方包,以蛋清糊其封口,上笼蒸之;也有将腐皮裁为小片,包馅成兜子,以麻线收口,蒸熟成形,再去麻线;亦有将豆腐切碎,拌调味品为馅,包馅以蒸熟。清代豆腐皮包子亦为贡品,清宫御膳档案中有此物。

9. 鸽子蛋

(第四十回)只见一个媳妇端了一个盒子站在当地,一个丫鬟上来揭去盒盖,里面盛着两碗菜。李纨端了一碗放在贾母桌上。凤姐儿偏拣了一碗鸽子蛋放在刘姥姥桌上……刘姥姥拿起箸来,只觉不听使,又说道:"这里的鸡儿也俊,下的这蛋也小巧,怪俊的。我且肏攮一个。"众人方住了笑,听见这话又笑起来。贾母笑的眼泪出来,琥珀在后捶着。贾母笑道:"这定是凤丫头促狭鬼儿闹的,快别信他的话了。"那刘姥姥正夸鸡蛋小巧,要肏攮一个,凤姐儿笑道:"一两银子一个呢,你快尝尝罢,那冷了就不好吃了。"刘姥姥便伸箸子要夹,那里夹的起来,满碗里闹了一阵,好容易撮起一个来,才伸着脖子要吃,偏又滑下来滚在地下,忙放下箸子要亲自去捡,早有地下的人捡了出去了。刘姥姥叹道:"一两银子,也没听见响声儿就没了。"众人已没心吃饭,都看着他笑。

考证:从刘姥姥描述二十多两银子可以够庄家人过一年的细节来看,凤姐所言"一两银子一个"的鸽子蛋实在贵得离谱。而在现代社会,鸽子蛋属于常见之物,那么凤姐此语是否纯属戏言呢?其实,"一两银子一个的鸡蛋"是有出处的。徐珂的《清稗类钞·豪侈类·盐商起居服食之奢靡》中有这样的记载:"均太为两淮八大盐商之冠,晨起饵燕窝,进参汤,更食鸡蛋二枚,庖人亦例以是进。一日无事,偶翻阅簿记,见蛋二枚下注每枚纹银一两,均太大诧曰:'蛋值即昂,未必如此之巨。'即呼庖人至,责以浮冒过甚。庖人曰:'每日所进之鸡蛋,非市上所购者可比,每枚纹银一两,价犹未昂。主人不信,请别易一人,试尝其味,以为适口,则用之可也。'言毕,自告退。黄遂择一人充之,而其味迥异于昔。一易再易,仍如是,意不怿,仍命其入宅服役。翌日以鸡蛋进,味果如初,因问曰:'汝果操何术而使味美若此?'庖人曰:'小人家中畜母鸡百余头,所饲之食皆参术等物,研末掺入,其味乃如是之美。主人试使人至小人家中一观,即知真伪也。'均太遣人往验,果然,由是复重用之。"

鸽子蛋能补肾益气,适用于肾虚引起的腰膝酸软、头晕等症状。又加上鸽子的产蛋率不高(每月下一对,有时还停产),所以在封建社会里是公卿王侯之家的席上珍品。这里要说明一下,均太所食鸡蛋,其鸡为参术之物养大,故价值每枚纹银一两。荣府所用食材均为市场采购,并没有特别的饲养成本,所以即使是鸽子蛋,价格昂贵只不过是下人中饱私囊的结果。

10. 枣泥山药糕

(第十一回)秦氏说道:"好不好,春天就知道了。如今现过了冬至,又没怎么样,或者好的了也未可知。婶子回老太太、太太放心罢。昨日老太太赏的那枣泥馅的山药糕,我倒吃了两块,倒像克化的动似的。"凤姐儿说道:"明日再给你送来。我到你婆婆那里瞧瞧,就要赶着回去回老太太的话去。"秦氏道:"婶子替我请老太太、太太安罢。"

考证:这是秦可卿病中所服的滋补品。枣泥山药糕易于消化,味道清甜,而红枣可以补气血,山药可以健脾胃,所以对病中之人是不错的补养小食。制作枣泥山药糕,需费不少工夫。首先要把红枣去核洗净,用温水浸泡后蒸一小时,去皮后与油(花生油或猪油)、白糖炒成枣泥备用。然后将山药洗净,蒸一小时后去皮,磨成泥后加上镶粉(糯米粉和粳米粉)、猪油、白糖、水,再蒸30分钟。最后在模子中涂油,按顺序放上山药泥和枣泥,再放一次山药泥,做成夹心状,倒出后再蒸数分钟即可。

11. 糖蒸酥酪

(第十九回)李嬷嬷又问道:"这盖碗里是酥酪,怎不送与我去?我就吃了罢。"说毕,拿匙就吃。一个丫头道:"快别动!那是说了给袭人留着的,回来又惹气了。你老人家自己承认,别带累我们受气。"李嬷嬷听了,又气又愧,便说道:"我不信他这样坏了。别说我吃了一碗牛奶,就是再比这个值钱的,也是应该的。难道待袭人比我还重?难道他不想想怎么长大了?我的血变的奶,吃的长这么大,如今我吃他一碗牛奶,他就生气了?我偏吃了,看怎么样!你们看袭人不知怎样,那是我手里调理出来的毛丫头,什么阿物儿!"一面说,一面赌气将酥酪吃尽。

考证:这里的糖蒸酥酪其实就是一种奶制品,主要由羊奶和牛奶制成,也是地道的北京风味小吃。牛奶和羊奶在当时是稀贵之物,所以宝玉才会郑重地留给袭人。清代沈太侔《东华琐录》称:"市肆亦有市牛乳者,有凝如膏,所谓酪也。或饰以瓜子之属,谓之八宝,红白紫绿,斑斓可观。溶之如汤,则白如饧,沃如沸雪,所谓奶茶也。炙奶令热,熟卷为片,有酥皮、火皮之目,实以山楂、核桃(仁),杂以诸果,双卷两端,切为寸断,奶卷也。其余或凝而范以模,如棋子,以为饼;或屑为面,实以馅而为饽,其实皆所谓酥酪而已。"徐珂《清稗类钞》亦谓:"奶酪者,制牛乳和以糖使成浆也,俗呼奶茶,北人恒饮之。"《燕都小食品杂咏·牛奶酪》云:"鲜新美味属燕都,敢与佳人赛雪肤。饮罢相如烦渴解,芳生齿颊润于酥。"原注云:"以牛乳含糖入碗,凝结成酪,而冷食之,置碗于木桶中,挑担沿街叫卖,味颇美,制此者为牛奶房也。"

12. 燕窝

(第十回)"他听了这事,今日索性连早饭也没吃。我听见了,我方到他那边安慰了他一会子,又劝解了他兄弟一会子。我叫他兄弟到那府里去找宝玉去了,我才看着他吃了半盏燕窝汤,我才过来了。婶子,你说我心焦不心焦?况且如今又没个好大夫,我想到他这病上,我心里倒像针扎似的。你们知道有什么好大夫没有?"

(第四十五回)这日宝钗来望他,因说起这病症来。宝钗道:"这里走的几个太医虽都还好,只是你吃他们的药总不见效,不如再请一个高明的人来瞧一瞧,治好了岂不好?每年间闹一春一夏,又不老又不小,成什么?不是个常法。"黛玉道:"不中用。我知道我这样病是不能好的了。且别说病,只论好的日子我是怎么形景,就可知了。"宝钗点头道:"可正是这话。古人说:'食谷者生。'你素日吃的竟不能添养精神气血,也不是好事。"黛玉叹道:"'死生有命,富贵在天',也不是人力可强的。今年比往年反觉又重了些似的。"说话之间,已咳嗽了两三次。宝钗道:"昨儿我看你那药方上,人参肉桂觉得太多了。虽说益气补神,也不宜太热。依我说,先以平肝健胃为要,肝火一平,不能克土,胃气无病,饮食就可以养人了。每日早起拿上等燕窝一两,冰糖五钱,用银铫子熬出粥来,若吃惯了,比药还强,最是滋阴补气的。"

考证:《红楼梦》一书中有数十次提及燕窝,这足以说明贾府众人对燕窝的喜爱。事实上,中国人食用燕窝的历史并不算长,明朝以前,我国古代文献并没有关于燕窝的记载,连《本草纲目》

《明史·食货志》等有影响力的书籍也均未记载燕窝的内容。直至1536年,明朝黄衷在《海语》中始对燕窝有所记载。

燕窝疗效首见于清代名医汪昂的《本草备要》(1694)和张璐的《本经逢原》(1695)。此后,在吴仪洛的《本草从新》(1757)、黄宫绣的《本草求真》(1769)及清代医学家赵学敏的《本草纲目拾遗》(1765)等医书中,均对燕窝有记载。而以《本草纲目拾遗》记载最为详尽,其《卷九·禽部·燕窝》有记载:"许谨斋黄门,每晨起食蔗浆、燕窝一巨觥,以融软为度,谓他人皆生食也,终日不溺。味甘淡平,大养肺阴,化痰止嗽,补而能清,为调理虚损劳瘵之圣药。一切病之由于肺虚不能清肃下行者,用此皆可治之。开胃气,已劳痢,益小儿痘疹,可入煎药,或单煮汁服。《从新》云:今人用以煮粥,或用鸡汁煮之,虽甚可口,然乱其清补之本性,岂能已痰耶?有与冰糖同煎,则甘壅矣,岂能助肺金清肃下行耶?"若按《本草纲目拾遗》所说,则贾府中大部分食用燕窝的方法都是错误的。

《红楼梦》中,燕窝一再出现在黛玉、宝钗等人的生活场景中,可谓当时贾府主子们的滋补标配。除以上选文外,还有第五十五回写凤姐小月之后添了下红之症,她病中只吃燕窝粥,两碟子精致小菜,每日分例菜已暂减去;第五十七回里宝玉为黛玉到贾母处巧妙讨要燕窝;第八十七回宝玉因哀悼晴雯未吃晚饭且一夜未眠,袭人让厨房熬燕窝汤给宝玉等。贾府食用燕窝,大部分不是作药用,而是作为普通食材,如用燕窝配鸡鸭,做燕窝秋梨鸭子热锅、燕窝炖冰糖苹果、燕窝冬笋烩糟鸭子热锅、燕窝鸭子葱椒面、燕窝鸭子徽州肉镟子、燕窝松子清蒸鸭子、红白鸭子燕窝八吉祥……以至于清人裕瑞锐评《红楼梦》:"写食品处处不离燕窝,未免俗气。"

其实,这正是因为曹雪芹对当年宫廷流行的御馔耳濡目染,才能让燕窝自然妥帖地现身。曹雪芹选择写燕窝,是用细节反映贾府生活水准直逼帝王家,巧妙铺陈"白玉为堂金作马"的豪华排场,表现出贾府煊赫一时的气势。

据清宫老档记载,乾隆几次下江南,每日清晨御膳之前,必空腹吃冰糖燕窝粥。直到光绪朝御膳,每天也少不了燕窝菜。而菜中多用鸡、鸭配燕窝,此外野鸭、小鸡、鹿尾配燕窝也较为常见。以光绪十年十月七日慈禧早膳为例,一桌三十多样菜点中,用燕窝的就有七样。

从现代营养成分分析看,燕窝当然有其独特营养价值,但这种营养价值并非不可取代,最起码,其营养是对不住其价格的。人们之所以趋之若鹜,主要原因还是其量少价高,非富贵人家不能常食。

茶

茶礼茶俗是《红楼梦》茶文化描写中重要的部分。曹雪芹将茶的知识、茶的功用、茶的情趣全部熔铸于作品之中,其描写茶文化篇幅广博,细节精微,作用巨大,蕴意深远,文采斑斓,远远超过中国大多数古典小说,为中国小说史上所罕见,以至于有人说:"一部《红楼梦》,满纸茶叶香。"所以普通人家,大可不必去"附庸风雅"。

饮茶的主要作用,可以概括为以下几个方面:

以茶待客。《红楼梦》第一回,甄士隐命小童献茶,招待贾雨村。第三回,王夫人命丫环捧茶招待刚来贾府的林黛玉。第二十六回,贾芸进见宝玉,袭人端了茶来,贾芸忙站了起来,笑道:"姐姐怎么替我倒起茶来。"第四十一回,贾母、宝玉等人到栊翠庵,妙玉以各种名茶招待。最为隆重的以茶待客之礼是元妃省亲的时候。这位皇妃娘娘回贾府时,那礼仪太监请元妃升座受礼,顿时两旁奏乐升起,随即举行"茶三献"隆盛礼仪。每一次献茶都要叩头礼拜,三献之后,元妃随即降座,奏乐方止。

以茶作祭。茶祭自古以来就是丧礼的重要部分。《红楼梦》第十四回,秦可卿死后,王熙凤向办理丧事的仆人交代了他们各自的任务,其中就有"供茶"一项。第十五回,当秦氏的灵柩停在铁槛寺里时,和尚也要向亡人奠茶。第五十八回,贾宝玉听说藕官因演小旦的药官死了才烧纸钱,即说可以清茶一杯祭亡灵。

以茶定亲。在婚礼中茶是少不了的物品。男方送给女方的聘礼叫作"下茶""茶礼",女方吃了男方的茶,就表示已定亲。《红楼梦》第二十五回,王熙凤在怡红院遇见林黛玉,就问起日前赠送暹罗贡茶是否品尝了,并说有一事相求。林黛玉听了笑道:"你们听听,这是吃了他一点子茶叶,就来使唤我来了。"凤姐笑道:"……你既吃了我们家的茶,怎么还不给我们家作媳妇?"众人听后一齐笑了起来。

以茶赠友。将茶叶作为礼品送给亲朋好友,在中国是屡见不鲜的事。《红楼梦》第二十六回,写宝玉给黛玉送茶,丫头佳蕙笑道:"我好造化!才刚在院子里洗东西,宝玉叫往林姑娘那里送茶叶,花大姐姐交给我送去。可巧老太太那里给林姑娘送钱来,正分给他们的丫头们呢。见我去了,林姑娘就抓了两把给我,也不知多少。"林黛玉奖赏送茶丫鬟,是表示对宝玉的谢意,其中茶叶所蕴含的脉脉深情,只有他们两人才能领会。

(第八回)宝玉吃了半碗茶,忽又想起早起的茶来,因问茜雪道:"早起沏了一碗枫露茶,我说过,那茶是三四次后才出色的,这会子怎么又沏了这个来?"茜雪道:"我原是留着的,那会子李奶奶来了,他要尝尝,就给他吃了。"宝玉听了,将手中的茶杯只顺手往地下一掷,"豁啷"一声,打个齑粉,泼了茜雪一裙子的茶。又跳起来问着茜雪道:"他是你那一门子的奶奶,你们这么孝敬他?不过是仗着我小时候吃过他几日奶罢了。如今逞的他比祖宗还大了。如今我又吃不着奶了,白白的养着祖宗作什么!撵了出去,大家干净!"说着立刻便要去回贾母,撵他乳母。

考证:《红楼梦》里有多次谈到茶,所饮之茶甚多,其中有两次谈到了"枫露茶",除第八回选文外,第二次是第七十八回"老学士闲征姽婳词,痴公子杜撰芙蓉诔"中,宝玉用《芙蓉女儿诔》祭奠了抱屈夭折的晴雯,更预先追悼了终将幽明相隔的林黛玉。诔文开篇处,他写道:"谨以群花之蕊,冰鲛之縠,沁芳之泉,枫露之茗:四者虽微,聊以达诚申信……"

那什么是枫露茶呢?顾名思义,与枫树叶相关。清代顾仲《养小录·诸花露》记载:"仿烧酒锡甑、木桶减小样,制一具,蒸诸香露。凡诸花及诸叶香者,俱可蒸露。入汤代茶,种种益人。入酒增味,调汁制饵,无所不宜……"可见,枫露的制法,是取香枫之嫩叶,入甑蒸之,滴取其露。将枫露点入茶汤中,即为"枫露茶"。从中医来分析,枫树叶也是一味中药,其味苦、性平,有祛风除湿、行气止痛之功,常用于肠炎、痢疾和胃痛。枫树叶既可以内服,又可以外用。把枫树叶捣碎了之后外敷,可治毒蜂蜇伤,能起到化淤、消肿、止痛的作用;也可以把枫叶煎汤后外洗湿疹。这样说来,用枫树叶来制茶,应该也有类似的功效。大观园里诸人喝枫露茶,多用来养生。

(第二十五回)凤姐道:"前儿我打发人送了两瓶茶叶去,你往那去了?"黛玉笑道:"哦,可是我倒忘了,多谢多谢。"凤姐又道:"你尝了可还好不好?"没有说完,宝玉便道:"论理可倒罢了,只是我说不大甚好,也不知别人尝着怎么样。"宝钗道:"味倒轻,只是颜色不大很好。"凤姐道:"那是暹罗进贡来的。我尝着也没什么趣儿,还不如我每日吃的呢。"黛玉道:"我吃着好。"宝玉道:"你果然吃着好,把我这个也拿了去罢。"凤姐道:"你真爱吃,我那里还有呢。"林黛玉道:"果真的,我就打发人取去了。"凤姐道:"不用取去,我叫人送来就是了。我明日还有一件事求你,一同打发人送来。"

考证:暹罗,泰国旧称。元、明、清时期,暹罗与我国往来密切。《红楼梦》里的暹罗茶,可能就是暹罗所特有的"暹罗茗"。采制暹罗茗时,先将有三四叶之嫩芽连茶梗摘下,一般都是右手摘,递与左手,至手握满,用竹丝捆紧成束,名为一干,每干鲜叶蒸两小时,冷却后置于篮中或竹桶中紧压,使其发酵,经一个月即可食用,能保存一年不坏。此种暹罗茗供咀嚼用,又称口香茶。从制作方法上看,暹罗茶的做法属于蒸青(用蒸汽杀青)之法,非常接近我国唐朝时期的绿茶制法,而我国在明朝时期已发展出炒青(锅炒杀青)技术,炒青绿茶的香气、滋味、叶片形态都要优于蒸青绿茶。所以有宝钗"味倒轻,只是颜色不大很好"的评价,而黛玉生于江南之家,饮茶的习惯相对清淡,所以众人都觉得偏淡的暹罗茶,独她觉得"吃着好"。

(第四十一回)当下贾母等吃过茶,又带了刘姥姥至栊翠庵来。妙玉忙接了进去。至院中见花木繁盛,贾母笑道:"到底是他们修行的人,没事常常修理,比别处越发好看。"一面说,一面便往东禅堂来。妙玉笑往里让,贾母道:"我们才都吃了酒肉,你这里头有菩萨,冲了罪过。我们这里坐坐,把你的好茶拿来,我们吃一杯就去了。"妙玉听了,忙去烹了茶来。宝玉留神看他是怎么行事。只见妙玉亲自捧了一个海棠花式雕漆填金云龙献寿的小茶盘,里面放一个成窑五彩小盖钟,捧与贾母。贾母道:"我不吃六安茶。"妙玉笑说:"知道。这是老君眉。"贾母接了,又问是什么水。妙玉笑回:"是旧年蠲的雨水。"贾母便吃了半盏,便笑着递与刘姥姥说:"你尝尝这个茶。"刘姥姥便一口吃尽,笑道:"好是好,就是淡些,再熬浓些更好了。"贾母众人都笑起来。然后众人都是一色官窑脱胎填白盖碗。

考证:这里出现了两种茶,六安茶与老君眉。文中所指的"六安茶"属不发酵的绿茶,产于安徽省六安、金寨和霍山三县。明人屠隆《考槃馀事》中曾列出最为当时人称道的茶有六种,即"虎丘茶""天池茶""阳羡茶""六安茶""龙井茶""天目茶"。"六安茶"列为六品之一,以茶香醇厚而著称于世。曹雪芹写《红楼梦》时,"六安茶"与"西湖龙井茶"同属天下名茶,为珍贵的贡茶。由此可知,自清朝"六安茶"是以贡品而受人们重视的,明清以来文献中也多有提及。

六安茶又称"瓜片",因其外形像瓜子,呈片状,故得名"六安瓜片"。以金寨县齐云山鲜花蝙蝠洞所产之茶质量最高,故又称"齐云名片"。而之所以称"六安瓜片",主要是因为金寨和霍山两县旧时同属六安州。这个地区位于皖西大别山区,山高林密,云雾弥漫,空气湿度大,年降雨量充足,具备了良好的产茶自然环境。更为奇特的是,蝙蝠洞的周围,整年有成千上万的蝙蝠云集在这里,排撒的粪便富含磷质,利于茶树生长。此茶不仅可以消暑解渴,还有极强的助消化作用和治病功效。"六安瓜片"在宋代有茶中精品之誉,并在明代以前已为贡茶。

关于"老君眉",在《红楼梦》中的注释是:"老君眉——湖南洞庭湖君山所产的银针茶,精选嫩芽制成,满布毫毛,香气高爽,其味甘醇,形如长眉,故名'老君眉'。"这里描述了老君眉的特点:一是颜色,茶叶满布白毫;二是形状,茶叶细长如老人眉毛。如果我们按照现代君山银针的描述来看,"芽壮多毫,条真匀齐,白毫如羽,芽身金黄发亮,着淡黄色茸毫"。君山银针是典型的黄茶,轻微发酵,滋味甘爽,饮用起来十分可口。

(第六十三回)已是掌灯时分,听得院门前有一群人进来。大家隔窗悄视,果见林之孝家的和几个管事的女人走来,前头一人提着大灯笼。晴雯悄笑道:"他们查上夜的人来了。这一出去,咱们好关门了。"只见怡红院凡上夜的人都迎了出去,林之孝家的看了不少。林之孝家的吩咐:"别耍钱吃酒,放倒头睡到大天亮。我听见是不依的。"众人都笑说:"那里有那样大胆子的人。"林之孝家的又问:"宝二爷睡下了没有?"众人都回不知道。袭人忙推宝玉。宝玉趿了鞋,便迎出来,笑道:"我还没睡呢。妈妈进来歇歇。"又叫:"袭人倒茶来。"林之孝家的忙进来,笑说:"还没睡?如今天长夜短了,该早些睡,明儿起的方早。不然到了明日起迟了,人笑话说不是个读书上学的公子了,倒像那起挑脚汉了。"说毕,又笑。宝玉忙笑道:"妈妈说的是。我每日都睡的早,妈妈每日进来可都是我不知道的,已经睡了。今儿因吃了面怕停住食,所以多顽一会子。"林之孝家的又向袭人等笑说:"该泡些个普洱茶吃。"袭人晴雯二人忙笑说:"泡了一盏子女儿茶,已经吃过两碗了。大娘也尝一碗,都是现成的。"说着,晴雯便倒了一碗来。

林之孝家的又笑道:"这些时我听见二爷嘴里都换了字眼,赶着这几位大姑娘们竟叫起名字来。虽然在这屋里,到底是老太太、太太的人,还该嘴里尊重些才是。若一时半刻偶然叫一声使得,若只管叫起来,怕以后兄弟侄儿照样,便惹人笑话,说这家子的人眼里没有长辈。"宝玉笑道:"妈妈说的是。我原不过是一时半刻的。"袭人晴雯都笑说:"这可别委屈了他。直到如今,他可姐姐没离了口。不过顽的时候叫一声半声名字,若当着人却是和先一样。"林之孝家的笑道:"这才好呢。这才是读书知礼的。越自己谦越尊重,别说是三五代的陈人,现从老太太、太太屋里拨过来的,便是老太太、太太屋里的猫儿狗儿,轻易也伤他不的。这才是受过调教的公子行事。"说毕,吃了茶,便说:"请安歇罢,我们走了。"宝玉还说:"再歇歇。"那林之孝家的已带了众人,又查别处去了。

考证:这里又出现了两个茶名,普洱茶和女儿茶。普洱茶是各种用生茶或茶膏经蒸压而成的云南紧压茶的总称,包括沱茶、饼茶、方茶、紧茶等。李时珍在《本草纲目》中讲道:"普洱茶膏黑如漆,消食化痰,清胃生津,功力尤大也。"因为普洱茶有消食作用,所以林之孝家的要关照宝玉喝。普洱茶以其集散地与原产地的普洱县命名,民间有"武侯遗种"(武侯指三国时期的诸葛亮)的说法,故普洱茶的种植利用,可能至少有1700年的历史。千百年来,普洱茶深受人们青睐,唐朝时名为"步日",元朝时被称为普茶,明万历年才被定名为普洱茶,极盛时期是在清朝。《普洱府志》记载:"普洱所属六大茶山……周八百里,入山作茶者十余万人。"由此可见当时盛况。

关于女儿茶的说法很多,其中之一源自清代阮福《普洱茶记》:"于二月间采蕊极细而白,谓之毛尖,以作贡,贡后方许民间贩卖。采而蒸之,揉为团饼;其叶之少放而犹嫩者,名芽茶;采于三四月者,名小满茶;采于六七月者,名谷花茶;大而圆者,名紧团茶;小而团者,名女儿茶;女儿茶为妇女所采,于雨前得之,即四两重团茶也。"这段记载详细地告诉了我们女儿茶的名称和采摘时间,告诉我们"女儿茶"就是"普洱茶"中的一种"小而团者",并指明"女儿茶为妇女所采,于雨前得之,即四两重团茶也"。

清末文学家柴萼曾于《梵天庐丛录》记载说:"普洱茶……性温味厚,产易武、倚邦者尤佳,价等兼金。"普洱茶身价甚至超过了金银,女儿茶作为普洱茶中的上品,价格自然不言而喻。普洱茶如此珍贵,贾府却能"泡了一盏子",并且袭人还能请老妈子喝一碗,足以彰显贾府的实力与地位。

红楼植物

据统计,《红楼梦》一书中涉及的植物近 240 种,涵盖 96 科 200 属,这些花草树木部分是真实存在的,部分是作者精心设置虚构出来的。曹雪芹有着极为丰富的植物学知识,他笔下的一草一木总关乎着情,植物暗示着人物的性格、命运、情节走向。《红楼梦》中对植物的描写可谓精当,大观园内,每一株植物都具有特定的意蕴,都承载着人性的美好。

一、有名字的花草树木分类

参与到《红楼梦》的具体情节中,并为人物描写、烘托环境、表达情感等服务的花草树木多达 93 种,分别为:柳、竹(篁)、莲(荷、藕、菱、芙蓉、芙蕖、芰荷)、桃、桂花(木樨、金萱、嫦娥花)、梅、海棠、松、杏、苔藓、兰、玫瑰、菊(黄花)、牡丹、芭蕉、梨花、芦苇(苇、蒹葭)、蔷薇、枫(红叶)、蕙、柏、李、芍药、榛、茅、榆、蓼、榴花、荇、荼蘼(酴醾、荼䕷)、芷、蘘、梧桐、杨、绛珠草、樱、荆、桑、槿、蘅芜、茝兰、宝相、凤仙、艾、佛手、月季(月月红)、蜜青果、香橼、婆娑、长生果、柘、芹、木香、薜荔、藤萝、杜若、清葛、金錂草、玉蔎藤、紫芸、藿蒳、姜荨、纶组、紫绛、石帆、水松、扶留、绿荑、丹椒、蘼芜、凤连、豆蔻、通草、菩提、茉莉花、合欢花、水仙、美人蕉、星星翠、姐妹花、夫妻蕙、并蒂花、丁香、苹、蘩、蕰、藻、薋、蒬、棘、蓬、楸、怀梦草。这些花草树木在曹雪芹先生的精心安排下,使《红楼梦》成为一个异彩纷呈、文学意蕴丰厚的艺术世界。

1. 太虚幻境中的花草树木

《红楼梦》中对太虚幻境的描写为读者呈现出了一个亦真亦幻的神话世界。其中,提到竹、莲、柳、枫、樱、榛、荆、婆娑、菩提、香橼、蜜青果、绛珠草等多种花草树木,这些花草树木是太虚幻境这一仙境中的重要角色。除此之外,还有一些极具特色的植物被用来描写仙子的美貌,并以判词等形式与红楼儿女的命运相联系。

在第一回中首先出现了蜜青果、绛珠草两种虚构且指向性极强的植物,以此烘托渲染贾宝玉与林黛玉前世因缘际会的唯美神话故事。绛珠草虽为赤红色,却是柔弱的象征;蜜青果的"蜜青"与"觅情"谐音。这一设定极具想象力,加上"还泪"之说,更易引发读者联想。综合这些要素可知,作为林黛玉前世的濒临干涸的绛珠仙草,在受到神瑛侍者(贾宝玉)的浇灌后,穷极一生寻觅真情,付出毕生血泪以报灌溉之恩。

2. 现实园林中的花草树木

《红楼梦》全书所描写的故事情节主要发生在大观园内,因此大观园也被曹雪芹塑造成如"仙境"般的世外桃源,其中出现了柳、竹、莲、海棠、松、杏、兰、玫瑰、杨、荇、茅、桑、槿、蘅芜、茝兰、宝相、凤仙、艾、佛手、月季、木香、薜荔、藤萝、杜若、清葛、金錂草、玉蔎藤、紫芸、藿蒳、姜荨、纶组、紫绛、蘼芜、凤连、通草、茉莉花、合欢花、星星翠、姐妹花、夫妻蕙、并蒂花、西番草等多种花草树木。各类花草树木被巧妙地穿插进各个生活场景和人物居所,烘托情节的发展。

雍容华贵的怡红院就提到了柳、竹、松、玫瑰、桃、蔷薇、宝相、芭蕉、西府海棠等植物,在林黛玉的潇湘馆、薛宝钗的蘅芜苑、李纨的稻香村、探春的秋爽斋、迎春的紫菱洲、惜春的蓼风轩、妙玉的栊翠庵等场所更是用各类植物进行烘托。有的居所或直接以花草树木命名,或以花草树木暗喻人物性格及命运。而对大观园的描写,更与太虚幻境相映成趣,可以说大观园就是人间的"太虚幻境",因此元春在亲临大观园时题诗"天上人间诸景备,芳园应锡大观名"。

3. 诗词曲赋中的花草树木

《红楼梦》里,无论是在日常生活的描写中,还是众儿女的娱乐消遣活动时,诗词曲赋不可或缺。《红楼梦》中的诗词曲赋是小说的故事情节和人物刻画的有机组成部分,部分提及的诗词曲赋中,提到了大量的花草树木的名称。通过对蔡义江先生主编的《红楼梦诗词曲赋鉴赏》一书收录的《红楼梦》的诗词曲赋进行研究,我们可以发现《红楼梦》一书中的诗词曲赋数量庞大,这些诗词曲赋中出现了荼蘼、芍药、李、芦苇、苔藓、榴花、并蒂花、菊、杜若、蘅芜、芷、枫、棘、楸、菩提等花草树木。其中,《芙蓉女儿诔》一文提到的花草树木数量最多,集中彰显了作者博大精深的植物文化知识,构思极其精巧。

二、《红楼梦》中花草树木的艺术效果

《红楼梦》中对花草树木的描写不仅推动了小说故事情节的发展,使小说的逻辑思维更加清晰,还为人物的刻画服务,使人物形象更加鲜活、立体。例如,小说中常有赏花、葬花、送花等游戏活动,这些活动都对刻画人物性格起到至关重要的作用,使小说结构紧凑,浑然一体。《红楼梦》在前八十回中有十六回都出现了对花草树木的描写,占比极高。其中,赏花活动又是对花草树木描写的一个重要的部分,多达八次。在前八十回中,基本上每十回就会有一次规模或大或小的赏花活动。除此之外,雅集活动常以花木为主题,更是描写花草树木的一个关键部分。《红楼梦》中分别有咏白海棠、咏红梅、咏柳絮、咏菊花、咏桃花、咏西府海棠六次活动,还穿插一些饯花神、葬花的游戏活动,使小说内容更加丰富。

因此,在《红楼梦》中,所有有名字的花草树木都为小说故事情节的发展和人物的刻画产生了重要的作用,具有极大的研究价值。

(第十七回)贾政与众人进去,一入门,两边都是游廊相接。院中点衬几块山石,一边种着数本芭蕉;那一边乃是一颗西府海棠,其势若伞,丝垂翠缕,葩吐丹砂。众人赞道:"好花,好花!从来也见过许多海棠,那里有这样妙的。"贾政道:"这叫作'女儿棠',乃是外国之种。俗传系出'女儿国'中,云彼国此种最盛,亦荒唐不经之说罢了。"众人笑道:"然虽不经,如何此名传久了?"宝玉道:"大约骚人咏士,以花之色红晕若施脂,轻弱似扶病,大近乎闺阁风度,所以以'女儿'命名。想因被世间俗恶听了,他便以野史纂入为证,以俗传俗,以讹传讹,都认真了。"众人都摇身赞妙。

一面说话,一面都在廊外抱厦下打就的榻上坐了。贾政因问:"想几个什么新鲜字来题此?"一客道:"'蕉鹤'二字最妙。"又一个道:"'崇光泛彩'方妙。"贾政与众人都道:"好个'崇光泛彩'!"宝玉也道:"妙极。"又叹:"只是可惜了。"众人问:"如何可惜?"宝玉道:"此处蕉棠两植,其意暗蓄'红''绿'二字在内。若只说蕉,则棠无着落;若只说棠,蕉亦无着落。固有蕉无棠不可,有棠无蕉更不可。"贾政道:"依你如何?"宝玉道:"依我,题'红香绿玉'四字,方两全其妙。"贾政摇头道:"不好,不好!"

考证:海棠花姿绰约,独具风韵,自古以来便是雅俗共赏的名花,素有"花贵妃""花中神仙""花尊贵"之称,也是宫廷园林或私家花园中的常见之物,常与玉兰、牡丹、桂花相配植,取"玉堂富贵"之祥和寓意,在北京故宫御花园绛雪轩、颐和园、恭王府等地均有种植。其中,西府海棠更是被称作"中华国艳"。西府海棠为木兰纲、蔷薇科、苹果属,属小乔木,喜光耐旱,为"海棠四品"(亦

称"海棠四本"——贴梗海棠、垂丝海棠、西府海棠、木瓜海棠)之一,与垂丝海棠一样,是"海棠四品"中有淡淡清香者,相传因古代生长在西府(今陕西宝鸡一带)而得名。清代苏灵曾在其著作《盆景偶录》里面,把西府海棠列为"十八学士"(起初指唐李世民时杜如晦、房玄龄等十八位文学馆学士,唐玄宗及后来五代十国亦有当时仿先例而设"十八学士"之称。后其他行业亦借此名头,另有所指)之一。西府海棠的价值不仅在观赏之上,其果实"海棠果"也是一种营养成分比较高的水果,可以制成果酱、果干、蜜饯等,有比较高的经济价值。

西府海棠的文化价值更是享誉海内外,关于海棠的诗词曲赋数不胜数。另外,西府海棠也被称作"解语花",是美人的象征,所以怡红院里的西府海棠亦称"女儿棠"。

(第十七回)忽抬头看见前面一带粉垣,里面数楹修舍,有千百竿翠竹遮映。众人都道:"好个所在!"于是大家进入,只见入门便是曲折游廊,阶下石子漫成甬路。上面小小两三间房舍,一明两暗,里面都是合着地步打就的床几椅案。从里间房内又得一小门,出去则是后院,有大茉莉花兼着芭蕉。又有两间小小退步。后院墙下忽开一隙,得泉一派,开沟仅尺许,灌入墙内,绕阶缘屋至前院,盘旋竹下而出。

考证:竹,几千年来一直被中华民族赋予了极丰富的文化内涵。在《红楼梦》中,曹雪芹给予了林黛玉"高洁"这一"竹"的品性。

潇湘馆的环境清幽雅致,是一个非常适合读书的地方。林黛玉住进潇湘馆后,潇湘馆里的藏书真是汗牛充栋,数不胜数,以至于刘姥姥进入潇湘馆时将其误以为是一个少爷的书房。

潇湘馆最大的特点就是"有千百竿翠竹遮映",曹雪芹在《红楼梦》里对此反复描绘。第二十六回中,贾宝玉到潇湘馆,看到的是"凤尾森森,龙吟细细";第四十回中,刘姥姥逛潇湘馆,看到的是"两边翠竹夹路"。林黛玉喜爱潇湘馆,也是因为喜爱那里的翠竹。翠竹象征的是一种不屈不挠的可贵品质,高洁中带着儒雅。林黛玉号"潇湘妃子",也正是这样一种高洁的象征。

竹是"岁寒三友"之一,中空外直,宁折不弯,被视为君子气节的象征,体现出一种坚贞不屈、清高狷介的人格。尤其是以阮籍、嵇康为代表的"竹林七贤",更是将不同于世俗的磊落人格和孤高傲世的隐逸情怀表现得淋漓尽致。

(第二十六回)这里贾芸随着坠儿,逶迤来至怡红院中。坠儿先进去回明了,然后方领贾芸进去。贾芸看时,只见院内略略的有几点山石,种着芭蕉,那边有两只仙鹤在松树下剔翎。一溜回廊上吊着各色笼子,各色仙禽异鸟。上面小小五间抱厦,一色雕镂新鲜花样隔扇,上面悬着一个匾额,四个大字题道是"怡红快绿"。贾芸想道:"怪道叫'怡红院',可知原来匾上是怎样四个字。"正想着,只听里面隔着纱窗子笑道:"快进来罢。我怎么就忘了你两三个月!"贾芸听得是宝玉的声音,连忙进入房内。

考证:芭蕉是大观园中比较常见的一种植物,也是《红楼梦》中最先出场的植物之一,第一回《甄士隐梦幻识通灵 贾雨村风尘怀闺秀》中就有这样的描写:"士隐大叫一声,定睛一看,只见烈日炎炎,芭蕉冉冉,梦中之事便忘了对半。"其中"冉冉"运用叠字,状写芭蕉叶阔大舒展之貌。文章中还有多处对芭蕉的描写。

大观园中的芭蕉主要散栽于潇湘馆、怡红院、秋爽斋三处。这三处的主人分别为林黛玉、贾宝玉、贾探春,同时在这三处出现的植物唯有芭蕉。芭蕉的栽种方式、景物组合体现了中国古人对芭蕉的审美认识,也切合这三处居所主人的性格。潇湘馆以竹子为主,辅以芭蕉。竹子与芭蕉均有清韵,张潮《幽梦影》云:"蕉与竹令人韵。"李渔在《闲情偶寄》中说:"幽斋但有隙地,即宜种蕉。蕉能韵人而免于俗,与竹同功,王子猷偏厚此君,未免挂一漏一。蕉之易栽,十倍于竹,一二月即可成阴。坐其下者,男女皆入画图,且能使台榭轩窗尽染碧色,'绿天'之号,洵不诬也。"潇湘馆景物清幽,林黛玉品格脱俗,这得于竹子与芭蕉的"双清"组合。

怡红院中的芭蕉种于山石之旁,贾宝玉所作的《怡红快绿》一诗即有"倚石护青烟"之句,也就是贾芸在这里看到的"院内略略的有几点山石,种着芭蕉"。芭蕉与石头映衬,这是中国古代园林中常见的布景方式。古代园林中以蕉、石命名的建筑、景点颇多,清初北京文人有种植芭蕉之雅习,曹雪芹的朋友敦诚的族兄即筑有"蕉石庵"。怡红院中海棠、芭蕉红绿映衬,故有"怡红快绿"之妙。敦诚的诗中也有蕉、棠同植的记载,如《四松堂集》卷三《宜闲馆记》:"壬午春,构小室于四松之南。榆柳荫其阳,蕉棠芳其阴。"

芭蕉也是秋爽斋的景观植物之一。第三十七回《秋爽斋偶结海棠社　蘅芜苑夜拟菊花题》中,宝玉道:"'居士''主人'到底不恰,且又瘰赘。这里梧桐芭蕉尽有,或指梧桐芭蕉起个倒好。"探春笑道:"有了,我最喜芭蕉,就称'蕉下客'罢。"梧桐和芭蕉都是颜色青翠,有着潇洒之姿、出尘之韵。如果效仿松竹梅"岁寒三友"之例,梧桐、竹子、芭蕉也堪称"三友":三者都是通体碧绿;在古代园林中,三者之间的组合很常见。先看"蕉桐"之例,余怀《三吴游览志》写道:"蕉桐聚绿,输于一庵。"古人常以蕉桐命名书屋或以之为艺术创作题材,如鲁之裕《跋蕉桐书屋诗》、曹寅《题陈体斋太守蕉桐涤砚图》等。一般来说,梧桐适合栽种于屋前,而竹子、芭蕉则适合栽种于后院。如《小窗幽记》中记载"芭蕉近日则易枯,迎风则易破。小院背阴,半掩竹窗,分外青翠""凡静室,须前栽碧梧,后种翠竹,前檐放步,北用暗窗,春冬闭之,以避风雨,夏秋可开,以通凉爽。然碧梧之趣,春冬落叶,以舒负暄融和之乐;夏秋交荫,以蔽炎烁蒸烈之气。四时得宜,莫此为胜"。前文提到的潇湘馆中的芭蕉就是种植在后院的。

芭蕉与梧桐有一个共同的特点——"叶大",唐代韩愈《山石》中有名句提到"芭蕉叶大支子肥"。秋爽斋中梧桐、芭蕉的组合符合探春"阔朗"的性格。秋爽斋中的器具、陈设亦不似寻常闺阁,第四十回《史太君两宴大观园　金鸳鸯三宣牙牌令》中就有提到:"探春素喜阔朗,这三间屋子并不曾隔断。当地放着一张花梨大理石大案,案上磊着各种名人法帖,并数十方宝砚,各色笔筒,笔海内插的笔如树林一般。那一边设着斗大的一个汝窑花囊,插着满满的一囊水晶球儿的白菊。西墙上当中挂着一大幅米襄阳《烟雨图》,左右挂着一副对联,乃是颜鲁公墨迹……贾母因隔着纱窗往后院内看了一回,说道:'后廊檐下的梧桐也好了,就只细些。'"这段文字中"阔朗""不曾隔断""大案""斗大的一个汝窑花囊""一大幅"等,都围绕着"大"字描写,也表现了探春大气爽朗的性格特点。

(第十七回)因而步入门时,忽迎面突出插天的大玲珑山石来,四面群绕各式石块,竟把里面所有房屋悉皆遮住,而且一株花木也无。只见许多异草:或有牵藤的,或有引蔓的,或垂山巅,或穿石隙,甚至垂檐绕柱,萦砌盘阶,或如翠带飘摇,或如金绳盘屈,或实若丹砂,或花如金桂,味芬气馥,非花香之可比。贾政不禁道:"有趣!只是不大认识。"有的说:"是薛荔藤萝。"贾政道:"薛荔藤萝不得如此异香。"宝玉道:"果然不是。这些之中也有藤萝薛荔,那香的是杜若蘅芜,那一种大约是茝兰,这一种大约是清葛,那一种是金䔲草,这一种是玉蕗藤,红的自然是紫芸,绿的定是青芷。想来《离骚》《文选》等书上所有的那些异草,也有叫作什么藿蒳姜荨的,也有叫什么纶组紫绦的,还有石帆、水松、扶留等样,又有叫什么绿荑的,还有什么丹椒、蘼芜、风连。如今年深岁改,人不能识,故皆像形夺名,渐渐的唤差了,也是有的。"未及说完,贾政喝道:"谁问你来!"唬的宝玉倒退,不敢再说。

考证:关于薛宝钗院子里的植物,曹雪芹写了不下20种:藤萝、薜荔、杜若、蘅芜、茝兰、清葛、金䔲草、玉蕗藤、紫芸、青芷,以及载于《离骚》《文选》等书上的藿蒳、姜荨、纶组、紫绦、石帆、水松、扶留、绿荑、丹椒、蘼芜、风连。其中最重要的是蘅芜、蘼芜,两者共同构成了"蘅芜苑"这一住宅名称。

蘅芜是菊科下属的一种植物,多为草本,叶常互生,无托叶,对土壤适应性强。蘼芜,苗似芎䓖,叶似当归,也是一种蔓生攀缘植物。这两种都是《离骚》里的香草,以香草来比喻美人自是恰当。

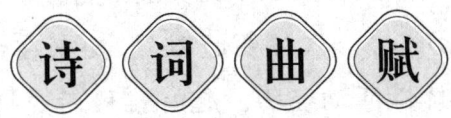

诗 词 曲 赋

《红楼梦》之美,从主题到思想,从语言到构思,无不让人陶醉其中。一首首优美的诗词就像一颗颗明星,闪烁在辽阔的苍穹。阅读《红楼梦》,我们能够欣赏《红楼梦》中的诗词之美,感受《红楼梦》中的命运之思,领悟中华文化之美。

品读《红楼梦》,我们会被其中丰富的诗词打动。《红楼梦》中的诗词涉及面广泛,如太虚幻境中的判词、判曲,贾府众人活动游戏之时的签语、谜语,在大观园中结社时创作的诗词,揭示贾府身世命运的偈语等,众多诗词点缀于整部作品之中,耀眼夺目。

诗词所反映的主题大体可分为两类:一类是预示人物命运与故事情节的诗词,如《好了歌》、太虚幻境中的判词、判曲等;另一类是表现个人情怀的诗词,比如菊花诗、海棠诗、《葬花吟》《芙蓉女儿诔》等。每个人的作品都表露出其鲜明的个性,如清高超逸、目下无尘的林黛玉,虽才情出众,但诗词中总是流露出伤感色彩,即使在元春省亲时所作的作品,也难免会有"何幸邀恩宠,宫车过往频""盛世无饥馁,何须耕织忙"这种词句。

"世事洞明皆学问,人情练达即文章。"或许,《红楼梦》中诗词的艺术造诣并没有达到诗词名家的水平,但在长篇的叙述之中,能够以优美的意境营造语言的美感。

一、诗社活动

在清代中后期,诗社作为文人之间的一种重要的文学活动已经发展得十分成熟,在形式上形成了一种相对稳定的组织方式及活动程序。其形式与元初月泉吟社及其他宋元诗社十分相似,同时也兼具了传统雅集的形式特征,是融合了诗社与雅集的一种群体性诗学活动的组织形态。

《红楼梦》中的海棠诗社是最早出现的诗社活动,它开启了整部小说的诗学叙述与整体叙述逻辑,人物形象借助诗社集咏与诗学活动来烘托、刻画。同时,诸次诗社活动开展的具体情境也映衬着小说总体的叙事氛围,点染着家族及人物命运的否泰兴衰。诗社活动的线索与总体叙事线索融合在一起,共同构成了《红楼梦》的整体风格与结构布局,反映了作者极为高深的叙事策略。海棠诗社之开设,正是家族败势未彰之时,作者对海棠诗社的叙说描述十分具体详细。海棠诗社由探春提议开设,并写了帖子分发诸人,得到了大家的一致认可。宝玉甚至说:"可惜迟了,早该起个社的。"(第三十七回)可见大观园中的亭台楼榭与花草树木早已形成了一种诗意氛围,宜于展开诗社活动,故探春提议时,众人便活跃起来,这既是他们自身诗学素养的要求,也与大观园诗情画意的园林环境有关。李纨说:"雅的紧!要起诗社,我自荐我掌坛。前儿春天我原有这个意思的。我想了一想,我又不会作诗,瞎乱些什么,因而也忘了,就没有说得。既是三妹妹高兴,我就帮你作兴起来。"(第三十七回)

　　从形式上看,李纨是海棠诗社的社主,此后的诗社活动,除桃花社曾提议由黛玉担任社长外,都是李纨担任社长。她还定了两个副社长,即迎春和惜春。确立了社长之后,大家都起了雅号,李纨称"稻香老农",探春称"蕉下客",黛玉为"潇湘妃子"(探春所起),宝钗为"蘅芜君"(李纨所起),宝玉为"富贵闲人"(宝钗戏起,后续诗社活动中宝玉皆以"怡红公子"为名),迎春为"菱洲"(宝钗所起),惜春为"藕榭"(宝钗所起)。入社要起雅号,便于在诗社活动中称呼,这亦使我们联想到古时诗人之雅号及其文人群体性活动经历。起好雅号后要订立社约,就海棠诗社而言,其社约是由众人议定的。宝钗道:"也要议定几日一会才好。"探春道:"若只管会的多,又没趣了。一月之中,只可两三次才好。"宝钗点头道:"一月只要两次就够了。拟定日期,风雨无阻。除这两日外,倘有高兴的,他情愿加一社的,或情愿到他那里去,或附就了来,亦可使得,岂不活泼有趣。"众人都道:"这个主意更好。"(第三十七回)这里众人商议社约,还未限定"风雨无阻"、必须与会的具体日期,待咏完白海棠后,李纨评定甲乙,确立名次,以社长的口气说道:"从此后我定于每月初二、十六这两日开社,出题限韵都要依我。这其间你们有高兴的,你们只管另择日子补开,那怕一个月每天都开社,我只不管。只是到了初二、十六这两日,是必往我那里去。"(第三十七回)可见,诗社因活动的开展才有了具体意义,它不是一个常设形态的只具有组织机构职能的实体,而是以"开社"聚集为实际内容的社团。一次诗社就是一次诗人的群体性诗学活动。以《红楼梦》为例,海棠诗社成立后,亦有桃花社之类的诗社,或是有咏菊、咏梅等诗社性质的活动,都以李纨为主倡议者兼评定人,未再有倡议帖和社约,所以都可看作是海棠诗社名号下的诗学活动。其他《红楼梦》续书,亦是这种情形。《补红楼梦》第四十三回"秋爽斋重阳群赏菊　怡红院除夕共联诗"中,傅秋芳于除夕提议:"今儿大年节下,何不就以除夕即景为题,算起一社做诗,总比别的玩意儿好了。"说明只要是雅集,就可以以次数算作诗社数。一次雅集,就是一次诗社活动。《红楼真梦》第十四回中,探春道:"你们只顾追想从前,把眼前的诗社,倒搁下不提了。大嫂子答应的'荷花社',也没有开成。此时,芙蓉花快开啦,咱们补个'芙蓉社'罢。"可见社随事定,可随时开设。《红楼圆梦》第十七回中,巧姐忽道:"二姊娘,二叔叔呢?今日正好做诗社。"可见诗社随兴而立,随意而开。《红楼复梦》第七十三回"如是园赏花诗社　介寿堂应命当家"中,珍珠道:"今日如此雅集,再无吟咏,定为花神所笑。"于是众人议定,开始所谓的"赏花诗社"活动,即将雅集与诗社等量齐观了。

　　作为社长的李纨和倡议者探春还会寻找机会去筹集诗社活动的资金。《红楼梦》第四十五回中,探春和李纨找到王熙凤,提出因诗社活动总是人不齐全,请王熙凤"作个监社御史",精明的王熙凤一下子就知道了她们的用意,笑道:"你们别哄我,我猜着了,那里是请我作监社御史!分明是叫我作个进钱的铜商。你们弄什么社,必是要轮流作东道的。你们的月钱不够花了,想出这个法子来拗了我去,好和我要钱。可是这个主意?"由此可知,诗社活动轮流做东是当时参加诗社活动的人都知道的,是一种普遍的活动形式,而筹集资金是诗社活动得以展开的必要条件。有的续书也对诗社的资金筹备问题进行过书写,如《红楼幻梦》第十三回中,花月社创作、品评《花月吟》结束之后,晴雯提议将诗社活动办成"轮台会",议定一月几轮,所有诗友每月都轮流主办。众人商讨后,黛玉道:"到期这天,老太太喜欢看牌就看牌,太太们爱怎么玩就怎么玩。咱们的诗社尽管出题作诗随人兴趣,或填词或琴棋皆可。"可见诗社活动还具有"随人兴趣,或填词,或琴棋皆可"的综艺性质,这就更多带有了文人雅集的色彩。

二、诗歌赏析

咏白海棠

薛宝钗

珍重芳姿昼掩门,自携手瓮灌苔盆。
胭脂洗出秋阶影,冰雪招来露砌魂。
淡极始知花更艳,愁多焉得玉无痕。
欲偿白帝凭清洁,不语婷婷日又昏。

【点评】

宝钗虽小时候也偷读过《西厢记》一类的书,但在人前绝不流露;听到黛玉行酒令时说出《西厢记》中的词语,她立即在背后提出善意的告诫;大观园出了"绣春囊"事件,她也立即借口母亲有病搬出大观园等,这些都是她"珍重芳姿"的表现。她平日不爱花儿粉儿的,穿着的也是半新不旧的衣服,这是她"洗出""胭脂"的注脚。"淡极始知花更艳"表明她对自己内在和外在的美都充满了矜持和自信,第五回里说她"品格端方,容貌丰美,人多谓黛玉所不及",就是旁证。

"愁多焉得玉无痕"一句,看似直指白海棠,但有一条脂批说是"讽刺林、宝二人"。林、宝二人的名字都有"玉"字,她们确也"多愁",这究竟是有意影射,还是偶然巧合?

诗社社长李纨"才要推宝钗这诗有身份",这身份就是封建社会"淑女"的身份。宝钗既受封建礼教深深的毒害,又用这种礼教去约束别人,并且自以为是在帮助他人。她的悲剧就在于害己害人都不自觉。从本质上说,她既不是恶人,也不是阴谋家,她未来的遭遇也是值得人同情的。

咏白海棠

林黛玉

半卷湘帘半掩门,碾冰为土玉为盆。
偷来梨蕊三分白,借得梅花一缕魂。
月窟仙人缝缟袂,秋闺怨女拭啼痕。
娇羞默默同谁诉,倦倚西风夜已昏。

【点评】

别人都交卷了,黛玉还没作。李纨催她,她"提笔一挥而就,掷与众人",表现了黛玉才思敏捷。

和宝钗"珍重芳姿昼掩门"相反,黛玉是"半卷湘帘半掩门",任性任情,并不特别珍视贵族小姐的身份。"碾冰为土玉为盆"表明她玉洁冰清,目下无尘。她以白海棠自比,有梨花的洁白,有梅花的馨香。"月窟仙人"不就是"绛珠仙子"吗?在清冷的月窟里缝白色的缟衣,多么颓丧;在秋天的深闺里悄悄哭泣,多么可怜。满腹的心事不能向任何人倾诉,只好在西风落叶的季节,凄凄凉凉地送走一个又一个寂寞的黄昏。

诗社众人看了黛玉的诗,"都道是这首为上",李纨却说:"若论风流别致,自是这首;若论含蓄浑厚,终让蘅(宝钗)稿。"李纨的评价未必公允,但也确实指出了林、薛二人诗的特点。所谓"风流别致",就是构思新巧,潇洒通脱;所谓"含蓄浑厚",就是温柔敦厚,哀而不伤。李纨从"大家闺秀"的标准来衡量,自然要把四平八稳的宝钗的诗评为第一了。只有最理解黛玉的宝玉理解她的诗的内蕴,要求重新评价林、薛诗的高下,被李纨顶了回去。

对　菊

史湘云

别圃移来贵比金,一丛浅淡一丛深。

萧疏篱畔科头坐,清冷香中抱膝吟。

数去更无君傲世,看来惟有我知音。

秋光荏苒休辜负,相对原宜惜寸阴。

【点评】

对菊,即面对菊的状态、感想和寄望。

首联的意思是把菊苗从育苗田地移栽过来,在"我"心里这些菊花比金子还珍贵;放眼望去,看见篱边庭院的各个角落,盛开着不同颜色的菊花。颔联的意思是在萧条的篱畔边,解下冠帽面对菊花而坐,在微冷天气里面对清新的菊香双手抱腿而吟咏。此联更显示出史湘云不拘小节、大大咧咧的气度。颈联的意思是面对菊花,历数百花中,谁能像你这样傲世呢?看看眼前,百花皆枯萎,只有你我互为知音。尾联的意思是秋天的时间一点点流逝,一寸光阴一寸金,我们("我"和菊花)更应该倍加珍惜,切不可辜负这美好时光。这是对菊花也是史湘云对自己的感叹。

纵观全诗,史湘云与菊花对坐,把自己拟作菊花,表现了史湘云"真名士自风流"的风度。

咏　菊

林黛玉

无赖诗魔昏晓侵,绕篱欹石自沉音。

毫端蕴秀临霜写,口齿噙香对月吟。

满纸自怜题素怨,片言谁解诉秋心。

一从陶令平章后,千古高风说到今。

【点评】

咏菊即歌颂和赞美菊。

首联的意思是因菊花盛开,迷恋诗的诗人从早到晚都在想着作诗,菊花在篱畔边倾斜的大石块旁开放,诗人就围着篱畔石块边来回绕圈,并低声吟诵。颔联的意思是诗人的笔端蕴含灵秀,他对着菊花临摹,口齿噙着菊花的芳香,仰对秋月轻轻吟诵。颈联的意思是满纸写的尽是自哀自怜的话,谁能透过只言片语理解我诉说深秋风刀霜剑严相逼的苦闷心情呢?尾联的意思是自从隐士陶渊明品评菊花精神与气质的文章出现后,菊花高尚的品格一直被歌颂至今。

纵观全诗,对句工整,语言清秀婉转,不愧是菊花诗十二首之冠。黛玉既讴歌了菊花秀美、沁香、耐寒的优秀品质,又把自己拟作菊花,谁能够从这只言片语中,真正了解到她倾诉的哀愁呢?

簪 菊

贾探春

瓶供篱栽日日忙,折来休认镜中妆。

长安公子因花癖,彭泽先生是酒狂。

短鬓冷沾三径露,葛巾香染九秋霜。

高情不入时人眼,拍手凭他笑路旁。

【点评】

簪菊即把菊花插在头发上。

首联的意思是因酷爱菊花,深秋里日日玩赏菊花,除用花瓶供菊、篱边栽菊外,还把菊花折来插在发髻上,到镜前一看,感觉美得自己都认不出来了。颔联的意思是因头戴菊花,想起了唐代诗人杜牧的爱菊癖好,又想起了东晋诗人陶渊明喜菊饮酒的情形。颈联的意思是鬓发好像沾上了小路旁的秋露,丝织的围巾染有菊香,又好像秋霜附在上面。尾联的意思是这高雅情趣,平常人是看不出来的,就任凭他们在路边拍手笑吧。

作者安排探春写此诗有其特殊意义:探春是庶出,在她内心始终抹不去庶出的阴影,为此探春时时刻刻想改变,她努力着,奋斗着,也掩饰着。但命运弄人,最终她没能逃过远嫁的悲剧命运。

葬 花 吟

林黛玉

花谢花飞飞满天,红消香断有谁怜?

游丝软系飘春榭,落絮轻沾扑绣帘。

闺中女儿惜春暮,愁绪满怀无释处,

手把花锄出绣帘,忍踏落花来复去。

柳丝榆荚自芳菲,不管桃飘与李飞。

桃李明年能再发,明年闺中知有谁?

三月香巢已垒成,梁间燕子太无情!

明年花发虽可啄,却不道人去梁空巢也倾。

一年三百六十日，风刀霜剑严相逼，
明媚鲜妍能几时，一朝飘泊难寻觅。
花开易见落难寻，阶前闷杀葬花人，
独倚花锄泪暗洒，洒上空枝见血痕。
杜鹃无语正黄昏，荷锄归去掩重门。
青灯照壁人初睡，冷雨敲窗被未温。
怪奴底事倍伤神，半为怜春半恼春：
怜春忽至恼忽去，至又无言去不闻。
昨宵庭外悲歌发，知是花魂与鸟魂？
花魂鸟魂总难留，鸟自无言花自羞。
愿奴胁下生双翼，随花飞到天尽头。
天尽头，何处有香丘？
未若锦囊收艳骨，一抔净土掩风流。
质本洁来还洁去，强于污淖陷渠沟。
尔今死去侬收葬，未卜侬身何日丧？
侬今葬花人笑痴，他年葬侬知是谁？
试看春残花渐落，便是红颜老死时。
一朝春尽红颜老，花落人亡两不知！

【点评】

《葬花吟》是林黛玉葬花时吟诵的一首诗。这首诗在风格上仿效初唐体的歌行体，名为咏花，实则写人。全诗通过丰富而奇特的想象，暗淡而凄清的画面，浓烈而忧伤的情调，展现了黛玉多愁善感的性格和矛盾、痛苦的心理活动，表达了她在生与死、爱与恨等复杂的斗争过程中所产生的对自身存在的焦虑不安和对生命的迷茫。诗中将花拟人，以花喻人，把花的命运与人的命运紧密联系，有力地控诉了摧残花的自然界和扼杀人的社会恶势力。明写花，实写人，将人物的遭遇、命运、思想、情感融会于景与物的描绘之中，创造出内涵丰富、形象鲜明的意境，具有强烈的艺术感染力。这首诗是林黛玉生命理念和人生价值的真实写照，抒情淋漓尽致，语言如泣如诉，声声悲音，字字血泪，满篇无一字不是发自肺腑，无一字不是血泪凝成，把她对不幸身世的悲叹表现得入木三分。《葬花吟》写出主人公在幻想自由幸福而不可得时，所表现出来的不愿受辱被污、不甘低头屈服的孤傲不阿的性格。

芙蓉女儿诔

贾宝玉

维太平不易之元，蓉桂竞芳之月，无可奈何之日，怡红院浊玉，谨以群花之蕊，冰鲛之縠，沁芳之泉，枫露之茗：四者虽微，聊以达诚申信，乃致祭于白帝宫中抚司秋艳芙蓉女儿之前曰：

窃思女儿自临浊世，迄今凡十有六载。其先之乡籍姓氏，湮沦而莫能考者久矣。而玉得于衾枕栉沐之间，栖息宴游之夕，亲昵狎亵，相与共处者，仅五年八月有奇。

噫！女儿曩生之昔，其为质则金玉不足喻其贵，其为性则冰雪不足喻其洁，其为神则星日不足喻其精,其为貌则花月不足喻其色。姊妹悉慕媖娴,姬媪咸仰惠德。

孰料鸠鸩恶其高,鹰鸷翻遭罦罬;薋菉妒其臭,茝兰竟被芟鉏!花原自怯,岂奈狂飙;柳本多愁,何禁骤雨。偶遭蛊虿之谗,遂抱膏肓之疚。故尔樱唇红褪,韵吐呻吟;杏脸香枯,色陈颠颔。诼谣诶诟,出自屏帏;荆棘蓬榛,蔓延户牖。岂招尤则替,实攘诟而终。既忳幽沉于不尽,复含罔屈于无穷。高标见嫉,闺帏恨比长沙;直烈遭危,巾帼惨于羽野。

自蓄辛酸,谁怜夭折!仙云既散,芳趾难寻。洲迷聚窟,何来却死之香?海失灵槎,不获回生之药。眉黛烟青,昨犹我画;指环玉冷,今倩谁温?鼎炉之剩药犹存,襟泪之馀痕尚渍。镜分鸾别,愁开麝月之奁;梳化龙飞,哀折檀云之齿。委金钿于草莽,拾翠盒于尘埃。楼空鳷鹊,徒悬七夕之针;带断鸳鸯,谁续五丝之缕?

况乃金天属节,白帝司时,孤衾有梦,空室无人。桐阶月暗,芳魂与倩影同销;蓉帐香残,娇喘共细言皆绝。连天衰草,岂独蒹葭;匝地悲声,无非蟋蟀。露苔晚砌,穿帘不度寒砧;雨荔秋垣,隔院希闻怨笛。芳名未泯,檐前鹦鹉犹呼;艳质将亡,槛外海棠预老。捉迷屏后,莲瓣无声;斗草庭前,兰芽枉待。抛残绣线,银笺彩缕谁裁?折断冰丝,金斗御香未熨。

昨承严命,既趋车而远陟芳园;今犯慈威,复拄杖而近抛孤柩。及闻槥棺被燹,惭违共穴之盟;石椁成灾,愧迨同灰之诮。

尔乃西风古寺,淹滞青燐;落日荒丘,零星白骨。楸榆飒飒,蓬艾萧萧。隔雾圹以啼猿,绕烟塍而泣鬼。自为红绡帐里,公子情深;始信黄土垄中,女儿命薄!汝南泪血,斑斑洒向西风;梓泽馀衷,默默诉凭冷月。

呜呼!固鬼蜮之为灾,岂神灵而亦妒。钳诐奴之口,罚岂从宽;剖悍妇之心,忿犹未释!在君之尘缘虽浅,而玉之鄙意岂终。因蓄惓惓之思,不禁谆谆之问。

始知上帝垂旌,花宫待诏,生侪兰蕙,死辖芙蓉。听小婢之言,似涉无稽;以浊玉之思,则深为有据。何也?昔叶法善摄魂以撰碑,李长吉被诏而为记,事虽殊,其理则一也。故相物以配才,苟非其人,恶乃滥乎?始信上帝委托权衡,可谓至洽至协,庶不负其所秉赋也。因希其不昧之灵,或陟降于兹;特不揣鄙俗之词,有污慧听。乃歌而招之曰:

天何如是之苍苍兮,乘玉虬以游乎穹窿耶?地何如是之茫茫兮,驾瑶象以降乎泉壤耶?望伞盖之陆离兮,抑箕尾之光耶?列羽葆而为前导兮,卫危虚于旁耶?驱丰隆以为比从兮,望舒月以离耶?听车轨而伊轧兮,御鸾鹥以征耶?闻馥郁而菱然兮,纫蘅杜以为缨耶?炫裙裾之烁烁兮,镂明月以为珰耶?籍葳蕤而成坛畤兮,檠莲焰以烛兰膏耶?文瓟瓝以为韩㪍兮,漉醽醁以浮桂醑耶?瞻云气而凝盼兮,仿佛有所觇耶?俯窈窕而属耳兮,恍惚有所闻耶?期汗漫而无夭阏兮,忍捐弃余于尘埃耶?倩风廉之为余驱车兮,冀联辔而携归耶?余中心为之慨然兮,徒嗷嗷而何为耶?君偃然而长寝兮,岂天运之变于斯耶?既窀穸且安稳兮,反其真而复奚化耶?余犹桎梏而悬附兮,灵格余以嗟来耶?来兮止兮,君其来耶!

若夫鸿蒙而居,寂静以处,虽临于兹,余亦莫睹。搴烟萝而为步幛,列枪蒲而森行伍。警柳眼之贪眠,释莲心之味苦。素女约于桂岩,宓妃迎于兰渚。弄玉吹笙,寒簧击敔。征嵩岳之妃,启骊山之姥。龟呈洛浦之灵,兽作咸池之舞。潜赤水兮龙吟,集珠林兮凤翥。爰格爰诚,匪簠匪筥。发轫乎霞城,返旌乎玄圃。既显微而若通,复氤氲而倏阻。离合兮烟云,空蒙兮雾雨。尘霾敛兮星高,溪山丽兮月午。何心意之忡忡,若寤寐之栩栩。余乃歔欷怅望,泣涕傍徨。人语兮寂历,天籁兮篔箮。鸟惊散而飞,鱼唼喋以响。志哀兮是祷,成礼兮期祥。

呜呼哀哉！尚飨！

【点评】

《芙蓉女儿诔》文采飞扬,感情真挚,寓意深刻,全面体现了曹雪芹的不世文才。

贾宝玉在这篇《红楼梦》中所有诗词歌赋中最长的、达千余言的诔文里,首先介绍了晴雯的身世遭遇,回顾了他们之间相处的生活,叙述了她的惨死经过,然后以无限的深情悼念晴雯,以"金玉""冰雪""星日""花月"等比喻,赞美了晴雯的高尚品质和情操。在这篇诔文里,晴雯是奋翅高翔、搏击长空的雄鹰,是香味浓郁的兰花;而王夫人、袭人之流则是玩弄口舌、以毒杀人的鸩鸩,是恶草。他热烈颂扬晴雯傲世独立、坚贞不屈的反抗精神,声泪俱下地控诉王夫人等人的"杀人"罪行,甚至发出了"钳诐奴之口,罚岂从宽;剖悍妇之心,忿犹未释"的怒吼。他以丰富的想象,赞扬晴雯如伟大诗人屈原般"志洁行芳",始终坚守着高尚的情操。他愤怒地刻画了封建势力及其帮凶们的狰狞面目,揭露了她们"诼谣謑诟"的阴谋诡计。他怀念晴雯,上天入地以求索,用美丽的神话来慰藉自己,深深祝愿晴雯在天上过得幸福。

《芙蓉女儿诔》还抒写了曹雪芹的悼亡体验。尽管曹雪芹生平事迹不详,但可以肯定的是他"曾经离丧",幼年丧父,中年丧妻,特别是如贾宝玉一样在家族败亡过程中目睹过家中许多年轻女性的消逝,诔文中"何心意之忡忡,若寤寐之栩栩"数句,非过来之人不能够"作此哀音"。换句话说,《红楼梦》就是曹雪芹怡红心性与悼红情结的形象写照。脂评曾说"一部大书,只为一葬花冢耳",套用一下,也可以说"一部大书,只为一《芙蓉诔》耳"。

作为诔文,《芙蓉女儿诔》最大的特点是创新。首先表现为:立意创新,见解不俗。在祭奠方式上,宝玉不拘泥于世俗的葬礼,他认为祭祀原不在形式,全在心诚而已。宝玉不仅冒险到下人住处探视生病的晴雯,还在晴雯离世后以群花之蕊、冰鲛之縠、沁芳之泉、枫露之茗,于夜静无人之时悼念她,并写下情意深长的长篇诔文为她的抱屈夭亡而鸣不平。他对黛玉说:"我想着世上这些祭文都蹈于熟滥了,所以改个新样。"因此他主张"辞达意尽为止,何必若世俗之拘拘于方寸之间"。宝玉突破传统诔文感情拘谨、形式陈腐的局限,进行全新的创造。他认为诔文挽词"须另出己见,自放手眼,亦不可蹈袭前人的套头,填写几字搪塞耳目之文,亦必须洒泪泣血,一字一咽,一句一啼,宁使文不足悲有馀,万不可尚文藻而反失悲戚",只有用这种独特的悼念方式,"方不负我二人之为人"。宝玉为一个丫头作此诔文,虽写作态度上完全超出社会规范对个人角色的期待,却符合他一贯的为人。文中宝玉的自我形象十分突出:悲愤哀切,深情执着。

其次,该诔文从思想到艺术都从整个中国古代文学中汲取营养,从而突破悼祭文学传统模式的束缚,采用新的手法,形成新的面貌,一洗时人八股习气。宝玉曾有"尚古"的文学主张,他所说的古代传统主要包括屈原、庄子与魏晋时代的文章风气,如《大言》《招魂》《离骚》《九辩》《秋水》《大人先生传》等,均是不得志于时者寄情文字、离世叛俗的文章,个人抒情色彩很浓。因而,该诔文在体制的宏丽、想象的丰富、文藻的华丽、香草美人的寓意等方面,都明显借鉴了楚辞的写法。此外,该诔文还受到曹植、李贺等人诗文风格的影响。曹雪芹的友人敦敏在诗中曾把曹雪芹比作写过《洛神赋》的曹植("诗才忆曹植"),另一友人敦诚也说曹雪芹"诗笔有奇气,直追昌谷破篱樊"。昌谷即指李贺，李贺诗以感愤不平和仙鬼艳情为主要内容，又以结构跳跃、想象奇特、用语尖新等特色而被称为"长吉体"。"长吉体"乃是在吸收屈原的奇诡变幻、鲍照的险峻夸饰、李白的想象奇特、古乐府的绮丽清新等基础上形成的。从曹雪芹仅存的两句诗"白傅诗灵应喜甚，定教蛮素鬼排场"看，其构思、意境和词采都颇似李贺，曹雪芹的诗歌艺术造诣可见一斑。从《芙蓉女儿诔》中，我们不仅可以看到李贺诗文式的激愤不平，还能看到曹植《洛神赋》式的优美深情和缠绵惆怅。

可以说，《芙蓉女儿诔》的成功是与历史上抒情文学、个性创作的影响分不开的。而明清时代的启蒙思潮又给曹雪芹以思想上的影响，归有光《寒花葬志》、张岱《祭秦一生文》等应是其精神先导。《芙蓉女儿诔》代表曹雪芹诗文创作的成就，置诸中国最优秀的悼祭文学之列也毫不逊色。

《芙蓉女儿诔》从题材上应属于悼姬之作。古代婚姻主要取决于家世的利益，且夫妇关系主敬不主爱，比较而言，妓姬与男性文人的关系具有近乎自由的纯爱性质：妓姬在男权文化中更缺少主宰自身命运的能力和权利，与文人在专制王权凌迫下往往赍志而殁有类似之处。因此，与伤悼正妻的庄重与治家贤德、着力表现哀伤的深度不同，悼妓姬之作则更能表现出文人多情浪漫的天性，其文往往凄美缠绵，情韵悠长，具有较多反文化、非正统的意蕴。晴雯是宝玉房中的大丫头，地位仅次于袭人，实则有准侍妾身份。而且她不仅与宝玉同行同卧，亲密无间，还在精神方面与宝玉有一种不言而喻的契合。她身虽下贱却要求有人格尊严，不甘供人驱遣的个性与宝玉追求自由、反对奴性的心性是一致的。因而宝玉对晴雯很是珍视和尊重，彼此抱着一片痴心，进行着纯洁的精神恋爱。晴雯临死前向宝玉赠甲换袄，即是对这种爱情关系的明确表示。而宝玉诔文中运用"镜分鸾别""带断鸳鸯""共穴""同灰""汝南""梓泽"等明显指称夫妻关系的典故，可见他也是把晴雯作为一个逝去的爱人看待的。

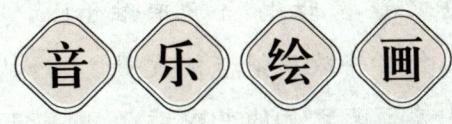

音乐绘画

《红楼梦》被称为中国封建社会的"百科全书"，诚非虚誉。清代点评家诸联曰："作者无所不知，上自诗词文赋、琴理画趣，下至医卜星相、弹棋唱曲、叶戏陆博诸杂技，言来悉中肯綮。想八斗之才，又被曹家独得。"向来研究民风者，于其中取材引用者甚多，然专门论及器乐者尚少，故以此文论述《红楼梦》中的赏乐场景及其中的器乐文化。

【音乐】

（第七十六回）贾母又命将毡铺于阶上，命将月饼、西瓜、果品等类都叫搬下去，令丫头媳妇们也都团团围坐赏月。贾母因见月至中天，比先越发精彩可爱，因说："如此好月，不可不闻笛。"因命人将十番上女孩子传来。贾母道："音乐多了，反失雅致，只用吹笛的远远的吹起来就够了。"

……

　　黛玉湘云见息了灯，湘云笑道："倒是他们睡了好。咱们就在这卷棚底下赏这水月如何？"二人遂在两个湘妃竹墩上坐下。只见天上一轮皓月，池中一轮水月，上下争辉，如置身于晶宫鲛室之内。微风一过，粼粼然池面皱碧铺纹，真令人神清气净。湘云笑道："怎得这会子坐上船吃酒倒好。这要是我家里这样，我就立刻坐船了。"黛玉笑道："正是古人常说的好，'事若求全何所乐'。据我说，这也罢了，偏要坐船起来。"……

　　正说间，只听笛韵悠扬起来。黛玉笑道："今日老太太、太太高兴了，这笛子吹的有趣，倒是助咱们的兴趣了。咱两个都爱五言，就还是五言排律罢。"湘云道："限何韵？"黛玉笑道："咱们数这个栏杆的直棍，这头到那头为止。他是第几根就用第几韵。若十六根，便是'一先'起。这可新鲜？"湘云笑道："这倒别致。"于是二人起身，便从头数至尽头，止得十三根。湘云道："偏又是'十三元'了。这韵少，作排律只怕牵强不能押韵呢。少不得你先起一句罢了。"黛玉笑道："倒要试试咱们谁强谁弱，只是没有纸笔记。"湘云道："不妨，明儿再写。只怕这一点聪明还有。"黛玉道："我先起一句现成的俗语罢。"……

【点评】

　　中秋之夜，贾母带着宝玉、黛玉及其他姊妹，在大观园山脊上的大厅凸碧堂摆宴赏月。万里晴空，皎月当天，贾母道"如此好月，不可不闻笛"，吩咐"音乐多了，反失雅致，只用吹笛的远远的吹起来就够了"。于是大家正欸斟漫饮，谈兴正浓之际，忽于远处桂花丛中，幽幽笛声传来。众人肃然危坐，默默相赏，许久方回过神来。而黛玉、湘云则在凹晶溪馆临水池边，"只见天上一轮皓月，池中一轮水月，上下争辉，如置身于晶宫鲛室之内。微风一过，粼粼然池面皱碧铺纹，真令人神清气净"。此时此景，笛韵悠幽，两人诗兴大发，遂吟得"寒塘渡鹤影""冷月葬花魂"的千古绝唱。

　　这里的笛声，令人有凄凉哀怨之感，贾母也"不免有触于心，禁不住堕下泪来"，预示贾府风光不再，衰颓败落的命运难以挽救。作者将故事情节的发展、人物的境遇心声和音乐氛围自然地融在一起，写出了一个封建大家族由盛而衰之际的悲凉境况，感人至深。

　　（第八十六回）宝玉也不答言，低着头一径走到潇湘馆来。只见黛玉靠在桌上看书，宝玉走到跟前笑说道："妹妹早回来了？"黛玉也笑道："你不理我，我还在那里做什么！"宝玉一面笑说："他们人多说话，我插不下嘴去，所以没有和你说话。"一面瞧着黛玉看的那本书，书上的字一个也不认得。有的像"芍"字；有的像"茫"字；也有一个"大"字旁边"九"字加上一勾，中间又添个"五"字；也有上头"五"字"六"字又添一个"木"字，底下又是一个"五"字。看着又奇怪又纳闷，便说："妹妹近日愈发进了，看起天书来了。"黛玉嗤的一声笑道："好个念书的人，连个琴谱都没有见过！"宝玉道："琴谱怎么不知道，为什么上头的字一个也不认得。妹妹你认得么？"黛玉道："不认得瞧他做什么。"宝玉道："我不信，从没有听见你会抚琴。我们书房里挂着好几张，前年来了一个清客先生叫做什么嵇好古，老爷烦他抚了一曲。他取下琴来说都使不得，还说：'老先生若高兴，改日携琴来请教。'想是我们老爷也不懂，他便不来了。怎么你有本事藏着？"黛玉道："我何尝真会呢。前日身上略觉舒服，在大书架上翻书,看有一套琴谱,甚有雅趣,上头讲的琴理甚通,手法说的也明白,真是古人静心养性的工夫。我在扬州也听得讲究过,也曾学过,只是不弄了,就没有了。这果真是三日不弹,手生荆棘。前日看这几篇没有曲文,只有操名,我又到别处找了一本有曲文的来看着才有意思。究竟怎么弹得好实在也难。书上说的师旷鼓琴能来风雷龙凤;孔圣人尚学琴于师襄,一操便知其为文王;高山流水得遇知音。——"说到这里,眼皮儿微微一动,慢慢的低下头去。宝玉正听得高兴,便道:"好妹妹,你才说的实在有趣。只是我才见上头的字都不认得,你教我几个呢。"黛玉道:"不用教的,一说便可以知道的。"宝玉道:"我是个糊涂人,得教我那个'大'字加一勾,中间一个'五'字的。"黛玉笑道:"这'大'字'九'字是用左手大拇指按琴上的九徽,这一勾加'五'字是右手钩五弦。并不是一个字,乃是一声,是极容易的。还有吟、揉、绰、注、撞、走、飞、推等法,是讲究手法的。"宝玉乐得手舞足蹈的说:"好妹妹,你既明琴理,我们何不学起来。"黛玉道:"琴者,禁也。古人制下,原以治身,涵养性情,抑其淫荡,去其奢侈。若要抚琴,必择静室高斋,或在层楼的上头,在林石的里面,或是山巅上,或是水涯上。再遇着那天地清和的时候,风清月朗,焚香静坐,心不外想,气血和平,才能与神合灵,与道合妙。所以古人说知音难遇。若无知音,宁可独对着那清风明月,苍松怪石,野猿老鹤抚弄一番,以寄兴趣,方为不负了这琴。还有一层,又要指法好,取音好。若必要抚琴,先须衣冠整齐,或鹤氅,或深衣,要如古人的像表,那才能称圣人之器。然后盥了手,焚上香,方才将身就在榻边,把琴放在案上,坐在第五徽的地方儿对着自己的当心,两手方从容抬起,这才心身俱正。还要知道轻重疾徐,卷舒自若,体态尊重方好。"宝玉道:"我们学着玩,若这么讲究起来那就难了。"

【点评】

《红楼梦》前八十回对古琴的描写都是一笔带过,在高鹗续写的后四十回中才有详细的描写,其中篇幅最长的,莫过于第八十六回中的这一段宝玉和黛玉关于"天书"的对话了。在这个桥段里,我们更进一步知道了林黛玉的才女情怀,也可见高鹗笔下的贾宝玉是个"琴盲",但这样的续写似乎不符合曹公原意,因为"琴棋书画"不仅是古代读书人的标配,也是大家闺秀的闺房必备。如太虚幻境中警幻携宝玉入室,室内"瑶琴、宝鼎、古画、新诗,无所不有",这里的"瑶琴"就是古琴。第十七回中写探春屋内陈设,也有"诸如琴、剑、悬瓶、桌屏之类,虽悬于壁,却都是与壁相平的"。刘姥姥醉酒误进宝玉房中时,也"只见四面墙壁玲珑剔透,琴剑瓶炉皆贴在墙上"。所以宝玉纵然不喜"经济仕途"的时文,其他杂门学问却是一样不差,古琴这种常见之物,宝玉哪至于不会弹奏呢?况且第二十三回中也有这样的描写:"且说宝玉自进花园以来……每日只和姊妹丫头们一处,或读书,或写字,或弹琴下棋,作画吟诗……倒也十分快乐。"可见,说宝玉不懂琴是有违曹公初衷的。但我们这里只就选文进行分析。

文中宝玉所说的"天书",也就是古琴特有的记谱法——减字谱。唐代以前,古琴的乐谱是用文字记载的,但是过于烦琐。晚唐一个名叫曹柔的人发明了"减字谱",字谱从上到下,从左及右,上半部分表示左手,下半部分表示右手,且标明指法和徽位,其特点为"字简而义尽,文约而音赅"。初看"减字谱"可能觉得一头雾水,但是只要一说明便可很快掌握。所以当宝玉要黛玉教他几个时，黛玉说："不用教的，一说便可以知道的。"然后便向宝玉说了一些手法。黛玉讲的这几个指法都是在古琴指法中比较常见的，《古指法考》中收录的常见的左手指法和右手指法各有一百多种，这么多繁复考究的指法在各类乐器中堪称之最了。其中"吟""揉"是按照左手揉弦的幅度大小而定，然后根据缓急、大小、长短、迟早，以及不同组合再作细分，各种指法不一而足。

黛玉不仅熟知古琴指法，还讲了几个琴学上的典故给宝玉听。她说的"师旷鼓琴能来风雷龙凤；孔圣人尚学琴于师襄，一操便知其为文王；高山流水得遇知音"三个典故都发生在春秋时期，师旷是春秋时的盲乐师，孔子跟鲁国乐官师襄学琴，而最后一句讲的是伯牙和子期的故事。

宝玉听黛玉讲弹琴，马上兴奋起来，说要"学起来"，而黛玉却就弹琴的"讲究"又对宝玉讲了一大通道理。这段"讲究"提炼自明代琴学大家杨表正《重修正文对音捷要真传琴谱》的《弹琴杂说》，讲的是弹琴前要情绪安宁闲适，拥有平和清净的内心，这是弹好琴的一个前提。古人对弹琴的环境相当看重，也十分讲求仪式感。明代的胡文焕在《文会堂琴谱》中将弹琴的讲究归纳为"五不弹""十四不弹""十四宜弹"。但从另外一方面看，如果弹琴真的一味拘泥于那些形式，就成了"形式大于内容"，难免有矫揉造作之嫌。毕竟弹琴是一种心境，琴从心发，情随音起，方得其趣。

绘画

曹雪芹晚年的生活穷困潦倒而又嗜酒狂放，朋友们常把他比作晋朝的阮籍。他甚至穷困到"举家食粥"的地步，而"卖画"就是他经济来源之一，其绘画作品也很为当时的朋友们所推重。清代诗人爱新觉罗·敦敏《题芹圃画石》诗说："傲骨如君世已奇，嶙峋更见此支离。醉余奋扫如椽笔，写出胸中魂磊时。"可见曹雪芹的胸襟和画风。因为没有存世作品，所以我们难以了解曹雪芹的绘画水平，但《红楼梦》中有大量与绘画相关的描述，让我们可以从另一个角度考证曹雪芹在绘画上的修养和才艺。

（第四十二回）李纨见了他两个，笑道："社还没起，就有脱滑的了，四丫头要告一年的假呢。"黛玉笑道："都是老太太昨儿一句话，又叫他画什么园子图儿，惹得他乐得告假了。"探春笑道："也别要怪老太太，都是刘姥姥一句话。"林黛玉忙笑道："可是呢，都是她一句话。他是那一门子的姥姥，直叫他是个'母蝗虫'就是了。"说着大家都笑起来。宝钗笑道："世上的话，到了凤丫头嘴里也就尽了。幸而凤丫头不认得字，不大通，不过一概是市俗取笑。更有颦儿这促狭嘴，他用'春秋'的法子，将市俗的粗话，撮其要，删其繁，再加润色比方出来，一句是一句。这'母蝗虫'三字，把昨儿那些形景都现出来了。亏他想的倒也快。"众人听了，都笑道："你这一注解，也就不在他两个以下。"

李纨道："我请你们大家商议，给他多少日子的假。我给了他一个月他嫌少，你们怎么说？"黛玉道："论理一年也不多。这园子盖才盖了一年，如今要画自然得二年工夫呢。又要研墨，又要蘸笔，又要铺纸，又要着颜色，又要……"刚说到这里，众人知道他是取笑惜春，便都笑问说："还要怎样？"黛玉也自己掌不住笑道："又要照着这样儿慢慢的画，可不得二年的工夫！"众人听了，都拍手笑个不住。宝钗笑道："'又要照着这个慢慢的画'，这落后一句最妙。所以昨儿那些笑话儿虽然可笑，回想是没味的。你们细想颦儿这几句话虽是淡的，回想却有滋味。我倒笑的动不得了。"惜春道："都是宝姐姐赞的他越发逞强，这会子拿我也取笑儿。"黛玉忙拉他笑道："我且问你，还是单画这园子呢，还是连我们众人都画在上头呢？"惜春道："原说只画这园子的，昨儿老太太又说，单画了园子成个房样子了，叫连人都画上，就像'行乐'似的才好。我又不会这工细楼台，又不会画人物，又不好驳回，正为这个为难呢。"黛玉道："人物还容易，你草虫上不能。"李纨道："你又说不通的话了，这个上头那里又用的着草虫？或者翎毛倒要点缀一两样。"黛玉笑道："别的草虫不画罢了，昨儿'母蝗虫'不画上，岂不缺了典！"众人听了，又都笑起来。黛玉一面笑的两手捧着胸口，一面说道："你快画罢，我连题跋都有了，起个名字，就叫作'携蝗大嚼图'。"

众人听了，越发哄然大笑，前仰后合。只听"咕咚"一声响，不知什么倒了，急忙看时，原来是湘云伏在椅子背儿上，那椅子原不曾放稳，被他全身伏着背子大笑，他又不提防，两下里错了劲，向东一歪，连人带椅都歪倒了，幸有板壁挡住，不曾落地。众人一见，越发笑个不住。宝玉忙赶上去扶了起来，方渐渐止了笑。宝玉和黛玉使个眼色儿，黛玉会意，便走至里间将镜袱揭起，照了一照，只见两鬓略松了些，忙开了李纨的妆奁，拿出抿子来，对镜抿了两抿，仍旧收拾好了，方出来，指着李纨道："这是叫你带着我们作针线教道理呢，你反招我们来大顽大笑的。"李纨笑道："你们听他这刁话。他领着头儿闹，引着人笑了，倒赖我的不是。真真恨的我只保佑明儿你得一个利害婆婆，再得几个千刁万恶的大姑子小姑子，试试你那会子还这么刁不刁了。"

林黛玉早红了脸，拉着宝钗说："咱们放他一年的假罢。"宝钗道："我有一句公道话，你们听听。藕丫头虽会画，不过是几笔写意。如今画这园子，非离了肚子里头有几幅丘壑的才能成画。这园子却是像画儿一般，山石树木，楼阁房屋，远近疏密，也不多，也不少，恰恰的是这样。你就照样儿往纸上一画，是必不能讨好的。这要看纸的地步远近，该多该少，分主分宾，该添的要添，该减的要减，该藏的要藏，该露的要露。这一起了稿子，再端详斟酌，方成一幅图样。第二件，这些楼台房舍，是必要用界划的。一点不留神，栏杆也歪了，柱子也塌了，门窗也倒竖过来，阶矶也离了缝，甚至于桌子挤到墙里去，花盆放在帘子上来，岂不倒成了一张笑'话'儿了。第三，要插人物，也要有疏密，有高低。衣折裙带，手指足步，最是要紧；一笔不细，不是肿了手就是跏了腿，染脸撕发倒是小事。依我看来竟难的很。如今一年的假也太多，一月的假也太少，竟给他半年的假，再派了宝兄弟帮着他。并不是为宝兄弟知道教着他画，那就更误了事；为的是有不知道的，或难安插的，宝兄弟好拿出去问问那会画的相公，就容易了。"

宝玉听了，先喜的说："这话极是。詹子亮的工细楼台就极好，程日兴的美人是绝技，如今就问他们去。"宝钗道："我说你是无事忙，说了一声你就问去。等着商议定了再去。如今且拿什么画？"宝玉道："家里有雪浪纸，又大又托墨。"宝钗冷笑道："我说你不中用！那雪浪纸写字画写意画儿，或是会山水的画南宗山水，托墨，禁得皴搜。拿了画这个，又不托色，又难滃，画也不好，纸也可惜。我教你一个法子。原先盖这园子，就有一张细致图样，虽是匠人描的，那地步方向是不错的。你和太太要了出来，也比着那纸大小，和凤丫头要一块重绢，叫相公矾了，叫他照着这图样删补着立了稿子，添了人物就是了。就是配这些青绿颜色并泥金泥银，也得他们配去。你们也得另煀上风炉子，预备化胶、出胶、洗笔。还得一张粉油大案，铺上毡子。你们那些碟子也不全，笔也不全，都得从新再置一份儿才好。"惜春道："我何曾有这些画器？不过随手写字的笔画画罢了。就是颜色，只有赭石、广花、藤黄、胭脂这四样。再有，不过是两支着色笔就完了。"宝钗道："你不该早说。这些东西我却还有，只是你也用不着，给你也白放着。如今我且替你收着，等你用着这个时候我送你些，也只可留着画扇子，若画这大幅的也就可惜了的。今儿替你开个单子，照着单子和老太太要去。你们也未必知道的全，我说着，宝兄弟写。"

宝玉早已预备下笔砚了，原怕记不清白，要写了记着，听宝钗如此说，喜的提起笔来静听。宝钗说道："头号排笔四支，二号排笔四支，三号排笔四支，大染四支，中染四支，小染四支，大南蟹爪十支，小蟹爪十支，须眉十支，大著色二十支，小著色二十支，开面十支，柳条二十支，箭头朱四两，南赭四两，石黄四两，石青四两，石绿四两，管黄四两，广花八两，蛤粉四匣，胭脂十片，大赤飞金二百帖，青金二百帖，广匀胶四两，净矾四两。矾绢的胶矾在外，别管他们，你只把绢交出去叫他们矾去。这些颜色，咱们淘澄飞跌着，又顽了，又使了，包你一辈子都够使了。再要顶细绢箩四个，粗绢箩四个，担笔四支，大小乳钵四个，大粗碗二十个，五寸粗碟十个，三寸粗白碟二十个，风炉两个，沙锅大小四个，新磁罐二口，新水桶四只，一尺长白布口袋四条，浮炭二十斤，柳木炭一斤，三屉木箱一个，实地纱一丈，生姜二两，酱半斤。"黛玉忙道："铁锅一口，锅铲一个。"宝钗道："这作什么？"黛玉笑道："你要生姜和酱这些作料，我替你要铁锅来，好炒颜色吃的。"众人都笑起来。宝钗笑道："你那里知道。那粗色碟子保不住不上火烤，不拿姜汁子和酱预先抹在底子上烤过了，一经了火是要炸的。"众人听说，都道："原来如此。"

黛玉又看了一回单子，笑着拉探春悄悄的道："你瞧瞧，画个画儿又要这些水缸箱子来了。想必他糊涂了，把他的嫁妆单子也写上了。"探春"嗳"了一声，笑个不住，说道："宝姐姐，你还不拧他的嘴？你问问他编排你的话。"宝钗笑道："不用问，狗嘴里还有象牙不成！"一面说，一面走上来，把黛玉按在炕上，便要拧他的脸。黛玉笑着忙央告："好姐姐，饶了我罢！颦儿年纪小，只知说，不知道轻重，作姐姐的教导我。姐姐不饶我，还求谁去？"众人不知话内有因，都笑道："说的好可怜见的，连我们也软了，饶了他罢。"宝钗原是和他顽，忽听他又拉扯前番说他胡看杂书的话，便不好再和他厮闹，放起他来。黛玉笑道："到底是姐姐，要是我，再不饶人的。"宝钗笑指他道："怪不得老太太疼你，众人爱你伶俐，今儿我也怪疼你的了。过来，我替你把头发拢一拢。"黛玉果然转过身来，宝钗用手拢上去。宝玉在旁看着，只觉更好，不觉后悔不该令他抿上鬓去，也该留着，此时叫他替他抿去。正自胡思，只见宝钗说道："写完了，明儿回老太太去。若家里有的就罢，若没有的，就拿些钱去买了来，我帮着你们配。"宝玉忙收了单子。

【点评】

惜春要将"大观园"绘制成一幅工笔界画楼台园林图,以上选段写的是宝钗、惜春、宝玉、黛玉等人研究如何绘制大观园全景图,通过他们的议论可以分析曹雪芹对绘画艺术的研究。曹雪芹借宝钗之口,对工笔绘画技法与颜料等进行一番叙述:"……石青四两,石绿四两,管黄四两,广花八两,蛤粉四匣,胭脂十片,大赤飞金二百帖,青金二百帖,广匀胶四两……"对工笔重彩色颜料的熟知程度已经达到非常专业的水平。"画家十三科"中有"界画楼台"科,绘制大观园的亭台楼阁,即属于表现阁楼的界画,如仇英的《人物阁楼图》,清代宫廷画家袁江、袁耀的青绿阁楼界画等。界画在清初是很受欢迎的绘画题材之一,曹雪芹选择界画题材作为宝钗等人议论的对象,既合乎清初绘画审美的意趣,又体现了曹雪芹对大观园的园艺理念和设计构思。在《红楼梦》的叙述里,有关绘画的描述比比皆是,且反映的都是历代绘画的史实情况。

书中有很多与绘画相关的描述,如在第五回中,宝玉在宁国府上房内间看到的人物画《燃藜图》,出处为《刘向别传》中的记载:"向校书天禄阁,夜暗独坐诵书,有老人黄衣,植青藜杖,叩阁而入,吹杖端烟然,与向说开辟以前,向因受《五行》《洪范》之文,至曙而去。"讲刘向夜晚独自苦读而得到仙人指导的故事,所以古代的《燃藜图》即象征"勤学",是勉励学子勤奋苦学的绘画,故而宝玉不喜。第二十六回中薛蟠说他看到了画得很好的春宫画。明末时中国历史上春宫图空前繁荣,有不少保存至今的春宫图卷和画册,为西方、日本和个别中国收藏家、机构所珍藏。这一时期的春宫图以唐寅和仇英二人的作品为代表,在艺术上达到了非常高的水准。第四十回写到探春雅致的房间内有米襄阳的《烟雨图》。米襄阳即米芾,号襄阳居士,北宋著名的书画家。米芾处在文人画鼎盛的时期,其绘画题材十分广泛。他自著的《画史》记录了他收藏、品鉴的古画以及他对绘画的偏好、审美和创作心得等。第五十回中提到贾母房中挂的仇十洲的《双艳图》,据美术史研究,仇十洲没有画过《双艳图》,不过有与书中描述的《双艳图》近似的画作,即《婉妆桃花图》。

选文中,因刘姥姥的一句话,贾母就吩咐四姑娘惜春画大观园的景观,包括人和景。宝钗知道这个活不好干,主要是因为惜春虽会绘画,但都是平时几笔写意,画点小物件而已。真正要画园子,肚子里要有几幅丘壑才能成画,所以宝钗建议利用大观园的图纸,以减轻工作量。从宝钗的话中可以看出,宝钗可以说是绘画的理论家,她不仅懂得各类绘画工具、颜色搭配,还懂景观与人的搭配,楼台房舍的界划。通过她的指点,惜春和宝玉才有了头绪。宝玉很热心地帮惜春这个忙,配合宝钗准备好笔墨纸砚,写好每一项需要的材料,列好单子好向老太太要,其中又有水缸箱子,又有生姜、酱等食材,被黛玉逗趣为把嫁妆单子都写在了里面,可见画一个大观园绝非一件容易的事。四姑娘惜春正没有头绪,被宝钗这么一指点,顿时豁然开朗。

宝钗给惜春列的画画的单子,有材料,有工具,也有其他,总之很繁杂,连懂行的黛玉听了也难免觉得有些冗杂了。宝钗在贾府属于不显山露水的才女,她一般遇事知道也不说,说了也不说多,因为她是客居在贾府的,不便于说那么多。所以在宝玉的婚事上,宝钗的内敛和稳重,加上她的八面玲珑,足够让她坐稳宝二奶奶的位置。

从这些画画材料的列举可以看出曹公善于绘画,他借宝钗之口说出了自己对绘画的理解。一个不懂绘画的人是写不出这些的,更不可能写得这么详细。曹公在书中选择了宝钗去做这个绘画高手,显然还是很看重宝钗的,只是他不赞成宝钗成为封建思想的捍卫者和封建思想毒害下的牺牲品。

参 考 答 案

第一部分　阅读引导

1. 略(教师参考：1984年到1986年，为拍摄电视连续剧《红楼梦》，相关单位在河北正定大佛寺附近根据《红楼梦》中的描写，遵照原文设计和建造了一座具有明清风格的仿古建筑——荣国府。正定荣国府占地面积为4万多平方米，有大小房间215间、游廊102间，总建筑面积为4600平方米。若置于南京，只算建筑面积，大约价值1.38亿元。当然，事实上比这更贵的是空置的地皮。2022年南京夫子庙一带基准地价为36 200元/平方米，那么荣国府的土地就价值14.5亿元。从图中看，曹公笔下的荣国府可能有10万平方米以上，远超正定荣国府，那么，光是土地价值，荣国府就可能达到三四十亿元。)

2.

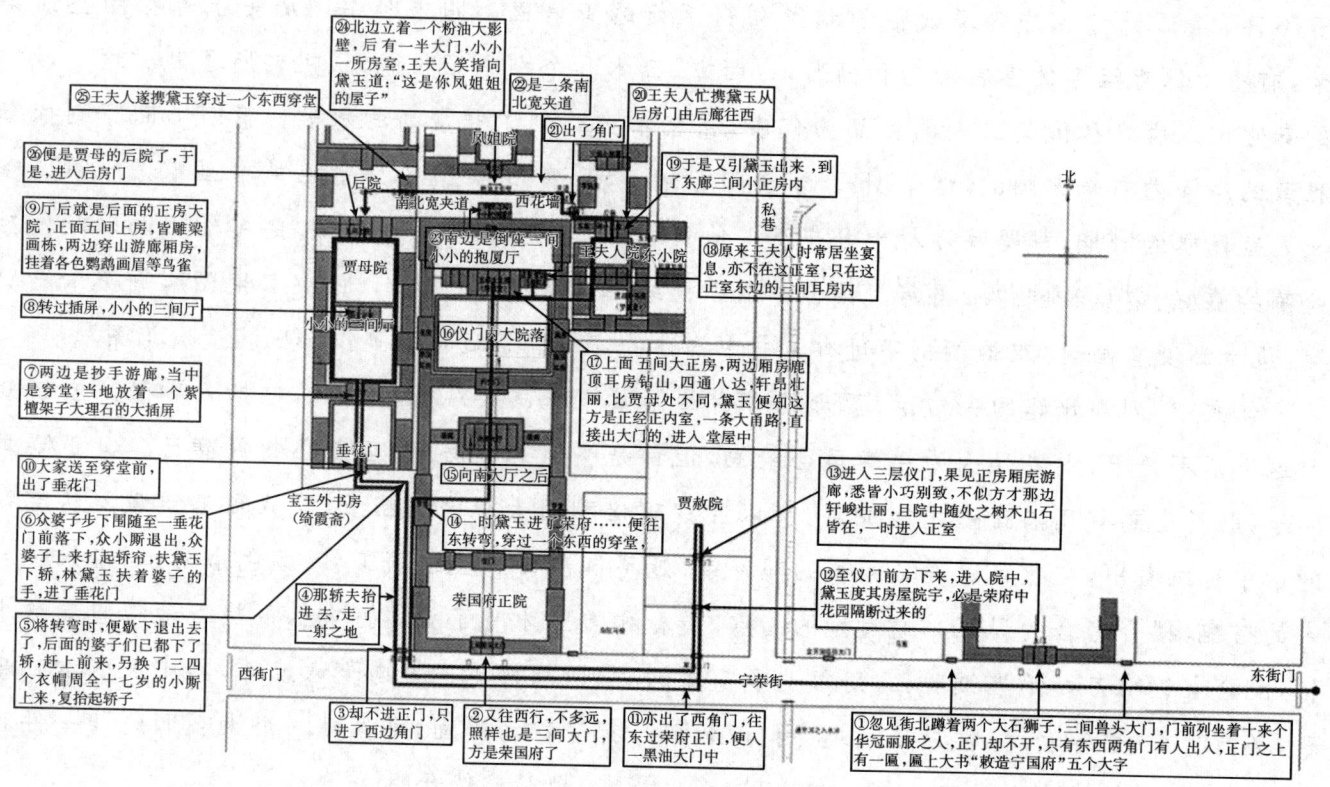

第二部分　人物分析

评估检测一

1. C(A"唯《红楼梦》之悲剧，不只如此"曲解文意，根据材料一"唯《红楼梦》之悲剧，不是如此。《红楼梦》里边，没有大凶大恶的角色，也没有投机骑墙的灰色人"可知，原文是"不是如此"，而非"不只如此"。B"鲁迅认为有意义的人生一定要建立在对某些价值的相信之上"曲解文意，材料二中"有意义的人生一定要建立在对某些价值的相信之上，正因为如此，价值的毁灭才构成真正的悲剧"是作者的观点，而非鲁迅的观点。D"有意规避'伤时骂世'"错，根据材料三"他一再声称此书'亦非伤时骂世之旨，及至君仁臣良、父慈子孝，凡伦常所关之处，皆是

称功颂德,眷眷无穷,实非别书之可比'。表面上说得非常好听……大揭露、大批判"可知,"有意规避'伤时骂世'"的说法错误)

2. D("难逃灭亡的客观趋势"曲解文意,且过于绝对。根据材料三"《红楼梦》里写了两种毁灭:一种是新生事物的毁灭,这就是贾宝玉、林黛玉爱情的毁灭……前者的毁灭是新的生命还未成熟,经不起狂风恶浪的摧折而毁灭,但它健壮的根系和茁壮的幼芽仍在适宜的土壤里保存着,'野火烧不尽,春风吹又生',只要有适当的气候,它会继续生长,最终长成大树"可知,作者认为新生事物的毁灭是新的生命还未成熟的缘故,而且只要有适当的气候,它会继续生长,最终长成大树)

3. 示例:①综合运用引用论证、举例论证等论证方法,如开篇引用鲁迅对悲剧的阐述,论证有力。②论证语言严谨。如"几乎所有的""似乎更接近"等语言,表述严谨。③论据典型,材料选择了莎士比亚的悲剧和《红楼梦》以及其中的代表性人物为论据,说服力强。(从论证方法来看,材料开篇引用鲁迅对悲剧的看法,"鲁迅先生曾经说:'悲剧将人生的有价值的东西毁灭给人看。'"来有力地论证"价值的毁灭才构成真正的悲剧"这一观点;然后举《红楼梦》的例子,"以曹雪芹笔下的'金陵十二钗'为例,她们认同不同的价值,选择不同的生活,但所有的这些价值最后都无一例外地落空了"来予以佐证,论证有力。从论证语言来看,材料用语严谨,如"几乎所有的""似乎更接近"等语言表述严谨。从论据来看,材料选择了莎士比亚的悲剧来论证"在欧洲,最早的古希腊悲剧表现了命运的不可抗拒,基于神的意志和人的性格,无奈或者悲惨的结局都无法避免。同时,其中蕴含的人对自由、正义和伦理的追求,与命运的冲突和抗争,让悲剧充满了崇高的意味",选择《红楼梦》以及其中的代表性人物为论据,说服力强。论据与论点高度统一,论证有力)

4. 示例一:①宝、黛的爱情悲剧,主要源自他们对自由爱情的追求与当时周围人的人生见地不同。贾府的人看重封建大家族政治势力关系网的维系,而宝、黛誓死捍卫爱情和婚姻的自主、自择权,主张爱情和婚姻的自由,最终的结局只能是毁灭。②宝、黛的爱情是发生在古老的荣国府、宁国府这一大环境中的,封建大家族的兴亡盛衰直接影响到生活于其中的人物的命运,而这一腐朽势力灭亡的必然性,也加速了宝、黛爱情的灭亡。

示例二:①宝、钗的婚姻悲剧,主要源自宝、钗二人的人生见地不同。宝玉追求自由本真,厌恶"仕途经济",是封建社会的叛逆者;而宝钗却理性现实,是封建礼教和封建制度的支持者。二人的志趣、见地不同,最终也只能是悲剧。②宝、钗的婚姻是发生在古老的荣国府、宁国府这一大环境中的,封建大家族的兴亡盛衰直接影响到生活于其中的人物的命运,而这一腐朽势力灭亡的必然性,也加剧了宝、钗的婚姻悲剧。(根据材料三"《红楼梦》是以宝、黛的爱情悲剧贯穿全书的。这个爱情悲剧的内涵是誓死捍卫爱情和婚姻的自主、自择权,主张爱情和婚姻的自由"可知,宝、黛追求爱情自由,而他们的这种追求与身边人的思想是格格不入的,最终的结局只能是毁灭。根据材料一"这是性格之不同,思想之不同,人生见地之不同""各人站在自己的立场上说话,不能反躬,不能设身处地,遂至情有未通,而欲亦未遂。悲剧就在这未通未遂上各人饮泣以终"可知,宝、钗的婚姻悲剧主要源自二人的人生见地不同。宝玉是封建社会的叛逆者,而宝钗却是封建礼教和封建制度的支持者。二人志趣、见地不同,最终也只能是悲剧。根据材料三"《红楼梦》里写了两种毁灭:一种是新生事物的毁灭,这就是贾宝玉、林黛玉爱情的毁灭;另一种是古老的荣国府、宁国府的毁灭""后者反映的是荣、宁二府象征的那种腐朽势力的必然死亡"可知,荣国府、宁国府的毁灭是"腐朽加腐烂,是生命的尽头,最终是化为粪壤,永远成为过去,不可能再生"的,是必然的,而宝、黛的爱情是发生在古老的荣国府、宁国府这一大环境中的,封建大家族的兴亡盛衰直接影响到生活于其中的人物的命运,而这一腐朽势力灭亡的必然性,也加速了宝、黛爱情的灭亡,加剧了宝、钗的婚姻悲剧)

5. B("使得本来就十分紧张的父子关系进一步恶化"错。从原文"贾政笑道:'不当谬奖。他年小,不过以一知充十用,取笑罢了。再俟选拟。'""贾政听了,点头微笑"等可知,"父子关系进一步恶化"的说法明显错误)

6. A("作者修建醉翁亭的情况"错。醉翁亭是一个叫智仙的僧人修建的,《醉翁亭记》中有"作亭者谁?山之僧智仙也"的描述)

7. ①内容上:贾政与贾珍、贾琏的两段对话写出了大观园各处馆舍内部所需要的陈设物件之多,突出了贾府的铺张和奢华。②结构上:与"大观园试才题对额"一回中所描写的外部景致相呼应,避免了平铺直叙,使情节推进曲折有致。(从内容上看,由"因问贾珍道:'这些院落房宇并几案桌椅都算有了,还有那些帐幔帘子并陈设玩器古董,可也都是一处一处合式配就的?'贾珍回道:'那陈设的东西早已添了许多,自然临期合式陈设。帐幔帘子,昨日听见琏兄弟说,还不全。那原是一起工程之时就画了各处的图样,量准尺寸,就打发人办去的。想必昨日得了一半。'""贾琏见问,忙向靴桶内取靴掖内装的一个纸折略节来,看了一看,回道:'妆、蟒、绣、堆、刻丝、弹墨,并各色绸绫大小幔子一百二十架,昨日得了八十架,下欠四十架。帘子二百挂,昨日俱得了。外有猩猩毡帘二百挂,金丝藤红漆竹帘二百挂,墨漆竹帘二百挂,五彩线络盘花帘二百挂,每样得了一半,也不过秋天都全了。椅搭、桌围、床裙、桌套,每分一千二百件,也有了。'"可知,贾政与贾珍、贾琏的两段对话写出了大观园各处馆舍内部所需要的陈设物件之多,突出了贾府的铺张和奢华。从结构上看,贾政与贾珍、贾琏的两段对话中描写的外部景致与"宝鼎茶闲烟尚绿,幽窗棋罢指犹凉"等构成呼应,避免了平铺直叙,使情节推进曲折有致)

8. ①宝玉的观点:编新不如述旧,刻古终胜雕今;应蕴藉含蓄、新雅有趣,不能粗陋不雅。②特点:与景致较为契合,清新雅致;富有文采,充满文化气息。(宝玉的观点:①由"尝闻古人有云:'编新不如述旧,刻古终胜雕今。'"可知,贾宝玉认为编新不如述旧,刻古终胜雕今。②由"况此处虽为省亲驻跸别墅,亦当入于应制之例,用此等字眼,亦觉粗陋不雅。求再拟较此蕴藉含蓄者"可知,贾宝玉认为匾额题写应蕴藉含蓄、新雅有趣,不能粗陋不雅。特点:①由"此处并非主山正景,原无可题之处,不过是探景一进步耳。莫如直书'曲径通幽处'这句旧诗在上,倒还大方气派""老爷方才所议已是。但是如今追究了去,似乎当日欧阳公题酿泉用一'泻'字则妥,今日此泉若亦用'泻'字,则觉不妥。况此处虽为省亲驻跸别墅,亦当入于应制之例,用此等字眼,亦觉粗陋不雅。求再拟较此蕴藉含蓄者""有用'泻玉'二字,则莫若'沁芳'二字,岂不新雅"可知,贾宝玉所拟的匾额与景致较为契合,清新雅致。②由"这是第一处行幸之处,必须颂圣方可。若用四字的匾,又有古人现成的,何必再作""这太板腐了。莫若'有凤来仪'四字"可知,贾宝玉所拟的匾额富有文采,充满文化气息)

9. D("不肖"即"不孝"错,"不肖"即"不贤";"卓然于家庭之外,对老祖宗等不屑一顾"错,宝玉对老祖宗是非常尊重的)

10. 第一首词侧重表现贾宝玉行为、性格(脾气)的"偏僻""乖张"。第二首词侧重表现贾宝玉"于国于家无望"的"无能"和"不肖"。这两首词表达了作者对贾宝玉叛逆性格的赞美和褒扬。(第一首词侧重概括贾宝玉的行为、性格特点。"不通世务""怕读文章"反映了贾宝玉不愿受封建传统束缚、厌弃功名利禄的性格特点,"行为偏僻性乖张"又反映了贾宝玉独立不羁、个性解放的自由思想。第二首词可结合"天下无能第一,古今不肖无双"进行分析,侧重表现贾宝玉"于国于家无望"的"无能"和"不肖"。这两首《西江月》词,用似贬实褒、寓褒于

贬、正文反作的手法揭示出贾宝玉的思想性格,是刻画贾宝玉形象的基本构图。这两首词表达了作者对贾宝玉叛逆性格的赞美和褒扬)

11. ①有那种为情而痴的气质(有那种"痴"劲儿/有那种"痴"的性格)　②不仅有专注的痴迷(不仅有专注的痴劲儿)　③他写诗也非常好(他的诗也写得非常好/他也擅长写诗)(第①空,根据前文"曹雪芹""贾宝玉"和后文"就是《红楼梦》里的'都云作者痴,谁解其中味'的那个'痴'"可知,此处是说他有一种"痴"的气质(性格),故填写"有那种为情而痴的气质/有那种'痴'劲儿/有那种'痴'的性格"。第②空,根据后文"而且有"可知,此处可填写"不仅有";根据前文"这种痴却和他的才气结合得格外充分"和后文"而且有磅礴的才情"可知,后文既然写"才情",那么此处就该写"痴迷",故可填写"不仅有专注的痴迷/不仅有专注的痴劲儿"。第③空,根据后文"最传奇的是他拟作的曹雪芹诗被其他的红学家当成真的,以为就是曹雪芹所作,最后周先生承认是自己拟作的"可知,这是在举例说明他写诗很好,故可填写"他写诗也非常好/他的诗也写得非常好/他也擅长写诗")

12. 贾宝玉是曹雪芹为揭示贾府的衰亡史和罪恶史所写的《红楼梦》中生活在充满矛盾的封建大家庭里具有叛逆精神的孤独反抗着封建伦理的贵族公子。(短句变长句的关键之处是要以一个核心句为主体,将其他的句子变为核心句的修饰成分。先找主句,主句一般为什么〈主语〉是什么〈宾语〉,本题主句是①"贾宝玉是个贵族公子";然后再找其他句子作定语,按照顺序安排为④②③⑤,去掉相同的主语,排列起来即可。注意这些短句中相同的部分要去掉,有的句子形式要变化,如将④"曹雪芹写《红楼梦》是为了揭示贾府的衰亡史和罪恶史"变成定语"曹雪芹为揭示贾府的衰亡史和罪恶史所写的《红楼梦》中"。短句变长句的方法与长句变短句的方法相反。先找出几个短句陈述的主要内容,再找出共有的主干部分,最后把短语中的其他内容作为修饰语,或把短句中分别与中心语搭配的修饰语合并后再与中心语搭配。短句变长句常与下定义法结合起来考查。注意:变换句式要确定主语,分清层次,组合成句时不要改变原意,合乎语法逻辑)

评估检测二

1. B("满族人"错。曹雪芹家族原是汉族,后为满洲正白旗包衣,即家奴)

2. C("表现了贾母对宝玉恣意放诞行为的痛恨"错。这里的责骂表现的是贾母对宝玉的疼爱之情)

3. ①王熙凤此言既赞美了黛玉的美貌、风致,又夸赞了在座的三春姐妹,抬举了她们的嫡亲身份。②王熙凤此言还奉承了贾母,说她膝下外孙女儿、孙女儿个个美丽,那是血缘所致,也令在场的邢、王两位夫人开心。③充分表现了王熙凤是一个伶牙俐齿、八面玲珑、善于笼络人心的大管家。("标致""气派""竟不像老祖宗的外孙女儿,竟是个嫡亲的孙女",赞美了黛玉的美貌、风致;而说这些和"嫡亲的孙女"即在座的三春姐妹一样,又夸赞、抬举了她们的嫡亲身份;"嫡亲"来自贾母,所以还奉承了贾母,说她膝下外孙女儿、孙女儿个个美丽,那是血缘所致,也就令在场的邢、王两位夫人开心了。这么几句话,王熙凤就迎合了贾母、邢夫人、王夫人、黛玉和贾氏三姐妹众多人的心理,故可见她伶牙俐齿、八面玲珑、善于笼络人心)

4. ①对贾母的回答是真实的。黛玉听了贾母的话,发现贾母不喜欢女子读书,她觉得自己的回答有不谦之嫌,有些失言了,因而后面宝玉问同样的问题时就小心更正了。②这样的回答体现了黛玉的机警、聪明和细心。③这也反映了黛玉"步步留心,时时在意"的心理状态和寄人篱下的小心谨慎。(关于读书问题,黛玉第一次回答的是贾母问黛玉念何书,黛玉回答"只刚念了《四书》"。然后黛玉问贾母姊妹们读何书,贾母说:"读的是什么书!不过是认得两个字,不是睁眼的瞎子罢了。"第二次回答是在贾母处与宝玉初次见面时,宝玉当着贾母与众人面问黛玉:"妹妹可曾读书?"黛玉回答:"不曾读书,只上了一年学,些须认得几个字。"这与贾母说三春姐妹"读的是什么书!不过是认得两个字,不是睁眼的瞎子罢了"说法相同,可见黛玉是比照着贾母对读书的态度回答的。由此可见,黛玉对贾母的回答是真实的。结合第一次回答的场景来看,敏感的黛玉从贾母的几句话里知道外祖母可能不喜欢女孩子读书〈封建社会一直奉行"女子无才便是德",贾母又是一个封建家族的老祖宗〉,所以当初次见面的宝玉问黛玉可曾读书时,黛玉回答"不曾读书"。黛玉这样回答,一是为了迎合外祖母,二是与宝玉初次见面自谦的表现。这样的回答体现了黛玉的机警、聪明和细心。林黛玉在进贾府大门之后,就"步步留心,时时在意,不肯轻易多说一句话,多行一步路,生恐被人耻笑了他去"。同一问题,前后两种不同的回答,更是充分体现了她寄人篱下的小心谨慎,以及其"步步留心,时时在意"的心理状态)

5. D(A"觉得纵使死后做了糊涂鬼祟也是值得的"错,原文为"冥冥之中若不怡然自得,亦可谓糊涂鬼祟矣",指宝玉明白众人对他的好并感恩,而不是糊里糊涂地不知晓。B"岂知宝钗其实早已知晓"错。由原文"宝钗问袭人道:'怎么好好的动了气,就打起来了?'"可知,宝钗并不知道。C"实是希望宝玉从此关心仕途经济"错,黛玉劝宝玉"你从此可都改了罢",只是不想让宝玉再受责打)

6. B("生动的比喻"错,"如针挑刀挖一般"不是比喻,而是类比)

7. ①宝玉与蒋玉菡的交往犯了政治大忌,贾政怕由此给贾家带来不测之祸。②贾环搬弄是非,污蔑宝玉逼死了金钏儿。(意思对即可)("宝玉昏昏默默,只见蒋玉菡走了进来,诉说忠顺府拿他之事",背景是宝玉与蒋玉菡的交往犯了政治大忌。蒋玉菡是忠顺王府的优伶,和忠顺王的物品没有区别,贾宝玉和蒋玉菡结交甚密,在忠顺王眼里,贾宝玉是染指了他的东西。忠顺王本来就与贾家不合,他一旦心里有怨,就会给贾家使绊子。所以贾政听说贾宝玉与蒋玉菡有来往才如此动怒,扬言要勒死贾宝玉。何况忠顺王府的人都找上门来了,能不让贾政如此动怒吗?贾政怕由此给贾家带来不测之祸。"宝玉原来还不知道贾环的话,见袭人说出方才知道",是指贾环在贾政面前搬弄是非,污蔑宝玉逼死了金钏儿。其实是宝玉调戏丫鬟金钏儿,金钏儿被王夫人怒斥后,不堪受辱而投井自尽,事后贾环告发宝玉,贾政听后勃然大怒而暴打宝玉)

8. ①时间不同。宝钗在白天前来,光明正大;黛玉是趁天黑前来,悄然不欲人知。②情态不同。宝钗很理性,她表示关心之后红脸低头,能发乎情而止乎礼;黛玉很感性,"两个眼睛肿的桃儿一般,满面泪光",真情不加掩饰地流露。③表达的思想不同。她们都爱宝玉,但宝钗希望其关心仕途经济,其实心里觉得宝玉该打;黛玉则与宝玉思想一致,认为其不应被打,言语间尽是体贴和哀怨。④所做准备不同。宝钗带药,黛玉未带药,个性有差异。

9. ①顽石的经历 ②如果他不适应这个社会 ③这表面上是对他的批判(第一空,前文说作者借女娲补天的神话虚构了一个顽石"幻形入世"的故事,后文说"便是贾宝玉的经历",说明这块顽石的经历就是贾宝玉的经历,因此可补写"顽石的经历"。第二空,前文由顽石的特点引出人的性格,并说明这种性格必然会被上层社会抵触,后文说"这个社会也就必然会排斥他",说明如果他的性格不改变,不能适应这个社会,就会出现后面的结果,因此可补写"如果他不适应这个社会"。第三空,前文是《西江月》对贾宝玉的"批判",后文说"实际上是用反语来赞美宝玉的叛逆性格",说明《西江月》是似贬实褒,因此可补写"这表面上是对他的批判")

10. 示例一:"满纸荒唐言""谁解其中味",绝世奇书《红楼梦》中的诗词是难得的艺术瑰宝。让我们走进"宝山",去欣赏它们的璀璨与绚丽吧。

示例二:"好风频借力,送我上青云"是宝钗的情怀抒发,"一年三百六十日,风刀霜剑严相逼"是黛玉的生活写照。《红楼梦》中的诗词文质兼美,希望同学们积极发表自己的看法。("《红楼梦》诗词鉴赏"的开场白,一定要与《红楼梦》中的诗词有关,并且语言要简洁,内容不能太长,能够引入主题即可)

评估检测三

1. B(颠倒因果,材料一第5段"李后主使用很短的句子,整首词非常精练,因为其短和精练,所以从落花写起而结合了人生,具有象喻性","从落花写起而结合了人生"不是"在运用到短小而精练的句子时,写悲哀写得很好"的原因)

2. C(A 材料一第6段"如果真与中国大诗人、词人的诗词相比,就知道层次的不同,哲理的深浅,幽微曲折,言外意思的多少是有所不同的",作者认为是"有所不同"而非"巨大而明显的差别"。B 以偏概全,"李后主使用很短的句子,整首词非常精练,因为其短和精练,所以从落花写起而结合了人生,具有象喻性",李后主写得更好不仅仅是因为精练。D 无中生有,"林黛玉的美貌和诗人气质,使这句诗决定了其悲剧命运"于文无据,材料二第4段"林黛玉本身并不仅仅因为漂亮,她有诗人的气质……而且这一句带有一种预言的性质,预示她的悲剧的命运",可见这句诗是预言性质而非决定性)

3. B(结合全文,材料一认为"层次的不同,哲理的深浅,幽微曲折,言外意思的多少"都会影响到诗歌的价值,"真正优秀的诗和词想必是多层次而富有哲理,幽微曲折中包含言外之意的。"A 直接描写人物形象,不符合材料观点;C、D 通俗易懂,但是内涵不足,三项从反面都可以体现材料观点。B 通过典型意象"落花"表达出游子思乡的情感,内蕴丰富,包含言外之意,能够正面体现材料观点)

4. ①举例论证,文中列举了《红楼梦》中的经典诗词《葬花吟》、冯正中的词、李后主的《相见欢》等,用以论证作者的观点。②对比论证,将《葬花吟》与冯正中、李煜的词进行对比,论证了《红楼梦》中的诗词"与中国大诗人、词人的诗词相比"是有差距的这一观点。③引用论证,不仅引用了《红楼梦》中的经典诗词,还引用了著名词人李煜和诗人杜甫等人的诗词。④因果论证,作者在论证李煜的"落花"词比《葬花吟》好时,说"因为其短和精练,所以从落花写起而结合了人生",论证了李煜词的"短和精练"这一写法的精妙之处。(一点1分,答对三点得4分,其他答案酌情给分)

5. 不矛盾。原因:①叶嘉莹借《葬花吟》与冯正中、李煜的词进行对比,由点及面,论证了"《红楼梦》中的诗词与中国大诗人、词人的诗词相比是有差距的"这一观点。②冯其庸认为《红楼梦》不用韵,但是有诗的内涵,因为描写人物是独特的,个性非常鲜明突出,有诗人气质,也创造出很多具有诗意的意境。③叶嘉莹是就《红楼梦》中诗词本身的艺术价值来说的,冯其庸则从《红楼梦》人物创作及内容层面来肯定《红楼梦》的诗性价值。(每点2分)

6. C("这表现出她左右逢源、圆滑世故和欺上瞒下的性格特征"错,凤姐抄检大观园是奉王夫人之命,所以"欺上瞒下"不对)

7. C("主要是要表现宝玉的叛逆思想"错,应主要是要表现宝玉的平等思想。怡红院里没有严格的上下等级和尊卑关系,贾宝玉是可以和丫鬟们打成一片,所以文中宝玉的旧物件在怡红院和潇湘馆的丫鬟们房中被查出来,以及书中宝玉赠物,都表现了宝玉的平等思想,这种思想在当时的社会环境里是非常难得的)

8. ①首先,在情节上,"王善保家的"这一人物起到了串联故事情节的作用,文本一中抄检大观园的各个地方的情节内容,就是以她的抄检顺序来组织的;②其次,在人物上,与大观园中的女儿们形成对比,反衬出大观园中女儿们的青春清净;③最后,在某种程度上,王善保家的是封建家长制的代言人,也是封建家长制钳制"异端"的爪牙。

9. ①从时间节点看,"抄检大观园"事件发生在探春理家"兴利除宿弊"之后,抄检事件彻底否定了探春为管理大观园付出的努力,这对心高气傲,一直立志要有一番作为的探春来说,是很大的刺激。②探春洞悉"抄检大观园"的真正原因。绣春囊是贾母房中干粗活的丫头傻大姐拾到的,正好被邢夫人遇见,因而到了邢夫人手头。对于没有按照嫡长子继承的长房媳妇来说,邢夫人内心其实一直存着要与王夫人争夺荣府管事权的念头的。邢夫人之所以派贴身之人王善保家的向王夫人转交绣春囊,就是想看王夫人对此事的处理,以期待抓住其把柄。探春的愤怒,源于对上层管理者为争夺权力而不择手段的失望。③探春在事前就知道抄检大观园之事,她有充足的时间来思考此事的前因后果,酝酿情绪,表达自己内心的想法。所以她"纲上得太高"是深思熟虑的结果,并不是一时激愤之语。(每点2分,言之成理即可)

10. 示例:纵横捭阖 欺世盗名(第一空,结合"《红楼梦》的语言,可以说是集我国古白话文学之大成""写尽了人间冷暖、世态炎凉,触及了整个封建社会的经济基础、上层建筑"可知,此处是说《红楼梦》的内容生动丰富,无所不包,故可填"纵横捭阖"。纵横捭阖:指在政治、外交上运用手段进行联合或分化。第二空,贾政是个"封建假道学家",徒有道学家之名,有欺人偷得名声之意,故可填"欺世盗名"。欺世盗名:欺骗世人,窃取名誉)

11. 贾政 贾雨村(贾政忠于"正统思想",作为一位父亲,他逼着宝玉去读书、参加科考,希望宝玉成为一个"于国于家有用"的人,这是在维护封建道德,并且是尽心竭力。贾政评价子侄的标准是学问,他在极力引领子侄走仕途之路,这正是一个封建卫道士的理想。贾雨村上任之初就乱判葫芦案,对自己的第一个知遇者甄士隐之女竟然见死不救,他被参后"忙忙"地"寻情找门路"去谋求复职,通过林如海辗转叩开了贾府大门,谋得了复职。从贾雨村的所作所为中,我们可以知晓他的人生哲学:凡是有利于自己往上爬和赢得儒雅风流美名的事,都可以堂而皇之地去干;如果有谁可能会阻碍自己的前程,不管是"知己""至交"还是"恩人",都可以毫不留情地一脚踢开)

12. A(文中"花柳繁华地,富贵温柔乡"引号的作用是表示直接引用。A表示直接引用,"秋风吹木叶,还似洞庭波"是王褒《渡河北》中的名句;B表示特殊含义,这里含有比喻义,把云比作天上的招牌,生动形象;C表示特定称谓,"豆腐西施"是对杨二嫂的特定称呼;D表示讽刺和否定,"大师""发扬国光"饱含作者的反讽之意)

13. 他们身上全面展示了当时社会生活的广阔画卷,深刻揭示了封建社会各阶层的本质;而这一切,不能不归功于作者的艺术匠心和卓越的语言才华。(画横线的句子有三处语病:一是"从他们身上……"缺少主语,应改为"他们身上……";二是"表现了……的广阔画卷"搭配不当,应改为"展示了……的广阔画卷";三是"全面深刻地……的本质"句式杂糅,应改为"深刻揭示了……的本质")

评估检测四

1. A(B"是由于审美对象处于未完成或已失去的残缺状态"说法绝对。结合材料二第1段可知,从某种意义上说,残缺因素可使审美体验深刻而持久,但不能说审美体验的深刻而持久就是因为残缺状态。C"《红楼梦》等文学作品具有残缺美的内在原因"范围缩小。材料二谈到了审美主体、人们的审美心理,因此并不只是"内在原因"。D"这与材料一当中的观点是一致的"错。材料一对程高本后四十回是否暗含了曹雪芹二十回的一些

原笔与原意未进行评论,不能说观点一致)

2. D("阅读《红楼梦》,每个人心中都有一个与众人完全不同的林黛玉"错。材料二最后一段中"这个新形象本质上不背离审美对象的形象内涵,但又不等同于审美对象,它具有更新的内容与更深的意蕴"强调的是受众创造的新形象的独特性,而不是"与众人完全不同")

3. B(材料二的观点是"残缺会使审美主体产生审美体验"。B说的是"残缺的艺术"可以给读者留下想象空间,可使文学作品具有更大的审美价值,能够作为论据来支撑材料二的观点。A说的是"残缺结构",与内容的残缺不同,不能够作为论据来支撑材料二的观点。C是对"美的残缺"的否定,不能够作为论据来支撑材料二的观点。D说的是"残缺要有度",不能够作为论据来支撑材料二的观点)

4. ①材料二采用"总分"结构。②首先提出残缺会使审美主体产生审美体验,接着从审美心理角度和审美主客体的关系两方面阐释原因。

5. ①人类心理上有一种本能的"完形倾向",总想将残缺物体完整化、完美化。②残本《红楼梦》引发了作者的想象,给予作者再创作的空间。③学者搜罗整理校对出带批注的八十回《石头记》,作者发现了程高本《红楼梦》后四十回中隐藏了曹雪芹原笔。④作者为梦想坚持博读杂书,立志抵达曹雪芹的精气神韵。

6. C(A"管家称职"错。探春并未管家,当时管家的还是王熙凤,这从"'偏生我又病了。'遂回头命人速传林之孝家的等总理家事四个媳妇到来,当着贾母申饬了一顿"可以看出来。B"表现了王熙凤的精明能干、责任心强"错。出了聚众赌博这样的事,王熙凤要撇清关系,于是说自己病了;见贾母生气,还当着贾母的面申饬管事的人,说明她惯会察言观色、见风使舵。D"下人对主子的盘剥不堪忍受,奋起反抗"错。王住儿媳妇敢给迎春脸色,说明迎春平日性子太软,也说明这群下人不好管束)

7. B("详细叙述"错。关于清查聚赌事件,文中只有一句"贾母命即刻查了头家赌家来,有人出首者赏,隐情不告者罚",谈不上"详细叙述")

8. ①奶妈赌钱,作为主子的她却不敢大胆干涉和制止。②奶妈把她的攒珠累丝金凤拿去典当,她知道了也不敢问一声。③丫鬟绣橘准备把奶妈的事告诉二奶奶,迎春怕惹事也加以阻止。④丫头和王住儿媳妇吵架,她劝止不住,躲到一边去看书。⑤探春等姐妹来帮她主持公道,她却自动弃权,装作不知道。

9. ①由宝玉被吓牵连出聚赌事件;由聚赌事件自然引出迎春乳母之事;由迎春乳母被罚自然引出邢夫人责备迎春及累丝金凤被拿,王住儿媳妇来求情;由求情被拒引出王住儿媳妇说她们填了银子,进而引出绣橘争辩;由二人争吵引出探春想要替迎春出头。(4分)②这样的情节设置环环相扣,逻辑严密,场景转换自然,矛盾冲突不断,引人入胜。(2分)

10. D("开朗、豪放"错。宝钗的个性是聪明、世故)

11. "卷得均匀"运用拟人的修辞手法,生动地再现了风吹柳絮的情形。"均匀"既表现了春风的徐缓,又表现了柳絮的舞姿柔美、缓急有度;风吹柳絮的情形如轻盈优美的舞姿,流露出一种欢愉融洽的欣喜之情。

12. A(前面将莲花和牡丹进行了对比,所以要保持陈述对象的一致性,主语为"莲花与牡丹的这种对比",故排除B、C;这句话强调的重点也是这种对比,而不是莲花与牡丹的这种对比与作者对世俗理想的叛逆之心,所以排除D)

13. ①作者为何这样比喻两人 ②牡丹受到众人的喜爱(人们对牡丹的爱,是"宜乎众矣"/"牡丹之爱,宜乎众

矣")③无疑暗含了褒贬之意(无疑是饶有深意的/应该是别具匠心的)

评估检测五

1. C("而且从始至终都充满叙述与抒情的交融"错。根据材料三原文"它从开头至八十回的叙述,也都有诗的素质,它的叙述与诗是交融的,是一体的"可知,作者强调的是在前八十回的叙述中,而不是"从始至终")

2. B("《红楼梦》中的'情'是'仁心'与'诗心'的结合"错,材料二原文"二者结合……而这或许也是《红楼梦》一书'大旨谈情'之'情'的真实面貌"中说的是"或许",是一种推测)

3. D(解答本题,应先把握材料二的主要观点。材料二中,作者认为《红楼梦》"大旨谈情",可称为"言情小说",读者可以从"情"字来赏析《红楼梦》的主题思想,并且提出了对其主题思想赏析的四层境界。对这四层境界,作者否定了第一层境界,最认同的是第四层境界——"《红楼梦》不仅仅是仁爱之书,更是充满无限情怀的天真之书、博爱之书",认为贾宝玉身上有"仁心"也有"诗心"。A说的是小说中"戏文"与人物命运的关联,与材料二的观点无关;B说的是《红楼梦》富有诗的素质,更切合材料三的观点;C说的是考据派胡适的研究成果,与材料二的观点无关)

4. ①论证方式多样。文章采用了例证法、喻证法、引证法、对比论证法等。如引用了鲁迅、刘鹗的观点,选取了宝玉与玉钏儿、龄官、黛玉交往的事例,运用了饺子、西瓜籽的比喻,等等,让论证更有说服力。②论证结构清晰,运用总分结构,逐层论证。作者从"情"字入手,分析了理解《红楼梦》主题的四个境界,结构严谨,层次清晰。③论证语言浅显明了。作者通过比喻论证、对比论证、举例论证等方法,用通俗浅显的语言,阐述自己的观点,化难为易,通俗易懂。

5. ①每个章节可以从不同人物的视角来读,同一件事也可以从不同人眼中写出;②善于使用人物视角叙事,喜欢变换视角,但始终围绕着贾宝玉和贾府的盛衰展开;③人物视角叙事既考究又华丽,站在叙事视角上的人物一定有特别深刻的叙事角度;④对主要人物、关键情节的描写,通过特定的人物去实现;⑤每个情节都有一个主要的人物叙事视角,多种叙事视角综合运用,自如转换。

6. D("D"表明了她不惧鬼神、独断专横的性格特点"错,文中"凭是什么事,我说要行就行。你叫他拿三千银子来,我就替他出这口气"写出了王熙凤目无法纪、胆大妄为的性格特点)

7. 示例:①争强好胜。对老尼的请托,王熙凤本来说不管的,但是当听到老尼说"如今不管这事,张家不知道没工夫管这事,不希罕他的谢礼,倒像府里连这点子手段也没有的一般",于是"便发了兴头",当场答应"替他出这口气"。②贪婪狠毒。王熙凤向老尼提出来"叫他拿三千银子来",然后便包揽了诉讼,间接害死了两条人命。③目无法纪。王熙凤对老尼说:"你是素日知道我的,从来不信什么是阴司地狱报应的,凭是什么事,我说要行就行。"这一番话以及她借贾家权势勾结节度使,包揽诉讼的行为,都是她目无法纪的表现。

8. 示例:①本文主要采用心理描写的手法,写王熙凤算计卖人情给贾珍,讨好宝玉、贾母,借机完成净虚所托包揽诉讼等事的心理过程,是王熙凤"圆滑世故、八面玲珑"特点的揭示;②在《林黛玉进贾府》中,通过对王熙凤"天下真有这样标致的人物,我今儿才算见了!况且这通身的气派,竟不像老祖宗的外孙女儿,竟是个嫡亲的孙女儿,怨不得老祖宗天天口头心头,一时不忘"的语言描写,言谈间既夸黛玉,又赞三春,更逢迎贾母,从而显示出她"圆滑世故、八面玲珑"的人物特点。

9. C("写出了雪后白海棠的姿态"错。"秋阴捧出何方雪",以"雪"来比喻白海棠开出的"花",这里描写的是"白海棠开出的花")

10. D(D"桃李不抵风霜,驻足于春风中"错。尾联的意思是:我同菊花一样傲世不群是因为我们情趣相投,性情一致,面对着像繁花盛开的春天一样热闹的尘世毫不留恋。"春风桃李",喻指世俗荣华)

11. A(A"道是无晴却有晴"运用了谐音的手法,"晴"谐音"情"。B"庄生"句:《庄子·齐物论》:"昔者庄周梦为蝴蝶,栩栩然蝴蝶也;自喻适志与,不知周也。俄然觉,则蘧蘧然周也;不知周之梦为蝴蝶与,蝴蝶之梦为周与?"李商隐在此处引用了庄周梦蝶的故事,以言人生如梦,往事如烟之意。C"塞上长城",比喻能守边疆的将领。《南史·檀道济传》载,宋文帝要杀大将檀道济,檀临刑前怒斥道:"乃坏汝万里长城!"D"停机德",指符合封建道德规范要求的一种妇德,这里指薛宝钗。东汉乐羊子远出求学,中道而归,其妻以停下织机割断线径为喻,劝其不要中断学业,以期求取功名,见《后汉书·列女传》。"咏絮才",意为女子敏捷的才思,这里指林黛玉。晋人谢道韫,聪明有才辩,某天大雪,韫叔谢安问:"白雪纷飞何所似?"韫堂兄谢朗答道:"撒盐空中差可拟。"道韫曰:"未若柳絮因风起。"谢安赞赏不已。见《世说新语·言语》)

12. D(文中画波浪线的句子有三处语病:第一处,"围绕小说《红楼梦》而展开了持续不断的创作,导致了独特的'红学现象'"中,主语应为"创作",所以应将"了"改为"的";第二处,"导致"和"现象"搭配不当,应将"导致"改为"形成";第三处,"广大中华儿女对红楼世界的理解得以体现"这句话的主语为"广大中华儿女",而从和前文衔接的角度来看,应和前文的主语保持一致,应改为"体现了广大中华儿女对红楼世界的理解")

13. ①见仁见智 ②惨淡经营 ③扑朔迷离 ④深不可测(见仁见智:指对于同一个问题各人有各人的见解。本处是指对于《红楼梦》究竟是如何在思想和写法上进行突破的这一问题,每个人的见解是不同的,所以可填"见仁见智"。惨淡经营:指煞费苦心地从事绘画或诗人创作;苦心规划和开拓某项事业。本处指《红楼梦》用多重嵌套的手法使小说具有大结构,是作者的一种苦心经营,所以可填"惨淡经营"。扑朔迷离:形容事物错综复杂,难于辨别。这里是说《红楼梦》以错综复杂的序曲作为引线,所以可填"扑朔迷离"。深不可测:深得难以测量。比喻道理深奥或人的心机等难以捉摸。这里的修饰对象为艺术世界,《红楼梦》的情节结构与复合性的主题让人们很难琢磨透它的艺术世界,所以可填"深不可测")

评估检测六

1. C(A"《红楼梦》讲述的贵族家庭的衰落和年轻人的悲剧,是对民族心灵的深刻投射"说法错误。根据材料一第2段"《红楼梦》为人们描绘出一幅广阔的社会历史画卷,讲述了一个贵族家庭的衰落和贾宝玉及年轻女子们的悲剧,充分表达了作者曹雪芹对美被毁灭的悲愤。这种对民族心灵的深刻投射,正是《红楼梦》200多年来一直打动人心,让人产生心灵共鸣的根本原因"可知,民族心灵投射的本质应是"对美被毁灭的悲愤","贵族家庭的衰落和年轻人的悲剧"只是其具体表现。B"目前只能处于理论呼吁和顶层设计的层面"说法错误。材料二第2段是说"让《红楼梦》这部传统文化的集大成之作融进每个中华儿女的血液里,融入当代社会中去,而不仅仅停留在理论呼吁和顶层设计的层面",作者并没有说《红楼梦》目前只停留在这一层面。D"也是中外文化交流的桥梁"说法错误。材料二第4段是说"因此《红楼梦》及其红学不仅应该而且一定会成为中外文化交流的桥梁",D选项变未然为已然)

2. C("就会得到更多海外读者的喜爱和认同"说法错误。材料二第4段是说"所谓'走出去',就是让《红楼梦》在海外广泛传播,被越来越多的他国人民喜爱、肯定和认同",是希望《红楼梦》被海外读者喜爱和认同,而不是

"就会")

3. C("是为了强调要进一步弘扬中华优秀传统文化"说法错误。材料二第3段中习近平总书记的话是"要系统梳理传统文化资源,让收藏在禁宫里的文物、陈列在广阔大地上的遗产、书写在古籍里的文字都活起来",引用习近平总书记的话是要论证让传统文化"活起来")

4. ①了解并学习优秀传统文化,增强历史底蕴;②具备认识价值和审美价值,帮助我们加深对社会、人生、对人情世故的认识,提高我们的审美情趣和人文素养;③反映民族心灵和民族精神,增强民族凝聚力、自信力。

5. ①端正阅读态度和方法,我们应该以欣赏、审美、感悟的眼光去阅读并领悟《红楼梦》的文学价值;②我们应在生活中阅读、学习、领悟《红楼梦》,并将其当作一种生活习惯、一种精神追求,激发对以《红楼梦》为代表的传统文化的自豪感;③我们应通过阅读《红楼梦》,深入挖掘其中蕴含的优秀传统文化,并向身边的同学、亲友普及《红楼梦》,让《红楼梦》"活起来";④我们要充分发挥好《红楼梦》在中外文化交流中的桥梁作用,借助《红楼梦》讲好中国故事、传递中国声音,为文化自信增添底气。

6. B("也侧面表现出探春在贾府的地位不高,连得势的仆人也敢轻视她"理解错误。王善保家的是邢夫人的陪房,她轻视探春是因为她根本不知道探春的为人。荣国府的其他仆人经过探春协理荣国府一事后,并没有人敢随意轻视她)

7. B(A"修建了大观园,里面分为荣国府和宁国府两部分"错误,荣国府、宁国府不在大观园里。C"晴雯却带着几个丫鬟"错误,晴雯是自己倒自己的箱子,没有"带着几个丫鬟"。D"这里的人都有理想的人格,相互之间没有任何矛盾"错误,大观园是作者精心虚构的一座人间仙境,但这里的人并不是都有理想的人格。例如林黛玉,她学识渊博、善良纯真、清高独立,但也有多愁善感、尖酸刻薄的一面。"相互之间没有任何矛盾"也不正确,例如林黛玉与薛宝钗之间就存在矛盾,林黛玉因为贾宝玉和薛宝钗走得比较近,对宝钗怀有敌意)

8. ①别妄图僭越自己的身份,对主子无礼。②你那些作耗生事的行径别以为没人知道,不要越做越过分。③不要因为迎春软弱,就欺负她。④我尊重太太,别想着回去向她告状或者搬弄是非。(答出任意三点即可)

9. 示例一:不能。①从贾府的外部环境来说,探春改革失败是因为贾府日益衰败,财政上日见拮据。当贾府在朝中失去庇护,家族大厦倒塌,探春的改革不过是杯水车薪,于事无补。②从贾府的内部矛盾来说,贾府众多子孙只知道安享尊荣,并不致力于革除弊病。探春的改革孤掌难鸣,难以为继。③从探春的身份地位来说,封建贵族社会等级森严,讲究"男尊女卑","庶出"身份的探春并不能完全施展自己的才华。由于性别和出身的影响,探春再有才华,可能也只管得住下面的仆人,管不住问题的根源——贾家子孙的颓废堕落。④探春的改革远未触及贾府沉疴积弊的根本,一旦改革触犯了王夫人或其他人的利益,或者中间有小人挑拨,这种改革必将难以为继。从文本来看,宝玉认为无论在什么情况下,都不会短了他的,就说明有些利益是不容触碰的。而这正是贾府的沉疴所在。文本中的"从家里自杀自灭""专管生事""调唆主子"也说明贾府的人事非常复杂,小人多,矛盾深。⑤就探春改革的实质而言,探春是站在封建正统的立场上,自觉维护封建正统秩序,希望贾家由衰落走向复兴,封建纲纪伤害了探春,又被她用来伤害别人。

示例二:能。①探春具有敏锐的洞察力。她对贾府的兴衰荣辱有整体性思考和清醒的认识。在抄检大观园这一事件中,探春看到了蕴藏在贾氏家族背后的危机,贾府衰落的病灶。②探春具有机敏的办事能力。探春理家精细、公正,有与众不同的见识,办事有策略。③与凤姐相比,探春不谋私利,不徇私情,不畏强权,一心为贾府打算。作为贾家的一分子,贾府本来就不如先前风光,府里的人又整日无所作为,还到处煽风点火、挑唆事端,探春联想到甄家不久前才被抄了家,看到自己家里的人如此不团结又没出息,物伤其类,她不禁流泪;她明知道王善保家的是邢夫人的陪房,也毫不留情面。

10. ①瑰丽　②宿命　③倾注　④珠圆玉润(第一处,语境强调《红楼梦》的文辞如诗般华丽,而词语"瑰丽"指异常美丽,故可填"瑰丽"。第二处,语境强调作品结尾人物残缺与悲惨的命运,词语"宿命"指生来注定的命运,故可填"宿命"。第三处,语境强调作者付出之多,词语"倾注"指(感情、力量等)集中到一个目标上,故可填"倾注"。第四处,语境强调作者在创作《红楼梦》时对词句的润色,成语"珠圆玉润"指像珠子那样圆,像玉石那样滑润,形容歌声婉转优美或文字流畅明快,故可填"珠圆玉润")

11. 黛玉已然不单纯是一位美丽多情、敏感善良、富有诗人气质与才情的少女形象。(改写长单句时,要先确定句子的主干成分,即"黛玉已然不单纯是一位……的少女形象",再把其他内容作为修饰成分填充在句中即可。改写时,还要注意句子的逻辑关系)

12. 运用了拟人的修辞手法,将"天地""草木"拟人化,写出了《红楼梦》的结局给读者带来的伤感与悲叹,以及读者对人生宿命般的悲剧感受。(文中画横线的句子赋予"天地""草木"以人的特点,用"易色""同悲"加以描绘,故句子运用了拟人的修辞手法,写出了《红楼梦》的结局不仅给读者带来伤感与悲叹,还给读者带来了强烈的悲剧感受)

评估检测七

1. C(强加因果。原文是"可是我们所要针对的是这一个作品的本身,而不是把一个现成的理论,套在它的上面""我们所接受的西方的理论,不应该生搬硬套",叶嘉莹不完全认同王国维《红楼梦评论》的原因是王国维运用西方理论解读《红楼梦》时,有生搬硬套之嫌)

2. B("中国文学作品都是简单的乐天主义"以偏概全。由"吾国人之精神,世间的也、乐天的也。故代表其精神之戏曲小说,无往而不著此乐天之色彩"可知,不能理解为所有的"中国文学作品都是简单的乐天主义",应是"很多文学作品")

3. C("乐天"色彩是指圆满的喜剧结局。宋江等接受招安并不是水浒故事的结束,而是梁山众好汉走向悲剧结局的转折点,与该观点的表述内容恰好相反)

4. ①对比论证,作者拿代表国人乐天精神的传统戏剧《长生殿》《牡丹亭》的圆满结局与《红楼梦》的悲剧结局进行对比,突出了《红楼梦》的悲剧性质与意义。②引用论证,引述叔本华的悲剧理论,指出第三类悲剧在社会人生中的普遍性,论证《红楼梦》悲剧的"彻头彻尾"就在于这类悲剧的普遍性。③举例论证,以分析"宝黛爱情"悲剧原因为例,论证了《红楼梦》"彻头彻尾"悲剧的内涵。(答到任意两点,言之有理即可)

5. ①王国维突破传统研究的角度和框架,以西方美学视角透视《红楼梦》,建构了系统的悲剧理论体系。启示后世文学评论创作者,文学评论的创新需要新视角,而新视角常常需要系统的哲学、美学理论方面的知识积累来支撑。②文学评论针对的是作品本身,不能生搬硬套哲学、美学理论;王国维完全套用叔本华的唯意志哲学来阐述《红楼梦》的内涵,导致其思想倾向极其消极。③文学评论需要从作品内部来解读作品,也要从作品创作与反映的时代社会背景、客观社会矛盾的角度来解读作品。④文学评论要充分辨析、吸收已有的研究成果,在前人各类研究成果的基础上将评论推进到更高层次。(答到任意三点,言之有理即可)

6. B("但她首先关心的是贾政和贾母的安好"错。王夫人没有先为宝玉求情,而是从贾政和贾母的角度去劝说,采用的是以退为进的策略,搬出贾母主要是来阻止贾政打宝玉)

7. C("都生动地刻画了人物独特的性格特征"错。贾母的登场确实是"未见其人,先闻其声",但这只能表现出贾母在听说孙子被打时的焦急、心疼与愤怒,这是一般祖母都会有的情绪,所以不能算"刻画了人物独特的性格特征")

8. ①贾政与贾宝玉之间关于人生道路和价值观的矛盾冲突;②贾政和贾母及王夫人在教育宝玉方面的冲突;③作为庶子的贾环与作为嫡子的贾宝玉之间的利益冲突。

9. 示例一:我赞同第一种观点。①贾政打宝玉之前没有深入了解事情真相,也不容他辩解,就命令"堵起嘴来,着实打死",可以看出他的专横和武断。②他嫌小厮打得轻,自己"狠命盖了三四十下",且王夫人来了后板子下得又狠又快,可以看出父权的专横和残忍。

示例二:我赞同第二种观点。①贾政打宝玉是盛怒之下的反应。贾政打宝玉内心也是痛苦的,在王夫人哭诉后,他几次泪流满面,可见贾政并非无情。②贾政打宝玉为的是宝玉能够走正道,他含泪向贾母解释教训儿子是为了光宗耀祖,所以打死、勒死宝玉是气话,因为爱之深所以责之切。

10. C("直接抒发了诗人内心的寂寞、相思之情"错。"圃露庭霜何寂寞"描写菊花的生长环境,是用环境"侧面衬托"诗人内心的寂寞、相思之情)

11. ①诗人愤懑于菊花不甘苟合流俗,却不知与谁共隐。②诗人愤懑人海茫茫,知音难求,不为世俗所理解、欣赏。③诗人愤懑自己生活的贾府人际环境恶劣、严酷。

12. C(第一处对应原文是宝钗扑蝶之状,看起来不像是一个"知书识礼"的女子的行为,这是因为古人认为女子走路应该是弱柳扶风状,但因为此处恰好是于无人处,有人的时候时时注意自己言行的宝钗,在无人时也会有自己小女儿活泼的一面,故宜选④。第二处,具体描写宝钗追捕蝴蝶的行动体态,突出其专注,这里可以拿宝玉的"无事忙"作对比,故宜选③。第三处,因为宝钗这一听,引出了下文红玉和坠儿谈丢手帕之事(即贾芸拾得红玉手帕,二人因此心中相互有意之事),所以说是"风流案",故宜选⑤。第四处,前文写宝钗听见红玉和坠儿说起要防隔窗有耳,打算推开窗子,而宝钗正是二人要防的那个"外头听见"者,所以可以想象此时宝钗处境窘迫,宜选②。第五处,宝钗"金蝉脱壳"的计策和"便故意放重了脚步"的行动,都说明她急迫之下计上心头的机变,故宜选①)

13. 第一个"故意",是用"放重的脚步"和"笑着叫"的方式引起亭内人的注意,并用这种毫不掩饰踪迹的动作让红玉等人认为她不曾偷听;第二个"故意",是用"往前赶"的动作坐实自己追赶黛玉的话语,让红玉等人信以为真;第三个"故意",是用"寻了一寻""抽身就走"的行动表明自己只想找到黛玉,完全不知道红玉二人的谈话,彻底打消了二人疑虑。